GREG

ILES

DIE SÜNDEN VON NATCHEZ

atb aufbau taschenbuch

GREG ILES wurde 1960 in Stuttgart geboren. Sein Vater leitete die medizinische Abteilung der US-Botschaft. Mit vier Jahren zog die Familie nach Natchez, Mississippi. Sein erster Roman wurde 1992 veröffentlicht. Mittlerweile erscheinen seine Bücher in 25 Ländern. Greg Iles lebt heute mit seiner Frau und seinen beiden Kindern in Natchez, Mississippi.
Im Aufbau Taschenbuch sind ebenfalls »Natchez Burning« und »Die Toten von Natchez« lieferbar.
Mehr zum Autor unter www.gregiles.com

Penn Cage, der Bürgermeister von Natchez, sieht sein Leben in Trümmern. Die Frau, die er liebte, ist tot – ermordet von Mitgliedern der Doppeladler, jener Organisation von rassistischen Weißen, die seit den sechziger Jahren in Natchez ihr Unwesen treibt. Nun steht auch noch sein Vater, der Arzt Tom Cage, vor Gericht, weil er Viola Turner, eine Schwarze, mit der er eine Affäre hatte, getötet haben soll. Snake Forrest, das Oberhaupt der Doppeladler, tut alles, um Penn und seinen Vater einzuschüchtern. Er lässt auf eine Journalistin ein Giftattentat verüben und bedroht Penns Tochter. Penn weiß, dass in seiner Stadt erst Frieden einziehen wird, wenn auch Snake aus dem Weg geräumt worden ist. Doch zunächst muss er seinen Vater freibekommen – eine schier unmögliche Aufgabe, denn dessen Anwalt, ein eigentlich begnadeter Verteidiger, scheint alles noch schlimmer zu machen.

Das große Finale eines einzigartigen Projekts: Penn Cage kämpft für die Menschen seiner Stadt gegen einen übermächtigen Gegner, der vor nichts zurückschreckt.

GREG

ILES

DIE SÜNDEN VON NATCHEZ

THRILLER

Aus dem Amerikanischen
von Ulrike Seeberger

aufbau taschenbuch

Die Originalausgabe unter dem Titel
Mississippi Blood
erschien 2017 bei William Morrow, New York.

MIX
Papier aus verantwortungsvollen Quellen
FSC® C014496

ISBN 978-3-7466-3608-5

Aufbau Taschenbuch ist eine Marke der Aufbau Verlag GmbH & Co. KG

1. Auflage 2019
Vollständige Taschenbuchausgabe

Die deutsche Erstausgabe erschien 2018 bei Rütten & Loening,
einer Marke der Aufbau Verlag GmbH & Co. KG

Published by Arrangement with
HERO'S JOURNEY MEDIA CORPORATION
Umschlaggestaltung www.buerosued.de, München
unter Verwendung eines Motivs von © Arcangel Images / Dan Chung
Gesetzt aus der Bembo und der Schneidler durch Greiner & Reichel, Köln
Druck und Bindung GGP Media GmbH, Pößneck
Printed in Germany

www.aufbau-verlag.de

Für TK

Denn die Wahrheit ist eine schreckliche Sache. Man planscht mit dem Fuß darin, und gar nichts geschieht. Dann geht man ein bisschen weiter hinein und fühlt, wie es einen hineinzieht wie eine Unterwasserströmung oder ein Strudel. Erst zieht es einen nur ein wenig, gleichmäßig und stetig, so dass man es kaum bemerkt, dann steigert sich diese Strömung, dann kommt der Wirbel und das Untertauchen in die Schwärze, denn es gibt auch eine Schwärze der Wahrheit. Man sagt, es sei schrecklich, der Gnade Gottes ausgeliefert zu sein. Ich bin bereit, das zu glauben.

Robert Penn Warren
Das Spiel der Macht

PERSONENVERZEICHNIS

Avery, Quentin: Anwalt, ein alter Freund von Tom Cage – vertritt ihn vor Gericht, sitzt im Rollstuhl

Burke, Mia: eine Studentin, betreut Anne Cage, die Tochter von Penn Cage

Butler, Serenity: eine berühmte Journalistin, die nach Natchez kommt, um über die Doppeladler zu schreiben

Byrd, Billy: Sheriff von Adams County, Gegenspieler von Penn Cage

Cage, Annie: Tochter von Penn Cage

Cage, Penny: Ehefrau von Tom Cage

Cage, Penn: Bürgermeister von Natchez, ehemaliger Staatsanwalt, Schriftsteller, Sohn von Peggy und Tom Cage; versucht seinen Vater vor dem Gefängnis zubewahren

Cage, Tom: Arzt, Vater von Penn und Jenny Cage; war im Korea-Krieg, hatte in den sechziger Jahren eine Affäre mit Viola Turner; ist angeklagt, sie getötet zu haben, als sie nach Natchez zurückkehrte

Elder, Joseph: Richter in Natchez, leitet den Prozess gegen Tom Cage

Johnson, Shadrach: Bezirksstaatswalt in Natchez; bei der Bürgermeisterwahl gegen Penn Cage unterlegen; ist Ankläger im Prozess gegen Tom Cage

Kaiser, John: Sonderagent des FBI, kämpft gegen die Doppeladler

Knox, Billy: Geschäftsmann, Mitglied der Doppeladler, Sohn von Snake Knox

Knox, Forrest: Staatspolizist in Louisiana, Sohn von Frank Knox

Knox, Frank: Gründer der Doppeladler, starb bei einem Unglück

Knox, Snake: Kopf der Doppeladler, Bruder von Frank Knox

Masters, Caitlin: Journalistin, Verlobte von Penn Cage, kam im Kampf gegen die Doppeladler ums Leben

Revels, Cora: Schwester von Viola Turner, sagt gegen Tom Cage aus

Sexton, Henry: Journalist, machte es sich zur Lebensaufgabe, gegen die Doppeladler zu Felde zu ziehen, kam dabei ums Leben

Turner, Lincoln: Sohn von Viola Turner und Tom Cage. Halbbruder von Penn Cage

Turner Viola: Krankenschwester, in den sechziger Jahren Geliebte von Tom Cage; floh vor den Doppeladlern nach Chicago, kehrte zurück, weil sie an Krebs erkrankt war, starb unter mysteriösen Umständen

PROLOG

Trauer ist das einsamste aller Gefühle; sie macht uns zu Inseln.

Ich habe in den letzten paar Wochen viel Zeit mit Besuchen an Gräbern verbracht. Manchmal zusammen mit Annie, aber meistens allein. Die Leute, die mich dort sehen, machen einen großen Bogen um mich. Ich bin mir nicht sicher, warum. Im Umkreis von vierzig Meilen kennt mich jeder. Penn Cage, der Bürgermeister von Natchez, Mississippi. Wenn sie mir so wie jetzt aus dem Weg gehen – nur von Weitem winken, wenn überhaupt, und dann davoneilen –, dann frage ich mich manchmal, ob ich in den Umhang des Todes gehüllt bin. Jewel Washington, die Beamtin, die in Adams County für ungeklärte Todesfälle zuständig ist, und eine wahre Freundin, hat mich letzte Woche neben dem Rathaus zur Seite genommen und mir gesagt, ich sei der lebende Beweis dafür, dass es tatsächlich Gespenster gebe. Vielleicht stimmt das. Seit Caitlin gestorben ist, fühle ich mich nur noch wie ein Gespenst meiner selbst.

Vielleicht verbringe ich deswegen so viel Zeit an Gräbern.

Henry Sexton ist auf einem kleinen Friedhof in Ferriday beerdigt. Sein schiefer Grabstein ist dem kalten Wind ausgesetzt, der über die Felder des Louisiana-Deltas fegt. Auf dem schlichten Stein stehen die üblichen Lebensdaten. Darunter die von ihm gewünschte Grabinschrift, die in einem seiner Tagebücher stand, eine einzige Zeile:

Wenn ich doch jetzt nicht wüsste, was ich damals nicht wusste.

Typisch Henry, dass er sich eine Zeile aus einem Lied von Bob Seger ausgesucht hat.

Unter diesem Klagelied über die verlorene Unschuld stehen sechs

Wörter, von den Schwarzen eingemeißelt, die seine weiße Holzkirche besuchen und die dafür sorgen, dass das Grab dieses weißen Journalisten stets makellos gepflegt ist.

Wasn't that a man.

Muddy Waters

Genug gesagt.

Caitlins Grab liegt im Natchez City Cemetery, auf dem flachen Viereck unterhalb des Jewish Hill, nicht weit vom Turning Angel entfernt. Ihr Stein ist aus weißem Alabama-Marmor, groß, schmal und stark, genau wie sie es war. Ihre Mutter wollte, dass sie oben im Norden beerdigt würde, aber ihr Vater hat die Familie überredet, Caitlin hätte doch vorgehabt, in Mississippi zu heiraten und eine Familie zu gründen, solle also auch dort bleiben.

Ich habe ihre Grabinschrift ausgewählt, eine Zeile, die sie oft zitiert hat und die Ayn Rand zugeschrieben wird.

Die Frage ist nicht, wer mich lässt, sondern, wer mich aufhält.

Das hat Rand nie wirklich gesagt; die Zeile scheint eine Paraphrase eines Gesprächs zu sein, das Howard Roark in *The Fountainhead* geführt hat. Trotzdem fasst der Satz Caitlins Lebensphilosophie so gut zusammen, wie es nur möglich ist. Ein paar Leute haben mich gefragt, ob das eine angemessene Inschrift sei, da Caitlin eben wegen ihrer waghalsigen Verfolgung einer Mörderbande umgebracht wurde. Ich erwidere ihnen dann, dass ich nie ein Fan von Ayn Rand gewesen sei, dass die alte Scheinheilige das aber richtig gesehen habe. Und wenn Caitlins Tod uns irgendeine Moral oder Lektion gelehrt haben solle, sei ich wohl zu blöd, um sie zu erkennen. Wer in dieser Welt einen Sinn finden will, sollte von mir keine Antworten erwarten.

Mir sind gerade alle Antworten ausgegangen.

Beinahe jeden Tag stehe ich auf der hohen Klippe über dem Fluss, während der Winter in den Frühling übergeht und der Mordprozess meines Vaters näher rückt, und versuche, die Einzelteile meines Lebens wieder zusammenzusetzen. Dad wird in Louisiana vom FBI in Schutzhaft gehalten. Er durfte den Mississippi nicht überqueren, um an Caitlins Beerdigung teilzunehmen. Man hat mir erzählt, er hätte, nachdem er erfahren hatte, dass Sheriff Billy Byrd ihn verhaften und in Natchez einsperren würde, sobald er einen Fuß über den Fluss setzte, mit seinen arthritischen Händen so heftig gegen die Gitterstäbe seiner Zelle geschlagen, dass er sich einige Knochen im rechten Handgelenk gebrochen hatte. Das weiß ich allerdings nicht sicher.

Ich habe nicht mehr mit ihm gesprochen, seit Caitlin gestorben ist.

Forrest Knox liegt auf dem Land seiner Familie begraben, im ehemaligen Jagdrevier Walhalla. Letzte Woche habe ich meinen Wagen am Rand von Highway 61 geparkt und bin allein auf das Gelände gegangen, die Pistole in der rechten Hand. Zwischen den tiefen Reifenspuren und Tatortmarkierungen des FBI habe ich so lange gesucht, bis ich den Grabstein gefunden hatte. Auf Forrests Stein ist eine Südstaatenflagge eingemeißelt, eine Schändung dieser Fahne, dazu die Worte *Unermüdliche Hingabe*. Ich stand eine Weile da, und mir war speiübel. Erst dann begriff ich, dass ich gehofft hatte, hier Forrests Onkel – Snake Knox – über den Weg zu laufen.

Nach einer Weile trat ich den Stein um, sank auf die Knie und versuchte, mit dem Kolben meiner Pistole die eingemeißelte Fahne zu zertrümmern, aber ich schaffte es nur, ein paar Sterne herunterzubrechen. Schnaufend stand ich auf und feuerte fünf Kugeln auf die Granitplatte, und das erledigte die Angelegenheit. Dann pisste ich auf das Grab – mit einem schönen langen Strahl, der in der Kälte dampfte und die Erde zu Schlamm aufweichte – und ging zur Straße zurück.

Na ja. Wer nicht die ganze Wahrheit will, sollte jetzt nicht weiterlesen.

Wer weiterliest, soll nicht sagen, ich hätte ihn nicht gewarnt.

KAPITEL 1

In den letzten paar Wochen war das Schreiben meine Strategie, um bei Verstand zu bleiben. Seltsam, das zuzugeben. Seit Caitlins Tod habe ich Probleme mit den einfachsten Dingen des Lebens, zum Beispiel mit der Zeit. Mit der Abfolge von Geschehnissen. Ehrlich gesagt, ich habe nicht das Zeug dazu, die Ereignisse zu beschreiben, die unmittelbaren Auswirkungen von Caitlins Tod und der Verhaftung meines Vaters unter Mordverdacht. Vielleicht sollten Sie lieber ein paar kurze Artikel aus dem *Natchez Examiner,* Caitlins ehemaliger Zeitung, lesen. Caitlins ältere Schwester Miriam – eigentlich Finanzvorstand aus New York – leitet seit Caitlins Tod die Zeitung und hat sich geschworen, so lange dabeizubleiben, bis auch der letzte aus der Familie Knox im Gefängnis sitzt und die Doppeladler für alle Zeiten zerschlagen sind. Ich bin mir nicht sicher, ob Miriam Masters weiß, wie lange das dauern könnte.

Die beiden folgenden Artikel hat Keisha Harvin geschrieben, eine fünfundzwanzigjährige schwarze Reporterin aus Alabama, die die Doppeladler wie eine menschgewordene Furie verfolgt. Keisha wohnt gegenüber von Annie und mir auf der anderen Straßenseite in Caitlins altem Haus. Ich glaube nicht, dass sie viel schläft. Sie nimmt kein Blatt vor den Mund, ganz gleich, über wen sie schreibt. Mein Vater musste sich von ihr – zu Recht – einiges sagen lassen, und Keishas Artikel haben aus der Familie Knox das nationale Symbol für die primitivsten und verkommensten Instinkte im amerikanischen Charakter gemacht.

Mehr als einmal habe ich versucht, Keisha dazu zu überreden, sich ein wenig zurückzuhalten und an ihre eigene Sicherheit zu denken, aber wie Caitlin glaubt sie, dass ihre Arbeit mehr bedeutet als ihr Leben. Ich bin nicht sicher, ob eine Fünfundzwanzigjährige überhaupt dazu befähigt ist, diese Entscheidung zu treffen, aber eines weiß ich: Wo gute Menschen sich gegen das Böse stellen, verlangt früher oder später das Schicksal eine Abrechnung. Wenn dieser Tag kommt, hoffe ich, dass ich nah genug bei Keisha Harvin bin, um Gutes dagegen zu tun.

NATCHEZ EXAMINER
30. Dezember 2005
Prozesstermin für Dr. Tom Cage festgelegt
von Keisha Harvin

Richter Joseph Elder hat den 13. März als Termin für den Mordprozess gegen den ortsansässigen Arzt Thomas J. Cage festgelegt. In einem Fall, der in der ganzen Nation Aufmerksamkeit erregt, wird Dr. Cage beschuldigt, seine fünfundsechzigjährige ehemalige Krankenschwester aufgrund eines Selbstmordpakts ermordet zu haben: Er sollte der unheilbar kranken Frau Sterbehilfe leisten, die achtunddreißig Jahre zuvor seine Krankenschwester gewesen war.

Die Lage wurde durch die besondere Tatsache, dass Dr. Cage ein Weißer ist und Schwester Turner eine Schwarze war, noch komplizierter, und zudem ist inzwischen bekannt, dass Mrs. Turner 1968 ein Kind von Dr. Cage zur Welt brachte, der zu diesem Zeitpunkt bereits verheiratet war. Mrs. Turner war damals eine achtundzwanzigjährige Witwe, deren Ehemann kurz zuvor im Vietnamkrieg gefallen war.

Bezirksstaatsanwalt Shadrach Johnson erklärte: »Ich möchte nicht, dass in diesem Mordfall irgendwelche Zweifel an den Tatsachen aufkommen. Es geht hier nicht um Euthanasie. Wenn ein Arzt die Medikamente zur Verfügung stellt, die ein Patient benutzt, um seinem Leben ein Ende zu machen, dann ist das in Mississippi ein konkret definiertes Verbrechen: Beihilfe zum Selbstmord. Wenn jedoch ein Arzt diese Medikamente selbst verabreicht, dann ist es Mord, schlicht und einfach – selbst wenn es sich um einen sogenannten Gnadentod handelt. Hier haben wir es jedoch mit einem Fall zu tun, in dem der Arzt ein persönliches Interesse daran hatte, seine Patientin zum Schweigen zu bringen, damit sie eine Tatsache nicht verraten konnte, die seinen Ruf und auch seine Ehe hätte zerstören können. Deswegen wurde Dr. Cage wegen Mordes angeklagt.«

Billy Byrd, der Sheriff von Adams County, fügte hinzu, seine Behörde habe rund um die Uhr gearbeitet, um sicherzustellen, dass die Staatsanwaltschaft bestens gerüstet sei, um Dr. Cage rasch den Prozess zu machen, den ihm das Gesetz garantiert. »In manchen Bezirken in Mississippi schleppen sich solche Fälle im Vorfeld jahrelang hin«, meinte Byrd. »Aber diese arme Frau lag ja, als sie ermordet wurde, wegen einer Krebskrankheit im Sterben. Ihrer Familie steht hier Gerechtigkeit zu. Ich habe eingehend mit den Angehörigen gesprochen. Sie sind am Boden zerstört über die Geschehnisse. Ich will niemanden gegen Dr. Cage einnehmen, doch ich glaube nicht, dass ich je einen Fall erlebt habe, in dem die Faktenlage so eindeutig war. Allerdings will ich es Bezirksstaatsanwalt Johnson überlassen, das mit den Geschworenen zu besprechen.«

Die Auswahl der Geschworenen beginnt in zehn Wochen. Im Augenblick sitzt Dr. Cage nicht im Gefängnis von Adams County ein, sondern in der Bundesstrafanstalt in Pollock, Louisiana. Sonderagent John Kaiser vom FBI erklärte: »Dr. Cage wird in Schutzhaft gehalten. Er ist ein wichtiger Zeuge in einer großen FBI-Untersuchung. Sein Leben ist in Gefahr.« Auf die Frage, ob Dr. Cage tatsächlich in Gefahr wäre, wenn man ihn im Gefängnis von Adams County gefangen hielte, wollte Agent Kaiser keinen Kommentar abgeben.

Dr. Cage wird im Prozess von dem bekannten afroamerikanischen Bürgerrechtsanwalt Quentin Avery aus Jefferson County, Mississippi, und Washington D. C. verteidigt. Bis heute hat Dr. Cage keine Aussagen zu seiner Verteidigung gemacht. Mr. Avery hat jedoch gestern in einem Telefoninterview erklärt: »Man sollte nicht vergessen, dass Viola Turners Bruder 1968 von den Doppeladlern ermordet wurde. Ereignisse, die mit diesem Verbrechen zusammenhängen, könnten sehr wohl einen Einfluss auf diesen Fall haben.« Der Bürgermeister von Natchez, Penn Cage, der Sohn des Angeklagten und ehemaliger Staatsanwalt in Houston, stand für einen Kommentar nicht zur Verfügung, weder zum Prozesstermin noch zu den Aussagen von Bezirksstaatsanwalt Johnson, Sheriff Byrd oder Mr. Avery.

NATCHEZ EXAMINER

3. Januar 2006
Knox bald kein Meistgesuchter des FBI mehr?
von Keisha Harvin

Der anscheinende Selbstmord eines ehemaligen Mitglieds der berüchtigten Doppeladler-Gruppe führt vielleicht dazu, dass das FBI den Namen Chester »Snake« Knox aus der Liste der zehn Meistgesuchten streicht. Gut unterrichtete Quellen berichten, Beweismittel, die am Todesort des ehemaligen Ku-Klux-Klan-Mitglieds Silas Groom gefunden wurden, brächten diesen mit mehreren Verbrechen in Verbindung, unter anderem mit dem Bombenanschlag auf ein FBI-Flugzeug, das am 17. Dezember Beweismittel vom Flughafen in Vidalia ins Forensiklabor des FBI in Washington bringen sollte.

Groom wurde letzten Donnerstag in seinem Zuhause gefunden, mit einem Kopfschuss und dem Revolver in der Hand. Die obigen Quellen berichten ebenfalls, dass ein Abschiedsbrief und weitere am Tatort gefundene Beweismittel Groom möglicherweise mit mehreren Morden in Verbindung bringen, unter anderem mit dem Mord an der Herausgeberin des Natchez Examiner, Caitlin Masters, die am 16. Dezember 2005 in Lusahatcha County getötet wurde, und mit dem Mord am Gründungsmitglied der Doppeladler, Sonny Thornfield, der angeblich vor achtzehn Tagen im Gefängnis der Gemeinde Concordia Selbstmord begangen hat.

Der zuständige Sonderagent John Kaiser wollte keinen Kommentar zu diesen neu entdeckten Beweisstücken abgeben, aber FBI-Sprecher Eric Templeton in Washington sagte: »Snake Knox hat vielleicht Entführungen und sogar andere Morde begangen, aber er war hauptsächlich wegen des Bombenanschlags auf den FBI-Jet auf unserer Liste der Meistgesuchten. Wir sind im Prinzip überzeugt, dass Groom in diesem speziellen Fall der Täter war, und werden wohl die Liste dementsprechend anpassen.« Auf die Frage, wie ein Achtundsiebzigjähriger eine so komplexe Sprengladung an einem FBI-Jet hätte anbringen können, erklärte Agent Templeton: »Die Doppeladler waren zum größten Teil ehemalige Militärs, die Erfahrung mit

Sprengkörpern hatten. Silas Groom hatte mehr Erfahrung mit Waffen als der durchschnittliche Al-Qaida-Terrorist, und man muss kein olympiareifer Athlet sein, um ein kleines Flugzeug zu sabotieren.«

Zumindest ein Gesetzeshüter vor Ort, der Sheriff der Gemeinde Concordia, Walker Dennis, hat Zweifel daran angemeldet, dass Groom tatsächlich Selbstmord begangen hat. Sheriff Dennis sagte: »Ich warte erst noch den Bericht des Rechtsmediziners ab, aber es muss wohl jeder zugeben, dass in letzter Zeit eine sehr verdächtige Häufung von Selbstmorden zu verzeichnen ist. Grooms Tod könnte den Druck auf Snake Knox erheblich mindern. Wenn Sie mich fragen, sollte dieser Druck weiter voll auf Snake lasten. Meine Behörde wird jedenfalls in der Jagd nach Knox nicht nachlassen, auch wenn das FBI anscheinend glaubt, dass er sich in ein Land abgesetzt hat, mit dem wir keine Auslieferungsvereinbarung haben.«

Der Inhalt von Silas Grooms Abschiedsbrief wurde nicht veröffentlicht. Dem Examiner wurde jedoch ein makabres Detail bekannt: Ein seltenes Zwanzig-Dollar-Stück, ein »Doppeladler«, das Mitgliedsabzeichen der Gruppe, wurde auf dem blutbeschmierten Brief gefunden, in dem Groom angeblich einige seiner Verbrechen gestand. Wie alle echten Doppeladler-Abzeichen wurde dieses Goldstück im Geburtsjahr des Besitzers geprägt, in Grooms Fall im Jahr 1933. Dem Tagebuch des Journalisten Henry Sexton zufolge gab es nur eine einzige Ausnahme von dieser Praxis: Mitglieder der Doppeladler, die zu einem Zeitpunkt geboren wurden, als diese Münze nicht mehr geprägt wurde, erhielten einen Original-JFK-Halbdollar von 1964. Angeblich ist dies das Abzeichen, das Knox heute noch trägt.

Gerüchte, welche die Doppeladler mit der Ermordung John F. Kennedys im Jahr 1963 in Verbindung bringen, wurden bisher nicht bestätigt. Alle Bemühungen, herauszufinden, welcher Art die Beweismittel waren, die in dem abgestürzten FBI-Jet von Vidalia ins Forensik-Labor des FBI gebracht werden sollten, wurden vom FBI vereitelt. Das FBI sagt lediglich, die Beweismittel hätten mit der kürzlich erfolgten Ermittlung zu den Doppeladler-Morden zu tun, die in den sechziger Jahren im Gebiet Natchez-Vidalia begangen wurden. Das Flugzeug war eine Cessna Citation II. Es brannte aus, ehe Feuerwehr und Rettungsteams den Absturzort erreichten. Das FBI hat nicht mitgeteilt, ob alle oder zumindest einige der Beweismittel an Bord den Absturz überstanden haben.

Vor sechsunddreißig Jahren stürzte ein anderes kleines Flugzeug in der Nähe des Flughafens der Gemeinde Concordia ab, nachdem es angeblich mit einem anderen Flugzeug kollidiert war, das Chester »Snake« Knox flog. Bei diesem Vorfall starben vier Personen, aber Knox, ein erfahrener Pilot von Sprühflugzeugen, kam ungeschoren davon. Es existierten keine Zeugen für diesen angeblichen Zusammenstoß in der Luft, der Berichten zufolge stattfand, als Concordia noch ein unbemannter Flugplatz war. Henry Sextons Tagebücher haben Zweifel am Bericht der FAA aus dieser Zeit aufkommen lassen, aber wenn Snake Knox nicht festgenommen wird und seine damals erzählte Geschichte revidiert, wird die Akte über diesen früheren Absturz wohl geschlossen bleiben.

Zum Absturz des FBI-Jets sagte ein Ortsansässiger aus Vidalia, der anonym bleiben möchte: »Niemand in unserer Gegend weiß mehr über kleine Flugzeuge als Snake Knox. Und niemand weiß auch mehr über Bomben. Mehr will ich dazu nicht sagen. Mit Snake Knox sollte man es sich nicht verderben, auch wenn er nach Costa Rica oder wohin auch immer abgehauen ist. Früher oder später taucht der wieder hier auf. Warten Sie nur ab.«

KAPITEL 2

Ich fahre mit Tempo hundertvierzig durch das Louisiana-Delta. Eine Urfinsternis liegt über dem Land wie ein Leichentuch. Meine Scheinwerfer bohren einen Tunnel in die Nacht, lösen einen Wirbel leuchtender Augen aus: aufgeschreckte Hirsche, Opossums, Füchse, Waschbären und die eine oder andere Kuh, die sich nah bei einem Zaun ausruht. Der gepanzerte Yukon unseres Leibwächters folgt uns im Abstand von hundertfünfzig Metern, weit genug weg, um mir während der hundert Meilen Heimfahrt vom Gefängnis, in dem mein Vater festgehalten wird, eine Migräne zu ersparen, aber so nah, dass Tim Weathers eingreifen könnte, falls es nötig sein sollte. Ab und zu gibt es einen donnernden Schlag, wenn ich um eine Kurve rase und über den zerbrochenen Panzer eines toten Gürteltiers fahre, und doch schläft meine Tochter Annie neben mir weiter, eine Hand leicht auf meinen Unterarm gelegt.

Im Rückspiegel schwebt ein weiteres Engelsgesicht in mein Blickfeld. Durch den verschwommenen Schleier meiner Müdigkeit nehme ich es erst als Caitlins Gesicht wahr, aber es gehört Mia Burke, Annies zwanzigjähriger Betreuerin. Mias Augen sind geschlossen, ihr Mund steht ein wenig offen, und säuselnde kleine Schnarcher dringen zwischen ihren Lippen hervor. Die Erschöpfung hat die beiden Mädchen ruhiggestellt, trotz Schlaglöchern und überfahrenen Tieren, die Erschöpfung, die durch das Brummen des Motors und das Zischen unserer Reifen verstärkt wird, dazu durch die Stimme von Levon Helm And The Band, die »The Weight« singen, die Live-Version aus dem Album *The Last Waltz*.

Während Pops und Mavis Staples in Harmonie zu singen beginnen wie dunkle Engel, die vom Himmel herabschweben, überkommt mich beinahe so etwas wie Friede. Wie viel Seele und Selbstbewusstsein muss ein Weißer haben, um vor solchen Engeln als Lead-Singer aufzutreten? Levon ist ein Junge vom Land, aus Arkansas, so klapperdürr und zäh wie die Schweinehunde, die Caitlin umgebracht haben, und doch singt er irgendwie mit der verletzten Menschlichkeit eines Mannes ohne Stammeszugehörigkeit, eines Mannes, der Liebe und Schmerz erfahren hat und begreift, dass das eine der Preis für das andere ist.

Ich wünschte, ich glaubte an Gott, dann könnte ich ihm die Schuld an Caitlins Ermordung geben. Aber als Mann ohne Glauben bleibt mir nur, alles meinem Vater anzulasten. Meine Mutter meint, Caitlin hätte ihren Tod selbst auf sich gebracht und hätte das auch dann getan, wenn mein Vater nicht vorher unser aller Leben völlig auf den Kopf gestellt hätte. Ich habe nicht die Kraft zu widersprechen. Mom will einfach nur, dass ich Dad zumindest genug verzeihe, um ihn im Gefängnis zu besuchen. Aber dazu kann ich mich nicht durchringen. Also sitze ich draußen im Auto oder gehe in ein Wendy's Restaurant ein wenig die Straße hinunter, während Mom und Annie im Gefängnis ihre Rituale durchlaufen und Mia sich um Annie kümmert, solange Mom Zeit allein mit Dad verbringt.

Meistens sitze ich nur da und denke über die Kette von Ereignissen nach, die mich hierhergebracht hat. Es stimmt, dass Caitlin sich von ihrem Ehrgeiz an einen verfluchten Ort hat locken lassen, zu dem sie niemals allein hätte gehen sollen. Aber hätte mein Vater nicht die Wahrheit darüber verschwiegen, was sich in der Nacht von Viola Turners Tod ereignet hat, wäre Caitlin nie so besessen von Henry Sextons Mission gewesen und hätte auch seine Fackel nicht weitergetragen, nachdem er sein Martyrium auf sich genommen hatte, um uns zu retten. Sie wäre auch nicht der blutigen Spur zu dem Knochenbaum gefolgt.

Dann würde sie heute noch leben.

Wir würden zusammen mit Annie im Haus Edelweiß wohnen, unserem Traumhaus mit Blick auf den Fluss, und wir wären auf dem besten Weg, Annie einen Bruder zu schenken. Der Gedanke verfolgt mich wahrscheinlich mehr, als er sollte. In der Nacht, bevor Caitlin umgebracht wurde, haben wir uns zum ersten und letzten Mal in diesem Haus geliebt: ein verzweifelter Versuch ihrerseits, mich nach einer Konfrontation mit einem korrupten Sheriff zu beruhigen. Ich hatte damals keine Ahnung, dass Caitlin schwanger war. Das hat mir später Forrest Knox erzählt, um mich zu quälen, und die Autopsie hat seine Enthüllung bestätigt. Hätte ich das Verderben geahnt, auf das wir in jener letzten Nacht zurasten, dann hätte ich die Tür von Haus Edelweiß abgeschlossen und Caitlin festgehalten, bis … bis was? Irgendwie spüre ich, dass Caitlin trotzdem gestorben wäre, ganz gleich, was ich in jener Nacht getan hätte, und Annie und ich wären trotzdem hier gelandet. Und das ist … wo?

In der Verlorenheit.

Walking wounded.

Wenn jemand, den man liebt, ermordet wird, dann findet man einiges über sich selbst heraus, das man um alles in der Welt lieber nicht wüsste. Wenn man die Person umbringt, die einem dieses Leben geraubt hat, dann entdeckt man, dass Rache nicht einmal annähernd die Leere ausfüllen kann, die dieser Mord hinterlassen hat. Nichts kann das fertigbringen, außer Jahre des Lebens, und dann nur, wenn man großes Glück hat. Annie und ich haben das beim ersten Mal gelernt, als der Krebs uns ihre Mutter nahm.

Caitlin war unser Glücksfall.

Vor neun Wochen hat uns dieses Glück verlassen. Caitlins Ermordung hat uns wie eine Granate aus einem heiteren blauen Himmel getroffen. Und das Erste, was diese Art von Granate zersprengt, ist die Zeit. Tag und Nacht verlieren ihren Sinn. Das Verstreichen von Augenblicken und Stunden kommt ins Wanken. Zifferblätter lösen Verwirrung, sogar Panik aus. In der Halbwelt des Trauerns beginnt sich der Sinn für unser Selbstsein aufzulösen.

Meine Arbeit hat so sehr darunter gelitten, dass alle im Rathaus sich inzwischen verschworen haben, so zu tun, als funktionierte ich. Es fällt mir schwer, das zuzugeben, aber wenn ich ehrlich bin, stimmt etwas nicht mit mir. Mein Bezug zur Wirklichkeit ist schwächer, als er sein dürfte. Meine Selbstbeherrschung ist so sehr ausgehöhlt, dass ich an meinem Verstand zu zweifeln beginne. Aber wenn man bedenkt, was ich alles durchgemacht habe … dann ist das vielleicht eine ganz normale, vernünftige Reaktion. Vielleicht die einzig mögliche. Denn meine Familie ist implodiert.

Meine Mutter wohnt in einem Motel in der Nähe der Bundesstrafanstalt in Pollock, Louisiana, wo mein Vater vom FBI festgehalten wird. Ich musste Annie aus der Schule nehmen, und nur Mia Burkes selbstloser Einsatz hat verhindert, dass Schmerz und Todesangst sie völlig gelähmt haben. Mia hat auch viel dazu beigetragen, dass ich noch mit dem Kopf über Wasser bin. Das ist ihr gegenüber unfair, aber sie hat es freiwillig gemacht, und, ehrlich gesagt, ich habe sonst niemanden, auf den ich mich stützen könnte.

Mein Mobiltelefon piepst unter der Musik. Es liegt auf der Seite neben der Handbremse des Audi. Ich halte das Lenkrad mit dem linken Knie fest, strecke die linke Hand über meinen Schoß, um die Nachricht anzuschauen, ohne Annie zu stören.

Da steht: *Alles okay? Nicht müde?*

Die SMS ist von Tim Weathers, unserem Leibwächter für heute Nacht, der in seinem Yukon hinter uns herfährt. Eigentlich gehört das Auto nicht Tim. Es ist Eigentum der Firma Vulcan Asset Management aus Dallas, für die er arbeitet.

Alles gut, tippe ich. *Mädchen schlafen.*

Brauchen sie, antwortet er.

Außer Caitlins Tod ist es wohl das, woran ich mich am schwersten gewöhne. Wir leben von Leibwächtern umgeben. Totale Sicherheitsüberwachung, vierundzwanzig Stunden am Tag. Und nicht etwa die riesigen Bodyguards, die man in der Nähe von Pop-Divas und Profisportlern sieht, sondern ehemalige Soldaten aus Sondereinheiten wie mein Freund Daniel Kelly, der nun schon seit Monaten in Afghanistan vermisst ist. Männer, die etwas vom Personenschutz verstehen und die Fertigkeiten, die Selbstbeherrschung und die Erfahrung haben, diese Aufgabe richtig zu erfüllen.

Die Kosten für einen solchen Schutz sind erdrückend. In den letzten beinahe zweieinhalb Monaten haben mir Sicherheitsfirmen über hunderttausend Dollar in Rechnung gestellt. Aber ich sehe keine Alternative. Es ist so, als stellte man einen Pflegedienst für bettlägerige Eltern ein: Bis man es tatsächlich machen muss, hat man keine Ahnung, was diese andauernde Aufmerksamkeit tatsächlich kostet. Zu meiner Erleichterung hat Caitlins Vater die Hälfte jeder Rechnung übernommen. Er hat angeboten, alles zu zahlen, aber in mir ist noch ein bisschen Stolz geblieben. Lange kann ich mir diese Ausgaben nicht mehr leisten, aber jedes Mal, wenn ich mich frage, ob wir vielleicht unsere Wachsamkeit ein wenig lockern und diesem Geldfluss ein wenig Einhalt gebieten könnten, klingen mir John Masters' Worte in den Ohren: *»Penn, wenn dir oder Annie etwas zustoßen würde, würde Caitlin mir das niemals verzeihen. Ich weiß, meine Tochter ist tot, aber ich weiß auch, dass meine Verpflichtungen ihr gegenüber niemals enden werden. Also stell du die Besten ein und schick mir die Rechnungen. Mir ist verdammt egal, wie viel das kostet. Du hast den Neffen von Snake Knox getötet. Und bis Snake, dieser Hurensohn, mit Einbalsamierungsflüssigkeit vollgepumpt wird, sollst du leben wie der Präsident der Vereinigten Staaten. Ich habe es nicht geschafft, meine Tochter zu schützen, und ich kann mich kaum im Spiegel anschauen. Mach du nicht mit deiner Tochter denselben Fehler.«*

Das habe ich nicht vor.

Also leben wir seither mit mindestens einem Leibwächter – manchmal mit dreien –, der vierundzwanzig Stunden am Tag nur wenige Schritte von uns entfernt ist. Heute hatten wir während unserer wöchentlichen Fahrt zum Gefängnis von Pollock und zurück nur Tim bei uns, einen ehemaligen SEAL aus Tennessee. Tim ist für Annie so etwas wie ein Lieblingsonkel geworden und ein Bruder für Mia und mich. Wie immer hat Annie zuerst ihre Großmutter besucht und dann ihren Großvater, während Mia die Straße entlangspaziert ist und bei Wendy's mit mir einen Cheeseburger gegessen hat.

Weitere leuchtende Augen blitzen auf den leeren Feldern hinter dem Randstreifen der Straße auf. Diese Fahrt ist wie eine nächtliche Tour durch ein riesiges Wildreservat, eine Südstaatensafari, umsäumt vom schwefeligen, über Meilen anhaltenden Gestank des Abwehrsekrets eines Stinktiers. Die hellen Kreise, die in der Dunkelheit aufflammen, durchlaufen das gesamte Farbspektrum: gelb für die Waschbären, grün für das Rotwild, rot für Füchse und Opossums, blau für den gelegentlichen Kojoten. Das Land scheint von leuchtenden Geistern bevölkert zu sein, und doch ist die Erklärung einfach genug. Das *tapetum lucidum*, die Schicht von Kristallen hinter all diesen Netzhäuten, hat sich entwickelt, um die Nachtsicht der Tiere zu verbessern, indem sie das Licht durch das Auge reflektiert, damit es zweimal und nicht nur einmal genutzt wird. Aber wie die Fernsehscheinwerfer, die mich immer geblendet haben, wenn ich in der Walls Unit in Huntsville ankam, um bei einer Hinrichtung als Zeuge anwesend zu sein, macht das strahlende Gleißen der Scheinwerfer meines Audi dieses Resultat der Evolution nutzlos, weil all diese empfindlichen Augen mit einem Schlag blind werden …

»Daddy?« Annies Hand drückt sanft meinen rechten Arm. »Ich muss Pipi machen.«

Meine Tochter ist elf Jahre alt, aber wenn sie im Halbschlaf spricht, klingt ihre Stimme noch genauso wie damals, als sie drei oder vier war.

Vor uns sind keine Lichter zu sehen, nur Schwärze. Aber mein Gehirn geht rasch die Datei mit den Haltepunkten in dieser beinahe menschenverlassenen Landschaft durch. »Ich glaube, in etwa acht Minuten kommt eine Tankstelle. Kannst du so lange warten?«

»Mh. Vergiss es aber nicht und fahr nicht vorbei.«

Hinter mir sagt eine Stimme: »Ich unterstütze den Antrag.«

Ich schaue in den Rückspiegel und sehe Mia, die mich mit einem schiefen Lächeln anblickt.

»Hunger habe ich auch«, fügt sie hinzu. »Bis ich wieder zur Uni gehe, bin ich wahrscheinlich völlig in die Breite gegangen.«

Mia muss müde sein, denn sie würde niemals erwähnen, dass sie uns möglicherweise verlassen könnte – jedenfalls nicht in Hörweite von Annie –, wenn auch der Tag des Abschieds unvermeidlich näher rückt. Mias bloße Anwesenheit ist schon ein Wunder, ein Zeugnis einer Großzügigkeit, die ich kaum fassen kann. Vor zwei Jahren, als sie an meiner alten Schule eine Überfliegerin in der High School war, hat sich Mia einen Sommer lang um Annie gekümmert, und dann während des Schuljahres an Nachmittagen, wenn ich arbeiten musste. Sie war die perfekte Babysitterin: ein schlaues, lebhaftes Mädchen aus einer Familie in bescheidenen Verhältnissen, das für Dinge arbeiten musste, die seine Klassenkameraden für selbstverständlich hielten. Ihr Schwung und ihre praktische Art übertrugen sich jeden Tag auf Annie, und ich war dankbar dafür.

Später in diesem Jahr ertrank eine von Mias Klassenkameradinnen in einem nahegelegenen Bach, und einer meiner Kindheitsfreunde wurde beschuldigt, sie getötet zu haben. Mia war an der Lösung dieses Mordfalls beteiligt, und zur Belohnung half ihr mein dankbarer Freund – ein Arzt –, etwas zu erreichen, was jenseits ihrer Mittel gelegen hatte, ganz gleich, wie hart sie dafür gearbeitet hätte: Er zahlte ihre Studiengebühren für das College ihrer Wahl – Harvard.

Es war purer Zufall, dass Mia auf dem Heimweg in die Weihnachtsferien war, als Caitlin getötet wurde. Sobald sie die Nachricht gehört hatte, kam sie zu uns und tat alles, was in ihrer Macht stand, um Annie zu trösten, die bereits wieder dabei war, in den lähmenden, überängstlichen Zustand zu verfallen wie nach dem Tod ihrer Mutter in Houston. Innerhalb einer Woche entwickelte Annie eine besorgniserregende Abhängigkeit von Mia. Ich wusste nicht, wie ich verhindern sollte, dass sie völlig die Fassung verlor, wenn Mia nach Massachusetts zurückkehren musste. Zu meiner Verblüffung setzte sich Mia jedoch drei Tage vor ihrer geplanten Abreise mit mir zusammen und erklärte mir, sie habe beschlossen, ein Semester freizunehmen, um Annie dabei zu helfen, »wieder normal zu werden«.

Ich habe natürlich Einwände erhoben, aber nicht allzu heftig und nicht allzu lange. Mia sagte mir, sie sei eingeteilt gewesen, ein Semester lang an einer archäologischen Ausgrabung in Yucatán teilzunehmen, sie werde also kein echtes Semester verpassen. Zu diesem Zeitpunkt hatte meine Mutter bereits beschlossen, in die Nähe von Dads Gefängnis zu ziehen, und das entschied die Sache.

»Da ist ein Licht«, sagt Mia. »Da links.«

Sie hat recht. Was ich als einsame Tankstelle in Erinnerung habe, steht etwa eine Meile von uns entfernt am Rand von flachen Feldern wie eine Richtfunkstation in der Wüste. Ich ziehe mein Handy hervor und gebe die Kurzwahl für Tim hinter uns sein.

»Was gibt's?«, fragt er.

»Wir biegen bei der Tankstelle von der Straße ab. Die Mädels brauchen eine Toilette.«

»Lass mich vorher erst näher kommen.«

»Okay.«

Diese Art von taktischen Gesprächen ist uns in den letzten Wochen zur zweiten Natur geworden. Nach sechzig Sekunden erreichen wir die Abzweigung. Tim ist direkt hinter uns, als ich auf den Kiesplatz bei der Betonplatte poltere, auf dem die alte Tankstelle steht.

Ich parke auf dem ölbefleckten Beton unter dem durchhängenden Vordach, das die Zapfsäulen überdeckt. Tim hält hinter uns. Sobald er aus dem Yukon aussteigt, springt Annie aus dem Wagen und rennt in die Tankstelle. Tim folgt ihr, und Mia und ich gehen hinter ihnen her.

Seit wir beim Gefängnis losgefahren sind, ist die Temperatur um zehn Grad gesunken. In der Tankstelle riecht es nach überhitztem Kaffee, altem Fett und Desinfektionsmittel. Eine einsame Angestellte hat Nachtschicht, eine ältere Frau mit Haarnetz. Sie steht hinter einer fettverschmierten Vitrine, in der einige Reste von Brathähnchen und Kartoffelkroketten liegen. Während Annie auf der Toilette ist, mustere ich das jämmerliche Angebot im Snack-Regal, frage dann die Frau, ob sie frischen Kaffee hat. Sie erwidert, sie würde eine neue Kanne kochen.

»Wo ist Ihre Herrentoilette?«

»Draußen. Wenn Sie rauskommen, gleich rechts.«

Tim will mir nach draußen folgen, aber ich bitte ihn, bei den Mädchen zu bleiben. Er nickt und sagt mir, ich solle die Augen aufhalten.

Die Dunkelheit draußen duftet schwach nach Unkrautvernichtungsmittel. Ich hatte das auf meinem kurzen Gang in die Tankstelle nicht bemerkt. Es ist noch zu früh für das Sprühen; vielleicht mischt ein Bauer irgendwo in der Nähe seine Chemikalien zusammen. Der Geruch katapultiert mich in meine Kindheit zurück. Wenn ich als Junge auf den Feldern meines Großvaters unterwegs war, rannte ich immer unter den Flugzeugen umher und fuchtelte freudig mit den Armen, dachte nicht einmal im Traum daran, dass diese Wolken in meinem Blut und in meinen Knochen Krebs verursachen könnten.

Auch die Herrentoilette beschwört in mir die Kindheit herauf. Eine schrankgroße Kabine, kalt wie eine Tiefkühltruhe, und doch stinkt sie nach menschlichen Exkrementen und Reinigungschemikalien, ein schwerer Gestank mit einer beißenden Note, die einem im Hals brannte, wenn man sich dort zu lange aufhielt.

Ich schiebe den windigen Riegel in ein Loch im Türrahmen, stelle mich vor das hohe Wandpissoir, ziehe den Reißverschluss meiner Hose herunter und pisse gegen das fleckige Porzellan. Wie viele Male habe ich diese Fahrt zwischen Natchez und dem Gefängnis wohl schon gemacht?, überlege ich. Zweieinhalb Monate, einmal, manchmal zweimal in der Woche. Neunmal, tippe ich, und jedes Mal habe ich allein draußen gewartet, während Mom und Annie sich im Besuchszimmer mit Dad trafen.

Ich mache meine Hose zu und hebe die Hand, um abzuziehen, entscheide mich dann doch, den rostigen Griff lieber nicht anzufassen. Als ich mich zur Tür wende, höre ich draußen auf dem Weg einen Schuh knirschen. Wahrscheinlich ist es Tim, doch aus einem unerfindlichen Grund lässt mich dieses Geräusch in der Bewegung erstarren.

Zehn Sekunden vergehen … dann zwanzig.

Habe ich mir das eingebildet? Frauengelächter dringt durch die Wand hinter mir. *Die Mädels sind noch immer in der Tankstelle. Wenn sie noch da drin sind, ist Tim bei ihnen.*

Wessen Schritte habe ich also gehört?

Ich ziehe mein Handy aus der inneren Manteltasche. Ich beginne, bei Tim anzurufen, höre dann aber auf. Wahrscheinlich leide ich unter Verfolgungswahn, aber ich will ihn nicht in einen Hinterhalt locken. Ich nehme das Telefon in die linke Hand, kauere mich hin, raffe das linke Hosenbein hoch und ziehe meinen Smith & Wesson Airweight .38 aus dem Fußholster, das ich seit Dezember trage. Dann drücke ich mich mit dem Rücken gegen das Pissoir.

Stücke sind vom hölzernen Kolben des Revolvers abgesplittert, weil ich damit gegen den Grabstein von Forrest Knox gehämmert habe. Nur mit dem linken Daumen schreibe ich an Tim: »Habe was vor dem Klo gehört. Mögl Bedrohg. Bleib drinnen mit den Mädels. Bin eingesperrt.«

Als ich »Senden« drücke, bewegt sich die Klinke der Toilettentür einmal, dann nicht mehr.

Meine Hand umklammert die Pistole fester.

Dann wird die Tür gegen den Riegel gedrückt, als prüfte jemand den Widerstand.

»Moment!«, rufe ich, wie das jeder in einer normalen Situation machen würde. »Bin so gut wie fertig.«

Keine Antwort.

Mit dem linken Daumen schreibe ich an Tim: *Polizei holen.*

Aus der unheilschwangeren Stille ertönt nun eine gedämpfte Stimme, kaum hörbar durch die dünne Metalltür: »Ich habe eine Nachricht für Sie, Herr Bürgermeister. Kommen Sie raus.«

Großer Gott!

Mit zitternder Hand schreibe ich: *Bedrohg echt*!

»Eine Nachricht von wem?«, frage ich.

»Sie wissen schon. Jetzt kommen Sie raus und hören sich an, was ich zu sagen habe. Wenn Sie weiter da drin rummachen, kommt Ihre Tochter irgendwann aus der Tankstelle, und dann wird es ganz schnell sehr ungemütlich. Also schütteln Sie Ihren Schwanz trocken und kommen raus.«

Das da draußen ist auf keinen Fall Snake, denke ich, als ich noch überlege, ob er es sein könnte. John Kaiser ist fest davon überzeugt, dass der alte Doppeladler sich ins Ausland abgesetzt hat. Aber wenn es nicht Snake ist … wer ist es dann? Und wer immer es ist, ist er allein?

»Kommen Sie, Cage? Oder wollen Sie, dass Ihr kleines Mädchen die Nachricht bekommt?«

Mir trocknet der Speichel im Mund ein. Ein seltsamer Zwang drängt mich, die Tür aufzumachen, doch irgendwo in meinem Hirn brennt die Gewissheit, dass ich in dem Augenblick, wo ich mich zeige, erschossen werde.

Mein Herz machte einen Sprung, als das Telefon in meiner Hand piepst.

Hilfstrupp unterwegs, lautet Tims Antwort. *Ich komme. Bleib, wo du bist, es sei denn, du hörst Schüsse. Wenn du rauskommst, schieße, wie ich es dir beigebracht habe.*

Lass die Mädels nicht allein!, denke ich, aber ehe ich diese Worte tippen kann, ruckelt der Mann draußen an der Tür, rappelt dann immer heftiger daran. Eine halbe Sekunde lang überlege ich, ob ich durch die Tür schießen soll.

Wen würde ich umbringen? Was ist, wenn der Typ nicht bewaffnet ist?

Jedenfalls kann ich nicht hier stehen bleiben, während Tim sein Leben riskiert, um mein Kind zu beschützen.

Ich bewege mich neben die Tür, greife mit der linken Hand nach dem Riegel. Doch ehe meine Finger das Metall berühren, kracht die Tür auf, macht meinen Arm taub bis zum Ellbogen.

Ich sehe niemanden.

Dann nimmt eine undeutliche Gestalt ein paar Schritte von der Tür entfernt Konturen an, ein weißes T-Shirt im Mantel der Dunkelheit. Niemand ist mehr überrascht als ich selbst, als mein rechter Zeigefinger den Abzug des .38er drückt. Donnernde Stöße explodieren durch die gekachelte Kabine, und ein kahler Schädel taucht auf, als meine menschliche Zielscheibe auf die Löcher in Bauch und Brust starrt.

Plötzlich erfasst mich die ekelerregende Gewissheit, dass ich irgendeinen arglosen LKW-Fahrer erschossen habe, der zu schwerhörig war, um mich sagen zu hören, dass die Toilette besetzt ist.

Dann fällt der Mann auf den Rücken.

Ein Bein seiner Jeans rutscht, während er fällt, die halbe Wade hoch, und der Horngriff eines Bowie-Messers, das in seinem Motorradstiefel steckt, taucht auf. Dann blitzt in seiner Linken metallisches Nickel auf – eine Pistole. Ich schiebe mich langsam zur Toilettentür vor, den .38er noch immer fest umschlossen, spähe nach draußen, schaue nach links und rechts.

Nichts.

Ich stürze vor, trete dem am Boden liegenden Mann die Pistole aus der Hand, zucke dann zurück wie vor einer angeschossenen Klapperschlange, von der ich beinahe erwarte, dass sie mich noch im Todeszucken beißt. Das schmerzverzerrte Gesicht des Mannes lässt darauf schließen, dass er noch lebt.

»*Verdammt noch mal!*«, ruft links jemand.

Als ich beim Klang dieser Stimme herumwirbele, richtet ein Fremder von der Ecke der Tankstelle eine Pistole auf mich. Ehe ich auf ihn zielen kann, erschallt ein Schuss. Der Fremde wankt, greift dann nach der Mauer, um das Gleichgewicht zu halten.

»Keine Bewegung!«, ruft eine Stimme mit militärischer Autorität.

Der verwundete Mann hebt erneut seine Pistole, doch ehe sie auf mich ausgerichtet ist, sprengt etwas Teile seines Schädels weg.

Er trifft mit einem dumpfen Schlag auf den Asphalt, der mir verrät, dass er schon beim Aufprall tot war.

»Lagebericht, Penn!«, ruft Tim um die Ecke.

»Zwei am Boden. Ich weiß nicht, ob noch jemand da ist.«

»Plane das ein! Ich komme zu dir.«

Tim erscheint in Nahkampfpose an der Ecke, vollführt dann eine schnelle, aber sehr durchdachte Kreisbewegung und mustert die uns umgebende Dunkelheit.

»Annie und Mia?«, frage ich.

»Im Kühlraum drinnen eingeschlossen. Ist deiner tot?«

»Noch nicht. Entwaffnet habe ich ihn.«

»Nichts wie weg hier. Wir müssen irgendwann zurückkommen, um mit dem Sheriff und denen von der Staatspolizei zu reden, aber erst später.«

»Moment.« Ich atme durch, schaue zu dem Mann zurück, auf den ich geschossen habe. »Gib mir Deckung.«

Ich gehe vor und blicke auf den keuchenden Mann hinunter. Ein hohes Pfeifen begleitet jeden seiner Atemzüge, und ein schwarzer, feuchter Kreis von der Größe eines Esstellers zeichnet sich auf seinem Hemd ab.

»Der ist fertig«, sagt Tim hinter mir. »Wir müssen die Mädchen in den Yukon bringen, Penn.«

»Mach du das, Tim. Ich befehle dir, den Mädchen Schutz zu geben. Ich kann mich um mich selbst kümmern.«

Die Schuhe des ehemaligen SEAL schleifen über den Asphalt, als er um die Ecke der Tankstelle sprintet.

Ich knie mich neben den röchelnden Mann, beuge mich hinunter, sodass er mein Gesicht über seinem sehen kann.

»Der Bürgermeister?«, krächzt er.

»Stimmt.«

»Du hast auf mich geschossen, du Scheißkerl.«

»Du hast es drauf angelegt.«

Er hebt einen in Leder gekleideten Arm und versucht, mich beim Hals zu packen, aber ich kann die schwache Hand mit Leichtigkeit zurückschlagen.

»Du hast eine Botschaft für mich?«

»Hol die Sanitäter. Ich bin schwer verletzt.«

»Erst die Nachricht.«

»Ruf die Sanitäter, oder ich sage nichts!«

»Die Nachricht, oder ich schieße dir ins Herz und erzähle dem FBI, dass du versucht hast, mich mit dem Messer in deinem Stiefel zu erstechen.«

Der Mann beginnt zu reden, aber seine Worte ersticken in einem keuchenden Husten, der zwischen uns einen Blutnebel versprüht. Instinktiv weiche ich zurück.

»Raus damit, verdammt!«

»Ist nicht für dich. Für deinen alten Herrn. Den Doc.«

Mir wird eiskalt. »Was?«

»Der Nigger-Anwalt deines Daddy wird versuchen, Snake den Tod der alten Frau anzuhängen.«

»Welche alte Frau meinst du? Viola Turner?«

Der Mann hustet wieder. »Genau die. Die Nigger-Krankenschwester.«

»Woher zum Teufel soll Snake wissen, was Quentin Avery vorhat?«

Der Mann schüttelt den Kopf. »Ich geb die Nachricht nur weiter, Mann. Snake sagt: ›Ehefrauen und Kinder haben keine Immunität mehr.‹ Genau mit diesen Worten. Kapiert?«

»Verstanden.«

»Wenn Avery versucht, Snake die Schuld in die Schuhe zu schieben, erlebt deine Tochter das Urteil nicht.«

»Du zahlst einen hohen Preis dafür, dass du Snakes Botenjunge bist.«

»Ruf die Sanitäter, Mann! Du hast die Nachricht.«

»Aber sie gefällt mir nicht. Ich rufe von der Straße aus einen Krankenwagen. Ehrlich gesagt: Ich glaube nicht, dass du so lange durchhältst, bis die hier ankommen. Mach besser deinen Frieden mit dem, woran du auch immer glaubst.«

Er verdreht die Augen. »Du Schweinehund.«

»Du hast selbst den Ort für diesen Hinterhalt gewählt.«

Ich stehe auf und wische mir das Gesicht am Ärmel ab.

»Wenn ich sterbe«, krächzt er, »bist du ein toter Mann. Und nicht nur du … deine ganze Familie. Das ist VK-Gesetz.«

»VK? Was zum Teufel ist das?«

»Die Sippe, Mann. Wenn du mich hier krepieren lässt, dann wirst du mehr über die rausfinden, als dir lieb ist.«

»Damit beschäftige ich mich, wenn die Zeit gekommen ist. Du hättest mein kleines Mädchen nicht bedrohen sollen.«

Das Brüllen eines Acht-Zylinder-Motors erschüttert den Boden und bringt die Luft zum Schwirren. Ich schaue auf und sehe Tim, der mir hinter dem kugelsicheren Glas des Yukon zuwinkt. Die Mädchen kann ich nicht sehen, aber als ich eingestiegen bin, wird mir klar, warum das so ist. Sie hocken im Zwischenraum zwischen der zweiten und dritten Sitzreihe. *Absolut sicher.* Die Panzerung des Yukon würde sogar Beschuss mit .308 Winchester-FMJ-Geschossen abhalten. Ich klettere an Bord. Nachdem ich die beiden Mädchen von oben umarmt habe, knie ich mich mit gezückter Pistole auf einen Sitz in der zweiten Reihe, bereit, zur Verteidigung das Feuer zu eröffnen, falls wir angegriffen werden.

Als wir auf das dunkle Band des Highway 65 einbiegen, schimmert helles Metall in Tims Scheinwerfern. Er bremst. Die Lichtkegel erfassen die Silhouetten zweiter großer Harley-Davidson-Motorräder, die nur vierzig Yard von der Tankstelle am Straßenrand parken.

»Die müssen mir mit abgeschalteten Scheinwerfern gefolgt sein«, sagt er. »Hattest du den Eindruck, dass es ein einfacher Raubüberfall war?«

»Keineswegs. Er hat mir eine Nachricht von Snake Knox überbracht.«

»Und die wäre?«

»Er hat sie nicht mehr rausgebracht.«

Tim schüttelt den Kopf. »Schade. Die müssen uns den ganzen Weg vom Gefängnis gefolgt sein. Es ist Zeit, das FBI anzurufen.«

»Daddy?«, flüstert Annie hinter mir aus der Dunkelheit.

»Bleib unten, Boo. Es geht uns allen gut.«

»Fahren wir nach Hause?«

Meine Augen suchen die dunkle Straße und den Straßenrand ab, und ich fasse nach hinten und drücke etwas, was sich wie Annies Schulter anfühlt. »Noch nicht. Wir müssen zur Tankstelle zurückfahren und mit der Polizei reden. Aber wir gehen erst dahin zurück, wenn es dort sicher ist. Vielleicht in einer halben Stunde.«

»Wir haben Schüsse gehört. Wird alles gut?«

»Ganz bestimmt«, antworte ich ihr, aber das ist eine Lüge. Nach dem, was gerade passiert ist, werden die Dinge wohl erst schlimmer werden, ehe sie besser werden.

Die Frage ist nur: Wie viel schlimmer?

KAPITEL 3

Innerhalb von dreißig Minuten nach der Schießerei brachte John Kaiser drei FBI-Agenten zur Tankstelle. Zu meiner Erleichterung war der Motorradfahrer, auf den ich geschossen hatte, schon eine Weile tot, als sie ankamen. Er hatte nicht einmal bis zur Ankunft der Hilfssheriffs überlebt, die als Erste auf der Szene erschienen. Kaiser selbst tauchte eine halbe Stunde später auf. Es tat ihm leid, dass ich den Typen hatte töten müssen, doch nachdem er die Leichen untersucht hatte, konnte er seine Aufregung nicht verhehlen. Beide trugen schwarze Biker-Jacken, und neben verschiedenen Symbolen prangten auf diesen Jacken auf dem rechten Arm in einer Art Frakturschrift die Buchstaben VK.

»Die meisten Polizisten glauben, dass VK für Viking Kindred, also die Wikinger-Sippe steht«, erklärt mir Kaiser, der im Dunkeln kniet und eine Taschenlampe auf den Aufnäher richtet. »Tatsächlich heißt die Gang aber Varangian Kindred – Waränger-Sippe. ›Waränger‹, das ist der alte slawische Name für die Wikinger, und ›Wikinger‹ bedeutet natürlich Angreifer und Plünderer. Aber Waränger-Sippe kann man sich nicht gut merken, also ist daraus Wikinger-Sippe geworden oder meistens einfach nur VK.«

»Warum zum Teufel sollten mir diese VK-Typen folgen, um mir eine Nachricht von Snake Knox zu überbringen?«

Kaiser mustert weiter die verschiedenen Abzeichen auf der Jacke. »In den letzten paar Jahren haben wir in den Gefängnissen immer mehr Wechselwirkung und gegenseitige Verstärkung festgestellt zwischen den Banden, die für eine weiße Vorherrschaft kämpfen, und den Ein-Prozent-Biker-Banden. Sie wissen, was das ist, ja?«

Als ich noch stellvertretender Bezirksstaatsanwalt in Houston war, hatte ich bereits mit Ein-Prozent-Banden wie dem Bandidos MC zu tun. »Heraklits Aussage, nicht? *Von hundert Männern sollten in jeder Schlacht zehn gar nicht da sein. Achtzig sind nur Zielscheiben. Neun sind echte Kämpfer, und wir haben großes Glück, sie auf unserer Seite zu wissen, weil sie es sind, die die Schlacht austragen. Nur einer aber, ach, nur einer ist ein Krieger, und er ist es, der die anderen sicher nach Hause bringt.*«

Kaiser sieht mich ein paar Sekunden lang an. »Ich habe in Vietnam festgestellt, dass das tatsächlich stimmt. Die alten Griechen kannten sich aus.« Der FBI-Mann steht auf und geht zur Tür der Toilette, dreht sich dann um, scheint die Lage der Leiche zu überprüfen.

»Das war gut geschossen, Penn.« Er blickt zu mir zurück. »Und Sie sind sicher, dass er Ihnen die Botschaft nicht übermittelt hat?«

Ich habe Kaiser angelogen, weil ich die Bedeutung dieser Nachricht nicht verstanden habe. Ich meine, im wörtlichen Sinn habe ich sie begriffen. Doch ich habe auch gespürt, dass mehr dahintersteckte. Und um herauszufinden, ob meine Vermutung stimmt, muss ich meinen Vater besuchen.

»Ganz sicher. Er hat mich nur verflucht. Und bedroht.«

»Ja. Okay.«

»Also … Snake Knox und die VK?«

»Ich glaube, das ist ziemlich einfach. Nachdem Forrest gestorben war …« – Kaiser wirft mir einen raschen Blick zu, um mir mitzuteilen, dass er weiß, dass ich Forrest umgebracht habe – »… da begannen sich die Doppeladler als kriminelle Organisation aufzulösen. Ich glaube, sie hatten sich auf korrupte Polizisten verlassen, die als Schlägertrupps für sie agierten, und nach Forrests Tod hat sich diese Truppe in Luft aufgelöst. Snake muss schon irgendeine Verbindung zur VK gehabt haben und hat dann wohl beschlossen, seine Schläger aus diesen Kreisen zu rekrutieren. Vielleicht war das eine Verbindung über den Drogenhandel, denn die Biker-Banden verschieben einen Haufen Waffen und Drogen.«

»Wo ist die VK zu Hause?«

»Östliches Texas und Louisiana. Es ist keine große Organisation, aber die Typen sind brandgefährlich und gewalttätig. Und schärfer auf Ideologie als die meisten anderen Klubs.« Kaiser deutet auf zwei Nazi-Blitze, die auf die Jacke aufgenäht sind. »Die SS-Sieg-Rune. Typische Arierscheiße.«

»Wieso sollten diese VK-Kerle aber Snake helfen wollen? Bezahlt er sie?«

»Das bezweifle ich. Die beiden Blitze können auch auf den Klan hindeuten. Den neuen Klan natürlich, nicht den alten. Ich glaube, diese ganze Kennedy-Sache hat Snake Prestige verliehen.«

»Wie das?«

Kaiser schnalzt mit der Zunge, als versuchte er, zu entscheiden, wie viel er mir verraten kann. »Vieles davon habe ich Ihnen nicht erzählt … Sie hatten schon genug am Hals.«

»Na ja, jetzt muss ich es wissen.«

»Nicht lange, nachdem Snake verschwunden war, haben wir Blog-Unterhaltungen über die Ermordung von JFK beobachtet, und das lief ziemlich parallel zu dem, was Sonny Thornfield Ihnen und mir an dem Tag, als er ermordet wurde, im Gefängnis der Gemeinde Concordia erzählt hat.«

»Dass Frank Knox der zweite Schütze in Dallas war?«

»Genau. Viele Details stimmten überein. Da haben natürlich die Leute mit den Verschwörungstheorien Blut geleckt, und die Gerüchte haben die Runde durch alle Hassgruppen-Webseiten gemacht. Zweifellos haben auch Gruppen wie die VK es gesehen. Und weil die Familie Knox aus Louisiana stammt, hat es die VK besonders interessiert. Snake ist für diese Typen ein Held. Er war *dabei*. Bei der Gründung anwesend. Snake konnte ihnen von allen Morden der Doppeladler erzählen, plus Gott weiß welchem anderen Scheiß, den er ihnen über das Attentat auf Martin Luther King weismachte.«

»Also könnte sich Snake irgendwo in Texas oder Louisiana versteckt halten.«

»Möglich ist es. Aber ich glaube es nicht.«

»Warum nicht?«

Kaiser zögert wieder. »Weil ein Ghostwriter namens Blair F. Edelman die letzten beiden Wochen in Andorra verbracht hat.«

Andorra ist eine kleine Republik im gebirgigen Grenzland zwischen Frankreich und Spanien, ein berühmt-berüchtigtes Steuerparadies, das praktischerweise kein Auslieferungsabkommen mit den Vereinigten Staaten hat. Forrest, Snake und Billy Knox hatten immer schon geplant, dorthin zu fliehen, falls sie mit ihren Drogengeschäften in Schwierigkeiten geraten sollten. Das FBI hat Aufzeichnungen darüber, dass Snake und Billy mit dem Auto und unter eigenem Namen dort eingereist sind. Doch kurz darauf ist Snake verschwunden.

»Haben Sie schon einmal was von Edelman gehört?«, fragt Kaiser, als er mit mir zurück vor die Tankstelle geht.

»Er hat ein paar Biografien von Berühmtheiten geschrieben, stimmt's?«

»Genau. Ich glaube, er hat sich in Andorra mit Snake getroffen. Wir haben erst vor vier Tagen herausgefunden, dass er da war, und jetzt beobachten wir ihn. Aber ich glaube, er hat es gemerkt. Wir haben ihn mit Billy Knox gesehen, aber Billy behauptet, er hätte keinen Kontakt zu seinem Vater.«

»Sie meinen, Edelman schreibt über die Kennedy-Sache?«

»Das muss so sein. Ein Buch über die Doppeladler würde Edelman nicht interessieren, wenn dieser Aspekt nicht dabei wäre. Der Mann ist siebenstellige Honorare gewöhnt. Und Snake will so viel Wirbel machen, wie er nur kann. Einige Einträge aus den Blogs haben es bis in den *National Tattler* geschafft. Doch das reicht Snake nicht. Ich glaube, er will auch in der Mainstream-Presse auftauchen und so viel Ruhm wie möglich für den Mord an Kennedy einheimsen.«

»Dann schreit er ja förmlich danach, geschnappt zu werden.«

»Wie viel schlimmer kann seine Lage noch werden? Was sonst kann ein verbitterter alter Scheißkerl auf der Flucht mit seiner vielen Zeit anfangen? Er kann keinen Deal aushandeln, der nicht dazu führen würde, dass er im Gefängnis stirbt. Also stilisiert er seinen Bruder Frank zum Märtyrer hoch und sichert sich selbst ein bisschen Unsterblichkeit. Wenn er letztendlich dann doch ins Gefängnis wandert, empfängt ihn die Arische Bruderschaft dort wie einen Gott.«

Ich denke an meine Erfahrungen mit New Yorker Verlegern. »Und irgendjemand veröffentlich es bestimmt.«

»Darauf können Sie Ihren Arsch verwetten. Nach vierzig Jahren kommt endlich die ganze Wahrheit über Dallas ans Licht? Mafioso Carlos Marcello heuert ehemaliges Ku-Klux-Klan-Mitglied an, um John F. Kennedy zu ermorden? Lee Harvey Oswald als Teenager von David Ferrie sexuell misshandelt? Das steht monatelang an erster Stelle der Bestsellerlisten.«

»Haben Sie genug Beweise, um diese Geschichte aufzudecken?«

Kaiser holt tief Luft und seufzt. »Penn … ich glaube, die ganze gottverdammte Geschichte ist wahr.«

»Warum dann nicht Snake vorgreifen? Und alles an die Öffentlichkeit bringen?«

»Zum einen kann das FBI solche Aussagen nicht machen, wenn die Beweise nicht absolut wasserdicht sind. Snake andererseits kann sagen, was ihm gerade passt. Er macht sich nicht mal Sorgen wegen Verleumdungen – zum Teufel, er steht wegen vielfachen Mordes auf den Fahndungslisten. Aber wir sind vom Thema abgekommen.« Kaiser wischt sich die Hände an der Jacke ab. »Heute Abend ist vor allem wichtig, dass die Beteiligung der VK ein echtes Geschenk für uns ist. Bisher war Snake komplett untergetaucht. Doch jetzt können wir Druck auf die VK machen. Wir können jeden von denen vorladen, gegen den ein offener Haftbefehl vorliegt, und ihn kräftig ausquetschen. Früher oder später wird jemand reden.«

»Das haben Sie auch über die Doppeladler gesagt.«

»Diese VK-Typen sind nicht wie die Doppeladler. Nach heutigen Maßstäben sind sie knallhart, aber nicht einer von ihnen hätte sich mit Frank Knox messen können.«

»Ich hoffe, diesmal haben Sie recht.«

Kaiser winkt meinen Leibwächter heran. Tim kommt zu uns und wartet ab, was der FBI-Mann zu sagen hat.

»Ich fürchte, diese VK-Jungs fahren auf Revanche ab«, sagt Kaiser zu ihm. »Die Tatsache, dass Sie und Penn zwei von denen erledigt haben, werden die bestimmt nicht vergessen. Sie werden versuchen, zurückzuschlagen. Sie müssen eine Zeitlang den Personenschutz verdoppeln. Vielleicht kann ich Sie unterstützen, doch letztlich läuft es darauf hinaus, dass Sie mehr Geld für private Sicherheitsleute in die Hand nehmen müssen.«

»Caitlins Dad hilft uns dabei«, erwidere ich. »Erklären Sie Tim, was wir Ihrer Meinung nach brauchen. Ich gehe zu Annie und Mia zurück.«

Ich mache ein paar Schritte in Richtung der Glastür, doch ehe ich außer Hörweite bin, ruft mir Kaiser nach: »Sind Sie wirklich sicher, dass der Kerl nichts sonst zu Ihnen gesagt hat, ehe er gestorben ist?«

Ich schaue zu der Leiche, die draußen im Dunklen liegt. »Hundertprozentig, John.«

Kaiser schaut mich lange an und meint dann: »Okay. Sie können jetzt gehen.«

Ich begebe mich in die Tankstelle, wo Annie und Mia sitzen und Diet Dr Peppers trinken. Beide sind tief erschüttert, aber wie immer gelingt es Mia hervorragend, Annies Angst in den Griff zu bekommen.

»Seid ihr Mädels so weit?«, frage ich müde.

»Ja«, meint Mia. »Bringen wir die Kleine nach Hause.«

Stunden später ist es mir trotz meiner Erschöpfung beinahe unmöglich, Schlaf zu finden. Und wenn, dann träume ich von Helm tragenden Männern auf schwarzen Pferden, die mich durch dichten Nebel verfolgen. Als ich es nicht mehr ertragen kann, rastlos im Dunkel zu liegen, stehe ich auf, gehe in die Küche, mache mir eine Schale Rosinenmüsli und schaue mir die zweite Hälfte von *Haben und Nichthaben* mit sehr leisem Ton an.

Während ich zuschaue, wie Humphrey Bogart und sein ständig betrunkener Erster Maat einen höllischen Angeltripp durchleiden, steigt eine dunkle Erinnerung in mir hoch. Vor mir schwebt das Gesicht von Lincoln Turner, meinem Halbbruder. Ich habe Lincoln nur dreimal gesehen, seit ich ihm im Gefängnis von Adams County begegnet bin, wo man mich unter dem Verdacht, Forrest Knox ermordet zu haben, gefangen hielt. Zweimal aus der Ferne, ohne dass er mich gesehen hat – obwohl ich das natürlich nicht wissen konnte. Beim dritten Mal begriff ich, dass er mich mit seinem Pick-up durch die Stadt verfolgte. Mit dem Selbstbewusstsein, das mir die Pistole unter dem Sitz und der Leibwächter im Auto hinter mir gaben, rief ich Tim Weathers an und erzählte ihm von meinem Plan. Dann hielt ich auf dem Parkplatz eines Friseurs auf der Homochitto Street an und wartete ab, ob Lincoln mir folgen würde.

Das tat er.

Er brachte seinen Chevy R-250 neben meinem Audi zum Stehen, ließ das Fenster herunter und wartete darauf, dass ich es ihm gleichtun würde. In seinem Wagen saß er drei Fuß höher als ich.

Seine Augen glühten vor Wut. Mit der rechten Hand hielt ich auf dem Schoß meine Pistole umfangen, mit der linken senkte ich mein Fenster, während mir mögliche Szenarien durch den Kopf wirbelten. Aus irgendeinem Grund dachte ich an Kain und Abel, hatte allerdings keine Ahnung, wer von uns beiden Kain und wer Abel war. Vielleicht würde das davon abhängen, wer als Erster das Feuer eröffnete – denn ich war mir merkwürdig sicher, dass auch Lincoln eine Waffe in der Hand hielt.

»Hast du mir was zu sagen?«, fragte ich und suchte, wie immer in seiner Gegenwart, nach den Zügen meines Vaters in seinem Gesicht – oder auch nur nach Spuren meiner eigenen Züge. Ich entdeckte keine, und wieder einmal konnte ich nicht glauben, wie schwarz seine Haut war. Wäre ich ihm auf der Straße begegnet, so hätte ich niemals vermutet, wie viel weißes Blut er hat. Doch meine Skepsis war unangebracht: Ein DNA-Test hatte Dads Vaterschaft ohne jeden Zweifel bestätigt.

»Sie haben dich also laufenlassen«, sagte Lincoln mit seinem tiefen Bass. »Du hast einen Staatspolizisten mit einem Speer umgebracht, und die haben dich einfach laufen lassen. Tut uns leid, Herr Bürgermeister, ein kleines Missverständnis. Muss schön sein, so viel Einfluss zu haben.«

»Ich habe einen Termin und bin spät dran. Wenn du mir was zu sagen hast, dann sag's.«

Die dunklen Augen in seinem schwarzen Gesicht schauten mich mit verstörender Intensität an. »Durch unsere Adern fließt dasselbe Blut, Penn Cage. Und jetzt sag mir mal eins: Wie kommt es, dass du alles kriegst und ich gar nichts?«

Das Gesicht meines Halbbruders war hart, aber seine Neugier schien echt. Wie konnte ich diese Frage beantworten? Wie sechshundert Jahre tragischer Geschichte zusammenfassen? Oder wäre das nur eine Ausflucht? Lag die Schuld allein bei meinem Vater? Ich dachte an den Bericht zurück, den mir die Privatdetektive aus Chicago geschickt hatten, die ich vor drei Wochen engagiert hatte. Die Informationen waren lückenhaft, aber was sie ans Licht brachten, hatte mich ernüchtert. In beinahe jedem Aspekt sind Lincoln Turner und ich das genau gespiegelte Gegenteil. Während ich als Sohn und Erbe eines höchst respektierten Arztes und einer Mutter heranwuchs, die als ideale Familie für ein Plakat aus der Eisenhower-Ära hätten Modell sitzen können, wurde Lincoln in einer staatlich subventionierten Siedlung im Süden von Chicago großgezogen, seine trunksüchtige Mutter war kaum zu Hause, und sein brutaler Stiefvater war ein kleiner Betrüger und ständig mit dem Gesetz in Konflikt. Statistisch gesehen waren mein Erfolg und Lincolns Versagen praktisch vorherbestimmt. Während ich für eine Baseball-Meisterschaft trainierte, prügelte sich Lincoln auf den Straßen von Chicago und war auf der Flucht vor der Polizei. Wenn sein Stiefvater – den Lincoln lange für seinen wirklichen Vater gehalten hatte – nicht im Gefängnis saß, verspielte er das Gehalt seiner Frau. Es war ein Wunder, dass Lincoln das Jurastudium abgeschlossen hatte, ohne selbst wegen eines Vergehens verurteilt zu werden. Und während ich den Übergang von einer erfolgreichen Karriere als Jurist zu einer gewinnbringenderen als Autor von Thrillern machte, schuftete Lincoln in einer kleinen Kanzlei, rannte hinter unbedeutenden Fällen her, bis man ihn schließlich erwischte, weil er Gelder aus dem Treuhandfonds eines Mandanten unterschlagen hatte. Meinen Quellen zufolge hatte er das in einem verzweifelten Versuch getan, den Mann, den er für seinen Vater hielt, vor einer langen Gefängnisstrafe zu bewahren. Doch das hielt die Anwaltskammer des Staates Illinois nicht davon ab, seine Zulassung auszusetzen.

War es da verwunderlich, dass die Augen, die mich aus dem Fenster des Pick-up betrachteten, so vor Groll glühten? Was für eine bittere Wut muss jedes Mal an ihm nagen, wenn er an den verheirateten weißen Arzt aus Mississippi denkt, der seine Mutter geschwängert und dann im Ghetto von Chicago alleingelassen hat? Was sieht er wohl in meiner weißen Haut und meiner teuren Kleidung? In meinem Ruf und meiner politischen Macht, wie bescheiden sie auch sein mag? In meiner wunderschönen Tochter mit ihrer gesegneten Zukunft? Was hat er gefühlt, frage ich mich, als er gehört hat, dass man Caitlin ermordet hat? Mitgefühl? Oder hat er sich in unerwarteter Schadenfreude gesuhlt und Caitlins Tod als ein Geschenk gesehen, das ihm bei seiner Mission helfen würde, alles einzureißen, was mein Vater aufgebaut hat, seit er Viola Turner im Stich gelassen hat?

»Du hast eine Mutter«, sagte Lincoln brüsk. »Meine Mutter ist tot.«

»Das tut mir leid.«

Er verzog verächtlich die Oberlippe. »Das hilft ihr auch nicht weiter. Das hilft niemandem weiter.«

»Tut es dir leid, dass meine Frau tot ist? Oder meine Verlobte?«

»Ich kannte die Damen nicht. Sie waren aber, was ich so gehört habe, beide reich. Die hatten ihr Leben.«

»Und du meinst, Geld kann einem die Schmerzen im Leben vertreiben?«

Er bellte ein raues und spöttisches Lachen heraus. »So kann nur jemand fragen, der Geld hat.«

»Ist es das, was du mit all dem hier erreichen willst? Geld?«

»Jeder will Geld. Aber auf der ganzen Welt gibt es nicht genug Geld, um meinen Schmerz zu lindern.«

»Was willst du denn dann?«

»Gerechtigkeit.«

»Das ist ein großes Wort. Und es bedeutet für jeden etwas anderes.«

Lincoln schüttelte den Kopf. »Für mich bedeutet es nur eines.«

»Und was?«

»Vergeltung.«

»Du willst, dass unser Vater leidet, wie deine Mutter gelitten hat.«

Jetzt lächelte Lincoln, und sein Lächeln jagte mir mehr Angst ein als alles, was er je zu mir gesagt hat. »In der Bibel steht, dass die Sünden der Väter an den Söhnen gerächt werden, sogar bis in die siebte Generation. Du und dein kleines Mädchen, das sind nur zwei Generationen. Aber das ist schon mal ein Anfang.«

Meine Hand umklammerte die Pistole auf meinem Schoß fester. »Bedrohst du etwa meine Tochter?«

»Mann, ich muss niemanden bedrohen. Das Karma kommt schon von ganz allein auf euch zurück.« Er schaute weg, blickte auf die Autos, die auf der Straße an uns vorbeifuhren, dann auf den großen Yukon hinter meinem Audi. »Hast deinen Muskelmann hinter dir, was? Zahl den ruhig weiter. Der kann dich auch nicht vor dem schützen, was auf dich zukommt.«

»Ich an deiner Stelle würde ihn nicht auf die Probe stellen.«

Lincolns Lachen war tief. »Weißt du, die längste Zeit in unserem Leben wussten du und ich gar nicht, dass der andere überhaupt existierte. Aber es ist so, wie ich es dir neulich in der Kneipe in Anna's Bottom gesagt habe. Wir sind aneinandergekettet wie Zwillinge, die bei der Geburt getrennt wurden. Wir kommen aus denselben Hoden, aber du bist gesegnet und ich bin verflucht. Vielleicht kommst du aus dem linken Ei und ich aus dem rechten? Was meinst du?«

»Das bringt uns nicht weiter.«

»Da irrst du dich, Bruder. He, warst du schon mal tauchen?«

»Tauchen? Ein paar Mal.«

»Du und ich … wir sind wie zwei Taucher, die aneinandergebunden sind und unter Wasser in eine Höhle schwimmen. Was man ein blaues Loch nennt. Hinunter, hinunter ins Dunkel, an einen Ort, den noch niemand je gesehen und überlebt hat, wo es kein Licht und keinen Sauerstoff gibt, nichts als die Knochen derer, die vorher hier hingetaucht sind.«

»Ich komme nicht mehr mit, Lincoln.«

»O doch. Weißt du, was am Boden dieses tiefen Lochs ist?«

»Was?«

»Die Wahrheit.«

Jetzt horche ich auf. »Und was ist die Wahrheit?«

»Wieder so ein großes Wort. Wie Gerechtigkeit. Vielleicht das allergrößte. Eine Wahrheit ist, dass du dein Leben damit verbracht hast, dich an einem Vater zu messen, der ein Lügner war. Und ich habe meines damit verbracht, einen Scheißkerl zu retten, von dem ich *dachte*, er wäre mein Vater, der mich aber mit in die Tiefe zog wie ein Ertrinkender.«

Ich wusste nicht, was ich darauf antworten sollte.

»Aber das ist nicht die *tiefste* Wahrheit«, sagte Lincoln. »Das sind nur Strömungen im Wasser.«

»Was ist denn die tiefste Wahrheit?«

»O nein, lieber Bruder. Die findest du erst heraus, wenn du am Grund angekommen bist.« Er hob einen Zeigefinger. »Und wir sind im Augenblick nicht mal annähernd da.«

»Warum gehen wir nicht irgendwo hin und setzen uns zusammen, nur wir beide? Wir lassen diese ganze Scheiße sein und kommen zu einem vernünftigen Kompromiss. Wie wär's? Situationen wie unsere gibt es seit Jahrhunderten, und die Leute haben immer einen Weg gefunden, wie sie damit leben können.«

»Du meinst, dass sich die Bastarde und die *rechtmäßigen Erben* zusammensetzen und eine Lösung finden?«

Wieder das Geld. »So würde ich es nicht formulieren.«

Seine Augen verhärteten sich zu dunklen Edelsteinen. »Mann, wach endlich auf! Dafür ist es *viel* zu spät.«

»Ist es je zu spät, das Richtige zu tun?«

»Frag meine Mutter.«

Das brachte mich zum Schweigen. Ich dachte daran, einfach wegzufahren, aber irgendwas hielt mich auf diesem Parkplatz fest, unter diesem brütenden Blick. Die Wut von Lincoln Turner war verglichen mit der von Männern wie Snake Knox wie eine Lötlampe im Vergleich mit flüssigem Stickstoff. Wenn Lincoln Annies Tod wollte, dann würde er ihr auf den Stufen der Kirche die Kehle durchschneiden und sich vor Gott gerechtfertigt fühlen. Snake würde vielleicht dasselbe machen, allerdings kaltblütig.

»Was hast du zu meinem Vater gesagt, als du ihn im Gefängnis besucht hast?«, fragte ich.

»Hast du *meinem* Vater gesagt? Du meinst *unseren* Vater, oder nicht? Wie in *Vater unser, der du bist im Kittchen, verflucht sei dein Name* …?«

Die boshafte Härte in seiner Stimme ließ mir kalte Schauer über die Arme laufen.

»Was würdest *du* sagen?«, fragte er. »Was würdest du zu einem Mann sagen, der dich und deine Mutter verlassen hat, dass sie am Straßenrand krepieren?«

»Lincoln … bis vor ein paar Monaten wusste er überhaupt nicht, dass es dich gibt.«

Seine Augen blitzten auf. »Junge, du bist wie ein blinder Maulwurf, der sich durch fetten Boden buddelt. Hast keinen Schimmer, was hinter dir, über dir oder unter dir ist. Du bist fett und glücklich, bis zu dem Augenblick, wenn dir der geduldig wartende Bauer einen Dorn in den Kopf jagt.«

Das Bild lässt mein Herz stocken. »Wer soll der geduldige Bauer sein? Du?«

Wieder lachte Lincoln, große, grollende Schallwellen, die zwischen unseren beiden Autos hin- und herschallten. »*Daddy*, Brüderchen. Wer sonst? Big Daddy. Du und ich, wir sind hier draußen und leiden, und wir haben kein bisschen Ahnung. Und er sitzt da drüben im FBI-Country-Club und wird beschützt. *Erklär* mir das mal, ha?«

Ich sagte nichts. Lincoln interessierte nicht, was John Kaiser oder das FBI planten. Genauso wenig interessierten ihn die Doppeladler und der Kennedy-Mord.

»Aber in drei Wochen«, fuhr er fort, »werden sie ihn hierher zurückverlegen, ins Gefängnis von Adams County – in das Gefängnis dieses Sheriffs Billy Byrd. Dann kriegt der gute alte Papa einen Begriff vom echten Gefängnisleben. Jawohl. Das wird wunderbar. Ist schon Scheiße, dieses Karma. Denk mal drüber nach, mein Bruder von einer anderen Mutter.« Lincoln stach seinen Zeigefinger in meine Richtung. »Und dir wünsche ich einen *gesegneten* Tag.«

Er streckte den Arm aus und winkte Tim Weathers mit gespielter Freundlichkeit zu, legte dann den Gang ein und fuhr mit quietschenden Reifen vom Parkplatz.

Ich erinnere mich nicht mehr, was Tim gesagt hat, als er damals zu mir kam, um nach mir zu sehen. Selbst jetzt, als ich an meinem Küchentisch sitze und meine leere Müslischale mich anstarrt, bin ich nicht sicher, warum diese Konfrontation mir so lebhaft in Erinnerung geblieben ist. Vielleicht, weil ich weiß, dass jemand die Botschaft, die mir der VK-Biker überbracht hat, an meinen Vater weiterleiten muss. Und die einzige Person, die das machen kann, bin ich selbst. Falls ich morgen meinen Vater besuche, nachdem ich seit der Zeit vor Caitlins Tod nicht mit ihm gesprochen habe, werden viele solcher Erinnerungen aus der brodelnden Dunkelheit in den tiefsten Winkeln meiner Gedanken hochkochen. Ich denke, Lincoln Turner ist zuerst vor meinem inneren Auge aufgetaucht, weil er das lebendige Symbol für die Sünde meines Vaters ist. Für seine Sünde, ja, und vielleicht auch für sein Verbrechen. Lincoln hat ja die Morduntersuchung in Gang gebracht, die letztlich dazu geführt hat, dass Shadrach Johnson meinen Vater wegen vorsätzlichem Mord angeklagt hat. Und jetzt spukt Lincoln in meiner Stadt – und meiner Familie – herum wie ein dunkler Rachegeist.

»Penn? Alles in Ordnung?«

Ich blicke auf und sehe Mia Burke, die in die Küche getappt kommt, in einer Yogahose und einem T-Shirt, das ihr bis auf den halben Oberschenkel fällt.

»Ich habe vor einer Weile jemanden herumgehen hören«, sagt sie. »Ich dachte, es ist vielleicht Tim oder einer von den Jungs.«

»Nein. Ich konnte einfach nicht schlafen.«

Sie wirft mir einen wissenden Blick zu. »Wie könntest du auch, nach dem, was heute Abend passiert ist?«

Als ich nicht antworte, nimmt sie meine Müslischale, trägt sie zur Spüle und fängt an, sie abzuwaschen. Im Zwielicht erinnert sie mich an meine Frau, obwohl Mia überhaupt nicht wie Sarah aussieht. Mia hat dunkle Haare und ist muskulös und sportlich gebaut, während Sarah blond und rank und schlank und groß war, genau wie Annie es werden wird.

»Hast du dir diesen Film angeschaut?«, fragt Mia und dreht sich nicht um.

»Eigentlich nicht.«

»Es ist kaum noch was von der ursprünglichen Hemingway-Geschichte übrig. Aber Faulkner hat einen großen Teil des Drehbuchs geschrieben, glaube ich. Es ist so eine Art *Casablanca* für Arme.«

Typisch Mia. Sie redet oft, als wäre sie dreißig und nicht zwanzig.

»Ich gehe dann mal hoch«, sagt sie und lehnt sich an die Spüle. »Soll ich dir einen Kaffee machen? Es ist nicht mehr lange bis zum Sonnenaufgang.«

Ich werfe ihr ein Lächeln zu, in dem mehr Dankbarkeit liegt, als dieses Angebot einer Tasse Kaffee verlangen würde. »Nein, danke. Ich komme auch bald rauf. Ich brauche ein wenig Ruhe. Ich gehe morgen meinen Dad besuchen.«

Das verblüffte sie. »Echt?«

»Ja. Es ist Zeit. Aber Annie nehme ich nicht mit. Ich benötige deine Hilfe, damit das klappt.«

»Klar, kein Problem.«

»Danke, Mia.«

Sie geht in den Flur voraus. Ich schalte im Vorbeigehen den Fernseher und das Licht aus. Wir steigen zusammen die Treppe hinauf, sie ein wenig vor mir. Wir treten leise auf, damit wir Annie nicht aufwecken. Oben bleiben wir kurz stehen, sind einen Augenblick ein wenig betreten, trennen uns dann mit einem verlegenen Lächeln und gehen in unsere Zimmer.

Als ich mich wieder hinlege, erinnere ich mich daran, dass mir Mia vor langer Zeit einmal erzählt hat, Humphrey Bogart und Lauren Bacall hätten sich bei den Dreharbeiten zu *Haben und Nichthaben* kennengelernt und ineinander verliebt. Er war vierundvierzig, sie neunzehn. Sie haben geheiratet und glücklich miteinander gelebt, bis er zwölf Jahre später an Krebs starb. Heute Abend hat mich Mia nicht daran erinnert, aber mir ist es wieder eingefallen. Wir führen ein seltsames Leben hier, Mia, Annie und ich. In gewisser Weise habe ich trotz der Katastrophen, die all das nötig gemacht haben, die Zeit in diesem Kokon genossen. Doch eines ist sicher: Ewig kann das nicht so weitergehen. Und irgendwie ahne ich, dass der morgige Besuch bei meinem Vater den nächsten Akt unserer Familientragödie auslösen könnte.

Es sei denn, die Kugeln, die heute Abend abgeschossen wurden, haben das längst erledigt.

KAPITEL 4

Eigentlich will ich meinen Vater nicht besuchen, aber ich glaube, dass ich keine Wahl habe. In Pollock, Louisiana, gibt es zwei Bundesgefängnisse. Das eine ist eine Einrichtung mit mittlerer Sicherheitsstufe, wo Gewaltverbrecher untergebracht sind. Das andere ist eine Art Country Club mit niedrigster Sicherheitsstufe für nichtgewalttätige Gefangene. Hier hat John Kaiser meinen Vater während seiner Schutzhaft einquartiert.

Um Dad die Botschaft von Snake Knox zu überbringen, muss ich über dieselben Landstraßen fahren wie gestern Abend mit Tim Weathers, als uns die beiden VK-Biker folgten. Tim hat darauf bestanden, diesmal bei mir im Auto mitzufahren und zudem noch ein Verfolgerauto mit zwei weiteren Sicherheitsleuten einzusetzen. Er meinte, er habe keine Lust, auf einer Landstraße von hundert Harleys umzingelt zu werden und sich nur zu zweit gegen sie zur Wehr zu setzen. Die Jungs in dem anderen Auto hätten schwere Waffen dabei, mit denen eine Biker-Bande nicht rechnen würde, sagte er.

Weitere Einzelheiten wollte ich nicht wissen.

Nach einer anscheinend endlosen Fahrt biegt Tim mit dem großen Yukon in die Gefängniseinfahrt ein, wir durchqueren das Tor, und ich erinnere mich daran, dass Pollock für ein Gefängnis gar nicht so schlecht ist. Es wirkt nicht im Entferntesten wie eine staatliche Einrichtung – Parchman zum Beispiel, das für Besucher von Anfang bis Ende eine Scheißerfahrung ist und für einen Gefangenen die Hölle auf Erden sein kann. Pollock macht eher den Eindruck eines billigen, aber sauberen Motels, in dem zufällig vor jeder Öffnung, durch die eine Menschenhand passen könnte, Gitterstäbe, Stacheldraht und Drahtgewebe sind.

Während ich abgefertigt werde, kommen Erinnerungen an meine

Jahre als Staatsanwalt hoch, und ich frage mich, wie Annie sich gefühlt haben mag, als sie diese Prozedur Woche für Woche über sich ergehen lassen musste. Doch wenn mich die Erfahrung eines gelehrt hat, dann das: Kinder scheinen mit Besuchen im Gefängnis sehr gut klarzukommen; es sind die Erwachsenen, die zwischen höchster Angst und Depression hin- und hergerissen sind.

Nicht lange, und ich sitze allein in einem Zimmer von der Größe einer mittleren Büroeinheit. Man hat mich zweimal durchsucht, obwohl mein Vater angeblich in *Schutzhaft* sitzt. Doch Gefängnisse haben ihre festen Abläufe, und wehe dem Aufseher, der es wagt, die zu durchbrechen – zumindest öffentlich. Annie und meine Mutter kennen diesen sterilen Raum wahrscheinlich inzwischen sehr gut.

Ich habe bereits viele Zeugen in vielen Gefängnissen besucht, aber es wird nicht leicht sein, meinen Vater an einem solchen Ort zu sehen. Als ich höre, wie die Tür aufgeht, drehe ich mich um und merke, dass mir Hals und Rücken schmerzlich steif geworden sind.

Aber nicht mein Vater schreitet durch diese Tür.

Erst höre ich ein elektrisches Summen. Dann kommt ein Rollstuhl durch die Öffnung geflitzt, auf dem ein Mann sitzt, der eins neunzig groß war, als er noch Beine hatte. Jetzt bedeckt eine Häkeldecke seinen Schoß und den Platz, wo normalerweise seine unteren Gliedmaßen liegen würden, die ihm der Diabetes geraubt hat.

Mit Quentin Avery hatte ich nicht gerechnet. Er verbringt einen Teil seiner Zeit in Washington D.C. und einen in einem palastartigen Zuhause in Jefferson County, Mississippi, gute hundert Meilen von hier entfernt. Offensichtlich jedoch hat irgendwas Quentin heute hierhergelockt, und ich bin mir ziemlich sicher, dass das ich war.

Gekonnt bedient er den Joystick seines Rollstuhls, kommt auf wenige Zentimeter an meinen Stuhl heran und wirft mir ein freundliches Lächeln zu. Mit seinem weißen lockigen Haar und seiner Haut, die hell genug ist, um ein paar Sommersprossen zu haben, wirkt sein Gesicht freundlich, und oft ist ein fröhliches Funkeln in seinen grünlichen Augen. Allerdings habe ich auch schon erlebt, dass diese Augen feurig blitzten oder eisig und undurchdringlich wurden. Auch die Stimme erklingt meist in einem gedehnten, weichen Südstaaten-Tonfall. Doch dieser Mann hat vor dem Supreme Court richtungsweisende Prozesse geführt, und an derlei Orten kann er einen dröhnenden Bass hervorbringen, der wie die Stimme Gottes aus dem brennenden Dornbusch erschallt und die Richter auf ihren Stühlen erbeben lässt. Heute ist er jedoch mein freundlicher Onkel Quentin, stets bereit, denen Ratschläge zu erteilen, die schlau genug sind, sie anzunehmen. Das möchte er mich wenigstens glauben machen.

»Ich höre, du hattest gestern Abend Probleme«, hebt er mit einem Zwinkern an.

»Ein paar.«

»Aus dir ist ja ein richtiger Cowboy geworden.«

»Ich bin nicht hier, um dich zu besuchen, Quentin. Wo ist Dad?«

»Immer schön langsam, Sportsfreund. Der kommt gleich. Aber erst sollten wir beide miteinander reden. Was hat dich nach all dem Abstand zu diesem Besuch bewegt?«

»Gestern Abend hat mir der Typ, auf den ich geschossen habe, noch eine Botschaft übermittelt. Eine Botschaft für Dad. Und für dich.«

Die grünen Augen spiegeln Verwunderung. »Eine Botschaft von … ?«

»Snake Knox. Und dem FBI habe ich das *nicht* gesagt.«

Quentin rollt die Zunge im Mund herum, schluckt dann, als tränke er diese Nachricht. »Wie lautet die Botschaft?«

»Wort für Wort hat er gesagt: ›Der Nigger-Anwalt deines Daddys wird versuchen, Snake den Tod der alten Frau anzuhängen.‹«

»Sehr blumig. Anklänge an meine Jugend.«

»Dann hat er mir Snakes Botschaft mitgeteilt: ›Ehefrauen und Kinder haben keine Immunität mehr.‹«

Quentin denkt über diese Worte nach.

»Was hat das zu bedeuten, Q?«

»Offensichtlich eine Drohung. Gegen Peggy und Annie.«

»Das ist alles? Mehr nicht?«

Er schaut mich ausdruckslos an. »Was sonst?«

»Ich weiß es nicht. Das war beinahe das Letzte, was der Kerl in seinem Leben gesagt hat. Und ich hatte das Gefühl, dass es um mehr ging als nur eine schlichte Drohung. Er wollte sicher sein, dass ich den genauen Wortlaut mitbekam.«

Quentin streckt den Arm aus und drückt mir die Hand. »Du warst mitten im Getümmel, Junge. Du hattest gerade auf jemanden geschossen. Deine Neuronen haben tausendmal schneller als gewöhnlich gearbeitet. Interpretiere nicht zu viel da hinein.«

Ich denke eine Weile nach. »Stimmt es, was er gesagt hat? Wirst du Snake Knox die Schuld an Violas Tod geben?«

Quentin schaut auf den Boden und seufzt. »Penn … man hat mich ausdrücklich angewiesen, meine Verteidigungsstrategie nicht mit dir zu besprechen.«

»Dad.«

Ein Nicken.

»Herrgott! Hast du Beweise dafür, dass Snake Viola umgebracht hat?«

Er schaut wieder auf, Mitgefühl und Bedauern im Blick. *»Ich kann nicht über den Fall reden.«*

»Wenn du solche Beweise hast, warum gibst du sie nicht der Polizei oder dem FBI?«

»Ich kann nicht drüber reden, Penn. Aber ich sage dir eines: Auf gar keinen Fall könnte Snake oder sonst jemand auch nur eine Ahnung haben, wie meine Strategie aussieht. Weil ich es selbst noch nicht weiß.«

Das bringt mich ein paar Augenblicke zum Schweigen. »Warum hat dann Snake Angst, dass du ihm den Mord an Viola in die Schuhe schieben könntest? Wenn Snake das befürchtet, bedeutet das doch entweder, dass er sie umgebracht hat oder dass er am Tag des Mordes bei ihr war und Angst hat, ihr könntet das beweisen.«

Quentin schiebt die Unterlippe vor. »Das gibt mir alles zu denken.«

»Okay, Quentin. Ich verstehe deine Lage. Aber ich muss dich noch eines fragen. Angesichts all der Beweismittel, von denen ich weiß, habe ich jede Möglichkeit durchgespielt, was sich in jener Nacht, in der Viola gestorben ist, in diesem Zimmer zugetragen haben könnte. Natürlicher Tod, Selbstmord, vom Arzt unterstützter Selbstmord und Mord. Und eines weiß ich gewiss: Wenn auf dem Video, das aus Henry Sextons Kamera gestohlen wurde, nicht der eigentliche Mord aufgezeichnet ist – und wenn es nicht irgendwo existiert und vor Gericht den Geschworenen vorgespielt wird –, dann kann niemand mit Sicherheit sagen, wie Viola gestorben ist. Und da hättest du dann deine berechtigten Zweifel. Falls du eine hinreichend überzeugende Geschichte vorlegst, sollten die Geschworenen kein Problem damit haben, auf Freispruch zu befinden.«

Quentin genießt meine Worte wie ein Juraprofessor, der einem Studenten zuschaut, der sich mit einem schwierigen Fall herumplagt. »Und welche Geschichte würden Sie da auswählen, Herr Anwalt?«

»Ganz einfach: Viola hat versucht, sich selbst eine tödliche Dosis Morphium zu verabreichen, aber das ist ihr aufgrund ihrer körperlichen Schwäche nur teilweise gelungen. Das erklärt die verunglückte Injektion. Vielleicht war Dad dabei, als sie das gemacht hat, vielleicht auch nicht. Aber sobald er bei ihr *war*, hat sie einen Herzanfall erlitten. Natürlich hat Dad beim Versuch, sie wiederzubeleben, Adrenalin benutzt. In seinem Übereifer, alles nur Mögliche zu tun, um sie zu retten, hat er ihr eine tödliche Überdosis verpasst. Vielleicht war es Übereifer, vielleicht hat er auch nur die falsche Spritze ausgewählt. Aber in jedem Fall wird ihn, wenn du die Geschichte richtig erzählst, keine Jury in Natchez wegen Mord verurteilen.«

Quentin hat seine langen Finger an den Fingerspitzen zusammengelegt. »Damit hast du vielleicht recht. Aber jetzt kommt das Problem. Wenn es so geschehen war, warum zum Teufel hat Tom das nicht gleich nach ihrem Tod gesagt? Warum hat er nicht Violas Totenschein unterschrieben und einen Krankenwagen oder den Rechtsmediziner herbeigerufen? Warum hat er jede Aussage verweigert? Und schlimmer noch … warum ist er *abgehauen*, nachdem er auf Kaution frei war?«

Dafür hatte ich keine Antwort. »Kannst du es mir sagen?«

»Leider nicht, Bruder.«

»*Weißt* du es?«

»Nein.«

»Großer Gott, Quentin. Was für ein Spiel spielt er? Ist er wirklich auf so einem Selbstaufopferungs-Trip?«

»Zum letzten Mal, Penn … Ich kann nicht drüber reden.«

»Was ist mit einem Wechsel des Gerichtsorts? Darüber darfst du doch bestimmt mit mir sprechen. Hast du schon einen Antrag gestellt?«

Quentin schüttelt den Kopf.

»Warum nicht?«

»Weil mich Richter Elder unmissverständlich hat wissen lassen, dass er den ablehnen würde.«

»Ohne ihn auch nur zu prüfen?«

Darauf nickt er mir nüchtern zu. »Joe macht uns erstaunlich viele Schwierigkeiten. Zum Beispiel hat er Billy Byrd unterstützt, als der Tom nicht zu Caitlins Beerdigung lassen wollte. Wenn ich ihn nicht wirklich gut kennen würde, würde ich mir Sorgen wegen Befangenheit machen.«

»Du kennst Elder?«

Quentin lacht glucksend. »Er ist ein Schwarzer und Richter in Mississippi, oder etwa nicht? Joe hat während seines Jurastudiums einen Sommer lang für mich gearbeitet.«

»Na, er ist doch sicher aus einem besseren Stoff gestrickt als Shad oder Billy Byrd.«

Quentin schnalzt mit der Zunge. »Joe ist ein guter Junge. Wir kriegen eine bessere Vorstellung davon, wo er in diesem Fall steht, wenn wir seine Entscheidungen zu den Anträgen vor dem Verfahren kennen.«

»Aber mit dem Antrag auf Änderung des Gerichtsortes kannst du nicht länger warten. Du solltest zumindest einen zu den Akten geben und Joe Elder den ablehnen lassen.«

»Das weiß ich. Mein Problem ist mein Mandant. Tom glaubt tatsächlich, dass sein Fall unbedingt in Natchez verhandelt werden muss. Dort leben die Leute, die am meisten von den Themen berührt werden, und er hat nichts dagegen, sein Schicksal in ihre Hände zu legen.«

Wieder diese selbstmörderische Logik. »Warum hast du dann überhaupt mit Elder darüber gesprochen, den Gerichtsort zu verlegen?«

Quentins Augen werden hart. »Weil ich mir Sorgen um Toms Sicherheit mache, sobald er ins Gefängnis von Adams County verlegt wird.«

»Ohne Scheiß? Das allein sollte doch Grund genug für eine Verlegung des Verfahrens sein.«

»Joe Elder hat mir versprochen, dass Tom in Billy Byrds Gewahrsam keine Gefahr droht.«

»Das kann er nicht garantieren!«

Quentin zuckt mit den Achseln, berührt dann seinen Joystick und wendet den Rollstuhl neunzig Grad nach links. »Hör mal zu, Penn«, sagt er, das Gesicht nun im Profil. »In einer Minute wird dein Vater durch diese Tür hier geleitet. Du hast viel Erfahrung mit Strafprozessen. Du hast viele Männer und Frauen in Gefängnissen erlebt. Jede Menge Leute hast du selbst hinter Gitter gebracht. Aber den eigenen Vater im Gefängnis zu sehen, das ist was ganz anderes.«

»Das weiß ich.«

»Nein, das weißt du nicht. Es ist so, als müsste Tom dich in einer Notfallsituation operieren. Er dächte vielleicht, dass er damit klarkommt, aber sobald er mit seinem Skalpell in deinen Körper geschnitten hätte, würden seine Hände zu zittern beginnen. Diese Art von Situation trifft einen an einer verwundbaren Stelle, wo man nicht drauf gefasst ist. Und ich möchte, dass du darauf gefasst *bist*, wenn Tom hier hereinkommt.«

»Ich komme damit klar, Quentin.«

Die Augen des alten Mannes werden ganz weich, aber sein Blick bietet keinen Trost. »Um dich mache ich mir keine Sorgen. Ich möchte nicht, dass Tom denkt, dich brächte diese Situation völlig aus der Fassung. Während er hier eingesperrt ist, betrachtet er dich als Oberhaupt seiner Familie. Und wenn er bis zum Verfahren überleben soll, dann muss er wissen, dass du da draußen alles zusammenhalten kannst. Dass du für die Sicherheit aller sorgen kannst.«

»Das weiß er.«

»Bestärke ihn darin.«

In Quentins Stimme liegt so viel Ernst, dass ich ihm tief in die Augen schaue, um eine Ahnung von seinen Gedankengängen zu bekommen. Statt meinen Blick auszuhalten, sieht der Anwalt auf die Häkeldecke, die über seine Knie gebreitet ist.

»Ich musste meinen Daddy einmal im Gefängnis besuchen«, sagt er leise. »Er war Farmpächter, du erinnerst dich?«

Diese Erzählung ist schon lange ein fester Bestandteil von Quentins Gerichts-Repertoire, und ich bin nicht sicher, ob ich heute die Geduld aufbringe, sie mir noch einmal anzuhören. »Ich kenne diese Geschichte, Q.«

»O nein, nicht die ganze Geschichte. Der Landbesitzer hat behauptet, Daddy hätte etwas gestohlen, also hat ihn der Sheriff einen Monat lang eingesperrt. Wasser und Brot, genau wie es immer heißt. Und Schläge mit dem Gürtel.« Quentin tippt mit seinen langen Fingern auf die rechte Armlehne seines Rollstuhls. »Daddy so in dem Gefängnis eingesperrt zu sehen, das hat mich bis ins Mark erschüttert, Penn. Nie bin ich mir hilfloser vorgekommen als damals. Deswegen bin ich vielleicht Rechtsanwalt geworden.«

»Quentin ...«

Er streckte den Arm aus und packt mich beim Ärmel meiner Jacke. »Ich weiß, dass ich die Geschichte schon vor Geschworenen erzählt habe, aber eins habe ich immer für mich behalten.«

Etwas an seinem Tonfall lässt mich aufhorchen. »Was?«

»Daddy ist nicht nur einmal ins Gefängnis gewandert, Penn. Und meistens, wenn sie ihn mitgenommen haben, ... da war er schuldig.«

»Wie bitte?«

Quentin nickt. »Er hat dem Boss Sachen geklaut. Hier mal ein Zaumzeug, da mal ein Schwein. Damals war man als Pächter praktisch ein Sklave. Ich glaube, das war Daddys Art, gegen das System anzukämpfen – gegen ein korruptes, menschenverachtendes System. Normalerweise haben sie ihn nur ein, zwei Wochen im Knast behalten. Aber einmal hat er neunzig Tage gesessen. In dem Jahr haben wir beinahe alles verloren. Ehrlich gesagt, wir wären um ein Haar verhungert. Ich und mein Bruder, wir konnten kaum die Ernte einbringen. Wir haben unsere Tiere und unser Saatgut aufgegessen. Man sollte meinen, die Nachbarn hätten geholfen, aber die hatten selbst zu wenig, und niemand wollte es riskieren, jemandem zu helfen, der den Boss geärgert hatte.«

Quentin lacht bitter. »Daddy war ganz schön aufmüpfig. Mom hatte immer Angst, dass er mal irgendeinem Bullen im Kittchen Widerworte gibt und die ihn erschießen würden. ›Auf der Flucht erschossen.‹ Du weißt ja, wie es damals zugegangen ist.«

Ich nicke. »Die Ray-Presley-Lösung.«

»Genau. Ich war ungefähr zwölf, als Daddy damals ins Gefängnis musste. Ich war so wütend, dass ich jemanden umbringen wollte, und hatte solche Angst, dass ich mich hinter Mamas Röcken verstecken wollte. Aber ganz gleich, wie ich mich gefühlt habe, ich konnte nichts dran ändern, wie die Dinge waren.«

»Warum erzählst du mir das? Willst du mir damit sagen, dass Dad schuldig ist?«

»Nein, verdammt!« Quentin funkelt mich an, als wäre er selbst mein ungeduldiger Vater. »Ich will damit sagen, dass du alles getan hast, was du konntest, um Abstand zu deinem Vater zu halten, und ich weiß auch, warum. Er hat dich verletzt. Aber wenn du ihn hier drin siehst, dann wird etwas in dir zerbrechen. Dann wirst du wieder Penn Cage werden, der Kämpfer für die Gerechtigkeit. Aber, mein Junge … in dieser Situation kannst du nichts machen, um deinen Vater zu retten. Das ist diesmal meine Aufgabe. Deine ist es, ihm die Kraft zu geben, den Monat bis zum Verfahren durchzuhalten. Schaffst du das?«

Weil Quentin so bestürzt zu sein scheint, denke ich wirklich über meine Antwort nach. »Ehrlich gesagt, ich weiß nicht mal, wie ich reagieren werde, wenn er durch die Tür kommt.«

Nach einer Weile erwidert Quentin: »Lass einfach die Vergangenheit ruhen. Wenn du deinem Vater immer noch die Schuld an Caitlins Tod gibst, dann ist er dir ein ordentliches Stück voraus. Es hat ihn beinahe umgebracht, als er erfahren hat, dass sie gestorben ist.«

Ich falte die Hände vor mir auf dem verschrammten Tisch. »Ja, gut. Das muss ich mit ihm ausmachen.«

Quentin fasst wieder nach meinem Ärmel. »Erinnere dich nur an eines: Wir sind alle sterblich. Wir sündigen alle. Wir sind alle schuldig. Deswegen hätte ich nie als Staatsanwalt arbeiten können.«

»Im Gegensatz zu mir, meinst du.«

»Fälle nur kein vorschnelles Urteil, mehr will ich gar nicht sagen. Oder ein zu strenges.« Er lässt meinen Ärmel los. »Übrigens möchte ich dir noch sagen, dass ich den DNA-Test habe durchsickern lassen, der beweist, dass Tom der Vater von Lincoln Turner ist.«

Mein Gesicht wird plötzlich taub.

»Du weißt, warum ich das gemacht habe, ja?«, fragt er.

»Du wolltest nicht, dass Shad den Geschworenen diese Sache mit großem Brimborium enthüllt. Das wäre ein zusätzliches Motiv gewesen. Wenn Shad das während des Verfahrens öffentlich gemacht hätte, wäre die Nachricht eingeschlagen wie eine Bombe. Du wolltest, dass sich der Schock in den Monaten vor dem Prozess allmählich legt.«

Quentin nickt mir dankbar zu, als hätte ich ihm die Absolution erteilt. »Ich weiß, dass der öffentliche Wirbel für dich nicht einfach gewesen sein kann.«

»Ich hoffe, du hast wenigstens Mom vorher gewarnt.«

»Tom hat mit Peggy geredet, ehe ich die Information herausgegeben habe.«

»Wenigstens etwas. Habt ihr beide wirklich vor, diese Nummer mit den stillschweigenden Blutsbrüdern bis zum Prozess durchzuziehen?«

Quentin zuckt die Achseln. »Tom ist mein Mandant. Ich muss mich von seinen Wünschen leiten lassen. Wenn du ihn umstimmen kannst, würde ich mich freuen, dich im Team zu begrüßen.«

»Scheiß drauf! Ich habe nicht die geringste Lust mehr, ihn davon zu überzeugen, dass er endlich das Richtige tut. Oder überhaupt irgendwas tut. Ich bin hier, weil Annie in Gefahr ist – Punkt.«

Quentin betrachtet mich ein paar Augenblicke lang mit tiefer Trauer in den Augen. Dann sagt er: »Ich habe dich gern, mein Bruder. Vergiss das nie.«

Er berührt den Joystick auf der Armlehne des Rollstuhls, surrt zur Tür und klopft zweimal. Ein Justizbeamter hält ihm die Tür auf, damit er hinausfahren kann.

Nachdem Quentin verschwunden ist, hält der Beamte die Tür weiter geöffnet, und ein großer, magerer Mann mit weißen Haaren und Bart kommt mit unsteten Schritten ins Zimmer geschlurft.

Mein Vater.

KAPITEL 5

»Du hast abgenommen«, sagt mein Vater und schlurft zu dem Tisch, an dem ich sitze. »Ziemlich viel.«

»Etwa zwanzig Pfund«, erwidere ich verlegen. »Mir hat's den Appetit verschlagen.«

»Mir auch.«

Er kommt schockierend langsam auf mich zu. Die Arthritis in den Füßen ist wohl schlimmer geworden. Obwohl er in den letzten paar Jahren wegen verschiedener Erkrankungen rasch gealtert ist, strahlte mein Vater doch stets eine tiefe Vitalität aus, die seine Patienten gespürt haben. Aber jetzt erscheint er mir zusammengesunken, grau und ausgetrocknet, wie ein Mönch, der aus seiner Einsiedelei auftaucht und nicht mehr an den Umgang mit Menschen gewöhnt ist.

»Jewel Washington bringt mir jeden zweiten Tag einen Eintopf«, erzähle ich ihm. »Melba auch. Annie und Mia und die Sicherheitsmannschaft ernähren sich davon.«

»Zumindest verdirbt dann nichts. Jewel und Melba sind gute Frauen.«

Er packt die Lehne des leeren Stuhls und lässt sich langsam auf die Sitzfläche herunter. Auf den letzten zwanzig Zentimetern geben seine Knie nach, und er sackt mit einem Grunzen auf den Stuhl.

»Es ist viel passiert, seit wir uns das letzte Mal gesehen haben«, sagt er.

»Darüber brauchen wir uns nicht zu unterhalten.«

Er schaut mir in die Augen und scheint tief in mein Inneres zu sehen. »Vielleicht nicht. Aber ich möchte, dass du etwas über Caitlin erfährst.«

Ich halte meine Hand hoch, um ihm Einhalt zu gebieten. Ich kann es nicht ertragen, mit meinem Vater über Caitlins Tod zu sprechen.

»Mein Sohn«, fährt er fort. »Ich muss dir sagen, dass ich alles versucht habe, um sie zu retten. Ich hatte keine Instrumente, meine Hände waren gefesselt, aber wir hätten es beinahe geschafft. Wir haben zusammengearbeitet, sie und ich. Caitlin hat Sachen gemacht, die mancher Soldat nicht fertiggebracht hätte …«

»Das weiß ich alles«, fahre ich mit brüchiger Stimme dazwischen. »Ich bin sicher, dass du alles getan hast, was du konntest. Aber darum geht es nicht, okay? *Sie hätte überhaupt nicht an diesem Ort sein sollen.* Die Entscheidungen, die du davor getroffen hattest – dass du dich geweigert hast, über Violas Tod zu sprechen, dass du geflohen bist, als du auf Kaution frei warst – all das hat Caitlin umgebracht.«

Dad starrt zu mir zurück, sein Mund und sein Kinn beben. »Gut«, sagt er endlich. »Du hast recht. Aber ganz egal, was du über mich denkst, wir müssen reden. Um der Familie willen.«

»Ich bin hier, oder nicht?«

»Ja. Und ich bin froh. Und auch überrascht.«

»Snake Knox will dir eine Nachricht übermitteln. Durch mich.«

»Das hat mir John Kaiser schon erzählt. Aber er meinte, du hättest keine Nachricht bekommen.«

»Das habe ich Kaiser gesagt.«

Dad blinzelt, er deutet mit der Hand an, ich solle näher herankommen und flüstern. Ich beuge mich vor und erzähle ihm genau das, was ich auch Quentin erzählt habe.

Dad schaut verdutzt, nachdem er die Worte gehört hat. »Ehefrauen und Kinder?«, wiederholt er wie ein Echo. »Keine Immunität mehr?«

»Das hat der Biker so gesagt. Und es schien ihm besonders viel daran zu liegen, den genauen Wortlaut zu wiederholen. Ich dachte, du könntest vielleicht mehr als nur eine schlichte Warnung daraus lesen.«

»Nein. So klingt es auch für mich. Wie eine Drohung.«

»Ja. Doch seit wann schrecken die Doppeladler davor zurück, Ehefrauen wehzutun? Es war doch ihre Standardtaktik, Frauen zu schlagen und zu vergewaltigen.«

»Schwarze Frauen«, erwidert Dad. »Vielleicht ist das der Unterschied. Er spricht von *unseren* Ehefrauen. Weißen Frauen.«

Ich beobachte ihn ein paar Sekunden lang schweigend. »Vielleicht.«

»Worüber habt ihr geredet, Quentin und du?«, fragt er.

Der Themenwechsel ärgert mich. »Nicht über seine verdammte Strategie für den Prozess.«

Von Dad dringt ein verächtliches Geräusch. »Mach dir um den Prozess keine Sorgen. Der Prozess ist nicht wichtig.«

Diese Aussage ist so eindeutig absurd, dass ich ein paar Sekunden brauche, um zu reagieren. »Wenn du verurteilt wirst, stirbst du im Gefängnis von Parchman. Wie kann das nicht wichtig sein?«

Mein Vater zuckt zusammen, kratzt dann an einem Flecken an seinem Arm herum.

»Penn, was wäre, wenn sie die Anklage gegen mich heute fallenließen? Was würde damit erreicht?«

»Du wärst frei.«

»Okay, das stimmt. Aber solange Snake Knox noch atmet und frei herumläuft, leben wir in Gefahr. Wir alle.«

»Warum, Dad? Weil du und Viola seinen Bruder umgebracht habt?«

Zum ersten Mal schaut er mich überrascht an.

»Ja, ich weiß davon. Caitlin hat es in der Telefonaufzeichnung erwähnt, die sie am Knochenbaum hinterlassen hat.«

Er seufzt, schüttelt dann den Kopf. »Snake weiß nichts von Frank. Das könnte er nicht wissen.«

»Bist du dir da sicher?«

»Ja. Denn sonst hätte er mich nicht einfach am Knochenbaum abgeladen, damit ich dort sterbe. Er hätte mir eine Kugel in den Leib gejagt. Oder Schlimmeres. Foltern ist seine Spezialität, das weißt du doch.«

Dass Dad den Knochenbaum erwähnt hat, zwingt mich, an Caitlins letzte Stunde auf Erden zu denken. »Warum will Snake dich dann umbringen?«

»Ich weiß es nicht. Aus irgendeinem Grund hat er Angst vor mir.« Dad stößt einen krummen Finger in meine Richtung. »Aber dich hat er auch im Visier. Vergiss das nie! Du hast Forrest Knox umgebracht. Das weiß Snake. Und das bedeutet, dass Snake alle und jeden, der dir lieb ist, auf seiner Liste hat. Annie, Peggy, Jenny – sogar Mia Burke.«

»Ehefrauen und Kinder haben keine Immunität mehr«, murmele ich.

»Genau. Gott, ich wünschte, Daniel Kelly wäre noch hier. Du weißt doch, wie er Snake nennen würde. Erinnerst du dich?«

»Ein Ein-Kugel-Problem.«

»Verdammt richtig. Kelly ist immer noch in Afghanistan vermisst?«

»Totgeglaubt.«

»Das ist in so vielerlei Hinsicht eine Tragödie.«

Ein Gedanke steigt aus einem dunklen Ort an die Oberfläche. »Da wir gerade von solchen Extremen sprechen … was ist mit Walt Garrity?«

Ein nachdenklicher Zug tritt auf Dads Gesicht. »Am Morgen von Caitlins Beerdigung habe ich zu Walt gesagt, jetzt sei die Zeit gekommen, Snake zu töten. Ich war mir sicher, dass das unsere einzige Option ist. Walt hat mir im Prinzip zugestimmt, aber gemeint, er könne nicht den Rest seines Lebens aufs Spiel setzen, um das zu machen. Das habe ich verstanden. Er liebt seine mexikanische Frau, und er ist noch nicht lange mit ihr zusammen.«

Die Augen meines Vaters werden ein wenig heller. »Das ist ein Grund, warum ich mich gestellt habe, Penn. Ich hatte gehofft, Snake würde, als ich zu Henrys Beerdigung gekommen bin, aus der Versenkung erscheinen und auf mich schießen, und Kaiser und sein Team könnten ihn erwischen. Doch dazu war Snake zu schlau.«

»Er ist kein Narr. Snake hat dafür gesorgt, dass sie den alten Doppeladler ermordet und jede Menge Beweismittel in seinem Haus deponiert haben. Sie haben ihm den Absturz des FBI-Jets in die Schuhe geschoben.«

»Ich weiß. Silas Groom. Er war einer meiner ersten Patienten in Natchez.«

»Snake hat damit ungefähr ein Dutzend auf einen Streich erlegt. Jetzt steht jeder zweite Doppeladler Todesängste aus, dass er dasselbe Schicksal erleiden wird.«

Dad kaut auf der Unterlippe, als versuche er, im Stillen ein Problem zu lösen. »Ich bin noch einmal alles durchgegangen, was ich je über diese Schweinehunde gewusst habe«, sagt er. »Bis hin zu meinen Tagen als Betriebsarzt bei der Triton-Batteriefabrik. Ich habe mich an einen Fall erinnert, den ich ganz vergessen hatte, eine junge Frau aus Athens Point. Sie wurde Mitte der sechziger Jahre von ein paar Weißen im Lusahatcha-Sumpf vergewaltigt. Ihren Mann haben die vor ihren Augen ermordet. Ihn gelyncht. Es war ein schrecklicher Fall, der aber wenig Aufmerksamkeit erregt hat. Die junge Frau hat sich nie richtig davon erholt. Ihre Schwiegermutter hat sie zu mir gebracht, damit ich ihr helfen sollte, aber es ist mir nicht gelungen, ihre Depression zu durchdringen. Schließlich ist sie aus der Stadt fortgezogen und hat Selbstmord begangen. Ich hatte immer das Gefühl, dass die Doppeladler dahintersteckten. Sie waren in Lusahatcha County sehr präsent, selbst damals.«

»Wann genau ist das passiert?«

»1965 oder 1966. Aber ich kann mich nicht mal mehr an den Namen der Schwiegermutter erinnern. Sie wollten es totschweigen. Sie hatten Angst vor Vergeltungsmaßnahmen und zu recht. Damals waren da unten alle, die was mit dem Gesetz zu tun hatten, im Klan. Selbst jetzt glaube ich, dass der Sheriff zur Familie Knox hält. Oder jedenfalls gehalten hat.«

»Billy Ray Ellis«, erkläre ich zustimmend. »Also, was meinst du? Willst du, dass ich Snake Knox umbringe?«

Dad wirft mir ein müdes Lächeln zu. »Teufel, nein. Das würde ich von dir nicht verlangen. Ich wünsche mir, dass du noch einmal Henry Sextons Schritte nachvollziehst. Geh die Doppeladler besuchen – und nicht nur die. Geh ihre Frauen, Exfrauen, ihre Kinder besuchen. Rede mit ihnen. Wenn du das machst, dann glaube ich, dass du schließlich einen von ihnen überzeugen kannst, gegen Snake auszusagen.«

Sein Vorschlag überrascht mich. »Vor Gericht öffentlich auszusagen? Du machst wohl Witze. Das FBI versucht es schon ewig mit diesem Ansatz.«

»Du bist nicht das FBI. Du bist mein Sohn.«

»Meinst du, das verleiht mir irgendwelche Superkräfte? Das sind keine dankbaren schwarzen Patienten, Dad. Das sind stinksaure bockige alte Rednecks.«

Dads Augen flackern vor Erregung. »Ich glaube, du kannst es schaffen, Penn. Du bist begabt im Umgang mit Menschen.«

»Teufel, nicht einmal *du* könntest das! Du bist beim Trauergottesdienst für Henry Sexton aufgestanden und hast alle in der Gemeinde gebeten, ihr Schweigen zu brechen und zu sagen, was sie über die Doppeladler wissen. Aber *niemand* hat sich gemeldet. Oder doch?«

»Die haben Angst, Penn. Angst um ihre Frauen, ihre Kinder, Angst um sich selbst. Aber man kann sie umstimmen. Ich habe die meisten dieser Leute irgendwann einmal behandelt. Das sind Menschen. Die haben ein Gewissen. Und sie sind verletzlich, genau wie wir.«

Seine Bitte irritiert mich im tiefsten Inneren. »Warum willst du, dass ich das mache? Ernsthaft. Das ist vergebliche Liebesmüh.«

»Das glaube ich nicht. Es wird aber gefährlich sein. Ich habe gehört, dass du eine kugelsichere Weste trägst, wenn du aus dem Haus gehst, und das ist gut. Aber du solltest überall einen Leibwächter mitnehmen. Lass keine einzige Sekunde in deiner Wachsamkeit nach.«

Ich kann kaum glauben, dass er von mir erwartet, dass ich diesem Plan zustimme. »Dad … ich mache das nicht. Du hast mir keinen einzigen Anhaltspunkt gegeben, mit dem ich arbeiten könnte.«

Mit einem langen Seufzer schaut er auf den Boden. Dann hebt er die Augen und flüstert beinahe unhörbar: »Ich gebe dir einen. In der Nacht, in der Viola gestorben ist, stand unter den Bäumen an der Straße ein Pick-up, der auf der Heckscheibe einen Aufkleber der Darlington Academy hatte.«

Die Darlington Academy war eine der christlichen Schulen, die als Reaktion auf die Schulintegration während des Schuljahrs 1969/70 gegründet worden war. Die Finanziers von Darlington waren entweder Mitglieder im White Citizens Council oder im Ku-Klux-Klan. Oder in beiden.

»Wessen Pick-up war das?«, frage ich.

»Walt hat einige Nachforschungen angestellt. Unsere Vermutung ist, dass er einem alten Doppeladler namens Will Devine gehörte.«

»Ich erinnere mich an Devine. Der war an dem Tag im Gefängnis, als Sonny Thornfield umgebracht wurde.«

»Stimmt.«

»Kaiser hat mir erzählt, nach dem Mord an Sonny habe Will Devine zugestimmt, als Kronzeuge auszusagen, aber nachdem der FBI-Jet abgestürzt war, habe er eine Kehrtwende gemacht.«

»Das beweist doch, dass er hin- und hergerissen ist! Du solltest mit Devine anfangen.«

»Wieso hat Walt das rausgekriegt? Weiß Kaiser von dem Pick-up mit dem Darlington-Aufkleber?«

Dad schüttelt den Kopf.

»Warum zum Teufel nicht?«

Noch ein Seufzer. »Das kann ich dir nicht sagen.«

»Ach, Scheiße!«

»Wir verschwenden unsere Zeit, Penn.«

Wut packt mich. »Warum hast du mir das dann überhaupt erzählt? Was zum Teufel glaubst du, kann ich tun?«

»Druck auf Devine ausüben. Ihn ausquetschen und schauen, dass du ihn zum Reden bringst. Walt hat es versucht, aber Will wollte nicht mit ihm reden. Hat ihm die Tür vor der Nase zugeschlagen.«

»Darauf kannst du wetten.«

Dads hohle Augen flehen mich über die wenigen Zentimeter hinweg an, die uns trennen. »Ich bitte dich nicht meinetwegen, Penn, sondern für die Familie.«

»Wie alles andere, was du gemacht hast, ja?«

»Nein, nicht alles. Das meiste ist passiert, weil ich vor langer Zeit etwas sehr Selbstsüchtiges gemacht habe. Ich habe mich in eine andere Frau verliebt.«

»Das müssen wir nicht durchkauen.«

»Das werde ich auch nicht. Ich sage nur: Wenn du tust, worum ich dich bitte, dann passiert eine von zwei Sachen: Entweder es erklärt sich jemand bereit, gegen Snake auszusagen, oder Snake selbst kommt aus der Versenkung.«

»Und was dann?«

»Wenn wir Glück haben, zerquetscht ihn jemand.«

»Wer? Kaiser?«

»Vielleicht.«

»Einer meiner Leibwächter?«

»Das kann man unmöglich wissen. Du hast gestern Abend einen Mann getötet. Eine Stunde davor hättest du dir das nicht vorstellen können, oder?«

Mein Vater hat recht, aber das macht mich nur noch wütender. »Wie viele Menschen hast du umgebracht, Dad?«

Nach einem langen Schweigen antwortet er: »Mehr als mir lieb ist.«

»Wo?« Mein Vater hat mir nie eine einzige Kriegsgeschichte aus Korea erzählt. »Im Krieg?«

»Ja, im Krieg.«

»Aber du warst doch Sanitäter.«

»Stimmt.«

Ich warte, aber er erklärt das nicht weiter. »Herrgott! Ich denke darüber nach, was du mir gesagt hast. Oder worum du mich gebeten hast.«

»Kommst du wieder? Vielleicht, wenn Peggy und Annie mich das nächste Mal besuchen?«

»Ich weiß es nicht.«

»Das verstehe ich.«

»Hör zu, Mom hat eine Höllenangst, dass dir was zustößt, sobald du ins Gefängnis von Adams County verlegt wirst.«

Dad tut das mit einem Winken ab. »Billy Byrd ermordet mich nicht in seinem Gefängnis, noch lässt er mich von einem Insassen umbringen. Es liegt ihm zu viel daran, dass ich verurteilt werde. Er und seine Hilfssheriffs haben die Beweise selbst zusammengetragen. Für Billy ist das ein völlig klarer Fall.«

»So sehe ich das auch, ehrlich gesagt. Wie zum Teufel kannst du auch nur ein annähernd faires Verfahren erwarten, wenn diese Typen für die Beweismittel zuständig sind?«

»Ein faires Verfahren?« Dad lächelt seltsam. »Es wird kein faires Verfahren sein. Ich habe nie eines erwartet. Jeder Beweis, der vielleicht das Wasser ein wenig getrübt hätte, ist gleich am ersten Tag verschwunden. Ist wahrscheinlich nicht einmal bis in die Asservatenkammer gekommen. Aber das macht nichts.«

»Wieso nicht?«

Dad schaut mich an, als wäre ich ein begriffsstutziges Kind. »Weil ich schuldig bin, mein Sohn.«

Ich muss ihn falsch verstanden haben. »Was?«

»Ich habe Viola getötet.«

Bei dieser schlichten Erklärung bleibt mir die Luft weg. Ich forsche in seinen Augen nach einer tieferen Botschaft, aber ich sehe keine. Es dauert einen Augenblick, bis ich die Sprache wiedergefunden habe. »Meinst du das wörtlich? Oder … im übertragenen moralischen Sinn?«

Ein trauriges Lächeln spielt um seine Lippen. »Wir sind hier nicht in einem Philosophieseminar, Penn. Ich habe Viola getötet. Das *Warum* geht niemanden etwas an. Das muss ich mit ihr und mit Gott ausmachen.«

Ich bin vom lässigen Tonfall seines Geständnisses zutiefst verwirrt. »Dad, ich komme mir ein bisschen verloren vor.«

»Weil du zu viel nachdenkst. Ich habe Ende der vierziger Jahre als Teenager in einem Kino gearbeitet. Erinnerst du dich daran, dass ich davon erzählt habe?« Ein nostalgischer Blick tritt auf sein Gesicht. »Im Rialto in DeRidder, Louisiana. Ich habe in diesem großartigen alten Saal viele Filme gesehen. Gute, schlechte und mittlere.«

Hat mein Vater den Kontakt zur Wirklichkeit völlig verloren? »Dad, wovon zum Teufel redest du?«

»Ich versuche, dir den Kopf zurechtzurücken, mein Sohn.«

»Worüber?«

»Du bist verwirrt, weißt nicht, in welcher Art von Film du gerade bist.

»In welcher Art von *Film* …?«

»Ja, das hier ist kein Krimi. Keine Detektivgeschichte mit Margaret Rutherford als Miss Marple. Ich bin der Mörder.«

»Dad, um Gottes willen!«

»Das hier ist nicht mal ein *film noir*«, fährt er fort. »Das hier ist ein Western, Penn. Mit weißen Hüten und schwarzen Hüten. Na ja, vielleicht ist mein Hut grau. So wie der von Henry Fonda in seinen späteren Jahren.«

Ich stehe vom Tisch auf und gehe auf die Tür zu. Seine Worte provozieren mich so sehr, dass ich Abstand von ihm brauche. Auf halbem Weg zur Tür bleibe ich stehen und wende mich um. »Wenn du Viola umgebracht hast … warum dann überhaupt dieser Prozess? Warum erklärst du dich nicht einfach für schuldig, nimmst deine Strafe hin und lebst die letzten ein, zwei Jahre im Gefängnis?«

»Darüber habe ich auch schon nachgedacht. Aber das kann ich deiner Mutter nicht antun. Annie auch nicht. Was ich jetzt mache, tue ich für sie.«

Na toll. Tom Cage, der Familienmärtyrer.

»Du hast gesagt, dein Motiv habe mit dir, Viola und Gott zu tun. Aber du glaubst nicht an Gott.«

Diesmal ist sein Lächeln traurig. »Das war nur eine Redewendung. Ich habe gemeint, es geht nur Viola und mich etwas an – und die ist jetzt nicht mehr da. Wenn ich ebenfalls gehe, ist mein Motiv verschollen. Und so sollte es auch sein.«

Vielleicht höre ich nicht mit dem gebotenen Abstand zu, denn seine Worte treffen mich wie eine Ohrfeige. »Großartig, Dad. Nur lebst du nicht im luftleeren Raum. Die Entscheidungen, die du triffst, haben Auswirkungen für uns andere. Schreckliche Auswirkungen.«

»Ich weiß. Wenn ich eines gelernt habe, dann das. Wenn du mir erlauben würdest …«

Ich hebe wieder die Hand, und diesmal hört er zum Glück auf zu reden. Aber als ich den Türknauf in der Hand halte, sagt er noch. »Es tut mir alles leid, mein Sohn. Das meine ich ernst.«

Ohne mich umzudrehen, erwidere ich: »Hast du das auch deinem anderen Sohn gesagt? Lincoln?«

Als er nicht antwortet, schaue ich mich um.

»Ja«, sagt er endlich und schüttelt dann resigniert den Kopf. »Das habe ich ihm gesagt.«

Nach diesen Worten fällt in meinen Gedanken eine Klappe. Es gibt nichts mehr zu sagen.

»Auf Wiedersehen, Dad. Ich komme vor dem Prozess nicht noch einmal.«

Ich gehe weg. Verlasse ihn.

DONNERSTAG

KAPITEL 6

Es dauerte zwanzig Tage, bis der VK-Motorradklub zurückschlug und sich dafür rächte, dass Tim und ich ihre Mitglieder getötet hatten. Was sie machten, war etwas, das ich mir nicht einmal in meinen schrecklichsten Alpträumen hätte vorstellen können. Was heute geschehen ist, hat bewiesen, dass John Kaisers Einschätzung der Doppeladler als heimische Terrororganisation völlig berechtigt war.

Und es ist wenige Yards vor meiner Haustür geschehen.

Die zwanzig Tage zwischen diesen beiden gewalttätigen Vorfällen verbrachte ich damit, das zu tun, worum mein Vater mich gebeten hatte – ich besuchte die Doppeladler, ihre Frauen, ihre Kinder und, wo möglich, ihre Exfrauen und bekannten Partner – und ich fand jede Minute abscheulich. Natürlich redete ich mir ein, dass ich so die Fackel weitertrug, die Caitlin fallen gelassen hatte. Aber was immer ich auch tat – es funktionierte nicht.

Beinahe überall, wo ich hinkam, trat ich in die Fußstapfen von John Kaisers FBI-Agenten, und nicht ein einziger von ihnen hatte auch nur ein winziges Körnchen wertvolle Information aus diesen Quellen geschöpft. Das lag wahrscheinlich daran, dass all diese Agenten in den Fußstapfen von Henry Sexton gekommen waren. Und Henry war im Keller von Brody Royal in einem Feuerball ums Leben gekommen. Jeder, den ich besuchte, wusste das. Sie wussten auch von Glenn Morehouse und Sonny Thornfield. Und von Silas Groom. Und jeder, mit dem ich redete, hatte die Lektion bestens verinnerlicht: Wenn du dich gegen die Doppeladler von Snake Knox stellst, bist du ein toter Mann.

Meine Mission in der Gemeinde Concordia und den umliegenden Bezirken von Adams County war wie eine Reise durch meine längst vergangene Kindheit. Mit den Kids aus diesen Gegenden hatte ich früher Dixie Youth Baseball gespielt, mit sommersprossigen, bleichgesichtigen Kids mit Hasenzähnen, mit Kids, die geradewegs aus einem Gemälde von Norman Rockwell hätten kommen können. Die meisten hatten das erste Jahrzehnt ihres Lebens mit einem breiten Grinsen auf dem Gesicht hinter sich gebracht; zu viele von ihnen hatten den Rest mit einem verwirrten, mürrischen Gesicht weitergelebt und immer weniger das Gefühl gehabt, ihre Zukunft selbst bestimmen zu können.

Diese Kids waren nun Mitte vierzig, und ich bekam in keinem einzigen Haus ein mitfühlendes Echo zu hören. Kinder von Mitgliedern der Doppeladler hatten den Verhaltenskodex des Schweigens mit der Atemluft eingesogen. Misstrauen war das Gebot der Stunde. Einige bedrohten mich, aber die meisten waren einfach verlegen und gereizt – unsicher, wie sie sich verhalten sollten, hin- und hergerissen zwischen dem südstaatlichen Zwang zur Gastfreundschaft und dem Instinkt, jede Frage über ihre Familie abzublocken. Ich nahm zu jedem Besuch jemanden mit, auch wenn ich die Frauen besuchte. Gewöhnlich war es Tim Weathers, aber manchmal auch Kirk Boisseau. Kirk hat nicht die Ausbildung wie die Jungs von Vulcan, aber mein alter Schulkumpel hat etwas, das die nicht besaßen: Er kennt die Leute hier. Als ehemaliger Marine, der nun im Landschaftsbau arbeitet, ist Kirk mit dieser Bevölkerungsschicht vertraut geworden, die ich kaum noch kenne, wenn ich sie je wirklich gekannt habe.

Ich befragte Will Devine – wahrscheinlich Besitzer des Pick-ups mit dem Aufkleber der Darlington Academy – nicht sofort. Aber am Tag nach dem Besuch bei meinem Vater rief ich bei Keisha Harvin an und flehte sie an, mir alles zu sagen, was sie über Devine und seine Familie herausgefunden hatte. Die junge Reporterin lieferte innerhalb von Stunden. Wie die meisten ursprünglichen Doppeladler war Devine sein ganzes Arbeitsleben lang bei der Triton Battery Corporation angestellt gewesen, die südlich von Natchez am Mississippi liegt. Im Alter war Devine irgendwo zwischen Frank und Snake Knox. Die letzten fünf Jahre litt er an einer chronischen Lungenerkrankung und ging nicht viel aus dem Haus. Laut Keisha boten Henry Sextons Tagebücher nicht viele Einzelheiten über Devine, wenn es um die jüngeren kriminellen Aktivitäten der Doppeladler ging. Doch war Henry der Meinung gewesen, der Mann hätte bei einigen der Morde in den sechziger Jahren eine wichtige Rolle gespielt.

Walt Garrity hatte Devine, wie Dad gemeint hatte, zu Hause besucht. Walt ist ein pensionierter Texas Ranger und kann bei weißen Typen seiner Generation sehr überzeugend auftreten, aber Devine hatte Walt die Tür mehr als einmal vor der Nase zugeschlagen. John Kaisers FBI-Agenten war es wohl genauso ergangen. Denn wenn Devine im Dezember auch nur annähernd bereit gewesen wäre, als Kronzeuge aufzutreten, dann hätte John mit seinem Druck auf den alten Doppeladler nicht nachgelassen.

Ich versuchte es an einem Sonntagmorgen zum ersten Mal bei Devine zu Hause, weil ich hoffte, er wäre dann in christlicher Gesinnung. Hinter einer Fliegengittertür hervor ließ er mich wissen, wenn ich nicht sofort von seinem Grundstück verschwände, würde er mir eins mit seiner doppelläufigen Flinte verpassen, mit der er auf meinen Bauch zielte. Der fette alte Scheißkerl schnaufte schwer, während er mich bedrohte, und es sah so aus, als könne er sich kaum auf den Beinen halten. Erst da wurde mir klar, dass ich in Will Devines Augen wohl die Mensch gewordene Rache zu sein schien, vor der er sich seit seiner gewalttätigen Jugend fürchtete.

Hinter ihm sagte im Schatten eine alte Frau leise etwas zu ihm. Ich konnte ihre Worte nicht hören, aber ihr Tonfall schien weniger kriegerisch als der ihres Mannes. Ich überlegte, ob ich Devine nach dem Pick-up mit dem Aufkleber der Darlington Academy fragen sollte – der zehn Yards links von mir in der Einfahrt parkte –, besann mich dann aber eines Besseren. Als ich von dem Haus wegfuhr, ging ich in Gedanken die Liste der Kinder und Enkel dieses Mannes durch.

Es stellte sich heraus, dass Will Devines Söhne weniger kampflustig waren als ihr Vater, doch auch sie behaupteten, nichts Erwähnenswertes über seine Beteiligung bei den Doppeladlern zu wissen. Ihnen war bewusst, dass ich, wenn ich könnte, ihren Vater nur zu gern einsperren würde, aber sie schienen das schlicht als den normalen Lauf der Welt zu verstehen. Wie die meisten Kinder von Doppeladlern erinnerten sie sich an die Grillabende, bei denen ihre Väter Bier getrunken und Baumstümpfe und alte Autos in die Luft gesprengt hatten, behaupteten aber, sie hätten damals gedacht, dass die Männer nur herumalberten. Hätten sie gewusst, dass ihre Väter für Bombenangriffe auf Schwarze probten, dann hätten sie natürlich … Na ja, sie wussten nicht, was sie gemacht hätten, aber, Sie wissen schon … *irgendwas*.

Ich erwähnte nicht, dass ihre Mütter offensichtlich gewusst hatten, wozu diese Übungen dienten, und dass nicht eine je beim FBI angerufen hatte, um jemanden zu warnen. Je länger ich bei Will Devines Jungs war, desto deutlicher sah ich die Schuldgefühle in ihren Augen. Keine persönliche Schuld – nicht die Beschämung über bewusste Unterstützung oder Verschwörung –, sondern das Wissen, dass sie genug gesehen und gehört hatten, um zu ahnen, dass Daddy vorhatte, jemandem mit diesen »großen Feuerwerkskörpern« zu schaden, und dass dieser Jemand eine andere Hautfarbe als sie hatte.

Als ich von diesen erwachsenen Söhnen fortging, hatte ich das Gefühl, wenn ich ihnen ein wenig früher in ihrem Leben begegnet wäre, hätten sie sich vielleicht über die Gelegenheit gefreut, mir die geheimen Ängste ihrer Kindheit anzuvertrauen. Beide Devine-Söhne verrieten mir, dass ihr Vater sie für die kleinste Verfehlung erbarmungslos verprügelt hatte. Aber das, darauf beharrten sie, war auch in den Familien ihrer Freunde so gewesen. »Es waren andere, härtere Zeiten«, sagten sie, »und vielleicht sollte es wieder so werden.«

Wenn sie von ihrer Mutter Nita Devine redeten, wurden die Augen beider Männer ganz sanft. Einer weinte sogar, als er von ihrer selbstlosen Hingabe sprach. Nita, stellte sich heraus, war die Frau, die ich im Schatten hinter dem alten Will hatte sprechen hören. Als ich fragte, ob die Söhne es mir ermöglichen könnten, einige Zeit mit ihrer Mutter allein zu reden, machten beide sofort dicht.

Der jüngere Sohn Deke Devine – nach einem Astronauten benannt – gab mir jede Menge Informationen zu den Kindern anderer Doppeladler. Die meisten hatten sich in einem Radius von zehn Meilen um ihr Kindheitszuhause angesiedelt. Einige wenige waren zum Militär gegangen, doch die meisten arbeiteten auf den Ölfeldern, ein paar als Mechaniker für kleine Maschinen, Schweißer, Elektriker oder Vertreter für Agrochemikalien. Ich schrieb so viel auf, wie ich konnte, ehe ein Gefühl des Verrats Deke Devine zum

Schweigen brachte, und wir trennten uns in relativ freundlichem Einvernehmen. Als ich auf den Highway 65 fuhr, nahm ich mir vor, später einmal zurückzukehren.

Zwanzig Tage lang fuhr ich kreuz und quer mit meiner Liste durch die Gemeinde, von Haus zu Wohnwagen zu Apartment, in der Hoffnung, einen der noch lebenden Doppeladler oder eines der Kinder zum Reden zu bringen. Ich war mir nicht mal sicher, was ich am dringendsten wissen wollte. Ich musste einfach in dem Wespennest herumstochern, bis etwas herausgeschwärmt kam. Aber es kam nichts. Dass ich dabei die vertrauten Abläufe aus meiner ehemaligen Tätigkeit als stellvertretender Staatsanwalt absolvierte, brachte mir ein Gefühl der Ordnung zurück und stellte so meine Verbindung zur Welt wieder her. Doch an dem Morgen, als die Vergeltung der VK heranrollte, war ich trotzdem noch immer zutiefst entwurzelt.

Ich wachte auf und roch den Duft von Kaffee aus der Küche. Das verriet mir, dass Mia bereits aufgestanden war, wahrscheinlich auch Annie. Beinahe jeden Morgen sitzt Mia, wenn ich komme, am Küchentisch und liest einen Roman oder arbeitet an ihrem MacBook, während Annie duscht. An diesem Morgen schaute Annie mit dem Gesicht ihrer Mutter zu mir zur Tür herein und fragte: »Eier und Toast oder Haferflocken und Heidelbeeren?«

»Entscheide du.«

»Beides. Du musst wieder zunehmen.«

»Wie wäre es mit Maisgrütze mit Knoblauch und Käse?«, rief Mia. »Da kriegst du wieder Fleisch auf die Rippen.«

»Ich nehme die Haferflocken, aber nur wenn du braunen Zucker reintust.«

Mit einem Stöhnen wälzte ich mich aus dem Bett, reckte mich, ging dann ins Bad und drehte in der Dusche das heiße Wasser auf.

Keisha Harvin hatte sich gleich in der ersten Nacht, die sie in Caitlin Masters' Haus verbrachte, in das Gebäude verliebt. In den Monaten seither hatte sie es nur noch lieber gewonnen. Das dreistöckige viktorianische Haus an der Washington Street, gleich gegenüber vom Zuhause des Bürgermeisters, hätte sich Keisha allein nie leisten können. Jeden Morgen wachte sie in dem geräumigen Haus auf, lächelte, stand auf und tappte wie eine Prinzessin über die Hartholzböden und die Treppe hinunter in die blitzblanke Küche. Sie hatte ständig das Gefühl, in einem Film mitzuspielen.

Sabrina, dachte sie manchmal, *ich bin die schwarze Audrey Hepburn.*

Und doch … ganz wohl fühlte sie sich in dem Haus nie. Wo immer sie hinging, stets spürte sie, wie Caitlins rastloser Geist in der Nähe lauerte. Keisha meinte nicht, einen bösartigen Geist wahrzunehmen, eher einen, der die Welt und das Leben noch nicht verlassen wollte. Keisha sagte sich, dass sie ja beinahe jede ihrer wachen Stunden damit verbrachte, Caitlins Arbeit an den Fällen der Doppeladler zu Ende zu führen, dass also Caitlins Geist einer Schwester dieses Eindringen in ihr Zuhause verzeihen würde.

An diesem Morgen hatte Keisha vorgehabt, früh zur Arbeit zu gehen. Sie hatte sich den Wecker gestellt, ihn aber aus irgendeinem Grund nicht gehört. Wenn ihr das passierte, hatte sie immer das Gefühl, eine kosmische Macht versuchte, ihre Pläne zu vereiteln. Sie hatte sich das Duschen geschenkt, um Zeit zu gewinnen, und jetzt stand sie gebeugt an der Hintertür, hantierte mit den Schlüsseln herum, versuchte, das flache Metall in das Schloss zu rammen, während ihr Rucksack und ihre Handtasche ihre rechte Schulter nach unten zogen und den Toast mit Marmelade, den sie in der Linken balancierte, ins Rutschen zu bringen drohten. Sie stopfte sich den Toast in den Mund, schaffte es endlich, den Schlüssel ins Schloss zu stecken, drehte ihn, zerrte ihn heraus und trottete mit unbeholfenen Schritten zu ihrem Prius, der in einer schmalen Einfahrt neben dem Haus parkte.

Keisha dankte Gott für die Fernbedienung, die sie mit einem ungeheuren Gefühl der Erleichterung klickte. Als sie ihre Handtasche über den Fahrersitz nach hinten warf, rief ihr jemand aus ihrem Vorgarten etwas zu. Keisha rang sich ein Lächeln ab, weil sie damit rechnete, ihren ältlichen Nachbarn zu sehen – der ständig seine Blumen goss – oder vielleicht sogar Penns Tochter. Stattdessen erblickte sie eine alte weiße Frau, die eine Lederjacke trug und einen Becher von McDonald's in der Hand hielt.

»Kann ich Ihnen helfen?«, fragte Keisha.

»Ich denke schon«, sagte die Frau, die strähniges graues Haar und eine scharfe Stimme hatte. »Hier ist ein Geschenk für dich, du Hübsche!«

Dann schleuderte sie Keisha den Inhalt des Bechers ins Gesicht.

Sobald die Flüssigkeit auf ihre Haut und ihre Augen schwappte, keuchte Keisha und ließ ihren Rucksack fallen. Sie schüttelte den Kopf wie ein Hund, der sich zu trocknen versucht, hielt die Hände vors Gesicht, falls die Frau sie auch noch attackieren würde.

Es folgte jedoch kein Angriff.

Keisha merkte nicht, dass sie die Augen geschlossen hatte, bis sie Gelächter hörte und ein Teil ihres Gehirns registrierte, dass das Gelächter sich entfernte.

Die Frau zog sich zurück, Gott sei Dank.

»Verdammt«, spuckte Keisha aus, zog sich die Bluse aus den Jeans und benutzte den Stoff, um sich das Gesicht und die Lider abzuwischen. »Die verrückte Schlampe.«

Während sie wischte, begannen ihre Augen zu brennen.

Sie zwinkerte ein paar Mal, legte dann den Kopf in den Nacken, doch das Brennen schien immer schlimmer zu werden.

O Scheiße, dachte sie, als der Schmerz schnell unerträglich wurde.

Keisha keuchte, schrie dann auf und wischte fester. Der Schmerz nahm rapide zu. Dann bemerkte sie, dass auch ihr Gesicht brannte.

Panik explodierte in ihrer Brust und nahm ihr den Atem. Als sie an den Gartenschlauch dachte, konnte sie kaum noch sehen. Keisha stolperte über das Gras und begann zu schreien.

»Was ist das?«, fragte Annie mit schneidender Stimme.

Der Löffel mit der Hafergrütze blieb vor meinem offenen Mund in der Luft stehen. »Was?«

Mia erstarrte im Aufstehen. »Da hat jemand geschrien.«

Als der zweite Schrei ertönte, rannte Mia aus der Küche, Annie auf den Fersen.

»Wartet!«, brüllte ich. »Verdammt! Tim ist nicht da draußen. Er ist im Bad! Wartet!«

Als ich mit meiner Pistole draußen ankam, sah ich Annie und Mia über die Straße auf Caitlins Haus zurennen. Im Vorgarten stolperte Keisha Harvin herum. Zuerst dachte ich, es wäre eine Art dummer

Streich, weil Keisha gar so unbeholfen und seltsam aussah, aber im nächsten Schrei nahm ich echten Schmerz und Todesschrecken wahr.

Ich schaute mich auf der Straße nach Bedrohungen um, sprang die Treppe hinunter, raste über den Gehsteig und betete, dass Tim nicht weit hinter mir war. Mia versuchte, Keisha Fragen zu stellen, aber die Reporterin schluchzte nur und brabbelte unverständliches Zeug. Ich wusste nur eines: Keisha litt schreckliche Schmerzen, und ihre Augen schienen der Grund dafür zu sein.

»Ich bin's, Penn, Keisha! Was ist passiert?«

Sie kreischte noch ein paar Sekunden, sagte dann: »Die Alte hat mir Cola ins Gesicht geschleudert!«

»Wer hat dir Cola ins Gesicht geschleudert?«

»Die weiße Frau!«

Als ich näher hinsah, bemerkte ich, dass Keishas Bluse nass war, auch die Haut in ihrem Ausschnitt. Dann verharrte mein Blick auf ihrer Haut, die gar nicht gut aussah. Irgendeine ätzende Flüssigkeit musste darangekommen sein …

»O Gott!«, hauchte ich. »Mia, hast du sie angefasst?«

»Ich glaube nicht.«

»Geh und spüle dir die Hände am Gartenschlauch ab.«

»Mach, dass es aufhört!«, kreischte Keisha. »Es brennt!«

»Annie, hast du sie angefasst?«

»Nein! Daddy, was ist mit ihr?«

»Lauf nach Hause und wähle 911! Dann hol mir die Gummihandschuhe aus der Toilette.«

Annie starrte wie gebannt auf Keishas tränende Augen.

»Annie, sofort! Wir brauchen einen Krankenwagen und die Polizei!«

»Bin schon weg!«, rief sie und lief auf unser Haus zu.

»Ich kann nichts mehr sehen«, jammerte Keisha. »Nur Licht und Dunkel. Was hat die mit mir gemacht?«

»Atmen, Keisha«, sagte ich mit monotoner Stimme. Ich kämpfte gegen den Impuls an, sie in den Arm zu nehmen und zu trösten. »Nicht mehr reden, nur einfach atmen. Ich möchte, dass du dich hinsetzt, wo du bist. Ich hole den Gartenschlauch. Hast du mich verstanden?«

Ihre Finger betasteten ihre geröteten Wangen. »O nein … mein Gesicht …«

»Setz dich gleich hier hin. Oder besser noch, leg dich auf den Rücken.«

»Auf den Boden?«

»Ja. *Mia, bring den Gartenschlauch!*«

Mia legte die Strecke zu mir in drei Sekunden zurück und klatschte mir den Schlauch in die Hand. Keisha schluchzte immer noch, aber ich dachte, Tränen wären jetzt gut für ihre Augen.

»Keisha, ich spüle jetzt dein Gesicht aus, deine Augen, alles. Dabei musst du mir helfen, indem du ruhig bleibst. Es kommt jetzt Wasser in dein Gesicht, viel Wasser. Atme immer weiter durch den Mund. Wir waschen jetzt deine Haut ab, bis der Krankenwagen kommt.«

»Schnell, schnell …«

Ich richtete den Wasserstrahl auf ihr Gesicht und ging mit dem Schlauch bis auf wenige Zentimeter an ihre Haut heran. Ich konnte unter dem spülenden Wasserwirbel die Anfänge einer tiefen Verbrennung sehen, aber wegen ihrer dunklen Haut war es schwer abzuschätzen, wie schlimm es wirklich war.

»Was kann ich machen?«, fragte Mia, die Keisha voller Schrecken anstarrte.

»Ruf Drew an und sage ihm, dass wir einen schlimmen Fall von Säureverbrennung haben. Sag ihm, wir brauchen auch einen Augenarzt.«

»Was noch?«

»Hol Tim her, dass er uns Deckung gibt. Das ist vielleicht noch nicht das Ende.«

Vier Häuserblocks von der Washington Street entfernt riss Wilma Deen die Tür eines Toyota-Club-Pick-ups auf und stieg auf den Rücksitz. Alois Engel trat das Gaspedal zum Boden durch, ehe sie auch nur die Tür zugemacht hatte. Daran erkannte sie, dass er wie immer völlig überdreht war, wenn er in die Nähe von Gewalt kam.

»Hast du sie erwischt?«, fragte er und schaute über den Sitz zurück.

»Guck, wo du hinfährst!«

»Verdammt, hast du sie erwischt?«

Wilma dachte an die Verwirrung im Gesicht der jungen Frau, als die Säure sie traf, ehe sie begriff, wie viel Schmerz und Leiden man ihr aus diesem Pappbecher entgegengeschleudert hatte. »Ich habe sie erwischt, o ja. Sie wird nie mehr die Schönste auf dem Ball sein.«

»Verdammte Scheiße.«

Wilma spürte, wie der Pick-up beschleunigte, als sie auf die Canal Street zufuhren, die sie zur Brücke nach Louisiana bringen würde.

»Fahr langsam, Alois. Ich habe keine Lust, zehn Jahre im Gefängnis von Parchman zu verbringen.«

»Schon kapiert, keine Sorge. Aber sag mir mehr. Ich hab rein gar nichts gesehen.«

Wilma ließ sich nach unten rutschen, bis ihr Gesicht unterhalb des Fensters war, und schloss die Augen. Sie dachte nicht an Keisha Harvin, sondern an ihren Bruder Glenn. Daran, wie er geschaut hatte, als ihm klargeworden war, dass sie sich gegen ihre eigene Familie auf die Seite von Snake und den Doppeladlern geschlagen hatte. Diese Entscheidung war auch für Wilma eine Offenbarung gewesen, aber sie hatte sie nicht bereut. Jedenfalls nicht oft.

Sie hatte sich beinahe drei Monate versteckt gehalten, und, ehrlich gesagt, ihr fiel mittlerweile die Decke auf den Kopf. Auf der Flucht zu sein, das war Scheiße, wie ihr Daddy immer zu sagen pflegte. Ausnahmsweise hatte er damit recht gehabt.

»Das FBI wird deswegen völlig ausrasten«, meinte Alois. »Und der Bürgermeister auch.«

»Gut. Ich habe die Nase voll, mich jeden gottverdammten Tag zu verstecken. Ich brauchte was zu tun.«

Alois nickte und fuhr durch eine lange, weite Rechtskurve. Das bedeutete, dass sie die Auffahrt zu der Doppelbrücke über den Mississippi erreicht hatten.

»Wir kriegen bald mehr zu tun, als wir schaffen können«, sagte er. »Verdammt, das war auch höchste Zeit.«

Wilma setzte sich wieder aufrecht hin und schloss die Augen, aber sie sah keine Dunkelheit. Sie sah, wie sich der Mund des Niggermädels schockiert öffnete, als die Säure sie traf. Inzwischen litt die bestimmt schon Höllenqualen. Tief in der Brust spürte Wilma etwas, das sie schon für tot gehalten hatte. Mitgefühl. Aber sie biss die Zähne zusammen, als sie sich an die Augen ihres Bruders erinnerte, während sie Snake und Sonny dabei half, ihm eine tödliche Dosis Fentanyl zu spritzen. Wenn man einmal so weit gegangen war … dann gab es kein Zurück mehr. Dann konnte man nur noch vorwärtsgehen.

An dem Säureangriff hatte ihr am besten gefallen, dass sie sich damit den Respekt des VK-Klubs verdienen würde, der ihr geholfen hatte, sich vor dem FBI zu verstecken. Und nicht nur den Respekt der Mamas – die alle miteinander giftige, nuttige Schlampen waren –, sondern den der Biker selbst. Der Anführer der VK, ein hartgesottener alter Vietnam-Veteran namens Lars Dempsey, erinnerte Wilma ein bisschen an Frank Knox, zumindest daran, was sie noch von Frank Knox im Gedächtnis hatte. Sie war sich nicht sicher, wie es Snake schaffte, dass dieser Mann immer noch seine Befehle befolgte. In dieser Welt fraßen die Großen die Kleinen, und sie konnte sich nicht vorstellen, dass ein Mann in Snakes Alter da lange überleben würde. Aber eines musste sie ihm lassen: Es war nun schon beinahe drei Monate her, dass Forrest gestorben war, und die Jungs von der VK befolgten Snakes Anordnungen wie eine gehorsame Armee.

Wahrscheinlich sind die Typen aus der Familie Knox einfach die geborenen Anführer, überlegte sie ein wenig verärgert. *Aber das ist wohl auch gut so, denn ohne Snake säße ich im Gefängnis oder läge jetzt tot in einem Graben.*

KAPITEL 7

»Gut, dass du ihr Gesicht und ihre Augen so gründlich abgespült hast«, sagt Drew Elliot, der mit einer Taschenlampe auf Keisha Harvins Wange leuchtet. »So hast du die Wirkung der Säure abgeschwächt.«

Der jüngere Partner aus der Praxis meines Vaters bemüht sich nun schon eine halbe Stunde um Keisha, aber er hat mich erst vor zwei Minuten in das Behandlungszimmer in der Notaufnahme des St. Catherine's Hospital gelassen. Er hat alle betroffenen Hautstellen mit einer Chemikalie namens Calciumgluconat betupft. Zu meiner Erleichterung hat er Keisha auch einen Tropf mit einem Schmerzmittel angelegt. Sie ist bewusstlos. Das macht es mir leichter, ruhig zu bleiben, während er ihre Gesichtshaut unter dem Licht der Lampe untersucht.

»Wird sie ihr Sehvermögen dauerhaft verlieren?«, frage ich.

Drew schaut mich an, anscheinend verwirrt. Dann sagt er leise: »Sie wird wahrscheinlich ihr Augenlicht verlieren, Penn. Für immer. Das wissen wir aber erst in ein paar Stunden. Ich habe Pat Crosby als Augenspezialist hinzugezogen. Aber ihre Hornhaut ist schon milchig. Das sieht nicht gut aus.«

Mein Szenario für den schlimmsten aller Fälle ist gerade umgeschrieben worden, und mein Herz pocht wie wild. »Wie schlimm werden die Narben in ihrem Gesicht sein? Sie ist eine sehr hübsche junge Frau.«

Drew lässt den Lichtstrahl ihren Hals hinunterwandern. »Das ist nicht meine größte Sorge. Die Frage ist: Wird sie überleben?«

Das trifft mich bis ins Mark. »*Was?* Sie ist fünfundzwanzig! Klar, aufs Titelbild von *Vogue* kommt sie nach dem hier nicht mehr, aber … Du meinst, die Sache könnte sie das Leben kosten? War Gift in der Säure oder was?«

»Nein, aber das ist auch nicht nötig. Die Säure in dem Becher war keine Salzsäure oder Schwefelsäure – das wäre schon schlimm genug gewesen, hätte aber hauptsächlich Schaden an der Haut und an den Augen angerichtet. Es war Flusssäure. Flusssäure geht eine Bindung mit Calcium-Ionen ein. Das bedeutet, dass sie durch die Haut und tief in den Körper eindringt, bis zu den Knochen.«

Mein Gesicht fühlt sich eiskalt an. »Was passiert dann?«

»Die Reaktion, die sich daraus ergibt, setzt Calcium im Blutkreislauf frei. Und wenn man genug Calcium im Blut hat, setzt das Herz aus. Für immer.«

»Aber … ihr könnt doch sicher was dagegen tun?«

Drew beugt sich herunter, um Keishas Hals besser sehen zu können. »Nicht genug, leider. Es kommt alles darauf an, wie viel von der Säure tief eingedrungen ist. Ich habe gerade von einem Fall gelesen, wo jemand sich in einem Labor einen Becher Flusssäure in den Schoss gekippt hat. Er ist in einen Swimming Pool in der Nähe gesprungen und ist dreißig Minuten drin geblieben, um sich abzuspülen. Ursprünglich hat man gedacht, alles wäre in Ordnung, doch ein paar Tage später mussten sie ihm beide Beine amputieren.«

»Großer Gott!«

Drew knipst die Taschenlampe aus und legt sie auf seine Instrumentenschale. »Letztlich ist er dann gestorben. Herzinsuffizienz.«

Ich wende mich ab und gehe zu einem Waschbecken hinüber, versuche zu begreifen, was Drew gesagt hat. In der kalten Luft der Notaufnahme erinnere ich mich an die Botschaft, die Snake Knox vor drei Wochen meinem Vater übermittelt hat. Ehefrauen und Kinder haben keine Immunität mehr. Übelkeit ergreift mich, und ich denke gerade daran, dass ich blitzschnell zur Toilette muss, als Drew mit einem leisen Knall seine Gummihandschuhe auszieht, sie in den Mülleimer wirft und mir die Hände auf die Schultern legt.

»Wer würde dem Mädel so etwas antun? Die Doppeladler?«

»Keisha hat sie in der Zeitung ziemlich unbarmherzig behandelt.«

»Penn … und wenn es Annie gewesen wäre?«

»Denk so was nicht mal, Mann!«

Drew lässt die Hände von meinen Schultern sinken und schaut mir direkt ins Gesicht. »Ich weiß, dass du das denkst. Wenn nicht, dann bist du verrückt. Vielleicht ist es Zeit, dass du sie aus der Stadt wegbringst. Vielleicht sogar aus dem Land. Mia auch. Und vielleicht solltest du mitgehen.«

Drew hat nicht so ernst gesprochen, seit er selbst einmal unter Mordanklage stand.

»Ich weiß nicht, ob ich das jetzt gerade kann. Weggehen, meine ich«, antworte ich ihm.

»Weil Tom vor Gericht kommt? Zum Teufel, du hast ihn doch noch nicht einmal im Gefängnis besucht, oder?«

»Einmal.«

»Hast du denn vor, zum Prozess zu gehen?«

»Ich weiß es nicht. Das Problem ist meine Mutter. Ich glaube, ich muss für sie da sein.«

Drew mustert mich eine Weile. »Verstehe. Aber denk darüber nach, Annie und Mia fortzubringen. Jeder, an dem dir oder deinem Vater etwas liegt, ist in der Schusslinie.«

»Du hast recht. Das mache ich.«

Er bedenkt mich mit einem professionellen Lächeln. »Ich muss jetzt in die Praxis.«

Ich schaue zu dem Tisch zurück, auf dem Keisha friedlich schlafend liegt, zumindest im Moment. »Bitte behalte das Mädchen gut im Auge, Drew.«

»Das habe ich vor. Ich habe die Schwestern gebeten, mich anzurufen, sobald Angehörige auftauchen. Aber wenn sich ihr Zustand verschlechtert, muss ich sie vielleicht mit dem Hubschrauber zum Uni-Krankenhaus hochschicken.«

»Verstehe.«

Er nickt mir zum Abschied zu, macht sich dann auf den Weg zu der zweiflügligen Tür.

John Kaiser steht bei Annie und Mia, als ich ins Wartezimmer hinauskomme. Sobald er mich erblickt, sagt er den Mädchen, er müsse mich kurz allein sprechen. Ich berichte ihm, dass Keisha ruht und dass Drew alles für sie getan hat, was ihm möglich ist, und wir jetzt nur abwarten können. Dann umarme ich Annie und folge Kaiser in eine Nische, in der drei summende Verkaufsautomaten stehen.

»Hat sie gesagt, wer sie angegriffen hat?«, fragt er.

»Sie meint, es wäre eine weiße Frau gewesen – eine ältere Frau, dachte sie –, aber sie konnte keine wirkliche Beschreibung geben. Schwarze Lederjacke, an mehr erinnert sie sich nicht. Klingt nach dieser Biker-Bande, nicht wahr? Der VK?«

»Das ist die Annahme, die sich aufdrängt. Ich wüsste zu gern, wo Wilma Deen ist. Sie war in der Nacht dabei, als ihr Bruder ermordet wurde, und sie ist verschwunden, kurz nachdem Snake abgehauen ist. Daraus schließe ich, dass sie zu so was fähig wäre.«

»Ich hoffe, sie war es. Ich möchte mir lieber nicht vorstellen, dass es eine Revanche dafür war, dass Tim und ich die beiden VK-Typen getötet haben.«

»Ihnen ist schon klar, dass die Sie genauso hätte erwischen können, Penn? Oder Annie.«

»Nein, das könnten die nicht«, denke ich laut. »Wir haben Leibwächter. Keisha hatte keinen. Deswegen wurde sie attackiert.«

Der FBI-Agent überlegt. »In vier Tagen beginnt der Prozess Ihres Vaters. Es könnte sein, dass die VK ihm und Quentin mit diesem Angriff eine weitere Botschaft senden wollen. Vielleicht wird da jemand nervös.«

»Snake?«

»Wer sonst? Aber warum, weiß ich nicht. Das weiß nur Ihr Vater.«

Ich winke ab, ich bin zu bestürzt, um dieses Thema auch nur zu besprechen. »Immer noch keine Hinweise, wo sich Snake aufhält?«

»Sie meinen, ich halte was vor Ihnen zurück? Wir haben nichts, Penn. Forrest und Snake hatten viel Zeit, um sich auf einen Abgang im Notfall vorzubereiten. Und Forrest wusste, was er machte. Ich bin an einem Punkt angekommen, wo ich glaube, dass wir einfach Glück haben müssen. Das ist die einzige Möglichkeit, Snake zu erwischen. Und der ist sein Leben lang ein gottverdammter Glückspilz gewesen.«

»Irgendwann verlässt jeden das Glück. Und vergessen Sie nicht, Snake ist sein eigener schlimmster Feind. Er steht für sein Leben gern im Rampenlicht. Sobald dieser Prozess beginnt, kann er sich vielleicht nicht mehr beherrschen. Sie glauben doch nicht, er kann einfach irgendwo sitzen und zuschauen, wie sich dieser ganze Zirkus entfaltet? Mit täglichen landesweiten Berichten im Fernsehen? Ich weiß nicht, was Snake mit Viola – oder meinem Vater – verbunden hat, aber früher oder später kommt er und schnüffelt irgendwo in der Nähe dieses Prozeses herum.«

»Wir werden nach ihm Ausschau halten.«

»Inzwischen versuche ich, mir zu überlegen, wie man ihn aus der Deckung locken kann.«

Kaiser wirkt besorgt. »Machen Sie keine Dummheiten. Benutzen Sie Ihr Hirn, nicht Ihr Herz.«

»Gehen Sie da rein und schauen sich das Mädchen an, John. Sie ist fünfundzwanzig, und sie wird ihr Leben lang blind sein.«

»Großer Gott!«

»Drew sagt, sie stirbt vielleicht sogar. Es war Flusssäure.«

»Verdammt! Was diese Säure anrichten kann, weiß ich.«

»Sie ist eine von den Guten, Mann. Eine von uns. Ein halbes Kind. Sollen wir nur einfach herumsitzen und diese Scheiße hinnehmen?«

Kaiser streckt die Hand aus und drückt mir den Oberarm. »Manchmal hat man keine andere Wahl. Das gehört dazu, wenn man bei den Guten ist.«

Ich sage nichts.

»Ich täte nichts lieber, als gegen diese Arschlöcher in den Krieg zu ziehen. Aber wir können ja nicht mal sicher sein, wer das hier gemacht hat.«

Da bin ich anderer Meinung. Vor meinem geistigen Auge sehe ich die selbstgefällige Visage von Snake Knox, während Kaiser und ich versucht haben, ihn im Büro des Sheriffs der Gemeinde Concordia zu verhören. An dem Tag hat er uns zum Narren gehalten.

»Penn?«

»Bis bald, John. Lassen Sie mich wissen, wenn Sie was Neues rauskriegen.«

Der FBI-Mann beobachtet mich genau, während ich auf die Ecke zugehe, hinter der mein Auto steht.

»He!«, ruft er mir noch hinterher. »Haben Sie keinen Leibwächter?«

»Tim ist bei den Mädchen. Ich schicke ihm eine SMS, dass er mich beim Auto abholen soll.«

»Sind Sie bewaffnet?«

Das beruhigende Gewicht meiner Pistole drückt beim Gehen auf meinen linken Knöchel. »Heutzutage niemals ohne.«

Kaiser nickt und verabschiedet mich mit einem spöttischen Salutieren.

Ich schicke Tim eine SMS, bitte ihn aber nicht, mich beim Auto zu treffen. Ich teile ihm mit, dass ich noch eine Weile mit Kaiser zu tun haben werde und dass er bitte Mia und Annie inzwischen nach Hause bringen soll. Als seine Antwort eintrifft, sehe ich Jamie Lewis, den Chefredakteur des *Natchez Examiner*, etwa zehn Yards von meinem Audi entfernt auf das Krankenhaus zugehen.

»Jamie!«, rufe ich.

Er winkt und kommt zu mir. »Ich habe mit Caitlins Vater telefoniert. Er wird den Personenschutz für uns alle erhöhen. Er macht sich wahnsinnige Vorwürfe, weil er das nicht schon viel früher getan hat.«

Ich mag mir nicht vorstellen, welche Qualen John Masters nach diesem Überfall durchleidet.

»Wenn Keishas Bruder sie so sieht, haut ihn das völlig um«, sagt Jamie.

»Den Footballspieler bei Auburn? Kennst du den?«

»Ich habe ihre beiden Brüder bei einem Football-Match in Alabama kennengelernt. Roosevelt Harvin vergisst man so schnell nicht. Der ältere Bruder hat im College nicht Football gespielt, aber der Vater war bei Mississippi Valley State.«

»Kommen die nach Natchez?«

Jamie nickt. »Die Brüder schon. Der Vater ist anscheinend krank. Sie sollten irgendwann heute Nacht hier eintreffen. Spätestens morgen früh.«

»Das wird sehr schlimm werden. Sie stirbt vielleicht, Jamie.«

Er wird blass. »Wie bitte?«

»Es hat mit der Art der Säure zu tun. Die bringt dein Calcium völlig aus dem Tritt und führt möglicherweise zu tödlichem Organversagen.«

»Oh, Penn … Scheiße, Mann.«

»Es tut mir leid, dass ich dir das sagen muss. Also, ich muss jetzt los.«

Ich will fortgehen, aber Jamie scheint in einem Schockzustand zu sein. Er schüttelt den Kopf, als hätte ich ihm gerade gesagt, gleich ginge die Welt unter.

»Keisha ist etwas ganz Besonderes«, sagt er. »Furchtlos. Echt. Anständig. Jemand wird dafür bezahlen, dass er dem Mädchen wehgetan hat.«

»Wenn sie je rauskriegen, wer es war.«

»Ich rede nicht vom FBI.«

»Erzähl keinen Mist«, warne ich ihn.

»Ich rede nicht von mir. Ich meine ihre Brüder.«

Ich schüttele den Kopf. »Das würde Keisha auch nichts nützen. Aber lass es dir von mir sagen, einem ehemaligen Staatsanwalt. In solchen Situationen schwören die Angehörigen immer, dass sie die Täter umbringen, aber sie tun es beinahe nie.«

»Echt? Warum nicht?«

Die fünfzehn Jahre Altersunterschied zwischen dem Zeitungsreporter und mir kommen mir plötzlich wie eine Ewigkeit vor. »Weil die schreckliche Wahrheit ist, dass man damit nur erreicht, dass man selber im Gefängnis landet. Ich habe das schon gesehen.«

Jamie denkt darüber nach. »Na gut. Ich hoffe, das reicht, um die Harvin-Brüder zu beruhigen. Aber verlassen würde ich mich nicht drauf. Schaust du später noch mal vorbei?«

»Ich komme wieder. Halt die Augen auf, Jamie. Dein Name steht auch auf der Webseite.«

Der Redakteur nickt, macht sich dann wieder auf den Weg. Mit langsamen Schritten geht er auf den Eingang des Krankenhauses zu.

Ich steige in meinen Audi, lasse den Motor an, stelle dann die Klimaanlage ein und halte das Gesicht nah an die mittleren Lüftungsschlitze, bis sich meine Haut kalt anfühlt.

Wird Keisha Harvin so etwas je wieder spüren?, überlege ich.

Ich schließe die Augen, strecke die Hand aus und schalte den CD-Player an. Schon bald erfüllt das »Capriccio Primo« den Innenraum, ein Cellosolo, von Elinor Frey in Vollkommenheit gespielt. Während sie mit dem Bogen über die schweren Saiten streicht, verlangsamt sich mein Puls, und mein Blutdruck sinkt. Aber tief in mir hat so etwas wie ein Motor sich zu drehen begonnen. Ich kenne das Gefühl von dem Tag, an dem ich hörte, wie Caitlin aus dem Grab zu mir gesprochen hat, mit der letzten Tonaufzeichnung, die sie kurz vor ihrem Tod gemacht hat.

Von dem Tag, an dem ich Forrest Knox getötet habe.

Als das Ende des Stücks naht, öffne ich die Augen, wähle den Track noch einmal und lege den Rückwärtsgang ein. *Erzähl keinen Mist*, habe ich zu Jamie Lewis gesagt. Aber Ratschläge geben ist sehr viel einfacher als welche annehmen. Manchmal müssen wir, um vorwärtszugehen, erst einmal rückwärtsgehen.

Ich parke draußen vor dem Kuntry Kafé, dem schmierigen Imbiss, wo ich letzten Dezember Randall Regan gegenübergetreten bin, der mich nach unserem Gespräch auf der Toilette überfiel. Ich erinnere mich nicht daran, hierhergefahren zu sein. Ich weiß nur noch, dass ich den Fluss überquert habe, auf den schlammigen, majestätischen Strom des Mississippi geschaut habe, wie er sich langsam auf Baton Rouge, New Orleans und schließlich die riesige tote Zone im Golf zuwälzt, die hinter der Mündung des größten Abwasserkanals von Amerika liegt. In der warmen Frühlingssonne sieht der Fluss rot aus, und die ätherischen Cellotöne, die aus meinen Lautsprechern dringen, haben meine finsteren Gedanken in Schach gehalten, während ich über die holprige Brücke rolle, die Mississippi und Louisiana verbindet.

Im Gegensatz zu den schicken Ganovenhöhlen, die in Hollywood-Thrillern gezeigt werden, sind die der übelsten Männer der Welt überraschend banal. Carlos Marcello, der brutale Mafiapate, der jahrzehntelang New Orleans beherrschte, traf sich jeden Morgen mit seinen Untertanen im Morning Call Coffee Shop in Metairie, nur einen Tisch entfernt von silberhaarigen Matronen, die hier ihren morgendlichen *Café au lait* tranken. In den sechziger Jahren kamen die Doppeladler täglich in einem schäbigen kleinen Restaurant zusammen, das zum Shamrock Motel gehörte. Und John Kaiser zufolge lungern einige der alten Doppeladler immer noch im Kuntry Kafé herum, dem Anbau des Kuntry Inn, wo man auch essen kann, nicht weit vom alten Shamrock entfernt. Der Imbiss ist nicht ganz so schmuddelig wie sein Vorgänger, aber er ist feucht und stinkt nach Fett und saurer Milch.

Ob wohl noch immer Weihnachtsglocken an der Tür hängen …

Wäre ich vorsichtig, dann hätte ich Tim Weathers oder Kirk Boisseau gebeten, mich hier zu treffen. Aber wenn die hier wären, hätte ich weniger Optionen. Ich klappe das Handschuhfach auf und nehme die 9-mm-Springfield heraus, die ich dort aufbewahre, stecke sie mir in den Hosenbund und ziehe dann mein Hemd heraus, so dass es über den Kolben der Pistole hängt. So fühle ich mich jetzt weniger schutzlos als nur mit dem .38er im Knöchelholster.

Nach weiteren fünf Sekunden Cello bin ich bereit.

Die Kühlung meines Audi läuft noch, als ich aussteige und auf die Glastür zugehe. Der Imbiss ist beinahe menschenleer, nur drei alte Männer und ein langhaariger blonder Jüngling sitzen an einem der hinteren Tische und murmeln in ihre Bierkrüge. Einer der Männer ist Will Devine. Alle blicken auf, als ich die Tür aufreiße, sagen aber nichts. Während ich auf sie zugehe, steht der blonde Jüngling auf und baut sich vor mir auf, als wolle er Streit suchen. Mein Hemd hängt noch immer über den Kolben meiner Springfield, aber ich denke, die alten Männer am Tisch haben die verborgene Waffe innerhalb von zwei Sekunden entdeckt.

»Seht euch das an, Jungs«, sagt einer von den weißhaarigen Männern, ein drahtiger alter Kerl, der mich an den verstorbenen Sonny Thornfield erinnert. »Da kommt doch tatsächlich der Bürgermeister von Natchez zu Besuch. Welchem Umstand verdanken wir diese Ehre, Herr Bürgermeister?«

Earl Tarver, flüstert mir der Staatsanwalt in meinem Kopf zu. *Doppeladler, 1936 geboren. Also neunundsechzig Jahre alt …*

»Ja«, meint ein anderer und grinst. Mein Gedächtnis bietet mir einen zweiten Namen an: *Buddy Farmer.*

Will Devine sagt nichts. Er starrt in sein Bier.

»Ich glaube, er kommt sich 'ne Tracht Prügel abholen«, sagt der blonde Jüngling, der fünf Zentimeter kleiner ist als ich, mir aber zwanzig Jahre Jugend voraushat. Mit seinen hellblauen Augen sieht er aus wie ein Werbeplakat für die Hitlerjugend.

Earl Tarvers Augen wandern an meinem Körper rauf und runter, bleiben dann auf meinem Gesicht hängen. »Bleib locker, Alois. Heute solltest du dich mit dem Bürgermeister nicht anlegen. Der ist auf hundertachtzig.«

»Interessiert mich einen Scheiß.«

»Schau auf seine Hände«, sagt Tarver.

Ich schaue nicht hin, aber ich kann spüren, dass meine Hände beben.

»Setz dich hin, Alois«, befiehlt Tarver.

Der Junge gehorcht zögernd, seine Augen sprühen Funken vor Hass.

»Was wollen Sie, Herr Bürgermeister?«, fragt Tarver. »Wo ist denn Ihr Kumpel, der FBI-Agent?«

Als ich nicht antworte, sagt Tarver: »Diesem Kaiser hat sein Boss ganz schön die Ohren langgezogen, was? Kein Wunder, nach der Scheiße, die er neulich im Dezember im Gefängnis von Concordia gebaut hat. Hat anscheinend den Justizjungs in Washington gesagt, Sonny würde nächstens so ungefähr zu jedem ungelösten Fall auspacken, den sie noch aus der Klan-Zeit übrig hatten. Und dann …« – Tarver schnipst laut mit den Fingern – »geht doch Sonny einfach hin und hängt sich auf. Das ist doch mal was, oder? Hat nicht mehr mit der Schuld leben können, denke ich. Das passiert, wenn einer zum Verräter wird.«

Ich schaue mich langsam im Café um. Der einzige andere Gast ist ein dünner, bleicher Mann in einer Nische in der hinteren Ecke. Er hat schwarzes Haar und trägt eine Lederjacke. Auf dem Ärmel, den ich von hier sehen kann, prangen deutlich sichtbar die Buchstaben VK.

»Ich bin hier, weil jemand heute einer jungen Frau Säure ins Gesicht geschleudert hat«, sage ich, die Augen immer noch auf den Biker gerichtet. »Und sie geblendet hat.«

Niemand am Tisch wirkt überrascht.

»Ach ja?«, fragt Tarver. »Was für'n Mädel war das?«

»Nigger-Mädel, hab ich gehört«, meint Farmer. »Neugieriges Mädel, die für die Zeitung in Natchez gearbeitet hat.«

»Sind Sie wirklich deswegen hier?«, fragt Tarver. »Machen Sie sich jetzt für die Schwarzen stark? Für so was bezahlen die auf Ihrer Seite vom Fluss den Bürgermeister?«

Ich richte meinen Blick fest auf Tarver. »Ihr alter Boss hat jemanden umgebracht, der mir sehr viel bedeutet hat.«

Er schnieft und schaut seine Kumpel an. »Ich glaube, er redet von der Herausgeberin der Zeitung.«

Farmer schnaubt ein Lachen hervor und duckt zustimmend den Kopf weg, ein Grinsen auf dem Gesicht. »Das war seine Alte, Earl.«

»Ich habe gehört, das hat ein Nigger gemacht«, fährt Tarver fort. »Ein Wilderer unten in Lusahatcha County. Die haben ihn tot hinter einer Crack-Kneipe in Baton Rouge gefunden, nicht?«

Farmer hebt seinen Krug hoch, trinkt sein Bier halb aus. »Jawohl. Einer weniger, um den wir uns Sorgen machen müssen.«

Während diese Kommentare in meinen Gedanken hin und her gleiten, reiße ich die Springfield aus dem Gürtel, ziehe den Schlitten zurück und lege dem Komiker den Lauf an die Schläfe.

»Sagen Sie das noch mal, Mr. Farmer.«

Devines Stuhl schrammt über den Boden, als er ihn vom Tisch zurückschiebt und aufsteht. Der Jüngling sieht aus, als wollte er sich auf mich stürzen, aber Tarver lacht nur und sagt: »Verdammt, ich wünschte, ich hätte eine Kamera dabei.«

»Ich hab eine in meinem Handy«, sagt der blonde Kerl.

»Keine Sorge, Buddy«, erwidert Tarver ruhig. »Cage schießt nicht. Er ist nur der Scheißbürgermeister.«

»Mach bloß nichts, Alois«, sagt der Mann, der die Pistole an der Schläfe hat. »Rühr dein Telefon nicht mal an. Bitte.«

»Der schießt nicht«, beharrt Tarver. »Mach das Foto, Alois. Wenn wir ein Bild davon haben, muss Sherriff Dennis ihn einsperren. Das bringt eine fette Schlagzeile.«

Während der Blonde in seiner Hosentasche wühlt, kapiert mein Gehirn endlich die Wirklichkeit dieser Situation. Tarver *will*, dass ich schieße. Das Leben des Mannes, auf den der Lauf meiner Pistole gerichtet ist, bedeutet ihm nichts, verglichen mit der Aussicht darauf, dass ich im Gefängnis von Angola in einer Todeszelle sitze, und da werde ich garantiert landen, wenn ich auf dieser Seite des Flusses einen Mann umbringe.

Während der blonde Jüngling sein Handy hochhält, senke ich meine Pistole und setze mich auf den leeren Stuhl am Tisch, verberge die Pistole unter der Resopaltischplatte.

»Ich bin hergekommen, um euch Jungs was zu erzählen«, sage ich leise.

»Worauf warten Sie dann noch?«, fragt Tarver.

»Snake hat mir vor drei Wochen eine Nachricht geschickt. Mit einem Biker. Er hat gesagt: ›Ehefrauen und Kinder haben keine Immunität mehr.‹«

Der alte Mann blinzelt, als hätte er Schwierigkeiten, die Worte zu verstehen. »Klingt mir nicht nach Snake.«

»O doch. Das klingt nach euch allen, euch Scheißkerlen. Ich kenne Sie, Tarver. Sie sind der feige Typ, der andere in den Rücken schießt, der im Dunkeln steht, der einen Mann hinrichtet, wenn der im Krankenhausbett liegt, der einer jungen Frau Säure ins Gesicht schleudert. Sie sind der Typ Arschloch, der eine alte Dame umbringt, die sich daran erinnert, dass sie von Ihnen vergewaltigt worden ist, damals, als Sie ihn noch hochgekriegt haben.«

Bei diesen Worten fährt Tarvers Kopf in die Höhe. Hass erfüllt seine Augen.

»O ja«, versichere ich ihm. »Ich weiß alles über die Werkstatt.«

Will Devine schluckt hörbar.

»Aber die Sache ist die«, fahre ich fort. »Leute wie ihr und Snake, die in den sechziger Jahren andere verprügelt und umgebracht haben … ihr wart nichts als Marionetten in den Händen der reichen Jungs. Weißer Abschaum. Gehilfen. In deren Augen standet ihr selbst knapp eine Stufe über den Niggern. Deswegen haben euch die Bürgerrechte ja auch solche Angst eingejagt. Ihr habt laut getönt und eure Bettlaken mit Stolz rumgetragen, aber wenn ihr mal wirklich aus der Reihe getanzt seid – oder euch eingebildet habt, ihr wärt was Besseres –, dann hat euch der Boss, der in dem großen Haus, ordentlich zurechtgestutzt, und zwar so schnell, dass euch ganz schwindelig geworden ist.«

Der blonde Jüngling sieht aus, als würde ihn jeden Augenblick der Schlag niederstrecken, aber die Gesichter der älteren Männer verraten mir, dass meine Worte die Wahrheit getroffen haben.

»Mein Dad hat genauso arm angefangen wie jeder Einzelne von euch«, fahre ich fort. »Aber er hat sich hochgearbeitet. Klar, jetzt wohne ich in dem großen Haus auf der anderen Seite des Flusses, ich habe jedoch nie vergessen, woher ich gekommen bin.«

Ich höre in der Ferne eine Sirene. *Hat ein Koch hinten 911 angerufen?*

»Die Polizei ist unterwegs«, sagt Alois mit schriller Stimme.

»Sag einfach, was du zu sagen hast, und dann verpiss dich«, murmelt Tarver.

Ich ziehe die Springfield unter dem Tisch hervor, lege sie flach auf das Resopal vor mir, den Lauf auf Tarvers Bauch gerichtet, den Finger noch am Abzug.

»Damals während des Sezessionskriegs in Tennessee gab es einen Mann namens Jack Hinson. Der stammte von Hochlandschotten ab. Hinson hat sich nach Kräften bemüht, sich aus dem Krieg herauszuhalten. Aber eines Tages hat eine Patrouille der Union zwei seiner Söhne umgebracht und deren Köpfe auf Hinsons Zaunpfähle gespießt. Danach hat sich Hinson ein besonderes Gewehr bauen lassen. Und er ist gegen die Union in den Krieg gezogen. Zuerst hat er den Lieutenant getötet, der seine Jungs umgebracht hatte. Aber ehe er fertiggemacht wurde, hat er über hundert Soldaten getötet.«

Die alten Männer schauen mich mit gebannter Aufmerksamkeit an; diese Art von Geschichte lieben sie normalerweise sehr.

»Die Sache ist die: Ich stamme mütterlicherseits auch von Hochlandschotten ab. Und wenn das Mädchen, das heute Säure ins Gesicht bekommen hat, mein kleines Mädchen gewesen wäre, dann wäre ich hier heute nicht so reinspaziert. Dann hätte ich mich nicht hingesetzt und hätte geredet. Dann wäre ich reingekommen und hätte Ihnen ins Gesicht geschossen.«

Tarver blinzelt, schätzt meine Worte ab.

Als Nächsten schaue ich Farmer an, dann Will Devine. Der fette Mann hat offensichtlich Angst.

»Und dann hätte ich diese beiden erschossen. Mitten in den Bauch, während sie sich vor Angst bepissen. Und kein Geschworenengericht in fünf Meilen Umkreis von Natchez hätte mich verurteilt.«

Die alten Männer beobachten nun Tarver.

»Was bist du doch plötzlich für ein knallharter Typ geworden?«, fragt Tarver leise.

»Warum stellen Sie diese Frage nicht Forrest Knox?«

Dem Doppeladler bleibt der Mund weit offen stehen.

»Earl, lass mich ihm den Arsch versohlen«, bittet der Blonde. »Mit dem Messer bearbeiten.«

Ich unterdrücke den Impuls, dem Jüngling meine Springfield über den Schädel zu ziehen, stehe auf und gehe langsam zur Tür. Die Sirene heult jetzt lauter.

»Vergessen Sie nicht, was ich über mein kleines Mädchen gesagt habe. Und sorgen Sie dafür, dass Snake die Nachricht kriegt.«

Das Letzte, was ich sehe, ist Will Devines Gesicht, bleich vor Angst, und dahinter der große Mann in der Lederjacke, der in sein Handy spricht. Ich greife hinter mich, ziehe die Tür auf, gehe rasch zu meinem Auto und fahre wieder zur Brücke über den Mississippi, während das Cello mich langsam wieder auf den Boden der Tatsachen zurückholt.

Der Mann, der ich vor sechs Monaten war, hätte niemals gemacht, was ich gerade getan habe.

Der Mann ist jetzt tot.

Vielleicht ist es das, was es bedeutet, wiedergeboren zu sein.

KAPITEL 8

Zweihundert Meilen von Natchez entfernt, gleich nördlich von Sulphur, Louisiana, lag eine blühende Rollrasenfarm, die vor zehn Jahren noch eine um ihre Existenz kämpfende Pferdefarm war. Da Sulphur einer der am schlimmsten unter Umweltverschmutzung leidenden Orte in ganz Amerika war, wo zwölf Chemiefabriken vierundzwanzig Stunden am Tag giftige Abfallprodukte herauspumpten, ging es den Pferden nicht sonderlich gut. Also hatte der Besitzer an einen netten Typen mit Pferdeschwanz aus Beaumont, Texas, verkauft. Der Typ war Lars Dempsey, der Gründer des VK-Biker-Klubs.

Dempsey brachte die Klubmitglieder nur selten mit auf die Rollrasenfarm, die er als legitime Deckadresse führte. Wenn er sie herholte, dann durften sie nicht mit ihren Motorrädern herfahren, nicht einmal ihre Bikerjacken tragen. Denn die dreiundzwanzig Hektar umfassende Farmanlage diente des Öfteren als Lager und Verteiler für die Meth- und Waffenschmuggel-Aktivitäten der VK.

Snake Knox hatte es nicht nur auf die Rollrasenfarm gezogen, weil sie relativ abgelegen war, sondern auch, weil sie eine Landebahn hatte. Auf der stand nun ein Sprühflugzeug vom Typ Air Tractor AT-501 geparkt, vielleicht das am wenigsten auffällige Flugzeug in den amerikanischen Südstaaten. In dem winzigen Cockpit war nur Platz für den Piloten, was Snake bestens passte. Wenn er schnell abhauen musste, brauchte er sich keine Sorgen zu machen, dass er jemanden mitnehmen musste. Und wo er auch immer zwischen Texas und South Carolina flog, würde die Polizei stets annehmen, dass da nur jemand sein Sprühflugzeug zu einem Job brachte.

Im Augenblick hatte Snake allerdings nicht vor, irgendwohin zu fliegen.

Er war weit gereist, um an diesen Ort zu kommen, so bescheiden er auch war; sechs verschiedene Länder in elf Wochen, und keines davon war sonderlich erfreulich. Andorra war noch das Beste gewesen, hauptsächlich, weil Forrest hier den ursprünglichen Fluchtort eingerichtet hatte. Billy lebte noch immer dort, dankbar für jedes bisschen Luxus und Sicherheit, für das Forrests Planung gesorgt hatte. Snake hatte jedoch nicht die Absicht, sich mit einem Haufen Exil-Millionären in einem französisch-schweizerischen Steuerparadies zu suhlen. Er war viel glücklicher gewesen, als er sich mit einem drittklassig gefälschten Pass, den er in Mexiko gekauft hatte, durch Honduras durchgeschlagen hatte. Für ihn war jedoch jeder Ort, durch den er kam, nur eine Station auf seiner Heimreise gewesen.

Der Grund dafür war einfach: unerledigte Angelegenheiten.

Deswegen saß er jetzt auf einem hohen Küchenhocker vor einem Spiegel, während sich Junelle Crick, eine der »Mamas« der VK, mit ihrem Arsenal von Chemikalien aus dem Kosmetiksalon an ihm zu schaffen machte, die scheußlicher rochen als einige der Gifte, die Snake einst im Frühjahr auf Baumwollfelder gesprüht hatte.

Junelle war reichlich jenseits der fünfzig und hatte kaputtgebleichtes Haar, schrillroten Lippenstift und dunkelblauen Lidschatten, und immer baumelte ihr eine Salem Menthol 100 von der Unterlippe. Sie hatte Hängebrüste, einen platten Hintern, ein rundes Bäuchlein, und sie trug Stretchhosen. Nicht einmal in Vidalia hätte sich Snake heimischer fühlen können.

Junelle hatte ein Stück Plakatkarton vor den Spiegel gestellt, damit Snake sich erst wieder sah, wenn sie seine Verwandlung abgeschlossen hatte. Während sie seine Augenbrauen mit der Pinzette quälte, dachte Snake über die vergangenen drei Monate nach.

Vor drei Monaten hatte er einen FBI-Jet zum Absturz gebracht, der mit Beweismitteln gegen die Doppeladler vollgepackt gewesen war. Dann hatte er trotz der unerbittlichen Verfolgung durch das FBI die Doppeladler zusammengehalten und erfolgreich zum Schweigen verpflichtet. Einer seiner wirksamsten Schachzüge war gewesen, Silas Groom umzubringen und ihm den Absturz des Jets in die Schuhe zu schieben. Grooms Tod hatte jeden noch lebenden Doppeladler erschüttert, denn jeder hatte angenommen, dass der alte Silas die

Gruppe verraten und an das FBI verpfiffen hatte. Frank wäre stolz auf seinen Bruder Snake gewesen.

Noch eindrucksvoller war, dass Snake es während der Razzia der Staatspolizei von Louisiana unter Colonel Griffith Mackiever fertiggebracht hatte, ein Bündnis mit einer der meistgefürchteten und mächtigsten Biker-Banden in Texas und Louisiana zu schmieden. Er hatte das geschafft, indem er der VK Zugang zu Forrests Netzwerk korrupter Polizisten und Richter angeboten hatte. Snake konnte diesen Schutz nur deswegen anbieten, weil er genug vom Meth-Handel der Doppeladler gerettet und aufrechterhalten hatte, um etwa ein Drittel von Forrests Netzwerk weiter zu schmieren. Das war nicht einfach gewesen. Die Akten, die man in Forrests Lagerhaus in Baton Rouge gefunden hatte, hatten zu mehreren Ermittlungen im ganzen Bundesstaat geführt, unter anderem bei einigen Richtern an Bezirks- und Amtsgerichten. Snake hatte eine Handvoll Richter eher mit Erpressung als mit weiteren Schmiergeldern bei der Stange gehalten, aber ihm kam es nur darauf an, dass er sie noch auf seiner Seite hatte.

Trotzdem spielte er ein gefährliches Spiel. Die VK wollte natürlich alle Kontakte auf einmal haben; bisher hatte Snake es geschafft, jeweils nur ein paar rauszurücken. Aber das Endspiel war unvermeidlich. Sobald die Biker alle seine wertvollen Kontakte hatten, würden sie ihn nicht mehr brauchen.

Snake hatte bei den VK-Leuten auch echte Unterstützer. Einige der älteren Mitglieder behandelten ihn wie einen Rockstar. Die JFK-Geschichte hatte offensichtlich die Runde gemacht, und damit hatte er sich bei den Typen, die sich an die sechziger Jahre erinnerten, einigen Respekt erworben.

»Okay, Honey«, sagte Junelle und trat einen Schritt von dem Hocker zurück. »Bist du bereit?«

Snake nickte. »Dann lass mal den Schaden sehen.«

Als sie den Plakatkarton wegriss, erkannte sich Snake selbst nicht im Spiegel. Sein langes weißes wirres Haar war verschwunden, jetzt hatte er schwarzes, adrett geschnittenes Haar, das aus dem Gesicht gekämmt war. Und Junelle hatte sich damit nicht zufriedengegeben. Sie hatte ihm auch die Augenbrauen gefärbt. Zusammen mit dem neuen Gebiss, das Snake bei einem indischen Zahnarzt in Shreveport gekauft hatte, war die Gesamtwirkung überwältigend. Eine völlige Verwandlung.

Snake pfiff lange und laut. »Verdammt, ich sehe aus wie Ronald Reagan auf der Neshoba County Fair.«

»Besser, Schätzchen«, krächzte Junelle und verstreute von der Spitze ihrer Zigarette Asche auf seinen Schoß. Sie schnippelte noch ein widerborstiges Haar über seinem linken Ohr ab. »Ist Reagan mal auf der Neshoba Fair gewesen?«

Snake drehte sich auf dem Hocker zu ihr um. »Ob er da gewesen ist? Baby Doll, als Reagan zum ersten Mal für die Präsidentschaft kandidiert hat, ist er fünf Meilen von Philadelphia, Mississippi, auf eine Plattform gestiegen und hat eine Rede über die Rechte der Bundesstaaten gehalten. Im Sommer 1980 war das, und ich war dabei. Der hat es denen gegeben, Junge. Der hat über die Rechte der Bundesstaaten geredet, und das Loch, wo sie die drei Bürgerrechtsaktivisten vergraben hatten, war keinen Steinwurf entfernt. Das Land hat auch drauf reagiert. Die wussten, wovon Reagan sprach. Solche wie den gibt's heute nicht mehr.«

»Nun«, sagte Junelle und hatte den Kopf auf die Seite gelegt, während sie das Ergebnis ihrer Arbeit betrachtete. »Ich glaube, du bist vielleicht mein Meisterstück.«

Snake starrte in den Spiegel wie ein siebzigjähriger Narziss. »Ich fasse es nicht!«, staunte er. »Wenn die Araber sich mit Pässen so gut auskennen wie du mit Haartönungen, dann kaufe ich mir vielleicht doch noch ein Antebellum-Haus mitten in Natchez und sitze auf der Veranda und schlürfe meinen Bourbon.«

»Ich weiß nicht, ob ich das riskieren würde.«

»Vielleicht doch«, murmelte Snake. »Das heißt, wenn der Vorschuss für mein Buch gekommen ist.«

Er spürte, wie sein neuestes Wegwerf-Handy in der Hosentasche summte. Er stand auf, zog das Telefon heraus und hielt es ans Ohr.

»Ja?«

»Toons hier.«

Terry »Toons« Teufel war der Waffenmeister des VK-Biker-Klubs. Snake traute dem Mann nicht – er hielt ihn für einen Irren –, aber unter den gegebenen Umständen hatte er keine andere Wahl, als sich auf dessen Schutz zu verlassen.

»Ja«, sagte Snake wieder.

»Ich glaube, wir haben ein Problem.«

»Ich höre.«

Immer auf die Bedürfnisse der Männer in ihrer Umgebung eingestellt, gab Junelle Snake mit einem Zeichen zu verstehen, dass sie in die Küche gehen würde, damit er ungestört war.

»Der Spritzer ist heute perfekt abgelaufen«, sagte Toons.

»Das klingt nicht nach einem Problem.«

»Eine Stunde später ist jemand im Kuntry Kafé aufgetaucht, der rattenscharf auf dich und deine Kumpel war.«

»Wer? Dieser FBI-Mann? Kaiser?«

»Nein. Der Sohn vom Doktor. Der Bürgermeister.«

Snake wurde ganz still. Wenn er sich recht erinnerte, hatte Penn Cage sich seinerzeit in dem Café mit Randall Regan angelegt. »Ach ja?«

»Ja. Ich hatte einen meiner Männer im Café sitzen. In einer Nische in der Ecke. Cage ist mit einer Pistole reinmarschiert und hat sie einem von den Typen an den Kopf gehalten.«

Snake probierte im Spiegel verschiedene Gesichtsausdrücke aus. Wenn er finster dreinblickte, sah er aus wie ein Banker, der am achtzehnten Grün einen Putt nicht eingelocht hatte. »Und?«

»Einer von deinen Jungs hat ihm gesagt: ›Was bist du doch plötzlich für ein knallharter Typ geworden?‹ Und da hat der Bürgermeister was gesagt, das dich vielleicht interessiert. Er hat gesagt: ›Warum stellen Sie die Frage nicht Forrest Knox?‹«

Snake schwieg. Während er ausdruckslos in den Spiegel schaute, stieg ihm die Säure in den Hals. Plötzlich fand er, dass er wie ein Clown aussah.

»Jetzt, wo du diesen Namen ausgesprochen hast, musst du dein Telefon wegschmeißen«, sagte er mit monotoner Stimme. »Und ich werfe das hier weg.«

»Entspann dich, Mann. Dafür benutzen wir die doch.«

»Verdammte Scheiße, erzähl du mir nicht, wann ich mich entspannen soll.«

»Mach mal halblang, Alter. Ich komme bald vorbei. Du und ich, wir haben was zu besprechen.«

»Das wäre mir neu.«

»Ich habe die Schnauze voll, dass ich immer noch auf die Namen warten muss, die du uns versprochen hast.«

Snake sprach ganz kühl weiter. »Du kriegst sie genau dann, wann ich gesagt habe. Keine Stunde früher.«

»Wir brauchen sie jetzt, Knox. Ein paar von unseren Jungs kommen in der Gemeinde St. Tammany vor Gericht. Und einer in St. Landry.«

»Sprich mit Lars. Der sagt dir Bescheid.«

»Ich spreche ständig mit Lars. Der hat mir gesagt, ich soll dich danach fragen. Die Namen, Mann!«

»*Nachdem* ihr eure Hälfte des Handels erfüllt habt. Dann kriegt ihr sie. Dann und nur dann. So war die Abmachung. Ich lege jetzt auf.«

»Warte. Die Frau von euch, die den Spritzer gemacht hat? Die will dahin kommen, wo du bist.«

»Sag ihr, das kann sie vergessen. Hier kommt keiner hin. Nicht ehe die neuen Pässe da sind. Die muss sich an die Regeln halten, genau wie alle anderen auch.«

»Das habe ich ihr auch gesagt. Aber sie und dieser Junge, die scheinen für Regeln nicht viel übrigzuhaben.«

»Willst du damit sagen, dass du mit ihnen nicht fertig wirst?«

»Ich sage, wenn ich den Jüngling bearbeiten muss, dann jammere nicht rum, weil er den Rest seines Leben durch einen Schlauch gefüttert werden muss.«

Snake kratzte sich am Haaransatz. Die Farbe schien ihm auf der Kopfhaut zu jucken. »Tu, was du tun musst. Aber du wirst ihn später noch brauchen, wenn die Schießerei losgeht.«

»Ich hab jede Menge Schützen, Opa.«

Snake lachte leise. »Alois ist mehr als ein Schütze. Der ist ein genialer Mechaniker. Du wirst schon bald sehen, was ich damit meine.«

»Ja, ich kann's kaum erwarten. Over.«

Snake legte auf. Dann schaltete er das Handy aus, nahm die SIM-Karte heraus und warf sie in die Schüssel mit Haartönung, die Junelle auf dem Kartentisch in der Nähe abgestellt hatte. Als er auf die schwarze Flüssigkeit blickte, hallten Penn Cages Worte in seinem Kopf wider: *Warum stellen Sie die Frage nicht Forrest Knox?*

»Alles prima, Daddy?«, fragte Junelle und glitt wieder ins Zimmer.

Snake schaute im Spiegel auf den attraktiven Fremden, der zu ihm zurückstarrte. »Was hältst du von Toons, Junelle?«

Sie holte tief Luft, blickte dann Snake von der Seite an. »Unter uns?«

Er nickte.

»Das ist ein hundsgemeiner Scheißkerl. Verfolgungswahn. Na ja, das ist wohl sein Job. Aber Toons übertreibt es, wenn du mich fragst. Er ist ein Scheißpsychopath. Die jüngeren Mädels sagen, dass er auch im Bett total krank ist. Und das will in diesem Klub echt was heißen.«

»Ich bin auch ein Psychopath, Juni-Käferchen.«

Junelle warf ihm ein wissendes Lächeln zu. »Ja, aber du bist meine Sorte von Psychopath.«

Snake schaute in den Spiegel und zwang sich zu einem Lächeln, damit er seine neuen Zähne überprüfen konnte. Verdammt, die waren wirklich weiß. Wie diese kleinen Kaugummis. Ja … an das neue Aussehen würde er sich erst gewöhnen müssen. Er sah eher wie Brody Royal aus als wie er selbst.

»Alles okay, Daddy?«, fragte Junelle, zündete sich mit einem Küchenstreichholz eine neue Salem an, schüttelte dann das Streichholz aus und nahm einen tiefen Zug von dem Sargnagel. »Du wirkst angespannt.«

Er grunzte, drehte den Kopf nach links, um sein Profil zu begutachten.

»Soll ich dir einen blasen?«, fragte sie und stieß eine lange Rauchwolke aus. »Den Druck ein bisschen wegnehmen?«

Snake wich vor der Mentholwolke zurück, drehte sich wieder zum Spiegel und dachte über seine unerledigten Angelegenheiten nach. *Wie weit mich dieses Gesicht wohl bringen wird? Ob ich damit nah ganug an Penn Cage herankomme?*

»Daddy?«

»Später«, blaffte er. »Nach dem Essen. Herrgott!«

»Okay. Sei nicht gleich angepisst. Ich wollte nur helfen.«

Er spürte Wut aufblitzen. »Du willst helfen?« Er wollte ihr gerade sagen, sie sollte machen, dass sie rauskam, aber dann überlegte er es sich, machte seine Hose auf und hängte stattdessen den Schwanz raus. »Dann hilf.«

Junelle legte ihre Zigarette an der Kante des Kartentischs ab und sank mit zufriedenem Lächeln auf die Knie. Teufel, dachte er, als er in ihrem schrillen roten Mund verschwand. Die macht das vielleicht, seit sie dreizehn ist. Ist zufrieden wie nur was, wenn sie 'nen Schwanz lutscht.

Während Junelle tat, was ihre Bestimmung war, dachte Snake über die Familie Cage nach.

KAPITEL 9

Als ich wieder zu Hause war, erzählte ich niemandem davon, was ich im Kuntry Kafé gemacht hatte, doch auf dem Heimweg wies ich Tim Weathers an, seine Leute am Abend besonders in Alarmbereitschaft zu halten. Auf Befehl von John Masters hatte Tim bereits weitere Leute vor dem Haus postiert. Sie waren zusammen mit acht anderen im Flugzeug aus Dallas gekommen, die zum Schutz der Reporter des *Natchez Examiner* abgeordnet waren. Es geht doch nichts darüber, den Brunnen zuzudecken, nachdem das Kind schon hineingefallen ist.

Wieder einmal ist meine Familie in einem Schockzustand. Annie versuchte, eine gute Miene aufzusetzen, aber ich habe das gleich durchschaut. Bis zu meiner Rückkehr hatten sie aus der Gerüchteküche gehört, wie ernst Keishas Zustand war. Aber sie waren nicht die Einzigen, die via SMS die neuesten Nachrichten erhielten. Mias Mutter Meredith Burke rief mich an und verlangte, ich solle Mia sofort aus ihrem Arbeitsverhältnis freigeben und unverzüglich nach Hause schicken. Ich nahm ihr das kein bisschen übel. Das Problem war, dass sich Mia weigerte zu gehen. Zugegeben, ich war froh, dass sie sich geweigert hat, denn wenn sie einfach fortgegangen wäre, hätte Annie völlig die Fassung verloren. Aber offensichtlich musste sich einiges ändern. Ich lud Mrs. Burke – die seit sechzehn Jahren alleinerziehend ist – ein, um sieben Uhr zu einer Lagebesprechung mit mir und John Kaiser zu uns zu kommen.

Eine Stunde vor ihrer Ankunft besuchte uns Drew Elliot und brachte sechs Röhrchen mit 2,5-prozentiger Lösung von Calciumgluconat, dem einzigen bekannten Mittel gegen Verbrennungen mit Flusssäure. Ich hatte Drew in der Praxis angerufen und gebeten, uns so viel mitzubringen, dass die Mädchen jederzeit etwas bei sich tragen konnten. Er meinte, das würde er nur zu gern tun. Als ich ihn dabei beobachtete, wie er ihnen die Benutzung des Mittels erklärte, wurde mir die Gefahr so klar wie nie. Drew beantwortete mehrere schwierige Fragen, die ihm Mia und Annie zu Keishas Prognose stellten, nahm sie dann beide kurz in den Arm und ging.

Ich nutzte die Gelegenheit, um mit ihnen über die Möglichkeit zu sprechen, eine von ihnen oder beide in eine andere Stadt, vielleicht sogar in ein anderes Land zu bringen. Ich deutete auch an, dass ich vielleicht mitgehen würde, obwohl mir keine dieser Optionen realistisch erschien. Wohin konnte Annie gehen? Wo würde sie sich sicher fühlen? Nicht in England. Meine Schwester Jenny kam zu Dads Prozess hergeflogen. Meine Mutter würde Dad während dieser Krise nicht im Stich lassen. Da wäre nur ich übrig, um Annie an einen »sicheren« Ort zu bringen. Aber konnte ich aus Natchez fliehen, während mein Vater wegen Mordes vor Gericht stand und meine Mutter einen Drahtseilakt zwischen Hysterie und verzweifelter Schockstarre vollführte?

Ich sprach keine dieser Sorgen laut aus. Trotz der Gefahr sagte mir Annie klar und deutlich, sie hätte nicht die Absicht, ihr Zuhause zu verlassen, besonders da sich ihr Großvater jetzt bald wegen Mord vor Gericht verantworten müsste. Mia dachte eine Weile still nach, ehe sie antwortete. Dann nahm sie die Hand meiner Tochter und sagte, Annie bräuchte sie, und sie hätte nicht die Absicht, ihren Job aufzugeben. Da Mia erst zwanzig war, wollte ich das nicht auf sich beruhen lassen. Doch als Kaiser kam, überraschte er mich – und Mias Mutter – mit der Aussage, die sicherste Lösung wäre zweifellos, dass Annie und Mia da blieben, wo sie waren.

»Schauen Sie, Mrs. Burke«, erklärte Kaiser, »so unangenehm der Gedanke auch sein mag, Mia ist bereits in die Schusslinie geraten, indem sie in den letzten drei Monaten für diese Familie gearbeitet hat. Wenn sie jetzt zu Ihnen nach Hause ginge, welchen Schutz hätte sie da? Hier wird sie rund um die Uhr von ehemaligen Navy SEALS bewacht. Plus Polizeistreifen und ein paar FBI-Leuten. Selbst in Boston wäre sie nicht so sicher wie hier.«

Meredith Burke begann leise zu schluchzen. Ihre Tochter nahm ihre Hand und drückte sie. »Es wird alles gut, Mom, wirklich. Keisha hatte heute Morgen keinen Personenschutz. Aber uns bewachen sie wie die königliche Familie.«

»Aber wann hört das auf?«, fragte Mias Mutter. »Wenn der Prozess gegen Dr. Cage zu Ende ist? Oder geht es einfach immer weiter?«

»Wenn es nach mir ginge«, sagte Kaiser, »dann hört die Gefahr auf, bevor der Prozess zu Ende ist. Die Auswahl der Geschworenen beginnt am Montag – in vier Tagen –, und am Dienstag fängt dann der eigentliche Prozess an. Unter uns gesagt, ich glaube, dass der Prozess gegen Dr. Cage wie eine Falle mit einem Köder sein wird. Snake Knox ist die Quelle all dieser Gewalttätigkeit, und irgendwie wird der Prozess ihn zu uns locken. Wenn wir Snake erst einmal haben, können wir den Rest problemlos abwickeln.«

In der Theorie klang Kaisers Plan gut. An der Ausführung hatte ich allerdings meine Zweifel, die ich zu dem Zeitpunkt aber nicht ansprach. Ich wollte Annie und Mia sicher und friedlich ins Bett bringen.

Nachdem ich das geschafft hatte, ging ich in mein Büro im Souterrain und tigerte eine Weile auf und ab. Irgendwie hatte ich eine Vergeltungsmaßnahme für meinen Auftritt im Kuntry Kafé erwartet – entweder Schüsse aus einem fahrenden Auto oder die Hilfssheriffs von Billy Byrd, die mit einem Haftbefehl in der Tasche an die Tür hämmerten. Aber entweder hatte sich Earl Tarver entschlossen, keinen Bericht über meine Aktion zu erstatten, oder mein Freund Sheriff Walker Dennis hatte ihn ermutigt, kein Theater zu veranstalten. Jedenfalls war um zehn Uhr abends noch nichts passiert. Um elf schickte mir Tim Weathers eine SMS, draußen sei alles ruhig.

Sobald ich glaubte, dass wir außer Gefahr waren, begann ich endlich darüber nachzudenken, was ich gemacht hatte, seit ich von Keisha in der Notaufnahme weggegangen war. So potenziell selbstzerstörerisch, wie diese Konfrontation gewesen war, so hatte sie doch in meiner überstrapazierten Seele etwas losgetreten: ein dichtes Gewirr aus Hass, Scham und hilfloser Wut, gegen das nur Taten helfen konnten. Mein Kopf wurde allmählich klarer, und ich dachte auf einmal wieder über das rätselhafteste Geheimnis der letzten drei Monate nach – über den Aufenthaltsort von Snake Knox. Im Gegensatz zu Kaiser, der tatsächlich zu glauben schien, dass Snake aus dem Land geflohen war, um bequem im Exil zu leben, war ich davon überzeugt, dass es der alte Doppeladler wie jedes Raubtier nicht aushalten konnte, lange von seinem heimischen Territorium entfernt zu sein.

Obwohl es schon spät war, rief ich auf dem Festnetz Carl Sims, meinen guten Freund und Hilfssheriff bei der Polizei von Lusahatcha County, an. Ich bat ihn, die Augen und Ohren offen zu halten und mir jedes kleinste Anzeichen für ungewöhnliche Aktivitäten in seiner Gegend zu melden. Die Familie Knox stammte zwar aus Louisiana, hatte aber im Laufe der Jahre in Lusahatcha County tiefe Wurzeln geschlagen. Ich bezweifelte nicht, dass es da unten Dutzende von Leuten gab, die Snake nur zu gern vor dem FBI verstecken würden. Noch mehr verstörte mich, dass Carls Boss, Sheriff Billy Ray Ellis, oft im exotischen Jagdrevier Walhalla zu Gast gewesen war und folglich Hinweisen zum Aufenthaltsort von Snake Knox nicht unbedingt eifrig nachgehen würde. Carl meinte, das hätte er sich auch schon gedacht, aber bisher hätte er in dieser Beziehung noch kein Glück gehabt.

Da ich ihn einmal an der Strippe hatte, erzählte ich dem ehemaligen Marine-Scharfschützen von der Frau aus Athens Point, die mein Vater gekannt und deren Sohn man Mitte der sechziger Jahre in Lusahatcha County gelyncht hatte. Ich erklärte ihm, dass ich ihren Namen nicht kannte, dass aber ihre Schwiegertochter wohl in derselben Nacht vergewaltigt worden wäre und schließlich Selbstmord begangen hätte. Ich drückte meine Hoffnung aus, dass ich die Mutter finden könne, die sich vielleicht an Belastendes über die Doppeladler erinnern würde – insbesondere über Snake Knox. Carl versprach mir, seinen Vater mit der Sache zu beauftragen. Pfarrer Sims kannte in Lusahatcha County jeden, folglich auch diese Frau, falls sie noch lebte. Die Frage war, ob er uns verraten würde, was er wusste.

Ich dankte Carl und legte auf.

Ich wollte gerade das Licht ausschalten und nach oben gehen, als mein Handy klingelte. Ich schaute auf das Display und sah zu meiner Überraschung den Namen meines Literaturagenten aufleuchten.

»Peter?«, fragte ich. »Was um alles in der Welt willst du denn?«

»Tut mir leid, dass ich so spät anrufe, Penn. Ich möchte dich um einen Gefallen bitten, und zwar diesmal nicht für mich, ob du's glaubst oder nicht.«

»Das sieht dir wirklich gar nicht ähnlich.«

Er lachte. »Du weißt bestimmt, wer Serenity Butler ist?«

Serenity Butler. »Eine schwarze Schriftstellerin aus Mississippi. Sachbücher. Hat gerade den National Book Award gewonnen, stimmt's? Für ihre Erinnerungen.«

»Stimmt. *The Paper Bag Test.* Vor einem Jahr hat dir ihr Verlag ein Vorabexemplar geschickt, in der Hoffnung auf ein Zitat für den Klappentext. Aber ich glaube, damals bist du nicht dazu gekommen.«

»In der Zeit ist es hier ganz schön rundgegangen.«

»Ich weiß. Ich rufe an, weil Serenity der Reporterin, die heute Morgen in Natchez angegriffen wurde, wohl ziemlich nahestand.«

»Keisha Harvin?«

»Serenity unterrichtet Journalismus an der Emory in Atlanta. Anscheinend hat Harvin bei ihr zwei Kurse belegt und sie wirklich beeindruckt. Das Mädchen hat Serenity Kopien aller Artikel geschickt, die sie über die Sache mit den Doppeladlern geschrieben hat.«

»Okay.«

»Also, die Sache ist die: Morgen fährt Serenity nach Natchez.«

»Was?«

»Sie hat sich bei der Emory beurlauben lassen und kommt nach Mississippi zurück, um herauszufinden, was mit Keisha passiert ist und warum. Ich weiß das, weil ihre Lektorin mich angerufen hat. Sie hat mich gebeten, für sie ein Treffen mit dir zu organisieren. Ich habe ihr gesagt, du stündest wahrscheinlich ziemlich unter Stress und wärst mit dem bevorstehenden Prozess beschäftigt ...«

»Scheiße. Was glaubst du denn?«

»Ich weiß, Penn, tut mir leid. Aber meine Freundin sagt, Serenity sei völlig aufrichtig in ihren Gefühlen für diese junge Frau. Und ich sage dir eins: Ich habe ihr Buch gelesen. Es ist atemberaubend.«

Ich hatte Peter Smith sehr lange nicht mehr mit solchen Worten über einen Schriftsteller reden hören. Während ich noch über meine Antwort nachdachte, ging ich zum Bücherregal und schaute die unterste Reihe durch, wo ich gewöhnlich all das hinstopfe, was mir hoffnungsfrohe Schriftsteller, Agenten und Lektoren schicken. Da stand das Buch.

The Paper Bag Test.

Ich beugte mich hinunter und zog den Band aus dem Regal. Das Vorabexemplar hatte ein schlichtes weißes Deckblatt mit dem Titel und dem Namen der Autorin, aber auf der Rückseite war ein Farbfoto von einer bemerkenswert hübschen schwarzen Frau Mitte dreißig. Sie hatte hellbraune Haut, etwa von der Farbe einer Papiereinkaufstüte, und ihre Gesichtszüge zeigten eine provokative Mischung aus kaukasischem und afrikanischem Blut. Sie hatte leuchtende Augen, selbst auf diesem matten Foto, und ihr fotogenes Aussehen machte es einem schwer, die Biografie unter dem Foto zu glauben, in der zu lesen war, dass Unteroffizierin Serenity Butler während der Operation Wüstensturm als Frontkämpferin der US Army im Irak gedient hatte.

»Penn, bist du noch da?«

»Ja, Peter. Ich habe das Vorabexemplar hier.«

»Na gut. Was soll ich denen sagen?«

»Dass du mich nicht erreicht hast.«

Ich hörte ihn enttäuscht seufzen.

»Ich schaue mir heute Nacht das Buch mal an und rufe dich morgen früh an. Hier ist im Moment das reinste Irrenhaus, aber wenn mir gefällt, was ich da lese, dann schinde ich fünf Minuten für sie heraus.«

»O Mann, das wäre toll, Penn. Ich weiß, das Buch wird dir gefallen.«

»So sicher bist du?«

»Sie ist ein Mädchen aus Mississippi, von Kopf bis Fuß. Ich kann gar nicht glauben, dass du sie noch nicht kennst.«

»Sie ist aus Laurel, Peter. Das ist einmal quer durch den Staat auf der anderen Seite. Es gibt nicht viel Austausch zwischen Natchez und Laurel.«

Er sagte ein paar Augenblicke nichts. »Bist du sicher, dass es daran liegt?«

Ich war entrüstet. »Was soll das denn heißen?«

»Nichts, Bruder. Ruf mich einfach morgen früh an. Und es tut mir leid, dass ihr es im Augenblick so schwer habt. Ich bete für deinen Vater.«

»Ich rufe morgen an. Wenn du nichts von mir hörst, ist es ein Nein.«

Ich drückte auf ENDE und ging zu der Lampe neben meinem Schreibtisch. Ich hatte Peter die Wahrheit über Laurel erzählt. Ich kenne einen Haufen Leute aus Mississippi, aber ich glaube nicht, dass mehr als eine Person aus Laurel darunter ist. Der Ort liegt beinahe auf einem anderen Planeten als Natchez.

Während ich auf Serenity Butlers Foto starrte, hallte Peters Stimme in meinen Gedanken wider. *Ich habe ihr Buch gelesen … es ist atemberaubend.*

Ich hatte nicht gelogen. Es ging hier wirklich alles drunter und drüber, als man mir das Vorabexemplar geschickt hatte. Aber lag es wirklich daran, dass ich nie dazu gekommen war, das Buch zu lesen? Neid ist ein sehr starkes und hartnäckiges Gefühl; vielleicht hatte der literarische Rummel, der anfing, sobald das Manuskript dieser neuen Schriftstellerin in New York die Runde machte, in mir diese giftige Emotion geweckt. Die Kritik hatte Butler als Wunderkind gepriesen, als ungeschönte neue Stimme des Realismus in Rassenthemen, als eine Stimme, die einmal die von Toni Morrison und Alice Walker übertönen könnte. Diese Art von Überschwang war bestens dazu geeignet, die meisten Schreibveteranen zu vergraulen, und ich bin mit meinen fünfundvierzig ganz sicher Mitglied in diesem Klub.

Beinahe verärgert schlug ich das Buch auf und sah die Seite mit der Widmung: *Für meine Mutter, die starb, als sie mich zur Welt brachte; und für meinen Vater, wer er auch sein mag.*

Ich schluckte einmal, las die Zeilen erneut, blätterte dann weiter.

Ich glaube an erste Zeilen. Wenn ein Schriftsteller einen nicht mit der ersten Zeile packt, selbst in einem Roman, dann sollte er sich vielleicht überlegen, einen anderen Beruf zu ergreifen. Als meine Augen die erste Zeile von Serenity Butlers Erinnerungen lasen, wurde mir klar, dass sie einen Volltreffer gelandet hatte.

Nicht jedes Kind hat einen Vater, genauso wenig jedes Rätsel eine Lösung.

Als meine Augen den Punkt erreicht hatten, merkte ich, dass ich die Luft angehalten hatte. Mit zwölf Wörtern war Serenity Butler in meine Brust eingedrungen und tippte mit dem Fingernagel an mein Herz, wie eine Archäologin, die ein Echo sucht. Während meine Augen wieder über die Zeile wanderten, ging ich rückwärts hinüber zu meinem Sessel, ließ mich darauf fallen, richtete die Lampe auf das Buch und begann zu lesen.

FREITAG

KAPITEL 10

In den frühen Morgenstunden des Freitags trafen Keisha Harvins Brüder aus Alabama ein. John Kaiser hatte dafür gesorgt, dass sie ihre Schwester trotz der ungewöhnlichen Stunde in der Intensivstation des St. Catherine's Hospital besuchen konnten. Ich begegnete beiden Brüdern erst später an diesem Morgen, als ich hinging, um nach Keisha zu sehen. Beide waren groß gewachsene Männer, aber es war völlig klar, welcher von ihnen für Auburn Defensive Tackle gespielt hatte. Alles an Roosevelt Harvin war rund: Sein Kopf war wie eine zu groß geratene Bowlingkugel, die Arme waren wie Anakondas, die Oberschenkel wie lebendige Eichenstämme. Die Hände des Mannes entzogen sich jeglicher Beschreibung: Sie waren nicht einfach nur riesig; sie sahen aus, als könnte er das Ventil an einem Feuerhydranten ohne Werkzeug aufdrehen. Sein Bruder Aaron – der vielleicht dreißig war – war an normalen Maßstäben gemessen auch massig, aber zumindest fiel er nicht derart aus dem Rahmen. Er trug einen kurz geschnittenen Schnurrbart und hatte etwas von einem Herzensbrecher.

Als ich die beiden sah, wie sie über das Krankenbett ihrer Schwester gebeugt waren und Roosevelts dicke Tränen neben Keishas vernarbtem Gesicht und den zugeklebten Augen auf das Laken fielen, wusste ich nicht, was ich sagen sollte. Nachdem ich mich leise vorgestellt hatte, schüttelte Aaron nur den Kopf und sagte: »Ich würde auch weinen, aber ich bin schon total leer.«

»Schauen Sie nur, was die ihr angetan haben, Mr. Cage«, sagte Roosevelt, seine Hand auf ihrem Oberarm. »Warum haben die das gemacht?«

Im tiefsten Herzen fürchtete ich, dass Keishas Angreifer sie nur ausgewählt hatten, weil sie an mich oder meine Familie nicht herankamen. Aber ich brachte es nicht über mich, das auszusprechen.

»Denen haben die Artikel, die sie geschrieben hat, nicht gefallen.«

»Aber sie hat doch die Wahrheit gesagt, nicht?«

»Diese Arschlöcher mögen die Wahrheit nicht. Entschuldigen Sie meine Ausdrucksweise!«

Roosevelt nickte.

Aaron sagte: »Die haben vor ein paar Monaten Ihre Frau umgebracht, was? Keishas Chefin?«

»Ja, das stimmt.«

»Ich habe gesehen, dass Sie jetzt Leibwächter um Ihre Familie haben. Ich habe heute Morgen Ihr kleines Mädchen kennengelernt. Die mag ich wirklich.«

»Danke. Ja, die Doppeladler haben einige Todesdrohungen gegen uns ausgesprochen.«

Die beiden Männer starrten mich eine Weile wortlos an. Dann sagte Aaron leise: »Keisha hat gedacht, dass Sie, nachdem Ms. Masters ermordet wurde, die Dinge selbst in die Hand genommen haben. Dass Sie diesen Knox umgebracht haben. Den dreckigen korrupten Polizisten.«

Ich schaute zurück, gab aber nichts zu.

»Li'l K wollte das nicht an die große Glocke hängen«, fuhr Aaron fort. »So nennen wir sie in der Familie, Li'l K. Die hat gemeint, der Typ hat Ihre Verlobte ermordet, und wenn Sie ihn erledigt haben, haben Sie ganz richtig gehandelt.«

Ich teilte ihnen so viel mit, wie ich wortlos konnte.

Roosevelt nickte, blinzelte dann und sagte: »Der Mann, dem die Zeitung gehört, zahlt keinen Personenschutz für meine kleine Schwester?«

Ich spürte, dass meine Wangen sich röteten. »Er hat für zusätzlichen Schutz bei der Zeitung bezahlt, aber damit hat er nicht alle Reporter auch zu Hause abgedeckt. Ich habe meinen Jungs gesagt, sie sollten auf Keisha achten, wenn sie morgens aus dem Haus geht, und meistens hat sie ihnen auch eine SMS geschickt, dass sie gleich losfährt. Aber gestern war sie spät dran und hat keine SMS geschickt.«

»Typisch Li'l K«, sagte Aaron. »Immer in Eile.«

Roosevelt streckte eine seiner Riesenpranken aus und tätschelte sanft den Oberschenkel seiner Schwester. »Wissen Sie, wer Keisha das angetan hat, Mr. Cage?«

»Nein. Keisha hat in der Notaufnahme gesagt, eine Frau hätte die Säure auf sie geschleudert, eine ältere weiße Frau, aber mehr wusste sie nicht. Gestern bin ich in ein Restaurant gegangen, wo ein paar von den alten Doppeladlern rumhängen, und ich hab's ihnen auf den Kopf zu gesagt. Hab sie mit meiner Pistole bedroht. Aber ich glaube nicht, dass ich damit viel erreicht habe.«

Die beiden Brüder warfen sich einen Blick zu. »Wie wär's, wenn Sie uns zeigen, wo das ist?«, fragte Aaron. »Vielleicht kommen wir weiter als Sie.«

»Ich fürchte, so kommt ihr nur hinter Gitter.«

»Ich war schon im Gefängnis«, sagte Roosevelt. »Ist auch nicht das Ende der Welt.«

»Was ist mit diesen Biker-Typen, von denen wir gehört haben, dass sie hier in der Stadt rumlungern?«, fragte Aaron. »Keisha hat darüber geschrieben, dass Sie und einer von Ihren Jungs zwei von denen vor ein paar Wochen erschossen haben. Meinen Sie, das hier war eine Art Vergeltung dafür?«

Aaron Harvin sprach ohne Groll, aber es war deutlich, dass ihm der Begriff Vergeltung sehr vertraut war.

»Ich fürchte, das könnte stimmen. Es ist meine größte Angst.«

Die beiden jungen Männer nickten traurig, aber keiner von beiden deutete an, dass der gegenwärtige Zustand ihrer Schwester meine Schuld sein könnte.

»Wenn ihr irgendwas braucht«, sagte ich hilflos, »wenn ich irgendwas für euch tun kann …«

»Sie können uns sagen, wo diese weißen Kerle abhängen«, sagte Aaron. »Sonst hat ja hier anscheinend noch niemand was gemacht. Da könnten Sie uns genauso gut einen Versuch starten lassen.«

Also erzählte ich ihnen, was ich wusste. Wir drei unterhielten uns leise am ruhiggestellten Körper ihrer Schwester. Unsere Stimmen waren in dem Summen und Piepen der Apparate kaum zu hören. Als wir fertig waren, nahmen die beiden Männer meine Hände, und wir bildeten einen Kreis über ihrer Schwester.

»Jetzt beten wir«, sagte Roosevelt. »Aaron, sprich du.«

Als ich das Zimmer auf der Intensivstation verließ, verspürte ich zum ersten Mal ein Fünkchen der Gewissensbisse, die mein Vater über Caitlins Tod empfinden musste. Als ich es nicht mehr länger aushalten konnte, gestattete ich einem anderen Gefühl, an die Oberfläche zu steigen. Es war Angst, Angst und Mitleid für die Leute, die diese Gräueltat an Keisha Harvin begangen hatten. Als ich da in diesem Gebetskreis eingebunden stand, während meine Hände in denen der Harvin-Brüder verschwanden, spürte ich die unermessliche Wut, die in diesen beiden Männern brodelte. Keine Macht auf Erden würde Aaron und Roosevelt davon abhalten, jemandem den Wunsch zu vermitteln, er hätte nie in seinem fiebrigen Hirn den Plan gefasst, eine verletzliche junge Frau anzugreifen, die es in der Welt zu etwas bringen wollte. Ob es der Knox-Clan oder irgendeine Abteilung des VK-Biker-Klubs war, die sollten sich jedenfalls glücklich preisen, wenn die Götter ihnen gnädig waren und das FBI sie zuerst verhaftete.

Als ich vom Krankenhaus nach Hause kam, rief ich bei Peter Smith an und erlaubte ihm, Serenity Butler meine Handynummer zu geben. Nachdem ich ihre Erinnerungen gelesen hatte, war mir klar, was für ein Esel ich gewesen war, sie damals nicht sofort zu lesen. Ich sagte Peter, sie könne mich nach ihrer Ankunft gleich anrufen, und bei mir zu Hause würde eine Tasse Kaffee auf sie warten. Peter meinte, das würde wahrscheinlich irgendwann nach fünf Uhr sein und er würde mich auf dem Laufenden halten.

Mia und Annie hörten dieses Telefonat mit an, und ich dachte mir weiter nichts dabei, bis Mia anfing, mich auszufragen, während Annie in der Bibliothek eine DVD mit *Grey's Anatomy* anschaute.

»Was war das mit Serenity Butler?«, fragte Mia und tippte auf ihrem MacBook weiter. »Google sagt, sie hat letzten November den National Book Award bekommen.«

»Stimmt. Für ihre Erinnerungen.«

»Hast du sie mal kennengelernt?«

»Nein.«

»Sie ist hübsch.« Mia drehte mir ihren Computer hin, so dass ich eine Aufnahme von Serenity sehen konnte, die unter einer riesigen Kiefer stand. »Hübsch wie ein Model.«

»Ich weiß. Aber in ihrem Buch erklärt sie, dass das eher ein Hindernis als ein Vorteil war. Es hat immer zu viel Aufmerksamkeit auf sie gelenkt.«

»Die Frau war in der Army?«

»Ja, ich weiß, das kommt einem seltsam vor, nicht? Sie ist in einer total armen Gegend am Rand von Laurel, Mississippi, aufgewachsen. Hat ihren Vater nie gekannt. Ihre Onkel haben im Holzgeschäft gearbeitet, das ist ein verdammt hartes Leben. Sie ist zur Army gegangen, um das Geld fürs College zusammenzubringen. Es war reiner Zufall, dass sie bei der Army war, als der Erste Golfkrieg losging. Sie hat während der Operation Wüstensturm in Kuwait und im Irak gekämpft. Sie hat da jede Menge miterlebt.«

»Wow.« Ausnahmsweise war Mia mal beeindruckt.

»Das Buch spielt im Umfeld ihrer Suche nach ihrem Vater in Philadelphia, Pennsylvania. Er war ein Weißer.«

»Offensichtlich. Hat ihre Mutter ihr nie verraten, wer ihr Vater war?«

»Ihre Mutter ist bei der Geburt gestorben.«

»Oh. Das ist ja wie aus einem Buch von Dickens.«

»Eher Alexandre Dumas. Es ist eine unglaubliche Geschichte. Ihre Mutter hat Mississippi gehasst. Sie war zehn Jahre älter als ich, ist 1950 geboren. Sie hieß Charity. Charity ist, als sie achtzehn war, sofort aufgebrochen und quer durchs Land gereist, wollte nach Kalifornien. Sie war in Kansas City, als da nach der Ermordung von Martin Luther King die Krawalle tobten. Sie war in Los Angeles, als Bobby Kennedy umgebracht wurde. Sie hat sich sogar an einigen Aktionen der Black Panther beteiligt. Sie kannte Bobby Hutton und Eldridge Cleaver.«

»Wer ist Bobby Hutton?«

»Der siebzehnjährige Schatzmeister der Black Panther. Er wurde 1968 von einem Polizisten erschossen. Jedenfalls, nachdem das alles sich aufgelöst hat, hat es Charity geschafft, ein Musikstipendium für ein College für Schöne Künste in Philadelphia zu ergattern. Sie ist per Anhalter wieder quer durch die Staaten gefahren und zwei Jahre an diesem College geblieben. Dann hat jemand sie geschwängert – Serenity hat nie rausgefunden, wer das war –, und sie ist im achten

Schwangerschaftsmonat mit dem Greyhound Bus wieder nach Mississippi zurückgefahren. Unmittelbar nach der Geburt ist sie an Präeklampsie gestorben.«

»Das ist echt Stoff für ein Buch. Hat sie den Preis eher für die Geschichte oder für ihren Schreibstil gekriegt?«

»Für beides. Ihr Stil ist erstklassig. Sie hat ein fantastisches Auge für Details und ist eine scharfe psychologische Beobachterin. Erbarmungslos sogar, mit sich selbst und anderen. Aber das eigentlich Staunenswerte ist ihr Leben. Abgesehen davon, dass sie Soldatin war, hat sie auch als Journalistin, als Lehrerin, als Tänzerin und Sängerin gearbeitet. Sie war zweimal verheiratet, hat ihre Drogensucht in den Griff gekriegt … und sie ist gerade fünfunddreißig.«

»Kinder?«

»Davon steht im Buch nichts.«

Mia beobachtete mich abschätzend. »Ich glaube, ich habe noch nie erlebt, dass dich jemand so beeindruckt hat.«

»Das macht ihr Militärdienst. Kampfeinsatz.«

»Wieso?«

»Na ja … Männer meiner Generation hatten echt Glück. Wir waren zu jung für Vietnam, und als dann der nächste Krieg kam, waren wir zu alt, es sei denn, wir waren beim Militär.«

»Und?«

»Der Militärdienst ist für Männer der Übertritt ins Erwachsenenleben. Ein wichtiger Schritt. Mein Vater hat in Korea gedient. Der Vater meiner Mutter und meine Onkel haben im Zweiten Weltkrieg gekämpft.«

»Ich hätte gedacht, du wärst froh, das verpasst zu haben.«

»Bin ich auch – in gewisser Weise. Aber so einfach ist es nicht.«

Tiefe Neugier schimmerte in Mias Augen. »Wieso nicht? Doch nicht etwa so ein Hemingway-Trip?«

Ich überlegte, ob ich das einem zwanzigjährigen Mädchen erklären konnte, ohne wie ein testosterongesteuerter Idiot dazustehen. »Ich erinnere mich noch an die Zeit, als Operation Desert Shield lief, die Operation, mit der der Erste Golfkrieg vorbereitet wurde. Damals schien noch alles ziemlich vernünftig zuzugehen. Aber dann fielen die Bomben auf Bagdad, und alle wussten, dass wir wirklich in den Krieg zogen, den ersten Krieg im großen Maßstab seit Vietnam. Eines Abends schaute ich die Nachrichten, und da brachten sie einen Bericht über eine Soldatin, die den Befehl erhalten hatte, sich in Richtung Golf einzuschiffen. Man zeigte ihr Zuhause und ihre Familie – einen Ehemann und zwei Kinder. Die Kinder haben geweint, und der Mann wusste einfach nicht, was er machen sollte. Er würde bald mit zwei unaufhörlich weinenden Kindern zusammenleben, denen ihre Mutter fehlte, und sie war diejenige, die in den Kampf zog. Und … ich weiß nicht, da ist was in mir hochgestiegen, das ich einfach nicht unterdrücken konnte. Mir kamen die Tränen, und es schnürte mir den Hals zu. Sarah packte mich bei der Hand und fragte, was mit mir los sei. Ich sprang von meinem Sessel auf und sagte: ›Gott, wenn sie die Mütter zum Kämpfen da hinschicken, dann läuft bei uns was falsch. Ich muss da rüber.‹«

»Meinst du das ernst?«, fragte Mia.

»Verdammt, ja. Als ich gesehen habe, wie die junge Frau packte und ihre Kinder zurückließ, habe ich mich geschämt. Ich war absolut davon überzeugt, dass es Zeit war, dass ich und jeder Junge, mit dem ich aufgewachsen war, ein Gewehr und ein Paar Stiefel bekamen und loszogen, um sich um diese Dinge zu kümmern.«

»Herrgott, Penn. Das ist wahrscheinlich eine natürliche Reaktion. Aber irgendwie auch kindisch. Du bist doch nie zum Soldaten ausgebildet worden.«

»Vielleicht nicht. Aber ich weiß, wie man kämpft. Und das war nicht der Krieg von George W. Bush, der war Scheiße. Es war der Erste Golfkrieg. Jedenfalls habe ich wohl, als ich Serenitys Buch gelesen habe, irgendwie wieder diese Mutter aus der Nachrichtensendung vor mir gesehen.«

»War das eine Schwarze? Die Frau aus der Nachrichtensendung?«

»Nein, eine Weiße.«

Mia nickte, sagte aber nichts mehr. Es war seltsam, mir vorzustellen, dass wir beim Abendessen schon mit der jungen Berühmtheit von Mias Computerbildschirm zusammensitzen könnten, mit einer Frau, die sehr viel gefährlichere – und traditionell männlichere – Dinge gemacht hatte als ich, ein Mann, der zehn Jahre älter war als sie.

»Na ja«, sagte Mia schließlich und drehte ihren Computer wieder zu sich. »Ich kann's kaum abwarten, was es mit dem ganzen Theater auf sich hat.«

KAPITEL 11

Walt Garrity beobachtete Tom Cage, der in das Besucherzimmer im Staatsgefängnis von Pollock schlurfte und sich vorsichtig auf einen Stuhl an dem leeren Tisch niederließ. Zunächst sagten die beiden Männer nichts. Es war nicht nötig. Sie hatten die Hölle von Korea miteinander durchlebt. Hitze, Schnee, Geschlechtskrankheiten, die Chinesen, die in selbstmörderischen Wellen über Stacheldrahtzäune kamen … sogar die Evakuierung. Wenn man solche Dinge gemeinsam hatte, waren Worte gewöhnlich überflüssig.

»Wie kommst du klar?«, fragte Walt schließlich.

»Kann nicht klagen«, antwortete Tom. »Besser als bei vierzig Grad minus in einem Schlafsack zu pennen.«

»Und den Männern das Eis aus der Nase zu kratzen.«

Tom lachte leise. »Spritzen mit Klebeband unter beiden Achseln?«

»Und den Mund voller Morphium-Ampullen.«

Tom hob den Arm und deutete auf das Besucherzimmer des Gefängnisses. »Vergleichsweise luxuriös.«

Dreißig Sekunden vergingen, in denen Tom zum Fenster in der Tür schaute, um zu sehen, ob jemand sie beobachtete.

»Ich freue mich, dich zu sehen«, sagte er endlich. »Ist was passiert?«

Walt schüttelte den Kopf. »Auf meiner Seite nichts.«

»Scheiße.«

»Ja. Kann man hier reden?«

Tom nickte. »In Grenzen.«

»Ich habe was von der farbigen Reporterin gehört. Der sie gestern die Säure ins Gesicht geschüttet haben.«

»Man sagt heute nicht mehr ›farbig‹, Walt.«

»Na, ich schon. Jedenfalls, wenn ich unter Freunden bin. Ist nicht schlimm. Jedenfalls scheint mir das eine Eskalation zu sein. Ich fürchte, dieses Säureattentat war nur der Anfang.«

»Da sind wir uns einig. Und Snakes Nachricht über die Ehefrauen und Kinder bekommt plötzlich einen anderen Biss.«

Walt grunzte. »Der alte Junge macht es einem leicht, sich für die richtige Seite zu entscheiden, was?«

Ein Schatten fiel über Toms Gesicht. »Dir nicht, Walt. Nicht wenn so viel auf dem Spiel steht wie jetzt.«

»Es steht immer gleich viel auf dem Spiel, Partner.«

»Nicht für dich. Carmelita will dich bei sich zu Hause haben, und versuche nicht, mir was anderes vorzumachen. Sie ist so glücklich, dass sie dich gefunden hat, und du hast ein Schweineglück, dass du sie hast. Wenn du hier für mich weitermachst, kannst du dabei umkommen. Du kommst vielleicht nie mehr zu ihr nach Hause.«

Der alte Texas Ranger saß eine halbe Minute schweigend da. Dann sagte er: »Ich denke, ich bleibe noch ein bisschen länger dabei.«

»Walt …«

»Ich denke, das schulde ich dir.«

»Du schuldest mir einen Scheiß. Wir sind quitt. Wir sind seit Korea quitt. Wir haben uns gegenseitig gerettet.«

Walts Lächeln widerlegte Toms Behauptung problemlos. »Nein, Sir. Als wir vor der chinesischen Streife auf der Flucht waren, hättest du mich zurücklassen sollen.«

»Dich zurücklassen? Zum Teufel mit dir, Garrity!«

»Du weißt, dass ich recht habe. Ich hatte mir das Bein gebrochen. Ich konnte ums Verrecken nicht laufen. Hättest du mich nicht den Berg runtergetragen, wäre ich die letzten fünfzig Jahre in Nordkorea begraben gewesen.«

»Na ja. Was immer du mir deiner Meinung nach geschuldet hast, das hast du letzten Dezember zurückgezahlt und noch ordentlich was drauf.«

Walt schüttelte den Kopf. »Vielleicht sind wir nicht mal jetzt quitt. Manchmal denke ich in den langen Nächten an Knox und seine Familie. Die haben ihre Zeit wirklich hinter sich, weißt du? Das haben wir wahrscheinlich mit ihnen gemeinsam. Und ich glaube, die sind wahrscheinlich die Last, die wir zu tragen haben. Oder das Böse, mit dem wir fertigwerden müssen.«

Tom nickte. »Dagegen kann ich nichts sagen, aber wir haben bisher nicht gerade einen Spitzenjob gemacht.«

»Manchmal dauert es eine Weile, bis man die Klapperschlange aus ihrem Loch gestochert hat. Manchmal muss man sie ausräuchern.«

»Ich dachte, Penn macht das für uns.«

»Gib der Sache Zeit, Kumpel.«

Tom zuckte vor Schmerz zusammen, während er auf dem Stuhl hin und her rutschte. »Ich weiß nicht, wie viel Zeit uns noch bleibt. In drei Tagen fängt mein Prozess an.«

Walt tappte mit den Fingernägeln auf den Tisch. »Dann sehe ich zu, dass vorher noch was passiert. Aber eins sag ich dir: Die Sache würde mir verdammt viel leichter fallen, wenn ich Penn sagen könnte, was ich mache.«

Tom kniff die Augen zusammen. »Wieso?«

»Weil ich nicht so viel Zeit damit verbringen müsste, mich vor ihm und seinen Leibwächtern zu verstecken.«

Tom dachte eine Weile darüber nach. Dann sagte er: »Nein. Penn darf nichts davon erfahren. Erstens muss er glaubwürdig erklären können, dass er keine Ahnung hat. Zweitens … könnten die Leute, mit denen er redet, es förmlich an ihm riechen.«

Walt blinzelte. »Bist du sicher, dass es das ist? Oder willst du nur deinem Sohn nicht erzählen, dass er für uns den Köder spielt?«

Toms Gesicht verhärtete sich. »Wir sind im Krieg.

Garrity hob die Hände. »Wir wollen das nicht schon wieder durchkauen. Ich will nur sicher sein, dass du die Sache ganz klar siehst.«

»Ich weiß, was wir tun. Bist du sicher, dass du gar nichts bemerkt hast? Nicht mal ein bisschen was gespürt?«

»Nicht mal ein Rascheln im hohen Gras.«

»Aber du bist bereit?«

Diese Frage würdigte Walt nicht mit einer Antwort.

»Du bist damit im Reinen, meine ich? In deiner Seele?«

Walt räkelte sich, schaute dann wieder zu dem Fenster in der Tür. »Ob du's glaubst oder nicht, ich habe mit Carmelita darüber gesprochen.«

Tom zwinkerte ungläubig.

»Mach dir um sie keine Sorgen«, meinte Walt. »Die hat in Juarez genug schlimme Dinge erlebt, ehe sie hierhergezogen ist.«

»Und was hat Carmelita gesagt?«

»Sie hat mit ihrem Bruder gesprochen. Der ist da unten immer noch Priester.«

»Großer Gott, Walt …«

»Er ist Priester, verdammt. Er darf nichts sagen. Jedenfalls hat Carmelita ihm ein bisschen was von der Geschichte der Familie Knox erzählt.«

»Und?«

»Er hat was aus der Bibel zitiert, aber ich kann mich an die genauen Worte nicht erinnern. Es kam jedoch auf Folgendes raus: In einem gerechten Krieg sind bestimmte Dinge erlaubt.«

»Ob er das hier wohl einen gerechten Krieg nennen würde?«

»In Anbetracht der Tatsachen, die er kannte, hat er das. Er hat mir seinen Segen gegeben.«

»Na, da bin ich aber froh.« Tom rieb sich die Stirn und sagte dann: »Verdammt, ich würde meinen linken Arm für eine Zigarre geben.«

Walt lächelte. »Da kann ich dir leider nicht helfen, Kumpel. Hab ein bisschen Kautabak im Wagen.«

»Gott behüte!« Tom schaute zu einem Schrank, der an der Wand festgeschraubt war. »Wie wäre es mit einem Spielchen Rommé?«

Walt grinste. »Einen Penny für den Punkt?«

KAPITEL 12

Als es um 18:35 Uhr an der Tür klingelt, haben Annie und Mia bereits alles durchgekämmt, was es im Internet über Serenity Butler zu finden gibt, einschließlich ihrer Dankesrede bei der Verleihung des National Book Award. Sie fanden besonders aufregend, dass sie so liebevoll über Mississippi gesprochen hat, anstatt den Staat schlechtzumachen, was für eine schwarze Schriftstellerin einfach gewesen wäre.

Als ich an die Tür gehe, steht da Tim Weathers neben einer der seltenen Autorinnen, die tatsächlich so aussehen, als wäre das Bild auf dem Buchumschlag lebendig geworden. Serenitys Augen leuchten, und ihr Lächeln ist breit und herzlich. Sie trägt Jeans und ein weißes Tank-Top und hat das Haar im Nacken zusammengefasst. Sie ist vielleicht ein bisschen dünner als auf dem Foto, obwohl ihre Arme kräftig und muskulös sind.

»Ihr habt ja ernsthaften Personenschutz hier«, stellt sie fest und streckt mir die Hand entgegen. »Tee Butler.«

Ich erkenne ihren Spitznamen aus ihren Erinnerungen. Ich schüttele ihr die starke Hand und ziehe sie ins Haus. Tim Weathers zwinkert mir zu, als ich die Tür schließe.

»Nach dem, was mit Keisha passiert ist«, sage ich zur Erklärung.

»Oh, ich verstehe das. Das sollte keine Kritik sein.«

»Meine Tochter und eine Freundin sind in der Küche. Die beiden können es gar nicht abwarten, Sie kennenzulernen.«

»Toll«, sagt Serenity und folgt mir über den Flur.

Ich führe sie in die Küche, wo Mia und Annie dastehen wie die Kinder in *The Sound of Music*, die darauf warten, der Baronin vorgestellt zu werden.

»Annie, Mia, das ist Serenity Butler. Serenity …«

»He, Annie«, sagt Serenity, tritt einen Schritt vor und klatscht mit meiner Tochter ab. Die Schriftstellerin schaut zu mir zurück. »Ich habe am Timing des Lächelns erkannt, wer wer ist.« Serenity wendet sich Mia zu und deutet auf deren T-Shirt. »UCA, was? Bist du bei den Cheerleaders?«

»War ich mal«, antwortet Mia verlegen.

»Ich auch. Ewig lang her. He, ich weiß, dass Serenity ganz schön lang ist. Meine Freunde nennen mich kurz Tee. Warum macht ihr das nicht auch?«

»Tee«, sagt Annie und testet den Namen. »Das ist cool.«

»In South Louisiana bedeutet ›Tee‹ klein«, sagt Mia. »Die benutzen das da statt ›Junior‹.«

»Du meinst, wie ›Tee Ne‹ oder ›Tee Jean‹?« Serenity lacht. »Hast du Verwandtschaft in South Louisiana?«

Mia errötet. »Ein paar Vettern und Cousinen.«

»Ich auch. Aber mein ›Tee‹ ist nur eine Kurzform.«

Eine kleine Weile stockt die Unterhaltung ein wenig, und in dieser Zeit bemerke ich eine Narbe vor Serenitys linkem Ohr – eine dunkle, U-förmige Erhebung am Kiefergelenk, etwa so groß wie ein Halbdollar. Es ist keine schlimme Narbe, aber die meisten Frauen würden versuchen, sie mit Make-up zu überdecken. Doch Serenity lässt sie für die ganze Welt sichtbar. Wulstnarben kommen bei Afroamerikanern besonders häufig vor, vielleicht ist diese also eine Art Abzeichen, mit dem sie ihre Rasse gegen alle Zweifel bekräftigen will? Während ich noch darüber nachdenke, merke ich, dass ich nicht der Einzige bin, der unserer Besucherin aufs Gesicht starrt. Mia blickt Serenity an, als sei sie wegen irgendetwas verwirrt.

»Mia«, sage ich leise.

Mia reißt sich aus ihrem Trancezustand und errötet noch tiefer.

»Ist schon okay«, sagt Serenity. »Wenn du deinem Buch den Titel ›The Paper Bag Test‹ gibst, starren dich die Leute alle an, wenn sie mal rausgefunden haben, was das bedeutet.«

»Was ist der Paper Bag Test?«, fragt Annie.

Serenity lächelt geduldig. »Früher einmal galten unter den Schwarzen die Leute mit hellerer Hauttönung als gesellschaftlich höherstehend.«

»Bei den Weißen oder bei den Schwarzen?«

»Bei beiden. Aber erfunden haben die Schwarzen den Test. Das hat unten in New Orleans angefangen. Wenn du auf eine exklusive Party gehen wolltest oder überlegt hast, ob du einer Verbindung in der Uni beitreten willst, dann haben die dir eine braune Papiertüte ans Gesicht gehalten, um deine Hauttönung zu vergleichen. Wenn du heller als die Papiertüte warst, dann haben sie dich für passend gehalten. Wenn du dunkler warst, kamst du nicht rein.«

»Bäh«, sagt Annie. »Das ist aber scheiße.«

»Meine Hautfarbe ist genau wie die Farbe der durchschnittlichen Papiertüte. Und das hat mir endlose Probleme beschert. Wenn du an der Grenze bist, ist nichts einfach. Manchmal habe ich zu der coolen Gruppe gehört, manchmal zu den Unberührbaren. Ich habe beide Seiten kennengelernt.«

»Das ist eigentlich ziemlich cool«, meint Mia. »Für eine Schriftstellerin, meine ich.«

»Vielleicht schon«, gibt Serenity zu. »Aber für ein junges Mädchen, das seinen Weg im Leben finden will, ist es scheiße.«

Annie lacht, sie ist stolz, dass sie die richtige Umschreibung für Serenitys Los gefunden hat.

Um das Thema zu wechseln, erkundige ich mich: »Sie haben also Keisha auf dem College unterrichtet?«

»Im Grundstudium. Schon damals hatte sie jede Menge Feuer.«

»Keisha ist so toll«, sagt Annie. »Die hat vor nichts Angst.«

Serenity lächelt mit geschlossenem Mund, aber ich kann ihr die Antwort von den Augen ablesen. *Das stimmt wahrscheinlich nicht mehr.*

»Okay, Leute«, sage ich und klatsche in die Hände, um das Ende dieser Unterhaltung zu markieren. »Serenity und ich gehen jetzt in mein Büro runter. Ich werde ihr ein bisschen was zu Natchez und den Doppeladlern erzählen.«

Die Enttäuschung auf den Gesichtern der Mädchen spiegelt ziemlich viel Unmut wider, aber damit muss ich leben. Annie ist für das Gespräch, das Serenity und ich wahrscheinlich führen werden, noch nicht bereit.

Mein Büro im Souterrain befindet sich in einem Raum von etwa zwanzig mal zwanzig Fuß, in dem ich beim Umbau eine der tragenden Wände durch gemauerte Säulen ersetzt habe. Zwei Türen führen in weitere Räume, die ich als Lager, für die Drucker und dergleichen benutze, aber jetzt stehen in diesen Räumen Feldbetten, auf denen die Sicherheitsleute sich ausruhen können, wenn es nötig ist.

»Danke, dass Sie so nett zu Annie sind«, sage ich, als Serenity zu den Regalen geht, die eine ganze Wand einnehmen, und die Buchrücken zu mustern beginnt.

»Ich mag sie«, erwidert Serenity. »Sieht sie wie ihre Mutter aus?«

»Wie aus dem Gesicht geschnitten«, bestätige ich, füge aber zu diesem Thema nichts weiter hinzu. »Ich habe gestern Nacht Ihr Buch gelesen.«

»Ja?« Sie schaut über die Schulter zu mir zurück. »Was halten Sie davon?«

»Ehrlich? Ich war überwältigt. Ich hatte bei einem Erstling keine solche Meisterschaft erwartet.«

Serenity geht gemächlich an der Bücherreihe entlang, fährt mit dem Zeigefinger oben über die Buchrücken. »Was war Ihre Lieblingszeile?«

Das würden nicht viele Schriftsteller fragen. Will sie mich auf die Probe stellen?, überlege ich. Um herauszufinden, ob ich ihr Buch wirklich gelesen habe?

»Es waren viele tolle Zeilen drin«, sage ich. »Wahre Erkenntnisse. Eine meiner liebsten war etwas, das Ihr Onkel gesagt hat. Der, den sie Catfish nannten. Dass man anders ist, wenn man aus Mississippi stammt.«

Serenity lächelt. »Mississippi-Blut. Der Ausdruck?«

»Genau.«

Ihre Augen richten sich liebevoll in die Ferne, und sie zitiert ihren Onkel wörtlich: »*Bin überall im Süden rumgekommen, Mann. Hab Faserholz geschlagen und den Blues gespielt. Das Mississippi-Blut ist anders. Da ist was vom Fluss mit drin. Erde aus dem Delta, Terpentin, Asbest, Baumwollgift. Aber es ist auch Kraft drin. Kraft, oft geschlagen, aber nie gebrochen. Das ist das Mississippi-Blut.*«

»Genau, wie es ist«, erwidere ich. »Oft geschlagen, aber nie gebrochen.«

»Das ist viel poetischer als ›Einzigartigkeit des Mississippi‹.«

Wir lachen zusammen, und irgendwie vertreibt diese Wertschätzung unserer gemeinsamen Geschichte die Verlegenheit, weil wir allein zusammen sind, ohne einander wirklich zu kennen.

»Sie erinnern mich an einen anderen Schriftsteller«, sage ich zu ihr. »Der ist nicht aus dem Süden, hatte aber einen schwarzen Vater und eine weiße Mutter.«

»James McBride?«

»Woher wussten Sie das?«

Sie schnalzt einmal mit der Zunge. »Das sagen viele. Wenn McBride nicht so verdammt gut wäre, wäre ich beleidigt.«

»Weil mein erster Vergleich mit einem gemischtrassigen Schriftsteller war und nicht einfach mit Carson McCullers oder Eudora Welty?«

»Natürlich. Aber ich kapier's schon. So naiv bin ich nicht.«

»Ich habe eigentlich an McBrides Prosa gedacht. An diesen Blick für Details.«

»Sie müssen sich nicht rausreden.«

»Das hab ich nicht … Scheiße. Okay.«

Serenity unterbricht ihre langsame Wanderung am Bücherregal entlang und nimmt einen Band von Shelby Foote heraus. Sie schaut auf die Titelseite, schiebt das Buch dann wieder zurück.

»Wie fühlt es sich an, wenn man den National Book Award bekommt?«, frage ich.

»Verdammt gut, das will ich nicht leugnen. Wie fühlt es sich an, Millionen von Büchern zu verkaufen?«

»Auch nicht schlecht.« Wir lachen wieder zusammen. »Vielleicht wollen wir alle das, was wir nicht haben.«

»Touché.«

Endlich wendet sie sich vom Regal ab und setzt sich auf den Sessel, wo ich gestern ihr Vorabexemplar gelesen habe. Nachdem sie das Kissen getestet hat, hebt sie ihre Beine auf den Fußschemel.

»Sie fragen sich wahrscheinlich, was ich hier will, stimmt's? In Natchez, meine ich.«

»Na ja … Sie sind mit Keisha befreundet.«

»Das bin ich allerdings. Aber das ist nicht alles. Vielleicht nicht mal der wichtigste Teil. Ich will Gerechtigkeit für Keisha, das schon. Doch eigentlich bin ich wegen der größeren Geschichte hier.«

»Wegen welcher Geschichte genau?«

Ihre dunklen Augen schauen konzentriert nur auf meine Augen, auf nichts sonst. »Ihre Geschichte. Oder die Ihrer Familie. Die Geschichte von Ihrem Vater und Viola. Überrascht Sie das?«

»Äh … ja, ein bisschen.«

»Keisha hat mir all ihre Sachen immer geschickt. Angefangen kurz vor der Ermordung Ihrer Verlobten. Und ich sehe in der Beziehung zwischen Viola Turner und Ihrem Vater jede Menge Parallelen zur Geschichte meiner Mutter. Und ich finde mich natürlich in Lincoln Turner wieder.«

»Das begreife ich, zumindest im abstrakten Sinn. Aber in Ihrem Buch haben Sie es so dargestellt, als hätten Sie die Suche nach Ihrer Identität hinter sich gelassen. ›Nicht jedes Rätsel hat eine Lösung‹, haben Sie gesagt.«

»Richtig. Nun, was das betrifft … da hat es neue Entwicklungen gegeben.«

»Was für Entwicklungen?«

»Es hat sich ein Kandidat gemeldet. Für die Vaterschaft.«

Das ist das Letzte, was ich erwartet hätte. »Wer ist das?«

»Ein emeritierter Professor in Philadelphia. Er ist neunundsechzig Jahre alt. Er hat sich bereits angeboten, einen DNA-Test zu machen. Ich bin mir ziemlich sicher, dass er der Richtige ist.«

Serenity spricht mit kühler Abgeklärtheit, aber das nehme ich ihr nicht ab. »Wie geht es Ihnen damit?«

»Ich bin mir nicht sicher. Er hat sich erst letzte Woche mit mir in Verbindung gesetzt. Sie haben mein Buch gelesen. Ich habe viel Zeit oben in Philadelphia verbracht und versucht, herauszufinden, wer mein Vater war. Und ich habe mich tatsächlich mit dem Mann unterhalten. Er war nicht einer meiner Hauptkandidaten, aber ich habe ein Gespräch mit ihm geführt. Er hat geleugnet, meine Mutter auch nur gekannt zu haben. Ich wusste, dass sie einen von seinen Kursen besucht hat, ich hatte die Unterlagen. Aber er hat behauptet, er hätte zu viele Studenten unterrichtet, um sich an Einzelne zu erinnern.«

Ich hatte in Serenitys Buch ein Foto von Charity Butler gesehen und bezweifelte das. »Nicht einmal an welche, die so atemberaubend aussahen wie Ihre Mutter? Das kenne ich von keinem Professor, den ich je hatte.«

Sie schnalzt wieder mit der Zunge. Diesmal klingt der Laut wie der Schuldspruch eines Richters. »Genau.«

»Warum also nach all der Zeit dieser Sinneswandel?«

»Es gibt zwei Gründe. Erstens ist seine Frau gestorben.«

»Ah. Und der zweite Grund?«

»Na, kommen Sie schon. Ich habe gerade den National Book Award bekommen. Ich bin berühmt.«

»Und er ist Akademiker.« Ich schüttle in zynischem Abscheu den Kopf. »Er will der Welt mitteilen, dass Sie die Hälfte Ihrer Gene von ihm haben.«

»Volltreffer, Herr Bürgermeister. Das Herz spielt hier keine Rolle. Nur das Ego.«

»Und, was machen Sie? Bleiben Sie mit ihm in Verbindung?«

Serenitys Mund verzieht sich in tiefer Verachtung. »Der Mann ist nicht mein Vater. Meine Großeltern haben mich aufgezogen. Meine Tanten. Onkel Catfish. Ich habe nicht die Absicht, mit meinem Samenspender ein warmes Kuschelverhältnis einzugehen.«

Ich spüre ihre Wut und beschließe, das Thema zu wechseln.

»Was Ihr Onkel da über das Mississippi-Blut gesagt hat. Die Kraft darin. ›Oft geschlagen, aber nie gebrochen.‹ Meinen Sie, er hat da nur von Schwarzen gesprochen?«

Meine Frage lenkt sie hinreichend von ihrem Tief ab. »Ich habe ihn das mal gefragt«, antwortet sie. »Catfish mochte weiße Leute, besonders die Arbeiter unter ihnen. Er meinte, sie wären von den Besitzenden manipuliert worden, etwas gegen Schwarze zu haben, aber er respektierte ihre Ehrlichkeit. Er sagte, bei Weißen aus den Südstaaten wisse er immer, wie er dran sei, sie hielten stets Wort. Den Yankees hat Onkel Catfish nie getraut. Da war er wie Charles Evers.«

»Und James Brown.«

»Na also. Aber eins hat Catfish gesagt, nämlich dass Mississippi immer eine besondere Sorte von Arschlöchern hervorgebracht hat. So Ross-Barnett-Typen. Von denen gibt's immer noch einige hier, glaube ich.«

»Besonders im Capitol in der Hauptstadt. Scheinheiligkeit ist deren zweite Natur.«

»Großer Gott«, sagt Serenity im gedehnten Tonfall von Butterfly McQueen. »Sieht ganz so aus, als wäre ich da in einen echt progressiven Haushalt geraten. Jawohl, Sir, Mr. Rhett.«

»Schuldig im Sinne der Anklage.« Während ich beobachte, wie sie mich mit ihren, wie ich weiß, unsentimentalen Augen mustert, sage ich: »Wo wollen Sie wohnen, während Sie sich in der Stadt aufhalten?«

»Ich habe ein Zimmer im Eola-Hotel reserviert.«

»Haben Sie schon eingecheckt?«

»Nein, ich bin direkt hierhergekommen.«

Ich mache in Gedanken rasch eine Bestandsaufnahme unseres Hauses. »Hören Sie, ich möchte Ihnen ein Angebot machen.«

Ihre Augen blitzen. »Ich bin ganz Ohr.«

»Wenn mein Instinkt mich nicht trügt, werden Sie keine Zeit verschwenden und sofort in die Schusslinie derselben Scheißkerle geraten, die Keisha angegriffen haben. Indem Sie hier in dieses Haus gekommen sind, haben Sie das vielleicht schon geschafft. Also meine ich, dass Sie hier bei uns wohnen sollten. Zumindest in den ersten paar Tagen.«

»Ernsthaft? In diesem Haus?«

»Na ja, Caitlins früheres Haus ist auf der anderen Straßenseite, aber Sie wissen ja, was Keisha da passiert ist. Wir haben genug Platz und ein bärenstarkes Sicherheitsteam. Das hätten Sie im Eola nicht.«

Serenity überlegt ein paar Sekunden, holt tief Luft, spitzt die Lippen und seufzt. »Herr Bürgermeister, ich nehme Ihr Angebot an. Ich lege keinen Wert darauf, Säure ins Gesicht zu bekommen. Oder Schlimmeres.«

»Gut.« Ihre Antwort erfüllt mich mit tiefer Erleichterung. »Warum holen Sie nicht Ihre Sachen aus dem Auto, und dann helfen Mia und Annie Ihnen, es sich im freien Gästezimmer bequem zu machen.«

Serenity neigt den Kopf leicht, als dächte sie noch über etwas nach.

»He … ich will ja nicht neugierig sein, aber was genau läuft zwischen Ihnen und unserer Cheerleaderin?«

»Cheerleaderin?«

»Dem Mädchen mit dem UCA-T-Shirt.«

»Oh, Mia. Die kümmert sich um Annie.«

»Ist sie nicht ein bisschen alt dafür?«

»Sie ist erst im zweiten Studienjahr.«

Ein leises Lächeln umspielt Serenitys Lippen. »Meine Mutter war im zweiten Studienjahr, als sie mit mir schwanger wurde.«

Mir steigt das Blut in die Wangen. »Großer Gott … nein. So ist das nicht. Vor ein paar Jahren war sie Annies Babysitterin. Nachdem Caitlin ermordet wurde, hatte Annie eine ziemliche Krise. Meine Mutter wohnt im Augenblick in der Nähe des Gefängnisses, in dem mein Vater einsitzt, also hat Mia ihre Hilfe angeboten.«

»Verstehe.« Aber Serenitys Augen sagen das Gegenteil.

»Wirklich?«

Sie schiebt die Unterlippe vor. »Sind wir nicht mitten im Semester? In Natchez gibt es kein College, oder?«

»Mia ist in Harvard. Während ihrer Weihnachtsferien hat sich die Lage hier explosionsartig verschlechtert. Sie hat sich ein Semester beurlauben lassen, um uns zu helfen.«

Diesmal nickt Serenity langsamer, aber bestimmter. »*Jetzt* begreife ich es. Na gut. Habe ich mir gerade meine Einladung verscherzt?«

»Nein, nein, alles in Ordnung. Sie irren sich nur in Mia. Das werden Sie merken, wenn Sie erst eine Weile hier sind.«

»Ich bin sicher, Sie haben recht.«

Sie steht leichtfüßig auf und geht zur Treppe. »Ich hole nur meine Tasche.«

»Brauchen Sie Hilfe?«

»Nein. Ich reise mit leichtem Gepäck.«

Während Serenity ihre Tasche holen geht, laufe ich nach oben in die Küche und bespreche mit Annie und Mia, wo sie schlafen kann. Annie ist höchst erfreut, dass sie bei uns wohnen wird – Mia weniger.

»Wenn meine Mutter am Sonntagabend kommt, müsst ihr beide zusammen in einem Zimmer schlafen, und das größte Zimmer ist das alte Elternschlafzimmer auf dieser Etage. Ist das für euch in Ordnung?«, frage ich.

»Ja!«, ruft Annie und schaut nicht einmal zu Mia, deren Mund ganz verkniffen geworden ist. »Tee braucht wahrscheinlich die Leibwächter. Besonders wenn sie da weitermacht, wo Keisha aufgehört hat.«

»Mia?«, frage ich. »Ich weiß, es ist viel verlangt, dass du deine eigenen vier Wände aufgeben sollst. Du könntest auch das Bettsofa in meinem Büro im Souterrain benutzen.«

»Mit den Sicherheitsleuten nebenan auf den Feldbetten?«, fragt Annie. »Kommt nicht in Frage.«

»Das Elternschlafzimmer ist wirklich groß genug für Annie und mich«, beteuert Mia, die ihr Missvergnügen verbirgt, damit Annie es nicht bemerkt. »Wo kommt Serenity hin? In das Gästezimmer am Ende vom Korridor? Neben deinem Zimmer?«

»Das braucht doch Oma«, meint Annie. »Das ist am nächsten am Badezimmer.«

»Serenity kann das kleine Zimmer auf der anderen Seite nehmen«, entscheide ich. »Teufel, sie wäre wahrscheinlich mit dem Souterrain zufrieden. Im Irak hat sie in einem Zelt gewohnt.«

Annie lacht und sagt dann: »Wir müssen das Bett oben noch beziehen. Ich mach das.« Sie gibt Mia einen Klaps auf den Arm und rennt auf den Flur.

»Was ist?«, frage ich ein wenig angespannt.

»Ich bin so ein Esel. Ich kann nicht glauben, dass ich Serenity so angeglotzt habe. Wegen der Sache mit der Hautfarbe.«

»Das ist schon in Ordnung. Ernsthaft, ich habe auch geglotzt.«

»Hat sie was gesagt?«

»Darüber? Nein.«

Mia kneift die Augen zusammen. »Quatsch! Ich sehe, dass du flunkerst. Was hat sie gesagt?«

»Willst du das wirklich wissen?«

»Ja.«

»Sie hat gesagt, dass du ein Auge auf mich geworfen hast.«

»Hat sie … nicht.« Mia wird wieder puterrot.

»Hat sie.«

Sie stößt einen wütenden Seufzer aus. »Okay, also, ein Genie ist sie schon mal nicht. Das ist eine Erleichterung.« Mia geht zur Küchentür und dreht sich dann zu mir um. »Übrigens, ich glaube die Nummer nicht, dass sie so unter dem Papiertütentest gelitten hat. Eine Frau, die so heiß aussieht wie die, hat in der High School oder im College bestimmt nicht zu sehr darunter gelitten, dass sie ausgeschlossen wurde.«

Ich denke darüber nach. »Da nennt wohl ein Esel den anderen Langohr, was?«

»Ich mache nur eine Beobachtung.«

»Hättest du vermutet, dass eine so hübsche Frau wie sie in die Army geht? Als Gefreite?«

»Nein. Zugegeben, das verblüfft mich. Deswegen lese ich jetzt ihr Buch.«

»Ich würde mich interessieren, zu was für einer Schlussfolgerung du kommst.« Ich hebe zum Abschied die Hand.

Mia wirft mir ein gepresstes Lächeln zu, verschwindet dann auf dem Flur.

KAPITEL 13

In der im Dunkel liegenden Siedlung, die zwischen Vidalia und Ferriday, Louisiana, wuchert, taumelten zwei Männer mit schwarzledernen Hosen und Jacken aus der Steel Tiger Bar und machten sich auf den Weg zu dem mit Kies bestreuten Parkplatz. Stump Seyfarth hatte genug getrunken, um zu schwanken, während er seinen Feuerstuhl suchte.

»Wo sind unsere Bikes?«, brüllte er entrüstet. »Haben wir nicht gleich hier bei dem Schild geparkt?«

»Verdammt, Junge«, sagte lachend Jimmy Gunn, der immer noch mehr oder weniger nüchtern war. »Du hast wohl die Bierbrille auf.« Jimmy schirmte die Augen gegen das Licht der einsamen Straßenlaterne ab, ging dann in die Knie und schaute über den fast leeren Parkplatz. »Diese elenden Scheißkerle!«, brüllte er. »Ich bring gleich wen um!«

»Was ist?«, rief Stump. »Wassn los?«

»Jemand hat unsere Motorräder umgeschmissen!«

Jimmy rannte unbeholfen an die Stelle, wo die Harleys in Kies und Dreck lagen und aussahen wie schwarze Rhinozerosse mit Chrom, die ein Großwildjäger mit dem Gewehr erlegt hat.

»Die haben meinen Road King zugerichtet und sind abgehauen!«, kreischte er. »Sieht aus, als hätten sie den Tank mit nem Schraubenschlüssel eingedellt. Den Scheißkerl, der das war, den mach ich *fertig*, das schwöre ich.«

Endlich hatte Stump ihn eingeholt. Er stand keuchend bei den zerstörten Motorrädern. »Wie willst du den denn finden?«

»Müssen irgendwelche Schläger aus dem Ort gewesen sein«, überlegte Jimmy. »Oder Cage und seine Freunde. Sonst hätte niemand die Eier dazu.«

»Könnten doch auch Bandidos oder Vinlanders auf der Durchreise gewesen sein, hä? Die haben gesehen, dass wir in der Bar waren, haben unsere Öfen umgeschmissen und sind abgehauen?«

»Das bezweifle ich.«

»Oder das FBI vielleicht?«

Jimmy erwog diese Möglichkeit, verwarf sie dann. »Nö. Das ist nicht der Stil von denen.« Er beugte sich hinunter und packte seinen Lenker. »Hilf mir, die Scheißkarre hochzuheben.«

Er wartete ab, bis Stump die Hände unter dem Sitz hatte, hob dann mit aller Kraft das Motorrad hoch. Die beiden Männer grunzten und stöhnten, bis ihnen die Lunge und die Blase beinahe platzten. Sie hatten gerade einen Winkel von sechzig Grad erreicht, als hinter ihnen aus der Dunkelheit jemand mit tiefem Bass »Achtung!« rief.

Stump verlor den Halt, taumelte nach hinten, fiel dann mit einem Grunzen und einem Schrei auf den Hintern. Seine Hand fuhr zur Lederjacke hoch, doch ehe er die Pistole in dem Holster gepackt hatte, das er an der Brust trug, hatte eine Riesenpranke ihn bei der Jacke gepackt und auf die Füße gerissen. Eine andere Hand wühlte in seiner Jacke und zog die Pistole heraus.

Jimmy Gunn machte den Fehler, die Harley allein aufrecht halten zu wollen, und zog sich wahrscheinlich einen Leistenbruch zu, ehe er die achthundert Pfund Metall wieder auf den Kies fallen ließ. Der Boden erbebte beim Aufprall. Auch Jimmy langte nach einer Waffe – einem Butterfly-Messer im Stiefel –, doch ehe er sie erreichen konnte, hatte ihn jemand von hinten im Schwitzkasten. Jimmy versuchte, sich herauszuwinden, aber der Mann hinter ihm war zu stark. Es war ein Schwarzer. Das konnte Jimmy am Geruch erkennen. Nicht schlecht – nur anders.

»Scheiße, was zum Teufel?«, keuchte Stump, der vergeblich versuchte, sich zu befreien.

Jimmy glotzte ungläubig auf die Ausmaße des Unterarms, der Stumps Hals im Griff hatte. Der riesige Kopf, der mit dem Kinn Stumps Schädel einklemmte, war tiefschwarz, und das Weiße in den Augen leuchtete im bläulichen Licht. Als der Riese sprach, war seine Stimme so tief und dröhnend, dass Jimmy spürte, wie die Luft in seiner Brust vibrierte.

»Seid ihr die Kerle, die meine kleine Schwester fertiggemacht haben?«, fragte der Riese.

Jimmy wurde siedend heiß. »Was?«

»Keine Spielchen. Eure Leute haben meine Schwester fertiggemacht. Die hat drüben in Natchez bei der Zeitung gearbeitet.«

Stump machte große Augen. Jimmy betete, dass sein Freund nicht so betrunken war, dass er nicht mehr lügen konnte. Stump war nüchtern schon nicht der Hellste, und während der ganzen letzten Stunde hatte er sich köstlich über das schwarze Mädel amüsiert, der die Schlampe von Snake Knox einen Becher Säure ins Gesicht gekippt hatte.

Stump krächzte. »Damit haben wir nichts zu tun. Wir haben nur im Radio davon gehört.«

»Der Doc hat gesagt, sie überlebt das vielleicht nicht«, erwiderte der Riese.

Er hatte ein Gesicht, von dem sich Jimmy gut vorstellen konnte, wie es von einem Ohr zum anderen lächelte, während seine Augen entzückt strahlten und sein Bauch vor Freude bebte. Aber jetzt lächelte er nicht. »Ach, komm schon«, sagte Jimmy und beobachtete Stumps Augen. »Das ist totaler Quatsch. Ich meine, wir hatten nichts damit zu tun, aber ich weiß, dass Säure im Gesicht keinen umbringt.«

»Da irrst du dich«, sagte eine Stimme an Jimmys Ohr. »Diese Art von Säure frisst sich bis zum Knochen durch. Macht dir das Herz kaputt.«

Panik flackerte in Stumps Augen auf. Jimmy konnte nicht mal einen Millimeter Spielraum für Verhandlungen mit diesen Männern ausmachen, die ihnen aufgelauert hatten. Die Typen hatten doch nicht etwa vor, sie umzubringen? Nigger schossen immer am liebsten aus dem fahrenden Auto, mit jeder Menge Getöse und Aufmerksamkeit. Sogar im Gefängnis benutzten sie immer Klingen. Und eine Waffe hatte Jimmy bisher nicht gesehen.

»Hör mal zu, Bruder«, sagte Stump, und Jimmy schauderte. »Wir sind nicht die Jungs, nach denen ihr sucht. Wir haben mit der Sache nichts zu tun. Vorhin haben ein paar Typen von den Ölfeldern in der Bar drüber geredet, aber wir haben keine Ahnung.«

»Du lügst«, sagte die Stimme bei Jimmys Ohr.

»Bei Gott, es ist wahr, ich schwöre es!«, rief Stump.

»Ist egal«, meinte der Riese. »Ihr gehört zum gleichen Gift. Und ich bin müde. Ihr genügt mir.«

Da bemerkte Jimmy, dass der Riese Handschuhe trug. Lederne Arbeitshandschuhe. *Wo zum Teufel kriegt der Handschuhe für diese Monsterpranken her?*, dachte Jimmy.

Dann sah er, dass sich die Hand am Kragen von Stumps Lederjacke nach oben bewegte und Stumps Schädel wie eine Schraubzwinge umschloss.

»O Gott«, stöhnte Stump. »Aaaaah … mach das nicht!«

»Hab doch noch gar nicht angefangen, Mister. Das hättest du gemerkt.«

Panik tobte in Jimmys Brust wie eine wild gewordene Katze. Die Pranke dieses Riesen musste an der Handfläche ein paar Zentimeter dick mit Muskeln bepackt sein.

»Die haben hier Überwachungskameras, Mann! Wenn ihr uns was antut, kriegt euch die Polizei bestimmt!«

»Keine Kameras«, sagte die Stimme an seinem Ohr. »Da haben wir schon nachgeschaut.«

»Bitte«, flehte Jimmy. »Lasst uns laufen. Ihr könnt die Bikes haben. Ich persönlich habe nichts gegen die schwarzen Brüder. Ich hatte in Angola im Knast einen Haufen schwarze Freunde.«

»Was soll das VK auf deiner Jacke heißen?«, fragte die Stimme an Jimmys Ohr. »Viking irgendwas? Das hat uns der FBI-Mann gesagt.«

»Varangian Kindred. Waränger-Sippe. Waränger, das ist allerdings ein anderes Wort für Wikinger, ja.«

»Ist das ne Gefängnis-Bande?«

»Nein, nein. Ein Motorradklub. Ein-Prozenter.«

Darüber dachte der Riese eine Weile nach. »Im College haben sie mir beigebracht, dass sich die Wikinger lange vor Kolumbus in Amerika niedergelassen haben. Hunderte von Jahren vorher.«

Jimmy spürte einen Hoffnungsschimmer. »Das stimmt, Mann! Auf welches College bist du gegangen? Hast du Football gespielt? Bestimmt, so wie du gebaut bist.«

»Meinst du, die Wikinger sind je nach Afrika gekommen?«

Jimmy konnte nicht mehr denken. Stump hatte die Augen geschlossen, und Jimmy wusste, dass sein alter Kumpel in einem stummen Gebet um Gnade flehte.

»Wenn nicht«, sagte der heiße Atem an seinem Ohr, »dann würde ich mal sagen, die haben verdammt Glück gehabt. Was meinst du?«

Jimmy nickte und glaubte das auch.

»Also … wegen meiner Schwester«, sagte der Riese und quetschte Stumps Kopf, als prüfte er eine Melone. »Zeit zum Zahlen. Macht euren Frieden mit Gott.«

»Moment!«, schrie Jimmy. »Wollt ihr, dass wir jemandem eine Nachricht bringen?«

»Ihr *seid* die Nachricht«, antwortete die Stimme an seinem Ohr.

»Wartet!«, kreischte Stump.

Aber die Pranken hatten bereits ihre Arbeit begonnen, so langsam und stetig, als wollte der Riese nur einen Bolzen drehen, der in einer Metallplatte festgerostet war.

»O Gott!«, stöhnte Jimmy, als kindliche Beschämung ihn erfüllte. »Ich hab mir in die Hosen geschissen.«

»Keine Sorge«, sagte der Riese sanft. »Ist gleich vorbei.«

SAMSTAG

KAPITEL 14

Der Samstagmorgen brachte schlechte Nachrichten. Keisha Harvins Zustand war kritisch geworden, und Drew überlegte, ob er sie in die Uniklinik von Jackson ausfliegen lassen sollte. John Kaiser teilte mir mit, dass man auf dem Parkplatz einer Spelunke auf der Louisiana-Seite des Flusses zwei beschädigte Harley-Davidson-Motorräder gefunden hatte, deren Nummernschilder abmontiert waren. Kaiser betonte, wie seltsam es war, dass jemand die Nummernschilder, aber nicht die Bikes selbst gestohlen hatte. Dann erkundigt er sich, ob ich wüsste, wo sich Keisha Harvins Brüder gestern Nacht aufgehalten hätten. Zum Glück wusste ich das nicht.

Auf Anregung von Serenity Butler handelte ich mit meinem Sicherheitsteam eine Zeit ohne Überwachung aus, fuhr dann mit Tee über den Fluss durch Vidalia, dann Ferriday und weiter nach Clayton, wo die Kirche stand, in der Henry Sextons Trauergottesdienst stattgefunden hatte. Hier trafen wir uns mit Pfarrer John Baldwin und seinem Sohn. Serenity stellte sich vor, befragte dann eine Stunde lang die beiden Männer geduldig nach ihrem Leben in Clayton. Der ältere Pfarrer Baldwin ist über neunzig und erzählte Tee davon, dass er während des Zweiten Weltkriegs in der Marine gedient hatte und dann nach seiner Heimkehr einer der Mitbegründer der Deacons for Defense gewesen war. Baldwins Sohn hatte in Vietnam gedient und litt immer noch an einer posttraumatischen Belastungsstörung und einer Autoimmunerkrankung, von der er annahm, dass sie etwas mit Agent Orange zu tun hatte. Wie die meisten waren die Baldwins überrascht, als sie hörten, dass Serenity ebenfalls in einem Krieg gekämpft hatte, doch diese Gemeinsamkeit hatte ihr schnell das Vertrauen der beiden Männer eingebracht.

Als wir den Schutzraum der Kirche verließen, gab Tee den beiden

Predigern eine Karte mit ihrer Telefonnummer und versicherte ihnen, sie würde sich zu jeder Tages- und Nachtstunde über einen Anruf freuen – besonders, wenn es um Informationen ginge, die ihr bei ihrer Suche nach Gerechtigkeit für Keisha Harvin oder den größeren Kampf gegen die Doppeladler helfen würde. Dann umarmte sie beide Männer und führte mich zu meinem Audi, der in der Nähe von Henrys Grab geparkt war.

»Wohin jetzt?«, fragte ich.

»Wir haben Kontakt mit der schwarzen Seite aufgenommen. Jetzt wollen wir mal sehen, ob wir die Weißen ein bisschen aufscheuchen können.«

»Was?«

Tee grinste. »Mit welchem Doppeladler würden Sie sich am liebsten unterhalten?«

»Egal. Keiner von denen wird reden. Aber wenn Sie dabei sind, drehen die vielleicht völlig durch. Ein paar haben schon Gewehre auf mich gerichtet.«

»Das wollen wir mal sehen. Nennen Sie mir einen Namen.«

»Will Devine. Das ist eines der Gründungsmitglieder. Er weiß vielleicht etwas über Violas Tod.«

»Also Will Devine!« Serenity klatschte mit der Hand auf das Dach des S4. »Los geht's.«

Will Devine lebt am westlichen Stadtrand von Vidalia, nur wenige Blocks von den Häusern von Snake Knox und Sonny Thornfield entfernt. Während der Fahrt von Clayton hierher gebe ich Serenity eine kurze Zusammenfassung meiner Versuche bei der Familie Devine und erkläre ihr, welche Informationen ich mir von ihm oder seinen Söhnen erhoffe.

»Also war Devine wahrscheinlich am Mord an Sonny Thornfield beteiligt«, sagt sie. »Im Gefängnis der Gemeinde Concordia?«

»Wenn er nicht beteiligt war, hat er zumindest zugesehen.«

»Und Snake Knox war zu diesem Zeitpunkt dort?«

»Ja.«

»Na, dann bringen wir diesen Redneck zum Reden, verdammt!«

»Ich glaube, Sie sind sich der Lage nicht bewusst. Beide Male, als ich dort war, hat mich Devine mit einer doppelläufigen Flinte an der Tür empfangen.«

Sie lacht. »Vielleicht brauchen Sie dringend eine Lektion in Süßholzraspeln, Herr Bürgermeister. Ihre Vergangenheit als Staatsanwalt hat Ihnen wahrscheinlich für diese Art von Arbeit nicht die nötigen Fertigkeiten vermittelt.«

»Okay. Schauen wir mal, wie Sie zurechtkommen. Devine wiegt so um die zweihundertsiebzig Pfund und ist so hässlich wie ein Albino-Seelöwe.«

»Dann sollte ihm ein wenig Aufmerksamkeit von einer Schwester wie mir doch umso willkommener sein.«

Ich parke in Will Devines Einfahrt hinter dem Pick-up, der in der Nacht, als Viola ermordet wurde, in der Nähe des Hauses von Violas Schwester stand. Als wir auf die Tür des kleinen Ranch-Hauses aus den fünfziger Jahren zugehen, deutet Serenity mit einem Finger und gekrümmtem Daumen auf den Pick-up und sagt: »Treffer. Da ist der Aufkleber der Darlington Academy.«

Kurz bevor wir die Tür mit dem Fliegengitter erreichen, fliegt die Holztür dahinter auf, und Devine brüllt: »Macht, dass ihr hier wegkommt! Das hab ich jetzt schon zweimal gesagt. Ich schieße!«

Die Stimme klingt sehr hoch für einen so massigen Mann. Devine scheint in Panik zu sein, und Serenity hat das sofort gespürt.

»Mr. Devine«, sagt sie in einem offiziellen Tonfall. »Ich bin Unteroffizierin S.T. Butler. Ich bin hier wegen Ihrer Zugehörigkeit zu der terroristischen Organisation, die als Doppeladler bekannt ist.«

Durch den feinmaschigen Fliegendraht sehe ich, wie Devine verwirrt blinzelt. »Was sind Sie, so ’ne Art Polizistin?«

»Wenn Sie nicht kooperieren, Mr Devine, dann werden Sie sich wünschen, ich *wäre* Polizistin. Dies ist eine Ermittlung wegen Terrorismus. Ist das klar?«

»Was zum Teufel wollen Sie von mir? Ich hab nichts gemacht.«

»Wenn das stimmt, dann haben Sie sicher nichts dagegen, Ihre Waffe wegzulegen und für eine kurze Unterhaltung hier rauszukommen.«

Wie bei meinen vorigen Besuchen höre ich hinter Devines Ochsengestalt eine weibliche Stimme murmeln. Ich blinzele und kann gerade eben die Schulter und das dunkle Haar der Frau ausmachen. Seine Frau, Nita Devine.

»Wenn das hier eine Ermittlung wegen Terrorismus ist«, sagt er und wiederholt die Worte seiner Frau, »was hat dann der Bürgermeister von Natchez bei Ihnen zu suchen?«

»Das ist eine vertrauliche Information, Mr. Devine. Und jetzt kommen Sie bitte aus dem Haus. Ohne Waffe.«

Devine schiebt mit dem Lauf seines Gewehrs den Riegel hoch, drückt dann die Tür auf und tritt nach draußen, drängt Serenity mit der Mündung nach hinten.

»Ich hab die Nase voll von euch schwarzen Klugscheißern«, grollt er. »Das ist mein Grundstück, und ich kenne meine Rechte. Sie können einen Scheiß machen, wenn Sie keinen Durchsuchungsbefehl haben. Und ich hab noch keinen gesehen.«

»Bürgermeister Cage«, sagt Tee, sie weicht keinen Zentimeter und wendet sich mir zu, »rufen Sie bei Sonderagent Kaiser an und bitten Sie ihn, ein Team mit einem Lügendetektor an diese Adresse hier zu schicken.«

»He, Moment mal«, hebt Devine an. »Was zum …«

Schneller als ich die Bewegung verarbeiten kann, wirbelt Tee auf Devine zu, während sie etwas mit den Händen macht. Danach glotzt der fette Mann sie voller Verwunderung und Schmerz an. Irgendwie hat sie ihm das Gewehr aus den Händen gewunden, ehe er es abfeuern konnte. Nach einem kurzen Zögern dreht sie die Waffe um und führt den Kolben unter sein Kinn, als wolle sie ihm damit einen Haken verpassen, hält aber im letzten Augenblick inne. Devine hebt die Hände etwa zwei Sekunden zu spät in die Höhe, um einen etwaigen Schlag abzuwehren, der ihm den Kiefer gebrochen und ihn ohnmächtig zu Boden geworfen, wenn nicht gar umgebracht hätte.

»Sehen Sie mich, Mister?«, fragt Serenity. »Sehen Sie, was in meinen Augen geschrieben steht?«

Er nickt, weicht vor dem Gewehrkolben zurück.

»Sie sollten sich was schämen, dieses Gewehr auf Fremde zu richten, die an Ihre Tür klopfen. Eigentlich *sollte* ich Sie mit diesem Ding hier vertrimmen. Verdient hätten Sie's.«

»Ruf den Sheriff, Nita!«, brüllt Devine.

»Ja, machen Sie das«, sage ich zu ihm. »Walker Dennis und ich sind alte Freunde. Wir arbeiten schon von Anfang an bei diesem Fall zusammen.«

Nita Devine zögert. Sie weiß wohl, dass ich die Wahrheit sage.

»Wer zum Teufel sind Sie?«, fragt Will Serenity. »Sind Sie 'ne gottverdammte Polizistin oder was?«

»Ich sage Ihnen mal, was ich nicht bin, Mr. Devine. Ich bin kein naives Mädchen, das versucht, die Welt zu verbessern. Ich bin Soldatin. Ich habe den gleichen Scheiß mitgemacht, den Ihre Kumpels vor Jahrzehnten erlebt haben, den *Sie* aber verpasst haben. Das ist die Wahrheit, ich kenne Ihre Unterlagen. Sie haben zwischen den Kriegen gelegen. Schwein gehabt, was? Na ja, ich nicht. Können Sie mich hören, Mr. Devine? Können Sie mich spüren?«

»Wir wollen keine Probleme kriegen.«

»Na ja, Sie haben aber schon welche. Ich habe jedes Wort gelesen, das Henry Sexton über die Doppeladler geschrieben hat. Und ich kreise euch Schweinepriester immer mehr ein. Ganz besonders Sie. Und diesen Pick-up mit dem Aufkleber der Darlington Academy.«

Devine wirft einen Blick auf seinen Wagen.

»Sparen Sie sich die Mühe, den jetzt wegzukratzen, denn wir haben schon zwei Dutzend Bilder davon. Meine Nachricht an Sie, Sir, ist folgende: Ziemlich bald habe ich alle Beweise zusammen, die ich brauche. Und dann fallen die Dominosteine. Und wenn Sie wissen, was gut für Sie ist, das kann Ihnen Bürgermeister Cage bestätigen, dann sollten Sie als Erster fallen. Denn alle anderen werden zerquetscht.«

Der fette Mann reckt trotzig das Kinn vor. »Ich bin kein Verräter.«

»Snake Knox würde auf keinen einzigen Tag in Freiheit verzichten, um Sie zu schützen«, sage ich zu ihm. »Und er hat Ihren Kumpel Silas Groom ermordet, um selbst von der FBI-Liste der Meistgesuchten runterzukommen. Hat ihn *umgebracht*, Will. Einen Doppeladler, genau wie Sie einer sind. Oder vielleicht haben *Sie* Groom umgebracht. Für Snake.«

»Das ist eine Lüge! Das ist eine gottverdammte Lüge!«

»Na ja, irgendjemand hat Groom umgebracht. Und wer immer das war, der kriegt in Angola die Spritze.«

Durch das Fliegengitter hindurch sagt die Frau: »Das reicht jetzt. Komm rein, Will.«

»Ich bin noch nicht fertig mit ihm«, erwidert Tee.

»O doch«, antwortet die Frau. Sie tritt vor und drückt die Tür mit dem Fliegengitter auf. In ihrem mürrischen, zerknitterten Gesicht erblicke ich zweimal so viel Intelligenz wie in den Augen ihres Mannes.

Serenity nimmt die Patronen aus dem Gewehr, reicht dem alten Mann die Waffe zurück, der keine Anstalten macht, wieder ins Haus zu gehen.

»Ich würde es neu laden, sobald wir weg sind, Mr. Devine. Wenn es sich rumspricht, dass ich hier war, gibt Snake vielleicht den Befehl, dass es jetzt Ihnen an den Kragen gehen soll. So gegen zwei am Nachmittag tauchen dann vielleicht ein paar von diesen Skinhead-Bikern hier auf und schütten *Ihnen* Säure in den Hals.«

Sie wendet sich ab und geht auf das Auto zu. Als ich ihr folge, sagt Nita Devine. »Moment, Herr Bürgermeister. Ich möchte Sie was fragen.«

Ich drehe mich um und warte auf sie. Nita kommt aus dem Haus und lässt die Tür mit dem Fliegengitter mit einem Knall hinter sich zufallen. Tee will zu mir kommen, aber Mrs. Devine sticht mit dem Finger in ihre Richtung und sagt: »Du nicht, Fräuleinchen. Nur er.«

Mit leiser Stimme fragt sie: »Wenn jemand mit dem FBI reden will – einer von den Jungs der ersten Stunde, meine ich, einer aus der Gruppe …«

»Einer von den Doppeladlern?«

Sie nickt. »Was für einen Deal könnte der kriegen?«

Während ich noch überlege, wie ich am besten reagieren soll, fügt sie hinzu: »Ich meine: Kann die Regierung den wirklich schützen? Ihn und seine Familie?«

»Na klar. Das machen die ständig. Genau wie im Film. Zeugenschutzprogramm.«

»Sonny Thornfield haben sie aber nicht gerade gut geschützt.«

Da hat sie recht. »Da war Sonny selbst schuld. Der hat Forderungen gestellt, die die unmöglich schnell genug erfüllen konnten.«

Ich schaue zu ihrem Mann, der inzwischen auf den Beton unter seinen Füßen starrt. »Will, Sie waren im Gefängnis, als Sonny umgebracht wurde«, sage ich. »Können Sie dem FBI sagen, wer das war? Denn damit könnten Sie sich einen Wahnsinnsdeal sichern.«

Devines Mund bewegt sich, als kaute er auf einem Tabakpfriem. »Wer sagt denn, dass Sonny umgebracht wurde?«

Ich schüttele den Kopf, wende mich dann ab und gehe zum Auto.

»Moment!«, ruft mir seine Frau nach.

Ich schaue mich um, Skepsis auf dem Gesicht.

Nita sagt: »Was ist, wenn mein Mann damals, äh …«

»Was ist, wenn Ihr Mann damals dabei war, als Sonny umgebracht wurde?«, frage ich. »Vielleicht sogar mitgemacht hat?«

Das Blut schießt ihr in die Wangen.

»Kann er dann immer noch Kronzeuge werden?«, fahre ich fort. »Könnte er immer noch einen Deal kriegen, der ihn schützt? Wollen Sie das wissen?«

Ohne ihren Mann anzuschauen, nickt Nita Devine bedächtig.

»Als ehemaliger Staatsanwalt kann ich Ihnen sagen, dass die Antwort darauf ein eindeutiges Ja ist. Die besten Zeugen waren beinahe immer auch Komplizen bei Verbrechen.«

Ich bin nicht sicher, ob ich auf ihrer Miene Erleichterung oder Verzweiflung sehe. Aber was immer es auch ist, dahinter spüre ich etwas, das wie Kapitulation aussieht. Jetzt ist es an der Zeit, dass ich sie in ihren eigenen Ängsten schmoren lasse und in diesem Leben, das sie sich gemeinsam bereitet haben.

»So sieht also Süßholzraspeln aus«, sage ich, als ich wieder in den Audi einsteige.

Serenity lacht leise, aber ich höre die Zufriedenheit in ihrer Stimme.

»Der wird reden«, erkläre ich ihr.

»Hat er das gesagt?«

»Nein, aber er ist schon beinahe so weit. Seine Frau ist jedenfalls bereit dazu.«

»Sind Sie sicher?«

»Ja. Die Frage ist, wie lange die beiden brauchen, um sich dazu durchzuringen. Wenn es zu lange dauert, dann sind sie die Nächsten, denen ein Sarg angemessen wird.«

»Das müssen die doch auch wissen«, sagt Serenity.

»Die Frau schon. Deswegen denke ich, sie kommen eher früher als später.«

»Und wir sitzen den ganzen Tag hier rum?«

»Sie hätten ihm nichts über den Aufkleber am Pick-up sagen müssen.«

»Haben Sie keine Fotos davon?«

»Ich weiß es nicht. Aber da Walt Garrity schon vor uns hier war, bin ich zu neunundneunzig Prozent sicher, dass es welche gibt.«

»Dann lassen Sie uns gehen. Ich habe Durst. Ich brauche ein Bier.«

Als ich auf die schmale Straße einbiege und dann langsam zwischen den Angelbooten und leeren Wohnwagen durchfahre, die zu beiden Seiten geparkt sind, sage ich: »Sie sind da vorhin ein bisschen radikal zu Werk gegangen. Aber das hat die Sache entschieden. Der Trick mit dem Gewehr hat Devine eine Scheißangst eingejagt.«

»Das ist nur grundlegende Nahkampftechnik.« Serenity macht eine Art Kung-Fu-Bewegung mit den Händen und lacht dann wieder. »Es ist genauso, wie Eddie Murphy es in *Nur 48 Stunden* sagt. Ich bin der schlimmste Alptraum – ein Nigger mit Polizeiausweis.«

»Außer dass Sie keinen Polizeiausweis haben.«

»Eddie hatte auch keinen.« Sie zwinkert mir zu. »Der Schein ist alles, stimmt's?«

KAPITEL 15

Sulphur, Louisiana

Snake Knox lehnte mit dem Rücken an der Innenwand des Verwaltungsbüros der Rollrasenfarm, die Arme vor der Brust verschränkt. Gegenüber hatten sich Toons Teufel, der Waffenmeister der Varangian Kindred, und drei muskulöse Klubmitglieder in Motorradkleidung aufgebaut. Snake überlegte, dass die Kerle für die brutalen Methoden zuständig waren, die schon immer zum Waffen- und Drogengeschäft gehört hatten. Aber nobelpreisverdächtig waren die nicht.

Links von Snake standen Wilma Deen und Snakes unehelicher Sohn Alois, der Snake schon verdutzt anschaute, seit man die beiden reingebracht hatte. So ungeheuer war die Veränderung, die Junelle an ihm vorgenommen hatte. Es gefiel Snake gar nicht, dass Toons Wilma und Alois zur Farm gebracht hatte. Als einzigen Grund konnte er sich dafür denken, dass Toons die Möglichkeit haben wollte, sie alle drei als Gruppe umzubringen. Er überlegte, dass der arrogante Scheißkerl wohl versuchte, den Mut aufzubringen, genau das jetzt zu machen.

»Vier Männer«, wiederholte Toons. »*Vier Männer* haben wir verloren, und wofür?«

Snake erwiderte: »Ihr habt euch ein hartes Geschäft ausgesucht. Da muss man mit Verlusten rechnen.«

»Zwei Männer an der Tankstelle«, sagte Toons und zählte an den Fingern ab. »Zwei Männer vor dem Steel Tiger. Und was zum Teufel haben wir davon?«

»Die Namen von zwei freundlich gesinnten Richtern und einem Dutzend korrupter Bullen.«

»Das ist nicht mal ein Viertel von dem, was du uns versprochen hast!«

Snake erwiderte nichts.

Toons hob den rechten Zeigefinger und schüttelte ihn, schüttelte immer weiter, während er auf Snake zuging. Snake hielt die Augen auf Toons' andere Hand gerichtet, falls der nach der Pistole an der Seite oder nach einem der beiden Messer greifen würde, die er immer bei sich trug. Er hatte auch einen Schlagstock, was man heutzutage eher selten sah. Aber in der Hand eines geübten Mannes konnte so was eine verdammt teuflische Waffe sein.

»Ich habe die Nase voll von deiner Hinhaltetaktik«, sagte Toons, und seine großen Augen sahen aus, als hätte er vielleicht ein bisschen was von den Handelswaren der Gruppe eingenommen. »Wir haben in unserem Geschäft niemanden verloren. Wir haben dein Geschäft für dich erledigt. Und dein Geschäft verstehe ich nicht.«

»Musst du auch nicht. Lars versteht's, und nur darauf kommt es an.«

Toons verzog das Gesicht, als der Name seines Bosses fiel. »Ich sag dir mal, was Lars versteht, Opa. Du hast uns die restlichen Kontakte aus Forrests Netzwerk versprochen. Du hast uns hochrangige Beamte in den Betäubungsmittelabteilungen versprochen. Im HID-TA zum Beispiel. Und du hast uns Richter versprochen, Snake. *Richter.*«

»Zwei habe ich euch schon genannt, und ich habe einem von euren Drogenkurieren in der Gemeinde Iberia aus seinen Schwierigkeiten geholfen.«

»Wir sollten aber *direkten Zugang* zu diesen Richtern bekommen.«

»Wenn ich euch den gebe, schneidet ihr mir, kaum dass ich eingeschlafen bin, die Kehle durch.«

Toons versuchte, nicht zu lächeln, aber ein beinahe hysterisches Grinsen breitete sich auf seinem Gesicht aus, und seine Augen tanzten. »Das ist mal 'ne Idee, Snake. Ich muss zugeben, der Gedanke war mir schon gekommen.«

Snake drückte sich von der Wand ab und spuckte in einen Papierkorb neben dem windigen Blechschreibtisch. »Ich will dir mal was sagen, Toons. Träum weiter. Geh raus und dreh deinen Hühnern den Hals um, während du daran denkst, mir die Kehle durchzuschneiden. Und ich konzentriere mich auf mein Geschäft. So machen Geschäftsleute das nämlich.«

Snake schickte sich an, aus dem Zimmer zu gehen, doch Toons verstellte ihm den Weg.

Snake unterdrückte den Impuls, nach der Waffe in seinem Gürtel zu greifen.

»Es gefällt mir gar nicht, wenn du mir nicht den nötigen Respekt entgegenbringst«, sagte Toons.

»Dann benimm dich so, dass du ihn verdienst.«

»Du weißt doch, was mein Name bedeutet, Snake?«

»Du bist Looney Tunes, genau wie die im Cartoon.«

»Mein Nachname. Teufel. Das bedeutet Satan. Meinst du, Lars hat mich zum Waffenmeister gemacht, weil ich ein Scheißclown bin?«

»Ich mische mich nicht in Lars' Geschäfte ein, Toons.«

»Siehst du, und das ist dein Fehler. Du denkst nur an dein Geschäft. Und lässt dabei meine Leute über die Klinge springen. Und das passt mir nicht.«

»Deine Männer haben selbst schuld. Das erfüllt einen nicht gerade mit Vertrauen.«

Toons zog ein Butterfly-Messer aus der Tasche, das bei vielen aus der VK die Waffe der Wahl zu sein schien.

Snake zwang sich, ruhig zu atmen, und bewegte sich keinen Zentimeter. Er schaute auch nicht auf das Messer. Er blickte geradewegs in Toons Teufels glitzernde Augen.

»Lars nimmt dir deine Psychonummer aus der Wühltheke vielleicht ab«, meinte er. »Aber ich kenne die Wahrheit. Du bist kein Satan. Ich habe den Satan gesehen, Junge. Ich habe ihm die Hand geschüttelt und mit dem Scheißkerl in mancher finsteren Nacht zu Abend gegessen. Und ich sag dir eines: Du und deine Gorillas hier, ihr würdet im Marine Corps keine drei Tage durchhalten. Vielleicht nicht mal einen. Und jetzt mach, dass du mir aus dem Weg kommst, du Arschloch.«

Der Mann, dessen Aufgabe es war, für die VK die Sicherheitsmaßnahmen zu verstärken, starrte Snake fünfzehn, zwanzig Sekunden in die Augen. Dann beschloss er, so zu tun, als hätte er nur gescherzt.

Snake ging aus dem Büro, dicht gefolgt von Wilma und Alois,

und schaute auf seine rechte Hand, um sicher zu sein, dass sie nicht zitterte.

Sie zitterte nicht.

»Dem Scheißkerl, hast du's gegeben, Pop!«, krähte Alois. »He, komm mal einen Augenblick mit in die Scheune da drüben. Ich will dir was zeigen.«

Snake schaute zum Büro zurück, dann zu der alten Pferdescheune, die das Lagerhaus für die Rollrasenfarm war.

»Wilma, geh du mit Junelle ins Haus. Tu so, als wärst du froh, hier zu sein, auch wenn du die Schlampe nicht ausstehen kannst.«

Wilma spuckte ins Gras. »Jedes Mal, wenn die Kuh auch nur das Maul aufmacht, will ich ihr am liebsten 'nen Tritt in die Fotze geben.«

Snake schüttelte den Kopf. »Geh da rein. Wir kommen gleich nach.«

Wilma murmelte leise einen Schwall obszöner Flüche vor sich hin, aber sie ging.

Snake schritt voraus zu dem alten Gebäude, das nun nicht mehr nach Dung und Leder roch, sondern nach den giftigen Chemikalien, mit denen Snake sein Leben verbracht hatte.

»Der Schweinehund hält sich für den Satan?«, meinte Alois, als sie in den Schatten des breiten Vordachs traten. »Scheiße.«

Snake blieb kurz vor der Scheune stehen und drehte sich um. »Was machen wir hier draußen, Junge?«

»Hab ich dir doch gesagt, ich will dir was zeigen.«

Snake unterdrückte ein grimmiges Gesicht. Er hatte sich noch nicht daran gewöhnt, dass ihn Alois wie seinen richtigen Vater behandelte. »Und was ist das?«

»Ein kleines Spielzeug, an dem ich gebastelt habe.«

»Wo ist es?«

Alois zog einen matten Metallwürfel von etwa drei Zentimeter Seitenlänge aus der Tasche. Mit dem Daumennagel betätigte er einen winzigen Riegel, und eine Seite des Würfels schob sich halb auf.

»Was ist das?«, fragte Snake erneut. »Ein Zauberwürfel für Rednecks?«

Alois reichte seinem Vater den Würfel, als wäre es eine seltene und sehr zerbrechliche Reliquie. »Schau mal rein, aber berühre nichts im Inneren. Ernsthaft.«

Snake bewegte den Würfel vorsichtig hin und her, bis er den richtigen Abstand für seine alten Augen hatte, ging dann an den Rand des Schattens und drehte den Würfel, bis die Sonne in die winzige Öffnung schien.

Was er sah, schien ihm ein mechanisches Uhrwerk zu sein. Vor dieser Uhr war eine Art zusammengedrückter Feder angebracht. Snake linste in den eng vollgepackten Innenraum des Würfels. Aus der Öffnung der Feder ragte ein dünner Metallstreifen hervor, eine Art Nadel. Aber Snake hatte keine Ahnung, welche Funktion dieser Mechanismus haben könnte.

»Was *ist* das?«

»Ich nenne es die Nadelbox.«

»Und was macht das?«

»Es tötet.«

»Wen? Menschen?«

Alois warf ihm ein seltsames Lächeln zu. »Alles. Ganz sicher jedes Säugetier.«

»Wie?«

»Ganz einfach. Da drin ist eine Spritzennadel auf einer Feder. Und an die Nadel ist ein winziger Gummitank angeschlossen. Der Trigger ist mit einem Zeitschalter verbunden. Das Ganze ist rein mechanisch. Hat also kein elektromagnetisches Feld.«

Snake drehte den Gegenstand in der Hand. Auf der einen Seite sah er ein winziges Loch. Da musste die Nadel herauskommen, wenn sie ausgelöst war.

»Und was kommt aus der Nadel?«, fragte er.

»Was du willst. Zyankali. Ricin. Thallium. Der schnellste Killer ist natürlich Zyankali. Ich hab schon ein Schwein und zwei Hunde damit umgebracht. Das ging so schnell, du glaubst es kaum.«

»Ha«, sagte Snake und musterte immer noch dieses Ding, das wie ein Spielzeug aussah. »Könntest du es so einrichten, dass man es aus der Ferne auslösen kann? Oder mit einer Zeitschaltung?«

»Klar. Das Gift ist das Problem. Ricin oder Thallium, wenn du willst, dass jemand ordentlich leidet. Thallium ist am schlimmsten.

Das ist die Hölle auf Erden, und die besten Ärzte können dich nicht retten.«

»Wo kriegst du das Thallium her?«

Alois lächelte. »Das ist zu beschaffen.«

»Und wieso sieht das Ding so aus? Dieser kleine Würfel?«

»Kleiner konnte ich es nicht machen.«

Snake nickte und wusste das Geschick zu schätzen, das in den Bau dieses kleinen Mechanismus eingeflossen war. Alois hatte offensichtlich das Talent geerbt, das Snake zu einem solchen Meister im Umgang mit improvisierten Sprengladungen gemacht hatte. »Und wie willst du das einsetzen?«

Alois streckte die Hand aus und nahm seinem Vater die Nadelbox aus der Hand. »Wie wär's mit Folgendem: Ich könnte – ganz vorsichtig – einen Schnitt in einen Motorradsitz machen und dieses Baby hier direkt unter jemandes Arschbacke stecken. Die von Toons zum Beispiel. Und irgendwann in den nächsten vierundzwanzig Stunden, wann immer ich will ... da kriegt er eine Ladung Zyankali ab. Und das war's, Leute.«

Ein Gefühl tiefer Zufriedenheit breitete sich in Snakes Bauch und Brustkorb aus. Ein Lachen stieg in ihm auf. Aber seine Gedanken rasten so schnell, dass er das Lachen unterdrückte und seinem Sohn die Box wieder abnahm.

»Wo sonst? Könnte man das in einen Autositz packen?«

»Klar. In jeden Sitz, der genug Polsterung hat.«

Snake schaute zum Büro zurück und schüttelte den Kopf. Dann ließ er seinem Lachen freien Lauf, einer plötzlichen Explosion bösartiger Freude.

»Woran denkst du, Pop?«, fragte Alois.

Snake lachte, bis er außer Atem war. »Ich stelle mir Toons mit einem roten Arsch vor.«

Alois lachte auch, war glücklich, dass er sich den Respekt seines Vaters verdient hatte.

»Die Nadelbox«, sagte Snake. »Wie viele von diesen kleinen Scheißdingern hast du?«

»Ein paar.«

»Das reicht.« Snake zwinkerte. »Fürs Erste.«

KAPITEL 16

Einen großen Teil des Samstagnachmittags haben wir mit Hausputz verbracht, um uns darauf vorzubereiten, dass morgen meine Mutter wieder zu uns zieht. Besonders Annie liegt viel daran, dass das Haus makellos ist, und sie hat viel Zeit darauf verwendet, im Gästezimmer, in dem Mom wohnen wird, alles perfekt herzurichten. Mom würde wahrscheinlich lieber in ihrem eigenen Haus schlafen, aber das kommt nicht infrage, solange Snake und seine VK-Söldner frei herumlaufen, besonders nach der Warnung, die er Dad geschickt hat.

Vor etwa einer Stunde sind Tim und ich zu C&M Seafood gefahren und haben zwanzig Pfund riesige Flusskrebse gekauft, die gerade fertig gegart waren. Jetzt sitzen wir alle um den Küchentisch herum – sogar die Sicherheitsleute –, knacken Krebsschalen und schlürfen Köpfe aus, während Annie alle paar Minuten »Eklig!« ruft. Serenity hat versucht, sie dazu zu überreden, einmal einen Krebskopf zu probieren, aber Annie weigert sich standhaft.

Ein lautes Klopfen an der Tür bringt Tim ein wenig schneller auf die Beine als den Durchschnittsmenschen, aber trotzdem geht er ruhig hin, um nachzusehen, wer das ist. Als er zurückkommt, folgt ihm ein attraktiver Schwarzer von etwa fünfundzwanzig. Weil Carl Sims nicht wie sonst die Uniform eines Deputys von Lusahatcha County, sondern ein hellblaues Polohemd und Jeans trägt, dauert es eine Weile, bis ich ihn erkenne.

»Carl!«, rufe ich. »Was machst du denn hier? Hoffentlich kein offizieller Besuch?«

»Nö, Mann«, antwortet er. »Ich habe ein paar Neuigkeiten für dich, in der Sache, nach der du dich erkundigt hast. Es ist aber nicht dringend.«

Die Frau, deren Sohn am Knochenbaum umgebracht wurde …

»Wie ich sehe, habt ihr alle ordentlich Schlammkrebse!«, sagte Carl lachend. »Und ziemlich große dazu.«

»Setz dich und nimm dir einen Teller.«

»Da sag ich nicht nein.«

Als Carl sich zwei Pappteller nimmt, um eine stabile Basis zum Schälen und Essen zu haben, bemerke ich, dass Serenity ihn mit festem Blick anschaut.

»O Carl«, sagte ich, »die reizende Dame links von Mia ist Serenity Butler. Sie ist eine Schriftstellerin aus Atlanta. Aber im Herzen ist sie ein Mädchen aus Mississippi.«

»Ach ja?«, erwidert Carl, und seine Augen strahlen vor Interesse. Eindeutig ist Serenity beim Hereinkommen seiner Aufmerksamkeit nicht entgangen.

»Ihr zwei habt was gemeinsam«, sage ich ihm. »Kannst du raten, was das ist?«

Er schaut sie eine Weile an, und einen Augenblick lang glaube ich, dass er vielleicht die Wahrheit errät. Als er schließlich spricht, sagt er: »Kann ich mir leider nicht vorstellen.«

»Serenity war im Golfkrieg. Im ersten.«

»Reporterin?«

Serenity lacht. »Offizierin in der Armee.«

Carls Grinsen verliert seine Leichtigkeit. »Ernsthaft.«

»Neun Monate im Landesinneren.«

»Erfreut, dich kennenzulernen, Serenity.«

»Tee.« Sie streckt ihm ihre butterglitschige Hand über den Tisch hin. »Einfach nur Tee.«

»Carl war im zweiten Krieg«, erkläre ich ihr.

»Army?«, fragt sie.

»Marines.«

»Irak oder Afghanistan?«

»Falludscha. Erste und zweite Schlacht.«

»Als gemeiner Soldat?«

»Scharfschütze.«

Serenity betrachtet Carl mit neuen Augen, als wolle sie sagen: *Okay … jetzt begreife ich, wer du bist.* Carl glüht förmlich unter ihrer Aufmerksamkeit.

»Ich war in Falludscha«, sagt einer der jüngeren Sicherheitsleute. »Und ich war heilfroh, da rauszukommen.«

Zwischen den Zeilen schwang mit: *Das haben nicht alle geschafft.* Nun würde ich gern die Geschichte dazu hören, aber Tim Weathers unterbindet mit einem Blick, den man unmöglich falsch deuten kann, jede weitere Ausführung. *Vor einer Elfjährigen werden keine Kriegsgeschichten erzählt.*

Wir machen uns noch eine weitere halbe Stunde über die dampfenden roten Berge von Flusskrebsen her, dann gehen Carl und ich mit zwei Bier in mein Büro im Souterrain.

»Ich bin froh, dass du persönlich gekommen bist«, sage ich ihm.

»Ich wollte dich deswegen nicht anrufen.«

»Du traust nach wie vor nicht allen in deiner Abteilung?«

»Billy Ray Ellis ist immer noch Sheriff. Das sollte dir schon alles sagen.«

Ich nicke entmutigt. »Was hast du rausgefunden?«

»Mein Dad kennt die Frau, nach der du dich erkundigt hast. Die, deren Sohn gelyncht wurde. Seine Stimme hatte einen rechten Begräbniston, als er mir von ihr erzählt hat. Er sagte, diese Lady hätte die schlimmste Geschichte der Welt zu erzählen.«

»Und wenn dein Vater das sagt …«

»Dann hat das was zu bedeuten, Bruder. Ich bin mir nicht mal sicher, dass ich die überhaupt hören will. Verstehst du?«

»Ja. Aber um Snake dranzukriegen, müssen wir sie vielleicht hören.«

Carl nickt nüchtern. »Sie heißt Cleotha Booker. Sie ist Witwe. Schon seit längerer Zeit. Sie ist wirklich alt und lebt zurückgezogen. Daddy hat ihr von dir erzählt. Sie hat sich zuerst geweigert, mit dir zu reden, aber dann hat sie rausgefunden, dass du der Sohn von Dr. Cage bist. Sie meinte, wenn du bereit wärst, nach Athens Point zu fahren, dann würde sie mit dir reden. Aber sie hat Daddy gleich zu Anfang gesagt, sie wüsste nichts darüber, wer ihren Jungen umgebracht hat.«

»Verdammt. Und ihre Schwiegertochter?«

»Die ist 1967 oder 1968 verstorben. Hat irgendwo oben im Norden Selbstmord begangen.«

»So hatte es auch mein Vater in Erinnerung.«

»Das klingt nicht gerade nach einer heißen Spur, Penn.«

Ich zucke mit den Achseln. »Man weiß nie. Ich hab schon mit weniger Informationen Fälle geknackt.«

Carl nimmt einen großen Schluck Corona. »Also, Herr Bürgermeister, wer ist die heiße Dame oben?«

»Serenity? Die ist Schriftstellerin, wie ich gesagt habe. Sie ist in der Stadt, um zu recherchieren.«

Carl schafft es etwa zwei Sekunden lang, einen neutralen Gesichtsausdruck zu bewahren. Dann bricht er in wildes Gelächter aus und klatscht sich mit der freien Hand auf den Oberschenkel. »*Herrgott*, ist die heiß! Und die war nie im Leben in der Army. Jedenfalls in keiner Army, in der ich je war.«

Jetzt muss ich leise mitlachen. »Sie ist nicht gerade hässlich anzuschauen, das muss ich zugeben. Aber sie ist etwa zehn Jahre älter als du. Ich dachte, für dich ist sie vielleicht eine alte Lady.«

Carl weicht mit dem Kopf zurück, als wäre ich ein betrunkener Autofahrer, der schwört, er wäre nüchtern. »Red keinen Scheiß. Ich würde zehn College-Mädels für eine Nacht mit der Dame da oben eintauschen. Das ist eine echte Frau, Bruder. Das sieht man gleich.«

»Ich glaube, da hast du wahrscheinlich recht. Du solltest mal ihr Buch lesen.«

Carl schaut wieder ernst, doch dann bricht er erneut in Gelächter aus. »*Vielleicht* lese ich ein Kapitel, wenn ich dann eine Chance kriege, mit ihr zu reden.«

»Teufel, du kannst doch die Treppe hochgehen und jetzt gleich mit ihr reden.«

»Penn – ich meine, richtig mit ihr *reden*. Mann, du bist manchmal so was von uralt.«

Fünfundvierzig Minuten später sieht es ganz so aus, als wäre Carl der Erfüllung seines Wunsches schon recht nah gekommen. Die Sicherheitsleute, die gerade nicht im Dienst sind, sitzen auf der hinteren Veranda und trinken Bier. Annie macht irgendwas an ihrem Computer, und Mia lümmelt sich zufrieden auf dem Sofa und liest, die Beine über die Armlehne gelegt. Ich räume Geschirr weg und überlege, dass ich Carl eine Frage über den Sheriff von Lusahatcha County stellen wollte. Als ich mich gerade auf die Suche nach ihm machen will, tauchen Serenity und er in der Küchentür auf.

»Ich zeige Tee noch ein paar Dinge in der Stadt, ehe die Sonne untergeht«, sagt Carl unschuldig wie ein Chorknabe.

»Prima«, antworte ich ebenso unschuldig. »Lass dir von unserem Besuch bei ein paar Doppeladlern heute Morgen erzählen.«

»Der Bürgermeister ist leicht zu beeindrucken«, meldet sich Tee hinter Carl hervor. »Komm, lass uns gehen. Die Sonne geht schon unter.«

Zehn Sekunden später höre ich die Haustür zuschlagen. Ich schaue mich in der Küche um, die eigentlich ziemlich sauber ist. Annie ist in ihren Computer versunken. Im Wohnzimmer liest Mia nach wie vor auf dem Sofa ihr Buch. Vielleicht irre ich mich, aber um ihre Lippen scheint eine Spur von einem Lächeln zu spielen. Obwohl ich sie eine Weile beobachte, schaut sie kein einziges Mal zu mir auf. Sie befeuchtet nur einen Finger und blättert die Seite um, immer noch leise lächelnd.

Gegen halb elf nachts schickt mir Serenity eine SMS: Sie würde gern morgen früh nach Athens Point fahren, um Cleotha Booker zu besuchen, falls ich Zeit hätte. Da hat sie Carl also mühelos diese vertrauliche Information abgeschwatzt. Ich schreibe zurück, ich hätte Zeit, aber wir müssten früh losfahren. Sie antwortet, sie spräche noch mit Keishas Brüdern und würde noch ziemlich lange nicht zurückkommen. Da wird mir erst klar, dass ich auf ihre Rückkehr gewartet habe, um mit ihr über die Sache mit Athens Point und die Geschehnisse beim Haus der Devines zu reden.

Sobald ich weiß, dass es bei Tee spät werden wird, gehe ich nach oben und versuche, ein wenig Schlaf zu bekommen. Als ich den Mädchen gute Nacht sage, blickt Annie vom Bildschirm auf und fragt: »Kommt Serenity heute Nacht zurück?«

Ich bin also nicht der Einzige, der auf Tees Rückkehr wartet. »Ja, aber noch eine ganze Weile nicht.«

Annie schaut besorgt drein. »Ihr geht es doch gut?«

»O ja. Carl passt bestens auf sie auf.«

Jetzt schaut Mia zu mir auf, gibt aber keinen Kommentar ab.

»Ich sehe euch morgen früh«, sage ich.

»Nacht, Dad.«

Am Fuß der Treppe bemerke ich, dass ich doch noch nicht zum Schlafen bereit bin. Ich schicke Tim eine SMS und frage, ob er mit mir einen Spaziergang machen möchte. Er hat auf einem der Feldbetten im Souterrain gesessen und Schreibarbeiten erledigt und ist erfreut über die Gelegenheit zu ein bisschen Bewegung in der Nachtluft. Die einzige Vorsichtsmaßnahme: Er besteht darauf, dass ich meine kugelsichere Weste anziehe – die mit den Keramikplatten. Das verdirbt mir diesen Ausflug ein wenig.

Als wir auf den Fluss zugehen, sehe ich in einiger Entfernung einen alten Mann, der seinen Hund spazieren führt, da, wo die Commerce Street in die Orleans Street mündet. Das Tier scheint eher sein Herrchen hinter sich herzuzerren, ist ungeduldig, weil er zu alt oder zu gebrechlich ist. Irgendwas an dem alten Mann kommt mir bekannt vor, aber ich sage nichts zu Tim. Der beobachtet die beiden auch. Natchez ist eine kleine Stadt, und auch wenn ich den Hundebesitzer nicht kenne, habe ich ihn sicherlich schon viele Male in meinem Leben gesehen.

Wir gehen zur Klippe hinunter, stehen da und schauen auf den gedämpften Schimmer des Flusses sechzig Yards unter uns. Dann überprüfen wir die Türen und Fenster von Haus Edelweiß, wo Quentin Avery und seine Frau Doris morgen einziehen und während des Prozesses wohnen werden. Auf dem Heimweg überlege ich, ob wir die State Street hinaufgehen sollen, um das Gefängnis anzusehen, das ab morgen das Zuhause meines Vaters sein wird, bis sein Prozess beendet ist. Doch schließlich überlege ich, dass ich dieses Bild nicht als letzten Eindruck vor Augen haben möchte, ehe ich heute Nacht einzuschlafen versuche.

Stattdessen gehen wir die Washington Street hinauf. Tim raucht unterwegs eine Zigarre. Als wir uns dem Kamm des Hügels nähern, wo sich an vier Straßenecken die Stadtbibliothek, die episkopalische Kirche, der Tempel B'nai Israel und das majestätische Glen Auburn gegenüberstehen, drückt Tim seine Zigarre aus. Während ich da stehe und auf die Treppenstufen der Kirche blicke, wo ich damals nach meinem High-School-Abschluss stand, schaut Tim über die lange Straße zurück, die wir eben hinaufgekommen sind.

»Da ist wieder der alte Mann«, sagt er. »Der mit dem Hund.«

Ich schaue in die nur sporadisch erhellte Dunkelheit, bis ich Herrn und Hund auf der Höhe der Wall Street langsam die Washington Street überqueren sehe. »Sieht eher aus, als ginge der Hund mit dem Mann spazieren.«

»Ich hab gerade was begriffen«, sagt Tim. »Diese Doppeladler sind alte Kerle. Vielleicht sollten wir ein Wörtchen mit unserem Hundefreund da unten reden.«

»Das nächste Mal«, sage ich zu ihm, weil ich unter meiner kugelsicheren Weste schwitze. »Ich bin reif fürs Bett.«

»Ja. Morgen.«

SONNTAG

KAPITEL 17

Serenity und ich sind früh aufgestanden, um uns auf die Fahrt nach Athens Point zu machen. Wir haben nicht den ganzen Tag Zeit, diesem Hinweis zu folgen. Laut John Kaisers letztem Anruf ist der Plan, dass mein Vater um zwei Uhr nachmittags von der FCI in Pollock zum Gefängnis von Adams County aufbrechen wird. Man wird ihn in einem FBI-Fahrzeug dorthin fahren, so dass er etwa um drei Uhr für die Übergabe und Abwicklung im Büro des Sheriffs sein wird. Mom folgt in ihrem eigenen Wagen, und ein FBI-Fahrzeug übernimmt die Nachhut. Ich will rechtzeitig in Natchez zurück sein, um Mom bei der Eingewöhnung in unserem Haus zu helfen.

Serenity hat nichts über ihre Aktivitäten am späten gestrigen Abend verlauten lassen, ich habe auch nicht gefragt. Beim Frühstück haben wir so lange mit Tim Weathers diskutiert, bis er uns schließlich diesen Ausflug ohne Leibwächter machen lässt. Tim gefiel das gar nicht, aber Serenity überzeugte ihn nachdrücklich davon, dass sie nicht nur in der Lage wäre, auf eine Meile Entfernung einen Verfolger zu entdecken, sondern auch fähig wäre, jeden Zivilisten umzubringen, der töricht genug wäre, uns auf der Straße nach Athens Point aufzulauern.

Südlich von Woodville biegen wir vom Highway 61 nach Osten ab und halten auf den Mississippi zu, rasen durch die Serpentinen der Straße, die zu der alten Holzfällerstadt führt. Neulich im Dezember bin ich diese Kurven sehr viel schneller gefahren, als ich auf der Suche nach Caitlin war. Nicht weit östlich von hier liegt das Jagdrevier Walhalla, wo ich Forrest Knox getötet habe, aber das erwähne ich Serenity gegenüber nicht. Der Sumpf, in dem Caitlin ermordet wurde, befindet sich weiter südlich, im Tiefland zwischen den grünen Hügeln und dem Fluss, und ich spüre, dass es mich dort hinzieht, als zerrte ein schwaches Magnetfeld mir an Fleisch und Knochen.

»Das hier ist Faserholzland«, sagt Serenity leise. »Ich kann das spüren. Aus diesen Wäldern ist viel Kurzholz gekommen. Hier haben viele Männer Finger und Hände verloren oder sich die Beine und das Kreuz gebrochen.«

»Hier gibt es immer noch viel Holzfällerei.«

Sie wirft mir einen raschen Blick zu. »Ich dachte, Sie haben mein Buch gelesen. Faserholz schlagen ist keine Holzfällerei. Das ist Nigger-Holzfällerei.«

Ich schaue zu ihr herüber, aber sie starrt aus dem Fenster auf das jungfräuliche Grün des beginnenden Frühlings. Die Berge von hier bis zum Mississippi sind mit Kiefern und Hartholzbäumen bewachsen, und die meisten Beobachter würden den Anblick als wunderschön bezeichnen. Für Serenity Butler bedeuten diese Bäume allerdings nur Leiden.

»Sie haben den Knochenbaum gesehen, nicht wahr?«, fragt sie und schaut immer noch aus dem Fenster. »Als Sie Caitlin und Ihren Vater da gefunden haben?«

Ihre Unverfrorenheit, mich nach dem Ort zu fragen, an dem meine Verlobte ermordet wurde, verblüfft mich, ist aber auch herzerfrischend. Nicht viele Leute würden mich eine halbe Stunde nach dem Kennenlernen fragen, ob ich mit Mia schlafe. Über Sachen wie Anstand macht sich Serenity einfach keine Gedanken.

»Ja«, antworte ich leise, erinnere mich an den Schock des Sprungs aus dem Helikopter in den Sumpf, daran, wie ich mich zu Caitlins blutigem Körper durchgekämpft habe. »Ich habe ihn gesehen.«

»Keisha hat mir erzählt, dass die den Baum verbrannt haben.«

»Nur teilweise.«

»Ich würde irgendwann mal gern sehen, was davon noch übrig ist.«

»Warum?«

Sie hebt einen Finger und tippt neben ihrer Wange ans Fenster. »Glauben Sie, dass manche Orte von Grund auf böse sind?«

Ich will mit Nein antworten, bin mir aber in Wahrheit nicht sicher. »Sie?«

Sie legt den Kopf schief, schaut auf den vorbeihuschenden Wald, beginnt dann leise, aber mit großer Überzeugung zu sprechen. »Ich habe an den Orten der Massaker gestanden. Ich habe in einem Massengrab meine Stiefel aus dem Sand gezerrt. Und ich habe da seltsame Dinge gespürt. Aber ich glaube, das Gefühl von etwas Bösem kam aus mir selbst. Daher, dass ich wusste, was dort geschehen war. Das Land selbst hatte nichts damit zu tun. Die Gebäude auch nicht. Man hat Nonnen und Kinder in Kirchen, in Schulen, auf Blumenwiesen umgebracht. Das ist Scheiße, aber so sind die Menschen.«

»Ich bin im Prinzip der gleichen Meinung. Aber der Knochenbaum … unter dem morden die Menschen schon seit Jahrhunderten. Und vergewaltigen und foltern noch dazu. Warum?«

Sie zuckt die Achseln. »Er ist abgelegen. Uralt. Anders. Menschen haben solche Dinge schon immer als eine Art Totem betrachtet. Letztendlich jedoch ist es nur ein alter Baum. Stimmt's?«

»Kaiser ist sich nicht sicher, ob das FBI alle Knochen im Schlamm unter dem Baum gefunden hat. Reverend Sims hat Carl erzählt, Mrs. Cleotha Booker könnte die schlimmste Geschichte der Welt erzählen. Vielleicht sollten wir sie nach diesem Baum fragen.«

»Wenn das wirklich stimmt. Und wenn sie nicht Alzheimer oder sonst was hat.«

»Ehrlich gesagt«, erwidere ich bitter, »wenn ich zu diesem Baum zurückginge, würde ich zwanzig Liter Hoch-Oktan-Benzin drüberkippen und den Rest auch noch abfackeln. So wie der heilige Bonifatius die Thorseiche gefällt hat.«

Endlich dreht sich Serenity zu mir hin, schaut mich lange an, als wollte sie mir eine weitere, viel persönlichere Frage stellen. Aber dann wendet sie sich zur Windschutzscheibe zurück und beobachtet, wie der Wagen den schwarzen Asphalt frisst.

Wir finden das Haus, das uns Carl Sims beschrieben hat, ohne große Schwierigkeiten. Es ist eigentlich eher eine Hütte als ein Haus, steht allein am Ende einer unbefestigten Straße, genau wie es Carls Vater Reverend Sims gesagt hatte. Die Straße ist auf meinem GPS nicht verzeichnet, aber sie ist trotzdem da. Mrs. Bookers Zuhause steht schief in der Gegend wie ein krängendes Schiff, aber kein schiefes Haus in Woodville hat je so ärmlich ausgesehen. Ich entdecke Spalten zwischen den unlackierten Scheunenbrettern der vorderen Außenwand, und hundert fallende Äste haben das geflickte Blechdach verdellt. Hinter dem Gebäude liegt eine mit Schrott angefüllte Schlucht, wo Kopoubohnenranken allmählich die Bäume ersticken.

Die erhöhte Veranda sieht aus wie die Art, auf der ein bösartiger Hund lauert, der jeden angreift, der sich nähert. Aber als Serenity und ich die Stufen hinaufgehen, taucht kein bissiges Tier auf. Es reagiert auch niemand auf unser Klopfen. Dann bewegt sich in einem Fenster zu unserer Rechten ein Vorhang, und eine graue Katze springt aufs Fensterbrett und schaut uns mit durchdringender Neugier an.

»Was meinen Sie?«, frage ich. »Sieht das aus wie der Ort, wo man die schlimmste Geschichte der Welt zu hören bekommt?«

»Vielleicht.«

»Meinen Sie, da ist jemand zu Hause?«

Serenity nickt. »Sie ist da drinnen.«

Ich höre ein seltsames Klopfen und Schlurfen, das mich an jemanden denken lässt, der sich auf Krücken oder mit einem Rollator vorwärtsbewegt. Dann öffnet sich die Tür, und ich sehe die älteste Frau der Welt vor uns stehen, die einen verbeulten Gehrahmen aus Aluminium umklammert. Die Enden der vier Stützbeine stecken in Schlitzen in grünen Tennisbällen. Die alte Frau blinzelt ins Tageslicht. Ihre gelblichen Augen sitzen tief in den Höhlen, und der Kopf zittert ihr auf dem Hals.

»Mrs. Booker?«, frage ich.

»Ganz gewiss. Und du bist der Junge von Dr. Cage. Das kann ich an deinem Gesicht sehen.«

»Wirklich?«

Sie nickt. »Du hast seine Augen. Freundliche Augen. Dr. Cage war ein echter Heiler.«

»Danke, Ma'am. Das ist eine Freundin, Serenity Butler. Sie ist auch Schriftstellerin.«

»Wirklich? Na, ich kann nicht mehr lesen, seit meine Augen so schlecht geworden sind. Früher hab ich immer den Reader's Digest gelesen. Aber kommt mal rein. Und habt bitte Geduld. Ich bin nicht mehr so gut zu Fuß wie früher.«

Die alte Dame stapft auf einen verschlissenen Fernsehsessel zu. »Wenn euch welche von meinen Babys im Weg sind, schubst sie einfach mit dem Fuß weg.«

Erst jetzt bemerke ich, dass das Haus voller Katzen ist. Stubentiger aller Größen belagern jede horizontale Oberfläche. Mindestens ein Dutzend Tiere hocken auf verschiedenen Möbelstücken, und zwei sitzen oben auf einem uralten Kühlschrank, den man durch eine Tür hinten im Vorderzimmer sehen kann. Ich rieche mindestens eine Katzentoilette, aber das Haus stinkt nicht, wie man erwartet hätte. Vielleicht wendet Mrs. Booker die ihr noch verbleibende Energie dafür auf, hinter ihren Katzen sauberzumachen, und nicht für Hausarbeit. Der Gedanke, mich auf Polstern niederzulassen, die aussehen, als wären sie voller Flöhe, gefällt mir gar nicht. Trotzdem setze ich mich. Die Katze auf dem von mir ausgewählten Stuhl scheint sich noch nicht entschieden zu haben, ob sie dort weggehen will, aber endlich gibt sie auf und überlässt mir ihr Territorium.

»Die Kinder hier ringsum nennen mich die Cat Lady«, sagt Mrs. Booker. »Ihr könnt sehen, warum. Niemand außer mir liebt diese Babys. Ich verstehe nicht, warum. Sie verlangen nicht viel, und sie können sich beinahe selbst um sich kümmern. Das ist das Besondere an Katzen. Ein Hund liebt jeden, aber die Liebe einer Katze ist ein Geschenk.«

Ich bin mir nicht sicher, wie ich hier das Gespräch auf einen Lynchmord bringen soll, doch das hat Serenity schon in die Hand genommen. Sie geht hinüber zum Foto eines bärenstarken Manns in einem blauen Overall mit einem Halstuch um den Kopf und fragt: »Ist das Ihr Sohn, Mrs. Booker?«

Die alte Dame lacht. »Das ist mein Mann Lemuel.«

»Ein attraktiver Mann.«

»O ja. Lem war auch ein guter Mann. Der ist nun auch schon über vierzig Jahre tot. Wurde von einem Baumstamm zerquetscht, als er einen Faserholzwagen beladen hat. Die Kette ist gerissen.«

»Das tut mir leid«, antworte ich automatisch.

»Meine Familie, die haben auch im Faserholz gearbeitet«, sagt Serenity. »Holz gefällt, gefahren, was auch immer, sie haben es gemacht. Blut für Terpentin, wenn man noch weiter zurückschaut.«

Mrs. Booker ist ganz still geworden. Dann blinzelt sie Serenity an. »Wirklich? Wo kommst du her, Mädel?«

»Aus der Gegend um Lauren oben. Damals war da ringsum Sumpfkiefer-Land. All die alten Bäume sind allerdings längst verschwunden.«

»Gewiss, Baby. Längst verschwunden. Und die Männer, die sie gefällt haben, auch. Faserholz, das ist ein gefährliches Geschäft, aber andere Arbeit gibt's ja für Schwarze hier unten in den Wäldern nicht. Oder Arbeit in der Sägemühle. Hier in der Gegend machen die Weißen die richtigen Holzfällerarbeiten. Schon immer. Schieb nur die Katzen aus dem Sessel und setz dich. Erzählt mal, was ihr von der alten Cat Lady erfahren wollt. Hier sind früher viele schlimme Dinge passiert. Darum schert sich heutzutage niemand mehr. Es erinnert sich nicht mal jemand dran.«

»Wir scheren uns darum«, sagt Serenity. »Und Sie erinnern sich?«

Die Cat Lady schließt die wässrigen Augen, und ihr runzeliges Gesicht verzieht sich traurig. »O Gott, ja. Ich wünschte, das wäre nicht so. Aber ich werde niemals vergessen.« Sie liebkost eine dünne mehrfarbige Katze mit der Fußspitze unter dem Kinn. »Sie wollen bestimmt was von meinem richtigen Baby hören, von meinem Sam.«

»Ja«, antworte ich.

»Das da drüben ist Sam«, sagt Mrs. Booker und deutet auf ein gerahmtes Bild auf einem Tisch bei der Wand. Serenity geht hinüber und schaut sich das Foto an, hebt es dann hoch und bringt es mir. Es zeigt einen jungen Mann von ungefähr zwanzig, der eine .22-Flinte in der einen Hand trägt und in der anderen einen Haufen Eichhörnchen am Schwanz zusammenhält. Sam ist dünner als sein Vater, aber genauso attraktiv, und seine Augen strahlen vor Intelligenz.

»Der Junge hat schon für Essen auf dem Tisch gesorgt, als er zwölf Jahre alt war«, teilt uns Mrs. Booker mit. »Setz dich, Baby«, sagt sie zu Serenity. »Da drüben hin, wo ich dich sehen kann.«

Serenity schubst einen roten Kater von einem alten Clubsessel und lässt sich auf der äußersten Kante nieder.

»Hattet ihr zwei ein glückliches Leben bisher?«, fragt Mrs. Booker mit besorgten Augen.

»Ich denke schon«, erwidere ich ihr und schaue mich im Zimmer um. »Ich habe das Gefühl, ich hätte ziemlich viel Glück gehabt.«

Die alte Frau lächelt. »Hast du auch schlimme Dinge gesehen?«

Serenity und ich tauschen einen raschen Blick.

»Man kann doch nicht durchs Leben gehen und nicht wenigstens ein paar schlimme Dinge sehen«, antworte ich. »Oder?«

»Nein, nein. Aber ich meine wirklich böse Dinge. Denn in unserer Welt gibt es das Böse wirklich.« Sie wendet sich Serenity zu. »Wie ist das mit dir, Darling? Du siehst noch zu jung aus, um viel Böses gesehen zu haben.«

»Ich habe in einem Krieg gekämpft, Mrs. Booker. Und ich habe in vielen Großstadtsiedlungen als Reporterin über Verbrechen berichtet. Ich habe einige der schlimmsten Dinge gesehen, die Menschen einander antun können.«

Die alte Dame nickt. »Dann hast du ihn gesehen.«

»Wen?«

»Ihn. Den Teufel, die Schlange aus Urzeiten.«

Wir schauen einander betreten an. »Wenn es einen Teufel gibt«, sagt Serenity, »dann habe ich ihn gesehen. In jedem Land der Welt.«

Die Cat Lady nickt. »Er kann überall hingehen, mein Kind, jederzeit. Aber zumindest weiß ich, dass ich euch keine Gedanken in den Kopf pflanze, mit denen ihr nicht fertigwerden könnt.«

Ich sage: »Warum erzählen Sie uns nicht, was mit Ihrem Sohn geschehen ist, Mrs. Booker?«

»Er ist von Dämonen umgebracht worden. Von weißen Dämonen.«

»Meinen Sie den Ku-Klux-Klan?«

»Nein. Der Klan trug damals weiße Roben. Aber diese Dämonen trugen Schwarz. Schwarz oder Grün.«

Serenity wirft mir einen raschen Blick zu. Sie fragt sich, ob Mrs. Booker noch im Vollbesitz ihrer geistigen Kräfte ist.

»Und das ist alles an einem Ort namens Knochenbaum passiert?«

Die alte Frau bekreuzigt sich. »Ja, das ist der Ort. Ein heidnischer Altar ist das. Jeder von den Alten unten rings um den Sumpf wird euch das bestätigen.«

»Erzählen Sie uns, was geschehen ist?«

Die mehrfarbige Katze ist hartnäckig, springt geräuschlos auf Mrs. Bookers Schoß und macht es sich dort bequem. Die alte Frau seufzt resigniert und krault das Tier zwischen den Ohren.

»Sam hat immer hart gearbeitet«, hebt sie an. »Jede Menge Ehrgeiz. Er ist von Athens Point weggegangen und nach Norden gezogen, sobald er alt genug war. Er hat in Detroit, Michigan, gearbeitet. Sam war gar nicht gern so weit weg von mir, aber hier gab es nur wenig zu tun. Als er genug Geld hatte, kam er wieder nach Hause. Aber er war nicht allein. Er hatte eine Frau dabei. Eine Ehefrau, sollte ich sagen. Dolores. Wir nannten sie alle Dee. Sam hatte sie da oben geheiratet. Sie war jung und hübsch, alles schön und gut. Aber sie war auch weiß, und das war nicht schön und gut.«

Das erregt Serenitys Aufmerksamkeit. »Ihr Sohn hat im Norden eine Weiße geheiratet?«

»Na ja, das *dachte* ich jedenfalls. Und alle anderen hier in der Umgebung auch. Dees Haut war so hell, und ihr Haar war so glatt, dass man sie locker für weiß halten konnte, wisst ihr? Ohne dass sie sich Mühe geben musste. Sie war viel heller als du, Baby. Oben in Detroit haben die meisten Leute sie wie eine Weiße behandelt, aber sie hat sich nicht die Mühe gemacht, denen was anderes zu erzählen. Hat ja niemandem wehgetan, nicht? Aber Dee war stolz auf ihre Familie, und es machte ihr nichts aus, zu sagen, dass sie schwarz war. Ihr Daddy war schwarz, und sie liebte ihn. Obwohl ich nicht glaube, dass sie wirklich wusste, was das bedeutete, wie eine Schwarze behandelt zu werden. Jedenfalls keine Schwarze in Mississippi, wisst ihr?«

»O ja, ich weiß«, sagt Serenity leise. »Hat Dee den Leuten hier in Athens Point erzählt, dass sie eine Schwarze ist?«

Mrs. Booker schüttelt traurig den Kopf. »Damit haben die Probleme angefangen. Dee hat von Anfang an hier gewohnt – ist in die Kirche und zum Arzt für die Farbigen gegangen –, aber niemand hat ihr geglaubt. Nicht mal die Schwarzen. Sie hatte nicht mal hellbraune Haut. Dee war so weißhäutig, dass die Leute einfach gedacht haben, wir lügen, um die Wahrheit zu vertuschen. Die Weißen haben gesagt, mein Junge wüsste nicht, was sich gehörte. Er wäre aus dem Norden mit überheblichen Gedanken zurückgekommen.«

Plötzlich bin ich mir sicher, dass ich den Rest der Geschichte nicht hören will. Ich kann mir allerdings nicht vorstellen, wie ich dem jetzt noch entgehen kann. Nichts würde Serenity dazu bringen, dieses Haus zu verlassen.

»Zuerst haben sie ihn in der Sägemühle rausgeworfen«, fährt Mrs. Booker fort, »obwohl der Vorarbeiter gesagt hat, Sam wäre der beste Mann, den er je gehabt hat. Aber damals hatten die vom Ku-Klux-Klan noch viel Macht. Also hat Sam wieder Faserholz gefahren, genau wie seine Onkel. Dee ist auch arbeiten gegangen, im Ein-Dollar-Laden. Aber der haben die anderen Frauen da jede Menge Ärger gemacht. Die waren alle eifersüchtig auf sie. Und die Männer, Weiße wie Schwarze, haben Dee auch nicht in Ruhe gelassen. Haben immer versucht, sie zu betatschen und ihr Probleme zu machen. Sam hätte damals gleich mit ihr nach Detroit zurückgehen sollen, aber dazu war er zu stolz. Er hat nicht gern klein beigegeben, und damals war das für einen Schwarzen in Mississippi gewöhnlich tödlich.«

Serenitys Blick verrät mir, dass sie eine Verbindung zu dieser Frau spürt, wie ich sie niemals empfinden könnte.

»Es war genauso mein Fehler«, fährt Mrs. Booker fort. »Hätte ich Sam gesagt, er solle gehen, dann hätte er das wahrscheinlich gemacht. Aber ich habe es nicht gesagt. Ich war selbstsüchtig und wollte ihn bei mir haben.«

Serenity fragt: »Wann sind die Dämonen auf der Bildfläche erschienen, Mrs. Booker?«

»Ziemlich bald. Eines Nachts im Juli haben sie Sam und Dee direkt aus ihrem Haus geholt, das war gleich hier die Straße rauf. Das ist so schnell passiert, dass ich nicht mal seinen Hund bellen hörte. Später hat sich rausgestellt, dass die Sams Hund umgebracht hatten. Die Kehle durchgeschnitten. Jedenfalls wusste ich bis zur Morgendämmerung am nächsten Tag gar nicht, dass was nicht stimmte. Da kam die arme Dee meine Treppe hochgestolpert, in einem blutigen Slip und sonst mit nichts. Keine Schuhe … nichts.«

Serenity starrt die alte Frau mit hypnotischer Intensität an. »Was war passiert?«

»Die Teufel sind in schwarzen Masken reingestürmt und haben Sam bewusstlos geschlagen. Dann haben sie ihn und Dee in einen Lieferwagen gepackt und sind mit ihnen zum Rand des Sumpfes von

Lusahatcha gefahren. Dort haben sie die beiden in ein Boot verfrachtet. Es waren drei, hat sie gesagt. Drei Boote. Sie sind mit Laternen am Bug durch den gottverdammten Sumpf gefahren, Sam und Dee in verschiedenen Booten. Lange sind sie sehr langsam vorangedümpelt, und dann sind sie auf Land gestoßen. Als sie Dees Augenbinde wegnahmen, hat sie eine Zypresse erblickt, die größer war als alle, die sie je gesehen hatte. Sie hat erzählt, einer der Männer hätte ihr alte verrostete Ketten gezeigt, die von einem der Äste hingen. Meinte, die hingen schon seit der Sklavenzeit dort.«

Die Cat Lady legt eine Pause ein, und Serenity schaudert.

»Sam war inzwischen wieder zu sich gekommen, aber ihm waren die Hände gebunden, so dass er nichts machen konnte. Sie haben angefangen, ihn zu schlagen. Dee hat geschrien, aber die Teufel haben nur gelacht. Haben gesagt, dort würde sie niemand hören, außer den Schlangen und den Alligatoren.«

»Trugen die da noch immer Masken, Mrs. Booker?«

»Ich glaube schon. Sie haben Sam weiter geschlagen, ihn mit Füßen getreten und ihn mit allen möglichen Schimpfnamen beleidigt. Mit verrückten religiösen Namen, hat Dee gesagt. Manches davon hat sie nicht mal verstanden. Herrgott, die waren so voller Hass. Und einer hat während der ganzen Zeit Sachen aus der Bibel gejault.«

»Was wollten die von Sam?«

»Was die *wollten*? Rache, Baby. Sie haben gesagt, er hätte eine Weiße geheiratet, und für dieses Verbrechen gäbe es nur eine Strafe. Den Tod. Mis-ce-genation nannten die das. Ich musste das in dem großen Wörterbuch in der Kirche nachschlagen. Rassenmischung bedeutet das. Sie haben gesagt, Sam hätte sich Schuld aufgeladen, er hätte eine weiße Frau geschändet, und er dürfte keine Schlamm-Babys auf die Welt setzen. *Schlamm-Babys*. Einfach jämmerlich, wenn man bedenkt, wie viele weiße Männer schwarzen Frauen Kinder gemacht haben. Vielleicht sogar ein paar von den Männern, die da Sam geprügelt haben.«

»Sie wissen genau, dass die das gemacht haben«, flüstert Serenity. »Was ist dann passiert?«

»Als Dolores begriff, warum die Sam schlugen, fing sie an zu schreien, sie sei keine Weiße. Sie erzählte denen, ihr Daddy sei so schwarz wie Sam, und sie habe niemals behauptet, sie sei eine Weiße. Aber das hat ihr nichts genützt. Sie haben ihr nicht geglaubt.«

Die alte Frau schüttelt den Kopf, hebt dann eine Hand, um sich die Augen zu wischen. »Da hat Dee begriffen, dass die Sam umbringen wollten. Und sie hatte recht. Jemand hat aus dem Boot einen Strick geholt und den über einen Ast geworfen. Sam war da, Gott sei Dank, nur noch halb bei Bewusstsein. Dee hat gebettelt und gefleht. ›Warum müsst ihr ihn umbringen?‹, hat sie immer wieder gefragt. Schließlich hat sich einer von denen zu ihr umgedreht und geantwortet: ›Weil er ein Nigger ist. Und er hat dich besudelt, du Hure.‹«

»Herrgott«, flüstere ich und kann kaum glauben, dass das alles weniger als vierzig Meilen von meinem Kindheitszuhause entfernt geschehen ist.

»Wisst ihr, was Dee dann gemacht hat?«, fragt Mrs. Booker.

»Erzähl's mir«, haucht Serenity.

»Sie hat sich losgerissen und über Sam geworfen, um ihn zu schützen. Da haben die angefangen, auch sie zu schlagen, aber als sie aufgehört haben, um wieder zu Puste zu kommen, hat sie gerufen: ›Er hat euer Gesetz nicht gebrochen! Könnt ihr nicht sehen, was ihr direkt vor den Augen habt? Ich bin auch ein Nigger, ihr dämlichen Idioten! *Ich bin auch ein Nigger!*«

Keiner von uns beiden sagt ein Wort, während die alte Frau ein Kleenex-Tuch vom Tisch neben sich nimmt und sich die wässrigen Augen tupft. Dann endlich fragt Serenity: »Das hat Ihnen Dolores alles erzählt?«

»Als sie wieder vernünftig reden konnte, da hat sie es erzählt. Es hat beinahe einen ganzen Tag gedauert, bis sie wieder einigermaßen bei Verstand war.«

»Wie ist sie von denen weggekommen?«

»Sie haben sie etwa eine Meile von meinem Haus entfernt aus dem Auto geworfen, als sie mit ihr fertig waren.«

Ich schließe die Augen, will lieber nicht fragen, weiß aber, dass Serenity genauso wenig lockerlassen wird, wie Caitlin das gemacht hätte. »Was haben sie ihr noch angetan?«

Die Augen der alten Frau scheinen vor unendlicher Trauer noch tiefer zu versinken. »Ihr wisst doch, was Männer wie die machen. Sie haben's mit ihr getrieben. Das wollten sie die ganze Zeit. Sam war ihnen da nur im Weg.«

»Warum haben sie die Frau Ihres Sohnes am Leben gelassen?«

Die alte Frau lässt sich Zeit mit der Antwort. »Die Frage stelle ich mir schon seit Jahren. Vielleicht waren die so arrogant, dass sie nicht glaubten, ihnen könnte je etwas passieren. Und sie hatten ja *recht*, nicht wahr? Vielleicht haben sie auch überlegt, dass sie sich, wenn sie Dee am Leben ließen, unterwegs noch mal mit ihr vergnügen könnten.«

»Haben die Ihren Sohn aufgehängt?«, fragt Serenity.

»Jawohl, Ma'am. Vor Dees Augen. Gelyncht. Keine zehn Meilen von hier entfernt.«

»In welchem Jahr war das?«

»Neunzehnhundertsechsundsechzig.«

Im Sommer meines ersten Schuljahrs. »Haben Sie das bei der Polizei angezeigt?«

Die alte Frau starrt mich an, als wäre ich verrückt. »Baby, höchstwahrscheinlich *waren* ein paar von den Kerlen mit den Masken Polizisten.«

»Und was ist mit dem FBI?«

»Das FBI hat irgendwann Wind von der Sache bekommen, und die haben zwei Männer geschickt, die mich befragen sollten. Einer war sehr freundlich. Aber ich konnte ihm nichts sagen. Ihn interessierte am meisten, wie er diesen Knochenbaum finden könnte, aber das wusste ich nicht, und Dolores hatte auch keine Ahnung, wohin diese Teufel sie verschleppt hatten. Natürlich habe ich mitbekommen, dass man um Weihnachten rum den Knochenbaum gefunden hat. Eine junge Frau ist dabei gestorben.«

»Das war meine Verlobte«, sage ich leise.

»O nein, Herr Jesus!« Die Cat Lady senkt den Kopf. »Jetzt begreife ich. So viel Leid in dieser Welt.«

»Aber Sie wussten was«, sagt Serenity mit schneidender Stimme. »Das stimmt doch? Dolores hat sich an etwas von diesen Männern erinnert, oder sie hat was gesehen, und das haben Sie dem FBI vorenthalten.«

Mrs. Booker betrachtet Serenity eine Weile, ohne ein Wort zu sagen. Dann sagt sie: »Das FBI hat mir erzählt, dass sie unter dem Baum ein paar von Sams Knochen gefunden haben. Das haben die mit DNA rausgefunden. Pastor Taylor hält in der Kirche einen schönen Gottesdienst, wenn sie mir die Knochen freigeben.«

»Mrs. Booker«, sagt Serenity eindringlich. »Miss Cleotha … Sie wissen was, nicht wahr?«

Die alte Frau starrt nur vor sich hin.

Ich ziehe eine zusammengefaltete Seite des *Examiner* aus der Tasche, stehe auf und knie mich neben sie. »Mrs. Booker, es gibt in dieser Gegend über ein Dutzend ungelöste Mordfälle aus den sechziger Jahren, darunter ist auch der Mord an Ihrem Sohn.« Ich falte die Seite auseinander, zeige ihr Porträts von Snake Knox, Brody Royal, Sonny Thornfield und einem halben Dutzend anderer Doppeladler. »Diese Männer sind Verdächtige in vielen dieser Fälle. Ich glaube, die haben vielleicht in der Nacht, in der Ihr Sohn ermordet wurde, hinter den Masken gesteckt.«

Die alte Frau schaut nicht auf die Seite.

»Meine Verlobte und ein sehr mutiger Journalist haben sehr viel gearbeitet, damit die Männer, die diese Verbrechen begangen haben, dafür bestraft werden, Mrs. Booker. Sie sind dafür gestorben. Und neulich ist eine junge Frau schwer verletzt worden, weil sie versucht hat, diese Arbeit fortzuführen.«

»Ich glaube, davon habe ich gehört, jawohl, Sir.«

»Würden Sie sich bitte diese Bilder anschauen? Ich weiß, dass Sie Angst haben, dass Sie lange guten Grund hatten, sich zu fürchten. Aber heute ändern sich die Dinge, Mrs. Booker. Einige dieser Männer sind schon tot. Einen von ihnen habe ich selbst getötet, obwohl ich das außerhalb dieses Raumes nicht zugeben kann. Vielleicht war er der Schlimmste.«

Endlich schaut sie mich an, die durchdringenden braunen Pupillen sitzen in einem Augapfel, der so gelblich ist, dass ich eine Gelbsucht vermute. »Gott segne dich, mein Junge.«

»Der Onkel dieses Mannes lebt noch. Er verletzt immer noch Menschen wie diese junge Reporterin.«

Die alte Frau schließt die Augen, schubst dann sanft die mehrfarbige Katze vom Schoß und starrt mich verstörend an.

»Ich weiß, dass sich die Dinge ändern«, sagt sie. »Aber sie ändern sich nicht überall gleich schnell. Hier unten gehen die Uhren anders. Hier unten ist es in mancher Beziehung noch immer wie vor vierzig Jahren. Damals wusste ich, wenn ich diesen FBI-Männern was erzählt hätte, und die hätten angefangen, die Leute in der Gegend zu befragen – oder auch in Natchez oben oder auf der anderen Seite des Flusses in Ferriday –, dann wären diese Teufel hierher zurückgekommen. Die FBI-Männer haben uns immer Schutz versprochen, aber die konnten niemanden beschützen. Die wollten ja nicht mit mir und Dee hier einziehen. Und Lem war schon tot, als das alles passiert ist. Wenn wir irgendwas erzählt hätten, dann wären wir innerhalb eines Monats tot gewesen. Und es hätte auch kein Hahn danach gekräht. So wie die Weißen das gesehen haben, hatten Sam und Dee gegen die natürliche Ordnung verstoßen und nur bekommen, was sie verdienten.«

Ich erinnere mich daran, dass mein Vater mir erzählt hatte, auch ihn hätte die Furcht vor Vergeltungsmaßnahmen daran gehindert, dem FBI Dinge zu verraten, die er über die Doppeladler wusste. Wenn ein weißer Arzt nicht den Mut aufbrachte, mit dem FBI zu reden, wie konnte man dann so etwas von einer armen Schwarzen erwarten?

»Was ist mit Dolores passiert?«, will Serenity wissen. »Ist sie danach wieder nach Norden zurückgegangen?«

Mrs. Booker tätschelt zerstreut die Katze. »Letztendlich doch. Ich habe versucht, hier Hilfe für sie zu finden.« Sie nickt mir zu. »Ich bin mit ihr zu verschiedenen Ärzten gegangen, aber sie wollte mit keinem von denen reden. Nicht einmal mit Dr. Cage. Dein Vater hat sich sehr bemüht, mein Junge … doch niemand ist in diese Dunkelheit vorgedrungen. Schließlich ist Dee nach Detroit zurückgegangen, zu ihren Eltern. Aber sie ist nie wieder von diesem Baum losgekommen. Sie war jenseits menschlicher Hilfe, versteht ihr? Und die Hoffnung auf Gott hatte sie auch aufgegeben. Sie hat einfach keinen Weg zurück ins Licht gefunden.« Die alte Frau senkt den Kopf. »Dee hat sich etwa ein Jahr, nachdem sie wieder nach Hause gegangen war, das Leben genommen. Hat sich ins warme Badewasser gelegt und die Pulsadern aufgeschnitten. Ich habe ein Telegramm von ihrem Daddy bekommen. Zwei Zeilen, mehr nicht. Ihre Familie hat Sam nie verziehen, dass er ihr Kind in den Süden mitgenommen hat.«

Ich schaue zu Serenity, der zu meiner Überraschung Tränen übers Gesicht strömen.

»Warum reden wir nicht über was anderes?«, schlage ich vor. »Wir hätten Sie nicht so lange in die Mangel nehmen dürfen.«

»Oh, mach dir um mich keine Sorgen«, sagt die Cat Lady und legt ihre Hand über meine. »Es ist Sonntag. Heute Nachmittag kommt Pastor Taylor vorbei und schaut nach mir. Und ich habe meine Babys, mit denen ich mich unterhalten kann.« Sie macht einen gurrenden Laut tief im Hals, und eine große graue Katze springt aus irgendeinem unsichtbaren Schatten auf ihren Schoß und nimmt die Stelle der mehrfarbigen Katze ein. Die große Katze scheint absichtlich vorsichtig zu landen, als wäre ihr bewusst, dass ihre Besitzerin kein großes Gewicht mehr ertragen kann.

Serenity steht auf, beugt sich herüber und küsst die alte Frau aufs Haar. »Pass gut auf dich auf, Tantchen. Wir lassen dich jetzt in Frieden.«

Mrs. Booker schaut zu Serenity auf, wacher als ich sie in den letzten paar Minuten gesehen habe. »Ihr macht gute Arbeit, ihr Kinder«, sagt sie. »Das kann ich sehen. Aber bitte passt auf. Die Gerechtigkeit ist Gottes Angelegenheit. Nichts wird je auf dieser Welt aufgewogen werden. Nur im Himmel.«

»Wir passen auf«, verspricht Serenity und beginnt schon, sich wegzudrehen, doch die alte Dame hält ihre Hand fest. »Und lasst euch von einer alten Landfrau einen guten Rat geben. Die meisten Leute werden von Schlangen gebissen, weil sie versucht haben, ein Geschöpf zu töten, von dem sie die Finger hätten lassen sollen. Daran denkt, wenn ihr eure Pläne macht.«

Während Serenity und ich zum Auto laufen, holpert die Cat Lady auf ihre Veranda heraus, umklammert ihren Gehrahmen. Von Katzen umringt, schaut sie uns hinterher wie eine Mutter, die sicher sein will, dass ihre Töchter in Sicherheit sind, ehe sie ihr aus den Augen schwinden.

Nachdem ich die Fahrertür zugemacht habe, frage ich: »Die schlimmste Geschichte der Welt?«

»Nicht mal annähernd«, sagt Serenity und hakt ihren Sicherheitsgurt ein. »Aber wenn man bedenkt, dass das in den guten alten USA passiert ist, dann rangiert die Geschichte doch ganz oben.«

»Ich glaube nicht, dass Mrs. Booker die ganz Geschichte gehört hat. Ich glaube, Dolores hat ihr viel erspart. Die Doppeladler waren grausame Scheißkerle. Die haben gern von ihren Opfern Trophäen genommen.«

Serenity schaut zu der alten Frau, die uns von ihrer wackeligen Veranda aus beobachtet. »Zu schade, dass sie sich davongemacht hat.«

Ich fahre vor der Kälte in ihrer Stimme zurück, spüre aber, dass sie es nicht böse gemeint hat. Brutale Ehrlichkeit ist einfach ihre Art. Ich winke der Cat Lady zu, drehe dann den Zündschlüssel und lasse den Motor an.

»Was ist?«, fragt Serenity. »Warum fahren wir nicht los?«

Cleotha Booker steht immer noch auf ihrer Veranda, sieht uns nach, als wolle sie den restlichen Tag dort stehen bleiben.

»Penn?«, hakt Tee nach.

»Sekunde«, erwidere ich verärgert. »Ich habe schon eine Menge Zeugen vernommen. Nach einer Weile … entwickelt man einen Instinkt für Menschen.«

»Und? Was wollen Sie damit sagen?«

»Warum steht sie immer noch da oben?«

»Weil sie eine einsame alte Dame ist. Und weil wir sie dazu gebracht haben, an ziemlich schreckliche Scheißsituationen zu denken.«

Ich schüttele den Kopf, konzentriere mich immer noch auf die eingesunkenen Augen der alten Frau. »Sie hat Angst.«

»Natürlich hat sie Angst.«

»Aber nicht vor dem Klan. Oder vor den Doppeladlern. Sie hat Angst vor *uns*.«

»Wie meinen Sie das? Wieso sollte sie Angst vor uns haben?«

»Weil sie was vor uns verbirgt.« Plötzlich durchströmt mich Gewissheit, und ich schalte den Motor ab. »Lassen Sie uns rausfinden, was das ist.«

In der Sekunde, als ich wieder die Kiesauffahrt hinaufgehe, verliert die Cat Lady völlig die Fassung. Die Maske der trotteligen Alten fällt ab, und aus ihren Augen scheinen mir gleichermaßen Angst und Berechnung entgegen. Als wir die Stufen zur Veranda erreichen, zittert sie am ganzen Körper.

»Kommt nicht wieder hoch«, fleht sie. »Bitte nicht.«

»Warum nicht?«, fragt Serenity neben mir.

Mrs. Booker seufzt müde, beinahe resigniert. »Ich wusste, dass ihr zurückkommen würdet. Dr. Cage war nicht dumm. Aber trotzdem habe ich ihn zum Narren gehalten wie alle anderen auch. Aber vielleicht ist der Sohn einfach ein bisschen gewitzter als der Vater.«

»Wovon reden Sie?«, will Serenity wissen. »Was haben Sie gemacht?«

»Dolores ist nicht tot«, denke ich laut und halte die Augen auf die Cat Lady gerichtet. »Sie hat nie Selbstmord begangen. Das haben Sie allen erzählt, um sie zu schützen. Damit die Doppeladler sie nicht verfolgt haben, so wie sie das bei Viola gemacht haben. Stimmt's?«

Serenity starrt die Cat Lady ungläubig an.

»Stimmt's?«, dränge ich die alte Dame.

»Es war die einzige Möglichkeit, sicher zu sein«, antwortet die. »Gott verzeihe mir, aber ich würde es heute genauso wieder tun.«

»Wo ist sie?«, frage ich. »Immer noch in Detroit?«

»Das werde ich euch nie sagen. Niemals.«

Aber ich weiß, dass sie es tun wird. Ich habe eine Geheimwaffe, die die Leute zum Reden bringt. Sie heißt Serenity Butler.

KAPITEL 18

Trotz Serenitys Bemühungen hat uns Cleotha Booker nicht verraten, wo ihre Schwiegertochter lebt. Schließlich jedoch erklärte sie sich bereit, bei Dolores anzurufen und sie zu fragen, ob sie willens wäre, mit uns über die Geschehnisse zu sprechen, die sich damals 1966 am Knochenbaum ereignet haben. Während der Rückfahrt nach Natchez merke ich, dass Serenity neuen Respekt für mich entwickelt hat, und das macht mich ein bisschen stolz. Es ist gut zu wissen, dass meine Menschenkenntnis mich während der langen Nacht meiner Trauer um Caitlin nicht ganz im Stich gelassen hat.

Als wir zu Hause ankommen, ist meine Mutter bereits aus Pollock eingetroffen. Sie sitzt mit Annie und Mia am Küchentisch und wirkt erschöpfter, als ich sie je gesehen habe. Sie hat geschwollene Ringe unter den Augen, die auch Make-up nicht ganz verdecken kann, sie scheint müde bis in die Knochen, was nur das Ergebnis großen Schlafmangels sein kann. Als ich sie umarme, habe ich das Gefühl, als hätte sie in der Woche seit unserem letzten Treffen noch einmal fünf Pfund abgenommen.

Ich stelle ihr Serenity vor, und Mom nickt höflich, kann sich aber kein Lächeln abringen. Das verrät mir mehr als alles andere, dass ihre Angst sie wie eine Krankheit auszehrt. Sie sorgt sich, was Dad zustoßen könnte, sobald er im Bezirksgefängnis Sheriff Billy Byrd ausgeliefert ist.

Sheriff Byrd hat Mom verboten, während Dads Überstellung im ACSO-Gebäude anwesend zu sein. Er hat behauptet, das wäre eine Vorzugsbehandlung. Byrd hat Quentin Avery erklärt, er wolle nicht, dass jemand auf die Idee kommt, ein Arzt würde in seinem Gefängnis anders behandelt als ein Stallarbeiter. Das ist nur eine Vorahnung auf das, was uns hier noch bevorsteht. Annie und ich haben ein paar Stunden damit zugebracht, Mom wieder zu beruhigen, wobei Annie den Großteil der Arbeit übernommen hat. Aber nichts außer einem Freispruch für meinen Vater würde Mom die Bürde erleichtern. Und der Prozess dauert sicherlich mindestens eine Woche, wenn nicht länger.

Gegen vier Uhr wollen Quentin Avery und seine Frau Doris in der Stadt ankommen. Serenity und ich fahren zur Klippe hinunter, um ihnen dabei zu helfen, sich im Haus Edelweiß einzurichten. Das Haus hat zwar drei Stockwerke, ist aber perfekt für Quentin, denn die Witwe, von der ich es gekauft habe, hatte einige Jahre, bevor sie in ein Pflegeheim zog, einen Fahrstuhl einbauen lassen. Es ist ein primitiver Fahrstuhl mit einem Drahtkorb, aber er kann das Gewicht von Quentins motorisiertem Rollstuhl aufnehmen, und nur darauf kommt es an.

Auf Quentins Bitte hin kocht Doris in der Küche für Serenity Kaffee, während er und ich auf den breiten Vorderbalkon gehen, um »die Strategie für das *Voir dire* zu besprechen«, wie er es ausdrückt. Quentin fährt mit seinem Rollstuhl bis zur Brüstung, von der aus man vierzehn Meilen des Mississippi überblicken kann. Ich setze mich auf einen der großen Schaukelstühle, die Caitlin immer hier oben haben wollte, um sich den Sonnenuntergang anzuschauen.

»Wollen wir wirklich das *Voir dire* besprechen?«, frage ich. »Oder hast du mir was anderes zu sagen?«

Ein leises Lächeln spielt um die Lippen des alten Mannes. »Immer noch der alte Penn. Schnell wie eh und je. Wir kommen schon noch zur Liste der Geschworenen. Aber zunächst ein paar organisatorische Dinge. Ich führe dich offiziell als Mitarbeiter in meinem Verteidigungsteam auf. Dein Vater will das nicht, aber deine Mutter besteht darauf, und du weißt ja, wer diesen Disput gewinnt.«

O ja.

»Peggy möchte sicher sein, dass du jederzeit Tag und Nacht nach deinem Vater sehen kannst, und weil Sheriff Byrd so ein Arschloch ist, können wir das nur erreichen, wenn du einer der Anwälte deines Vaters bist.«

»Verstehe.« Ich versuche, meinen Tonfall neutral zu halten, aber ich weiß, wie haarscharf Quentin beobachtet.

»Penn, du bist ein großartiger Anwalt«, sagt er. »Ich würde meinen linken Arm dafür geben, dich neben mir am Tisch der Verteidigung sitzen zu haben. Aber dein Vater möchte, dass du von der Teilnahme ausgeschlossen wirst. Es tut mir leid, doch so ist es nun mal. Nimm's nicht persönlich.«

»Es ist aber *nur* persönlich. Und ich kapiere es nicht.«

»Ich weiß. Dein Vater ist jedoch der Mandant, und ich folge seinen Wünschen.«

Ich seufze. »Noch was, Quentin?«

»Ein paar Sachen noch. Erstens, dieser Fall wird ganz anders sein als alle anderen, die ich je vor Gericht vertreten habe. Ich werde einen sehr unkonventionellen Ansatz wählen, um einen Freispruch für deinen Vater zu erreichen. Ich könnte sogar ein bisschen verrückt spielen.«

»Was soll das denn heißen?«

»Ich bin mir selbst noch nicht hundertprozentig sicher. Aber was immer ich auch mache, ich darf dir meine Strategie nicht erklären. Also bitte ich dich, ganz gleich, wozu ich mich entscheide, dass du mir nicht alle paar Minuten in den Ohren liegst, ich solle dir meine Taktik erklären.«

»Da bin ich nicht dein größtes Problem, Bruder. Mom wird von mir erwarten, dass ich ihr jeden kleinsten Schritt im Verfahren in allen Einzelheiten erkläre. Und wenn du mich im Ungewissen hältst, dann auch sie. Und du weißt, das lässt sie dir nicht durchgehen.«

Quentin wirft mir einen Blick voller lebensmatter Zuversicht zu. »Peggy kannst du getrost mir überlassen.«

»Liebend gern.«

»Also alles in Ordnung?«, fragt Quentin, und es liegt eine Spur Herausforderung in seiner Stimme.

»Eigentlich nicht. Aber was kann ich schon dagegen tun?«

»Teufel, Junge, kannst du dir jemanden vorstellen, dem du mehr als mir zutraust, deinen Vater zu verteidigen?«

Ehrlich gesagt, ich kenne ein paar Strafverteidiger, die viel näher am Höhepunkt ihrer Juristenkarriere sind als der beinamputierte alte Mann, der neben mir im Rollstuhl sitzt. Aber in einem Mordfall mit Rassenhintergrund in Mississippi … da wären diese Anwälte verglichen mit Quentin Avery wie Segelschüler, die in einem Hurrikan auf den Wellen treiben.

»Nein«, gestehe ich ihm nach einem beleidigten Schweigen zu.

»Dann hab Vertrauen, Penn. Ganz egal, für wie verrückt du mich hältst. Abgemacht?«

Irgendwas hindert mich daran, ihm das uneingeschränkt zuzusichern. »Was ist mit Richter Elder? Hast du noch immer Sorgen, dass er in dieser Sache eher zu Shads Sichtweise neigt?«

Über diese Frage denkt Quentin tatsächlich nach. »Ich möchte nicht in juristische Einzelheiten einsteigen, aber ich habe versucht, im Gefängnis für Tom ein paar Sonderbedingungen zu erwirken, angesichts seiner ernsthaften Gesundheitsprobleme – ganz zu schweigen von meinen Bedenken wegen Billy Byrd –, und Joe war da nicht gerade hilfreich.«

»Du hättest diesen verdammten Antrag auf Wechsel des Gerichtsorts einreichen sollen.«

Quentin blickt flussaufwärts, wo aus der Richtung von Vicksburg ein Gespann von Lastkähnen herunterkommt. »Hast du gekochte Erdnüsse im Haus? Die könnte ich jetzt wirklich brauchen.«

»Keine gekochten Erdnüsse, Q.«

»Verdammt. Wie wär's, wenn du die hübsche Schriftstellerin losschickst, dass sie welche holt? Oder einen von deinen Leibwächtern?«

Ich stehe verärgert auf und gehe zur Brüstung. »Willst du nun mit mir die Liste der Geschworenen durchgehen oder nicht?«

Er winkt ab. »Nein. Ich will nur, dass du sie durchsiehst und mir dann während des *Voir dire* deine Zustimmung oder Ablehnung signalisierst. Ich verlasse mich auf meinen Instinkt, aber du hast vielleicht Informationen über Leute vom Ort, die irgendwie meiner Sherlock-Holmes-Spürnase entgangen sind.« Der alte Anwalt schenkt mir ein selbstironisches Grinsen. »Auch ich bin nicht vollkommen. Na ja, nicht ganz.«

»Das ist mal verdammt sicher«, sagt Doris Avery, die mit Serenity im Gefolge auf den Balkon getreten ist.

Doris ist dreißig Jahre jünger als ihr Ehemann, folglich etwa so alt wie ich. Sie ist auch Anwältin und eine wunderschöne Frau. Im Nachmittagslicht kann ich nicht umhin, die Unterschiede in der

Hautfarbe zwischen ihr und Serenity zu bemerken. Obwohl Doris hellere Haut als Quentin hat, ist sie doch dunkler als Serenity, ganz gewiss am falschen Ende des Papier-Tüten-Spektrums.

»Worüber habt ihr Mädels denn da drinnen geredet?«, erkundigt sich Quentin. »Über die attraktiven Männer hier draußen, nehme ich an?«

»Größenwahnsinnig«, sagt Doris. »Das bist du. Und bei diesem Mädel hier nimmst du besser deine Zunge in Acht, Q. Die lässt sich deine Frechheiten keine fünf Sekunden gefallen.«

Quentin grinst und zwinkert Serenity zu. »Ich freue mich darauf, in die Schranken verwiesen zu werden.«

Doris prustet los. »Worüber habt ihr zwei geredet? Über das *Voir dire*, hoffe ich mal.«

»Über gekochte Erdnüsse«, antwortet Quentin. »Auf die hätte ich gerade echt Heißhunger.«

»Na ja«, sagt Doris mit unendlicher Geduld. »Dann mach ich mich mal frisch, und wir fahren los und sehen, ob wir hier in dieser Stadt welche kriegen. Die beiden hier haben Wichtigeres zu tun, als sich deinen Quatsch anzuhören.«

Als Serenity und ich gehen, lächeln die beiden auf dem Balkon hinter uns her, werfen den Ball ihrer Konversation hin und her wie ein Ehepaar, das schon seit fünfzig Jahren verheiratet ist.

»Sie sorgt sich um Quentin«, sagt Serenity auf dem Weg zum Audi. »Sie meint, es ist mit ihm rapide bergab gegangen, seit er sein zweites Bein verloren hat.«

Ich lege den Gang ein und fahre los, an Rosalie vorbei, wo sich damals 1716 die Franzosen niederließen. »Er schafft es schon durch diesen Prozess«, sage ich, und es klingt, als müsse ich mich selbst davon überzeugen. »Das ist sein Schwanengesang.«

Serenity nickt, scheint aber nicht überzeugt zu sein.

Als ich nach links in den Verkehr auf der Canal Street einbiege, legt sie die Hand auf meine, die auf dem Hebel der Handbremse ruht. Sie drückt sie leicht, hebt dann ihre Hand und legt sie wieder in ihren Schoß.

Bei ihrer Berührung durchfährt mich ein Schauder, aber nach einigem Überlegen scheint ihre Geste in keiner Weise sexuelle Untertöne zu haben. Es war eher eine unausgesprochene Bestätigung für etwas, das wir beide spüren. *Es kommen schlimme Zeiten*. Darüber hinaus wollte sie vielleicht hinzufügen *Und ich bin bei dir*. Aber wer weiß?

Der Augenblick ist vorüber.

KAPITEL 19

Um acht Uhr abends haben wir immer noch nichts von Cleotha Booker gehört. Vor einer Stunde hat sich Serenity auf ihr Zimmer zurückgezogen, um einige Anrufe zu machen, was wohl bedeutet, dass sie sich mit Freunden in Detroit in Verbindung setzt und sie bittet, ihre älteren Verwandten nach einer Dolores zu fragen, die in den sechziger Jahren geheiratet hat, eine Weile nach Mississippi gezogen und dann wiedergekommen ist. Diese Bemühung scheint mir absurd zu sein, aber Serenity hat mir erklärt, ich würde überrascht sein, wie schnell Neuigkeiten in der schwarzen Bevölkerung die Runde machen, selbst in einer so großen Stadt wie Detroit. Während sie also im Norden ihre Fühler ausstreckt, schaue ich mit Annie und meiner Mutter Fernsehen. Ich schenke dem Programm keinerlei Aufmerksamkeit, Mom auch nicht. Aber dass wir da zusammensitzen, macht uns wieder ein wenig zu einer Familie, ehe morgen der Prozess beginnt.

Während einer Werbepause hat Annie den Ton ausgestellt, um mich zu fragen, ob sie mit ins Gericht kommen darf. Ich bin für diesen Gedanken offen, doch Mom ist völlig dagegen. Sie sagt, sie wolle nicht, dass Annie die »skandalösen Lügen« mitbekommt, die man zweifellos über ihren Großvater erzählen wird. Annie hat das widerwillig akzeptiert – zumindest im Augenblick –, aber ich kenne den wahren Grund für den Widerstand ihrer Großmutter. Sie will nicht, dass Annie die Wahrheit über ihren Großvater erfährt.

Gegen halb neun beschließe ich, die drei Häuserblocks bis zum Gerichtsgebäude zu laufen und mir das Schlachtfeld noch einmal vorab anzusehen. Tim geht mit mir durch die Dunkelheit und ist so einfühlsam, nach den ersten zwanzig Schritten nicht mehr zu reden. Blumenduft liegt in der Luft: Azaleen, chinesischer Sternjasmin und mein liebster Duft – der der Süßen Duftblüte. Doch gerade die schwere Süße erinnert mich nur daran, wie vergänglich alles Glück ist.

Das Gerichtsgebäude von Natchez liegt zwei Blocks von der Klippe entfernt. Auf der einen Seite der State Street erhebt sich dieses klassizistische, im griechischen Stil entworfene Bauwerk, ragt über die majestätischen Eichen auf, die es umgeben. Gegenüber droht die stalinistische Ziegelversion einer mittelalterlichen Burg mit Fensterschlitzen im Gefängnisteil, die man übereinandergetürmt hat, damit sie mit den weißen Säulen des luftigen Kuppelbaus gegenüber mithalten können. Hinter einem dieser Fensterschlitze befindet sich mein Vater, aber natürlich kann ich nicht ausmachen, hinter welchem. Wenn ich lange genug hier stehen bleibe, schaut er vielleicht heraus, denn genau wie ich schläft er gewöhnlich immer erst lange nach Mitternacht ein.

Tim hat mir ungefähr dreißig Schritte Freiraum gewährt, mehr als sonst. Heute Abend bin ich ihm für den Abstand dankbar. Während ich auf das hässliche, von Natriumlampen beleuchtete Polizeigebäude starre, wird mir plötzlich klar, dass Dad mich nicht von seinem Verfahren ausgeschlossen hat, um mich zu verletzen. Er hat sich vielmehr von uns allen losgesagt, wie das im Mittelalter ein Vater gemacht hätte, der die Pest hat und sich allein zum Sterben im Wald verkrochen hat, damit er seine Familie nicht ansteckt. Die einzige Person, mit der er zu sprechen bereit ist, ist Quentin Avery, ein leidender Altersgenosse.

Während ich mich dem Gerichtsgebäude zuwende, denke ich darüber nach, dass ich in meinem Leben schon über tausend Strafprozesse geführt habe – viele davon Mordfälle –, aber morgen nur Zuschauer sein werde. Während des *Voir dire* werde ich für Quentin den Wasserträger spielen, doch sobald der eigentliche Prozess beginnt, wird man mich in den Zuschauerraum verbannen. Viele Anwälte würden sich damit vielleicht abfinden; denn Quentins Geschick vor Gericht ist legendär. Heute Nacht allerdings ist das für mich nur ein schwacher Trost. Meines Wissens hat Quentin keine Rechercheure, kein Verteidigungsteam, nicht einmal Assistenten – von seiner Frau einmal abgesehen. Wie in Gottes Namen will er den beinahe wasserdichten Indizienfall knacken, den Shadrach Johnson und Sheriff Byrd in den letzten drei Monaten aufgebaut haben? Ich erfahre das wohl erst, wenn es auch alle anderen im Gerichtssaal herausfinden. Ich kann nur beten, dass der alte Fuchs seinem legendären Ruf noch ein letztes Mal gerecht wird.

»Herr Bürgermeister?«, höre ich eine leise Stimme.

Ich blinzele und sehe den Hausmeister des Gerichtsgebäudes – der natürlich ein alter schwarzer Mann ist – die Betonstufen herunterkommen.

»Kann ich Ihnen irgendwie helfen?«, fragt er.

»Ich hatte eigentlich vor, ins Gebäude zu gehen und mir den Gerichtssaal anzuschauen. Aber ich denke, dafür ist es wohl jetzt zu spät.«

»Leider ja. Ich habe gerade abgeschlossen, und der Sheriff hat meinen Schlüssel mitgenommen. Normalerweise könnte ich Sie mit reinnehmen, bei diesem Prozess ist leider alles anders. Das FBI war mit Hunden hier, die im ganzen Gebäude geschnüffelt haben.«

Ich bin erleichtert, das zu hören. »Ist schon in Ordnung. Ich schaue gern von draußen.«

»Sie könnten vielleicht bei Sheriff Byrd anrufen, dass der Sie reinlässt«, schlägt er vor.

»Das würde ich lieber nicht machen.«

»Nein, Sir, dachte ich mir schon.«

Also wissen inzwischen schon die Hausmeister, dass es böses Blut zwischen Billy Byrd und meiner Familie gibt.

»Wenn Sie wirklich reinwollen, gäbe es da schon eine Möglichkeit. Doch dazu müssten Sie von der Feuertreppe aufs Dach klettern. Das ist ziemlich gefährlich.«

»Nein, nein. Ich wollte gerade nach Hause gehen. Kennen wir uns nicht?«

Der Hausmeister lächelt, ohne mir in die Augen zu sehen. »Sie haben mich ein paar Mal gegrüßt. Ich bin Noel Shelton.«

Der Name kommt mir bekannt vor. »Ich kannte einen Mann mit Ihrem Familiennamen«, überlege ich laut. »Er hat mir vor ein paar Jahren geholfen, Akten zu finden. Wichtige Akten. Die haben mir bei einem Bürgerrechtsfall sehr geholfen.«

Weiße Zähne blitzen in der Dunkelheit. »Das war mein Bruder Leon. Der Del-Payton-Fall, nicht wahr?«

»Genau! Arbeitet Leon noch hier?«

»Nein, Sir. Leon ist verstorben. Vor drei Jahren.«

Obwohl es Nacht ist, legt sich der Schatten der Sterblichkeit über uns. »Das tut mir leid. Er war ein guter Mensch.«

»Ja, Sir. Und … ich weiß, dass es mich eigentlich nichts angeht, aber würden Sie bitte morgen Dr. Cage sagen, dass er den Kopf hochhalten soll.«

Das überrascht mich. »Sie wissen über den Fall Bescheid?«

»Sicher doch! Hier weiß jeder davon!«

»Was meinen Sie dazu, Noel?«

Der Hausmeister zuckt die Achseln, richtet den Blick über meine Schulter hinweg auf das Sheriff's Department. »Ich kann nur für mich sprechen. Aber eines weiß ich: Als Leon krank war, ist seine Familie beinahe pleitegegangen wegen der vielen Arztrechnungen. Laborrechnungen, Röntgenrechnungen, Chirurgenrechnungen, Anästhesistenrechnungen, Pflege zu Hause. Nachdem er gestorben war, sind zehn Mal am Tag Leute bei uns auftaucht und dazu noch Geldeintreiber vom Krankenhaus in Jackson. Es war furchtbar. Ich und meine beiden Schwestern, wir haben gezahlt und gezahlt, aber wir konnten nicht annähernd alles abdecken.«

Eine alte amerikanische Geschichte. »Das tut mir leid, Noel.«

»Das muss Ihnen nicht leidtun. Die einzige Rechnung, die ich unbedingt bezahlen wollte, war die von Ihrem Daddy, weil der sich am Ende so gut um Leon gekümmert hat. Aber wir haben die aufdringlichsten Leute zuerst bezahlt, wissen Sie? Das mussten wir machen. Wir sind dann in die Praxis von Dr. Cage gegangen, wollten ihn um ein wenig Aufschub bitten, wegen der großen Belastung und so. Und wissen Sie, was er gesagt hat?«

Ich vermute, dass ich die Antwort kenne, schüttele aber den Kopf.

»Der Doc hat seine Rechnung genommen und eine Weile angeschaut. Dann hat er sie zusammengefaltet und in den Papierkorb geworfen. Er hat gesagt: ›Ihr Bruder war ein guter Mensch, Mr. Sheldon. Gehen Sie nach Hause und machen Sie sich keine Gedanken mehr wegen dieser Rechnung.‹«

Mir schnürt sich der Hals zu, so dass ich nicht antworten kann.

Endlich schaut mich der Hausmeister an, und seine Augen sind voller unausgesprochener Gefühle. »Ich bin mir nicht so genau im Klaren, was die meinen, was Ihr Daddy getan haben soll, Herr Bürgermeister. Und ich bin ja auch nur ein Hausmeister wie mein Bruder. Aber wenn Sie jemanden brauchen, der sich vor Gericht hinstellt und die Wahrheit über Dr. Cage sagt, dann wäre ich stolz, das zu machen. Ich finde, dass es keinen besseren Menschen als ihn gibt. Meine Schwester denkt auch so.«

Ich möchte »Danke, Noel« sagen, aber ich schaffe es nur, ihm die schwielige Hand zu drücken und dann wieder die dunkle Straße hinaufzugehen, während mir Tränen der Verwirrung in den Augen brennen.

»He, Penn«, ruft Tim und schließt mit elegant sparsamen Bewegungen, die seine Geschwindigkeit nicht ahnen lassen, zu mir auf. »Du hast da drüben Publikum.«

Ich folge Tims Handbewegung und schaue über die Straße. Da sehe ich eine Gestalt in einem braunen Hemd und mit vor der Brust verschränkten Armen vor der Glastür zum Sheriff's Department stehen. Billy Byrd. Über seinem dicken Bauch und den fleischigen Unterarmen glitzert der goldene Stern auf der Brust des Sheriffs. Sein selbstzufriedenes Grinsen trifft mich auf der anderen Straßenseite wie eine Ohrfeige. Dann ruft er: »Ich sehe, Sie geben sich wieder mit der echten Oberschicht ab, wie immer. Sieht ganz so aus, als hätten Sie Ihren Mopp vergessen. Aber wir können Ihnen drinnen noch einen holen.«

Ein Deputy, der hinter ihm steht, lacht.

»Es bringt nichts, wenn ich da jetzt rübergehe«, sage ich leise. »Stimmt's?«

»Absolut nichts«, bestätigt mir Tim.

»Wollen Sie reinkommen und Ihrem Daddy hallo sagen?«, höhnt Byrd. »Ein trauriger Anblick, Herr Bürgermeister. Aber ich tu, was ich kann, damit er sich wohlfühlt. Er kriegt jede Menge Sonderbehandlung.«

»Wie wär's, wenn wir doch hingehen und die beiden vermöbeln?«, schlage ich vor.

Eine Art harsches Lachen grummelt in Tims muskulösem Brustkasten. »Mit dem Schweinehund wäre ich gern mal fünf Minuten in einem abgeschlossenen Zimmer. Dann würde er mit dem Arsch grinsen, nicht mit der Visage.« Tim nimmt meinen Arm und führt mich die State Street hinauf. »Aber das müssen wir uns für ein andermal aufheben. Es sei denn, du willst nach deinem Vater schauen?«

»Der wird uns jetzt nicht reinlassen.«

»He!«, schreit uns Sheriff Byrd noch nach. »Warum nehmt ihr beiden Turteltauben euch nicht ein Zimmer? Wir halten hier nicht viel von öffentlichen Zärtlichkeiten unter Jungs.«

Ihr Gelächter schallt zwischen den Gebäuden hinter uns her, klingt genau wie das der Jungen, gegen die ich in den siebziger Jahren auf den schlammigen Football-Feldern der »christlichen Schulen« gespielt habe.

»Ein andermal«, wiederholt Tim wie ein Mantra. »Ein andermal.«

Etwa eine Meile außerhalb von Athens Point saßen zwei Männer rauchend in einem Pick-up in der Nähe einer windschiefen alten Hütte am Waldrand. Der Fahrer war Mitte vierzig, sein Passagier zwanzig Jahre älter.

»Sag mir noch mal, was dir Kenny erzählt hat«, meinte der Fahrer.

»Er ist hier vorbeigekommen, um nach einem Brunnen zu sehen, und da hat er bemerkt, dass der Wagen hier geparkt stand. Es war ein Audi S4. Der mit dem großen Motor.«

Der Fahrer nickte. »Das ist der Wagen, genau. Den fährt der Bürgermeister. Ich hab ihn oben an der Klippe in Natchez drin sitzen sehen. Beim Ballonrennen. Was zum Teufel hat der hier gewollt?«

»Mit der Cat Lady reden! Sonst ist hier niemand.«

Der Fahrer kratzte sich am Bart und schaute um das Auto herum. Das einzige sichtbare Licht war ein schwacher Schimmer hinter den Vorhängen des äußersten rechten Fensters.

»Du weißt doch, wer die Cat Lady ist, ja?«, fragte der ältere Mann.

»'ne alte farbige Oma mit an die hundert Katzen. Warum? Hat die was Besonderes?«

»Eigentlich nicht. Aber vor langer Zeit hat jemand ihren Jungen gelyncht.«

»Der Klan?«

»Man sagt, es wären die Brüder Knox gewesen. Die Doppeladler.«

»Ha. Nie gehört.«

»Warum gehen wir nicht mal hin und finden raus, was der Bürgermeister hier wollte. Da blüht uns vielleicht 'ne satte Belohnung. Oder mindestens Jagdrechte draußen in Walhalla.«

Der Fahrer grunzte, überlegte immer noch. In Athens Point hatte sich viel verändert, seit Forrest Knox in Walhalla umgekommen war.

»Wenn wir was machen wollen, dann jetzt gleich«, meinte der ältere Mann. »Ich hab's satt, hier rumzuhocken.«

Der Fahrer zog lange an seiner Zigarette. »Nur keine übergroße Eile«, sagte er, und der Rauch wehte ihm aus dem Mund. »Ich ruf erst mal an.«

Tief im Brunnen der Nacht schrecke ich mit der Gewissheit aus dem Tiefschlaf auf, dass irgendetwas Furchtbares geschehen ist. Ich lausche aufmerksam, höre aber nichts Ungewöhnliches. Trotzdem werfe ich die Bettdecke zurück, nehme die Pistole vom Nachttisch und gehe auf den Flur.

Da liegt meine Mutter am Boden, starrt ausdruckslos zur Decke.

»Mom!«, rufe ich und falle auf die Knie. »Was ist passiert?«

Sie blinzelt ein paar Mal mit dem rechten Auge, als versuchte sie, etwas wegzuzwinkern. Dann spricht sie mit gutturaler Stimme: »Ich habe versucht, bis zu deinem Zimmer zu kommen, Penn. Ich schaffe es nicht … ich glaube, ich habe einen Schlaganfall.«

Adrenalin strömt durch meine Adern, weckt mich vollends auf. »Wieso glaubst du das? Du nuschelst nicht. Was ist los?«

»Mein rechter Arm … ganz taub. Mein Fuß auch. Und … ich kann mit dem rechten Auge nichts sehen. Tut mir leid.«

Herrgott! »Wann hat das angefangen? Gerade erst?«

»Nein. Ich habe schon vorhin Lichtblitze gesehen, als wir mit Annie vor dem Fernseher saßen.«

Ich hole tief Luft. »Warum hast du denn nichts gesagt?«

»Ich dachte, es wäre nur der Stress. Ich wollte nicht, dass mir jemand sagt, ich könnte morgen nicht mit ins Gericht.«

»Mom, ich rufe Drew an.«

»Nein!«

»Ich trage dich jetzt in mein Zimmer.«

»Lass das sein. Ich bin zu schwer. Du verrenkst dir nur den Rücken dabei.«

»Also los.« Ich schiebe die Arme unter sie, hebe die Frau, die mich auf die Welt gebracht hat, hoch und trage sie in mein Zimmer. Da setze ich sie am Fußende meines Bettes ab, schnappe mir das Handy vom Nachttisch und wähle Drew Elliots Mobilnummer. Sonst bete ich nicht. Genau wie mein Vater glaube ich nicht, dass es da draußen eine Gottheit gibt, die sich solche Dinge anhört.

Aber jetzt bete ich.

MONTAG

KAPITEL 20

Um halb sechs morgens saß ich im Krankenhaus, und mein Handy klingelte. Die Cat Lady hatte gerade bei Serenity angerufen und ihr das Versprechen abgenommen, dass weder sie noch ich den Namen oder Wohnort ihrer ehemaligen Schwiegertochter verraten würde, falls sie uns die nennen würde. Serenity stimmte sofort zu, und dreißig Sekunden später hatte sie einen Namen, eine Adresse in New Orleans und eine Uhrzeit für ein Treffen.

Den Montagmorgen verbrachte ich im St. Catherine's Hospital bei meiner Mutter, während Drew eine Unmenge von Tests einschließlich eines Angiogramms und eines MRT-Scans durchführte, um zu bestätigen oder auszuschließen, dass sie einen Schlaganfall gehabt hatte. Während der gesamten Zeit – die sich aus Beeilen und langen Wartezeiten zusammensetzte – erhielt ich einen stetigen Strom neuester SMS-Meldungen aus dem Gerichtsgebäude, in denen mir der Vorgang des *Voir dire* beschrieben wurde. Der Absender war Rusty Duncan, ein ortsansässiger Rechtsanwalt, mit dem ich schon seit dem Kindergarten an der St. Stephens Prep befreundet bin. Rusty ist ein blitzgescheiter Mann und Spaßvogel, und er schickte seine Textnachrichten mit witzigen Bemerkungen und sarkastischen Kommentaren über Quentins ungewöhnliche Fragen an die potenziellen Geschworenen. Das Bild, das Rusty mir zeichnete, erinnerte mich an einen Zirkus. Heute logen Bürger, die normalerweise alles außer Selbstverstümmelung versuchten, um nicht als Geschworene dienen zu müssen, wie gedruckt, um die Chance zu bekommen, die schaurigen Einzelheiten über den Fall meines Vaters zu erfahren und letztendlich über sein Schicksal zu entscheiden.

Gegen Mittag traf ich mich mit Drew Elliot in der Cafeteria. Er überbrachte mir eine Nachricht, die er für gut hielt. »Zunächst habe ich geglaubt, Peggy hätte eine TIA gehabt«, sagte er, »eine transitorische ischämische Attacke. Aber jetzt, ob du's glaubst oder nicht, bin ich der Meinung, dass die Symptome sehr wohl das Ergebnis eines komplexen Migränekopfschmerzes gewesen sein könnten. Peggy hat bisher nie Migräne gehabt, aber sie steht ja Gott weiß unter unerträglichem Stress.« Trotz seines Optimismus' bestand Drew aber noch auf zusätzlichen Tests und wollte Mom über Nacht im Krankenhaus behalten. Als Mom ihm erklärte, sie habe vor, morgen den Anfang des eigentlichen Prozesses im Gerichtssaal mitzuerleben, verbot Drew ihr das kategorisch.

»Peggy, ich könnte mit meiner Migränetheorie falsch liegen«, sagte er. »Und wenn es wirklich ein Blutgerinnsel war – und wir das nur nicht gefunden haben oder es inzwischen absorbiert wurde –, dann könnte schon bald der nächste Schlaganfall drohen. Statistisch gesehen ist der nächste immer schlimmer und richtet mehr Schaden an.«

»Ist mir egal«, sagte Mom ausdruckslos. »Und wenn der große Knall kommt, dann macht es auch keinen Unterschied, ob ich hier im Bett liege oder in der Stadt im Gerichtssaal sitze, oder?«

»Doch. Der Unterschied ist deine Überlebenschance, Peggy.«

Selbst das beeindruckte meine Mutter natürlich kaum. Als wenig später meine Schwester nach ihrer Autofahrt vom Flughafen in Baton Rouge hier eintraf, hätte ich vor Erleichterung beinahe geweint. Jenny hatte zwar noch mit dem Jetlag nach ihrem Flug von London zu kämpfen, erklärte sich jedoch bereit, bei Mom zu bleiben, während Serenity und ich nach New Orleans flogen, wo wir eine Frau befragen wollten, die ich als »wichtige Zeugin« beschrieb, »die uns vielleicht hilft, für Dad einen Freispruch zu erwirken«.

Nach einer erschöpfenden Diskussion aller Risiken fuhren uns Tim Weathers und einer seiner Leute zu einer Grasfläche südlich von Natchez, wo Danny McDavitts Cessna 182 auf uns wartete. Wir hatten Tim davon überzeugen können, der bestmögliche Schutz für unseren Ausflug sei es, wenn Serenity und ich heimlich nach New Orleans flogen, während unser Sicherheitsteam in Natchez blieb.

Danny McDavitt hatte ich über Carl Sims kennengelernt, und der Pilot hatte sich mehr als einmal für mich als unersetzlich erwiesen. Während unseres Versuchs, Caitlin zu retten, hatte Danny Carl und mich im Sumpf neben dem Knochenbaum abgesetzt. Während er nun Serenity an Bord half, erhielt ich einen Anruf von Rusty, der gerade das Gerichtsgebäude verließ.

»Mit dem *Voir dire* sind sie fertig«, sagte er und keuchte, wie das seinem Körperumfang entsprach.

»Und?«

»Eine Weile habe ich mir Sorgen gemacht, dass es bis morgen dauern würde.«

»Was war der Grund für die Verzögerung?«

»Na ja, wie ich dir gesimst habe, war es genau anders herum als sonst. Adams County hat fünfunddreißigtausend Einwohner, und anscheinend will jeder einzelne von den Scheißkerlen hier als Geschworener mitmachen. Sie glauben, das wird die größte Show des Jahrzehnts.«

»Na toll.«

»Richter Elder hat sich mehr Zeit als sonst genommen, um die Gewohnheitstrinker und kleinen Spieler herauszufischen. Shad hat ein paar von den ihm zustehenden Ablehnungen ohne Angaben von Gründen verschossen, um Prediger auszuschließen. Er will nicht, dass jemand auf der Geschworenenbank sitzt, der allzu nachsichtig mit menschlichen Schwächen umgeht. Und er hat sein Möglichstes getan, um ältere schwarze Frauen rauszuwerfen. Dabei hat er allerdings klar gegen das Batson-Urteil gehandelt. Er weiß auch, dass diese schwarzen Ladys deinen Daddy lieben.«

»Ja, aber lieben Sie ihn auch noch nach dieser Sache mit Viola und Lincoln?«

»Komm schon, Mann. Uneheliche Kinder sind doch für die keine große Sache.«

»Da bin ich mir nicht so sicher, Rusty.«

»Ich konnte nicht rauskriegen, wer Quentins idealer Geschworener ist. Und er hat mich kein einziges Mal um Rat gefragt. Irgendwann hat er mal vor sich hin gemurmelt, in Mississippi müsste man einführen, dass man Weiße mit großen silbernen Gürtelschnallen ohne Angabe von Gründen als Geschworene ablehnen dürfe. Ich glaube, da hat Richter Elder beinahe gelächelt, dann allerdings gehustet, um das zu tarnen, also bin ich mir nicht hundert Pro sicher.«

Das entlockt mir ein zustimmendes Grunzen.

»Jedenfalls hat Quentin, nachdem sie die Auswahl eingeschränkt hatten, angefangen, die Familienbeziehungen der Leute zu hinterfragen. Er hat erklärt, er hätte mal einen Mordprozess geführt, bei dem der Anwalt der Gegenseite – der aus unserem Staat kam – bis zum Ende des Prozesses nicht gemerkt hat, dass vier der Geschworenen Vettern waren. Das hat ihm einen Riesenlacher eingebracht. Er ist ein Naturtalent im Umgang mit Geschworenen, Penn. Ein echtes Showtalent.«

»Zweifellos. Also, wie ist die Sache ausgegangen?«

»Sie haben sich auf sieben Schwarze und fünf Weiße geeinigt, mit einem Ersatzmann aus jeder Rasse. Vier von den Schwarzen sind Frauen, und drei von den Weißen …«

Sieben Frauen und fünf Männer. »Was meinst du, Rusty?«

»Schwer zu sagen bei diesem Fall. Ich weiß ja nicht, was sonst noch ans Licht kommt, wovon wir noch nichts gehört haben. Hat dein Daddy sonst noch große Geheimnisse, die nächste Woche enthüllt werden könnten?«

»Wer zum Teufel weiß das schon? Ich nicht.«

»Verstehe. Bist du morgen im Gericht?«

»Wenn kein unvorhergesehener Notfall eintritt – allerdings war das bisher die Regel.«

»Okay, also dann sehe ich dich, wenn ich dich sehe.«

Das war vor achtzig Minuten.

Der Himmel für unseren Flug nach Süden war klar. Beim Landeanflug hat uns Danny einen guten Blick auf den Zustand der Stadt sechs Monate nach Katrina werfen lassen. Als Bürgermeister von Natchez kenne ich die Statistik gut, aber alle Zahlen verblassen angesichts dessen, was wir da unten sehen. Bettgestelle und Mauerwerk türmen sich auf den Straßen. Umgedrehte Boote liegen in Gärten. Ein Telefonmast ragt aus einem zerstörten Haus, ein Schulbus ist umgestürzt. Ein Rudel Hunde trabt am Seventeenth Street Canal entlang.

Während Serenity unseren Mietwagen in die Stadt lenkt und um eine deprimierende Anzahl von entwurzelten Bäumen herumkurvt, nenne ich ihr ein paar Zahlen. Mehr als die Hälfte der Häuser in der Stadt haben immer noch keinen Strom. Dreihunderttausend

Einwohner sind bisher nicht zurückgekehrt. Achtzigtausend Familien leben in asbestverseuchten FEMA-Wohnwagen. Serenity nickt zu meiner Aufzählung. Als ich eine Pause einlege, fragt sie: »Waren Sie während des Sturms hier unten?«

»Nein. Er hat auch Natchez erwischt. Ich habe versucht, bei uns da oben alles zusammenzuhalten.«

Noch ein Nicken. »Ich war hier und habe mit einer Rettungsmannschaft auf einem Boot gearbeitet.«

Na klar. Inzwischen hätte ich mir so was beinahe denken können.

»Ich habe ein paar Vettern und Cousinen hier«, erklärt sie. »Um ein paar Ecken verwandt. Wir haben zwei Tage lang Leute von Dächern und aus Bäumen geholt. Dann habe ich bei Bergungsarbeiten geholfen. Leichen, wissen Sie. Mann, manchmal war das schlimmer als im Irak. *Viel* schlimmer.«

»Und Ihr Fazit?«

Sie lacht bitter. »Die Politiker interessieren sich einen Scheiß für den Süden. Wenn nicht gerade Wahlen sind. Wenn Katrina die Ostküste erwischt hätte, dann wäre der größte Teil der Scheiße nicht so passiert, wie sie hier passiert ist.«

Als wir den Garden District erreichen, ist das Licht schon dämmerig. Hier in den höher gelegenen Bezirken haben die Häuser Strom, und als die Lichter eingeschaltet werden, kann ich mir ganz leicht einreden, dass der Sturm nie getobt hat. Doch dann dreht der Wind, und ich rieche den Gestank von fauligem Holz und Schimmel.

Zu meiner Überraschung wohnt Dolores St. Denis in einem großen Haus nur wenige Blocks von der St. Charles Avenue entfernt auf der Dufossat Street. Hinter efeubewachsenen Mauern steht dieser cremefarbene dreigeschossige Palast hinter einer Reihe von Kiefern. Zwischen allen Säulen erstreckt sich schweres Schmiedeeisen.

Wir melden uns über eine Gegensprechanlage an, und Mrs. St. Denis selbst betätigt den Türdrücker und lässt uns ein. Als sich die riesige Tür aus Zypressenholz öffnet, stehe ich einer bemerkenswert attraktiven Frau Mitte sechzig gegenüber. Wie erwartet sind ihre Gesichtszüge beinahe völlig die einer Weißen – wesentlich mehr als die von Serenity –, aber ihre Haut hat einen zarten dunklen Ton, den niemand, der ihre Herkunft kennt, für Sonnenbräune halten würde.

Als sie sich uns vorstellt, ist ihre Aussprache nicht nur perfekt, sondern vornehm, und ich weiß mit Bestimmtheit, dass diese Frau in jeder Umgebung als Weiße »durchgehen« würde.

»Man nennt mich nun schon Jahrzehnte Dee«, sagt sie und führt uns weiter ins Haus, das mit einer Mischung aus Antiquitäten und modernen Möbeln eingerichtet ist. »Aber Sie können mich gern Dolores nennen. Eigentlich gefällt es mir, diesen Namen wieder einmal zu hören.«

»Was macht Ihr Mann?«

»Maurice war leitender Angestellter bei einer Versicherung. Er ist vor drei Jahren verstorben. Ich bin jetzt allein.«

Sie setzt sich auf einen burgunderroten Samtsessel, bittet dann Serenity und mich, auf einem niedrigen Sofa Platz zu nehmen, das wie ein Stück von Roche Bobois aussieht.

»Mr. Cage, ich habe mich wegen Ihres Vaters bereit erklärt, mit Ihnen zu sprechen. Als ich damals eine sehr dunkle Zeit durchmachte, hat er versucht, mir zu helfen. Er hat es wirklich versucht. Aber damals war ich jenseits jeder Hilfe.«

»Das weiß ich zu schätzen. Jetzt steckt mein Vater in ernsthaften Schwierigkeiten. Alles, was Sie uns erzählen können, hilft ihm vielleicht sehr viel weiter. Ich weiß, dass die … die Zeit in Mississippi für Sie sehr schwierig war. Und es tut mir leid, dass ich Ihnen Fragen dazu stellen muss.«

Dolores St. Denis faltet die Hände im Schoß, schaut dann mit verstörender Intensität zu mir auf. »Mr. Cage, ich weiß, dass Sie einmal Anwalt waren. Haben Sie Erfahrungen mit Gewaltverbrechen?«

»Sehr viel, Ma'am. Ich war acht Jahre lang stellvertretender Bezirksstaatsanwalt in Houston. Ich habe an den brutalsten Fällen mitgearbeitet, die auf unserem Schreibtisch gelandet sind. Bandenmorde, Serienkiller, alles.«

»Sexuelle Übergriffe? Massenvergewaltigungen?«

»Ja, leider auch. Gruppenvergewaltigungen von Frauen und Männern.«

Sie seufzt und schüttelt den Kopf. Ich bemerke, dass ihr Haar sehr glatt und fein ist. »Dann haben Sie ja eine Vorstellung davon, mit was ich damals fertigzuwerden versucht habe.«

Ich nicke. »Wir sind hier, weil ich glaube, dass einige der Männer, die Ihren Mann umgebracht haben, vielleicht dieselben sind, die den Mord an meiner Verlobten befohlen haben.«

Sie blinzelt überrascht, als hätte sie gerade eben erst begriffen, wie sehr ich persönlich in diesen Fall verstrickt bin. »Verstehe. Nun … was wollen Sie wissen?«

»Ich habe mich gefragt, ob eine Frau, die einen so furchtbaren Übergriff erlebt hat, wie Mrs. Booker ihn uns beschrieben hat, sich vielleicht an mehr Einzelheiten erinnert, als sie ihrer Schwiegermutter anvertraut hat.«

Nach einigen Augenblicken nickt Dolores. »Ich habe ihr natürlich nicht alles erzählt. Das konnte ich nicht. Sie wäre daran völlig zerbrochen. Ich wollte nicht, dass sie so leiden musste wie ich. Ich hatte nach dieser Nacht keinen Frieden mehr. Keine einzige Nacht Frieden, wegen der Träume.«

Eigentlich will ich nicht noch Schlimmeres hören als bei Mrs. Booker, aber deswegen sind wir hergekommen. »Was haben Sie geträumt, Dolores?«

»Die … die haben Sam in jener Nacht schreckliche Dinge angetan. Sie haben ihn verstümmelt. In meinen Träumen, ganz am Anfang, da kam er ohne Augen auf mich zu, und seine Genitalien waren weg. Das träume ich auch heute noch manchmal. O Gott. Warum tun Menschen so etwas?«

»Einige von den Doppeladlern sind Soziopathen. Eher Sadisten als Rassisten. Sie haben den Krieg und die Gewalttätigkeiten des Bürgerrechtskampfs als Deckmantel für ihre perversen Vorlieben ausgenutzt.«

Darüber denkt sie ein wenig nach. »Das erscheint mir sehr schlüssig.«

»Wie viele Männer waren es insgesamt, Dolores?«

Sie schaudert und schließt die Augen. »Sechs.«

Ich würde sie gern bitten, sich einige Fotos der Doppeladler anzuschauen, aber mein Instinkt rät mir, das nicht zu tun – jedenfalls noch nicht.

»Sind Sie hier, weil Sie wollen, dass ich gegen diese Männer aussage?«

»Zunächst sind wir hier, weil wir wissen möchten, ob Sie überhaupt Informationen haben, die uns helfen würden, einige der Männer zu identifizieren, die Ihren Mann umgebracht haben.«

Sie nickt langsam, matt.

»Ist das ein Ja?«, fragt Serenity.

Dolores antwortet nicht.

Ich habe den Impuls, von der Couch aufzustehen, mich vor sie hinzuknien und ihr zu versprechen, dass wir nichts von dem weitersagen, was sie uns erzählt. Aber ich bleibe, wo ich bin. Serenity wirft mir einen raschen Blick zu, und darin lese ich: *Nichts sagen. Sie geht es auf ihre Art an.* Dann beginnt Dolores mit leiser, heiserer Stimme zu sprechen.

»Was die Identifizierung angeht … einer von den Männern hat gestottert. Er war ein großer Kerl, sehr groß, und er war betrunken. Er hatte Mühe, eine Erektion zu kriegen, als er bei mir an der Reihe war, und er hat mich beinahe totgeschlagen und immer geschrien, es wäre meine Schuld.«

Ich nicke aufmunternd, aber meine Gedanken rasen.

»Ihre Beschreibung passt auf Glenn Morehouse, den Doppeladler, der als Erster das Schweigegelübde gebrochen und mit Henry Sexton geredet hat. Das FBI glaubt, dass ihn seine alten Kameraden dafür ermordet haben. Seine Schwester hat wahrscheinlich mitgeholfen.«

Dolores schüttelt erstaunt den Kopf.

»Und dann war da ein Blonder, der während des ganzen Überfalls Sprüche aus der Bibel gegrölt hat. Ich habe sein Haar unter der Kapuze gesehen. Er hat sogar die Bibel zitiert, während er mich vergewaltigt hat. Es hat mir Todesangst gemacht, dass er so gotteslästerlich redete, während er … während er tat, was er tat. Aber mir schien beinahe, als wollte er damit jemanden verspotten.«

»Wenn es der war, an den ich denke«, erkläre ich ihr, »dann war sein Vater Laienprediger und ein durch und durch böser Mensch.«

»An welche Einzelheiten erinnern Sie sich sonst noch?«, fragt Serenity.

»Der Blonde hatte Narben auf dem Bauch. Im unteren Bereich. Die sahen schlimm aus. Wie eine Kriegsverletzung.«

»Die meisten Doppeladler waren Veteranen mit Kampferfahrung«, improvisiere ich und versuche, meine Aufregung zu verbergen. »Können Sie die Narben beschreiben?«

»Ich weiß nicht … sie waren dunkler als die restliche Haut. Sie sahen nicht wie Schusswunden aus. Eher wie … wie kleine heiße Metallstücke vielleicht?«

»Schrapnell«, sagt Serenity und berührt die Narbe vor ihrem linken Ohr.

»Genau so.«

»Was noch?«, frage ich leise, während mein Puls rast.

»Einer war kaum mehr als ein Junge. Gerade mal ein Teenager. Er war während der meisten Zeit still, und ich dachte, er würde nur zuschauen. Aber dann befahl ihm der Anführer, jetzt wäre er an der Reihe. Er war dunkler als die anderen, sehr viel dunkler als ich. Zwei von den Männern hatten ziemlich dunkle Haut für Weiße, aber dieser ganz besonders. Ich habe es bemerkt, weil die, die zugeschaut haben, Laternen neben mir hochgehalten haben, die ganze Zeit.«

»Ich gehe jede Wette ein, dass der junge Kerl Forrest Knox war. Und der ältere, der dunkle, war sein Vater Frank.«

Dolores' Gesicht bleibt teilnahmslos.

»Haben Sie in der *Times-Picayune* ein paar von den Artikeln über die Doppeladler gelesen?«, frage ich. »Im letzten Dezember? Forrest Knox war ein hochrangiger Beamter bei der Staatspolizei.«

»Ich bringe es nicht über mich, über Verbrechen und Gewalt zu lesen.«

Serenity und ich wechseln einen Blick. Diese Frau ist sehr zerbrechlich, und wenn wir sie zu sehr bedrängen, schweigt sie vielleicht für immer. Ich schaue nach unten und sehe, dass ihre Hände zittern.

»Der dunkle junge Mann, an den Sie sich erinnern, das war Forrest Knox. Er ist im Dezember umgekommen.«

»Wirklich?«

»Jawohl, Ma'am.«

»Wie ist er gestorben?«

Ich schaue zu Serenity, die die Augenbrauen hochzieht und mir die Entscheidung überlässt.

»Gewaltsam, Dolores. Er hat meine Verlobte ermordet. Und er ist mit einem Speer im Hals gestorben.«

Dolores St. Denis mustert mich eine halbe Minute lang schweigend. Dann sagt sie: »Aha.«

»Sein Vater war beinahe sicher der andere dunkle Mann, an den Sie sich erinnern. Er war der Gründer der Doppeladler. Frank Knox. Er kam 1968 um, wenige Jahre nach dem Mord an Ihrem Mann.«

Dolores wird bleich, als sie das hört. »Wirklich?«, flüstert sie.

Wenn ich raten müsste, dann denkt sie jetzt an die Jahrzehnte von Alpträumen, die ihr vielleicht erspart geblieben wären, wenn sie gewusst hätte, dass der Dämon aus diesen Träumen tot war. »Jawohl, Ma'am«, wiederhole ich. »Er ist in der Praxis meines Vaters auf dem Fußboden gestorben. Sein Brustkasten wurde bei einem Arbeitsunfall zerschmettert.«

Erleichterung schimmert in Dolores' Augen.

»Wären Sie bereit, sich ein paar Fotos anzuschauen?«, frage ich schließlich.

Sofort weicht sie vor mir zurück. »Lieber nicht. Glauben Sie wirklich, dass von den Männern noch welche am Leben sind?«

»Leider ja.«

»Welche? Nicht der Blonde.«

Ich scheue mich davor, ihr zu antworten, aber ich habe keine Wahl. »Vielleicht ja. Er ist unter Umständen genau der Mann, hinter dem wir her sind.«

Sie schließt erneut die Augen. »O Gott. Ich hab es gewusst.«

»Was?«, fragt Serenity und beugt sich näher zu ihr. »Was ist?«

»Die waren alle schlimm … aber in gewisser Weise war er der Schlimmste. Nicht der Brutalste, doch … der Perverseste. Er war es, der mich umgedreht hat, der …«

»Schon gut«, sage ich rasch. »Sie müssen uns das jetzt nicht erzählen.«

»Ich würde es mir lieber von der Seele reden. Ich hätte nie gedacht, dass ich das mal tun würde, wissen Sie. Aber jetzt … vielleicht wegen dem, was Sie mir erzählt haben, jetzt habe ich das Gefühl, dass ich es schaffen kann.«

»Was hat der Blonde gemacht?«, fragt Serenity leise.

»Er hatte Analverkehr mit mir. Danach haben das ein paar andere auch gemacht. Aber das war nicht das Schlimmste. Der Blonde hat einen Stock benutzt. Ein Stück Bambus. Er hat gesagt, das hätten die Japaner in China genauso gemacht. Er hat sie natürlich ›Japse‹ genannt. Ich …«

Plötzlich erstirbt Dolores' Stimme, als wäre ihr schlicht die Luft ausgegangen.

»Alles gut mit Ihnen?«, fragt Serenity und springt auf.

»Ich dachte, ich würde in dieser Nacht sterben«, flüstert Dolores. »Die haben mich so zerfetzt. Deswegen habe ich keine Kinder bekommen. Ich konnte danach nicht mehr schwanger werden.«

»Das muss Snake Knox gewesen sein«, sage ich voller Überzeugung. »Er ist das fehlende Element in dieser Szene. Frank und seine Kumpels haben im Krieg von den Japanern Trophäen genommen. Snake hat wahrscheinlich in Korea dasselbe gemacht. Sie waren besessen von solchen Dingen.« Und Snake hatte während der Vergewaltigung in der Werkstatt Viola mit einer Flasche malträtiert …

»Ich muss herausfinden, ob Snake Knox in Korea verwundet worden ist«, denke ich laut. »Oder ob er damals irgendwelche Narben auf dem Bauch hatte.«

»Nein, dass müssen Sie nicht«, sagt Dolores.

Ich blicke überrascht auf. *Bin ich zu weit gegangen?* »Es tut mir leid, Dolores. Ich jage einfach schon so lange hinter dem Kerl her. Sie wollen nicht, dass ich diese Sache weiter verfolge?«

Sie schüttelt den Kopf. »Sie müssen sich keine Gedanken über die Narben machen. Denn ich habe sein Gesicht gesehen.«

Diese Enthüllung trifft mich wie ein Blitz. »Sie haben das Gesicht des Blonden gesehen?«

»Ja, während die anderen mich vergewaltigten, haben er und der andere Dunkle an der Seite eine Flasche Whisky miteinander getrunken. Die haben wohl geglaubt, ich könnte sie nicht sehen. Oder sie haben nicht geplant, mich am Leben zu lassen.«

»Darf ich Ihnen ein paar Fotos zeigen?«

Dolores holt tief Luft, nickt dann.

Ich ziehe die zusammengefaltete Seite aus dem *Examiner* heraus, die ich ihrer Schwiegermutter in Athens Point gezeigt habe. Darauf sind Porträts der meisten Männer aus der Familie Knox, von Glenn Morehouse, Sonny Thornfield und einigen anderen Doppeladlern.

Dolores überfliegt die Seite etwa zehn Sekunden, dann hebt sie die Hand und legt den Nagel ihres rechten Zeigefingers auf das Gesicht von Snake Knox.

»Das ist er. Das ist der Blonde mit den Narben. Er und der dunkle Mann haben meinen Mann umgebracht.«

Ich schließe die Augen vor Erleichterung. »Großer Gott.«

»Danke«, sagt Serenity zu Dolores. »Sie wissen gar nicht, was Sie da gemacht haben.«

Ich stehe langsam auf und schaue auf Dolores hinunter. »Ich verspreche Ihnen eines, Mrs. St. Denis. Dieser Mann wird im Gefängnis von Angola sterben.«

Sie schaut zu Serenity hinüber, dann zu mir zurück. »Auch ohne dass ich vor Gericht aussage?«

Ich zwinge mich, tief Luft zu holen, gehe dann wieder vor ihr in die Hocke. Ich habe als Ankläger schon Tausende von Male an diesem Scheideweg gestanden. Niemand will vor Gericht im Zeugenstand mit dem Finger auf einen brutalen Killer zeigen.

»Dolores …«

»Ich kann das nicht«, sagt sie rasch. »Ich weiß, was Sie wollen, und ich wünschte, ich könnte Ihnen helfen. Aber ich kann nicht in demselben Zimmer sein wie dieser … Ich kann das nicht.«

Serenity nickt verständnisvoll, aber ich weiß, sie wird versuchen, die Frau zu überreden. »Dolores …«

»Können Sie nicht verwenden, was ich Ihnen gerade gesagt habe?«, unterbricht sie Serenity mit hoher und bebender Stimme. »Als anonymen Hinweis?«

»Das geht leider in einem Mordfall nicht«, erkläre ich.

Dolores schaut in ihren Schoß und beginnt leise zu schluchzen. Ich blicke hilfesuchend zu Serenity, aber selbst die scheint nicht zu wissen, was zu tun ist. Während wir einander anstarren, klingelt Dolores' Festnetztelefon.

Das Klingeln ist leise, doch Dolores fährt so schnell mit dem Kopf hoch, dass ich Angst bekomme.

»Alles gut«, versichere ich ihr. »Niemand weiß, dass wir hier sind.«

»Vielleicht ist es Cleotha, die nach mir fragt.«

»Ganz sicher. Warum gehen Sie nicht hin?«

Sie steht auf, schreitet zu einem Beistelltisch neben der Tür, nimmt den Hörer auf und sagt: »Ja bitte?«

Etwa fünf Sekunden verstreichen. Dann sagt sie: »Hallo? Hallo?«

Als sie auflegt, ist alle Farbe aus ihrem Gesicht gewichen.

»Die haben meinen Namen gesagt«, erklärt sie dumpf. »Die haben gesagt: ›Dolores Booker?‹« Plötzlich weiten sich ihre Augen. »Die haben mich gefunden. Nach all den Jahren ... o Gott! Ich hätte niemals ... o Gott! Was mache ich jetzt? Die Polizei rufen?«

Mein Herz rast, aber mein Hirn funktioniert noch gut. »Ich würde eher das FBI anrufen. Die haben in New Orleans ein Büro. Ich kenne da einen Mann, der schnell ein Team hierherbringen kann.«

»Schnell ist ein relativer Ausdruck«, sagt Serenity. »Das Büro des FBI ist draußen am Lake Pontchartrain. Wir brauchen *jetzt* Hilfe.«

Serenity geht davon aus, dass Snake oder die VK schon Leute hierher losgeschickt haben. Hat sie recht? Wir können es uns nicht leisten, auf das Gegenteil zu hoffen. »Dann müssen wir uns eben selbst helfen. Wie lautet die Adresse hier noch mal?«

Dolores ist zu verstört, um antworten zu können, aber Serenity sagt: »2304 Dufossat.«

Ich nehme das Telefon und wähle 911.

»Neun-eins-eins Notruf«, sagt der Disponent.

»Überfall auf ein Haus, Adresse 2304 Dufossat! Ich habe Schüsse gehört, gleich auf der anderen Straßenseite! Und ein Mann trägt ein Fernsehgerät aus dem Haus. Zwei andere schleppen einen Generator. Machen Sie schnell!«

Ich lege auf. »Es wird wieder klingeln, aber wir gehen nicht dran. Dolores, das Haus ist groß. Gibt es einen Ausgang, von dem niemand etwas weiß? Oder an den niemand denkt?«

»Ich kann nicht denken!«, ruft sie und hält sich die Hände an die Wangen.

»Atmen, Dolores. Überlegen Sie, wie Sie aus dem Haus gehen.«

Man weiß nie, wie sich jemand unter Stress verhalten wird. Dolores St. Denis scheint auf der Einbahnstraße zur totalen Hilflosigkeit zu sein. Aber gerade, als ich denke, dass ich versuchen muss, sie mir über die Schulter zu werfen und aus dem Haus zu tragen, sagt sie: »Ich kann nicht zulassen, dass die mich kriegen.«

»Die werden Sie nicht kriegen«, versichere ich ihr. »Aber wir brauchen einen Fluchtweg aus dem Haus. Einen, den niemand vermuten würde.«

Sie nickt ruckartig, wie jemand, der sich davon überzeugen will, dass er noch am Leben und zu Bewegungen fähig ist.

»Wir sind bei Ihnen«, sagt ihr Serenity. »Denken Sie nach, Dolores. Wie kommen wir hier raus?«

»Es gibt eine Seitentür«, flüstert sie. »Gleich bei der Hecke.«

»Zeigen Sie uns die.«

KAPITEL 21

In beinahe völliger Dunkelheit verlassen wir Dolores' Haus durch eine Seitentür, die auf einen mit Büschen gesäumten Zaun führt. Es ist ein Zwischenraum von weniger als fünfundvierzig Zentimetern zwischen der Mauer und der Hecke, und ich bete, falls jemand schon hier ist, um Dolores St. Denis zu erwischen, dass er es hoffentlich nicht als Erstes auf dieser Seite versuchen wird.

Ohne jede Diskussion rennt Serenity an mir vorbei und übernimmt die Spitze, führt uns nach hinten in den Garten, fort von unserem Mietwagen, der vor dem Haus wahrscheinlich schon Aufmerksamkeit erregt hat. Tee hat eine Pistole in der Hand, eine schwarze halbautomatische Waffe, die aussieht wie ein Kaliber .40. Dolores atmet flach, aber irgendwas hält sie in Bewegung – wahrscheinlich die Erinnerung daran, was ihr damals 1966 im Sumpf von Lusahatcha widerfahren ist.

Als wir an der hinteren Hausecke ankommen, wünsche ich mir, ich hätte doch John Kaiser um Hilfe gebeten. Er könnte ein taktisches Team des FBI zusammenstellen, das sogar einen Frontalangriff durch eine wilde Meute stoppen würde. Die Frage – wie Serenity richtig angemerkt hat – ist nur: Wie lange würde er dafür brauchen?

Tee reißt die linke Hand hoch, um uns zu stoppen, aber nicht schnell genug, um zu verhindern, dass ich ihr in den Rücken renne. Als sie sich umdreht, bemerke ich ihre Frustration darüber, dass sie es mit nicht ausgebildeten Zivilisten zu tun hat.

»Bleibt hier«, zischt sie.

Ehe ich widersprechen kann, sprintet sie schon zu der verputzten Mauer an der Grundstücksgrenze, springt hoch, packt die Mauerkrone mit den Fingern, zieht sich dann hinauf und schaut auf die andere Seite. Nach etwa zwanzig Sekunden lässt sie sich langsam wieder herunter und kommt zu uns zurück.

»Da hinten ist eine Gasse«, flüsterte sie. »Da steht ein Motorrad, und es sitzt jemand drauf.«

»VK?«

»Steve McQueen ist's jedenfalls nicht.«

Sie hat bestimmt mit ihrem Onkel Catfish Gesprengte Ketten *gesehen*, überlege ich verrückterweise. Der Gedanke an eine Schießerei behagt mir nicht, besonders nicht mit Dolores mittendrin. »Sollten wir warten, bis die Polizei auf meinen Notruf wegen Einbruch reagiert?«

Serenity gefällt diese Option eindeutig nicht. »Ich höre noch keine Sirene«, flüstert sie. »Ich habe keine Lust, hier zu hocken und auf das NOPD zu warten. Die tauchen vielleicht erst in einer halben Stunde auf.«

»Was dann?«

»Er hat den Motorradständer nicht unten.« Sie kaut auf der Unterlippe, schaut mich dann scharf an. »Den könnte ich erledigen.«

»Du meinst ihn *umbringen*?«

»Nein. Ihn neutralisieren.«

Ehe ich meine Meinung äußern kann, knöpft Serenity ihre Bluse auf und zieht sie aus der Hose. »Wenn du mich schießen hörst, dann hatte ich keine andere Wahl. Okay?«

»Herrgott, Tee. Du willst doch nicht …«

»*Hör zu*. Wenn ich ›Jetzt! Jetzt!‹ schreie, bringst du Dolores durch das hintere Gartentor und folgst mir auf den Fersen. Kapiert?«

»Ja.«

Serenity drückt mir die Hand, macht kehrt und sprintet wieder nach rechts. Diesmal kletterte sie über die Mauer und lässt sich auf der anderen Seite nach unten fallen.

»Wohin geht sie?«, fragt Dolores. »Warum folgen wir ihr nicht?«

»Wir gehen auch gleich. Warten Sie noch. Ich sehe das Gartentor nicht.«

»Da drüben rechts im Efeu ist ein Tor. Ich habe den Code dafür.«

Wenigstens eine gute Nachricht. Ich schaffe es nicht mehr, länger im Dunkeln zu warten, und führe Dolores vor zur Mauer, ziehe mich hoch und schaue über die Krone.

Was ich sehe, verblüfft mich.

Serenity tänzelt auf den Biker zu wie eine betrunkene Crack-Hure, gurrt dabei etwas, das sich anhört wie wilder Sexslang aus dem Ghetto. Für mich ist das alles Kauderwelsch, aber der Biker scheint es bestens zu verstehen. Er richtet sich auf seiner Harley auf und wartet darauf, dass sie zu ihm kommt. Ich kann deutlich den VK-Aufnäher am Ärmel seiner Jacke sehen. Als Serenity nah genug herangekommen ist, streckt er die Hand aus und packt ihre linke Brust.

Serenity lässt ihn ordentlich fummeln.

Nachdem er die Ware ein paar Sekunden lang betatscht hat, macht sie den Reißverschluss ihrer Jeans auf, packt sich in den Schritt, zieht ihre Glock heraus und hämmert sie ihm ins Gesicht. Ehe der Biker sich erholen kann, hebt Tee den rechten Fuß, rammt den gegen den Tank und tritt mit aller Macht dagegen. Die Harley kommt ins Schwanken, fällt dann auf das Bein des VK-Manns.

»Jetzt! Jetzt!«, brüllt Tee und wedelt mit ihrer Glock in meine Richtung.

Ich lasse mich auf den Boden fallen, nehme Dolores beim Arm und renne nach rechts auf das Tor zu. Mit bebenden Fingern tippt Dolores den Code ein, und dann laufen wir auf die Gasse, wo Serenity wartet. Tee achtet darauf, dass wir nicht zu nah an den eingeklemmten Biker herankommen, aber als wir vorbeihasten, sehen wir, wie er sein Bein unter der Harley hervorzerrt.

Während Dolores und ich zwischen den Zäunen die Gasse hinunter zur Hauptstraße rennen, höre ich das Pop-pop-pop einer halbautomatischen Pistole. Mein Herz setzt aus, und ich zerre Dolores, um sie zum Stehen zu bringen. Sie will aber weiterrennen, also halte ich sie mit einer Hand fest, während ich mit der anderen mit meiner Pistole in die Richtung ziele, aus der wir gekommen sind.

Die Sekunden zwischen diesem Augenblick und dem Anblick von Serenity, die über die Gasse gejagt kommt, gehören zu den furchterregendsten meines Lebens. Aber zehn Sekunden, nachdem Tee uns erreicht hat, sind wir auf der Soniat Street, schauen in beide Richtungen und rennen weiter. An der nächsten Ecke, der Einmündung der Robert Street, halten wir uns rechts und gelangen zur St. Charles Avenue.

»Ruf ein Taxi«, blafft Serenity. Sie zerrt Dolores in einen schattigen Eingang. »Hier unten werden keine rumfahren. Wenn du nicht innerhalb von zwei Minuten eins findest, springen wir in die nächste Straßenbahn.«

»Keine Straßenbahn«, sage ich atemlos. »Alle Linien sind noch außer Betrieb. Hast du den Kerl erschossen?«

Das Weiße in ihren Augen blitzt in der Dunkelheit. »Nur erschreckt. Los, sonst gibt's noch mehr Schießerei.«

Wir haben dann ein Taxi genommen.

Wir mussten uns eine Weile verstecken, ehe es kam, aber vierzig Minuten später waren wir wieder in der Luft und flogen in nördliche Richtung auf Natchez zu. Ich saß vorn bei Danny McDavitt, während Tee hinten bei Dolores war. Ich rief schon mal zu Hause an und sagte Tim, mindestens drei Mann und der Yukon sollten an der Landebahn auf uns warten. Ich war mir nicht sicher, wie die VK uns zu Dolores' Haus verfolgt hatte, und ich wollte kein Risiko eingehen. Ich hätte zu gern bei John Kaiser angerufen und ihm von der Sache berichtet, aber irgendwie wusste ich, wenn ich das machen würde, dann würde Dolores alles leugnen, was sie uns gesagt hatte.

Ich hatte erwartet, sobald die Lichter von New Orleans unter uns verschwunden waren, würde sich Dolores beruhigen, aber da hatte ich mich geirrt. Sie war sich sicher, dass die VK uns nur gefunden haben konnte, indem sie Mrs. Booker in Athens Point so lange gefoltert hatte, bis sie es verriet. Schließlich konnte ich sie ein wenig besänftigen, indem ich Danny überredete, in geringer Höhe über Doloroso zu fliegen, wo ich von einem Handyturm wusste, der dort auf einem höheren Hügel stand. Dolores rief bei ihrer Schwiegermutter an und wäre beinahe zusammengebrochen, als Mrs. Booker ihr sagte, es ginge ihr gut und sie hätte keinen Besuch gehabt.

»Die können doch diesem Flugzeug nicht bis nach New Orleans gefolgt sein«, überlegte ich. »Die müssen rausgefunden haben, dass wir bei Mrs. Booker gewesen sind, und haben danach ihre Anrufe bei Dolores nachverfolgt.«

Als Dolores endlich an der Kabinenwand lehnte und die Augen schloss, stellte ich fest, dass ich eine SMS von Drew Elliot erhalten hatte: *99 % sicher, dass Peggy keinen Hirnschlag hatte. Wahrscheinlich Migräne. Glück gehabt, Penn. 24 Stunden Beobachtung, viele Vorsichtsmaßnahmen. Sie will nicht, dass Tom davon erfährt. Bis bald.*

Ich seufzte, schloss die Augen und rutschte auf meinem Sitz tiefer.

Zehn Minuten später landete Danny auf derselben Grasfläche, von der wir viereinhalb Stunden zuvor losgeflogen waren. Tim und sein Team warteten neben dem gepanzerten Yukon, und sie gaben sich große Mühe, damit Dolores sich während des Umsteigens in den Wagen sicher fühlte.

Sobald wir mein Haus erreicht hatten, führte ich Dolores zum letzten Gästezimmer im Obergeschoss. Ich bot an, sie ins Zimmer meiner Mutter umziehen zu lassen, das nun leer stand, da Mom im Krankenhaus war, aber davon wollte sie nichts wissen. Ich bot ihr etwas zu essen an, was sie auch ablehnte. Sie akzeptierte eine Tasse grünen Tee und fragte dann, ob ich vielleicht Xanax oder Valium hätte. Ich holte ein paar aus den Vorräten meiner Mutter, gab sie Dolores und ließ dann die arme Frau allein.

Unten bestanden Annie und Mia darauf, einen ausführlichen Bericht über unseren Ausflug zu erhalten. Sie aßen heißes Popcorn, und Serenity schlang es schneller herunter als alle beide. Ich strich die schlimmsten Teile von Dolores' traumatischen Erlebnissen, aber die zwei Mädchen merkten sehr wohl, dass die Erfahrung Serenity und mich erschüttert hatte. Während sie ihnen eine beinahe komische Version unserer Flucht aus dem Garden District vorsetzte, rief ich bei Carl Sims an und bat ihn, für uns bei Cleotha Booker vorbeizuschauen. Als ich ihm die Situation beschrieb, meinte er, er würde sich besser fühlen, wenn er seinen Streifenwagen über Nacht vor ihrem Haus parkte. Ich dankte ihm, deutete dann nach oben und zog an meinem verschwitzten Hemd, um den Mädchen anzudeuten, dass ich jetzt duschen würde. Serenity redete weiter, doch einen Sekundenbruchteil, ehe ich durch die Tür ging, schaute sie mich über Annies Kopf hinweg an und nickte beinahe unmerklich. Annie lachte laut, als ich die Treppe hinaufging, und ich dankte Tee stumm dafür, dass sie meine Tochter vor der Wirklichkeit unserer New-Orleans-Erfahrung bewahrt hatte.

Während das dampfende Wasser mir den Schweiß unserer Reise in die vom Hurrikan verwüstete Stadt abwäscht, denke ich wieder daran, bei John Kaiser anzurufen. Aber wenn ich das jetzt machte, würde ich Gefahr laufen, Dolores' Vertrauen zu mir zu zerstören. Nun, da sie sich versichert hat, dass es Mrs. Booker gut geht, müssen Serenity und ich an ihr arbeiten. Das einzige Problem ist, dass der Prozess meines Vaters morgen anfängt.

Während ich mir das Shampoo aus den Haaren spüle, sehe ich erneut Serenity vor mir, wie sie wie eine zugedröhnte Prostituierte die Gasse hinuntertänzelt und die Harley des Bikers umtritt. In der Sicherheit meines Badezimmers kommt mir das verteufelt komisch vor, und ich lache laut heraus. Als das Wasser kühler wird, trete ich aus der Dusche, trockne mich schnell ab und ziehe eine Trainingshose und ein T-Shirt über. Ich will gerade nach unten gehen und nach den Mädchen sehen, als jemand leise an meine Tür klopft.

»Ja? Mia? Annie?«

Die Tür geht auf, und Serenity kommt in mein Zimmer.

»Okay, hier zu reden?«, fragt sie.

»Klar. Mit Mia und Annie ist alles in Ordnung?«

Tee macht die Tür hinter sich zu. »Ich habe denen gesagt, dass ich auch duschen muss.«

Was bedeutet, dass Annie jederzeit an meine Tür klopfen könnte. »Was hältst du von Dolores' Zustand?«

»Sie steht Todesängste aus. Ich glaube, ich bleibe besser morgen mit ihr hier zu Hause. Während der Verhandlung, meine ich. Sonst haut sie vielleicht ab.«

»Einverstanden.«

Serenity setzt sich auf den Stuhl neben der Kommode. Dann lässt sie den Kopf zwischen die Knie sinken, seufzt schwer und reibt sich heftig die Kopfhaut. Nach zwanzig Sekunden richtet sie sich auf, schüttelt ihr Haar aus und lächelt seltsam.

»Das war total wild, oder?«, sagt sie.

Ich lache noch einmal. »Ich glaube nicht, dass dieser Biker dich je vergisst.«

»Ich bin nur froh, dass ich ihn nicht erschießen musste.«

Diesmal lachen wir beide und wissen unter dem Lachen, was für ein verdammtes Glück wir hatten, aus New Orleans herauszukommen, ohne verletzt zu werden – oder Schlimmeres.

»Meinst du, sie redet mit dem FBI?«, fragt Serenity, wieder ganz ernst.

»Vielleicht. Das Problem ist, dass sie zwar beinahe sicher Snake Knox in die Todeszelle bringen, aber nichts dazu beitragen kann, dass mein Vater wegen dieses Mordes an Viola freigesprochen wird.«

»Darüber habe ich auf dem Rückflug nachgedacht.« Serenity steht auf und kommt auf mich zu. »Penn, du kannst nur machen, was du eben machen kannst. Weißt du? Das musste ich in der Army lernen. Es ist eine schwere Lektion. Und he, wenn sie Snake Knox in die Todeszelle bringt, dann ist das mehr, als das FBI je geschafft hat.«

»Ich weiß. Aber …«

Sie wirft mir einen tadelnden Blick zu. »Ich möchte, dass du mich jetzt küsst«, sagt sie ruhig.

Die Hitze in ihren Augen macht mich benommener als ihre Worte. »Wirklich?«

»Weißt du das denn nicht?«

»Aber ich dachte, du und Carl …«

Ihre Lippen verziehen sich zu einem leisen Lächeln. »Bist du so blind, Junge?«

Scheiße noch mal. »Wahrscheinlich schon.«

Sie hebt sich auf die Zehenspitzen, während sie den Abstand zwischen uns verringert, dann presst sie ihren Mund auf meinen. Zunächst sanft, dann immer härter. Ihre Hände gleiten um meine Taille, ihre Finger graben sich in meinen Rücken, und dann öffnet sich ihr Mund.

Ich höre ein beinahe katzenhaftes Schnurren tief aus ihrem Hals.

Meine Finger wühlen sich in das feuchte Haar in ihrem Nacken, und meine rechte Hand legt sich flach in ihr Kreuz und zieht sie zu mir her. Während wir uns küssen, spüre ich, wie sich ein angespannter Oberschenkel und Unterschenkel um mein linkes Bein schmiegen. Sekunden später keucht sie gegen meinen Mund.

Wir fahren plötzlich auseinander, als hätten wir beide denselben Impuls verspürt, halten einander noch bei der Taille, schauen einander aber fieberhaft in die Augen.

»Was ist los?«, fragt sie.

»Nichts. Ich habe nur …«

»Ich weiß.«

»Ich denke, es ist wohl alles, was wir durchgemacht haben?«

»Ist egal, was es ist.«

Sie lacht, ein scharfes Loslassen. Aber dann verdunkeln sich ihre Augen. »O Scheiße! Kann man so was glauben? Begreifst du, wer wir sind?«

Ich brauche ungefähr drei Sekunden. »Mein Vater?«

Sie nickt, schüttelt dann den Kopf. »Und meine Mutter. Oder Viola. Herrgott, siehst du, wie einfach das bei denen passiert sein muss? Bei der Anspannung, unter der sie damals standen?«

Zum ersten Mal habe ich eine Ahnung, wie mächtig sich mein Vater in Violas Arme hingezogen gefühlt haben muss. Als Serenity und ich diese Erkenntnis verarbeiten, lassen wir die Hände sinken. Befangenheit ist ein Fluch für spontanen Sex.

Sie hebt die rechte Hand und fährt sich damit durch ihr Haar, wo ich sie berührt habe. »Ich will dich wirklich«, sagt sie. »Ich meine, ich will mich am liebsten gleich auf dich stürzen.«

Ich schlucke schwer. Das Einzige, was mich jetzt noch von ihr getrennt hält, ist vielleicht mein klares Bewusstsein, dass eine Etage tiefer Annie und Mia sind. »Aber …?«

»Ich habe das Gefühl, als spielte ich in einem bizarren Drehbuch mit, das C.G. Jung verfasst hat. Verstehst du?«

»Ja.«

Tee lacht wieder. »Warum sind wir bloß Schriftsteller und keine Schweißer?«

»Ich bin mir nicht sicher, ob das viel ändern würde.«

»Weißt du was?«, sagt sie im Ton einer Professorin, die ein unbekanntes griechisches Drama analysiert. »Wir sind *nicht* wie dein Vater oder meine Mutter. Und ich bin *nicht* wie Viola.«

»Wieso nicht?«

»Weil wir freie Menschen sind. Die waren das nicht. Wenn ich und du uns zusammentun wollen, dann hindert uns nichts daran. Wenn wir morgen ins Gerichtshaus spazieren und heiraten wollen, verdammt, dann kann uns nichts daran hindern.«

»Du überstürzt die Sache vielleicht ein bisschen.«

Serenity zeigt mir den Mittelfinger. »Was ich damit sagen will: Wenn du bist, wie unsere Eltern waren – wenn du von der verbotenen Frucht kostest –, dann weißt du irgendwie, dass die Sache eigentlich keine Zukunft hat. Das ist so, als wäre man verheiratet und hätte eine Affäre. Wenn man nicht erwischt wird, dann weiß man eigentlich ziemlich genau, dass die Beziehung von Anfang an zum Scheitern verurteilt ist.«

Sie hat recht. »Selbst wenn man sich was vormacht«, denke ich laut, »und sich eine gemeinsame Zukunft ausmalt, weiß man, dass es eigentlich keine gibt.«

»Genau. Aber für dich und mich gibt es da draußen eine Zukunft. Eine wirkliche Zukunft. Wenn wir uns jetzt lieben, dann müssen wir morgen dieser Wirklichkeit ins Auge blicken. Deine Tochter, mein Job in Atlanta. Diese Handlung hätte Konsequenzen. Lebten wir dagegen im Jahr 1964 …«

»Dann würden wir das in der Seifenblase der Geheimhaltung machen, und es würde immer in dieser Seifenblase bleiben.«

Serenity lächelt. »Genau. Dann hätten wir keine Wahl.«

Sie geht zu meiner Kommode, legt die Hände darauf, atmet mit bewusstem Rhythmus. Trotz ihrer schmalen Gestalt füllen Tees straffe Hüften ihre Jeans auf eine zutiefst erotische Art aus. Die kraftvolle Kurve ihrer Oberschenkel unter dem Hinterteil lässt all mein Blut südwärts fließen.

»Also, nachdem wir uns jetzt analysiert haben«, sage ich, »was machen wir jetzt?«

Sie richtet sich auf und schaut zu mir zurück, eindeutig noch unentschlossen. »Sag du's mir.«

»Dad, bist du endlich fertig?«

Die Stimme meiner Tochter, wie auf Stichwort.

»Ich glaube schon«, sage ich leise. »Stimmt's?«

Serenity schürzt nachdenklich die Lippen, aber nach ein paar Sekunden nickt sie. »Wir müssen viel nachdenken. Und Nachdenken unterbindet gewöhnlich solche Narrheiten.«

Ich hole tief Luft und atme dann langsam aus. »Du hast doch bestimmt in Atlanta jemanden. Stimmt's?«

Serenity seufzt. »Ich bin keine Nonne, Herr Bürgermeister.«

»Okay. Ich bin mit niemandem zusammen gewesen, seit meine Verlobte ermordet wurde.«

Sie schaut mich ein paar Sekunden schweigend an. »Nicht mal mit der Cheerleaderin?«

»Keine Witze, Tee. Es ist erst drei Monate her.«

Alle Leichtigkeit verschwindet aus ihrem Gesicht. »Tut mir leid.«

Ich kann Serenity ihr Misstrauen nicht übelnehmen. Schließlich stehe ich hier und küsse sie. »Ich gehe jetzt wieder runter.«

»He, ich habe gesagt, dass es mir leidtut.«

»Schon in Ordnung. Ich will nur nicht, dass Annie hier hochkommt und sich komisch fühlt.«

»Oh. Ja.« Sie hebt die Hand und winkt bedauernd ab. »Ganz schön beschissen, immer das Richtige zu tun, was?«

»O ja.«

In der Dunkelheit seines Zimmers auf der Rollrasenfarm in Sulphur drehte sich Snake Knox im Bett um. Sein Wegwerf-Handy vibrierte. Er rüttelte sich wach und sah sich die SMS an: *Ruf an 601–304–0095*.

Snake tastete unter dem Kopfkissen nach der Pistole, legte sie in Griffweite. Dann wählte er die Nummer.

»Hast ja nicht viel Zeit verloren, Opa«, sagte Toons Teufel. »Bist wohl nervös?«

»Haben sie die Schlampe erwischt?«

»Nein.« Toons räusperte sich und spuckte aus. »Sie kamen zu spät.«

»Was soll das heißen?«

»Jemand hat sie rausgeholt.«

Snake rieb sich die Augen und setzte sich auf. »Wer?«

»Weiß nicht. Die einzige Person, die sie gesehen haben, war eine Frau. Jung. Schwarz. Bewaffnet.«

»Eine Schwarze hat eure Jungs zum Narren gehalten? Ich hätte Wilma schicken sollen.«

»Leck mich, Knox. Ich informiere dich nur. Muss das FBI gewesen sein, schwarzes Mädel, das so mit ner Knarre umgehen kann? Die ist vorgegangen wie 'ne verdeckte Ermittlerin.«

Snake dachte darüber nach. »Penn Cage ist mit ein paar Leuten vom FBI ganz eng. Wenn der von der Cat Lady bekommen hat, was ich vermute, dann hat er vielleicht das Bureau hinzugezogen.«

»He, ich weiß nicht, was du von der Frau wolltest. Die hat in einem gottverdammten Palast gewohnt, habe ich mir sagen lassen. Hat sich von da oben Katrina angeschaut wie Marie Antoinette. Aber die Jungs hatten nicht mal Zeit, das Haus auszuräumen. Jemand von der anderen Straßenseite hat wegen Einbruch den Notruf gewählt, und ausnahmsweise ist das NOPD mal aufgetaucht.«

»Keine Ahnung, wo sie jetzt ist?«

»Nein.«

»Na, dann danke für die Blumen, Toons. Herrgott noch mal!«

Snake knipste das Handy aus, legte sich aber nicht gleich wieder hin. Er zündete sich eine Zigarette an und saß rauchend im Dunkeln, während seine Gedanken immer größere Kreise zogen wie ein Habicht, der über hohe Bäume fliegt, bis die Eichen und Hickorynussbäume und Pekanbäume, die die Berge bedecken, von Zypressen und Wasser abgelöst werden. Er sah Boote im Dunkeln, die wie Pfeile durch die Nacht schossen, Laternen am Bug. Und er sah straffe Haut, die im bebenden Lichtschein golden leuchtete. Er schloss die Augen, und das Bild wurde klarer. Und Geräusche kamen: Gelächter und Schreie und Keuchen in der feuchten Dunkelheit. Und dann hörte er sie wieder, die seltsamste Behauptung, die je ein Mensch gemacht hatte: *Ich bin auch ein Nigger … Ich bin auch ein Nigger …*

Snake fragte sich, ob die Kehle, die diese Worte geschrien hatte, wirklich immer noch auf Erden atmete. Wenn ja, dann hatte die Frau, zu der sie gehörte, mehr Macht über ihn als beinahe jedes andere Lebewesen.

Und sie war verschwunden.

Zwei Stunden nach meiner Dusche bin ich ins Bett gegangen, kann aber keinen Schlaf finden. Die Ereignisse von heute Abend, die in New Orleans und die in meinem Schlafzimmer, haben mich zu einem zuckenden Bündel von Anspannung und Übererregung gemacht. Ich habe Serenity die Wahrheit erzählt, als ich ihr gesagt habe, dass ich seit Caitlins Tod nicht mit einer Frau zusammen war. Wenn ich ehrlich mit mir bin, habe ich mich zu niemandem stark genug hingezogen gefühlt, um diesen Schritt zu machen.

Aber ich bin kein Asket.

Mit einem hatte Serenity recht. In den vergangenen Wochen habe ich im Bett gelegen und bin so verkrampft vor sexueller Anspannung gewesen, dass ich in Gedanken jede einzelne vergangene Erfahrung und auch jede mögliche zukünftige durchgegangen bin. Dass ich auf so engem Raum mit Mia Burke zusammenlebe, hat mich da mehr als einmal zumindest in Gedanken hingedrängt. Ich würde es gern leugnen, aber selbst vor zwei Jahren, als wir zusammengearbeitet haben, um Drew Elliott zu retten, hat mich Mia unzweideutig wissen lassen, dass sie ein sexuelles Wesen ist und dazu bereit wäre, mit mir zusammen zu sein. Ich war damals vernünftig genug, sie nicht beim Wort zu nehmen, und ich bin es immer noch – auch wenn sie jede Nacht am anderen Ende des Flurs schläft. Aber im sicheren Hafen meiner Gedanken war ich viele Male mit ihr zusammen, und nichts hat mir das deutlicher vor Augen gerufen als Serenitys Ankunft, die die sexuelle Dynamik in diesem Haus völlig verändert hat.

Sie hatte natürlich auch mit der Jung-Sache recht.

Sie und ich, wir sind in den Fußstapfen unserer Eltern gewandelt, und zwar genauso blind wie alle anderen Menschen, die die Fehler der Vergangenheit wiederholen. Wenn ich daran denke, wie selbstgerecht ich meinen Vater verurteilt habe und wie schnell ich selbst die Arme nach Serenity ausgestreckt habe … und ich habe nicht mal einen Bruchteil des Drucks auszuhalten, unter dem er 1968 gestanden haben muss. Natürlich war mein Vater damals verheiratet, und ich bin es nicht. Aber trotz Caitlins Tod habe ich mich bis heute Abend so gefühlt, als wäre ich verheiratet. Trotzdem …

Habe ich auch nur ein einziges Mal an Caitlin gedacht, als ich Serenity an mich zog? Nein.

Als ich in der kühlen Dunkelheit liege und nur das Summen der Klimaanlage als Gesellschaft habe, versuche ich vergebens, die Gesichter und Gestalten auszulöschen, die vor meinen Augen auftauchen. Vielleicht ist die einzige Lösung, die Bilder zu akzeptieren und mir selbst Erleichterung zu verschaffen. Als ich mit der Hand unter die Bettdecke schlüpfe, überlege ich, ob Serenity im Gästezimmer am anderen Ende des Flurs in ähnlichen Qualen liegt. Sie hat vor Begehren gezittert, als sie da bei meiner Kommode stand. Hat sie leichter in den Schlaf gefunden als ich? Oder berührt sie sich in diesem Augenblick auch?

Während ich diesen Gedanken noch weiterverfolge, durchschneidet ein Lichtstrahl die Dunkelheit und fällt auf mein Bett. Ich drehe mich um und sehe einen Schatten, der rasch durch den Lichtstrahl schreitet – dann schließt sich meine Tür. Ein paar Sekunden lang bin ich angespannt, aber irgendwie weiß ich, dass ich mich nicht fürchten muss.

Die Bodendielen knarzen einmal, dann noch einmal. Ein leiser Fluch schwebt durch die Nacht. Dann spreizt sich eine dunkle Hand auf meinem weißen Laken, und zwei dunkle Knie drücken die Matratze nieder. Ich kann kein Gesicht sehen, aber der ungewohnte Duft sagt mir, dass es Serenity sein muss.

Ich stütze mich auf einen Ellbogen und versuche vergeblich, in der Dunkelheit ihre Züge auszumachen. Ich strecke die Hand nach der Lampe auf dem Nachttisch aus, aber sie sagt: »Nein.«

Dann zieht sie meine Hand zu ihrer Brust und drückt meine Handfläche dagegen.

»Tee«, flüstere ich. »Was ist mit …«

»Sag nichts«, erwidert sie mit leiser, bestimmter Stimme. »Das meine ich ernst.«

Nach ein paar atemlosen Sekunden beginne ich, ihre Brust zu kneten. Ein Schnurren ertönt aus ihrer Kehle. Sie drückt mich auf den Rücken, schwingt ein Knie über meine Hüften, greift suchend zwischen uns.

»Herrgott«, keuche ich.

»Ich hab dich gewarnt«, sagt sie und senkt ihr Gewicht über mich. »Wenn du noch ein einziges Wort sagst, höre ich auf.«

DIENSTAG

KAPITEL 22

Um 6:14 am Dienstagmorgen entließ sich meine Mutter gegen den ausdrücklichen Rat ihres behandelnden Arztes selbst aus dem St. Catherine's Hospital. Nicht einmal die Tatsache, dass dieser Arzt der Praxispartner ihres Mannes war, gab Drew Elliot besondere Macht, sie festzuhalten. Drew blieb nur übrig, mir Bescheid zu sagen. Vierzig Minuten später brachte eine von Moms Freundinnen sie zu mir nach Hause. Annie und Jenny halfen ihr beim Baden und Anziehen. Nichts auf Gottes Erde, beharrte sie, könne sie davon abhalten, während des Prozesses gegen ihren Mann im Gerichtssaal in der ersten Reihe zu sitzen. *Wenn der Herrgott so große Sehnsucht nach mir hat*, sagte sie, *dann muss er mich eben im Gerichtssaal dahinraffen und nicht im Krankenhaus*.

Sobald Mom fertig war, genehmigten wir uns ein leichtes Frühstück, und anschließend ging Tim Weathers mit uns die Routine für den Aufbruch zum Gericht durch, wie er sie von uns an jedem Prozessmorgen erwartete.

Der gepanzerte Yukon ist zu breit und passt nicht auf die schmale Einfahrt neben meinem Haus. Deswegen versammeln wir uns alle an der Haustür und begeben uns dann auf Tims Kommando, abgeschirmt durch die Körper und Waffen der Sicherheitsleute von Vulcan Asset Management, so schnell wie möglich die Stufen hinunter in den großen SUV und damit in Sicherheit.

Ich stehe mit Annie und Mia an der Tür, die äußerst verärgert sind, weil man ihnen verboten hat, am Prozess teilzunehmen. Tim und seine Männer kundschaften draußen die Umgebung aus. Jenny hat Mom auf die Toilette im Obergeschoss begleitet, ein letztes Mal vor dem Prozess. Serenity ist auch oben und tut ihr Möglichstes, damit sich Dolores bei uns wohlfühlt. Als Mom oben an der Treppe erscheint, ist Jenny nicht bei ihr, also rennt Annie die Stufen hoch, um ihr nach unten zu helfen.

Ich bin allein mit Mia und merke plötzlich, dass sie im Haus eine Sonnenbrille trägt, was für sie ungewöhnlich ist. Ehe ich fragen kann, ob sie vorhat, mit Annie nach draußen zu gehen, sagt sie leise: »Du bist jetzt also ein echter Gentleman aus dem Süden?«

»Wie bitte?«

»Beim Frühstück habe ich ganz neue Vibes gespürt.«

»Was für Vibes?«

Mia senkt das Kinn und schaut mich über die Sonnenbrille hinweg an. »Zwischen dir und deinem Gast?«

Mir schießt das Blut in die Wangen, als ich endlich begreife, was sie meint.

»Glaubst du, Annie hat das auch bemerkt?«, flüstere ich und schaue rasch zur Treppe.

Annie und Mom sind schon halb unten.

»Ich glaube, Annie hat Sex noch nicht auf dem Radar. Aber wenn ihr so weitermacht, spürt sie bestimmt was.«

Sie schiebt sich die Sonnenbrille auf ihrer kecken kleinen Nase hoch, bedeckt die Augen wieder. Als Mom den Boden des Erdgeschosses berührt, starre ich Mia immer noch an. »Was soll der echte Gentlemen aus dem Süden …?«

»Tim kommt zurück«, sagt Mia, und richtig, die Tür öffnet sich wie auf ihren Befehl. »Zeit zu gehen, alle miteinander!«

Ich sitze im Yukon, und wir sind schon auf halbem Weg zum Gerichtsgebäude, als ich verstehe, was sie mit ihrem Kommentar von dem »echten Gentleman aus dem Süden« gemeint hat. Diesen Spruch habe ich das erste Mal in der High School gehört. Wahrscheinlich sagt man das hier in der Gegend seit etwa 1805 und anscheinend auch jetzt, zweihundert Jahre später, immer noch.

Du bist kein echter Gentleman aus dem Süden, eh du nicht deinen Pinsel in schwarze Tinte getaucht hast.

Wenn man bedenkt, dass Mia Burke erst zwanzig ist, weiß sie ziemlich gut, wie man hundsgemein zuschlägt. Da hat sie wohl in Harvard ein bisschen was dazugelernt.

Der Gerichtssaal von Richter Joe Elder ist – an großstädtischen Maßstäben gemessen – nicht besonders groß, für Mississippi-Verhältnisse jedoch geräumig. Die Wände sind cremeweiß gestrichen, die Vorhänge und Stühle blau, das Holz ist aus Eiche oder Kiefer gebeizt. Sobald der Richter eintritt und auf seinem erhöhten Sitz Platz nimmt, ist er hoch über allen außer den Zuschauern auf der Galerie. Der Zeugenstand ist eigentlich kein Stand, sondern eine umschlossene Kiste, die sich eine Stufe über dem Boden befindet. Die Geschworenen in der zweiten Reihe der Geschworenenbank sitzen höher als die Zeugen. Über dem Zuschauerraum befindet sich eine große Galerie, zu der eine Treppe links hinten im Saal hinaufführt. Die Wände zwischen den hohen Fenstern, durch die der Frühlingssonnenschein in den Raum fällt, sind mit Porträts ehemaliger Richter geschmückt, und alle bis auf einen sind Weiße. Über der Richterbank hängt das Wappen des Staates. Doch der symbolträchtigste – und ironischste – Gegenstand im Saal ist die Staatsfahne von Mississippi, die zwar im Gerichtssaal eines afroamerikanischen Richters hängt, aber immer noch im oberen linken Quadranten die Kriegsfahne der Konföderierten zeigt.

Ich habe während meiner Juristenlaufbahn beinahe tausend Strafrechtsfälle vor Gericht gebracht. Ich habe unzählige Stunden in Gerichtssälen verbracht und genau das getan, was ich auch jetzt tue: auf einen Richter warten. Bei den meisten Prozessen saß ich am Tisch der Anklage und habe den Staat Texas vertreten. Heute bin ich in Mississippi und nur Zuschauer. Und der Mann, der an dem mir vertrauten Platz sitzt, ist einer meiner Todfeinde: Shadrach Johnson.

Der Bezirksstaatsanwalt von Adams County wartet am Tisch der Anklage wie ein Schauspieler auf der Höhe seiner Kunst hinter der Bühne eines Broadway-Theaters. In fünf Minuten wird Shad das Eröffnungsplädoyer im wichtigsten Prozess seines Lebens halten. Ungewöhnlich ist, dass er allein am Tisch sitzt. Sein stellvertretender Bezirksanwalt, ein junger Mann Mitte dreißig, hat auf einem der Stühle hinter dem Tisch Platz genommen, die gleich vor der Schranke zum Zuschauerraum stehen.

Etwa sechs Schritte links von Shad sitzt Quentin Avery in seinem motorisierten Rollstuhl hinter dem Tisch der Verteidigung. Eine

Häkeldecke bedeckt dezent seinen beinlosen Schoß, ein graues Armani-Jackett seine Schultern. Rechts von Quentin – direkt in der Blickachse der Geschworenen – sitzt mein Vater so kerzengerade da, wie es seine Arthritis und die Osteoporose in seiner Wirbelsäule zulassen. In den drei Monaten im Gefängnis hat Dad zwanzig Pfund abgenommen. Er war schon nach dem Herzanfall im Oktober ziemlich viel dünner geworden; jetzt hängt sein Anzug an ihm, wie Anzüge an dahinwelkenden Männern hängen, die das Geld ihrer Kinder nicht mehr an neue Kleidung verschwenden wollen.

Doris Avery lehnt sich auf ihrem Stuhl, der ein paar Schritte hinter dem Tisch der Verteidigung steht, an die Schranke zum Zuschauerraum an. Die meisten Leute nehmen wahrscheinlich an, dass sie Sekretärin ist und nicht selbst Anwältin. Ich gehöre zwar nominell auch zum Team der Verteidigung, habe aber in der ersten Reihe des Zuschauerraums *hinter* der Schranke zwischen meiner Mutter und Rusty Duncan Platz genommen. Auf Moms anderer Seite sitzt meine Schwester Jenny. Ein hilfsbereiter Gerichtsdiener hat für uns Plätze unmittelbar hinter dem Tisch der Verteidigung reserviert. So wird allen deutlich, dass wir Dad unterstützen, aber unser Blick auf ihn ist auf seinen Hinterkopf beschränkt.

Drei Monate Sensationsberichte vor dem Verfahren haben dafür gesorgt, dass es bei der Eröffnung des eigentlichen Prozesses nur noch Stehplätze gibt. Da Caitlins Schwester Chefin des *Natchez Examiner* ist, war die Berichterstattung vor Ort unparteiisch, aber die Zeitungen in Jackson und Baton Rouge haben voller grimmiger Freude die gruseligeren Aspekte des Falls ausgeschlachtet, und sogar die überregionalen Medien haben über diesen »bahnbrechenden« Fall berichtet. In Natchez wird eher selten beantragt, dass Fernsehkameras im Gerichtssaal zugelassen werden. Aber es war nur ein Hauch vom Rassismus der sechziger Jahre nötig, und schon kommen die Fernsehsender mit ihren Spürhunden angerannt. Zum Glück hat Richter Joe Elder all diese Anfragen abgelehnt und stattdessen einen Reporter aus dem Pressepool beauftragt, digitale Aufzeichnungen von den einzelnen Verfahrenstagen zu machen. Richter Elders Entscheidung hat mich überrascht. Ich nehme an, er wollte so verhindern, dass die Anwälte beider Seiten das Gericht zur Selbstdarstellung missbrauchen. Joe Elder kennt Shad Johnson gut genug, um zu wissen, dass er bei jeder sich bietenden Gelegenheit vor der Kamera um Effekt haschen würde. Und was Quentin Avery angeht: Ein Anwalt mit dem Spitznamen »Prediger« würde sicher wissen, wie er das Fernsehen zu seinem Vorteil einsetzen kann.

Es wäre jedoch egal gewesen, wenn zu dem Fall kein einziges Wort in den Medien zu hören oder zu lesen gewesen wäre. Wenn ein allseits beliebter weißer Arzt wegen Mordes angeklagt wird und gleichzeitig wilde Gerüchte über mehrere uneheliche schwarze Kinder kursieren, hätte man den Saal nur mit Leuten aus Natchez locker zwanzig Mal füllen können. Während der Gerichtsdiener uns hineingeleitete, hat er mir erzählt, dass manche schon seit sechs Uhr Schlange standen, weil sie hofften, so einen Platz im Zuschauerraum zu ergattern. Der Richter hat sogar erlaubt, dass einige Leute hinten im Saal stehen. Erstaunlicherweise sind die acht Stühle zwischen den Fenstern an der linken Wand mit Hilfssheriffs besetzt. Normalerweise wären dort fünf oder sechs leer geblieben.

Über die Schulter sehe ich hinter mir eine Menschenmenge, die zur Hälfte aus Weißen und zur anderen aus Schwarzen besteht. Es scheint nichts Gutes zu verheißen, dass sich die Leute nach Rassen getrennt hingesetzt haben. Diese selbst auferlegte Rassentrennung ist allerdings nicht absolut: In der schwarzen Abteilung sind einige wenige weiße Gesichter eingestreut und in die weiße einige Afroamerikaner. Ich kann mich jedoch des Gefühls nicht erwehren, dass unter dem gedämpften Murmeln der erwartungsvollen Gespräche tiefe Gefühlsströmungen brodeln.

Zu meiner Überraschung sehe ich einige Menschen, die potenzielle Zeugen sind – zumindest Zeugen, die ich aufrufen würde, wenn ich meinen Vater zu verteidigen hätte. Violas Schwester Cora und Lincoln Turner sind die offensichtlichsten Kandidaten. Quentin könnte sie mit Leichtigkeit aus dem Saal verweisen lassen, indem er »sich auf die Regel beruft«, was jeder kompetente Verteidiger machen würde, um zu verhindern, dass Zeugen aufgrund der Aussagen anderer ihre Geschichten verändern. Doch aus irgendeinem Grund hat Quentin das nicht gemacht. *Was für ein verrücktes Spiel spielt er?*, überlege ich. *Begreift er wirklich, worum es hier geht?*

Meine Mutter drückt mir die Hand so fest, dass meine Fingernägel schon blau werden, aber ich protestiere nicht. Sie trägt ein taubenblaues Kleid und Handschuhe – jawohl, Handschuhe – und sieht aus wie die First Lady während einer Anhörung im Kongress, bei der ihrem Gatten Beweise für ein Amtsenthebungsverfahren vorgelegt werden könnten. Mom stammt allerdings aus einfacheren Verhältnissen als Hillary Clinton. Sie ist auf einer Farm geboren, die gerade eben den Lebensunterhalt der Familie sichern konnte, und sie hat Baumwolle gepflückt, von der Zeit, als sie gerade einen Sack schleifen konnte, bis sie als Erste in ihrer Familie zum College ging. Sie besuchte eine Grundschule mit nur zwei Klassenzimmern, las im Sommer nach ihrem letzten Schuljahr fünfundsiebzig Romane und schloss das College als Jahrgangsbeste ab. Nachdem sie in den Slums von New Orleans unterrichtet hatte, um meinem Vater das Medizinstudium zu ermöglichen, lebte sie einige Jahre als Angehörige eines Militärmitarbeiters in Deutschland, von Frauen umgeben, die mehr für ihre Frühjahrsgarderobe ausgaben als sie für alle ihre Kleider seit ihrem Hochzeitstag. Und doch sonnte sich Mom trotz ihrer »erfolgreichen« Ehe niemals im Prestige der Arztgattin, das in einer kleinen Stadt wie Natchez erheblich ist. Sie hatte auch nichts für die Frauen übrig, die ehemals in den schicken Studentinnenverbindungen gewesen waren und nun die Leitung der Gartenklubs übernommen hatten. Trotzdem trat sie einmal einem dieser Klubs bei und arbeitete unermüdlich an den ihr zugeteilten Projekten mit, damit ihre Kinder Teil des gesellschaftlichen Gefüges der Stadt wurden.

Wie muss sie sich fühlen, überlege ich, wenn sie hier sitzt und zuschaut, wie ein schwarzer Richter, zwei schwarze Anwälte und eine mehrheitlich mit Schwarzen besetzte Geschworenenbank über das Schicksal ihres Mannes entscheiden, der angeblich das Verbrechen begangen hat, eine schwarze Frau umgebracht zu haben, der er sich einmal zugewandt hatte, um liebevollen Trost zu bekommen? Zwölf Bürgerinnen und Bürger von Adams County, Mississippi, sieben Schwarze und fünf Weiße. Ganz gleich, wie edel ihre Absichten auch sein mögen, ganz gleich, wie unparteiisch sie ihrer Meinung nach sein können, hier ist dieser Abstand unmöglich. Die Menschen auf dieser Geschworenenbank repräsentieren eine zersplitterte Stadt, einen uneinigen Staat, eine geteilte Nation. Man wird ihnen Beweise vorlegen, aber sie werden diese Beweise nicht alle im gleichen Licht sehen. Argumente werden an sie alle gemeinsam gerichtet, aber sie werden nicht dieselben Worte hören. Diese Geschworenen werden wie Männer und Frauen sein, die sich mitten in einer Scheidung befinden. Für neutrale Beobachter sind die Fakten, um die es geht, vielleicht glasklar, doch die Hauptbeteiligten sehen nur die Spiegelungen ihrer eigenen Ängste, hören nur das Echo ihrer eigenen Vorurteile, handeln nur aus Zorn und verletztem Stolz.

Ich bin überrascht, dass Mom ohne ein beinahe gesundheitsschädliches Level von Xanax oder Zoloft im Blut hier sitzen kann; und doch bin ich sicher, dass sie keine Medikamente genommen hat, um diesen Prozess durchstehen zu können. Sie mag siebzig sein, aber Peggy Cage ist noch immer das Mädchen von der Farm, nach dem seine Mutter rief, damit es die Mokassinschlangen und Klapperschlangen tötete, die ab und zu auf die Veranda geglitten kamen, während die Männer auf dem Feld waren.

Die kleine Hand, die nun meine umklammert hält – die Hand, die einmal genauso fest den Stiel einer Hacke umklammert hat –, ist so feucht, dass der sie umkleidende Handschuh durchnässt ist, und ihre Nägel graben sich wie Messerspitzen in meinen Handrücken ein. Ich beuge mich nah an Moms Ohr und flüstere: »Jetzt kommt jeden Augenblick der Richter. Dann hält Shad sein Eröffnungsplädoyer. Das wird schlimm anzuhören sein, aber Quentin macht bestimmt gleich allen verlorenen Boden wieder gut, kaum dass Shad sich gesetzt hat.«

»Penn«, flüstert sie. »Ich kenne einige von den Geschworenen. Die dritte von links in der zweiten Reihe, das ist Edna Campbell. Und der Mann zwei Plätze neben ihr. Der hat bei einer Tankstelle gearbeitet, wo ich immer hingegangen bin. Er war immer so unhöflich. Und – mein Gott, die schwarze Frau am anderen Ende, in der ersten Reihe … die hat für Margaret Corwin in Glenwood drüben gekocht, wenn die Partys veranstaltet hat.«

»Mom, so ist es nun mal in der Kleinstadt. Lass dir eines raten: Versuche nicht, über die Geschworenen nachzudenken. Schau sie nicht mal an. Du machst dich nur verrückt, wenn du versuchst, jedes Stirnrunzeln und jede hochgezogene Augenbraue zu analysieren, und dabei verpasst du dann die Hälfte der Zeugenaussagen.«

»Aber das Schicksal deines Vaters liegt in den Händen dieser Leute!«, zischt sie mit großer Dringlichkeit.

»Dads Schicksal wird von Quentin und Shad entschieden, weit mehr als von diesen zwölf Leuten. Und von Dad selbst vielleicht. Also spar dir die Aufregung.«

Mom antwortet nicht, aber ihr Griff wird noch eine Stufe fester. Allmählich wird meine Hand taub. Während ich versuche, den Schmerz zu ignorieren, wird mir schlagartig bewusst, wie historisch dieser Prozess ist. Natchez hat eine ruhmreiche Justizgeschichte: Hier wurde 1821 die erste Rechtsanwaltskammer der Vereinigten Staaten gegründet. Und in jüngerer Zeit hat das Justizministerium beschlossen, ein Bundesbezirksgericht hierher nach Natchez zu verlegen, das vor über zweihundert Jahren die Hauptstadt des Territoriums Mississippi war. Zwischen diesen beiden historischen Punkten liegen einige bemerkenswerte Prozesse, von denen einige am besten in Vergessenheit bleiben. Aber an den Prozess meines Vaters wird man sich gewiss lange erinnern, nicht nur wegen des Themas, das hier erörtert wird. Ein Verfahren, bei dem nicht nur der Richter, sondern auch die beiden Hauptanwälte Schwarze sind, ist in Mississippi so selten wie Schnee. In meinem Staat sind schwarze Bezirksstaatsanwälte dünn gesät. Richter Joe Elder ist einer der schlauen Anwälte, die um die fünfzig begriffen haben, dass das staatliche Pensionssystem eines der besten ist, und beschlossen, sich für das Richteramt zu bewerben. Den größten Teil seiner sechsjährigen Amtszeit hat er hinter sich, und nach allen Maßstäben war er bisher ein beispielhafter Richter. Elder ist in Ferriday, Louisiana, geboren, besuchte die historisch schon immer schwarze Alcorn State University, wo er Basketball spielte, und studierte dann an der Juristischen Fakultät der Howard University in Washington D.C. Nach ein paar Jahren in einer Anwaltskanzlei in Washington kehrte er nach Mississippi zurück und eröffnete seine Kanzlei in der Lawyers' Row in Natchez. Wie die meisten Anwälte vor Ort übernahm er jeden Fall, der ihm auf den Schreibtisch kam, und war vermutlich für die meisten überqualifiziert. Oft hat er den Jura-Absolventen der weißen Ole Miss vernichtende Niederlagen beigebracht, wenn er ihnen vor Gericht begegnete, und ich ahne, dass ihm das beträchtliches Vergnügen bereitet hat.

Unmittelbar links von mir sitzt einer von diesen auf der Ole Miss ausgebildeten Anwälte. Rusty Duncan hat so ungefähr jede Art von juristischen Arbeiten gemacht. Das Schulgeld seiner vier Kinder an der St. Stephen's Prep bezahlen aber seine Klagen vor Gericht und seine Scheidungsfälle. Fünfzig Pfund schwerer als bei unserem gemeinsamen Schulabschluss an St. Stephen's, hat der bekennende Zyniker die krebsrote Gesichtsfarbe eines Mannes, der in der letzten Woche auf dem Lake St. John Wasserski gefahren ist, während ihm der Bauch über die abgeschnittene Jeans im Stil der siebziger Jahre hing. Aber der Schein trügt. Rusty kann immer noch barfuß Wasserski laufen, wenn ihn jemand dazu herausfordert, und er kann die psychologische Lage im Gerichtssaal so messerscharf einordnen wie kein zweiter.

»Bitte erheben Sie sich«, ruft der Gerichtsdiener. »Erheben Sie sich für den ehrenwerten Joseph D. Elder vom fünften Kreisgericht des großen Staates Mississippi!«

Die Gespräche verstummen, als Richter Elder, ganze hundertachtzig Zentimeter, mit großen Schritten durch eine Seitentür in den Saal kommt und die Stufen zu seinem hohen Sessel hinaufsteigt. Elder ist immer noch schlank und bewegt sich mit der Anmut eines Athleten. Der geschorene Schädel lässt ihn zehn Jahre jünger erscheinen, als er ist, beinahe sechzig. Seine tief sitzenden Augen strahlen Autorität aus; er muss nicht sprechen, um deutlich zu machen, dass er sich von niemandem etwas gefallen lassen wird. Richter Elder ist dunkler als Quentin Avery, dessen Haut die Farbe geschälter Pekannüsse hat; und verglichen mit Shad – der so hellhäutig ist wie die Chorusmädels im Cotton Club – wirkt Elder wie ein Massai-Krieger. Während der Richter sich über die Akten auf seinem Tisch beugt, beginnen einige ganz Mutige in der Zuschauermenge miteinander zu flüstern.

»Weißt du, wie die für mich aussehen?«, flüstert mir Rusty Duncan ins Ohr.

»Wer?«, frage ich.

»Shad, Quentin und Richter Elder.«

»Wie?«

»Shad ist Sidney Poitier, Quentin ist Morgan Freeman und der Richter …«

»Halt die Klappe, Rusty.«

»Ach, komm schon, Joe ist ohnehin noch beschäftigt.« Rusty stößt mich mit der Schulter an. »Schau mal, George redet gerade mit ihm.«

Und richtig, der Gerichtsdiener ist zum Richter hinaufgegangen, um sich mit ihm über irgendwas zu beraten. »Shad Johnson erinnert dich an Sidney Poitier?«, frage ich erstaunt. »Das ist, als würdest du Rush Limbaugh von Gregory Peck spielen lassen.«

»Ich weiß. Poitier wäre gegen seinen Typ besetzt, aber das funktioniert bei großartigen Schauspielern immer. Als Sidney noch jung war, hatte er dieselbe ehrgeizige Intensität wie Shad, der schwarze Junge aus Mississippi, der es bis nach Harvard geschafft hat.«

»Ich würde Poitier die Rolle von Richter Elder geben. Dazu müsste er allerdings Plateauschuhe tragen. Wen würdest du als Richter Elder besetzen?«

»Isaiah Washington.«

»Wer zum Teufel ist das denn?«

»Der schwarze Chirurg aus *Grey's Anatomy*.« Rusty schaut mich von der Seite an. »Ich dachte, Annie wäre ein Fan dieser Serie.«

»Das ist sie auch, aber ich schaue mir die doch nicht genau an. Ich genieße einfach die Zeit mit Annie.«

»Na ja, Quentin ist eindeutig Morgan Freeman. Er hat das weiße Kraushaar, die Stimme wie aus einem Visa-Werbespot und das aufbrausende Temperament, als würde er jeden Augenblick explodieren, wenn man ihn zu sehr bedrängt. Wie Crazy Joe Clark, weißt du noch?«

»Wenigstens ist Morgan Freeman aus Mississippi.«

Obwohl Rusty zu taktvoll ist, um Lincoln Turner zu erwähnen, drehe ich mich um und schaue nach links, an meiner Mutter vorbei dahin, wo mein Halbbruder hinter dem Tisch der Anklage sitzt. Lincoln sieht haargenau so aus, wie er ist: ein Mann, der in eine blutige Fehde verstrickt ist und darauf wartet, dass das Gericht den grausamen Vater bestraft, von dem er annimmt, dass er seine Mutter umgebracht hat. Das straff gespannte Kinn und der Schimmer von

Schweiß auf seinem Gesicht vermitteln mir das Gefühl, dass Lincoln, falls die Geschworenen nicht zu dem von ihm gewünschten Urteil kommen, nur zu gern das ihm angemessen scheinende Urteil selbst vollstrecken würde. Es ist pervers, aber ich ertappe mich dabei, wie ich in Gedanken nach einem Schauspieler suche, der die Bösartigkeit darstellen könnte, die Lincoln Turner ausstrahlt.

»Clarence Williams der Dritte«, flüstert mir Rusty ins Ohr.

»Was?«

»Der sollte Lincoln spielen. Clarence Williams hat in *Purple Rain* den Vater von Prince gespielt. Er war auch der ›Linc‹ in der alten Serie *Twen-Police*, aber damals war er noch ein hübscher Jüngling. Mit den Jahren hat er die kaum gezügelte Wut entwickelt, die dein Bruder da drüben ausstrahlt.«

»*Halbbruder*. Verdammt, Rusty, mein Vater steht wegen Mordes vor Gericht, und du machst eine Mini-Fernsehserie draus!«

»Mach mich zu deinem Agenten, und dann krieg ich das hin!« Wie die meisten Anwälte, die regelmäßig vor Gericht klagen, kennt Rusty keinerlei Scham. »Hab ich dir schon erzählt, dass ich Morgan mal getroffen habe, in seinem Blues-Klub in Clarksdale? Ich frage mich, ob der sich wohl noch an mich erinnert?« Rusty stößt mir den Ellbogen in die Rippen. »Das ist eine Riesensache, Kumpel. Warum meinst du, stehen wohl Court TV und CNN draußen auf der Treppe?«

»Weil Elder so viel Verstand hatte, sie nicht hier reinzulassen.«

»Verlass dich lieber nicht drauf. Joe gibt da unter Umständen gleich nach. Darüber redet George vielleicht gerade mit ihm.«

Neue Angst weckt in mir das dringende Bedürfnis, mich zu erleichtern. »Quatsch! Wie können die einen Richter unter Druck setzen?«

»Gewählte Richter sind Politiker, mein lieber Mann. Und welcher Politiker will nicht ins Fernsehen?«

»Ich.«

Rusty verzieht das Gesicht. »Du bist die echte Ausnahme. Eins lass dir gesagt sein: Sobald hier die erste große Enthüllung aufs Tapet kommt, haben wir Kameras im Gerichtssaal.«

»Ruhe im Gericht!«, ruft der Gerichtsdiener.

Diesmal verebbt das Murmeln langsamer, so langsam, dass Richter Elder die Augen über die Menge schweifen lässt wie ein Maschinengewehrschütze, der durch das Zielfernrohr schaut.

»Ehe wir anfangen«, sagt Elder mit seinem tiefen Bariton, »möchte ich eines klarstellen. Wegen der traurigen Bekanntheit dieses Falls haben manche Leute vielleicht das Gefühl, dass hier die normalen Regeln guten Benehmens nicht gelten.« Er schaut zu den Tischen der Anwälte hinunter. »Vielleicht haben sogar manche *Anwälte* dieses Gefühl. Aber lassen Sie mich allen hier Anwesenden eines versichern: Wenn Sie in diesem Gerichtssaal Ärger verursachen, wenn Sie ungebührliche Emotionen zur Schau stellen oder Störungen irgendeiner Art verursachen, dann wandern Sie ins Gefängnis. Und Sie gehen nicht über Los und streichen auch keine zweihundert Dollar ein.«

Wenn das ein Witz sein soll, lacht jedenfalls keiner.

»Meine Damen und Herren«, sagt Richter Elder ernst, »ein angesehenes Mitglied dieser Gemeinde ist des Mordes angeklagt, und draußen ziehen die Haie ihre Kreise. Medienleute, politische Fanatiker mit ihren eigenen Absichten. Manche haben es vielleicht sogar bis in diesen Saal geschafft. Also sage ich es noch einmal: Es sind Deputys anwesend, die meine Anordnungen ausführen werden, ohne auch nur eine Sekunde zu zögern. Und ich werde keine fünf Minuten Schlaf verlieren, weil ich *irgendjemanden aus diesem Gerichtssaal* hinter Gitter gesteckt habe. Deutlicher kann ich mich nicht ausdrücken. Sagen Sie also nicht, man hätte Sie nicht gewarnt.«

Die Zuschauer sind vor Richter Elders ehrfurchtgebietender Präsenz zurückgewichen, und während sie noch gegen ihre Stuhllehnen gepresst sind, sagt der Richter: »Herr Bezirksstaatsanwalt, Sie können jetzt mit Ihrem Eröffnungsplädoyer beginnen.«

Auf diesen Augenblick hat sich Shadrach Johnson sein ganzes Leben lang vorbereitet. Mit vierundvierzig Jahren ist er in der Welt nicht annähernd so weit aufgestiegen, wie er sich das einmal vorgestellt hat. Shad glaubte sicher, dass er Gouverneur von Mississippi werden würde. Dieses Ziel hatte er sich gesetzt, als er aus Chicago nach Natchez zurückkehrte und sich vor sieben Jahren als Kandidat um das Bürgermeisteramt aufstellen ließ – inzwischen vor beinahe acht Jahren, wird mir klar. Und ob es nun stimmt oder nicht, jedenfalls gibt Shad mir die Schuld für den schlimmsten Rückschlag bei diesen Bestrebungen. Manchmal hat er recht, manchmal nicht. Die schwarze Bevölkerung hier hat Shad, einen ehrgeizigen »Außenstehenden«, nicht annähernd so schnell akzeptiert, wie Shad das angenommen hatte. Der war ja nicht einmal ein zurückgekehrter verlorener Sohn. Doch hauptsächlich zögerten die Leute, weil sie kollektiv von der Annahme ausgingen, dass Shad nur an der Förderung seiner eigenen Sache und nicht der seiner Wähler gelegen war.

Doch heute bietet sich ihm die Gelegenheit, all diese Rückschläge wettzumachen. In den drei bis fünf Tagen, die dieser Prozess wohl dauern wird, kann Shad sich an mir rächen, sich in den Augen des Teils der Leute reinwaschen, die ihn eher skeptisch betrachten, einen Haufen politisches Kapital aus der Sache schlagen und – was ihm am besten gefällt – ein paar kostbare Stunden im Rampenlicht der Medien herumstolzieren. Shads Eitelkeit ist beträchtlich, jedoch nicht so groß, dass er irgendetwas für selbstverständlich halten würde. Da hat er im Umgang mit mir ein paar Lektionen gelernt. Und selbst ein Harvard-Absolvent tut gut daran, Quentin Avery nicht zu unterschätzen. In der Jurafakultät von Harvard zitiert man immer noch Prozesse, die Quentin vor den höchsten Gerichten des Landes geführt hat, als Meilensteine der Jurisprudenz.

Quentin weiß auch, dass er Shad Johnson nicht unterschätzen sollte. Aus komplexen Rassengründen, die ich nur teilweise verstehen kann, verspürt er eine seltsame Feindseligkeit gegen Shad. Quentin hat einmal versucht, mir das zu erklären, und obwohl ich seine Argumente begreife, kann ich nicht die gleichen Emotionen empfinden wie er. Ich weiß aber, dass Quentin – der schwarze Anwalt aus Mississippi, der mit pragmatischem Idealismus und unerschütterlicher Standhaftigkeit dazu beigetragen hat, die Rassentrennung zu bekämpfen – voller Trauer und mit ziemlich viel Wut auf Shad Johnson blickt. Quentin versteht selbstsüchtige Impulse; er selbst hat sich in den 1990er Jahren ätzende Kritik gefallen lassen müssen, weil er in Jefferson County einige Sammelklagen vertreten und sich dabei ungeheuer bereichert hat. Aber Quentin spürt bei Shad eine andere Art von Gier – einen Hunger nach Bewunderung, Verehrung, sogar Anbetung –, ohne dass er bereit ist, die harte Arbeit auf sich zu nehmen, mit der man sich derlei gewöhnlich verdienen muss. Quentin glaubt auch, dass Shad, nachdem er all diese Dinge erreicht hat, der Letzte wäre, der je der schwarzen Gemeinschaft oder seinen eigenen Leuten etwas zurückgeben würde. In meiner Einschätzung empfindet Shad für andere entweder Neid oder Verachtung und dazwischen rein gar nichts. Ich weiß nur, dass Shads Ehrgeiz und Wut ihn zu einem gefährlichen Gegner machen. Heute ist sein vorrangigstes Ziel Rache.

Er will sie dadurch bekommen, dass er dafür sorgt, dass mein Vater im Gefängnis stirbt. Als Shad sich erhebt und in seinem Zweitausendfünfhundert-Dollar-Anzug zum Podium geht, spüre ich seine kaum verhohlene Lust auf Vergeltung, die wie elektrischer Strom durch den Gerichtssaal fließt und allen die Haare zu Berge stehen lässt, ehe er überhaupt das erste Wort ergreift. Bei diesem Fall geht es wohl nicht um die Todesstrafe. Aber wenn ein dreiundsiebzigjähriger Mann wegen Mordes vor Gericht steht, dann begreifen alle die Wirklichkeit:

Hier vor Gericht geht es für meinen Vater um sein Leben.

KAPITEL 23

»Nichts an diesem Prozess ist normal«, hebt Shad an. »Rein gar nichts. Einer der meist geachteten weißen Ärzte dieser Stadt wird vom Staat angeklagt, eine schwarze Frau vorsätzlich ermordet zu haben …«

»Also gut, die Herren Anwälte, bitte beide zu mir«, brüllt Richter Elder. »Sofort!«

Shad erstarrt einen Augenblick, geht dann auf die Richterbank zu, aber Quentins Rollstuhl bleibt leise.

»Euer Ehren«, sagt Quentin mit höchstem Selbstbewusstsein, »von unserer Seite aus besteht kein Problem, wenn die Rasse erwähnt wird. Wir sorgen uns nicht, dass der Ankläger die Rasse benutzen will, um die Geschworenen aufzubringen, sehen also keine Notwendigkeit für ein Gespräch außer Hörweite der Geschworenen. Die Verteidigung ist bereit, der Staatsanwalt kann weitermachen, wie er begonnen hat.«

Richter Elder blinzelt ungläubig, wahrscheinlich aus zwei Gründen: Erstens, weil Quentin es in Betracht zieht, zuzulassen, dass Shad sein Eröffnungsplädoyer gleich mit der Erwähnung der Rasse anfängt; und zweitens, weil Quentin es wagt, seiner Anweisung, sich der Richterbank zu nähern, nicht Folge zu leisten. Ich kann es selbst kaum glauben. Jeder Anwalt aus Natchez, der sein Honorar wert ist, hätte in der Sekunde, als das Wort *schwarz* über Shads Lippen kam, Zeter und Mordio geschrien. Quentins Ansatz ist insgesamt bei diesem Prozess bisher schon gelinde gesagt ungewöhnlich. Dieser letzte Schritt ist jedoch radikal. Joe Elder mustert seinen ehemaligen Mentor mit deutlich spürbarem Misstrauen. Vielleicht fragt er sich – wie viele andere vor ihm –, ob der alte Anwalt nun endgültig jeden Bezug zur Realität verloren hat. Doch je länger ich Richter Elder betrachte, desto mehr glaube ich, dass er hinter Quentins altem Gesicht eine verborgene, tiefe Strategie vermutet, das kaum auszumachende, aber brillante Genie eines Schachgroßmeisters, der sein Spiel sehr weiträumig plant.

»Dr. Cage?«, sagt Richter Elder. »Sind Sie mit Ihrem Anwalt einer Meinung, dass eine offene Diskussion der Rasse und der Rolle, die sie vielleicht bei diesem Verbrechen gespielt hat, die Geschworenen nicht gegen Sie einnehmen wird?«

»Ja, Euer Ehren. Ich bin mir der Konsequenzen voll bewusst, und ich bin damit einverstanden. Ich will in dieser Verhandlung nur eines erreichen: die Wahrheit.«

Darüber runzelt Richter Elder die Stirn. »Das wird zu Protokoll genommen. Die Geschworenen werden die letzte Aussage des Angeklagten außer Acht lassen. Mr. Johnson, Sie können fortfahren.«

»Danke, Herr Richter«, sagt Shad und schaut zu Quentin zurück, als betrachte er einen ihm wohlbekannten Hund, der sich auf einmal seltsam benimmt.

Shad wendet sich wieder den Geschworenen zu und sagt: »Denken Sie darüber nach, was ich vorhin gesagt habe, meine Damen und Herren. Vor nicht allzu vielen Jahren hätte dieser Prozess nicht einmal stattgefunden. Dr. Thomas Cage wäre nicht einmal von der Staatsanwaltschaft wegen dieses Verbrechens *angeklagt* worden. Viola Turner läge unter der Erde, und das wäre alles gewesen. Aber heute erleben wir hier in diesem Saal den Fortschritt, den diese Nation und hoffentlich auch dieser Bundesstaat seit den sechziger Jahren gemacht hat. Hier in diesem Gericht haben wir einen schwarzen Richter, zwei schwarze Anwälte und sieben schwarze Geschworene. Und ich sage Ihnen eines: Hier bleibt *nichts* verborgen. Ehe wir hier fertig sind, wird alles enthüllt.«

Diese offensichtlich geprobte Rede erscheint nun, nach dem, was mein Vater vor wenigen Augenblicken gesagt hat, enttäuschend. Aber deswegen sind die Leute gekommen, um solche Worte zu hören, die Weißen wie die Schwarzen. Sie wollen wissen, welche geheime Geschichte hinter dem Skandal liegt, der in den letzten paar Monaten wie ein nicht zu löschendes Feuer durch Natchez gefegt ist. Shad trägt dieser Sache Rechnung, indem er nicht nur die Geschworenen, sondern auch das gesamte Publikum anspricht.

»Manche Leute wird es verstören, dass ich hier so offen über Rasse spreche. Wir leben ja angeblich in einer farbenblinden Gesellschaft, nicht wahr? Doch wir alle wissen, dass wir *nicht* in einer solchen Gesellschaft leben. Ich höre immer wieder das Wort von einer post-rassischen Gesellschaft. Was immer eine solche postrassische Gesellschaft ist – wir sind jedenfalls noch Jahrzehnte davon entfernt. In Mississippi, aber auch in Washington D.C. Und machen Sie sich nichts vor: Rasse ist der elementare Kern dieses Falls. Ginge es nicht um die Rasse – um die Annahme von Unterschieden zwischen Menschen verschiedener Hautfarbe –, dann wäre Viola Turner nicht ermordet worden.«

Nach dieser Aussage herrscht atemlose Stille im Saal. Richter Elder schaut Quentin an, als erwartete er einen Einspruch, aber Quentin scheint keineswegs verstört, sogar sorglos.

Shad hebt den Zeigefinger wie ein leidenschaftlicher Professor. »Ich will Ihnen etwas erklären. Als Staatsanwalt lasse ich gewöhnlich während meiner Prozesse die Frage nach dem Motiv weitgehend außen vor. Jeder Fernsehzuschauer ist mit den Begriffen ›Motiv, Mittel und Gelegenheit‹ vertraut. Doch hier in diesem Gerichtssaal haben Mittel und Gelegenheit weitaus mehr Gewicht als das Motiv. Warum? Weil die Staatsanwaltschaft nicht beweisen muss, *warum* jemand etwas gemacht hat. Was sie beweisen muss, ist, dass eine bestimmte Person an einem bestimmten Tag zu einer bestimmten Uhrzeit vorsätzlich eine bestimmte Person umgebracht hat. Mehr nicht. Das Warum spielt keine Rolle. Darum sollen sich John Grisham und die Drehbuchschreiber von *Law & Order* Sorgen machen.«

Leises Lachen erklingt im Raum.

»Aber, meine Damen und Herren, dieser Fall ist anders. Bei diesem Fall geht es *nur* um das Motiv. Die Frage, die wir beantworten müssen, lautet: Warum? Und die Antwort liegt in den Beziehungen – sowohl öffentlicher als auch privater Art – zwischen Schwarzen und Weißen. Was zufällig auch die Farben sind, die hier im Zuschauerraum, bei den Geschworenen und bei den Hunderten von Menschen vertreten sind, die draußen vor diesem Gerichtsgebäude stehen. Nun, Sie wenige Glückliche sind hier drinnen. Und Sie werden in den nächsten paar Tagen eine bemerkenswerte Geschichte zu hören bekommen. Eine brutale und tragische Geschichte. Also, lassen Sie mich einige Minuten lang den Geschichtenerzähler spielen und den Rahmen für Sie abstecken.«

Shad tritt vom Rednerpult weg und geht auf die Geschworenenbank zu, was vermutlich seine Gewohnheit ist. Zu meiner Überraschung hält ihn Richter Elder nicht davon ab.

»Wer war Viola Turner?«, fragt Shad. »Sie war eine Frau, die ein tragisches Leben hatte. Obwohl Viola den größten Teil ihrer Jahre in Chicago verbracht hat, ist sie hier in Natchez, der ehemaligen Hauptstadt der Sklaverei im Süden, geboren. Sie erhielt ihre Schulbildung an der Sadie V. Thompson High School. Sie wurde in der katholischen Kirche Zur Heiligen Familie getraut, wo sie ein frommes und herausragendes Mitglied des Chores war. Doch 1967 wurde Violas Ehemann in Vietnam getötet, ehe sie Kinder von ihm bekommen konnte. Zwischen ihrem dreiundzwanzigsten und achtundzwanzigsten Lebensjahr arbeitete Viola für den Angeklagten Dr. Thomas Cage. 1968, als sie achtundzwanzig Jahre alt war, zog sie plötzlich nach Norden, nach Chicago, ohne irgendjemandem den Grund dafür zu nennen. Dort heiratete Viola erneut.« Shad legt eine Kunstpause ein. »Aber vorher brachte sie einen Sohn zur Welt.«

Auf der Galerie hört man einige Frauen schnaufen.

»Wie die Beweise zeigen werden, zeugte Violas Arbeitgeber, Dr. Thomas Cage, dieses Kind, bevor sie Natchez verließ.«

Das sind inzwischen keine Neuigkeiten mehr, aber dass es hier so vor Gericht ausgesprochen und zu den Akten genommen wird, gibt dieser Tatsache eine sehr greifbare Wirklichkeit.

»Sie werden eine Zeugenaussage dieses Kindes hören«, verspricht Shad wie ein guter Entertainer. »Dieser Junge ist inzwischen siebenunddreißig Jahre alt und kann für sich selbst sprechen. Aber kehren wir zu Viola zurück. Nachdem sie Natchez verlassen hatte, lebte und arbeitete sie bis vor viereinhalb Monaten in Chicago und kehrte dann nach Natchez zurück. Neun Monate zuvor hatte man bei ihr Lungenkrebs festgestellt. Sie begann eine Therapie in Chicago und schöpfte alle Behandlungsmöglichkeiten aus, ehe sie von dort fortging. Lassen Sie sich in einer Sache nicht täuschen: Als Viola in Natchez ankam, wusste sie, dass es keine Hoffnung auf Heilung gab. Nur eine palliative Behandlung bis zum Ende. Viola ist zum Sterben nach Hause zurückgekehrt.«

Die unerbittliche Endgültigkeit dieser Worte lässt die Stille im Gerichtssaal noch tiefer werden.

»Sobald sie hier eingetroffen war, begab sich Viola in die Behandlung bei Dr. Thomas Cage, ihrem ehemaligen Arbeitgeber, ihrem ehemaligen Geliebten und dem Vater ihres einzigen Kindes. Unsere Beweismittel werden zeigen, dass Viola spätestens einen Monat vor ihrem Tod einen Pakt mit dem Angeklagten abschloss, dass er ihr helfen sollte, ihr Leben zu beenden. Und da, meine Damen und Herren, kommen wir zum Kernstück dieses Falles. Es gibt in unserer Gesellschaft eine gewisse Vorstellung, dass das, was Viola Turner widerfahren ist, überhaupt kein Mord war, sondern etwas, das man umgangssprachlich als ›Gnadentod‹ bezeichnet. Ich habe mit Ihnen während der Auswahl der Geschworenen ausführlich über dieses Konzept diskutiert, aber ich möchte sicher sein, dass in diesem Punkt keine Zweifel bestehen. Juristisch gesehen ist eine Tat, von der Laien als ›Gnadentod‹ sprechen, ›Beihilfe zum Selbstmord‹. Und Beihilfe zum Selbstmord ist eine Straftat, wenn auch eine andere Straftat als Mord. Ganz einfach ausgedrückt bedeutet Beihilfe zum Selbstmord, dass man jemandem beim Sterben hilft. Sowohl Ärzte als auch Laien können diese Straftat begehen. Wenn ein Laie einem querschnittgelähmten Menschen mit Depressionen ein geladenes Gewehr in die Hand gibt oder ein Arzt demselben Mann eine tödliche Dosis Morphium überreicht, dann machen sich beide der Beihilfe zum Selbstmord schuldig. Dies ist ein umstrittenes Thema, und hier werden die tiefsten Gefühle der Menschen in die Debatte geführt. Am häufigsten religiöse Gefühle. Manche glauben, dass Beihilfe zum Selbstmord in einigen Fällen gerechtfertigt ist; andere finden, dass es in allen Fällen glatter Mord ist.

Heute und in *diesem* Fall ist wichtig, dass Sie verstehen, dass das, was am zwölften Dezember letzten Jahres in Cora Revels' Haus geschehen ist, *keine* Beihilfe zum Selbstmord war. Es war *Mord*. Das ist die Frage, über die Sie als Geschworene zu entscheiden haben. Sie müssen noch etwas anderes wissen: Beihilfe zum Selbstmord kann sehr schnell, ja beinahe unmerklich zum Mord werden. Falls der

Laie, der dem Querschnittgelähmten die geladene Waffe gegeben hat, selbst abdrückt, weil der Mann im Rollstuhl dazu nicht mehr in der Lage ist, dann begeht dieser Laie einen Mord und leistet nicht Beihilfe zum Selbstmord. Ebenso begeht ein Arzt, der in Mississippi einem Patienten eine tödliche Dosis injiziert, weil der Patient das selbst nicht machen kann, nach dem Gesetz einen Mord – selbst wenn das Opfer seinen oder ihren Tod gewünscht hat. *Mord*.

In dem Fall, den ich Ihnen gerade beschrieben habe, empfinden viele Leute vielleicht Mitgefühl. Also möchte ich die Sache noch deutlicher machen. Dr. Thomas Cage hat nicht einer Sterbenden Morphium gespritzt, weil sie selbst dazu zu hilflos war. Er hat Viola Turner tatsächlich Morphium injiziert, wie beinahe an jedem Tag vor ihrem Tod. Und er hat ihr eine tödliche Dosis gespritzt. Aber das Morphium hat Mrs. Turner nicht umgebracht. Wegen Dr. Cages schwerer Arthritis und vielleicht wegen Stress hat er nur einen Teil des tödlichen Morphiums in die Vene gespritzt. Der Rest ging in das weiche Gewebe unterhalb der Vene, wo es im Wesentlichen wirkungslos war, weil es von dort zu langsam in den Blutkreislauf der Patientin gelangte.

Die Beweismittel werden zeigen, dass Viola Turner tatsächlich an einer massiven Überdosis Adrenalin gestorben ist, die ihr einen schrecklichen und schmerzhaften Tod verursacht hat. Der pure Zufall oder vielleicht das Schicksal hat es gewollt, dass dieser qualvolle Tod auf einer Festplatte aufgezeichnet wurde, die an die Videokamera angeschlossen war, die ein Journalist im Zimmer des Opfers hinterlassen hatte. Ich kann Ihnen versichern, dass Sie, nachdem Sie diese Videoaufzeichnung gesehen haben, keinerlei Illusionen mehr darüber haben werden, dass man das, was Viola Turner widerfahren ist, nicht als Gnadentod bezeichnen kann.«

Die Informationen über Henry Sextons Video waren schon vor Wochen durchgesickert, aber zum Glück war die Datei selbst noch nicht an die Öffentlichkeit gelangt, um dann auf YouTube oder einer ähnlichen Webseite aufzutauchen. Da Shad Johnson und Billy Byrd die Aufsicht über die Beweismittel führen, bin ich darüber einigermaßen erstaunt. Shad hat wohl beschlossen, die Premiere dieses Films selbst in die Hand zu nehmen. Ich wende die Augen von dem großen Flachbildfernseher, der auf einem Wagen an einer Wand steht, zur Galerie hinauf, wo ich Miriam Masters, Caitlins ältere Schwester, sehe, die mir in die Augen schaut. Miriam und Caitlin sehen sich nicht sonderlich ähnlich. Beide sind dünn und drahtig, aber während Caitlin tiefschwarzes Haar, blasse Haut und grüne Augen hatte, ist Miriams Haar sandfarben, und ihre grauen Augen spiegeln eine andere Art von Intelligenz als die ihrer Schwester. Caitlin war blitzschnell im Begreifen, und Miriam besitzt einen eher langsam brennenden Intellekt, genau richtig für die Rechtsfälle, die sie bis vor fünf Jahren für die Zeitungskette ihres Vaters vor Gericht geführt hat.

»Wenn das, was ich gerade gesagt habe, Sie verwirrt hat«, erklärt Shad den Geschworenen, »verstehe ich das nur zu gut. Auf der einfachsten Ebene könnte man fragen: ›Wie kann man jemanden ermorden, der einen angefleht hat, ihm beim Selbstmord zu helfen?‹ Auf einer anderen Ebene ist das leicht zu beantworten, wenn wir das Beispiel des depressiven Querschnittgelähmten mit dem Gewehr benutzen. Doch da ist immer noch das Motiv, aus Gnade und Mitgefühl die Schmerzen eines Menschen zu beenden. Darüber können vernünftige Menschen diskutieren und zu völlig unterschiedlichen Ergebnissen gelangen. Was jedoch *diesen unseren* Fall in den Annalen der Jurisprudenz einmalig macht, ist die Tatsache, dass wir ein williges Opfer haben – eine Frau, die sterben will und ihren Arzt bittet, ihr aus Gnade dabei zu helfen –, aber andererseits einen Arzt, dessen Motiv für seine Zustimmung zu dieser Bitte moralisch gesehen das genaue Gegenteil von Gnade oder Mitleid war. Dr. Cages Motiv war nicht, dass er Viola Turners Schmerzen beenden, sondern dass er *sie für immer zum Schweigen bringen* wollte.« Shads Augen wandern auf der Geschworenenbank von einem Gesicht zum anderen. »Tom Cage hat skrupellos gehandelt, um sich vor einer Frau zu schützen, die drauf und dran war, den Ruf zu zerstören, den er sich über Jahrzehnte aufgebaut hatte, und seine Familie zu zerstören, die er dieser Frau und dem Sohn, den sie ihm geboren hat, vorgezogen hat.«

Shad faltet die Hände und schaut zu Boden. Falls jemand Zweifel daran gehegt hatte, wie aggressiv er gegen meinen Vater vorgehen würde, so hat er diese Zweifel nun zerstreut.

»Die Frage«, fährt er fort, »ist nicht, ob Tom Cage Viola Turner getötet hat oder nicht – das hat er. Die Beweisführung der Anklage wird zeigen, dass Dr. Cage in der Stunde vor ihrem Tod mit der Patientin allein war. Fingerabdrücke vom Tatort beweisen, dass Dr. Cage Viola Turner an jenem Abend Morphium injiziert hat. Die Autopsie hat bewiesen, dass es eine tödliche Dosis war. Sowohl die Spritze als auch die Morphiumampulle wurden von der Polizei sichergestellt. Die Autopsie hat ferner bewiesen, dass Viola zudem eine tödliche Dosis Adrenalin verabreicht wurde. Die Adrenalinampulle wurde nicht gefunden, aber meine Beweisführung wird zeigen, dass Dr. Cage problemlos Zugang zu nicht nachverfolgbaren Vorräten von Adrenalin hatte und dass er stets Ampullen zu Hause, in seiner Praxis und in seiner Notfalltasche aufbewahrte.«

Nach dieser Aufzählung von Fakten hebt Shad den Kopf und geht zu dem über, was die Geschworenen wirklich interessiert. »Gleich jetzt möchte ich einem Irrtum vorbeugen. Die Videoaufzeichnung zeigt nicht, wie Dr. Cage Viola Turner Adrenalin spritzt, wie manche Gerüchte es behauptet haben. Sie zeigt nur das Ergebnis dieser Injektion, und das ist schrecklich genug. Mrs. Turner hat wahrscheinlich die Kamera während ihres Todeskampfes ausgelöst, als sie versuchte, ihr Telefon zu erreichen und um Hilfe zu bitten. Aber ungeachtet dessen besteht keinerlei Zweifel an den kritischen Fakten.«

Shad deutet mit dem Kopf in beinahe lässiger Verachtung auf meinen Vater. »Der Mann, der da drüben sitzt, hat Viola Turner getötet. Die Frage ist: Warum? Und die Antwort, meine Damen und Herren, ist deprimierend einfach. Den größten Teil ihres Lebens hat Viola Turner Dinge über Tom Cage gewusst, die niemand sonst auf der Welt wusste. Das gefährlichste dieser Geheimnisse war ein fester Bestandteil der Gruselromane des tiefen Südens: Tom Cage, der von allen geliebte weiße Arzt, hatte ein schwarzes Kind gezeugt. Ich fühle mich seltsam, wenn ich das so sage, das gebe ich Ihnen gerne zu. Denn tatsächlich ist Lincoln Turner ja *halb* schwarz und halb weiß.« Shads Stimme trieft vor Sarkasmus, als er nun die Worte spricht, auf die alles hinausgelaufen ist. »Aber wie wir alle wissen, braucht es ja nur einen Tropfen schwarzes Blut, um jemanden zum Nigger zu machen.«

Kein Schreckensschrei folgt auf dieses Wort, doch die Menschen im Gerichtssaal sind nun in einem Zustand übernatürlicher Aufmerksamkeit. Taktisch gesehen war Shads Wortwahl die plumpe Ankündigung, dass während dieses Verfahrens mit harten Bandagen gekämpft wird, dass hier die schönrednerische Sprache der politischen Korrektheit nicht dazu benutzt wird, schmerzhafte Wahrheiten zu verbergen. Meiner Erfahrung nach wissen Geschworene solche Aufrichtigkeit zu schätzen, und meine Anwaltsinstinkte sagen mir, dass Shad gerade einen großen Vorsprung vor Quentin herausgeholt hat.

»Es tut mir leid, wenn ich mit diesen Worten jemanden gekränkt habe«, sagt Shad, »aber all denen, die solche Sprache leicht verstört, rate ich, diesen Gerichtssaal zu verlassen und nicht wiederzukommen. Denn, wie gesagt, Rasse und Rassismus bilden den Kern dieses Falls. Wir wollen ehrlich miteinander reden. Jeder hier im Saal hat das Wort ›Nigger‹ öfter gehört, als er zählen kann. Wir haben es im Zorn und im Scherz gesprochen gehört, in lockeren Gesprächen und in flammenden Streitreden. Aber das Wichtigste an meiner Aussage – dass es nur einen Tropfen schwarzes Blut braucht, um jemanden zum Nigger zu machen – das Wichtigste ist, dass das Grauen und der Hass auf das, was einmal Rassenmischung genannt wurde, Teil der Welt war, in der Tom Cage aufgewachsen ist. Auch wenn Dr. Cage selbst die tiefen Vorurteile mancher Weißen nicht teilte – und ich will damit nicht automatisch sagen, *dass* er sie nicht teilte, denn so mancher weiße Rassist hat nur zu gern mit schwarzen Frauen geschlafen –, so wusste er doch jedenfalls, dass er in einer Stadt lebte, in der viele Leute so dachten. In *dieser* Stadt. Und nachdem er sich ein Leben lang den Ruf einer in dieser Stadt unübertroffenen Rechtschaffenheit aufgebaut hatte, konnte es Dr. Cage nicht ertragen, dass dieser Ruf zerstört werden sollte, dass seine Kinder ihre Illusionen verlieren würden, dass die politische Karriere seines Sohnes beschädigt und sein persönliches Erbe zerstört würde.

Und was war mit Viola Turner? Vier Jahrzehnte lang hat sie pflichtschuldig Dr. Cages finsterste Geheimnisse gewahrt. Doch als sie nun nach Natchez zurückkehrte, blickte diese arme Frau dem Tod ins Auge, und sie war bereit, sich ihre Last von der Seele zu reden. Bereit, das Richtige für ihren Sohn zu tun. Sie konnte es nicht mehr ertragen, Dr. Cages Lügen wie einen zweiten Krebs in sich zu haben. Diese Unwahrheiten zu verbergen, die Viola dazu gezwungen hatten, sich in ein derart komplexes Lügengespinst zu verstricken, dass niemand ihre ganze schreckliche Lebensgeschichte kannte. Tragischerweise glaubte Viola, Tom Cage besäße so viel Anstand und Verantwortung, sich den Taten seiner Vergangenheit zu stellen. Aber das tat er nicht. Als er vor der Wahl stand, die Wahrheit zu sagen oder einen Mord zu begehen, entschied sich Dr. Cage für das Töten. Und wie leicht das gewesen sein muss. Denn meine Beweisführung wird zeigen, dass Tom Cage Mord keinesfalls fremd war.«

Diese Behauptungen treffen mich wie ein Schlag. Erstens, weil mein Vater tatsächlich mit einem Mord in Verbindung gebracht wird, der vor einigen Jahren begangen wurde – mit einer fahrlässigen Tötung, die das Ergebnis von Prügeln war, die Ray Presley 1973 in Mobile, Alabama, einem korrupten Polizisten verabreichte, der das Leben meiner Tante bedroht hatte. Ich kann mir nicht vorstellen, dass Shad etwas davon wissen könnte, und selbst wenn, dann wäre diese Information hier vor Gericht nicht zulässig. Aber da liegt das Problem. Im Allgemeinen ist es in einem Strafverfahren nicht zulässig, auf »vorherige Vergehen« Bezug zu nehmen, und Quentin hätte Krach schlagen müssen, sobald Shad die Absicht verkündete, so etwas vorzubringen. Doch Quentin sitzt noch am Tisch der Verteidigung wie ein sanfter alter Mann auf einer Parkbank im Stadtpark. Richter Elder hat eindeutig irgendeinen Protest erwartet, Quentin bringt jedoch keinen vor. *Worauf zum Teufel spielt Shad da an?,* überlege ich. Er konnte doch unmöglich wissen, dass Dad meiner Frau Sterbehilfe geleistet hat, als sie wegen Krebs im Sterben lag.

Vielleicht ist Shad Johnson überrascht, dass ihn niemand unterbrochen hat, also fährt er fort: »Meine Damen und Herren, die Einzelheiten dieses Falls sind komplex, aber im Kern ist er ganz einfach. Es ist die Geschichte eines Heiligen, von dem sich herausstellt, dass er auch nur auf tönernen Füßen steht. Schlimmer noch, dieser Heilige hat einen Pakt mit dem Teufel geschlossen. Lassen Sie es sich gesagt sein: Dieser Prozess ist der letzte Akt im öffentlichen und beruflichen Leben von Dr. Tom Cage.«

Würde Shad hier aufhören, wären die Geschworenen starr vor

Ehrfurcht, und Quentin Avery hätte kaum eine Chance, den emotionalen Boden wieder gutzumachen, den er im kollektiven Denken der Geschworenen eingebüßt hat. Aber Shad hört nicht auf.

Warum, da bin ich mir nicht sicher. Ist es der berstend volle Saal? Sind es die profilierten Mitglieder der Zuhörerschaft? Ist es die historische Bedeutung des Prozesses? Sicherlich ein wenig von allem. Der wahrscheinlichste Grund dafür, dass Shad nicht klug genug ist, um sich jetzt hinzusetzen, ist jedoch das Wissen, dass Quentin Avery sich gleich anschließend erheben wird. Natürlich nicht buchstäblich. Aber Quentin wird den Joystick antippen und seinen Rollstuhl vor die Geschworenenbank surren lassen, und von dem Augenblick an werden die Fakten nur noch eine sekundäre Rolle spielen. An einem guten Tag ist Quentin Avery vor Geschworenen eine Kombination aus Martin Luther King junior, wie er in Selma predigt, Sam Cooke, wie er im Apollo Theater spielt, und Harry Houdini, wie er sich aus den teuflischsten Fesseln der Welt befreit. Wenn mir eine solche rhetorische Macht drohen würde, würde ich wahrscheinlich auch weiterreden, obwohl ich mich eigentlich setzen sollte.

Und Shad redet weiter. Er holt zu einem langen, chronologischen Abriss der Fakten aus – wer was wann gemacht hat; wer was wann wusste –, obwohl er sich das alles für sein Hauptverhör aufheben sollte. Die meisten dieser Fakten sind mir bereits bekannt, und zwar durch meine nicht ganz legalen Kontakte zu Jewel Washington, der Beamtin, die in Adams County für ungeklärte Todesfälle zuständig ist und die eine treue Unterstützerin meines Vaters ist. Jewel hat Gott sei Dank Freunde im Sheriff's Department, bei der Polizei, bei Gericht und in jeder anderen Institution, auf die es hier in Adams County ankommt. Während Shad die Geschworenen mühsam durch eine Zeitabfolge quält, die mit Viola und ihrer Schwester Cora zu tun hat, schweifen meine Gedanken ab.

Unzählige Male habe ich getan, was Shad gerade tut: Geschworenen einen Überblick über die Fakten in einem Mordfall gegeben, Leuten, die manchmal gelangweilt, manchmal gespannt anhören, was man zu sagen hat. Der einzige Unterschied ist heute, dass beinahe alle auf der Geschworenenbank bereits in gewissem Maß mit den Fakten des Falls vertraut sind und dass alle meinen Vater kennen oder von ihm gehört haben. Man sollte meinen, das wäre genügend Grund für eine Verlegung des Verfahrens an einen anderen Ort, aber in Mississippi kann das nur die Verteidigung beantragen, und Quentin hat keinen solchen Antrag gestellt. Wie bei allen übrigen Aspekten der Verteidigung meines Vaters hat Quentin auch hierzu meine Meinung nicht eingeholt.

Das Beunruhigendste, was Quentin bisher gemacht hat, ist jedoch, dass er von der Staatsanwaltschaft keine Einsicht in die für den Fall bedeutsamen Beweismittel verlangt hat. In den meisten Staaten ist die Verteidigung berechtigt, alle Beweismittel gegen den Angeklagten zu untersuchen, die im Besitz der Anklage sind, einschließlich von entlastenden Beweisen, und eine Liste der Zeugen einzusehen, die die Staatsanwaltschaft aufzurufen beabsichtigt. Kurz gesagt: Die Verteidigung hat das Recht, vorab alles einzusehen, was die Anklage in Händen hat. Ebenso ist im Gegenzug die Anklage berechtigt, alles einzusehen, was die Verteidigung besitzt, einschließlich einer Liste der Zeugen, die die Verteidigung aufzurufen beabsichtigt. In Mississippi läuft jedoch dieses Verfahren nicht automatisch ab. Hier muss der Verteidiger die Offenlegung fordern, und damit erklärt er sich umgekehrt bereit, der Anklage den gleichen Gefallen zu erweisen. Eine erwachsene Fassung eines Kinderspiels: »Ich zeige dir meins, wenn du mir deins zeigst.« Doch obwohl laut den Statuten nichts an diesem Prozess automatisch verläuft, ist es in der Praxis so, weil kein Verteidiger es wagen würde, der ungeheuren Macht des Staates gegenüberzutreten, ohne möglichst vollständige Einsicht in alle Beweismittel zu haben, mit denen er es zu tun bekommen wird.

Außer Quentin Avery.

Während der letzten drei Monate hat dieser Löwe des Rechts den Staat nicht gebeten, ihm *irgendeine* Information über den Fall gegen meinen Vater zu geben. Ich habe von dieser Pflichtvergessenheit erst durch Caitlins Schwester Miriam erfahren, kurz bevor sie darüber im *Natchez Examiner* berichtet hat, und ich wäre beinahe explodiert, als ich es hörte. Ehe ich mit Quentin darüber sprach, war ich mir sicher, er wäre senil geworden. Nach dem Gespräch war ich nicht überzeugt davon, dass ich mich geirrt hatte, sondern eher davon, dass er irgendeine obskure Strategie verfolgte, die er mir nicht verraten wollte, ganz gleich, wie lautstark ich das verlangte. Mein Vater war eindeutig mit dieser Strategie einverstanden – die mir wie juristischer Selbstmord vorkam –, und so hatte ich keine andere Wahl, als mich mit zwei Strafrechtsanwälten in der Stadt darüber zu beraten. Es stellte sich heraus, dass beide sich an seltene Fälle erinnerten, in denen ein Verteidiger es abgelehnt hatte, Einsicht in die Beweise der Anklage zu nehmen, um selbst der Staatsanwaltschaft einen Überraschungszeugen zu verheimlichen. Ich kann nur hoffen, dass genau das hinter Quentins scheinbarem Wahnsinn steckt. Wenn ja, dann hat er mir jedenfalls nichts darüber anvertraut.

»... *über dem Gesetz!*«, ruft Shad mit verblüffender Heftigkeit.

Diese drei Worte, im Ton eiskalter Entrüstung ausgesprochen, brechen in meine Grübelei ein.

»Genau das haben wir hier!«, erklärt Shad im Ton des selbstzufriedenen Anklägers, der sich auf der Zielgeraden befindet. »Einen privilegierten weißen Arzt, der glaubte, dass man nichts von dem, was er in jener Nacht getan hat, je in Frage stellen würde, noch viel weniger, dass man ihn deswegen anklagen würde. Denn, meine Damen und Herren, Dr. Tom Cage tat ja nichts, was er nicht schon vorher getan hatte, wie Sie sehen werden.«

Da geht das schon wieder los, denke ich und sehe in einem Alptraum eine lange Schlange von Familienmitgliedern ehemaliger Patienten durch den Zeugenstand wandern und furchterregende Geschichten von Euthanasie erzählen.

»Nur hat er es diesmal *aus einem anderen Grund* getan«, sagt Shad. »Um eine Sterbende zum Schweigen zu bringen, die er angeblich einmal geliebt hat, und um damit die Frucht seiner Sünde vor den Augen einer Welt zu verbergen, die ihn fast sein ganzes Leben lang verehrt hatte.«

Zehn Minuten später, als er das hätte tun sollen, deutet Shad mit der flammenden Anklage, die auch ich immer im Gerichtssaal aufbrachte, auf meinen Vater. »Dieser Mann da«, sagt er mit anscheinend aufrichtiger Wut, »hatte die Macht über Leben und Tod einer wehrlosen Patientin – einer Patientin, die er auf die schamloseste Weise ausgebeutet hatte –, und er hat diese Macht nur ausgeübt, um sich selbst zu schützen. Er hat sich entschlossen, ihr Leben zu beenden. Er hat das Verbrechen genau geplant, und er hat es ohne Skrupel durchgeführt. Wäre da nicht das Gewissen von Violas Schwester, wären da nicht die Wut von Violas Sohn und der pure Zufall einer Videoaufnahme, dann wäre Dr. Cage davongekommen. Aber wenn wir hier in dieser Woche unsere Pflicht tun, dann kommt er *nicht* davon. Ehe dieses Verfahren beendet ist, werden Sie in Ihrem Herzen wissen, dass Tom Cage einen Mord begangen hat, dass er dieses Verbrechens so schuldig wie nur möglich ist.«

Während Shad da steht und immer noch mit dem Finger auf meinen Vater deutet, wende ich mich ein wenig nach rechts und sehe, dass Mom ganz bleich geworden ist, so bleich, dass ich Angst habe, sie könnte jeden Augenblick von ihrem Stuhl auf den Boden gleiten.

»Mom?«, flüstere ich. »Musst du rausgehen?«

Sie schüttelt den Kopf, aber die Farbe kehrt nicht auf ihre Wangen zurück. Während ich noch zu entscheiden versuche, was zu tun ist, spüre ich, wie mein Handy in meiner Tasche vibriert. So unauffällig wie möglich ziehe ich es hervor. Es ist eine SMS von Serenity: *Du musst nach Hause kommen. Dolores dreht durch. Sie kann Cleotha Booker telefonisch nicht erreichen.*

Die Absätze von Shad Johnsons italienischen Schuhen klappern auf dem Holzboden, als er zum Tisch der Anklage zurückschreitet. So schnell ich kann, tippe ich. *Kommst du 20 Min mit ihr klar? Ich muss Qs Plädoyer hören. Ruf Carl Sims an und lass ihn nach CB schauen.*

Richter Elder sagt: »Mr. Avery, Sie können jetzt mit Ihrem Eröffnungsplädoyer anfangen.«

Hab Carl schon probiert, antwortet Serenity. *Voicemail. Versuch noch mal. Info: Dolores dreht durch, verstört Annie. Mia kümmert sich.*

»Mom, ich muss Serenity mit Dolores helfen«, sage ich ihr ins Ohr. »Verlier nicht den Mut. Quentin ist zehnmal so viel wert wie Shad Johnson. Man nennt ihn nicht ohne Grund den ›Prediger‹. Der steht auf, und im Nu hat er die Geschworenen in der Hand.«

»Ich weiß nicht«, flüstert Mom. »Ich habe Angst, Penn.«

»Hab keine Angst. Quentin kann mit Geschworenen reden wie ein Vater mit seinen erwachsenen Kindern, und er kann donnern wie Moses, der mit den Gesetzestafeln vom Berg herunterkommt. Pass auf. Shad Johnson wird diesen Tag so leicht nicht vergessen.«

»Mr. Avery, sind Sie bereit?«, wiederholt Richter Elder.

Das Klicken einer elektrischen Bremse hallt durch den Gerichtssaal, und dann surrt Quentins Rollstuhl etwa drei Sekunden lang leise. Nun ist die legendäre Stimme leise und leidenschaftslos zu hören.

»Herr Richter, die Verteidigung hat sich entschieden, ihr Eröffnungsplädoyer bis kurz vor ihrer Beweisaufnahme zu verschieben.«

Während die verdutzten Zuhörer herauszufinden versuchen, was das bedeutet, geht mein Blutdruck in die Knie. Ein paar Sekunden lang fürchte ich, dass ich und nicht meine Mutter ohnmächtig zu Boden sinken werde. Genau wie im Fall der Offenlegung hat Quentin ein sonst wenig genutztes Vorrecht der Verteidigung ausgeübt, nämlich kein Eröffnungsplädoyer zu halten, bis die Anklage ihre gesamte Beweisführung abgeschlossen hat. Es gibt einen Grund, warum diese Option so selten gewählt wird. Beinahe kein Anwalt der Verteidigung glaubt, dass sein Mandant es aushalten kann, mehrere Tage lang unwidersprochene Anschuldigungen und verdammende Beweise über sich ergehen zu lassen, ohne dass er in den Augen der Geschworenen dauerhaft beschädigt wird.

Kein Anwalt außer Quentin Avery.

»Penn, was passiert da gerade?«, fragt meine Mutter mit kaum verhohlener Verzweiflung.

»Sekunde«, improvisiere ich, weil ich sicher bin, dass Quentin aus irgendeinem Grund auf Zeit spielt.

Richter Elder starrt mit einer hochgezogenen Augenbraue auf Quentin, doch der scheint sich auf etwas vor sich auf dem Tisch zu konzentrieren.

»Mr. Avery?«, fragt Richter Elder. »Fürs Protokoll: Sind Sie sich da sicher?«

Quentin blickt auf und antwortet mit gleicher Leidenschaftslosigkeit: »Absolut, Herr Richter.«

»Nun gut. In Ordnung.«

Mein Puls ist irgendwo jenseits der 110, als mein Handy erneut vibriert. Diesmal ist die SMS von Mia Burke: *Du musst herkommen. Serenity hat Carl erreicht, der ist 20 min vom Haus der alten Dame weg. Dolores rastet aus. Vorahnung Katastrophe. Annie dreht wegen D durch. Komm SOFORT.*

»Mom, ich muss gehen«, flüstere ich.

»*Was*? Penn, was ist passiert?«

»Dolores ist zu Hause so von der Rolle, dass Annie durchdreht.«

»O Gott! Aber was ist mit deinem Vater? Penn, warum hat Quentin nicht alles angefochten, was Johnson gesagt hat?«

»Ich weiß es nicht, aber ich verspreche dir, das kriege ich raus. Bleib hier und präge dir jedes Wort ein, das gesprochen wird. Rusty hält mich per SMS auf dem Laufenden. Ich liebe dich, Mom.«

Ehe ich aufstehen kann, sagt Richter Elder: »Mr. Johnson, bitte rufen Sie Ihren ersten Zeugen auf.«

»Euer Ehren, die Staatsanwaltschaft möchte, dass die Geschworenen die Videoaufzeichnung vom Tod Viola Turners sehen, die als Beweismittel Nummer 1 der Anklage aufgeführt ist.«

Während die Menschenmenge erwartungsvoll murmelt, erhebe ich mich und beginne, mich auf den Mittelgang zuzubewegen. Dabei streife ich verschiedene Knie und Oberschenkel und ernte Proteste und sogar gemurmelte Flüche von denjenigen, an denen ich mich vorbeidrängeln muss. Es wäre besser gewesen, so lange zu warten, bis der Raum verdunkelt ist, damit das Video gezeigt werden kann, aber Mias SOS klang verzweifelt. Ich bete, dass Richter Elder gnädig ist, schiebe mich in den Mittelgang und gehe auf die hintere Tür zu.

»Bürgermeister Cage?«, dröhnt der Richter. »Was machen Sie da?«

Ich bleibe reglos im Mittelgang stehen wie ein Schuljunge, den man dabei ertappt hat, wie er sich aus der Schulversammlung schleichen will.

»Niemand verlässt meinen Gerichtssaal oder betritt ihn, es sei denn während einer Verhandlungspause.«

Ich wende mich Joe Elder zu und spreche mit aller Überzeugungskraft, die ich aufbringen kann: »Herr Richter, ich habe einen Notfall in der Familie. Ich flehe das Gericht um Verständnis an.«

Der Richter schaut zurück, als wolle er sagen: *Das ist nur zu offensichtlich, und Ihr Notfall sitzt hier in diesem Saal.*

»Es ist ein medizinischer Notfall, Herr Richter. Meine Tochter. Ich bitte um Verzeihung.«

»Dann gehen Sie. Aber Sie werden erst nach der Mittagspause wieder eingelassen.«

»Danke, Herr Richter.«

»Gerichtsdiener, bitte verdunkeln Sie den Saal, damit die Geschworenen die Videoaufzeichnung sehen können.«

Während ich zur Tür eile, überlege ich, ob Quentin wirklich allmählich senil wird. *Ich muss unbedingt was über die geistigen Nebenwirkungen von Diabetes nachlesen …*

Ich renne schon beinahe durch die hintere Tür, während hinter mir der Saal dunkel wird.

KAPITEL 24

Serenity hat nicht übertrieben. Als ich endlich zu Hause ankomme, hat sich Dolores' Anfall beinahe zu einer Panikattacke ausgewachsen. Aus der eleganten und beherrschten Frau, die ich in New Orleans kennengelernt habe, ist ein zitterndes Wrack mit wirren Augen geworden. Sie ist überzeugt, dass man Cleotha Booker – die Cat Lady von Athens Point – ermordet hat.

»In einer Viertelstunde ist Carl bei Cleothas Haus«, versichert ihr Serenity. »Er findet sie bestimmt im Garten vor.«

Dolores schüttelt den Kopf wie eine Psychiatrie-Patientin, die glaubt, man wolle sie davon überzeugen, dass Gras blau ist. Zum Glück ist Annies Zustand innerhalb von zwei Minuten nach meiner Rückkehr wieder annähernd normal geworden. Mia geht mit ihr ins Wohnzimmer. Serenity und ich bleiben bei Dolores zurück, sitzen mit ihr am Küchentisch und warten auf Nachricht von Carl.

Als mein Handy piepst, fährt Dolores vor Schreck beinahe aus der Haut, aber es ist nur eine SMS von Rusty. Ich lese eine Nachricht, die nicht gerade ermunternd ist.

8:30 Uhr. Shad hat gerade das Video von Violas Tod gezeigt. Geschworene unter Schock. Quentin hat Aufzeichnung nicht angefochten! Nicht mal hinterfragt. Nicht die Beweiskette, nicht die Echtheit, nichts. Wow …

Warum wollte Quentin die Videoaufzeichnung nicht anfechten? Ich nehme an, weil er weiß, dass sie beinahe sicher echt ist, will er nicht den vergeblichen und mühsamen Versuch machen, dieses Beweismittel auszuschließen. Trotzdem würden die meisten Verteidiger so vorgehen. Mir macht mehr Sorgen, dass Shad anscheinend das Videoband nicht erwähnt hat, das sich beim Eintreffen der Polizei noch in Henry Sextons Camcorder hätte befinden sollen – das Videoband, das entfernt worden war, wodurch erst die Festplatte als voreingestelltes Aufzeichnungsmedium eingeschaltet wurde. Hat der Sheriff es am Tatort an sich genommen oder vielleicht anderswo aufgetrieben? Hätte Quentin Offenlegung beantragt, dann wüssten wir das, aber da er das unterlassen hat, wartet dieses hypothetische Videoband unter Umständen irgendwo wie eine vergrabene Landmine in dem unbekannten Terrain, das wir vor uns haben.

Als eine weitere SMS aufleuchtet, entschuldige ich mich, gehe ins Wohnzimmer und verspreche, sofort zurückzukommen, sobald ich etwas von Carl höre.

8:53 Uhr Rechtsmediziner im Zeugenstand. Bestätigt: V hatte Krebs im Endstadium. Beschreibt verpfuschte Morphium-Injektion. Todesursache: ÜD Adrenalin. Folge: furchterregender, schmerzhafter Tod wie in Video. Geschworene entsetzt v Einzelheiten wie bei CSI. Echter Volltreffer, für Shad.

Als Annie merkt, was los ist, schleicht sie um meinen Sessel herum und wartet auf neueste Nachrichten, aber ich scheuche sie zum Fernseher zurück.

»Warum ruft dich Mr. Rusty nicht mit dem Handy an und lässt dich die Verhandlung mithören?«, schlägt sie vor.

Keine schlechte Idee, denke ich. Aber dann dämmert mir der wahrscheinliche Grund dafür. »Ich glaube, damit würde er das Gesetz brechen, zumindest die Anweisung des Richters über Medien im Gerichtssaal. Rusty würde ja das Verfahren praktisch wie im Rundfunk senden.«

»*Narrowcasting* nennt man so was«, berichtigt mich Annie.

Großer Gott. »Okay, aber du weißt, was ich meine. Der Richter hat nur einen Reporter aus dem Pressepool zugelassen, und der macht seine Tonaufzeichnung nur fürs Protokoll, nicht für eine Radiosendung.«

Sie zuckt mit den Achseln und schaut wieder zum Fernseher, aber ich spüre, dass ihre Aufmerksamkeit immer noch auf mich gerichtet ist.

8:55 Uhr: Shad befragt Rechtsmediziner genau, warum Adrenalin gespritzt. Zeichne Stimmen auf Diktiergerät auf. Kannst es später anhören.

In den nächsten paar Minuten kommt keine SMS, und meine Angst steigt. Nicht nur wegen Quentins anscheinendem Widerwillen, sich wie ein Anwalt zu verhalten, sondern auch, weil Carl inzwischen hätte anrufen müssen. Ich schaue kurz in die Küche. Da sitzt Serenity und hat den Arm um Dolores' bebende Schulter gelegt. Tee sieht mich an und schüttelt den Kopf. Ich beschließe, Carl noch eine Minute zu gewähren.

Meine Gedanken schweifen zurück zum Prozess. In seinem Eröffnungsplädoyer hat Shad keine Erklärung dafür gegeben, warum sich Dad für Adrenalin entschieden hat, um Viola zu töten, falls er die Morphiumspritze verpfuscht hatte. Entscheidend für Shads Argumentation ist nur, die Geschworenen davon zu überzeugen, dass diese Wahl unter den gegebenen Umständen plausibel war. Als ehemaliger Staatsanwalt sehe ich da einige Probleme. Aber es hat keinen Sinn, hier zu spekulieren. Falls Rusty seine heimliche Aufzeichnung gelingt, werde ich Shads Befragung des Pathologen noch früh genug hören.

Plötzlich vibriert das Telefon in meiner Hand und zeigt ein ankommendes Gespräch an. Ich schaue auf dem Display nach: *carl sims*. Eine Todesahnung beschleicht mich, ein Gefühl der Furcht kommt auf.

»Hallo?«, sage ich leise.

»Penn, ich bin im Haus von Mrs. Booker, und es sieht gar nicht gut aus.«

»Sag's mir«, flüstere ich und muss mich mächtig beherrschen, um nicht zu fragen: *Ist sie tot?*

»Ich habe die alte Dame neben ihrer Veranda am Boden gefunden. Sie lebt, reagiert aber nicht. Es sieht aus, als wäre sie gefallen. Schweres Schädeltrauma.«

Ich schließe die Augen, bin überwältigt von Schrecken und Schuldgefühlen. »Sie ist nicht gefallen«, flüstere ich. »Das ist ein Tatort, Carl.«

»Da hast du wohl leider recht. Ich habe die Sanitäter schon hergerufen, werde also bald ziemlich viel zu tun bekommen. Kannst du Mrs. St. Denis informieren?«

»Ja. Sie ist gleich nebenan.«

»Tut mir leid, Mann.«

»Danke. Wir sprechen später weiter.«

Ich lege auf und bitte Annie und Mia ruhig, nach unten zu gehen und mir Zeit zu geben, um mit »Mrs. Dolores« zu reden. Sie begreifen sofort, dass etwas Schreckliches geschehen ist.

Ich hätte es nicht vor ihnen verbergen können, ganz gleich, was ich gesagt hätte. Als sie auf den Flur gehen, schaut mich Mia mit zusammengepressten Lippen an, und ich sehe echte Besorgnis in ihren Augen. Hinter ihr hebt Annie eine Hand zum Nacken und zerrt sich am Haar.

Jede Hoffnung, dass ich die Nachricht vorsichtig überbringen kann, wird sofort zerstört, als ich in die Küche zurückgehe. In der Sekunde, als Dolores mein Gesicht sieht, beginnt sie zu kreischen.

Zehn Minuten später haben wir ihr eine Valium verpasst, und Drew Elliot ist unterwegs hierher. Zunächst wollte Dolores sofort nach Athens Point fahren. Wir konnten sie davon überzeugen, dass sie dort nichts erreichen würde, außer ihr eigenes Leben zu gefährden. Irgendwie hat Serenity sie dazu überredet, sich oben ein bisschen hinzulegen.

Als die beiden oben sind, sitze ich in der Küche, warte auf Drew und lese Rustys SMS-Botschaften, sobald sie aus dem Gericht eintreffen. Ich darf nicht versuchen, die verborgene Logik hinter Quentins scheinbar wahnsinnigem Verhalten auszumachen. Mir dämmert allmählich, dass ich John Kaiser zu der Sache mit Dolores hinzuziehen muss, ob sie das nun will oder nicht. Doch das hat Zeit, bis Drew sie untersucht hat.

Mittlerweile steuert mich das Piepen meines Handys wie seinerzeit den Pawlow'schen Hund.

9:07 Uhr: Shad hat der Verteidigung gerade den Zeugen zur Befragung angeboten. Quentin: keine Fragen. Hat anscheinend nicht vor, den Rechtsm. zu befragen. Scheiße, was will der?

Ja, wahrhaftig Scheiße. Kein kompetenter Verteidiger würde den Autopsiebefund einfach so durchwinken, besonders da einige Aspekte der Untersuchung wertvolle Anhaltspunkte für weitere Fragen bieten könnten.

9:11 Uhr: Shad ruft Cora Revels in den Zeugenstand.

9:13 Uhr: Cora erklärt: Violas Schwester, beschreibt Kindheit. Sehr überzeugend.

Um 9:18 geleitet Tim Weathers Drew ins Haus, und ich bringe ihn dankbar nach oben. Ich freue mich, dass er in der rechten Hand eine altmodische schwarze Arzttasche trägt, denn das verspricht effektive Beruhigungsmittel. Es geht doch nichts darüber, einen Arzt »in der Familie« zu haben. Nachdem ich Drew oben verlassen habe, kehre ich zu meinen neuesten SMS-Nachrichten zurück. Ich fühle mich, als beobachtete ich eine Katastrophe in Zeitlupe.

9:19 Uhr: Cora bestätigt Selbstmordpakt. Q erhebt keinen Einspruch wegen Hörensagen. Erklärende nicht mehr zur Verfügung vielleicht? Dank der Bemühungen des Angeklagten? Würde wenigstens Einspruch erheben und vom Richter abweisen lassen. Für das Revisionsverfahren aufheben. Kein gutes Gefühl mit Q, Mann …

Die Regeln bezüglich sogenannter Zeugen nach Hörensagen sind kompliziert, aber es gibt sie, damit ein Angeklagter nicht eines Verbrechens beschuldigt werden kann, ohne dem Beschuldigenden entgegentreten zu können. Es gibt einige Ausnahmen zu diesen Regeln. Die von Rusty erwähnte scheint mir in unserer Situation ebenfalls sinnvoll. Cora Revels' Behauptung, ihre Schwester hätte ihr gesagt, sie hätte eine Affäre mit Tom Cage gehabt, würde gewöhnlich nicht als Beweis dafür zugelassen, dass diese Affäre tatsächlich stattgefunden hat. Falls jedoch Viola – die »Erklärende« in einem Selbstmordpakt – nicht vor Gericht anwesend sein kann, um sich zu diesem Thema zu äußern – zum Beispiel, weil sie tot ist –, würden einige Richter vielleicht Coras Aussage doch zulassen. Wenn die Erklärende speziell aufgrund der Handlungen des Angeklagten – in diesem Fall meines Vaters, der beschuldigt wird, sie getötet zu haben, um sie zum Schweigen zu bringen –, nicht anwesend sein kann, macht der Richter höchstwahrscheinlich diese Ausnahme und lässt Coras Aussage als Beweis für die Affäre zu. Doch wie Rusty in seiner SMS gesagt hat, würde ein guter Anwalt zumindest Einspruch wegen Hörensagen erheben, um sich, falls er Berufung einlegt, dieses Thema für die Revision vor einem höheren Gericht aufzusparen. Weil Quentin hier keinen Einspruch erhebt, verliert Dad diese Möglichkeit. Die Frage ist also: *Was zum Teufel macht Quentin? Warum hockt er da auf seinem Arsch wie ein brauner Buddha?*

9:22 Uhr: Cora sagt, dein Vater war in der Nacht in ihrem Haus. Sie ist zum Ausruhen zu Nachbarn gegangen. Wie oft. Tom mit V allein gelassen, in der und in anderen Nächten.

9:25 Uhr: Cora sagt, Vs Sohn Lincoln war in der Nacht von Chicago unterwegs. Sie hätte Tom erzählt, Lincoln beinahe in Natchez, V aber nicht. Cora wollte nicht, dass Tom Pakt erfüllt, solange Lincoln noch nicht vor Ort. Wollte nicht, dass Tom und L sich über Vs Leiche kennenlernen.

9:28 Uhr: Nächste Erinnerung von C: Anruf von Tom, wie es V geht? C nach Hause & V tot aufgefunden. Dachte, Pakt wäre erfüllt, obw. Tom vorgab, V wäre noch am Leben gewesen, als er ging.

9:31 Uhr: Cora gemischte Gefühle über Selbstmordpakt. Religiöse Schuldgefühle. Katholisch wie V. Cora behauptet, L kam, weil sie ihm gesagt, Vs Tod nah, aber nichts über Selbstmordpakt, ehe L ankam. Scheiße, Krampf in den Fingern. Rufe vielleicht an und lass dich mithören.

Ich tippe zurück:

Kannst du das machen, ohne erwischt zu werden?

9:34 Uhr: weniger auffällig als SMS. Hörst vielleicht aber nicht gut. Probieren. Erst mal weiter SMS.

Ich höre Drews schwere Schritte auf der Treppe. Ich gehe ihm auf dem Flur entgegen und kann sofort sehen, dass er keine guten Nachrichten hat.

»Und?«, frage ich.

»Mrs. St. Denis wird eine psychiatrische Behandlung brauchen. Sie lebt seit Jahrzehnten mit einem unterdrückten Trauma, wie du sicher weißt. Der Angriff auf ihre Schwiegermutter hat bei ihr ein unerträgliches Maß an Angst ausgelöst. Ich glaube, es besteht Selbstmordgefahr, Penn. Ich habe ihr Beruhigungsmittel gegeben. Sie scheint keine Familie zu haben, der sie zutrauen würde, ihr zu helfen. Ich habe Serenity kennengelernt, und Dolores scheint ihr zu vertrauen, aber das ist keine Langzeitlösung. Hast du irgendeinen Plan?«

»Ich mache, was immer du mir rätst, Drew. Aber ich muss das FBI hinzuziehen. Es geht um Dolores' Sicherheit. Die Frau da oben kann Snake Knox in die Todeszelle von Angola bringen.«

Drew nickt, aber in seinen Augen steht deutliche Ablehnung. »Wenn du darauf baust, dass sie sich mit Snake Knox in einen Gerichtssaal begibt und den Geschworenen erzählt, wie er sie vergewaltigt und ihren Ehemann ermordet hat, dann kannst du lange warten. So sehe ich es jedenfalls. Aber du hast recht, das FBI hinzuzuziehen. In letzter Zeit sind wahrhaftig genug Unschuldige zu Schaden gekommen.«

»Ja, ich weiß. Wie geht es Keisha?«

Er schüttelt den Kopf. »Ich habe sie heute Morgen mit dem Krankenwagen ins Klinikum der UMC bringen lassen.«

Die Bürde dieser Neuigkeit zu der Nachricht über Cleotha Booker ist beinahe zu viel für mich.

»Noch eins«, sagt mein alter Freund. »Annie zeigt eine ausgeprägte Angstreaktion. Sie versucht, damit klarzukommen, aber tief drinnen glaube ich, dass sie wieder in den gleichen Zustand wie nach dem Mord an Caitlin zurückfällt. Tod ist der Auslöser, Penn. Sie kann mit Verlust nicht umgehen. Was uns nicht überraschen sollte, wenn man bedenkt, dass sie schon ihre Mutter und andere wichtige Personen in ihrem Leben verloren hat.«

»Drew … Herrgott! Sag mir, was ich tun soll.«

Er legt mir eine Hand auf die Schulter und schaut mir tief in die

Augen. »Vergiss den Plan, in den Gerichtssaal zurückzugehen. Annie braucht dich hier, in Reichweite. Verstehst du das? Mia allein reicht nicht.«

»Verstehe. Ich bleibe.«

»Und du rufst das FBI an?«

»Sobald du gegangen bist.«

»Okay, ich schaue in etwa drei Stunden wieder vorbei.«

Als Tim hinter Drew die Tür zuzieht, nehme ich mein Handy, ignoriere die letzten SMS von Rusty Duncan und tippe die Kurzwahl für John Kaiser.

»Penn«, meldet er sich. »Was ist los?«

»John, hören Sie zu. Sind Sie gerade in Natchez?«

»Ja. Was ist los? Ich habe gehört, Sie hätten den Gerichtssaal verlassen.«

»Mein Freund … ich habe hier eine Augenzeugin, die aussagen kann, dass Snake Knox vergewaltigt und gemordet hat. Das Opfer war ihr Ehemann.«

Erst herrscht Schweigen. Dann sagt Kaiser: »Von wem reden Sie da?«

»Das kann ich Ihnen nur sagen, wenn Sie mir versprechen, diese Frau mit Samthandschuhen anzufassen. Sie will *nicht*, dass ich das Bureau anrufe. Sie hat mir sogar angedroht, in diesem Fall alles abzustreiten.«

»Sind Sie sicher, dass sie zuverlässig ist?«

»John, wenn sie sich je zu einer Aussage entschließt, dann ist sie ein Gottesgeschenk für jeden Staatsanwalt, der Snakes Fall auf den Tisch kriegt.«

»Wenn sie nicht wollte, dass Sie mich anrufen, warum haben Sie's dann gemacht?«

»Sie ist in Lebensgefahr. Ich glaube, ihre Schwiegermutter ist gestern Abend überfallen worden. Sie ist dem Tod nah.«

»Großer Gott. Wo ist diese Frau jetzt?«

Ich zögere, beschließe dann aber, ihm zu vertrauen. »In meinem Haus in der Washington Street. Aber Sie können wahrscheinlich eine ganze Weile noch nicht mit ihr sprechen. Drew hat sie gerade ruhiggestellt. Sie ist die Zeugin, nach der Sie von Anfang an gesucht haben, John. Vermasseln Sie es nicht, indem Sie sie zu sehr unter Druck setzen, ja? Wenn Sie kommen, dann allein.«

»Botschaft vernommen. Ich kann … sagen wir, in einer Stunde kommen. Passt das?«

»Zwei wären besser. Ich habe Ihnen ja schon gesagt, im Augenblick ist sie weg vom Fenster. Und ich muss mir überlegen, wie ich es ihr erklären soll, dass Sie hier auftauchen.«

»Dann sehe ich Sie so um die Mittagszeit. Ich komme allein.«

Ich tippe auf *Gespräch beenden* und schicke eine SMS an Serenity. *Alles in Ordnung?* Sie ist zwar nur eine Treppe höher, aber irgendwie ahne ich, dass Dolores St. Denis es vielleicht nicht möchte, dass ich in ihr Zimmer gestürzt komme.

Nach zwanzig Sekunden erscheint die Antwort: *D schläft endlich fest. Ich bleibe bei ihr. Angst, dass sie sich was antut, wenn sie allein aufwacht.*

Ich tippe: *Habe gerade mit FBI gesprochen. Müssen hinzugezogen werden. Nur zum Schutz, nicht für Aussage. John Kaiser kommt allein. Kein Druck auf D. Denk nach, wie wir D überzeugen können, dass sie bei FBI sicher.*

Diesmal tippt Serenity nach längerer Verzögerung: *Du meinst, wie wir sie anlügen können?*

NEIN, erwidere ich.

Wir haben Cleotha Booker umgebracht, Penn. Wir haben diese Leute zu ihr geführt.

Serenity ist offenbar von Schuldgefühlen überwältigt.

Sie ist noch nicht tot, tippe ich. *Wir reden gleich. Sag, wenn ich was hochbringen soll.*

Ich warte auf eine Antwort, aber mein Telefon bleibt stumm.

Ich gehe in die Küche zurück, nehme ein kaltes Tab heraus, trinke die halbe Dose in einem prickelnden Zug, setze mich dann hin und lese Rustys letzte Nachrichten durch. Sie kommen mir vor wie Botschaften von einem Vorgang in weiter Ferne, mit dem ich nur zufällig zu tun habe. Plötzlich begreife ich, dass ich sie nur benutze, um vor meinen Schuldgefühlen wegen der Cat Lady zu fliehen.

9:37 Uhr: Als Cora Viola tot vorfand, ist sie in Panik geraten. Fühlte sich »wie der Mann, der im Weltraum spazieren geht«. Sie hat Lincoln ange-

rufen, nicht Tom. und dann Lincoln von dem Selbstmordpakt erzählt. Linc wütend. Da zu diesem Zeitpunkt schon beinahe in Natchez. Hat Cora gesagt, sie soll 911 anrufen, Sanitäter anfordern und das Sheriff's Department.

9:39 Uhr: Lincoln kurz nach Sheriff's Department auf der Szene.

9:45: Shad bietet Zeugin zum Kreuzverhör an, behält sich Recht vor, Cora noch einmal aufzurufen.

Shad behält sich das Recht vor, Cora noch einmal aufzurufen, weil er sich im Augenblick auf den Indizienaspekt konzentrieren und den Zeitstrahl nicht unterbrechen will, den er in die Köpfe der Geschworenen einmeißeln will. Aber sie kommt zurück, und dann hat ihre Zeugenaussage wahrscheinlich das Zeug zu einem nachmittäglichen Fernsehdrama.

9:46 Uhr: Verdammte Scheiße! Quentin sagt WIEDER »Keine Fragen«! Kein Kreuzverhör! Was zum Teufel?

Mein Puls beschleunigt sich. Ich kann mir keinen Grund vorstellen, warum Quentin ausgerechnet Cora Revels ohne Kreuzverhör aus dem Zeugenstand gehen lässt.

9:49 Uhr: Shad wie die Katze, die den Kanarienvogel gefressen hat. Kann sein Glück nicht fassen. Ich auch nicht. Wieso kuscht Q? Echt Alzheimer???

9:53 Uhr: Shad ruft Sheriff's Detective Joiner in den Zeugenstand.

10:06 Uhr: Joiner sagt, Deputys gingen davon aus, dass sie Beihilfe zum Selbstmord ermitteln. Haben Morphinampulle, Spritze, Haare und Fasern, bla bla bla, gefunden. Alles eingepackt und beschriftet. Haben Camcorder auf dem Stativ gefunden, keine Kassette drin.

10:19 Uhr: Shad bietet Zeugen an und … KEIN GOTTVERDAMMTES KREUZVERHÖR! Du musst kommen, Mann. Musst Q raus-

werfen. Eindeutig Fehlverhalten! Shad schleift deinen Dad nach Parchman, und niemand hält am anderen Ende dagegen.

In weniger als einer Stunde hat sich meine anfängliche Verwirrung zu Angst, Frustration und nun unverhohlener Wut gesteigert.

10:24 Uhr: Sheriff Byrd im Zeugenstand.

10:32 Uhr: Byrd bestätigt, dass ihm Shad die Aufzeichnung von Vs Tod um 13:07 Uhr am Montag, dem 12.12. gezeigt hat und dass er außer Shad der Erste war, der sie gesehen hat. Shad hat ihm erklärt, Henry Sexton hätte die Kamera dort gelassen, die Aufzeichnung sei zufällig gemacht. Sexton hat auf die Aufzeichnung aufmerksam gemacht. Shad: Byrd hat Magnetband zu den Beweismitteln genommen, später professionell kopieren lassen.

10:44 Uhr: Shad bietet Byrd zum Kreuzverhör an, Recht auf erneuten Aufruf vorbehalten. Kein Kreuzverhör von Q. Keine Überraschung. Ich brauch ein Xanax, verdammte Scheiße.

Diesmal macht sich Rusty nicht mal die Mühe, Krawall zu schlagen. Allen Anwälten im Gerichtssaal stehen bestimmt vor Verblüffung die Mäuler weit offen, aber natürlich kann niemand etwas sagen oder sonst unternehmen.

10:49 Uhr: Experte für Fingerabdrücke im Zeugenstand. Abdrücke auf Spritze und Ampulle von deinem Dad. Sofort AFIS-Abgleich, Grundlage: Waffenschein deines Dad. Gähn.

11:01 Uhr: Shad bietet Zeugen an. Kein Kreuzverhör. Überrascht?

11:08 Uhr: Experte für Haare und Fasern. Haare deines Dads überall am Tatort. DNA-Abgleich passt. Teppichfasern vom Haus deines Dads überall. Shad bietet … kein Kreuzverhör. Deprimierend, kann nicht mehr hinsehen, Mann. Das wird eine Verurteilung in Rekordzeit. Q ist völlig von der Rolle. Ich übernehme, wenn du willst. Echt so schlimm!

Mittlerweile bin ich wirklich in Panik. Und auf dem besten Weg zum Herzrasen. Ich muss alle meine Kraft aufbringen, um Annie nicht merken zu lassen, wie bestürzt ich bin.

11:10 Uhr: Mehr Hörensagen. Richter ungerührt. Shad sagt, Lincoln hat Shads Büro kontaktiert und vom Selbstmordpakt berichtet. Shad hat Bürgermeister angerufen und gebeten, mit seinem Vater über das Geschehen zu reden. Dr. Cage hat sich geweigert, zu sprechen …

Es ist ungewöhnlich, dass der Bezirksstaatsanwalt so etwas persönlich zu Protokoll gibt, aber Richter Elder scheint davon auszugehen, dass Henry Sexton, die einzige andere an diesen Ereignissen beteiligte Partei, nicht zur Verfügung steht, da er tot ist.

11:14 Uhr: Später am gleichen Morgen hat Henry Sexton Shad informiert, dass die Kamera, die er im Zimmer der Verstorbenen hinterlassen hatte, eine Festplatte hatte. Sie haben die Platte überprüft und die Aufzeichnung gefunden, die du gesehen hast und auf der der Tod von VT um 5:38 Uhr, am Montag, dem 12. Dezember, zu sehen ist. Dr. Cage hat sich geweigert, Fragen zu irgendeinem dieser Ereignisse zu beantworten.

11:18 Uhr: Richter erwähnt Mittagessen, aber Shad ruft noch einen Zeugen auf, Leo Watts, bittet darum, den Zeugen als feindlichen Zeugen zu behandeln. Elder lässt das zu.

Leo Watts ist ortsansässiger Apotheker und ein langjähriger Freund meines Vaters. Indem Shad darum bittet, Leo als feindlichen Zeugen behandeln zu dürfen, sichert er sich das Recht, Suggestivfragen zu stellen. Außerdem wird den Geschworenen auf diese Weise bewusst, dass sie die Aussage eines Mannes hören, der für meinen Vater positiv voreingenommen ist.

11:23 Uhr Leo sagt, dass dein Dad V Morphin verschrieben hat, seit sie wieder hergekommen ist. Tödliche Mengen. Na großartig. Das bekommen die meisten Krebspatienten im Endstadium. Q muss das im Kreuzverhör rausarbeiten! Shad fragt nach Adrenalin. Leo stimmt zu, dass dein Dad sich selbst Adrenalin verschrieben hat. Aber schon lange nicht mehr. Sagt, dass viele Ärzte mit Herzkrankheiten Adrenalinampullen im Haus, im Auto haben, aber Shad unterbricht ihn.

11:34 Uhr: Leo räumt zögerlich ein, dass Tom Menschen mit Krebs, AIDS usw. im Endstadium potenziell tödliche Mengen von Medikamenten verschrieben hat, wenn der Patient eine Überdosis nehmen wollte. Sagt, das ist nicht ungewöhnlich, aber Shad unterbricht ihn wieder. Bete, dass Shad nicht eine verärgerte Patientenfamilie auf Lager hat, die einen Selbstmordpakt in der Vergangenheit bestätigt. Wenn das auch besser als Mord wäre.

Ich tippe: *Gesucht hat er bestimmt. Aber ich glaube nicht, dass er jemand gefunden hat.*

11:37 Uhr: Shad hat Leo gerade gehen lassen. Quentin MUSS ein Kreuzverhör machen, Leo das sagen lassen, was er sagen wollte, den Schaden wiedergutmachen.

11:39 Uhr: Keine Fragen von Q! Ich stehe unter Schock! Rechtsanwälte im Publikum rasten aus. Das hier ist ein Notfall!

11:44 Uhr: Mittagspause. Unterwegs zu dir nach Hause. Wir müssen diesen Zirkus aufhalten!

»Daddy?«, fragt Annie.

Ihre Stimme erschreckt mich so sehr, dass ich den Küchentisch mit einem Quietschen von mir schiebe.

»Tut mir leid«, erklärt sie von knapp hinter der Küchentür. »Ich wollte dir nur sagen, dass es mir gut geht. Echt.«

Mia steht hinter ihr auf dem Flur und sieht nicht so aus, als wäre sie sich da sicher.

Ich strecke die Arme aus und ziehe Annie an mich. »Das freut mich. Boo.« Ich schaue über ihre Schulter zu Mia. »Wie geht es Dolores?«

»Serenity ist noch immer bei ihr im Schlafzimmer.«

Nach ein paar Sekunden macht Annie einen Schritt zurück und

blickt mir in die Augen. »Daddy, du siehst fast so aus wie neulich, als du dir in der Kirche Caitlins Telefonnachricht angehört hast.«

Kann ich meiner elfjährigen Tochter die Wahrheit sagen? Ich habe das Gefühl, als würde mein Vater an einer schrecklichen Krankheit sterben und ich hätte ihn zu einem alten Freund der Familie in Behandlung gegeben, einem bekannten Chirurgen, der nun aber anscheinend die Grundlagen der Anatomie und jegliche chirurgische Technik, die er je beherrscht hat, völlig vergessen zu haben scheint.

»Es ist der Prozess, Annie. Nach allem, was mir Rusty schreibt, macht Mr. Quentin im Gericht nicht das, was er machen sollte. Jedenfalls nicht das, was ich machen würde.«

Annie reckt ihre Unterlippe vor. »Ich habe dir von Anfang an gesagt, dass du Opa verteidigen solltest.«

»Das ist aber leider keine Option. Mr. Rusty ist hierher unterwegs. Er und ich werden drüber reden, was zu tun ist. Vielleicht muss ich eine Weile mit ihm in mein Arbeitszimmer gehen.«

Sie nickt schnell. »Das ist in Ordnung.«

»Und John Kaiser kommt auch. Er versucht, Mrs. Dolores zu helfen.«

»Gut. Mir geht es wirklich gut, Dad. Mach du, was du tun musst.«

KAPITEL 25

Ich nutze Annies augenblickliche Gelassenheit aus und gehe die Treppe hinauf, um mich mit Serenity vor Dolores' Gästezimmer zu besprechen. Nach einer halben Minute kommt Serenity vor die Tür geschlichen, lässt sie jedoch ein Stück offenstehen, damit sie ihre Schutzbefohlene im Auge behalten kann. Durch den Spalt fällt mein Blick auf eine Frau, die unter weißem Bettzeug auf der Seite liegt und mit den Armen ein Kissen umklammert hält. Selbst aus dieser Entfernung sehe ich, dass sie in ihrem von Medikamenten erzeugten Schlaf bebt und zuckt.

»Wie geht es ihr?«, frage ich.

Serenity schaut mich einfach nur mit Trauer und Wut in den Augen an.

»Ist sie, seit wir geredet haben, überhaupt bei Bewusstsein gewesen?«

»Zweimal. Ich habe das FBI erwähnt. Ich wollte es nicht, aber wir brauchen offensichtlich Hilfe. Jemand hat versucht, die alte Frau umzubringen, Penn. Wenn ich da drinsitze, sehe ich immer nur ein Bild vor mir: diese Hütte voller Katzen, die auf eine Frau warten, die nie wieder nach Hause kommen wird.«

»Ich weiß.«

»Und wir sind daran schuld, Penn.«

»Ich weiß.« Nach einigen Augenblicken des Schweigens sage ich: »Was sage ich Kaiser, wenn er ankommt?«

Serenity beißt sich auf die Lippe. »Schick ihn hoch und sag ihm, er soll leise anklopfen. Dann übernehme ich.«

»Okay.«

Ich höre aus dem Schlafzimmer ein Rascheln.

»Später«, sagt Serenity, und die Tür schließt sich vor meiner Nase.

Wieder in der Küche, tippe ich die Kurzwahl für Quentins Handy, werde jedoch gleich zur Voicemail durchgestellt. Er steuert wahrscheinlich gerade mit Doris als Vorhut seinen Rollstuhl durch ein Spalier von Kameras, die draußen vor dem Gericht warten. Ich kenne ihn gut genug, vermute also nicht, dass er den Reportern seine Strategie verraten wird. Doch da er im Gerichtssaal so gut wie gar nichts macht, hat er vielleicht vor, den Fall in den Medien zu verhandeln?

Unser Festnetztelefon klingelt und lässt mich zusammenzucken. Auf dem Display erscheint die Handynummer meiner Mutter.

»Mom?«, frage ich.

»Rusty hier! Wir stehen beim Gericht im Stau. Es ist völlig verrückt. Wir sitzen alle miteinander in meinem Lincoln Town Car. Die Jungs von Tim fahren hinter uns im Yukon. Wenn wir bei euch ankommen, werden wir nicht viel Zeit haben. Ich spiele dir jetzt auf dem Handy deiner Mutter ab, was ich von der Aussage des Rechtsmediziners aufgezeichnet habe. Dann bist du auf dem gleichen Stand wie wir.«

»Okay, mach los.«

»Ich hab das mit meinem kleinen Sony-Mikrokassetten-Gerät aufgenommen. Tut mir leid wegen dem Scheißton.«

Nach einem hohen Rückkoppelungsjaulen höre ich durch digitales Rauschen hindurch zwei Stimmen. Die eine ist die von Shad Johnson, der den Zeugen so offensichtlich manipuliert, dass ich nicht glauben kann, dass Quentin keinen Einspruch dagegen erhebt; der andere Sprecher ist ein gewisser Dr. Adam Phillips, der Rechtsmediziner.

»Könnte ein älterer Arzt, dessen Hände in ihrer Beweglichkeit stark eingeschränkt sind, bei einer einfachen Spritze einen solchen Fehler machen, Dr. Phillips?«

»Natürlich. Auch junge Ärzte mit gesunden Händen treffen mal die Vene nicht oder durchstechen sie. Besonders wenn die Venen durch Chemotherapie-Chemikalien angegriffen sind.«

»Machen Ärzte, die unter großem Stress stehen, tendenziell mehr Fehler als solche, die keinen Stress haben?«

»Das belegt die Statistik. Aber Ärzte werden dazu ausgebildet, unter stressigen Bedingungen zu arbeiten. Das ist die Natur ihrer Arbeit.«

»Was ist, wenn dieser Stress von psychologischer und zutiefst persönlicher Art ist? Wenn er mit der eigentlichen Arbeit nichts zu tun hat?«

»Starker Stress dieser Art würde bei jedem Arzt die Fehlerwahrscheinlichkeit erhöhen, wie bei jedem anderen Berufstätigen auch, der versucht, seine Arbeit zu machen.«

»Aber Dr. Cage hätte doch gesehen, dass das Morphium seine Patientin nicht umbrachte, nicht wahr?«

»Wenn er vor Ort geblieben ist. Ist er vor Ort geblieben?«

»Bitte lassen Sie mich die Fragen stellen, Dr. Phillips. Wäre es für Dr. Cage von Vorteil gewesen, vor Ort zu bleiben? Wenn er vorhatte, die Patientin zu ermorden und nicht entdeckt zu werden?«

»Natürlich. Wäre er vor Ort geblieben, dann wäre Mrs. Turner unter ärztlicher Behandlung gestorben. Es wäre keine Autopsie notwendig gewesen. Hätte er sie töten oder ermorden wollen, dann wäre er ungeschoren davongekommen. Es sei denn, die Familie hätte Krach geschlagen.«

Die Frage, ob Dad während Violas Tod dort im Haus anwesend war oder nicht, ist der zentrale Schwachpunkt in Shads Argumentation. Meines Wissens gibt es keinerlei Beweise dafür, dass er anwesend war. Dass Quentin diese Art von Suggestivfragen ohne Einspruch durchgehen lässt, geht einfach über meinen Verstand.

»Wie lange nach der verpfuschten Morphinspritze hätte es gedauert, bis ein Arzt vor Ort gemerkt hätte, dass das Medikament seine Patientin nicht tötet?«

»Das ist schwer zu sagen. Es hängt von vielen Faktoren ab, und nach dem Tod kann man die Morphintoleranz eines Patienten nicht mehr feststellen.«

»Könnten Sie eine wohlbegründete Vermutung äußern?«

»Zwischen zehn und dreißig Minuten. Da so wenig Morphin in ihren Blutkreislauf gelangte, ist Mrs. Turner wahrscheinlich die ganze Zeit bei Bewusstsein geblieben, oder sie ist nach nur wenigen Minuten Beruhigung wieder aufgewacht.«

»Gut. Warum würde ein Arzt Adrenalin spritzen, nachdem er festgestellt hat, dass das Morphin nicht die erwünschte Wirkung hat? Würde er das machen, um sie wiederzubeleben?«

Diese Frage ist aus so vielerlei Gründen sittenwidrig, dass ich gar nicht weiß, wo ich mit dem Einspruch anfangen würde. Shad will offensichtlich den Geschworenen implizit unterjubeln, dass Dad das

Adrenalin injiziert hat, obwohl er keinerlei Beweise dafür vorgelegt hat, dass es so war. Und doch legt Quentin keinen Einspruch ein!

»Ein erfahrener Arzt würde in dieser Situation kein Adrenalin benutzen. Er würde wissen, dass Adrenalin die Wirkung einer intravenös verabreichten Überdosis Morphin nicht aufhebt. Dafür würde er Naloxon brauchen. Ich nehme an, wenn er verzweifelt versuchte, die Patientin zu retten, dann hoffte er vielleicht, sie so lange am Leben zu halten, bis die Sanitäter ankommen und sie ins Krankenhaus brächten. Aber die Beweise zeigen, dass ja zu keiner Zeit eine tödliche Dosis Morphin in Mrs. Turners Blutkreislauf gelangt ist, also warum sollte er dann versuchen, sie wiederzubeleben? Sie hätte gar nicht am Morphin sterben können.«

Was aber, wenn sie an etwas anderem starb? Ich mache mir eine Notiz, danach im Kreuzverhör zu fragen, als würde ich tatsächlich die Chance bekommen, diesen Zeugen zu befragen.

»Genau«, sagt Shad. *»In diesem Fall sind allerdings keine Sanitäter gerufen worden, Herr Doktor. Außerdem wissen wir von der Aufzeichnung auf der Festplatte, dass der Arzt an der Patientin nach der Adrenalin-Injektion keine Herzdruckmassage vornahm. Worauf deutet das Ihrer Meinung nach hin?«*

»Einspruch, Quentin!«, murmele ich. »Du verdammter Scheißkerl!«

»Medizinisch gesehen ergibt es für mich keinen Sinn. Nicht, wenn er vorhatte, die Patientin zu retten. Aber warum wollte er sie überhaupt retten, wenn sie eine Patientenverfügung unterschrieben hatte? Adrenalin wird dazu benutzt, Patienten vom Abgrund des Todes zurückzureißen. Man unterschreibt ja eine Patientenverfügung genau aus dem Grund, um den Gebrauch solcher Medikamente zu verhindern.«

»Denken Sie an die Fakten, wie sie erklärt wurden, Herr Doktor. Können Sie irgendeine Theorie vorbringen, die diese Fakten erklären würde, außer der Begründung, dass Dr. Cage das Adrenalin absichtlich gespritzt hat, um die Patientin zu ermorden?«

»Nun … ein Arzt, der einem Patienten Sterbehilfe leistet, könnte mitten in der Handlung Gewissensbisse bekommen. Es ist vorstellbar, dass er dann versucht, sie mit Adrenalin wiederzubeleben und sie dabei versehentlich mit dem Medikament umbringt. Wegen einer Allergie oder einer starken Überdosis. Epinephrin wirkt von einem Patienten zum anderen sehr unterschiedlich.«

»Epinephrin und Adrenalin sind dasselbe Medikament, richtig?«

»Verzeihung, ja. Aber dann müsste wiederum ein kompetenter Arzt wissen, dass Adrenalin nicht speziell gegen die depressive Wirkung von Morphin wirkt. Und schließlich zeigen die Beweise, dass nie eine tödliche Dosis Morphin in den Blutkreislauf gelangt ist. Wieso sollte jemand versuchen, eine Person wiederzubeleben, die bei vollem Bewusstsein ist? Das ergibt keinen Sinn.«

»Ich nehme an, er hat vielleicht versucht, sie in der zehn- bis dreißigminütigen Zeit der Bewusstlosigkeit wiederzubeleben, falls er plötzlich Reue empfand, wie Sie angedeutet haben.«

»Ja, aber warum hat er dann nicht die Sanitäter hinzugerufen?«

»O ja. Vielen Dank, dass Sie mich daran erinnert haben. Herr Doktor, auf der Grundlage der forensischen Beweislage möchte ich Ihnen als einem Forensikexperten ein mögliches Szenario vorschlagen.«

Als ich das höre, werfe ich beinahe das Küchentelefon auf den Fußboden. Selbst Richter Elder muss doch hier in Versuchung gewesen sein, einzuschreiten. Doch die Fragen gehen weiter, als spielte Shad nicht nur in seinem eigenen Film, sondern führte auch noch Regie.

»Unser Arzt hat die Absicht, seine Patientin durch das Spritzen einer Überdosis Morphin zu töten. Die Patientin unterzieht sich dem freiwillig, weil sie die Absicht hat, Selbstmord zu begehen. Wegen Stress und seiner Arthritis verpfuscht der Arzt die Injektion. Schon bald bemerkt er, dass das Morphin die Patientin nicht umbringt. Er hat kein weiteres Morphin mehr. Der Arzt steht unter Zeitdruck, das Haus zu verlassen. Seine Patientin ist durch das Morphin teilweise sediert, also entscheidet er sich, zu benutzen, was er gerade zur Hand hat, um die Sache abzuschließen. Er beschließt, der Patientin intravenös Adrenalin zu verabreichen, was bei ihr zu Herzstillstand führen wird. Wegen seines Berufs und seines Ansehens in der Gemeinde ist er sich praktisch sicher, dass niemand Fragen stellen wird, solange er vor Ort bleibt, um den Rechtsmediziner herzurufen. Er kann den Totenschein selbst unterschreiben. Es wird immer noch, wie geplant, der perfekte Mord sein. Können Sie mir soweit folgen?«

»Ja.«

»Das Problem beginnt, als das Adrenalin in den Kreislauf der Patientin gelangt. Sie stirbt nicht schnell. Sie gerät in Panik, schreit, schlägt um sich. Trotz seines Plans ist der Arzt entsetzt über seine Tat. Er hat vielleicht so-

gar Angst, dass die Nachbarn und Verwandten die Sterbende hören und sich beunruhigen. In seiner Panik flieht er, wirft dabei das Telefon auf den Boden. Er weiß, dass er durch seine Flucht eine Autopsie riskiert. Aber wenn das Adrenalin entdeckt wird, kann er einfach sagen, er hätte die Patientin wiederbelebt und sie sei noch am Leben gewesen, als er ging. Er sei sich unsicher gewesen, was zu tun wäre. Das musste er ja sagen, nicht wahr? Sonst hätte er ja nicht erklären können, wieso er ihren Tod nicht gemeldet hat. Sehen Sie bisher Probleme mit diesem möglichen Szenario?«

»Nur, dass Adrenalin einen beschränkten therapeutischen Wert hat, wenn man einer Überdosis Morphin entgegenwirken will, falls er behaupten wollte, er hätte sie damit wiederbelebt und lebend verlassen.«

»Könnte ein Allgemeinarzt nicht plädieren, dass ihm das nicht bekannt war? Unwissen und Verzweiflung?«

»Nein. Doch Sie vergessen die Patientenverfügung. Wieso sollte er sagen, er hätte sie wiederbelebt, da sie doch eine Patientenverfügung hatte?«

»Ich bitte Sie, Ihre eigene Frage zu beantworten.«

»Ich weiß nicht.«

»Denken Sie nach.«

»Nun ... er könnte anführen, dass die Frau eine ehemalige Krankenschwester war und er eine große Zuneigung zu ihr empfand und dass er sich deswegen über die Patientenverfügung hinweggesetzt und sie wiederbelebt hat.«

»Das wäre doch sinnvoll, nicht wahr?«

»Aber warum hat er dann nicht auch eine Herzdruckmassage gemacht?«

»Jetzt springen Sie wieder zu dem, was wir heute wissen. Die Absicht des Arztes war jedoch zu diesem Zeitpunkt lediglich, zu behaupten, seine Patientin hätte noch gelebt, als er sie verließ. Er hatte keine Ahnung, dass der qualvolle Todeskampf der Patientin aufgezeichnet wurde. Keine Ahnung, dass wir sehen würden, dass er keine Herzdruckmassage oder andere lebensrettende Maßnahmen vorgenommen hat. Er hatte die Absicht, zu behaupten, er hätte die Herzdruckmassage durchgeführt und sie hätte überlebt. Sie müsse nach seiner Intervention verstorben sein.«

»Wenn er bei einer älteren Frau eine Herzdruckmassage vorgenommen hätte, dann wäre das offensichtlich gewesen. Schwere Blutergüsse, vielleicht sogar gebrochene Rippen. Hat Dr. Cage bei seinen Verhören angegeben, er hätte eine Herzdruckmassage durchgeführt?«

»Dr. Cage hat sich geweigert, überhaupt irgendetwas zu sagen.«

»Nun, dann bin ich wieder bei meinem ursprünglichen Problem mit dem ganzen Szenario.«

»Und das wäre?«

»Warum ist er aus dem Haus gegangen? Wie ich schon vorhin gesagt habe, wenn er vor Ort geblieben wäre, dann hätte niemand eine Autopsie gefordert.«

»Genau. Dieselbe Frage habe ich mir viele Male gestellt. Warum hat er das Haus verlassen? Darauf gibt es drei mögliche Antworten. Erstens: Als er Violas Tod beobachtete, war Dr. Cage überwältigt vom Grauen seiner Tat und konnte es nicht aushalten, am Tatort zu bleiben.«

»Jetzt denken die Geschworenen an diese Videoaufzeichnung«, sage ich ins Telefon, »und daran, wie Viola in Panik geriet und um Dads Hilfe flehte.«

»Jawohl«, sagt Rusty und hält das Tonband an. »Jetzt sind wir gleich bei euch. Hör weiter zu. Es ist nicht mehr viel.«

»Zweitens: Es gab am Ort etwas, das der Arzt so schnell wie möglich zerstören musste.«

»Das Video, das Viola für Henry aufgenommen hat«, sage ich.

»Volltreffer«, erwidert Rusty.

»Warum hat Shad das nicht erwähnt? Er hat das nicht mal in seinem Eröffnungsplädoyer vorgebracht.«

»Das macht er noch, keine Sorge. Hör zu Ende.«

»Drittens: Jemand ist vor Ort erschienen oder würde bald erscheinen – ein Familienmitglied, das ›Krach schlagen‹ würde, wie Sie es genannt haben –, und der Arzt hatte nicht den Nerv, die Sache vor dieser Person durchzuziehen.«

»Lincoln«, grummele ich. »Shad wird argumentieren, Dad hätte gewusst, dass Lincoln von Chicago unterwegs nach Natchez war.«

»Oder es beweisen«, sagt Rusty mit leidenschaftsloser Stimme.

»Toll. Herzlichen Dank.«

»Scheint Ihnen eine der genannten Möglichkeiten sinnvoll zu sein, Herr Doktor?«

»Ich kann natürlich nicht wissen, ob der Arzt etwas zerstören musste. Aber die anderen beiden erscheinen mir sinnvoll. Ich habe schon erlebt, dass Familien nach einem Todesfall den Arzt des Mordes beschuldigen. Trotzdem

müsste dieser Arzt wissen, dass es, falls er weglief, beinahe sicher eine Autopsie geben würde. Das ist ein großes Risiko.«

»Ach wirklich? Wenn er behauptet hätte, dass das Adrenalin sie wiederbeleben sollte? Und erfolgreich war?«

»Das wäre medizinisch gesehen ziemlich weit hergeholt. Ich denke immer noch, es wäre am weitaus einfachsten und klügsten gewesen – falls der Arzt seine Patientin töten wollte –, wenn er vor Ort geblieben wäre, nach dem Tod der Patientin den Krankenwagen gerufen und die Sache durchgestanden hätte. Das wäre beinahe sicherlich alles gewesen – rechtlich gesprochen.«

»Aber dazu braucht man eiserne Nerven, Herr Doktor. Und der Arzt in unserem Fall ist nicht mehr in der Blüte seiner Jahre. Des Weiteren liegen die Gründe für seine Panik außerhalb Ihrer medizinischen Kompetenz, also biete ich Sie nun dem Verteidiger an, der Ihnen seine freundlichen Fragen stellen kann.«

»Kannst du es glauben, was dieser Typ macht?«, schnaubt Rusty wütend. »Er *fordert* Quentin geradezu *heraus*, den Zeugen ins Kreuzverhör zu nehmen. Aber inzwischen ist er ja sicher, dass Quentin das nicht tun wird. Shad verspottet Quentin Avery, Mann! Wir sind jetzt noch einen Block von euch weg. Jetzt kommt nur noch was.«

»Ihr Zeuge.«

»Mr. Johnson, mir ist gerade noch eine andere Möglichkeit eingefallen.«

Ich kann an der Verzögerung vor Shads Antwort erkennen, dass sich der Rechtsmediziner hier nicht ans Skript gehalten hat. Aber wenn Shad ihn nicht sagen lässt, was er sagen will, dann könnte Quentin hinter seinem Tisch hervorgerollt kommen und Dr. Phillips die Möglichkeit dazu geben. Jeder kompetente Verteidiger würde das machen. Ich war schon selbst in dieser Lage, und ich weiß, dass Shad kaum eine andere Wahl hat, als seinen Zeugen weiterreden zu lassen, und ich hoffe das Beste.

»Und das wäre, Herr Doktor?«

»Wenn Dr. Cage Mrs. Turner ermorden wollte, wie Sie annehmen, und wenn ihm das Morphin ausgegangen ist, worauf die Beweise hindeuten …«

»Was sie eindeutig beweisen.«

»Ja, gut. Nun, wenn alles so war, wie Sie vorgeschlagen haben, sobald die Sache anfing, schiefzulaufen und der Arzt wusste, dass man ihn wegen Mordes anklagen würde …«

»Ja?«

»Warum hat er dann nicht einfach gesagt: ›Gut, ja, wir hatten einen Pakt über Hilfe beim Selbstmord. Ich habe ihr das Morphin besorgt, mit dem sie sich umbringen konnte, aber sie hat die Injektion verpfuscht, also habe ich ihr gestattet, sich das Adrenalin zu spritzen, um einen Herzstillstand zu verursachen. Es war nicht ideal, aber ich hatte nichts anderes.‹ Warum hat er das nicht gesagt? Die Strafe für ärztliche Beihilfe zum Selbstmord ist zehn Jahre, nicht wahr? Eine Verurteilung wegen Mordes bedeutet lebenslänglich.«

Shad nimmt sich mit der Antwort so viel Zeit, dass ich schon hoffe, der Rechtsmediziner hätte ihn vielleicht so verdattert, dass er die Fassung verliert. Aber dann meldet sich Shad mit dem gewohnten taktischen Geschick.

»Das hat er vielleicht vor, wenn er seine Aussage macht, Herr Doktor. Oder falls er es bisher nicht vorhatte, ändert er vielleicht gerade jetzt seine Meinung. Aber Tatsache ist doch, dass Dr. Cage, als er von den Ermittlungsbehörden befragte wurde, nichts dergleichen gesagt hat. Er hat sich sogar geweigert, überhaupt etwas zu sagen. Und deswegen sind wir heute hier. Ich biete den Zeugen zum Kreuzverhör an.«

Es vergehen weniger als zehn Sekunden, ehe Quentin Avery sagt: *»Keine Fragen, Euer Ehren.«* Ich schließe die Augen mit der Angst eines Mannes, der die Wiederholung eines tödlichen Unfalls beobachtet.

»Wir sind da«, sagt Rusty mir ins Ohr. »Endlich.«

»Gut.«

KAPITEL 26

Ich habe soeben bei den Wachmännern die Runde gemacht, um sicher zu sein, dass sie John Kaiser erwarten und sich darüber im Klaren sind, dass er aus jeder Richtung auftauchen kann. Tim und ich stehen in der Nähe der Hintertür, diskutieren darüber, ob er noch mehr Leute aus Texas herholen soll. Da kommt Rusty über den Flur und winkt mir zu.

»Kumpel, ich habe sie alle mitgebracht. Wir müssen die Sache mit Quentin Avery klären, ehe deine Mom tatsächlich der Schlag trifft und sie deinen Dad hinter Gitter stecken.«

Ich folge Rusty ins Wohnzimmer und finde dort nicht nur meine Mutter vor, sondern auch Jenny, Annie und zu meiner Überraschung Miriam Masters. Alle reden gleichzeitig und über dasselbe Thema: Quentin Avery hat eindeutig den Verstand verloren.

»Penn, ich kann mich gar nicht beruhigen«, sagt Mom mit bebender Stimme. »Meine Hände zittern schon die ganze letzte Stunde.«

»Immer mit der Ruhe.« Ich beuge mich hinunter, um Mom zu umarmen, aber sie schiebt mich weg.

»Mit der *Ruhe*? Du musst Quentin rauswerfen, mein Junge. Du musst Toms Verteidigung übernehmen!«

»Mom, ich kann Quentin nicht rauswerfen. Das kann nur Dad.«

»Dann soll mich jemand ins Gefängnis bringen, damit ich ihm sage, dass er das tun muss. Ist Tom jetzt dort? Oder kriegt er sein Mittagessen im Gerichtsgebäude?«

»So wie ich Billy Byrd kenne«, sagt Rusty leise, »ist der Doc wieder in seiner Zelle.«

Annie steht beim Fernseher und bekommt jedes Wort mit. Kaum etwas verstört Kinder mehr als ängstliche Erwachsene, und Annie war schon bestürzt, ehe überhaupt jemand hier ankam. Ich gehe zu ihr und lege ihr den Arm um die Schulter, versichere ihr leise, dass alles gut wird, dass alle nur über einen Fehler aufgeregt sind, den Mr. Avery gemacht hat. Aber ich spüre, wie sie in meinen Armen bebt.

»Wir sollten uns alle beruhigen«, sage ich mit fester Stimme. »Es muss einen vernünftigen Grund geben, warum Quentin so vorgeht. Wir sind drei Anwälte hier im Zimmer. Lasst uns überlegen.«

Plötzlich begreift Mom, dass sie sich vor ihrer Enkelin hat gehen lassen. Sie steht auf und führt Annie zu dem Zweiersofa in der Ecke, murmelt ihr etwas zu, jedoch so leise, dass ich kein Wort verstehen kann.

Rusty beobachtet mich erwartungsvoll, ich wende mich aber zunächst Miriam zu. Sie ist zwar im Augenblick nur noch eine bessere Firmenbuchhalterin, ihren Abschluss an der Juristischen Fakultät in Stanford hat sie allerdings als Viertbeste ihres Jahrgangs gemacht, und sie war zwei Jahre lang im Büro des Offizialverteidigers tätig.

»Was meinst du?«, frage ich sie.

Sie kneift die Lippen zusammen und schüttelt den Kopf, ist offensichtlich so verwirrt wie wir anderen auch. »Penn, so was habe ich noch nie erlebt.«

»Rusty? Hast du je erlebt, dass irgendein Provinzanwalt so was Ähnliches versucht hat?«

Rusty schüttelt den Kopf. »Ich habe mich immer wieder gefragt: ›Ist das vielleicht so was wie eine Verteidigung durch Verlangsamung beim Basketball? Wo es so aussieht, als wäre der Trainer ein Idiot und das Team scheiße, obwohl sie ganz geschickt spielen?‹ Aber das hier ist kein Basketballspiel. Quentin hat sich nicht mal auf die Regelung berufen, die es ihm ermöglicht, seine Zeugen gesondert zu halten. *Er hat nicht mal beantragt, dass die Beweise der Anklage offengelegt werden.* Das habe ich in einem Mordprozess noch *nie* gesehen. Der Typ hat sogar sein Eröffnungsplädoyer verschoben, und er hat Shad vom ersten Augenblick an die Initiative überlassen! Das habe ich vielleicht ein einziges Mal in meiner Berufslaufbahn erlebt. Er hat keinen einzigen Einspruch erhoben, keinen einzigen Zeugen ins Kreuzverhör genommen. Und jedes Mal, wenn Quentin wieder einen typischen Shad-Johnson-Scheiß ohne Einspruch durchgehen lässt, kommt so eine Sache hinzu, die man in der Revision nicht mehr aufnehmen kann.«

»Genau«, sagt Miriam. »Die Geschworenen haben jetzt schon Dinge gehört, die sie niemals zu Ohren hätten bekommen sollen. Sie werden diese Bilder nie mehr aus dem Kopf bekommen, ganz gleich, wie sehr sie der Richter unterweist. Ich kann nicht glauben, dass Richter Elder sich keine Sorgen macht, dass sein Urteil wegen unzureichender Unterstützung durch den Verteidiger aufgehoben werden könnte.«

»Es ist *Quentin Avery*«, konstatiert Rusty eine offensichtliche Tatsache. »Einen erfahreneren Anwalt gibt es nicht. Nicht hierzulande. Nirgendwo.«

»Vielleicht ist das das Problem«, vermutet Miriam, die unsere gemeinsame Angst ausspricht.

»Alzheimer?«, fragt Rusty und sucht in unseren Augen nach Zustimmung. »Ich meine … das liegt doch im Bereich des Möglichen. Der Typ hat schon wegen Diabetes beide Beine verloren. Könnte er so 'ne Art Mini-Schlaganfälle gehabt haben? Irgendwas, das man nicht gleich merkt, das ihn aber trotzdem geistig außer Gefecht setzt?«

»Ich bin kein Arzt«, erklärt Miriam, »aber nach allem, was ich heute Morgen gesehen habe, würde ich es für möglich halten. Penn, hast du irgendwas Beunruhigendes bemerkt, als du dich vor dem Prozess mit ihm unterhalten hast?«

»Als ich ihn im Gefängnis getroffen habe, hat er mir gesagt, ich solle mich auf eine unkonventionelle Strategie gefasst machen. Aber seither haben wir kaum miteinander geredet. Es ist seine und Dads Show, ich habe nichts damit zu tun.«

Meine Mutter wirft mir einen kurzen Blick zu, der uralte mütterliche Vorwurf.

»Hast du versucht, mal bei Quentin *anzurufen*?«, fragt Rusty.

»Mindestens zehn Mal, ehe ihr hier aufgekreuzt seid. Sein Handy schaltet gleich auf Voicemail um.«

»Wir müssen ihn rausschmeißen«, beharrt Mom aus ihrer Ecke. »Ich sehe keine andere Möglichkeit.«

Alle Augen im Raum wandern zu ihr.

»Niemand außer Dad kann Quentin rausschmeißen«, wiederhole ich. »Und Dad macht das nicht. Ich war nicht im Gerichtssaal. Hat es so ausgesehen, als wäre er in Panik geraten, weil Quentin das alles getan hat? Beziehungsweise nicht getan hat?«

»Ich konnte nur seinen Hinterkopf sehen«, sagt Mom frustriert.

»Er hat keine Angst«, meint Jenny vom Sofa. »Er hat einfach ruhig dagesessen und alles über sich ergehen lassen. Aber ich weiß nicht, was das über *seinen* Geisteszustand aussagt.«

»Es könnte einfach Resignation sein. Fatalismus.«

Plötzlich schauen alle zu mir, als hätte ich die Lösung für das Rätsel Quentin Avery gefunden.

»Was immer Quentin macht«, denke ich laut, »es ist Teil seines Plans. Wie gesagt, vor drei Tagen hat er mir erklärt, er plane für Dads Verteidigung einen unkonventionellen Ansatz.«

»Unkonventionell«, grunzt Rusty. »Als könnte man mit einer Geschwindigkeit von dreißig Meilen in der Stunde das Daytona-500-Rennen gewinnen.«

Nach diesem Kommentar geht die Haustür auf und schließt sich leise. Einen Augenblick später lehnt John Kaiser im Türrahmen, grüßt mich kurz, verschwindet dann. Als Nächstes höre ich ihn leise die Treppe hinaufsteigen.

Meine Mutter starrt mich neugierig an, aber ich ignoriere sie.

»Ich glaube, wir haben hier alles getan, was wir können«, sage ich ihnen. »Was im Grunde nichts ist. Ihr Leute müsst was essen. Im Kühlschrank in der Küche sind Sandwiches.«

»Ich kann jetzt nichts essen«, sagt Miriam jämmerlich.

»Ich schon«, grollt Rusty, steht auf und schlendert in die Küche.

Mom schaut mir über Annies Schulter hinweg in die Augen. »Penn, du musst zur Nachmittagssitzung in den Gerichtssaal zurück. Ich bleibe bei Annie.«

Ich schüttele den Kopf. »Auf keinen Fall. Die Geschworenen müssen dich sehen, wie du Dad unterstützt.«

»Dann nehmen wir Annie mit.«

Annie klatscht erleichtert und aufgeregt in die Hände. Endlich sind wir auf die einfache Lösung gekommen, die sie schon am Anfang vorgeschlagen hat.

»Boo, geh mal und hilf Rusty, die Sandwiches zu finden.«

Sie will widersprechen, aber heute reicht ein Blick von mir, um sie in die Küche zu treiben. Als sie fort ist, sagt Mom: »Penn, was hat John Kaiser hier verloren?«

»Es hat nichts mit Dads Prozess zu tun. Du musst dich jetzt auf die nächste Sitzung vorbereiten. Nach dem zu urteilen, was Shad bisher aufgetischt hat, erwarte ich, dass er nun noch einmal Cora Revels oder Lincoln in den Zeugenstand ruft. Und die werden sich geradewegs auf das Thema Tatmotiv stürzen. Wir werden alles über die Beziehung zwischen Dad und Viola hören. *Alles*.«

Meine Mutter beißt die Zähne zusammen. In ihren Augen zeigt sich unterdrückte Wut. Aber auf wen? Auf Shad Johnson? Oder auf meinen Vater?

»Nun gut«, gibt sie schließlich klein bei. »Du bleibst hier.«

Ich tippe die Kurzwahl für Quentins Handy und warte auf die Automatenstimme, aber das anhaltende Klingeln bringt mich wieder auf die Füße. Ich halte um Ruhe bittend die linke Hand hoch, und in der Stille kommen Rusty und Annie aus der Küche zurück.

»Hallo?«, sagt Doris Avery.

Ich spüre einen besorgniserregenden Druck in der Brust, als wollte etwas aus meinem zugeschnürten Hals hervorbrechen, aber ich zwinge mich zur Ruhe. »Doris, hier ist Penn. Könnte ich bitte mit Quentin reden?«

»Er versucht, zu Mittag zu essen. Wir haben ewig bis zum Haus Edelweiß gebraucht.«

Das Haus Edelweiß liegt nur vier Häuserblocks vom Gerichtsgebäude entfernt, aber sie hatten wahrscheinlich mehr Schwierigkeiten, aus dem Gerichtsgebäude zu kommen, als meine Leute. Trotzdem hätten sie leicht ans Telefon gehen können, solange sie in Quentins umgebautem Lieferwagen im Stau steckten.

»Ich muss wirklich mit ihm reden, Doris. Das musst du doch wissen, nach allem, was heute Morgen im Gericht passiert ist.«

Moms Augen blitzen auf. Sie ist drauf und dran, mir das Telefon aus der Hand zu reißen und Doris daran zu erinnern, wer das Honorar ihres Mannes bezahlt.

»Rufst du an, um mir mein Mittagessen zu verderben?«, grollt mir Quentin ins Ohr. »Ich hoffe nicht, denn ich habe nicht viel Zeit, um vor der Nachmittagssitzung was zu essen.«

Es ist ein Schock, endlich Quentin am Apparat zu haben, aber ich erhole mich rasch. »Quentin, meine Mutter und meine Schwester sind hier, und wir machen uns gewaltige Sorgen wegen deiner bisherigen Verteidigungstaktik.«

Rusty steckt den Kopf zur Tür herein und macht ein erschrockenes Gesicht.

»Oder eigentlich wegen deines Mangels an Taktik«, erkläre ich.

»Wovon redest du?«, fragt Quentin, während er geräuschvoll an etwas kaut, das nach Salat klingt.

Ich drücke auf den Lautsprecherknopf, damit alle mithören können. »Von der Tatsache, dass du kein einziges Mal Einspruch erhoben hast, dass du keinen einzigen Zeugen ins Kreuzverhör genommen hast.«

»Mach dir deswegen keine Sorgen. Es geht alles nach Plan.«

Während ich ungläubig den Kopf schüttele, dreht Rusty die Hand im Kreis um sein Ohr. »Und welcher Plan ist das?«

Quentin bellt ein kurzes Lachen, kaut dann weiter. »Du bist ein gewiefter Staatsanwalt. Nach welchem Plan sieht es denn deiner Meinung nach aus?«

»Mir sieht es nach dem Mahatma-Gandhi-Plan aus. Gewaltloser Widerstand. Die andere Wange hinhalten, bis du tot im Rinnstein liegst.«

Ich ernte einen lauten Lacher von dem alten Fuchs. »Das zeigt nur, wie wenig du weißt, du Großkotz. Ich sag dir mal, was mein Plan ist – der Leonardo-da-Vinci-Plan. Ich bin der Meister, und du schaust mir zu, wie ich meine Mona Lisa male. Komm in die Nachmittagssitzung, wenn du kannst, aber mach dir keine Sorgen, wenn du es nicht schaffst. Und sag Peggy, sie soll sich auch keine Sorgen machen.«

»Dafür ist es zu spät, Quentin«, sagt Mom mit messerscharfer Stimme.

»Hallo, Peg«, erwidert Quentin leiser. »Mach dir keine Sorgen um Tom und mich. Wir wissen, was wir tun.«

»Wenn das stimmt, dann wünschte ich, ihr würdet es uns anderen auch erklären.«

»Ich wünschte, das könnte ich, Darling. Aber du wirst es schon bald genug sehen. Hab Vertrauen.«

Als Mom ihre Wange mit der Hand berührt, merke ich, dass sie am Rande eines Zusammenbruchs steht.

In die Stille hinein sagt Quentin: »Penn, sag deinem Kumpel Rusty, dass er zur Nachmittagssitzung kommen soll. Er kann das als kostenlose Nachhilfestunde buchen.«

Rusty wird rot im Gesicht, während der alte Mann keckernd lacht. Da weiß ich, dass Quentin auflegen wird.

»Quentin, warte!«, sage ich, aber zu spät. Wir starren alle auf ein stummes Telefon.

»Völlig verrückt, der Arsch«, sagt Rusty. »Unzurechnungsfähig.«

Ich schaue Miriam in die tiefen grauen Augen.

»Ich weiß nicht«, sagt sie. »Es kommt alles drauf an, wie viel Zutrauen du zum Urteilsvermögen deines Vaters hast.«

»Zeitweilig ist es sehr getrübt«, sagt Mom mit leiser Stimme. »Tom denkt nicht mehr vernünftig. Ich muss unbedingt mit ihm reden.«

»Du wirst ihn nicht erreichen, ehe sie wieder anfangen«, sagt Rusty und schaut auf die Uhr. »Jedenfalls höchstens für ein paar Minuten. Kannst du ihn in zwei Minuten davon überzeugen, dass er Quentin rausschmeißt?«

Mom schaut zu Annie, lächelt dann und wischt sich eine Haarsträhne aus den Augen. »Das bezweifele ich.«

»Wer übernimmt Quentins Stelle, wenn Dad ihn rausschmeißt?«, frage ich. »Wer geht da rein, beim Stand von zwölf zu null, und versucht, das Spiel noch rumzureißen?«

»*Du*«, ertönen vier Stimmen im Gleichklang.

»Guter Plan, finde ich«, sagt Mia von der Küchentür.

Während meine Freunde und Verwandten mir in die Augen schauen und ich zwischen Hoffnung und Verzweiflung schwanke, denke ich über Quentin und meinen Vater nach. Dad hat mir beigebracht, dass Angst ansteckend ist und dass sie eine Katastrophe ist, wenn man Entscheidungen zu treffen hat. Vor drei Tagen hat mich Quentin wissen lassen, dass ich seine Strategie bei diesem Fall höchstwahrscheinlich nicht verstehen würde, und er hat mir das Versprechen abgenommen, nicht alle fünf Minuten gerannt zu kommen und Erklärungen für seine Taktik zu verlangen. Deutet das, was heute Morgen passiert ist, auf Genie oder beginnende Demenz hin? Ich weiß nicht genug, um diese Frage beantworten zu können. Letztendlich bin ich, wenn Quentin Avery die Fäden in der Hand hat, doch bereit, auf das Erstere zu wetten – zumindest noch ein bisschen länger.

»Nein«, erkläre ich allen. »Quentin und Dad haben Informationen, die wir nicht besitzen. Wir können nicht einmal vermuten, was das sein könnte. Und selbst wenn Dad *bereit* wäre, Quentin jetzt rauszuschmeißen, habe ich gar nicht genug Zeit, um mich auf die Nachmittagssitzung vorzubereiten. Ich könnte frühestens morgen anfangen.«

»Dein Dad könnte schon heute Abend erledigt sein«, sagt Rusty mit brutaler Offenheit. »Er ist schon mit einem Bein im Gefängnis von Parchman.«

Ich funkele meinen alten Freund wütend an, weil er das vor Annie und meiner Mutter geäußert hat, aber er zuckt nur mit den Achseln. *Die Wahrheit ist die Wahrheit*, sagen seine Augen. *Was nützt es, die mit Zuckerguss zu verzieren?*

»Geben wir Quentin noch den Nachmittag Zeit. Wenn er noch weiter vom Weg abkommt, muss Richter Elder die Sache ohnehin beenden.«

»Den Prozess für fehlerhaft geführt erklären?«, fragt Miriam.

»Das macht Elder nicht«, widerspricht Rusty. »Der weiß, dass ihn niemand dafür rügen wird, dass er Quentin Avery seine eigene Show abziehen lässt.«

»Da bin ich nicht so sicher«, erwidere ich. »Aber das ist ohnehin müßig. Und bleib diesmal vorne, damit ich besser hören kann.«

Rusty verdreht die Augen, doch schließlich schlingt er den Rest seines Sandwiches herunter und geht auf den Flur. Als die Frauen an Rusty vorbei zur Vordertür gehen, schaut er mit einem Nicken zu mir zurück.

»Wärm schon mal deinen Wurfarm auf, Herr Anwalt. Avery steht nicht mehr lange auf der Abwurfstelle.«

»Mach, dass du hier rauskommst.«

Dreißig Sekunden, nachdem Rustys Town Car und der Yukon vom Randstein losgefahren sind, kommen zwei schwarze Limousinen dort zum Stand. Vier FBI-Agenten steigen aus, und an ihren Bewegungen ist überhaupt nichts Lässiges. Ich schrecke zusammen, als John Kaiser von hinten meine Schulter berührt.

»Lassen Sie uns ins Wohnzimmer gehen«, sagt er mit unruhigen Augen.

»Was ist?«, frage ich, sobald wir den Flur verlassen haben.

»Sie hat sich bereit erklärt, in Schutzhaft zu gehen.«

»Wie geht es Cleotha Booker?«

»Sie lebt, reagiert aber bisher nicht. Sie wird wahrscheinlich das Bewusstsein nicht wiedererlangen.«

Seine Antwort fällt auf mich wie ein Schatten. »Besteht die Möglichkeit, dass sie einfach gefallen ist?«

»Etwa ein Prozent.«

»Nein«, hauche ich. Während wir einander noch anstarren, geht die Tür auf, und die vier Agenten bewegen sich rasch die Treppe hinauf.

»Sie müssen gehen?«, frage ich.

»Sie werden auf mich warten. Die Lage ist schlimm, Penn.«

»Und Sie glauben, das ist mir neu?«

Ich weiß, dass Kaiser mit den Zähnen knirscht, denn seine Kiefer mahlen. »Wer ist Serenity Butler?«, fragt er.

»Eine Freundin. Eine Schriftstellerin.«

»Warum kümmert sie sich um Mrs. St. Denis?«

Was soll ich sagen? »Sie sind beide Frauen. Sie sind beide schwarz. Dolores vertraut ihr.«

»Sie haben Mrs. St. Denis im Flugzeug hierhergebracht?«

»Das schien mir die sicherste Methode zu sein.«

Kaiser schüttelt den Kopf. »Das war grenzwertig, Mann. Diesmal haben Sie es wirklich überzogen. Sie hätten mich gestern anrufen sollen, ehe Sie überhaupt zu ihr hingefahren sind.«

»Sie und ich, wir verfolgen unterschiedliche Ziele, John.«

»Gestern Abend hat man Schüsse gehört, einen Häuserblock vom Haus dieser Frau entfernt. Und es gab einen blinden Alarm wegen eines Einbruchs.«

Dazu sage ich nichts.

»Penn, Sie haben nicht die rechtliche Befugnis, überhaupt so etwas zu machen. Verstehen Sie das? Falls hier jemand anderer als ich stünde, wären sie in Staatsgewahrsam.«

»Und wenn ich das nicht getan hätte«, sage ich leise, »dann würden Sie nicht bald eine Zeugin befragen, die das Bureau *vor vierzig Jahren* hätte finden sollen. Und die Snake Knox in die Warteschlange für die Todesspritze bringen könnte.«

Kaiser hebt die Hände. Ehe er reden kann, sage ich: »Und sie hat in New Orleans gewohnt – wo Sie *Ihr Hauptquartier* haben.«

Er knirscht wieder mit den Zähnen. »Was wollen Sie damit sagen?«

»Ich will damit sagen: Gern geschehen. Nichts zu danken.«

KAPITEL 27

Serenity hat das Haus verlassen. Als ich sie gefragt habe, wohin sie geht, hat sie nur geantwortet: »Ich brauche *Luft*, verdammte Scheiße.« Als ich ihr hinterherrufe, ob sie nicht einen von Tims Jungs mitnehmen möchte, gibt sie vor, mich nicht zu hören. In gewisser Weise bin ich froh über die Pause. Ich will nicht den ganzen Nachmittag lang anhören müssen, wie Serenity mir erzählt, welche Mitschuld wir an dem Überfall auf Cleotha Booker und an der Qual ihrer Schwiegertochter haben.

Das weiß ich schon selbst.

Ich mache es mir mit Annie im Wohnzimmer bequem, die zufrieden mit niedriger Lautstärke fernsieht. Mia ist zum Duschen nach oben gegangen. Ich bin dankbar, dass mich der Prozess meines Vaters von meinem schlechten Gewissen ablenkt.

Shad Johnsons erste Zeugin nach der Mittagspause ist weder Cora Revels noch Lincoln Turner, sondern Melba Price, die in den letzten fünfzehn Jahren die persönliche Krankenschwester meines Vaters war. Diese Wahl überrascht mich. Melbas Aussage wird im Zeugenstand große symbolische Bedeutung haben, denn sie ist die heutige Version von Viola. Sie liebt und respektiert meinen Vater, und sie wird ihm helfen, wenn sie kann. Außerdem mag man sie in der Stadt sehr, genau wie seinerzeit Viola. Unabhängig von dem, was die Fakten zu sagen scheinen, wird Melbas Überzeugung von der Unschuld meines Vaters, wenn sie diese zum Ausdruck bringt, bei den afroamerikanischen Frauen unter den Geschworenen großes Gewicht haben. Warum geht Shad also das Risiko ein, sie in den Zeugenstand zu rufen?

Es geht um das Adrenalin, begreife ich. Eine Schwachstelle von Shads forensischen Argumenten ist, dass am Tatort keine leere Adrenalinampulle gefunden wurde, wohl aber die Morphinampulle mit Dads Fingerabdrücken. Leo Watts, der Apotheker, hat ausgesagt, dass Dad sich früher Rezepte für Adrenalin ausgestellt hat, jedoch nicht zu einem Zeitpunkt in der Nähe des Mordtages. Shad muss sich sicher sein, dass Melba ihm bestätigen wird, Dad hätte leichten Zugang zu dem Medikament gehabt, und zwar ungefähr im richtigen Zeitraum.

Rustys SMS-Meldungen kommen nach und nach an und beweisen, dass mich mein Instinkt nicht getrogen hat. Richter Elder erlaubt Shad, Melba als feindliche Zeugin zu behandeln. Schon bald führt sie der Bezirksstaatsanwalt wie ein Kind an der Hand. Zu Rustys Entsetzen erhält Melba keinen Schutz von Quentin, der gegen einige Fragen Einspruch erheben sollte, und wenn auch nur, um Shads Rhythmus zu unterbrechen. Rustys fieberhafte Textnachrichten treffen bei mir ein wie das moderne Äquivalent eines SOS-Morsesignals. Doch ich kann mir leicht vorstellen, welchen Schaden Melba anrichtet, obwohl sie ihr Bestes versucht, um den Mann zu retten, mit dem sie schon so lange respektvoll zusammenarbeitet.

Mit Melbas Hilfe legt Shad fest, dass mein Vater in der Praxis einen Vorrat an Adrenalin aufbewahrt, um Patienten in akuter Lebensgefahr wiederzubeleben, obwohl sie dort keinen eigentlichen Notfallwagen haben. Melba erklärt auch, dass die Buchführung über Medikamente in der Praxis nicht detailliert genug ist, um immer sicher zu wissen, ob Adrenalin fehlt. In Dads Praxis gibt es nicht wie in einem Krankenhaus strikte Regeln für die Buchführung über die Ausgabe und Lieferung von Medikamenten – mit Ausnahme von Betäubungsmitteln. Adrenalin ist zudem zwar potenziell gefährlich, aber kein Betäubungsmittel. Shad versucht, das Recht der Ehegatten auf Aussageverweigerung zu umgehen, indem er Melba und nicht meine Mutter fragt, ob ihr persönlich bekannt ist, dass Dad auch Adrenalin in seinem Wohnhaus aufbewahrt, doch sie weicht dieser Falle mit einem schlichten »Ich weiß nicht« aus. Als sie direkt gefragt wird, ob Dad regelmäßig Adrenalin in der »schwarzen Arzttasche« mitführte, die er zu Hausbesuchen mitnimmt, bejaht Melba das. Was sollte sie sonst sagen? Jeder kompetente Arzt führt Adrenalin in seiner Notfalltasche mit, um für potenzielle Notfälle gerüstet zu sein, und sie bringt dieses Argument vor, ehe Shad ihr das Wort verbieten kann.

Nachdem er diese wichtige Tatsache festgestellt hat, schaltet Shad in einen anderen Gang um und stellt Melba Fragen zu Dads Gesundheit, insbesondere zu seiner Psoriasis-Arthritis und dazu, wie sie sich auf die Funktionsfähigkeit seiner Hand ausgewirkt hat. In dieser Sache äußert sich Melba ziemlich wahrheitsgemäß, wenn auch viel allgemeiner, als es Shad lieb wäre, doch schließlich muss sie zugeben, dass Dad im vergangenen Jahr in der Praxis Drew Elliot alle Prostata-Untersuchungen überlassen hat, weil seine Finger dafür nicht mehr geschickt genug sind. Sie weiß wahrscheinlich, dass Shad einfach Drew als Zeugen aufrufen kann, wenn sie zu ausweichend antwortet. Genau wie ich weiß Melba, dass Shad in den letzten drei Monaten alle Patienten von Dad durchforstet hat, um so viele negative Informationen wie möglich zu finden, und sie möchte sicherlich nicht Tür und Tor dafür öffnen, dass Shad nun einige von ihnen als Zeugen aufruft.

Als ich eigentlich erwarte, dass Shad nun Melba wieder gehenlässt, fängt er an, sie nach potenziellen Schwachstellen abzutasten. Melba gibt zu, darüber informiert gewesen zu sein, dass Dad Viola in deren letzten Lebenswochen behandelt hat. Sie leugnet jedoch, von einem möglichen Pakt zur Hilfe zum Selbstmord zwischen den beiden gewusst zu haben. Sie behauptet, vom Liebesverhältnis zwischen Dad und Viola in der Vergangenheit keine Kenntnis gehabt zu haben, und fügt hinzu, es wäre ihr auch egal gewesen, wenn sie es gewusst hätte.

Um 13:32 Uhr schickt mir Rusty zwei Textnachrichten, die erklären, Shad hätte es wohl darauf angelegt, Melba so zu schockieren oder zu beschämen, dass sie etwas Belastendes gegen Dad aussagt.

Frage Shad: Hat Dr. Cage sich Ihnen gegenüber je sexuell unangemessen verhalten? Bitte erinnern Sie sich daran, dass Sie unter Eid aussagen. Antwort: Nein. Nie. Shad schaut selbstzufrieden, als würde Melba lügen, aber die weiblichen Geschworenen funkeln ihn wütend an.

Frage: Glauben Sie, dass Dr. Cage je bei einem Patienten Sterbehilfe geleistet hat? Antwort: Ich weiß von nichts dergleichen. Aber ich glaube, viele Ärzte hier in der Gegend haben das schon gemacht. In einigen Fällen ist es die einzige anständige Vorgehensweise.

Melbas mutige Aussage weckt in mir einen schwachen Hoffnungsschimmer. Indem er Melba Price in den Zeugenstand ruft, hat Shad Quentin eine hervorragende Gelegenheit gegeben, eine höchst glaubwürdige Zeugin wunderbare Dinge über Dad sagen zu lassen. Und zweifellos ist Melba bereit und willens, alles für Dad zu tun, was sie nur kann, und das könnte sehr viel sein. Wenn sie mit der ganzen Kraft ihrer Persönlichkeit antwortet, dann könnte sie den Frauen unter den Geschworenen ins Auge schauen und auch die letzte unter ihnen davon überzeugen, dass ihr Arbeitgeber eher sich selbst umbringen würde, als einer Patientin, die er behandelt, Leid zuzufügen.

Doch die nächste SMS lässt mich vor Schock erstarren.

13:34 Uhr. Shad hat besorgt ausgesehen, als er Melba der Verteidigung zum Kreuzverhör überließ. Wäre nicht nötig gewesen. Was antwortet Leonardo? Keine Fragen, Euer Ehren.

»O Gott«, murmele ich. »O nein!«

»Was ist los, Daddy?«, fragt Annie vor dem Fernseher. »Hat Mr. Quentin mehr Mist gemacht?«

Ich seufze so tief, dass mir schwindelig wird, als wäre ich gerade zu schnell aufgestanden. Als könnte ich jeden Augenblick umfallen.

»Daddy?« Annie springt auf.

»Alles in Ordnung, Boo.«

Während ich sie an mich ziehe, piept mein Handy schon wieder.

14:07 Uhr: Shad hat gerade erneut Cora Revels aufgerufen.

Es vergehen ein paar Sekunden, dann tippt Rusty:

Scheiß drauf, mir fallen schon beinahe die Finger ab. Ich lass einfach die Leitung offen und riskier's.

»Annie, wir müssen den Fernseher ausmachen«, sage ich mit angespannter Stimme.

»Warum?«, fragt sie, aber ehe ich antworten kann, weiten sich ihre Augen in einer Vorahnung. »Mr. Rusty ruft aus dem Gerichtssaal an!«

Ich nicke, und sie schaltet den Fernseher mit der Fernbedienung aus.

»Darf ich zuhören?«, drängelt sie. »Ich sage auch keinen Mucks, versprochen.«

»Das geht nicht, Baby. Das ist für Erwachsene, so erwachsen, wie es nur geht. Ich brauche meinen Kopfhörer vom Schreibtisch im Keller. Der ist wahrscheinlich …«

»Ich weiß, wo der ist.«

Annie sprintet auf den Flur, und ich höre ihre Schritte die schmale Treppe zu meinem Büro hinunterpoltern. In weniger als einer Minute ist sie mit meinem Kopfhörer wieder da.

»Gut«, gestehe ich ihr zu und stöpsele dankbar den Stecker ein. »Du kannst hier bei mir bleiben, aber nicht mal laut atmen, okay?«

Sie grinst. »Okay.«

KAPITEL 28

Als das Mobiltelefon in meiner Hand klingelt, nehme ich den Anruf mit einem Knopfdruck an, stelle dann das Mikrofon an meinem Lautsprecher stumm, damit nichts von unserer Seite ins Gericht übertragen werden kann. Ich lehne mich auf dem Sofa zurück und schließe die Augen, das Ohr auf die fernen Stimmen konzentriert, die durch einen dichten Nebel statischen Rauschens zu mir herüberhallen.

»Als Lincoln geboren wurde«, sagt eine ältliche weibliche Stimme, die ich noch nie zuvor gehört habe, *»hat mir Vee erzählt, sein Vater wäre ein Schwarzer, den sie ganz am Anfang in Chicago kennengelernt hatte, als sie so furchtbares Heimweh hatte. Sie meinte, sie wäre nur einmal mit ihm mitgegangen und schwanger geworden. Ich habe ihr das eigentlich nicht abgenommen. Viola war nie ein leichtes Mädchen, und Lincoln ist achteinhalb Monate nach ihrer Ankunft in Chicago geboren. Und er war ein strammes Baby. Kein Frühchen.«*

Shad Johnsons Stimme dringt durch das Rauschen des Telefons. *»Was glaubten Sie, wer der Vater wäre?«*

»Jemand aus Natchez. Musste so sein.«

»Hatten Sie einen Verdacht?«

»Da hatte ich mehrere«, antwortet Cora schnippisch.

»Mehr als einen?«, fragt Shad mit gespieltem Erstaunen. Da weiß ich sicher, dass Cora Revels gecoacht worden ist, und zwar bis in die kleinste Einzelheit. *»Ich dachte, Sie hätten gesagt, dass Ihre Schwester kein leichtes Mädchen war.«*

»War sie auch nicht.«

»Das verstehe ich nicht, Miss Cora.«

»Das werden Sie gleich begreifen. Etwa zwei Wochen, ehe Viola nach Chicago aufgebrochen ist, wurde sie von ein paar Männern vom Ku-Klux-Klan vergewaltigt. Von mehreren auf einmal.«

»Waren Sie Zeugin dieses Überfalls?«

»Nein, Sir. Das hat niemand gesehen, außer den Dreckskerlen.«

Einspruch!, ruft eine Stimme in meinem Kopf. *Hörensagen!* Mein Herz pocht so sehr, dass mir ganz mulmig wird, aber Quentins Stimme ist nicht zu vernehmen.

»Hat Viola Ihnen erzählt, was ihr zugestoßen war?«, drängt Shad.

Als Quentin auch diesmal keinen Einspruch erhebt, weiß ich, dass Rusty recht hat: Quentin Avery, der legendäre Jurist, hat den Verstand verloren. Er muss weg. Ich hoffe nur, dass Dads Schicksal nicht schon vor dem Ende von Coras Aussage besiegelt ist.

»Zuerst nicht«, antwortet Cora. *»Zuerst hat in der Stadt ein Gerücht die Runde gemacht. Ich glaube, die Kerle haben damit angegeben, was sie ihr angetan hatten. Jedenfalls habe ich Vee danach gefragt, und schließlich ist sie zusammengebrochen und hat mir gesagt, dass es stimmte. Ich weiß, dass sie ihr das angetan haben, um unseren Bruder Jimmy aus seinem Versteck zu locken, damit sie ihn schnappen und töten konnten. Jimmy hatte sich irgendwo unten in Freewoods versteckt, aber als er gehört hat, was mit Viola passiert war, hat er sich auf die Suche nach denen gemacht, die das getan hatten.«*

Als Cora Revels' Stimme bricht, überlege ich, warum Shad sie dazu geführt hat, dieses längst begrabene Vorkommnis zu enthüllen. Sicherlich riskiert er damit doch, dass die Geschworenen begreifen, wie tief verwurzelt der Hass zwischen Viola und den Doppeladlern bis zu ihrem Todestag war.

»Sie haben also geglaubt, dass Violas Kind das Ergebnis dieser Vergewaltigung war?«, fährt Shad fort.

Suggestivfrage!, will ich schreien, doch Quentin schweigt.

»Jawohl, Sir.«

»Wie lange haben Sie das geglaubt?«

»Achtundzwanzig Jahre lang.«

Es folgt eine Pause, und ich vermute, dass Shad so tut, als müsse er Lincolns Alter berechnen. *»Also haben Sie von 1968 bis 1996 geglaubt, dass Lincoln von den Vergewaltigern aus dem Ku-Klux-Klan gezeugt wurde?«*

»Jawohl, Sir.«

»Haben Sie jemandem von Ihrer Vermutung erzählt?«

»Nein.«

»Haben Sie je mit Violas zweitem Ehemann, dem Mann, dessen gesetzmäßiger Name Junius Jelks ist, über Ihre Vermutung gesprochen?«

»Nicht, ehe nicht dreißig Jahre oder so vergangen waren. Viola wollte, dass ich darüber lüge, wer Lincolns Vater war. Sie wollte nicht, dass Mr. Jelks, ihr neuer Ehemann in Chicago, glaubte, der Junge wäre von Klan-Männern aus Mississippi gezeugt worden. Sie hat ihm erzählt, Lincolns Vater wäre ihr erster Ehemann, James Turner. Ein gefallener Kriegsheld.«

Hörbares Gemurmel aus vielen Kehlen dringt durch das Telefon an mein Ohr.

»Haben Sie Ihre Schwester in dieser Geschichte unterstützt?«

»Ja. Es ist mir schwergefallen, und ich habe es auch gebeichtet, aber ich bin lange bei dieser Geschichte geblieben. Sehr lange.«

»Wann haben Sie damit aufgehört?«

»1996, als unsere Mutter gestorben ist. Vee war gekommen, um sich im letzten Monat mit mir um Ma zu kümmern – weil sie doch Krankenschwester war, wissen Sie –, und Mr. Jelks ist mitgekommen.«

»Wo war Lincoln zu dieser Zeit?«

»Lincoln war gerade im Jahr vorher mit seinem Jurastudium fertig geworden, hat also in Chicago gearbeitet.«

»Wie alt war er da?«

»Achtundzwanzig. Er hat spät mit dem Studium angefangen.«

»Gut, Miss Cora. Warum haben Sie aufgehört, Lügen über Lincolns Geburt zu erzählen?«

»Na ja, an dem Tag, als Ma gestorben ist, da saßen Vee und ich bei ihrer Leiche, und Vee hat zu reden angefangen. Über alle möglichen Dinge. Die Zukunft und was nun mit der Familie werden soll, solche Sachen. Und da hat sie mir gesagt, dass Dr. Tom Cage Lincolns wirklicher Vater ist.«

Ein leises Murmeln schwillt an, als wachten Hornissen irgendwo unter der Erde auf.

»Wie fanden Sie das?«

»Oh, ich habe es sofort geglaubt. Ich war schockiert, weil ich damals nie vermutet hatte, dass die beiden zusammen waren. Aber ich wusste, dass sie die Wahrheit gesagt hat. Ich wusste, dass sie Dr. Cage liebte und verehrte. Ich hätte nur niemals gedacht, dass sie diese Grenze überschritten hätten. Keiner von beiden.«

»Hat Ihre Schwester Ihnen an diesem Tag noch andere Dinge erzählt?«

»Sie hat mich angefleht, ihrem Mann nichts von Dr. Tom zu erzählen.«

»Sie meinen Junius Jelks?«

»Ja, Sir. Junius war jähzornig, und er hat zu der Zeit schon ziemlich viel getrunken. Er war immer mal wieder im Gefängnis, konnte also recht brutal werden. Manchmal war er wirklich nett, aber ich wusste, warum Vee Angst hatte.«

»Glauben Sie, dass Viola fürchtete, Junius Jelks könnte Lincoln verletzen, der damals immerhin schon ein erwachsener Mann war?«

»Nicht körperlich. Aber er hätte vielleicht was sagen können, das ihn verletzt hätte. Junius wusste ganz genau, wie man jemandem mit Worten wehtut. Nein, ich glaube, Viola hatte eher Angst, dass Junius – oder auch Lincoln – irgendwas machen würde, das Dr. Cages Leben hier oben zerstören würde. Sie wusste, dass sie mit dieser Affäre gesündigt hatte. Und obwohl Dr. Cage ja derjenige war, der verheiratet war, hatte Viola deswegen Schuldgefühle. Sie hätte nicht damit leben können, dass sie eine Familie zerstört hat.«

»Verstehe. Nun, an dem Tag, als Ihre Mutter gestorben ist, hat Ihnen Viola da auch verraten, ob Dr. Cage wusste, dass er Lincolns Vater war, oder nicht?«

Dies alles ist natürlich offensichtlich Hörensagen – und nicht einmal in Ausnahmefällen zulässig –, aber wenn Quentin keinen Einspruch erhebt, kommt Coras Geschichte das Gewicht eines Geständnisses auf dem Sterbebett zu. Nach einer anscheinend endlos langen Pause sagt Shad: *»Miss Cora?«*

»O ja, Sir. An dem Tag hat Viola mir erzählt, dass Dr. Cage ihr Geld geschickt hat, und zwar seit dem Tag, an dem sie aus Natchez weggegangen ist.«

»Wollen Sie damit sagen, dass Tom Cage Ihrer Schwester achtundzwanzig Jahre lang Geld geschickt hat?«, fragt Shad und tut überrascht.

»Ja, Sir.«

Coras Antwort trifft mich wie ein Schlag in die Magengrube. Ich kann mir nur annähernd vorstellen, welche Schrecken meine Mutter im Augenblick durchmacht, denn wenn das stimmt, wer kann dann glauben, dass Dad dieses Geld nicht geschickt hat, um für ein uneheliches Kind zu sorgen? Ein verheirateter Mann schickt vielleicht einer ehemaligen Geliebten ein paar Monate lang Geld, vielleicht sogar ein, zwei Jahre. Aber dreißig Jahre? Mein Gott. Selbst ohne

Moms eiserne Konstitution – wie kann sie da im Gerichtssaal sitzen und Dad nicht voller Schrecken und Wut anschauen? Nachdem er mir erzählt hat, dass er bis zu der Nacht, in der Viola starb, nichts von Lincolns Existenz wusste, könnte ich mir solche Gefühle jedenfalls nicht verkneifen.

»Es hat viele Monate gegeben, in denen Viola und der Junge ohne dieses Geld Hunger gelitten hätten«, fährt Cora fort. »Später hat das Geld zu Lincolns Ausbildung beigetragen. Manchmal hat Junius jeden Cent versoffen, den Cora als Krankenschwester verdient hat. Oder alles Geld bei einer seiner Gaunereien verpulvert, irgendeiner Betrügerei, die ihn über Nacht reich machen sollte. Deswegen habe ich wahrscheinlich das Geheimnis so lange für mich behalten. Ich habe gedacht, wenn je herauskommt, dass Dr. Cage Lincolns Vater ist, dann kommt das Geld vielleicht nicht mehr. Also habe ich den Mund gehalten.«

»Ich verstehe, Miss Cora. Herrgott, das hätte doch jede Schwester so gemacht.«

Shads Versuch, Quentins leutselige Manier nachzuahmen, ist ziemlich platt, aber da sie keinen Vergleich zum Original haben, nehmen ihm die Geschworenen das vielleicht ab. Wie zum Teufel kann Quentin seelenruhig dasitzen und sich das alles anhören?

»Wann«, fährt Shad fort, *»hat Junius Jelks dann herausgefunden, dass Lincoln nicht der Sohn eines Helden aus dem Vietnamkrieg war, wie man ihm erzählt hatte?«*

»Oh, das war ein paar Jahre nach Mas Tod. So um 2001 herum oder im Jahr danach. Junius hat eine alte Zeitungsnachricht über den Tod von James gefunden. Vielleicht hat ihm die jemand aus Natchez geschickt, ich erinnere mich nicht mehr. Jedenfalls wusste Junius sofort, dass James Turner nicht der Vater des Jungen sein konnte. James war achtzehn Monate vor Lincolns Geburt gefallen.«

»Was hat Mr. Jelks gemacht, nachdem er das herausgefunden hatte?«

»Erst hat er Viola geschlagen, weil sie ihn angelogen hatte.«

»Hat Viola ihm danach die Wahrheit gesagt?«

»Nein, Sir. Sie hat versucht, ihm die alte Geschichte von dem One-Night-Stand aufzutischen, aber die hat Junius ihr nicht abgenommen. Er hat sie einfach weiter geschlagen.«

»Was hat sie ihm dann erzählt?«

»Dann hat sie ihm von der Vergewaltigung durch die Klan-Männer hier in Natchez berichtet.«

»Und hat Mr. Jelks das geglaubt?«

»O ja, Sir, das hat er.«

»Hat er Sie gebeten, ihm das zu bestätigen?«

»Aber sicher doch.«

»Was haben Sie ihm gesagt?«

»Ich habe zu meiner Schwester gehalten.« Nach einer Pause fährt Cora fort: *»Ich wünschte jetzt, ich hätte Junius gleich die Wahrheit über Dr. Cage erzählt, denn das, was er Lincoln schließlich gesagt hat, hat dem furchtbar wehgetan. Doch davon kann Ihnen Lincoln besser erzählen.«*

»Und das macht er später auch«, verspricht Shad den Geschworenen. *»Ehe ich Sie entlasse, sagen Sie uns bitte noch eines. Warum hat Viola von der Vergewaltigung durch die Klan-Männer erzählt und nicht zugegeben, dass ein hochangesehener weißer Arzt Lincolns Vater ist? Hat sie das gemacht, um Tom Cage zu schützen?«*

»Herrgott noch mal«, murmele ich. Jeder Student im nullten Semester würde wissen, dass man jetzt Einspruch erheben muss. Cora Revels kann keine Gedanken lesen und folglich auch nicht aussagen, was sich ihre Schwester wohl gedacht hat, als sie eine bestimmte Entscheidung getroffen hat. Aber das Rauschen des Mobiltelefons, das ich mit schmerzhaftem Griff umklammere, teilt mir mit, dass Quentin Avery so stumm und reglos dasitzt wie eine Statue auf den Osterinseln.

»Darüber habe ich viel nachgedacht«, antwortet Cora. *»Vielleicht muss man eine Frau sein, um so was zu verstehen, aber … so schlimm die Geschichte mit der Vergewaltigung auch war, eine Sache hätte Junius Jelks noch mehr aus der Fassung gebracht.«*

»Was, Miss Cora?«

»Wenn er gewusst hätte, dass es irgendwo einen Weißen gibt, den Viola so geliebt hatte, wie sie ihn niemals lieben konnte. Und wenn Viola Dr. Cages Namen auch nur ein einziges Mal laut ausgesprochen hätte, dann hätte Junius in ihren Augen die Wahrheit gesehen. Er war fix, wenn es um so was ging. Also hat sie das alles tief in sich begraben, so tief sie konnte, und hat eine schreckliche Lüge erzählt, die eben auch zum Teil Wahrheit war.«

Darauf folgen einige Sekunden Stille. Dann spricht Shad im Trauerton: »*Es fällt einem wirklich sehr schwer, diese Geschichte anzuhören, Miss Cora. Sie sind anscheinend sehr erschöpft. Ich werde Sie gleich gehen lassen. Aber sagen Sie uns erst noch eines. Hat Junius Jelks nie vorher selbst das Gerücht von dieser Vergewaltigung gehört?*«

»*Nein, Sir. Er hat nie viel Zeit in Natchez verbracht.*«

»*Viele Schwarze sind doch in diesen Jahren von hier nach Chicago gegangen.*«

»*Ja, aber die wollten doch nicht so eine schreckliche Geschichte über Viola verbreiten, und es wusste ja auch niemand mit Sicherheit, dass sie passiert war. Der Klan hat das Gerücht vielleicht nur ausgestreut, um Jimmy zu erwischen, und das hat ja geklappt. Keiner von den Schwarzen wollte dem Klan helfen, Lügen zu verbreiten.*«

»*Außer vielleicht der Person, die Mr. Jelks die Nachricht geschickt hat, dass James Turner im Kampf gefallen ist?*«

»*Jawohl, Sir. Möglicherweise.*«

Nach einer ziemlich langen Pause, in der ich Räuspern und das Geräusch von Absätzen auf Hartholz höre, sagt Shad: »*Miss Cora, vor allen unseren Gesprächen über Ihre Familie und die Vergangenheit habe ich vergessen, Ihnen eine Frage zu stellen. Wir alle haben die Aufzeichnung gesehen, die zufällig auf der Festplatte von Henry Sextons Kamera gespeichert war. Sprechen wir einmal über die Kamera, an die diese Festplatte angeschlossen war. Wann hat Mr. Sexton die in Ihrem Haus aufgestellt?*«

»*Etwa eine Woche vor Violas Tod. Nach seinem zweiten Gespräch mit ihr.*«

»*Hat er Ihnen gesagt, warum er die Kamera dagelassen hat?*«

»*Ja. Er wollte, dass Viola ihre Erinnerungen an die alten Zeiten aufnehmen konnte, wenn sie dazu in Stimmung war. Deswegen hat er ihr auch die Fernbedienung gegeben.*«

»*Hat sie die Fernbedienung beim Bett behalten, nachdem Mr. Sexton gegangen war?*«

»*Jawohl, Sir.*«

»*Die ganze Woche lang?*«

»*Ja.*«

»*Und war eine Videokassette in der Kamera?*«

»*Ja. Ich habe selbst gesehen, wie Mr. Sexton eine reingetan hat.*«

»Wissen Sie, ob Ihre Schwester vor ihrem Todestag eine Aufnahme gemacht hat?«

»Ich habe das nicht gesehen. Aber ich weiß, dass sie es gemacht hat. Manchmal lag, wenn ich ins Zimmer kam, die Fernbedienung auf ihrer Decke. Ich glaube, sie hat immer was aufgenommen, wenn ich nicht da war. Einmal hat sie mich sogar gebeten, aus dem Zimmer zu gehen, und ich habe gesehen, wie sie die Fernbedienung in die Hand genommen hat.«

»Verstehe. Und was war an dem Tag, an dem sie gestorben ist?«

»Na ja … der Tag war anders. Am späten Nachmittag hat mich Viola gebeten, eine Weile aus dem Haus zu gehen. Und sie hat mir ein paar Anweisungen gegeben.«

»Welche waren das?«

»Sie sagte, ich sollte dafür sorgen, dass Mr. Henry am nächsten Tag kommt und seine Kamera abholt.«

»Ist das alles?«

»Nein. Sie hat mir gesagt, dass Dr. Cage später vorbeikommen würde, aber ich sollte ihm nichts davon erzählen, dass sie eine Aufnahme für Mr. Henry machte.«

»Haben Sie sich daran gehalten?«

»Das wollte ich, aber dann hat sie es sich anders überlegt.«

»Wie meinen Sie das?«

»Als ich zurückkam – ehe Dr. Cage an diesem Abend vorbeischaute –, hat mir Vee gesagt, sie hätte sich entschlossen, Dr. Cage zu bitten, Mr. Henry die Videokassette zu geben.«

»Viola wollte Dr. Cage diese Kassette geben?«

»Genau. Sie meinte, das sollte wie ein Test sein. Auf dem Video waren Dinge, die für ihn schmerzhaft sein würden, und sie wollte wissen, ob er trotzdem tun würde, worum sie ihn bat – die Kassette an Mr. Henry weitergeben.«

»Verstehe.« Wieder folgt eine Pause, und ich spüre, dass Shad nun gleich versuchen wird, einen Treffer zu landen. *»Miss Cora, hat Ihre Schwester Ihnen etwas von dem erzählt, was sie auf diesem Video aufgezeichnet hatte?«*

Jetzt sollte ich als Nächstes Quentin hören, der »Einspruch!« brüllt, aber ich höre nur Cora Revels, die leise auf die Frage ihres Coachs antwortet.

»Sie hat mir ein paar Dinge erzählt. Mr. Henry wollte alles wissen, was sie noch von Jimmy und Luther wusste, ehe sie verschwunden sind. Besonders von allem, was die beiden für die Bewegung getan haben. Viola hat mir gesagt, dass sie viel wusste, von dem sie nie jemandem erzählt hat, und sie wollte, dass Mr. Henry das erfährt. Sie hat auch von Lincoln gesprochen, und wie sehr sie sich wünschte, dass Dr. Cage ihn als seinen Sohn anerkennt. Dem Jungen seinen Namen gibt. Sie wollte, dass Lincoln der Welt mitteilen kann, dass sein Vater Dr. Cage ist, nicht dieser Tunichtgut Junius Jelks. Sie hat mir gesagt, dass ihre Schwangerschaft etwas damit zu tun hatte, warum sie überhaupt aus Natchez fortgegangen ist – nachdem Jimmy verschwunden war. Und wenn man das alles verstehen wolle, sagte sie, müsse man ein paar furchtbare Dinge verstehen.«

»Hat sie erklärt, was sie damit gemeint hat?«

Diesmal legt Cora Revels die Pause ein. Vielleicht glaubt Quentin, dass Richter Elder all dieses Hörensagen dulden wird, weil »die Erklärende tot ist und daher nicht zur Verfügung steht«. Aber er sollte zumindest fürs Protokoll Einspruch erheben.

»Miss Cora?«, fragt Shad nach.

»Es fällt mir schwer, das zu sagen. Aber Vee hat mir erzählt, dass ihr schon lange etwas auf der Seele lastet. Sie sagte, sie hätte vor langer Zeit eine schreckliche Sünde begangen. Nicht nur eine Sünde wie Ehebruch, sondern ein richtiges Verbrechen. Und je älter sie wurde, desto mehr lastete es auf ihr.«

Mein Herzschlag beschleunigt sich.

»Was haben Sie davon gehalten?«, fragt Shad sanft.

»Na ja, ich konnte mir kein Verbrechen vorstellen, das Viola begehen würde. Als wir klein waren, haben wir manchmal als Mutprobe was im Laden geklaut. Kaugummi, Angelkorken, so Zeug. Vee hat aber nicht mal das gemacht. Sie hat gesagt, es wäre falsch, etwas zu stehlen, ganz egal, wie klein es ist. So war Vee.«

»Haben Sie geglaubt, dass sie dieses Verbrechen begangen hat, von dem sie gesprochen hat?«

»O ja. Weil ich sehen konnte, wie sehr es auf ihr lastete.«

»War Viola die Einzige, die von diesem Verbrechen wusste?«

»Nein. Was sie auch gemacht hat, Dr. Cage wusste davon. Das hat sie mir gesagt. Doch der Doc hat sie damals dafür nicht angezeigt. Und sie hat gesagt, dadurch wäre er genauso schuldig wie sie.«

Langsam steigt mir die Hitze ins Gesicht, und ich schließe daraus, dass ich wohl zu atmen aufgehört habe. Cora kann nur von einer Sache reden: vom Mord an Frank Knox in der Praxis meines Vaters.

»Und hat sie auf dem Video für Henry Sexton über dieses Verbrechen gesprochen?«

»Einspruch!«, rufe ich, und Annie schaut abrupt hoch. »Inhalt von Dokumenten, Aufzeichnungen und Fotos«, füge ich hinzu und halte den Finger vor die Lippen, um sie davon abzuhalten, mich mit Fragen abzulenken.

Quentin erhebt jedoch keinen Einspruch, und Cora Revels hämmert einen weiteren Nagel in Dads Sarg.

»Ja, das hat sie gemacht. Viola war allerdings hin- und hergerissen, wie viel sie sagen sollte. Ob sie auch die Wahrheit über Dr. Cages Rolle sagen sollte.«

»Hat Sie Ihnen Genaueres über dieses Verbrechen erzählt?«

»Nein, Sir.«

»Nun gut. War das Video, das Viola für Henry gemacht hat, in der Videokamera, als Sie zu Ihren Nachbarn gegangen sind, um sich auszuruhen?«

»Nein. Es war in der Schublade des Nachtkästchens neben Violas Bett.«

Diese Antwort raubt mir den Atem. Ich habe immer angenommen, dass dies das Videoband war, das in Violas Todesnacht aus der Kamera entfernt wurde.

»Verstehe«, sagt Shad. Er kennt offensichtlich jede Antwort, auf die er die Zeugin hinführt.

»Daddy, geht's dir gut?«, flüstert Annie.

Ohne ein Wort nicke ich und sage tonlos zu meiner Tochter: *Alles in Ordnung.*

»Als Sie nach Hause kamen und feststellen mussten, dass Ihre Schwester verstorben war, haben Sie da überhaupt an die Videokamera gedacht?«

»Nein, Sir. Die habe ich völlig aus dem Kopf verloren.«

»Wann haben Sie das nächste Mal dran gedacht?«

»Ein bisschen später, als Lincoln mich danach gefragt hat.«

»Was haben Sie ihm gesagt?«

»Warum Henry Sexton die Kamera auf dem Stativ aufgebaut hat.«

»Und was hat Ihr Neffe dann gemacht?«

»Er hat die Kamera aufgemacht, um nachzuschauen, ob eine Videokassette drin war.«

»Und war eine drin?«

»Nein, Sir.«

»Verstehe.« Shad legt eine Pause ein, um das einwirken zu lassen. *»Nach Ihrem besten Wissen war eine Videokassette in der Kamera, als Sie am Abend zu Ihren Nachbarn aufgebrochen sind?«*

»Ich weiß das genau. Denn Viola hat mich gebeten, eine einzulegen, ehe ich gegangen bin.«

Jetzt rast mein Puls.

»Warum hat sie das gemacht?«

»Ich weiß es nicht. Aber ich habe beinahe fünf Minuten gebraucht, um das Ding einzulegen. Ich kann mit solchen Sachen nicht so gut umgehen. Handys und so.«

»Ich auch nicht, Miss Cora. Es war also keine Videokassette mehr in der Kamera, als Sie zurückgekehrt sind?«

»Nein, Sir.«

»Und soweit Sie wissen, ist in der Zwischenzeit niemand außer Dr. Cage bei Ihnen zu Hause vorbeigekommen?«

»In welcher Zwischenzeit?«

»In der Zeit zwischen Ihrem Weggehen zu Ihren Nachbarn und Ihrer Rückkehr, als Sie Ihre Schwester tot aufgefunden haben.«

»Richtig. Das ist richtig.«

»Also, die Videokassette war aus Henry Sextons Kamera entfernt worden, so dass nur das Festplattenlaufwerk übrig war. Und das war so voreingestellt, dass es weiter aufzeichnete, sobald die Videokassette voll war.«

»Jawohl, Sir. Wer meine Schwester umgebracht hat, hat auch die Kassette geklaut, ganz sicher.«

Jetzt klingt es im Gerichtssaal so, als wäre ein Schwarm Hornissen aufgeflogen. Richter Elder bringt die Leute mit einer einzigen Warnung zum Schweigen.

»Miss Cora, ich lasse Sie jetzt gehen, aber ich muss Sie vielleicht später noch einmal aufrufen. Ist das in Ordnung?«

»Jawohl, Sir. Danke. Ich fühle mich besser, jetzt da ich mir die Familiengeschichten nach all den Jahren von der Seele geredet habe. Es ist wirklich schwer, solche Geheimnisse allein mit sich herumzutragen.«

»Ich biete die Zeugin zum Kreuzverhör an, Herr Richter.«

»Komm schon, Quentin«, murmele ich. »Steht auf, verdammt.«

»Daddy?«, flüstert Annie. »Bist du sicher, dass alles in Ordnung ist?«

Ich signalisiere ihr ein Ja und bitte sie mit einer Handbewegung, da zu bleiben, wo sie ist.

In meinem Hörer zischt es, als käme der Ton aus einer verlassenen Wetterstation in der Arktis; nichts lässt mich darauf schließen, was Quentin wohl gerade macht. Inzwischen ist es schon beinahe normal, dass kein Kreuzverhör stattfindet, und von Quentin erwartet schon niemand etwas anderes als ein kurzes »Keine Fragen«, worauf der Bezirksstaatsanwalt seinen nächsten Zeugen aufruft.

Doch über die seltsame Akustik der Mikrofone in Rustys Handy höre ich das hohe Surren von Quentins Rollstuhl auf dem Kiefernboden des Gerichtssaals, und das verwirrt mich einen Augenblick genauso wie alle anderen. Dann sagt ein warmer, südlich angehauchter Bariton, gegen den Shad Johnsons sterile Chicago-Stimme wie die eines empörten kleinen Jungen klingt: *»Ms. Revels, ich kann Ihnen gar nicht sagen, wie sehr ich mit Ihnen und Ihrer Familie fühle, die all diese Tragödien durchgemacht hat. Ich habe nur ein, zwei Fragen an Sie, und dann können Sie gehen.«*

»Oh, Gott sei Dank«, hauche ich und recke triumphierend die rechte Faust in die Höhe.

Annie starrt mich an, als wäre ich verrückt geworden. »Was ist passiert?«

»Rip van Winkle ist gerade aufgewacht.«

KAPITEL 29

»Glauben Sie, dass Dr. Tom Cage Ihre Schwester ermordet hat?«

Die erste Frage, die Quentin in seinem Kreuzverhör von Cora Revels stellt, wird mit sanfter Stimme gesprochen, hat aber sogar auf mich eine elektrisierende Wirkung. Das kollektive Schnaufen im Gerichtssaal klingt wie ein Windhauch. Ich wette, bei all seinem Coaching hat Shad Cora auf diese Frage nicht vorbereitet.

Nach langem Schweigen erwidert Violas Schwester: *»Ich glaube, dass Dr. Tom sie getötet hat. Ich glaube nicht, dass er wollte, dass sie solche Schmerzen erleiden musste, wie wir das im Film gesehen haben. Aber manchmal wissen Ärzte nicht, wie ein Medikament wirken wird. Eine Freundin von mir, die Krankenschwester ist, hat mir das gesagt.«*

»Da hat sie völlig recht«, sagt Quentin. *»Ich kann Ihnen das aus eigener Erfahrung bestätigen. Ich habe Medikamente genommen, die mir Schmerzen in den Beinen verursacht haben, und ich habe nicht mal mehr Beine.«*

Die Menschen im Saal lachen zögerlich.

»Würden Sie mir eine Frage beantworten, Cora? Glauben Sie, dass Dr. Cage Ihre Schwester getötet hat, um den Selbstmordpakt zu erfüllen, also aus Mitleid? Oder hat er es getan, um sie daran zu hindern, die Wahrheit über ihre Affäre und die Geburt dieses Kindes zu sagen? Oder hat er es getan, um das Verbrechen zu vertuschen, was immer es auch war, das Viola so zu belasten schien? Das Verbrechen, von dem sie erzählt hat, Dr. Cage hätte ihr geholfen, es zu vertuschen?«

Quentins Fragen hauen schon mich fast vom Hocker. Also überrascht es niemanden, dass Quentin Cora völlig aus der Fassung bringt, weil er anscheinend bereit ist, zuzugeben, dass sein Mandant ihre Schwester getötet haben könnte.

»Na ja, ich denke … beides. Alles drei, meine ich. Vielleicht wusste Dr. Cage damals selbst nicht recht, was sein Grund war. So sind doch die Men-

schen. Ich weiß, dass er meine Schwester geliebt hat. Aber er hat sehr lange nicht das getan, was er für das Kind hätte tun sollen. Für Lincoln, meine ich. Und dabei haben alle hier doch immer so eine hohe Meinung von ihm gehabt. Ich glaube, der Gedanke, dass man in Natchez die Wahrheit über all das rausfinden könnte, war einfach zu viel für ihn. Vielleicht hat er sich eingeredet, dass er Viola von ihren Schmerzen befreit. Doch ein Mann, der so verworrene Gefühle hat, der sollte niemandem Medikamente zum Selbstmord geben.«

Ich kann mir bildlich vorstellen, dass Quentin diese Antwort mannhaft aufnimmt, ein pflichtbewusster Soldat unter Kanonenbeschuss. Dann höre ich wieder das hohe Surren.

»Als Mr. Johnson Sie gefragt hat, ob Tom wusste, dass er einen Sohn mit Ihrer Schwester hatte, haben Sie die Frage eigentlich nicht beantwortet. Sie haben nur berichtet, dass Dr. Cage ab 1968 achtundzwanzig Jahre lang Geld an Viola geschickt hat.«

»Das stimmt.«

»Das bedeutet aber nicht unbedingt, dass Dr. Cage wusste, dass er mit Viola einen Sohn gezeugt hatte. Oder doch?«

»Doch, ganz sicher.«

»Euer Ehren?«, fragt Quentin.

»Ms. Revels«, sagt Richter Elder, *»vergessen Sie einfach mal das Geld. Hat Ihre Schwester Ihnen ausdrücklich gesagt, dass Dr. Cage wusste, dass er mit ihr einen Sohn hatte?«*

Die Pause, die nun folgt, muss Shad beinahe umbringen – im gleichen Maß, wie sie in meinem Herzen Hoffnung aufkeimen lässt –, doch dann sagt Cora: *»Natürlich hat sie das. In der Nacht, als Ma gestorben ist. Da hat sie mir das alles erzählt.«*

»Verstehe«, fährt Quentin fort. *»Cora, sind in den Wochen vor Violas Tod auch fremde weiße Männer bei Ihnen zu Hause zu Besuch gekommen?«*

»Was meinen Sie mit ›fremd‹?«

»Weiße Männer, die Sie noch nie zuvor gesehen hatten?«

»Euer Ehren!«, ruft Shad. *»Mr. Avery versperrt mir die Sicht auf meine Zeugin!«*

Quentin war groß, ehe er seine Beine verlor, und jetzt kann er sich leicht zwischen den sitzenden Bezirksstaatsanwalt und Cora schieben.

»Es tut mir leid, Herr Richter«, sagt Quentin, *»mir war nicht klar, dass Mr. Johnson dem Blickkontakt mit seiner Zeugin so große Bedeutung zumisst.«*

Nachdem er auf diese Weise sein Argument angebracht hat, dass Shad seiner Zeugin Signale geben könnte, fügt Quentin rasch hinzu: *»Was haben Sie gerade gesagt, Miss Cora?«*

»Na ja, ich war ja nicht jeden Tag den ganzen Tag lang da … aber ich habe keine solchen Männer gesehen.«

»Hat Ihre Schwester Ihnen erzählt, dass Männer während Ihrer Abwesenheit bei ihr zu Besuch waren, Männer, die behauptet haben, zum Ku-Klux-Klan oder den Doppeladlern zu gehören? Dass sie diese Männer sogar bedroht haben?«

»Euer Ehren!«, brüllt Shad. *»Der Verteidiger versperrt mir schon wieder die Sicht auf meine Zeugin. Das ist ein krasser Regelverstoß!«*

Ein breites Grinsen tritt auf mein Gesicht. Quentins überaus geschickter Umgang mit Shad ist für mich die erste Bestätigung dafür, dass er eine bestimmte Strategie verfolgt.

»Mr. Avery«, sagt Richter Elder, *»mir scheint, Sie veranstalten hier Spielchen mit Ihrem Rollstuhl. Bitte fahren Sie zur Seite.«*

»Danke, Herr Richter«, tönt Shad.

»Also, jetzt beantwortet die Zeugin bitte die Frage«, sagt Richter Elder, *»ganz gleich, ob sie Sie sehen kann oder nicht.«*

»Nein, Sir«, antwortet Cora. *»Viola hat mir nichts von fremden weißen Männern erzählt, die ins Haus gekommen sind. Von keinen weißen Männern außer Mr. Henry, er ruhe in Frieden.«*

Quentin legt eine Pause ein, aber ich höre seinen Rollstuhl nicht. Dann fragt er mit schneidender Stimme: *»Dieses Verbrechen, von dem Ihnen Viola erzählt hat, dass es sie so belastet hat … wann ist das Ihrem Eindruck nach begangen worden?«*

Mein Puls beschleunigt sich noch immer. Warum zum Teufel reitet Quentin auf einer Frage herum, die zu einer weiteren Mordanklage gegen seinen Mandanten führen könnte?

»Oh, vor langer Zeit. Bevor sie von Natchez weggegangen ist, als sie noch für Dr. Cage gearbeitet hat.«

»Verstehe. Hat Viola Ihnen gesagt, warum sie noch nie vorher mit jemandem darüber gesprochen hat?«

»Herr Richter, leider muss ich darauf hinweisen, dass mir der Verteidiger schon wieder absichtlich den Blick auf die Zeugin versperrt.«

»Bitte kehren Sie zum Podium zurück, Mr. Avery«, sagt Richter Elder gelangweilt.

Diesmal höre ich kein Surren, aber Cora Revels redet ohne Aufforderung weiter. Es klingt ganz so, als wolle sie dieses Thema endlich abschließen. *»Was immer es auch war, sie hat gesagt, dass ihr die Gerichte deswegen vielleicht Lincoln weggenommen hätten, und deswegen hatte sie eine Riesenangst. Die hätten auch Dr. Cage wehtun können. Aber jetzt, als sie merkte, dass das Ende nahte, hatte sie das Gefühl, sie müsste es sagen.«*

»Glaubten Sie, dass Ihre Schwester immer noch ein Risiko einging, wenn sie Ihnen erzählte, was sie getan hatte?«

»O ja, Sir.«

»Und wie sah es mit dem Risiko für Dr. Cage aus? Der hatte ja keine tödliche Krankheit. Er hätte ja mit den Folgen leben müssen, wie immer sie auch aussahen, nachdem sich Viola alles vom Herzen geredet hatte.«

»Ich glaube, nach allem, was zwischen den beiden geschehen war, hatte sie das Gefühl, sie hätte ihn lange genug geschützt. Ihr lag am Ende nur an Lincoln und daran, dass die Wahrheit über den Tod von Jimmy und Luther ans Licht kam.«

»Ich verstehe. Aber Viola hat Ihnen gesagt, dass Dr. Cage so schuldig war wie sie selbst?«

Diesmal legt Cora eine Pause ein, und mein Anwaltsinstinkt sagt mir, dass es die Pause einer lügenden Zeugin ist, die sicher sein will, dass ihre Unwahrheiten gut zueinander passen, ehe sie antwortet.

»Das kann ich nicht wirklich sagen. Was immer es war, Dr. Cage war irgendwie daran beteiligt, aber eher dadurch, dass er vertuscht hat, was Viola gemacht hatte.«

»Euer Ehren, darf ich mich der Zeugin nähern?«

»Sie sind da, wo Sie sind, nah genug, Herr Anwalt.«

Quentins Bremse klickt, und die Reifen quietschen, als hätte er abrupt angehalten oder eine scharfe Kurve gemacht.

»Cora, ist Ihnen klar, dass dieser Vorfall, wenn er vor April 1968 war, wie Sie gesagt haben, für alle Verbrechen im Strafgesetz längst unter die Verjährungsfrist gefallen wäre, für alle bis auf eines?«

»Ich weiß nicht viel über Gesetze, Mr. Avery.«

»Einspruch, Euer Ehren«, fährt Shad dazwischen. *»Die Zeugin ist keine Anwältin.«*

»Herr Richter«, sagt Quentin im Plauderton, *»ich habe dem gegnerischen Anwalt während seiner Befragungen beträchtlichen Freiraum gewährt, und leider muss ich jetzt feststellen, dass er mir nicht die gleiche Höflichkeit zukommen lässt. Er ist so sprunghaft wie ein Welpe, der dringend Gassi gehen muss.«*

»Mr. Avery«, entgegnet Richter Elder scharf, *»nur weil Sie mit Ihren Einsprüchen überaus sparsam waren, bedeutet das nicht, dass der Bezirksstaatsanwalt sich an die gleichen Maßstäbe halten muss.«*

»Aua«, sage ich laut und wünschte, ich könnte Quentins Gesicht sehen.

»Was ich sagen wollte, Miss Cora, war, dass nach sechs oder sieben Jahren das einzige Verbrechen, für das Ihre Schwester noch hätte bestraft werden können, ein Mord war.«

Ich kann das Entsetzen der Zuhörer sogar durch das Telefon spüren.

»O Gott, das kann aber nicht stimmen.«

»Leider doch. Können Sie sich vorstellen, wen Ihre Schwester 1968 hätte umbringen wollen?«

»Nein, Sir! Großer Gott, ich kann mir so was nicht mal vorstellen!«

»Aber Sie sind sich sicher, dass Viola 1968 von Mitgliedern des Ku-Klux-Klans vergewaltigt wurde?«

»Jawohl, Sir. Das weiß ich.«

»Cora, haben Sie je den Namen Frank Knox gehört?«

Mir ist, als könnte ich jeden Augenblick in Ohnmacht fallen. Wenn Quentin beweist, dass Dad und Viola Komplizen bei einem geheim gehaltenen Mord waren, dann gibt das Dad noch ein *zusätzliches* Motiv für einen Mord an Viola. Andererseits … es würde Snake Knox und den Doppeladlern ein noch stärkeres Motiv geben: Rache.

Das Schweigen nach der Knox-Frage hält so lange an, dass ich schon überlege, ob der Akku meines Handys leer ist, aber dann sagt Quentin mit großväterlicher Stimme: *»Miss Cora? Frank Knox*? Kennen Sie diese Namen?«

Selbst das Rauschen in meinem Hörer vibriert spröde vor Erwartung. Beinahe jeder im Saal hat schon von Frank Knox gehört.

»Der Name kommt mir bekannt vor«, antwortet sie schließlich, *»aus längst vergangenen Zeiten.«*

»Einspruch!«, sagt Shad. *»Irrelevant.«*

»Euer Ehren«, erwidert Quentin, *»ich werde während dieses Prozesses tief in die Geschichte der Doppeladler eindringen. Dies hier ist erst der Anfang.«*

Nach langem Zögern sagt Joe Elder: *»Ich werde das zulassen, aber diese Fragen sollten jetzt besser rasch zu einem Ergebnis führen.«*

»Ja, Euer Ehren. Cora, Frank Knox war ein ehemaliges Mitglied des Ku-Klux-Klans, der eine terroristische Gruppe namens Doppeladler gegründet hat. Die waren im Vergewaltigungsfall Ihrer Schwester 1968 die Hauptverdächtigen des FBI.«

»Großer Gott.«

»Hat Viola jemals Ihnen gegenüber diesen Namen erwähnt?«

»Ich kann mich nicht daran erinnern. Wie gesagt, es ist lange her.«

»Aber Sie scheinen sich an sonst sehr viel sehr gut zu erinnern. Ich hatte gehofft, dass Sie diesen Namen nicht vergessen haben. Erinnern Sie sich daran, dass in diesem Jahr ein Mann in der Praxis von Dr. Cage gestorben ist?«

Meine Hände zittern so, wie früher einmal, ehe ich einen wichtigen Zeugen ins Kreuzverhör genommen habe.

»Ich … weiß nicht«, sagt Cora beinahe unhörbar.

»Es war ein Fabrikarbeiter, der in der Triton Battery Factory bei einem Unfall schwer verletzt worden war. Er wurde in die Praxis von Dr. Cage gebracht, wo Ihre Schwester helfen sollte, seinen Zustand für den Transport in die Notaufnahme zu stabilisieren. Aber er ist im Behandlungszimmer von Dr. Cage gestorben. Viola hat ihn behandelt, als es passierte.«

»Wissen Sie, mir scheint, ich erinnere mich an so was. Vee muss mir davon erzählt haben.«

»Dieser Mann war Frank Knox, Cora. Der Gründer der Gruppe, die sich darauf spezialisiert hatte, Afroamerikaner in dieser Gegend zu terrorisieren und zu ermorden. Sie haben Häuser niedergebrannt, Schwarze zusammengeschlagen, Schwarze umgebracht. Sie haben auch schwarze Frauen vergewaltigt.«

»Mmm.«

»Und Sie erinnern sich daran, dass Viola Ihnen von dem schrecklichen Verbrechen erzählt hat, das sie belastet hat? Von einem, das vor ihrem Weggang aus Natchez geschehen ist?«

Es folgt eine beinahe schmerzhafte Pause. *»Jawohl, Sir.«*

»Danke, Cora. Im Augenblick keine weiteren Fragen, Euer Ehren.«

Im Rauschen höre ich Rusty Duncan flüstern: »Ach du Scheiße! Hast du das alles gehört?«

Ich schalte mein Telefon laut und flüstere: »Ja, hab ich.«

»Wusstest du davon?«

»In Ansätzen.«

»Irre ich mich, oder ist Babe Ruth wieder im Spiel und holt zu einem gigantischen Schlag aus?«

»Ich weiß es nicht«, gestehe ich. »Ich habe keine Ahnung, was zum Teufel er vorhat. Ich glaube, mein Blutdruck ist bei zweihundert zu hundert.«

»Ich lege auf. Schick dir gleich eine SMS.«

Die Leitung ist tot.

»Was ist passiert?«, fragt Annie. »Du siehst glücklich aus.«

»Ich bin mir nicht sicher. Aber vielleicht sieht die Sache jetzt ein bisschen besser aus als vorhin.«

»Hat Mr. Quentin was richtig gemacht?«

Mein Handy piept. »Das will ich stark hoffen.«

Rustys SMS lautet:

15:12 Uhr: Shad hat gerade Billy Byrd wieder aufgerufen. Elder hat sich erkundigt, ob die Befragung lange dauern würde. Shad meinte nein. Elder macht 15 Minuten Pause. Wahrscheinlich Klo. Du solltest die Vibes hier spüren, Mann. Wie 1965. Als wäre der Klan mitten unter uns.

Billy Byrd, sage ich mir. *Was kann Billy Byrd über die forensischen Tatsachen hinaus aussagen?*

»Was, Daddy? Was hat Mr. Quentin gemacht?«

»Ich bin mir nicht sicher«, sage ich, immer noch verdattert von Quentins Kreuzverhör. »Aber ich weiß, was er *nicht* gemacht hat.«

»Was?«

»Er hat nicht nach der Videokassette gefragt.«

»Nach welcher Videokassette?«

»Nach der in Henrys Kamera.«

»Daddy, das verstehe ich nicht.«

Annie versucht nach Kräften, mir zu helfen, obwohl sie verwirrt ist:

Fünfzehn Minuten, denke ich, und das Herz pocht mir in der Brust.

»Was war auf dem Video, Daddy?«

»Annie«, sage ich, setze mich auf und nehme eine ihrer Hände in meine, »heute wird nur noch ein Zeuge gegen Opa befragt, und Mr. Rusty sagt, dass Quentin meine Hilfe braucht.«

Ihre Augen weiten sich.

»Meinst du, du kommst eine Stunde ohne mich klar?«

Sie kaut etwa drei Sekunden auf der Unterlippe, nickt dann.

»Mia ist noch hier, oder?«

»Ja. Sie wollte uns vielleicht nur ein bisschen Zeit allein geben.« Annie lächelt angestrengt tapfer und steht auf. »Miiiaaaa?«

Rasche Schritte auf der Treppe, dann steckt Mia den Kopf zur Tür herein. »Was gibt's, Kid?«

»Daddy muss wegen einem Zeugen schnell zum Gericht.«

Mia lächelt ein bisschen zu rasch und zu strahlend. Sie gibt sich offensichtlich große Mühe, sich auf das einzustellen, was nun kommt.

»Kein Problem«, sagt sie und schaut auf die Uhr. »Da beeilst du dich besser jetzt, was?«

»Ja. Ich lasse mich von Tim hinfahren. Ich sehe euch in einer Stunde.«

KAPITEL 30

Ein Deputy führt mich genau in dem Augenblick in den Gerichtssaal, als Richter Elders Pause zu Ende geht, und sein freundlich-finsterer Blick verrät mir, dass er das nur zulässt, weil er mich kennt. Als ich in den vorderen Bereich des Zuschauerraums gehe, merke ich, dass hinter der Schranke kein einziger freier Platz mehr ist. Einen Augenblick lang erwäge ich, mich auf einen der Stühle unmittelbar hinter Quentins Tisch zu setzen – neben Doris –, aber das würde zu viel Aufmerksamkeit auf mich lenken. Schließlich gehe ich in den hinteren Teil des Saals zurück und lehne mich mit verschränkten Armen an die Wand. Ziemlich viele Leute haben mich erkannt, und sie sind nicht zu schüchtern, um mich anzustarren. Ein Fotograf, den ich nicht kenne, knipst mit einem Teleobjektiv ein Bild von mir.

Als der Name von Billy Byrd aufgerufen wird, steht der Sheriff von einem der Stühle auf, die an der linken Wand aufgereiht stehen, und macht sich auf den Weg zum Zeugenstand. Byrd sieht aus wie ein Cowboy mit Bierwampe oder wie ein Gebrauchtwagenhändler, der sich als Sheriff verkleidet hat. Er betritt den Zeugenstand mit dem Selbstbewusstsein eines Mannes, der das schon Hunderte von Malen gemacht hat. Als er vereidigt wird, erhebt sich Shad Johnson am Tisch der Anklage. Er hat einen Plastikbeutel in der Hand. Als ich genauer hinschaue, sehe ich, dass sich in der Tüte eine Mini-Videokassette befindet.

Ich hoffe, dass Quentin über das Auftauchen dieser Kassette nicht genauso entsetzt ist wie ich. Aber von hinten im Saal bemerke ich ein wenig Anspannung in seiner Haltung.

»Sheriff Byrd«, sagt Shad, »heute Morgen hat ihr Hauptdetektiv ausgesagt, dass Sie an dem Morgen, als Viola Turner gestorben ist, eine Videokamera in ihrem Krankenzimmer gefunden haben und dass man von dieser Kamera feststellte, dass sie dem Reporter Henry Sexton gehörte. Stimmt das?«

»Ja.«

»Ihr Detektiv hat außerdem ausgesagt, dass in der Kamera keine Videokassette gefunden wurde.«

»Das stimmt.«

»Wurden im Haus andere Videokassetten gefunden?«

»Zwei leere Kassetten in der versiegelten Originalverpackung. Mini-Videokassetten der Marke Sony. Mr. Sexton hat uns darüber informiert, dass er Mrs. Turner zusammen mit der Kamera vier leere Kassetten dagelassen hat. Alle neu und versiegelt.«

Shad hält die Plastiktüte hoch. »Ich habe hier eine der beiden versiegelten Videokassetten, die als Beweismittel 11 und 12 der Anklage vorgelegt wurden. Sheriff, Cora Revels hat uns gesagt, dass zu dem Zeitpunkt, als sie zu den Nachbarn aufbrach, eine Kassette in der Kamera war, bei ihrer Rückkehr jedoch nicht.«

»Ms. Revels hat das auch ausgesagt, als wir sie am Todestag ihrer Schwester befragt haben.«

»Was haben Sie und Ihre Detektive daraus geschlossen?«

»Dass derjenige, der Mrs. Turner getötet hat, auch die Kassette mitgenommen hat.«

»Wieso sollte der Mörder das machen?«

Hier könnte Quentin Einspruch erheben, tut es aber nicht.

»Aus vielerlei Gründen«, sagt Byrd und bläst die Wangen auf, als dächte er zum ersten Mal darüber nach. »Vielleicht war er auf der Kassette zu sehen, wie er das tödliche Medikament spritzt. Oder das Opfer hatte auf der Kassette Dinge gesagt, von denen er nicht wollte, dass jemand davon erfuhr.«

»Haben Sie ausgiebig nach der fehlenden Kassette gesucht?«

»Jawohl, Sir. Wir haben alle Anstrengungen unternommen, um diese Kassette zu finden und ebenso die Kassette, die Mrs. Turner für Henry Sexton aufgenommen hatte. Wir haben das Haus der Familie Revels von oben bis unten durchsucht und auf dem umgebenden Gelände eine Rastersuche durchgeführt. Wir haben das Wohnhaus und die Praxis von Dr. Cage durchsucht. Aber wir haben nichts gefunden.«

»Haben Sie dann aufgegeben?«

Billy Byrds beleidigtes Schnaufen macht allen klar, dass Aufgeben in seinem Regelwerk keine erlaubte Handlung ist. »Nein, Sir, das haben wir nicht.«

»Was haben Sie gemacht?«

»Na ja. Als in mehreren Staaten nach Dr. Cage gefahndet wurde, haben wir herausbekommen, dass er mit Mr. Walt Garrity, einem alten Kriegskumpel aus Texas, durch die Gegend fuhr. So hatte er sich der Verhaftung entzogen. Garrity hat ein Wohnmobil von Navasota rübergebracht, mit Schlafplätzen für vier Personen. Mit einer Küche und einer Dusche und so, alles auf kleinstem Raum. Hochklassiges Modell. Darin haben sie übernachtet.«

Ich habe Walt nicht im Gerichtsgebäude gesehen, aber ich weiß, dass er hier irgendwo ist. Er hat meiner Mutter erzählt, John Kaiser hätte ihn wissen lassen, dass er höchstwahrscheinlich nicht verhaftet würde, solange er sich zurückhielt. Allerdings könnte ihn Billy Byrd jederzeit wegen Mithilfe bei der Flucht eines Gefangenen festsetzen. So wie ich Walt kenne, sitzt er in irgendeiner Verkleidung oben auf der Galerie hinter Serenity.

»Was für eine Bedeutung hat dieses Fahrzeug?«

»Na ja, nachdem sich Dr. Cage dem FBI gestellt hatte, dachte ich, wir sollten das Fahrzeug besser mal unter die Lupe nehmen, falls wir es finden konnten. Nur so auf gut Glück, weil sie vielleicht irgendetwas Belastendes darin zurückgelassen hatten. Dr. Cage war zu diesem Zeitpunkt schon der Hauptverdächtige. Er war geflohen, nachdem er auf Kaution freigekommen war. Die beiden hatten das Fahrzeug ein, zwei Tage zuvor irgendwo stehen lassen, also haben wir beschlossen, den Versuch zu unternehmen, es zu finden.«

»Und wie sind Sie dabei vorgegangen?«

»Sorgfältig. Es gab hinsichtlich dieser Suche ein paar juristische Probleme. Mr. Garrity hatte Kontakte zu Strafverfolgungsbehörden auf der Louisiana-Seite des Flusses, und die waren nicht gerade scharf darauf, uns zu helfen. Aber nachdem wir ein bisschen rumgefragt haben, so unter der Hand, da habe ich einen Anruf von einem Deputy aus der Gemeinde Concordia bekommen, der ein Roadtrek-Wohnmobil aufgespürt hatte.«

»Und wo war das?«

»Es stand in der Garage eines Hauses am See. Das Haus gehört Drew Elliot, dem jüngeren Partner in der Praxis von Dr. Cage.«

Ein Raunen geht durch den Raum, aber ein Blick von Richter Elder bringt die Leute zum Verstummen.

»Was haben Sie dann gemacht?«, fragt Shad.

»Ich habe mich mit Ihnen, dem Bezirksstaatsanwalt, besprochen.«

»Und was habe ich Ihnen geraten?«

»Sie sagten, da Garrity bei einer Strafverfolgungsbehörde gearbeitet hatte, sollten wir bei unserer Suche vorsichtig vorgehen.«

»Und auf welchen Plan haben wir uns geeinigt?«

»Wir haben einen Richter in Louisiana gebeten, einen Durchsuchungsbefehl für dieses Wohnmobil auszustellen, unter anderem speziell für die Suche nach den Videokassetten.«

»Und dann?«

»Ein Deputy aus Concordia hat den Wagen gleich da in der Garage durchsucht.«

»Und was hat er gefunden?«

»Verschiedene Gegenstände, darunter auch eine Sony-Mini-Videokassette, eingequetscht unter einem der Kissen, die in dem Fahrzeug als Matratze dienen. Eine benutzte Sony-Videokassette, über die man allerdings etwas anderes gespielt hatte. Die mit anderen Worten gelöscht worden war.«

»Was haben Sie dann gemacht?«

»Ich bin zu Walmart in Ferriday gegangen und habe Sony-Kassetten gekauft, genau vom gleichen Typ, wie Henry Sexton sie Viola Turner mitgebracht hatte.«

Ich bin mir nicht sicher, was nun kommen wird, aber ich habe das merkwürdige Gefühl, mich im freien Fall zu befinden. Gut wird es also wohl nicht werden.

»Was haben Sie mit diesen Kassetten gemacht?«

»Ich habe eine ausgepackt und darauf sechzig Minuten aufgenommen, ohne den Objektivdeckel herunterzunehmen.«

»Genau, wie Sie es gemacht hätten, wenn Sie versucht hätten, eine Aufnahme auf einer Kassette zu löschen.«

»Jawohl, Sir.«

»Und dann?«

»Dann habe ich die Kassette dem Deputy aus Concordia Parish gegeben, der die Durchsuchung durchgeführt hatte. Er hat die Kassette aus Mr. Garritys Wohnmobil mitgenommen und als Beweismaterial eingetütet. Wir haben das Wohnmobil an diesem Ort stehenlassen, als wäre es nie durchsucht worden.«

»Warum haben Sie das gemacht?«

»Damit Mr. Garrity nicht merkte, dass die Ermittlungsbehörden die in seinem Fahrzeug versteckte Videokassette bei einer Durchsuchung gefunden hatten.«

Shad wendet sich ein paar Sekunden lang von Sheriff Byrd ab und gibt den Geschworenen die Möglichkeit, über diesen Prozess nachzudenken, der sich rapide in eine reißerische Polizeisendung aus dem Fernsehen verwandelt hat.

»War an der Kassette, die Sie anstelle von Mrs. Turners Videokassette hinterlassen haben, etwas Besonderes?«

Byrd versucht vergeblich, sein zufriedenes Grinsen zu unterdrücken. »Jawohl, Sir. Ich habe einen kleinen GPS-Tracker daran angebracht, damit wir zu jeder Zeit wussten, wo sich die Ersatzkassette befand. Wir haben ein ähnliches Gerät auch an Mr. Garritys Wohnmobil angebracht, eines, das auf eine andere Frequenz eingestellt war.«

»Verstehe. Haben Sie sonst noch etwas über diese Videokassette herausgefunden?«

»Ja, Sir, unser Experte für Fingerabdrücke hat festgestellt, dass zwei Sorten Fingerabdrücke auf der Kassette waren.«

»Zu wem gehörten die?«

»Die meisten gehörten zu Henry Sexton, aber es waren auch einige andere darauf, die zu Dr. Tom Cage gehörten.«

Hundert Köpfe vor mir wenden sich ihren Nachbarn zu.

»Und wie konnte Ihr Experte das feststellen?«, fragt Shad.

»Genau so, wie wir die auf der Morphinampulle zugeordnet haben. Mit Hilfe der Fingerabrücke, die Dr. Cage in Jackson hinterlegt hat, als er 1991 einen Antrag auf einen Waffenschein gestellt hat.«

»Verstehe.« Shad schaut die Geschworenen an, als er die nächste Frage stellt. »Wann war das alles, Sheriff?«

»Am Tag, nachdem sich Dr. Cage dem FBI gestellt hatte, also am Tag von Henry Sextons Beerdigung. Wir wussten nicht, wo Mr. Garrity zu diesem Zeitpunkt war, aber er hatte ein Motelzimmer in Vidalia. Ich habe später erfahren, dass er sich tatsächlich im Zuhause von Dr. Cage in Natchez aufgehalten hat.«

»Während Dr. Cage in Haft war?«

»Genau.«

Quentin sollte hier überall Einspruch erheben, aber er sitzt da wie ein Boxer, dem man einen solchen Schlag versetzt hat, dass er nicht einmal mehr die Hände hochnehmen kann, um sich zu schützen.

»Also, Sheriff, ist das jetzt das Ende der langen Geschichte von der verschwundenen Videokassette?«

»Nein, Sir.«

»Was ist als Nächstes geschehen?«

»Am nächsten Abend ist Mr. Garrity gekommen, um sein Wohnmobil von Dr. Elliots Haus am See zu holen. Wir haben zu dem Zeitpunkt angefangen, unsere Tracker-Geräte zu verfolgen und ihn auch visuell zu überwachen. Er hat zwei interessante Orte besucht.«

»Als da wären?«

»Einer war das Gefängnis der Concordia Parish, wo er Dr. Cage besuchte, der sich dort unter dem Schutz des FBI aufhielt. Das war die Zeit, in der das Bureau zeitweilig die Kontrolle über das Gebäude übernommen hatte.«

»Verstehe. Und was war der andere Ort?«

»Na ja, später, nach Einbruch der Dunkelheit ist er über die Brücke nach Mississippi gefahren.«

»Und Sie haben ihn mit den von Ihnen angebrachten GPS-Geräten verfolgt?«

»Jawohl, Sir. Mit beiden. Mit dem einen im Wagen und dem anderen in der Videokassette.«

»Was ist dann passiert?«

Billy Byrd kann seine Freude nicht verhehlen; ein schmieriges Grinsen breitet sich über sein feistes Gesicht aus. »Als er auf die Brücke fuhr, hatten wir noch beide Signale. Aber als Garrity ein bisschen über die Mitte weg war, bekamen wir nur noch ein Signal, während das andere bloß noch Rauschen war.«

»Wie können Sie sich das erklären?«

»Na ja, etwa um diese Zeit hatten unsere verfolgenden Leute gesehen, wie Mr. Garrity etwas aus dem Fenster warf, in Richtung auf das Brückengeländer neben der linken Fahrspur.«

»Und was haben Sie auf dem GPS-Tracker gesehen?«

»Das GPS-Signal von der Kassette blieb etwa 15 Sekunden mitten im Fluss, und dann ist es erloschen. Das im Fahrzeug fuhr weiter, bis zu Ryan's Steak House.«

»Was haben Sie daraus geschlossen?«

»Dass Mr. Garrity das, was er für die Kassette aus Viola Turners Haus hielt, in den Mississippi geworfen hatte. Ich habe daraus abgeleitet, dass er das auf Anweisung von Dr. Cage gemacht hat, die der ihm wahrscheinlich während seines vorherigen Besuchs im Gefängnis gegeben hat.«

Nach etwa fünf Sekunden, in denen ich stumm schreie, dass Quentin endlich Einspruch erheben soll, sagt Shad: »Danke sehr, Sheriff. Keine weiteren Fragen, Euer Ehren.«

Das Klicken und Surren von Quentins motorisiertem Rollstuhl kommt so schnell, als hätte Shads Stimme es ausgelöst. Er kann diese Zeugenaussage nicht unwidersprochen stehenlassen. Er rollt am Podium vorbei und zum Zeugenstand, spricht dann mit schneidender Stimme.

»Sheriff Byrd, Ihnen ist doch klar, dass Dr. Cages Fingerabdrücke auf einer leeren Videokassette, die in Mr. Garritys Wohnmobil gefunden wurde, auf keinen Fall beweisen oder auch nur andeuten, dass diese Kassette aus dem Haus von Viola Turner stammt?«

»Ja, das ist mir klar.«

»Wieso denken Sie dann, dass dies die Kassette war, die Viola für Henry Sexton aufgenommen hatte?«

»Wegen der Seriennummer.«

Hinten im Saal zucke ich zusammen, als hätte ich einen scharfen Schlag abbekommen. Ich weiß, was jetzt kommt.

»Die Seriennummer auf der Kassette hat bewiesen, dass sie aus der gleichen Serie stammte wie die beiden Kassetten, die wir in Mrs. Turners Haus gefunden haben. Das bedeutet, dass sie im selben Laden etwa zur gleichen Zeit verkauft wurde.«

»Nun gut«, sagt Quentin und versucht sich so gut wie möglich zu beherrschen. »Haben Sie Filmaufnahmen von Walt Garrity, wie er in dieser Nacht das Wohnmobil gefahren hat?«

»Jawohl, Sir.«

»Sieht man darauf sein Gesicht?«

»Na ja … ich weiß nicht. Wir haben einen Film von dem Wohnmobil. Ich weiß nicht, ob man sieht, dass er es fährt. Es war eine dunkle Nacht. Aber meine Leute haben ihn ab dem Haus am See verfolgt.«

»Deputys aus Mississippi, die in Louisiana arbeiten?«

»Äh, nein, das waren Beamte aus Louisiana.«

»Leute von Sheriff Walker Dennis?«

»Stimmt.«

»Die auf Anweisungen von Sheriff Dennis handelten?«

Jetzt kommt Sheriff Byrds Antwort nur zögerlich. »Nicht genau. Das Durcheinander, das sie da drüben in Louisiana hatten, nachdem dieser Forrest Knox umgekommen ist, hat da viele Probleme verursacht. Auch Probleme zwischen den verschiedenen Behörden.«

»Aber diese Männer werden unter Eid aussagen, dass sie gesehen haben, wie Captain Garrity in das Wohnmobil eingestiegen ist?«

»Absolut.«

»Sheriff, ich muss schon sagen, dass diese ganze Geschichte mir vorkommt, als wäre es eine Folge von *Mission: Impossible* und nicht eine Mordermittlung in einer kleinen Stadt.«

»Wir tun, was wir können, um mit der Technologie Schritt zu halten.«

»Da bin ich mir sicher. Aber zu welchem Zweck, Sheriff? Wenn Sie die Kassette gefunden haben, die angeblich Mrs. Turner aufgezeichnet hat, warum dann all der Aufwand, um so zu tun, als hätten Sie sie nicht gefunden?«

»Darf ich diese Frage beantworten, Herr Richter?«, fragt Shad.

Richter Elder beugt sich vor und erwidert: »Der Zeuge wird die Frage beantworten, Mr. Johnson.«

»Nun ja … weil die Kassette, die wir gefunden hatten, gelöscht war, hat sich der Bezirksstaatsanwalt gedacht, dass wir vielleicht viel mehr darüber erfahren könnten, was Dr. Cage und Mr. Garrity so anstellten, wenn sie nicht wussten, dass wir ihnen auf der Spur waren. Wir dachten, die Adrenalinampulle wäre vielleicht auch in dem Wohnmobil. Falls Garrity versuchen sollte, die irgendwann später zu zerstören, wollten wir Beweise dafür.«

»Und war die Adrenalinampulle in dem Wohnmobil?«

»Nicht, dass der Deputy sie gefunden hätte.«

»Ja oder nein, Sheriff?«

Byrd knirscht mit den Zähnen. »Negativ.«

»Sheriff Byrd, falls Dr. Cage des Mordes schuldig war, warum glauben Sie dann, würde er ein sehr belastendes Beweisstück sieben Tage lang aufbewahren? Und es da aufheben, wo man es leicht finden kann?«

Der Sheriff zuckt mit den Achseln. »Schuldige machen die ganze Zeit die verrücktesten Sachen. Die stehen unter Stress.«

»Also haben Sie zu diesem Zeitpunkt angenommen, dass Dr. Cage schuldig war?«

»Nun … ja. Er hat verdammt schuldig ausgesehen, Scheiße, entschuldigen Sie meine Wortwahl.«

Ein paar Leute im Zuschauerraum lachen leise. Von hinten sieht Shad Johnson aus, als fiele es ihm schwer, nicht die Fassung zu verlieren.

»Sehen Sie mal«, sagt Sheriff Byrd, »Doc Cage hatte wahrscheinlich dieses Video gleich am ersten Tag gelöscht. Er wusste wohl, dass es ihm dann nicht viel schaden konnte – denn gelöschte Videoaufzeichnungen können nicht wieder hergestellt werden –, und er hatte andere Dinge im Kopf.«

»Zum Beispiel, herauszufinden, wer Viola Turner wirklich umgebracht hat?«

»Das habe ich nicht gemeint.«

»Das glaube ich Ihnen nur zu gern, Sheriff.« Quentin berührt seinen Joystick und vollführt eine Vierteldrehung von Byrd weg. »Ich will Ihnen ein anderes Szenario vorschlagen. Eines, mit dem sich leicht sowohl die Fingerabdrücke als auch die Seriennummer erklären lassen.«

Byrd schaut Shad an, aber der riskiert es nicht, ihm irgendwelche Signale zu geben.

»Henry Sexton lässt einen Camcorder bei Viola Turner, weil er hofft, dass sie ihre Erinnerungen aus der Vergangenheit aufzeichnen wird. Viola erzählt Dr. Cage, der sie beinahe jeden Tag besucht, von dieser Abmachung. Sie folgt Henry Sextons Anregung und nimmt ein Video auf. Doch glaubt sie an einem folgenden Tag, sie hätte zu viel gesagt – mehr, als sie je öffentlich bekannt machen möchte, selbst nach ihrem Tod. Also bittet sie Dr. Cage, die Videokassette zu löschen. Während er an der Kamera die entsprechenden Einstellungen dafür vornimmt, holt er die Kassette heraus und hinterlässt seine Fingerabdrücke auf dem Gehäuse. Das wäre doch möglich, nicht?«

»Ja, schon. Aber das ist nicht das, was laut Miss Cora passiert ist.«

»Stimmt. Doch mir kommt noch ein anderes Szenario in den Sinn, Sheriff, eines, das besser zu den Zeugenaussagen passt, die wir bisher gehört haben. Wir wollen einmal annehmen, dass Viola das Video für Henry aufgenommen hat, das Cora Revels beschrieben hat, dieses Video, in dem sie potenziell peinliche Dinge über sich selbst und Dr. Cage erzählt hat. Gut?«

»Hm.«

»Ursprünglich hatte sie vor, ihrem ehemaligen Geliebten diese Videoaufzeichnung zu verheimlichen, doch schließlich erzählt sie ihm davon. Als Test, wie Cora vermutet hat. In der Nacht ihres Todes bittet sie Dr. Cage, die Kassette mit nach Hause zu nehmen und sie Henry Sexton zu geben. Viola lebt noch, als Tom Cage das Haus verlässt, wie immer leicht mit Morphium sediert. Nachdem Dr. Cage das Haus verlassen hat, schaut er sich die Videoaufzeichnung an – ein natürlicher Impuls, und etwas, das die meisten von uns machen würden. Es sind darauf sehr persönliche Dinge zu sehen, die er zu würdigen weiß, mit denen er aber lieber seine Frau und seine Kinder nicht konfrontieren will. Jetzt befindet sich Dr. Cage in einem moralischen Dilemma.

Stunden später erfährt er, dass Viola tot ist und man ihn vielleicht beschuldigen wird, sie ermordet zu haben. Kurz darauf wird ihm klar, dass Ihre Polizeiabteilung bereits eine Hexenjagd gegen ihn begonnen hat. Also packt er die Videokassette in seine Tasche und fährt mit Mr. Garrity fort.«

»So was muss ich mir nicht anhören«, grollt Byrd. »Der Mann war auf Kaution frei und ist abgehauen. Er war ein Flüchtiger.«

»Bitte noch einen Augenblick Geduld, Sheriff. Sie bekommen noch Gelegenheit, darauf zu antworten, das versichere ich Ihnen. Ja, Dr. Cage hat gegen die Bedingungen für seine Freilassung auf Kaution verstoßen, aber er ist *nicht* vor der Justiz geflohen. Im Gegenteil: Er hat jeden Tag damit verbracht, die Mitglieder der Doppeladler aufzuspüren, von denen er glaubte, dass sie tatsächlich für Viola Turners Tod verantwortlich waren. Außerdem ist er zu der öffentlichen Trauerfeier für Henry Sexton gekommen – für den Mann, der Viola überhaupt erst diese Videokamera gebracht hat – und hat sich danach dem FBI gestellt. Und während dieser ganzen Zeit befand sich die besagte Videokassette in seinem Fahrzeug. Handelt so ein Schuldiger?«

»Zum Teufel, ja. Er war ein Flüchtiger, und es war ein Haftbefehl wegen Mordes gegen ihn ausgestellt.«

»Eine Anklage, die niemals hätte gemacht werden dürfen.«

»Einspruch«, schaltet sich Shad ein. »Bedrängung des Zeugen.«

»Stattgegeben.«

»Wenn der Doc unschuldig war – warum hat er dann die Videokassette gelöscht?«, will Byrd wissen.

»Wir haben keinerlei Beweise dafür, dass *er* das gemacht hat«, sagt Quentin mit überzeugender Autorität. »Und mehr noch, Sie haben gerade selbst ausgesagt, dass diese Kassette sich in einem Fahrzeug befand, das wie lange unbeaufsichtigt dastand? Mindestens zwei Tage? Möglicherweise drei?«

Diese Art von Behandlung ist Sheriff Byrd vor Gericht nicht gewöhnt. »Das ist lächerlich«, erwidert er wütend.

»Außerdem«, fährt Quentin fort, »ist die Videokassette ja leer, und der einzige Hinweis, was darauf wohl zu sehen gewesen sein könnte, stammt aus der Zeugenaussage von Cora Revels.«

»Ja und?« Byrd dreht heftig seine Handflächen nach oben, als hätte er es satt, mit einem Idioten zu reden.

Quentin antwortet in einem trägen Tonfall, der Byrds Wut und Frustration mit Leichtigkeit die Spitze nimmt. »Der Wahrheitsgehalt ihrer Aussage hängt voll und ganz von Cora Revels' Glaubwürdigkeit als Zeugin ab. Auf dieses Thema werden wir später noch zu sprechen kommen.«

Billy Byrd schaut zum Tisch der Anklage und schluckt. Shadrach Johnson gibt ihm keine Hilfestellung.

»Sheriff Byrd«, sagt Quentin im bedauernden Tonfall eines Rektors, der mit einem Schüler redet, »ich habe gehört, dass die Beziehungen zwischen Ihnen und Dr. Cage vor diesem Fall nicht gerade freundschaftlich waren.«

Byrds kleine Schweinsaugen huschen zu Quentin zurück. »Wir haben im Vorübergehen miteinander geredet.«

»So hat es mir mein Mandant aber nicht geschildert. Tatsächlich musste ich mich, nachdem ich von ihrer beider Vorgeschichte gehört hatte, doch fragen, ob Sie nach den vergangenen Spannungen zwischen Ihnen überhaupt in der Lage waren, in diesem Fall mit Dr. Cage objektiv umzugehen.«

Hier könnte Shad Einspruch erheben, aber wenn er es irgend wie vermeiden kann, möchte er nicht, dass die Geschworenen sich eine halbe Stunde lang Geschichten über Billy Byrds Vorfälle von häuslicher Gewalt anhören. Mir wäre es recht, wenn Quentin jetzt genau diesen Aspekt vertiefen würde, aber das lässt er sein.

»Zum Beispiel«, fährt er fort, »frage ich mich, ob Sie eine solche Abneigung gegen Dr. Cage hegen, dass Sie Ihre Leute diesen ganzen Vorfall mit der weggeworfenen Videokassette inszenieren lassen, nur damit es aussieht, als wäre Dr. Cage schuldig?«

Byrds Gesicht wird puterrot. »Ich muss nicht hier sitzen und mir das anhören!«

»Leider doch, Sheriff. Sie sind in diesem Verfahren genauso wenig immun wie Dr. Cage selbst oder sogar Richter Elder. Und ich muss Ihnen jetzt die einfachste aller Fragen stellen: Hat sich diese Videokassette überhaupt je in der Schublade des Nachttischs befunden, wie Cora Revels es ausgesagt hat? Und wenn ja, war je irgendetwas darauf aufgezeichnet?«

Byrds wütende Augen verengen sich. »Sie versuchen, mich völlig wirr zu machen!«

»Im Gegenteil, Sheriff. Ich versuche, alle Vermutungen und Annahmen auszuschließen und mich nur auf die Tatsachen zu beschränken. Wir wissen lediglich, dass, selbst wenn je eine Kassette in diesem Nachttisch lag, niemand sagen kann, was aus ihr geworden ist. Ganz sicher hat niemand gesehen, wie Dr. Cage eine Kassette aus diesem Haus entfernt hat.«

»Na, wer hätte es denn sonst machen können?«

In diesem Augenblick sehe ich Quentin im Profil. Er lächelt. »*Das*, Sheriff Byrd, ist eine sehr gute Frage. Eine, die Sie sich meiner Meinung nach von Anfang an hätten stellen sollen. Aber Sie hatten ja nicht das Gefühl, dass das nötig war, nicht wahr? Lincoln Turner hat Ihnen gesagt, wer der Mörder seiner Mutter ist, und dieser Tatverdächtige passte Ihnen prächtig in den Kram. Also haben Sie nie ernsthaft irgendeine andere Möglichkeit in Betracht gezogen.«

»Aber seine Fingerabdrücke waren auf der Kassette!«

»Seine Fingerabdrücke waren auf *einer* Kassette, Sheriff. Einer *leeren* Kassette. Einer gelöschten Kassette, von der Sie ausgesagt haben, ein Deputy, der heimlich für Sie tätig war, hätte sie angeblich in einem irgendwo abgestellten Fahrzeug gefunden.«

Sheriff Byrd schüttelt den Kopf in ohnmächtiger Wut.

Quentin schaut auf, als würde er gleich noch eine andere Frage stellen, sagt dann aber schlicht: »Keine weiteren Fragen, Euer Ehren.«

»Sie können den Zeugenstand verlassen, Sheriff«, sagt Richter Elder und beobachtet Quentin, der an den Tisch der Verteidigung zurückrollt.

»Sie halten sich wohl für verdammt schlau«, grollt Sheriff Byrd. »Aber was ist mit der anderen Kassette, hä? Warum fragen Sie mich nicht nach der? Hä?«

Quentins Gesicht ist mir zugewandt, als Byrd diese Worte über die Lippen kommen. Ich sehe, wie sein Gesicht eine Schattierung bleicher wird. *O nein*, stöhne ich innerlich und mache mich auf das Schlimmste gefasst.

Wenn Quentin nicht auf Byrds letzte Anmerkung reagiert, wird Shad Byrd mit Freuden dahin führen, wo er ihn haben will. Außer … Shads plötzlich starre Körperhaltung verrät mir, dass er über Byrds kleine Gehässigkeit vielleicht doch nicht so erfreut ist.

»Euer Ehren«, sagt Quentin und wendet seinen Rollstuhl noch

einmal, »dürfte ich angesichts dieses Gefühlsausbruchs von Seiten des Zeugen das Kreuzverhör doch noch fortsetzen?«

»Sie dürfen, Herr Verteidiger.«

Quentin fährt mit seinem Rollstuhl wieder zum Zeugenstand. »Auf welche Kassette haben Sie sich da bezogen, Sheriff?«

»Die Kassette, die in dieser Nacht in der Kamera gewesen war.«

»Was ist damit? Wollen Sie mir sagen, dass Sie glauben, auch diese Kassette gefunden zu haben?«

»Da haben Sie verdammt recht, das haben wir.«

Shad Johnson springt auf. »Euer Ehren …«

»Ja, Herr Staatsanwalt?«

Quentin schaut über die Schulter zu Shad. »Legt der Ankläger gegen seinen eigenen Zeugen Einspruch ein, Euer Ehren?«

»Ich bin mir nicht sicher«, antwortet Joe Elder. »Mr. Johnson?«

»Ich bitte um Verzeihung, Euer Ehren.«

Shad kehrt langsam an seinen Platz zurück, und mir ist klar, dass sein Zeuge vom Skript abgewichen ist.

»Erzählen Sie uns von dieser anderen Kassette«, fordert Quentin.

»Wir haben sie im Müllcontainer des Krankenhauses gefunden«, antwortet Billy Byrd trotzig.

Ein paar Sekunden bleibt mir die Luft weg.

»Von welchem Krankenhaus?«, fragt Quentin.

»St. Catherine's, wohin Dr. Cage seine Patienten überweist.«

O Mann …

»Und wann war das?«

»An dem Tag, an dem Viola Turner tot aufgefunden wurde. Wie gesagt, wir haben alle Anstrengungen unternommen, um diese Kassette zu finden. Wir haben alle Orte abgesucht, an denen Dr. Cage vielleicht gewesen war, und einer war das Krankenhaus. Und da haben wir im Müllcontainer eine Sony-Mini-Kassette gefunden.«

Wie ich schon längst vermute, hat Quentin einen geradezu selbstmörderischen Fehler begangen, als er darauf verzichtet hat, die Beweismittel der Anklage einzusehen.

»Und war etwas auf dieser Kassette zu sehen?«, fragt Quentin.

Billy verzieht das Gesicht, als hätte er ein Magengeschwür. »Nein. Alles war gelöscht, genau wie bei der anderen.«

Zum Teufel, ja!, schreit eine Stimme in meinem Kopf, und meine Hände entspannen sich. *Im Sand der Zeiten versunken.*

»Verstehe«, sagt Quentin. »Und auf dieser Kassette waren ebenfalls Dr. Cages Fingerabdrücke?«

»Nein, es waren gar keine Fingerabdrücke drauf. Sie war saubergewischt.«

»Sauber«, wiederholt Quentin. »Keine Fingerabdrücke. Auf einer Kassette, die in einem Müllcontainer gefunden wurde.«

»Sie wissen schon, was ich meine.«

»Ich weiß, was Sie vermuten. Aber in diesem Fall sehe ich überhaupt keinen Zusammenhang zwischen dieser Kassette und meinem Mandanten.«

»Das werden Sie schon noch.«

»Was soll das denn heißen?«

»Die Seriennummer auf der Kassette passte zu der, auf der die Fingerabdrücke des Doc waren, und zu den beiden, die wir noch versiegelt in Mrs. Turners Haus gefunden haben. Und Dr. Cage war an diesem Morgen im Krankenhaus. Das weiß ich mit Bestimmtheit.«

Nach etwa zehn Sekunden fragt Quentin: »Aber es war nichts auf der Kassette zu sehen, richtig?«

»Das ist richtig.«

Nach mehreren Sekunden absoluten Schweigens wendet Quentin seinen Rollstuhl und fährt zum Tisch der Verteidigung zurück. »Zu diesem Zeitpunkt keine weiteren Fragen, Euer Ehren.«

Es kommt mir vor, als hätte irgendeine Maschine gerade die Hälfte der Luft aus dem Saal gesaugt. Niemand weiß so recht, was zu tun ist. In der seltsamen Stille schaut Richter Elder auf die Uhr, und ich mache es ihm nach. Es ist 16:09 Uhr.

»Mr. Johnson«, sagt der Richter, »haben Sie einen weiteren Zeugen?«

Shad erhebt sich und spricht mit beherrschter Stimme. »Ja, Euer Ehren. Ich hatte vorgehabt, Lincoln Turner aufzurufen. In der Hitze des Kreuzverhörs hat jedoch Sheriff Byrd Beweismittel erwähnt, die ich erst morgen vorlegen wollte. Das hat mich in eine schwierige Lage gebracht.«

Richter Elder wirkt nicht sonderlich mitfühlend. »Erklären Sie sich.«

»Die Kassette, auf die er Bezug genommen hat, wurde tatsächlich gefunden, aber sie wird im Augenblick noch einer komplizierten Analyse und Bearbeitung unterzogen.«

»Welcher Art?«

»Euer Ehren, ich habe erst vor Kurzem erfahren, dass es eine technische Möglichkeit gibt, die besagten Videoaufnahmen teilweise wiederherzustellen. Ich habe mich diesbezüglich an das FBI gewandt, und dort wurde mir mitgeteilt, am besten sollte ich den Hersteller kontaktieren. Das habe ich getan. Im Augenblick werden die beiden Kassetten in einem kalifornischen Labor der Sony Corporation bearbeitet …«

Die Säure, die mir in den Magen flutet, ist wahrscheinlich nichts gegen die Reaktion, die Quentin Avery gerade durchlebt.

»… wenn ich also das Gericht um Geduld bitten darf«, fährt Shad fort, »dann könnte ich zwar Mr. Turner jetzt in den Zeugenstand bitten, aber meine direkte Befragung könnte eine Weile dauern. Da Sheriff Byrd die Sprache bereits auf die in dem Müllcontainer des Krankenhauses gefundene Kassette gebracht hat, würde ich es vorziehen, diese Kassette sowie die in Mr. Garritys Wohnmobil gefundene als Beweismittel vorzulegen und mich mit ihnen zu beschäftigen, ehe ich weitere Zeugen aufrufe.«

»Und können Sie gleich morgen früh als Erstes mit diesen Beweismitteln fortfahren?«

»Ich denke schon, Euer Ehren.«

»Nun gut.« Elder schaut erneut auf die Uhr. »Die Sitzung ist vertagt bis morgen früh neun Uhr.«

Die Zuschauer stehen wie ein Mann auf, ein menschlicher Bienenschwarm, der zu einem abendlichen Beutezug aufbricht. Ich muss unbedingt mit Quentin reden, aber anstatt ihn mir in dieser Meute zur Brust zu nehmen, warte ich lieber ein bisschen und lasse mich dann von Tim zum Haus Edelweiß fahren.

Ich geselle mich zu dem Menschenstrom, der durch die hintere Tür hinausdrängt, und bitte meinen Leibwächter per SMS, mich auf der Market Street einzusammeln. Als ich mich dorthin auf den Weg mache, begreife ich, dass das Gerichtsgebäude zwar nur zwei Häuserblocks von der Klippe entfernt ist, der Prozess aber in den Einbahnstraßen im ganzen Stadtkern von Natchez heilloses Chaos hervorgerufen hat. Quentin und Doris könnten in ihrem Wagen bis zum Haus Edelweiß locker eine halbe Stunde unterwegs sein.

»Penn!«, ruft eine Männerstimme. Tim Weathers' Stimme. »Hier unten!«

Der gepanzerte Yukon parkt mitten auf der Market Street und blockiert den Verkehr. Ich umrunde einen Mann, der versucht, vor mir mit einem Rollator die Treppe zu bewältigen, renne zur Straße hinunter und springe auf den Rücksitz.

»Wohin?«, fragt Tim und dreht sich nur halb zu mir um.

»Ich muss mit Quentin reden, aber wir haben eine halbe Stunde Zeit. Wie wäre es, wenn wir mit Annie und Mia einen Hamburger essen gehen?«

»Klingt gut.«

Auf der Market Street kommen wir an einem halben Dutzend Übertragungswagen vorbei, vor denen Reporter im Schatten der Eichen auf dem Gerichtsgelände stehen und ihre Berichte aufzeichnen. Zweifellos posaunen sie gerade in die Welt hinaus, dass es zwei Videokassetten gibt, deren Inhalt sich wunderbarerweise aus der Vergessenheit reißen lässt. Wenn das stimmt, wenn die Schlaumeier der Sony Corporation diese digitale Auferstehung wirklich hinbekommen, welche Wahrheiten werden uns dann diese Kassetten enthüllen?

Ich mag gar nicht darüber nachdenken.

KAPITEL 31

Nach Hamburgern und Milch-Shakes mit Annie und Mia habe ich Tim dazu überredet, mich in meinem eigenen Auto zum Haus Edelweiß fahren zu lassen. Ich bin sicher, dass er nicht weit hinter mir ist, es fühlt sich jedoch gut an, einmal dem Zwang der engen Bewachung zu entkommen, wenn auch nur für ein paar Minuten. Der Verkehr in der Innenstadt ist immer noch chaotisch, aber mein Audi ist klein genug, um auf der Washington Street zwischen verirrten Fahrern durchzuflitzen.

Ich sehe eine schmale Lücke zwischen einem SUV und einem Honda, fahre mit meinem S4 durch und rase in Richtung des Broadway, der am Fluss entlangführt. Ehe ich ihn erreiche, biege ich mit dem Audi ab und rausche über den Rasen zu einer verborgenen Garage im Hof hinter Haus Edelweiß. Hinter dem massigen Ginkgobaum, der den ganzen Hof beherrscht, kann ich die Kühlerhaube von Quentins weißem Mercedes-Van sehen, der am Broadway geparkt ist. Der Ü-Wagen eines Kabelkanals mit riesiger Satellitenschüssel auf dem Dach hat auf der den Klippen zugewandten Seite der Straße sein Quartier aufgeschlagen, also müssen irgendwo in der Nähe Reporter herumlungern.

Im Schutz des Ginkgobaums bewege ich mich vorsichtig auf das Haus zu. Mit dem breiten Balkon, der rings um das alte Chalet verläuft, sieht Haus Edelweiß so aus, als schwebe es etwa drei Yards über dem Erdboden. Ein grüner Lattenzaun umgibt das Erdgeschoss mit seinen Ziegelsäulen auf allen vier Seiten, doch hinten ist ein Tor, und von dort führt eine Treppe auf den Balkon hinauf. Nachdem ich das Tor aufgeschlossen habe, renne ich die Treppe hinauf und erreiche die Küchentür, ohne dass die Medienschnüffler mich erspäht haben.

Ich klopfe einige Male leise, doch es kommt niemand zur Tür. Die

Hintertür hat keine Glaseinsätze, also kann ich nicht ins Haus blicken. Als ich ein wenig nach links gehe, sehe ich durch das Küchenfenster Quentin und Doris in der Küche. Quentin in seinem Rollstuhl telefoniert, während Doris angespannt auf den vorderen Teil des Hauses schaut. Auf der Theke steht ein Teller mit Crackern, daneben ein Glas Erdnussbutter und eine Dose Corona.

Ich klopfe leise ans Fenster.

Quentin und Doris zucken zusammen, als hätte jemand einen Schuss abgefeuert. Ich deute auf die Tür zu meiner Rechten. Während Doris auf mich zugeht, legt Quentin den Hörer auf und schüttelt wütend den Kopf. Doris kommt zu meinem Fenster, beugt sich zu mir und sagt: »Tut mir leid, Penn, er möchte jetzt nicht belästigt werden. Er muss sich auf den Fall konzentrieren.«

»Auf welchen Fall?«, frage ich zu laut zurück. »Wenn ihr mich nicht reinlasst, hören mich die Reporter und kommen angerannt.«

Selbst durch die Fensterscheibe hindurch kann ich Quentin hinter Doris fluchen hören. »Tut mir leid«, wiederholt sie. »Da kann ich nichts machen.«

Ich will eben laut ans Fenster pochen, als ich merke, dass Doris ganz betont nach unten schaut. Ich folge ihren Augen und sehe, dass ihre Hand an der noch immer schlanken Taille mich ins Haus winkt. Zunächst denke ich, dass sie mich doch reinlassen will, aber dann begreife ich, dass das unwahrscheinlich ist, da sie ja diese Geste vor Quentin verbirgt. Endlich kommt mir die Erleuchtung.

Ich nehme meine Schlüssel aus der Tasche, schließe einfach die Hintertür auf und spaziere in die Küche.

»Das ist Hausfriedensbruch, verflucht!«, blafft Quentin.

»Das Haus gehört mir.«

»Dann gehen wir eben in ein gottverdammtes Hotel.«

»Wir gehen nirgendwohin«, sagt Doris mit fester Stimme. »Außer nach Hause.«

Ich versuche, Blickkontakt zu ihr aufzunehmen, aber Quentins Frau ist mit allen Wassern gewaschen und würde ihren Ehemann niemals unsere Verschwörung entdecken lassen. Ich freue mich, diese Frau als Verbündete zu haben. Ich habe Doris vor zwei Jahren kennengelernt, aber ich weiß immer noch nicht, wie es dazu gekommen ist, dass sie einen Mann geheiratet hat, der so alt ist wie mein Vater.

»Was willst du?«, will Quentin wissen. »Das Mittagessen hast du mir schon vermasselt. Willst du mir jetzt auch noch das Abendessen verderben?«

Ehe ich antworten kann, fährt er fort: »Du hättest zumindest ein, zwei von deinen Leibwächtern mitbringen können. Wir brauchen Hilfe. Schlimm genug, dass alle zehn Minuten Touristen zur Haustür reinwandern wollen, aber jetzt haben wir auch noch überall diese Medienmaden.«

»Ich sehe zu, dass ich euch jemanden für die vordere Haustür schicke.«

»Aber sorg dafür, dass er mich auch vor dir schützt.«

»Ich bin allerdings überrascht, Quentin. Sonst hältst du doch gern Volksreden vor der Presse.«

Er wirft mir einen raschen Blick zu, rollt dann weg und fängt an, Cracker von dem Teller auf der Marmortheke zu essen. Doris geht zur Tür, die ins vordere Zimmer führt, und lehnt sich in den Rahmen.

»Quentin, ich bin hier, weil meine Mutter dich rauswerfen will.«

»Das ist alles?«

»Nein. Jeder Anwalt im Saal hält dich für dement.«

Darüber lacht er tatsächlich gackernd. »Ja, ich kann mir bildlich vorstellen, wie all die Schreiberlinge da draußen vorhersehen möchten, was ich gleich mache. Stammtischmittelstürmer, alle miteinander. Dein fetter Kumpel Rusty starrt mir schon den ganzen Tag Löcher in den Rücken. Ich hab mir echt Sorgen gemacht, dass ihn der Schlag trifft.«

»Kannst du ihm das übelnehmen? Ich bin überrascht, dass sich der Richter noch nicht eingemischt hat, weil er Angst hat, dass jedes Urteil in der Berufung kassiert wird.«

»Mit welcher Begründung?«

»Unzureichende Unterstützung durch den Verteidiger.«

Er lacht glucksend, trotzig und stolz. »*Den* Richter möchte ich sehen, der die Eier hat, mir so was zu sagen.«

»Joe Elder ist kein Schwächling.«

In Quentins Augen funkelte etwas, das ich nicht deuten kann. »Nein. Aber er wird diese Sache nicht abbrechen. Und weißt du, warum?«

»Warum?«

»Wenn man so viele Jahre vor Gericht verbracht hat wie ich, dann spürt man Dinge. Teufel, der verhält sich doch praktisch wie ein Mitankläger. Allerdings weiß ich nicht, ob Joe will, dass ich verliere – du weißt schon, diese Freud'sche Sache, dass man seinen Vater umbringen will –, oder ob er irgendwas gegen *deinen* Vater hat. Aber eines von beiden ist es. Du solltest da ein bisschen nachspüren und das herausfinden.«

»Mach ich. Erhebst du darum nie Einspruch? Weil du glaubst, dass Elder den sowieso ablehnt?«

Quentin würdigt mich keiner Antwort. Ihn scheint die Erdnussbutter viel mehr zu interessieren, die er jetzt auf seinem Cracker verteilt.

»Wenn es das ist, zwinge ihn doch wenigstens dazu, deinen Einspruch abzulehnen. Dann ist das für die Berufung bei den Akten.«

Seine Augen huschen kurz zu mir. »Um die Berufung mache ich mir keine Sorgen, Mann. Ich werde diesen Prozess gewinnen.«

Ich schaue hilfesuchend zu Doris, doch die zuckt nur mit den Achseln.

»Du hast noch nicht gesagt, was *du* von meiner Strategie hältst«, neckt mich Quentin.

»Strategie? Du lässt Shad seine ganze Beweiskette unwidersprochen durchziehen. Du hast kein einziges Mal Beweismittel in Frage gestellt oder Einspruch gegen eindeutig unzulässige Zeugenaussagen eingelegt. Du hast nicht einmal ein Eröffnungsplädoyer gehalten!«

»Bist du fertig?«

»Quentin, du hast nur zwei von acht Zeugen einem Kreuzverhör unterzogen!«

»Es geht nicht um die Zahl der Fragen, du Grashüpfer, sondern um die Qualität.«

»Du hast zugelassen, dass Shad mindestens die Hälfte der Geschworenen davon überzeugt hat, dass der Mörder beide Videokassetten aus Coras Haus fortgetragen hat. Die meisten Geschworenen glauben, dass Dad diese Kassetten mitgenommen hat.«

»Um diese Kassetten mache ich mir keine Sorgen.«

»Warum nicht? Hast du mit Dad darüber geredet?«

»Gerade eben.«

»Weißt du, was da drauf zu sehen ist?«

Er lächelte wie ein Jamaikaner, der am Strand Joints austeilt. »Keine Ahnung, Bruder.«

Ich hole tief Luft, um meine Wut unter Kontrolle zu bekommen. »Quentin … diese Kassetten könnten dich morgen plattmachen. Und Dad nach Parchman schicken.«

Endlich schaut er mich ernst an. »Bist du sicher, dass dein Vater schuldig ist?«

»Was zum Teufel soll ich denn zu diesem Zeitpunkt denken?«

»Du hast ja deine Meinung ziemlich deutlich gesagt.«

Doris' Anwesenheit sollte mich bremsen, aber ich kann es mir nicht verkneifen, zumindest eine Antwort auf eine ganz spezielle Frage zu verlangen: »Mann … warum zum Teufel hast du bei Cora diese ganze alte Frank-Knox-Geschichte wieder aufgewühlt?«

»Weil sie der Kern der ganzen Doppeladler-Sache ist.«

Diese direkte Antwort ist für mich so neu, dass sie mich stutzen lässt. »Hast du Beweise dafür, dass die Doppeladler, wie du angedeutet hast, gedroht haben, Viola umzubringen?«

Wieder einmal bedient er sich des königlichen Privilegs, keine Antwort zu geben.

»Ich spreche nicht über damals, über 1968«, dränge ich ihn weiter. »Ich rede von der Gegenwart. Seit Viola aus Chicago zurückgekehrt ist. Weißt du, dass da Weiße bei ihr waren? Sie bedroht haben?«

Quentin wendet seinen Rollstuhl und fährt mit seinen langen Fingern an der Edelstahlfront des Kühlschranks entlang. »Alles Viking-Geräte in der Küche, Baby. Ich und Doris, wir haben die gleichen zu Hause. In Mississippi gemacht, genau wie die beste Musik, die besten Frauen, die besten …«

»Quentin! Hast du Beweise dafür, dass es in der Gegenwart eine Drohung der Doppeladler gegeben hat?«

Mit einer kurzen Bewegung seines Joysticks wirbelt er herum und schreit: »Wenn ich die hätte, wäre dieser Fall gar nicht vor Gericht gekommen!«

»Was hast du dann? Einen Überraschungszeugen? Hast du deswegen darauf verzichtet, die Beweismittel der Anklage einzusehen? Damit Shad nichts von deiner Geheimwaffe erfährt?«

Er lacht verächtlich. »Überraschungszeuge? Geheimwaffe? Mann, was glaubst du eigentlich, wo du hier bist. In einer Folge von *Ironside*? Von *Matlock*?«

»Quentin, um Gottes willen! Es geht um Dads Leben. Du kannst doch nicht einfach andeuten, dass die Doppeladler sich vierzig Jahre später rächen, nur weil er und Viola vielleicht einen von ihnen getötet haben. Bitte sag mir, dass du mehr als Anspielungen und alte Geschichten hast.«

Quentin kaut wütend seinen Cracker zu Ende und starrt mich wortlos an.

»Ich frage ja nur«, sage ich zu ihm, »weil ich zufällig die Alibis von Snake Knox, Sonny Thornfield und von jedem anderen dem FBI bekannten Doppeladler für die Nacht überprüft habe, in der Viola gestorben ist. John Kaiser hat mir dabei geholfen. Und all diese Schweinehunde haben Alibis. Sonny, Snake und drei andere sogar wasserdichte.«

Quentin lacht leise. »Diese Scheißstory, dass sie die ganze Nacht im Jagdhaus von Billy Knox Karten gespielt haben?«

»Genau.«

»Du weißt, dass das gelogen ist. Da schützen sich die Schuldigen nur gegenseitig.«

Ich erwähne nicht, was Dad mir über Will Devines Pick-up erzählt hat. »Die Angestellten im Jagdrevier schwören, dass die dort waren.«

»Und jeder einzelne gottverdammte von diesen Mexikanern verdient seinen Unterhalt bei Billy Knox. Was sollen sie denn da sonst sagen?«

»Quentin … das hier ist ein Strafverfahren. Was wir vermuten, bedeutet einen Scheiß. Das weißt du besser als jeder andere. Wenn du glaubst, dass Snake und Sonny Viola umgebracht haben, dann musst du es beweisen.«

Quentin lächelt, als bereite ihm etwas im tiefsten Inneren Vergnügen. Dann legt er die Fingerspitzen aneinander. »Penn, worum geht es deiner Meinung nach in einem Mordprozess?«

»Bitte fang jetzt nicht mit deiner Rechtsphilosophie Marke Will Rogers an.«

»Tu ich nicht. Sag mir nur, was die grundlegende Essenz eines Mordprozesses ist.«

»Der Staat versucht, zweifelsfrei zu beweisen, dass der Angeklagte einen Mord begangen hat, und die Verteidigung versucht, das mit allen ihr zur Verfügung stehenden Mitteln zu verhindern.«

Quentin lächelt immer noch wie ein sokratischer Professor. »Wenn wir auf dem Gymnasium wären, würde ich dir jetzt eine Eins geben.«

Doris schüttelt an der Tür den Kopf.

»Deine Herablassung kannst du dir schenken, Quentin. Ich habe mehr Mordfälle vor Gericht geführt als du.«

»Aber immer als Staatsanwalt, Penn. Du hast zwölf Jahre damit verbracht, deine Fälle so gründlich zu beweisen, dass zwölf Geschworene einstimmig für eine Verurteilung stimmen. Das ist ein hartes Stück Arbeit. Aber ich? Ich habe mein ganzes Leben als Bauer verbracht.«

»Wovon redest du da?«

»Ich säe. Das ist mein Job. Ich säe Zweifel. Ich pflanze ein winziges Samenkorn ein, gieße es ein bisschen – mit Worten, nicht mit H_2O –, und dann hätschele ich es geduldig, pflege es, bis es sprießt. Meistens stirbt so ein Samen gleich ab. Aber gelegentlich wird der Zweifel im Nährboden eines mitfühlenden Herzens so stark, dass eine Person den Mut aufbringt, sich gegen die geballte Wut und die Vorurteile von elf anderen zu stellen. Und wenn das passiert … wird mein Mandant freigelassen.«

»Wirklich poetisch«, grummele ich, »aber im Licht der heutigen Katastrophe nicht sonderlich hilfreich.«

»*Ein* Geschworener, Penn. Darum geht es in meinem Geschäft.«

»Das reicht nicht. Elf zu eins. Dann kommen die Geschworenen nicht zu einem einstimmigen Ergebnis, und es gibt einen neuen Prozess.«

Quentins seliges Lächeln wird noch heiterer. »Selbst die längste Reise beginnt mit einem Schritt. Eine Lawine kann mit einer Schneeflocke anfangen. Ein Flüstern, mein Bruder. Ein Wort.«

Ich hebe beide Hände hoch, um diesen Wortschwall zu stoppen. »Prediger Avery«, murmele ich, »der Evangelist des begründeten Zweifels.«

»Stimmt. Und bei diesem Prozess habe ich den Traummandanten. Dein Vater hat in dieser Stadt so viel Gutes getan, dass irgendjemand in dieser Gruppe sich nur so danach sehnen muss, herauszufinden, wie er ihn zu seiner Familie nach Hause schicken kann. Ich muss denen nur einen Haken präsentieren, an dem sie ihren Zweifel festmachen können.«

»Da hast du aber noch eine gewaltige Aufgabe vor dir, Q. Du hast Shad heute erlaubt, ein wahnsinnig tiefes Loch zu graben.«

»Ein Indizienloch.«

»Und die Kassetten?«

Diesmal vergeht ihm das Lächeln, aber er lässt es mich deutlich spüren, dass er es mir übelnimmt, ihn zu einer so pragmatischen Sichtweise gezwungen zu haben. »Sieh mal, auf dem Weg hierher habe ich bei einem Forensiktypen angerufen, mit dem ich in New York schon gearbeitet habe, ein Topmann auf seinem Gebiet. Der sagt mir, die Chance, dass Sony die Daten auf diesen Videobändern in irgendeiner benutzbaren Form wiederherstellen kann, liegt bei unter zehn Prozent. Die Wette gehe ich ein.«

Erleichterung durchströmt mich. »Gut zu wissen. Aber selbst wenn die Kassetten gelöscht bleiben, dann ist die Forensik nicht dein einziges Problem. Shad hat auch beim Thema Rasse einen Vorsprung vor dir rausgearbeitet.«

»Wie kommst du darauf?«

»Er ist dem Thema nicht ausgewichen. Er hat das Thema Rasse gleich auf die Tagesordnung gesetzt. Und nicht einmal der große Quentin Avery kann vorhersagen, wie eine Jury mit sieben Schwarzen und fünf Weißen auf Beweise für eine Affäre zwischen Schwarz und Weiß reagiert, auf ein gemischtrassiges Baby und die Vermutung, dass ein Weißer eine Schwarze getötet hat, um sie zum Schweigen zu bringen. Die Schwarzen wollen Dad vielleicht dafür bestrafen, dass er dieses Baby nicht als sein Kind anerkannt hat. Die Weißen kreuzigen ihn vielleicht dafür, dass er seine eigene Rasse und seine rechtmäßige Familie verraten hat. Shad könnte so argumentieren, dass jede gute Tat, mit der Dad seit 1968 Schwarzen geholfen hat, nur ein jämmerlicher Versuch war, sein schlechtes Gewissen wegen Viola und ihrem Kind zu besänftigen.«

»Würdest du an seiner Stelle so argumentieren?«

»Verdammt, ja.«

Quentin nickt bedächtig, als hörte er mir zum ersten Mal zu. »Meinst du, Shad ist gescheit genug, um das zu machen?«

»Harvard ist kein Mädchenpensionat.«

»Nein. Aber es bringt Anwälte hervor, die so schlau sind, dass sie sich manchmal selbst austricksen.«

»Ich werde nicht versuchen, das zu verstehen. Sieh mal, entweder gibst du mir jetzt einen überzeugenden Abriss deiner Strategie, oder es müssen Veränderungen gemacht werden.«

Er schaut zu Doris, doch die blickt unverwandt auf die vorderen Fenster.

»Hast du das gehört, Baby? Penn redet gerade so, als wäre er mein Mandant.«

»Ich habe es gehört«, antwortet sie leise.

Der alte Mann wendet sich mit harten Augen zu mir. »Junge, du weißt, dass mich nur dein Vater rauswerfen kann.«

»Quentin, Dad ist vielleicht dein Mandant, aber Mom zahlt dein Honorar.«

»Scheißdreck.«

»Er hat ihr längst sein gesamtes Vermögen überschrieben.«

Die alten Augen flammen empört auf. »Dann betreue ich ihn eben kostenlos.«

Das zaubert mir ein leises Lächeln auf die Lippen. »Ach ja?«

»Verdammt, ja. Ich bin so reich wie Krösus, Scheiße!«

»So weit könnte es kommen, Buddy. Muss es aber nicht.«

»Solange ich jeden Schritt in meiner Prozessführung von dir absegnen lasse? Nein, danke. He, was hast *du* eigentlich mit deiner Zeit gemacht? Schon Fortschritte dabei gemacht, einen Doppeladler umzukrempeln?«

Das unterbricht meinen Gedankengang. Also hat ihm Dad von unserem Gespräch im Gefängnis von Pollock berichtet.

»Was ist mit Will Devines Pick-up?«, fragt er. »Dem mit dem Aufkleber der Darlington Academy?«

Ich schaue zu Doris, die über diese Wendung im Gespräch verwirrt ist.

»Ich habe einige Fortschritte gemacht«, erwidere ich ihm und denke an meinen letzten Besuch bei den Devines und an Dolores St. Denis. »Aber wenn du mir nicht mehr zeigst, als du es heute gemacht hast, behalte ich das auch lieber für mich.«

»Wie soll das dann Tom helfen?«

Mit einem raschen Blick zu Doris, die mir stumm eine mir nicht verständliche Bitte übermittelt, sage ich: »Wie hat sich Dad heute gefühlt, nachdem das Gericht sich vertagt hatte?«

»Er wusste, was er zu erwarten hatte.«

»Er war nicht vorbereitet auf die Nachricht von der Videokassette aus dem Müllcontainer. Ich kann mir nicht vorstellen, dass die Ereignisse des heutigen Tages ihn nicht erschüttert haben.«

»Geh ihn besuchen, wenn du mir nicht glaubst. Dann kannst du Peggy sagen, du hättest versucht, Tom dazu zu bringen, mich rauszuschmeißen. Aber das ist reine Zeitverschwendung. Dein Vater weiß genau, was ich tue und warum.«

»Warum zum Teufel klärst du dann nicht auch mich auf, damit ich meine Mutter davor retten kann, einen Schlaganfall zu erleiden?«

»Deine Mutter ist sehr viel stärker, als du denkst, mein Junge. Die wird das gut überstehen.«

»Stark ist sie, ja. Aber heute … wäre sie beinahe zusammengeklappt.«

Er deutet mit dem Finger auf mich. »Dann sorge du dafür, dass du morgen für sie im Gerichtssaal sitzt. Denn die Sache wird wahrscheinlich erst noch schlimmer, ehe sie besser wird.«

Wie ein Mantel legt sich die Furcht um meine Schultern. »Wie könnte es denn noch schlimmer werden?«

»Es wird immer erst schlimmer. Wenn du aus der gleichen Generation wie ich und dein Vater wärst, wüsstest du das.«

Wut flackert in mir auf. Nachdem ich eine Ehefrau und eine Verlobte verloren habe, denke ich doch, dass ich meinen Teil Schmerz und Trauer durchlitten habe. »Ich weiß, wie schlimm das Leben sein kann, Quentin.«

Er schnaubt. »Du hast zwei Frauen verloren, Penn. Du hast mein Mitgefühl. Aber du bist nicht krank oder im Gefängnis, und du hast immer noch ein wunderschönes kleines Mädchen großzuziehen.«

Mit zitternden Händen mache ich einen Schritt auf die Hintertür zu, schaue über Quentins Kopf zu Doris, die wie zur Entschuldigung den Kopf schüttelt.

»Ich gebe dir einen halben Tag«, sage ich ihm. »Wenn du nicht morgen früh anfängst, die Sache zu drehen, dann finde ich Mittel und Wege, diesen Zirkus zu beenden. Und ich glaube, ich kenne auch jemanden, der mir dabei helfen wird.«

»Ach ja? Und wer ist das?«

Ich deute mit dem Kopf auf Doris. Zorn flackert in ihren Augen auf, aber mir sind jetzt ihre ehelichen Intrigen völlig egal. »Wenn Doris und Mom am gleichen Strang ziehen, dann bist du wieder zu Hause in Jefferson County, ehe Richter Elder überhaupt bemerkt, dass du weg bist. Und du und Dad, ihr habt da kein Wörtchen mehr mitzureden.«

Das lässt ihn aufhorchen. »Und wenn das passiert? Wer nimmt dann meinen Platz ein? *Du?*«

»Ich will den Job nicht. Aber ich übernehme ihn, ehe ich dir erlaube, den Prozess weiter zu sabotieren.«

»Dann kannst du deinen Daddy gleich heute Nachmittag in den alten grauen Bus nach Parchman setzen.«

»Quentin, ich würde einen schmierigen kleinen Provinzanwalt in den Gerichtssaal setzen, solange er nur weiß, wann er ›Einspruch‹ rufen muss und Hörensagen von einer zulässigen Zeugenaussage unterscheiden kann.«

Doris ist in die Küche zurückgekommen. Nachdem sie um die Theke herumgegangen ist, stellt sie sich zwischen Quentin und mich und fängt an, ganz leise mit ihm zu reden, so leise, dass ich nichts verstehen kann. Ich mache mich zum Gehen bereit, aber dann sagt Quentin in sehr viel beherrschterem Tonfall: »Weißt du was über die Impressionisten, Penn?«

Meine Hand liegt auf dem Türknauf. »Ein bisschen. Was willst du damit sagen?«

»Nur das: Als einmal Hobbymaler Monet über die Schulter geschaut haben, haben sie nur einen Mann gesehen, der Punkte malt. Striche und Punkte.«

»Aber als sie ein paar Schritte zurücktraten, sahen sie das ganze Bild?«

»Du hast's kapiert.«

»Ich muss nach Hause. Tut mir leid, Doris.«

»Komm schon, Bruder!«, sagt Quentin, als nähme ich alles viel zu ernst. »Ich versuche doch nur, dich ein bisschen aufzuheitern.«

Ich trete auf den Balkon hinaus, schaue dann durch die halb offene Tür zurück. »Wenn du Dad freibekommst, dann kannst du mir den ganzen Tag lang erzählen, was für ein Genie du bist. Bis dahin, warum versuchst du nicht, dich an ein paar grundlegende Prinzipien der Verfahrensführung zu erinnern?«

Er schüttelt den Kopf, als wäre ich ein wirklich hoffnungsloser Fall. »Warum gehst du mir nicht aus der Sonne, Bürschchen?«

»Einen halben Tag, Quentin. Dann kriegst du deine Papiere.«

Als ich die Tür schließe, sehe ich, dass Doris mich über die Schulter beobachtet. Ihre dunklen Augen sind so unergründlich wie eh und je.

Als ich noch einen Häuserblock von meinem Zuhause entfernt bin, klingelt mein Telefon. Es ist Rusty.

»Was hat Quentin gesagt?«, fragt er.

»Dass die Dinge immer erst schlimmer werden, ehe sie besser werden.«

»Scheiße.«

»Zumindest hat er jetzt seine Leonardo-Nummer aufgegeben. Jetzt hält er sich für Monet.«

»Ich finde, er ist der gottverdammte Bibo aus der Sesamstraße! Er muss weg, Amigo. Wenn das Gericht morgen die Verhandlung eröffnet, musst du da am Tisch der Verteidigung sitzen. Du, dein Vater und sonst niemand. Daran können die Geschworenen glauben, das steht vor ihren Augen.«

»Ich habe ihm noch einen halben Tag gegeben, Rusty.«

»Du hast *was*? Q kann deinen alten Herrn in weniger Zeit in den Abgrund reißen.«

»Ich bin meinem Bauchgefühl gefolgt.«

»Na ja, normalerweise ist das ja gut. Aber diesmal nicht.«

»Ich sag dir, was mir am meisten Angst macht. Es gibt da eine Art Zerwürfnis zwischen Quentin und seiner Frau. Ich glaube, Doris sorgt sich auch, dass Quentin sich gewaltig übernommen hat. Irgendwas stimmt da nicht. Aber ich weiß nicht, was.«

»Geh und rede mit deinem Vater.«

»Das ist zwecklos. Mein Vater wirft Quentin nicht raus. Was immer der Kern dieses Falls ist, Dad vertraut es mir nicht an.«

»Scheiße, Mann. Ist ihm das alles so peinlich? Na gut, er hat Halle Berry genagelt, und die ist schwanger geworden. Das ist doch kein Grund, um ins Kittchen zu wandern.«

»Ich bin froh, dass nicht du das Abschlussplädoyer hältst.«

»Besser ich als Quentin Avery. Junge, ich kenne deine Mom nun schon sehr lange, und die steht kurz vor dem Zusammenbruch. Es ist ihr egal, wen Tom damals in den finsteren Zeiten gebumst hat, sie will ihn nur aus dem Gefängnis freihaben. Warum kann er das nicht begreifen?«

»Vielleicht glaubt Dad wirklich, dass die Familie Knox Annie oder mich umbringen will, wenn er nicht alles auf sich nimmt.«

Rusty schnauft ein paar Sekunden nur ins Telefon. »Na ja … Wenn das so ist …«

»Ich weiß. Ihn kann nichts umstimmen.«

»Wo ist der gottverdammte Ray Presley, wenn man ihn mal braucht? Oder dein blonder Kumpel von den Special Forces?«

»Ich verstehe, was du meinst.«

»Ruf mich später noch mal an.«

»Klar.«

KAPITEL 32

Snake Knox kauerte hinter dem Schreibtisch im Büro der Rollrasenfarm, hatte den Mund leicht geöffnet, die Hände locker über die Ohren gelegt. Junelle Crick stand über ihn gebeugt, flehte ihn an, die Sache nicht durchzuziehen. Snake herrschte sie an, sie sollte das Maul halten und sich ducken.

Sein Techtelmechtel mit der VK-Ma hatte sich hervorragend ausgezahlt. Am Morgen hatte sie ihm verraten, dass sein Pass und andere Papiere vor zwei Tagen geliefert worden waren, Toons Teufel sie aber im Safe des Unternehmens weggeschlossen hatte. Er hatte auch zwei von seinen Männern angewiesen, hierzubleiben und dafür zu sorgen, dass Snake das Gelände nicht verließ. Nachdem Snake das erfahren hatte, hatte er keine Zeit mehr verloren. Er hatte sich genug Plastiksprengstoff organisiert, um den Safe mit einer Hohlladung zu sprengen. Diese Ladung hatte er vor fünf Minuten angebracht, nachdem die Sicherheitsleute auf ein Quad gestiegen und weggefahren waren, um beim Wechseln eines Antriebsteils am größten Traktor der Farm zu helfen.

Snake schaute auf die Uhr. Im letzten Augenblick langte er mit dem Arm nach oben, zerrte die plappernde Junelle hinter den Schreibtisch und rettete sie vor dem Blitz und wahrscheinlich Verletzungen durch Stahlschrapnelle. Das hatte nichts mit Dankbarkeit zu tun, sondern mit dem Wissen, dass er trotz seiner unmittelbaren Pläne noch eine Verbündete vor Ort brauchen konnte.

Während Junelle nach dem Schock der Explosion noch den Kopf schüttelte, stand Snake auf, ging durch den Rauch und kauerte sich vor den offenen Safe. Er fand seine neuen Ausweisdokumente in einem braunen Umschlag mit chinesischen Schriftzeichen. Er lachte zynisch, als er aufstand. Um diese Dokumente zu bekommen, hatten sich die Biker, diese Vertreter der Überlegenheit der weißen Rasse, mit den Arabern vor Ort arrangieren müssen, die dann die gewünschten Papiere von einem chinesischen Lieferanten besorgten.

Er ging am Schreibtisch vorüber, nahm sich die bereits gepackte Flugtasche und machte sich auf den Weg zur Tür. Junelle hatte endlich kapiert, dass er fortging und was das wohl für ihre Zukunft zu bedeuten hatte. Als sie ihn bat, sie mitzunehmen, antwortete er: »Tut mir leid, Honey, in mein Flugzeug passt nur einer.«

»Aber … aber die bringen mich um«, jammerte sie. »Toons bringt mich um!«

»Erzähl ihm, dass ich dich gezwungen habe, mir alles zu verraten.«

»Das glaubt er mir nie.«

»Doch.« Snake zog die Pistole aus dem Holster an der Hüfte und schlug ihr damit hart ins Gesicht. Junelle fiel um wie ein nasser Sack.

Er hielt die Pistole weiter in der Hand, als er das Büro verließ und den freien Platz zwischen dem Gebäude und der Startbahn überquerte, und dabei immer auf das Geräusch des zurückkehrenden Quads lauschte. Er wusste, dass man versucht hatte, sein Flugzeug zu sabotieren, aber bei dieser Art von Arbeiten waren die Biker blutige Amateure. Snake hatte sich noch vor dem Morgengrauen aus dem Haus geschlichen und hatte die durchtrennten Drähte wieder repariert.

Er kletterte in die Air Tractor und ließ den Motor an, dann wendete er das Flugzeug und fuhr langsam gegen den Wind, beschleunigte dann, so schnell er konnte. Als die Räder des Flugzeugs vom Boden abhoben, spürte er, wie sich ein wildes Lachen in seinem Brustkorb aufbaute, genauso wie neulich, als Alois ihm die Nadelbox gezeigt hatte.

Während das Flugzeug immer höher kletterte, drehte Snake ein und flog über das Rasenfeld. Dreihundert Fuß unter ihm stand das Quad neben dem großen orangefarbenen Traktor geparkt. Die Männer bei dem Kubota schauten hoch, wieder nach unten, dann wieder hoch, deuteten auf ihn und schrien.

»Adios, Arschlöcher!«, brüllte Snake, während die Männer ihre Pistolen zückten und auf ihn zu schießen begannen.

Er wünschte, er hätte eine Ladung Unkrautvernichtungsmittel an

Bord, das er noch als Abschiedsgeschenk auf sie abwerfen konnte. Jemandem den Tag so zu verhunzen … das war immer wieder ein Geschenk.

Während Snake sich von den wirkungslosen Kugeln entfernte, spürte er, dass sein Wegwerfhandy in der Hosentasche vibrierte. Er zog es heraus und brüllte: »Toons? Bist du das?«

»Nee, Toons nicht«, sagte eine Frau. »Weißt du, wer ich bin?«

Wilma Deen. Wilma und Alois waren nach Natchez zurückgefahren. »Ja. Was gibt's?«

»Ich hab was angehört, was jemand beim Prozess aufgenommen hat. Heute war die Schwester der toten Krankenschwester als Zeugin da. Das hättest du dir anhören müssen.«

»Was hat sie gesagt?«

»Dein Bruder ist nicht gestorben, weil die Batterien auf ihn gefallen sind. Die Krankenschwester hat ihn umgebracht!«

Snake flog durch die Rauchsäule, die einer der Schornsteine in einem Chemiewerk bei Westlake ausspuckte. »Das hat Cora Revels gesagt?«

»Nicht freiwillig. Dieser Quentin Avery hat es ihr rausgelockt. Aber es hat sich ziemlich überzeugend angehört. Sie hat ihn umgebracht, während er in der Praxis von Dr. Cage war und behandelt werden sollte. Dr. Cage hat das wahrscheinlich für sie vertuscht. Musste er ja, nicht? Der hat sie ja gefickt.«

Snake merkte, wie ihm Säure in den Magen schoss. »Diese Nigger-Krankenschwester hat Frank umgebracht?«, fragte er dumpf. Er dachte an den Tag zurück, an dem eine mit Batterien vollgeladene Palette vom Hubstapler gerutscht und auf seinen Bruder gefallen war, ihm die Knochen zermalmt und ein Loch in den Brustkorb geschlagen hatte. Und wie Sonny und Glenn mit ihm in die Praxis von Tom Cage gerast waren und nicht ins Krankenhaus, weil Frank das so wollte …

»Wenn Tom Cage die ganze Zeit über gewusst hat, dass die verdammte Schlampe Frank umgebracht hat …«

»Was hast du gesagt?«, rief Wilma. *»Ich höre nur ein Dröhnen.«*

»Ich habe gesagt, sieh zu, dass du das Haus, von dem wir gesprochen haben, vorbereitest. Ich habe meine Papiere und bin unterwegs.«

»Meinst du das ernst?«

»Mach, was ich dir gesagt habe, verdammt. Out.«

Snake schaukelte im kleinen Cockpit hin und her, kämpfte mit dem dringenden Wunsch, das Telefon aus dem Flugzeug zu werfen. Er hatte das Gefühl, sein Gehirn stehe in Flammen. Sein geliebter Bruder war nicht durch einen Unfall ums Leben gekommen; Frank war ermordet worden. Mit all seinem Geschick zog Snake die AT-501 hoch bis zur Grenze ihres Betriebsbereichs, dann noch ein Stückchen weiter. Unter ihm schwebte das flache Land von Louisiana vorüber wie ein Film in Zeitlupe in einer endlosen Schleife. Snake schaute nicht nach unten, nur nach vorn. Er hielt Ausschau nach dem vertrautesten Wegzeichen seiner Fliegerlaufbahn, der großen braunen Schlange des Mississippi. Die einzige Flüssigkeit, die das Feuer in seinem Kopf löschen konnte, wartete am fernen Ufer dieses Flusses.

KAPITEL 33

Annie schaut sich unsere DVD von *Wer die Nachtigall stört* an und sucht nach Hinweisen auf das Rechtssystem und nach Ideen, wie man ihren Großvater verteidigen könnte. Sie weiß schon lange, dass Atticus Finch mich dazu angeregt hat, Anwalt zu werden – genau wie Tausende anderer Anwälte –, und dass in vielerlei Weise *Wer die Nachtigall stört* die Inspiration zu meinem ersten Roman war. Die Ironie ist, dass ich den größten Teil meines Lebens geglaubt habe, mich hätte ein Vater aufgezogen, der in der realen Welt so nah an Atticus Finch herankam, wie das nur möglich war. Dad war Arzt und kein Anwalt, aber die Leute sahen ihn doch genauso, wie sie im Film Gregory Peck sahen und wie im Roman die meisten Bürger von Maycomb Atticus einschätzten: als einen Ausbund von Ehre, Mut und Rechtschaffenheit.

Wichtiger noch, die Schwarzen in meiner kleinen Stadt am Mississippi schienen meinem Vater den gleichen Respekt zu zollen, wie er Atticus entgegengebracht wurde, als der alte Prediger sagte: *»Jean Louise, steh auf. Dein Vater kommt vorbei.«* Aber heute Abend kann ich, während Annie den alten Schwarz-Weiß-Klassiker anschaut, nur daran denken, was Scout wohl gesagt hätte, wenn sie im Alter von fünfundvierzig Jahren herausgefunden hätte, dass sie einen Halbbruder hatte, den Atticus mit Calpurnia, ihrem schwarzen Hausmädchen, gezeugt hatte. Solche Dinge scheinen in der idealisierten Welt des Films unvorstellbar, aber in Lees Roman hat Mr. Dolphus Raymond eine Schwarze geheiratet und gemischtrassige Kinder gezeugt, worauf er, seine morphiumsüchtige Frau und seine Kinder ins gesellschaftliche Exil verbannt wurden.

Was sieht Annie, frage ich mich, wenn sie den Prozess im Film anschaut und dabei an ihren Großvater denkt? Sieht sie, wie sehr sich die Welt seit 1960 verändert hat? Oder sieht es für sie im Grunde genauso aus, nur dass die Farbe der Ankläger und des Angeklagten vertauscht sind? Im Film wird ein Schwarzer von Weißen zu Unrecht ins Gefängnis gesteckt. In Annies Welt wurde ihr weißer Großvater zu Unrecht von einem schwarzen Bezirksstaatsanwalt ins Gefängnis gesteckt. Sieht sie das Rassenproblem hinter der Anklageschrift gegen meinen Vater? Annie geht in eine Privatschule mit ziemlich vielen schwarzen Kindern – den Nachkommen schwarzer Ärzte und Anwälte plus ein paar Ausnahmesportler –, aber die Kinder in den staatlichen Schulen sind beinahe ausnahmslos schwarz. Noch verräterischer: Wir könnten jeden Abend in einem anderen Restaurant essen gehen und kein gemischtrassiges Paar sehen. Ab und zu sehen wir welche an anderen Orten – bei Walmart oder am Rand eines Baseballfeldes, zum Beispiel –, aber in dem, was man gemeinhin Gesellschaft nennt, bleiben solche Dinge unsichtbar, wenn nicht gar unbekannt.

Mir ist am Anfang des Films noch etwas anderes aufgefallen: Als wir Atticus zum ersten Mal sehen – ihn, der als der Mann in Erinnerung bleibt, der Gewalt als die verzweifelte Taktik geringerer Menschen sieht –, wird er als »der beste Schütze in Maycomb County« vorgestellt, und er tötet ja auch vor den Augen seiner Kinder einen tollwütigen Hund. Was könnte die Glaubwürdigkeit eines Actionhelden mehr bestätigen als so etwas? Und wenn wir nicht wüssten, dass Atticus, wenn es sein muss, auch skrupellos sein kann, würden wir dann seinen Lobreden auf die Ehre und die Fairness so bereitwillig lauschen? Wer hört sich schon von einem Bettler eine Predigt über die Tugenden der Armut an, wenn nicht dieser Bettler zuvor ein Vermögen verdient und dann weggeben hat?

Ich frage mich auch, was Atticus Finch gemacht hätte, wenn die Frau, die er liebte, auf Befehl eines Mannes ermordet worden wäre, der außerhalb der Reichweite jedes Gerichts war. Sicherlich wäre doch der »beste Schütze in Maycomb County« auch in Versuchung geraten, sein Gewehr zu benutzen, um Forrest oder Snake Knox zu eliminieren? An Ende des Films lässt Sheriff Heck Tate keinen Zweifel daran, dass es das Beste wäre, in die andere Richtung zu schauen, sollte die Volksjustiz ein Monster wie Bob Ewell zu Fall bringen –

den Mann, der versucht hat, die Finch-Kinder umzubringen. Im Geiste von Sheriff Tate hat Rusty Duncan heute bedauert, dass Ray Presley oder Daniel Kelly nicht zur Hand sind, um die Familie Knox zu neutralisieren, mit welchen Methoden auch immer. Würde uns dieser ethische Kuhhandel wirklich von der Furcht freikaufen? Falls Snake Knox morgen irgendwo tot aufgefunden wird, würde mein Vater dann immer noch schweigend im Gerichtssaal sitzen, während Shad Johnson ihn immer weiter zur Parchman Farm hindrängt?

»Daddy?«, fragt Annie, während sie die Schlusstitel anschaut.

»Hm.«

»Ist Mr. Quentin Avery wie Atticus?«

»Ah … ja und nein.«

Annie rollt sich von dem Kissen, auf dem sie gelegen hat, und schaut zu mir zurück. Ich habe eines dieser unerwarteten Déjà-Vu-Erlebnisse, wie immer, wenn mich aus den Augen meiner Tochter das Gesicht ihrer Mutter anschaut. »Quentin ist sogar heldenhafter als Atticus«, erkläre ich ihr, während ich versuche, nicht an ihre Mutter zu denken. »Atticus Finch wird immer als mutig gesehen, und das war er auch. Aber Atticus war weiß. Teil der herrschenden Klasse. Alles, was er riskiert hat, als er Tom verteidigt hat, war, dass ihn Gesindel wie Bob Ewell anspuckt oder dass er nicht zu irgendwelchen schicken Partys eingeladen wird. Aber als Quentin ein junger Anwalt war, hat er buchstäblich jedes Mal sein Leben riskiert, wenn er sich mit dem System angelegt hat. Dazu musste man wirklich mutig sein.«

»Und was ist jetzt? Ist Mr. Quentin jetzt auch mutig?«

Ich bin mir nicht sicher, ob ich die Antwort auf diese Frage kenne. »Nun … die Welt hat sich sehr verändert. Quentin hat sehr viel Geld verdient, und in gewisser Weise gehört er dadurch zur herrschenden Klasse. Obwohl er für manche Leute immer nur einfach ein schwarzer Mann bleibt, ganz gleich, wie reich er ist.«

»Aber als *Anwalt*, meine ich. Ist er so gut wie du?«

»Schwer zu sagen. Ich war Staatsanwalt, Ankläger, aber wenn Quentin Strafrechtsfälle übernommen hat, dann hat er meistens Leute verteidigt.«

Annie stöhnt. »Könntest du ihn schlagen? Das ist alles, was ich wissen will.«

»Ich musste nie gegen ihn antreten, also weiß ich es nicht. Ich bin froh, dass ich das nie musste. Ich glaube, das Ergebnis hätte wahrscheinlich von den Beweisen abgehangen. Für wen die Beweise eher sprachen.«

»Für welche Seite sprechen sie in Opas Fall?«

»Schwer zu sagen, denn niemand kennt alles Beweismaterial genau. Es könnte sein, dass es Zeugen gibt, von denen keiner von uns weiß.«

Annie setzt sich in den Schneidersitz, stützt die Ellbogen auf die Knie und das Kinn in die Hände. »Nun, ich weiß, dass was nicht stimmt. Das könnt ihr alle nicht vor mir verbergen. Mr. Quentin hat alle sehr verärgert. Oma und Miriam, aber dich besonders. Das merke ich. Und ich glaube, da gibt's nur eins.«

»Was?«

»Du musst Opas Fall übernehmen, wie Mr. Rusty es gesagt hat. Du *musst* Opa verteidigen.«

»Warum?«

»Weil ich weiß, dass du das Richtige tun wirst. Wie Atticus.«

»Annie, heutzutage würde ein Anwalt wie Atticus Finch nicht mehr viele Fälle gewinnen. Heutzutage braucht man dazu einen cleveren, aalglatten Anwalt wie Quentin.«

»Aber Atticus hat seinen Fall doch *nicht* gewonnen, Daddy. Er hat nur das Richtige getan. Meine Lehrerin würde das einen moralischen Sieg nennen.«

Diese einfache Bestätigung dessen, was eigentlich offensichtlich sein sollte, trifft mich mit der Wucht einer Erleuchtung. »Hast du mal darüber nachgedacht, was du da sagst, Boo? Atticus hat nicht nur seinen Fall verloren. Er hat seinen Mandanten verloren. Tom Robinson ist gestorben.«

»Aber nur, weil Tom sich aufgehängt hat. Opa würde sich niemals aufhängen.«

Ich frage mich, ob das stimmt … Wenn Dad das Vertrauen in der Stimme seiner Enkelin hören könnte, dann würde er sicherlich nicht …

»Selbst wenn du diesen ersten Prozess gegen Mr. Shad verlieren würdest«, fährt Annie fort, »dann könntest du Berufung einlegen, und schließlich würdest du gewinnen.«

»Was macht dich da so sicher?«

»Weil Opa niemals das Falsche tun würde! Er hat vielleicht was gemacht, was falsch aussieht. Aber wenn wir alles wüssten, was er gewusst hat, ehe er es gemacht hat – und wenn wir es fühlen könnten –, dann wüssten wir, dass das nichts Falsches war.«

Die logischen Verrenkungen eines Kindes können atemberaubend sein.

»Du musst es nur schaffen, dass die Geschworenen alles sehen und fühlen, was Opa gewusst und gefühlt hat, ehe er gemacht hat, was er da immer gemacht hat. Und dann werden sie abstimmen, dass er unschuldig ist. Und ich weiß, dass du das kannst.«

Plötzlich kommt mir die Erkenntnis, dass Annie vielleicht endlich auf Quentins Strategie gestoßen ist. *Könnte das wirklich das sein, was Quentin beabsichtigt?*

»Ich denke drüber nach, Boo.«

»Aber nicht zu lange. Ich habe gehört, wie Mr. Rusty gesagt hat, dass Opa nicht mehr viel Zeit hat.«

Ist sie alt genug, um die Wahrheit zu hören? »Annie, ich freue mich, dass du so an mich glaubst. Aber wenn du denkst, ich könnte Opa retten, dann ist das so, als würde man sagen, dass Ma nicht gestorben wäre, wenn Opa sie von Anfang an behandelt hätte. Opa ist ein guter Arzt, doch er hätte sie nicht retten können. Niemand hätte das geschafft.«

Sie zieht die Brauen zusammen. »Willst du damit sagen, dass kein Anwalt Opa retten kann?«

»Nein. Aber ich sage, dass im Augenblick seine beste Chance Quentin Avery ist – auch wenn wir anderen alle nicht verstehen, was Quentin macht. Ich bin ein guter Anwalt. Quentin ist wie ein Zauberer, der noch Kaninchen im Zylinder hat. Warte ab.«

»Wenn ich schon warten muss, kann ich das *bitte* im Gerichtssaal machen?«

Ich stöhne verzweifelt. »Boo, das hatten wir nun schon hundert Mal.«

»Dann ist das eben das hunderterste Mal! Daddy, ihr glaubt alle, ich höre nichts, aber das tu ich. Ich höre *alles*. Ich weiß, wie schlimm die Dinge liegen. Ich weiß, dass niemand vollkommen ist. Niemand sagt immer die Wahrheit. Ich habe auch schon gelogen. Alle machen das, wenn sie Leuten nicht wehtun wollen.«

»Und?«

»Begreifst du nicht, dass es mich nicht für mein ganzes Leben verwundet, wenn ich mit ins Gericht gehe? Opa braucht mich da! Wenn er mich sieht, dann begreift er vielleicht, dass er dir sagen muss, was er für sich behalten hat.«

Wieder frage ich mich, ob Annie recht haben könnte. Vielleicht. Aber ich werde kein elfjähriges Mädchen in einen Gerichtssaal mitnehmen, in dem der uneheliche Sohn meines Vaters ihm Gott weiß was vorwirft.

Ich packe Annie unter den Armen, hebe sie hoch und halte ihr Gesicht ganz nah an meines. »Es tut mir leid, aber du bist einfach noch nicht alt genug. Ich bleibe morgen bei dir, und Rusty hält uns auf dem Laufenden, komme, was da wolle.«

Während sie mit theatralischer Übertreibung die Augen verdreht, sind auf der Treppe Frauenstimmen zu hören. Ein paar Sekunden später kommen Mia und meine Mutter zusammen ins Wohnzimmer.

»Na«, sagt Mom, »hattest du noch mal so eine kleine Episode wie heute Morgen?«

Annies Wangen verfärben sich apfelrot. »Ich hätte überhaupt keine Episode haben müssen, wenn du und Daddy mich mit ins Gericht genommen hätten.«

»Ach, komm schon.« Mom streckt die Arme aus und zieht Annie an sich. »Wir gehen jetzt in die Küche und holen uns Eiskrem. Dein Vater hat dich lange genug allein mit Beschlag belegt.«

Als sie in die Küche gehen, werfe ich Mia einen fragenden Blick zu. »Ist sie nicht vorhin Dad besuchen gegangen?«

»Doch.«

»Normalerweise ist sie danach immer ziemlich niedergeschlagen.«

Mia zuckt mit den Schultern. »Ich habe sie ein bisschen aufgemuntert.«

»Wie hast du das denn geschafft?«

»Total schräge Begabung.« Sie wirft mir einen selbstironischen Blick zu.

Vor zwei Jahren haben wir miteinander eine Reihe von Ereignissen durchlebt, die die ganze Stadt in ihren Grundfesten erschüttert hat. Menschen haben ihr Leben verloren, das Ansehen einiger Leute wurde unwiderruflich beschädigt. Mia Burke hat meine Meinung von High-School-Mädchen für immer verändert, und mit diesem Sinneswandel ging die traurige Erkenntnis einher, dass meine eigene Tochter ihre Unschuld früher verlieren wird, als ich hoffe, und wahrscheinlich auf eine Weise, die ich niemals vorhersehen könnte.

Mia geht zum Sofa an der Wand, setzt sich hin und zieht die Beine unter den Körper. Sie hat für mich Platz gelassen, aber ich lasse mich auf dem Sessel gegenüber vom Fernseher nieder.

»Kommst du einigermaßen mit allem klar?«, fragt sie.

»Es ist schwerer, als ich gedacht hätte.«

Sie schaut zur Küchentür. »Darf ich dich was zu Caitlin fragen?«

»Klar.«

Beinahe unhörbar sagt sie: »Stimmt es, dass sie schwanger war, als sie gestorben ist?«

Ich nicke stumm.

»Deine Mom hat es gerade erwähnt. Vor ein paar Minuten.«

»Wirklich?«

Mia nickt, die Augen immer noch auf die Küchentür gerichtet. »Hat Annie das je erfahren?«

»Bis jetzt nicht, Gott sei Dank.«

»Okay. Also … deine Mutter hat mir gesagt, dass dein Vater mit der ganzen Sache nicht besonders gut klarkommt. Dass er sich völlig in sich zurückgezogen hat. Dass er euch allen nichts sagt. Nur Quentin.«

»Ich bin erstaunt, dass Mom dir überhaupt was erzählt hat. Nach ihrem Gesetz wird nichts je außerhalb des Familienkreises erwähnt.«

Mias Augen flackern, und ich kann nicht erkennen, was das bedeuten könnte. »Vielleicht bin ich jetzt im Familienkreis. Wie sehr vertraust du Quentin?«

»Das geht auf und ab.«

»Andere Optionen?«

»Annie meint, dass ich Dad verteidigen sollte.«

»Betrunkene und Kinder reden …«

»… kindisches Zeug.«

Mia schüttelt den Kopf, räkelt sich dann, als wäre sie müde. »Meinst du nicht, dass du vielleicht deinen Vater besuchen solltest?«

»Hat Mom dich gedrängt, mich dazu zu überreden?«

»Peggy hat mich überhaupt nicht gedrängt. Aber es scheint mir klar, dass das Schweigen deines Vaters seinem Verteidiger die Hände bindet. Bist du sicher, dass er überhaupt mit Quentin redet?«

»Nein. Ich will dir aber was sagen. Quentins unerklärliches Verhalten hat unsere Familie von einer schlichten Tatsache abgelenkt.«

»Und die wäre?«

»Vom Standpunkt des Anklägers aus gesehen hat Shad Johnson seinen Fall heute vorgestellt. Einen sehr überzeugenden Fall auf der Basis von Indizien und Fakten, von vorn bis hinten. Ganz egal, was Miriam im *Examiner* druckt, nach den heutigen Zeugenaussagen kann niemand mehr leugnen, dass Dad das Motiv, die Mittel und die Gelegenheit hatte, Viola Turner zu ermorden. Und soweit es irgendjemand weiß, hat er kein Alibi. Wenn man dann noch die Bombe von heute, die Nachricht über die vierte Videokassette bedenkt … dann sieht die Sache ziemlich schlimm aus.«

Mia erhebt sich vom Sofa und nimmt auf dem Fußschemel vor mir Platz. »Schau mich an«, sagt sie und nimmt meine Hand. »Glaubst du, dass dein Vater Viola umgebracht hat?«

»Er hat es mir gesagt.«

Alle Farbe weicht aus ihrem Gesicht. »Was?«

»Als ich ihn im staatlichen Gefängnis in Pollock besucht habe.«

Mia ist sprachlos.

»Ehrlich, ich glaube nicht, dass er sie ermordet hat. Aber hat er sie getötet? Das ist möglich. Und ich habe einen teuflischen Bammel vor diesen Videokassetten.«

»Wenn er es gemacht hat, meinst du, er hätte es deiner Mutter erzählt?«

»Nein, großer Gott, nein.«

Mia nickt. »Das sehe ich auch so. Peggy glaubt, dass er unschuldig ist, ohne jeden Zweifel.«

»Oh, das weiß ich nur zu gut. Sie betet ihn immer noch an.«

Mia drückt kurz meine Hand, lässt sie dann los. »Hör mal … deine

Mom denkt, dass du deinem Vater die Schuld an Caitlins Tod gibst. Und sie hat recht, nicht wahr?«

»Ja, in gewisser Weise schon. Aber um der Wahrheit die Ehre zu geben … im Augenblick mache ich mir Sorgen um seine geistige Gesundheit. Ich glaube, ich werde Drew bitten, einmal zu ihm zu gehen und mit ihm zu reden. Ihn zu begutachten.«

Mia verschränkt die Arme vor der Brust und schaut mich mit einer Vertrautheit an, die ich seit Caitlins Tod nicht mehr erlebt habe. »Ich wage mich jetzt ziemlich weit vor«, sagt sie, »denn irgendjemand muss das machen.«

»Was willst du mir sagen?«

»Meinst du, dass Caitlin deinem Vater die Schuld an ihrem Tod gegeben hat?«

»Was?«, frage ich zurück und bin nicht sicher, dass ich sie richtig verstanden habe.

»Ich meine, da draußen im Sumpf, als sie im Sterben lag. Hat sie ihm da die Schuld gegeben?«

Ein Schwall der Wut flutet durch mich, und ich will Mia anblaffen. Doch dann erinnere ich mich an Caitlins Stimme auf der Tonaufzeichnung auf ihrem *Treo*, auf der sie mich bittet, niemandem die Schuld für ihren Solotrip zum Knochenbaum zu geben. Ein elektrisierter Kitzel läuft mir über die Arme. Das ist alles nichts Neues, aber …

»Hör auf, deinem Vater die Schuld zu geben«, rät mir Mia. »Zumindest so lange, bis du alle Fakten kennst. Caitlin und ich waren nicht gerade beste Freundinnen, aber sie wusste, was sie tat. Sie war in dieser Stadt beinahe so was wie mein großes Vorbild. Und ich glaube, das würde sie jetzt auch zu dir sagen, wenn sie könnte. Gehe nicht so unbarmherzig mit deinem Vater um.«

Das Klingeln meines Telefons erspart mir die Antwort auf ihre Bitte – die tatsächlich so klingt, als hätte Caitlin aus dem Grab gesprochen.

Ich erwarte schon beinahe, dass die Anruferin Serenity ist, aber auf dem Display steht »Unbekannter Anrufer«. Normalerweise nehme ich solche Gespräche nicht an, aber jetzt, da es um so viel geht, kann ich mir nicht leisten, diesen Anruf zu ignorieren.

»Penn Cage«, sage ich.

»Penn, hier ist Doris Avery.«

Eine Vorahnung von Gefahr beschleicht mich. »Ist alles in Ordnung?«

»Kein Notfall, wenn du das meinst. Aber ich habe überlegt, ob du für ein kurzes Gespräch herkommen könntest.«

»Mit Quentin?«

»Quentin schläft.«

Ich wende den Blick von Mias fragenden Augen und versuche zu erraten, was das Motiv für diesen Anruf sein könnte. »Bist du im Haus Edelweiß?«

»Ja, draußen auf dem Balkon.«

»Ich bin nur ein paar Häuserblocks entfernt. Ich bin gleich da.«

»Beeil dich, Penn. Bitte.«

KAPITEL 34

Haus Edelweiß hat zwei Treppen, die wie die beiden Schenkel eines A zum Balkon hochführen. Als ich die rechte Treppe hinaufgehe, um mich mit Doris Avery zu treffen, leuchtet mir aus der Dunkelheit unter dem nördlichen Balkon über mir das orangefarbene Auge einer Zigarette entgegen. Ich habe den Tabakrauch schon einen halben Häuserblock vorher gerochen, aber die Lichter auf dem Balkon sind ausgeschaltet, so dass ich Doris nicht gesehen habe. Selbst jetzt scheint ihre kaffeebraune Haut nur ab und zu aus dem Dunkel aufzutauchen und wieder zu verschwinden. Lediglich ihre Augen, in denen sich das Licht der Straßenlaterne von der Klippe spiegelt, bleiben im Dämmerlicht stetig sichtbar.

Mit leiser, angespannter Stimme sagt sie: »Ich hatte gehofft, du hättest nach dem Mittagessen heute gedacht, es lohnte sich nicht, hier heute Abend noch einmal herzukommen.«

»Wie lange bist du schon hier draußen?«

»Lang genug, um zu viele Zigaretten zu rauchen.«

»Was ist los, Doris? Quentin wollte mich heute nicht im Haus haben, du aber schon. Warum?«

»Es stimmt was nicht.«

»Das ist klar. Aber was?«

Sie zieht kurz an ihrer Zigarette, bläst dann den Rauch von mir weg. »Ich bin mir nicht sicher.«

»Ist mit Quentin was nicht in Ordnung? Mit seiner Gesundheit?«

»Mit seiner *Gesundheit*? Natürlich. Wo soll ich anfangen?«

»Ich meine seine geistige Gesundheit.«

Sie lässt sich mit der Antwort Zeit. »Ist er geistig auf der Höhe? Ja. Ist sein Intellekt so scharf wie immer? Manchmal denke ich, er ist noch schärfer.«

»Wovon sprichst du dann?«

Sie geht zum Geländer und schaut von der Klippe zu der großen Doppelbrücke im Süden, deren silbernes Metall sich wie ein riesiges, mit einem Metallbaukasten errichtetes Projekt schimmernd über den dunklen Fluss spannt. »Ich war die Drittbeste in meinem Jurasemester in Emory, Penn. Wusstest du das?«

»Nein.«

»Das überrascht mich nicht. Ich lebe in einem gewaltigen Schatten. Ich habe in Atlanta für den US-Generalbundesanwalt gearbeitet, in einer Bundes-Task-Force.«

Diese Information verblüfft mich. »Warum hast du mir das nie gesagt?«

»Du hast nie gefragt. Du bist einfach davon ausgegangen, dass ich das Vorzeigefrauchen bin. Und das bin ich ja in gewisser Weise auch.«

»Aber Quentin …«

»Er hat es dir auch nie gesagt, stimmt's? Dafür gibt es gute und nicht so gute Gründe. Ich erledige eine Menge Arbeit für meinen Mann, aber manchmal passt es ihm eher in seinen Plan, wenn die Geschworenen ihn als den Mann sehen, der allein gegen eine ganze Phalanx von Wirtschaftsanwälten kämpft. David gegen Goliath, ja? Deswegen sitze ich hinter seinem Tisch und manchmal sogar hinter der Schranke. Er macht sie glauben, dass ich seine Vorzeigefrau bin, und ich lasse das zu.«

Diese Enthüllungen haben meine Annahme völlig auf den Kopf gestellt, dass Doris eine im Grunde machtlose Zuschauerin ist. »Na ja … Herrgott. Als Anwältin, die in die Verteidigung eingeweiht ist, kannst du mir dann sagen, was zum Teufel Quentin heute vor Gericht gemacht hat?«

Sie seufzt schwer. »Was die Leute heute vor Gericht erlebt haben, war ein Pferd mit Fußfesseln. Hast du so was schon mal gesehen?«

»Den Ausdruck kenne ich. Aber gesehen habe ich es noch nie.«

»Das ist so, als legte man einem Pferd Handschellen an. So kann es nicht weglaufen.«

»Wer legt Quentin Fesseln an?«

Sie zuckt mit den Achseln, und ich sehe Schmerz in ihren Augen. »Ich weiß es nicht. Aber *das* stimmt hier nicht. Normalerweise weiß ich alles über seine Fälle. Quentin erprobt ständig seine Ideen an mir. In *jedem* Fall. Ich habe mehr als einen für ihn gewonnen, kann ich dir sagen.«

»Aber dieser hier ist anders?«

Doris bläst eine Rauchfahne in die Luft, während sie nickt. »Er hat mich völlig ausgeschlossen.«

Die Angst nagt an meinem Herzen. »Genau wie mein Vater mich ausgeschlossen hat.«

Sie nickt mit der Resignation eines Menschen, der mir an Furcht um Meilen voraus ist. »Die beiden sind wie zwei alte Löwen, die sich ins Dickicht geschleppt haben, um ihre Wunden zu lecken.«

»Und Quentin hat dir den Grund dafür nicht genannt.«

Doris erstarrt; dann sehe ich, dass sie in die Schatten unter den Königinnenblumen auf der Washington Street deutet. Ein tieferer Schatten in der Form eines Mannes lässt sich gerade eben vor dem dunklen Hintergrund ausmachen.

»Der ist mit mir hier«, erkläre ich ihr und lege ihr eine Hand auf den Arm. »Zum Schutz.«

Die Spannung löst sich in ihr, als lockerte sich eine straffe Feder.

»Du hast doch sicherlich eine Theorie, was hinter Quentins Zurückhaltung stecken könnte?«

»Ich weiß nur, dass er Angst hat. Und wenn er Angst hat, dann deswegen, weil dein Vater Angst hat.«

»Wovor?«

Doris schüttelt den Kopf, als versuche sie seit Monaten, eine Antwort auf diese Frage zu finden. »Dein Vater würde nicht aus Angst um sein eigenes Leben handeln. Das weiß ich. Genauso wenig würde Quentin das tun. Manchmal will er ohnehin nicht mehr weiterleben.«

»Hat er dir das gesagt?«

Sie schaut mir endlich direkt in die Augen, und ich sehe, wie wunderschön sie ist. Ihre Augen sind groß, voller Traurigkeit, ihre Wangen und ihr Kinn haben einen vollkommenen Schwung, sind so stark und elegant wie ein angespannter Bogen.

»Du glaubst, ein Mann, der so eitel ist wie Quentin, kann beide Beine verlieren und sich nichts daraus machen? Quentin Avery war groß und stark – noch mit siebzig voller Lebenskraft. Jetzt muss er zu allen, die ihm begegnen, aufschauen. Was meinst du, wie er damit klarkommt?«

»Es tut mir leid, Doris.«

Sie schaut mich noch ein paar Sekunden mit diesen unergründlichen Augen an, wendet sich dann ab. »Auch das wird vorübergehen.«

Nachdem sie eine Weile auf den dunklen Fluss gestarrt hat, sagt sie: »Penn, ich glaube, wir sind alle Geiseln, obwohl wir frei herumlaufen. Annie, du, ich … wir alle.«

»Du meinst buchstäblich? Geiseln der Doppeladler?«

Doris nickt. »Quentin hat sein Leben lang mit Morddrohungen zu tun gehabt, besonders damals in den sechziger Jahren. Aber die Sache ist die, dass nur wenige Leute mit ihren Drohungen Ernst machen. Selbst die hartgesottensten Verbrecher. Ein paar Rassisten haben es gemacht, und an diese Geschichten erinnern wir uns. Aber niemand hat Jackie Robinson erschossen. Ich bin sicher, du hast auch als Bezirksstaatsanwalt jede Menge Drohungen bekommen.«

»Klar.« *Und ein paar von denen haben versucht, ihre Drohungen wahrzumachen.* »Ich höre.«

»In *diesem* Fall jedoch sind die Männer, von denen wir reden, Rassisten *und* Kriminelle. Zwei oder drei Generationen von eng miteinander verbundenen Soziopathen, die sich der Gewalt und dem Drogenhandel verschrieben haben. Jeder vernünftige Mensch weiß, dass sie hinter den Morden stecken, die geschehen sind, ehe dein Vater verhaftet wurde. Sie haben Caitlin umgebracht. Diese Männer bringen *ihre eigenen* Leute um, Penn. Meinst du, die würden eine Sekunde zögern, dich oder mich zu ermorden? Oder Annie?«

»Hast du mit Quentin darüber geredet?«

»Klar. Herrgott, ich habe versucht, ihn dazu zu bringen, dass er die Verteidigung deines Vaters niederlegt. Ich wusste von Anfang an, dass das Ärger bringen würde. Der größte Teil der Welt hat all diesen Hass hinter sich gelassen. Sogar in Mississippi. Und Quentin hat nicht mehr viel Zeit, Penn. Was ihm noch bleibt, das soll er in Frieden leben, das hat er verdient.«

»Doris, die Welt hat das alles nicht hinter sich gelassen. Bosnien?

Ruanda? Das sind dieselben primitiven Gräueltaten. Stammeskriege. Aber ich verstehe, was du meinst.«

»Penn, ich habe Mitgefühl mit Viola Turner. Sie hatte ein tragisches Leben. Aber ihre Zeit war weiß Gott gekommen. Warum können wir diesmal nicht die Toten ihre Toten begraben lassen?«

»Ich habe keine Ahnung, was zum Teufel Dad und Quentin vorhaben. Shad Johnson hätte es niemals zugelassen, dass Dad seine Anklage so weit reduziert bekommt, dass er nicht ins Gefängnis muss. Aber ich weiß, dass man diesen Geschworenen genügend Zweifel vermitteln kann. Zumindest habe ich das geglaubt, bis ich von diesen Kassetten gehört habe.«

Furcht flackert in ihren Augen auf.

»War Quentin so schockiert, wie ich dachte, als er von der Kassette aus dem Müllcontainer gehört hat?«

»Ich glaube schon. Aber am meisten hat ihn schockiert, dass die Kassette jetzt bei Sony ist.«

»Er hat dir keine Vorstellung davon gegeben, was auf dem Video sein könnte?«

»Er hat nicht mal zugegeben, dass er irgendwas darüber weiß.«

Ich schaue auf ihre verzweifelte Miene, und mir kommt ein zutiefst verstörender Gedanke. Ich lege ihr die Hand auf die Schulter, und sie lehnt sich zu mir hin, nicht weg. »Doris, würde Quentin absichtlich einen Fall verlieren, um unser Leben zu schützen? Deines? Meines? Annies?«

Sie denkt eine Weile darüber nach. »Wenn dein Vater ihn darum gebeten hat, dann vielleicht.«

»Herrgott.«

»Das wäre aber der einzige Grund.« Sie drückt ihre Zigarette auf dem Geländer aus, schnippt sie dann auf den Bürgersteig und schaut mir in die Augen. »Mir macht noch was anderes Sorgen, Penn. Ich weiß nicht einmal, wie ich es in Worte fassen soll. Aber tief im Herzen dieses Falls spüre ich etwas Dunkles, Bedrohliches. Etwas, das wir noch nicht einmal zu ahnen beginnen … von dem *die beiden* aber wissen. Quentin und Tom. Ich habe keine Ahnung, warum sie das vor uns verheimlichen. Wie könnte es denn schlimmer kommen, als wir es ohnehin schon wissen?«

»Es kann immer noch schlimmer kommen, Doris. Darüber zu spekulieren ist müßig. Sag mir nur eines: Hat Quentin irgendwelche Überraschungszeugen in petto?«

»Wenn ja, dann sind sie auch für mich eine Überraschung.«

In dem Augenblick bin ich mir plötzlich sicher, dass Quentin keinen geheimen Plan hat, keine meisterlich subtile Strategie, dass er in Wahrheit kein Zauberer ist, sondern ein verängstigter alter Narr. »Großer Gott, Doris«, hauche ich. »Begreifst du es nicht? Quentin verliert diesen Fall absichtlich!«

Obwohl ich leise geredet habe, hebt sie beide Hände und wedelt damit vor mir herum, als versuche sie, ein verängstigtes Tier zu beruhigen. »Keine voreiligen Schlüsse, Penn. Das habe ich nicht gesagt.«

»Was könnte es denn sonst sein? Und was ist das Dunkle, Bedrohliche, das dir Sorgen macht? Du musst doch eine Ahnung haben.«

Doris greift in die Tasche und zieht ihre Zigaretten und ein Feuerzeug heraus. Die Flamme beleuchtet einen Augenblick lang ihre glatte Haut, und ich kämpfe gegen meinen Hustenreiz. »Ich will nicht spekulieren«, sagt sie, während der Rauch von ihren Lippen nach oben wabert. »Aber das werden wir wohl müssen.«

»Dann mach.«

»Glaubst du, dass dein Daddy Viola umgebracht hat?«

Ich wende mich von ihr ab und starre über die Klippe auf den riesigen dunklen Strom, der den Kontinent durchschneidet. »Ich weiß es nicht. Er hat mir gesagt, er hätte es getan, aber ich bin mir nicht sicher, ob er das buchstäblich gemeint hat. Wenn er Viola umgebracht hat, dann sicher nicht aus dem Grund, den Shad vorgebracht hat – um sie zum Schweigen zu bringen. Es war ein Gnadenakt. Ein Gnadenakt, der aus irgendeinem Grund schiefgegangen ist.«

»Ich habe ein genau entgegengesetztes Gefühl. Wenn Tom Viola wirklich geliebt hat, dann glaube ich, dass er sie nicht wie ein lahmes Pferd hätte einschläfern können. Sie war *Krankenschwester*, Penn. Sie hätte sich selbst eine Spritze setzen können, wenn sie so dringend sterben wollte.«

»Vielleicht war das die verpfuschte Morphininjektion. Ein misslungener Versuch.«

Doris schüttelt hartnäckig den Kopf. »Ich habe die Berichte des

Rechtsmediziners gelesen. Viola war in schlechter Verfassung, aber nicht so schlecht, dass sie sich nicht in die tiefe Oberschenkelvene hätte spritzen können. Sie wusste, wie man so was macht.«

»Also gut. Was willst du mir damit sagen?«

Doris nimmt einen langen Zug an ihrer Zigarette, wie ein Springer, der tief Luft holt, ehe er sich von einer Klippe hinunterstürzt. »Als ich neunzehn Jahre alt war, hatte ich ein Verhältnis mit einem verheirateten Mann. Einem meiner College-Professoren. Ich war total vernarrt. Er hat mir Versprechungen gemacht, und ich habe sie geglaubt. Vielleicht hat er sie sogar gemeint, als er sie ausgesprochen hat … ich weiß es nicht. Aber jedenfalls habe ich eines Abends einer Freundin von ihm erzählt. Großer Gott, ihre Augen haben aufgeleuchtet, als hätte ich ihr das Geheimnis der ewigen Jugend verraten. Da wusste ich, dass ich einen Fehler gemacht hatte. Sie würde es bei der nächsten Gelegenheit jemandem verraten. Aber ich hatte zu viel getrunken und sie auch. Als ich es ihr gesagt habe, habe ich vielleicht beinahe gehofft, dass sie es weitererzählen *würde*. Aber später am Abend bin ich in Panik geraten. Mir sind die schrecklichen Folgen klargeworden, die es für seine Familie haben würde, wenn sie es jemandem petzte. Für mich genauso. Wenn mein Vater und meine Mutter je davon erfahren hätten, hätte es ihnen das Herz gebrochen. Sie hätten mich nie wieder heimkommen lassen. Na ja, zu dem Zeitpunkt war meine Freundin schon völlig weg vom Fenster. Sie lag auf dem Boden, so betrunken, dass ich sie nicht mal hätte aufwecken können, falls es einen Feueralarm gegeben hätte.«

Doris durchlebt eindeutig diesen Augenblick noch einmal. »Und?«

»Ein paar Minuten … Penn, da habe ich überlegt, ob ich ihr so lange ein Kissen aufs Gesicht drücken sollte, bis sie zu atmen aufhört.«

Mir läuft es eiskalt über den Rücken. *»Was?«*

Sie nickt langsam, beinahe trotzig. »Sie zu ersticken.«

»Völliger Quatsch.«

»Ich schwör's dir. In den wenigen Augenblicken konnte ich den Gedanken nicht ertragen, dass die Welt erfahren würde, was ich getan habe. Meine Mutter und mein Vater … die Frau und die Kinder meines Geliebten.«

»Was hat dich davon abgehalten?«

»Die Angst. Mehr nicht. Und vielleicht meine Erziehung. Aber ich hatte das Kissen schon in der Hand. Verstehst du?«

Ich schüttele ungläubig den Kopf, doch Doris streckt die Hand aus und drückt mir so fest den Arm, dass es wehtut. »*Jeder* Mensch ist fähig, jemanden zu töten, um zu verhindern, dass seine finstersten Geheimnisse ans Licht kommen. Lüg dir da nicht in die Tasche.«

»Du glaubst also, Dad könnte schuldig sein?«

»Natürlich. Aber es ist nicht Quentins Aufgabe, herauszufinden, ob Tom schuldig ist oder nicht. Er muss dafür sorgen, dass er nicht ins Gefängnis wandert. Der Rest liegt in Gottes Hand.«

»Du meinst in den Händen der Geschworenen.«

Doris zuckt die Achseln, als sei es dasselbe.

Ein Auto fährt langsam auf dem Broadway vorüber, die Scheinwerfer durchschneiden den Dunst, der sich über der Klippe sammelt. Touristen fahren oft hier vorbei, um sich das Haus Edelweiß, das Pfarrhaus und das Haus Rosalie anzuschauen, aber als ich nach links blicke, sehe ich, dass sich Tim das Kennzeichen notiert.

»Ich wünschte, du hättest mir diese Geschichte nicht erzählt«, murmele ich.

Doris lässt meinen Oberarm los und tätschelt ihn. »Sag das nicht. Im Krieg ist das Schlimmste, was man machen kann, sich in die Tasche zu lügen.«

»Da spricht eine echte Soldatin«, sage ich ohne jeden Spott.

»Schau mich an«, sagt sie und tritt vor mich. »Ich bin einundvierzig Jahre alt. Quentin ist zweiunddreißig Jahre älter als ich – acht Jahre älter als mein Vater. Aber mit ihm schlafe ich jede Nacht. Und jeden Tag raubt mir seine Krankheit wieder ein Stück von ihm.« Ihre Augen flammen mit der Wut einer Frau, die am Rande der Verzweiflung steht. »Glaubst du, ich kämpfe im Augenblick nicht in einem Krieg? *Dann hast du nicht richtig zugehört.*«

Als ich vor der Intensität ihrer Bitterkeit zurückweiche, schockiert mich Doris mit einem kehligen Lachen voller Freude. »Weißt du, was ich jetzt gerade am allerliebsten machen würde?«

»Nach Jefferson County und nach Hause zurückfahren?«

»Nee. In dein Auto steigen und in irgendeinen Klub fahren, wo es den Leuten egal ist, welche Hautfarbe wir haben, und da die ganze Nacht durchtanzen. Bis die Sonne aufgeht.«

»Ernsthaft?«

Ihre Augen leuchten, aber die Bürde ihrer Traurigkeit ist noch an ihren hängenden Schultern deutlich zu sehen. »Weißt du, wie lange es her ist, dass ich so getanzt habe?«

»Ich bin kein besonderer Tänzer, Doris.«

»O Baby, du hast noch zwei Beine, und schlecht siehst du auch nicht aus, Mann.«

Bei ihren Worten habe ich das Gefühl, Quentin könnte vielleicht durch ein Fenster im zweiten Stock mithören.

»Quentin schläft tief und fest«, sagt sie, als hätte sie meine Gedanken gelesen. »Dieser Tag hat ihn völlig erschöpft. Aber er muss nicht lauschen, um zu wissen, was ich denke. Quentin kann Gedanken lesen, Penn. Glaub bloß nicht, dass das nicht stimmt.«

»Glaubst du das wirklich?«

Aller Humor verschwindet aus ihrem Gesicht. »Beobachte ihn mit den Geschworenen. Mit gegnerischen Zeugen.«

»Bist du dir da wirklich so sicher? Viele Leute glauben, dass Quentin schwer nachgelassen hat. Zum Beispiel meine Mutter. Und ein paar Anwälte auch. Sie meinen, er sei nicht mehr der Mann, der er einmal war.«

Doris streckt den Arm aus und stupst mir den Finger in den Bauch. »Bist du noch der Mann, der du einmal warst? Könntest du mir noch Vergnügen schenken, wie du es vor zwanzig Jahren gekonnt hättest?«

»Ich spreche nicht vom Körper.«

»Man kann aber beides nicht voneinander trennen! Körper und Geist sind wie die Kerze und die Flamme. Aber was Quentins Kompetenz angeht … sein Körper verfällt vielleicht, aber sein Verstand ist immer noch messerscharf. Das ist ja die Tragödie. Er ist wie dieser Physiker, der an ALS leidet. Aber mach dir keine schlaflosen Nächte, weil du denkst, er könnte mit diesem Job nicht fertigwerden, wenn er wollte. Verglichen mit Shadrach Johnson hat Quentin Röntgenaugen.«

»Superman, was?«

»Das würde ich ihm allerdings nie ins Gesicht sagen.« Sie lacht leise, aber ich höre, dass sie mit den Tränen kämpft.

Als ich dahin hinunterschaue, wo Tim im Schatten der Washington Street wartet, wird mir klar, wie schnell die Zeit vergangen ist. Serenity muss inzwischen wieder zu Hause sein …

»Ich sollte vielleicht langsam gehen, Doris.«

»Moment noch.« Sie nimmt noch einen Zug, wendet dann das Gesicht ab und bläst den Rauch in die Luft. »Ich wollte dir das nicht sagen, weil es mich so sehr ängstigt.«

Mein Gesicht wird ganz kalt vor neuer Furcht. »Doris, um Himmels willen …«

»Du erinnerst dich, dass ich gesagt habe, Quentin und Tom wären wie zwei alte Löwen, die sich zusammen ins Dickicht geschleppt haben?«

»Ja.«

»Ich fürchte, die beiden haben einen Handel abgeschlossen.«

»Was für einen Handel?«

»So einen wie den zwischen Tom und Viola.«

Der Schrecken stellt mir die Nackenhaare auf. »Doris …«

»Ich habe Angst, dass Quentin sich bereit erklärt hat, den Prozess absichtlich zu verlieren, wenn Tom ihm zurückzahlt, indem er ihm hilft, schmerzlos zu sterben.«

Zunächst begreife ich nicht, was sie da vermutet. Aber dann kapiere ich. Auf den ersten Blick erscheint der Gedanke abwegig … und doch erfüllt ein seltsames Gefühl des Déjà-vu meine Brust. »Doris … das ist unmöglich. Wenn Dad wegen des Mordes an Viola verurteilt würde, dann wäre er niemals frei, um seine Seite der Abmachung einzuhalten.«

Sie kontert dieses Argument mit gruseliger Gewissheit: »Tom könnte es hinkriegen, wenn er nur wollte. Er kennt eine Menge Leute. Ärzte, Apotheker … Krankenschwestern. Leute, die alles für ihn tun würden.«

»Meinst du wirklich, Quentin ist so depressiv?«

»O ja.« Endlich kommen die Tränen, ihre nassen Spuren glitzern im Licht der Laterne. »Ich versuche es, Penn. Ich versuche alles, was ich kann, um ihn bei Laune zu halten. Quentins Laster ist der Stolz.

Er wäre der Erste, der dir das zugeben würde. Das Problem ist einfach. Er kann nicht mehr tun, was er früher konnte. Du weißt, was ich meine. Überleben bedeutet den meisten Menschen mehr, nehme ich an. Aber Quentin ist ein Alles-oder-nichts-Mann. Und Mitleid kann er nicht aushalten. *Absolut* nicht.«

Ich nehme Doris in den Arm und ziehe sie eng an mich. »Hör auf, darüber nachzudenken. Verschließe einfach deine Gedanken davor.«

»Ich wünschte, ich hätte selbst eine Dosis Morphin. Genug, um mich vierundzwanzig Stunden außer Gefecht zu setzen. Einfach nur, um mal wieder *Luft zu holen*.«

»Wie wäre es, wenn ich stattdessen mit dir tanzen ginge?«

Sie lacht, aber dann bebt ihr Busen an meiner Brust. Ich kann sie nur fest im Arm halten. Nach einer Weile nimmt sie den Kopf zurück und schaut mich mit ihren schimmernden braunen Augen an, die allerdings nun blutunterlaufen sind. »Na ja, dann müssen wir wohl einfach abwarten, was morgen vor Gericht passiert.«

»Das müssen wir wohl.«

Sie geht mit mir zur Treppe, streicht mir dann mit der Hand den Arm entlang, als wir uns voneinander lösen. Als ich auf dem halben Weg nach unten bin, fügt sie noch hinzu: »Du hast Quentin vorhin gesagt, er hätte noch einen halben Tag, um den Fall zu drehen. Was machst du, wenn er so weitermacht wie bisher?«

»Was immer nötig ist, um ihm den Fall abzunehmen. Hilf mir dabei, ihm zu helfen, Doris. Mit allem, was dir einfällt. Kann ich auf dich zählen?«

Nach einigen Sekunden, in denen sie sich wohl quält, nickt sie dreimal. Dann wendet sie sich ab und geht zu der hohen Tür, die sie zurück zu dem Bett führt, in dem Quentin Avery schläft.

KAPITEL 35

Ich gehe wieder die Washington Street hinauf, auf der einen Seite das Gerichtsgebäude, auf der anderen das Sheriff's Department. Ich hoffe, dass Dad in seiner Zelle drei Stockwerke über Billy Byrds Büro Ruhe gefunden hat. Wegen seiner Gelenkschmerzen hat er nie viel geschlafen, und er braucht eine Menge Medikamente, um überhaupt entspannen zu können. Medikamente und ihre Dosierung sind eine Quelle vieler Streitereien zwischen Quentin und dem Sheriff. Ich wette, Dad sitzt da oben noch wach und grübelt über Dimensionen dieses Falls nach, von denen ich keine Kenntnis habe.

Das Gespenst, das Doris aufgebracht hat – dass Quentin vielleicht im Austausch gegen einen schmerzfreien Tod zulässt, dass Dad verurteilt wird –, begleitet mich immer noch. Ich bin versucht, das Gebäude zu betreten und darum zu bitten, meinen Vater besuchen zu dürfen, und wenn nur, um ihn mit dieser Möglichkeit zu konfrontieren. Die eigentliche Frage ist, warum er überhaupt verurteilt werden will.

Das kleinere von zwei Übeln, antwortet eine Stimme in meinem Kopf.

»Hast du was gesagt?«, fragt Tim hinter mir.

»Nein.« Ich ziehe mein Handy heraus und schaue nach, ob eine SMS gekommen ist. Ich hoffe auf eine Nachricht von Serenity. Aber es ist nichts da. »Lass uns nach Hause gehen, Mann. Wollen wir rennen?«

»O ja!«

Tim sprintet an mir vorbei, dreht sich dann um und läuft rückwärts, wartet darauf, dass ich ihm folge. Ich fülle meine Lungen mit der kühlen Abendluft, renne vorwärts und an ihm vorbei, sprinte wieder, wie ich das früher, als ich noch viel jünger war, auf genau diesen Straßen gemacht habe. Hinter mir dröhnen Tims Schritte, und ich weiß, dass er mich locker abhängen könnte, doch ein paar Sekunden lang genieße ich die Illusion, ich könnte tatsächlich gewinnen, ich könnte tatsächlich vor der Dunkelheit davonlaufen, die mir so lange folgt, wie ich mich im Augenblick erinnern kann.

Nachdem ich aufgesperrt habe und ins Haus getreten bin, gehe ich ins Wohnzimmer, wo Mia auf dem Sofa liegt und ein Hardcover auf den Bauch gestützt hält. Ich sage hallo, und sie antwortet, aber zehn Sekunden später heftet sie wieder die Augen auf die Seiten.

»Was liest du?«, frage ich.

Sie hält das Buch höher, damit ich es sehen kann. Der Schutzumschlag ist der einer alten Erstausgabe, die ich einmal in England gekauft habe, *Der Adler ist gelandet* von Jack Higgins.

»Das ist aber sonst nicht so deine Sache. Konntest du in meinem Büro nichts finden, was dir besser passt? Oder hast du da alles schon gelesen?«

»Das gefällt mir tatsächlich. Geht's Doris gut?«

»Sie macht sich Sorgen um Quentins Gesundheit. Ich glaube, die sind beide ziemlich deprimiert.«

»Überrascht mich nicht«, sagt Mia, ohne aufzublicken.

Ich spüre, sie will in Ruhe gelassen werden, mache mich also auf den Weg in die Küche, kehre aber noch einmal zum Sofa um. »Schläft Annie?«

»Nein, sie ist oben bei deiner Mutter. Peggy und ich haben uns unterhalten, während Annie gebadet hat, aber ich wollte, dass Annie ein bisschen Zeit mit ihr allein verbringt.«

Ehe ich Mia danken kann, piepst mein Handy.

»Es ist Jenny, die mich von oben anruft«, sage ich mit einem Blick auf das Display. »Sie will vielleicht über den Prozess reden.«

Mia schnalzt kritisch mit der Zunge. »Ganz schön anspruchsvoll, Mann.«

Ich könnte nach oben gehen und mit Jenny reden, aber das möchte ich lieber nicht. Sie wird ein Dutzend Argumente vorbringen, von denen die meisten am Kern der Sache vorbeigehen, aber hauptsächlich will sie von mir beruhigt werden. Ich rufe sie zurück und gebe mir redlich Mühe, aufmerksam zu wirken, behaupte aber, ich müsse unten in meinem Büro noch ein paar juristische Recherchen anstellen. Während meine Schwester weiterplappert, gehe ich langsam im Erdgeschoss im Kreis, halte mich bewusst von Mia fern. Doch als ich mich endlich aus dem Gespräch befreit habe, kehre ich ins Wohnzimmer zurück und werfe einen heimlichen Blick auf die Überschriften auf den beiden aufgeschlagenen Seiten des Buchs in ihrer Hand. Links steht *Serenity Butler*, und rechts *The Paper Bag Test*.

»Mannomann«, sage ich und versuche nicht zu lachen, während ich das Telefonat beende. »Warum wolltest du mir nicht verraten, dass du das liest?«

Mia klappt das Buch zu und lässt es auf den Boden fallen. Ihre Wangen sind rosig. »Verflixt, ich weiß es nicht. Wahrscheinlich, weil ich heute Morgen so gehässig war. Jetzt ist es mir peinlich. Es ist ein verdammt gutes Buch.«

Sie setzt sich auf und wirft mir ein verlegenes Lächeln zu, aber es schwindet schnell.

»Mia, tut es dir leid, dass du dir dieses Semester freigenommen hast? Vielleicht ist es hier nicht so gelaufen, wie du es dir gedacht hattest.«

»Es läuft nie wie erwartet, jedenfalls ist das meine Erfahrung.« Sie schaut mich mit Augen an, die viel älter als ihre Jahre sind, aber eindeutig beklagt sie sich nicht, erbittet auch kein Mitgefühl. »Aber ich bedaure es nicht. Annie hat mich gebraucht. Sie braucht mich immer noch. Und was es auch ist, es ist jedenfalls nicht langweilig.«

»Nein. Es ist, als lebte man im Auge eines Hurrikans. Während ringsum Leute zu Schaden kommen.«

Mia nickt. »Serenity ist übrigens noch nicht wieder da. Glaubst du, bei ihr ist alles in Ordnung?«

Ich überlege ein paar Augenblicke. »Serenity kann sich in den meisten Situationen gut behaupten. Vielleicht ist sie bei Carl.«

Mia lacht, aber es klingt gezwungen. »Der war jedenfalls hin und weg von ihr.«

Mit diesen Worten nimmt sie das Buch wieder auf und schlüpft mit den Füßen in die Sandalen, die sie unter das Sofa geschoben hatte.

»Ich gehe hoch«, sagt sie und springt auf. »Bis morgen.«

Ich hebe die Hand, um ihr zu winken, aber sie hat sich schon abgewendet und schaut sich nicht mehr um. Der rasche Schritt ihrer Füße auf den Holzstufen verrät mir, dass ihre jungen Beine sie mühelos die Treppe hinauftragen. Dann bin ich allein in der Stille.

Ich liege gerade fünf Minuten im Bett, als es leise an meine Tür klopft. Ich gebe es ungern zu, aber ich hoffe, dass es Serenity ist. Ich kann mir nicht vorstellen, warum sie mir nicht mit einer SMS mitteilt, dass alles in Ordnung ist, selbst wenn sie irgendwo mit Carl im Bett liegt. Nach allem, was hier passiert ist, weiß sie doch bestimmt, dass ich mir Sorgen mache.

»Herein«, sage ich und setze mich auf.

Ein vertikaler Streifen Licht ist an der Tür zu sehen, und dann höre ich die Stimme meiner Mutter in der Dunkelheit. »Penn? Bist du noch wach?«

»Ja. Hab mich gerade hingelegt. Komm rein.«

Mom schlüpft durch die Tür, kommt auf leisen Sohlen zu meinem Bett und setzt sich auf die Kante der Matratze, eine Silhouette im Dunklen. Ich will gerade die Nachttischlampe einschalten, als sie meine Hand berührt und fragt: »Hast du heute Abend deinen Vater besucht?«

»Nein«, antworte ich und lasse das Licht ausgeschaltet. »Doris Avery hat mich angerufen. Ich musste ihr eine Weile die Hand halten.«

»Oh. Hast du was herausgefunden? Irgendwas, das helfen könnte?«

Ich werde meiner Mutter auf keinen Fall die schlimmsten Befürchtungen verraten, die Doris hegt. »Leider nicht.«

Nach einigem Schweigen sagt sie: »Ich habe bemerkt, dass Serenity noch nicht zurück ist. Übernachtet sie heute hier?«

Irgendwas am Tonfall meiner Mutter verrät mir, dass es um mehr als ihre Sorge um Serenitys Sicherheit geht. »Ich hatte das angenommen. Aber ich bin mir nicht sicher.«

Mom macht ein Geräusch, das ich nicht deuten kann. Dann sagt sie: »Es war sehr nett von dir, dass du dir die Zeit genommen hast, ihr bei ihren Recherchen zu helfen.«

»Sie hat mir auch geholfen, Mom.«

»Oh, da bin ich mir sicher. Sie hatte ein ziemlich aufregendes Leben.«

»Mom … was willst du mir damit sagen?«

»Eigentlich nichts. Ich hoffe nur, dass du dein Herz nicht zu sehr an sie hängst. Ich weiß, sie scheint glamourös, nachdem sie diesen Preis gewonnen hat und überhaupt. Aber sie ist eine gequälte Seele, Penn. Das spüre ich. Sie hat sehr viel mehr von der Welt gesehen als du. Ich möchte nur nicht …«

»Mom, ich bin fünfundvierzig. Du musst mir nicht mehr den Rücken freihalten.«

Im Dämmerlicht, das von der Tür herkommt, sehe ich die Spur eines Lächelns, das aber rasch schwindet. »Ich weiß. Aber ich will auch nicht, dass sich Annie in ihrem eigenen Zuhause unbehaglich fühlt.«

Als ich das Licht einschalte, schirmt sich Mom die Augen gegen die plötzliche Helligkeit ab. »Meinst du, das tut sie?«, frage ich. »Fühlt sie sich unbehaglich?«

»Na ja, sie hat es im Augenblick nicht gerade leicht. Ich weiß, Mia spürt, dass zwischen euch was ist.«

Darüber muss ich leise lachen. »Ich glaube, Mia ist ein bisschen in mich verschossen, Mom.«

»Na ja, daran ist ja nichts auszusetzen. Sie kommt wunderbar mit Annie zurecht, und sie ist superschlau. Und du bist ein unverheirateter Mann mit einem guten …«

»Mom, wir leben nicht in einem Roman von Jane Austen. Sie ist gerade mal zwanzig Jahre alt.«

Dazu sagt meine Mutter tatsächlich »Pah« oder etwas Ähnliches. »Zwanzigjährige wissen heute mehr vom Leben als ich mit dreißig. Die meisten Mädchen nehmen heutzutage mit fünfzehn die Pille. Sogar Mädchen aus guten Familien.«

Zwischen den Zeilen schwingt schmerzhaft deutlich mit: *Eine zwanzigjährige Weiße ist eine angemessenere Wahl als eine fünfunddreißigjährige Schwarze.*

»Zeit zum Schlafen, Mom.«

»Gut. Das lasse ich mir nicht zweimal sagen.«

Sie steht mit einem leisen Stöhnen auf, und als ich gerade glaube, dass sie die Tür schließen will, sagt sie noch: »Versprichst du mir etwas, Penn?«

Ich seufze. »Klar.«

»Gib deinen Vater nicht auf.«

Herrgott. »Das tue ich nicht, Mom.«

»Ich weiß, es ist schwer. Für mich auch. Aber Tom hat immer zu uns gehalten. Er hat immer für uns gesorgt. Jetzt müssen wir für ihn sorgen.«

»Ich verstehe das«, sage ich ihr und versuche, den Unmut aus meiner Stimme zu verbannen. »Aber es wäre sehr viel einfacher, wenn er uns dabei helfen würde.«

Nach langem Schweigen sagt sie: »Du schaffst das, mein Sohn. Ich weiß es.«

Verzweifelt versuche ich, das Thema zu wechseln, und frage, ob sie wieder Migräne oder Symptome eines Schlaganfalls gehabt hat.

»Nicht die Spur«, versichert sie mir. »Jetzt, da die Schlacht angefangen hat, glaube ich, dass es mir gutgehen wird. Das Warten hat mich beinahe umgebracht.«

Es kommt noch eine Menge mehr auf dich zu. »Ich sehe dich morgen früh, wenn wir in unseren Panzer steigen.«

»Gute Nacht, mein Junge.«

Die Tür knarrt, und der Lichtstreifen verschwindet.

Eine rastlose Stunde, nachdem meine Mutter mein Zimmer verlassen hat, veranlasst mich irgendwas, aufzustehen, einen Morgenmantel überzuziehen und in die Küche hinunterzugehen. Ich bin mir nicht sicher, ob ich ein Geräusch gehört habe oder ob mich der nervöse Hunger treibt. Als ich mit nackten Füßen den Flur entlangschreite, höre ich aus der Küche das Klappern von Tasten. Ich biege nach links ins dunkle Wohnzimmer und spähe durch die Tür am anderen Ende zum Küchentisch.

Am Tisch sitzt Serenity Butler, neben sich eine dampfende Kaffeetasse, die Augen auf den Bildschirm ihres Computers geheftet. Als ich sie da über die Maschine gebeugt sehe und ihre Finger schneller über die Tasten fliegen, als meine das je tun, wenn ich schreibe, frage ich mich, ob sie irgendwie den gleichen Weg gefunden hat, auf dem Caitlin ums Leben gekommen ist, genau wie Caitlin in Henrys Fußstapfen getreten ist, nachdem man ihn beinahe totgeschlagen hatte. Serenitys Leidenschaft für ihre Arbeit brennt so heiß wie die von Caitlin, und das macht mir Angst. Ich kann nicht zulassen, dass sich diese junge Frau in den alten Fällen verliert und genauso zur verbissenen Einzelkämpferin wird wie Caitlin. So zäh Tee auch sein mag, auch sie könnte auf ihren eigenen Knochenbaum in den Wäldern entlang des Mississippi stoßen … und ein ähnliches Schicksal erleiden.

»Willst du da die ganze Nacht stehen bleiben?«, fragt sie, ohne auch nur die Augen vom Computer zu heben. »Oder reinkommen und auch einen Kaffee trinken?«

»Kannst du im Dunklen sehen?«, frage ich und gehe in die Küche.

Sie hält ihre Kaffeetasse hoch. »Willst du einen Schluck? Ich habe ihn gerade frisch gemacht.«

»Nein, danke.«

Ohne Pause beginnt sie wieder zu tippen.

»Hat dich was inspiriert?«, frage ich.

»Nicht unbedingt. Ich schreibe nur ein paar Notizen und Beobachtungen auf. Ich mache das gern, solange ich sie noch frisch im Gedächtnis habe.«

Ich lächele, beneide sie aber um ihre Arbeitsdisziplin. »Wo warst du? Ich habe mir Sorgen gemacht. Wir alle, glaube ich.«

»Tut mir leid. Eine Weile war ich an einem Ort, wo ich keine SMS schicken konnte, und dann war mein Akku leer.«

Die Antwort eines Teenagers. »Aha.«

Sie schaut auf, tippt immer noch, hört dann plötzlich auf und lehnt sich leicht belustigt im Stuhl zurück. »Also, ich habe ein paar Leute interviewt.«

»He, ich will nicht neugierig sein.«

»Du hast das Recht, davon zu erfahren. Aber gefallen wird es dir nicht. Ich habe mit Lincoln Turner geredet. Und mit seiner Tante Cora.«

Nichts hätte mich mehr schockieren können. »Im Ernst?«

»Meinst du, ich würde über so was Witze machen?«

»Wohl nicht.« Ich strecke die Hand aus und drehe den Wasserhahn an der Spüle auf, dann wieder zu. »Warum zum Teufel, Tee?«

Sie schiebt ihren Stuhl mit einem Kreischen zurück. »Penn … ich weiß nicht, was für eine Vorstellung du von mir hast, aber ich bin nicht hier, um deine Familiengeschichte so zu erzählen, wie *du* sie siehst. Ich bin hier, um die echte Geschichte herauszufinden – die Wahrheit, was immer das sein mag. Und dazu muss ich hingehen, wohin mich die Geschichte trägt. Du bist doch Schriftsteller, Herrgott. Kannst du etwas dagegen sagen?«

Ich hole tief Luft und versuche, all die Wut zu unterdrücken, die sich im Laufe des Tages in mir angestaut hat. »Nein, ich kapiere das schon. Es ist einfach für mich recht schwer. Was hatte Lincoln so zu erzählen?«

»Eine Menge. Das ist mal ein zorniger Mann. Und er hat allen Grund dazu.« Sie sagte das mit einem herausfordernden Ton in der Stimme.

»Ja«, gestehe ich ihr zu.

Endlich gewährt sie mir eine Atempause und starrt mich nicht mehr an. »Ich konnte mich mit einigen Dingen identifizieren, die er durchgemacht hat, als er aufgewachsen ist, aber ich sage dir, verglichen damit war meine Kindheit die reinste Cosby-Show.«

Ich versuche, interessiert auszusehen, aber, ehrlich gesagt, ich bin es nicht.

»Eines will ich dir aber sagen«, fährt Serenity fort und schaut in die Ferne. »Er und Tante Cora … die lügen über irgendwas.«

Unvermittelt richte ich mich auf. »Was meinst du damit? Über was?«

»Ich weiß es nicht. Vieles von dem, was sie mir erzählt haben, kam aus vollem Herzen. Lincolns Schmerz ist echt, aber … er hält was zurück. Irgendwas Großes. Er mehr noch als sie, aber sie wissen beide darüber Bescheid, was immer es ist.«

»Aber du hast keine Ahnung?«

»Noch nicht. Ich kriege das allerdings noch heraus.« Sie blickt wieder auf, und ihre Augen sind weniger anklagend als vorhin. »Mist, ich wache wahrscheinlich mitten in der Nacht auf und schrei das heraus.«

Dieses Bild bringt wahrhaftig ein Lächeln auf mein Gesicht.

»Also«, sagt sie mit beinahe verschmitztem Blick, »denke ich, du solltest dabei sein, nur falls es passiert.«

Ein paar Sekunden lang bin ich mir nicht sicher, ob sie gesagt hat, was ich zu hören geglaubt habe. Dann streckt sie die linke Hand aus, dreht den Zeigefinger langsam in der Luft, winkt meine Hand zu ihrer. Als ich die Hand hebe, berührt sie die Spitze meines Zeigefingers mit ihrem, hakt dann ihren Finger um meinen.

»Was meinen Sie, Mister!«, sagt sie, beugt ihren Finger und zieht meine Hand hin und her, als machten wir das jeden Tag.

Dass sie mich unbewusst an Doris Avery erinnert, lässt mir einen seltsamen Schauer über den Rücken laufen. »Äh … ich hatte gedacht, nachdem du so verschwunden bist, dass du vielleicht eine Pause brauchtest. Um alles zu verarbeiten.«

Sie schnalzt zweimal mit der Zunge, und ihr Blick weicht nicht von meinem. »Ich habe es verarbeitet. Ich habe sogar die ganze Nacht darüber nachgedacht.«

»Ich habe auch darüber nachgedacht. Wahrscheinlich ist das der eigentliche Grund, warum ich hier runtergekommen bin.«

Endlich unterbricht sie den Blickkontakt und benutzt ihre freie Hand, um ihre Kaffeetasse anzuheben und einen Schluck zu trinken. »Na gut. Wir wollen das nicht zu sehr analysieren. So wie ich es sehe, kann ich nach oben gehen und die Sache selbst in die Hand nehmen, oder du kannst mit mir kommen und mir zeigen, wie kreativ du sein kannst.«

»Habe ich in der Sache ein Mitspracherecht?«

»Ich fürchte, ja.«

MITTWOCH

KAPITEL 36

Um 9:02 Uhr am Mittwochmorgen fragt Richter Elder, ob die Anklage bereit ist, in der Angelegenheit der Videokassetten fortzufahren. Shadrach Johnson bejaht das, und dann reicht er – nach einigen logistischen Verrenkungen, die den Steuerzahler sicher teuer zu stehen gekommen sind – die beiden Videokassetten als Beweismittel ein, die gestern Abend noch in den Händen der Sony Corporation waren. Für den Prozess wird die in Walts Wohnmobil gefundene Kassette Beweismittel der Anklage Nr. S-15, und die aus dem Müllcontainer des Krankenhauses S-16. Während ich voller Furcht darauf starre – und die Leute im Zuschauerraum mit angehaltenem Atem warten –, ruft Shad noch einmal Robert Joiner, den Detective des Sheriffs, in den Zeugenstand und beginnt ein Netz zu weben, das meinen Vater eng mit dem verknüpft, was ich in Gedanken immer noch die Müllkassette nenne.

Shad ist gut beraten, dass er zu diesem Thema nicht noch einmal Billy Byrd aufruft. Die schwarzen Geschworenen sind keine Fans des Sheriffs und werden dem jüngeren und professioneller wirkenden Detective gegenüber aufgeschlossener sein. Joiner bestätigt zunächst, was Byrd gestern herausposaunt hat: dass ein von ihm angeführtes Durchsuchungsteam in einem Müllcontainer hinter dem St. Catherine's Hospital eine Sony-Minikassette gefunden hat, und zwar am Tag, nachdem Viola tot aufgefunden worden war. Während Joiner spricht, halte ich Ausschau nach Anzeichen dafür, dass die Kassetten nun bald der Jury vorgespielt werden, aber ich sehe weder einen Medienwagen noch ein aufgebautes Fernsehgerät. Detective Joiner stellt fest, dass die in dem Müllcontainer gefundene Kassette aus derselben Serie stammt wie die beiden noch versiegelten Kassetten, die in Cora Revels' Haus entdeckt wurden, und wie die Kassette, die angeblich in

Walts Wohnmobil war und vom Sheriff's Office von Adams County heimlich entfernt wurde. Schließlich berichtet er, seine Untersuchungen hätten ergeben, dass Dr. Tom Cage an diesem Morgen zwischen acht und neun Uhr im Krankenhaus seine Visite gemacht hatte. Als Shad den Zeugen zum Kreuzverhör anbietet, rollt Quentin nach vorn und stellt ihm nur eine Frage: ob die Fingerabdrücke meines Vaters auf der im Müllcontainer gefundenen Kassette waren.

»Nein, Sir«, antwortet Detective Joiner.

»Keine weiteren Fragen, Euer Ehren.«

Die erwartungsvolle Spannung im Gerichtssaal hat ein wenig nachgelassen. Shad stellt die Geduld aller auf eine harte Probe, indem er das Abspielen der Kassetten noch weiter herauszögert. Als Nächstes ruft er einen in Atlanta ansässigen Experten für Videoforensik namens Joseph Chin in den Zeugenstand und beginnt ihn als Experten einzuführen. Quentin hat darauf bestanden, dass der Mann ein Experte sein müsse, und hatte damit bei den Geschworenen gepunktet.

»Mr. Chin«, hebt Shad an, »in welcher Beziehung stehen Sie zu meinem Amt?«

»Ich fungiere als Berater zum Thema Videoforensik. Ich war auch schon als Kontaktmann zwischen Ihrem Amt und der Technikabteilung der Sony Corporation tätig.«

»Danke.«

Als Shad zu seiner nächsten Frage ansetzt, bröckelt mein Vertrauen zu Quentin Averys Instinkt angesichts von Shadrach Johnsons unerbittlicher Arbeitsmoral und Rachsucht. Wir werden gleich erfahren, welche Informationen diese gelöschten Kassetten enthalten.

»Und was können Sie uns über den Typ der fraglichen Videokassetten berichten?«

Chin antwortet mit der trockenen Präzision des Ingenieurs. »Digitale Videobänder, wie man sie in den besagten Kassetten findet – Mini-DV-Kassetten –, sind sehr viel schwerer zu löschen als andere Arten von Magnetbändern, zum Beispiel VHS, Tonbandspulen oder die Kassetten der 1970er Jahre. Die vorliegenden Bänder werden mit einer Technik hergestellt, bei der Metalle aufgedampft werden, und Geräte wie Degausser – die im Volksmund Entmagnetisierungsgeräte genannt werden – würden sie nicht annähernd vollständig löschen. Manchmal sind sie sogar völlig wirkungslos.«

»Kann man diese Mini-DV-Kassetten dann überhaupt löschen?«

»O ja. Wenn man in Echtzeit über die ganze Länge etwas darüber aufnimmt, richten sich die Magnetzellen auf dem Band wieder neu aus – und zwar praktisch permanent.«

»Aber in manchen Fällen kann der Inhalt solcher Kassetten wiederhergestellt werden?«

»Ich habe das selbst noch nie gesehen. Aber in einer sehr kleinen Zahl von Fällen ist es gelungen.«

Shad lässt diese Aussage ein paar Sekunden im Raum stehen.

»Und was ist mit den beiden Kassetten, die zu diesem Zweck ins Sony-Labor geschickt wurden?«

Mr. Chin nickt einmal, nimmt dann ein Blatt Papier von seinem Schoß. »Die Sony-Techniker waren nicht in der Lage, die Daten auf der Videokassette wiederherzustellen, die aus dem Wohnmobil entnommen wurde, das Mr. Walter Garrity gehört. Der Magnetinhalt wurde dauerhaft verändert, indem man die Kassette in einen Camcorder gegeben und über die ganze Länge des Videobandes im Aufnahmemodus abgespielt hat. Die Originaldaten konnten nicht wiederhergestellt werden.«

Ich brauche ein paar Sekunden, um zu begreifen, was er gesagt hat. Dann flüstert eine Stimme in meinem Kopf: »Eine abgehakt, noch eine übrig.«

»Was ist mit der anderen Kassette?«, fragt Shad und spricht die Gedanken aller Anwesenden aus.

»Mit der Kassette, die in dem Müllcontainer des Krankenhauses gefunden wurde, verhält es sich anders.«

O Gott …

»Diese Kassette wurde mit einer anderen Methode gelöscht.«

Shad nickt nüchtern, als hörte er das zum ersten Mal.

»Und konnte das Team von Sony diese Kassette wiederherstellen?«

Alle im Gerichtssaal lehnen sich gleichzeitig vor.

»Nein, Sir. Das konnten sie nicht.«

Aus Erwartung wird Entsetzen, dann Enttäuschung und sogar Wut auf Shad Johnson, weil er so mit der Erwartungshaltung der

Menschen gespielt hat. Aber Shad drängt weiter, wie es seine Natur ist.

»Haben Sie irgendwelche nutzbringenden Informationen aus dem Laborbericht über die Videokassette aus dem Müllcontainer entnommen?«

»Jawohl, Sir. Die Magnetdaten auf dieser Kassette waren sehr viel gründlicher korrumpiert – gestört – als die auf der Kassette aus dem Wohnmobil. Man hat diese Kassette durch ein ungeheuer großes Magnetfeld gezogen.«

»Könnten Sie das bitte näher ausführen?«

Sogar bevor er antwortet, merke ich, wie mir die Übelkeit den Magen verkrampft.

»Jawohl, Sir. Die auf dieser Kassette vorgefundenen Effekte wurden beinahe sicher von einem bildgebenden Magnet-Resonanz-Gerät erzeugt.«

»Meinen Sie damit ein MRT-Gerät?«

»Jawohl, Sir. Die Art von Gerät, wie sie in Krankenhäusern für Aufnahmen von weichem Gewebe verwendet werden.«

»Verstehe, vielen Dank, Mr. Chin. Ich biete den Zeugen zum Kreuzverhör an.«

Das vertraute Klicken und Surren erklingt, als Quentin zum Zeugenstand fährt.

»Mr. Chin, warum sollte ein Mann sich entscheiden, zwei völlig verschiedene Methoden zum Löschen zweier Videokassetten zu verwenden, die in seinem Besitz sind?«

Joseph Chin hat sich offensichtlich auf diese Frage vorbereitet. »Meiner Meinung nach, weil die zweite Kassette – die durch das MRT-Gerät gezogen wurde – wesentlich heiklere oder belastendere Informationen enthielt als die, die mit dem Camcorder gelöscht wurde.«

Quentin scheint über diese Frage nachzudenken. »Aber die Techniker konnten keine Daten von der mit dem Camcorder gelöschten Kassette zurückgewinnen, das stimmt doch?«

»Das stimmt.«

»Warum also sollte jemand, der etwas zu verbergen hat, es riskieren, bei einer verdächtigen Tat beobachtet zu werden, während er doch im Verborgenen beide Kassetten vollständig mit einem Camcorder löschen konnte?«

»Äh … vielleicht wusste er nicht, dass die Methode mit dem Camcorder genauso gründlich war?«

Quentin ignoriert diese Antwort. »Ich möchte das noch mal absolut klarmachen, Mr. Chin. Es konnten bei beiden Videokassetten, die mit Ihrer Hilfe analysiert wurden, *keinerlei* brauchbare Informationen wiederhergestellt werden?«

»Ja, das stimmt.«

»Diese Kassetten geben uns also null Information darüber, was in der Nacht, in der Viola gestorben ist, in Cora Revels' Haus passiert ist?«

Chin schaut kurz zu Shad und sagt dann: »Jawohl, Sir.«

»Und kann Ihre Analyse oder die der Sony-Techniker beweisen, dass diese Kassetten überhaupt je in Cora Revels' Haus waren?«

»Na ja, die Fingerabdrücke …«

»Fingerabdrücke liegen nicht in Ihrem Arbeitsfeld, Mr. Chin. Kann irgendeine Analyse, die Sie oder die Sony-Techniker durchführen, beweisen, dass diese Kassetten je in Cora Revels Haus waren?«

»Nein, Sir.«

Quentin berührt seinen Joystick und wendet sich leicht verächtlich von dem Zeugen ab. »Keine weiteren Fragen, Euer Ehren.«

Während Quentin an seinen Tisch zurückkehrt, ruft Shad einen Mann namens Byron Reed in den Zeugenstand. Ein dünner schwarzer Mann mit einer Goldrandbrille steht auf und geht zum Zeugenstand, um vereidigt zu werden.

Ich kenne Mr. Reed nicht, aber ich vermute, er ist hier, um etwas zu bestätigen, das die meisten Leute im Gerichtssaal ohnehin schon wissen – dass das St. Catherine's Hospital ein MRT-Gerät besitzt. In kurzen Worten macht dieser Zeuge – der tatsächlich MRT-Techniker in St. Catherine's ist – genau das, doch Shad lässt ihn noch nicht gehen. Stattdessen geht er zu den Geschworenen hinüber, schaut dann zum Zeugenstand zurück und fragt: »Mr. Reed, an dem Morgen, als Viola Turner tot aufgefunden wurde, haben Sie da Dr. Thomas Cage im St. Catherine's Hospital gesehen?«

»Jawohl, Sir.«

»Um welche Uhrzeit war das?«

»Zwischen acht Uhr dreißig und acht Uhr vierzig. Genauer kann ich es nicht sagen. Ich hatte vorher und nachher Patiententermine.«

»Und wo haben Sie ihn gesehen?«

»Im Flur im Erdgeschoss.«

»Und wie weit war er da von dem Raum entfernt, in dem sich das MRT-Gerät befindet?«

»Äh … etwa zwanzig Yards.«

Ich schließe die Augen und zwinge mich zu einem tiefen Atemzug. Als ich die Luft wieder ausstoße, spüre ich, dass meine Mutter meine Hand umklammert. Sie sucht keinen Trost, begreife ich. Sie versucht, mich zu trösten.

»Und was hat Dr. Cage da gemacht?«

»Das weiß ich nicht.«

»Haben Sie mit ihm geredet?«

»Ja. Ich rede immer mit Dr. Cage. Er hat stets ein freundliches Wort für jeden.«

»Und wie ist er Ihnen an diesem Tag vorgekommen?«

Reed lässt sich mit der Antwort Zeit. »So ungefähr wie an jedem anderen Tag auch, würde ich sagen.«

»Er schien nicht in Gedanken versunken?«

»Einspruch«, sagt Quentin. »Suggestivfrage.«

»Stattgegeben«, erklärt Richter Elder.

»Ich ziehe die Frage zurück. Mr. Reed, hatte Dr. Cage Patienten irgendwo in der Nähe der MRT-Abteilung?«

»Äh … die Patientenzimmer sind da nicht, nein. Aber Dr. Cage ist ein Arzt, der immer überall im Krankenhaus vorbeischaut. Alte Schule, wissen Sie? Er hat auch uns Techniker und die Krankenschwestern besucht und anderer Leute Patienten. Manchmal hat man ihn in einem Labor angetroffen, wo er an einem Mikroskop herumwerkelte und versuchte, den Technikern beim Reparieren zu helfen.«

»Ihrer Erfahrung nach kannte sich Dr. Cage also gut mit Technik aus?«

»O ja. Viele Ärzte wissen jede Menge über Medizin, aber nichts über die Technik, die ihnen die Daten für ihre Diagnosen zur Verfügung stellt. Viele könnten nicht mal 'ne Röntgenaufnahme machen, wenn sie müssten.«

»Aber Dr. Cage ist da anders?«

»Jawohl, Sir. Wenn es um Labortests, Röntgen, chirurgische Geräte, Reha-Dinge geht, da kann er Ihnen sogar sagen, wie man das im Sezessionskrieg, im Ersten und Zweiten Weltkrieg gehandhabt hat und so weiter bis heute.«

Shad gibt sich redlich Mühe, sein Vergnügen zu verbergen. Byron Reed scheint nicht zu begreifen, dass er mit seinem begeisterten Lob meinen Vater mit jedem Wort ein Stückchen weiter verdammt.

»Danke, Mr. Reed.«

Quentin lehnt das Angebot eines Kreuzverhörs mit Byron Reed ab, und Richter Elder entlässt den Zeugen. Dann ruft Shad einen mir bekannten Mann in den Zeugenstand, einen Röntgentechniker namens Gerald McGraw. Gerry McGraw ist um die sechzig, kahlköpfig und hat einen grau gesprenkelten Bart. Der Röntgentechniker ist Vietnamveteran und seit Jahren mit meinem Vater befreundet. Während der Gerichtsdiener McGraw vereidigt, begreife ich, was Shad vorhat. Nachdem ihm der Inhalt der Videokassetten verlorengegangen ist, will Shad zeigen, dass Dad sowohl die Gelegenheit als auch, was wichtiger ist, das technische Wissen hatte, um die Kassetten so gründlich und im Falle der Müllcontainer-Kassette auf so exotische Art zu löschen.

Obwohl Gerry offensichtlich zögert, meinen Vater irgendwie zu belasten, muss er zugeben, dass ihre Freundschaft auf ihrer gemeinsamen Begeisterung für alle möglichen Technologien beruht. McGraw ist Amateurfunker, und Dad ist immer gern bei ihm zu Hause vorbeigegangen und hat mit ihm an seiner Anlage gebastelt. Sowohl Gerry als auch Dad hatten zwischen den späten sechziger und frühen siebziger Jahren Dunkelkammern. Diese Erinnerung beschwört in mir Bilder herauf, wie ich als Junge in unserem zur Dunkelkammer umfunktionierten Badezimmer stand und Sekunden zählte, bis ich mit nassen Händen von einer Wanne in die andere langte: Entwickler, Stoppbad, Fixierbad. Der stechende Geruch dieser Chemikalien strömt mir mächtig ins Gedächtnis zurück, und ich fühle mich so eins mit meinem Vater wie schon lange nicht mehr.

Irgendwie hat Shad sogar ausgegraben, dass Gerry und mein Vater beide HiFi-Enthusiasten waren und zu Hause aus Bausätzen von Heathkit Empfängern und Lautsprecher gebastelt haben. Gerry muss notgedrungen eingestehen, dass Dad mit dem Lötkolben genauso gut umgehen konnte wie mit der chirurgischen Nadel, und, was noch belastender war, dass beide Männer mit »Großentmagnetisierern« vertraut waren – und welche besaßen, wie sie von Enthusiasten zum Löschen von Tonbandspulen verwendet wurden.

Als Shad Gerry entlässt, ist der Schaden perfekt. Quentin entscheidet sich, ihn nicht ins Kreuzverhör zu nehmen.

Richter Elder schaut auf die Uhr und sagt dann: »Mr. Johnson, es ist beinahe elf Uhr. Können Sie die Befragung Ihres nächsten Zeugen innerhalb einer Stunde abschließen?«

»Ich denke schon, Euer Ehren. Der Staat ruft Lincoln Turner auf.«

Als Lincoln in Sportjackett und Krawatte in den Gerichtssaal tritt, wird mir klar, dass die Sache nun wahrscheinlich noch einmal schlimmer, nicht besser wird.

KAPITEL 37

Als Lincoln Turner in den Zeugenstand tritt, um vereidigt zu werden, folgen ihm alle Augen im Gerichtssaal, bis auf die meiner Mutter, und außer ihr verrenken sich alle die Hälse, um nur ja nichts von dem zu verpassen, was er gleich womöglich sagt. Denn wenn jemand die Wahrheit darüber kennt, was Tom Cages Sünden der Vergangenheit andere Menschen gekostet haben, denken sie, dann ist es der große Schwarze, der ihnen nun gegenübersteht.

Mein Halbbruder schaut mit einer Mischung aus Reserviertheit und Verachtung auf die versammelten braven Bürger. Während der Gerichtsdiener Lincoln die Eidesformel vorspricht, denke ich an gestern Abend zurück, als mir Doris Avery ihre finstersten Ängste verraten hat: dass ihr Mann und mein Vater einen unheiligen Pakt geschlossen haben, um sich gegenseitig Dienste zu leisten, die nur sie füreinander leisten können. Wenn mein Vater Quentin zu einer schmerzlosen Flucht aus diesem Leben verhilft, dann lässt Quentin zu, dass Dad verurteilt wird. Dieses Szenario ergibt nur dann einen Sinn, wenn mein Vater glaubt, dass er durch sein Opfer einen von uns oder uns alle vor Schmerzen oder Tod schützt. Wenn das der Fall ist, dann kann das Unheil, das er befürchtet, von niemand anderem als von Snake Knox und seinen Henkersknechten kommen. Mir ist nur zu bewusst, dass ich diese Bedrohung nicht von der Hand weisen kann. Trotzdem muss ich hoffen, dass mein Vater den Versuch, sich zu retten, noch nicht ganz aufgegeben hat.

Als der Gerichtsdiener die Bibel wieder wegträgt und Shad sich von seinem Tisch erhebt, drückt mir meine Schwester Jenny das linke Handgelenk so fest, dass ich bestimmt blaue Flecken bekomme. Sie zappelt und schwitzt, als versuchte sie unbewusst zu beweisen, dass sie das genaue Gegenteil meiner Mutter ist.

»Sie wurden als Lincoln Turner vereidigt«, sagt Shad, der etwa drei Yards von seinem Zeugen entfernt steht. »Wer ist ihr leiblicher Vater?«

»Der Mann, der da drüben sitzt«, sagt Lincoln und deutet auf meinen Vater. »Dr. Tom Cage.«

»Woher wissen Sie das?«

»Ein DNA-Test hat es bewiesen.«

»Dieser DNA-Test wurde als Beweismittel sieben in die Liste der Beweismittel der Anklage eingetragen, Euer Ehren.« Shad spreizt die Hände und spricht Lincoln an, als wäre er eine Ausgabe von Dr. Phil im Taschenformat. »Wann hat man Ihnen zum ersten Mal gesagt, dass Tom Cage vielleicht Ihr Vater ist?«

»Das hat man mir nicht gesagt. Ich musste diese Information selbst ausgraben.«

»Und wie ist es dazu gekommen?«

»Vor etwa sechs Monaten habe ich unter den persönlichen Unterlagen meiner Mutter in ihrer Wohnung in Chicago ein paar Schecks und persönliche Briefe gefunden, dazu noch ein Foto von Dr. Cage und meiner Mutter in spärlich bekleidetem Zustand. Daraufhin hat mir meine Mutter endlich die ganze Geschichte erzählt. Bis zu dem Zeitpunkt hatte sie mich immer angelogen.«

»Sie hat Ihnen diese Information von 1968 bis 2005 vorenthalten?«

»Jawohl, Sir. Seit meiner Geburt hatte sie darüber gelogen, wer mein Vater war. Und sie hat nicht nur mich angelogen. Sie hat alle angelogen.«

Shad legt eine Pause ein, damit diese Tragödie – oder dieser Skandal – in den Köpfen der Geschworenen Wurzeln schlagen kann.

»Können Sie uns berichten, was Sie über Ihren Vater geglaubt haben, angefangen mit Ihren ersten Erinnerungen?«

Hier sollte Quentin den Einspruch erheben, dass die Verteidigung bereits eingeräumt hat, dass Tom Cage der Vater des Zeugen ist und daher in diesem Punkt keine weitere Befragung des Zeugen notwendig ist.

Aber Quentin sagt nichts.

»Seit ich ein kleiner Junge war«, antwortet Lincoln, »habe ich geglaubt, dass der Ehemann meiner Mutter mein Vater war. Der Mann, den ich Daddy genannt habe. Das hat sie mir erzählt.«

»Wie hieß dieser Mann?«

»Sein rechtmäßiger Name lautet Junius Jelks, aber das wusste ich lange nicht. In meinen ersten Erinnerungen ist mein Nachname Taney, denn das war der Name, den Daddy damals führte.«

»Entschuldigung, das müssen wir den Geschworenen erklären. Wenn Sie ›Daddy‹ sagen, beziehen Sie sich damit auf Junius Jelks und nicht auf Tom Cage, Ihren leiblichen Vater?«

»Genau. Ich werde versuchen, ihn Mr. Jelks zu nennen, aber das verwirrt mich ein bisschen, wenn ich an die verschiedenen Zeiten zurückdenke.«

»Ich glaube, wir können Ihnen da alle folgen. Bitte sagen Sie uns, was Sie wann erfahren haben. Und, Herr Richter, ich möchte betonen, dass alle relevanten Unterlagen, zum Beispiel Geburtsurkunden, Adoptionspapiere zu den Beweismitteln gegeben wurden.«

Richter Elder schaut zu Quentin Avery, als erwartete er einen Einspruch, doch Quentin protestiert nicht.

»Ich bin im Dezember 1968 geboren«, hebt Lincoln an, »im Charity Hospital in Chicago. Als ich in die Schule kam, führte unsere Familie den Nachnamen Taney. Aber heute weiß ich, dass das nur ein Deckname war.«

»Und woher wissen Sie das?«

»Daddy hatte im Laufe der Jahre einen Haufen Jobs, aber in Wirklichkeit war er ein Trickbetrüger. Ein Gauner. Deswegen hat er immer verschiedene Namen verwendet. Angenommene Namen. Das bringt diese Art von Arbeit so mit sich.«

»Wo ist Junius Jelks jetzt, Lincoln?«

»Im Staatsgefängnis von Illinois in Joliet. Er sitzt eine fünfzehnjährige Haftstrafe für Betrug ab.«

»Fahren Sie fort.«

»Als ich sechs Jahre alt war, hat mich Ma auf einer anderen Schule angemeldet. Sie hat mir gesagt, wir hätten von jetzt an den Familiennamen Turner. Sie meinte, das wäre schon die ganze Zeit unser richtiger Name gewesen. Was in gewisser Weise auch stimmte. Es stellte sich heraus, dass Turner der Name auf meiner Geburtsurkunde war.«

»Können Sie das erklären?«

»Zum Zeitpunkt meiner Zeugung – wahrscheinlich im März

1968 – war Mas erster Ehemann James Turner schon neun Monate tot. In Vietnam gefallen. Als Ma nach Chicago ging, war sie von Dr. Cage schwanger. Aber bei meiner Geburt hat sie James Turners Namen in die Geburtsurkunde eintragen lassen. Damals gab es ja noch keine Computer, also denke ich, das kann nicht schwer gewesen sein. Jedenfalls hat Ma, als sie ein Jahr später Daddy – Mr. Jelks – geheiratet hat, geglaubt, dass er für eine Versicherung arbeitete. Aber als ich fünf war, hat sie herausbekommen, dass alles ganz anders war. Junius Jelks verdiente sein Geld damit, dass er das Gesetz brach. Ma hätte ihn damals beinahe verlassen, aber sie wollte unbedingt, dass ich einen Vater hatte, also hat sie mit ihm einen Handel abgeschlossen: Wenn mich Mr. Jelks rechtmäßig adoptierte, würde sie seine Ehefrau bleiben.«

Lincolns Geschichte, die genauso gut von Dickens hätte stammen können, fesselt die gesamte Zuhörerschaft. Als ich mich umschaue und zur Galerie hinaufblicke, sehe ich Serenity in der ersten Reihe sitzen und in ihr Notizbuch schreiben, die Augen gebannt auf den Zeugenstand gerichtet.

»Mr. Jelks hat sich auf diesen Handel eingelassen«, fährt Lincoln fort, »aber meine Eltern hatten immer noch ein Problem. Daddy hatte keine genügend guten Ausweispapiere, um mich unter dem Namen Taney zu adoptieren, und unter seinem rechtmäßigen Namen Jelks wurde er für mehrere Vergehen gesucht. Dann kam er auf den Gedanken, die Ausweispapiere von Mas erstem Ehemann zu benutzen, um mich zu adoptieren. Es ist irgendwie traurig, das hier laut zu sagen, aber Ma war mit dem Plan einverstanden, und so haben sie das dann gemacht. Junius Jelks wurde James Turner, Vietnamveteran und Kriegsheld, und ich war statt Lincoln Taney jetzt Lincoln Turner.«

Shad schweigt, damit die Geschworenen diese traurige und komplizierte Geschichte verarbeiten können.

»Wie lange ist es Junius Jelks gelungen, sich als James Turner auszugeben?«

»Mehrere Jahre. Er hat den Namen James Turner immer verwendet, wenn er rechtmäßige Geschäfte gemacht hat, aber für seine kriminellen Aktivitäten hatte er eine Menge Alias-Namen.«

»Woher wissen Sie das?«

»Er hat mich bei seinen Betrügereien eingesetzt. Schon seit ich noch ganz klein war. Die Leute glauben einem beinahe alles, wenn man ein Kind dabei hat. Und wenn man dem Kind beibringt, wie es einem helfen kann, dann sind die Opfer einem praktisch wehrlos ausgesetzt.«

»Wann haben Sie herausgefunden, dass James Turner nicht der richtige Name Ihres Vaters war?«

»Wir sind verhaftet worden, als ich dreizehn war. Ein Bulle hat Daddy erkannt. Er hatte ihn schon mal verhaftet. Dem war völlig egal, was auf dem Führerschein stand; er wusste, dass er Junius Jelks erwischt hatte. Daddy musste wieder ins Gefängnis, und ich hatte Glück, dass ich nicht in einer Besserungsanstalt gelandet bin.«

»Wie hat Ihre Mutter Ihnen das Problem mit den Namen erklärt?«

»Ma hat mir gesagt, wir benutzen den Namen Turner, weil man Daddy vor langer Zeit was angehängt hatte. Sie hatte ja keine Ahnung, dass ich Daddy schon seit Jahren bei seinen Betrügereien half. Er hat mich dann immer aus der Schule genommen. Ich war eine Zeitlang sein Broterwerb. Ma hat damals nur gearbeitet und getrunken. Ich glaube, sie hatte einen Verdacht, wie schlimm die Dinge standen, wollte es aber nicht wahrhaben. Sie war depressiv. Damals gab es noch keine Medikamente für so was, also hat sie einfach nur getrunken und ihre Salems Kette geraucht.

Ich selbst war damals sehr durcheinander«, fährt Lincoln fort. »Ich hatte anständige Schulnoten, bin aber immer wieder mal in Schwierigkeiten geraten. Ich hatte Probleme, meine Wut zu zügeln. Habe mich dauernd geprügelt. Ich hatte Glück, dass mich das Jugendamt in der Zeit nicht von zu Hause weggenommen hat.«

»Es ist Ihnen trotzdem gelungen, das College zu besuchen.«

»Ja, das stimmt. Ma hatte immer hart gearbeitet, und es war ihr gelungen, einen Haufen Geld vor Mr. Jelks zu verbergen. Sie hatte ein hübsches Sümmchen für mich auf die hohe Kante gelegt.«

»Genug, um vier Jahre College zu bezahlen?«

»Nein, aber sie hatte siebzehn Jahre für denselben Arzt gearbeitet, und der hat Geld dazugegeben, damit ich aufs College konnte. Was Ma nicht hatte, hat er bezahlt.«

»War dieser Arzt schwarz oder weiß?«

Lincoln scheint mit seiner Antwort zu zögern. »Weiß.«

Die Antwort hat offensichtlich bei den Geschworenen Widerhall gefunden, denen nun klar wird, dass Viola nach Chicago gegangen ist und sich wieder in eine Situation begeben hat, die identisch mit der war, die sie in Mississippi zurückgelassen hatte. Zumindest einige Geschworene müssen sich nun fragen, ob Viola vielleicht auch mit diesem Arzt geschlafen hat. Ein cleverer Verteidiger würde das im Kreuzverhör ansprechen, vorsichtig andeuten, dass Viola Turner eine sehr praktische – vielleicht sogar rücksichtslose – Art hatte, wenn es ums nackte Überleben ging. Aber natürlich wird Quentin nichts dergleichen andeuten. Er wird sich vielleicht nicht einmal die Mühe machen, Lincoln zu befragen.

»Was hat Mr. Jelks während Ihrer Jugendjahre und Collegezeit gemacht?«

»Genauso viel Mist wie ich, nur schlimmer. Ma hat ihm ein paar legitime Jobs besorgt – der Arzt, für den sie gearbeitet hat, ebenfalls –, aber Jelks hat es immer geschafft, dass man ihn rausschmeißt. Er hat ständig versucht, mich in seine Betrügereien mit reinzuziehen, aber da wusste ich schon, dass ich niemals Rechtsanwalt werden könnte, wenn ich wegen eines Vergehens verurteilt würde.«

»Warum wollten Sie Rechtsanwalt werden?«

»Ich glaube, den Gedanken hat mir Ma eingeflößt. Sie hatte Daddys Lügen und Verbrechen satt. Ich glaube, sie wollte was, auf das sie stolz sein kann. Sie hat mich nach Abraham Lincoln benannt, müssen Sie wissen.«

Shad nimmt das mit einem unterstützenden Lächeln zur Kenntnis und achtet darauf, dass er dabei die Geschworenen ansieht.

»Und haben Sie Jura studiert?«

»Jawohl, Sir. Abends. Ich habe dazu länger als die meisten anderen gebraucht, weil ich mir mein Studium verdienen musste. Aber 1995 habe ich in Illinois das Examen bestanden. Da war ich siebenundzwanzig.«

»Wie ist ihre Tätigkeit als Jurist verlaufen?«

»Erst ging es eine Weile recht gut.«

»Und heute?«

Lincoln blickt auf seinen Schoß wie ein reuiger Sünder in der Kirche. »Ich bin nicht mehr berechtigt, als Rechtsanwalt zu praktizieren.«

Shad tut überrascht. »Wie ist das gekommen, Mr. Turner?«

Wie jeder gute Staatsanwalt nimmt Shad Quentin jegliche Möglichkeit, daraus Kapital zu schlagen, dass er Lincoln zu dem Geständnis zwingt, dass man ihn aus der Rechtsanwaltskammer ausgeschlossen hat.

»Zwischen 1997 und 2001 hat Daddy wieder mal eine Weile im Gefängnis gesessen«, sagt Lincoln ruhig. »Nachdem er wieder raus war, habe ich ihm einen Job als Zuträger in einer Kanzlei besorgt.«

»Verzeihung? Zuträger? Sie meinen Laufbursche?«

»Äh, nein. Ein Zuträger ist in manchen Kanzleien jemand, der den Anwälten Kunden besorgt. Der in der Notaufnahme von Krankenhäusern und ähnlichen Orten rumhängt und Mandanten aufreißt.«

»Verstehe.«

»Na ja, Daddy hat es fertiggebracht, beinahe drei Jahre sauber zu bleiben. Zumindest hat er sich in der Zeit nicht erwischen lassen. Dann haben sie ihn wegen einer Betrügerei hopsgenommen. Entweder hätte er einen Pflichtverteidiger bekommen, oder ich hätte es machen müssen, also habe ich ihn vor Gericht vertreten.«

»Wie ist das gelaufen?«

»Nicht gut. Er hatte ja schon dreimal gesessen, und die Aussicht auf einen Freispruch war gleich null. Ich hatte noch Hoffnung, irgendwie einen Deal wegen des Strafmaßes machen zu können, aber der Stellvertretende Bezirksstaatsanwalt war ein Korinthenkacker – Verzeihung, Herr Richter.«

»Mäßigen Sie Ihre Sprache, Mr. Turner.«

Lincoln senkt den Kopf wie ein gescholtenes Kind. »Na ja, nicht lange vor dem Gerichtstermin hat Dad mir gesagt, ein Kontaktmann im Gericht hätte ihn wissen lassen, wir hätten mit dem Richter einen echten Hauptgewinn gezogen. Für fünfundsiebzigtausend Dollar würde der angeblich dafür sorgen, dass Daddy nicht länger als ein Jahr hinter Gitter müsste, dann ein Jahr Hausarrest bekäme und den Rest auf Bewährung. Damals drohten ihm fünfzehn Jahre ohne Bewährung, also schien dieses Angebot ein echtes Gottesgeschenk zu sein.«

»Sie sprechen hier von Bestechung, Lincoln.«

»Ich spreche von den Gerichten in Chicago. Ich weiß, das klingt schlimm, aber der *Richter* hat ja das Geld gefordert. So ist das wirkliche Leben, das ist anders als die Scheinverfahren zum Üben im Jurastudium.«

»Was haben Sie gemacht?«

»Ich habe versucht, die fünfundsiebzigtausend Dollar aufzutreiben.«

»Wie sind Sie da vorgegangen?«

»Erst habe ich Mom darum gebeten. Ich war mir ziemlich sicher, dass sie noch Geld auf die Seite geschafft hatte. Aber sie wollte keinen Finger krumm machen, um Daddy zu helfen, damals nicht mehr. Nachdem ihre Mutter 1996 gestorben war, hatte sie nicht mehr viel für Mr. Junius Jelks übrig.«

Warum wohl?, frage ich mich. Aber die Frage stellt Shad nicht.

»Wo haben Sie dann das Geld für die Bestechung herbekommen?«, fragt er stattdessen.

»Vom Treuhandkonto eines meiner Mandanten.«

»Sie haben das Geld unterschlagen?«

»Jawohl, Sir.«

Ein kollektives missbilligendes Stöhnen ist aus dem Zuschauerraum zu hören, aber die Geschichte ist noch lange nicht zu Ende. Die Reinwaschung unseres Missetäters, dem übel mitgespielt wurde, ist immer noch möglich.

»Und was ist geschehen, als Sie versuchten, das Bestechungsgeld zu zahlen?«, fragt Shad.

»Der Geldeintreiber des Richters hat es genommen. Aber wie es das Pech wollte, hat mein Mandant gemerkt, dass ich von seinem Konto was abgezweigt hatte, und er hat mich angezeigt. Ehe ich wusste, wie mir geschah, hatte ich meine Lizenz verloren, und Daddy wurde zu fünfzehn Jahren ohne Bewährung verurteilt.«

»Was ist mit dem Geld geschehen?«

»Was glauben Sie denn? Der Richter und sein Geldeintreiber haben sich dumm gestellt. Die lachen wahrscheinlich heute noch.«

»Sie müssen damals schon ziemlich böse auf Junius Jelks gewesen sein.«

»Eigentlich nicht, ehrlich gesagt. Damals noch nicht. Ich dachte, das System hätte uns beide beschissen. Ich meine, klar, er hatte sich einen Betrug zuschulden kommen lassen und ich eine Unterschlagung. Aber in meinen Augen ist das, was der Richter gemacht hat, zehnmal schlimmer gewesen. Das Vertrauen der Allgemeinheit zu seinem eigenen Gewinn missbrauchen?«

»Meinen Sie, dass Sie je wieder als Anwalt arbeiten dürfen?«

»Vielleicht. Ich hoffe es. Erst muss ich Wiedergutmachung zahlen, aber das ist nicht einfach, wenn ich mir das Geld nicht als Rechtsanwalt verdienen kann. Eine echte Zwickmühle.«

»Ihre Mutter wollte Ihnen nicht helfen, die Wiedergutmachung zu zahlen?«

»Nein, Sir. Sie dachte, ich würde das Geld nur Daddy geben. Darum hatte er mich auch gebeten. Er wollte einen anderen Anwalt engagieren und versuchen, den korrupten Richter anzuklagen.«

»Sie haben Ihre Mutter aber um das Geld gebeten?«

»Jawohl, Sir. Sie hat einen Wutanfall gekriegt. Sie hat mir geantwortet, sie würde keinen einzigen Dollar darauf verschwenden, Junius Jelks zu helfen. Damals hatte man bereits ihre Krebserkrankung entdeckt, und sie war ziemlich deprimiert. Ich glaube, sie hat Daddy für die meisten schlimmen Dinge, die uns zugestoßen sind, die Schuld gegeben. Sie hat geschrien, er hätte meine Juristenlaufbahn zerstört.«

»Haben Sie Junius Jelks dafür die Schuld gegeben?«

»Nicht in dem Maß wie sie.«

»Warum nicht?«

»Ich weiß es nicht. Ich hatte das Gefühl, dass irgendwas in Mas Kopf nicht richtig war. Sie hatte einen Hass auf Daddy, den ich nicht verstanden habe. Ich dachte, es wäre ihr Hass, der wie ein Fluch auf uns lag.«

»Wie hat Junius Jelks reagiert, als Sie ihm sagten, Sie könnten das Geld für den anderen Anwalt nicht aufbringen?«

»Er ist völlig durchgedreht. Ihm standen fünfzehn Jahre Zuchthaus bevor.«

»Was hat er zu Ihnen gesagt?«

»Ich wäre nutzlos. Hätte auf der Welt nichts zu suchen. Und dann sagte er, das überraschte ihn nicht, denn ich wäre ohnehin nicht sein Sohn.«

»Wie haben Sie darauf reagiert?«

»Ich dachte, er machte Witze. Aber dann hatte er so was im Gesicht, und da wusste ich, dass er es ernst meinte. Es war, als hätte er sich eine Maske weggerissen. Die letzte. Er hatte ja sein Leben lang Masken getragen, um Leute zu betrügen. Er war ein Meister der Verkleidung, hat nie gezeigt, wer er wirklich ist. Aber an dem Tag habe ich den wahren Junius Jelks gesehen. Und in seinen Augen stand nichts als Wut, Angst und Hass.«

»Haben Sie ihn gefragt, wer Ihr leiblicher Vater ist?«

Lincoln nickt.

Richter Elder sagt: »Bitte antworten Sie mit Worten.«

Lincoln schaut zum Richter auf. »Sind auch Flüche gestattet?«

»Sie können wiederholen, was er zu Ihnen gesagt hat.«

»Er hat mir geantwortet, Ma wäre von einem Haufen Ku-Klux-Klan-Leuten vergewaltigt worden, damals in Mississippi. Er sagte, eines von den durchgeknallten Arschlöchern wäre mein Vater.«

»O Gott«, ruft hinter mir eine ältere Schwarze, und ein Dutzend anderer Leute stimmen ein.

»Junius hat gesagt, er hätte mich all die Jahre angelogen, weil Ma das so wollte, aber jetzt wäre sie für ihn erledigt und ich auch. Er wollte nicht mehr, dass ich ihn noch für meinen Daddy hielt. Er sagte, ihm würde schlecht, wenn er mich nur anschaute. Jedes Mal, wenn er mich ansah, würde er einen von den dreckigen Ärschen aus dem Klan vor sich sehen. Er schrie, so wäre das immer schon gewesen.«

Das Murmeln der Sympathie und der Missbilligung wird hinter mir immer lauter.

»Haben Sie geglaubt, was er Ihnen sagte?«, fragt Shad.

»Erst nicht.«

»Warum nicht?«

»Na ja … weil ich nicht weiß aussehe. Nicht mal halb weiß.«

»Haben Sie Ihre Mutter nach der Klan-Geschichte gefragt?«

»Ja. Sie hat sie geleugnet. Sie hat mir gesagt, die Vergewaltigung wäre passiert, aber keiner dieser Kerle wäre mein Vater. Sie behauptete, mein Vater wäre ein Mann, den sie gleich nach ihrer Ankunft in Chicago kennengelernt hatte.«

»Haben Sie ihr geglaubt?«

»Ich war mir nicht sicher. Ich wollte es ja glauben. Ich habe sie gefragt, ob es ein Weißer oder ein Schwarzer gewesen war. Sie sagte, ein Schwarzer. Er wäre verheiratet gewesen, aber inzwischen gestorben, also würde es mir nichts nützen, wenn sie mir seinen Namen nannte.«

»Haben Sie ihr geglaubt?«

»Den Teil mit dem Klan ja. Aber nicht, dass mein leiblicher Vater tot war, wer immer er auch sein mochte. Ich spürte, dass sie mich anlog. Um mich zu schützen, vielleicht, aber gelogen hat sie.«

»Wie haben Sie das gespürt?«

»Ich merke immer, wenn Leute lügen. Das habe ich gelernt, als ich mit Junius seine Betrügereien durchzog. Versuchen Sie nie, einen Gauner anzulügen. Die merken es immer. Das hat mir bei Prozessen sehr geholfen.«

»Aber, Mr. Turner, Sie haben uns doch schon gesagt, dass Ihre Mutter Sie Ihr ganzes Leben lang erfolgreich belogen hat und Sie es nicht bemerkt haben. Jetzt erzählen Sie uns, Sie wüssten immer, wenn jemand lügt? Wie erklären Sie sich das?«

Lincolns Lider senken sich halb über seine Augen, während er darüber nachdenkt. Nach etwa zwanzig Sekunden zwinkert er und schaut sich um, als wäre er gerade aus einer Trance aufgewacht. »Ich will Ihnen sagen, wie ich mir das erkläre. Wenn eine Frau, die niemals lügt, ihre erste Lüge erzählt … dann stellt niemand diese Aussage in Frage. Niemand kommt ihr auf die Schliche, denn die Leute können sich nicht mal vorstellen, dass diese Person versucht, sie zu betrügen. Das ist die große Lüge. Innerhalb einer Familie. Meine Mom hat beinahe nie gelogen. Also habe ich die eine Sache, über die sie nie die Wahrheit gesagt hat, nicht bemerkt – obwohl sie mich deswegen jeden Tag meines Lebens angelogen hat.«

Shad nickt nüchtern. »Nun, um das noch mal klarzustellen, wie lange ist es her, dass Sie mit Ihrer Mutter dieses Gespräch über die Vergewaltigung durch den Ku-Klux-Klan geführt haben?«

»Das war vor sieben Monaten. Etwa vier Monate vor ihrem Tod.«

»Und damals hatte man bei Ihrer Mutter bereits Lungenkrebs festgestellt?«

»Das stimmt.«

»Wie haben Sie auf all das, was sie gesagt hat, reagiert?«

»Ich habe angefangen, mich von ihr zurückzuziehen.«

»Obwohl sie sterbenskrank war?«

»Ja. Ich bin nicht stolz darauf, aber ich bin einfach nicht darüber weggekommen, dass sie mich seit meiner Kindheit angelogen hatte. Mein ganzes Leben war eine Lüge gewesen.«

»Was war der nächste Hinweis auf Ihren wahren Vater?«

»Als Mom schwächer wurde, musste ich einige ihrer Angelegenheiten für sie regeln. Da habe ich in ihrer Wohnung versteckt diese Schachtel gefunden, die voll mit alten Unterlagen und Erinnerungsstücken war. James Turners Ehrenmedaille aus dem Krieg war dabei, die des echten James Turner. Auch ein paar Briefe und ein paar eingelöste Schecks aus den siebziger Jahren.«

»Waren die Briefe unterschrieben?«

»Nein.«

»Welcher Name stand auf den Schecks?«

»Dr. med. Thomas Cage.«

Mindestens ein Dutzend Leute hinter mir murmeln leise »Hhm«.

»Fürs Protokoll möchte ich angeben, dass diese Schecks am Montag in die Liste der Beweismittel aufgenommen wurden«, sagt Shad. »Gab es noch andere Hinweise in dieser Schachtel?«

»Ein Polaroidfoto von Ma mit einem Mann.«

»Mit welchem Mann?«

»Mit dem Mann da drüben. Dr. Thomas Cage.«

»Was war darauf zu sehen?«

»Sie standen in einem Zimmer und hatten ein Laken um sich gewickelt.«

»Waren sie unter dem Laken bekleidet?«

»Allem Anschein nach nicht, nein.«

»Herr Richter, wir würden den Geschworenen gern die Gelegenheit geben, dieses Foto näher zu betrachten.«

Wenn Quentin überhaupt je Einspruch erhebt, dann wäre jetzt die Zeit gekommen. Aber er tut es nicht. Sogar als Joe Elder ihn erwartungsvoll anschaut, sieht Quentin nur zu, wie Shad den alten Polaroid-Schnappschuss zu den Geschworenen hinüberträgt und ihn der Frau gibt, die vorne links sitzt. Ihre Augen verengen sich, weiten sich dann, ehe ihr Gesicht puterrot wird. Ich bringe es nicht über mich, einen Blick zur Seite auf das Gesicht meiner Mutter zu werfen. Vor mir starrt mein Vater einfach nur geradeaus auf die Richterbank. Meine Mutter könnte ebenso gut eine Schaufensterpuppe sein, die neben mir sitzt, so wenige Lebenszeichen zeigt sie.

»Was haben Sie mit den Dingen gemacht, die Sie in der Schachtel gefunden haben?«, fragt Shad.

»Ich habe meine Mutter damit konfrontiert.«

»Wie hat sie darauf reagiert?«

»Sie hat mir endlich die Wahrheit gesagt. Die ganze Wahrheit.«

»Und das war?«

»Sie sagte, mein Vater sei Dr. Tom Cage aus Natchez, Mississippi. Sie hatte es von Anfang an gewusst. Sie hatte ihn all die Jahre in Schutz genommen. Deswegen hat sie mich und Jelks angelogen.«

»Hat sie während dieses Gesprächs sonst noch etwas über Dr. Cage gesagt?«

»Sie hat mir erzählt, dass ein großer Teil des Geldes, das mein Jurastudium finanziert hat, von ihm gekommen war.«

»Das ist jetzt sehr wichtig, Lincoln. Hat sie auch gesagt, ob Dr. Cage wusste, dass er Ihr Vater war, oder nicht?«

Lincolns braunes Gesicht wird noch dunkler, weil ihm das Blut in die Wangen schießt. »Natürlich wusste er es!«

»Hat Ihre Mutter Ihnen das erzählt?«

»Ja. Deswegen hat er all die Jahre lang das Geld geschickt. Ma hat gesagt, dass Dr. Cage uns während all der Zeiten über Wasser gehalten hat, wenn Daddy jeden Cent, den sie verdient hatte, ausgegeben hat. Und sie hat mich angefleht, bloß nichts zu unternehmen, um sein Familienleben zu stören.«

»Er lügt«, flüstert mir Mom ins Ohr,

»Worüber?«

»Tom wusste nie, dass er einen Sohn mit dieser Frau hatte.«

Shad fragt: »Und wie haben Sie sich da gefühlt.«

»Mir war übel«, antwortet Lincoln. »Der Mann hatte unser Leben ruiniert, und Ma schien ihn noch immer anzubeten. Sie sagte, die meisten anderen Männer hätten sie mit ihrem Baby auf dem Trockenen sitzen lassen, Dr. Cage hätte jedoch immer für uns gesorgt. Sie wollte sich von mir nicht davon abbringen lassen.«

»Kannst du beweisen, dass Dad nichts von dem Kind wusste?«, flüstere ich Mom zu.

»Wie kann ich beweisen, dass etwas nicht war?«

»Das kannst du nicht. Und die Geschworenen werden die Tatsache, dass er so lange Geld geschickt hat, als Beweis ansehen.«

Moms Stimme in meinem Ohr wird lauter. »Tom könnte das Geld doch geschickt haben, weil er wegen der Affäre ein schlechtes Gewissen hatte! Oder weil sie vergewaltigt worden war und die Stadt verlassen musste. Das heißt doch nicht, dass er was von dem Kind wusste.«

Sie scheint sich ihrer Sache so sicher, dass mir eine Frage kommt. »Mom … wusstest du, dass Dad dieses Geld geschickt hat?«

Meine Mutter wirft mir einen Blick zu, der Wodka gefrieren lassen würde, und ich schaue wieder nach vorn.

Shad ist näher an Lincoln herangetreten. »Und wie haben Sie sich da gefühlt, Lincoln?«

Wieder sollte Quentin Einspruch erheben – Gefühle haben wenig mit Tatsachen zu tun –, doch er bleibt wieder einmal stumm.

»Ich habe sie gehasst«, sagt Lincoln bitter. »Ich wollte sie nie wiedersehen. Das habe ich jedenfalls damals gedacht.«

»Haben Sie das Ihrer Mutter auch gesagt?«

Er nickt. Tränen strömen ihm übers Gesicht. »Ich habe ihr gesagt, ich wäre froh, dass sie stirbt.«

Lincoln Turner biegt sich zwar die Wahrheit so zurecht, wie es ihm passt, aber diesmal glaube ich ihm wirklich.

»Was haben Sie damals für Dr. Cage empfunden?«

»Ich wollte ihn umbringen.«

Wenn ich Lincoln ins Kreuzverhör nehmen wollte, würde ich zunächst den Eindruck erwecken, dass er versucht hat, mithilfe des Rechtssystems Rache an Dad zu nehmen, indem er sich am Anfang so vehement dafür eingesetzt hat, dass Dad wegen Mordes angeklagt wurde. Wird Quentin das aber auch machen?

»Was haben Sie dann getan?«, fragt Shad.

»Ich habe jeden Kontakt zu meiner Mutter abgebrochen.«

»Obwohl sie sterbenskrank war?«

»Ja. Ich habe doch schon gesagt, dass ich Probleme habe, meine Wut zu zügeln. Damals habe ich ihr die Schuld an allem Schlechten gegeben, das mir je zugestoßen ist.« Lincolns dunkle Augen bewegen sich vom Bezirksstaatsanwalt zum Tisch der Verteidigung, wo mein Vater allein sitzt. »Und ihm natürlich auch. Dr. Cage.«

»Hatten Sie eine Ahnung davon, wie die Krankheit Ihrer Mutter sich entwickelt hat?«

»Nachdem sie zum Sterben wieder nach Mississippi gegangen war, hat meine Tante – Cora Revels – ab und zu bei mir angerufen und berichtet, wie es ihr ging.«

»Haben Sie Cora gesagt, dass Sie wussten, dass Dr. Cage Ihr Vater ist?«

»Nein, Sir. Aber ich habe mich wegen der Sachen, die ich zu Ma gesagt hatte, immer schlechter gefühlt. Nach einer Weile wollte ich ihr noch, ehe sie starb, sagen, dass ich ihr vergeben hatte – auch, wenn das nicht ganz stimmte. Aber ich wusste, dass es ihr das Sterben leichter machen würde. Persönlich denke ich ja, dass die vielen Lügen über diese lange Zeit hinweg ihr den Krebs beschert und sie von innen vergiftet haben.«

»Haben Sie es geschafft, Ihrer Mutter zu sagen, dass Sie ihr vergeben hatten?«

»Nein.«

»Warum nicht?«

»Eines Abends rief mich Tante Cora an und sagte, sie glaubte, Ma bliebe nicht mehr viel Zeit. Sie hat mir nichts von diesem Selbstmordpakt erzählt, aber sie war sich ziemlich sicher, dass Ma nicht mehr länger als vierundzwanzig Stunden durchhalten würde.«

»Was haben Sie da gemacht?«

»Ich bin in meinen Pick-up gesprungen und in einem Rutsch von Chicago nach Natchez gefahren.«

»Wo waren Sie, als Ihre Mutter starb?«

»Eine halbe Stunde nördlich von Natchez.«

Shad senkt den Kopf und lässt diese schreckliche Tragödie auf die

Zuhörer einwirken. Nach einigen Sekunden fragt er: »Warum haben Sie Ihre Mutter während dieser langen Fahrt nicht angerufen?«

»Ich habe ja ständig neue Nachrichten von Cora bekommen, ich sollte mich beeilen. Dann plötzlich hat sie nicht mehr angerufen. Ich habe es ein paar Mal bei Cora versucht, bin aber immer zur Mailbox durchgestellt worden.«

»Aber Sie haben nicht in Coras Haus angerufen und mit Ihrer Mutter gesprochen?«

»Nein, Sir.«

»Warum nicht?«

»Teils hatte ich Angst, *er* würde da sein. Dr. Cage. Und teils wollte ich, dass er da wäre, wenn ich dort ankam.«

»Haben Sie deswegen Ihre Mutter nicht angerufen?«

»Nein, das war nicht der Grund, Sir. Solche Sachen, wie ich sie sagen musste, die sagt man nicht am Telefon. Nicht der Mutter. Wenn man so was sagt, muss man jemandem die Hand halten.«

Einige weibliche Geschworene, weiße wie schwarze, nicken.

»Wünschen Sie jetzt, Sie hätten in dieser Nacht bei Ihrer Mutter angerufen?«

»Jawohl, Sir.«

»Was hätten Sie gesagt?«

Lincoln Turner schluckt und schaut zur Decke. »Halte nur noch ein bisschen durch, Ma. Ich komme nach Hause.«

Drei Frauen auf der Geschworenenbank nehmen Taschentücher aus ihren Handtaschen und wischen sich die Augen. Die anderen werfen meinem Vater vernichtende Blicke zu. Auch die Männer scheinen nicht sonderlich gut auf ihn zu sprechen zu sein.

»Es hätte aber nichts genützt«, sagt Lincoln verzweifelt. »Da hatte er ihr schon Morphin gespritzt, und Cora war bei den Nachbarn und jenseits von Gut und Böse.«

Shad neigt erneut den Kopf, als müsse er sich erst wieder sammeln, weil ihn dies alles emotional so mitgenommen hat. »Lassen Sie uns bitte eines klarstellen. Junius Jelks, der Ehemann und Witwer Ihrer Mutter, wusste nie, wer Ihr leiblicher Vater ist. Stimmt das?«

»Ja, das ist richtig.«

»Gut. Also … was haben Sie vorgefunden, als Sie in den frühen

Morgenstunden des zwölften Dezember im Haus von Cora Revels ankamen?«

»Zu dem Zeitpunkt war meine Tante schon nach Hause gekommen, und ich habe ihr gesagt, sie solle 911 anrufen. Die Sanitäter waren da.«

»Hat Ihre Tante Ihnen gegenüber Dr. Cage erwähnt?«

»Zuerst nicht. Aber während der nächsten Stunde hat sie mir von dem Selbstmordpakt erzählt.«

»Gestern hat Cora Revels hier ausgesagt, dass sie zu dem Zeitpunkt davon ausgegangen ist, dass tatsächlich Beihilfe zum Selbstmord geleistet worden war.«

»Das hat sie mir auch gesagt.«

»Aber Sie haben ihr nicht geglaubt?«

»Es sah viel zu chaotisch aus. Es sah überhaupt nicht nach Beihilfe zum Selbstmord aus.«

»Haben Sie genügend Erfahrung, um das zu beurteilen?«

»Ich bin kein Experte. Aber meine Mom schien mir nicht friedlich gestorben zu sein. Ich kannte damals das Gesetz von Mississippi gegen Beihilfe zum Selbstmord noch nicht, aber ich wusste, dass sich Dr. Cage, wenn er ihr die Spritze selbst gegeben hatte, des Mordes schuldig gemacht hatte.«

»Verstehe.« Shad geht auf seinen Tisch zu, wendet sich dann aber noch einmal dem Zeugen zu. »Sagen Sie mir noch eines, Lincoln. Hofften Sie, dass Dr. Cage ihr die Spritze gegeben hatte? Dass er sich des Mordes schuldig gemacht hatte?«

»Zu dem Zeitpunkt …? Ja, Sir, das habe ich gehofft.«

Absolutes Schweigen folgt auf diese Aussage.

»Und jetzt?«

»Jetzt … will ich nur einfach die Wahrheit herausfinden.«

»Danke.« Shad wirft Lincoln ein mitfühlendes Lächeln zu, geht dann zu seinem Stuhl und setzt sich hin. Er schaut Quentin nicht an, als er sagt: »Ihr Zeuge.«

Richter Elder blickt auf die Uhr und denkt wahrscheinlich an sein Mittagessen, als das Klicken und Surren von Quentins Stuhl verkünden, dass er Lincoln Turner tatsächlich ins Kreuzverhör nehmen wird.

Quentins Stuhl rollt zum Podium, auf dem die Anwälte sitzen, dann daran vorbei, und hält etwa drei Schritte von Lincoln entfernt an, der ihn mit mürrischem Trotz anstarrt.

»Hallo, Mr. Turner«, sagt Quentin mit seiner warmen Baritonstimme.

Lincoln nickt müde. Er sitzt einem Mann gegenüber, über dessen Verfahren er wahrscheinlich im Jurastudium Referate halten musste.

»Das ist ja eine mächtig traurige Geschichte, die Sie uns da erzählt haben.«

Lincoln kommentiert das nicht.

»Herr Richter«, beschwert sich Shad. »Ist da irgendwo am Horizont eine Frage zu erwarten?«

Joe Elder wirft Shad einen finsteren Blick zu. »Mr. Johnson, Mr. Avery hat Ihnen gerade gestattet, mit Ihrem Zeugen einen kleinen Plausch am Kamin abzuhalten. Nur Geduld.«

»Jawohl, Euer Ehren.«

Quentin hat den Blickkontakt mit Lincoln nicht unterbrochen, seit er zum Zeugenstand gerollt ist. Aber jetzt schaut er nach unten, berührt seinen Joystick und macht eine Vierteldrehung zur Jury hin. »Ehe wir zu einigen wesentlichen Themen kommen, die Sie angesprochen haben, Mr. Turner, möchte ich noch einmal den Zeitablauf klären. Ich finde, manchmal hilft es mir – und den Geschworenen –, wenn ich mich von der Gegenwart in die Vergangenheit zurückarbeite und nicht umgekehrt von der Vergangenheit nach vorn. Einverstanden?«

»Wie Sie meinen.«

»Sie haben es nicht mehr geschafft, Ihrer Mutter mitzuteilen, dass Sie ihr vergeben haben, weil Sie nicht mehr rechtzeitig von Chicago angekommen sind. Sie waren noch eine halbe Stunde von der Stadt entfernt, als sie starb.«

Ich merke, dass Lincoln, der Rechtsanwalt, überlegt, worauf Quentin mit seiner Frage hinauswill. Quentins Plauderton lässt jedoch keine Rückschlüsse darauf zu, was er für wichtig hält.

»Das stimmt«, sagt Lincoln.

»Gut. Also, Sie haben erklärt, dass Sie Tom Cage töten wollten, nachdem Sie herausgefunden hatten, dass er Ihr Vater ist.«

»Das stimmt.«

»Und Sie haben das erst drei Monate vor dem Tod Ihrer Mutter erfahren?«

»Ja.«

»Wollen Sie Dr. Cage immer noch töten?«

Lincoln sieht eher aus, als würde er im Augenblick lieber Quentin Avery umbringen, aber die Wut, die in seinen Augen aufflammt, legt sich allmählich wieder. »Nein, ich will ihn nicht umbringen. Ich will gar nichts von ihm.«

Quentin weicht überrascht mit dem Kopf zurück. »Sie wollen doch, dass er ins Gefängnis wandert, nicht wahr?«

»Wenn die Geschworenen das für richtig befinden.«

Darüber muss Quentin lächeln. »Ach, kommen Sie schon, Mr. Turner. Glauben Sie nicht, dass Tom Cage Ihre Mutter ermordet hat?«

»Doch.«

»Und haben Sie nicht den Bezirksstaatsanwalt bestürmt, er solle diesen Todesfall untersuchen?«

»Das hätte jeder Sohn getan.«

Quentin nickt freundlich. »Aber Sie wollten nie etwas von Dr. Cage, sagen Sie?«

»Sie meinen Geld oder so was?«

»Ich meine irgendwas.«

Lincoln schaut in seinen Schoß, als wäre er in Gedanken verloren. Dann blickt er auf und sagt: »Ich wollte seine Anerkennung. Als Ma mir gesagt hat, er wäre mein Vater, da wollte ich eigentlich hören, dass er sich meiner nicht schämt. Dass ich ihm etwas bedeute. Aber das ist nur der Traum eines kleinen Jungen.« Lincoln wirft mir einen jämmerlichen Blick zu. »Tom Cage hatte ja seinen weißen Sohn da drüben, den Bürgermeister. Was brauchte er da mich? In Wahrheit wünschte er, ich wäre nie geboren – und das hat sich nicht geändert.«

Wie ein Leichentuch senkt sich Feindseligkeit gegen die Familie Cage über den Gerichtssaal. Ich kann sie spüren wie einen Temperatursturz oder den Schatten einer Unwetterwolke, die über uns hereinzieht.

Quentin schaut Lincoln einige Sekunden schweigend an. Dann,

nachdem er zu Richter Elder aufgeblickt hat, dreht er seinen Stuhl und surrt zurück zum Tisch der Verteidigung. Ehe er ihn erreicht, wirbelt er herum und schaut Lincoln wieder an.

»Wenn Sie nichts von Dr. Cage wollten – nichts außer seiner Anerkennung, wie Sie behaupten – warum, glauben Sie, hat Ihre Mutter Ihnen all die Jahre verschwiegen, dass er Ihr Vater ist?«

Lincoln blinzelt angesichts von Quentins Frage. Endlich sagt er: »Ich glaube, es lag ihr mehr daran, ihn zu schützen, als mir zu helfen. Aber ich weiß es nicht sicher. Und dank Tom Cage werde ich es nie wissen.«

Quentin lächelt leise, als hörte er genüsslich eine elegant formulierte Zeile in einem Theaterstück. »Keine weiteren Fragen, Herr Richter.«

Alle sind über diesen plötzlichen Abbruch des Kreuzverhörs verdattert, auch Lincoln Turner.

Richter Elder erholt sich als Erster. »Es ist nach zwölf Uhr. Wir wollen alle zu Mittag essen. Die Sitzung wird um ein Uhr fünfzehn wieder aufgenommen.«

KAPITEL 38

Rusty und ich geleiten meine Mutter und meine Schwester durch die Seitentür aus dem Gerichtsgebäude, die zum Rathaus führt, als mein Handy piept und mich auf eine SMS aufmerksam macht. Auf dem Display sehe ich Danforth Washington. Dan Washington ist Jewel Washingtons Sohn. Ich bin nur ungern unhöflich zu meiner Mutter, aber ich kann mir nicht erlauben, eine Nachricht von der Beamtin zu ignorieren, die hier im Bezirk für die ungeklärten Todesfälle zuständig ist und zudem unerschütterlich zu mir und meinem Vater hält.

»Einen Moment. Das hier ist wichtig.«

Ich bahne mir rasch durch die Menschenmenge den Weg zur Wand und lese Jewels SMS.

Müssen dringend reden. 4 Augen. Mrs. Petros nicht in der Stadt. Bin in 5 min auf dem Hof hinter ihrem Haus. Geht das?

Das Antebellum-Haus, auf das Jewel sich bezieht, ist nur zwei Häuserblocks vom Gerichtsgebäude entfernt. Ich tippe: *Bin unterwegs*, und drücke dann Senden.

»Was ist, Penn?«, fragt Mom, die endlich auch bei der Wand angekommen ist. »Hoffentlich keine Probleme?«

»Nein, ich muss nur mit jemandem reden. Ich bin bald zu Hause«, verspreche ich. »Gib Mia ein bisschen frei, wenn sie möchte.«

Mom nickt, kann sich aber kein Lächeln abringen.

Rusty schaut mich mit fragend gehobener Augenbraue an.

»Das ist das reinste Chaos hier«, sage ich zu ihm. »Suche Tim und seine Jungs, und weiche Mom nicht von der Seite, bis du die gefunden hast. Sag Tim, ich komme eine halbe Stunde allein zurecht.«

»Ich passe auf sie auf, Kumpel. Mit wem triffst du dich?«

»Mit Jewel«, flüstere ich.

Seine Augen werden weit, aber er sagt nichts. Ich renne die Treppe zur Washington Street hinunter, ignoriere die Reporter und tippe im Laufen eine SMS an Serenity.

Muss jd treffen. Wir reden so bald w. mögl.

An der Ecke von Washington und Wall Street steht ein Haus, das 1735 erbaut wurde. Als ich ein kleiner Junge war, gehörte es einem Mann, der dort einen Laden mit seltenen antiquarischen Büchern führte. Mein Vater hat stundenlang auf den staubigen Regalen herumgestöbert oder die Kisten mit den neuesten Erwerbungen durchgeschaut, während ich mit viel interessanteren Dingen spielte. Der Buchhändler besaß einen Spazierstock mit goldenem Griff, der einmal dem Schriftsteller George Washington Cable gehört hat, als der in New Orleans lebte. Oft tat ich so, als wäre in diesem Stock ein Schwert verborgen, und der Buchhändler übernahm für mich die Rolle des Bösewichts. Als er starb, vermachte der alte Mann meinem Vater den Stock. Jetzt nimmt er einen Ehrenplatz auf einem der Bücherregale im Arbeitszimmer meines Vaters ein.

Jewel hat dieses Haus ausgewählt, weil es nah am Gerichtsgebäude und an ihrem Büro liegt. Sie muss nur einen Block weit gehen, um herzukommen. Hinter dem zweigeschossigen Haus im Kolonialstil liegt ein Hof, der von einer hohen, efeubewachsenen Mauer aus bröckelnden Ziegelsteinen umgeben ist. Ein Tor geht auf die Straße hinaus. Dort hindurch schlüpfe ich jetzt auf den Hof, in eine duftende grüne Welt von Blumenbeeten und bepflanzten Hängeampeln.

Jewel sitzt schon an einem schmiedeeisernen Tisch in der Ecke des Innenhofes und raucht mit höchster Konzentration eine Zigarette. Ich gehe zu ihr und setze mich weit genug weg, dass ich nicht den Rauch einatmen muss, wenn sie ihn ausstößt.

»Mrs. Petros würde Sie umbringen, wenn sie Sie hier draußen rauchen sähe.«

»Die macht eine Radtour in Frankreich. Ich glaube nicht, dass sie so gut sieht.«

»Was ist los, Jewel?«

»Ich bin mir nicht sicher, aber irgendwas ist faul im Sheriff's Department. Und Sie müssen davon wissen.«

»Das ist aber eigentlich nichts Neues, seit Billy Byrd den Sheriffstern trägt.«

»Wie wäre es mit Manipulation von Beweismitteln?«

»Ich höre.«

Jewel nimmt einen letzten Zug, drückt die Zigarette aus, steht auf und wirft die Kippe hinter sich über die Mauer. »Vor etwa einer Stunde bin ich in einem Supermarkt zufällig einem Deputy begegnet. Einem schwarzen Deputy.«

»Okay.«

»Er hat schon eine ganze Weile ein Auge auf mich geworfen, also habe ich, als er mich zur Seite gezogen hat, gedacht, er wollte nur mit mir flirten. Weit gefehlt. Er hat mir gesagt, er hätte mit angehört, wie zwei weiße Deputys im Umkleideraum über den Fall Ihres Vaters geredet haben. Die haben gelacht und sich beglückwünscht, wie gut sie da was hingekriegt hätten.«

»Was?«

»Er hat nicht genug gehört, um sicher zu sein. Aber er hat gesagt, sie haben über Haare und Fasern gewitzelt. Sie hätten wohl darüber gelacht, dass sie potenzielle Indizien verloren hätten. Und dass sie vielleicht dafür irgendwelche Haare und Fasern von irgendeinem anderen mutmaßlichen Täter reingeschmuggelt hätten.«

»Das ist eine ernste Sache, aber ziemlich vage. Wäre der Mann bereit, mit mir zu reden?«

Jewel bewegt den Kopf hin und her. »Er hat jetzt schon Angst, dass er seinen Job verliert. Und erzählen Sie mir nicht, dass Sie ihm einen im Police Department verschaffen können, denn da sind die Nebenleistungen echt *Mist.*«

»Verstehe. Würde er versuchen, mehr rauszukriegen?«

»Ich habe ihn drum gebeten. Vielleicht haben wir Glück, aber er wird für mich nicht seine Laufbahn riskieren. Für mein Alter bin ich noch immer ziemlich scharf, aber so scharf nun auch wieder nicht.«

Ich brauche eine gute Minute, um darüber nachzudenken, und Jewel unterbricht mich nicht.

»Wenn die an den Beweismitteln rummachen«, denke ich laut, »dann bedeutet das, dass Dad unschuldig ist.«

»Nicht unbedingt. Sie häufen vielleicht nur jede Menge Beweise an, damit sie sicher sein können, dass er nicht dank Quentins Tricks vor Gericht doch freikommt.«

Was für Tricks? »Ich bin mir nicht sicher, ob der noch Tricks auf Lager hat.«

Jewel wirft mir einen scharfen Blick zu. »Verurteilen Sie ihn nicht zu rasch. Er ist ein schlauer alter Fuchs, unser Quentin.«

Als ihr Lächeln ein wenig melancholisch wird, weiten sich meine Augen. »Sag bloß … Sie und Quentin?«

Sie lacht leise. »Der gute alte Q ist früher ganz schön rumgekommen. Als ich noch Krankenschwester war, war ich Zeugin in einem Kunstfehler-Fall, den er betreut hat. Ich bin ihm aufgefallen, genau wie jedes andere hübsche junge Ding. Er hat mir ein paar eidesstattliche Aussagen abgenommen. In Abwesenheit seiner Assistenten.«

Ich schüttele voll Staunen den Kopf, verwundert über die Verbindungen, die wir alle auf unserem Weg durchs Leben nicht mitbekommen.

»Jewel, Dads Haare und Fasern waren überall in Cora Revels' Haus. Nach allem, was Sie gesagt haben, müssen die Deputys Beweismittel zerstört haben, die jemand anderen belastet hätten – jemanden, der dafür in Frage kommen könnte, für dieses Verbrechen belangt zu werden. Denn sonst wüssten wir nicht, mit wessen Haar wir das gefundene Material vergleichen sollten, selbst wenn wir die verschwundenen Haare oder Fasern hätten.«

Jewel nickt bedächtig.

»Was für Haar würde in diesem Haus auffallen?«, frage ich.

»Kaukasisches, Baby.«

»Genau. Außer Henry Sexton und meinem Vater, wie viele Weiße waren in den letzten paar Wochen oder sogar Monaten in diesem Haus zu Besuch?«

»Nicht viele. Und in meinen Augen wären die wahrscheinlichsten Kandidaten Snake Knox und seine Kumpels.«

»Gottverdammt!«, murmele ich, überrascht über die Hoffnung, die in meinem Herzen sprießt. Trotz all meiner Wut und meiner Feindseligkeit meinem Vater gegenüber sehnt sich ein Teil von mir immer noch verzweifelt danach, dass er unschuldig ist. »Ich glaube, Cora Revels weiß, dass die dort waren, und sie lügt wie gedruckt.«

»Würde mich nicht überraschen.«

»Aber warum sollte sie das tun?«

Jewel zuckt die Schultern. »Angst vor der Familie Knox?«

»Vielleicht. Jewel, wenn Ihr Deputy eine Zeugenaussage machen würde, dann könnte ich …«

»Vergessen Sie's, Penn. Er macht das nicht, wenn er nicht handfestere Beweise bekommt. Viel handfestere. Also preschen Sie nicht vor und erzählen irgendjemand davon.«

»Was zum Teufel kann ich denn sonst damit machen?«

»Benutzen Sie Ihr Hirn. Ich denke, Sie haben ja vielleicht selbst auch Kontakte im Sheriff's Department. Jemanden, der Ihnen einen Gefallen schuldet. Oder Ihrem Daddy. Der muss doch Patienten haben, die auf Byrds Gehaltsliste stehen. Vielleicht können die rausfinden, was da mit den Beweismitteln passiert ist.«

»Okay … verstanden.«

Jewel steht auf und berührt mich am Arm »Da ist noch was.«

»Was?«

»Mein Freund sagt, dass Billy Byrd mit Billy Knox auf sehr viel vertrauterem Fuß steht, als er das sollte.«

»Billy Byrd und Billy Knox kennen einander?«

»Machen Sie Witze? Byrds Daddy hat damals zusammen mit Frank Knox in der Triton-Fabrik gearbeitet. Und der Sheriff macht in Billy Knox' Fischrevier in Texas Ferien. Ein merkwürdiges Gespann, nicht?«

»Nein, das klingt sehr sinnvoll.«

Der Blick in Jewels Augen verrät mir, dass sie mir noch nicht alles anvertraut hat, was ihr Sorgen bereitet.

»Kommen Sie schon, Jewel, geben Sie mir den Rest.«

»Ich mache mir Sorgen um Ihren Daddy. Er sitzt da drüben abgetrennt in seiner eigenen Zelle, aber das heißt noch lange nicht, dass er nicht manchmal mit anderen Insassen in Kontakt kommt. Oder dass die Wachen nicht ab und zu mit ihm außerhalb der Sichtweite der Überwachungskameras sind.«

»Wollen Sie damit sagen, dass Billy Byrd versuchen könnte, Dad im Gewahrsam umzubringen?«

»Das habe ich nicht gesagt. Aber ich sage, wenn *jemand* ihm wehtun wollte, dann wäre das vielleicht nicht so schwer, wie es sein sollte.«

Wenn Jewel sich deswegen Sorgen macht, ist die Gefahr echt.

»Also, wenn Ihnen der Titel Bürgermeister irgendwelche Handhabe gibt«, fährt sie fort, »dann würde ich die an Ihrer Stelle benutzen, um sicherzustellen, dass Ihr Daddy da drüben rund um die Uhr unter Aufsicht ist.«

»In dieser Stadt Bürgermeister zu sein, das ist, als versuchte man, ein Unternehmen mit Spielgeld zu führen.«

Jewel schüttelt traurig den Kopf. »Ich kann nicht glauben, dass Quentin noch keine Methode gefunden hat, Doc aus diesem Gefängnis freizukriegen.«

»Das liegt im Ermessen von Richter Elder. Und Quentin meint, der hätte was gegen ihn oder Dad. Er weiß aber nicht, gegen wen genau, und auch nicht, was es sein könnte. Selbst Dad behauptet, dass er es nicht weiß.«

Jewel denkt offensichtlich über diese Frage nach. »Ich habe nie viel Schlechtes über Richter Elder gehört, also habe ich ihn mir nie näher angeschaut. Er ist allerdings vom anderen Flussufer, aus Ferriday, genau wie diese Doppeladler.«

»Aber er ist …«

Jewel wirft mir einen erwartungsvollen Blick zu. »Was? S-C-H-W-A-R-Z?«

»Ja.«

»Vielleicht ist er farbenblind.«

»Was meinen Sie damit?«

»Vielleicht sieht er nur grün.« Jewel zwinkert mir zu. »Ich höre mich mal um.«

Ich umarme sie, mache mich dann auf den Weg zum Tor. Als ich schon den rostigen Griff berühre, sagt sie: »Ich weiß nicht, ob Ihnen das bekannt ist, aber Shad wird bald einen Zeugen von außerhalb der Stadt vorladen.«

Ich bleibe stehen und drehe mich zu ihr um. »Wen?«

»Ich weiß es nicht. Aber es ist ein alter Mann, und er ist aus Ohio hierhergeflogen.«

»Ist er irgendein Experte?«

Jewel dreht die Handflächen nach oben. »Keine Ahnung. Ich sage Ihnen alles, was ich weiß.«

»Danke, Jewel.«

Sie wirft mir eine Kusshand zu, nimmt dann ihre Zigaretten und ihr Feuerzeug vom Tisch. Sie wird erst weggehen, wenn ich mindestens fünf Minuten verschwunden bin.

Nachdem ich den Innenhof verlassen habe, stehe ich auf dem Gehsteig der Washington Street und überlege, was ich als Nächstes tun soll. Wenn ich zwei Häuserblocks nach Westen gehe, bin ich beim Haus Edelweiß und kann Quentin von Angesicht zu Angesicht erzählen, was mir Jewel anvertraut hat. Wenn ich fünf Häuserblocks nach Osten gehe, kann ich bei Annie zu Hause sein. Nach wenigen Sekunden wende ich mich nach Osten und rufe Doris Averys Handy an. Sie ist nach dem zweiten Klingeln am Apparat.

»Es ist Penn«, höre ich sie sagen.

»Ruft er an, um mir zu gratulieren?«, fragt Quentin. »Oder will er nur weiter an mir rummeckern?«

»Hast du das gehört?«, erkundigt sich Doris.

»Jawohl. Aber der Zweck meines Anrufs ist weder, ihn zu begraben, noch zu preisen. Es ist eine Art Notfall.«

Ich höre ein Klappern, als sie Quentin das Telefon reicht. Er protestiert ein wenig, aber endlich kommt er an den Apparat. »Was ist?«

»Du kennst die Beamtin für zweifelhafte Todesfälle, glaube ich? Besser als viele andere?«

Da vergeht ihm rasch seine wenig kooperative Haltung. »Ich glaube, ich erinnere mich an den Fall, ja.«

»Sie hat mir gerade Informationen weitergegeben, die mich sehr verstören.«

»Dann lass hören.«

So schnell und so indirekt, wie ich kann, erzähle ich alles, was mir Jewel von dem Gespräch erzählt hat, das der Deputy belauscht hat, und erläutere meine Schlüsse daraus. Quentin hört mir zu, ohne mich zu unterbrechen, aber als ich fertig bin, sagt er: »Und was soll ich deiner Meinung nach damit anfangen?«

»Ich dachte nur, du solltest es wissen.«

»Na ja, jetzt weiß ich es.«

»Bist du nicht sauer darüber?«

»Ich werde doch meinen Blutdruck nicht wegen etwas hochschnellen lassen, das ich von Anfang an erwartet habe. Billy Byrd ist ein echtes Relikt aus der Steinzeit, der würde einem Gefangenen ein Telefonbuch um die Ohren hauen, ihn dann in den Rücken schießen und behaupten, er hätte einen Fluchtversuch unternommen. Manipulieren von Beweismitteln ist für diesen Schweinehund ein Klacks. Und wir wissen beide, dass der Bezirksstaatsanwalt auch keine Bedenken hat, entlastendes Beweismaterial zurückzuhalten. Also, was ist daran neu?«

»Na ja, das bedeutet doch offensichtlich, dass sie versuchen, jemandes Beteiligung an dem Verbrechen zu vertuschen. Und Jewel sagt, Byrd ist ganz eng mit Billy Knox befreundet.«

»Ja und?«

»Nun, das würde bedeuten, dass Billy Byrd im Zeugenstand sitzt und zu Dads Verurteilung beitragen will, während er privat versucht, einen gesuchten Kriminellen zu schützen, der wahrscheinlich Viola ermordet hat.«

»Du hast recht. Aber du wirst das niemals beweisen können. Was an Haaren und Fasern als Beweis da war, ist nun offensichtlich weg. Jewels Deputy wird keine Zeugenaussage machen, also Ende der Diskussion.«

»Aber … du willst mir sagen, Dad ist bestimmt unschuldig?«

»Versuche ich das nicht gerade im Gerichtssaal rüberzubringen?«

»Du hast im Gerichtssaal nicht die Bohne gemacht, verdammt!«

»Geduld, mein Bruder. Das Schwierigste ist immer das Warten. Aber meine Stunde kommt.«

Mit Quentin zu tun zu haben ist mehr als nervenaufreibend. »Übrigens, Shad wird demnächst einen alten Typen aus Ohio in den Zeugenstand rufen. Hast du eine Ahnung, wer das sein könnte?«

»Möglicherweise.«

Mehr will er mir eindeutig nicht verraten.

»Sind wir jetzt fertig, Penn?«

»Nein. Jewel sorgt sich um Dads Sicherheit in Byrds Gefängnis. Ich auch.«

»Ich habe viel darüber nachgedacht, und ich habe mit Tom darüber gesprochen. Wir sind der Meinung, dass die Einzelhaft ausreichend Schutz bietet.«

»Du weißt, dass das völliger Quatsch ist. Ich glaube, wir müssen den Justizminister des Staates hinzurufen, dass er Billy Byrd genau auf die Finger schaut.«

»Tu das nicht, Penn.«

»Warum nicht? Dann hätte Byrd zumindest zu viel Angst, unter diesem Mikroskop zuzulassen, dass Dad was passiert.«

»Byrd befindet sich schon unter einem Mikroskop. Penn, ich will es dir ehrlich sagen, in diesem Fall geht es nicht um gottverdammte Haare und Fasern. Du musst diesen Ansatz aufgeben.«

»Das weißt du nicht.«

»Du weißt nicht, was ich weiß, mein Junge. Und jetzt rede bitte mit niemandem darüber, was Jewel dir gesagt hat. Damit erreichst du nur, dass sie in Lebensgefahr gerät. Ich spreche mit deinem Vater noch mal über die Sicherheitsfrage.«

»Bitte melde dich danach bei mir. Ich meine, noch heute Abend. Wenn nicht, rufe ich beim Justizminister an.«

»Viel Glück dabei. Ich lege jetzt auf.«

Und das tut er.

KAPITEL 39

Als ich zu Hause ankomme, habe ich gerade mal zehn Minuten, um ein Sandwich zu essen und Annie in den Arm zu nehmen, ehe wir uns wieder zum Gericht aufmachen müssen. Wieder bettelt Annie uns an, mitkommen zu dürfen, und hinter ihr kann ich erkennen, dass auch Mia beinahe alles darum gegeben hätte, den Prozess verfolgen zu dürfen, statt hier im Haus von bewaffneten Männern bewacht zu sitzen. Doch nach Lincolns vernichtender Aussage über das geheime Liebesleben meines Vaters werde ich nicht mehr dafür getadelt, dass ich Annie das verweigere. Meine Mutter teilt ihrer Enkelin mit, es sei ihr absolut verboten, bei Gericht dabei zu sein.

»Neunzig Prozent von dem, was in dem Gebäude gesagt wird, sind Lügen«, erklärt sie, und weder Jenny noch ich widersprechen ihr.

Acht Minuten später liefert uns Tim vor den Stufen des Gerichtsgebäudes ab, übergibt das Steuer an einen seiner Mitarbeiter und geleitet uns durch die wogende Menschenmenge zu unseren Plätzen im Saal.

Serenity hat wieder in der ersten Reihe der Galerie Platz genommen. Nach einer Weile wird mir klar, dass sie wahrscheinlich während der Mittagspause nicht weggegangen ist. Sonst hätte sie diesen Platz bestimmt nicht zurückerobern können. Ich habe Gewissensbisse, weil ich ihr kein Sandwich mitgebracht habe. Als ich ihr zuwinke, hält sie eine braune Papiertüte hoch und grinst mir zu.

Natürlich. Eine ehemalige Soldatin ist auf alles vorbereitet.

Aufbrandendes Murmeln verrät mir, dass Richter Elder Einzug hält. Der großgewachsene Mann in der Robe schaut weder nach links noch nach rechts, als er zu seiner Richterbank geht. Sobald er Platz genommen hat und alle wieder sitzen, sagt er: »Ihr nächster Zeuge, Mr. Johnson.«

Shad erhebt sich. »Der Staat ruf Major Matthew M. Powers, früher United States Air Force, auf.«

Als die Tür hinten im Gerichtssaal aufgeht, dreht sich mein Vater um und steht auf, um über die Menge der Zuschauer hinweg sehen zu können. Sein Gesicht ist so blutleer, als hätte er einen Toten aufstehen und gehen sehen.

Das muss der Mann aus Ohio sein, denke ich.

Obwohl er über siebzig sein muss, schreitet Major Powers mit dem sicheren Gang eines um zehn Jahre jüngeren Mannes zum Zeugenstand. Er hat noch volles Haar, kurz geschnitten und eisengrau, und seine Augen sind von einem klaren Blau. Er trägt einen grauen Anzug, ein weißes Oberhemd und eine schmale schwarze Krawatte.

Als er vereidigt wird, spüre ich, dass sein Erscheinen meinen Vater völlig aus der Fassung gebracht hat. Zweimal hat Dad schon den Kopf nach vorn gebeugt und Quentin etwas zugeflüstert, aber Quentin hat ihm nur beruhigend den Arm getätschelt. Ich habe das Gefühl, dass Quentin – und damit auch mein Vater – nun den Preis dafür bezahlt, dass er nicht um Einsicht in die Zeugenliste gebeten hat.

»Major Powers«, beginnt Shad, »kennen Sie den Angeklagten in diesem Fall, Dr. Tom Cage?«

»Ja, ich kenne ihn. Vielmehr kannte ich ihn vor langer Zeit.«

»Wann haben Sie ihn getroffen?«

»Ein einziges Mal. Am dreißigsten November 1950.«

»Und wo war das?«

»An einem Straßenrand in Korea, südwestlich vom Changjin-Stausee.«

Noch bevor Major Powers seine Antwort zu Ende spricht, weiß ich, dass nichts, was er uns hier über Geschehnisse während des Koreakriegs erzählen kann, als Beweismittel in diesem Fall zulässig ist. Es fällt mit Sicherheit in die Kategorie »frühere Vergehen«. Und doch macht Quentin keinerlei Anstalten, Einspruch zu erheben. Ich kann mich gerade noch beherrschen, nicht aufzuspringen und selbst »Einspruch« zu rufen. Ich nehme an, dieser passive Ansatz gehört zu Quentins Plan, Dad als jemanden hinzustellen, der keine Zeugenaussagen unterdrücken will, die in irgendeinem Zusammenhang mit dem Verbrechen stehen, dessen er hier angeklagt ist, selbst, wenn ihn diese Aussagen in ein schlechtes Licht rücken. Mit der Machtlosigkeit, die mir aus Alpträumen so vertraut ist, bleibe ich auf meinem Platz sitzen.

»Was haben Sie dort zu diesem Zeitpunkt gemacht?«, fragt Shad den Major.

»Ich habe für die Air Force eine Lockheed Shooting Star geflogen. Die F 80 war als Kampfflugzeug konzipiert, aber am fünfundzwanzigsten November trafen die chinesischen Truppen, die insgeheim in Massen über die Grenze gekommen waren, auf die Zweite Division und überrannten alle amerikanischen Stellungen. Also wurden wir verpflichtet, den Bodenkampf zu unterstützen …«

»Penn?«, flüstert meine Mutter. »Die sollten Korea doch in diesem Verfahren nicht vorbringen dürfen, oder?«

»Nein.«

»Warum hält Quentin Johnson dann nicht auf?«

»Ich weiß es nicht.«

»Warum sagt Tom ihm nicht, dass er das beenden soll?«

Mom hat recht. Quentin sollte wie verrückt Einspruch erheben. Doch obwohl Richter Elder weiß, dass diese Zeugenaussage unzulässig sein sollte, will er hören, was Major Powers zu sagen hat. Die Geschworenen ebenfalls. Deswegen erhebt Quentin keinen Einspruch. Er will nicht, dass man den Eindruck bekommt, er wolle irgendeine Wahrheit verbergen. Indem er sich zu protestieren weigert, sagt er: *Wir sind alle hier, um den Dingen auf den Grund zu gehen, also zum Teufel mit den Regeln. Wir haben keine Angst davor, was irgendjemand zu sagen hat.*

»Ich glaube, Dad und Quentin sind ganz einer Meinung, Mom.«

»Dann musst *du* das aufhalten.«

»Ich *kann* nicht«, flüstere ich.

»Du bist doch im Verteidigungsteam, oder nicht?«

»Technisch gesehen, ja.«

»Dann erhebe Einspruch!«

»Dad will nicht, dass ich das tue.«

»Das ist mir egal. Ich will, dass du das tust. Ich sage dir, dass du es machen sollst. Dein Vater kann keinen klaren Gedanken mehr fassen.«

»Und wie haben Sie Dr. Cage in Korea kennengelernt?«, fragt Shad vom Podium.

»Mom, ich helfe dir, Quentin in der nächsten Sitzungspause rauszuschmeißen, aber ich werde jetzt keine Szene machen, die Dad schadet, indem ich mich hier vor den Geschworenen mit Quentin anlege.«

Sie schließt die Augen, als wolle sie das Gespräch ausgrenzen, das vor ihr geführt wird.

»Am achtundzwanzigsten November«, antwortet der Major, »wurde mein Flugzeug von Geschossen am Boden getroffen, und ich musste notlanden. Chinesische Truppen haben versucht, zu mir zu gelangen. Da haben mich einige Nachzügler einer zersprengten amerikanischen Infanterieeinheit aus dem Cockpit gezerrt und mitgenommen. Ich hatte schwere Verletzungen an den Beinen, aber da gerade ein gewaltiger Angriff lief, war es unmöglich, mich in eine MASH-Einheit oder gar zu einer Sammelstelle zu bringen. Die Marines hatten zu diesem Zeitpunkt beim Changjin-Stausee bereits Feindberührung, und sie hielten sich ziemlich gut. Doch die Armee war auf der ganzen Halbinsel in völligem Chaos. Es führte nur eine Straße von den Positionen der Achten Armee am Chongchon durch die Berge nach Süden. Nach ein paar Stunden wurde ich in einen Krankenwagen umgeladen, der zu einem großen Konvoi gehörte, der den Rückzug über diese Straße versuchte. Wir konnten die Fahrzeuge nur in kleinen Gruppen bewegen, weil die Chinesen das höher gelegene Terrain zu beiden Seiten des Passes kontrollierten, der inzwischen als ›Gauntlet‹ bekannt war.«

»Bitte fahren Sie fort.«

»Dr. Cage war der Sanitäter, der sich hinten im Krankenwagen um die Verwundeten kümmerte. Die Bedingungen in dem Fahrzeug waren ziemlich grauenvoll. Die Männer, die oben lagen, entleerten sich über die Männer darunter. Nicht ganz das, was man von der amerikanischen Armee erwarten würde. Es waren sieben andere Verwundete und ich. Sie stammten aus zwei Army-Einheiten, die praktisch ausgelöscht worden waren. Kurz nach Mitternacht am dreißigsten November waren wir an der Reihe, hier Spießruten zu laufen. Das war dann wohl am ersten Dezember. Nach etwa zehn

Minuten eröffneten chinesische Maschinengewehre von beiden Seiten des Passes das Feuer auf uns. Unser Fahrer wurde getroffen, wie auch einige der Verwundeten. Der Krankenwagen fuhr über den Straßenrand und rollte sechzig Meter in eine Schlucht hinein.«

Jetzt hat Major Powers die Geschworenen in der Hand; nichts fesselt einen Zivilisten so sehr wie eine wahre Begebenheit aus dem Krieg. Aber ich habe das Gefühl, dass mein Vater in dieser Geschichte nicht der Held ist.

»Sind während dieser Fahrt Soldaten ums Leben gekommen?«, fragt Shad.

»Ja. Zwei durch Gewehrfeuer und zwei weitere durch den folgenden Aufprall. Der Fahrer erlitt schwere Verletzungen und war unter dem Lenkrad eingeklemmt.«

»Wissen Sie, wie der Fahrer hieß?«

»Ja. Gefreiter Walter Garrity.«

Shad schaut über die Schulter, als suche er nach Walt. Major Powers folgt seinem Blick. Ich auch, aber ich sehe keine Spur von meinem alten Freund.

»Was ist passiert, nachdem der Krankenwagen zum Halten gekommen war?«, fragt Shad.

»Als der Rauch sich verzogen hatte, waren hinten im Wagen noch fünf Männer am Leben, mich und den Gefreiten Cage eingeschlossen. Cage überprüfte den Zustand des Fahrers, der vor Schmerzen schrie.«

»In welchem Zustand waren die anderen Männer?«

»Es war entsetzlich. Sie stöhnten eher, als dass sie schrien. Sie waren alle schon schwer verletzt gewesen, ehe man sie in den Krankenwagen lud. Der Unfall hatte alles nur noch schlimmer gemacht.«

»Aber sie waren bei Bewusstsein?«

»Alle außer einem. Er hatte eine Kopfverletzung und verlor immer wieder das Bewusstsein. Alle standen zu dem Zeitpunkt unter Schock.«

»Was ist als Nächstes geschehen?«

»Der Gefreite Cage hat den Fahrer vorn befreit, was eine schmerzhafte Angelegenheit war. Es stellte sich heraus, dass der Gefreite Garrity ebenfalls Sanitäter war. Beide Sanitäter sind dann hinten in den

Krankenwagen gestiegen und haben die Verwundeten begutachtet. Es war offensichtlich, dass keiner der Überlebenden aus eigener Kraft laufen oder eine Bahre tragen konnte. Einem der Jungs hatten die Kugeln die Beine zerschmettert. Ein anderer war von der Taille abwärts gelähmt. Der Gefreite Cage sagte dann zum Gefreiten Garrity, er würde jetzt zur Straße hinaufsteigen und Hilfe holen. Der Gefreite Cage hatte kleinere Verletzungen von einer vorherigen Kampfhandlung, aber er war der einzige Mann, der gesund genug war, um diesen Versuch zu unternehmen.«

»Was geschah dann?«

»Cage ist aus dem Krankenwagen gestiegen und ungefähr vierzig Minuten später zurückgekehrt. Er sagte, die einzigen amerikanischen Fahrzeuge oben an der Straße wären Wracks voller Toter, und die Chinesen auf der Passhöhe schössen noch immer auf alles, was sich bewegte.«

»Haben Sie ihm das geglaubt?«

»Ehrlich gesagt, ich war mir nie ganz sicher, ob er überhaupt da hochgeklettert war. Aber das ist nur meine persönliche Meinung.«

»Was geschah dann?«, fragt Shad.

»Der Gefreite Cage hat Garrity gebeten, aus dem Wagen zu steigen, damit er ihm seinen Bericht erstatten könnte. Das tat der auch. Ich bin sicher, er wollte vertraulich mit ihm reden, aber wir haben es alle mitgehört. Die beiden Sanitäter kamen zu dem Ergebnis, es wäre unwahrscheinlich, dass Hilfe kommen würde, ehe die Verwundeten im Krankenwagen gestorben waren.«

»Sie haben dieses Gespräch deutlich gehört?«

»Ja.«

»Konnten die anderen Verwundeten das auch hören?«

»Ja. Der ungewisse Kandidat war während Cages Abwesenheit vollends ins Koma gefallen.«

»Wie haben die Soldaten reagiert, die bei Bewusstsein waren?«

»Mit Panik, jedenfalls die beiden, die wach waren.«

»Und Ihre Reaktion?«

»Ich habe gebetet, ehrlich gesagt. Um Kraft gebetet. Für mich und die Sanitäter.«

»Was ist dann geschehen?«

»Einer der Verwundeten hat nach dem Gefreiten Cage gerufen. Er hat darum gebeten, man solle ihn nicht zurücklassen.«

»Hatten der Gefreite Cage oder der Gefreite Garrity zu diesem Zeitpunkt davon gesprochen, dass sie den Krankenwagen verlassen wollten?«

»Nein. Aber allen war die Lage klar. Ich hatte mir den Oberschenkel gebrochen, und den anderen ging es viel schlechter als mir. Es stand außer Frage, dass wir keinen Hang hinaufklettern konnten. Die Sanitäter waren die Einzigen, die eine Chance hatten, diese Schlucht aus eigener Kraft zu verlassen.«

»Gut. Machen Sie weiter.«

»Die Sanitäter stiegen wieder ein und teilten uns ihre Version der Sachlage mit.«

»Und die war?«

»Dass wahrscheinlich keine Hilfe kommen würde, ehe die Männer an ihren Wunden oder an Unterkühlung starben. Dass Gefangennahme durch den Feind sehr wahrscheinlich wäre. Das bedeutete Folter, wenn die Gerüchte stimmten, die wir gehört hatten.«

Ich schaue mich wieder um, entdecke nun Walt. Sein Gesicht ist beinahe violett.

»Was geschah als Nächstes?«

»Beide Sanitäter sagten, sie hätten vor, den Krankenwagen zu verlassen und zu versuchen, zu einer amerikanischen Einheit zu gelangen. Ihr erklärtes Ziel war, Hilfe zurückzubringen.«

Die Menge hinter mir stößt ein kollektives Schnaufen aus.

»*Beide* Sanitäter? Nicht nur einer?«

»Ja, das stimmt.«

»War es nicht ihre Pflicht, bei den Verwundeten zu bleiben?«

»Ich hätte das gedacht. Sie dachten das offensichtlich nicht.«

»Also wollten die beiden Sie da liegen lassen und weggehen?«

Powers schnieft. »Sie haben mir angeboten, mir zu zeigen, wie man Morphium spritzt. Das wusste ich schon aus dem Überlebenstraining. Sie sagten, sie würden die anderen Verwundeten in meine Reichweite legen.«

»Das war aber nett von ihnen.«

»Nicht wahr?«

Als Quentin auch gegen diesen offensichtlichen Sarkasmus keinen Einspruch erhebt, schnelle ich beinahe von meinem Stuhl hoch.

»Was ist dann geschehen?«

»Einer der Jungs flehte sie immer noch an, ihn nicht zurückzulassen, aber der andere hatte sich beruhigt. Er sagte den Sanitätern, er würde lieber von seinen eigenen Leuten getötet, als vom Feind gefangengenommen. Ich konnte erkennen, dass anscheinend bei den Bodentruppen jede Menge Gerüchte über Folter die Runde gemacht hatten.«

»Dieser Soldat hat also darum gebeten, getötet zu werden?«

»Jawohl, Sir.«

»Und der andere?«

»Ich konnte sehen, dass der zweite Junge, sobald die Idee ausgesprochen war, auch dieselbe verzweifelte Lösung in Betracht zog.«

»Was ist dann passiert?«

»Ich habe den Sanitätern gesagt, ich wüsste, was sie vorhätten, und dass sie das nicht tun dürften. Es wäre Mord. Kaltblütiger, grausamer Mord.«

»Wie haben sie reagiert?«

»Der Gefreite Garrity sagte, jeder Soldat hätte das Recht, seine eigene Entscheidung zu treffen.«

»Und dann?«

Major Powers schüttelt langsam den Kopf. »Die beiden Jungs, die bei Bewusstsein waren, entschieden sich dafür, eine tödliche Dosis Morphium gespritzt zu bekommen.«

Shad nickt, als sei ihm schmerzlich bewusst, dass Powers diesen Augenblick noch einmal durchleben musste. »Und der Soldat, der nicht bei Bewusstsein war?«

»Der war aus derselben Einheit wie einer der beiden anderen. Der meinte, der Junge im Koma würde sich, wenn er könnte, für das gleiche Schicksal entscheiden. Der Gefreite Cage wollte keinem Bewusstlosen die Spritze geben, aber die beiden anderen überredeten ihn dazu. Meine Worte zählten gar nichts. Ich habe ihnen aus der Bibel zitiert, doch das stieß auf taube Ohren.«

Eine schwarze Geschworene stößt einen Laut aus, den ich nur als Klage bezeichnen kann.

»Wurde den Soldaten dann eine tödliche Dosis Morphium verabreicht?«

»Ja.«

»Wer hat das gemacht?«

»Der Gefreite Cage.«

Einer der Geschworenen stößt einen gedämpften Schrei aus. Diesmal schaut Richter Elder böse zur Geschworenenbank hin.

»Bei allen drei Männern?«

»Ja. Garrity hatte eine gebrochene Schulter und dachte, er könnte das nicht professionell machen. Aber er war mit der Entscheidung voll einverstanden.«

»Haben die Sanitäter unmittelbar, nachdem Cage die Spritzen verabreicht hatte, den Krankenwagen verlassen?«

»Nein, sie haben gewartet, bis alle drei Männer bewusstlos waren.«

»Haben sie etwas zu Ihnen gesagt?«

»Sie haben gesagt, wenn sie es lebend herausschaffen würden, würden sie mit Hilfe zurückkommen.«

»Haben Sie ihnen etwas darauf erwidert?«

»Ja?«

»Was?«

»Ich habe ihnen gesagt, sie würden beide in der Hölle schmoren, aber vorher würde ich sie in Leavenworth sehen.«

Shad dreht sich um und schaut die Geschworenen geradewegs an, als wollte er sicher sein, dass sie die volle Tragweite des Gesagten begriffen haben. »Gut. Was ist geschehen, nachdem Cage und Garrity fortgegangen waren?«

»Ich habe zugesehen, wie diese armen Jungen gestorben sind. Dann bin ich etwa zehn Stunden lang allmählich erfroren. Cage hatte einige Decken über mich gebreitet, aber ich habe schließlich doch vier Zehen wegen Frostbeulen verloren.«

»Wer hat sie da rausgeholt?«

»Die Chinesen haben schließlich eine Patrouille hinuntergeschickt, die das Wrack überprüfen sollte. Sie haben mich mit Seilen den Hang hinaufgezogen, mich dann langsam durch die Ränge weitergereicht, bis ich zu Befragungen in einem chinesischen Gefangenenlager gelandet bin.«

»Gut, Herr Major. Hat das, was in dem Krankenwagen geschehen war, je Konsequenzen gehabt?«

»Ja, nach etwa einem Monat in Gefangenschaft wurde ich gegen einen chinesischen MiG-Piloten ausgetauscht, den unsere Seite abgeschossen hatte. Sobald ich wieder in Südkorea war, berichtete ich meinem Kommandeur von dem Vorfall und reichte eine förmliche Beschwerde gegen Cage und Garrity ein.«

»Was war das Ergebnis Ihrer Bemühungen?«

»Nichts.«

Shad schaut ungläubig. *»Nichts?«*

»Ein Haufen wütende Telefonate zwischen der Air Force und den Oberen der Army, aber im Endeffekt wurde die ganze Episode aus politischen Gründen unter den Teppich gekehrt.«

»Was für politische Gründe waren das?«

»General MacArthur hatte einen schrecklichen Fehler gemacht, als er seine Streitkräfte so weit nach Norden verschoben und damit den Kriegseintritt Chinas provoziert hatte. Sein gesamtes Kommando befand sich in völligem Chaos. Er wollte nicht, dass ein Skandal, wie er sich da in dem Krankenwagen ereignet hatte, in den Staaten in der Presse Furore machte. Also hat er ihn begraben. Cage und Garrity kamen ungeschoren davon. Und mir sagte man, ich solle vergessen, dass das je geschehen war.«

»Und haben Sie es vergessen?«

Trotz seiner steifen Haltung während der gesamten Zeugenaussage bebt nun das Kinn des Majors. »Ich werde diese Jungs noch auf dem Sterbebett vor mir sehen, Mr. Johnson.«

Shad schaut zu den Geschworenen, als wolle er sich erkundigen, ob sie noch Fragen haben. Der Schrecken und Abscheu auf ihren Gesichtern ist deutlich zu sehen. Sie haben anscheinend alles gehört, was sie hören mussten. Ich habe in meiner Laufbahn viele Zeugen befragt, und einige waren wie Major Powers. Sie hatten jahrzehntelang mit einer Erinnerung gelebt, die in ihnen wie ein Abszess schwärte, und dann hat sich ihnen unerwartet die Gelegenheit geboten, in den Zeugenstand zu treten und diesen Abszess von einem Ankläger aufschneiden zu lassen. In den meisten Fällen waren die Zeugenaussagen, die dann hervorbrachen, vernichtend.

»Ihr Zeuge, Mr. Avery«, sagt Shad und kann den Triumph in seiner Stimme nicht verhehlen.

Quentin flüstert meinem Vater etwas ins Ohr.

Richter Elder sagt: »Mr. Avery?«

Quentin blickt auf, als sei er überrascht. »Euer Ehren?«

»Haben Sie weitere Fragen an diesen Zeugen?«

»Nein. Keine weiteren Fragen, Herr Richter.«

Als die ganze versammelte Menge erstaunt murmelt, schaut Richter Elder zu Quentin hinunter, als hätte der nun wirklich den Verstand verloren.

Warum hat Quentin das zugelassen?, frage ich mich. Zum ersten Mal verspüre ich das Bedürfnis, aufzustehen und einen Zeugen einem Kreuzverhör zu unterziehen. Könnte ich vielleicht bei Major Powers etwas verlorenen Boden wiedergutmachen? Wie könnte ich das erreichen? Ich hatte keine Zeit, mich darauf vorzubereiten, und mein Vater hat mir weder etwas über die Episode in diesem Krankenwagen erzählt noch über irgendein anderes Kriegserlebnis. Außerdem war der Schaden schon geschehen, als Quentin überhaupt zugelassen hat, dass Powers seine Geschichte erzählen konnte.

»Sie können gehen, Herr Major«, sagt Richter Elder.

Major Powers steht auf und marschiert mit militärischer Präzision auf den Mittelgang zu. Als er am Tisch der Verteidigung vorbeigeht, bleibt er stehen, schaut nach unten, räuspert sich und spuckt meinem Vater auf die Brust.

Keiner macht auch nur einen Mucks. Nur meine Mutter stößt einen leisen, aber verzweifelten Schrei aus.

Major Power weicht nicht von der Stelle, als wolle er Dad herausfordern, aufzustehen und mit ihm zu kämpfen, aber mein Vater schaut nur zu ihm zurück und sagt: »Es tut mir leid, Major.«

Der Pilot schüttelt verächtlich den Kopf, geht dann durch den Mittelgang, als könne er es kaum abwarten, den Staat Mississippi hinter sich zu lassen.

Als Quentin ein Taschentuch aus seiner Jackentasche zieht und beginnt, das Jackett und das Hemd meines Vaters abzuwischen, bricht im Saal ein Höllenlärm los. Ich sehe, dass auf der Galerie Serenity aufgesprungen ist, beide Hände am Geländer, die Augen fest auf meine gerichtet, während sie langsam den Kopf schüttelt. Als Richter Elder eine Sitzungspause von zehn Minuten anordnet, damit mein Vater sich saubermachen kann, sackt meine Mutter gegen mich. Ich springe auf und ziehe Jenny auf meinen Platz. Ich habe jetzt nur noch eines im Sinn.

Quentin Avery rauswerfen.

KAPITEL 40

Die Zuschauermenge, die vor Erstaunen sprachlos starr geworden war, als Major Powers meinen Vater bespuckte, ist inzwischen aufgesprungen und läuft wie wild auf der Stelle, als hätte man zu viele Rinder in einen Pferch gesperrt. Mein erster Impuls ist, an der Schranke vorbei direkt auf Quentin zuzugehen, aber ein Deputy versperrt mir den Weg. Über seine Schulter hinweg sehe ich, wie der Gerichtsdiener Quentin und meinen Vater durch das Richterzimmer aus dem Gerichtssaal führt. Bei dem Chaos hinter mir wird einem gleich der Grund dafür klar. Als die Geschworenen einer nach dem anderen im Geschworenenzimmer verschwinden, ruft George Dobson, der Gerichtsdiener, dem Deputy, der mir den Weg versperrt, etwas zu und winkt mich dann in den tiefer liegenden Teil des Saals.

»Was zum Teufel geht hier vor, Penn?«, flüstert er in dringlichem Ton. »Der Kerl hat Ihren Daddy gerade praktisch ins Gefängnis gebracht. Vor zwei Tagen hätte ich nicht gedacht, dass Shad auch nur den Hauch einer Chance hatte, dass Ihr Vater schuldig gesprochen wird. Aber wenn diese Geschworenen jetzt abstimmen müssten … Ist Avery geistig noch voll da, oder ist es Zeit fürs Pflegeheim?«

»Ich fürchte, Letzteres.« Ich packe den Gerichtsdiener beim Unterarm. »Falls ich ihn erwische, ehe diese Pause vorbei ist, schmeiße ich ihn raus. Können Sie mich durch das Richterzimmer rausbringen? Wenn ich mir einen Weg durch diese Menge bahnen muss, erreiche ich Quentin nie im Leben rechtzeitig.«

»Ich halte das für entscheidend.« Dobson schaut über die Schulter zu der bewachten Tür. »Warten Sie noch fünfzehn Sekunden, dann bringe ich Sie raus.«

»Danke, George. Sie haben was bei mir gut.«

Selbst nachdem ich durch das Richterzimmer auf den breiten Flur zwischen dem Bezirksgericht und dem Chancery Court geschleust wurde, stecke ich noch immer mitten im Gewühl. Ich stelle mich auf die Zehenspitzen und erhasche einen Blick auf Quentins Rollstuhl, der gerade, von einem Deputy begleitet, in das Büro für Steuerveranlagung fährt. Ich vergesse meine gute Erziehung und schiebe mich durch die Menge zu dieser Bürotür. Durch das Glas in der Tür sehe ich eine Sekretärin, die ich seit meinen Teenager-Jahren kenne. Sie erspäht mich, deutet mit einer Kopfbewegung zum Privatbüro des Amtsleiters.

Als ich die Hand nach dem Türknauf ausstrecke, will mich der Deputy, der Quentin begleitet hat, aufhalten. Doch ein Blick in meine Augen lässt ihn zurückweichen.

»Mrs. Evans«, sage ich zu der Sekretärin, »es könnte sein, dass wir da drin ziemlich laut werden.«

Die Sekretärin nimmt ihre Handtasche und kommt um den Schreibtisch herum. »Natürlich, Herr Bürgermeister. Ich habe ohnehin eine Besorgung zu machen. Bitte schließen Sie einfach die Tür ab, wenn Sie gehen.«

»Mache ich.«

Als ich die Tür zum Büro ihres Chefs öffne, sehe ich Quentin am Fenster. Er schaut auf das vier Blocks entfernte Eola Hotel.

»Ich habe dir gesagt, dass es erst schlimmer werden muss, ehe es besser wird«, sagt er. Dann dreht er sich zu mir um, und ich sehe Müdigkeit und Schmerz in seinen Augen. Sein buschiges weißes Haar wirkt aus der Nähe nicht mehr ganz so theatralisch, nun eher wie ein Zeichen für sein hohes Alter.

»Mach schon«, fordert er mich resigniert auf. »Sag, was du zu sagen hast.«

Erst da bemerke ich Doris, die in einer Ecke des Büros steht und aussieht, als hätte sie geweint.

»Ich habe dir einen halben Tag gegeben«, sage ich mit ausdrucksloser Stimme. »Deine Zeit ist um.«

»Ich habe doch noch nicht mal mein Eröffnungsplädoyer gehalten.«

»Das wirst du auch nicht halten. Du bist weg vom Fenster, Quentin. Tut mir leid.« Ich blicke zu Doris hinüber, die zutiefst erschüttert zu sein scheint. »Der Mann hätte niemals im Zeugenstand Platz nehmen dürfen.«

»Kommt auf deinen Standpunkt an.«

»Nun, vom Standpunkt eines Rechtsanwalts gesehen war die gesamte Zeugenaussage von Major Powers unzulässig. Und du hättest sie mit einem einzigen Einspruch beenden können.«

»Dein Vater wird mich nicht rauswerfen, Penn.«

Ich mache einen Schritt nach rechts, zwinge ihn, mir in die Augen zu schauen. »Ich hoffe, dass ich ihn nicht darum bitten muss. Ich bitte dich, die Verteidigung niederzulegen. Das ist eine Frage der Ehre.«

Quentin holt tief Luft, seufzt schwer. »Sag mir eines: Wenn du Toms Fall übernimmst, wie wirst du dann anfangen?«

»Indem ich herausfinde, was in dieser Nacht geschehen ist, und den Fall darauf aufbaue.«

»Tom wird es dir nicht erzählen.«

»Nach dem, was da gerade vor Gericht geschehen ist, vielleicht doch.«

»Da irrst du dich gewaltig. Ein bisschen Spucke ist für einen Mann, der schon mit Gewehrfeuer zu tun hatte, eine Kleinigkeit.«

»Das war nicht nur Spucke. Das war Verachtung. So was kann einen Mann schwerer verletzen als Bleikugeln.«

Mit dem typischen Klicken und Surren fährt Quentin zurück und dreht seinen Rollstuhl, so dass er mich ansehen kann. »Eigentlich sollte ich das einem supertollen Staatsanwalt wie dir eigentlich nicht erklären müssen, aber Geschworene haben es gar nicht gern, wenn man sie von etwas ausschließt. Sie mögen es nicht, wenn Rechtsanwälte Zeugen daran hindern, zu sagen, was sie sagen wollen. Sie mögen es nicht, wenn Richter und Anwälte miteinander flüstern und sie das nicht hören können, und sie *hassen* es geradezu, wenn man sich ins Richterzimmer zurückzieht. Wie du mir gestern gesagt hast, haben wir es mit einem Fall zu tun, in dem die Rasse eine Rolle spielt, wir haben es zudem noch mit einem gemischtrassigen Kind, einem möglichen Gnadentod, vielleicht sogar Mord an einer Patientin durch ihren Arzt zu tun. Das sind alles Reizthemen. Und die Geschworenen würden es gar nicht gut aufnehmen, wenn ihnen ein aalglatter Rechtsanwalt sagt: ›Tut mir leid, das Stück hier dürft ihr nicht sehen, wie pikant es auch sein mag.‹ So werde ich diesen Fall nicht führen, mein lieber Bruder. Und so will es dein Daddy auch nicht.«

»Er will, dass die ganze Wahrheit herauskommt. So ist die Abmachung?«

»Genau so ist die Abmachung.«

»Ein ziemlicher Sinneswandel, nachdem er achtunddreißig Jahre gelogen hat, oder?«

Quentin tut meine Bemerkung mit einer Handbewegung ab. »Die Geschworenen wollen die Wahrheit, Penn. Und ich habe endlich einen Mandanten, der bereit ist, zu allem zu stehen, was er gemacht hat.«

»Also zum Teufel mit allen Regeln der Verfahrensführung?« Ich werfe einen kurzen Blick auf Doris, die offensichtlich genauso verwirrt ist wie ich. »Wir fassen uns alle an der Hand und hören uns Dads Lebensgeschichte ab seinem ersten Geburtstag an und lassen die Geschworenen über sein Schicksal entscheiden?«

»Wenn Shad diese Richtung einschlagen will, dann soll es so sein.«

»Was?«

»Ich vertraue den Geschworenen, Penn. Sogar in meinem Alter noch. Du bist immer noch im Herzen Staatsanwalt. Ich glaube nicht, dass Geschworene so schnell mit Steinen werfen.«

»Aber *sicher* doch, Quentin. Das liegt in der menschlichen Natur. Einigen Geschworenen macht es umso mehr Vergnügen, dich vom Sockel zu stürzen, je höher du bist. Andere werden, je mehr sie dich mal verehrt haben, nur um so wütender, wenn sie herausfinden, dass du nicht so bist, wie sie dachten.«

»Das ist aber ein trauriger Blick auf die Welt, mein Bruder. Du solltest etwas mehr Zutrauen zu deinen Mitmenschen haben.«

»Tut mir leid, dafür habe ich zu viele Mordprozesse erlebt.«

Quentin zuckt mit den Achseln. »Wenn du glaubst, dass dein Vater bereit ist, mich gegen dich auszutauschen, dann gehe in die Herrentoilette beim Haftraum im Obergeschoss. Da hält er sich gerade auf. Tu dein Bestes. Ich werde seine Entscheidung respektieren.«

Ich strecke die Hand nach der Tür aus, als Walt Garrity hereingestürzt kommt, Wut in den Augen. »Ich suche euch schon überall«, brüllt er. Dann schaut er an mir vorüber zu Quentin. »Sie müssen mich in den Zeugenstand rufen! Dieser gottverdammte Scheißpilot hat noch nicht mal die halbe Geschichte erzählt!«

»Tut mir leid, Captain«, antwortet Quentin. »Ich brauche Sie nicht.«

Ungläubig schaut mich der ehemalige Texas Ranger an.

»Die Entscheidung liegt nicht mehr bei Quentin«, erkläre ich Walt und nehme ihn beim Arm. »Jedenfalls in fünf Minuten nicht mehr. Ich werde dich selbst in zehn Minuten in den Zeugenstand rufen.«

»Richtig, verdammt!« Walt wirft Quentin beim Verlassen des Büros einen wütenden Blick zu.

Ich folge ihm, schaue noch einmal zu Doris zurück. »Bitte nimm das Gespräch an, wenn ich dein Handy anrufe.«

Sie nickt einmal, und ich gehe.

Noch erschüttert von meiner Konfrontation mit Quentin und bebend vor Adrenalin bei der Aussicht, gleich Dads Verteidigung zu übernehmen, kommt es mir vor, als ginge ich in Zeitlupe zur Herrentoilette im Obergeschoss. Während ich mir einen Weg durch die Menschenmenge bahne, blitzen auf meiner Netzhaut wie auf einem alten Super-8-Film Bilder auf. Ich sehe meinen Vater als jüngeren Mann, mit Sonnenbrille und einem kurzärmligen, bügelfreien Hemd im gleißenden Sonnenschein, wie er auf meine ausgestreckten Arme herunterschaut, als ich ihn anbettele, mit mir in den Pool zu kommen. So viele sommerliche Aktivitäten spielen sich in Mississippi rings um das Wasser ab, aber Dad ging kaum je in Pools oder Teiche oder gar ins Meer. Ich kann die Erklärung meiner Mutter immer noch hören: »Daddy schwimmt nicht gern«, oder: »Daddy mag die Sonne nicht.« In meinem Kopf erklärte das, warum er immer so blass war und niemals das Hemd auszog, selbst wenn die anderen Väter ins Wasser wateten, um uns auf die Schulter zu heben und am flachen Ende Hahnenkämpfe auszutragen.

Aber ein paar Mal ist Dad in den Ferien schwimmen gegangen. Vielleicht fünfmal in meiner gesamten Kindheit. Das eine Mal, das mir unauslöschlich im Gedächtnis geblieben ist, war in dem Sommer, als unsere Eltern mit uns nach Hot Springs, Arkansas, reisten, wo ein Ärztekongress stattfand. Dad hatte mir ein Spielzeug-U-Boot gekauft, ein elegantes, graues Plastikmodell, das tatsächlich untertauchen konnte. Ich hatte so viel Spaß damit, dass ich ihn immer wieder anbettelte, doch mit ins Wasser zu kommen. Zu meinem großen Erstaunen gab er schließlich nach und ging in den Umkleideraum zurück, um sich eine Badehose anzuziehen.

Als er zurückkam, sah ich faltige violette Narben an seiner Schulter, seinem Bauch und seinen Oberschenkeln. Sie waren mit der Zeit verblasst, aber er war im Allgemeinen so hellhäutig, dass sie wie Riesen-Rotwürmer auf seiner Haut wirkten. Ehe ich viel darüber nachdenken konnte, kam Dad ins Wasser geplatscht und begann mit mir einen U-Boot-Kampf, und ich vergaß die Narben. Hinterher legte er das Spielzeug zur Seite und machte mit mir »echte U-Boot-Fahrten« unter Wasser. Ich musste die Luft anhalten und mich an seinen Hals klammern, starrte dann auf seine breiten, sommersprossigen Schultern, während er im blaugrünen Wasser des Hotel-Pools durch den Wald weißer Beine tauchte. Im Rückblick denke ich heute, dass dies vielleicht der beste Tag meiner Kindheit war – der Tag, an dem mein Daddy etwas machte, was er hasste, nur damit ich glücklich war. Die leuchtenden Narben auf seinen Schultern und seinem Bauch dämpften meine Freude nicht, aber ich habe sie nicht vergessen. Später habe ich Mom danach gefragt und nahm Traurigkeit auf ihrem Gesicht wahr.

»Die hat Daddy im Krieg bekommen«, sagte sie.

»Wie?«, fragte ich. »Haben die Deutschen auf ihn geschossen?«

»Es war in einem anderen Krieg. Die Koreaner haben auf ihn geschossen oder die Chinesen. Ich weiß es nicht genau. Daddy redet nicht gerne darüber. Also frag ihn nicht, okay? Erst wenn du älter bist.«

Ich versprach, das nicht zu tun, und lange hielt ich mich daran. Als ich schließlich mit fünfzehn den Mut dazu aufbrachte, tat Dad es mit einem Achselzucken ab und sagte, er sei in Korea von Schrapnellen getroffen worden, aber das sei keine große Sache. Genau das waren seine Worte. Aber wenn das so war, warum verspürte ich dann immer ein Gefühl der Scham, wenn ich ihn ohne Hemd oder in kurzen Hosen sah? Es war, als käme man in ein Zimmer und sähe die Genitalien seines Vaters. Wie Dad hatte ich ja selbst einen Penis. Aber ich hatte keine Kriegsverletzungen. Selbst jetzt als erwachsener Mann habe ich keine Kriegserfahrung aus erster Hand. Aber nachdem ich Major Powers' Bericht darüber angehört habe, was in dem Krankenwagen geschehen ist, habe ich endlich eine Vorstellung davon, was mein Vater in Korea gemacht hat. Vielleicht verstehe ich jetzt auch das Schamgefühl, das er mit seinen Wunden verbindet.

Als ich schließlich die Tür zur Herrentoilette aufdrücke, steht Dad über das Waschbecken gebeugt da. Er sieht aus, als hätte ihn jemand geschlagen, der weiß, wie er einem tiefe Schmerzen bereiten kann, ohne an der Oberfläche Spuren zu hinterlassen.

»Es tut mir leid, dass du das mitansehen musstest«, sagt er. »Ich hatte gehofft, du müsstest diese Geschichte niemals anhören. Korea war nicht überall so wie das, was in diesem Krankenwagen passiert ist.«

»Das macht nichts. Nichts kann je ändern, wie ich zu dir stehe. Aber jetzt ist dafür nicht die richtige Zeit. Wir müssen nun schnell handeln.«

»Was meinst du damit, mein Sohn?«

»Dad … Quentin kann dich nicht mehr vertreten. Ich weiß, dass du deine eigenen Gründe dafür hattest, ihn zu engagieren, aber wenn du ihn so weitermachen lässt, wirst du Annie niemals wieder außerhalb von Gefängnismauern in die Arme schließen.«

Er blinzelt, als dämmere ihm diese Möglichkeit zum ersten Mal. »Was würdest du machen, wenn ich Quentin rauswerfe?«

»Darum bitten, dass man das Verfahren als fehlerhaft geführt einstuft und neu ansetzt. Wenn ich das nicht durchbringe, werde ich jeden Zeugen einem Kreuzverhör unterziehen und alle unzulässigen Zeugenaussagen unterbinden. Die Geschworenen hätten die Geschichte von Major Powers niemals anhören dürfen, und das weiß Richter Elder auch. Der Gerichtsdiener hat mir gerade gesagt, wir sollten Quentin rauswerfen.«

»Aber Shad hat doch seine Beweisaufnahme beinahe abgeschlossen.«

»Ach ja? Ich fürchte, er wird noch ein Dutzend Verwandte von toten Patienten hier aufmarschieren lassen, die dich beschuldigen, du hättest ihre verblichenen Mütter schmerzlos getötet. Und Quentin wird *ihm das erlauben.*«

Dad schüttelt den Kopf. »So etwas wird es nicht geben.«

»Woher willst du das wissen?«

»Weil in den seltenen Fällen, in denen ein Patient den Punkt erreicht, wo er Hilfe beim Übergang braucht, die Familie das auch will. Oft ist der Patient schon zu weit abgedriftet, um es zu wissen. Und diese Augenblicke – nun, die sind was Heiliges. Niemand wird hier erscheinen und darüber reden.«

Vorsichtige Erleichterung lindert ein wenig den Druck, der auf meiner Brust lastet. »Ich hoffe, du hast recht. Sag mir eins: Wenn Walt als Zeuge aufgerufen würde, könnte er Einzelheiten beisteuern, die euch beide besser dastehen lassen als in Powers' Bericht?«

Während Dad darüber nachdenkt, sage ich: »Ich glaube, Walt hätte Major Powers umgebracht, wenn er ihn nach dieser Zeugenaussage auf dem Flur getroffen hätte.«

»Walt hat in dieser Nacht und in den Tagen danach sehr gelitten. Wesentlich mehr als dieser Pilot.«

»Könnte Walt also vor Gericht ein wenig Boden wiedergutmachen?«

Dad schüttelt schließlich den Kopf. »Nein. Was in dieser Nacht passiert ist, war mehr oder weniger so, wie Powers es beschrieben hat. Aber das ist egal. Quentin wird Walt nicht als Zeugen aufrufen.«

»Vergiss Quentin, Dad. Nach seinem unberechenbaren Verhalten bis jetzt würde mir Richter Elder sicher einen Tag geben, um eine anständige Verteidigung vorzubereiten. Jeder Anwalt in diesem Saal glaubt, dass Quentin entweder völlig den Verstand verloren hat oder den Fall absichtlich verlieren will.«

Dad schaut weg.

»Welche von beiden Möglichkeiten ist es? Ich weiß, dass du es weißt.«

»Den Verstand hat er nicht verloren.«

»Dann verliert er den Fall absichtlich?«

»Er tut, was er tun muss. Was ich ihm gesagt habe.«

»Du wolltest, dass Major Powers heute hier diese Dinge sagt?«

»Nein. Ich hätte es vorgezogen, wenn dieses Stück Geschichte im

Schnee von Korea begraben geblieben wäre. Um der Familien dieser Jungen willen. Jetzt werden die Medien nicht aufhören, in der Sache herumzuwühlen, bis sie raushaben, wer in diesem Krankenwagen gestorben ist. Ich bin sicher, dass die Eltern der Jungs alle tot sind, und das ist ein Segen, aber es gibt bestimmt Brüder und Schwestern, die leiden werden, wenn sie erfahren, was da passiert ist.«

»Dad, das klingt jetzt nicht sonderlich edel, aber du musst jetzt auch an dich denken. Und wenn schon nicht an dich, dann wenigstens an uns andere. Deine Familie leidet. Verstehst du das?«

»Ja.«

Er schaut mich immer noch nicht an. Ich höre, dass meine Stimme lauter wird, aber ich kann mich nicht bremsen. »Wenn die Doppeladler eine Drohung gegen uns ausgesprochen haben, dann sag's mir. Ich sorge für Schutz für uns, bis ich eine Möglichkeit gefunden habe, sie hinter Gitter zu bringen.«

»Vor Männern wie denen kannst du dich nicht schützen. Denen bedeutet das Leben nicht das Gleiche wie uns. Sie gehen Risiken ein, die normale Menschen nie auf sich nehmen würden. Sie kennen Leute, die Annie im Tausch gegen eine Tagesdosis Methamphetamin umbringen würden.«

»Das ist es also? Das ist der Grund, warum du das alles hier machst? Du tauschst dein Leben gegen unsere Sicherheit ein?«

Ich merke erst, wie sehr ich als Antwort auf diese Frage ein Ja hören will, als er sagt: »Wenn ich ins Gefängnis wandere und im Gegenzug ihr in Sicherheit seid, du und Annie und Jenny und eure Mutter … dann gehe ich gern. Ich wäre letzten Oktober beinahe gestorben, Penn. Mit etwas Glück lebe ich noch ein Jahr, selbst bei bester Pflege.«

»Hör auf, so zu reden! Das ist so, als begingst du Selbstmord, weil du den Schmerz nicht mehr aushalten kannst, obwohl eine Heilung möglich wäre.«

Als meine Stimme in dem gekachelten Raum widerhallt, tritt Dad vom Waschbecken fort und drückt mir den Oberarm. »Nein, das ist es nicht. Ich kann Schmerzen aushalten. Aber es gibt Dinge, die ich nicht aushalten könnte. Ich hatte drei Monate Zeit, darüber nachzudenken. Das Schwierigste war, dir nicht die ganze Wahrheit sagen zu können. Ich hoffe, dass du es am Ende dieser schweren Prüfung verstehen wirst. Aber im Augenblick kann ich nicht über einen gewissen Punkt hinausgehen.«

Ein Deputy hämmert an die Tür, macht sie dann einen Spalt weit auf. »Noch eine Minute, bis die Pause vorbei ist, Doc.«

Dad packt meinen Arm mit überraschender Kraft. »Ganz gleich, was in diesem Gerichtssaal passiert, vergiss eines nicht: Was hier wichtig ist, das bist du, das seid ihr, nicht ich. Du und Annie und auch Jenny. Aber hier, jetzt, allein, will ich dir eines sagen, und vergiss das bloß nie. Du *bist* ich. Verstehst du?« Dad rüttelt mich, seine Augen bohren sich brennend in meine. »Je älter ich werde, desto mehr sehe ich mich in dir. Weißt du, wie sich das anfühlt? Den Mann anzusehen, der du geworden bist, und zu wissen, dass ich einen Anteil daran hatte? Zu wissen, dass ich den Krieg nicht vergebens überlebt habe? Wenn ich schon lange fort bin, wirst du noch hier sein, und ich lebe in dir weiter. Und in Annie.« Ein Lächeln erhellt sein ganzes Gesicht. »Das Mädchen ist eine Cage durch und durch.«

Heiße Tränen rinnen mir über die Wangen. Ich bereite mich schon lange auf den Tod meines Vaters vor, aber Leben und Tod so zu sehen, wie er es jetzt sieht … das ist mehr, als ich ertragen kann.

»Und Lincoln?«, frage ich leise. »Der ist auch dein Sohn.«

Dad zuckt zusammen, als spüre er körperlichen Schmerz. »Lincoln hat meine Gene, ja. Aber ich hatte nichts damit zu tun, ihn zu formen. Und all das Bedauern, das ich darüber empfinde, hilft keinen Deut. Nach allem, was mir Viola erzählt hat, war der Vater, den er hatte, schlimmer als keiner. Aber wir wollen uns nicht mit Dingen herumquälen, die wir nicht ändern können.«

»Und Mom? Was ist mit ihr?«

»Dafür ist jetzt keine Zeit, Penn. Aber wie schwer es ihr auch jetzt zusetzen mag, das ist der Handel, auf den sich Peggy eingelassen hat. Ich habe sie mit Viola schwer im Stich gelassen, Gott weiß, aber Peggy hat auch ihre Verfehlungen – in ihrer eigenen Einschätzung, meine ich. Ich bin bei ihr geblieben, und das ist es, was für Peggy zählt. Hast du mich verstanden? Für Leute wie sie geht es nur um die Kinder – Punkt. Man macht, was nötig ist, um die nächste Generation zu schützen. Deine Mutter weiß vielleicht nicht genau, warum ich das hier tue, doch sie weiß, dass ich die richtigen Prioritäten setze. Und sie hat genug Vertrauen zu mir und lässt mich machen.«

»Sie zeigt dir nicht, wie sehr es sie mitnimmt.«

»Ich weiß es, glaube mir. Aber sie hält das aus.«

Großer Gott, die Härte dieser Generation! »Ich bin mir da nicht so sicher. Wenn du verurteilt wirst … dann könnte sie sich zu einer Verzweiflungstat hinreißen lassen.«

Dad muss über diese Vorstellung tatsächlich lächeln. »Keine Chance, mein Junge. Verschwende keinen weiteren Gedanken daran.«

»Zeit zu gehen, Doc!«, ruft der Deputy und hält ihm die Tür auf.

Als er sich umdreht, um einige der Gaffer auf dem Flur zu verscheuchen, drücke ich meinem Vater mein Mobiltelefon in die Hand. »Doris und Quentin warten auf deinen Anruf. Sag Quentin, dass er gefeuert ist. Lass mich dich verteidigen, Dad.«

Er schiebt das Handy von sich. »Zu spät, Penn. Ich bleibe bei Quentin. Wir erobern diese Anhöhe gemeinsam oder gehen kämpfend unter.«

»Aber er kämpft nicht.«

Dad drückt mein rechtes Handgelenk. »Das wird er. Komm einfach weiter in den Gerichtssaal. Dann wollen wir mal sehen, wie viel Schaden zwei alte Kerle noch anrichten können.«

Das Glitzern in seinen Augen überzeugt mich beinahe, aber dann erinnere ich mich daran, wie die Geschworenen ausgesehen haben, als Major Powers ihn angespuckt hat. Ehe ich wieder reden kann, wendet sich Dad dem Deputy zu und sagt: »Auf geht's, Jimmy. Zurück in den Schützengraben.«

»Bleiben Sie mir auf den Fersen, Doc. Im Gericht wimmelt es heute vor Verrückten.«

»Ich bin bei Ihnen. Gehen Sie voran.«

KAPITEL 41

Als die Sitzung weitergeht, verblüfft mich Shad, indem er Walt Garrity als nächsten Zeugen aufruft. Ich brauche ein paar Sekunden, bis ich begriffen habe, wie brillant dieser Schachzug ist, gerade noch rechtzeitig, um ihn meiner Mutter zu erklären.

»Shad hat erwartet, dass Quentin Walt aufrufen würde, um die Aussage von Major Powers über die Ereignisse in dem Krankenwagen zu widerlegen, also macht er es lieber selbst. So kann er die Fragen beeinflussen. Verstehst du? Richter Elder hat Shad gerade erlaubt, Walt als feindlichen Zeugen zu behandeln. Das bedeutet, dass Shad Walt dahin führen kann, wo er ihn haben will. Und zudem kann Shad es nur zu deutlich machen, dass Walt auf Dads Seite ist. Die Ironie des Schicksals ist, dass Quentin nicht die Absicht hatte, Walt aufzurufen.«

»Aber Quentin *kann* ihn ins Kreuzverhör nehmen, oder nicht?«

»Quentin hätte auch Major Powers in Kreuzverhör nehmen können.«

Mom schließt die Augen und stählt sich für alles, was da kommen mag.

»Captain Garrity«, hebt Shad an, »Sie haben die Zeugenaussage von Major Powers über die Geschehnisse in dem Krankenwagen in der Nacht vom dreißigsten November 1950 gehört.«

Der wettergegerbte alte Ranger sieht aus, als brenne er darauf, seine Version der Ereignisse jener Nacht zu erzählen. »Ja, das habe ich.«

»Und unterscheidet sich Ihre Erinnerung an diese Nacht in wesentlichen Teilen vom Bericht des Majors?«

»Nicht, was die Abfolge der Ereignisse betrifft. Aber die *Natur* der Ereignisse war ein wenig anders, als er sie geschildert hat.«

»Inwiefern?«

»Die Geschichte des Majors hat mich an unsere Berichterstattung früher bei den Texas Rangers erinnert.«

»Vor der Einführung der Computer?«

»Als wir noch auf Pferden unterwegs waren.«

Ein paar Zuhörer lachen, aber Walt wollte keinen Witz machen.

»Da lautete ein typischer Bericht: *›Mutmaßlichen Räuber drei Tage lang in westlicher Richtung verfolgt. Bei El Paso gestellt. Verdächtigen am nächsten Tag nach Gefecht mit Komplizen erschossen. Nach Nogales zurückgekehrt.‹* Es steht alles drin, aber die feineren Einzelheiten deckt so ein Bericht nicht gerade ab.«

»Nun, deswegen habe ich Sie ja aufgerufen.«

»Ach wirklich?« Walt schaut skeptisch.

»Jawohl, Sir. Fügen Sie gern alles hinzu, was Ihrer Meinung nach Major Powers auch noch hätte berichten sollen.«

»Nun, erstens war der Major nicht in der Lage, die gleichen Einschätzungen über den Zustand dieser Männer vorzunehmen wie Tom und ich. Powers hatte keine medizinische Ausbildung außer dem Überlebenstraining für Piloten. Selbst wenn, dann war er in seiner Bewegungsfreiheit eingeschränkt, und er hatte Kopfprellungen erlitten, als der Krankenwagen den Hang hinunterstürzte.«

Ich kann sehen, dass sich die Geschworenen für Walts Erzählung erwärmen. Shad scheint jedoch willens zu sein, diesen Preis zu bezahlen, um von Dads altem Freund das zu bekommen, was er haben will.

»Zweitens hat der Major gesagt, Tom hätte selbst nur leichte Verletzungen gehabt. Tatsächlich hatte der Gefreite Cage in der Nacht vom fünfundzwanzigsten November, als die Chinesen ihren ersten Angriff machten, schwere Schrapnell-Verletzungen von Splittergranaten davongetragen.«

Shad schaut ein wenig verdutzt über diese Korrektur der Fakten. »Weiter, Captain.«

»Nun, am Anfang waren acht verwundete Soldaten in diesem Krankenwagen – es war ein alter Dodge WC54, ein Modell aus dem Zweiten Weltkrieg –, was bedeutete, dass er doppelt überladen war, plus ich als Fahrer und Tom hinten im Wagen. Die meisten dieser Jungs waren so schwer verletzt, dass sie es auch dann nicht bis zu einem Arzt geschafft hätten, wenn der Wagen nicht von der Straße abgekommen wäre. Der Unfall hat nur weitere Verletzungen und Schocks hinzugefügt, wie der Major richtig gesagt hat. Zwei GIs wurden während dieses Hinterhalts durch Maschinengewehrfeuer getötet, und zwei weitere sind gestorben, als der Wagen den Hang hinunterstürzte. Einer hätte vielleicht das Lazarett in halbwegs anständigem Zustand erreicht, wenn wir nicht in den Hinterhalt geraten wären, aber der hat sich bei dem Unfall einen Schädelbruch zugezogen. Er kam immer mal wieder kurz zu Bewusstsein, wurde dann aber dauerhaft bewusstlos. Worauf ich hinauswill: So schwer die beiden Jungs, die bei Bewusstsein waren, auch verletzt waren – tödlich verletzt, alle beide –, sie begriffen die Situation in Gänze. Es würde keine Hilfe kommen.«

»Wie sind diese Männer zu dieser Einschätzung gelangt? Durch das, was Sie und der Gefreite Cage ihnen gesagt haben?«

»Herrgott, nein. Die ganze verdammte Division türmte, und das wussten sie. Die Disziplin war völlig zusammengebrochen; die Army war auf dem Rückzug. Ich sage es nicht gern, aber man ließ überall Verwundete einfach liegen. Wir konnten ja kaum Panzer diese Straße entlangkriegen, noch viel weniger anhalten und Leute retten. Niemand würde sich die Zeit nehmen, einen Krankenwagen wieder auf die Straße hochzuziehen, die nur noch eine Todeszone war. Und das wussten diese Jungs. Das wussten wir alle. Sogar Powers.«

»Lassen Sie uns zu den Verwundeten zurückkommen«, schlägt Shad vor.

»Ja, lassen Sie uns«, erwidert Walt eisig. »Also … ich war auf dem Fahrersitz eingeklemmt, aber mein Gehör war noch gut, besser als mir lieb war. Ein Junge schrie nach seiner Mutter, ein anderer brüllte vor Schmerzen. Er beruhigte sich, nachdem Tom ihm Morphium gegeben hatte. Dann kam Tom nach vorn zu mir und hat mich befreit. Er hat das übrigens gemacht, indem er mir die Schulter gebrochen hat. Mit Schanzzeug.«

Ein leises Keuchen geht durch den Saal.

»Ging nicht anders«, sagt Walt. »In dieser gottverlassenen Schlucht gab es eben keine Rettungsspreizer. Tom sagte mir vorher, was er tun musste, um mich rauszukriegen, und ich sagte: ›Dann leg los.‹

Ich hätte mir von ihm den Arm absägen lassen, wenn mich das vor der Gefangennahme durch diese chinesischen Kommunistenschweine bewahrt hätte.«

Shad hatte wohl geahnt, was da kommen würde, aber die Geschworenen hängen an jedem barsch gesprochenen Wort, das Walt spricht, wie sie es bei Powers' Aussage nicht gemacht haben.

»Nachdem Tom mich befreit hatte, stiegen wir nach hinten und überlegten, wie wir die Jungs wieder zur Straße hoch bekommen könnten. Wir haben schnell eingesehen, dass wir das nicht schaffen würden. Tom hat also beschlossen, den Hang hochzuklettern, um nachzusehen, ob er Hilfe holen könnte. Ich tat, was ich konnte, um die Verletzten zu behandeln, aber sie bluteten nur noch mehr, und ihr Schockzustand vertiefte sich weiter. Der Junge, der immer mal wieder zu Bewusstsein gekommen war, fiel schließlich ins Koma. Ich musste mir selbst Morphium spritzen, um die Schmerzen in meiner Schulter auszuhalten. Wir waren ein jämmerlicher Haufen, kann ich Ihnen sagen. Wir haben versucht, darüber Witze zu machen, aber es war zwanzig Grad unter null. Bei der Kälte fällt es einem ein bisschen schwer, die komische Seite der Sache zu sehen.

Jedenfalls war unsere Kolonne abgehauen, so schnell sie konnte, als die Chinesen aus dem Hinterhalt zu schießen begannen. Einige von unseren Jungs sind von den Panzern runtergestoßen worden, als die Schützen den Geschützturm gedreht haben, um auf die Chinesen zurückzufeuern, und manche sind dann von den Panzerketten zermalmt worden. Beschissene Planung, sage ich Ihnen. Als Tom oben auf der Straße ankam, waren da nur noch tote GIs und Chinesen, die im Hinterhalt lagen und auf die nächste Kolonne warteten. Da hat ihn dann noch ein Streifschuss erwischt. Das ist auch eine Sache, die der Major ausgelassen hat. Wenn Sie mir nicht glauben, dann bitten Sie Tom, sich auszuziehen, und schauen sich seine Narben an.«

Shad ringt sich ein respektvolles Lächeln ab. »Wir wollen Ihnen mal glauben, Captain.«

Walt schaut Shad unverwandt an, fährt dann fort, die Augen immer auf die Gesichter im Geschworenenstand gerichtet. »Nachdem Tom zurück war, hat er mich gebeten, ich sollte aus dem Krankenwagen steigen und mir seinen Bericht draußen anhören, aber die

Jungs haben das ohnehin mitgehört, wie Powers gesagt hat. Die nächste Kolonne, die hier durchkommen würde, würde die gleiche Hölle erleben wie wir. Tom und ich waren zu schwer verletzt, um die Verwundeten zu transportieren. Es wäre moralisch ohnehin nicht vertretbar gewesen, diese Leute zu bewegen. Da hatten wir also den Salat. Wir steckten in der Klemme.«

»Wieso konnten Sie nicht bleiben, wo Sie waren, und auf Hilfe warten?«

Walt schaut Shad an, als wäre der nicht ganz bei Trost. »Haben Sie nicht gehört, was ich vorhin gesagt habe? Es war zwanzig Grad unter null. Wir hatten zwei Jungs, die verbluteten, und einen im Koma. Es gab keine Möglichkeit zu heizen und keine Hoffnung auf Hilfe. Sogar in den Hilfsstationen war das Plasma zu Eisblöcken gefroren, und wir hatten im Krankenwagen gar keines. Das Einzige, wovon wir genug hatten, war Morphium.«

»Weiter.«

»Da hat uns der erste Junge angefleht, ihn nicht zurückzulassen.«

»Hatten Sie den Verwundeten gesagt, dass Sie vorhatten, sie zu verlassen?«

»Zu dem Zeitpunkt nicht. Aber jeder GI nördlich des achtunddreißigsten Breitengrads wusste, wie die Kommunisten mit Gefangenen umgingen. Sie kannten keine Gnade. Die Nordkoreaner haben Kriegsgefangene verstümmelt, ehe sie sie hinrichteten. Ein paar Krankenwagen voller Verwundeter waren mit Flammenwerfern ausgebrannt worden. Und vor der Gefangennahme durch die Chinesen hatten wir noch mehr Angst.«

Shad hält einen Augenblick inne, ehe er weiterfragt. »War es nicht Ihre Pflicht, bei den Verwundeten zu bleiben, Mr. Garrity?«

»Mr. Johnson, dieses schwierige Problem kann vielleicht in einem Philosophiebuch diskutiert werden oder in einer militärischen Kampfvorschrift. Aber im wirklichen Leben … da ist kein Soldat verpflichtet, auf den sicheren Tod zu warten, wenn man ihm nicht ausdrücklich den Befehl dazu gegeben hat, und den hatten wir nicht. Tom und ich standen vor einer schweren Wahl. Wir waren Sanitäter und waren mit Hingabe bei unserer Arbeit. Wir konnten vor Ort bleiben und uns gefangennehmen lassen – und das bedeutete den

Tod oder Schlimmeres –, oder wir konnten versuchen, rauszuklettern und Hilfe zurückzubringen, wenn wir es irgendwie schaffen konnten, rechtzeitig eine amerikanische Einheit zu finden. Wir haben den Jungs gesagt, wie die Dinge lagen. Wir sagten: ›Wir würden euch mitnehmen, wenn wir könnten, aber wir können euch nicht transportieren, ohne euch umzubringen.‹ Und da hat dann einer von ihnen, ein zäher kleiner Kerl aus Idaho, gesagt: ›Dann bringt mich jetzt um. Besser ihr als diese Teufelsaffen.‹ So haben manche Jungs die Gooks, die Nordkoreaner, damals genannt. Ich glaube, er wusste nicht mal, dass es die Chinesen waren, die uns von der Straße gefegt hatten. Jedenfalls habe ich Tom angeschaut und er mich, und da wussten wir, wie wir darüber dachten. Entweder die Jungs jetzt aus ihrem Elend erlösen oder sie einem schrecklichen Schicksal überlassen.«

»Und Major Powers?«

Walt schnieft, als hätte er gerade einen schlimmen Gestank entdeckt. »Major Powers. Nun ja … zuerst hat der Major gebetet, wie er sagte. Aber ungefähr zu diesem Zeitpunkt hat er sich eingemischt und gesagt: ›Ich weiß, was ihr vorhabt, und das könnt ihr nicht machen. Ganz gleich, was diese Jungs sagen, es ist falsch, und ihr wisst es.‹«

»Und wie haben Sie reagiert?«

»Ich habe ihm gesagt, das wäre alles schön und gut für eine Kirchenversammlung, aber hier unten in der Schlucht zu wenig nütze. Ich bin, als ich Kind war, auch jeden Sonntag in die Kirche gegangen, aber mein Herz sagte mir, dass die Jungs entscheiden sollten, wie sie ihrem Schöpfer gegenübertreten wollten.«

»Und?«

»Sie haben sich entschieden. Sie haben uns gesagt, wir sollten ihnen genug Morphium geben, dass sie einschliefen und nicht mehr aufwachten. Und das haben wir getan.« Walt schnieft noch ein paar Mal, als hätte er Heuschnupfen, doch dann bemerke ich, dass seine alten Schlitzaugen vor Tränen beinahe überlaufen.

»Und der Major hat noch was anderes ausgelassen … Diese beiden Jungs haben sich bei der Hand gehalten, während wir es machten. Haben sich bei der Hand gehalten und gebetet, bis sie das Bewusstsein verloren. Es ist seither kein Tag vergangen, an dem ich sie nicht vor meinem geistigen Auge gesehen habe. Aber eines will ich Ihnen sagen: Selbst wenn der Herrgott mich für das, was ich in jener Nacht getan habe, in die ewige Verdammnis schickt, weiß ich doch, dass ich recht an ihnen gehandelt habe. Tom auch. Das weiß ich in meinem Herzen. Ihre eigenen Mütter hätten nicht anders gehandelt.«

Shad schaut ob dieser Behauptung erstaunt. »Glauben Sie das wirklich, Captain Garrity?«

»Mein Sohn, wenn ich es nicht glauben würde, dann hätte ich mir schon vor dreißig Jahren einen Kopfschuss verpasst.«

Shad scheint nicht zu wissen, wie er darauf reagieren soll. »Darf ich mich dem Zeugen nähern, Euer Ehren?«

Richter Elder nickt.

Shad geht vom Podium weg und langsam im Kreis auf Walt zu. »Sie haben in dieser Beschreibung immer ›wir‹ gesagt? Aber haben Sie einem der Soldaten tatsächlich die tödliche Morphiumdosis gespritzt?«

»Ich habe es angeboten, aber meine bessere Hand war ganz taub, wegen der gebrochenen Schulter. Tom hat sich anerboten, das allein zu übernehmen, um es den Jungs leichter zu machen. Und mir wahrscheinlich auch.«

»Verstehe. Und der bewusstlose Mann?«

»Wie der Major gesagt hat, wollte Tom ihm keine Spritze geben. Aber einer der anderen Jungs kannte ihn und sagte, der Junge wollte bestimmt nicht allein mit dem Bajonett eines Nordkoreaners im Bauch aufwachen, wenn er denn durch ein Wunder wieder aufwachte. Ich war mit ihnen einer Meinung, und schließlich hat Tom es dann gemacht.«

»Verstehe. Also … Sie glauben nicht, dass Tom Cage in jener Nacht Morde begangen hat?«

»Nein, Sir. Ich meine, ja – ich glaube es nicht. Es war kein Mord. Es war, als schläferte man ein Pferd ein, das sich das Bein gebrochen hat. Drei Pferde. Es waren hoffnungslose Fälle.«

»Und doch hat Major Powers diese Nacht überlebt.«

»Ja«, sagt Walt in beinahe feindseligem Ton. »Und da ist noch was anderes.«

»Was meinen Sie?«

»Noch etwas, das der Major ausgelassen hat.«

Shad schaut jetzt sehr misstrauisch. »Ich glaube, wir haben genug gehört, um uns ein klares Bild machen zu können, was in diesem Krankenwagen passiert ist.«

»Nun, ich finde, Sie übersehen eine wichtige Einzelheit, Mr. Johnson.«

Ich erinnere mich an Quentins eindringliche Worte, dass Geschworene es hassen, wenn man ihnen einen Teil der Geschichte vorenthält. Shad weiß, dass er gleich Probleme bekommen wird, aber er spürt auch, dass er hier keinen Widerstand leisten sollte. Jetzt, da diese Tür aufgestoßen ist, kann Quentin mit Leichtigkeit im Kreuzverhör herausbringen, was Walt noch sagen will. Besser also, wenn er es selbst herausfindet und versucht, die Befragung zu lenken. »Bitte klären Sie uns auf, Captain.«

Walt lächelt gepresst. »Major Powers war anders als die anderen Verwundeten in diesem Krankenwagen.«

»Wie meinen Sie das? Er hatte die leichtesten Verletzungen?«

»Nein. Er *hatte* zwar die leichtesten Verletzungen, aber da er nicht laufen konnte, wäre das egal gewesen. Bis auf eine weitere Tatsache.«

»Und die wäre?«

»Er war in der Air Force. Die anderen Verwundeten waren alle aus der Army. Und Powers war nicht nur in der Air Force. Er war *Pilot*. Düsenpilot. Und alle Feldoffiziere der nordkoreanischen und chinesischen Armee hatten den Befehl, gefangengenommenen amerikanischen Piloten kein Haar zu krümmen. Piloten galten bei den Chinesen als die wertvollsten amerikanischen Gefangenen, denn wir kämpften ja im Himmel über Korea gegen ihre MiGs. Selbst den koreanischen Zivilisten hatte man befohlen, unsere Piloten nicht anzurühren, wenn sie mit dem Fallschirm absprangen oder eine Bruchlandung machten. Die Piloten wurden durch die Ränge hochgereicht, bis man sie dann zu Verhören nach China brachte. Was ich damit sagen will: Viele von ihnen haben überlebt. Weil Powers also überlebt hat und nach fünfundfünfzig Jahren hierherkommen und aussagen konnte, sieht es so aus, als hätten Tom und ich in dieser Nacht überstürzt gehandelt; aber die Tatsache ist, dass diese Jungs aus der Army schon in dem Augenblick so gut wie tot waren, als wir mit dem Krankenwagen von der Straße abkamen. In diesem Krankenwagen hatte nur Major Powers einen Freifahrtschein.«

Während Shad überlegt, wie er Walt elegant aus dem Zeugenstand bekommen kann, sagt der alte Ranger: »Im Zweiten Weltkrieg war es genauso. Hermann Göring war im Ersten Weltkrieg Jagdflieger gewesen, also hat er im nächsten Krieg Sonderlager für Piloten eingerichtet. In gewisser Weise ist es, wenn man Pilot ist, ein bisschen so, als wäre man in einem internationalen Gentlemen's Club. Klar, einige von ihnen haben wirklich leiden müssen – verstehen Sie mich da nicht falsch. Aber das ist nicht das Gleiche, wie wenn dir jemand mit einem angespitzten Löffel die Augen aussticht oder dir die Eier abschneidet, ehe man dir ein Bajonett in den Mund stößt.«

Shad starrt Walt an, als wäre der ein unberechenbarer Hund.

»Wissen Sie, wer diese Jungs in dem Krankenwagen *eigentlich* umgebracht hat?«, fragt Walt kämpferisch.

»Wer?«

»Douglas MacArthur. Die Chinesen hatten gedroht, sie würden in den Krieg eintreten, wenn wir zu weit nach Norden vormarschierten, aber MacArthur hat ihnen nicht geglaubt. Wir hatten schon drei Wochen lang Truppen mit Steppjacken und Tennisschuhen gesehen und perfekt quadratische Schützenlöcher gefunden – chinesische Disziplin, wie sie im Buche steht –, aber unser großartiger Feldherr hat all diese Nachrichten ignoriert. Er saß da drüben in Tokio in seinem Kimono im Dai-Ichi-Gebäude und hat Tausende von Jungs in den Tod geschickt. Diesen Schweinehund hätte man in der Woche nach dem Rückzug vor ein Kriegsgericht stellen müssen. Ich weiß nicht, warum es so lange gedauert hat, bis Truman ihn rausgeschmissen hat. Wenn er jetzt hier wäre, würde ich *ihn* anspucken.«

»Douglas MacArthur? Einen amerikanischen Helden? Eine Legende?«

»Da haben Sie verdammt recht. In Kriegen sterben Menschen, aber diese armen Jungs sind wegen MacArthurs Arroganz gestorben. Aus keinem anderen Grund.«

»Ich vermute, Sie vereinfachen die Dinge ein wenig zu sehr, Mr. Garrity.«

»Nein, *Sie* machen das. Rückblickend sieht man immer schärfer, nicht wahr, Herr Bezirksstaatsanwalt?«

»Ob das nun stimmt oder nicht, jedenfalls hat Major Powers hervorragend scharf gesehen, als er beobachtet hat, wie Tom Cage 1950 drei Soldaten durch Spritzen einer tödlichen Morphiumdosis umgebracht hat. Sie haben dasselbe gesehen, stimmt's?«

»Ja.«

»Dann haben wir alles gehört, was wir zu diesem Thema wissen müssen. Ich möchte Ihnen noch eine weitere Frage stellen. Es geht um eine kleine, aber wichtige Sache.«

Walt sagt nichts.

»Als Tom Cage nach Henry Sextons Trauergottesdienst verhaftet wurde, nachdem er auf Kaution frei und geflohen war, hatten Sie ihn zu dieser Kirche gefahren, nicht wahr?«

»Ja.«

»Sie haben ihn die ganze Zeit herumgefahren, seit er auf Kaution frei und geflohen war? Sie haben also einem Flüchtigen Beihilfe geleistet, sozusagen.«

»So könnte man es nennen, wenn man will.«

»Nun, Mr. Garrity, Sie waren jahrzehntelang als Texas Ranger tätig. Wie haben Sie da Männer genannt, die die Kaution verfallen lassen und fliehen?«

»Das kommt auf den Mann an. Manche waren Schurken, manche waren anständige Jungs, die einem Missverständnis zum Opfer gefallen waren. Deswegen hat man die Ranger angehalten, ihr eigenes Urteilsvermögen anzuwenden.«

Shad wirft Walt einen Blick von der Seite zu, der ihn wissen lässt, dass ihm diese Art von Wortgefechten missfällt. »Waren Sie im Saal, als Sheriff Byrd seine Aussage gemacht hat, dass Sie in der Nacht, nachdem sich Dr. Cage dem FBI gestellt hat, eine Videokassette aus Ihrem Wohnmobil in den Mississippi geworfen haben?«

»Ja, Sir, ich war hier.«

»War der Bericht des Sheriffs zutreffend?«

Walt lehnt sich auf dem Zeugenstuhl zurück und verschränkt die Arme. Er schnieft noch einmal, wirft dann den Geschworenen einen abschätzenden Blick zu.

»Captain Garrity?«, drängt ihn Shad.

»Ja, Sir?«

»Würden Sie bitte die Frage beantworten?«

»Der Bericht des Sheriffs war so ziemlich zutreffend.«

»Sie haben diese Videokassette aus Ihrem Wohnmobil in den Fluss geworfen?«

»Ich habe *eine* Videokassette in den Fluss geworfen und noch anderes Zeug.«

»Sie wollen sagen, Sie wussten nicht, was auf der Kassette zu sehen war?«

»Genau.«

»Hatten Sie Dr. Cage vorher am Nachmittag im FBI-Gewahrsam besucht?«

»Ja.«

»Haben Sie bei diesem Anlass über die Videokassette im Wohnmobil geredet?«

»Nein, Sir.«

Shad schaut skeptisch. »Dr. Cage hat Ihnen nicht gesagt, wo Sie diese Kassette finden könnten, und Sie ausdrücklich aufgefordert, sie zu zerstören?«

»Wie konnte er das, wenn wir nicht über die Kassette geredet haben?«

»Ja oder nein, Captain.«

Walt verliert allmählich die Geduld mit Shad. »Die Antwort ist nein.«

Shad zeigt den Geschworenen einen übertrieben ungläubigen Gesichtsausdruck. »Wenn Sie nichts über die Kassette wussten, nicht einmal wussten, was darauf zu sehen war, wieso haben Sie sie dann weggeworfen?«

»Weil Sie und Ihr Möchtegern-Cowboy-Sheriff schon seit einer Woche versuchten, meinem besten Freund etwas anzuhängen. Nachdem Tom sich dem FBI gestellt hatte, habe ich eine Nacht in seinem Haus verbracht, um sicher zu sein, dass es seiner Frau gut ging. Am nächsten Tag habe ich beschlossen, mein Wohnmobil aus Louisiana zu holen. Angesichts der Lage dachte ich mir, dass der Roadtrek vielleicht unliebsame Aufmerksamkeit von Sheriff Byrd erregen würde, sobald ich wieder nach Mississippi herüberkam. Also habe ich ihn durchsucht, nur vorsichtshalber. Ich fand die Kassette unter einem Sitzkissen. Ich fand auch eine halbleere Flasche *Maker's Mark* Whisky und eine Videokamera. Ich hatte die Kassette noch nie gesehen, also habe ich sie in die Kamera gesteckt und einen Schnelldurchlauf gemacht. Es war nichts drauf. Schließlich habe ich beschlossen, alles in eine Tasche zu stecken und es bei der Rückfahrt über die Brücke aus dem Fenster zu werfen. Wenn Sie mich wegen irgendwas anklagen wollen, nur zu. Aber ich wollte nicht dazu beitragen, dass man meinem besten Kumpel was anhängt, das er nicht getan hat.«

Ein seltsames Lächeln spielt um Shads Lippen, und der Anblick erfüllt mein Herz mit Furcht.

»Captain Garrity, hat Tom Cage Ihnen je gesagt, er hätte Viola Turner umgebracht? Ihr einen Gnadentod ermöglicht hat, vielleicht?«

Walts Gesicht verdüstert sich. »Nein, Sir, das hat er nicht.«

»Verstehe. Hat er Ihnen je explizit gesagt, dass er sie nicht umgebracht hat?«

»Ja, das hat er.«

Shad tritt einen Schritt auf die Geschworenen zu und schaut zu Walt zurück. »Captain, sind Sie zutiefst davon überzeugt, dass Tom Cage unschuldig ist und Viola Turner nicht ermordet hat?«

Walt lehnt sich vor. »Absolut.«

Shad nickt langsam, wendet sich dann an Richter Elder. »Euer Ehren, jetzt möchte ich eine Tonaufzeichnung als Beweis Nummer sieben der Anklage zu den Beweismitteln geben.«

»Was für eine Aufzeichnung ist das?«

»Sie wurde in Nogales, Texas, gemacht, mit ordnungsgemäßer Genehmigung durch einen Bezirksrichter in Texas.«

Das Blut ist aus Walts wettergegerbtem Gesicht gewichen. In Nogales lebt Walt, dort lebt seine Frau. Und in diesem Augenblick stellt sich Walt dieselbe Frage wie ich: *Was zum Teufel hat Shad da gemacht*?

Shads Assistent, der hinter ihm auf einem Stuhl sitzt, springt in so kurzer Zeit auf, dass alles eindeutig eingeübt ist. Er geht an die Seite des Saals, um eine Kassette in einen Recorder zu stecken.

Quentin könnte gegen diese Aufzeichnung Einspruch erheben und verhindern, dass sie abgespielt wird, ehe nicht ihre Echtheit nachgewiesen wurde. Aber ich denke, er überlegt, dass sie schließlich ohnehin zugelassen würde. Wenn er weiterhin den Eindruck aufrechterhalten will, dass Dad nichts vor den Geschworenen zu verbergen hat, dann lässt er sie besser ohne Gegenargumente abspielen.

Walt dreht da oben wahrscheinlich langsam durch, er ist aber schon oft genug vor Gericht gewesen und weiß, dass er besser niemanden sehen lässt, wie sehr er schwitzt.

»Fertig«, sagt der Assistent.

»Meine Damen und Herren Geschworenen«, sagt Shad, »Sie hören gleich einen kurzen Ausschnitt aus einem Gespräch zwischen dem Zeugen und seiner Ehefrau, Mrs. Carmelita Cruz Garrity. Die Aufnahme wurde vier Tage, nachdem Tom Cage sich dem FBI gestellt hatte, gemacht, und drei Tage, nachdem Captain Garrity die Videokassette in den Fluss geworfen hatte.«

Walt beugt sich mit ausdrucksloser Miene vor, in Gedanken geht er sicher in Windeseile jedes Gespräch durch, das er in dieser Zeit mit seiner Frau geführt hat.

Eine Frauenstimme mit einem starken mexikanischen Akzent sagt: *»Wie lange bleibst du noch in Mississippi, Walter?«*

»Ich bin nicht sicher«, antwortet Walt mit erschöpfter Stimme. *»Solange sie mich brauchen.«*

»Sie?«

»Tom und seine Familie.«

»Wohnst du in Toms Haus? Und seine Frau ist auch da?«

»Ich muss, Darling. Peggy geht es ziemlich mies. Sie schlägt sich wacker, aber die Lage ist wirklich schwierig.«

»Oh, ich hab solche Angst. Was ist, wenn sie dich verhaften für das, was du letzte Woche gemacht hast? Dass du Tom durch die Gegend gefahren hast, obwohl er gesucht wurde?«

»Ich glaube, das machen die nicht. Ich habe dem FBI und der Staatspolizei von Louisiana bei einigen wichtigen Fällen geholfen. Die wollen mich nicht in Gewahrsam nehmen. Der Sheriff von Natchez, der könnte mir Probleme machen, aber ich glaube nicht, dass er sich wegen eines verschrumpelten alten Texas Ranger mit dem FBI anlegen würde.«

Das Rauschen einer schlechten Verbindung ertönt über die Lautsprecher. Dann sagt Carmelita: *»Walter, ich mach mir solche Sorgen. Du hast schon viel zu viel für Tom riskiert. Ich weiß, er ist dein Freund, aber …«*

»Aber was, Darling. Raus damit.«

»Bist du dir sicher, dass Tom dieser Krankenschwester nichts angetan hat? Nicht mal als – wie sagt man da, als Gnade …?«

»Gnadentod.«

»Sí. Bist du dir da im tiefsten Herzen sicher?«

Diesmal zieht sich die Stille so lange hin, dass mein Puls mir schon in den Ohren trommelt. Dann spricht Walt Worte aus, von denen ich weiß, dass er sie sein Leben lang bereuen wird.

»Carmelita … die Wahrheit ist, dass ich nicht weiß, was in jener Nacht in dem Haus passiert ist. Und teils will ich es auch nicht wissen. Die Wahrheit ist, selbst wenn er sie umgebracht hätte, hätte ich nichts anderes gemacht. Ich weiß, du verstehst das nicht, aber der Mann ist mein Freund. Und ich bin in seiner Schuld. Für Korea und vieles andere.«

»Ich weiß«, sagt Carmelita. *»Ich will ja auch nicht nörgeln. Ich mach mir nur Sorgen.«*

»Ich weiß. Alles wird gut.«

Shad hebt die Hand, und sein Assistent hält die Aufzeichnung an.

Neben mir hat meine Mutter den Kopf gesenkt, sicher um ihre Tränen zu verbergen. Aus dem Zeugenstand schaut Walt über die Zuschauermenge, zeigt dieselbe eiserne Disziplin wie immer. Aber innerlich stirbt er.

»Euer Ehren«, sagt Shad, »ich habe keine weiteren Fragen an diesen Zeugen.«

Walt will aufstehen, aber Richter Elder sagt: »Sie sind noch nicht entlassen worden, Captain.«

Richter Elder blickt zum Tisch der Verteidigung. »Mr. Avery?«

»Keine Fragen, Euer Ehren.«

Walt kann sich gerade noch auf dem Stuhl halten, bis Richter Elder sagt: »Sie können gehen.«

Joe Elder schaut Walt hinterher, der wie die zum Leben erweckte, verwitterte Statue eines Cowboys davongeht. Er hat das Kinn hoch erhoben, mustert die Zuschauermenge und fixiert jeden, der ihn anstarrt, mit seinem Blick. Wie die meisten Männer im Raum vermute ich, dass Joe Elder überlegt, was er wohl getan hätte, wenn er in dieser eiskalten Nacht in dem Krankenwagen gewesen wäre.

Zuerst kann ich nur den Hinterkopf meines Vaters sehen, doch dann dreht er sich um und verfolgt jeden Schritt, den Walt durch den Mittelgang macht. Als Walt an der Schranke vorbeigeht, flackert auf seinem Gesicht Schmerz auf, aber hinter ihm sehe ich die Augen meines Vaters, die voller Vergebung sind.

»Mr. Johnson«, spricht Richter Elder Shad an. »Sie können Ihren nächsten Zeugen aufrufen.«

Shad steht auf. Seine Hände hängen locker.

»Euer Ehren, die Anklage hat ihre Beweisführung abgeschlossen.«

Meine erste Reaktion ist Erleichterung, reine, uneingeschränkte Erleichterung, dass Dad nicht eine Parade von Verwandten verstorbener Patienten über sich ergehen lassen muss, die behaupten, er hätte dabei geholfen, ihre geliebten Menschen zu töten. Aber ehe ich zu lange darüber nachdenken kann, schaut Richter Elder zu Quentin herunter und sagt: »Mr. Avery, sind Sie bereit, Ihr Eröffnungsplädoyer zu halten?«

»Ja, Euer Ehren. Aber ich habe zwei Bitten. Erstens habe ich gesundheitliche Probleme und würde gern vor meiner Eröffnungsrede etwas dagegen tun. Zweitens kommt mein erster Zeuge mit dem Flugzeug von außerhalb des Staates und ist gerade erst vor einer halben Stunde in Baton Rouge gelandet. Er braucht mindestens noch fünfundvierzig Minuten bis hierher. Ich möchte in meinem Eröffnungsplädoyer außerdem nur einige sehr kurze Anmerkungen machen. Aus diesen Gründen würde ich, wenn es das Hohe Gericht erlaubt, mein Eröffnungsplädoyer lieber erst morgen früh halten und dann gleich mit meinem ersten Zeugen weitermachen.«

Viele Richter würden dem zustimmen, aber Joe Elder fragt: »Handelt es sich um ein akutes medizinisches Problem, Mr. Avery?«

Diese Frage scheint Quentin zu überraschen. »Es ist … nun ja, eher eine chronische Sache, Herr Richter.«

»Es ist noch nicht vier Uhr, Mr. Avery. Wenn kein akuter Notfall vorliegt, können wir es uns nicht leisten, die wertvolle Zeit dieses

Gerichts zu verschwenden, weil die Anreise Ihres Zeugen nicht ordentlich organisiert wurde.«

Quentin scheint über Elders Antwort so schockiert, dass ihm die Worte fehlen.

Im entstandenen Vakuum sagt der Richter: »Ich gewähre eine zehnminütige Verhandlungspause, wenn Sie Medikamente nehmen oder irgendwelche anderen körperlichen Bedürfnisse befriedigen müssen. Danach werden Sie aber mit Ihrem Eröffnungsplädoyer anfangen.«

Zu meiner Überraschung dreht sich Quentin zu mir um und schaut mich an, doch ich kann seinen Blick nicht deuten. Bittet er mich um Hilfe bei der Entscheidung, was zu tun ist?

»Nein danke, Herr Richter«, sagt Quentin und wendet sich wieder der Richterbank zu. »Ich fange gleich jetzt mit meinem Plädoyer an.«

»Nun gut.« Elder wirft Quentin einen misstrauischen Blick zu. »Sie können beginnen.«

Damit surrt »Prediger« Quentin Avery um den Tisch der Verteidigung herum, bleibt neben dem Podium stehen und schaut die Geschworenen an, die sich genau wie ich nun bestimmt fragen, was dieser unberechenbare Anwalt wohl unter einem Eröffnungsplädoyer versteht.

KAPITEL 42

»Meine Güte, unser Herr Bezirksstaatsanwalt hört sich gern reden, was?«

Quentin hat seinen Rollstuhl neben dem Podium zum Stehen gebracht, aber ich bin mir sicher, das ist nur die Ausgangsposition. Er wird während seiner Rede garantiert im Gerichtssaal herumfahren, sich das Territorium zwischen dem Richter, den Geschworenen und den Zuschauern aneignen und sich wieder zurückziehen wie ein gerissener Feldgeneral. Und er wird jeden Vorteil ausnutzen, den ihm seine Behinderung verschafft. »Ich denke mal, wenn man an einer superteuren Uni wie Harvard Jura studiert hat, dann kann man sich einfach nicht beherrschen und muss die vielen wunderbaren langen Wörter benutzen, die sie einem da beibringen.«

»Mr. Avery«, unterbricht ihn Richter Elder, »beherrschen Sie sich.«

»Entschuldigung, Herr Richter. In meinen jüngeren Jahren war ich auch sehr stolz auf meine Wortgewandtheit, aber inzwischen bin ich so alt, dass ich gleich zur Sache kommen muss. Wenn man wie ich jeden Augenblick auf die Toilette muss, hat man einfach keine Zeit, alles schön zu verbrämen.«

Quentin rollt mit seinem Stuhl vor die Geschworenenbank und lächelt alle an, als wäre er ein freundlicher Patriarch, der bei einer Familienfeier gleich eine Rede an die Verwandtschaft halten wird.

»Wo soll ich anfangen, meine Damen und Herren? Ehrlich gesagt, mir schwirrt der Kopf. Soweit ich mich erinnern kann, haben wir gestern Morgen in Natchez, Mississippi, im Jahr 2005 angefangen, und heute Nachmittag sind wir neben einer Straße in Korea im Jahr 1950 gelandet. Ich kann kaum noch die Orientierung behalten. Während ich das versuche, lassen Sie mich Ihnen eine Geschichte über meinen Daddy erzählen.

Gestern und heute habe ich, während der Bezirksstaatsanwalt einen Zeugen nach dem anderen in diesen Stand gerufen hat, immer wieder an meine Kindheit denken müssen. Da tobte gerade der Zweite Weltkrieg, und ich war neun Jahre alt. Es war eine furchterregende Zeit auf der Welt, niemand wusste sicher, was wahr war und was nicht. Na ja, ich habe in der Schule Probleme mit ein paar anderen Jungs gehabt und hab mich da irgendwie rausgemogelt. Das habe ich mit meinem schnellen Verstand und meiner noch schnelleren Zunge geschafft. Ich war ganz schön stolz auf mich, jawohl. Ziemlich selbstgefällig wahrscheinlich. Aber vor meinem Daddy konnte ich nichts verbergen. Um halb fünf an dem Tag wusste Daddy alles, was passiert war. Und er hat mich auf unsere alte Veranda gesetzt und was gesagt, das ich nie vergessen habe. Er sagte: ›Mein Sohn, *die halbe Wahrheit ist eine ganze Lüge.*‹«

Quentin verstummt, anscheinend in eine Träumerei über seinen Vater versunken.

»Mr. Avery«, spricht ihn Richter Elder an.

»›Die halbe Wahrheit‹«, grübelt Quentin laut, »›ist eine ganze Lüge.‹ In den letzten beiden Tagen ist mir aufgefallen, dass einige Leute nicht das Privileg hatten, von meinem Vater erzogen zu werden.«

Shad will Einspruch erheben, aber es ist uralte Tradition, dass Anwälte einander bei ihren Eröffnungsplädoyers nicht unterbrechen.

Quentin rollt näher zu den Geschworenen. »Ihr Leute wisst das vielleicht nicht, aber hier im Saal sitzen jede Menge Anwälte. Gestern auch. Das hier ist ein historischer Prozess. Und ich sage es Ihnen gleich, viele von diesen Anwälten halten mich für verrückt. Für senil. Warum? Weil ich dem Bezirksanwalt anderthalb Tage lang alles, wirklich alles durchgehen ließ. Er hat die Regeln in alle möglichen Richtungen gebeugt und übertreten, und ich habe nichts unternommen, um ihn daran zu hindern. Ich habe nicht einmal versucht, ihn ein bisschen zu bremsen. Ich habe zugelassen, dass Mr. Johnson eindeutig unzulässige Zeugenaussagen vorgestellt hat, ohne Einspruch dagegen zu erheben …«

Shads Gesicht verdunkelt sich zusehends, aber Quentin macht weiter, als hätte er die Wirkung seiner Worte auf den Anwalt der

Gegenseite gar nicht bemerkt. So skandalös sie klingen, wahr sind sie.

»Ich habe Hörensagen über mich ergehen lassen, irrelevante Zeugenaussagen, Erzählungen über vorherige Vergehen, die rechtlich gesehen in der Gegenwart meinem Mandanten nicht zur Last gelegt werden können, und ich habe gegen nichts davon Einspruch eingelegt. Ich will Ihnen noch was sagen. Indem ich *keinen* Einspruch erhoben habe, habe ich auch die Möglichkeit verwirkt, gegen ein Urteil Berufung einzulegen, das auf diesen Aussagen begründet ist. Ja, richtig. Falls Sie Dr. Cage wegen Mordes schuldig sprechen, dann kann ich gegen Ihr Urteil, das auf den juristischen Tricks beruht, die Mr. Johnson aus dem Ärmel gezogen hat, keine Berufung einlegen, weil ich nichts dagegen gesagt habe, *als er es gemacht hat*. Wenn ich nicht die lange Erfahrung hätte, die ich nun mal habe, hätte mich wohl Richter Elder in sein Richterzimmer geschleppt und mich gefragt, ob ich je einen Abschluss in Jura gemacht habe.«

Als ich die Gesichter auf der Geschworenenbank mustere, meine ich zu erkennen, dass sie Quentins Argument folgen können. Was immer seine Strategie ist, er setzt alles auf eine Karte.

»Warum, müssen Sie sich also fragen, habe ich das gemacht? Warum sollte ich Shadrach Johnson den kleinen Finger anbieten und zusehen, wie er den ganzen Arm nimmt? Ich will es Ihnen sagen. Im Matthäus-Evangelium hat Jesus gesagt: ›Und so dich jemand nötiget eine Meile, so gehe mit ihm zwo.‹ Zwo, das bedeutet zwei. Nun, während Mr. Johnsons Beweisaufnahme habe ich versucht, mich an Jesus' Aufforderung zu halten. Es ist mir schwergefallen, aber ganz zu Anfang haben Dr. Cage und ich beschlossen, dass wir, da er nichts zu verbergen hat, nicht versuchen würden, irgendjemand daran zu hindern, in diesem Zeugenstand das zu sagen, was er sagen will. Wir wollen nicht mit dem System zocken, wie die jungen Leute heute sagen, es auch nicht zu unserem Vorteil manipulieren. Wir wollen dasselbe wie Sie, meine Herrschaften. Wir wollen, dass die Wahrheit ans Licht kommt. Die ganze Wahrheit und nichts als die Wahrheit.

Das ist eine ganz neue Strategie, das können Sie mir glauben. Sogar Dr. Cages Sohn, unser geschätzter Bürgermeister, macht sich große Sorgen, dass ich die Alte-Leute-Krankheit habe. Aber ich habe dem Herrn Bürgermeister genau dasselbe gesagt, was ich jetzt Ihnen sage: Ich glaube so fest an die Integrität seines Vaters, dass ich *keine Angst* davor habe, jedermann in diesem Gericht alles sagen zu lassen, was er will.«

Quentin lässt die Stille lang andauern, so dass sich seine Worte tief in die Köpfe der Geschworenen einbrennen.

»Die halbe Wahrheit ist eine ganze Lüge«, wiederholt Quentin, als sagte er es noch einmal für sich. »Die Bibel sagt: ›Du sollst kein falsches Zeugnis ablegen.‹ Nun, ich verspreche Ihnen, dass Sie, ehe ich meine Beweisaufnahme abschließe, feststellen werden, dass mehr als ein Zeuge der Anklage dieses neunte Gebot gebrochen hat. Und ich möchte einige Leute hier im Raum daran erinnern, dass in unseren modernen Zeiten diese Vorschrift aus der Bibel in ein Gesetz Eingang gefunden hat. Das Vergehen heißt Meineid und steht unter schwerer Strafe – *nicht unter zehn Jahren.*«

Die Geschworenen scheinen angemessen beeindruckt zu sein, und Shad schaut nach Quentins Wende regelrecht besorgt drein. Er muss sich fragen, welcher von seinen Zeugen gelogen hat und ob Quentin Beweise hat, die das gegebenenfalls belegen können.

Quentin nimmt ein kleines Stück Papier von der Häkeldecke, die auf seinem Schoß liegt. »Während seiner Anfangsbemerkungen hat der Bezirksstaatsanwalt etwas Interessantes gesagt. Ich will es mit meinen eigenen Worten wiederholen: ›Wenn es nicht um die Rasse ginge, dann wäre Viola Turner nicht ermordet worden.‹ Ziemlich provozierend, nicht?« Quentin rollt wieder zum Tisch der Verteidigung hinüber und legt meinem Vater die Hand auf die Schulter. »Meine Damen und Herren, lassen Sie mich Ihnen von diesem Mann und *Rasse* erzählen.

Tom Cage war der Erste in dieser Stadt, der die Rassentrennung in seinem Wartezimmer aufgehoben hat. Er hat das gegen den ausdrücklichen Wunsch seines Chefs Dr. Wendell Lucas gemacht. Tom Cage hat nachts Hausbesuche in den nördlichen Stadtvierteln gemacht, als die noch ›farbige Bezirke‹ – oder Niggertown – hießen und andere weiße Ärzte ihn für verrückt hielten.«

Ich habe das Gefühl, als wäre der Luftdruck im Saal plötzlich gesunken, direkt in die Sturmzone. Quentin Avery ist ungefähr so berechenbar wie ein Tornado, und man kann nicht ahnen, was er wohl als Nächstes äußern wird.

»Vierzig Jahre lang«, fährt Quentin fort, die Hand immer noch auf Dads Schulter, »hat dieser Mann schwarze Leute so behandelt, wie er seine eigene Familie behandeln würde. In einer Zeit, als weiße *Kinder* schwarze Männer von siebzig Jahren nur beim Vornamen nannten, sprach Tom Cage seine schwarzen Patienten mit Mister und Missus an. Damals konnte jeder weiße Mann zu einem ihm nicht bekannten Schwarzen, der ihm auf der Straße begegnete, sagen: ›He, Mose, komm her und reparier meinen platten Reifen.‹ Und der alte Mose ist gekommen.« Quentin lässt die Hand von der Schulter meines Vaters sinken, schüttelt dann den Kopf, als erinnerte er sich daran, mehr als einmal die Reifen für irgendeinen weißen Mann repariert zu haben. »Aber in Dr. Cages Praxis hieß es: ›Wie geht es Ihnen heute, *Mister* Jackson? Lassen Sie mich Ihre Leber abtasten, Mrs. Ransom.‹ Ich spreche hier von *Respekt*, Leute – schlicht von guten Manieren. Und wenn ein Mann seine Rechnung bei Dr. Cage nicht bezahlen konnte, dann wusste er, dass er bei den Cages zu Hause vorbeigehen und eine Kiste Kohl oder einen Eimer mit Welsen abgeben konnte und dass das so gut wie Bares war.«

Das ist die ungeschminkte Wahrheit. Ich erinnere mich an zahllose Besuche dieser Art und an die schüchternen Mienen der Männer, die die Eimer und Kisten ablieferten.

»Und wenn man selbst das nicht schaffte«, sagt Quentin, »dann wusste man, dass kein Schuldeneintreiber bei einem vor der Tür stehen und einen vor Frau und Kindern bloßstellen würde. Denn in diesen Fällen hat Dr. Cage meistens einfach verzichtet. Warum? Weil er wusste, wie es den schwarzen Leuten in Mississippi ging. Tom Cage wusste auch, wie es armen Leuten geht, denn er war selbst arm aufgewachsen. Er wusste, wie es ist, wenn man nichts hat. Und er wollte nicht der Grund dafür sein, dass irgendjemandes Kinder darunter litten.«

Rusty Duncan stupst mein Knie an und deutet mit dem Kopf zum Tisch der Anklage.

Zu meiner Verblüffung tut Shad Johnson tatsächlich, als spielte er Geige, was mir verrät, dass er seine Geschworenen völlig falsch eingeschätzt hat. Quentin dagegen nicht. In weniger als fünf Minuten hat der schlaue alte Fuchs den gewaltigen Schwung, den Shad in den vergangenen zwei Tagen mühevoll aufgebaut hat, umgelenkt und mindestens die Hälfte der Geschworenen davon überzeugt, dass sie sich glücklich preisen könnten, wenn sie einen so ehrlichen, gerechten und verständnisvollen Onkel oder Vater wie Quentin Avery hätten. Bei näherer Betrachtung erkenne ich, dass Shad diese satirische Geste macht, um die Wut zu verbergen, die bei Quentins leutseliger Schau in ihm überzukochen droht. Denn eine Schau ist es. Niemand weiß besser als Shadrach Johnson, dass der Mann, der da im Rollstuhl sitzt und wie eine Mischung aus Will Rogers und Martin Luther King Junior redet, vor dem Obersten Gerichtshof in bahnbrechenden Fällen sein Plädoyer gehalten hat. Und bei diesen Anlässen hat Quentin nicht wie jemand gesprochen, der gerade im Mississippi-Delta aus einem Baumwollfeld getappt war. Aber so ärgerlich es auch ist, die Tradition verdonnert Shad zum Schweigen.

»Ich könnte hier fünfhundert Leute durch den Gerichtssaal ziehen lassen, um meine Behauptungen zu bestätigen«, fährt Quentin fort, »aber das brauche ich nicht zu tun, denn beinahe jeder hier im Raum weiß ohnehin schon, dass sie wahr sind. Die schwarzen Leute hier wissen, dass vor dem alten Haus auf der High Street, in dem Dr. Cage seine Praxis hatte, ein Denkmal stehen sollte. Wo andere Weiße einen Neger, einen Nigger, einen *Boy* sahen, da sah Tom Cage einen Menschen. Wenn beinahe alle anderen einen wie einen Dienstboten behandelten, dann behandelte Dr. Cage einen wie ein gleichberechtigtes Wesen. Die schwarzen Leute wussten, dass sie in seine Praxis gehen und Hilfe bekommen konnten, ganz gleich, in welchen Schwierigkeiten sie steckten.« Quentin hebt den Zeigefinger und senkt ihn gerade so wenig, dass er auf zwei schwarze Frauen deutet, die auf der Geschworenenbank sitzen. »Wie kann ich beziffern, was das den Leuten in dieser Stadt bedeutet hat? Ich kenne keine so große Zahl. Und doch …« Er seufzt, als könnte er es kaum über sich bringen, weiterzusprechen. »… und doch sitzt Tom Cage hier, angeklagt wegen vorsätzlichen Mordes an einer ihm anvertrauten Patientin. Hier sitzt er stoisch und stumm, während böse Männer und Frauen unter Eid lügen und seinen Namen verunglimpfen.«

Quentin lässt den Kopf hängen, als könne er die Ungerechtigkeit dieser Situation kaum ertragen. »Wissen Sie, was ich dazu sage, meine Damen und Herren?«

Die Geschworenen lehnen sich kollektiv vor.

Quentins Kopf mit dem weißen Haarbusch hebt sich. »Wissen Sie, was ich zum Staat Mississippi sage? Zu dem hochmächtigen Herrn Bezirksstaatsanwalt?«

Einige Geschworene neigen tatsächlich ihre Ohren zu Quentin hin, um sicher zu sein, dass sie die Antwort nicht verpassen. Quentin wendet sich Shad zu, und seine Augen flammen vor Verachtung: »*Schämen* Sie sich nicht, Bruder?«

Endlich explodiert Shad, und genau das wollte Quentin erreichen. »Herr Richter, das ist ungeheuerlich! Der Anwalt der Gegenseite hält kein Eröffnungsplädoyer. Er liefert eine orale Hagiografie seines Mandanten und verunglimpft den Bezirksstaatsanwalt!«

»Orale Hagiografie?«, wiederholt Quentin, als stellte ihn das Wort vor ein Rätsel. »Ist das in Mississippi nicht verboten?«

Die Hälfte der Anwälte im Saal prustet vor Lachen, was Richter Elder dazu bewegt, Quentin grob zurechtzuweisen.

»Mr. Avery, Anwälte genießen in ihren Eröffnungsplädoyers beträchtliche Freiheiten, aber Sie haben nicht nur die Geschwindigkeitsbegrenzung überschritten, Sie fahren auch noch auf der falschen Straßenseite. Beschränken Sie sich bitte auf die Fakten, oder kommen Sie zur Beweisaufnahme.«

Shad kocht vor Wut, aber er kann nichts mehr unternehmen, um Quentins Redefluss zu bremsen.

»Meine Damen und Herren Geschworenen«, fährt Richter Elder fort, »bitte beachten Sie die letzten Bemerkungen des Verteidigers nicht.«

»Danke, dass Sie mich wieder auf Kurs gebracht haben, Herr Richter«, sagt Quentin, wieder ganz liebenswürdig. »Wir wollen uns also auf die Fakten beschränken, um die Mr. Johnson einen solchen Wirbel gemacht hat. Wir wissen nun alle, dass es im Februar und März 1968 eine Liebesbeziehung zwischen Dr. Cage und Viola Turner gegeben hat. Der Bezirksstaatsanwalt hat sein Möglichstes getan, um diese Beziehung als schäbig und schmierig darzustellen, als wäre Tom Cage die Sorte geifernder, geiler weißer Mann, der sich gern ein bisschen schwarzes Fleisch nebenbei genehmigte, wenn er es kriegen konnte.«

Die Menge keucht auf, und wieder schreitet der Richter ein. »Mäßigen Sie Ihre Sprache, Herr Verteidiger.«

Quentin weigert sich jedoch zurückzurudern. »Herr Richter, können wir auf diesem Forum nicht offen reden? Wir sind alle Erwachsene. Können wir nicht die Sprache verwenden, die diese Lage genau beschreibt?«

Die Geschworenen sind eindeutig einer Meinung mit Quentin, aber Joe Elder sagt: »Mr. Avery, Sie bleiben bei anständiger Sprache, oder Sie müssen mit Konsequenzen rechnen.«

»Gut, Herr Richter. Nun ... wir wissen alle, von welchem Typ Mann ich gesprochen habe. Aber Tom Cage *ist nicht dieser Typ Mann*. In den fünfundvierzig Jahren seiner Tätigkeit als Arzt hat es nicht eine einzige Anschuldigung wegen sexueller Belästigung gegen ihn gegeben. Und während all dieser Jahre hatte er stets mehrere schwarze Angestellte, die nur zu gern hier vortreten und als Zeugen für seinen guten Charakter aussagen würden.

Also, was hat nun zu dieser verbotenen Beziehung geführt? Müssen wir Sherlock Holmes oder Sigmund Freud bemühen, um das herauszufinden? Nein. Ich bezweifle, ob irgendjemand Tom Cage besser kannte als Viola Turner, diese außergewöhnliche Krankenschwester, die in den unruhigen sechziger Jahren an seiner Seite arbeitete. Nun weiß ich nicht, welche Probleme es in Dr. Cages Ehe gegeben haben mag.« An diesem Punkt schaut Quentin ausdrücklich zu meiner Mutter, die starr vor sich hin sieht wie das Bildnis der geduldigen, aber loyalen Ehefrau.

War dieser Blick vorher abgesprochen?, frage ich mich.

»In jeder Ehe gibt es mal Spannungen«, sagt Quentin mit Bedauern in der Stimme, »und wir wissen nie, wie es hinter der Haustür der anderen aussieht. Aber stellen Sie sich einen Augenblick lang vor, wie es der armen Viola Turner ging, die gerade erfahren hat, dass ihr junger Ehemann in Vietnam gefallen ist. Stellen sie sich die junge Witwe vor, die ein Jahr schrecklicher Einsamkeit durchleidet, während ihr Bruder gefährliche Arbeiten für die Bürgerrechtsbewegung ausführt. Stellen Sie sich diese hingebungsvolle junge Schwester vor, die jeden Tag an der Seite von Dr. Cage arbeitet, sein einzigartiges Engagement sieht, mit dem er den Leuten hilft. Ihren Leuten. Und nicht mit klugen Sprüchen auf Cocktailpartys, wohlgemerkt, sondern an der Front, wo es darauf ankam. Ist es da nicht leicht zu verstehen, dass sich in einer solchen Situation starke Gefühle entwickeln können?«

Moderne Geschworene, begreife ich, könnten diese Situation genauso leicht als sexuelle Belästigung interpretieren. Aber heute wird Quentin davon profitieren, dass Mississippi gewöhnlich zehn Jahre hinter der Zeit herhinkt.

Er nimmt mit einigen weiblichen Geschworenen Blickkontakt auf. »Ich will damit keine außereheliche Affäre gutheißen, meine Damen und Herren. Wir wissen alle, dass Ehebruch falsch ist. Aber in außergewöhnlichen Umständen sucht sich das Herz seinen Trost. Und das Fleisch ist schwach, wie es in der Bibel heißt.

Wir können in diesem Gericht nicht vor der menschlichen Wahrheit die Augen verschließen, wie schmerzlich sie auch sein mag. Wir sind hier ja genau deswegen zusammengerufen worden, um die Wahrheit herauszufinden. Aber Tom Cage steht nicht wegen Ehebruchs vor Gericht. Und er hat nie geleugnet, dass er eine Beziehung zu Viola Turner hatte. Er hat es nicht gerade an die große Glocke gehängt, das stimmt, aber das kann ich ihm nicht übelnehmen. 1968 hätte eine solche Enthüllung seine ganze Familie in Lebensgefahr gebracht. Aber Dr. Cage hat auch nie zu leugnen versucht, dass er vielleicht Lincoln Turners Vater sein könnte, sobald er von der Existenz des Kindes erfahren hatte. Warum hat er nicht versucht, dieser Verantwortung aus dem Weg zu gehen? Weil er nicht der Typ Mann ist. Tom Cage hat Viola geliebt, und sie hat ihn zurückgeliebt. Ihre Affäre war tragisch. Sie waren zwei gute Menschen, die in einer schlimmen Situation gefangen waren. Aber welche Sünden Tom Cage auch 1968 begangen hat, so haben die viel mehr mit dem siebten als mit dem sechsten Gebot zu tun, das übrigens nicht lautet *›Du sollst nicht töten‹*, wie es die meisten Leute zitieren, sondern *»Du sollst nicht morden.‹«*

Während sich die meisten Leute im Gerichtssaal zu erinnern versuchen, wie das siebte Gebot hieß, sagt Richter Elder: »›*Du sollst nicht die Ehe brechen.*‹ So lautet das siebte Gebot.«

»Danke, Herr Richter«, sagt Quentin zu dem jüngeren Mann, als wäre er ein Lehrer in der Sonntagsschule, der seinem Lieblingsschüler ein Lob ausspricht.

Ehe Joe Elder Quentin in die Schranken verweisen kann, hört man wieder das Klicken und Surren des Rollstuhls, und Avery kommt hinter dem Tisch der Verteidigung hervorgefahren. Er steuert auf die Geschworenenbank zu, bleibt aber ein paar Schritte davor stehen und spricht mit Verschwörerstimme.

»Meine Damen und Herren, ich verrate Ihnen jetzt ein Geheimnis der Juristenzunft. Es gibt einen interessanten Test, den Bezirksstaatsanwälte machen, wenn sie entscheiden müssen, ob sie in einem Mordfall Anklage erheben wollen oder nicht. Sie stellen sich zwei Fragen. Erstens: *Musste das Opfer getötet werden?* Und zweitens: *Hat die richtige Person getötet?*« Quentin legt eine Pause ein, damit diese Fragen ihre Wirkung tun können. »Wenn die Antwort auf beide Fragen Ja ist, dann fassen die meisten Bezirksstaatsanwälte solche Fälle nicht mal mit der Pinzette an.«

Während die Geschworenen darüber nachdenken, sagt Quentin: »Diese Logik erscheint Laien vielleicht zynisch, aber es gibt einen guten Grund dafür. Und der ist, dass die Richter manchmal nicht genau definieren, was ›zweifelsfrei‹ bedeutet. Und manchmal folgen die Geschworenen ihrem Herzen und nicht ihrem Kopf, um Zweifel zu finden. Wir Anwälte nennen dieses Bauchgefühl, das über richtig und falsch entscheidet, das ungeschriebene Gesetz. Warum? Was ist das ungeschriebene Gesetz? Nun, es ist genau das, wonach es klingt …«

»Kein Wort weiter, Mr. Avery!«, donnert Richter Elder los. »Gegen alle meine Instinkte hatte ich Geduld mit Ihnen, aber Sie wandern gerade haarscharf am Abgrund vorbei, einen schweren Verfahrensfehler zu begehen. Und schlimmer noch, Sie wissen es!«

Quentin wirkt ehrlich betreten, wie ein älterer Herr, der einen Augenblick lang vergessen hat, dass er in der Kirche ist, und angefangen hat, über Geschlechtsverkehr zu reden. Ich nehme ihm das allerdings nicht ab und Joe Elder genauso wenig. Quentin hat die Geschworenen in voller Absicht auf den schlimmsten Alptraum eines Anklägers zugeführt: das Recht der Geschworenen, das Strafrecht außer Acht zu lassen. Dieses Recht wird ausgeübt, wenn Geschworene alle Anweisungen des Richters nicht beachten und mit »kollektivem Gewissen« abstimmen, wie es einige Leute nennen, was man aber genauer als »kollektives Bauchgefühl« bezeichnen könnte. Weniger milde gestimmte Kritiker würden es »Straßenjustiz« nennen.

Mit einem Bass, der direkt von Zeus aus dem Olymp hätte kommen können, sagt Richter Elder: »Mr. Avery, ich habe Sie gewarnt.«

»Meine aufrichtige Entschuldigung, Euer Ehren.« Quentin schaut zur Geschworenenbank zurück. »Dann kehren wir zu den zynischen Fragen zurück, die ich vorhin erwähnt habe. Erstens: ›Musste das Opfer getötet werden?‹ Sagen wir mal, unser Mordopfer war ein unflätiger, gefräßiger, dickbäuchiger haariger Affe, der seine Frau geschlagen, den Nachbarn Hörner aufgesetzt und seine Kinder misshandelt hat. Alle, die ihn gekannt haben, waren sich einig, dass die Welt ohne ihn besser wäre. Also … musste er getötet werden? *Ja.*«

Ein weißer Geschworener lacht tatsächlich und handelt sich damit einen Donnerblick von Richter Elder ein. Ich bin sicher, dass Shad bereits während Quentins gesamtem Eröffnungsplädoyer vor Protest schreien will, aber da er selbst die Regeln großzügig missbraucht hat, hat er dafür keine sonderlich gute Grundlage.

»Frage zwei«, prescht Quentin weiter vor. »›Hat die richtige Person getötet?‹ Nun, wenn die geschlagene Ehefrau des Opfers die Täterin war oder sein misshandelter Sohn oder sein gehörnter Nachbar, dann ist die Antwort wahrscheinlich wieder Ja. Und dann ist fraglich, ob irgendwelche Geschworene hier so stimmen würden, dass der Täter verurteilt wird, ganz gleich, welche Anweisungen ihnen der Richter gegeben hat. Und das weiß der Bezirksstaatsanwalt. Was geschieht also? Er findet einen Ausweg, wie er einen Prozess vermeiden kann.

Aber wir wollen uns einmal andere Umstände anschauen. Was ist, wenn das Opfer eine ältere schwarze Frau mit Krebs im Endstadium ist? Eine Frau, die jenseits aller Hoffnung ist, die furchtbare Qualen leidet und nur zu bereit ist, dieses Tal der Mühsal und Tränen zu verlassen? Frage eins: *Musste das Opfer getötet werden?* Nun, der Anklage zufolge glaubte das Opfer dies selbst. Das beweist der Selbstmordpakt. Was ist nun mit Frage zwei: *Hat die richtige Person getötet*? Wenn wir der Anklage wieder glauben dürfen, dann war der Mann, der das Leben des Opfers beendet hat, ihr persönlicher Arzt und ehemaliger Liebhaber, ein Mann, den die Gemeinde hoch schätzt und dem Tausende von Patienten Vertrauen schenken. Nun, *wenn* dieser Mann sie getötet hat, dann würde ich nach den Maßstäben des ungeschriebenen Gesetzes sagen, dass er der richtige Mann für diese Aufgabe war.«

Die Geschworenen scheinen von dieser Aussage völlig benommen zu sein, aber Shad Johnson sieht aus, als müsste ihn jeden Augenblick der Schlag treffen. Der Bezirksstaatsanwalt merkt bereits, wie das Fundament seines sorgfältig konstruierten Falls auf Sand zu verrutschen beginnt, wo er doch glaubte, auf Fels gebaut zu haben. Und Quentin hat noch nicht einmal seinen ersten Zeugen aufgerufen. Schlimmer: Weil Quentin keine Einsicht in die Beweismittel verlangt hat, hat nun Shad keine Ahnung, wer Quentins Zeugen sein könnten.

»Nach allem, was ich Ihnen gesagt habe«, fährt Quentin fort, »frage ich mich doch, warum dieser Fall überhaupt vor Gericht gekommen ist. Sie nicht auch? Warum sitzen wir hier heute, meine Damen und Herren? Die Antwort hat nichts mit Gerechtigkeit zu tun, so viel kann ich Ihnen versichern. Das sollte Sie nicht überraschen. Ein Richter aus Natchez, dessen Bild da an der Wand hängt, hat den Geschworenen immer gesagt, dass es bei Gericht nicht um Gerechtigkeit, sondern um Kompromisse geht. ›Gerechtigkeit‹, hat er gesagt, ›das ist, wenn alle genau das bekommen, was sie verdienen – und das will weiß Gott keiner von uns.‹«

Ein zögerliches Lachen hallt im Gerichtssaal wider. Quentins Stimme nimmt nun eine Färbung an, als spräche er über die allerernstesten Dinge. »Meine Freunde, was uns heute hierhergebracht hat, ist das gebrochene Herz eines vaterlosen Kindes.«

Nachdem er Lincoln voller Mitgefühl angeschaut hat, wendet Quentin seinen Blick zu Sheriff Byrd, der mit einigen seiner Deputys an der Wand sitzt. »Und wir sind auch hier wegen des Neides, des Hasses und des Ehrgeizes mächtiger Männer.« Dann fallen Quentins

Augen auf Shad Johnson. »Letztlich sind wir wegen des niedrigen menschlichen Verlangens nach Rache um jeden Preis hier.«

Sogar Richter Elder scheint diese Aussage schockiert zu haben, aber wenn Quentin vorhat, zu beweisen, dass man meinem Vater ein Verbrechen angehängt hat, dann hat er die Freiheit, diese Dinge zu sagen.

»Meine Damen und Herren Geschworenen«, spricht er, »das hier ist vielleicht kein Prozess, bei dem es um die Todesstrafe geht, aber machen Sie sich nichts vor: Hier steht das Leben eines Mannes auf dem Spiel. Tom Cage ist dreiundsiebzig Jahre alt. Sein Gesundheitszustand ist schlecht. Wenn er auch nur zu einem Jahr Gefängnis verurteilt wird, überlebt er das wahrscheinlich nicht. Ich möchte Sie also in aller Bescheidenheit bitten, Geduld mit mir zu haben, während ich meine Beweisführung vorlege. Ihre Zeit ist kostbar, und Dienste an der Öffentlichkeit werden allmählich immer rarer. Doch da der Einsatz so hoch ist, flehe ich Sie an, durchzuhalten, bis die Wahrheit nackt vor uns liegt. Nur dann können wir sagen, dass wir unsere Pflicht getan haben und dass der Gerechtigkeit Genüge getan wurde.«

Nachdem er alle Geschworenen noch einmal gemustert hat, rollt Quentin zu seinem Tisch zurück. Doch ehe er ihn erreicht, bleibt er stehen und schaut über die Schulter, als bedrücke ihn noch ein schwieriges moralisches Dilemma.

»Meine Damen und Herren, ich kann das nicht auf sich beruhen lassen. Ich habe noch ein Geständnis zu machen. In den sechziger Jahren war ich als Kämpfer für Gerechtigkeit und Kämpfer für die Menschenrechte bekannt. Aber ich sage es Ihnen jetzt, ich habe auch schuldige Männer vertreten. Das hat jeder Verteidiger. Ein Mandant sagt einem nie, dass er schuldig ist, und man fragt auch nicht danach. Aber tief in der Seele – im innersten Herzen – weiß man es. Also hält man sich die Nase zu und erinnert sich daran, dass man der Verfassung dient, die von viel klügeren Menschen geschrieben wurde, als man selbst einer ist. Von Männern, die glaubten, es wäre besser, dass zehn Schuldige freigesprochen werden, als dass ein Unschuldiger im Gefängnis vermodert.«

Quentin rollt langsam zurück zu den Geschworenen. »Warum erzähle ich Ihnen das? Weil ich Ihnen erklären will, dass ich *heute* mit reinem Gewissen ins Gericht gekommen bin. Heute halte ich mir *nicht* die Nase zu, heute verschließe ich nicht bewusst die Augen vor irgendeiner finsteren Wahrheit. Denn an *diesem* Tag und bei *diesem* Verfahren hat mein Mandant mehr Integrität im kleinen Finger als ich im ganzen noch verbliebenen Rest meines Körpers.«

Ich bin nun außer Atem angesichts von Quentins Wagemut. Mit einem überwältigen Gefühl des Déjà-vu schaue ich zu, wie er auf meinen Vater zeigt, genau wie ich als Ankläger oft auf Mörder gezeigt habe. Mit beinahe religiöser Überzeugung sagt Quentin: »Dieser Mann – Dr. Thomas Jefferson Cage – ist *unschuldig*.«

Shad springt auf und brüllt etwas, das ich über das Schreien der Menge nicht verstehen kann, aber es ist auch gleichgültig. Es gibt keine Regel, die einem Anwalt zu sagen verbietet, dass sein Mandant unschuldig ist, aber nur wenige gehen dieses Risiko ein. Quentin hat das gerade gemacht – und mit verheerender Wirkung. Shad könnte vielleicht die Art und Weise, wie Quentin auf diese Aussage hingeleitet hat, in Frage stellen, aber jetzt ist das nicht mehr wichtig. Shad hat sowohl die Geschworenen als auch die Zuschauer vom Hocker gehauen. Es ist, als hätte ein American-Football-Team, das im Super Bowl Match weit zurückliegt, plötzlich nach einem Sprint von siebenundneunzig Yards einen Touch-Down erzielt und dann gleich einen erfolgreichen Onside Kick folgen lassen. Dieses rasche Herumreißen des Steuers könnte einem im Publikum schon beinahe ein Schleudertrauma bescheren.

Richter Elder schlägt mit seinem Hammer auf den Tisch, ruft alle zur Ordnung. Langsam fällt die Menschenmenge wieder in angespanntes, aber erwartungsvolles Schweigen.

»Abgelehnt«, verkündet Richter Elder mit offensichtlichem Zögern. Ich habe gar nicht gehört, was Shads Einspruch war. Der Richter würde eindeutig gern Quentin für seinen Wagemut bezahlen lassen, aber er kann wenig tun, außer dem alten Anwalt einen tadelnden Blick zuzuwerfen. »Bitte kommen Sie zum Ende Ihrer Anmerkungen.«

Quentin schaut nachdrücklich auf die Uhr, als wolle er sagen: *Ich werde die ganze mir zustehende Zeit nutzen und keine Sekunde weniger, vielen Dank.*

»Ich will Ihnen noch was sagen«, fährt Quentin trotzig fort. »Mein Mandant muss sich nicht gegen diese üblen Anschuldigungen verteidigen. Er muss nicht in den Zeugenstand treten und den Beweis für seine Unschuld antreten. Es wird *vermutet*, dass er unschuldig ist. Die Beweislast liegt beim Staat Mississippi. Dr. Cage ist durch die ganze Macht der Verfassung der Vereinigten Staaten geschützt. Trotzdem sabbert Mr. Johnson da drüben schon in der Hoffnung, dass ein alter Landarzt *vielleicht* so stolz oder so töricht ist, dass er einem in Harvard ausgebildeten Ankläger die Gelegenheit gibt, ihn mit seinen schärfsten juristischen Skalpellen zu sezieren. Nun ja …« Quentin dreht beide Handflächen nach oben und wirft Shad ein verzücktes Lächeln zu. »Ich habe gute Nachrichten für Mr. Johnson. Er wird diese Gelegenheit bekommen.«

Ein elektrisiertes Summen geht durch den Gerichtssaal, und mein Herz beginnt zu pochen.

»Zum Abschluss dieses Falls wird Dr. Cage in diesen Zeugenstand treten und die Wahrheit darüber sagen, was in der Nacht von Viola Turners Tod geschehen ist. Und ich verspreche Ihnen eines.« Quentin schaut Shad an, dreht sich dann langsam zum Publikum, in dem nicht nur Sheriff Byrd, sondern wahrscheinlich auch ein paar korrupte Polizisten und sogar überlebende Doppeladler sitzen. »Wenn Dr. Cage schließlich spricht, werden einige Männer, die jetzt in diesem Raum sitzen, *zittern und beben.*«

Die Stille, die auf diese Prophezeiung folgt, ist wie das Vakuum des tiefen Weltraums. Es ist nur das leise Surren von Quentins Rollstuhl zu hören, als er wieder hinter den Tisch der Verteidigung fährt und meinem Vater beruhigend eine Hand auf den Arm legt.

»Danke, Euer Ehren.«

Als das Schweigen anschwillt, beugt sich Doris Avery vor und flüstert ihrem Mann etwas ins Ohr.

»Euer Ehren«, sagt Quentin mit überraschter Stimme. »Man sagt mir gerade, dass mein erster Zeuge draußen vor dem Gerichtsgebäude angekommen ist. Ich bin bereit, mit meiner Beweisaufnahme anzufangen.«

Richter Elder schaut auf die Uhr.

Shad Johnson starrt Quentin an wie ein Tier, das herauszufinden versucht, ob ein anderes Tier ein Raubtier oder Beute ist. Der Bezirksstaatsanwalt will unbedingt wissen, wen Quentin als ersten Zeugen aufrufen will, nachdem er während niederschmetternder Zeugenaussagen stumm dagesessen hat.

»Rufen Sie Ihren Zeugen«, ordnet Richter Elder an.

»Die Verteidigung ruft Colonel Karl V. Eklund, ehemals US Army, auf.«

»Einspruch«, ruft Shad wie einer von Pawlows Hunden.

»Mit welcher Begründung?«, fragt Richter Elder.

»Wir wurden über diesen Zeugen nicht informiert.«

Richter Elder scheint Probleme mit seiner Entscheidung zu haben. Schließlich sagt er: »Sie sind über keinen Zeugen der Verteidigung informiert worden, Mr. Johnson. Und das werden Sie auch nicht.«

Während Shad sich Mühe gibt, ungerührt zu wirken, macht sich Richter Elder daran, den Geschworenen zu erklären, was es mit der Einsicht in die Liste der Beweismittel und Zeugen auf sich hat und welche Regeln diesbezüglich in Mississippi gelten. Als er damit fertig ist, ist Colonel Eklund immer noch nicht erschienen.

»Mr. Avery«, sagt der Richter, »ist Ihr Zeuge so weit?«

»Ich glaube schon, Euer Ehren. Aber der Colonel ist über siebzig, und er kommt von außerhalb des Staates. Ich schicke wohl besser jemanden los, um ihn zu holen.«

»Ehe Sie das machen, sagen Sie mir, haben Sie vor, diesen Zeugen länger zu befragen?«

Quentin lächelt umgänglich. »Das werde ich, Euer Ehren. Da der Bezirksstaatsanwalt es für angebracht gehalten hat, seine Beweisaufnahme mit Korea zu beenden, dachte ich, ich fange meine da an. Wir könnten also eine Weile hier verbringen.«

Shad sitzt da und zwinkert wie ein Fahrer, der aus heiterem Himmel einen kleineren Zusammenstoß hatte. »Einspruch, Euer Ehren. Irrelevant. Die Anklage hat keinerlei Aufzeichnungen darüber, dass ein Karl Eklund sich in diesem Krankenwagen oder in der Nähe befunden hat, als die Ereignisse sich abgespielt haben, über die Major Powers berichtet hat.«

»Das liegt daran, dass Colonel Eklund nicht in diesem Krankenwagen war«, erwidert Quentin, »auch nicht irgendwo in der Nähe.«

»Wieso ist dann seine Zeugenaussage relevant?«, fragt Shad in herausforderndem Ton.

Quentin lächelt noch breiter. »Das werden Sie schon bald herausfinden.«

Doris Avery ist auf dem Weg durch den Mittelgang zur Tür, als Richter Elder sagt: »Mr. Avery, ich habe noch einmal über Ihre vorige Bitte nachgedacht, und ich denke, wir sollten uns vertagen. Morgen können wir sicher sein, dass Ihr Zeuge anwesend und zu seiner Aussage bereit ist, dass die Geschworenen frisch sind und dass Sie sich um Ihre Gesundheitsprobleme kümmern konnten.«

Quentin ist über diese Entscheidung verdutzt, erholt sich aber rasch. »Danke, Herr Richter. Ich weiß, dass die Geschworenen das sicher genauso zu schätzen wissen wie ich.«

Shad merkt an: »Euer Ehren, wie ich schon vorhin vorgebracht habe, ist Colonel Eklunds Aussage, wenn er nicht in dem Krankenwagen war, offensichtlich für diesen Fall nicht relevant.«

Alle Anwälte im Raum schauen zu Shad hin, erstaunt darüber, dass er die Stirn besitzt, das zu sagen, da doch Major Powers' gesamte Aussage niemals hätte zugelassen werden dürfen.

»Mr. Johnson, Sie haben die Tür nach Korea selbst weit aufgestoßen. Wie soll ich Ihrer Meinung nach Mr. Avery davon abhalten, durch sie hindurchzuspazieren?«

»Aber Euer Ehren …«

»Ich werde im weiteren Verlauf des Verfahrens über die Relevanz entscheiden«, sagt Richter Elder und lässt nichts Gutes ahnen. »Die Verhandlung ist bis neun Uhr morgen früh vertagt.«

KAPITEL 43

Snake Knox stand auf dem nassen Sand gleich südlich von Rodney, Mississippi und schaute zu, wie die feurige Sonne in den Fluss sank. Der Himmel und der Wind hatten ihm verraten, dass es morgen Regen geben würde, und das passte ihm prächtig. Er hatte den größten Teil des Tages benötigt, um ein sicheres Versteck und viele Fluchtrouten einzurichten, aber Snake ließ sich nun nirgendwo mehr nieder, nicht einmal für einen einzigen Tag, ohne beides zu machen. Sein Air Tractor stand mit gezogenem Choke unter Bäumen auf einer Wiese eine Meile nördlich von Rodney. Am anderen Ufer des Flusses, gleich westlich von St. Joseph, Louisiana, wartete eine Cessna 182, an der ihm seit zwanzig Jahren Anteile gehörten. Und dreißig Fuß entfernt driftete, an eine Sumpfpappel angebunden, abfahrbereit ein vierundzwanzig Fuß langes Schnellboot, ein Four Winns Horizon. Bis zur Stadt Natchez im Süden waren es auf dem Fluss nur siebenundzwanzig Meilen. Snake konnte in dem Four Winns in vierzig Minuten dort sein. Auf der Straße waren es dreißig Minuten bis Natchez, wenn er den alten Pick-up benutzte, den er sich von Red Nearing geliehen hatte, dem die kleine Farm gehörte, wo sie in Rodney Unterschlupf gefunden hatten.

Snake konnte sich kaum ein sichereres Versteck vorstellen. Im frühen 19. Jahrhundert wäre die kleine Stadt Rodney beinahe die Hauptstadt des Territoriums Mississippi geworden. Sie war zwar klein, aber hier war seit Indianerzeiten ein berühmter Übergang über den Mississippi, und die Stadt war von reichen Plantagen umgeben. Ein plötzlich anderer Verlauf des Mississippi hatte all das jedoch geändert, und 1870 war aus Rodney eine Geisterstadt geworden. Heute verharrten noch etwa zweihundert Leute in ihren alten Häusern, aber die waren selbst schon Gespenster. Niemand kam hierher, nur ein paar Touristen, die auf die Kanonenkugel der Yankees starrten, die während des Sezessionskriegs bei einem kurzen Beschuss durch ein Panzerschiff in die Ziegelmauer des Kirchturms eingedrungen war. Es war nicht einmal mehr die Originalkugel, wusste Snake, weil man die echte schon vor langer Zeit gestohlen hatte. Die noch erhaltenen öffentlichen Gebäude von Rodney verfielen, und man konnte die meisten Häuser dank des brusthohen Unkrauts, unter dem die Gärten erstickten, kaum noch sehen. Hauptsächlich kamen hier Jäger durch, und die meisten von denen hatten hinter den Gewehrständern auf ihren Pick-ups einen Aufkleber mit der Südstaatenflagge.

Es war Freundesland.

Alois und Wilma hatten beim Boot bleiben und den Sonnenuntergang anschauen wollen, aber Snake hatte sie angewiesen, zum Wohnwagen zurückzugehen. Er hatte die Nase voll von ihrem Gequatsche. Sie wollten wissen, was er als Nächstes tun würde, aber wenn er von Frank eines gelernt hatte, dann seine Pläne bis zum letztmöglichen Augenblick für sich zu behalten.

Dass er gezwungen war, die Rollrasenfarm in Sulphur zu verlassen, hatte Snake erst gar nicht gepasst, aber nachdem ihm Wilma erzählt hatte, dass Viola Turner Frank in Dr. Cages Praxis umgebracht hatte – und dass Tom Cage das wahrscheinlich vertuscht hatte –, war Snake froh, dass er nun näher an Natchez herangekommen war. In Wahrheit hatte Snake, als Forrest noch lebte, sehr vorsichtig sein müssen, wie er die Sache mit Dr. Cage anging. Forrest glaubte nämlich, dass Gewalt schlecht fürs Geschäft war, außer wenn sie direkt für die Geschäfte nötig war, und er wollte sie auf ein Minimum reduzieren. Doch nach Forrests Tod durch die Hand von Penn Cage hatte Snake die Freiheit, mit Tom Cage umzugehen, wie er wollte, obwohl seine Möglichkeiten leider beschränkt waren, weil man ihn als Flüchtigen jagte.

Ursprünglich hätte es ihm gereicht, wenn Dr. Cage wegen Mordes verurteilt worden und in Parchman gestorben wäre. Snake hatte vorgehabt, den Sohn erst diesen Herzschmerz erleiden zu lassen und dann Rache wegen der Ermordung von Forrest zu üben. Das hätte wahrscheinlich zunächst den Tod seiner Tochter bedeutet, später den

Tod von Penn Cage selbst. Aber durch die Enthüllung, dass Dr. Cage wahrscheinlich den Mord an Frank durch seine Krankenschwester vertuscht hatte, waren Snakes Gedanken völlig in Unordnung geraten. Das Gefühl, alles im Griff zu haben, ging ihm gerade verloren.

Schlimmer noch, er hatte von jemandem, der im Gerichtssaal gewesen war, einen Bericht erhalten, dass Quentin Avery endlich auf Angriff geschaltet und das Gericht mit seinem Eröffnungsplädoyer schockiert hatte. Was bedeutete, dass Dr. Cage doch vorhatte, sich zu wehren. Snake hatte die ganze Zeit versucht, sich vorzustellen, warum Cage das machte. Er hatte alle Fühler ausgestreckt, die er ohne Gefahr verwenden konnte, und noch immer waren keine neuen Nachrichten eingegangen.

Als der obere Rand der flammenden Sonne unter den Horizont sank, wandte sich Snake um und wollte gehen, aber ehe er zwei Schritte gemacht hatte, klingelte sein Wegwerfhandy.

»Ja?«, sagte er.

»Hier ist BB«, verkündete eine Stimme, an der Snake erkannte, dass sie aus einem mit Kautabak vollgestopften Mund kam. Er hörte auch den Wind am Telefon vorbeirauschen. Er konnte sich gut vorstellen, wie Sheriff Billy Byrd in seinem Streifenwagen über den Highway raste und seinen großen Schädel samt Stetson aus dem Fenster streckte, um auszuspucken.

»Wurde aber auch verdammt noch mal Zeit«, knurrte Snake. »Was gibt's?«

»Nichts Gutes.«

»Lass hören.«

»Die Nigger-Tussi, von der die VK-Jungs dachten, sie wäre vom FBI?«

»Hm?«

»Die ist 'ne Freundin vom Bürgermeister. Auch Schriftstellerin, ob du's glaubst oder nicht.«

Snake hatte schon erfahren, dass Cleotha Baker Besuch von Penn Cage und einer jungen schwarzen Frau gehabt hatte, aber er war davon ausgegangen, dass das Mädel eine von Kaisers FBI-Agentinnen war. »*Schriftstellerin?* Du willst mir weismachen, das Mädel, das dem Biker seine Pistole über den Kopf gezogen hat, ist *Schriftstellerin*?«

»Die Wahrheit ist verrückter als jeder Roman, mein Sohn. Sie war anscheinend bei der Operation Desert Storm dabei. Army.«

»Leck mich. Was ist mit der älteren Frau? Dieser Dolores?«

»Ich habe heute, so oft ich konnte, Streifen die Washington Street hochgeschickt« – Byrd spuckte geräuschvoll in den Wind –, »um bei der Sicherung der Gebäude zu helfen, klar doch. Kaiser und vier von seinen Leuten sind gestern nach dem Mittagessen in Cages Hause eingefallen und haben diese St. Denis da rausgeholt. Einer von meinen Deputys hat mit einer Nachbarin geredet, die das alles beobachtet hat. Also ist diese St. Denis wahrscheinlich seit Montagabend in Cages Haus gewesen.«

»Billy, hast du eine Ahnung, wohin man sie gebracht hat?«

»Noch nicht, Partner.«

Snake seufzte und sah über das dunkler werdende Wasser hinaus. Dolores St. Denis konnte ihn in die Todeszelle von Angola bringen, und er hatte keine Lust, die Fähigkeiten der Arischen Bruderschaft auf die Probe zu stellen und herauszufinden, ob sie ihn vor den gewalttätigsten Niggern auf dem Planeten schützen konnte.

»Billy, ich muss wissen, wo sie diese braune Schlampe verstecken.«

»Ich weiß, aber ich hab keine Ahnung, wie ich dir da helfen kann. John Kaiser wird mir einen Scheiß über derlei Dinge sagen. Jetzt ist sie im Gewahrsam von Uncle Sam.«

Snake ballte die Hand zur Faust. So gern er die Verbindung zur VK abbrechen wollte, er würde die Biker noch brauchen. »Okay. Dann erzähl mir von Tom Cage.«

»Was soll mit dem sein?«

»Ich habe gehört, sein Anwalt hätte heute gesagt, sie würden sich heftig wehren.«

»Den Eindruck habe ich auch. Aber denen haben sie den ganzen Tag lang vor Gericht voll den Arsch aufgerissen. Wenn die Geschworenen gleich hätten abstimmen können, nachdem dieser Air Force Major Dr. Cage angespuckt hat, dann säße der schon im Bus nach Parchman.«

»Ja, aber da haben sie eben *nicht* abgestimmt.«

»Ich glaube, das ist egal, Kumpel. Dieser Avery hat sich benommen, als ob er völlig senil wäre.«

»Benommen als ob, das stimmt«, brummelte Snake. »Quentin Avery ist der gerissenste Nigger, den es gibt. Darauf kannst du dich verlassen.«

»Na ja … was willst du von mir?«

Snake schloss die Augen und traf eine Entscheidung. »Erzähl mir, wie der Tagesablauf von Dr. Cage im Gefängnis aussieht.«

»O Scheiße, Mann. Denk nicht mal dran. Wir haben die Medien aus der ganzen Welt in der Stadt!«

Snake spuckte in den Fluss. »Ich höre, Billy Boy.«

Als der Sheriff zögernd gehorchte, drehte sich Snake um und ging langsam unter die dunklen Bäume zwischen dem Fluss und Rodney. Sofort schwirrte eine Wolke von Moskitos um seinen Kopf. Er fluchte und schlug zu, bis sie nur noch eine blutige Paste auf seiner Wange und seinen Unterarmen waren.

Er hatte nicht die Absicht, eines der Gespenster in dieser vergessenen Stadt zu werden.

KAPITEL 44

Eine Stunde nach Einbruch der Dunkelheit hatten wir endlich einmal einen richtigen Durchbruch. Dass es vor Gericht bisher so einseitig zugegangen war, hatte eine Folge, mit der niemand gerechnet hatte: Nachdem sie gesehen hatten, wie schlecht sich die Dinge für meinen Vater entwickelten, klopften der Reverend John Baldwin und sein Sohn Reverend Richard, den Serenity und ich an ihrem ersten Tag in Natchez besucht hatten, bei mir an und wollten uns sprechen. Sie hatten etwas mitgebracht, das für Henry Sexton der Heilige Gral gewesen wäre: zwei fotokopierte Seiten aus den Hauptbüchern von Albert Norris.

Laut Henry waren Norris' Hauptbücher in der Nacht aus seinem Musikalienladen verschwunden, als er von den Doppeladlern niedergebrannt wurde. Einige Ermittler hatten sogar die Theorie aufgestellt, man hätte Norris wegen dieser Hauptbücher ermordet. Es waren mehrere Hauptbücher, diese geheimnisvollen Bände, und sie enthielten angeblich Aufzeichnungen über all die Stelldicheins, die Albert im Laufe der Jahre zwischen gemischtrassigen Paaren arrangiert hatte, dazu noch Aufzeichnungen über den Verkauf von schwarzgebranntem Schnaps, über Anleihen und viele andere Aktivitäten, die außerhalb des Gesetzes stattfanden. Henry hatte mir einmal gesagt, dass jeder, der diese Hauptbücher in der Hand hatte, nie wieder Geldsorgen haben würde, weil sie ein so wertvolles Werkzeug für Erpressungen wären.

Am Abend habe ich erfahren, dass Reverend Baldwin in der Nacht, als der Laden niedergebrannt wurde, die Hauptbücher höchstpersönlich aus Alberts Safe unter dem Fußboden gerettet hatte. Baldwin war zusammen mit Albert bei den Deacons for Defense gewesen, und er wusste, dass sein Freund es nicht gewollt hätte, dass diese

Aufzeichnungen in die falschen Hände gerieten – besonders nicht in die der Doppeladler, bei denen das Wissen über Beziehungen zwischen den Rassen sicherlich zu Vergeltungsmorden geführt hätten. Aus diesem Grund hatte Baldwin auch nicht riskiert, die Hauptbücher mit zu mir zu bringen, sondern nur zwei fotokopierte Seiten.

»Wir waren im Gerichtssaal, müssen Sie wissen«, erklärte der ältere Reverend Baldwin. »Und mir ist ziemlich klar geworden, dass Richter Elder die Anklage bevorzugt.«

»Das glaubt Quentin Avery auch.«

»Nun, ich denke, das ist unfair gegenüber Ihrem Vater. Und ich halte es nicht für einen Zufall.«

»Wie kommen Sie darauf?«

Er zog die fotokopierten Seiten heraus. Und die zeigten, dass sich Fannie Elder 1954 heimlich mit einem Weißen getroffen hatte, mit dem sie eine sexuelle Beziehung hatte. Meistens traf sie sich mit ihm in seinem Büro, aber ein paar Mal auch im Hinterzimmer von Alberts Laden. Als ich den Namen des Mannes las, verschlug es mir erst einmal ein paar Sekunden die Sprache. Als ich schließlich meine Stimme wiederfand, sagte ich: »*Der* Schweinehund?«

Reverend Baldwin nickte und sagte: »Er ist Richter Joe Elders leiblicher Vater.«

Der Mann, dessen Name in Albert Norris' Hauptbuch verzeichnet war, war Claude Devereux. Claude Devereux, der Cajun-Anwalt, der in den schlimmsten 1960er Jahren Anhänger des Ku-Klux-Klans und Mitglieder der Doppeladler verteidigt hatte. Claude Devereux, der Anwalt, dem Albert Norris' Arzt Alberts Worte auf dem Sterbebett mitgeteilt hatte, in denen er Brody Royal belastete, und der diese Information an Royal verraten hatte. Daraufhin war der Arzt von Snake Knox ermordet worden. Claude Devereux, der Anwalt auf einem Foto, das ihn zusammen mit meinem Vater, Brody Royal und Ray Presley auf einem Ausflug zum Tiefseefischen mit einem Franzosen zeigt, der wahrscheinlich in die Ermordung von Präsident Kennedy verwickelt war. Und der Anwalt, der vor drei Monaten aus dem Land floh, um einer Anklage zu entgehen, die ihm wegen seiner für die Familie Knox begangenen Vergehen drohte.

»Weiß Richter Elder das?«, fragte ich.

»Ja«, antwortete Reverend Baldwin. »Und ich glaube, das ist der Grund für seine Voreingenommenheit gegenüber Ihrem Vater. Wenn er an Ihren Vater und Viola denkt, dann sieht er Claude Devereux und seine Mutter vor sich.«

Wir bedankten uns von Herzen bei den beiden Männern und brachten sie zur Hintertür. Ich merkte, dass ich immer noch vor Erregung bebte, schon allein, weil die Enthüllung, dass es diese Hauptbücher noch gab, für Henry und Caitlin ein solcher Triumph gewesen wäre.

»Was willst du mit dieser Information machen?«, fragte Serenity.

»Wir müssen sie Quentin bringen. Joe Elder hat mal für ihn gearbeitet. Er wird wissen, wie er damit umgehen soll.«

»Ich denke, wir haben wohl einen guten Eindruck hinterlassen, als wir die beiden Reverends besucht haben«, meinte Tee.

»Ich glaube, diesen unverhofften Glücksfall kannst du dir zuschreiben, Darling.«

Sie grinste. »Nehme ich gerne an. Ich wünschte nur, ich hätte mit meinen Bemühungen bei den Rednecks ähnlichen Erfolg gehabt.«

Weniger als fünf Minuten später fanden wir heraus, dass auch das geklappt hatte. Ehe wir das Haus verlassen konnten, um Quentin im Haus Edelweiß zu besuchen, klingelte mein Handy. Der Anrufer war Deke Devine. Der jüngere Sohn des Doppeladlers Will Devine – den seine Eltern nach einem Astronauten benannt hatten – erzählte mir, er und sein Mutter wollten privat mit mir über einen möglichen Deal für seinen Vater reden. Will, sagte er, weigere sich, das Haus zu verlassen, weil er glaubte, dass er – wie jeder andere noch lebende Doppeladler – von Mitgliedern des VK-Motorradklubs überwacht werde. Als ich mich erkundigte, wo wir uns treffen könnten, meinte Deke, er und seine Mutter würden in einer Stunde in ihrem Winnebago-Wohnmobil meine Straße – die Washington Street – hinauffahren. Er würde an der Ecke von Washington und Union Street gerade mal so lange halten, dass wir einsteigen konnten. Nach der Besprechung würde er mich wieder nach Hause fahren. Das gefiel mir gar nicht, aber Devine sagte, nur so sei seine Mutter bereit, sich mit mir zu treffen. Ich verabredete mit ihm, dass er in einer Stunde an der Ecke stehen sollte, und dann würde ich mir anhören, was er zu sagen hatte.

»Warum helfen uns plötzlich alle?«, fragte ich mich laut.

»Weil dein Dad vor Gericht schwer was abkriegt?«, vermutete Serenity.

Ich lachte, aber ich wusste, das erklärte nur den Besuch der Baldwins. Das Einzige, was Will Devine zu einem Deal bereit machen würde, war nackte Todesangst. Angst um sich oder seine Familie – oder beide. Und selbst dann war sein Verrat ein beinahe unvorstellbarer Schritt. Denn bis heute war jeder Doppeladler, der auch nur versucht hatte, gegen seine »Brüder« auszusagen, dafür gestorben – und es war kein schöner Tod gewesen.

Obwohl Serenity und ich Geschenke mitbringen, lässt uns Quentin nur bis in den Eingangsflur von Haus Edelweiß. Das ärgert mich, denn schließlich gehört das Haus mir. Quentin trägt einen Bademantel, der knapp unterhalb seiner Beinstümpfe umgesäumt ist, und im vorderen Teil seines Rollstuhlsitzes liegt eine zerknitterte Bettdecke. Doris steht am anderen Ende des Flurs hinter ihm, gleich bei der Küchentür. Sie trägt ein durchscheinendes Nachthemd, das selbst in dem schwachen Lichtschein, der aus der Küche auf sie fällt, der Fantasie nur wenig Raum lässt.

Quentin tadelt mich knurrend, dass ich ihn zu so später Stunde noch belästige, liest dann die erste fotokopierte Seite, die er auf dem Schoß hält. Ich weiß nicht, warum er so lange braucht, bis er etwas sagt. Ich habe die Namen Fannie Elder und Claude Devereux gelb markiert, dazu noch die Daten ihrer Treffen. Quentin starrt jedoch auf die Fotokopie wie ein Arzt, der eine lange Liste von Laborergebnissen entziffert.

»Du siehst die Namen, ja?«, frage ich. »Die gelb markierten?«

Er blickt nicht auf. »Noch bin ich nicht blind, verdammt!«

»Und du begreifst, was das zu bedeuten hat, ja?«

»O ja, ich kapier's schon.« Endlich hebt er den Kopf. »Reverend Baldwin will Blut sehen, was? Vierzig Jahre lang hockt er auf der Information, und jetzt ist er bereit, die ganze Stadt hochgehen zu lassen. Ich kenne Fannie Elder seit fünfzig Jahren. Und ja, ich kenne auch diese falsche Schlange, diesen Scheiß-Cajun Claude Devereux. Hat Reverend Baldwin dir gesagt, Devereux wäre *bestimmt* Joes Vater?«

»Ja.«

»Verdammt.« Quentin faltet das Blatt zusammen und steckt es in die Tasche seines Rollstuhls. »Ich denke, wenn es irgendjemand weiß, dann er. Er ist Fannies Pastor. Verflucht.«

»Meinst du nicht, das könnte ein Grund für ein ungültiges Verfahren sein?«

»Ein *ungültiges Verfahren*?« Quentin schaut mich an, als wäre ich verrückt. »Mann, ich will kein ungültiges Verfahren. Ich will ein *faires* Verfahren.«

»Aber Quentin …«

»Das hier ist nicht so leicht, wie du anscheinend glaubst, Penn. Voreingenommenheit ist eine seltsame Angelegenheit. Zum einen sind alle Richter irgendwie voreingenommen. So ist nun mal die menschliche Natur. Aber versuch mal, das zu beweisen, dann gehen dir ganz schnell die Präzedenzfälle aus, die du anführen kannst.«

»Darüber machst du dir keine Sorgen. Nicht mehr.«

»Weil ich schon mit einem Fuß im Grab stehe? Willst du mir das damit sagen?«

»Ich sage nur, sieh die Situation so, wie sie ist.«

»Und wie ist die Situation, mein Bruder? Wie siehst du sie?«

Mit gewaltiger Willensanstrengung bekomme ich meine Frustration in den Griff. »Voreingenommenheit des Richters in einem Verfahren ist wie ein Fels unter einem sprudelnden Bach. Man kann ihn nicht sehen, und vielleicht kommt man durch die Stromschnellen, ohne darauf zu treffen, aber er lenkt trotz allem die ganze Zeit den Lauf des Wassers. Der Fels selbst weiß nicht mal, welche Auswirkungen er hat. Aber letztendlich ist er das entscheidende Element.«

Quentin lächelt. »Das ist eine sehr gute Analogie, mein Junge. Du kannst wirklich mit Worten umgehen. Aber mach dir nicht vor, dass du in diesem Verteidigungsteam ein Mitspracherecht hast. Du bist nur dabei, weil deine Ma es wollte. Wenn das alles war – ich habe noch einiges zu tun.«

»Du wirst das doch nicht etwa einfach auf sich beruhen lassen?«

Der alte Anwalt atmet tief ein. »Doris?«, sagt er über die Schulter hinweg. »Bring mir bitte mein Handy.«

Der Schatten hinter ihm verschwindet, taucht dann schnell mit dem Telefon wieder auf. »Tippe für mich die Nummer von Joe Elder.«

Das macht Doris. Quentin schaut zu Serenity und sagt: »Ich habe in Ihrem Buch gelesen. Um besser einschlafen zu können.«

Tee beißt nicht an.

»Ist aber nicht so langweilig, wie ich mir erhofft hatte.«

Doris reicht ihm das Telefon. Während Quentin auf eine Antwort wartet, schaut er noch einmal zu Serenity hoch und schüttelt den Kopf. Dann höre ich eine blecherne Version von Joe Elders Bass: *»Was zum Teufel fällt dir ein, mich anzurufen, Quentin?«*

»Joe, es ist wichtig … Ja, was weiß ich. Hab ich dir selbst beigebracht, verdammt … Nein, es hat nichts mit dem Verfahren zu tun. Es ist eine persönliche Angelegenheit … Nein, es hat auch nichts mit mir zu tun, sondern mit dir. Ich muss dir da ein paar Informationen geben, Bruder. Und du willst bestimmt nicht, dass ich am Telefon darüber rede. Wie wäre es, wenn wir uns an der Klippe treffen, unten bei der alten Pekan-Fabrik? … Hör mal, Joe. Das sind keine Spielchen. Das ist eine Sache unter Brüdern … Genau. In einer halben Stunde. Bis dann.«

Quentin drückt auf *Beenden* und reicht das Telefon über die Schulter an Doris zurück, die sich wieder ans andere Ende des Flurs verzieht.

»Noch was?«, fragt Quentin in herausforderndem Ton.

»Ja. Was ist, wenn ich dir sage, dass ich vielleicht einen Doppeladler an der Hand habe, der bereit ist, als Kronzeuge aufzutreten?«

Darauf hat Quentin wenigstens keine sarkastische Antwort.

»Dieser Mann hat beinahe sicher zusammen mit Snake Knox Morde begangen. Er hat sich wahrscheinlich an der Vergewaltigung von Viola Turner beteiligt. An der in der Reparaturwerkstatt.«

»Wer ist das?«, fragt Quentin, und seine Augen sind so ernst, als dächte er über ein Duell nach.

»Will Devine, der Mann, dessen Pick-up in der Nacht von Violas Tod in der Nähe ihres Hauses geparkt war. Der Wagen mit dem Aufkleber der Darlington Academy.«

Quentin stößt ein leises, langes Pfeifen aus. »Wie hast du denn *den* Trick fertiggebracht?«

Ich deute mit dem Kopf auf Serenity, und Quentin grinst sie wissend an. »Ich hätte es wissen müssen, dass Wonderwoman was damit zu tun hat. Nun, das ändert die Lage ein wenig. Du hast gesagt, du hast *vielleicht* einen Doppeladler an der Hand. Was genau soll das bedeuten?«

»Wir treffen uns in einer knappen Stunde mit seiner Frau und seinem Sohn. Bis dahin wissen wir nicht sicher, was wir haben.«

Quentin überlegt offensichtlich. »Devine will bestimmt einen Deal für ein verringertes Strafmaß aushandeln, ehe er vor Gericht aussagt und sich selbst belastet. Und Personenschutz. Wie stehen die Chancen, dass du rechtzeitig mit dem Bundesanwalt so was klarmachen kannst, so dass Will Devine zugunsten deines Vaters aussagen kann?«

»Wie lange habe ich?«

»Zum Teufel, Penn, ich brauche ihn morgen.«

»Morgen!«

»Mein lieber Sohn, wie viele Kaninchen soll ich mir denn noch aus dem Arsch ziehen?«

»Ich kann John Kaiser drauf ansetzen. Und ich kenne den US-Staatsanwalt für den westlichen Bezirk von Louisiana. Möglich wäre es – rein theoretisch.«

Quentin nickt bedächtig. »Also gut. Du machst dich an die Sache mit Will Devine. Aber lass dich nicht umbringen. Es könnte sein, dass du zu dem Treffen gehst und den fetten Will Devine erwartest, und wenn du ankommst, wartet da Snake Knox – eine Klapperschlange, wo du eine Sumpfschildkröte vermutet hättest.«

»Wir sind vorsichtig.«

»Ich tippe mal, Ms. Butler kann gut auf sich selbst aufpassen. Vielleicht auch noch auf dich.«

»Du kannst mich mal, Quentin.«

»Sind wir jetzt fertig?«, fragt er.

»Du hast mir nicht gesagt, was du wegen der Sache unternimmst, die mir Jewel Washington erzählt hat.«

»Dass Byrds Deputys Beweismittel manipulieren?«

»Ja. Haare und Fasern.«

Quentin dreht die Handflächen nach oben. »Hast du irgendwelche Beweise dafür?«

»Nein.«

»Dann geh mir aus den Augen und finde welche!«

»Jewel versucht es. Aber ich habe darüber nachgedacht, und eines scheint mir klar: Wenn die Kerle mit Haaren vom Tatort was gemacht haben, dann mussten es Haare von Weißen sein.«

»Wieso?«

»Weil das Haus bestimmt voller afroamerikanischer Haare gewesen ist. Von fünfzig verschiedenen Leuten, möchte ich wetten. Und Sheriff Byrds Top-Priorität ist, Dad dranzukriegen. Wir wissen, dass Dad da war. Was für Manipulationen konnten also diese Deputys sonst vornehmen?«

»Ich bin zu müde zum Raten.«

»Die müssen andere Haare von Weißen, die am Tatort gefunden wurden, vernichtet haben. Da kann es nicht viele gegeben haben, nicht in Cora Revels' Haus. Ich tippe, dass sie Haare von Weißen verschwinden ließen und, wenn nötig, durch andere, vielleicht ihre eigenen, ersetzt haben, weil das niemanden groß aufregen würde.«

»Wieso sollten sie die ersetzen?«

»Selbst in Billy Byrds schludrigem Amt gibt es vielleicht geschriebene oder fotografische Aufzeichnungen darüber, dass Haare von Weißen gefunden wurden. Aufzeichnungen, die Jewel gesehen hat und an die sie sich erinnern könnte.«

Quentins Augen strahlen nun ein wenig heller. »Du meinst, die haben Haare, die zu Snake Knox und Sonny Thornfield gehörten, durch andere ersetzt?«

»Wenn diese beiden Schweinehunde dort im Haus waren, haben sie Spuren hinterlassen. Wenn sie keine Haarnetze getragen haben, dann haben sie Haare am Tatort hinterlassen.«

»Graue Haare«, sagte Quentin grinsend. »Vielleicht haben die Deputys die Haare von Knox und Thornfield durch welche von ihren Daddys ersetzt.«

»Vielleicht. Es lohnt sich in jedem Fall, der Sache nachzugehen.«

Quentin nickt unverbindlich. »Ich gehe heute Abend noch mal zu deinem Vater. Einer der Deputys lässt mich rein. Du hast ihn kennengelernt, als du im Gefängnis warst.« Quentin wirft Serenity einen raschen Blick zu. »Als Insasse.«

»Sprichst du mit Dad über die Sache mit den Haaren und den Fasern?«

»Ja. Ich rufe dich an, wenn ich vom Gefängnis aufbreche. Und jetzt mach, dass du rauskommst. Ich habe noch eine Verabredung, die ich dir zu verdanken habe.«

»Wie wäre es, wenn wir dich begleiten?«, frage ich und meine es sehr ernst.

Quentin scheucht uns zur Tür. »Hast du nicht gehört, was ich zu Joe gesagt habe? Eine Sache unter Brüdern. Bleichgesichter sind nicht zugelassen. Wenn du mir allerdings die Miss Black Universe zum Schutz mitgeben willst …«

»Kommt gar nicht in Frage«, lässt sich Doris aus dem Schatten hören.

»Dann gehe ich allein.«

KAPITEL 45

Wie versprochen kommt Deke Devines Winnebago an der Ecke meines Häuserblocks quietschend zum Stehen. Serenity und ich steigen durch die Seitentür in das enge Wohnmobil. Deke sitzt am Steuer, und sein Gesicht verdunkelt sich, als er sieht, dass Serenity die Stufen hinaufsteigt.

»Sie sollten doch allein kommen!«, blafft er.

»Ich gehe nicht allein zu einem Treffen mit irgendwelchen Doppeladlern – oder deren Familien. Sie haben Glück, dass ich nicht meine Wachmannschaft mitgebracht habe.«

»Holen Sie jemand anderen«, sagt seine Mutter von links. »Nicht die.«

Nita Devine steht in dem schmalen Gang des Wohnmobils und hält sich an einem Griff über ihrem Kopf fest, um nicht aus dem Gleichgewicht zu geraten.

»Mrs. Devine«, sage ich gleichmütig, »die Staatsregierung – einschließlich des Justizministeriums – hat Tausende von schwarzen Angestellten. Wenn Sie vorhaben, einen Deal zu vereinbaren, der Ihre Familie im Zeugenschutzprogramm rettet, dann gewöhnen Sie sich besser an dunkelhäutige Gesichter.«

Sie kaut ein paar Sekunden auf der Unterlippe. Dann sagt sie: »Fahr los, Deke. Richtung Umgehungsstraße.«

Als das Wohnmobil mit einem Ruck losfährt, muss sich Nita festhalten, quetscht sich dann in den engen Zwischenraum zwischen der Kunstlederbank und einem Klapptisch, der auf einem im Boden befestigten Tischbein ruht.

»Nun, setzen Sie sich«, sagt sie. »Zur Sache. Die werden misstrauisch, wenn wir nicht schnell zurück sind.«

»Wer wird misstrauisch?«, frage ich.

»Diese Motorradgangster. Die beobachten wieder unser Haus. Die Häuser von allen Doppeladlern. Die haben 'ne Stufe hochgeschaltet.«

»Ihr Mann ist zu Hause?«

Sie nickt. »Mein anderer Sohn ist bei ihm. Sie haben ihn kennengelernt.«

»Ja.« Wir ziehen zwei kleine Plastikstühle an den kleinen Tisch. Nita Devine nimmt eine Packung Zigaretten aus der Handtasche und zündet sich eine an, ohne uns zu fragen, ob wir etwas dagegen hätten. Ihre Hand zittert, und in ihren Augen stehen mehr Emotionen, als ich entschlüsseln kann – vorrangig aber Verzweiflung.

»Sie haben mir gesagt, die Regierung würde Will einen guten Deal anbieten. Dass sie ihn in Sicherheit bringen könnten. Uns alle.«

»Da bin ich mir ziemlich sicher, ja. Aber das hängt immer davon ab, welche Informationen der Zeuge anbieten kann.«

»Da brauchen Sie sich keine Sorgen zu machen. Will weiß alles. Über die Doppeladler, meine ich. Der war von Anfang an mit dabei. Oder beinahe von Anfang an.«

»Er hat gesehen, wie sie Leute umgebracht haben?«

Ein bitteres Lachen dringt aus ihrer Kehle. »Er hat bis heute Alpträume. Je älter er wird, desto schlimmer werden die.«

Serenity hält die Hand in die Höhe und fragt: »Warum ist Ihr Mann nach all den Jahren auf einmal bereit zu reden?«

Zuerst glaube ich nicht, dass Mrs. Devine sich herablassen wird, mit dem schwarzen Eindringling in ihrem Winnebago zu reden. Schließlich sagt sie: »Weil er endlich begriffen hat, dass das stimmt, was ich ihm immer gesagt habe. Snake Knox schert sich einen Dreck um Will oder irgendeinen von den anderen, außer wenn er sie benutzen kann. Er und Sonny haben Glenn Morehouse umgebracht, ihren Freund aus Kindertagen. Später hat Snake Sonny – seinen besten Freund – im Gefängnis von Concordia getötet! Hat ihn mit einem Handtuch erwürgt, während die anderen ihn festgehalten haben. Dann hat er angeordnet, dass sie Silas Groom umbringen und dem das Bombenattentat auf das FBI-Flugzeug anhängen, wo wir doch alle wissen, dass Snake das gemacht hat.«

»Das wissen Sie genau?«, frage ich.

»Will weiß es.«

»Was weiß er noch? Weiß er irgendwas über Viola Turner?«

»Er weiß alles. Habe ich Ihnen doch gesagt! Beinahe alle Doppeladler haben die Frau vergewaltigt. Bei zwei verschiedenen Gelegenheiten. Das erste Mal war es nur eine kleinere Gruppe, bei ihr zu Hause. Snake, Frank und Forrest und ein paar andere. Aber beim zweiten Mal in der Werkstatt … Herrgott, da haben sie das Mädel völlig zerfetzt. Wenn Ray Presley sie nicht rausgeholt und zu Dr. Cage geschafft hätte, wäre sie da drin gestorben.«

Ich habe das Gefühl, als wäre Serenitys Körpertemperatur um zehn Grad gesunken. Ich wage nicht, mich zu ihr zu drehen. Ich möchte den Blickkontakt mit Nita Devine nicht abreißen lassen. Wenn sie Serenitys Wut spürt, verschließt sie sich vielleicht völlig.

»Das hat Will selbst gesagt?«

»Das mit der Werkstatt? O ja! Er hat mitgemacht, genau wie alle anderen auch. Der Scheißkerl.«

»Was sonst wissen Sie über Viola?«

»Dr. Cage hat sie irgendwie aus der Stadt gebracht, aber Snake und Sonny haben sie später in Chicago gefunden. Marcello hat gesagt, sie dürften Viola nicht umbringen, außer, wenn sie sich nicht an den vereinbarten Deal hielte und nach Natchez zurückkäme.«

Mein Herz beginnt lauter zu schlagen. »Will hat Ihnen das gesagt?«

Sie nickt, nimmt einen langen Zug von ihrer Zigarette. Rauch wabert aus ihrem Mund, als sie weiterspricht. »Die haben ihr gesagt, dass sie sie umbringen, wenn sie je zurückkommt.«

»Und was war später?«, fragt Serenity. »Als sie zurückgekommen war? Haben sie sie da bedroht?«

»Er sagt, sie sind mindestens einmal zu ihr gegangen, tagsüber, meint er. Er weiß nicht, was die ihr gesagt haben. Aber sie haben in der Nacht, als sie gestorben ist, seinen Pick-up ausgeliehen, und er hatte keine Wahl, konnte nicht nein sagen, wenn Sie wissen, was ich meine.«

»Was genau meinen Sie?«

»Ich meine, die wollten den Wagen, weil sie was Illegales vorhatten. Und dazu ihre eigenen nicht benutzen wollten.«

»Aber warum dann den von Ihrem Mann? Er ist doch auch ein Doppeladler.«

»Weil sie faule Schweine sind, deswegen. Die mussten nur zwei Straßen weit gehen, um Wills Wagen auszuleihen. Und sie haben ja nicht damit gerechnet, dass man sie erwischt. Also haben sie wohl gedacht, das schützt sie genug.«

Das reicht schon, denke ich. *Wenn Devine das in Dads Prozess aussagt, garantiert er ihm damit praktisch einen Freispruch.*

Nita Devine hebt einen Finger und fuchtelt mir damit vor der Nase herum. »Aber nichts von all dem ist auch nur annähernd so schlimm wie all die Nigger, die sie früher zusammengeschlagen, denen sie die Häuser angezündet und die sie umgebracht haben. Oder die Frauen, an denen sie sich vergangen haben. Für Snake und seine Truppe lief so was unter Spaß und Vergnügen.«

Serenitys Atem ist flach geworden, und ich fürchte beinahe, dass sie sich auf Devines Frau stürzen wird.

»Mrs. Devine«, sage ich rasch, »haben Sie eine Ahnung, wo Snake jetzt ist?«

Sie schüttelt den Kopf. »Nein, Sir. Und den finden Sie so leicht auch nicht. Der überlebt alles. Die Leute haben eine Höllenangst vor ihm. Sie könnten wissen, dass er nebenan wohnt, und würden Ihnen doch nichts verraten.«

»Aber Ihr Mann schon«, sage ich leise.

»Wenn der Deal passt. Es war nicht leicht, kann ich Ihnen sagen. Frank Knox hat bei all den Jungs damals die reinste Gehirnwäsche betrieben. Die haben ihn für einen Helden gehalten, und das war er vielleicht auch, aber er hat sie glauben gemacht, dass sie wie er sein könnten. Überlebensgroß, wissen Sie. Aber Snake Knox ist nicht überlebensgroß. Der ist eine verdammte Satansbrut, so wahr ich hier sitze. Und diese Wilma Deen ist genauso schlimm. Hat ihm geholfen, ihren eigenen gottverdammten Bruder umzubringen. Wie tief kann man denn noch sinken, verflucht?«

Nita drückt ihre Zigarette aus und zündet sich gleich eine neue an, bläst den Rauch über Serenitys Kopf hinweg.

Mir kommt ein Gedanke. »Ich habe da auch einen jungen Kerl gesehen, so einen blonden. Sieht aus, als wäre er in der Hitlerjugend oder so. Kennen Sie …«

»Alois Engel. Das ist Snakes Bastard. Mit 'ner Frau aus Texas. Hat nie auch nur einen Finger krumm gemacht, um sich um den Jungen zu kümmern, und jetzt betet ihn der kleine Scheißkerl regelrecht an. Der ist auch 'ne kleine Klapperschlange. Kleiner, aber das Gift ist dafür zweimal so tödlich.«

Na toll.

»Also«, sagt Nita, »ich habe Ihnen gezeigt, was ich zu bieten habe. Zeit, dass Sie die Hosen runterlassen und mir sagen, was Sie so haben. Reden wir über den Deal.«

Ich nicke, denke angestrengt nach. »Deke kann schon mal den Rückweg zu meinem Haus einschlagen. Das hier dauert nicht lange.«

»Hast du das gehört, Junge?«, ruft sie.

»Hab's gehört. Ich biege bei der Liberty Road ab und mache mich dann auf den Rückweg zur Stadtmitte.«

Ich danke ihm mit einer Handbewegung.

»Okay, Mrs. Devine. Beinahe sicher kann ich Ihnen vollen Schutz für Ihre gesamte Familie anbieten. Einen Umzug in einen anderen Teil des Landes …«

»Können wir uns aussuchen, wohin?«

»Ja, man wird Ihnen vielleicht zwei oder drei zur Auswahl geben. Aber Sie können sich nicht einfach auf der Landkarte eine Stadt rauspicken.«

»Okay.«

»Die beschaffen Will entweder einen Job, oder sie geben ihm eine Rente, mir der Sie Ihren gegenwärtigen Lebensstandard aufrechterhalten können.«

Sie verzieht säuerlich das Gesicht. »Na, das ist nicht gerade, als hätten wir das große Los gezogen, was?«

»Nein. Aber Sie werden überrascht sein, wie gut die sich um Sie kümmern. Wenn Will seinen Teil der Abmachung einhält. Warum lassen Sie mich nicht mit meinem Kontakt beim FBI reden, ehe wir weiter in die Einzelheiten gehen? Dann können Sie direkt mit ihm sprechen.«

»Klingt gut. Ich höre mir das gern direkt von der Quelle an.«

Ich muss beinahe lachen, wenn ich mir vorstelle, wie John Kaiser mit dieser Frau verhandelt.

»Nur eines«, sage ich zu ihr und beuge mich vor. »Und das ist für mich das Wichtigste.«

»Und das wäre?«

»Das FBI will vor allem Snake Knox und die übrigen Doppeladler für die Morde aus den 1960er Jahren drankriegen. Mein Hauptziel ist, meinen Vater zu retten.«

Mrs. Devine nickt, sagt aber nichts.

»Nach allem, was Sie mir erzählt haben, hat Will es in der Hand, meinem Vater einen Freispruch zu garantieren, indem er Zweifel aufkommen lässt, die man kaum außer Acht lassen kann. Dazu müsste er aber innerhalb der nächsten zwei Tage beim Prozess meines Vaters eine Zeugenaussage machen. Vielleicht sogar schon morgen. Und ich bezweifle, dass wir bis dahin den Deal mit dem FBI unter Dach und Fach haben.«

Wieder steigt die Furcht in ihren Augen an die Oberfläche. »Er hätte also keinen FBI-Schutz?«

»Oh, geschützt wäre er. Absolut.«

Sie kaut wieder auf der Unterlippe. »Ich weiß, dass Dr. Cage ein anständiger Mensch ist. Er hat sich gut um Will gekümmert, als der bei Triton gearbeitet hat, und meine Schwester und meine Tanten gehen alle zu ihm in die Praxis. Die schwören auf ihn.«

»Meinen Sie, Will wäre bereit, meinem Vater zu helfen, wenn ich ihm dafür helfe, den Deal mit dem FBI einzufädeln? Ich sage es Ihnen lieber gleich: Für die Feds hat das keine Priorität. Ihr Mann muss darauf bestehen, diese Zeugenaussage zu machen.«

Nita nimmt mit zitternder Hand noch einen langen Zug von ihrer Zigarette. »Wir sind gerade keine Fans der Regierung. Ich will nur wissen, dass Will in Sicherheit ist.«

»Das können wir garantieren, Nita.«

Ein neues Strahlen tritt in ihre Augen. »Wenn er das macht, dann denke ich, könnten Sie uns doch diese Pille ein bisschen versüßen? Wir sind ja nicht geldgierig. Nur um uns ein bisschen bei der Umstellung zu helfen.«

Ich hole tief Luft, ehe ich antworte, und in der Stille höre ich Serenity mit den Zähnen knirschen. »An wie viel haben Sie denn gedacht?«

»Na ja … fünfundzwanzigtausend?«

Ich blicke auf den Tisch hinunter, lasse mir Zeit damit. Ich habe erwartet, dass sie mit einer viel höheren Summe anfängt, und natürlich könnten sie immer noch den Preis erhöhen, denn ihnen ist klar, dass sie mich in der Hand haben.

»Das ist ein großes Risiko«, erkläre ich ihr. »Die vom FBI würden ausrasten, wenn sie wüssten, dass wir so was machen. Sie könnten sogar den Deal wieder platzen lassen.«

Sie beobachtet mich wie ein ausgehungerter Hund, der darauf wartet, mir einen Bissen vom Teller schnappen zu können.

»Aber ich könnte vielleicht eine Methode finden, Ihnen das bar zukommen zu lassen. Aber …«

»Fünfzig«, sagt sie plötzlich und schaut mich beinahe trotzig an. »Fünfzig in bar, dann garantiere ich, dass Will vor Gericht für Doc Cage aussagt.«

Ich will nicht einmal darüber nachdenken, gegen wie viele Gesetze wir mit einer solchen Vereinbarung verstoßen. »Morgen? Er würde morgen aussagen?«

»Sie besorgen mir das Geld und garantieren mir, dass er in Sicherheit ist, und dann ist die Sache abgemacht.«

»Bitten Sie mich später nicht auch nur um einen Dollar mehr. Wenn Sie das tun, sage ich's dem FBI. Und dann fliegt Ihr Deal auf.«

Sie hält grinsend beide Hände in die Höhe. »Fünfzig und abgemacht, Baby Doll. Fünfzig sind okay.«

Fünf qualvolle Minuten später setzen die beiden Serenity und mich an der Ecke von Washington und Union Street wieder ab. Serenity sieht aus, als müsse sie sich gleich übergeben. Als der Winnebago davonrumpelt, schlingt sie die Arme um den Körper und zittert.

»Ich habe das Gefühl, als bräuchte ich ein heißes Bad«, sagt sie. Ihre Stimme trieft vor Abscheu.

»Das war echt die Elite des Ku-Klux-Klans.«

»Hast du gehört, wie die über das geredet hat, was die Viola angetan haben? Das Einzige, was diese Schlampe gestört hat, war, dass ihr fetter Arsch von einem Ehemann sie betrogen hat, als er eine schwarze Frau vergewaltigt hat.«

»Ich dachte, du würdest die Fassung verlieren, aber du bist ganz cool geblieben. Wie eine Eisskulptur.«

Tees Augen blitzen vor Zorn. »Innen drin nicht. Mann, als die ›Nigger‹ gesagt hat, da hätte ich mich fast über den Tisch weg auf sie gestürzt und hätte ihr die Dreckszunge aus dem Hals gerissen!«

»Ich wusste, wie schlimm es werden würde. Aber du wolltest ja unbedingt mit.«

»Oh, ich bin froh, dass ich mitgekommen bin. Manche Dinge kann man nur so lernen. Und das ist eines davon. Penn … wenn ich nur dran denke, dass Steuergelder dafür ausgegeben werden, diesen Abschaum zu schützen! Wirf die Snake zum Fraß vor. Oder besser noch: Verfrachte sie ins Gefängnis von Angola und lass die schwarzen Gangs mit ihnen abrechnen. Das wäre eine faire Vergeltung.«

»Ich glaube, hier braucht jemand einen Drink.«

Sie packt mich am Oberarm und drückt fest zu. »Du kannst Gedanken lesen.«

»Erst muss ich John Kaiser anrufen.«

»Von mir aus gern«, sagt sie und blickt zu meinem Haus in der Mitte des Blocks. »Ich bin sogar froh, eine Weile aus dem Haus zu sein. Mir fällt die Decke auf den Kopf.«

Ich habe mein Telefon schon in der Hand. Nach der Kurzwahl für John Kaiser muss ich nur zwei Klingeltöne abwarten.

»Penn«, sagt er. »Was gibt's?«

»Sind Sie allein?«

»Geben Sie mir fünf Sekunden.«

Ich höre Rascheln und Schritte, dann sagt Kaiser: »Los.«

»Denken Sie an Dolores St. Denis und ihr Potenzial als Zeugin gegen die Doppeladler. Machen Sie das?«

»Äh … ja. Was für ein Spiel soll das werden?«

»Jetzt multiplizieren Sie mit zehn.«

Kaiser sagt einige Sekunden lang nichts. Dann flüstert er. »Sie Scheißkerl! Sie haben einen Doppeladler umgedreht.«

»Jawohl, Captain.«

»Penn, wo sind Sie?«

»Denken Sie nicht mal drüber nach, zu mir zu kommen. Ich habe zu tun. Und dieser Zeuge ist nicht bei mir. Nicht einmal in der

Nähe. Aber er wird Sie zum berühmtesten FBI-Agenten der neueren Geschichte machen.«

»Sie wissen, dass mir das verdammt egal ist.«

Da sagt Kaiser die Wahrheit. »Ich weiß. Aber ein bisschen wohlverdienter Ruhm ist auch nicht zu verachten. Besonders für jemanden, der mit seinen Chefs Schwierigkeiten hat.«

»Da haben Sie recht. Aber wieso werde ich das Gefühl nicht los, dass Sie mir nicht ohne Grund Honig ums Maul schmieren?«

»Weil ich eine Bedingung habe.«

»O Scheiße. Welche?«

»Ehe er eine Aussage bei Ihnen macht, geht er für meinen Vater in den Zeugenstand. Morgen.«

Diesmal dauert das Schweigen so lange, dass ich schon glaube, wir hätten unsere Verbindung verloren. Aber dann sagt Kaiser: »Auf gar keinen Fall schaffen wir es, bis morgen einen Deal zu vereinbaren. Jedenfalls nicht rechtzeitig.«

»Dieser Zeuge ist einzigartig, John. Der kann alles, was von der tödlichsten Terrorzelle in der Geschichte der USA noch übrig ist, zu Fall bringen. So können Sie es denen verkaufen. Ich weiß, dass Sie das können.«

»Dann fange ich mal besser damit an. Ich brauche den Namen.«

»Nicht am Telefon.«

»Natürlich nicht.«

»Serenity und ich sind auf dem Weg in eine Bar. Sagen wir mal … die Corner Bar. Kennen Sie die?«

»Da habe ich seit meinem Exil in Natchez schon so manchen Scotch genossen.«

»Wir sind in zehn Minuten da.«

KAPITEL 46

Quentin Avery war mit seinem Rollstuhl den Bürgersteig entlanggefahren, der vom Haus Edelweiß an der Klippe entlang bis zu der Stelle führte, wo früher die alte Pekannuss-Fabrik gestanden hatte. Er hatte überlegt, sich vielleicht von Doris zu diesem Treffen fahren zu lassen, wusste aber, dass sich Joe Elder sicherer fühlen würde, wenn sonst niemand in der Nähe war. Außerdem wollte er den Wind spüren, der über die Klippe geweht kam, nachdem er die ganze große Ebene von Texas und Louisiana überquert hatte. Der erste Teil des Weges war gut ausgeleuchtet gewesen. Er war mit seinem Rollstuhl an einigen Liebespaaren vorbeigekommen, die am Zaun entlang zurück ins Stadtzentrum spazierten. Aber um den früheren Standort der Pekannuss-Fabrik herum wurden die Abstände zwischen den Straßenlaternen größer. Und so war er froh, als er Joe Elders hochaufgeschossene Silhouette sah, die ihn bei seiner Ankunft erwartete.

»Bist du das, Quentin?«, rief Elder.

»Ja.«

»Woher kommst du?«

»Haus Edelweiß. Penn Cages Haus unten an der Silver Street.«

»Den ganzen Weg im Rollstuhl?«

»Ich habe gute Batterien. Noch bin ich kein Invalide.«

»Das habe ich nicht gemeint. Es ist nur ein bisschen spät für einen …«

»Einen Spaziergang?«, ergänzte Quentin mit einem kleinen bitteren Lachen.

»Ja.«

Elder hatte über den Fluss hinausgeschaut, aber Quentin drehte sich zu den verbliebenen Fundamenten der ehemaligen Fabrik.

»Weißt du, als ich ein kleiner Junge war, habe ich denen hier Pekannüsse verkauft. Wir sind bei den Leuten aufs Grundstück geschlichen und haben aufgesammelt, was wir konnten, ehe sie uns verjagt haben. Und dann haben wir die hier verkauft.«

»Und euch hat keiner je verhaftet?«

»Ich bin mal von Hunden gebissen worden, aber die Bullen haben mich nie gekriegt.«

»Was für ein Verlust das für die Juristerei gewesen wäre.«

Quentin lachte über Elders Sarkasmus.

»Also, was machen wir hier draußen, Quentin?«, fragte der Richter.

Quentin zog ein zusammengefaltetes Blatt Papier unter der Decke auf seinem Schoß hervor. Er faltete es auf und streckte es Richter Elder hin. »Joe, das hier ist die Fotokopie einer Seite aus einem Hauptbuch, das Albert Norris in den frühen sechziger Jahren geführt hat. Du erinnerst dich doch an ihn, nicht?«

»Natürlich. Albert hat mir immer Jellybeans geschenkt, wenn ich als Kind in seinem Laden vorbeigeschaut habe. Worum zum Teufel geht es da, Quentin?«

»Sieh dir einfach die Seite an.«

Elder blickte auf das Blatt Papier. Als Richter wusste er, dass ein Dokument genauso gefährlich sein konnte wie eine Giftschlange. Nachdem er sich heruntergebeugt und im Dunklen geblinzelt hatte, nahm er die Seite und ging näher zu der Straßenlaterne an der Klippenkante.

»Siehst du die Namen in der dritten Zeile?«

Zunächst antwortete Elder nicht, aber Quentin konnte sehen, dass seine Hand zitterte.

»Versuchst du mich zu erpressen, Quentin?«

»Das weißt du besser. Ich dachte nur, du solltest davon wissen.«

»Du hast das Original?«

»Nein. Es gibt mehrere solcher Hauptbücher, aber die befinden sich nicht in meinem Besitz. Du hast die Kopie der einzigen Seite, auf der diese beiden Namen stehen. Aber der Rest der Geschichte steht auf der folgenden Seite.«

»Wer hat die Originale?«

»Das möchte ich lieber nicht sagen. Er ist aber vertrauenswürdig.«

»Ich kenne keinen sterblichen Menschen, auf den diese Beschreibung zutreffen würde.«

»Der Mann, der diese Hauptbücher in seinem Besitz hat, hätte in den letzten einundvierzig Jahren die Städte zu beiden Seiten des Flusses auf den Kopf stellen können, hat das aber nie gemacht. Er hat keine einzige dort aufgeführte Person bloßgestellt.«

»Der muss ja ein Heiliger sein, um dieser Versuchung widerstanden zu haben.«

»Beinahe, Joe.«

»Weiß oder schwarz?«

»Schwarz.«

Elder nickte. »Ich wiederhole meine Frage. Warum zeigst du mir das?«

»Joe … ich will ehrlich mit dir reden. Ich habe während dieses Verfahrens eine gewisse Voreingenommenheit von der Richterbank gespürt. Ich bin nicht der Einzige, aber ich bezweifle, dass die allgemeine Öffentlichkeit es gemerkt hat. Und es hat mich selbst ein wenig verwundert, bis ich diese Eintragung gelesen habe.«

»Was hat die deiner Meinung nach zu bedeuten?«

»Komm schon, Bruder. Ich habe dich beobachtet, als du diese Namen gelesen hast. Du warst überhaupt nicht überrascht.«

»Was willst du, Quentin?«

»Nur das, was jedem Angeklagten von Rechts wegen zusteht. Ein faires Verfahren vor einem unparteiischen Richter.«

»Kein Berufungsgericht würde sagen, dass du das nicht schon bekommst. Sie sagen vielleicht, dass du an Alzheimer leidest, aber ich sehe das nicht so.«

Quentin wartete einfach.

»Warum verteidigst du Tom Cage?«, fragte Elder schließlich. »Einen Mann wie ihn, der damals mit einer Schwester Schindluder getrieben hat.«

»Mein Bruder, du solltest ein paar Schritte von diesem Fall zurücktreten. Du siehst nur deine Ma und dich selbst. Oder Claude Devereux.«

»Es ist genau dieselbe verdammte Situation!«

»Nein, das ist es nicht. Devereux ist ein verlogener Schweinehund, der Leute aus der Mafia und dem Ku-Klux-Klan verteidigt hat, der seine Partner betrogen, seine Anwaltsrobe entehrt und wahrscheinlich Auftragsmörder bezahlt hat. Er hatte allerdings Charisma, und ich nehme an, so hat er deine Ma dazu gebracht, sich eine Weile mit ihm abzugeben. Aber das hat nichts mit Tom Cage zu tun. Dr. Cage ist einer der anständigsten Menschen, die ich kenne, schwarz oder weiß. Und das will was heißen.«

Elder schnaubte verächtlich. »Nach den Beweisen, die ich bisher kenne, hat Tom Cage wahrscheinlich seinen ärztlichen Eid gebrochen, seinen Berufsstand entehrt und selbst gemordet.«

»Du hast noch nicht alle Beweise gesehen. Ich habe mit meiner Verteidigung noch nicht einmal angefangen.«

»Mit *welcher* Verteidigung? Shad Johnson hat deinen Mandanten schon reisefertig für das Parchman-Gefängnis verpackt – mit einer roten Schleife drum.«

»Joe, du hast doch für mich gearbeitet. Glaubst du das allen Ernstes? Dieses Verfahren ist erst halb vorbei. Deswegen bin ich heute Abend hier. Ich kann nicht gegen euch beide kämpfen, gegen dich *und* Shad.«

Elder schüttelte das Blatt Papier in seiner Hand. »Und was passiert mit den Originalen von diesen Seiten, Quentin?«

»Ich würde gern sagen, dass sie einfach verschwinden könnten. Aber die Hauptbücher von Albert Norris sind Teil unserer Geschichte. Norris wurde von den Doppeladlern ermordet, und dieser Mord muss aufgeklärt werden. Seine Mörder müssen bestraft werden, und zwar öffentlich.«

»Du sagst, dass diese Hauptbücher in einem zukünftigen Mordprozess Beweismittel sein werden?«

»Vielleicht müssen sie das sein, Joe. Sie sind voller Informationen über die Doppeladler. Ich hoffe, dass dein Teil der Geschichte nie zur Sprache kommt.«

»Für deine Hoffnung kann ich mir nichts kaufen.«

Quentin ließ ihn ein paar Sekunden lang darüber nachdenken. Dann sagte er: »Ich kann dir noch ein bisschen mehr als das geben. Soweit ich sehen kann, würde es nicht viel am Ausgang eines so wichtigen Verfahrens ändern, wenn in Norris' Hauptbüchern ein, zwei Seiten fehlten. Was sind schon zwei Blätter Papier im Gefüge der Zeit?«

Der Richter blickte auf den Fluss, als könnte er es nicht ertragen, Quentin in die Augen zu schauen. »Das würdest du für mich machen?«

»Es liegt nicht nur in meiner Hand, aber ich werde alles tun, um dafür zu sorgen.«

»Wer hat diese gottverdammten Hauptbücher, Quentin?«

»Das kann ich dir nicht sagen. Aber eines kann ich dir verraten: Die Seite habe ich von Penn Cage bekommen.«

»Scheiße! Es ist *doch* Erpressung.«

»Nein, das ist es nicht. Der Heilige, der diese Hauptbücher all die Jahre besitzt, hat die Seiten Penn gegeben, weil er darauf vertraut, dass der das Richtige damit macht. Und er hat das getan, weil er im Gerichtssaal war und glaubt, dass du nicht fair bist. Er meint, du versuchst, deinen eigenen Vater zu verurteilen, indem du Shad Johnson hilfst, Tom Cage zu verknacken.«

»Shad braucht keine Hilfe von mir! Nicht in diesem Verfahren.«

»Ich wünsche mir von dir nur, dass du unparteiisch bist, Joe. Lass die Geschworenen den Fall allein entscheiden.«

»Ich vertraue nicht darauf, dass Cage den Mund hält. Nicht, wenn sein Vater verurteilt wird.«

»Ein bisschen mehr Vertrauen zu deinen Mitmenschen, Joe. Das ist so, als vertrautest du den Geschworenen.«

Elder war im Begriff zu antworten, als ein magerer schwarzer Junge von etwa achtzehn Jahren aus dem Schatten trat und sich ihnen am Zaun entlang näherte. Er trug ungepflegte Kleidung, und seine Hose hing nach der neuesten Mode auf halbmast.

»Der Junge ist nicht zum Joggen hier«, sagte Quentin leise.

»Ein bisschen mehr Vertrauen«, erwiderte Richter Elder spöttisch. »Hast du mir das nicht gerade gesagt?«

Der Fremde blieb etwa einen Meter vom Richter entfernt stehen. »Yo, Bruder«, sagte er. »Haben Sie mal 'n paar Dollar für einen Mann mit Problemen?«

»Heute nicht«, antwortete Elder. »Wir unterhalten uns, und wir wären gern allein.«

Der Fremde nickte, während er zur Straße hinaufschaute. Dann war auf einmal ein glänzendes Messer in seiner Hand.

»Ich lass euch allein, wenn ihr mir all euer Scheißzeug gegeben habt. Du und der Krüppel da.«

Richter Elder starrte den jungen Mann verblüfft an. »Junge, hast du überhaupt eine Ahnung, wen du da mit dem Messer bedrohst?«

»Einen Mann, der reicher ist als ich. Die Jacke, die du anhast, würde sechs Monate meine Bude bezahlen.«

Elder richtete sich auf und schüttelte die Arme aus, als müsste er das Sträßchen gegen einen Angreifer der All-American-Football-Mannschaft verteidigen. »Also, du würdest einen Mann ausrauben, der im Rollstuhl sitzt?« Er schaute zu Quentin hinunter, der misstrauisch auf das Messer blickte. »Herrgott, Quentin.«

Der Junge schaute wieder zur Straße. »He, Kumpel, ich muss auch leben.«

»Also bitte«, blaffte Elder. »Jetzt hör du mal zu. Ich bin Richter Joe Elder, und wenn du nicht schnurstracks in deine Bude zurückgehst und aufhörst, Leute zu belästigen, dann steck ich dich nicht ins Gefängnis, sondern in ein tieferes Loch, verdammt! Kapiert?«

Die Augen des jungen Mannes wurden so weit, dass man im Dämmerlicht das blutunterlaufene Weiß seines Augapfels sehen konnte. »Mann, bist du verrückt? Siehst du das Messer nicht?«

»Und siehst du diese Knarre?«

Elder und der Räuber fuhren mit den Köpfen zu Quentin herum, der eine kleine schwarze Automatikpistole unter der Decke auf seinem Schoß hervorgezogen hatte.

»Mach einfach, was der Richter dir gesagt hat«, riet ihm Quentin. »Und bete, dass er sich nicht an dein Gesicht erinnert, wenn du das nächste Mal vor Gericht auftauchst.«

Der Junge wirkte nicht eingeschüchtert. »Wirst mich wohl erschießen. Alter?«

»Bruder, ich schieß dir die Eier ab, und wenn du dann weghumpelst, knall ich dir noch mitten in den Arsch. Und jetzt lass das Messer fallen!«

Zwei Sekunden vergingen, ehe das Messer zu Boden fiel.

»Hör mir zu«, sagte Elder. »Brauchst du Geld? Ich kenne ein paar alte Damen, die sich mächtig anstrengen, um einen alten Friedhof an der Watkins Street in Schuss zu halten. Vielleicht ist einer von deinen Vorfahren da beerdigt. Wenn du nächsten Mittwochnachmittag da hinkommst, bezahle ich dich dafür, dass du das Gras mähst und den alten Damen hilfst.«

Der Junge starrte den Richter an, als wäre der verrückt geworden.

»Wenn du da nicht auftauchst und je vor mir im Gericht erscheinst? Junge, dann reiß ich dir so den Arsch auf, dass du dein Leben lang nicht mehr ohne Windeln klarkommst. Kapiert?«

Der Junge rannte in die Dunkelheit hinaus.

Richter Elder beugte sich herunter, hob das Messer auf und warf es über die Klippe. »Quentin, wie weit ist die Welt gekommen, wenn man nicht mal in einer Kleinstadt einen Spaziergang machen kann, ohne überfallen zu werden?«

»Das ist hier eigentlich ziemlich selten.«

»In Ferriday nicht.« Elder atmete tief aus. »Du hast das Ding aber bei Gericht nicht dabei, oder?«

»Noch nicht.«

»Und es ist absoluter Schwachsinn, dass ich nicht unparteiisch bin.«

»Sehen wir mal, wie es morgen läuft.«

Elder lehnte sich an den Zaun und schaute über den glitzernden Fluss hinaus. Dann beugte er sich hinunter, riss einen Halm aus dem Boden und steckte ihn sich wie ein Farmer zwischen die Zähne.

»Weißt du, Quentin, als ich in Ferriday aufgewachsen bin, da haben die Leute immer gesagt: ›Gott sei Dank, dass es Mississippi gibt, dann sind wir wenigstens nicht in allem die Letzten. Aber ich glaube, dass die Gemeinde Concordia damals schlimmer als jeder Bezirk in Mississippi war. Schlimmer war vielleicht nur die Golfküste.«

»Carlos Marcello hatte in beiden Gegenden die Finger drin. Und mit dem und den örtlichen Rednecks war es ziemlich schlimm, Joe.«

Elder stieß sich vom Zaun ab und ging vor Averys Rollstuhl in die Hocke. »Quentin, was für ein völlig verrücktes Spielchen spielst du da im Gerichtssaal?«

Quentin lächelte seinen ehemaligen Schützling an. »Ein langes.«

»Also, dann reißt du dich jetzt besser schleunigst zusammen. Sonst verbringt Dr. Cage den Rest seiner Tage in einem der schlimmsten Gefängnisse, die es ihn Amerika noch gibt.«

Quentins Augen funkelten im Dunklen. »O ihr Kleingläubigen. Du traust mir also nichts mehr zu?«

»Ich habe dich schon zaubern sehen, aber dieser Fall erinnert mich an den Verrückten in den siebziger Jahren, der mit seinem Motorrad über alles Mögliche gesprungen ist. Evel Knievel. Der hat immer mehr Autos hinzugefügt, über die er springen musste. Und dann hat er versucht, über einen Cañon zu springen. Ich glaube, dir geht's ähnlich. Es gibt Grenzen, Quentin, auch für Genies. Und du musst diese Geschworenen mit dir über den Cañon zerren.«

»Du weißt ja, was ich dazu zu sagen habe?«

»Was?«

»Kein Berg ist zu hoch für jemanden, der gehen kann.«

Joe Elder blickte dahin, wo Quentin Averys Beine sein sollten. »Bildlich gesprochen, versteht sich.«

Quentin drohte seinem ehemaligen Mitarbeiter mit dem Zeigefinger. »Was habe ich immer gesagt, ehe wir vor Gericht gingen?«

Elder lachte zum ersten Mal herzlich. »Schau zu und lerne, Joe. Schau zu und lerne.«

Quentin lächelte. »Wusste ich doch, dass ich dir was beigebracht habe.«

KAPITEL 47

Snake Knox stand in der Dunkelheit zwischen den dreiundzwanzig verbliebenen Säulen der Windsor Ruins und lauschte auf das Grollen herannahender Motorräder. Es klang so, als wären es mindestens vier, aber er blieb ruhig und konzentrierte sich auf das, was jetzt anstand. Er hatte auf beiden Zufahrten auf dem Highway Späher postiert, was sich nun bezahlt machte.

5 Harleys, lautete die SMS von einem der Quince-Zwillinge, zwei stillen, aber eifrigen Neunzehnjährigen, die Alois rekrutiert hatte.

Vor Ort bleiben, bis ich mich melde, tippte Snake als Antwort.

Er hatte Windsor ausgesucht, weil es abgelegen und nahe bei Rodney war, aber auch wegen seiner Geschichte. Das Herrenhaus lag nur vier Meilen vom Fluss entfernt; die Kuppel im zweiten Obergeschoss hatte den Truppen der Konföderierten bis zum Vicksburg-Feldzug als Beobachtungsposten gedient. Dann hatte Ulysses Grant die tausend Hektar große Plantage übernommen, in ein Lazarett für die Unions-Truppen umgewandelt und ebenfalls als Beobachtungsposten genutzt. Snake überlegte, dass es, wenn es für die Blauen und die Grauen gut genug gewesen war, auch für ihn gut genug war.

Heute zeichneten sich die stark verzierten Kapitelle der hohen korinthischen Säulen dunkel vor den mondbeschienenen Wolken ab und verliehen der ganzen Szene eine gespenstische Aura, die Snakes Sinn für Dramatik entsprach. Er fragte sich, ob die Varangian Kindred diese Umgebung zu schätzen wüssten.

Snake hatte Red Nearings Pick-up auf dem Wendeplatz vor der Ruine geparkt, um Lars und seinen VK-Jungs den Eindruck zu vermitteln, dass er hier in der Falle sitzen würde, wenn sie es so wollten. Aber Alois und die Brüder Quince hatten drei Quads unter den

Bäumen nördlich der Ruine abgestellt. Wenn Snake zu dem Schluss kam, dass er schnell hier weg musste, dann konnte er das tun – falls er die Quads erreichte. Um das zu garantieren, hatte er Alois mit einem Gewehr und einem Nachtsichtfernrohr in einem nahe gelegenen Baum postiert, während Wilma Deen hinter einem der ausladenden Sockel wartete, die die zwölf Yards hohen Säulen trugen. Wilma war mit einer Pumpgun bewaffnet und konnte verdammt guten Feuerschutz geben, falls er sich hastig zurückziehen musste.

Als die Motorräder sich näherten, spürte Snake, wie das Wegwerfhandy an seinem Bein vibrierte. Er hatte Lars angewiesen, hier draußen das Telefon nicht zu benutzen, also war er nicht überrascht, dass es Billy Byrd war, der ihn zurückrief.

»Habt ihr die braune Schlampe gefunden?«, fragte Snake statt einer Antwort.

»Noch nicht.«

»Warum belästigst du mich dann?«

»Es sind zwei Prediger beim Haus von Bürgermeister Cage aufgetaucht. Nigger-Prediger.«

»Wer?«

»Die Baldwins, aus Clayton drüben.«

Snake kannte sie gut. Der alte Baldwin war damals knallhart gewesen. Er hatte im Krieg in der Marine gedient, und als er nach Hause zurückkehrte, hatte er nicht die Absicht, als Zuschauer untätig am Spielfeldrand zu stehen. Als sich 1964 die Lage zuspitzte, hatte er die Deacons for Defense gegründet und dabei geholfen, die schwarze Gemeinde vor Ort für die Verteidigung gegen den Ku-Klux-Klan zu bewaffnen. Obwohl Snake sein Feind gewesen war, verspürte er Respekt für den Mann, weil er gekämpft hatte.

»Nachdem die weg waren«, fuhr Byrd fort, »ist Cage zu dem Haus gegangen, wo Quentin Avery wohnt, da an der Klippe. Und Avery hat sich anschließend an der Klippe mit dem Richter des Verfahrens, Joe Elder getroffen.«

Das überraschte Snake. »Und?«

»Und er hat Elder was gegeben. Sah aus wie irgendwelche Papiere. Ich tippe mal, die hatte er von den Predigern.«

»Worüber wollte Avery mit Elder reden?«

»Machst du Witze? Das ist Nigger-Sache, Mann. Ich habe nicht die geringste Ahnung.«

»Du bist wirklich eine Riesenhilfe, Billy.«

Byrd grunzte. »Als ich diese beiden arroganten Schweinehunde da zusammen an der Klippe gesehen habe, da musste ich einfach denken, wie leicht es für jemanden mit einem Gewehr gewesen wäre, der Welt einen Gefallen zu tun. Mit einer einzigen Schrotladung.«

»Wir leben nicht mehr im Jahr 1964, Billy.«

»Das ist mal verdammt klar. Es ist in Ordnung, einen Weißen umzubringen, aber nicht einen Schwarzen? Verkehrte Welt.«

»Tu, was ich dir sage, und keinen Schlag mehr.«

»Ich weiß.«

»Behalte den Bürgermeister im Auge. Und vergiss nicht, was ich dir über heute Abend gesagt habe. Das ist die sicherste Methode, Überraschungen vor Gericht zu vermeiden.«

Der Sheriff seufzte und legte auf.

Zwanzig Sekunden später zerschnitten fünf Scheinwerfer die Dunkelheit auf dem Wendeplatz, und fünf große Harleys rollten über den gestampften Lehm bis zu dem Kabel, das Fahrzeuge daran hindern sollte, zwischen den Säulen herumzufahren. Snake beobachtete, wie die Fahrer abstiegen und Waffen aus den Satteltaschen nahmen, und musste gegen den Impuls ankämpfen, seine eigene Pistole zu ziehen.

Lars Dempsey persönlich führte die Gruppe an. Snake konnte ihn sogar im Dunkeln ausmachen. Sein langes blondes, inzwischen teilweise grau gewordenes Haar war zu einem Pferdeschwanz gebunden. Hinter ihm erkannte Snake Toons Teufel. Dieses arrogante Stolzieren konnte man nicht verkennen. Die anderen drei sahen aus, als wären sie Mitglieder von Toons' Sicherheitstruppe. Sie kamen bis auf fünf Schritte an Snake heran, schauten hin und her, während sie den Grundriss des alten Plantagensitzes erkundeten.

»Du hast ganz schön Eier«, sagte Toons rechts von Dempsey. »Uns den ganzen Weg hier rauszuzerren.«

Snake sagte nichts. Er konnte nichts sagen, ehe Lars Dempsey gesprochen hatte. Alle fünf Männer trugen Ledermotorradkluft, und auf den Jacken prangte am rechten Arm das Emblem der VK.

Der Gründer der Varangian Kindred kratzte sich den Bart und sagte: »Du hast meinen Tresor gesprengt.«

»Der Schwachkopf da hatte meinen Pass drin versteckt.«

»Was ist, wenn er das auf meinen Befehl gemacht hat?«

»Dann hast du deinen eigenen Tresor in die Luft gesprengt.«

Lars Dempsey schniefte und dachte darüber nach. »Warum bist du aus der Rollrasenfarm ausgerückt?«

»Ich hatte die Nase voll, diesem Idioten zuzusehen, wie er mit seinem Messer herumgespielt hat. Wenn ich länger geblieben wäre, hätte ich ihm damit die Nase abgesäbelt.«

Toons machte einen Schritt vorwärts, aber Dempsey hielt ihn mit einer erhobenen Hand zurück.

»Was willst du von uns?«, fragte Lars. »Du musst doch einen Grund für dieses Treffen haben.«

»Ich brauche das, was ich schon von Anfang an von euch gebraucht habe. Leute. Truppen.«

»Wofür?«

»Beobachtet ihr noch immer die alten Doppeladler für mich?«

»Nicht so sehr, seit du abgehauen bist.«

»Ihr müsst das wieder machen. Und zwar sofort!«

»Warum sollten wir das machen?«

»Um das zu kriegen, weswegen ihr überhaupt mit mir ins Geschäft gekommen seid.«

»Damit hast du dir ja bisher ziemlich viel Zeit gelassen.«

»Eines will ich mal klarstellen«, sagte Snake. »Du bist kein Quarterback in einem High-School-Team, und ich bin kein Cheerleader. Wir haben eine Abmachung. Du hast in den letzten beiden Monaten mehr Stoff verschoben als im halben Jahr davor. Und von deinen Waffendeals habe ich jede Menge Druck weggenommen. Da hast du wahrscheinlich auch deine Gewinne verdoppelt.«

Lars sagte nichts, was Snake bestätigte, dass er einen Volltreffer gelandet hatte.

»Es geht nicht nur um die Überwachung«, fügte Snake hinzu. »Ich brauche Soldaten. Und nicht die Kerle, die dieser Clown hier ausgebildet hat. Ich brauche Schützen. Jungs, die in der Scheiße gesteckt haben und wissen, wie man einen kühlen Kopf behält. Die mit dem

Schießen warten können, bis die richtige Zeit da ist und sich nicht in die Hose machen, wenn es mal brenzlig wird.«

»Du altes beschissenes Labermaul!«, sagte Toons und wollte sich mit blitzendem Stahl auf ihn stürzen.

»Warte!«, bellte Lars.

Toons erstarrte. »Warten? Warum? Wir brauchen diesen Narren nicht.«

»Weil er kein Narr ist«, antwortete Lars ruhig. »Oder, Snake?«

Snake griff in die Tasche und zog einen Vierteldollar heraus. Den hielt er Toons hin.

»Was zum Teufel soll das sein?«, fragte Toons.

»Dein Leben.«

»Was?«

Snake warf das Geldstück zwischen sich und Toons auf die Erde. Zwei Sekunden später krachte ein Gewehrschuss durch die Dunkelheit, und alle fünf Männer warfen sich mit ihrer Lederkluft in den Dreck.

Als keine weiteren Schüsse zu hören waren, rappelten sie sich wieder auf und schauten sich nervös um.

»Wo ist dein Vierteldollar, Toons?«, fragte Snake.

Toons schaute auf die Erde, ging dann auf ein Knie und hob das verformte Metallstück auf. Snake verspürte einen Anflug von Stolz auf die Schießkünste seines Sohnes. Das Blut setzt sich immer durch, hatte Frank stets gesagt.

»Der nächste Schuss geht dir ins Auge, wenn du willst«, sagte Snake.

»Du hast uns überzeugt«, murmelte Lars. »Wen willst du denn morgen umbringen?«

Snake hatte nicht die Absicht, diese Frage zu beantworten. »Das ist meine Angelegenheit.«

»So wie die Sache sich entwickelt, stimmt das nicht. Wir haben von hier bis Texas das FBI im Nacken. Ich habe keine Lust, meine Männer gegen FBI-Agenten einzusetzen.«

Der Scheißkerl mit dem Pferdeschwanz hat einen guten Instinkt, dachte Snake. »Ich werde vielleicht gar niemanden umbringen. Ich muss nur eine bestimmte Bedrohung beseitigen.«

»Und dafür brauchst du Schützen?«

»Hast du welche, oder hast du keine?«, blaffte Snake und hoffte, dass seine Verärgerung weitere Fragen unterbinden würde.

Nach einem langen Blick nickte Lars. »Du kriegst deine Männer. Wo?«

»Hier. Morgen um elf Uhr früh. Ich brauche sie für zwölf Stunden.«

»Kein Problem. Eine Frage – dieser Prozess … Wie kommt es, dass der Bürgermeister seinen Vater nicht verteidigt? Ich habe gehört, dass er in Houston ein ganz heißer Ankläger war.«

»Sein Daddy will ihn nicht«, antwortete Snake.

»Warum nicht?«

Snake schniefte und überlegte, wie viel er ihnen erzählen sollte. Schließlich sagte er: »Daddy hat Geheimnisse, die er seinem Jungen nicht verraten will.«

Lars Dempsey nickte. »Haben wir alle. Weißt du, was seine sind? Die vom Doc?«

Snake lächelte. »Gute Nacht, meine Herren.«

Dempsey streckte die Hand aus und tippte Toons auf die Schulter. »Komm, wir gehen.«

Dann drehte er sich um und ging auf den Wendeplatz zu, aber Toons folgte ihm nicht. Er blieb wie angewurzelt stehen, hielt über den hohen Säulen nach Anzeichen für den Scharfschützen Ausschau. Als er keine fand, deutete er mit dem Finger auf Snake.

»Du und ich, wir sind noch nicht fertig miteinander, Alter.«

»Du bettelst ja regelrecht um eine Kugel, du Schwachkopf. Ich gebe dir einen guten Rat: Komme besser morgen nicht mit hierher. Du bist nicht der Typ für 'ne richtige Aktion.«

Snake kehrte dem Sicherheitschef der VK den Rücken zu und schritt zwischen zwei Säulensockeln in die Dunkelheit hinaus.

KAPITEL 48

Serenity und ich sitzen noch in der Küche, trinken Tee und warten darauf, von Quentin zu hören. Jenny hat Migräne und ist gerade nach oben gegangen; Mom und Mia schauen mit Annie im Wohnzimmer fern. Ich überlege, ob sie den Schnaps gerochen haben, als wir von unserem Treffen mit Kaiser in der Corner Bar zurückkamen. Ich weiß, dass Annie Rauch gerochen hat, denn das hat sie erwähnt. Wenn überhaupt jemand Alkohol gerochen hat, dann Mia.

»Was ist mit Jenny los?«, flüstert Tee und rührt mit dem Finger in ihrem Henkelbecher, aus dem sie den Teebeutel noch nicht herausgenommen hat.

Ich zucke mit den Achseln, bin in Gedanken damit beschäftigt, wie wahrscheinlich es ist, dass das FBI beschließt, Devine eine Zeugenaussage in Dads Prozess zu erlauben – und zwar rechtzeitig. »Sie bekommt oft Migräne.«

Serenity schaut zur Wohnzimmertür, als könnten Mia oder Annie sie hören. »Ich meine, von allen in deiner Familie kommt sie mir wie diejenige vor, die am wenigsten dazugehört.« Wie auch immer meine Reaktion sich auf meinem Gesicht spiegelt, Serenity fühlt sich jedenfalls davon ermutigt und fährt fort. »Und warum lebt sie in England?«

»Das ist kompliziert. Jenny war mir in der Schule um sieben Jahre voraus, und sie war ein Star. Aber sie wollte damals nicht unterrichten. Sie wollte schreiben. Hat an der Uni englische Literatur studiert und die ersten vier Jahre nach dem Abschluss damit verbracht, zwei Romane zu schreiben, von denen insgesamt dreihundert Exemplare verkauft wurden. Ich dagegen wollte eigentlich nie Schriftsteller werden. Ich bin einfach mehr oder weniger da hineingestolpert, nachdem ich meine Laufbahn als Staatsanwalt satthatte.«

»O Mann.«

»Den Rest kannst du dir ausmalen. Als die Rechte an meinem ersten Roman versteigert wurden und das Buch dann in die Bestsellerlisten kam, hat Jenny Gastprofessuren in Übersee angenommen. Schließlich hat sie einen Engländer geheiratet und ist da geblieben, um ihre Kinder aufzuziehen.«

»Hast du deswegen Gewissensbisse? Wegen ihrer Reaktion?«

Ehe ich antworten kann, erscheint meine Mutter in der Wohnzimmertür. »Wie geht's euch beiden? Gibt's was zu Toms Verfahren, das ich nicht weiß?«

Serenity und ich schauen einander an. Obwohl sie keine Miene verzieht, spüre ich, dass sie mich auffordert, mit meiner Mutter reinen Tisch zu machen. Ohne ihr zu viele Einzelheiten zu verraten, erzähle ich Mom, dass einer der ursprünglichen Doppeladler drauf und dran ist, als Kronzeuge gegen seine Mitverbrecher auszusagen, und dass es eine Chance gibt, dass er morgen in Dads Verfahren als Zeuge auftritt.

»Wenn der Generalbundesanwalt die strafmildernde Abmachung mit ihm abschließt und das erlaubt«, beende ich meinen Bericht. »Ich glaube, dass die Zeugenaussage dieses Mannes allein begründete Zweifel aufkommen lassen und zu Dads Freispruch führen kann.«

Mom starrt mich ein paar Sekunden schweigend an. »Ist dein Tee noch warm?«, fragt sie.

Ich halte ihr meinen Henkelbecher hin. »Ich habe ihn kaum angerührt.«

Als sie den Becher nimmt, sehe ich, dass ihre Hand zittert. Serenity wirft ihr ein aufmunterndes Lächeln zu, aber in diesem Augenblick wird mir klar, dass meine Mutter sich kaum noch zusammenreißen kann. Sie nimmt einen großen Schluck Tee und schaut dann in die Ferne.

»Quentin hat mit seinem Eröffnungsplädoyer gute Arbeit geleistet, nicht? Er hat die Jury völlig überwältigt. Ich glaube, wir müssen darauf vertrauen, dass Quentin immer noch der Löwe ist, der er früher war, als sein Name in aller Munde war.«

»Er hat sie wirklich verblüfft«, antworte ich und belasse es dabei. Ich werde Mom jetzt auf keinen Fall verraten, wie riskant Quentins Strategie ist.

»Ich glaube, ich gehe hinauf«, sagt sie. »Es war ein langer Tag. Darf ich deinen Tee behalten?«

Ich nicke.

Mom wirft mir ein schuldbewusstes Lächeln zu. »Gute Nacht, Serenity.«

Zu meiner Überraschung steht Tee auch auf. »Mrs. Cage, ich glaube, ich gehe mit nach oben. Es war wirklich ein langer Tag.« Sie schaut mich an. »Und Penn braucht ein bisschen Zeit mit Annie.«

Meine Mutter nickt, und da weiß ich, dass Serenity bei ihr einen Punkt gemacht hat.

»Gute Nacht, Leute«, sage ich müde.

Sie drehen sich um und gehen zusammen auf den Flur, ohne dass Serenity mir auch nur mit dem kleinsten Signal mitteilt, dass ich sie vielleicht später noch sehe. Ich kann nicht glauben, dass sie tatsächlich ins Bett geht, ehe sie Quentins Bericht von seinem Treffen mit Richter Elder gehört hat. Und das, begreife ich plötzlich, war ihr Signal. Sie wusste, dass sie es niemals schaffen würde, mir zuzuzwinkern oder einen Wink zu geben, ohne dass meine Mutter das mitbekam.

Sie überließ es mir, das Offensichtliche zu begreifen.

Eine Stunde später starre ich in Tees Augen hinauf, während sie sich mit stiller Beharrlichkeit über mir bewegt. Dann schließt sie die Augen, was ich bedaure, aber das gibt mir die Freiheit, ihren Körper zu betrachten, der wundersam und fremd ist. Ihre Haut hat wirklich den Farbton einer Papiertüte, aber ihre Brustwarzen und deren Hof sind von der Farbe von Hersheys Schokoladenküssen.

»Ich – bin – nicht – gern – so – still«, flüstert sie rhythmisch, während sie auf ihren zweiten Höhepunkt hinarbeitet. Als sie ihn erreicht, blitzen ihre Augen auf und treffen meine, und die Dringlichkeit in ihrem Blick überwältigt mich, scheint vielmehr eher etwas aus mir wegzuziehen. Serenitys Orgasmen, lang und mächtig, befriedigen anscheinend ein tieferes Bedürfnis nicht, das ich in ihr spüre, einen Hunger nach Verbindung, der nur teilweise körperlich ist.

Während sie über mir erbebt, die Augen wieder schließt und dann nach vorn fällt, bis ihr Gesicht sich an meinen Hals drückt, denke ich an all die Orte, an denen sie gewesen ist, an die Erfahrungen, die sie gemacht hat und von denen sie so viele in ihrem Buch beschreibt. All das – eine Geschichte, die Hunderttausende mit ihr gemeinsam haben – ist im Geist und im Fleisch dieser Frau umschlossen, die sich nun an mich schmiegt und mir ins Ohr atmet.

»Was ist?«, fragt sie mit schläfriger Stimme.

»Was ist was?«

»Du willst mich was fragen.«

»Nein.«

Sie reißt die Augen weit auf. »Lügner.«

Das unheimliche Gefühl, dass hier jemand meine Gedanken liest, ist so stark, dass ich verzweifelt nach irgendeinem anderen Thema suche.

»Ich habe mich nur gefragt«, beginne ich blind, »warum … du mich nicht gefragt hast, ob du die erste schwarze Frau bist, mit der ich schlafe.«

»Ha!« Serenity rollt sich auf den Rücken und spuckt ein scharfes Lachen gegen die Zimmerdecke. »Baby, also bitte. Ich *weiß*, dass ich deine erste bin.«

In weniger als einer Sekunde hat sie von schlaftrunken auf hellwach umgeschaltet. Junge, hab ich da die falsche Frage erwischt. »Woher weißt du das?«, will ich wissen.

»Ich erkenne es daran, wie du mich ansiehst, an mir schnupperst, mein Haar berührst. Gut, dass du beim Schreiben subtiler bist als im Bett.«

»Tut mir leid, dass ich es angesprochen habe.«

Sie rollt sich auf die Seite und fährt mit dem Finger über meinen Brustkorb. »Allerdings bin ich ja natürlich nur *halb* schwarz«, sagt sie in neckendem Tonfall. »Es sei denn, wir gehen nach der Regel vom einzigen Blutstropfen. Dann bin ich natürlich *ganz* schwarz. Aber ich weiß nicht, ob du mit der vollen Packung klarkommen würdest.«

»Können wir das Thema einfach beenden?«

Sie gleitet mit dem Finger auf meinen Bauch hinunter, dann noch tiefer. »Als Nächstes fragst du mich bestimmt nach der Penisgröße. Das ist die nächste Frage von den weißen Jungs.«

Ich versuche, keine Miene zu verziehen, aber Tee lacht nur lauter. Als sie endlich aufhört, sagt sie: »Soll ich's dir einfach sagen?«

»Ich weiß nicht.«

Sie stupst mir in die Seite, hat ein spitzbübisches Funkeln in den Augen. »Nun. So von einem Mädel zum anderen … über ein gewisses Minimum hinaus geht's nicht darum, wie groß er ist, sondern wie hart.«

Irgendwie tröstet mich das nicht sehr.

»Es bringt dich fast um, mich nicht zu fragen, stimmt's?«, drängt sie mich, die Augen voller Lachen.

»Keine Ahnung, wovon du redest.«

»O doch. Was das gewisse Minimum ist.« Sie langt nach unten, umfängt mit der Hand das, was man gemeinhin meine Männlichkeit nennt, und flüstert: »Sie haben den Standard erfüllt, Herr Bürgermeister. Knapp.«

Während ich diese Aussage verarbeite, drückt sie zu und fragt: »Wie wär's, wenn du mit dem weitermachst, was du angefangen hast?«

Ehe ich das tun kann, klingelt mein Handy, aber Serenity stöhnt nur leise, rollt sich herüber und nimmt mein Telefon vom Nachttisch.

»Es ist Quentin«, sagt sie und reicht mir das Telefon.

Ich drücke auf Annehmen und sage: »Hast dir ganz schön Zeit gelassen, was?«

Tee presst ihre Lippen an mein Ohr und zischt: »Lautsprecher.«

Ich drücke auf den Knopf.

»Hast du jemand bei dir?«, fragt Quentin.

Serenity schüttelt den Kopf.

»Nur du und ich und Gott, Q. Oder war das doppelt gemoppelt?«

Quentin lacht leise. »Du überraschst mich. Wo ist denn die heiße kleine Nobelpreisgewinnerin, die du vorhin dabeihattest?«

Serenity prustet los, und Quentin sagt: »Dacht ich's mir doch. Ich habe da heute Abend ganz schön Schwingungen registriert. Du bist ein Glückspilz, Penn.«

Tee verdreht die Augen, aber das Lächeln weicht nicht von ihrem Gesicht. »Hast du heute Nacht was Anständiges zustande gebracht«, fragt sie, »du alter Hund?«

»Richter Elder und ich hatten ein offenes und ehrliches Gespräch.

Ich glaube, morgen ist er im Gericht ein wenig freundlicher. Was ist mit meinem potenziellen Starzeugen? Habt ihr euch mit dem Klan rumgetrieben?«

»Ja, das haben wir. Im Augenblick könnte alles von John Kaiser abhängen. Die haben versprochen, dass der Doppeladler für Dad aussagt, aber der Zeuge hat eine Höllenangst vor Snake Knox.«

»Völlig zu Recht.«

»Ich habe ihnen Schutz garantiert. Ich wäre aber zuversichtlicher, wenn Kaiser und der Generalbundesanwalt ihren Deal unter Dach und Fach brächten. Kaiser ist uns dankbar, weil wir den Zeugen umgedreht haben, also ist er froh, dass der auch Dad helfen kann. Aber die Gleichung hat viele Unbekannte.«

»Wie immer.«

»Was ist mit Dad? Hast du mit ihm gesprochen?«

»Ich verlasse gerade im Augenblick das Gefängnis. Ich habe Tom alles erzählt, was du mir berichtet hast – die Möglichkeit, dass mit Haaren und Fasern manipuliert wurde –, und er ist meiner Meinung. Bloß nicht das Sheriff's Department anklagen.«

Serenity blinzelt, als stimme etwas nicht.

»Das hat Dad gesagt?«, frage ich nach.

»Ja, und noch mehr. Tom hat gesagt: ›Wir haben keine Beweise für irgendwas, und selbst wenn, dann würde das nur eine Ablenkung bedeuten.‹«

Ich kann es einfach nicht glauben. »Moment. Dad hat gesagt, selbst wenn wir Beweise für eine Manipulation hätten, sollten wir nichts unternehmen?«

»Genau.«

»Quentin, was zum Teufel …?«

»Tom hat auch gesagt, wir sollten Jewel Washington bitten, nicht mehr nachzuforschen, was diese Deputys wohl gemacht haben.«

»Warum?«

»Du hast deine Verlobte verloren, Penn. Das musst du mich wirklich fragen?«

Eine Hitzewelle läuft mir übers Gesicht. »Willst du damit andeuten, diese Deputys könnten eine Staatsbeamtin umbringen, nur um ihre Taten zu vertuschen?«

»Ich will sagen, dass es waghalsig ist, so zu tun, als wären wir nicht in einer sehr gefährlichen Lage.«

»Herrgott! Wenn wir Beweise erhalten könnten, dass die Deputys von Billy Byrd Material unterdrückt haben, das jemand anderem die Schuld an Violas Tod gibt, dann wäre das allein …«

»Junge, in diesem Fall geht es nicht um Haare und Fasern. Hast du mich verstanden?«

Serenity hat die Stirn gerunzelt.

»Worum geht es denn dann?«

»Für mich geht es darum, die Interessen deines Vaters nach besten Kräften zu vertreten. Jetzt muss ich aufhören. Doris wartet. Das Beste, was du tun kannst, ist, den Generalbundesanwalt dazu zu überreden, dass er den Deal abschließt und die Erlaubnis gibt, dass …«

»Sag bloß nicht den Namen!«

Quentin flucht frustriert. »Ich wollte sagen, dass er *meinem Zeugen* erlaubt, morgen auszusagen. Aber unternimm nichts, ohne es vorher mit mir abzuklären.«

»Den Teufel werde ich tun. Soll ich nicht zu euch runterkommen und dich auf den neusten Stand bringen, was dieser Zeuge über Viola weiß?«

»Nein. Ich werde mich nicht über einen Zeugen aufregen, der vielleicht morgen kommt oder auch nicht. Ich wäre ein Narr, mich darauf zu verlassen. Gute Nacht.«

Als ich das Telefon auf das Laken fallen lasse, sagt Serenity: »Kam dir das richtig vor? Das mit den Haaren und Fasern?«

»Es kam mir vor wie der Scheiß, den mir Quentin von Anfang an vorsetzt.«

»Ich sehe nur die Logik im Standpunkt deines Vaters nicht. Es sei denn, er handelt nur aus Furcht. Und das passt nicht mit dem zusammen, was ich von ihm weiß.«

»Genau. Aber es ist nicht die Angst um ihn selbst. Es ist Angst um andere.«

Ich merke, dass Tee für eine intensive Diskussion bereit ist, aber ich will nur noch tun, was sie vor Quentins Anruf vorgeschlagen hat – mit dem weitermachen, was ich angefangen hatte. Zum Glück begreift Serenity gleich, in welcher Stimmung ich bin, und steigt wieder über mich, setzt sich diesmal auf meine Oberschenkel, damit sie ihre Hände einsetzen kann.

»Noch mehr blöde Weiße-Jungs-Fragen, ehe wir weitermachen?«, fragt sie mit spöttischem Lächeln.

»Ich habe meine Lektion gelernt.«

»Gut.«

Sie greift zwischen uns, um mich in sich hineingleiten zu lassen, erstarrt in der Bewegung.

»Penn?«, fragt meine Mutter. »Ich konnte nicht schlafen, musste immer dran denken …«

In dem Augenblick begreife ich, dass Mom nicht draußen vor der Tür, sondern im Zimmer ist. Ich reiße den Kopf nach links herum und sehe, dass sie reglos dasteht, eine Hand am Türknauf. Ihr Mund steht offen, ihre Augen sind glasig. Wir scheinen alle drei von irgendeiner äußeren Kraft gebannt zu sein. In Wahrheit ist das nur die Beziehung zwischen uns und die Beziehung zu unserer Vergangenheit, die plötzlich im Raum mit Händen zu greifen ist. Die Erste, die sich regt, ist Serenity, die nach unten greift und die Bettdecke vor ihren sich sanft wiegenden Busen hochzieht.

»Ich hätte anklopfen sollen!«, ruft Mom und taucht wie elektrisiert aus ihrer Trance auf.

»Mom, es ist okay!«, rufe ich, aber die Tür schließt sich, noch während ich spreche.

Ich fluche leise, hebe Serenity von meinem Körper, rolle mich aus dem Bett, angle nach meiner Unterhose, aber Serenity packt mich beim Arm und sagt: »Penn, mach das nicht.«

»Was?«

Ich schaue sie wütend an, doch Tees Gesicht spiegelt nur Traurigkeit und Warnung.

»Deine Ma hat gerade nicht uns beide gesehen«, sagt sie leise. »Sie hat deinen Vater und Viola gesehen.«

Ihre Worte rauben mir den Atem. Auch nur an den Schmerz zu denken, den meine Mutter jetzt gerade durchleben muss, ist beinahe unmöglich zu ertragen. Zusätzlich zum Prozess und dem Klatsch und allem anderen …

»Nicht«, flüstert Tee. »Tu dir das nicht an. Du kannst ihre Vergangenheit nicht ändern. Du kannst nur die Zukunft ändern. Deine Zukunft. Komm zurück ins Bett.«

»Ich glaube nicht, dass ich …«

»O doch, das kannst du.« Ihre dunklen Augen versuchen nun nicht mehr, etwas von mir wegzuzerren. Sie gießen etwas in mich hinein. Sie fasst meine Hand und zieht mich auf die Matratze zurück. »Weißt du noch, wie wir angefangen haben?«

»Wie?«

»Ohne Reden.«

Ich nicke, bin mir aber überhaupt nicht sicher, dass wir in diesem Augenblick dasselbe wollen oder brauchen. Sie zieht mich an sich, schlingt ein Bein um meines und fährt mir mit den Fingern durch das Haar, während sie ihre Augen nicht von meinem Gesicht wendet. »Heute Nacht wollen wir was Neues versuchen«, sagt sie und küsst mich sanft auf die Schulter. »Heute Nacht kannst du so viel reden, wie du willst.«

Sie zieht die Bettdecke bis zu unseren Hälsen hoch, dann über unsere Köpfe.

DONNERSTAG

KAPITEL 49

Als Richter Elder am Donnerstagmorgen Quentin auffordert, seinen ersten Zeugen aufzurufen, betritt ein Mann namens Karl Eklund, ein pensionierter Colonel aus der Army, durch die Hintertür den Gerichtssaal und schreitet in soldatisch straffer Haltung auf den Zeugenstand zu, die sogar die von Major Matthew Powers in den Schatten stellt. Eklund ist knapp unter eins achtzig, hat die gemeißelten Züge einer Kriegerbüste, deren Bildhauer alles überflüssige Material entfernt hat. Den Augen des Colonels sieht man an, dass sie mehr erblickt haben, als die meisten Menschen je sehen werden. Erst nachdem ich eine halbe Minute auf Eklunds Gesicht geschaut habe, merke ich, dass etwas daran nicht ganz stimmt. Es wurde anscheinend ausgiebig von plastischen Chirurgen bearbeitet, aber nicht um seine Schönheit zu erhöhen, die durchaus ihre Grenzen hat, sondern um das zu rekonstruieren, was immer vor dem, was diesem Gesicht widerfahren ist, dort noch vorhanden war. Als Colonel Eklund mit der Hand auf der Bibel seinen Eid schwört, vermittelt er den Eindruck, als würde er sich eher den rechten Arm abhacken, als diesen Eid zu brechen.

Ich erwarte beinahe, dass Shad gleich zu Anfang versucht, Eklund als Zeugen zu disqualifizieren, aber er scheint zu spüren, dass er bei den Geschworenen mehr Punkte verlieren wird, wenn er sich bemüht, diesen Mann zum Schweigen zu bringen, als wenn er ihn reden lässt. Als Quentin auf das Podium zurollt, wirkt Shadrach besorgt.

Ich schaue von Shad zurück zum Zeugenstand und erhasche einen Blick auf meinen Vater. Während fast des gesamten Prozesses habe ich nur seinen Hinterkopf gesehen, aber jetzt hat er sich so gedreht, dass er Quentin am Podium im Auge hat, und sein Gesicht ist beinahe völlig blutleer. Dad wusste, dass Colonel Eklund heute Morgen aussagen würde, und doch wirkt er, als hätte er niemals erwartet, den Mann noch einmal lebendig vor sich zu erblicken.

»Colonel Eklund«, hebt Quentin an, »kennen Sie den Angeklagten, Dr. Thomas Cage?«

»Jawohl, Sir.«

»Woher kennen Sie ihn?«

»Er hat in Korea unter mir gedient.«

»War er damals Arzt?«

Der Colonel lacht leise. »Nein, er war Gefreiter. Ein achtzehnjähriger Sanitäter, gerade von der High School gekommen. Ich war dreiundzwanzig.«

»Während dieses Prozesses haben wir viel über die Handlungen des Gefreiten Cage in der Nacht des dreißigsten November 1950 gehört. Waren Sie in jener Nacht bei ihm?«

»Nein, Sir. Ich war verwundet worden, und man hatte mich in ein Krankenhaus in Japan ausgeflogen.«

»Verstehe. Wann hatten Sie damals den Gefreiten Cage zum letzten Mal gesehen?«

»In der Nacht, als der Bugout begann.«

»Verzeihung? Der Bugout?«

»Der amerikanische Rückzug aus dem Gebiet um den Yalu-Fluss in Korea. Er begann in der Nacht des fünfundzwanzigsten November, als die Chinesen ihre wahre Truppenstärke zeigten und unsere Linien durchbrachen wie Hitlers Panzer die polnische Kavallerie.«

»Verstehe. Welchen Rang und welche Aufgabe hatten Sie in dieser Nacht?«

»Ich war zweiter Lieutenant und befehligte die J Company, eine der am weitesten nördlich stationierten amerikanischen Einheiten in Korea. Die Love Company steckte noch weiter draußen fest. Das war eine Kompanie, die nur aus Schwarzen bestand und von einem japanisch-amerikanischen Offizier befehligt wurde. Die Love Company bekam aus offensichtlichen Gründen immer die gefährlichsten Erkundungsaufträge. Doch danach kamen schon gleich wir, die J Company, östlich von Hügel 403.«

»Welchen Auftrag hatten Sie in dieser Nacht?«

»Den Hügel zu halten.«

»Ist Ihnen das gelungen?«

»Nein, Sir.«

»Warum nicht?«

»Weil uns um Mitternacht die chinesische Freiwilligenarmee mit überwältigender Stärke angriff. Die Chancen standen etwa fünfzig zu eins gegen uns. Wir waren auch nicht sonderlich gut eingegraben. Ich war in Peleliu im Pazifik gewesen, wusste also, wie wichtig gute Schützenlöcher sind, aber die Männer waren nass und müde, als wir beim Hügel ankamen, und der Boden war gefroren. Tiefere Löcher hätten allerdings auch nicht viel geholfen, bei den Menschenmassen, die die Chinesen uns in dieser Nacht entgegenwarfen.«

»War der Gefreite Cage in dieser Nacht am Hügel 403?«

»Ja. Er war als einer von meinen beiden Sanitätern dort tätig.«

»Erinnern Sie sich daran, wie er während des chinesischen Angriffs seinen Dienst versah?«

»Das werde ich wohl nie vergessen.«

»Warum, Colonel?«

Colonel Eklunds Blick sucht nach meinem Vater. Er kann wahrscheinlich nicht ganz begreifen, dass der alte Mann, der am Tisch der Verteidigung sitzt, der junge Sanitäter sein soll, den er in Korea befehligt hat. Aber dann erkennt er ihn, denn Verwunderung und Trauer zeichnen sich in seinen Augen ab.

»Colonel Eklund?«, hakt Quentin nach. »Warum werden Sie die Taten des Gefreiten Cage am Hügel 403 nicht vergessen?«

»Weil ich ihn für das, was er in jener Nacht getan hat, für die Medal of Honor vorgeschlagen habe.«

»Einspruch!«, bellt Shad in die schockierte Stille hinein. »Das kann keine Relevanz für das haben, was fünf Tage später in dem Krankenwagen geschehen ist.«

Ohne auf die Reaktion von Richter Elder zu warten, sagt Quentin: »Das möchte ich die Geschworenen entscheiden lassen, Euer Ehren. Aber ich glaube, dass Sie in wenigen Augenblicken durchaus die Relevanz erkennen werden.«

Endlich begreife ich, warum Quentin Shad erlaubt hat, Major Powers in den Zeugenstand zu rufen und dort seine Geschichte über die aktive Sterbehilfe im Krankenwagen zu erzählen. In dem Augenblick, in dem Powers seine Aussage über die Ereignisse von 1950 begann, war der Koreakrieg in diesem Verfahren zulässig geworden. Euphorie und gleichzeitig Groll auf Quentin überkommen mich. Quentin hat behauptet, meine Hoffnung auf einen Überraschungszeugen, den er noch in der Hinterhand hatte, sei kindisch, und doch hat er, getreu seinem Ruf als Magier im Gerichtssaal, einen aus dem Zylinder gezaubert.

Richter Elder schaut Shad streng an. »Wie ich schon gestern sagte, Mr. Johnson, haben Sie die Tür für Korea weit aufgestoßen. Ich kann jetzt Mr. Avery wohl kaum daran hindern, durch sie hindurchzumarschieren.«

Mit einem winzigen zufriedenen Lächeln wendet sich Quentin wieder Colonel Eklund zu. »Können Sie die Ereignisse beschreiben, die Sie veranlasst haben, den Gefreiten Cage für diese Auszeichnung vorzuschlagen?«

Eklund langt in die Innentasche seines Jacketts. »Ich habe den Nominierungsbrief mitgebracht. Ich hoffe nur, dass ich auch die richtige Brille dabeihabe.«

»Sie können uns auch mit eigenen Worten erzählen, was geschehen ist.«

»Ich würde lieber den Brief vorlesen. Den habe ich 1950 geschrieben, als ich mich in Japan von meiner Verwundung erholte. Ich werde älter, wissen Sie, und ich denke, der Brief ist genauer als mein Gedächtnis.«

»Wie Sie wünschen.«

Wenn das alles eine vorher mit Quentin abgesprochene Theateraufführung ist, dann ist es eine sehr wirkungsvolle Vorstellung. Aber irgendwie weiß ich, dass Colonel Eklund genau das ist, was er zu sein scheint: ein williger Zeuge, der eine wichtige Geschichte zu erzählen hat. Während er den vergilbten Brief näher ans Gesicht führt und dann wieder weiter von sich weghält, spüre ich, dass ich jetzt gleich erfahren werde, was mein Vater gemeint hat, als er gesagt hat: »Korea war nicht nur wie das, was in diesem Krankenwagen geschehen ist.«

»Soll ich einfach anfangen, Herr Richter?«, fragt Eklund.

»Legen Sie los, Colonel.«

Der Mann räuspert sich einmal und beginnt dann mit kräftigem Bariton zu lesen.

»Die Nominierung lautet folgendermaßen: *›27. November 1957, Chongchon-Fluss, Nordkorea. Für außerordentliche Tapferkeit und Unerschrockenheit unter Gefahr für das eigene Leben und weit über seine Pflicht im Dienst der Company J im Kampf gegen die feindlichen Streitkräfte hinaus. Um Mitternacht geriet die Kompanie, der man die Verteidigung des Hügels 403 aufgetragen hatte, unter überwältigenden Beschuss durch zwei komplette chinesische Infanterie-Divisionen. Im Chaos dieses nächtlichen Angriffs war es unmöglich, festzustellen, wie viele amerikanische Schützenlöcher überrannt worden waren. Von allen Seiten erschallten die Schreie verwundeter Männer, aber auch vom Feind vorgetäuschte Schreie, die dazu dienen sollten, die wenigen noch von der J Company gehaltenen Schützenlöcher zu lokalisieren. Unter völliger Missachtung seiner eigenen Sicherheit kroch Pfc. Cage von einem Schützenloch zum anderen, leistete Hilfe und ermutigte seine Kameraden, von denen die meisten tödlich verwundet waren. Während seiner über Stunden andauernden Bemühungen befand sich Pfc. Cage ständig unter feindlichem Beschuss, da die kommunistischen Truppen weiterhin durch die amerikanischen Linien vordrangen. Als ein zweiter Sanitäter der Kompanie auf offenem Gelände angeschossen wurde, trotzte Pfc. Cage Maschinengewehrfeuer von allen Seiten und trug seinen Sanitäterkameraden an einen geschützten Ort. Etwa zehn Minuten später landete eine feindliche Granate im Schützenloch des Befehlshabenden, und der Lieutenant der J Company erlitt Verwundungen an Gesicht, Brust und Beinen, die ihn außer Gefecht setzten.‹«*

Colonel Eklund wirft Richter Elder ein schiefes Lächeln zu und sagt: »Das bin ich, wie Sie an meiner vernarbten Visage erkennen können.«

Leises Lachen ertönt aus dem Zuschauerraum.

Ich drehe mich auf meinem Stuhl um und suche nach Walt Garrity. Ob er der zweite Sanitäter war, den Dad in Sicherheit getragen hat? Nach ein paar Sekunden finde ich ihn, diesmal im unteren Geschoss, etwa fünf Reihen hinter mir. Walt schaut mich an, schüttelt den Kopf, wendet dann die Augen wieder zu seinem früheren befehlshabenden Offizier.

»Bitte fahren Sie fort«, sagt Richter Elder.

»›Pfc. Cage stabilisierte seinen befehlshabenden Offizier, blieb dann an seiner Seite und half ihm dabei, den Rest der Kompanie zu befehligen, indem er als Melder fungierte, auch als die Position bereits vom Feind überrannt wurde. Als ein chinesischer Soldat in das Schützenloch des Befehlshabers sprang, ergriff Pfc. Cage ein Schanzwerkzeug und tötete ihn durch einen Nackenschlag. Nachdem der größte Teil der Chinesen die amerikanischen Linien durchbrochen hatte, machte Pfc. Cage noch einmal einen Rundgang zu allen Schützenlöchern, um festzustellen, wie viele Mitglieder seiner Kompanie noch am Leben waren. Während dieser Bemühungen wurde er an der Schulter durch Schrapnelle verwundet. Pfc. Cage behandelte sich selbst mit Morphium und kehrte dann zur Berichterstattung in das Schützenloch des Kommandanten zurück. Von den ursprünglichen zweiundachtzig Männern am Hügel 403 waren nur noch vierzehn am Leben. Elf waren schwer verwundet. Da sein Kommandant außer Gefecht war, rief Pfc. Cage die Überlebenden zur Evakuierung zusammen, bildete aus den Verwundeten Gruppen zum Transport auf Krankentragen, führte sie dann den Hügel hinunter, wo sie in einer Schlucht Schutz suchten, dort allerdings unter Beschuss durch Scharfschützen und Tiefflieger gerieten. Während des Aufenthalts in der Schlucht erlagen acht Verteidiger ihren Verletzungen oder wurden Opfer des feindlichen Beschusses.‹«

Colonel Eklund hält kurz inne und schaut zur Decke. Nachdem er ein paar Mal geblinzelt hat, wischt er sich mit dem Ärmel über das Gesicht und fährt fort.

»›Pfc Cage benutzte den M2-Karabiner eines gefallenen Kameraden und kämpfte damit entschlossen gegen einen chinesischen Angriff an. Während dieses Angriffs erlitt er weitere Schrapnell-Verletzungen durch Splittergranaten, leistete jedoch weiter Widerstand. Kurz vor der Morgendämmerung führte Pfc. Cage die sechs Überlebenden der J Company aus der Schlucht und traf schließlich auf Teile von zwei anderen versprengten Kompanien der Second Division, die in Richtung Kunuri unterwegs waren.‹« Der Colonel räuspert sich erneut. *»›Durch seine unerschütterliche Tapferkeit, seinen niemals nachlassenden persönlichen Mut und seinen unbezwingbaren Kampfgeist wirft Pfc. Cage ein äußerst ruhmreiches Licht auf sich selbst und steht für die besten Traditionen des US Army Medical Corps.‹«*

Als Colonel Eklund zu sprechen aufhört, hätte man im Gerichtssaal eine Stecknadel fallen hören können.

»Danke, Colonel«, sagt Quentin leise. »Ich kann mir vorstellen, dass die Erinnerung an diese Nacht nicht angenehm ist.«

»Nein, Sir. Es war einer der schlimmsten Tage in der Geschichte der US Army. Aber ich bin, unabhängig vom Ergebnis, stolz darauf, wie meine Männer gekämpft haben.«

»Euer Ehren«, sagt Shad gereizt. »Wir begeben uns hier in die tiefsten Tiefen des Melodramas hinab.«

Colonel Eklund redet weiter mit Quentin und Richter Elder, als hätte Shad keinen Einwand erhoben. »Ich möchte noch hinzufügen, dass die farbigen – Verzeihung afroamerikanischen Jungs von der Love Company genauso tapfer gekämpft haben wie meine. Beinahe bis zum letzten Mann. Ihr Leute solltet stolz auf sie sein.«

»Euer Ehren!«, ruft Shad. »Wir haben nicht mehr 1950!«

Trotz der politisch nicht korrekten Sprache des Colonels scheint Richter Elder geneigt, sanft mit ihm umzugehen. »Mr. Johnson, Sie haben sich dieses Bett gemacht. Jetzt jammern Sie nicht, dass Sie drin liegen müssen.«

Während Shad den Richter noch anglotzt, sagt Joe Elder: »Mr. Avery, sind Sie mit dem Zeugen fertig?«

»Noch nicht ganz, Euer Ehren.« Quentin wendet sich wieder dem Zeugenstand zu. »Colonel Eklund, hat der Gefreite Cage die Tapferkeitsmedaille bekommen, für die Sie ihn empfohlen hatten?«

»Nein, Sir.«

»Warum nicht?«

»Für die Medal of Honor sind drei Zeugen für die tapfere Handlungsweise notwendig und noch jede Menge andere Dinge. Die Zeugen hatten wir, wenn es auch eine Weile so aussah, als würde keiner von uns lebendig da rauskommen. Und es bestand kein Zweifel, dass der Gefreite Cage die Medaille verdiente. Ein paar Wochen, nachdem ich ihn für die Ehrung vorgeschlagen hatte, hörte ich auch tatsächlich, dass Präsident Truman sie Tom zusammen mit einem anderen Jungen aus denselben paar Kampftagen überreichen wollte. Ich wusste es, weil sie einen Mann aus der vordersten Linie zurückziehen, sobald er diese große Auszeichnung bekommen soll. Früher in den alten Zeiten ist es zu oft vorgekommen, dass welche von unseren Jungs noch gefallen sind, kurz nachdem sie die Tapferkeitsmedaille bekommen hatten, und das war für die Truppe ein bisschen peinlich.«

»Wurde der Gefreite Cage auch aus der vordersten Linie zurückgezogen?«

»Nein, Sir.«

»Warum nicht?«

»Nun, das habe ich nicht gleich herausgefunden. Ich habe nur gehört, dass er bleiben musste, bis wir einen Ersatz gefunden hatten. Aber später teilte mir mein befehlshabender General mit, die Verleihung der Medaille sei aus politischen Gründen gestrichen worden.«

»Aus politischen Gründen?«, wiederholt Quentin und betont das Wort *politisch* genug, um die Geschworenen an die Erzählung von Major Powers über die Mordanklage zu erinnern, die er gegen Dad und Walt erhoben hatte. »Hat er diese Gründe näher ausgeführt?«

»Der General selbst hat mir gesagt, ein Pilot der Air Force hätte die Gefreiten Cage und Garrity aus unserer Kompanie beschuldigt, einen Mord begangen zu haben. Der Mann behauptete, sie hätten während des Rückzugs vom Stausee einige unserer Verwundeten getötet. Na ja, damals war die Niederlage am Chosin-Stausee für General MacArthur bereits eine Riesenpeinlichkeit geworden. Die Marines sind dabei noch gut weggekommen, aber für die Army sah es gar nicht gut aus. Da konnte MacArthur auf keinen Fall noch brauchen, dass Anschuldigungen zwischen den Truppenteilen hin und her flogen, Sanitäter hätten unsere eigenen Leute umgebracht. Er wollte nicht, dass sich so etwas zu einem Skandal auswuchs, also ist Toms Medal of Honor zusammen mit den Anschuldigungen des Piloten im selben schwarzen Loch verschwunden.«

Quentin scheint es zufrieden zu sein, die Geschworenen eine Weile darüber nachdenken zu lassen. Als er der Meinung ist, dass sie diese Neuigkeit verdaut haben, fragt er: »Colonel, haben Sie von den Anschuldigungen gehört, die Major Powers in diesem Gerichtssaal erneut gegen Dr. Cage vorgebracht hat? Darüber, was in jener Nacht in dem Wrack des Krankenwagens geschehen ist?«

»Ich habe es vor ein paar Minuten in der Zeitung gelesen, auf dem Weg zum Gericht.«

»Was halten Sie von diesen Anschuldigungen?«

»Einspruch«, sagt Shad mit kaum verhohlener Wut. »Aus vielen verschiedenen Gründen. Erstens sind Meinungsäußerungen als Beweismittel nicht zulässig. Der Zeuge ist nicht als Militärexperte qualifiziert.«

»Euer Ehren«, erwidert Quentin. »Ich möchte vorbringen, dass der Colonel nach dreißig Jahren Militärdienst in drei Kriegen durchaus qualifiziert ist, eine Meinung über die Handlungsweise des Gefreiten Cage im Kampf in dieser oder jeder anderen Nacht abzugeben.«

»Die Aussage wird zugelassen.«

»Ich war nicht in diesem Krankenwagen«, sagt der Colonel. »In jeder Kampfsituation kommt ein Dutzend Faktoren zum Tragen, besonders in einem Notfall wie diesem. Wie schwer verwundet sind die Verletzten? Wie hat der Feind in der Vergangenheit die Gefangenen behandelt? Gibt es überhaupt realistische Hoffnung auf Hilfe? Ist man verpflichtet, angesichts sicherer Gefangennahme bei den Verletzten zu bleiben? Das ist wahrscheinlich nicht einmal die Hälfte der Gedanken, die diesen beiden Sanitätern während der ersten Stunde in diesem Krankenwagen durch den Kopf gegangen sind. Und die beiden waren noch keine zwanzig Jahre alt. Ich denke, sie standen unter Schock, waren selbst verletzt. Und es bestand kein Zweifel, was geschehen würde, wenn sie gefangengenommen würden. Ich persönlich habe einen amerikanischen Krankenwagen gesehen, den die Nordkoreaner mitsamt den darin befindlichen Verwundeten in Brand gesetzt haben. Jeder in diesem Kriegsgebiet hatte diese Geschichten gehört, das garantiere ich Ihnen.«

»Glauben Sie also, da Sie all diese Faktoren kennen, dass die Gefreiten Cage und Garrity in dieser Nacht Morde begangen haben?«

»Ich weiß es nicht. Ich denke, das, was sie getan haben, spielte sich außerhalb aller Regeln und Richtlinien ab. Ich kann Ihnen nur versichern, dass ich nie gesehen habe, dass Tom Cage aus Angst oder Egoismus gehandelt hat. Nicht einmal, als sein Leben auf dem Spiel stand. Mit achtzehn Jahren hat der Mann seine Aufgabe unter allen äußeren Umständen durchgeführt, ungeachtet des Risikos für sich selbst. Was immer er in jener Nacht in dem Krankenwagen getan hat, das hat er zum Wohl der ihm anvertrauten Männer gemacht. Dafür würde ich mein Leben verwetten.«

»Danke, Colonel. Noch eine letzte Frage. Haben Sie die Erfahrung gemacht, dass amerikanische Piloten, die von den Nordkoreanern oder Chinesen gefangengenommen worden waren, verglichen mit anderen Kriegsgefangenen eine Sonderbehandlung erhielten?«

»Absolut. Das war allgemein bekannt. Die Chinesen wollten so viel wie möglich über unsere Kampfflugzeuge und Bomber erfahren, also wussten alle feindlichen Kämpfer und Zivilisten, dass sie Piloten einfach zur Befragung nach oben durchzureichen hatten. Ich bin mir sicher, dass die Piloten in der Gefangenschaft ebenfalls Schlimmes mitgemacht haben, und bei einem Zwischenfall, der mir bekannt ist, wurden auch einige mit Bambusspießen ermordet. Aber im Gegensatz zu den GIs und Infanteristen wurden sie nicht auf der Stelle erschossen, verbrannt, ausgehungert oder im Schnee ausgesetzt, um dort zu sterben. Jedenfalls normalerweise nicht.«

»Danke, Colonel. Keine weiteren Fragen.«

»Und jetzt erkennst du, wie gut ein Anwalt ist«, flüstere ich Rusty zu.

Rusty beugt sich zu mir herüber. »Wenn ich Shad wäre, würde ich den Schaden begrenzen und zusehen, dass ich diesen General Patton so schnell wie möglich aus dem Zeugenstand rauskriege.«

Shad hat jedoch nicht die Absicht, sich aus dem Schlachtfeld zurückzuziehen. Er steht auf und nähert sich Colonel Eklund ohne die geringste Spur von Beklemmung. »Colonel, wie lange kannten sie den Gefreiten Cage, ehe die Chinesen in der Nacht des fünfundzwanzigsten über Sie hereingebrochen sind?«

»Etwa vier Monate.«

»Haben Sie ihn nach dem Morgen des sechsundzwanzigsten November 1950 je wiedergesehen?«

»Nein.«

»Haben Sie ihn heute im Gerichtssaal erkannt?«

Colonel Eklund lächelt traurig. »Nein, leider nicht. Er sieht sehr viel älter aus als der schlaksige Junge, der unter mir gedient hat, aber das trifft ja auf uns alle zu. Ich freue mich aber, ihn zu sehen, ganz gleich, wie er aussieht.«

»Ja, natürlich. Aber ist es nicht angebracht, zu sagen, dass Sie ihn nie wirklich kannten?«

»Verzeihung?«

»Sie kannten ihn doch erst vier Monate, haben Sie gesagt.«

»Mr. Johnson, nach der Nacht des fünfundzwanzigsten November kannte ich den Gefreiten Cage besser, als die meisten Menschen je einen anderen kennen können.«

Shad legt beim Gehen seine Fingerspitzen zu einem Dach zusammen. »Weil Sie gemeinsam gekämpft haben?«

»Genau.«

»Also bringt eine durchkämpfte Nacht Männer näher zusammen als, sagen wir mal, eine Ehefrau und einen Ehemann, die fünfzig Jahre zusammenleben?«

»Haben Sie mal in einem Kampfgebiet gedient?«

»Nein.«

»Nun, wenn Sie das getan hätten, dann wüssten Sie, dass man in fünfzehn Stunden, in denen man um sein Leben kämpft, jemandem näher kommen kann, als wenn man fünfzehn Jahre mit ihm im selben Haus gewohnt hätte.«

»Eine weit verbreitete Ansicht. Aber diese Aussage lässt sich nicht beweisen, oder?«

»Da bin ich anderer Meinung. Im Kampf wird von Soldaten gefordert, dass sie ihre Nächstenliebe auf eine Art und Weise unter Beweis stellen, wie es von Menschen im Zivilleben nie gefordert wird.«

Diese Antwort bringt Shad aus dem Tritt.

»Fragen Sie jede Ehefrau eines Vietnamsoldaten«, sagt Colonel Eklund. »Wer kennt ihren Ehemann besser? Sie? Oder die Männer, die ein Jahr mit ihm in Südostasien in Matsch und Blut verbracht haben?«

Shad scheint ernsthaft die Auswirkungen dieser Aussage zu überdenken. Er bricht die goldene Regel der Juristen, niemals Fragen zu stellen, auf die er die Antwort nicht kennt. Einige Augenblicke lang bin ich verwirrt, doch dann geht mir ein Licht auf: *Shad glaubt tatsächlich, dass Dad Viola umgebracht hat.* Und weil er das glaubt, glaubt er auch, dass sich selbst in dieser Geschichte von rot-weiß-blauem Heldenmut noch eine Andeutung für den moralischen Verfall finden lässt, der fünf Jahrzehnte später zu Violas Tod führen würde.

»Ich habe mir die Nominierung, die Sie für die Medal of Honor gemacht haben, genau angehört. Lassen Sie mich eines fragen: Könnte man nicht sagen, dass in jener Nacht der Gefreite Cage einfach seine Pflicht getan hat, wie es von ihm verlangt wurde – und keineswegs weit über seine Pflicht hinaus aktiv geworden ist?«

»Wie meinen Sie das?«

»Meiner Meinung nach hat der Gefreite Cage die üblichen Aufgaben eines Sanitäters verrichtet, hat sie gut verrichtet und hat dann, nachdem ihre Stellung überrannt worden war, das getan, was nötig war, um sich und die anderen Überlebenden vor dem sicheren Tod zu retten.«

»Das hat er gemacht, ja.«

»Ist das an sich schon bemerkenswert?«

Colonel Eklund lässt sich mit der Antwort Zeit. »Ja. Sie denken vielleicht, dass es normal ist, unter feindlichem Beschuss seine Pflicht zu tun. Aber nachdem ich in drei Kriegen gedient habe, kann ich Ihnen versichern, dass es das nicht ist. Ich habe muskelbepackte Heldentypen in Gräben kauern sehen, während magere Heringe, denen man das Vaterunser durch die Rippen beten konnte, Maschinengewehrnester angegriffen haben. Das eigentlich Bemerkenswerte an der Nacht, in der uns die Chinesen überrannt haben, war, dass der Gefreite Cage überhaupt überlebt hat. Auf ihn wurden mehr Runden aus Maschinenpistolen abgefeuert, als Sie in diesen blödsinnigen Schießereien in Kriegsfilmen sehen, die heute gedreht werden. Aber jemand da oben hat in dieser Nacht auf ihn aufgepasst. Und was die Pflicht betrifft … die Männer, die mit Tom Cage dienten, wussten, dass er, wenn sie getroffen zu Boden gingen, alles in seiner Kraft stehende tun würde, um sie zu retten. Sie *wussten* es, verstehen Sie mich? Und deswegen haben sie tapfer gekämpft. Und wenn sie zu Boden gingen, hat er seine Seite der Abmachung eingehalten. Er ist in die Dunkelheit hinausgekrochen, die so voller chinesischer Soldaten war, dass man sich kaum rühren konnte, ohne dass einer versucht hat, einen mit dem Bajonett zu erwischen. Mehr kann man von einem Mann nicht verlangen. Und das kann man keinem in der Ausbildung beibringen. Ein Mann ist entweder dazu erzogen worden, seine Pflicht zu tun, oder er ist es nicht.«

»Eine ergreifende Rede, Colonel. Ich muss zugeben, Sie haben mich überzeugt. Tom Cage hat in der Nacht des fünfundzwanzigsten November heldenhaft gehandelt. Aber lassen Sie mich eines fragen: Haben Sie nicht schon von Fällen gehört, in denen Männer, die im Krieg heldenhaft gehandelt haben, später im Leben Verbrechen begangen haben?«

Das Gesicht des Colonels verdüstert sich angesichts unangenehmer Erinnerungen. »Ah …«

»Einspruch«, sagt Quentin.

»Mit welcher Begründung?«, fragt Richter Elder.

Ich kann am Gesicht des Colonels erkennen, dass Shad mit diesem Vorstoß lebenswichtige Organe getroffen hat. Dad wird jetzt einen Schlag hinnehmen müssen; Quentin spürt das auch. Colonel Eklund erinnert sich an etwas, und er wird im Zeugenstand nicht lügen. Aber Quentin hat selbst schon argumentiert, dass Eklund als Militärexperte qualifiziert ist. Und im Rahmen von Quentins Strategie wäre es ein Fehler, einen Teil der Wahrheit zu unterdrücken, wie unangenehm er auch sein mag.

»Einspruch zurückgezogen«, sagt Quentin leise.

»Colonel?«, fordert Shad Eklund auf. Er wittert Blut.

»Ich kannte einen Sergeanten in Vietnam, der nach seiner Entlassung aus dem Dienst seine Frau umgebracht hat. Erst seine Frau und dann sich selbst. Er litt an einer Kriegsneurose. Oder an PTDS, wie man das heute wohl nennt.«

»Ist das der einzige Fall, an den Sie sich erinnern?«

Colonel Eklund zögert und sagt dann: »Nein. Jemand, mit dem ich gedient habe, ist wegen eines Banküberfalls in Illinois ins Gefängnis gewandert.«

»Nachdem er eine Tapferkeitsmedaille bekommen hatte?«

»Den Bronze Star.«

»Noch andere Fälle?«

»Ich glaube nicht. Man hört so dies und das, aber das sind die einzigen Fälle aus meiner persönlichen Erfahrung.«

Shad nickt, als hätten er und der Colonel gemeinsam, dass ihnen schwere Wahrheiten über das Leben bekannt sind. »Ich persönlich weiß, dass ein Veteran des Mogadischu-Überfalls, der in *Black Hawk*

Down verfilmt wurde, wegen Kindesmissbrauchs verurteilt wurde. Deswegen mussten sie ihn aus dem Film rausschneiden.«

»Antrag auf Streichung«, sagt Quentin.

»Streichung angeordnet«, sagt der Richter. »Sie haben Ihr Argument hinreichend begründet, Mr. Johnson.«

Shad hebt die Hand, um das zu akzeptieren. »Der Krieg verändert die Menschen, nicht wahr, Colonel?«

»Einspruch«, sagt Quentin, »Suggestivfrage.«

»Ich formuliere um. Kommen Menschen genauso aus dem Krieg zurück, wie sie hineingezogen sind?«

»Ja und nein«, antwortet Colonel Eklund nach einigem Grübeln. »Das hängt davon ab, wie viele Kampfhandlungen sie miterleben und wo. Der Schlüssel ist die Geschwindigkeit. Im Pazifik konnte man in fünf Tagen Gefecht ein ganzes Jahr Hölle durchmachen. Zwei Tage konnten einen Mann am Boden zerstören. In Vietnam war der Feindkontakt nicht so intensiv, aber er hat nie aufgehört. Zwei- oder dreihundert Tage im Feld mit Landminen und Schützengrabenfuß und Sprengfallen und Heckenschützen. Das ist wie die chinesische Wasserfolter.«

»Sind Sie nach Ihrer Verletzung noch einmal ins Kampfgebiet nach Korea zurückgekehrt?«

»Ja.«

»Haben Sie je wieder mit dem Gefreiten Cage zusammen gedient?«

»Nein.«

»Sie haben also keine Vorstellung davon, welche Kampfgeschwindigkeit er in den zehn Monaten erlebt hat, die er noch im Kampfgebiet in Korea verbracht hat?«

»Das stimmt.«

»Ihre Meinung von ihm beruht also lediglich auf seinen Handlungen in der Nacht des fünfundzwanzigsten November 1950?«

»Und in vier Monaten Kampf vor diesem Tag«, klärt Eklund. »Wir hatten auch davor schon ziemlich viele Kampfaktionen.«

»Aber nichts, das mit dieser Nacht zu vergleichen wäre?«

»Nakton war ziemlich heikel, aber nicht so wie an dem Tag, als die Chinesen hereinstürmten.«

»Danke, Colonel. Außerordentlich aufschlussreich.«

Colonel Eklund nickt vorsichtig, traut Shads freundlichem Ton nicht ganz.

»Und Danke für die Information über die Love Company – die ›farbigen‹ Jungs, wie Sie sie genannt haben. Ich dachte, in der Armee hätte es damals keine Rassentrennung mehr gegeben.«

Der Colonel rutscht auf seinem Stuhl hin und her, als müsse er erst seinen Blutkreislauf wieder in Schwung bringen, ehe er aufsteht. »Auf dem Papier stimmte das. Aber es gab in den frühen Kriegsmonaten immer noch rein schwarze Einheiten. Beim Militär mag man Veränderung nicht so.«

»In der Gesellschaft an sich auch nicht, Colonel. Danke. Keine weiteren Fragen.«

»Gerade hat sich Shad sein Honorar verdient«, sagt mir Rusty ins Ohr.

Richter Elder schaut Quentin mit fragend hochgezogenen Augenbrauen an. »Ergänzende Befragung?«

»Nichts weiter, Euer Ehren.«

»Sie können gehen, Colonel«, sagt Richter Elder.

Colonel Eklund schaut zum Richter auf und nickt ihm mit offensichtlichem Respekt für das Amt zu. Dann steht er nach einem letzten Blick über den Gerichtssaal auf, tritt aus dem Zeugenstand und geht zum Mittelgang. Als er am Tisch der Verteidigung vorbeikommt, bleibt er stehen und schaut meinem Vater direkt ins Gesicht. Dann richtet er sich auf und erhebt seine runzlige Hand zu einem Salut, auf den jeder Offizier in West Point stolz wäre. Dieser Salut eines übergeordneten Offiziers für einen rangniedrigeren Mann ist eine Ehrenbezeugung, die nur Trägern der Medal of Honor vorbehalten ist.

Die Wangen meines Vaters röten sich vor Überraschung und Bescheidenheit. Mit einem schrillen Quietschen schiebt er seinen Stuhl vom Tisch weg, steht langsam auf und hebt mit einem schwachen Widerschein militärischer Präzision zwei steife Finger an die Braue. Ich spüre, wie meine Mutter mir mit zitternder Hand den rechten Arm drückt.

Wie bei dem Spuck-Zwischenfall scheint niemand so recht

zu wissen, wie er darauf reagieren soll. Shad unterdrückt einen Einspruch, als Colonel Eklund Dad ermutigend zulächelt und dann durch den Mittelgang davonmarschiert. Während er durch die Menge geht, steht dort Walt Garrity auf und salutiert zackig. Colonel Eklund grüßt zurück, marschiert dann weiter zu den großen Türen hinten im Raum.

»Ich wünschte, die Geschworenen könnten jetzt sofort abstimmen«, flüstert mir Rusty ins linke Ohr. »Zwölf zu null für Freispruch, garantiert.«

»Sei dir da mal nicht so sicher«, flüstere ich zurück. »Die Leute haben auch gedacht, Bush Père wäre nach dem Sieg im Golfkrieg 1991 in der Wahl unschlagbar, und doch hat Clinton ihn bezwungen.«

»Ein Jahr später.«

Rusty übertreibt wahrscheinlich die Wirkung des Colonels, aber eines ist sicher: Wenn irgendwas die Erinnerung an Major Powers auslöschen kann, der Dad auf die Brust spuckt, dann kommt Colonel Eklunds Salut der Sache schon sehr nahe.

Einen Augenblick lang überlege ich, ob Quentin das alles inszeniert hat – sogar den Salut –, aber dann verwerfe ich den Gedanken. Weder mein Vater noch Colonel Eklund würden die Erinnerung an ihren Militärdienst dadurch beflecken wollen, dass sie auf solche Weise Geschworene zu beeinflussen versuchen. Nicht einmal, wenn es um so viel geht wie hier.

»Mr. Avery?«, fordert Richter Elder Quentin auf. »Sie können Ihre nächste Zeugin aufrufen.«

»Euer Ehren, ich würde gern erneut Cora Revels, die Schwester des Opfers, in den Zeugenstand rufen.«

Shad Johnson scheint von diesem Schachzug genauso überrascht wie ich, aber als ich mich umdrehe, wird mir klar, dass unsere Reaktion, verglichen mit der von Violas Schwester, nichts ist.

Cora Revels blickt das helle Entsetzen aus den Augen.

KAPITEL 50

Snake Knox schaute in Rodney, Mississippi, über ein Kopoubohnenfeld, als sein Wegwerfhandy zum ersten Mal an diesem Morgen klingelte. Er hatte keine Ahnung, wer der Anrufer sein würde, und war überrascht, als Toons Teufel sich mit der überschwänglichen Stimme eines Menschen meldete, der sich freut, eine Nachricht zu überbringen.

»Von was für einer Neuigkeit redest du?«, fragte Snake vorsichtig.

»Wir haben wieder angefangen, deine alten Kumpels aus dem Klan zu überwachen, und wohl gerade noch rechtzeitig. Denn einer von denen hat sich eben aus dem Staub gemacht.«

»Wovon redest du?«

»Will Devine und seine Familie sind irgendwann zwischen gestern Abend und dem Sonnenaufgang verschwunden. Alles leergeräumt.«

Snake verarbeitete diese Nachricht schweigend. Während seine Gedanken arbeiteten, schaute er auf die Kopoubohnen, die ihre Ranken in die Luft schleuderten und wie verhungernde Schlangen nach einem Halt suchten, dann kletterten und schließlich die stärksten Bäume erwürgten.

»Bist du noch dran, Knox?«

»Was meinst du mit ›alles leergeräumt‹?«

»Kleider, Geld, Akten, Familienalben … das Haus ist völlig verwüstet. Wir haben mit den Nachbarn gesprochen, aber niemand hat was gehört.«

»Devine hat Kinder. Erwachsene Kinder.«

»Die sind auch weg, Mann. Alle miteinander verschwunden.«

Snake merkte, wie ihm der Boden unter den Füßen schwankte. »Dann seid ihr wohl doch nicht gerade noch rechtzeitig wieder an die Arbeit gegangen, oder?«

»He«, sagte Toons mit harter Stimme. »Willst du die Schützen heute früh noch oder nicht?«

»Alles bleibt gleich. Um elf Uhr bei der Ruine.«

Snake beendete das Gespräch und rannte zu seinem Wohnwagen zurück. Alois kam über die Betonstufen von der Veranda herunter, und als er hochblickte, erkannte er sofort die Wut und Sorge in Snakes Gesicht.

»Was ist?«, fragte er.

»Hol den Schlüssel fürs Boot«, befahl Snake.

»Was ist passiert?«

»Das FBI hat Will Devine umgedreht.«

Alois wurde blass. »Verdammte Scheiße. Wo gehen wir hin? Hauen wir ab?«

»Teufel, nein!«, bellte Snake und klatschte seinem Sohn im Vorbeigehen auf die Schulter. »Wir gehen nach Natchez.«

KAPITEL 51

Als Cora Revels vor zwei Tagen im Zeugenstand war, sah sie aus wie eine trauernde ältliche Kirchgängerin, die mit einigem Zögern über einen Familienskandal berichtet, weil sie darauf hofft, für ihre Schwester Gerechtigkeit zu erreichen. Heute ist sie genauso gut angezogen, aber ihre Augen sind die einer furchtsamen Frau, die etwas zu verbergen hat.

Als Quentin spricht, sind seine Worte höflich, aber sein Tonfall ist nicht so freundlich wie beim letzten Mal, als er die Schwester des Opfers befragt hat. »Ms. Revels, es tut mir leid, dass ich Sie noch einmal hierher bitten muss. Ich habe noch ein paar Fragen an Sie.«

»In Ordnung.«

»Hat Ihre Schwester Besitztümer hinterlassen, als sie gestorben ist?«

»Besitztümer? Alles, was wir hatten, war Mas Haus, und das war kein Besitztum. Das hat nicht mal eine Klimaanlage.«

Unterdrücktes Gelächter ist aus den Reihen der Rechtsanwälte zu hören.

»Ich meine nicht nur das Haus, Ms. Revels. Ich meine allen Besitz, den ihre Schwester hatte, als sie starb, nachdem alle Arztrechnungen bezahlt waren. Das könnte ein Girokonto sein, ein Sparbrief, Aktien oder Rentenpapiere.«

»Oh. Ja, Vee hatte ein bisschen Geld auf die hohe Kante gelegt.«

»Wie viel hatte sie ungefähr?«

»Einspruch«, sagt Shad später, als ich es von ihm erwartet hätte. »Ich sehe nicht, welche Relevanz diese Fragen haben sollen.«

Quentin schaut Richter Elder an, gibt mit keinem Anzeichen zu verstehen, dass er seine Fragen zurückziehen würde. »Wir werden alle die Relevanz schon sehr bald sehen, Euer Ehren, das versichere ich Ihnen.«

»Einspruch abgelehnt«, sagt Richter Elder.

»Beschwerde.«

»Zur Kenntnis genommen.«

»Darf ich mich der Richterbank nähern, Euer Ehren?«, fragt Quentin.

Richter Elder nickt.

Shad drängelt sich förmlich von seinem Platz vor, um die Richterbank gleichzeitig mit Quentin zu erreichen. Nachdem Richter Elder sein Mikrofon mit der Hand abgedeckt hat, folgt eine undeutlich gemurmelte Diskussion, die etwa dreißig Sekunden dauert. Dann kehrt Shad mit grimmiger Miene an seinen Platz zurück, und Quentin rollt zum Podium zurück.

»Jetzt, da *das* geregelt ist«, sagt er, »würde die Zeugin nun bitte die Frage beantworten?«

Ich bemerke, dass Cora zu jemandem im Zuschauerraum blickt. Zu jemandem zu meiner Linken. Während der gesamten Unterhaltung am Richtertisch hat sie die Augen dort hingewandt. Es ist *Lincoln*. Er sitzt eine Reihe hinter dem Tisch der Anklage. Cora schaut ihn hilfesuchend an, und sie macht das so plump, dass Quentin sich umdreht und selbst Lincoln anstarrt, damit die Geschworenen wirklich mitbekommen, was da passiert. Unter Quentins Blick kann Lincoln es nicht riskieren, ihr auch nur das kleinste Signal zu geben, um sie anzuleiten. Er sitzt mit angespanntem Kiefer da und starrt vor sich hin.

»Ms. Revels?«, wiederholt Quentin.

»Äh … Vee hatte etwa zweiundsiebzigtausend Dollar auf einem Konto in Chicago.«

Einige Zuschauer schnappen angesichts dieser Zahl nach Luft, und ich spüre, dass die meisten von ihnen Schwarze sind.

»Zweiundsiebzigtausend Dollar«, wiederholt Quentin. »Und das Haus?«

»Das Haus gehört mir.«

»Gehörte es Ihnen schon immer?«

»Nein, es war Mas Haus. Aber sie hat es mir überschrieben, nachdem ich mich bei der Arbeit verletzt hatte.«

»Wo haben Sie gearbeitet?«

»In der Reifenfabrik. Ich bin gefallen und habe mir den Rücken verletzt. Und seither kann ich nicht mehr arbeiten. Ich kriege nur meine Invaliditätsrente. Ma hat mir das Haus gegeben, damit ich immer eine Bleibe habe.«

»Hat sie Viola zu dieser Zeit auch etwas gegeben?«

»Nein. Sie wusste, dass Vee für sich aufkommen konnte. Vee wusste schon immer, wie man das anstellt.«

Zum ersten Mal spüre ich in Coras Stimme Groll, als sie über ihre Schwester spricht. Ich kann mich nicht mehr erinnern, ob sie oder Viola die jüngere Schwester war, aber ich glaube, es war Viola.

»Zurück zu den zweiundsiebzigtausend Dollar«, sagt Quentin. »Was ist mit dem Geld passiert?«

Wieder schaut Cora zu Lincoln, erhält jedoch von ihm keine Hilfestellung. Er tut so, als schaue er aus einem der hohen Fenster des Gerichtssaals. »Die wurden entsprechend dem Testament aufgeteilt«, antwortet sie. »Violas Testament.«

»Aha. Und wie wurden sie aufgeteilt?«

»Einspruch!«, sagt Shad. »Wir haben uns nun sehr weit vom Tod von Viola Turner entfernt, Herr Richter.«

»Ach wirklich?«, fragt Quentin und schaut Shad geradewegs an. »Herr Richter, mein Mandant steht unter Mordanklage. Er hat das Recht, die Möglichkeit zu erkunden, ob jemand anders das Verbrechen begangen haben könnte.«

Mit diesem Satz ändert sich die Dynamik im Saal grundlegend. Es ist, als hätte Quentin plötzlich einen Jutesack aus seinem Aktenkoffer gezogen und unter den Stühlen eine Klapperschlange freigelassen.

»Heilige Scheiße«, flüstert Rusty. »Darauf wollte Quentin also die ganze Zeit hinaus.«

»Wir werden sehen.«

»Ich lasse die Frage zu«, sagt Richter Elder. »Aber Sie zeigen uns besser sehr schnell, wie das hierherpasst, Mr. Avery.«

»Verstanden, Euer Ehren. Also, wie wurde das Geld aufgeteilt, Ms. Revels?«

»Genau, wie es im Testament stand. Ich bekam dreißigtausend Dollar, Lincoln auch, und der Rest ging an Junius Jelks.«

»Violas Ehemann?«

»Jawohl, Sir.«

»Und wo hat Mr. Jelks im Augenblick seinen Wohnsitz?«

»Im Gefängnis in Illinois.«

»Das stimmt«, sinniert Quentin, als hätte er das vergessen. »Sagen Sie mir, wer hat das Testament Ihrer Schwester aufgesetzt?«

»Mr. Alvin Dupuis. Der ortsansässige Anwalt.«

Ich erinnere mich an Alvin Dupuis, einen uralten, schwarzen Anwalt, der viele Jahrzehnte nicht nur im etablierten Teil, sondern auch in den grauen Randbereichen des Juristenberufs tätig gewesen ist.

»Wann war das?«

»Vor sehr langer Zeit. Gleich nachdem Lincoln mit dem Jurastudium fertig war, glaube ich. Da sind er und Viola ins Büro von Mr. Dupuis gegangen und haben das Testament aufgesetzt. Aber der ist jetzt tot. Mr. Dupuis, meine ich.«

»Verstehe. Ms. Revels, als das Testament gerichtlich eröffnet wurde, hat da jemand Einspruch dagegen erhoben?«

»Was meinen Sie damit?«

»Ist jemand mit irgendeinem anderen Testament gekommen und hat behauptet, das sei das Testament Ihrer Schwester? Oder hat irgendjemand behauptet, das Testament, von dem Sie reden, sei nicht gültig?«

Wieder schaut Cora zu Lincoln, aber er hat die Augen inzwischen überall, nur nicht bei seiner Tante.

»Na ja«, sagt Cora betreten, »eine Dame hat versucht, zu behaupten, Viola hätte versprochen, diesem Reporter, Mr. Sexton, Geld zu hinterlassen. Aber sie hatte keine Beweise, also haben die Richter sie rausgeschmissen.«

»Verstehe. Wer war die Frau, von der Sie reden?«

»Ich erinnere mich nicht mehr an ihren Namen. Ich glaube, es war Mr. Sextons Mutter.«

»Verstehe. Wie viel hat laut Mrs. Sextons Behauptung Ihre Schwester ihrem Sohn versprochen?«

»Fünfzigtausend Dollar.«

Weiteres schockiertes Gemurmel von den Rängen.

»Das sind mehr als sechzig Prozent des gesamten Nachlasses Ihrer Schwester. Warum hätte sie Mr. Sexton so viel Geld geben wollen?«

»Das wollte sie eben *nicht*«, platzt es aus Cora heraus. Dann lehnt sie sich zurück, als wäre ihr dieser leidenschaftliche Ausbruch peinlich.

»Welchen Grund hat Mrs. Sexton angegeben?«

»Sie hat gesagt, Viola hätte Mr. Henry das Geld versprochen, damit er einen Film fertigmachen konnte, an dem er gearbeitet hat.«

»Worum ging es in diesem Film?«

»Das weiß ich nicht.«

Quentins Skepsis ist allen im Raum offensichtlich.

»Und Viola hat nie mit Ihnen darüber gesprochen, dass sie Mr. Sexton Geld vererben wollte?«

»Nein, Sir.«

»Nicht einmal eine kleine Summe?«

»Nein.«

»Hat Viola Ihnen je gesagt, dass sie das Testament, das Mr. Dupuis vor so langer Zeit aufgesetzt hat, abändern und vor ihrem Tod noch ein neues verfassen wollte?«

»Nein, Sir. Das hat sie nie gemacht.«

»Kein neues Testament geschrieben? Oder davon gesprochen?«

»Beides nicht!«

Quentin rollt mit seinem Stuhl noch ein bisschen näher an den Zeugenstand. »Sie scheinen bestürzt zu sein, Ms. Cora.«

»Weil Sie mit mir einen Ihrer Anwaltstricks machen wollen! Mir mein rechtmäßiges Erbe wegnehmen wollen!«

»Ich versuche nichts dergleichen, das versichere ich Ihnen.«

»Das ist alles Geld, was ich auf der Welt habe!«

»Einspruch!«, fährt Shad dazwischen. »Der Verteidiger bedrängt die Zeugin aus keinem mir ersichtlichen Grund.«

»Mr. Avery?«, fragt Richter Elder.

»Keine weiteren Fragen, Euer Ehren. Ich biete die Zeugin zum Kreuzverhör an.«

Shad scheint sich nicht sicher zu sein, ob er Cora Revels befragen soll oder nicht. Aber nach etwa zwanzig Sekunden steht er auf und geht ganz nah an den Zeugenstand.

»Ms. Revels, das Testament Ihrer Schwester wurde im Chancery Court von Adams County gerichtlich eröffnet, nicht wahr?«

»Jawohl, Sir.«

»Sie haben eine Kopie dieses Testaments beim Leiter der Gerichtskanzlei zu den Akten gegeben.«

»Das hat mein Neffe gemacht.«

»Und niemand hat ein anderes Testament beigebracht, um das Testament anzufechten, das gerichtlich eröffnet wurde, oder?«

»Nein, Sir. Das stimmt.«

»Danke. Keine weiteren Fragen.«

Richter Elder wirft Quentin einen neugierigen Blick zu, schaut dann Cora Revels an und sagt: »Sie können gehen.«

In all meinen Jahren habe ich kaum je eine Zeugin gesehen, die begieriger darauf war, den Zeugenstand zu verlassen, als Cora Revels. Während sie zu ihrem Platz neben Lincoln zurückeilt, flüstert Rusty: »Wetten, dass als Nächstes das Kind der Liebe dran ist?«

Als Cora bei ihrem Stuhl angekommen ist, sagt Quentin: »Die Verteidigung ruft Lincoln Turner erneut in den Zeugenstand.«

Lincoln erhebt sich langsam, geht dann mit dem gleichen entspannten Gang zum Zeugenstand wie gestern. Aber heute muss seine Gefasstheit eine Pose sein. Quentin würde ihn diesen Weg nicht gehen lassen, wenn nicht am Ende Probleme auf ihn warten würden.

Ich erhebe mich leicht von meinem Stuhl, beuge mich zu Quentins Tisch vor und flüstere: »Was soll das alles mit dem Testament?«

Quentin schockiert mich, indem er sich tatsächlich zurücklehnt und mir antwortet. »Viola hat ein paar Tage vor ihrem Tod ein neues Testament verfasst.«

»Hast du eine Kopie davon?«

»Nein.«

»Was kann das dann bringen?«

»Vielleicht nichts. Aber man kann nicht wählerisch sein, welche Ranke man packt, wenn man gerade einen steilen Hang runterrutscht. Setz dich wieder hin.«

Quentin rollt nach vorn zu seinem Platz neben dem Podium. »Mr. Turner, haben Sie das Testament geschrieben, das gerichtlich eröffnet wurde, nachdem Ihre Mutter verstorben war?«

»Nein. Ein Anwalt darf kein Testament aufsetzen, in dem er bedacht wird. Ich bin vielleicht nicht nach Harvard gegangen, aber soviel weiß ich.«

»Das haben wir gemeinsam, Mr. Turner. Nur Anwalt Johnson hat einen Abschluss der Harvard Law School.«

Shad zieht ein säuerliches Gesicht.

»Zurück zum Testament«, fährt Quentin fort. »Waren die Zuwendungen so angegeben, wie Ihre Tante sie genannt hat?«

»Nein. Ma wusste nicht, wie viel Geld sie bei ihrem Tod haben würde, also hat sie in Prozentzahlen angegeben, wie alles, was sie hatte, aufgeteilt werden sollte.«

»Verstehe. Waren Sie überrascht, dass sie so viel Geld übrig hatte, als sie starb?«

Lincoln zuckt mit den Achseln.

»Der Zeuge gibt bitte eine gesprochene Antwort«, sagt Richter Elder.

»Eigentlich nicht.«

Quentin nickt, wirkt aber besorgt. »Laut Ihrer Aussage und der Ihrer Tante war in Ihrem Haushalt das Geld doch recht knapp. Ich versuche zu verstehen, wie Ihre Mutter es geschafft haben soll, zweiundsiebzigtausend Dollar zu sparen, wo doch ihr Mann alles, was sie verdiente, gleich wieder ausgab. Und sie hat auch noch Ihr College und das Jurastudium finanziert.«

»Als Daddy im Gefängnis saß und ich mit dem Studium fertig war, waren die Ausgaben nicht mehr so hoch. Und Ma war immer sehr erfinderisch.«

»Verstehe. Sie nehmen also an, dass das Geld von ihrem Gehalt als Krankenschwester stammte?«

»Woher denn sonst?«

»Genau. Aber lassen wir das im Augenblick auf sich beruhen. Mr. Turner, was haben Sie davon gehalten, dass Mr. Sextons Mutter das Testament angefochten hat?«

»Ich fand, dass das gequirlte Scheiße war.«

»Mr. Turner«, blafft der Richter. »Sie müssten es eigentlich besser wissen.«

»Tut mir leid, Herr Richter. Aber Richter Carroll hat damals auch nicht mehr von diesem Anspruch gehalten als das, was ich gerade gesagt habe.«

»Mäßigen Sie einfach Ihre Sprache.«

»Die Anfechtung wurde also abgewiesen«, sagt Quentin, »und das ursprüngliche Testament wurde bestätigt. Sagen Sie mir, wissen Sie, wovon der Film gehandelt hat, an dem Mr. Sexton arbeitete?«

»Ich glaube, es war ein Dokumentarfilm. Über die Bürgerrechtsbewegung.«

»Denken Sie nicht, dass das eine Sache ist, mit der Ihre Mutter sympathisiert haben könnte?«

»Mit der Sache, ja. Mit einem selbstgebastelten Film von irgendeinem weißen Reporter aus Ferriday, nein.«

»Verstehe. Hat Ihre Mutter je mit Ihnen darüber gesprochen, dass sie vor ihrem Tod ihr Testament ändern wollte?«

»Auf gar keinen Fall.«

»Einspruch, Euer Ehren«, sagt Shad mit offensichtlicher Verärgerung. »Wenn die Verteidigung ein Exemplar eines anderen Testamentes hat, dann sollte sie es vorlegen. Wenn sie einen gut beleumundeten Anwalt hat, der bezeugen kann, dass er ein solches Testament aufgesetzt hat, dann soll sie ihn als Zeugen aufrufen. Alles andere ist reine Zeitverschwendung.«

»Wir haben über dieses Thema vorhin bei der Richterbank gesprochen, Mr. Johnson. Hier entscheide ich, was für dieses Gericht Zeitverschwendung ist und was nicht. Ihre Einsprüche sind abgelehnt. Fahren Sie fort, Mr. Avery.«

Quentin schaut zu Lincoln zurück. »Hat Ihre Mutter Sie je gefragt, wie man ein eigenhändiges Testament schreibt?«

»Nein. Nie.«

»Können Sie den Geschworenen erklären, was ein eigenhändiges Testament ist?«

»Das kann ich.«

»Würden Sie das dann bitte machen?«

Lincoln schaut zu Richter Elder, der nickt.

»Ein eigenhändiges Testament ist ein handschriftliches Testament«, sagt Lincoln mürrisch. »Dazu braucht man nur einen Stift, ein Blatt Papier und einen Zeugen.«

»Genau«, sagt Quentin. »Haben Sie je ein solches eigenhändiges Testament gesehen, das Ihre Mutter verfasst hat? Vor oder nach ihrem Tod?«

Ich halte Ausschau nach Angst in Lincolns Augen, aber ich sehe nur trotzige Wut. Doch diesmal verrinnt eine Sekunde betretenen Zögerns, ehe er antwortet.

»Nein«, sagt er. »Absolut nicht.«

Quentin scheint diese Antwort zu gefallen. »Waren Sie überrascht, dass Ihre Mutter ihrem Ehemann Geld hinterlassen hat, einem Mann, der sie anscheinend ziemlich schlecht behandelt hat?«

»Es war ihr Geld. Er war ihr Ehemann. Das ist ihre Angelegenheit.«

»Verstehe. Und waren Sie zufrieden mit Ihrem Anteil an den zweiundsiebzigtausend Dollar?«

»Ich habe keine Klagen.«

»Nein. Eindeutig nicht. Danke, Mr. Turner. Ich gebe den Zeugen zum Kreuzverhör frei.«

Diesmal starrt Shad, während Quentin zum Tisch der Verteidigung zurückrollt, Lincoln im Zeugenstand an. Der Bezirksstaatsanwalt sieht aus wie ein Mann bei einer Partie Poker mit Leuten, die er zu kennen glaubte, die sich aber als Hochstapler erwiesen haben.

»Mr. Johnson?«, fordert ihn der Richter auf.

»Keine Fragen, Euer Ehren.«

»Der Zeuge kann gehen.«

Als Lincoln zu seinem Platz zurückkehrt, schaut er nur einen Moment zu Quentin hin. Aber in diesem Blick liegt so viel Wut, dass er wie ein Messer in Quentins Brust eindringen könnte. Quentin antwortet mit einem wissenden Lächeln.

»Rufen Sie Ihren nächsten Zeugen auf, Mr. Avery.«

»Die Verteidigung ruft Mrs. Virginia Sexton auf.«

Wenige Augenblicke später geleitet ein Deputy Henry Sextons Mutter durch die Hintertür in den Saal. Sie sieht aus wie einstmals meine Großmutter mütterlicherseits: eine ältere Frau vom Land, die wie zum Kirchgang gekleidet ist, mit einer weißen Bluse und einem Rock, dessen Saum weit unter dem Knie endet. Nachdem sie Platz genommen hat und – mit zitternder Stimme – ihren Eid geleistet hat, rollt Quentin zum Zeugenstand und lächelt sie an.

»Danke, dass Sie gekommen sind, Mrs. Sexton.«

Die alte Frau nickt mit ernster Miene.

»Sind Sie mit Henry Sexton, dem Zeitungsreporter, verwandt?«

»Er war mein Sohn.«

»Hat Ihr Sohn je mit Ihnen darüber gesprochen, dass er Viola Turner interviewt hat?«

»Ja. Er hat mit mir über die meisten seiner Recherchen geredet.«

»Was hat er Ihnen erzählt?«

»Er glaubte, dass Viola die Zeitzeugin war, die er seit Beginn seiner Arbeit suchte. Henry nannte sie seine ›Traumzeugin‹.«

»Was hat er damit gemeint?«

»Einspruch«, sagt Shad. »Meinungsäußerung. Nicht relevant.«

»In beiden Punkten abgelehnt«, erwidert Richter Elder.

»Henry hat sich mit vielen Fällen aus der Zeit der Bürgerrechtsbewegung beschäftigt, aber die drei wichtigsten waren für ihn der Mord an Albert Norris, die Entführung und Ermordung von Joe Louis Lewis und die Entführung und Ermordung von Jimmy Revels und Luther Davis. Er hat mir gesagt, dass …«

»Einspruch«, sagt Shad verärgert. »Hörensagen. Nicht relevant.«

»Abgelehnt.«

»Beschwerde.«

»Zur Kenntnis genommen.«

Quentin fährt fort: »Hat er mit Ihnen an dem Tag, an dem er gestorben ist, über diese Fälle geredet?«

»Ja. Henry glaubte, dass die Doppeladler für all diese Verbrechen verantwortlich waren, und er meinte, Viola sei eine der seltensten Ausnahmen, die es gebe.«

»Was meinte er damit genau?«

»Ein Opfer der Doppeladler, das überlebt hat. Er glaubte, dass sie sehr viel über diese Gruppe wusste, aber aus Angst jahrzehntelang geschwiegen hatte. Er meinte, Viola sei nahe dran, ihm zu sagen, was sie wisse. Deswegen hat er die Videokamera bei ihr zu Hause gelassen. Er hatte vorher auch einen Kassettenrecorder dort gelassen, aber der wurde nie gefunden.«

Mrs. Sextons letzter Satz löst auf meinem inneren Radar ein sehr starkes Echo aus. Es ist das erste Mal, dass ich etwas von diesem Kassettenrecorder höre. Henry hat den mir gegenüber nie erwähnt.

»Sagen Sie uns, warum Sie Viola Turners Testament angefochten haben«, sagt Quentin.

Mrs. Sextons Gesicht wird rot und fleckig, ehe sie antwortet. »Henry hat mir gesagt, Viola Turner habe sich sehr für seine Arbeit interessiert. Soweit sie wusste, war Henry der Einzige, der beinahe ununterbrochen am Fall ihres Bruders gearbeitet hat. Sie hatte mehrfach versucht, das FBI zu kontaktieren, aber die wollten ihr nie etwas sagen. Viola war außerordentlich überrascht über die Dinge, die Henry herausgefunden hatte, und sie wollte ihm nach Kräften helfen. Nach dem zweiten langen Interview mit Henry hat sie ihm gesagt, sie werde ihm in ihrem Testament eine Summe vererben, die ihm helfen sollte, seine Arbeit zu finanzieren, und zwar den Film, an dem er arbeitete.«

»Erzählen Sie uns mehr darüber.«

»Henry hat einen Dokumentarfilm gemacht. In Zusammenarbeit mit einem preisgekrönten Filmemacher von der Universität Cornell. Sie waren schon mehr als halb fertig damit, aber sie hatten Probleme, die Finanzen für die Fertigstellung des Projektes zu bekommen. Der Mann aus Cornell hatte mit den Agenten von Morgan Freeman Kontakt aufgenommen, und der hatte sich bereit erklärt, als Sprecher mitzuwirken. Aber Morgan konnte das erst in ein paar Monaten machen. Ein paar Unterstützer haben daraufhin ihre Geldzusagen zurückgezogen. Als Viola davon erfuhr, hat sie ihm angeboten, ihn zu unterstützen. Das hat ihn so gerührt. Henry hat geweint, als er mir von ihrem Gespräch erzählt hat. Und das hat er kaum je getan.«

Als Quentin sich darauf vorbereitet, seine nächste Frage zu stellen, kommt Richter Elders Sekretärin aus seinem Richterzimmer, steigt zur Richterbank hinauf und reicht ihm eine Notiz. So etwas passiert im Gericht immer wieder, doch sobald Elder auf dieses Blatt Papier blickt, weiß ich, dass das hier etwas anderes ist.

»Das Gericht macht eine Sitzungspause von einer Stunde«, sagt er knapp. »Die Zeugin kann den Zeugenstand verlassen. Die Geschworenen ziehen sich ins Geschworenenzimmer zurück, und der Angeklagte wird in Gewahrsam zurückgebracht. Ich muss die Anwälte unverzüglich im Richterzimmer sprechen.«

Während das Publikum überrascht murmelt und spekuliert, steht der Richter auf und geht auf die Tür des Richterzimmers zu. Shad und Quentin schauen einander an; dann folgt Shad dem Richter. Als Quentin hinter ihm herrollt, stehe ich auf und folge ebenfalls.

Als wir an der Tür zusammentreffen, schaut Quentin über die Schulter zu mir zurück. »Was machst du hier?«

»Ich bin als Teil des Verteidigungsteams aufgeführt worden, und ich komme mit. Versuche nicht, mich aufzuhalten. Elder hat völlig verängstigt ausgesehen.«

»Großer Gott! In Ordnung.«

Als wir das Allerheiligste des Richters erreichen, hat Joe Elder seine Robe bereits abgelegt und hält sich ein Handy ans Ohr. Er deckt das Mikrofon mit dem Finger ab und schaut zu uns herüber.

»Eine Bombendrohung bei mir zu Hause. Eines meiner Kinder war mit der Haushälterin dort. Sie haben das Haus evakuiert, und das Bombenentschärfungskommando ist unterwegs. ATF und FBI sind verständigt. Ich vermute, es ist nur ein blinder Alarm, um das Verfahren zu stören, aber bis ich das sicher weiß, machen wir eine Sitzungspause.«

Während Shad den Richter anstarrt, sagt Elder »Ich bin schon unterwegs« in sein Mobiltelefon, schnappt sich den Schlüssel von seinem Schreibtisch und macht sich auf den Weg zum Büro seiner Empfangsdame.

»Sind Sie sicher, dass die Bombendrohung Ihrem Haus galt?«, fragt Quentin. »Und nicht dem Gerichtsgebäude?«

»Der Anrufer hat meine Adresse genannt, aber das ATF wird auch den Gerichtssaal durchsuchen.«

»Hat der Anrufer sonst noch was gesagt?«, fragt Shad.

Joe Elder bleibt an der Tür stehen und schaut zu uns zurück. »Er hat gesagt, er würde nicht zulassen, dass ein Nigger-Richter einen weißen Mann dafür einsperrt, dass er eine Niggerin umgebracht hat. Dafür müsste der bezahlen.«

»Sollten wir uns dann nicht für heute vertagen?«, fragt Shad.

Der Richter wirft Shad einen raschen Blick zu, kann kaum glauben, dass der Bezirksstaatsanwalt sogar jetzt noch seine taktischen Tricks versucht. »Nein, Mr. Johnson. Ich lasse mich von niemandem so einschüchtern, dass ich diesen Prozess scheitern lasse, ganz gleich, auf welcher Seite er steht. Was Sie auch immer machen wollen, Sie haben genau eine Stunde Zeit dafür.«

Dann schließt sich die Tür hinter Joe Elder.

Shad, Quentin und ich schauen einander schweigend an. Diese Entwicklung hat uns alle völlig verwirrt, aber ein guter Anwalt weiß sich rasch von unterwarteten Dingen zu erholen und sie sogleich zu seinem Vorteil zu nutzen, genau wie Shad das gerade versucht hat.

»Was soll dieser ganze Scheiß mit dem anderen Testament?«, fragt er.

»Warum fragen Sie nicht Ihre Zeugen?«, erwidert Quentin.

»Sie haben ja offensichtlich kein Exemplar davon. Denn sonst hätten Sie es als Beweismittel vorgelegt.«

»So wie Ihre Adrenalinampulle, die niemand finden konnte?«

Ich bin froh, diese Antwort zu hören, denn bis zu diesem Zeitpunkt hatte ich keinen Anhaltspunkt dafür, dass Quentin der Beweisführung überhaupt gefolgt war.

Shad tut diesen Kommentar mit einer Handbewegung ab. »Ich wette, das war's für heute.«

»Ich hoffe es.« Quentin wirft ihm ein seltsames Lächeln zu. »Sie haben doch nicht jemanden angestiftet, anzurufen und diese Bombendrohung zu machen, oder? Ich glaube, Sie merken gerade, dass Ihnen der Boden unter den Füßen wankt, Shadrach.«

Shad zeigt Quentin den Stinkefinger, macht dann kehrt und marschiert wortlos aus dem Zimmer.

»Was hältst du von all dem?«, frage ich.

Quentin zuckt die Achseln. »Mich überrascht schon lange nichts mehr. Ich glaube nicht, dass es sich überhaupt auf unseren Fall auswirkt.«

»*Unseren* Fall?«

Der alte Anwalt schnalzt leise mit der Zunge. »Komm schon, Bruder. Begreifst du allmählich, dass mein Wahnsinn Methode hat?«

»Zu wenig und zu spät. So sehe ich es. Du hast Shads Darstellung der Beweislage noch nicht mal angekratzt.«

»Alles zu seiner Zeit.«

»Meinst du, dass da wirklich eine Bombe sein könnte?«

»Ich werde es wissen, wenn man es mir sagt.«

»Die Doppeladler waren große Fans von Plastiksprengstoff. Und sie haben im Gefängnis von Concordia eine Bombe als Ablenkungsmanöver benutzt …«

»Als sie Sonny Thornfield im Gefängnis umgebracht haben«, vollendet Quentin meinen Satz. »Scheiße.«

Plötzlich ist seine übernatürliche Ruhe verschwunden, und mir pocht das Herz bis in den Hals.

»Dad könnte inzwischen schon wieder in seiner Zelle sein, Quentin.«

Quentin zieht sein Telefon hervor, aber ich überlege, dass ich schon längst über die Straße gerannt und in das Büro des Sheriffs gestürmt sein kann, bis Quentin die Einsatzkontrolle zu irgendwas bewegt hat.

Er hat noch nicht mal jemanden am Apparat, als ich schon bei der Tür bin.

KAPITEL 52

Dad war noch am Leben, als ich das Besuchszimmer erreichte, und ein Anruf von Quentin bei Richter Elder hatte dafür gesorgt, dass er eine doppelte Wache bekam – Männer, die verstanden, dass es ihre Aufgabe war, ihn zu schützen und nicht nur an der Flucht zu hindern. Die Deputys erlaubten mir allerdings nicht, länger bei ihm zu bleiben. Die Bombendrohung hatte alle nervös gemacht.

Als ich das Sheriff's Department verließ, blickte ich auf und sah auf der anderen Straßenseite die Prozessbesucher aus dem Gerichtsgebäude kommen. Auf beiden Seiten der breiten Marmortreppe fotografierten zwei Männer in Anzügen jeden, der auf den Fußweg unter den weit ausladenden Eichen trat. FBI-Agenten, vermutete ich. Kaisers Leute. Sobald Kaiser von der Bombendrohung erfahren hatte, muss er wohl vermutet haben, dass der Anrufer jemanden im Saal sitzen hatte, der ihn über den Verlauf des Prozesses informierte. Da niemand beim Betreten des Gerichtssaals seinen Namen angeben und unterschreiben muss, werden nun die Fotos dafür sorgen, dass das Bureau schließlich doch alle identifizieren kann, die heute Morgen hier waren.

Ich beobachte immer noch den Exodus der Menschenmasse, als ein vertrauter Pick-up vor mir auf der Straße stehenbleibt, die Fensterscheibe auf der Beifahrerseite heruntergefahren wird und mir den Blick auf Lincoln Turner am Steuer freigibt. Das Gesicht und die breiten Schultern meines Halbbruders beugen sich über den Beifahrersitz, und in seinen Augen leuchtet eine seltsame Energie.

»Sie sehen aus, als bräuchten Sie eine Mitfahrgelegenheit, Herr Bürgermeister. Wo ist denn Ihr Kompagnon?«

Ich habe das Gerichtsgebäude so schnell – und auf einem so unerwarteten Weg – verlassen, dass ich unterwegs meinen Beschützer verloren habe. »Alles in Ordnung bei mir«, antworte ich ein wenig nervös.

»Nein«, sagt Lincoln. »Das glaubst du nur. Ich möchte dir einen Vorschlag machen, Bruder. Dauert keine fünf Minuten.«

»Ich höre.«

Lincoln deutet mit dem Kopf nach hinten auf zwei Autos, die hinter ihm stehen geblieben sind. »Steig ein. Ich tu dir schon nichts.«

Der zweite Wagen hinter dem Pick-up hupt lange. Fünfzig Leute aus der Menschenmenge schauen zu uns hin.

»Willst du nun Big Daddy aus dem Knast von Parchman raushalten oder nicht?«

»Die gleiche Frage könnte ich dir stellen. Nur kenne ich die Antwort schon.«

Ein herausforderndes Lächeln spielt um seine Lippen. »Vielleicht, vielleicht aber auch nicht.«

»Du hast doch diese ganze Sache angeleiert.«

»Ja. Aber ein Verfahren ist immer im Fluss, genau wie ein Krieg. Da ändern sich die Gezeiten schon mal. Das weiß jeder Anwalt. Du solltest dir anhören, was ich dir zu sagen habe.«

Übersetzung: Quentin hat mit seinen letzten Fragen eindeutig einen Nerv getroffen.

Inzwischen hupen die beiden Fahrer hinter uns wütend und lenken die Aufmerksamkeit eines Deputy hinter der großen Glastür auf mich. Aber ich steige immer noch nicht ein. »Du tust gerade so, als wäre das ein Zivilprozess und du wolltest eine Einigung aushandeln.«

Lincoln zuckt mit den Achseln. »Es gibt verschiedene Arten von Abmachungen. In fünf Sekunden fahre ich los. Und der Deal mit mir.«

Ich hasse es, wenn man mich manipuliert, aber ehe die fünf Sekunden verstrichen sind, klettere ich auf den Beifahrersitz des Pick-ups und wünsche, ich hätte meine Pistole dabei. Aber ich nehme nie eine Waffe mit ins Gericht.

Lincoln fährt um den Block, dann die Canal Street hinauf und biegt in Richtung der Doppelbrücke über den Mississippi ab. Er schaut beim Fahren ein paar Mal zu mir herüber, sagt aber nichts.

»Was ist da am anderen Ufer?«, frage ich, als wir die Klippe hinter uns lassen und sich unter uns ein Abgrund von mehreren hundert Fuß auftut.

»Rednecks. Bis hin nach New Mexico.«

»Auch viele schwarze Brüder.«

»Ja. Aber außerhalb der Städte sind die 'ne bedrohte Art.«

»Die Pause dauert vielleicht nicht lange. Lass dein Angebot hören.«

Lincoln lacht und biegt am Fuß der Brücke nach Süden ab. Nachdem er an einigen Häusern und einer eingeschossigen Schule vorbeigefahren ist, rumpelt er über den Damm zum Flussufer von Vidalia, Louisiana. Verglichen mit dem Ufer von Natchez, wo ein Multimillionär alles verfügbare Land für seinen persönlichen Gebrauch aufgekauft und so jegliches Wachstum erstickt hat, sind am Ufer von Vidalia Hotels, Restaurants, eine ambulante chirurgische Klinik und ein öffentliches Amphitheater entstanden. Lincoln fährt langsam an den neuen Gebäuden vorbei, biegt dann in einen Feldweg ein, der zu einer steilen Bootsrampe unter der Brücke führt. Mein Magen spielt verrückt, als wir mit der Kühlerhaube voran auf den breiten Fluss zukippen. Wenige Yards vom Wasser entfernt bringt Lincoln den Wagen zum Stehen, schaltet den Motor aus, lässt aber die Zündung an.

»Hast du jetzt vor, mich zu erschießen und in den Fluss zu werfen?«, frage ich.

Er grinst. »Das ist auf dieser Seite des Flusses so 'ne Art Tradition, nicht? Nur wird dabei gewöhnlich mein Stamm versenkt.«

Ich rolle mein Fenster herunter und lausche auf das trügerisch leise Plätschern des Wassers, das über und durch die graue Steinschüttung fließt, die das Pionierkorps der Army hier platziert hat, um die Erosion zu verlangsamen. Unter diesem Geräusch vernehme ich das beinahe unhörbare dunkle Dröhnen der Schlepper, die eine Viertelmeile von aneinandergeketteten Barken flussaufwärts schieben. Wenn dieser Pick-up nur anderthalb Yards weiter die Rampe hinunterrollen würde, dann würde uns der Fluss packen und wie ein Kinderspielzeug nach Baton Rouge trudeln lassen.

»Schau mal da rüber«, sagt Lincoln und deutet über eine Meile offenes Wasser auf Natchez Under-the-Hill und die große Klippe, die darüber aufragt. »Sieht aus wie ein Bilderbuch, nicht? Die großen Häuser aus dem neunzehnten Jahrhundert auf dem Berg und die Bars unten, das Sägewerk südlich der Stadt und die viktorianischen Paläste im Norden. Der Friedhof und die Devil's Punchbowl dahinter. Aber nur ein paar Straßen hinter all dem stehen Häuser, die wagenradgroße Löcher im Fußboden haben. Jämmerliche Hütten, die aussehen wie in einem Dritte-Welt-Land. Und du bist der Bürgermeister von all dem. Wie fühlst du dich dabei?«

»Müde. Was ist dein Vorschlag, Lincoln? Was willst du mir verkaufen?«

»Ich lasse mein Produkt für sich sprechen.«

Er streckt eine seiner Pranken aus und drückt in der Mitte des Armaturenbretts auf einen Knopf. Statisches Rauschen erfüllt das Innere des Wagens. Dann höre ich die Stimme einer alten Frau, brüchig und näselnd.

»Ich hab keine Angst vor euch beiden«, sagt sie. *»Wenn ihr wieder machen wollt, was ihr damals gemacht habt, dann los. Ich wette, ihr könnt es sowieso nicht mehr. Ihr seid zu alt, genau wie ich.«*

»Du stellst uns lieber nicht auf die Probe«, erwidert eine seltsam vertraute Männerstimme. *»Das kann ich dir versprechen.«*

»Ich hab keine Angst vor dir, Snake Knox. Vor dir auch nicht, Sonny Thornfield. Ja, genau, ich erkenne euch alle beide. Ich kann euch beim Namen nennen. Und das werde ich auch tun, wann immer mir danach ist. Leute wie ihr, ihr regiert diese Welt nicht mehr, nicht mal mehr hier unten in Mississippi.«

»Wenn du weiter mit diesem Reporter sprichst«, knurrt Sonny, *»dann findest du ganz schnell raus, was wir hier noch alles können.«*

»Alles, was wir, verdammt noch mal, wollen«, fügt Snake hinzu. *»Wie immer.«*

»Ich rede, mit wem ich will«, sagt Viola tapfer, aber dann hustet sie sich in einen Anfall, der eine halbe Minute dauert. Lincolns Augen mustern meine, während ich warte, dass die Stimmen wieder anfangen, aber ich verrate ihm nichts. *»Da müsst ihr mich schon umbringen, um mich davon abzuhalten, dass ich erzähle, was ich weiß«*, fährt sie fort. *»Und ihr könnt mir nichts Schlimmeres antun, als was Gott mir schon antut. Ich krieg meine Strafe. Ich wünschte nur, ich würde lange genug leben, um zu*

sehen, dass auch ihr eure Strafe kriegt. Es wird eine gewaltige Abrechnung geben für euch beide. O ja, Lord.«

»Jetzt hör mal zu, Nigger«, sagt Snake. *»Du kannst einen leichten Tod haben oder einen schweren, genau wie dein Bruder.«*

»Nenn mich nicht so, du Abschaum. Das ist nicht mal ein Wort. Zeig mir mal, wo in der Bibel ›Nigger‹ steht.«

Viola beginnt zu röcheln, und die beiden Männer lachen. *»Wie wär's denn, wenn ich einfach rüberkomme und deinen Sauerstoffschlauch zudrücke?«*, fragt Snake. *»Das dauert vielleicht nicht mal 'ne Minute, bis bei dir die Lichter ausgehen, so wie du drauf bist. Die Tage, in denen du mit diesen scheißliberalen Reportern quatschst, wären vorbei.«*

»Na, mach schon, wenn du noch einen schwarzen Flecken auf deiner Seele haben willst. Mach schon. Das ist die einzige Methode, wie ihr mich zum Schweigen bringen könnt.«

»Red nur weiter«, sagt Sonny und hört sich an wie ein nervöser Bully aus der achten Klasse auf dem Schulhof. *»Und dann kommen wir mal nachts und machen es wirklich.«*

Ich habe gar nicht gemerkt, wie fasziniert ich lausche, bis Lincoln die Kassette mit einem mechanischen Klicken auswerfen lässt. Ich will danach greifen, aber meine Finger prallen gegen den leeren Schlitz, und Lincoln hält die altmodische Kassette aus dem offenen Fenster und lächelte selbstbewusst.

»Ich warte«, sagt er.

»Worauf?«

»Dein Angebot.«

»Das ist ein Beweismittel. Du bist verpflichtet, das der Polizei zu übergeben.«

Lincoln lacht dröhnend. »Ist das Ihre wohlerwogene juristische Meinung, Herr Bürgermeister? Na, ich weiß nicht. Euer Redneck-Sheriff da drüben in Natchez verliert so was schon mal. Der würde liebend gern deinen Vater für den Mord an meiner Mutter ins Gefängnis wandern sehen.«

»Er ist auch dein Vater.«

Als ich diese Worte ausgesprochen habe, wird Lincolns Haut eine Schattierung heller – ihm ist alles Blut aus dem Gesicht gewichen.

»Wo hast du die Kassette her?«, frage ich. »Wer hat die aufgenommen?«

»Du hast doch Henry Sextons Mutter gehört. Henry hat Ma eine Woche, ehe er die Videokamera aufgebaut hat, auch einen Kassettenrecorder dagelassen. Er wollte, dass sie ihre Erinnerungen an die sechziger Jahre aufzeichnet, besonders alles, was sie noch von ihrem Bruder Jimmy wusste. Sie hatte das Gerät im Bett, als die beiden kamen. Sie hat einfach nur auf den Knopf gedrückt und alles, was die gesagt haben, aufgenommen.«

Das glaube ich gern. »Okay. Was willst du dafür haben?«

»Schau mal ins Handschuhfach.«

Das mache ich. Auf dem Fahrzeugbrief liegt eine weiße Karte. Darauf steht eine Reihe von Zahlen und der Name einer Bank: Cayman West Holdings, Limited.

»In einer Stunde überprüfe ich den Kontostand auf diesem Konto«, sagt Lincoln und blickt über den Fluss. »Und wenn ich nach dem Anruf dort zufrieden bin, wird die Kassette, die du gerade gehört hast, so rechtzeitig auftauchen, dass sie im Verfahren als Beweismittel benutzt werden kann. Wenn ich *nicht* zufrieden bin …«

Lincoln wirft die Kassette lässig in das braune Wasser des Mississippi. Sie schwimmt sanft trudelnd auf der Wasseroberfläche, aber sie bewegt sich rasch südwärts. »Natürlich nur eine Kopie. Du würdest für das Original zahlen.«

»Gott verdammt«, murmele ich. »Wenn du diese Kassette die ganze Zeit hattest, warum drängst du so darauf, dass dein eigener Vater verurteilt wird?«

»Soll das eine Fangfrage sein?«

Als ich nicht antworte, seufzt Lincoln und blickt in den Schoß. »Diese Kassette beweist nicht, dass er unschuldig ist. Noch lange nicht. Mir nicht und wahrscheinlich auch vielen Geschworenen nicht. Aber es klingt doch sehr nach berechtigtem Zweifel? Ich denke schon. Du musst dich entscheiden, was dir das wert ist, und viel Zeit hast du nicht.«

Ich starre durch die Windschutzscheibe und kann die Kassette auf dem nach Süden fließenden Wasser nicht mehr ausmachen. Ohne weitere Diskussion lässt Lincoln den Pick-up an, fährt vorsichtig die

Rampe wieder hoch, wendet dann und rast über den Damm. Schon bald sind wir auf der nach Westen führenden Brücke. Während wir ihrer Krümmung über den Fluss folgen, stelle ich endlich die Frage, die er hören will.

»Was ist die magische Zahl?«

Er lässt den Pick-up den ganzen Weg zum Mississippi-Ufer rollen, ehe er antwortet. Die Reifen donnern auf Asphalt mit hartem Boden darunter, und Lincoln stellt die Heizung auf volle Pulle und nebelt die untere Hälfte der Windschutzscheibe ein. Während ich verwirrt zuschaue, streckt er die Hand aus und schreibt Zahlen auf das beschlagene Glas. Ich beuge mich zur Seite, um den Lichteinfall zu verändern, und sehe eine eins mit sechs Nullen. *Eine Million Dollar für diese Kassette?*

Das hohle Gefühl in der Magengegend verrät mir, wie ernst er es meint. Ich habe schon heute Morgen auf dem Umweg über meinen Freund Kirk Boisseau fünfzigtausend Dollar in die schmutzigen kleinen Pfoten von Nita Devine geblättert – oder in die ihrer Schwester. Lincolns Forderung beweist wieder einmal, dass die Devines in Sachen Kriminalität wirklich nur Kreisklasse sind.

»Eine Stunde«, sagte Lincoln, fährt am Natchez Welcome Center vorbei und biegt dann auf die Spur zur Canal Street ein.

»Das ist unmöglich«, erwidere ich ihm und stelle die Heizung ab. »Selbst wenn die Antwort ja wäre.«

»Beleidige mich nicht. Ich weiß, dass du das Geld hast.«

Er biegt links ab, in Richtung Stadtmitte.

»Hast du jemand dazu überredet, mit dieser Bombendrohung anzurufen, damit du mir dieses Angebot machen konntest?«

Er lacht leise. »Jetzt krieg mal keinen Verfolgungswahn, Junge.«

»Du bist doch derjenige, der Angst hat. Quentin Avery kriegt dich jeden Augenblick beim Arsch, oder nicht? Man merkt schon richtig, wie er sich drauf vorbereitet, und das gefällt dir überhaupt nicht. Deswegen hast du auf Plan B umgeschaltet. Du willst mit einem Sack voll Geld abhauen. Was hat er gegen dich in der Hand? Habt ihr wirklich ein zweites Testament vernichtet?«

»Das hat rein gar nichts mit dem Preis der Freiheit in Mississippi zu tun, mein lieber Bruder.« Lincoln rollt an der Abzweigung zum Gefängnis und zum Gericht vorbei, spricht aber, ehe ich seine Route in Frage stellen kann. »Sieh's mal so, Herr Bürgermeister. Wenn *Daddy* jetzt auf der Intensivstation liegen würde, kurz vor dem Sterben …«

»Das war letzten Oktober schon so.«

»Okay. Wenn er also da läge und ein Doktor dir sagen würde, dass er für eine Million Dollar deinem Vater das Leben retten könnte, würdest du die bezahlen?« Lincoln schaut mich mit hochgezogenen Augenbrauen an.

Ich antworte nicht.

»Natürlich würdest du. Selbst wenn er dann nur noch ein paar Monate zu leben hätte, würdest du zahlen. Was sind sechs Monate mit deinem Vater dir wert? Seine letzten sechs Monate auf Erden. Aber das ist nicht mal die wichtigste Frage. Die ist nämlich, wie diese sechs Monate wären, wenn er *hinter Gittern* säße? Und um wie viele Monate würde sein Leben verkürzt, wenn er dort wäre? Ich habe gesehen, wie mein Stiefvater im Knast gealtert ist, und das geht rasend schnell. Er war ein paar Mal drin und wieder draußen, aber er ist in jedem Jahr, das er da verbracht hat, fünf gealtert.«

»Ich weiß, was das Gefängnis mit den Menschen macht. Ich habe genug Leute dort hingebracht.«

»Kann ich mir denken.«

»Hast du noch andere Kassetten?«

»Ich hab dir doch gesagt, dass das eine Kopie war.«

»Nein, ich rede von Videokassetten.«

Lincoln schaut verdutzt drein. »Es gibt keine anderen Kassetten, Mann. Big Daddy hatte die, die Ma für Sexton gemacht hat, im Wagen dieses Texas Rangers. Die, die sie auch in dem Müllcontainer gefunden haben.« Lincoln lacht leise. »Ich hab ja nie gesagt, dass er blöd ist.«

Plötzlich biegt der Pick-up scharf rechts ab und kommt in der Main Street am Bordstein zum Halten.

»Wieso lässt du mich hier raus? Ich muss ins Rathaus zurück.«

Lincoln lächelt. »Aber das hier ist deine Bank, stimmt's?«

»Herrgott. Ich muss erst mit Quentin reden. Und mit Dad.«

»Dazu hast du keine Zeit. Es ist eine dieser Entscheidungen, die du ganz allein fällen musst. Ruf mich nicht auf dem Handy an, denn da werde ich nicht rangehen. Versuche nicht, das mit jemandem persönlich oder über egal welche Medien zu besprechen. Es wird keine gezielte Polizeiaktion geben. Dieses Gespräch hat nie stattgefunden, und wir werden nie wieder darüber reden. Entweder ist das Geld in einer Stunde da oder nicht. Danach vernichte ich das Original, und wir nehmen das Risiko auf uns, wie die Geschworenen entscheiden.«

Ich schaue auf die Uhr. »Eine Million Dollar in einer Stunde? Das ist unmöglich.«

»Für dich vielleicht. Aber nicht für dich und deine Mutter. Sag ihr, dass sie ihren Pensionsfonds plündern soll.«

Du verdammter Schweinehund, fluche ich innerlich.

Ich mache die Tür auf und lasse einen Fuß auf den Beton gleiten. »Wenn du dein Geld bekommst, wie schnell wird dann wunderbarerweise die Kassette entdeckt?«

»Sofort. Ich trage sie höchstpersönlich zum Bezirksanwalt und sage ihm, dass ich sie gerade in einem Versteck in Mas Haus gefunden habe.« Lincolns Augen glitzern mit der ansteckenden Begeisterung des Trickbetrügers. »Begründeter Verdacht auf dem Silbertablett, mein lieber Bruder.«

»Shad wird dir das nicht danken.«

Lincolns Miene verdunkelt sich. »Scheiß was auf den Neger. Und jetzt mach, dass du aus meinem Wagen kommst.«

Sobald ich die Tür geschlossen habe, beugt er sich zu mir herüber und klopft noch einmal ans Fenster. Dann lässt er es herunter und sagt: »Wenn die Verhandlung weitergeht, ehe das Geld überwiesen ist, dann sollte der alte Quentin lieber die Spur, die er da verfolgt, nicht weitergehen.«

Das ist sein Geständnis: Quentin hat ihn bei den Eiern, und er spürt, dass Avery schon die Messer wetzt.

»Weißt du, du hast mir tatsächlich während dieses ganzen Verfahrens leidgetan. Aber jetzt begreife ich, dass du keinen Funken Ehre im Leib hast.«

»Einen Scheiß begreifst du«, knurrt Lincoln. »Und einen Scheiß weißt du. Besonders über mich. Und du wirst auch nie was wissen.«

»Ich weiß, dass du jede Lüge erzählen würdest, um Geld und Rache zu bekommen. Mir ist egal, was der DNA-Test sagt … du bist nicht der Sohn meines Vaters.«

Seine weißen Zähne verschwinden langsam, und seine Augen bekommen eine tödliche Bedrohlichkeit. »Da irrst du dich gewaltig. Ich bin sein wahrer Sohn – nicht du. Du bist so, wie er gern gewesen wäre. Das ist eine Sache, die du gewiss noch herausfindest, ehe ich diese Stadt verlasse.« Lincoln lacht grob auf. »War mir ein Vergnügen, mit Ihnen Geschäfte zu machen, Herr Bürgermeister.«

Als sein Pick-up davonrumpelt, gehe ich in die Bank, zähle bis zehn, trete dann auf die Commerce Street und laufe zum Rathaus.

KAPITEL 53

Ehe ich das Rathaus erreicht habe, teilt mir Doris Avery bereits mit, dass sie und Quentin schon unten im Haus Edelweiß sind. Da der Verkehr rund um das Gerichtsgebäude wegen der Übertragungswagen der Fernsehsender immer noch stockt, beschließe ich, die fünf Blocks zu rennen. Viele Leute auf der Straße schauen mir interessiert hinterher. Sie sind es nicht gewöhnt, dass ihr Bürgermeister mit Sportjackett und Krawatte über die Bürgersteige joggt. Andererseits werden sich die meisten wohl daran erinnern, dass mein Vater wegen Mordes vor Gericht steht, und wahrscheinlich denken, dass irgendein Sinn dahintersteckt.

Ich bin schweißgetränkt, als ich mich genau wie vor zwei Tagen der Rückseite meines Hauses nähere. Wieder trabe ich durch den Garten hinter dem Haus meines Nachbarn und stehle mich durch das hintere Tor im Zaun zu meinem Grundstück.

Als ich aufschaue, stoße ich einen überraschten Schrei aus und rumpele beinahe mit einem Mann zusammen, der gerade versucht, das Grundstück durch dieses Tor zu verlassen. Zunächst vermute ich, dass es ein aufdringlicher Reporter ist, doch dann erkenne ich Sonderagent John Kaiser. Kaiser blickt mich verlegen an. Diesen Gesichtsausdruck kenne ich von ihm nicht.

»John? Was zum Teufel machen Sie denn hier?«

»Ich musste mit Avery reden.«

Kaiser redet mit Avery? »Worüber? Über Will Devine?«

»Das kann ich Ihnen nicht verraten. Und Sie wissen, dass ich so was nicht leichtfertig sage.«

Ich packe ihn beim Oberarm. »Sie machen Witze, oder? Es geht um das Leben meines Vaters. Was würden Sie mir da verschweigen?«

Der Schmerz ist deutlich in seinen Augen zu sehen, aber sein Schweigen ist genauso eindeutig. »Tut mir leid, Penn. Ich kann nur eins sagen: Reden Sie mit Quentin.«

»Der wird mir bestimmt nichts erzählen. Sehen Sie, die Devines haben versprochen, dass sie für Dad aussagen werden. Werden sie das Versprechen halten?«

Sein Gesicht spannt sich erneut an. »Ich arbeite daran.«

»Haben Sie die Vereinbarung unterschrieben bekommen oder nicht? Macht der Justizminister mit?«

Kaiser schließt die Augen, als kämpfe er mit dem Verlangen, mir alles zu offenbaren. Als er sie wieder aufschlägt, ist sein professioneller Schutzschild jedoch wieder hochgefahren. »Penn, ich möchte, dass Ihr Vater freigesprochen wird. Aber letztendlich vertrete ich hier das FBI. Mehr kann ich Ihnen im Augenblick nicht sagen. Ich weiß, das ist Mist, aber an meinem Job ist vieles Mist. So geht es einem doch auch als Ankläger oder Bürgermeister. Ich muss jetzt gehen. Die Verhandlung beginnt gleich wieder.«

»Was ist mit der Bombe im Haus von Richter Elder?«

»Anscheinend ein schlechter Scherz.«

Wieder frage ich mich, ob Lincoln Turner angerufen und diese Bombendrohung ausgesprochen hat, um mich ansprechen zu können.

»Was machen eigentlich *Sie* hier?«, fragt Kaiser, dem plötzlich aufgeht, dass auch meine Anwesenheit einer Erklärung bedarf.

Einen Augenblick lang bin ich versucht, ihm von Lincoln und der Kassette zu erzählen, aber der Impuls verpufft schnell. »Doris hat Probleme mit der Sicherheitsanlage. Ich habe versprochen, das zu beheben.«

Nach ein paar Sekunden, in denen er mich unverwandt anschaut, packt mich Kaiser bei den Schultern. »Nicht den Glauben verlieren, Mann.«

»Glauben wir denn an dieselben Dinge?«

Nach einem kurzen Nicken wendet er sich ab und verschwindet durch das hintere Törchen.

»Wir brauchen seine verdammte Kassette nicht«, sagt Quentin mit

Bestimmtheit. »Und ganz bestimmt nicht für eine Million Dollar. Herrgott! Hast du überhaupt so viel Geld?«

Sein Rollstuhl ist gleich bei der Hintertür, die in die Küche von Haus Edelweiß führt. Hinter ihm steht auf der weißen Marmorarbeitsfläche eine Tasse Kaffee, daneben liegt eine Insulinspritze. Doris ist oben, duscht wahrscheinlich.

»Meinst du nicht, du solltest mit Dad reden, ehe du diese Entscheidung triffst?«, frage ich.

»Das ist nicht nötig. Ich weiß, wie seine Antwort lauten würde. Wir werden nicht gegen das Gesetz verstoßen, um Lincoln Turner etwas abzukaufen. Unter allen anderen Umständen würde mir der Gedanke an eine blitzschnelle Polizeiaktion gefallen, aber ich veranstalte mit diesem Jungen keine solchen Spielchen.«

»Dann hoffe ich mal, dass du recht hast, Quentin. Ich habe die Kassette gehört und darauf die Stimmen von Sonny Thornfield und Snake Knox erkannt. Die haben gedroht, sie würden Viola umbringen. Und so haben sie es die ganze Zeit gemacht, seit Viola zum Sterben wieder nach Natchez zurückgekehrt war. Du hättest die Frau hören sollen. Sie hat diese Schweinehunde verhöhnt, sie förmlich herausgefordert, sie umzubringen. Diese Kassette, das ist der begründete Zweifel auf dem Silbertablett, genau wie Lincoln es gesagt hat.«

»Für eine Million Dollar, im Voraus zu zahlen«, sagt Quentin skeptisch.

»Um das Geld geht es mir nicht. Als du Cora Revels ins Kreuzverhör genommen hast, hast du sie gefragt, ob in diesen letzten Wochen irgendwelche Leute vom Klan oder von den Doppeladlern Viola bedroht haben. Ich sage dir, dass es dafür jetzt *Beweise* gibt. Stichhaltige Beweise. Und du willst mich in die Wüste schicken?«

Endlich schenkt mir Quentin seine ungeteilte Aufmerksamkeit. »Welche Garantie hast du, dass Lincoln, sobald er das Geld hat, nicht die Original-Kassette in den Fluss wirft, genau wie die Kopie?«

»Keine.«

»Aber du willst trotzdem zahlen?«

»Ich weiß nicht. Wahrscheinlich wäre eine Blitzaktion der Polizei die richtige Methode, aber die müssten wir schnell in die Wege leiten.«

»Das schaffen die niemals in einer Stunde. Und er hat dir gesagt, dass er nicht mehr mit dir reden würde. Teufel, die Kassette, die da an dir vorbeigesegelt ist, war vielleicht das Original.«

»Nein, ein Typ wie der schmeißt seine Trumpfkarte nicht weg.«

»Du hast ja keine Ahnung, was für ein Typ er ist. Du weißt nur, dass er gerade seinen Schachzug gemacht hat. Solange er die Kassette hat, ist das Risiko bei ihm.«

»Falsch. Wenn die Polizei ihn jetzt anhält, könnte er behaupten, er hätte die Kassette gerade eben gefunden. Erst wenn er sie gegen Geld rausrückt, begeht er eine Straftat. Und selbst dann könnte er immer noch sagen, er hätte sie mir nur gebracht, weil er sich irgendwie verpflichtet fühlte.«

Quentin denkt darüber nach.

»Wir brauchen die Kassette nicht«, sagt er schließlich. »Lincoln hat sich längst selbst einen Strick gedreht.«

»Wie? Klar, du hast ihm ordentlich Angst eingejagt. Aber was kommt da noch nach?«

»Das erfährst du schon noch. Bis dahin musst du mir einfach vertrauen.«

»Wie soll das denn gehen? Von Anfang an hast du mir nur Schwachsinn erzählt und mich in Unkenntnis gehalten.«

»Tut mir leid. Du weißt, dass das nicht meine Entscheidung war. Ich will dir nur eins sagen: Wenn Lincoln Turner wüsste, was wir gegen ihn in der Hand haben, dann würde er seinen großen Pick-up volltanken und nach Chicago abhauen.«

»Redest du von Will Devine? Ich bin gerade Kaiser begegnet.«

Quentins Eulenaugen blitzen. »Du hast mit ihm geredet.«

»Hm.«

»Kaiser hat dir nichts gesagt.«

»Nein, aber du solltest das tun.«

»Ich sage dir eines: Du wärst verrückt, wenn du Lincoln Turner auch nur einen Dime zahlen würdest. Wenn du unbedingt jemandem eine Million für den Freispruch deines Vaters zahlen willst, dann zahl sie mir. Ich garantiere dir das – und wenn ich selbst den Mord an Viola gestehen muss.«

Quentins Grinsen trägt nicht zur Linderung meiner Ängste bei.

»Ernsthaft, Penn. Geh Lincoln so weit wie möglich aus dem Weg. Wenn du schon in deiner Kindheit so verbogen wirst wie dieser Junge … dann gibt's einfach keine Hoffnung mehr. Dabei wollen wir es belassen.«

»Er ist aber kein Junge mehr. Er ist ein erwachsener Mann. Ein Anwalt. Und ganz gleich, was in diesem Fall rauskommt, strengt er gegen Dad garantiert noch einen Prozess vor einem Bundesgericht an, weil der die Bürgerrechte seiner Mutter verletzt hat. Und führt vielleicht noch einen Zivilprozess wegen ärztlicher Kunstfehler. Du weißt, dass ich recht habe. Diese Kassette ist wertvoll, weit über diesen Fall hinaus. Der Preis von einer Million Dollar erscheint uns vielleicht, ehe wir diesen Schlamassel hinter uns haben, noch als ziemlich niedrig.«

Quentin legt mir eine Hand auf den Unterarm. »Hör mir gut zu. Wenn ich mir Sorgen machen würde, dann würde ich höchstpersönlich diese Kassette kaufen. Aber ich mache mir keine. Wenn ein Gauner wie Lincoln Turner versucht, das Rechtssystem für seine Rachepläne einzuspannen, dann baut er immer irgendwo Scheiße. Lincolns Fehler ist seine Habgier. Leiste der keinen Vorschub. Lass ihn einfach zappeln. Wenn ich mit ihm fertig bin, klagt er weder deinen Vater noch sonst jemanden mehr an. Der kriegt seine Zulassung nie wieder.«

»Und Will Devine? Hast du den nun als Zeugen oder nicht?«

Quentin tippt sich mit seinem langen Zeigefinger an die Nase. »Ich will es mal so sagen: Wenn ich ihn kriege, dann werde ich ihn mit dem größten Vergnügen ausquetschen. Wenn nicht, dann mache ich genauso fröhlich auch ohne ihn weiter.« Quentin zwinkert mir zu. »Nicht vergessen: Hilf dir selbst, so hilft dir Gott.«

KAPITEL 54

Als die Verhandlung um 13:35 Uhr wieder aufgenommen wurde – nachdem man das Zuhause des Richters und das Gerichtsgebäude gründlich durchsucht hatte –, konnte ich mich nicht auf die Aussage von Virginia Sexton konzentrieren. Zunächst war ich völlig verblüfft, dass meine Mutter endlich doch zugestimmt hatte, Annie als Zuschauerin mit in den Gerichtssaal zu nehmen. Wahrscheinlich hat die Erzählung über Dads Heldentaten im Krieg heute Morgen den Ausschlag gegeben. Annie sitzt rechts von Mom. Mia hat neben ihr Platz genommen, dann Jenny. Annie wirkt fasziniert von dem ganzen Schauspiel, während Mia alles mit der ihr eigenen kühlen Gründlichkeit betrachtet.

Außerdem gehe ich beinahe zwanghaft in Gedanken immer wieder die Tonbandaufnahme durch, die ich in Lincolns Auto gehört habe. Sie allein würde in den Köpfen aller Geschworenen begründete Zweifel aufkommen lassen. Und Lincoln hatte meinen Charakter völlig richtig eingeschätzt: Wenn mir jemand am ersten Tag des Verfahrens gesagt hätte, eine Million Dollar könnte einen Freispruch für meinen Vater kaufen, dann hätte ich Wege gefunden, dieses Geld aufzutreiben.

Jetzt ist das aber keine Option mehr.

Trotz seiner prahlerischen Worte im Haus Edelweiß verfolgt Quentin immer noch peinlich genau den Ansatz, der von Violas angeblichem zweiten Testament ausgeht, das allerdings auch nach dem zweiten Teil der Aussage von Henrys Mutter weiterhin reine Theorie ist. Shad entlässt die weinende Mrs. Sexton, nachdem er ihr die Aussage abgerungen hat, sie hätte nie ein Testament gesehen, das auch nur angeblich von Viola Turner stammte.

Als Nächstes ruft Quentin einen Geschichtsprofessor der Universität Cornell in den Zeugenstand, einen blassen Mann mit leiser Stimme, der aber mit großer Überzeugungskraft spricht. Der Professor hat eine E-Mail mitgebracht, die Henry Sexton zehn Tage vor seinem Tod geschrieben hat. In diesem Schreiben, das der Professor laut vorliest, informiert ihn Henry darüber, Viola hätte ihm mitgeteilt, sie hätte ihr Testament geändert und darin angegeben, dass sie Henry fünfzigtausend Dollar hinterlassen wolle, um weiterhin Nachforschungen über den Tod von Violas Bruder anzustellen und unter anderem auch seinen Dokumentarfilm über diese Recherchen zu vollenden. Das Problem ist, dass trotz der leidenschaftlichen Aufrichtigkeit des Professors niemand bereit ist, zu beschwören, je ein solches Testament gesehen zu haben, geschweige denn, es hier vor Gericht vorzulegen.

Als ich nach links zu Rusty schaue, sieht der aus, als wäre er schon im Halbschlaf, doch als er merkt, dass ich ihn ansehe, macht er verdeckt eine Wichsergeste. Eindeutig hat in der letzten Stunde seine Meinung von Quentin, dem Genie, schwer gelitten. Nachdem Shad den Professor dazu gebracht hat, auch zuzugeben, nie ein Exemplar des angeblich neuen Testaments gesehen zu haben, dreht sich der Bezirksstaatsanwalt zu den Geschworenen hin und hebt die Hände, als wolle er sagen: *Warum verschwenden wir mit diesem Blödsinn unsere Zeit?*

Ich neige dazu, mich seiner Meinung anzuschließen, bis Quentin mit sehr erfrischter Stimme sagt: »Euer Ehren, die Verteidigung ruft Mr. Junius Jelks in den Zeugenstand.«

Shad fährt so rasch mit dem Kopf herum, dass er vielleicht bald beim Chiropraktiker in Behandlung muss. Es kostet ihn offensichtlich einige Mühe, den Impuls zu unterdrücken, gleich »Einspruch!« zu bellen. Aber er hat keine Begründung für einen Einspruch. Shad ist einfach nur verdutzt, dass Viola Turners Ehemann – von dem Shad bis vor ein paar Sekunden noch annahm, dass er in Joliet, Illinois, sicher hinter Gittern sitzt – gleich in den Zeugenstand treten und Gott weiß was sagen wird. Quentins Entscheidung, vor der Verhandlung keine Einsicht in die Beweismittel und Zeugen der Verteidigung zu nehmen, erweist sich für den Bezirksstaatsanwalt als höllische Tortur. Ich danke meinem Schicksal, dass den Verteidigern in Texas diese Möglichkeit nicht offenstand.

Als die großen schwarzen Türen aufgehen, sehe ich zunächst keinen Zeugen, sondern zwei Federal Marshals. Einer hält die Tür auf, während der Zweite einen Schritt in den Saal geht. Sie warten auf ihren Schutzbefohlenen. Mit metallischem Klirren betritt ein mittelgroßer Schwarzer mit elegantem Gang und einem Zwinkern in den Augen den Gerichtssaal. Junius Jelks' Haar ist grau, aber er wirkt noch sehr stattlich, und es scheint ihm ungeheures Vergnügen zu bereiten, dass nun Hunderte von Augen gebannt auf ihn gerichtet sind. Als er durch den Mittelgang schreitet, ist von der Galerie ein deutliches Zischen zu hören. Es ist ein leises Schlangenzischen, und als es anhält, wird mir klar, dass es aus vielen Mündern dringt. Diese Leute erinnern sich eindeutig daran, was Lincoln über die Grausamkeit dieses Mannes ausgesagt hat, der angeblich sein Vater war. Und wenn die Zuschauer sich an diese Beschreibung erinnern, dann gilt das auch für die Geschworenen.

Als Jelks an mir vorübergeht, sehe ich die Handschellen an seinen Handgelenken; sie wirken bei einem Mann, der eine Art Beerdigungsanzug trägt, ein wenig fehl am Platz. Vor meinem geistigen Auge sehe ich den alten Bauernfänger, der wie Ryan O'Neal in *Paper Moon* kürzlich verwitweten Frauen »vorbestellte« Bibeln verkauft. Er hat wahrscheinlich Lincoln von Tür zu Tür mitgeschleift, genau wie das kleine Mädchen in dem Kinofilm.

Während der Gerichtsdiener Jelks vereidigt, beugt sich Rusty zu mir und flüstert mir ins Ohr: »Vondie Curtis-Hall.«

»Was?«

»So sieht Jelks aus. Wie Vondie Curtis-Hall, nur in alt.«

»Rusty, ich kenne all deine Schauspieler nicht.«

»Scheiße, Mann, Vondie hat in so gut wie allen Serien mitgespielt, von *Crooklyn* bis zu den *Sopranos*, du erinnerst dich vielleicht an ihn in dem Film, den sie nach dem Roman von James Lee Burke gedreht haben. Den mit Alec Baldwin als Dave Robicheau, nicht Tommy Lee Jones. Der hat Minos Dautrieve gespielt.«

»Du musst öfter mal vom Sofa runter und mehr vor die Tür.«

»Er sieht genauso aus, wie Cora Revels ihn beschrieben hat. Der geborene Trickbetrüger.«

»Was zum Teufel hat der hier zu suchen? Das ist meine Frage.«

Rusty lacht leise und flüstert: »Quentin hätte den nicht von Joliet hierhergebracht, wenn er mit ihm nicht ein Feuerwerk abbrennen könnte.«

Quentin rollt an seine Stelle neben dem Zeugenstand und betrachtet seinen Zeugen streng. »Mr. Jelks, ich sehe, dass Sie heute in Begleitung erschienen sind. Was ist der Grund dafür?«

Jelks lächelt reuig. »Das sind Federal Marshals. Anscheinend vermutet man bei mir Fluchtgefahr.«

»Woher sind Sie heute zu uns gekommen?«

»Aus dem Staatsgefängnis von Illinois.«

»Wofür sind Sie zurzeit in Haft?«

»Äh, es wurde behauptet, ich hätte versucht, einen Richter zu bestechen, aber das ist eine stark vereinfachte Darstellung. Ein Mann mit Ihrer juristischen Erfahrung würde das sofort begreifen. Sie ...«

»Die Diskussion leite ich, Mr. Jelks, wenn Sie nichts dagegen haben. Was war Ihre Beziehung zum Opfer, Mr. Jelks?«

»Ich bin ihr Ehemann. Beziehungsweise war.«

»Wie lange waren Sie verheiratet?«

»Oh ... so ungefähr dreißig Jahre. Fünf- oder sechsunddreißig.«

»Und wie haben Sie Ihre Frau kennengelernt?«

Jelks lacht leise. »Ich habe in Chicago in der Kirche vom Überreichen Leben eine Predigt gehalten, und sie war zufällig auch da.«

»Sind sie ordinierter Pastor?«

»Nein, nicht direkt. Eher Laienprediger.«

»Verstehe. Und Viola hatte zum Zeitpunkt Ihrer Heirat einen Sohn?«

»Jawohl, Sir.«

»Waren Sie der Vater dieses Kindes?«

»Nein.«

»Wussten Sie, wer das war?«

Jelks lässt sich mit der Antwort Zeit. »Na ja ... ich wusste das, was sie mir gesagt hat. Aber das war nicht die Wahrheit. Hab lange gebraucht, um das rauszukriegen. Ich bezweifle, ob Viola in ihrem Leben mehr als zehnmal gelogen hat, aber all die Lügen, die sie erzählt hat, hatten mit diesem Kind zu tun.«

»Wer war nach Violas damaliger Angabe der Vater?«

»Ihr erster Mann, James Turner. Der Kriegsheld.«

»Und wann haben Sie das Gegenteil rausgefunden?«

»Zweiunddreißig Jahre später.«

»Wie ist das gekommen?«

»Jemand hat mir eine Kopie der Todesanzeige von James Turner in der Zeitung von Natchez geschickt. Da habe ich dann kapiert, dass er schon neun Monate vor Lincolns Zeugung in Vietnam gefallen war.«

»Wissen Sie, wer Ihnen das Bild geschickt hat?«

»Jawohl, Sir.«

»Wer?«

»Cora Revels.«

»Hab ich's nicht gesagt«, flüstert Rusty. »Feuerwerk.«

»Die Schwester des Opfers?«, fragt Quentin.

»Genau.«

»Woher wissen Sie das?«

»Sie hat es zwei Tage später zugegeben.«

»Cora Revels hat hier ausgesagt, jemand hätte Ihnen ein solches Bild geschickt, sie wisse aber nicht, wer das gewesen sei.«

Jelks lacht wissend. »Klar, darauf hätte ich gewettet.«

»Was haben Sie gemacht, als Sie das Bild bekommen hatten?«

»Meine Frau zur Rede gestellt.«

»Haben Sie sie geschlagen?«

»Ich habe ihr vielleicht ein, zwei Klapse gegeben. Ich war ziemlich aufgeregt, wie Sie sich vorstellen können.«

»Was hat sie Ihnen gesagt?«

»Erst irgendeine Scheißgeschichte von einem One-Night-Stand. Da wusste ich gleich, dass das gelogen war. Viola hatte niemals im Leben einen One-Night-Stand. Dann hat sie mir erzählt, der Ku-Klux-Klan hätte sie in Mississippi vergewaltigt. Das konnte ich schon eher glauben. Als ich in Natchez war und nachgefragt habe, da haben mir ein paar Leute gesagt, es hätte damals 68 so ein Gerücht die Runde gemacht. Die Zahlen schienen zu stimmen, also habe ich ihr diese Erklärung abgekauft.«

»Wann haben Sie herausgefunden, dass Tom Cage Lincolns Vater ist?«

»Vor drei Monaten, als die Story in den überregionalen Zeitungen auftauchte. Nachdem Viola gestorben war.«

Ich schaue nach rechts und sehe meine Mutter so bleich und reglos dasitzen wie eine Marmorstatue im British Museum. Nur ihre rechte Hand, die Annies Hand umklammert, zeugt überhaupt von Leben.

»Haben Sie Lincoln je gesagt, dass er bei einer Vergewaltigung durch den Klan gezeugt wurde?«

»Jawohl, Sir, vor sieben Monaten.«

»Warum haben Sie das gemacht?«

»Der Junge hat mich enttäuscht. Ich war bestürzt. Jetzt wünsche ich, ich hätte es nicht getan, aber das nützt ja auch nichts. War jedenfalls nicht seine Schuld, dass er geboren ist.«

Quentin dreht seinen Rollstuhl zur Geschworenenbank hin, spricht aber weiterhin Jelks an. »Lassen Sie uns einen Augenblick zu Cora Revels zurückkehren. Bitte beschreiben Sie das Verhältnis zwischen Cora und ihrer Schwester, wie Sie es gesehen haben, nachdem Sie in die Familie aufgenommen worden waren.«

»Na ja … gut war es nicht.«

»Wie meinen Sie das?«

»Cora war immer eifersüchtig auf Viola. Viola war die Hübsche, die Schlaue, sie konnte singen und tanzen wie die im Fernsehen. Wie Martha and the Vandellas. Die Supremes. Cora war wie Mary Wells, Viola eher wie Diana Ross. Nur war Viola wie Diana Ross, aber mit Mary Wells' Stimme. Die hatte einfach *alles*, Bruder.«

Plötzlich entdeckt Jelks Cora in der Reihe hinter dem Tisch der Anklage. Sie sieht aus, als wollte sie hinter ihrem Stuhl versinken.

»Da bist du ja, Cee. Ha! Duck dich nicht, Baby. Du siehst immer noch gut aus!«

Richter Elder ermahnt ihn: »Mr. Jelks, bitte sprechen Sie erst, nachdem man Ihnen eine Frage gestellt hat.«

»Jawohl, Sir, Herr Richter.«

Quentin fragt: »Wie gut haben Sie Cora während der fünfunddreißig Jahre Ehe mit ihrer Schwester kennengelernt?«

»Na ja … so gut, wie ein Mann eine Frau nur kennenlernen kann, wenn Sie wissen, was ich meine.«

Ein schockiertes Murmeln läuft durch die Menschenmenge. Alle starren auf Cora Revels.

»Als Mae Ola im Sterben lag«, fährt Jelks fort, »das ist Violas Ma, Mrs. Mae Ola, da sind uns Cora und ich ein bisschen nähergekommen, als wir das hätten tun sollen. Ich bin nicht stolz drauf. Ich sag nur die Wahrheit. Aber ein Mann hat eben Bedürfnisse, und Viola hat während all der Wochen nur eines im Kopf gehabt: ihre Ma zu pflegen. Sie war jeden Tag hundemüde. Aber Cora hat sich nicht so überanstrengt. Viola hat die meiste Arbeit gemacht, weil sie Krankenschwester war. Die beiden waren einfach grundverschieden. Immer schon. Und weil da diese Eifersucht zwischen ihnen war, wollte Cora es mal mit mir probieren, nehme ich an. Also habe ich sie gelassen. Mir war der Grund dafür egal.«

Darauf hatte sich Lincoln also bezogen, als er im Zeugenstand sagte, seine Mutter hätte nach dem Tod ihrer eigenen Mutter sehr viel weniger für Junius Jelks übriggehabt …

»Sie wollen damit sagen, dass Cora mit Ihnen geschlafen hat, weil sie ihrer Schwester wehtun wollte?«

»Einspruch«, sagt Shad. »Führt diese Seifenoper irgendwann zu einer relevanten Tatsache?«

Richter Elder schaut Shad neugierig an. »Als Sie Ihre Seifenoper inszeniert haben, Mr. Johnson, schienen Sie recht angetan von dieser Art von reißerischem Detail. Abgelehnt.«

»Wie gesagt«, tönt Jelks, »mit mir zusammen zu sein, so hat sich Cora für all die Jahre an Viola gerächt, in denen sie hinter ihr zurückstehen musste. Wenn sie sich Violas Mann krallen konnte, dann konnte sie sich eine Weile ein bisschen besser fühlen.«

»Hat Viola je von diesem Seitensprung erfahren?«

»Äh, leider ja. An dem Abend, ehe wir nach Chicago zurückfahren sollten, hat sie uns beim Techtelmechtel in der Küche erwischt, und da hat sie begriffen, wie die Sache lag. Dann platzte plötzlich Cora wie aus dem Nichts damit raus, dass ich ihretwegen Viola verlassen würde, was völliger Schei… Schwachsinn war. So blöd war ich nicht. Aber das Resultat war, dass Cora und Viola danach lange nicht miteinander geredet haben.«

»Wie lange, Mr. Jelks?«

»Jahrelang.«

»Wie viele Jahre?«

»Acht oder neun. Bis Viola Krebs gekriegt hat.«

»Und in dieser Zeit hat Cora Ihnen die Todesanzeige von James Turner geschickt.«

»Genau. Cora hatte wegen mir lange ein richtig schlechtes Gewissen, aber Viola hat auch nie lockergelassen. Also ist Cee schließlich echt wütend geworden. Sie wollte mir – und Viola – beweisen, dass ihre Schwester keinen Deut besser war als sie. Teufel, ich wusste, dass Viola nicht vollkommen ist. Aber sie war vollkommener als jede andere Frau, die ich je kennengelernt habe, und viel besser, als ich es verdient hatte.«

»Mr. Jelks, vor zwei Tagen hat Cora Revels auf genau dem Stuhl gesessen, auf dem Sie jetzt sitzen, und uns mit Worten ein Bild von der Zeit gemalt, als ihre Mutter gestorben ist. Sie hat diese Zeit als eine Zeit besonderer Nähe zwischen sich und ihrer Schwester beschrieben. Sie meinte, damals hätte ihr Viola das Geheimnis um Lincolns Vater anvertraut.«

»Ich weiß nicht, ob Viola das Cee erzählt hat. Aber ich weiß, dass es keine Zeit besonderer Nähe war. Cora hat sich ständig Ausreden ausgedacht, damit sie sich aus dem Haus schleichen und mit mir Sex haben konnte.«

Murmelnde Gespräche schwellen an und wieder ab. Rechts neben mir raschelt Stoff, und als ich mich umdrehe, sehe ich, dass meine Mutter von Herzen bereut, dass sie Annie erlaubt hat, bei diesem Verfahren zuzuschauen. Aber so wie ich meine Tochter kenne, wird sie frühestens gehen, wenn sich das Gericht für heute vertagt. Jedenfalls nicht, ohne eine Szene zu machen.

»An dem Tag, als wir von hier weggefahren sind«, fügt Jelks hinzu, »hätte man einen Eispickel gebraucht, damit Cora auch nur ein einziges Wort zu Viola sagte.«

Quentin nickt, als hätte er diese Antwort schon längst erwartet. »Verstehe. Nun, warum hat sich Viola nach diesem Vorfall nicht von Ihnen scheiden lassen?«

»Darüber habe ich auch lange nachgedacht. Sie hat gesagt, es wäre, weil sie für Lincoln eine stabile Familie wollte. Aber wenn ich so zurückblicke, war der eigentliche Grund wohl, dass sie fürchtete, ich könnte durchdrehen und Lincoln erzählen, dass ich nicht sein Vater bin. Das war ihre größte Sorge, dass er die Wahrheit über sich rausfinden würde.«

»Aber Sie selbst wussten damals noch nicht, wer Lincolns leiblicher Vater ist, oder?«

»Nein. Das stimmt. Viola wusste allerdings, dass ich es irgendwann rauskriegen würde.«

Quentin rollt noch näher zum Zeugenstand, testet die unsichtbare Grenze aus, die nach Meinung des Richters dort verläuft. »Mr. Jelks, hat Ihre Frau je mit Ihnen über ein Verbrechen gesprochen, das sie vielleicht damals in Natchez, Mississippi, begangen hat?«

Diese Frage findet Junius Jelks eindeutig absurd. »Ein Verbrechen? Viola? Sie war die anständigste Frau, die man sich nur vorstellen kann, außer ihrer Trinkerei. Und sie hat immer nur zu Hause getrunken. Die konnte kein Wässerchen trüben, Bruder. Es sei denn, sie wollte es.«

»Ihre Antwort ist also nein?«

»Meine Antwort ist, zum Teufel nein. Sie hat nie erwähnt, dass sie ein Verbrechen begangen hat.« Jelks lächelt schief. »In unserer Ehe war *ich* der Verbrecher.«

»Vorhin haben Sie ausgesagt, Sie hätten Lincoln Turner erst letztes Jahr erzählt, er sei das Kind von Vergewaltigern aus dem Ku-Klux-Klan. Stimmt das?«

»Ja.«

»Hatten Sie und er danach noch Kontakt?«

»Nein, eigentlich nicht. Ich war im Gefängnis, und er ist danach nicht mehr zu Besuch gekommen.«

»Telefonate?«

»In den ersten paar Wochen einige wütende Anrufe, dann nichts mehr.«

»Wie hat Viola darauf reagiert, dass Sie Lincoln die Geschichte mit der Klan-Vergewaltigung erzählt haben?«

»Sie hat Lincoln gesagt, für sie wäre ich gestorben. Sie wollte meinen Namen nie wieder hören. Das hat er mir bei einem dieser Anrufe berichtet.«

»Haben Sie noch einmal von Ihrer Frau gehört, ehe sie gestorben ist?«

»Nur einmal.«

»Was für ein Kontakt war das? Ein Besuch im Gefängnis? Ein Anruf?«

»Sie hat mir einen Brief geschrieben.«

»Ins Gefängnis?«

»Richtig.«

»Was stand in dem Brief?«

»Nun … ich habe ihn dabei …«

»Einspruch!«, brüllt Shad. »Wir haben von diesem Brief noch nie gehört. Schriftliche Aufzeichnungen, andere Aufzeichnungen und Fotos.«

»Euer Ehren«, sagt Quentin, »wir geben diesen Brief als Beweismittel fünf der Verteidigung zu den Akten, vorausgesetzt, dass Viola Tuners Handschrift vom staatlichen Experten verifiziert wird, was unser eigener Experte bereits zu unserer Zufriedenheit gemacht hat.«

»Euer Ehren«, fährt Shad fort. »Dieser Zeuge ist ein bekannter Trickbetrüger und verurteilter Verbrecher. Wie kann das Gericht irgendeiner Sache, die er hier vorbringt, Gewicht schenken?«

»Das sollen die Geschworenen entscheiden«, antwortet Richter Elder ruhig. »Abgelehnt. Ich lasse das Beweismittel zu, die Verifizierung vorausgesetzt. Bitte fahren Sie fort, Mr. Avery.«

»Beschwerde«, sagt Shad gereizt.

»Zur Kenntnis genommen.«

»Bitte lesen Sie den Brief vor, Mr. Jelks«, sagt Quentin.

»Junius. Ich schreibe dir, um dich zu informieren, dass ich dich aus meinem Testament streiche.«

Schrilles Stimmengewirr. Schockierte Gespräche auf der Galerie.

»Ruhe«, sagt Richter Elder.

»Du glaubst vielleicht, dass ich das mache, weil dein Verhalten dazu geführt hat, dass Lincoln seine Lizenz verloren und so vielleicht seine Karriere ruiniert hat. Aber das ist nicht der Grund. Ich hätte mich deswegen von dir scheiden lassen, aber da ich bald sterbe, lohnt es sich wohl nicht, das alles durchzumachen. Ich habe ohnehin jetzt keine Kraft mehr dafür. Du erinnerst

dich vielleicht auch daran, dass ich Cora nicht aus meinem Testament gestrichen habe, nicht mal, nachdem sie mit dir eine Affäre hatte.

Ich enterbe dich, weil ich endlich eine Sache gefunden habe, für die ich alles opfern würde, sogar mein Leben. Hier im Süden gibt es einen Reporter, der all die Jahre Nachforschungen über das Verschwinden von Jimmy und Luther angestellt hat. Es ist ein Weißer namens Henry Sexton. Er und ein Filmproduzent versuchen gerade, einen Film über den Fall zu machen, und sie brauchen Geld, um ihn fertigzustellen. Ich habe diesem Mann in die Augen geschaut, und ich vertraue ihm mehr, als ich je einem Menschen außer meinem Bruder getraut habe. Ich nehme also das bisschen Geld, das ich gespart habe, und gebe es Mr. Sexton in der Hoffnung, dass Jimmys Mörder endlich vor Gericht gestellt werden und die Wahrheit ans Licht kommt. Cora und Lincoln erben noch kleine Beträge, aber weniger als die Hälfte von dem, was sie vorher gekriegt hätten. Du andererseits brauchst kein Geld, weil du im Gefängnis bist und vielleicht dort auch stirbst. Richter bestechen und Drogen beschaffen, das sind für mich keine legitimen Bedürfnisse.

Cora und ich haben uns nach all den Jahren des Schweigens endlich miteinander versöhnt, nach dem, was um Mas Tod herum passiert ist. Sie hat mein neues Testament als Zeugin unterschrieben, und ich vertraue ihr, dass sie dafür sorgt, dass meine Wünsche durchgeführt werden. Ich glaube, dass sie es tun wird, aber nur für alle Fälle habe ich noch einen weiteren Schritt unternommen, um sicher zu sein, dass du sie nicht noch einmal zu deinen Gunsten umstimmen kannst. Aber das ist meine Angelegenheit. Ich habe es schon gemacht, also versuche nicht, es mir auszureden. Mein Entschluss ist gefasst. Jimmy war der Einzige, der mir, Ma und Daddy treu geblieben ist.

Was uns betrifft, so dachte ich, du hättest meinem Sohn das Herz gebrochen, als du ihm diese Geschichte von der Klan-Vergewaltigung erzählt hast. Aber inzwischen begreife ich, dass du es ihm schon lange vorher gebrochen hast. Ich wünsche nur, ich hätte das damals schon gewusst, damit ich dich rechtzeitig verlassen und ihm geholfen hätte. Du hast solchen Charme, aber irgendwas an dir bringt in den Leuten das Schlimmste hervor. Du hast meine Schwester zum Ehebruch verleitet, du hast sogar meinen eigenen Sohn gegen mich gewendet. Ich weiß, dass Cora auch falsch gehandelt hat, aber sie war schwach, und du hast das ausgenutzt. Genau das machst du immer, Junius, menschliche Schwächen ausnutzen. Ich weiß es besser, also hoffe ich nicht, dass dich das Gefängnis diesmal mehr verändert als die anderen Male zuvor, aber ich bete, dass du eines Tages hinter diesen Mauern zum Glauben oder zumindest zum Frieden findest.

Ich weiß, dass ich auch nicht schuldlos bin. Mein Herz war schon gebrochen, ehe du und ich uns kennengelernt haben, und das hat unsere Beziehung vielleicht zum Scheitern verurteilt. Ich weiß es nicht. Versuche, nicht zornig zu sein, wenn du an mich denkst. Wir haben am Anfang doch auch Freude miteinander gehabt. Ich erinnere mich noch an den ersten Winter mit Schnee, wie zauberhaft das war für mich, das Mädchen aus Mississippi. Ich denke, alles hat gute und schlechte Seiten. Ich danke dir für den Trost, den du mir und meinem Jungen am Anfang in den schweren Tagen gespendet hast, und ich verzeihe dir deine Schwächen.

Mögest du Frieden finden, ehe du dorthin kommst, wohin ich schon bald vorausgehe.

Vee.«

»Es ist Ihnen wohl nicht leichtgefallen, diesen Brief vorzulesen«, sagt Quentin leise.

»Nein, Sir.«

»Und warum *hat* er ihn vorgelesen?«, brüllt Shad. »Kein Mensch würde so was lesen, ohne im Gegenzug was dafür zu bekommen. Besonders nicht ein verurteilter Trickbetrüger!«

»Ich habe keinen Einspruch gehört, Euer Ehren«, sagt Quentin sanft.

»Ich auch nicht«, erwidert Richter Elder. »Setzen Sie sich wieder hin, Mr. Johnson.«

Als Shad Platz nimmt, bemerke ich, dass Lincoln nicht wie Cora versucht, in seinem Stuhl zu versinken, sondern kerzengrade aufrecht sitzt und Junius Jelks anstarrt, als wolle er ihn mit Blicken töten. Die Folgen von Jelks' Aussage – und Violas Brief, falls er als echt anerkannt wird – werden mir erst allmählich klar. Ehe ich weiter darüber nachdenken kann, setzt Quentin den Todesstoß.

»Mr. Jelks, haben Sie von Ihrer Frau nach ihrem Tod Geld geerbt?«

Ein kleines, seltsames Lächeln spielt über das Gesicht des alten Gauners. »Ja.«

»Wie viel?«

»Zwölftausend Dollar.«

»Hat Sie das überrascht?«

»Das kann man wohl sagen.«

»Haben Sie sich bei jemandem erkundigt, warum dieser anscheinende Fehler gemacht wurde?«

Jelks' einzige Antwort ist ein leises Lachen.

»Beantworten Sie die Frage«, ordnet Richter Elder an.

»Nein, das habe ich nicht getan.«

»Nach dem, was im Brief Ihrer Frau stand, was haben Sie vermutet, was geschehen war? Dachten Sie, sie hätte ihre Meinung geändert?«

»Einspruch«, sagt Shad. »Suggestivfrage.«

»Stattgegeben.«

»Was meinen Sie, ist geschehen, Herr Jelks?«

»Einspruch!«, brüllt Shad. »Vage Formulierung.«

»Abgelehnt.«

»Ich habe mir gedacht, dass Lincoln doch was von mir gelernt hatte.«

»Wie meinen Sie das?«, fragt Quentin.

»Der Junge hat ja schon bei meinen Tricksereien mitgemacht, ehe er überhaupt begriffen hatte, was ich da tat. Mit sechs Jahren war der schon so gut wie nur was. Der konnte zu einer Dame rennen und jammern, er hätte sich verlaufen, und kam mit ihrem Geldbeutel und ihrer Uhr zurück, und die hat den Verlust erst fünf Blocks später bemerkt.«

Jelks' Stimme ist tatsächlich von Stolz erfüllt, aber das Bild, das er heraufbeschwört, zeigt mir nur noch deutlicher, wie radikal anders meine Kindheit als die meines Halbbruders war.

»Ich hab mir gedacht, der hat rausgefunden, wie er das neue Testament verschwinden lassen kann«, fährt Jelks fort, »damit das alte weiter bestehen bleibt.«

»Einspruch, Herr Richter«, drängt Shad. »Vermutungen ohne Beweise. Der Zeuge hat keine Kenntnis von derlei Ereignissen.«

»Stattgegeben.«

Jelks lacht leise. »Ich weiß, dass Lincoln wahrscheinlich verdammt sauer deswegen war, dass er mir die zwölf Riesen geben musste. Aber da ging kein Weg dran vorbei, verstehen Sie? Er hat immer noch doppelt so viel bekommen, als wenn er zugelassen hätte, dass Vee den Löwenanteil diesem weißen Reporter gab.«

»Ich habe Sie gewarnt, nur zu reden, wenn Sie gefragt worden sind, Mr. Jelks«, blafft Richter Elder. »Die Geschworenen lassen bitte die letzten Kommentare des Zeugen außer Acht.«

»Gut«, flüstert Rusty mir ins Ohr. »Quentin hat das die ganze Zeit so geplant, Penn. Der hat denen zwei Tage gegeben, an denen sie sich selbst in ihre Lügen verstricken konnten.«

»Mr. Jelks«, sagt Quentin, »als das Testament Ihrer Frau eröffnet wurde, warum haben Sie sich da nicht gemeldet und den Brief vorgezeigt, den Sie hier heute vorgelesen haben?«

Jelks schüttelt den Kopf. »Ich wollte dem geschenkten Gaul nicht ins Maul schauen. Und Lincoln konnte ich das nicht übelnehmen.«

»Gut. Wollen Sie noch etwas sagen, ehe ich Sie an den Bezirksstaatsanwalt weiterreiche?«

Junius Jelks blickt auf den Brief in seinem Schoß, dann über die Menge. »Nur eins. Viola hatte recht, was mich betraf. Ich war kein Heiliger, wie Sie schon an den Wachen sehen, die ich dabeihabe. Aber ich konnte es mir auch nicht leisten, einer zu sein. Herrgott, es war so schwer, ihr ins Gesicht zu schauen und zu wissen, wie weit ich unter dem geblieben bin, was sie erwartet – und auch verdient – hatte. Aber in Bezug auf ihren Bruder Jimmy hat sich Vee geirrt. Indem er jung gestorben ist, ist dieser Junge für Viola eine Art Heiliger geblieben. Aber er und Luther haben sie ja überhaupt erst in diese Schwierigkeiten mit dem Klan gebracht, mit der Vergewaltigung und so. Nicht ich. Das ist doch auch mal was, oder?«

Quentin wendet sich zu Shad und wirft ihm den ersten, völlig offenen Blick seit Anfang des Verfahrens zu. Es ist, als hätte ein Mann, der einen Umhang trägt, den plötzlich nach hinten geworfen, damit man sein glänzendes Schwert sehen kann. Shad rutscht auch tatsächlich ein wenig auf seinem Stuhl nach hinten.

Junius Jelks ist jedoch noch nicht fertig. Als Quentin gerade den Mund aufmacht und den Zeugen zum Kreuzverhör anbieten will, schaut Jelks auf meinen Vater und sagt: »Doc, ich weiß nicht, ob Sie dieses Gift gespritzt haben oder nicht, aber Sie haben sie verdammt noch mal umgebracht. Ich hab ihr mein Leben lang wie ein Klotz am Bein gehangen, aber Sie haben ihr das Herz gebrochen, ehe ich sie auch nur zu Gesicht bekommen habe. Sie haben sie umgebracht. Zumindest in *der* Beziehung habe ich ein reines Gewissen.«

Quentin starrt Junius Jelks an, überlegt wahrscheinlich, wie es die meisten Anwälte vor Gericht tun, dass selbst ein guter Zeuge stets ein zweischneidiges Schwert ist. »Ihr Zeuge«, sagt er schließlich.

Shad sitzt verwirrt zwinkernd da wie ein junger Boxer, dem der alternde Champion den ersten Schlag versetzt hat, der ihm den Atem raubt.

Als Quentin zum Tisch der Verteidigung zurückrollt, nimmt Rusty Blickkontakt mit ihm auf und reckt verdeckt den Daumen in die Höhe. Doch Quentin lässt sich nicht dazu herab, dieses Signal zu quittieren. Selbst im Rollstuhl macht seine königliche Haltung allen klar, dass er über der Kritik und dem Lob von Leuten wie Rusty Duncan steht.

Shad erhebt sich und schreitet auf den Zeugenstand zu, geht erst daran vorbei und nimmt dann eine Kampfhaltung ein, die deutlich macht, dass er für Junius Jelks nichts als Verachtung, vielleicht sogar Ekel empfindet.

»Warum erzählen Sie uns das alles jetzt, Mr. Jelks?«, fragt er.

»Wie meinen Sie das?«

»Ich meine, Sir, dass ein Mann wie Sie nichts umsonst macht. Was hat man Ihnen im Austausch für Ihre Aussage angeboten?«

Jelks lächelt in schweigendem Einverständnis. »Verstehe. Nun, niemand hat mich dafür bezahlt, wenn Sie das meinen.«

»Hat Ihnen jemand irgendwelche anderen Versprechungen gemacht?«

»Na klar. Mr. Avery hier hat mir zugesagt, sich meinen Fall noch mal anzuschauen und zu überprüfen, ob er vielleicht meine Strafe verkürzt bekommt, nach dem, was der Richter gemacht hat. Der ist ja auch ins Gefängnis gewandert, weil er sich hat bestechen lassen und so. Aber das ist alles.«

»Das ist *alles*?«, fragt Shad mit theatralischer Betonung und schaut zu den Geschworenen.

»Ist das illegal?«, fragt Jelks mit gespielter Aufrichtigkeit, und erst dann merkt Shad, dass er hier auf eine Sprengfalle getreten ist.

Richter Elder starrt Shad an, als wartete er auf die Antwort, aber Shad wird keine geben, es sei denn, der Richter ordnet es an.

»Mr. Johnson«, hakt Richter Elder nach.

»Ja, Richter?«

»Der Zeuge hat eine Frage gestellt. Ich glaube, die Geschworenen möchten vielleicht die Antwort hören.«

Shad schaut auf den Boden und schluckt wohl eine bissige Bemerkung herunter, doch als er den Kopf wieder hebt, sagt er: »Nein, es ist genau genommen nicht illegal. Es erhöht jedoch die Wahrscheinlichkeit, dass sich dieser Zeuge ohne diesen Ansporn niemals zu Wort gemeldet hätte.«

»Und ich werde die Geschworenen anweisen, das in Betracht zu ziehen«, sagt Richter Elder, »wenn es so weit ist. Bitte fahren Sie fort.«

»Mr. Jelks«, sinniert Shad, »was wäre, wenn Ihre Zeugenaussage heute dazu führt, dass Sie Ihr Erbe von zwölftausend Dollar verlieren? Wie fühlen Sie sich dann?«

Jelks tut das mit der philosophischen Geste eines Pragmatikers ab, der die Chancen abwägt, ehe die meisten anderen Leute auch nur die Frage verstanden haben. »Mr. Johnson, Geld bedeutet einem Mann, der noch dreizehn Jahre hinter Gittern vor sich hat, nicht mehr besonders viel. Nicht in meinem Alter. Selbst eine kleine Chance auf Freiheit ist fünfzigmal mehr wert als das Papier, das für mich in der Bank vermodert.«

»Natürlich. Und angesichts Ihrer Gefühle – gibt es da etwas, das Sie nicht täten, um Ihre Entlassung aus dem Gefängnis zu beschleunigen?«

»Wahrscheinlich nicht.«

»Würden Sie im Zeugenstand lügen?«

»Natürlich. Ich würde vielleicht sogar jemanden umbringen, wenn nur er noch zwischen mir und meiner Freiheit stünde.«

Lautes Gemurmel aus der Menge hinter mir. Shad wendet sich zu den Geschworenen und dreht wieder die Handflächen nach oben, als wolle er sagen: Was soll man mit so einem Mann anfangen?

»Aber meine Frau hätte aus keinem Grund gelogen«, sagt Jelks mit Überzeugung. »Außer vielleicht, um ihr Kind zu schützen. Sie hat diesen Brief geschrieben, Sir. Das kann niemand widerlegen.«

»Ich habe Ihnen keine Frage gestellt, Mr. Jelks.«

»Das ist mir egal, Mister Johnson. Aber ich danke Ihnen und all den guten Leutchen hier ganz gewiss, dass Sie mich einen Tag aus dem Dreckloch rausgeholt haben. Ich fühle mich beinahe wieder lebendig.«

Richter Elder sieht aus, als hätte er nun wirklich keine Geduld mehr mit Junius Jelks, aber was kann er schon dagegen machen? Der Mann wandert ohnehin wieder ins Gefängnis zurück, und für die Steuerzahler von Mississippi ist es besser, wenn der Staat Illinois weiterhin seine Kost und Logis berappt. »Noch weitere Fragen?«

»Nein, Euer Ehren.«

»Der Zeuge ist entlassen. Würde bitte ein Marshal diesen Mann aus dem Saal begleiten?«

Als zwei Marshals zum Zeugenstand gehen, um Junius Jelks aus dem Saal zu geleiten, bemerke ich hinter mir Unruhe und drehe mich um. Hinter dem Tisch der Anklage ist Lincoln Turner aufgesprungen und starrt den Mann an, den er einmal für seinen Vater gehalten hat. Er sieht aus, als könnte er sich jeden Augenblick auf Jelks stürzen.

Ich will gerade vorschlagen, dass der Gerichtsdiener zwischen die beiden geht, als Lincoln mit klarer Stimme sagt: »Herr Richter, ich möchte reden.«

Selbst die Marshals, die Jelks begleiten, halten inne, als Richter Elder zu Lincoln herunterschaut.

»Sie hatten Ihre Zeit im Zeugenstand, Mr. Turner. Allerdings werden Sie sicher in nicht allzu langer Zeit wieder vor Gericht stehen. Setzen Sie sich bitte hin.«

Aber Lincoln leistet der Anordnung nicht Folge. Im Gegenteil, es sieht aus, als bräuchte man einen Trupp Polizisten, um ihn dazu zu zwingen. Ich habe diesen Blick schon vor Gericht gesehen – mehr als einmal auf den Gesichtern von Männern, die dann das Feuer auf die Angeklagten eröffneten.

»Herr Richter«, sage ich und stehe auf, aber Elder hat endlich begriffen, dass die Sache eskaliert. Er bedeutet mir mit einer Handbewegung, ich solle mich setzen, während er schon mit dem Gerichtsdiener redet.

»Herr Gerichtsdiener, wenn dieser Mann sich nicht setzt, lassen Sie ihn aus dem Saal entfernen. Und wenn er versucht, dem Zeugen aus diesem Raum zu folgen, dann halten Sie ihn auf.«

Den bewaffneten Gerichtsdiener scheint die Wendung, die dieses Verfahren genommen hat, sehr zu verblüffen, aber er stößt sich von der Wand ab, wo er gestanden hat, die rechte Hand auf dem Kolben der Pistole an seinem Gürtel.

Als ich mich hinsetze, bemerke ich, dass Quentin Lincoln mit unsicherer Miene anschaut. Elektrisiert begreife ich, was er gerade denkt. So ruhig wie ich kann, rutsche ich von meinem Stuhl nach vorn und beuge mich über die Schranke zu Quentin.

»Schließe deine Beweisführung ab, Quentin. Es ist vorbei. Du hast gerade die Zeugen der Anklage niedergemacht.«

»Nein, das habe ich nicht«, sagt er, die Augen immer noch auf Lincoln gerichtet. »Ich habe sie nur verwundet.«

»Quentin …«

»Wenn ich jetzt aufhöre, dann kann Shad Lincoln zum Gegenbeweis aufrufen, und ihn sagen lassen, was er will.«

»Ich bezweifle, dass er das riskiert.«

»Dann bist du ein Narr.«

Quentin hat recht: Technisch gesehen hat Shad das Recht, Lincoln noch einmal in den Zeugenstand zu rufen. Das wäre ungewöhnlich für ein Verfahren in Mississippi, aber wenn Shad glaubt, dass Lincoln sich irgendwie ein wenig rehabilitieren kann, dann versucht er es vielleicht. Da ich Quentins Hang dazu kenne, alles kontrollieren zu wollen, wird er seinem Gegenspieler nicht die Macht überlassen, Lincoln Turners letzten Auftritt vor den Geschworenen zu choreografieren.

»Euer Ehren«, sagt Quentin nach wenigen Sekunden des Nachdenkens, »die Verteidigung ruft Lincoln Turner auf.«

Richter Elders langes Gesicht fährt zu Quentin herum, als hätte der alte Anwalt plötzlich angefangen, wie ein Hund zu bellen. Ich kann ihn beinahe fragen hören: Bist du dir sicher? Aber das macht er natürlich nicht.

»Bitte treten Sie in den Zeugenstand, Mr. Turner«, ordnet Richter Elder an.

Rusty packt meinen linken Unterarm und drückt ihn fest. »Scheiße, was macht Quentin denn jetzt?«

»Schach spielen. Eine sehr riskante Partie.«

»Schach, heilige Scheiße. Anwälte vor Gericht sind wie Maler. Hinter jedem von denen sollte ein Typ mit einem Hammer stehen, der ihm eins über den Schädel gibt, wenn das Bild fertig ist.«

»Genau meine Meinung, Kumpel. Nur zu.«

Trotz seiner Leidenschaft weiß Rusty, dass wir nichts machen können, um Quentin vor sich selbst zu retten – oder meinen Vater vor Quentin –, wenn sie denn wirklich Rettung nötig hätten.

Als Lincoln Turner zum Zeugenstand geht, sieht es aus, als wäre der Mann mit den strahlenden Augen, der mir in der Mittagspause eine Kassette zu verkaufen versucht hat, die meinen Vater retten könnte, so weit weg wie der Gefangene, den die Marshals gerade durch die hintere Tür aus dem Saal führen. Die Augen des Mannes, der hier im Zeugenstand Platz nimmt, sehen nichts, was unmittelbar vor ihnen liegt. Sie sind auf die entschwundene Vergangenheit und eine ungewisse Zukunft konzentriert.

Es sind die Augen eines Mannes, der nichts mehr zu verlieren hat.

KAPITEL 55

»Mr. Turner«, sagt Quentin von seinem Platz am Tisch der Verteidigung aus, »ich sehe – das sehen wir alle, dass Sie unbedingt reden wollen. Das kann ich verstehen, nach der Aussage Ihres … ehemaligen Stiefvaters. Ich habe Sie erneut aufgerufen, weil ich niemanden zum Schweigen verurteilen möchte, der zu unserem Verständnis der ganzen Wahrheit in diesem Fall beitragen kann. Ich bitte Sie nur um eines, und ich bitte Sie mit der größten Besorgnis. Bitte … erinnern Sie sich daran, dass Sie noch unter Eid stehen.«

»Das weiß ich«, erwiderte Lincoln mit unverhohlener Bitterkeit.

»Ich sage das nicht, um Sie zu beleidigen, sondern um Sie daran zu erinnern, dass Menschen im Überschwang der Leidenschaft oft Dinge sagen, die sie später gern zurücknehmen würden.«

Als hätte Lincoln nicht schon ein Dutzend solcher Dinge von sich gegeben.

»Ich weiß, was ich sagen will, alter Mann.«

»Mr. Turner!«, sagt Richter Elder in scharfem Ton. »Mäßigen Sie Ihren Ton!«

Quentin schaut Lincoln noch ein paar Sekunden an, nickt dann einmal und rollt mit seinem Stuhl zum Zeugenstand.

»Mr. Turner, haben Sie das zweite Testament Ihrer Mutter vernichtet?«

»Ja.«

Ich spüre das kollektive Aufstöhnen nach diesem offenen Geständnis wie einen Windzug. Ich bin selbst völlig verblüfft, weil ich ziemlich sicher bin, dass diese Tat Lincoln gut und gerne zwei Jahre im Bezirksgefängnis einbringen kann, wenn nicht länger, weil seine Mutter zu diesem Zeitpunkt als alt und gebrechlich anzusehen war.

»Ich komme darauf gleich noch zu sprechen«, sagt Lincoln. »Aber zuerst will ich Ihnen etwas über Junius Jelks erzählen.«

Shad sieht aus wie kurz vor einer Herzattacke, aber er weiß, dass er nichts unternehmen kann, um das aufzuhalten – er kann es höchstens hinauszögern. Aber wozu?

»Mr. Turner«, sagt Quentin, um der Form Genüge zu tun, »würden Sie bitte Ihre Familienbeziehung zu Junius Jelks beschreiben?«

»Diesen Mann«, sagt Lincoln kopfschüttelnd, »habe ich den größten Teil meines Lebens für meinen Vater gehalten. Aber er war es nicht. Er hat nur so getan, wenn es ihm in den Kram passte. Und er hat mir viel beigebracht, wie man das ja von einem Vater erwartet. Er hat mir beigebracht, dass eine Lüge besser ist als die Wahrheit, dass Stehlen besser ist als Arbeiten, dass Gewinnen nichts bedeutet, wenn man es nicht durch Betrug erreicht hat. Gewinnen ohne Betrug war einfach nur Glück, sagte er, und jeder Trottel kann mal Glück haben. Der Ausdruck ›Gauner‹ klingt gar nicht so schlimm, oder? Da denkt man an irgendeinen aalglatten Hollywood-Schauspieler. Aber das ist die größte Lüge von allen. Wie Ma in ihrem Brief geschrieben hat, hat sich Junius Jelks sein Leben lang die Schwachen als Opfer ausgesucht, wie ein Schakal in der Wüste. Er hat die Alten und Kranken betrogen. Er hat für eine Beteiligung an den Einnahmen junge Mädchen, die von zu Hause weggelaufen waren, an Zuhälter vermittelt. Er hat mich dabei als Helfer eingesetzt, bevor ich noch wusste, was ich tat. Er hat jede Minderheit, jede Einwanderergruppe ausgenommen – ihre Unwissenheit wie eine Waffe gegen sie verwendet. Ich habe gesehen, wie er dreizehnjährigen Mädchen ihre Klamotten abschwatzte. Er kann sich in fünf Sprachen durchschwindeln und kennt doch keine einzige richtig. ›Caveat emptor!‹ hat er immer gerufen, wenn er jemanden übers Ohr gehauen hatte. ›Der Käufer soll sich in Acht nehmen!‹«

»Mr. Turner«, sagt Quentin sanft. »Ich glaube, wir haben verstanden. Ihr Stiefvater war kein Heiliger, wie er selbst gesagt hat.«

Lincoln nickt mit Nachdruck, als versuche er sich durch die glühende Hitze seines Zorns hinweg auf ein anderes verschwommenes Argument jenseits von all dem zu konzentrieren.

»Was war nun mit dem Testament Ihrer Mutter, Mr. Turner?«

Nach mehreren Sekunden schaut Lincoln zu Quentin auf, und diesmal weicht Quentin unter der Wucht des vernichtenden Blicks einige Zentimeter zurück. »Ma hat ein neues Testament geschrieben, genau wie es in ihrem Brief steht. Und ich habe es verbrannt. Sobald ich an jenem Morgen nach Natchez kam.« Lincoln schaut über Quentin hinweg auf die Zuschauer. »Und wer in diesem Raum will mich dafür verurteilen? Mein Leben lang hat Ma mir versichert, sie würde für mich sorgen. Sie hat oft über ihr Testament gesprochen und gesagt, sie würde für Cora und mich tun, was sie könnte. Und das hat sie auch vorgehabt, bis ein paar Wochen vor ihrem Tod. Bis dieser weiße Reporter sie allein erwischt hat und ihr den Kopf mit verrückten Träumen über Jimmy angefüllt hat. Meine Ma war *krank*, Mann! Sie hat zehn verschiedene Medikamente eingenommen. Sie war kurz vor dem Tod, und dieser Henry Sexton hat sie ausgenutzt, genau wie Junius Jelks die alten Leute in den Altenheimen in Chicago übervorteilt hat. Dieses Geld stand mir zu, Leute. Und Cora auch. Ma wollte, dass wir es kriegen, und dann ist ein glattzüngiger Weißer gekommen und hat ihr auf dem Totenbett die Ersparnisse ihres Lebens abgeschwindelt. Auf dem Totenbett! Meinen Sie, ich hätte mich zurückhalten und diesen Gauner mit den Ersparnissen meiner Ma wegspazieren lassen sollen? Wo meine Tante kaum ihre Stromrechnung zahlen kann?« Lincoln schaut zu Quentin hinunter. »Glauben Sie das wirklich, Bruder?«

Quentin sitzt still in seinem Rollstuhl, wie benommen von der Wucht von Lincolns Empörung. Genau das hatte ich befürchtet, wenn ich auch nicht geahnt hatte, dass mein Halbbruder in seinem Zorn so weit gehen würde. Aber Jelks' Aussage hat ihn so wütend gemacht, dass es ihm gleichgültig zu sein scheint, ob ihm eine Anklage wegen Betrugs blüht oder was immer der Anklagepunkt dafür ist, dass er das gültige Testament seiner Mutter vernichtet hat.

Ich wünsche mir, dass Quentin der Sache ein Ende macht, aber dazu hat er keine Möglichkeit. Wenn er versucht, Lincoln zum Schweigen zu bringen, kann Shad einfach im Gegenzug vorpreschen und ihn weiterreden lassen, wie er will. Das weiß Quentin natürlich. Deswegen hat er Lincoln ja überhaupt wieder in den Zeugenstand gelassen. Meine Mutter hat sich über Annie hinweg zu Mia gebeugt und redet dringlich auf sie ein. Ich kann unschwer erraten, was sie ihr sagt. Aber Annie will davon nichts wissen. Wenn Mom Annie aus dem Gerichtssaal entfernen will, muss sie selbst auch die Verhandlung verlassen, und das will sie nicht.

Lincoln wendet sich mit vor Tränen glänzenden Augen an die Geschworenen. Es ist unerwartet rührend, einen so großen muskulösen Mann so am Boden zerstört zu sehen.

»Hört mir zu, Leute«, fleht er sie an. »Bitte hört euch das an, wenn ihr sonst nichts hört. Was Tom Cage und sein Anwalt hier machen, ist genau das, was mir Junius Jelks beigebracht hat. Was jeder gute Trickbetrüger und Zauberer macht. Sie bringen euch dazu, auf eine Sache zu schauen – nur auf eine Hand –, damit ihr nicht seht, was die andere macht. Aber mit dieser anderen Hand langen sie euch in die Tasche oder ziehen das fünfte Ass aus dem Ärmel. Diese andere Hand ist die aktive Hand, versteht ihr? Lasst euch nicht übers Ohr hauen! Seid keine blöden Trottel!«

Lincoln zwinkert die zwölf schwerfälligen Gesichter an wie ein Prophet, der versucht, eine Menge müder Bauern zu überzeugen. »Die Leute haben über Tom Cage geredet, als wäre er eine Art Heiliger. Der Schutzpatron aller geknechteten Schwarzen. Und wisst ihr, warum? Wer wird schon einen Heiligen wegen Mordes verurteilen? Niemand. Aber habt ihr euch je gefragt, *warum* er sein Leben lang was für schwarze Menschen gemacht hat? Habt ihr euch je gefragt, ob das, was ihn angetrieben hat, vielleicht *Schuldgefühle* waren und nicht etwa christliche Nächstenliebe?«

Lincoln stößt mit dem Zeigefinger in Richtung Publikum. »Ich habe mit Menschen in dieser Stadt geredet! Jeder aus Natchez spricht über das Strahlen in den Augen meiner Ma. Sie sagen, sie konnte damit einen ganzen Raum heller machen. Aber als ich sie kennengelernt habe, war dieses Strahlen so gut wie verschwunden. Sie war nur noch eine leere Hülle, die nach der Arbeit vor dem Fernseher saß, billigen Wein trank und über blöde Filme heulte. Ein paar Mal habe ich das Licht aufflackern sehen, wenn ich ein gutes Zeugnis nach Hause brachte. Aber das war alles. Ma hat nach meinem zehnten Lebensjahr die Wohnung kaum mehr verlassen, außer um zur Arbeit oder zum Schnapsladen zu gehen. Hat mich sogar für sie Zigaretten kaufen geschickt. Ich habe Bilder gesehen, die hier unten von ihr gemacht wurden … und sie sah aus wie ein Filmstar. Aber als sie fünfunddreißig war, sah sie wie fünfzig aus. Und zehn Jahre später wie eine Pennerin. Meinen Sie, es fällt mir leicht, das zu sagen?« Lincoln ballt seine große Hand zur Faust und hämmert damit gegen sein Herz. »Nein. Aber ich sage es, um Ihnen zu erklären, was dieser Mann ihr angetan hat. Er hat ihr erst Hoffnung auf etwas eingeflößt, das sie niemals haben konnte, und dann hat er es ihr weggenommen! Er hat sie zum Lügen verleitet, um seinen guten Ruf zu schützen … und seine weiße Familie. Er hat sie zum Lügen gezwungen, um mich versteckt zu halten. Er hat ihr das Leben gestohlen, genauso wie Jelks den Leuten ihren letzten Dollar gestohlen hat!«

Ich nehme rechts von mir eine Bewegung wahr. Meine Mutter hält tatsächlich Annie die Ohren zu. Einen Augenblick überlege ich, ob ich aufstehen und Annie aus dem Saal bringen soll. Aber sie hat schon so viel gehört, und ich will auf keinen Fall den Rest von Lincolns Geschichte verpassen. Als er jedoch fortfährt, bleiben meine Gedanken bei seinem letzten Satz hängen, und ich merke, dass ich Viola Turner nicht mehr als die Krankenschwester sehe, die ich vor so langer Zeit kannte, sondern als Serenity Butler. Was würde nötig sein, um eine Frau mit Serenitys Stärke, Schönheit und Intelligenz so vollständig zu zerbrechen? Nach allem, was ich gehört hatte, besaß auch Viola all diese Eigenschaften.

»Lassen Sie sich das von einem Mann sagen, der von einem Trickbetrüger aufgezogen und dann zum Anwalt ausgebildet wurde«, fährt Lincoln fort. »Und was ist ein Anwalt schon anderes als ein Trickbetrüger mit Universitätsausbildung?«

Einige Geschworene nicken.

»Quentin Avery hat all die Zeit auf dieses Thema verwendet, damit Sie sich auf Mas Testament konzentrieren und nicht auf das, was wirklich wichtig ist – auf das Verbrechen, das uns heute hierhergebracht hat – auf den *Mord* an meiner Mutter. Und kein einziges Wort, das er gesagt hat, hat widerlegt, was in der Nacht passiert ist, als Ma gestorben ist.«

»*Sie* haben uns hierhergebracht«, sagt Quentin gerade laut genug, dass die Geschworenen ihn hören. »Und ich glaube, wir begreifen allmählich den Grund dafür. Sie sind ein zorniger Mann. Und obwohl das vor Gericht vielleicht nicht das Hauptthema ist, sollte es das vielleicht sein. Die Gerichte, Mr. Turner, existieren nicht, damit man sie für seine persönlichen Rachefeldzüge einspannt.«

»Einspruch«, ruft Shad. »Herr Richter, wir haben uns sehr weit vom eigentlichen Thema entfernt. Mr. Turner hat recht. Das Testament seiner Mutter ist eine Angelegenheit für das Erbschaftsgericht, nicht für dieses Gericht.«

»Es stellt sich vielleicht heraus, dass Sie sich da irren«, sagt Richter Elder unheilverheißend. »Aber die Sache ist jetzt weit genug gegangen. Mr. Avery, kommen Sie bitte zum Ende.«

Quentin rollt bis auf einen Schritt an den Zeugenstand. Mich erinnert er an einen alten Löwenbändiger, der gefährlich nah an das Tier herangeht, das er bändigen will.

»Gibt es noch andere Lügen, die Sie gestehen möchten, Mr. Turner? Wenn ja, dann wäre das jetzt die Gelegenheit dazu.«

»Ich habe gesagt, was ich zu sagen hatte.«

»Nun gut. Keine weiteren Fragen, Herr Richter.«

»Mr. Johnson?«, fragt Richter Elder.

»Nichts weiter, Euer Ehren.«

Elder wendet sich Lincoln zu. »Sie können gehen.«

Lincoln kehrt zu seinem Platz hinter der Schranke zurück. Dort wartet seine Tante Cora. Sie sieht aus, als hätte sie einen leichten Schlaganfall erlitten. Die Stille im Saal erinnert mich an eine öffentliche Veranstaltung, bei der jemand etwas Schockierendes gemacht hat und niemand so recht weiß, ob er das getan hat, weil er ungehobelt oder weil er geisteskrank ist. Nach allen konventionellen Einschätzungen hat Junius Jelks gerade bewiesen, dass zwei Zeugen der Anklage aus den niedrigsten Beweggründen im Zeugenstand gelogen haben. Das allein hat in den Fall ausreichend begründete Zweifel eingebracht, um einen Freispruch zu erwirken. Aber irgendwie hat Lincolns leidenschaftliche Ansprache an die Geschworenen – die er so offensichtlich gegen seine eigenen Interessen gehalten hat –, das Gespenst heraufbeschworen, dass mein Vater trotz Lincolns und Coras Meineid aus Geldgier immer noch des Mordes schuldig sein könnte.

»Sag ihm, dass er die Beweisaufnahme abschließen soll«, zischt mir Rusty ins Ohr. »Schnell! Quentin sieht aus, als würde er noch einen Zeugen aufrufen.«

Eine furchterregende Aussicht lässt mich vom Stuhl aufspringen und Richter Elders Zorn riskieren, indem ich vor die Schranke trete und mich neben Quentins Rollstuhl knie. »Hast du immer noch vor, Dad in den Zeugenstand zu rufen?«

»Beruhige dich«, sagt Quentin ärgerlich. »Und setz dich wieder hin. Ich habe alles im Griff.«

»Dann hör auf, solange die Sache gut für dich läuft.«

»Setz dich wieder hin.«

»Du hast gewonnen, verdammt!«

»Wenn du das glaubst, dann schätzt du falsch ein, worum es bei diesem Prozess geht.« Quentin schaut zum Richter. »Die Verteidigung ruft Mr. Vivek Patel in den Zeugenstand.«

»Wer zum Teufel ist das?«, zische ich.

»Das wirst du gleich rausfinden.« Quentin stößt sich von meiner Schulter ab und rollt von mir weg.

Als ich mich hinsetze, hat bereits ein dunkelhäutiger Inder im Zeugenstand Platz genommen und wird vereidigt, als Hindu nicht mit der Hand auf der Bibel, und er »bestätigt« auch, statt zu »schwören«, dass er die Wahrheit sagen wird. Der Mann kommt mir ungeheuer ruhig vor, verglichen mit den Geschworenen und den Zuschauern, die gerade Lincolns spektakuläre Tirade erlebt haben. Seine dunklen Augen funkeln vor Intelligenz, und er wartet auf die erste Frage, als hätte er den ganzen Tag Zeit für das Verfahren.

»Mr. Patel, würden Sie uns Ihren Beruf nennen?«

»Jawohl, Sir. Ich besitze ein Motel in Jefferson County, am Highway 61. Zwischen Fayette und Port Gibson.«

»Wie weit ist das von Natchez entfernt?«

»Achtundzwanzig Meilen.«

»Wie heißt Ihr Motel?«

»The Belle Meade Inn.«

»Mr. Patel, haben Sie in den letzten fünfzehn Minuten im Gerichtssaal gesessen?«

»Jawohl, Sir.«

»Haben Sie den Mann gesehen, der ausgesagt hat, ehe Sie in den Zeugenstand gerufen wurden?«

»Jawohl, Sir.«

»Haben Sie den Mann vor heute schon einmal gesehen?«

»Jawohl, Sir.«

»Wo?«

»Er war Gast in meinem Motel.«

»Und wann war das?«

Mr. Patel zieht ein zusammengefaltetes Blatt Papier aus der Tasche.

»Was schauen Sie da an, Mr. Patel?«

»Das ist eine Fotokopie meines Gästeregisters.«

»Verstehe. Bitte fahren Sie fort.«

»Ja … der Mann, der vor mir ausgesagt hat, hat vor etwas über drei Monaten in meinem Motel übernachtet. Letzten Dezember.«

»Haben Sie die genauen Daten?«

»Ja.« Der Mann zieht das Papier in seiner Hand zu Rate. »Er hat am neunten Dezember eingecheckt, und am dreizehnten Dezember ausgecheckt.«

Quentin legt eine Pause ein, damit die Geschworenen die Bedeutung dieser Daten begreifen. »Sind Sie sich darüber im Klaren, dass dies ein Mordverfahren ist?«

»Jawohl, Sir.«

»Wissen Sie, an welchem Tag das Opfer in diesem Mordfall getötet wurde?«

»Jawohl, Sir. Am zwölften Dezember letztes Jahr.«

»Genau. Und zu diesem Zeitpunkt hatte der Mann, den Sie identifiziert haben, schon fünf Tage in Ihrem Hotel gewohnt?«

»Genau.«

Rustys Hand umklammert erneut meinen Arm, diesmal mit schmerzhafter Kraft. Genau wie ich hat er gespürt, dass sich die Welle, die während der Aussage von Junius Jelks begonnen hat, nun aufbäumt und mit zerstörerischer Kraft Lincoln Turner – und Shad Johnsons Beweisführung – zermalmen wird. »Unter welchem Namen hat er sich bei Ihnen angemeldet?«

Patel schaut noch einmal im Register nach. »Keith Mosley.«

»Keith Mosley? Sind Sie sicher?«

»Jawohl, Sir.«

»Heilige Scheiße«, haucht Rusty. »*Lincoln hat seine Mutter umgebracht.*«

»Blödsinn«, antworte ich leise, aber wir beide drehen uns zu Lincoln, der mit der stummen Reglosigkeit einer Mahagoni-Statue dasitzt.

»Haben Sie ihn gebeten, einen Ausweis vorzulegen, als er sich angemeldet hat?«, fährt Quentin fort.

»Natürlich.«

»Wie hat er das gemacht?«

»Mit einem Führerschein.«

»Was hat er dann die ganze Zeit sonst hier gemacht?«, flüstert Rusty.

»Abgewartet, dass seine Mutter stirbt«, denke ich laut. »Gewartet, dass Dad sie tötet. Damit er uns hierherzerren konnte.«

»Nein, Mann. Ich glaube, er hat sie umgebracht. Für die zweiundsiebzig Riesen.«

»Aus welchem Staat?«, fragt Quentin.

»Illinois.«

»Unter dem Namen Keith Mosley?«

»Jawohl, Sir.«

»Und wie hat er bezahlt? Mit einer Kreditkarte?«

»Nein, Sir. Mit Bargeld.«

»Bargeld. Fanden Sie das verdächtig?«

»Nein, Sir. Viele meiner Gäste ziehen Barzahlung vor.«

»Verstehe. Sind Sie sich sicher, dass der Mann, auf den Sie gedeutet haben, derselbe Mann ist, der sich bei Ihnen als Keith Mosley angemeldet hat?«

»Absolut.«

»Und wie ist es gekommen, dass Sie heute hier sind?«, fragt Quentin.

»Nun ja … Anfang der Woche oder vielmehr am Dienstag hat mich meine Frau zu sich gerufen, weil sie gerade Zeitung las.«

»Verzeihung, welche Zeitung war das?«

»Die aus Natchez. Der *Examiner.*«

»Danke. Bitte fahren Sie fort.«

»In der Zeitung war ein Bild von diesem Mann. Und meine Frau sagte: ›Vivek, der sieht aus wie der Mann, der letzten Dezember bei uns übernachtet hat.‹ Als ich das Foto angeschaut habe, war ich sofort ihrer Meinung. Aber dann habe ich bemerkt, dass in der Bildunterschrift und im Artikel ein anderer Name stand.«

»Welcher Name war das?«

»Mr. Lincoln Turner. Das hat mich verwirrt, und ich habe versucht, mir einzureden, dass wir uns irrten. Aber dann begann meine Frau, alle Einzelheiten zu dieser Geschichte und zum Verfahren zu lesen. Sie hat im Internet frühere Ausgaben der Zeitung durchgeschaut. Sie hat da noch ein weiteres Bild des Mannes gefunden und beide Fotos einem unserer Hausmädchen im Hotel gezeigt. Die hat Mr. Turner sofort als Keith Mosley identifiziert.«

»Was haben Sie dann gemacht?«

»Ich habe bei den Behörden angerufen.«

»Bei der städtischen Polizei? Beim Sheriff's Office?«

»Bei der städtischen Polizei, aber die haben mich ans Sheriff's Office weiterverwiesen.«

»Und was hat man Ihnen da gesagt?«

»Dass ich mich geirrt hätte.«

Quentin legt erneut eine Pause ein, um diese Aussage wirken zu lassen, und er wirft Sheriff Byrd einen raschen Blick zu. »Wie konnten die da so sicher sein?

»Ich weiß es nicht, Sir.«

»Sie haben denen alles gesagt, was Sie uns heute hier erzählt haben?«

»Ganz bestimmt, Sir.«

»Aber die wollten nicht zuhören?«

»Einspruch«, sagt Shad. »Suggestivfrage.«

»Ich formuliere das neu«, reagiert Quentin aalglatt. »Hat das Sheriff's Office nach dem, was Sie dort berichtet haben, irgendetwas unternommen?«

»Meines Wissens nicht, Sir.«

Richter Elder wirft Billy Byrd wütende Blicke zu.

»Was haben Sie dann gemacht?«, fragt Quentin.

»Ich habe versucht, die Sache zu vergessen.«

»Und ist es Ihnen gelungen?«

»Nein, Sir.«

»Warum nicht?«

»Meine Frau hat es nicht zugelassen. Meine Frau … wenn die sich mal was in den Kopf gesetzt hat, hält sie nichts mehr auf. Sie hat mir dann gesagt, ich sollte mich mit dem Verteidiger von Dr. Cage in Verbindung setzen.«

»Und warum hat sie das vorgeschlagen?«

»Wie gesagt, sie hatte das Verfahren verfolgt. Und sie hatte gelesen, dass Mr. Mosley – vielmehr Mr. Turner – behauptet hätte, er wäre erst am Morgen nach dem Tod seiner Mutter in Natchez angekommen. Das war natürlich technisch gesehen richtig, denn mein Hotel liegt in einem angrenzenden Landkreis. Aber er hat auch behauptet, er wäre erst an diesem Morgen aus Chicago eingetroffen, und da wusste ich, dass das nicht stimmte.«

Quentin nickt bedächtig. »Es überrascht mich ein wenig, dass Sie so gehandelt haben, Mr. Patel. Nicht viele Amerikaner sind so begierig darauf, Informationen weiterzugeben, die sie mitten in einen Gerichtsprozess bringen könnte.«

Patel nickt äußerst förmlich. »Ich verstehe das, Sir. Tatsächlich hat unser Hausmädchen gesagt, sie wolle nichts damit zu tun haben, nachdem ich ihr erklärt hatte, warum ich sie zu dem Foto befragt hatte.«

»Aber das hat Sie nicht abgeschreckt?«

»Nein, Sir. Das ist eine sehr ernste Angelegenheit. Wenn ein Mann unter Eid falsches Zeugnis ablegt, dann hat jeder Bürger die Pflicht, darauf hinzuweisen. Sonst kann das Gesetz nicht unparteiisch sein.«

Quentin lächelt mit einer Art melancholischer Bewunderung. »Sie haben recht, Mr. Patel. Genauso wie Neubekehrte die gewissenhaftesten Gläubigen sind, habe ich oft festgestellt, dass Einwanderer die pflichtbewusstesten Staatsbürger sind.«

Mr. Patel sitzt noch ein wenig aufrechter da. »Vielen Dank, Sir.«

Quentin nickt dem Inder zu, schaut dann zu Richter Elder auf und sagt: »Ich biete den Zeugen zum Kreuzverhör an.«

Ich beneide Shadrach Johnson nicht.

Shad erhebt sich mit langsamer Bedächtigkeit und geht vom Tisch der Verteidigung zum Zeugenstand hinüber. Er hat eine anklagende Miene aufgesetzt.

»Mr. Patel, hat man Ihnen im Austausch für Ihre Aussage heute etwas angeboten?«

Der Hotelbesitzer schaut verdutzt. »Austausch, Sir?«

»Damit kommt Shad nicht weiter«, flüstert Rusty, »nicht bei diesem Typ.«

»Er spielt nur auf Zeit.«

»Haben Sie zum Beispiel vielleicht einen Verwandten, der im Gefängnis sitzt? Irgendjemanden, dem Mr. Avery helfen könnte, ehrenamtlich sozusagen?«

Als ihm die Stoßrichtung dieser Frage klar wird, verdunkelt sich die Miene des Inders. »Ich habe keine Verwandten im Gefängnis, Sir!«

»Was ist mit Ihren Hausmädchen? Ich wette, zumindest einige von denen haben Probleme mit dem Gesetz. Oder deren Ehemänner?«

»Leider ja. Ich helfe, wo immer ich kann. Aber Mr. Avery hat mir keine Unterstützung irgendeiner Art angeboten.«

»Verstehe.« Shad geht gemessenen Schrittes zwischen dem Zeugenstand und dem Rednerpult hin und her, anscheinend mit Gedanken beschäftigt. »Mr. Patel, haben Sie in Ihrem Motel eine Sicherheitskamera?«

»Nur am Empfangstresen.«

Wenn ich Shad wäre, würde ich die nächste Frage nicht stellen, aber er ist in dieses Thema eine Ebene tiefer eingedrungen als ich. »Haben Sie auf Ihren Aufzeichnungen nach Mr. Turners Gesicht gesucht?«

»Das habe ich.«

»Und was haben Sie gefunden?«

»Die Zeit, von der wir reden, war vor drei Monaten. Wir löschen unsere Kassetten alle sechzig Tage und bespielen sie neu, um Geld zu sparen. Leider haben wir keine Aufzeichnung davon, wie Mr. Turner sich angemeldet hat. Wir haben aber seine Quittungen und das Register.«

»Sie meinen, Sie haben Keith Mosleys Quittungen und Unterschrift.«

Der freundlich hilfreiche Ausdruck auf Mr. Patels Gesicht verschwindet, und nun ist dort Bestürzung zu sehen. »Ich bleibe bei meiner Aussage. Es ist derselbe Mann.«

»Er *lügt*«, sagt Lincoln von seinem Platz hinter Shads Tisch. »Er hat sich geirrt.«

»Ruhe, Mr. Turner«, fährt Richter Elder dazwischen.

»Ich erkenne auch seine Stimme wieder«, sagt Mr. Patel beinahe schnippisch.

»Sie sind ein Lügner«, erklärt Lincoln mit Nachdruck.

Joe Elder wirft Lincoln einen feurigen Blick zu. »Noch ein Wort, Mr. Turner, und Sie wandern ins Gefängnis. Mr. Johnson, haben Sie noch weitere Fragen?«

»Keine weiteren, Euer Ehren.«

Richter Elder nickt Mr. Patel zu. »Sie können gehen, Sir.«

»Shad hat das ordentlich gemacht«, murmelt Rusty.

»Rufen Sie Ihren nächsten Zeugen auf, Mr. Avery.«

Ehe Quentin spricht, rutsche ich zum Tisch und sage ihm ins Ohr. »Okay, jetzt hast du Lincoln plattgemacht. Rufe keine weiteren Zeugen auf. Es ist Zeit, die Beweisaufnahme abzuschließen.«

»Euer Ehren«, sagt Quentin gereizt, »darf ich mich einen Augenblick mit meinem Kollegen beraten?«

»Kurz.«

Quentin wendet sich mir mit dem letzten Rest seiner Geduld zu. »Sprich, wenn's unbedingt sein muss.«

»Quentin, die Geschworenen haben dem Typ geglaubt. Wenn nicht alle, dann drei Viertel von ihnen. Auf jeden Fall genug für einen Freispruch.«

Der alte Löwe legt seine runzlige Hand auf meinen Unterarm und schaut mich mit uralten Augen starr an. »Noch ein Zeuge. Mehr nicht.«

»Da irrt ihr euch beide«, sagt mein Vater, der sich von seinem Stuhl neben Quentin herüberbeugt. »Ich will immer noch da hin.«

»In den Zeugenstand?«, frage ich ungläubig. »Das wäre zu diesem Zeitpunkt der reine Wahnsinn. Wir sind weit über nur berechtigte Zweifel hinaus. Quentin hat gerade die Möglichkeit in den Gedanken der Geschworenen eingepflanzt, dass Lincoln selbst Viola umgebracht haben könnte. Herrgott, es ist Zeit, sich zum Sieger zu erklären und nach Hause zu gehen.«

Dad schüttelt langsam den Kopf; weißes Haar fällt ihm in die runzlige Stirn. »Snake Knox ist immer noch da draußen, mein Sohn. Hast du das vergessen?«

»Snake ist ein Problem für einen anderen Tag!«

»Nein. Der war immer das Kernstück dieses Falls. Penn, du musst darauf vertrauen, dass wir wissen, was wir tun.«

Ich schaue zu Quentin zurück. »Wirst du ihn wirklich in den Zeugenstand rufen?«

»Wir wollen mal sehen, wie sich der nächste Zeuge schlägt.«

Zum ersten Mal in diesem Verfahren verdunkelt sich das Gesicht meines Vaters vor Wut. »Wir haben darüber geredet. Wir haben eine Vereinbarung.«

Quentin wirft Dad einen raschen Blick zu. »Ich weiß.«

»Du hast den Geschworenen versprochen, dass ich aussagen werde.«

»Mr. Avery«, ermahnt ihn Richter Elder, »wir werden alle nicht jünger.«

»Aber Sie haben noch viel mehr Luft nach oben als ich, Joe«, sagt Quentin leise.

»Verzeihung?«

»Ich habe mich nur geräuspert«, erwidert Quentin. »Die Verteidigung ruft Will Devine auf.«

KAPITEL 56

Als diesmal die Tür hinten aufgeht, treten keine Federal Marshals in den Saal, sondern FBI-Agenten. Das erkennt man an ihren Anzügen. Kaiser steht von seinem Platz etwa in der Mitte des Zuschauerraums auf und bespricht sich mit dem leitenden Agenten, dann umringen vier Männer Will Devine und geleiten ihn in den Gerichtssaal. Ganz anders als bei meinem Besuch neulich – als er mir mit einem Gewehr vor der Nase herumfuchtelte –, erscheint Devine nun als milder Mann mit schütterem Haar und einer Sauerstoffmaske vor dem Gesicht. Einer der FBI-Männer rollt auf einem Wagen einen grünen Metalltank hinter ihm her. Doch das, was die Augen aller im Saal auf sich zieht, ist die kugelsichere Weste, die Devine trägt.

»Quentin?«, murmele ich, drehe mich um und suche im Saal nach Devines Familie. Keine Spur von Deke, Nita oder Will Junior.

»Er hat gesundheitliche Probleme«, erwidert Quentin, »aber er ist hier.«

»Wo ist seine Familie?«

»Schon in Schutzhaft. Jetzt setz dich hin und bete, dass wir Glück haben.«

Gleich wird ein Doppeladler vor Gericht aussagen. Ich nehme an, fünfzigtausend Dollar kaufen doch mehr, als ich gedacht hätte. »Wieso Glück?«

»Dass er gegen Snake Knox aussagt. Das in Erwägung zu ziehen ist eins. Es auch tatsächlich zu tun ist eine andere Sache. Und jetzt setz dich hin.«

Als ich rückwärts zu meinem Stuhl zurückkrieche, requiriert ein FBI-Agent einen Platz neben einem älteren Mann, der aussieht, als könnte er einer der weniger wichtigen Doppeladler sein. Der junge Mann, den er dazu verdrängen muss, widerspricht mit leiser Stimme, aber der Agent macht ihm klar, dass er seinen Platz verlassen wird, so oder so. Der alte Mann neben dem Agenten sieht sich das alles an wie ein Fluggast, der beobachtet, wie ein Fremder aus dem Flugzeug komplimentiert wird.

»Wer zum Teufel ist der Typ mit der Sauerstoffmaske?«, flüstert Rusty. »Jesse James' lang verloren geglaubter Enkel?«

»Fast. Er ist ein Doppeladler. Er heißt Will Devine.«

Plötzlich begreift Rusty, dass ich etwas mit der Sache zu tun gehabt haben muss. »Herrgott, Penn. Quentin wird in die Annalen der Geschichte eingehen.«

»Wollen wir mal hoffen, dass er Dad frei bekommt. Das würde mir schon reichen.«

»Schau dir das an, Scheiße, Mann.«

Vier FBI-Agenten haben sich entlang der Wände im Gerichtssaal aufgestellt, einer an der Hintertür, ein weiterer neben dem Zeugenstand. Ihre Waffen sind nicht zu sehen, aber niemand hegt einen Zweifel daran, dass sie bewaffnet sind.

Ich schaue hinter mir zur Galerie hinauf und sehe Serenity, die sich nach vorn beugt und ans Geländer lehnt. Als sie meinen Blick bemerkt, ballt sie die Faust und macht eine kleine Triumphgeste.

Ich wende mich wieder zur Schranke, hinter der Quentin zum Rednerpult rollt und sagt: »Mr. Devine, sind Sie in der Lage, ein paar Minuten Ihre Sauerstoffmaske abzulegen?«

Devine scheint zu zögern, holt dann aber zweimal tief Luft und schiebt die durchsichtige Maske auf die Seite.

»Danke, Sir. Ich versuche, mich kurzzufassen.«

Devine zwinkert mit wässrigen blauen Augen, sagt aber nichts.

»Wo wohnen Sie, Mr. Devine?«

»In der Gemeinde Concordia. Auf der anderen Seite des Flusses. Schon mein ganzes Leben.«

»Kannten Sie einen Mann namens Frank Knox?«

»Jawohl, Sir. Bin mit ihm aufgewachsen.«

»Wie alt sind Sie, Mr. Devine?«

»Neunundsiebzig Jahre alt. Ein Jahr jünger, als Frank wäre, wenn er noch lebte. Ich war in der Schule in der Klasse gleich unter ihm, wenn wir nicht auf den Baumwollfeldern waren.«

»Wissen Sie, dass Frank Knox einmal Mitglied des Ku-Klux-Klans war?«

»Ja, das war er eine Weile. Ich war mit ihm zusammen da drin. Bei den Weißen Rittern, nicht bei den UKA. Das sind die United Klans of America.«

»Ist Frank Knox aus dem Klan ausgetreten?«

»Ja.«

»Warum?«

»Moment.« Devine schiebt sich die Maske wieder vors Gesicht und macht ein paar gierige Atemzüge.

Herrgott, schlachtet der seinen Auftritt aus …

»Frank fand, dass die zu verweichlicht waren«, fährt er fort. »Die Weißen Ritter und die UKA waren total von FBI-Spitzeln durchsetzt, und die hatten Angst, Gewalt anzuwenden. Frank hat immer an direkte Aktion geglaubt.«

»Was hat er dann unternommen?«

»Er hat seine eigene Gruppe gegründet.«

»Hatte diese Gruppe einen Namen?«

»Jawohl, Sir. Die Doppeladler, so hat er sie genannt.«

»Und waren Sie ein Mitglied dieser Gruppe, Mr. Devine?«

»Das war ich.«

Es herrscht absolute Stille im Saal. Die meisten Leute, die in den umgebenden Bezirken geboren sind, wissen, dass vor nicht allzu langer Zeit ein solches Geständnis dem Mann, der es ablegt, den schnellen Tod garantiert hätte.

»Wie lange?«

»Na ja, technisch gesehen, bin ich immer noch Mitglied. Da verpflichtet man sich auf immer.«

»Verstehe. Und warum sind Sie heute hierhergekommen?«

»Wegen Dr. Cage. Ich weiß, dass er wegen Mordes vor Gericht steht, und da konnte ich nicht dasitzen und zuschauen, wie er ins Gefängnis wandert, ohne ein paar Sachen zu sagen, die ich weiß. Ich will meine Brüder nicht verraten, besonders nicht die, mit denen ich im Krieg gekämpft habe. Aber ich habe lange genug gelebt, um zu begreifen, dass wir uns in einigen Sachen geirrt haben. Ich habe nicht mehr viel Zeit, bis ich vor den Herrgott trete, also möchte ich einem

Mann Gerechtigkeit zukommen lassen, von dem ich weiß, dass er Gutes getan hat, wann immer er konnte, selbst wenn es mich teuer zu stehen kommt.«

»Was könnte es Sie kosten, Mr. Devine?«

Devine schluckt schwer und sagt dann leise: »Nun … nach dem Gesetz würde es mich das Leben kosten, wenn ich irgendwas von dem verraten würde, was wir damals gemacht haben. Meine Familie ebenfalls. Deswegen sind wir ins Zeugenschutzprogramm gegangen, zumindest so lange, bis bestimmte Leute, die immer noch aktiv sind, keine Bedrohung mehr sind.«

Diesmal erhebt sich ein Stimmengesumm, ehe Richter Elder die Zuschauer ermahnt.

»Noch aktiv«, wiederholt Quentin und schaut zu den Geschworenen. »Verstehe. Sind irgendwelche von diesen Leuten mit uns in diesem Saal?«

»Könnte sein«, sagt Devine geheimnisvoll.

»Aber Sie wollen es nicht sagen?«

»Noch nicht, wenn Sie nichts dagegen haben. Ich habe mich noch nicht dazu entschlossen.«

Quentin lässt den Blick über die Zuschauer wandern. Genau wie er bemerke auch ich, dass Leute, die neben älteren weißen Männern sitzen, sich fragen, ob sie vielleicht Schulter an Schulter mit Mitgliedern der Doppeladler sind.

»Mr. Devine«, sagt Quentin und wendet sich wieder dem Zeugen zu. »Ehe wir in die Einzelheiten dessen gehen, was Sie hier sagen wollen, möchte ich Sie fragen, ob Sie einen Beweis dafür haben, dass Sie tatsächlich ein Mitglied dieser berüchtigten Gruppe waren, der Doppeladler?«

Die wässrigen Augen blinzeln ein paar Mal. »Jawohl, Sir, den habe ich.«

»Was haben Sie?«

»Mein Goldstück.«

»Würden Sie bitte erklären, was Sie damit meinen?«

Noch einmal zelebriert Devine das Atemritual mit der Maske. Sein Atem scheint flacher zu gehen.

Endlich sagt er: »Frank wollte, dass wir alle ein Zeichen für unsere Mitgliedschaft trugen. Für uns ursprüngliche Jungs war das ein Zwanzig-Dollar-Stück, das in unserem Geburtsjahr geprägt war. Für die Jüngeren war es der JFK-Halbdollar, den die Regierung nach der Ermordung von Kennedy hat prägen lassen. Die Goldstücke haben sie in den 1930er Jahren das letzte Mal gemacht, aber daher hatte Frank den Namen, die Doppeladler. Ich wusste erst nicht, warum er wollte, dass wir die tragen, da wir uns ja alle kannten und damit eigentlich riskierten, dass das FBI uns fand. Aber nach einer Weile habe ich es begriffen. Wenn man diese Münze irgendeinem Weißen zeigte – sogar einem Polizisten –, dann hat der so gut wie alles gemacht, was man wollte. Und wenn man sie einem Schwarzen zeigte, dann hat der sich in die Hose gemacht oder ist in den Wald gesprintet. Und das FBI, da denke ich, dass Frank irgendwie beinahe wollte, dass die wussten, wer wir waren. So wie er es gesehen hat, waren wir im Krieg mit dem Bureau.«

Quentin nickt bedächtig, gibt den Geschworenen Zeit, die Einzelheiten zu verarbeiten. »Verstehe. Nun, Mr. Devine, würden Sie uns Ihr Goldstück zeigen? Ich zweifle nicht an Ihrem Wort, aber ich glaube, dass es gut für die Geschworenen wäre, wenn sie etwas so Historisches mit eigenen Augen sehen könnten.«

Will Devine macht noch ein paar theatralisch gequälte Atemzüge, angelt dann aus seiner Hemdtasche eine dunkle Lederschnur mit etwas matt golden Schimmerndem am Ende hervor. Er spannt die Schnur zwischen den Fingern und hält sie so, dass die schwere Goldmünze dazwischenhängt. Sie glänzt unter den Lichtern im Saal, und für mich strahlt sie eine beinahe mit Händen zu greifende Bösartigkeit aus, als hätte jemand ein SS-Abzeichen aus der Tasche gezogen und zugegeben, es im Kampf getragen zu haben.

Als die Hände des alten Mannes zu zittern beginnen, sagt Quentin: »Sie können sie jetzt wieder wegstecken, Mr. Devine.«

Devine macht das, und Quentin fährt fort: »Lassen Sie uns über Viola Turner sprechen. Kannten Sie sie, ehe sie 1968 Natchez verlassen hat?«

Nachdem er sich das Hemd wieder zugeknöpft hat, greift Devine nach seiner Sauerstoffmaske. Dann zuckt er plötzlich auf seinem Stuhl auf, als hätte sich einer seiner Rückenwirbel schmerzhaft verklemmt. Nach einem Augenblick lehnt er sich zur Seite und fährt sich mit der rechten Hand unter das Gesäß. Dann reißt er sich mit der Linken die Sauerstoffmaske vom Gesicht und hievt sich auf die Beine.

Ein paar Sekunden lang glaube ich, dass er sich auf eine Biene oder vielleicht eine Spinne gesetzt hat. Dann beginnt er krampfartig zu zucken, und seine Bewegungen sind eindeutig unkoordiniert. Einige Leute im Publikum schreien, aber ich starre nur auf Devine wie auf jemanden, der sich in Las Vegas als Freiwilliger auf die Bühne eines Zauberkünstlers begeben hat, und versuche zu begreifen, was diese tiefgreifende Veränderung bewirkt haben könnte.

»Hat er einen Herzinfarkt?«, ruft Rusty. »Einen Anfall?«

Devines Augen sind weit aufgerissen, und es steht nichts als Panik darin. Als mein Vater sich erhebt, sackt Devine nach vorn zusammen und fällt mit einem dumpfen Poltern zu Boden. Dad eilt auf ihn zu.

»Alle zurück auf ihre Plätze!«, befiehlt Richter Elder, und seine Stimme dröhnt durch den Gerichtssaal wie die Stimme des Gesetzes in Person.

Der Gerichtsdiener hat die Waffe gezückt und mustert die Menge mit Angst in den Augen. Ein verdatterter FBI-Agent hält meinen Vater fest, aber Richter Elder ordnet an, dass der Agent zur Seite treten soll. Der zögert, bis Kaiser auftaucht und ihn aus dem Weg schiebt. Dad geht langsam neben dem gefallenen Doppeladler in die Knie. Von meiner Warte aus sieht Will Devine so tot aus wie ein Kalb, nachdem man ihm die Schlachtpistole an der Schläfe abgefeuert hat. Während ich noch auf den reglosen Körper starre, sprinten Tim und Joe und zwei andere Leibwächter in den Raum zwischen dem Publikum und der Richterbank, um Annie, Mia, Mom und Jenny zu schützen.

»Setzen!«, brüllt Richter Elder in sein Mikrofon. »Die Beamten im Raum werden jetzt den Gerichtssaal geordnet räumen.«

Eine Sekunde lang kommt es mir seltsam vor, dass Richter Elder von Räumung spricht. Schließlich ist es doch wohl, wenn ein Zeuge in einem voll besetzten Gerichtssaal einen Herzinfarkt erleidet, das Beste, wenn alle an ihren Plätzen bleiben, damit die Sanitäter den Patienten schnell hinausbringen können. Aber Joe Elder ahnt eine böse

Absicht hinter diesem Geschehen. Ich nehme an, die beste Parallele ist ein Mafiaprozess. Wenn ein Starzeuge gegen einen Mafiaboss im Zeugenstand tot zusammenbricht, geht man nicht von einer natürlichen Todesursache aus.

Während Dad sich über Will Devine abmüht, bemerke ich, dass Kaiser den Stuhl im Zeugenstand untersucht. Er zückt ein Taschenmesser und fährt damit sorgfältig über das blaue Polster, hält dann etwa zwanzig Zentimeter von der Rückenlehne entfernt an.

Ich schaue wieder nach links und sehe, dass Devine nicht mehr lange leben wird, wenn er nicht bereits tot ist. Dad beugt sich über seinen Mund, wo nun ein weißer Schaum auf die Lippen des alten Doppeladlers getreten ist.

»Was war das, Dad?«

»Zyanid, glaube ich. Siehst du, wie kirschrot seine Lippen sind?«

Ja, jetzt schon.

»Ich spüre noch einen Herzschlag, aber sehr schwach.«

»Bringt mir eine Beweismitteltüte!«, ruft Kaiser über das allgemeine Geschrei hinweg.

Ich drehe mich erneut um und sehe, dass Kaiser den Sitz des Stuhls aufgeschnitten und die Sprungfedern freigelegt hat. Darunter zieht er einen kleinen Metallwürfel hervor, den er auf das Geländer des Zeugenstands legt.

»Was ist das?«, frage ich und rücke näher heran.

»Vorsicht, Penn«, warnt er mich. »Da steckt eine Nadel raus.«

Ich sehe eine dünne Spritzennadel aus dem matt glänzenden Metallwürfel hervorragen.

»Wir müssen den Saal räumen«, sagt Kaiser, »aber ich will nicht, dass irgendjemand hier weggeht, ohne von uns befragt zu werden.«

Ehe ich antworten kann, kreischt jemand: »Die haben ihn erschossen! Die haben einen Schalldämpfer benutzt! *Die schießen noch immer!*«

Einen unheilschwangeren Augenblick lang erstarren alle im Gerichtssaal. In diesem unwirklichen Stückchen Zeit scheint sich ein Gesicht aus der Menge auf mich hin zu bewegen. Ich kenne es nicht gut – wie so viele in dieser Menge –, aber irgendwas an den Augen löst in meinem Zentralnervensystem eine primitive Reaktion aus.

Was sehe ich da? Alle anderen Augen in meinem Gesichtsfeld strahlen Angst und Verwirrung aus. Diese jedoch … *Triumph.*

»Das ist Snake Knox«, flüstere ich.

Dann kreischt eine Frau, und Chaos bricht aus, gefolgt von einem allgemeinen Ansturm auf den Ausgang. Ich habe das Gefühl, am Rand eines Orkans zu stehen. Ein paar schlaue Leute rennen auf die Tür zum Richterzimmer zu, aber die blockiert der Gerichtsdiener mit gezogener Pistole. Tim und seine Leute werfen sich vor die Frauen der Familie Cage und Mia.

»Gottverdammt!«, flucht Kaiser, der wie wild über die Menge schaut. »Jemand hat diesen Mechanismus ausgelöst! Jemand in diesem Saal! Es könnte Knox selbst gewesen sein.«

»Es *war* Knox«, bestätige ich und packe Kaiser beim Arm. »Ich habe ihn gerade gesehen.«

»Was? Was haben Sie gesagt?«

Schon hat die wildgewordene Menge den Mann verschluckt, den ich als Snake Knox erkannt habe.

»Dr. Cage«, ruft Kaiser. »Wie ist sein Zustand?«

»Das Herz hat gerade aufgehört zu schlagen.«

»Kann man das glauben?«, sagt eine resignierte Stimme von unten und hinter mir.

Quentin ist mit seinem Rollstuhl herangefahren. Er starrt auf Will Devines Leiche, und mein Vater schaut zu ihm hin.

»Kann man was glauben?«, fragt Kaiser, der seinen Agenten mit einer Handbewegung befiehlt, sich einen Weg durch die Menge zu ihm zu bahnen.

Quentin deutet mit einer langsamen Bewegung zu dem Leichnam am Boden. »Snake Knox hat gerade einen weiteren Doppeladler zum Schweigen gebracht. Er hat es diesmal wirklich auf die letzte Minute ankommen lassen, aber er hat es geschafft.«

»John«, sage ich und greife erneut nach Kaisers Arm.

»Alles in Ordnung, Penn?«, fragt er und schaut mich merkwürdig an.

»Er ist hier, John.«

»Was?«

»Snake war hier. Keine zehn Yards von uns entfernt.«

Der FBI-Mann erstarrt. »Sind Sie sicher?«

»Zu neunzig Prozent. Nichts an dem Mann hat ausgesehen wie Snake. Aber die Augen, das waren seine.«

»Was hat er angehabt?«

»Ich weiß es nicht.« Ich schließe die Augen, versuche, alles andere aus meinem Kopf zu verbannen, nur noch an diesen Augenblick der Hochspannung zu denken, an den Blickkontakt. »Vielleicht einen dunklen Anzug. Teuer. Und schwarz gefärbtes Haar. Richtig schwarz. Er hat ausgesehen wie … wie Ronald Reagan.«

KAPITEL 57

Zwanzig Minuten nach Will Devines Tod versammelt sich unser Verteidigungsteam in meinem Büro im Rathaus, gleich neben dem Gerichtsgebäude. Auf Quentins Bitte hat der Richter gestattet, dass mein Vater bei uns bleiben darf, bis das Gefängnis nach ähnlichen Vorrichtungen und auch Sprengstoff durchsucht wurde. Zwei Deputys stehen vor meiner Tür im Büro meiner Sekretärin Wache – versuchen vielleicht auf Befehl von Sheriff Billy Byrd, alles mitzuhören, was sie können. Aber Tim Weathers und vier seiner Leute sorgen für die eigentliche Sicherheit. Annie und Mia warten am anderen Ende des Flurs im Aufenthaltsraum, wo es einen Kühlschrank, eine Mikrowelle und jede Menge Snacks gibt – obwohl ich kaum annehme, dass jemandem nach Essen zumute ist. Walt Garrity hat meine Mutter und Schwester hier hochgebracht, ehe wir überhaupt eingetroffen sind, und so befinden sich zum ersten Mal alle Hauptbeteiligten unserer Seite in einem Raum.

Mom und Jenny fragen Dad unaufhörlich, ob es ihm gut geht – Übersetzung: ob er nicht gleich wieder einen Herzinfarkt bekommen wird –, nachdem er einen Schock durch die Ermordung Devines erlitten hat. Sie scheinen vergessen zu haben, dass er selbstmörderische Attacken der Chinesen am Chongchon überstanden hat. Während Mom hinter Dads Stuhl steht und ihm die Schultern reibt, beharrt Jenny darauf, dass der Richter doch *sicherlich* jetzt den Prozess abbrechen wird. Quentin und ich machen uns gar nicht die Mühe zu widersprechen; wir haben beide schon Prozesse geführt, in denen Zeugen ermordet wurden – allerdings außerhalb des Gerichtssaals –, doch das ändert nicht viel an diesem Verfahren. Der Tod von Will Devine hat die Mordanklage gegen meinen Vater nicht gelöscht oder das Strafverfahren gegen ihn rechtsungültig gemacht.

Quentin könnte natürlich einen Antrag auf Ungültigkeit des Verfahrens stellen, aber dem wird Joe Elder höchstwahrscheinlich nicht stattgeben.

Zu meiner Überraschung vermutet sogar Jenny, dass der Mechanismus mit der vergifteten Nadel schon im Zeugenstand angebracht wurde, ehe der Prozess überhaupt begonnen hat, und nur auf den Zeugen gewartet hat, der den Doppeladlern den meisten Schaden zufügen könnte.

»Wie lange hat Mr. Devine schon in den Kulissen darauf gewartet, dass Sie ihn aufrufen?«, fragt sie Quentin. »Von Anfang an?«

»Nein«, gibt Quentin zu. »Ich habe erst gestern Abend von ihm erfahren, und wir wussten erst heute Morgen mit Bestimmtheit, ob er überhaupt aussagen würde.«

»Diese Nadel hat auf Tom gewartet«, erklärt Mom mit ausdrucksloser Stimme. »Vor dem haben die die meiste Angst, Snake Knox und seine Bande.« Sie geht um den Stuhl herum und schaut zu Dad hinunter. »Das hätte dich treffen können, Tom. Das sollte dich treffen.«

Dad seufzt und nimmt ihre Hand. »Aber es hat mich nicht getroffen.«

Seine Worte trösten Mom nicht, aber sie bewirken, dass das Gespräch von der unmittelbaren Gefahr abgelenkt wird. Jenny braucht am längsten, um sich zu beruhigen. Während ich sie beobachte, wird mir klar, dass meine ältere Schwester eines der Kinder ist, die weder Vater noch Mutter ähneln. Nach ein paar weiteren Minuten der Entspannung sagt Quentin zu Mom, dass er ein bisschen Zeit mit Dad allein verbringen muss, und zusammen führen Mom und Walt Jenny zur Tür. Als ich mit ihnen gehe, ergreift Jenny meine Hand und flüstert mir zu: »Versuchst du bitte, die beiden zur Vernunft zu bringen? Ich kapiere einfach nicht, was die hier vorhaben.«

»Es wird alles gut«, versichere ich ihr, obwohl ich alles andere als überzeugt davon bin.

Mom fordert Walt mit einer Handbewegung auf, Jenny über den Flur zu geleiten, schaut dann zu mir zurück und flüstert: »Lass deinen Vater nicht in den Zeugenstand.«

Der Gedanke kommt mir völlig absurd vor. »Dad wird jetzt nicht mehr aussagen. Auf keinen Fall.«

Sie schließt einen Moment die Augen. »Sei dir da nicht so sicher. Er wird es wollen. Du und Quentin, ihr müsst es ihm ausreden.«

»Aber wir haben doch den Prozess gewonnen.«

Moms Augen verengen sich, als wollte sie überprüfen, ob ich lüge. »Wirklich?«

»Nach allen normalen Maßstäben, ja, das haben wir.«

»Nun, die beiden benehmen sich aber nicht so. Quentin scheint nicht gerade zu triumphieren, und Tom ist völlig in sich zusammengesackt. Ich weiß, wie es ihm geht, wenn er so aussieht. Irgendwas, was wir nicht einmal ahnen, treibt ihn an.« Sie drückt mir die Hand; ihre Haut ist erschreckend kalt. »Lass dich nicht von ihm umstimmen, Penn.«

Ich überlege, ob ich sie noch weiter ausfragen soll, aber ich habe weder die Zeit noch die Ruhe, um das hier zu tun. »Bestimmt nicht. Geh zu Walt. Und bitte tu, was Tim dir sagt. Das ist jetzt deine einzige Aufgabe.«

»Mach ich. Penn, hast du wirklich da draußen Snake gesehen?«

»Ich glaube schon.«

Sie seufzt und senkt den Kopf, dreht sich um und eilt den Flur entlang hinter Jenny her. Ich werfe Tim einen eindringlichen Blick zu, und der reckt beide Daumen in die Höhe.

Während Moms Absätze die Treppe hinunterklappern, höre ich sie mit jemandem reden. Dann taucht Rusty Duncan oben an der Treppe auf. Er zieht fragend die Augenbrauen in die Höhe und bittet um die Erlaubnis, sich zur Gruppe in meinem Büro zu gesellen. Ich winke ihn heran und führe ihn hinein.

»Was macht der denn hier?«, fragt Quentin, als wir eintreten.

»Zwei gegen zwei ist ein fairerer Kampf«, antworte ich, setze mich hinter meinen Schreibtisch und fordere Rusty mit einer Handbewegung auf, auch Platz zu nehmen, ehe Quentin Einwände erheben kann.

Rusty setzt sich auf einen Klubsessel gegenüber dem Sofa, auf dem sich Dad ausgestreckt hat, während dazwischen Quentin von seinem Rollstuhl aus Hof hält.

»Wird der Richter den Prozess abbrechen?«, fragt Dad. »Oder ihn vertagen?«

»Das bezweifle ich«, meint Quentin. »Seit der Bombendrohung bei Joes Haus sind wahrscheinlich ATF-Techniker in der Stadt, die das Gerichtsgebäude über Nacht gründlich untersuchen können. Und ich kenne Joe Elder. Der sieht das als persönliche Beleidigung. Wir würden jetzt einen Kongress-Beschluss brauchen, um diesen Prozess anzuhalten.«

»Was meinst du, Penn?«, fragt mich Dad.

»Ich habe schon früher erlebt, dass Zeugen ermordet wurden. Das hat die Prozesse nicht aufgehalten.«

»Aber *im Zeugenstand*?«, hakt Rusty nach.

»Ich hab mal gesehen, wie ein Angeklagter im Zeugenstand erschossen wurde. Er war sofort tot.«

»Das ist was anderes«, sagt Quentin. »Ohne Angeklagten kann man keinen Prozess führen.«

»Stellen Sie einen Antrag auf Abbruch wegen schwerer Verfahrensfehler«, rät Rusty.

»Ach ja«, sagt Quentin. »Warum fällt *mir* bloß nicht so was ein? Gut, dass Sie gekommen sind, Rust Bucket. Hm …«

»Gehen wir mal davon aus, dass der Prozess weitergeht«, sage ich und mache Quentin ein Zeichen, dass er Rusty in Ruhe lassen soll. »Er ist sowieso vorbei, oder?«

Dad und Quentin werfen einander einen Blick zu, den ich nicht deuten kann, der mich aber nervös macht.

»Mom sorgt sich, dass du immer noch vorhast, Dad in den Zeugenstand zu rufen«, sage ich langsam und beobachte Quentin genau. Der scheint einen gerahmten Druck an der Wand zu mustern. »Sie ist verrückt, oder nicht?«

Mit schmerzlicher Anstrengung stemmt Dad die Ellbogen auf das Sofa und drückt sich hoch, bis er ganz aufrecht auf dem Sofa sitzt. Ehe er etwas sagen kann, piepst mein Telefon. Die SMS ist von John Kaiser.

Richter Elder will alle Anwälte in 30 Minuten im Konferenzraum im Büro des Bezirksstaatsanwaltes sehen. Ich werde auch dabei sein. Ihr Vater sollte unter Bewachung in Ihrem Büro bleiben, bis die Jungs von der ATF unterschrieben haben, dass das Gefängnis sicher ist. Ich komme in 15 Minuten und gebe Ihnen neuste Infos. Keine Spur von Snake, aber sämtliche Polizisten der Stadt sind auf den Straßen unterwegs. Ein Alptraum.

»Wir müssen uns in einer halben Stunde in Shads Konferenzraum mit dem Richter treffen«, erkläre ich den anderen. »Kaiser kommt in einer Viertelstunde her, um uns auf den neuesten Stand zu bringen.«

»Joe wird den Prozess entweder vertagen oder uns anweisen, ihn morgen zu beenden«, meint Quentin. »Ich wette tausend Dollar auf die zweite Möglichkeit.«

Niemand nimmt die Wette an.

»Zurück zu Dads Erscheinen im Zeugenstand«, sage ich. »Ist irgendein Anwalt in diesem Raum nicht meiner Meinung, dass das zum gegenwärtigen Zeitpunkt der helle Wahnsinn wäre?«

Quentin sagt kein Wort und weicht meinem Blick aus.

Rusty räuspert sich und sagt: »Meine bescheidene Meinung ist die: Nach allem, was die Geschworenen gerade erlebt haben – und nachdem Junius Jelks und Mr. Patel Lincoln Turner im Zeugenstand in Stücke gerissen haben –, würde ich sagen, dass es an grobes Fehlverhalten grenzen würde, wenn man Shad erlaubte, sich auf Tom zu stürzen.«

»Quentin, du sagst ja gar nichts«, merke ich an. »Ich mache mir Sorgen.«

Endlich schaut der alte Anwalt zu mir herüber, und ich sehe in seinen Augen eine Müdigkeit, die ich im Gerichtssaal nie bemerkt habe. »Da musst du mit deinem Vater reden, nicht mit mir.«

Wir wenden uns alle Dad zu, der sich an einer Schuppenflechte unter dem Ärmel kratzt. Winzige Bluttröpfchen erscheinen auf dem hellblauen Baumwollstoff.

»Es gibt vier Gründe, warum ich in den Zeugenstand treten muss«, sagt er mit Bedacht, als wolle er einem Medizinstudenten eine Diagnose erläutern.

Ich stöhne, aber das hält ihn nicht auf.

»Erstens wollen die Geschworenen mich sagen hören, dass ich es nicht getan habe.«

»Und wirst du das sagen?«, frage ich ihn. »Da hast du mir im Gefängnis in Pollock was anderes gesagt.«

Sein Blick ist beinahe stählern. »Ich werde es sagen.«

Aber wirst du es auch meinen?, frage ich stumm.

»Zweitens«, fährt er fort, »hat Quentin in seinem Eröffnungsplädoyer versprochen, dass ich aussagen werde.«

Ich funkele Quentin böse an, der Dad einen Blick zuwirft, der sagt: Versprechen sind dazu da, gebrochen zu werden. »Du musst das nicht machen, Tom, nach allem, was passiert ist.«

»Vergiss, was gerade passiert ist. Du hast den Geschworenen gesagt, ich würde in den Zeugenstand treten, und wenn ich das nicht mache, denken sie, dass ich was zu verbergen habe. Du hast deine ganze Verteidigung auf meinem guten Charakter und meiner Aufrichtigkeit aufgebaut. Nun, ein Mann, der einen guten Charakter hat, der hat keine Angst, sich zu seiner eigenen Verteidigung zu äußern.«

»Zugegeben«, stimmt ihm Rusty zu.

»Bin ich erleichtert, dass du so denkst«, murmele ich.

»Drittens haben die Wahrheiten, die hinter meiner Beziehung zu Viola stecken, Auswirkungen auf viele Menschen, und sie sind viel zu lange verborgen gewesen. Erinnert ihr euch an meine Grabrede für Henry Sexton? Ich habe die Leute aufgerufen, das Schweigen zu brechen, um jeden Preis. Es ist so ähnlich wie bei Reverend Baldwin, der nach vierzig Jahren mit Alberts Hauptbüchern an die Öffentlichkeit gekommen ist.«

Genau davor hat Mom Angst. »Reverend Baldwin hat den Inhalt dieser Hauptbücher nicht in der Zeitung veröffentlicht. Er hat uns ein paar Seiten gegeben. Ein Gerichtssaal ist nicht der richtige Ort für ein Sündenbekenntnis, Dad. Nicht unter Eid. Schreib ein Buch, wenn du dir was von der Seele reden willst.«

Er schaut zu Boden und schüttelt mit störrischer Entschlossenheit den Kopf. »Das kann ich nicht. Ich schulde es Viola – und Jimmy und Luther und all den anderen –, das zu sagen, was ich weiß. Ich schulde es Henry, und ich schulde es auch Caitlin.«

Ich stehe auf, gehe zum Sofa und lasse mich vor ihm in die Hocke nieder. »Caitlin würde nicht wollen, dass du das Risiko eingehst, ins Gefängnis zu wandern, nur wegen der irrigen Annahme, du hättest die Pflicht, die Vergangenheit aufzudecken.«

Seine Augen schauen mich mit verstörender Leidenschaft an.

»Caitlin ist *gestorben*, weil sie versucht hat, die Vergangenheit aufzudecken. Nicht um mich zu retten oder sich Ruhm zu erwerben. Sie wollte wissen, was mit Jimmy Revels passiert war. Und sie hatte recht, dass sie das wissen wollte. Dieses Gift besudelt unsere Stadt schon viel zu lange. Es ist höchste Zeit, den Abszess aufzuschneiden, ein für alle Mal.«

»Schön, einverstanden. Aber das musst du nicht aus dem Zeugenstand heraus machen. Nicht, wenn dabei dein Leben auf dem Spiel steht. Du kannst Seite an Seite mit Kaiser und mir arbeiten und dafür sorgen, dass auch der letzte Doppeladler noch ins Gefängnis oder ins Grab wandert. Zerstöre dabei aber nicht dein eigenes Leben.«

»Ich bin schon ziemlich nah dran, es zu zerstören. Wie viel Schaden kann ich denn noch anrichten?«

»Es kann immer noch schlimmer kommen. Quentin?«

Der Rollstuhl knarzt, als sich Quentin vorbeugt. »Er hat recht, Tom. Haben wir begründete Zweifel? Absolut. Aber es gibt im Leben zwei Dinge, die man nie wissen kann: Wen deine Tochter heiratet und wie die Geschworenen stimmen. Der Indizienbeweis gegen dich ist immer noch sehr stark. Dass ihr diese Videokassette vernichtet habt, du und Walt, das sieht schlimm aus, wenn sie dem Sheriff das abgenommen haben.«

»Das ist ein anderer Grund, warum ich aussagen muss. Ich muss verneinen, dass ich die zweite Videokassette aus dem Müllcontainer des Krankenhauses vernichtet habe.«

Zum ersten Mal, seit wir hier angekommen sind, wird es ganz ruhig in meinem Büro. Niemand will anscheinend die Sache mit der Videokassette ansprechen, die im MRT-Scanner des Krankenhauses gelöscht wurde.

»Ich war noch nicht fertig«, sagt Quentin. »Trotz Lincolns kleinem Trick mit dem Testament hat er die Geschworenen beeindruckt, als er davon geredet hat, wie du seine Mutter verletzt hast.«

»Junius Jelks hat da auch einen Treffer gelandet«, fügt Rusty mit widerwilliger Bewunderung hinzu.

»Dieser widerliche Scheißkerl«, sagt Quentin. »Ich werde den Teufel tun und mich noch mal mit seinem Fall befassen. Der soll in Joliet verrotten, bis ihm der letzte Zahn ausgefallen ist.«

»Wir haben nicht viel Zeit, Leute«, erinnere ich sie. »Was alternative Verdächtige betrifft, denen freundlich gesinnte Geschworene den Mord anhängen könnten, so sehe ich da zwei Kandidaten. Erstens Lincoln. Könnten die Geschworenen glauben, dass Lincoln vielleicht seine Mutter umgebracht hat?«

Nach kurzem Schweigen antwortet Quentin: »Nein.«

»Warum ist er dann früher nach Natchez gekommen und hat darüber gelogen?«

»Er hat darauf gewartet, dass dein Vater den Selbstmordpakt ausführt. Und er wollte nah genug sein, um das Testament zerstören und das Verbrechen anzeigen zu können.«

»Sind die Geschworenen schlau genug, um das alles rauszukriegen?«

Quentin nickt. »Zwölf Leute können durch eine Ziegelsteinmauer schauen, wenn du ihnen genug Zeit lässt.«

»Rusty?«, fordere ich ihn auf.

»Die Geschworenen werden nicht glauben, dass Lincoln seine Mutter umgebracht hat.«

»Warum nicht?«

»Soll ich es dir deutlich sagen?«

»Ja.«

»Schwarze Leute bringen ihre Ma nicht um.«

Dad schaut bei diesen Worten auf. »Warum sagst du das, Rusty?«

Rusty wirft meinem Vater ein schiefes Lächeln zu. »Das ist bei Anklägern die landläufige Meinung, Doc. Wenn man einen Täter hat, der seinen Vater oder seine Mutter umgebracht hat, ist das beinahe immer ein Weißer. Ab und zu macht es auch eine weiße Frau, um sexuellem Missbrauch oder was Ähnlichem ein Ende zu setzen. Aber allgemein gilt, dass Schwarze ihre Mütter nicht umbringen.«

»Zu meiner unendlichen Verwunderung«, sagt Quentin, »hat Rust Bucket recht. Vielleicht liegt es daran, dass wir eine matriarchalische Gesellschaft sind, ich weiß es nicht. Aber es stimmt. Die Geschworenen werden sich auf diese Theorie nicht einlassen.«

»Moment«, sagt Rusty. »Aber Lincoln Turner ist nur halb schwarz.«

Verlegenes Schweigen hängt im Raum, doch dann lacht Quentin verächtlich und sagt: »Nächste Frage, Penn.«

»Der zweite Kandidat: Snake und die Doppeladler. Würden die Geschworenen glauben – und zwar ohne Will Devines Zeugenaussage –, dass die Doppeladler Viola ermordet haben?«

»Ich glaube nicht«, meint Dad. »Nicht ohne schlagkräftige Beweise dafür, dass sie sie töten wollten. Oder gedroht haben, sie zu töten. In diesem Jahrhundert.«

Der Gedanke an die Kassette, die Lincoln mir zu verkaufen versucht hat, schießt mir durch den Kopf, und ich funkele Quentin wütend an; doch er bringt mich mit einem leichten Kopfschütteln zum Schweigen.

»Würde die Tatsache, dass jemand, der so agiert wie die Doppeladler und gerade einen Zeugen der Verteidigung ermordet hat, die Geschworenen glauben machen, dass dieser Zeuge drauf und dran war, den Mörder zu belasten?«, frage ich weiter. »Quentin?«

Quentin scheint sich da gar nicht sicher zu sein. »Die denken vielleicht nur, dass irgendein altes Klan-Mitglied seinen Blutschwur brechen wollte und dafür umgebracht wurde. Das hat nicht unbedingt was mit Tom zu tun.«

Rusty mag das einfach nicht glauben. »Ach, kommt schon. Die haben die Nadel ausgelöst, als Sie Devine nach Viola gefragt haben. Penn, komm, hilf mir.«

»Die Frage«, sage ich und durchbohre Quentin mit Blicken, »ist doch, ob die Doppeladler *heute eine Bedrohung* für Viola waren? Hatten sie sie in den Wochen vor ihrem Tod oder gar am Todestag selbst bedroht?«

»Will Devine war drauf und dran, das zu bestätigen«, erwidert Quentin.

»Na ja, jetzt wird er niemandem mehr davon erzählen«, meint Dad.

»Verdammt«, murmele ich und denke immer noch an Lincolns Kassette. Ich kann meine Frustration nicht für mich behalten und wende mich zu Quentin. »Ich wette, du wünschst dir jetzt, du hättest mich Lincoln diese Kassette abkaufen lassen.«

Er tut das mit einem Handwedeln ab.

»Welche Kassette?«, fragt Rusty.

»Vergiss es«, erwidert Quentin. »So eine Betrügerei von Lincoln.«

»Vielleicht lohnt es sich doch, dem nachzugehen«, meint Dad und schaut nachdenklich.

»Wovon zum Teufel redet ihr?«, will Rusty wissen.

»Märchen«, blafft Quentin.

Ehe Rusty noch weiter drängen kann, klopft jemand an die Tür.

»Das muss Kaiser sein«, erkläre ich. »Rusty, bitte ihn, uns noch einen Moment Zeit zu geben.«

Rusty springt mit einer für seine Körperfülle überraschenden Geschwindigkeit auf, und ich rücke näher an meinen Vater heran. »Ich glaube, der Versuch würde sich lohnen, diese Kassette von Lincoln zu bekommen. Ich habe sie angehört. Sie würde zumindest einige der Geschworenen davon überzeugen, dass Snake Viola umgebracht hat.«

»Wenn du dem traust, fliegt dir die ganze Sache um die Ohren«, sagt Quentin.

»Äh, Penn«, ruft Rusty. »Hier draußen sind zwei Deputys, die deinen Vater abholen wollen.«

Als ich zur Tür schaue, treten gerade zwei Deputys des Sheriff's Office von Adams County mit entschlossener Miene in mein Büro. »Herr Bürgermeister, das Gefängnis wurde gerade für sicher erklärt. Der Sheriff hat angeordnet, dass wir Ihren Vater wieder in seine Zelle zurückbringen sollen.«

Der tiefe Seufzer meines Vaters beweist deutlich, wie sehr er es genossen hat, hier mit uns über unsere Strategie zu reden, befreit von Handschellen und Gefängnisgestank.

»Ich sehe euch alle im Gerichtssaal«, sagt er und steht mit laut knackenden Knien auf. »Diese gottverdammten Knie«, flucht er.

»Ja, ja.«

Dad drückt mir die Schulter, beugt sich zwischen Quentin und mir herunter und sagt: »Ihr könnt euch gern über Lincolns Kassette unterhalten. Aber ganz gleich, was dabei rauskommt, ich werde aussagen.«

Als er sich wieder in die Obhut der Deputys begibt, tauschen Quentin und ich einen Blick völliger Übereinstimmung aus. Über die meisten Aspekte dieses Falls mögen wir uneins sein, aber hier sind wir einer Meinung: Dad muss nicht mehr in den Zeugenstand treten.

»Penn, John hier«, ruft mir Kaiser von der Bürotür meiner Sekretärin aus zu. »Richter Elder will euch alle in Shads Konferenzraum sehen, und bei seiner Laune sollten wir ihn nicht warten lassen. Aber ich muss erst noch zwei Minuten mit euch reden, ehe wir dort hingehen.«

»Kommen Sie rein.«

Kaiser wartet, bis die Deputys Dad durch die Tür geleitet haben, kommt dann eilig in mein Zimmer. »Wir haben noch etwa eine Minute, ehe wir los müssen.«

An der Miene und Haltung des FBI-Beamten kann ich ablesen, dass er schlechte Nachrichten für uns hat. »Unseren Familien geht's doch gut?«

»Ja, das ist es nicht.«

»Dann kann es so schlimm nicht sein.«

»Das müssen Sie beurteilen.« Kaiser schaut Rusty an. »Mr. Duncan, ich muss Sie bitten, das Zimmer zu verlassen.«

»Waaaas?«, jammert Rusty beinahe.

»Geh, Rusty«, blaffe ich ihn an, denn ich habe gespürt, dass Kaiser noch mehr ernste Würde ausstrahlt als sonst.

Nachdem Rusty die Tür hinter sich geschlossen hat, beginnt Kaiser rasch zu sprechen.

»Seit dem 11. September haben die Geheimdienste der Vereinigten Staaten Hunderte von Millionen von Dollar in die digitale Forensik gesteckt. Vielleicht sogar Milliarden. Wenn die einzigen Bilder, die man je von Osama bin Laden hatte, von Videokassetten oder DVDs kommen, dann investiert man da sein Geld. Jede größere Technische Hochschule im Land betreibt irgendein streng geheimes Programm und arbeitet an neuen Methoden zur Wiederherstellung von beschlagnahmtem digitalem Material, ob es nun gelöscht, überschrieben, zerschnitten oder verbrannt wurde.«

»Scheiße.« Ich weiß schon, worauf das hinausläuft. »Und?«

»Das Bureau hat die beste Technik, die es für diese Wiederherstellung im Augenblick gibt. Besser als die der NASA, besser als die der CIA. Und *sehr* viel besser als die von Sony.«

»Was haben Sie gemacht, John?«, frage ich und versuche, meine Frustration nicht durchklingen zu lassen.

»Ich sage Ihnen, was ich gemacht habe«, sagt er in Verteidigungshaltung. »Ich habe sehr viel länger damit gezögert, Shad Johnson um diese Kassetten zu bitten, als ich das hätte tun dürfen. Doch als Will Devine im Zeugenstand ermordet wurde, hat mich ein stellvertretender Direktor in Washington angerufen. Und der hat mir gesagt, dass wir wissen müssen, was auf diesen Kassetten zu sehen ist.«

»Moment mal«, wendet Quentin ein. »Ein stellvertretender Direktor hat Sie aus heiterem Himmel wegen eines Mordfalls in einem Bundesstaat angerufen?«

»Das hier ist kein normaler Mordfall, Mr. Avery. Als ich vor drei Monaten mit meinen Ermittlungen über die Doppeladler angefangen habe, da habe ich mich auf den Patriot Act berufen. Beim Absturz unseres Flugzeugs, den Snake Knox im Dezember verursacht hat, haben wir gerade neu entdeckte Beweismittel zum Kennedy-Mord verloren. Größer geht's nicht. Und nach all den Toten – Glenn Morehouse, Sleepy Johnston, Henry Sexton, Brody Royal – schaut mir das Bureau genau auf die Finger. Die hätten mich beinahe von dem Fall abgezogen, nachdem wir das Flugzeug verloren hatten. Sie können sich also vorstellen, wie viel politisches Kapital es mich gekostet hat, Ihren Mandanten in Schutzhaft zu halten. Es tut mir leid, dass es jetzt so gekommen ist, aber daran ist nun wirklich nichts mehr zu ändern.«

Die Spannung in Kaisers Stimme beschwört eine Flut von Erinnerungen an die Zeit vor drei Monaten herauf. Ich erinnere mich an die hitzigen Diskussionen mit Kaiser und Dwight Stone über die Arbeitsgruppe aus ehemaligen FBI-Mitarbeitern und deren Theorie, dass der Mafiaboss Carlos Marcello hinter dem Attentat auf Kennedy steckte. Ich habe wochenlang nicht mehr daran gedacht, was alles beim Absturz der FBI-Maschine verlorengegangen ist: ein handschriftlicher Brief von Lee Harvey Oswald an seine Frau Marina; Gewehre aus Brody Royals Trophäenschrank, von denen eines angeblich die Waffe war, mit der Frank Knox Kennedy vom Dal-Tex-Gebäude aus erschossen hat …

»Ich verstehe all das«, sagt Quentin mit einiger Dankbarkeit in der Stimme. »Aber wurde diese Technik zur Wiederherstellung von Videobändern schon vorher einmal in einem nichtmilitärischen Verfahren auf amerikanischem Boden benutzt? In einem Straf- oder Zivilprozess?«

»Das bezweifle ich. Das ganze technische Verfahren ist streng geheim.«

»Warum zum Teufel reden wir dann hier darüber? Wir könnten genauso gut in Erwägung ziehen, ein Laser-Abwehrsystem einzusetzen, um einen Freispruch für Tom zu erreichen.«

»Da irrst du dich«, erkläre ich Quentin. »Im Augenblick würden die Bürokraten in Washington so ungefähr alles tun, um den Schlamassel wiedergutzumachen, den sie bei der Ermittlung über die Doppeladler angerichtet haben. Vierzig Jahre erfolglos hinter jemandem herjagen, das ist einfach zu lange. Wenn das FBI Snake Knox nicht festnageln kann, wie zum Teufel soll da noch irgendjemand glauben, dass es in der Lage ist, ausländische Topterroristen zu fassen?«

Kaiser nickt grimmig. »Wie angewiesen bin ich also zu Shad gegangen und habe ihm gesagt, wir würden uns gern noch einmal diese Videobänder in unserem Forensiklabor anschauen.«

»Sonst nichts?«, frage ich. »Keine Andeutung, dass das Bureau Erfolg haben könnte, wo Sony gescheitert ist?«

»Mehr brauchte Shad nicht zu hören«, sagt Quentin niedergeschlagen.

Kaiser blickt auf seine Hände und wischt sie dann ab, als versuchte er, irgendeinen unsichtbaren Rest zu entfernen. »Ich war bereit, zu warten, bis der Prozess gegen Dr. Cage beendet ist, ehe ich die Kassetten anforderte. Aber jetzt liegt das nicht mehr in meiner Hand, Leute. Shad hat einen seiner Kommilitonen von Harvard angerufen, der zufällig für den Justizminister arbeitet. Diese Kassetten werden heute mit einem FBI-Flugzeug nach Washington gebracht.«

»Gottverdammt!«, ruft Quentin. »Ich dachte, wir hätten die Geschichte mit diesen Kassetten hinter uns.«

»Man kann vor der Vergangenheit nicht weglaufen«, murmele ich.

»Es ist keineswegs gesagt, dass das Labor die Informationen wiederherstellen kann«, sagt Kaiser und versucht, uns Hoffnung zu machen. »Sie kriegen vielleicht nur eine teilweise Rekonstruktion hin oder vielleicht überhaupt keine.«

»Wie lange dauert das Verfahren?«, erkundigt sich Quentin.

»Das ist ganz unterschiedlich. Es erfordert viel Zeit auf einem Supercomputer, dazu noch hochmoderne chemische und mechanische Prozesse. Es könnte fünf Stunden, fünf Tage oder fünf Monate dauern. Sie können das erst abschätzen, wenn sie angefangen haben.«

Ich wende mich von Kaiser ab und knie mich vor Quentins Rollstuhl. »Wie schlimm ist das für uns? Ich meine, wenn sie es schaffen, die Informationen wiederherzustellen? Ich muss das wissen.«

Quentin schüttelt den Kopf. Selbst wenn er es weiß, wird er diese Frage nicht in Kaisers Anwesenheit beantworten.

»Wir sind schon spät dran«, sagt Kaiser. »Ich habe Richter Elder versprochen, Sie rechtzeitig zu ihm zu bringen. Gehen wir!«

Nach einem letzten Blick in Quentins unergründliche Augen stehe ich auf, trete hinter seinen Stuhl und folge ihm nach. Er rollt rasch auf die Tür zu, die Kaiser ihm aufhält.

KAPITEL 58

Shad und Richter Elder warten bereits, als wir in Shads Konferenzraum eintreffen. Wir mussten Dad im Gewahrsam der zwei Deputys vor meinem Büro zurücklassen. Kaiser wies die beiden Leute von Sheriff Byrd ausdrücklich noch einmal darauf hin, dass ein FBI-Agent den ganzen Tag über regelmäßig überprüfen wird, wie es Dad geht.

Als wir um den Tisch herum Platz nehmen, kommt mir wieder in den Sinn, dass Joe Elder der Sohn von Claude Devereux ist und wie unwahrscheinlich mir dieser Gedanke erscheint. Ihm muss es sogar noch merkwürdiger vorkommen. Ob er wohl Devereux so sehr hasst wie Lincoln meinen Vater? Falls man Quentins Urteil trauen kann, dann ist das der Fall.

»Meine Herren«, hebt der Richter an, »was heute hier geschehen ist, hat nicht nur die Würde meines Gerichts, sondern der gesamten amerikanischen Justiz mit Füßen getreten. Agent Kaiser hat festgestellt, dass der Mechanismus mit der Giftnadel von jemandem im Saal mit einem Funkzünder ausgelöst wurde. Ich hoffe, dass das FBI und das ATF den Mörder in sehr kurzer Zeit identifizieren können und dass Sie, Mr. Johnson, für ihn die Todesstrafe verlangen.« Elder nickt Kaiser zu. »Ich bin mir sicher, dass es auch eine Anklage von bundesstaatlicher Seite geben wird, aber ich will, dass für den, der diesen Zeugen umgebracht hat, sein letztes Stündchen in Mississippi schlägt.«

»Absolut, Euer Ehren«, sagt Shad salbungsvoll. Unser Bezirksstaatsanwalt hat in regelmäßigen Abständen immer wieder behauptet, ein Gegner der Todesstrafe zu sein, aber nie mit großer Überzeugungskraft, und was immer er auch an Prinzipien zu haben geglaubt hat, hat er angesichts des richterlichen Zorns über Bord geworfen.

»Aber was ist mit diesem Prozess, Euer Ehren?«, fragt Quentin.

Joe Elder wirft Quentin einen durchdringenden Blick zu. »Hoffen Sie auf Abbruch wegen grober Verfahrensfehler, Mr. Avery?«

»Der Gedanke wäre mir niemals gekommen, Euer Ehren.«

Shad blickt Quentin mit schlecht verhohlenem Entsetzen an.

»Das überrascht mich, Mr. Avery«, dröhnt Richter Elders Bass. »Und es freut mich. Denn ich habe die Absicht, den Prozess fortzusetzen.«

»Wann?«, wirft Shad dazwischen.

»Wenn möglich, morgen, Mr. Johnson.«

»Was ist mit der Sicherheit?«, erkundigt sich Quentin.

»Wir lassen im Augenblick das Gerichtsgebäude von den Sprengstoffexperten der ATF untersuchen. Weitere Techniker sind hierher unterwegs. Bis Mitternacht sollten sie das Gebäude gesichert haben. FBI-Agenten werden ebenfalls das Rathaus durchsuchen und sichern. Das Gefängnis ist gerade wieder zum sicheren Bereich erklärt worden, so dass Dr. Cage dorthin zurückgebracht werden kann.«

»Herr Richter«, wende ich ein, »ich bin immer noch besorgt über die Sicherheit meines Vaters.«

»Ihr Vater wird sich weiter in seiner eigenen Zelle aufhalten«, versichert mir Richter Elder. »Ich bin mir der Gefahr sehr wohl bewusst, Bürgermeister Cage. Ich habe dies auch dem Sheriff ausdrücklich mitgeteilt.«

»Danke, Herr Richter.«

»Was ist mit dem Tod meines Starzeugen?«, fragt Quentin.

Richter Elders Lippen spannen sich an, ehe er spricht. »Das war eine bedauerliche Tragödie, Mr. Avery. Ich vermute, dass Mr. Devines Mörder Ihrer Beweisführung einen schweren Schlag versetzt hat. Ich hoffe, dass es kein tödlicher Schlag war. Aber wenn Sie Mr. Devine nicht von den Toten auferwecken können, lässt sich da nichts machen. Es sei denn, Sie wollen einen Antrag wegen Verfahrensfehlern stellen.«

»Ich habe in meiner Laufbahn durchaus schon totgeglaubte Fälle wieder zum Leben erweckt«, sagt Quentin, »aber bisher noch keinen toten Mann.«

Die Spur eines Lächelns ist auf Richter Elders Lippen zu sehen. »Sie sind zu bescheiden. Ich weiß von mindestens zwei Männern, die nur noch Stunden vor ihrer Hinrichtung standen und die Sie vor der Gaskammer gerettet haben.«

»In meiner Blütezeit«, sagt Quentin müde, aber nicht ohne Stolz. »Ich bin jedoch bereit, trotz des Mordes an Mr. Devine mit der Verhandlung dieses Falls weiterzumachen. Wie ich dem Bürgermeister während des Verfahrens wiederholt versichert habe: Ich will nur einen fairen Prozess.«

Richter Elder setzt sich auf und seufzt erleichtert. »Ausgezeichnet. Und ich tue alles, was in meinen Kräften steht, um dafür zu sorgen, dass Ihr Mandant diesen fairen Prozess bekommt.«

Ein bisschen spät, nicht?, würde ich gern anmerken, beherrsche mich jedoch.

»Also«, sagt Richter Elder, »jetzt zu den Videokassetten.«

Quentin setzt sich still und aufmerksam auf seinem Rollstuhl zurecht.

»In meiner Erfahrung gab es bisher noch nie die Möglichkeit, diese Art von Medien wiederherzustellen. Ich möchte, dass alle den gleichen Wissensstand haben. Mr. Kaiser?«

»Auch in meiner Erfahrung ist so etwas bisher noch nie vorgekommen, Herr Richter. Es geht hier um eine äußerst geheime Technologie.«

»Das wirft natürlich die Frage auf, warum das FBI bereit ist, in aller Eile eine solche forensische Überprüfung an einer Kassette durchzuführen, die zu den Beweismitteln in einem bundesstaatlichen Mordprozess gehört.«

Kaiser räuspert sich. »Ich glaube, das liegt daran, dass der Fall auch indirekt mit den Morden an den Bürgerrechtlern zu tun hat, an denen die Doppeladler beteiligt waren, sowohl in der Vergangenheit als auch in der Gegenwart. Die Informationen, die man möglicherweise auf diesen gelöschten Videobändern findet, könnten direkte Auswirkungen auf nationale Ermittlungen haben. Das FBI war ja in die Verhandlungen mit einbezogen, die es Will Devine ermöglicht haben, hier heute auszusagen – oder es zumindest zu versuchen. Nach seiner Ermordung haben mich meine Vorgesetzten angewiesen, den Bezirksstaatsanwalt zu bitten, dass er uns diese Kassetten zur Untersuchung in unserem Forensiklabor überlässt. Mr. Johnson hatte bei meiner Anfrage gleich die richtige Vermutung, was meine Absichten waren. Dann hat er ein paar Telefonate mit einem alten Kommilitonen von Harvard geführt, und da sind wir jetzt.«

»Das ist interessant«, sagt Richter Elder. »Wir sind mit diesem Verfahren allerdings ohnehin schon ziemlich im Verzug. Besteht auch nur die entfernteste Möglichkeit, dass diese Kassetten innerhalb eines vernünftigen Zeitrahmens bearbeitet und wiederhergestellt werden?«

»Euer Ehren, man hat mir gesagt, dass das gehen könnte«, antwortet Shad.

Elders Augen wandern von Shad zu Kaiser. »Agent Kaiser?«

»Mich hat man informiert, dass wir diese Kassetten mit einem FBI-Flugzeug transportieren können. Meine Agenten können für lückenlose Sicherheitsüberwachung garantieren.«

Aus Quentins Richtung ist eine Art Schluckauf zu hören, aber es ehrt ihn, dass er klug genug ist, keinen Einspruch gegen die vorgeschlagene Wiederherstellung der Kassetten einzulegen.

Der Blick des Richters verweilt auf Quentins Gesicht. »Nun gut. Agent Kaiser, dann machen Sie das.«

»Ja, Euer Ehren.«

Shad erstarrt einen Augenblick, versucht dann, so neutral wie möglich zu schauen. »Herr Richter, wir könnten mit dieser Abmachung ein kleines Problem bekommen.«

»Und welches Problem könnte das sein, Mr. Johnson? Trauen Sie dem FBI nicht?«

»Es geht nicht um mich, Euer Ehren«, sagt Shad rasch. »Ich habe den höchsten Respekt vor dem FBI. Aber ich vermute, dass Sheriff Byrd unwillig sein könnte, die Kassetten so einfach an Agent Kaiser zu übergeben.«

»Und warum sollte er das sein?«

»Er hat das Gefühl, dass Agent Kaiser Dr. Cage von Anfang an in Schutz genommen hat. Ebenso in gewissem Maße auch Mr. Garrity. Der Sheriff hat die Frage aufgeworfen, warum Agent Kaiser nicht gleich angeboten hat, die Informationen auf den Kassetten wiederherzustellen, als wir erfahren hatten, dass der Hersteller das nicht kann.«

»Ach ja?« Richter Elder wirkt belustigt. »Nun, dann werde ich also einen Gerichtsbefehl unterzeichnen, der den Sheriff verpflichtet, die Kassetten an Mr. Kaiser zu übergeben. Dann kann er heute Nacht gut schlafen, ohne dass ihn dieses Dilemma belastet.«

Shad schluckt demütig diese bittere Pille. »Danke, Euer Ehren. Ich bin sicher, das wird nicht nötig sein.«

Elder wirft ihm ein schiefes Lächeln zu. »Nun denn. Wenn es sonst nichts mehr gibt, sehe ich Sie alle um neun Uhr morgen früh. Mit ein wenig Glück können wir den Fall gleich morgen an die Geschworenen übergeben.«

»Ah, noch eins, Euer Ehren«, sagt Shad rasch, denn sein Erfolg mit dem Schachzug zur Wiederherstellung der Videobänder hat ihn mutig gemacht. »Während seines Eröffnungsplädoyers hat Mr. Avery den Geschworenen versprochen, dass Dr. Cage in den Zeugenstand treten wird. Können wir uns darauf freuen, dass das morgen wirklich geschieht?«

Joe Elder scheint auf die Antwort genauso neugierig zu sein wie Shad. Er schaut Quentin mit geneigtem Kopf und einer fragend hochgezogenen Augenbraue an.

»Angesichts der heutigen Ereignisse, Euer Ehren«, erwidert Quentin, »haben wir dazu noch keine abschließende Entscheidung getroffen.«

Elders Augen funkeln. »Ein wenig Spannung bleibt Ihnen also erhalten, Mr. Johnson. Ich denke, wir werden es beide morgen erfahren.«

Shad nickt bedächtig. »Euer Ehren, bei allem Respekt, ich habe durchaus Sorge, dass wir mit unserem Zeitplan vorankommen werden.«

Das hört Joe Elder gar nicht gern. »Erläutern Sie das bitte.«

»Erstens befürchte ich, dass Mr. Avery versuchen wird, diesen Fall schnell durchzupeitschen und abzuschließen, ehe die wiederhergestellten Kassetten vorgelegt werden können.«

»Mr. Johnson, ich werde diesen Prozess nicht eine Woche lang herauszögern, nur um auf Kassetten zu warten, die vielleicht nie geliefert werden.«

»Natürlich nicht, Euer Ehren. Aber wenn es um einen oder zwei Tage geht …«

»Das werden wir dann schon sehen, Herr Staatsanwalt.«

»Ja, Euer Ehren. Aber diese Medaille hat noch eine andere Seite. Falls Mr. Averys nächster Zeuge Dr. Cage ist und der Gerichtssaal morgen bereit ist, erwarten Sie doch sicherlich, dass Mr. Avery unverzüglich mit der direkten Beweisaufnahme fortfährt?«

Richter Elder schaut einen Augenblick ärgerlich drein, doch dann verengen sich seine Augen wütend. »Mr. Johnson, pinkeln Sie mir nicht ans Bein und behaupten, es würde regnen. Sie wollen, dass Dr. Cage aussagt, ehe er eine Ahnung hat, ob diese wiederhergestellten Kassetten vor Gericht gezeigt werden oder nicht.«

»Das scheint mir insgesamt die fairste Vorgehensweise zu sein, Euer Ehren.«

»Nur wollen Sie das eine haben und das andere nicht lassen. Sie wollen, dass er gleich morgen früh aussagt, aber Sie wollen nicht, dass Dr. Avery seine Beweisführung abschließen und den Fall an die Geschworenen übergeben kann, wenn Ihre kostbaren Kassetten noch nicht vorliegen. Stimmt's?«

Shad schaut den Richter mit unschuldig aufgerissenen Augen an.

»Mr. Avery hat mich nicht um eine Verfahrenspause gebeten, bis wir die Ergebnisse der FBI-Bemühungen kennen. Er hat sich sehr professionell verhalten.«

»Es ist eine schwierige Situation, Herr Richter.«

Joe Elder nickt bedächtig, aber immer noch mit Groll in der Miene. »Ja, das stimmt. Ich werde heute Nacht darüber nachdenken. Eines kann ich Ihnen schon sagen: Im Augenblick neige ich zu der Meinung, dass wir mit unserer üblichen Geschwindigkeit weitermachen sollten. Falls das Bureau diese Kassetten rechtzeitig herbringt, so dass sie noch eine Rolle in diesem Verfahren spielen können, dann soll das so sein. Wenn nicht, dann werden wir den Fall an die Geschworenen übergeben.«

Shad schluckt und schaut dann zu Kaiser.

»Jetzt sind Sie am Zug, Agent Kaiser«, sagt Elder und steht auf. Als ehemaliger Basketballspieler überragt er uns um Längen. »Bitte halten Sie mich über alle Entwicklungen zum heutigen Mordfall auf dem Laufenden.«

»Natürlich, Euer Ehren.«

Joe Elder macht sich auf den Weg zur Tür und verlässt leise das Zimmer.

Sobald Elder verschwunden ist, blickt Shad mit Triumph in den Augen auf Quentin hinunter. Quentin rollt zur Tür, ohne einen Blick zurückzuwerfen. Wie ein Stammesfürst auf seinem Streitwagen ist er sich sicher, dass ich ihm wie ein treuer Speerträger folgen werde.

Als ich an Shad vorbeigehe, packt er mich am Arm und flüstert: »Es ist aus, Penn. Quentin hatte schon gewonnen, aber jetzt hat er verloren. Sie hätten Ihren Vater verteidigen sollen. Das wissen Sie.«

»Ich denke, das hängt ganz davon ab, was auf diesen Kassetten zu sehen ist, nicht wahr?«

Ich schaue nicht nach links, als ich meinen Arm losreiße, aber ich kann Shads Lächeln auf der Haut spüren.

Im Erdgeschoss wartet Quentin mit zweien meiner Leibwächter. Ich glaube nicht, dass ich den alten Anwalt je so ratlos gesehen habe.

»Jungs, können wir mal ein bisschen Abstand haben?«, frage ich.

Die Leibwächter drehen uns den Rücken zu und entfernen sich ein wenig.

»Quentin, du musst bei Elder morgen eine Verfahrenspause beantragen, bis wir wissen, ob diese Kassetten kommen oder nicht. Du hättest ihn sofort darum bitten sollen, als er deutlich gemacht hat, dass er die Kassetten als Beweismittel zulässt, wenn sie wiederhergestellt werden können.«

»Das wird er kaum begrüßen.«

»Ich weiß. Aber du kannst Dad nicht in den Zeugenstand rufen, wenn es eine Möglichkeit gibt, dass diese Kassetten noch kommen. Falls er bestreitet, zu wissen, was darauf zu sehen ist, und ihn dann der Inhalt Lügen straft … dann war's das. Er wandert nach Parchman.«

»Du hast doch vorhin deinen Vater gehört. Er tut nicht, was ich ihm sage.«

»Würde er wirklich dort aussagen, während diese Möglichkeit noch besteht?«

»Vielleicht.«

»Ich möchte sein Gesicht sehen, wenn du ihm hiervon berichtest. Wenn er dann in Panik gerät, dann wissen wir etwas, was wir vorher nicht wussten. Zumindest ich nicht.«

»Tom wird nicht in Panik geraten. Das habe ich bei ihm noch nie erlebt. Aber du wirst bei diesem Gespräch nicht anwesend sein.«

»Warum nicht?«

»Penn … ich bin zu müde, um dieses Streitgespräch noch einmal zu führen.«

Die Wut steigt immer heftiger in mir auf. Doch jetzt ist gar nichts gewonnen, wenn ich Quentin anbrülle. »Dann sag mir nur eines. Diese Kassette, die sie im Müllcontainer des Krankenhauses gefunden haben, hat Dad sie dort hingebracht oder nicht?«

Quentin schaut mich an und ist in seiner Darstellung völliger Unwissenheit wesentlich überzeugender, als es Shad Johnson je sein könnte. »Ich weiß es nicht, Penn.«

Ich höre mich seufzen. »In diesem Krankenhaus arbeiten sehr viele Ärzte. Von denen haben viele möglicherweise Kameras mit Mini-Videokassetten. Ich bin sicher, manche benutzen die sogar in ihren Praxen.«

»Vielleicht«, gesteht mir Quentin zu, aber seine Augen verraten mir, was er wirklich glaubt.

»Wenn Dad beide Kassetten genommen hat … warum sollte er jede mit einer anderen Methode löschen?« Die Frage geht mir ein paar Sekunden durch den Kopf. »Und warum sollte er eine sofort wegwerfen, die andere aber noch eine Woche behalten?«

Quentin zuckt nur mit den Schultern, aber da kommt mir die Antwort in den Sinn. »O nein!«

»Was?«

»Dad hatte das Gefühl, es Viola schuldig zu sein, dass er die Kassette behielt, die sie für Henry aufgezeichnet hatte. Er hat sie erst gelöscht, als er glaubte, keine andere Wahl mehr zu haben. Aber die andere – die in der Kamera war, als der Mord begangen wurde – hat er gleich am Morgen nach dem Mord weggeworfen. *Nachdem* er sie durch den MRT-Scanner gejagt hatte.«

Quentin schüttelt den Kopf. »Das weißt du nicht.«

»Nein …?«

Ehe wir weiterreden können, kommt John Kaiser aus dem Treppenhaus in den Eingangsbereich. »Tut mir leid, Leute«, sagt er. »Shad hat uns ausgetrickst, und ich habe keine Möglichkeit mehr, ihn aufzuhalten.«

Ich winke ab.

Kaiser ignoriert meine Geste und kommt zu uns. »Sehen Sie, diese Sache hat noch einen anderen Aspekt, der euch helfen könnte. Es wird einige mächtige Leute geben, die dagegen sind, dass die Technik durch diesen Prozess öffentlich bekannt wird. Selbst wenn die Videos erfolgreich rekonstruiert werden, könnte immer noch der Direktor, der Justizminister oder sogar der Präsident die Erlaubnis verweigern, sie zur Verwendung in einem öffentlichen Verfahren freizugeben.«

Ich denke ein paar Sekunden über die politischen Argumente nach, verwerfe sie dann. »John … ich habe das Gefühl, dass die Sache schon gekippt ist. Die Kassetten werden zu uns zurückkommen wie eine kosmische Bestrafung.«

Der FBI-Agent scheint wirklich zwischen Pflichterfüllung und persönlichen Wünschen hin- und hergerissen. »Ich muss offen mit Ihnen reden. Ich möchte, dass Tom freigesprochen wird. Aber wenn diese Videos morgen wiederhergestellt und freigegeben werden, dann habe ich keine Möglichkeit, das hinauszuzögern. Er sind zu viele Leute daran beteiligt.«

»Das wissen wir.« Meine Stimme klingt gepresst. »Wenn Sie heute Abend irgendeinen Fortschrittsbericht bekommen, rufen Sie mich bitte an.«

Kaiser nickt mir mit Nachdruck zu.

»Danke, Agent Kaiser«, sagt Quentin. »Sie machen sich besser auf den Weg. Ich habe das Gefühl, dass Sie von Ihren eigenen Leuten beobachtet werden.«

»Da haben Sie leider recht. Das habe ich Shadrach Johnson zu verdanken.«

Kaiser drückt die Tür auf und trottet über die Straße zu dem modernen Klotz aus Ziegelstein, in dem sich das Sheriff's Department und das Gefängnis befinden.

»Quentin«, sage ich, während ich beobachte, wie Kaiser das Gebäude betritt, »als ich achtzehn war, hat mal jemand Dad wegen eines ärztlichen Kunstfehlers verklagt. Der Prozess hat sich ewig hingezogen. Dad wurde schließlich entlastet, aber die Monate der Anspannung haben ihn beinahe umgebracht. Das Kreuzverhör hat ihn geschafft.«

»Davon weiß ich. Ich tu, was ich kann, um ihn aufzuhalten.« Quentin drückt mir das Handgelenk. »Geh nach Hause, Penn. Kümmere dich um Peggy und Annie. Die hätten das heute nicht mit ansehen sollen.«

Als ich durch die Tür gehe, drehe ich mich noch einmal um und schaue auf den weißen Haarschopf, die nussbraune Haut und die Eulenaugen. »Quentin, weißt du, was damals in dieser Nacht in dem Haus wirklich passiert ist?«

Er blickt zu mir auf, und mir wird klar, dass er es tatsächlich nicht weiß. Genauso wenig wie Walt Garrity, als er in einer einsamen Nacht vor drei Monaten seine Frau angerufen hat.

»Mein Gott, das ist ja Blindflug! Du darfst Shad nicht an ihn ranlassen, Quentin, egal was passiert. Der reißt ihn in Stücke.«

Quentin nickt und lässt beinahe Angst aufblitzen. »Dann sag mir eines, Bruder. Wie soll ich ihn aufhalten?«

KAPITEL 59

Die unabänderlichen Ereignisse in unserem Leben geschehen in Sekunden, manchmal in Bruchteilen von Sekunden. Ein Teenager springt vom falschen Felsvorsprung und bricht sich im flachen Wasser das Genick. Eine einzige Zelle mutiert, trickst die Immunüberwachung aus und rast unaufhaltsam dem Krebs entgegen. Man fährt leicht abgelenkt auf eine Straßenkreuzung und landet gelähmt im Rollstuhl. Eine junge Frau vergisst, ihrem Leibwächter eine SMS zu schicken und bekommt Säure ins Gesicht geschleudert. Ein Mann setzt sich auf den Stuhl im Zeugenstand …

Als Staatsanwalt habe ich mit unzähligen Menschen zu tun gehabt, die solche Schicksalsschläge erlitten haben, und die meisten haben nie aufgehört, sich die Frage zu stellen: *Was hätte ich tun können, um das zu verhindern? Wenn ich nur mein Auto abgeschlossen hätte, wenn ich nur links und nicht rechts abgebogen wäre, wenn ich nur diesen letzten Drink abgelehnt hätte, wenn ich nur auf meinen Instinkt gehört und diesem Typen eine falsche Telefonnummer angegeben hätte, wenn ich nur an mein Pfefferspray gedacht hätte oder das Gewehr gekauft hätte, das ich mir im Sportgeschäft angesehen hatte …*

Hinterher ist man immer klüger.

Das Entsetzen über Will Devines Tod steckte uns allen noch sehr in den Knochen, als ich mich nach der Besprechung in Shads Konferenzraum wieder im Rathaus zu meiner Familie gesellte. Es stellte sich heraus, dass einer von Tims Leuten Serenity nach dem Ansturm im Gerichtssaal aus dem allgemeinen Gewühl herausgeholt hatte, und sie war mit Mia, Annie und meiner Mutter im Aufenthaltsraum bei meinem Büro. Serenity würde lieber auf der Straße über die Nachwirkungen des Mordes recherchieren, aber Tim hat sie überredet, im Augenblick lieber bei uns zu bleiben. Obwohl wir in Annies Gegenwart immer noch die platonischen Freunde spielen, scheint Serenity zu spüren, dass etwas mich ernsthaft aus der Fassung gebracht hat – weit über den Mord an Will Devine hinaus. Sie schaut immer wieder kurz zu mir hin, stellt mir so oft wortlos Fragen, dass ich ihr mit einer Handbewegung andeute, sie solle warten, bis wir zu Hause sind.

Im Erdgeschoss des Rathauses teilen wir uns in zwei Gruppen auf. Während Annie, Mia, Serenity und ich mit dem Yukon zu meinem Haus an der Washington Street zurückfahren, werden Mom und Jenny zum Haus meiner Eltern geleitet, um einige Dinge zu holen, die meine Mutter einzupacken vergessen hat, als sie zum Prozess in die Stadt zurückgekehrt ist. Mein Bauchgefühl sagt mir, dass diese Dinge wahrscheinlich in die Kategorie Benzodiazepin fallen.

Genau wie beim Verlassen des Gerichtsgebäudes legen wir den Weg vom Seiteneingang des Rathauses zum Fahrzeug so schnell wie möglich zurück und atmen erst erleichtert auf, als sich die gepanzerten Türen mit einem beruhigenden dumpfen Ton schließen. Tim Weathers sitzt mit mir und Annie in der zweiten Reihe, während Joe Russell, sein zweiter Mann, die dritte Bankreihe mit Mia und Serenity abdeckt. Die Klimaanlage ist so kalt eingestellt, dass ich Gänsehaut habe. Als Annie sich nah an mich kuschelt, um sich zu wärmen, reicht mir der Fahrer meinen .38er über die Lehne des Vordersitzes, und ich schiebe ihn wieder in das Holster an meinem Fußgelenk.

»Bisschen weniger Klima«, sagt Tim, während die Beschleunigung uns in die Ledersitze drückt.

»Danke«, sage ich und lege Annie einen Arm um die Schulter. »Ihr habt eure Arbeit prima gemacht, als ihr da vorhin im Saal alle abgedeckt habt.«

Tim zuckt zusammen; ich bin mir sicher, dass er jede seiner Bewegungen noch einmal überdenkt und sich sogar fragt, ob er nicht vielleicht sogar Snake Knox hätte unschädlich machen können, wenn er nur irgendwie ein bisschen besser, ein bisschen schneller gewesen wäre.

»Zumindest ist unsere Mannschaft in Sicherheit«, gesteht er mir zu, aber seine Augen fügen hinzu: *Wir haben es hier mit gefährlichen Scheißkerlen zu tun, mein Freund.*

Zum Glück haben wir es nicht weit: zweieinhalb Blocks nach Südosten, einen Block nach Südwesten und einen halben Block nach Nordwesten. Ich würde gern etwas sagen, um Annie und Mia zu beruhigen, aber nachdem sie mit angesehen haben, wie vor ihren Augen ein Mann umgebracht wurde – während er angeblich von einem undurchdringlichen Sicherheitsring umgeben war –, fällt mir nicht viel ein. Ich bin nur froh, dass sie nichts von den Videokassetten wissen, die John Kaiser gerade auf uns geworfen hat, wie man eine Granate in ein Schützenloch zurückschmeißt, aus dem sie schon einmal herausgeworfen wurde. Die möglichen Folgen des im MRT-Scanner gelöschten Videobandes scheinen mir so schwerwiegend, dass Will Devines Ermordung mir im Vergleich schon wie eine völlig unwesentliche Zirkusnummer vorkommt. Ganz egal, wie sehr ich versuche, die Sache mit Logik anzugehen, ich komme unausweichlich zu der Schlussfolgerung, dass die »MRT-Kassette« in Henry Sextons Camcorder war, als Viola ermordet wurde, und dass mein Vater deswegen versucht hat, sie zu vernichten.

Auf den Straßen sind vor den Geschäften und Wohnhäusern jede Menge Leute unterwegs, während wir die State Street hinaufrasen und dann nach rechts auf die Union Street einbiegen. Offensichtlich hat sich die Kunde von der Attacke im Gerichtssaal rasch verbreitet.

Der Fahrer fährt scharf rechts in die Washington Street.

»Beinahe zu Hause«, murmele ich und drücke Annie.

»Mir geht's gut«, sagt sie und versucht, mich zu trösten.

Der gepanzerte Yukon fährt vor meinem Haus vor wie ein Flugzeug beim Landen: Das Trägheitsmoment schiebt die schwere Karosserie noch voran, obwohl die Bremsen das Chassis und den Antrieb bereits abstoppen. Dann kommt auch die Karosserie auf der verstärkten Federung zum Stehen.

»Alle bereit?«, fragt Tim und hält einmal im 360°-Winkel um das Fahrzeug herum nach Menschen und herankommenden Autos Ausschau.

»Wir steigen alle gleichzeitig aus. Meine Gruppe auf meiner Seite, Joes Gruppe auf der anderen. Verstanden?«

Ich versichere mich mit einem Blick, ob das auch alle kapiert haben. Mia und Serenity nicken. Ich schiebe Annie auf Tim zu, damit

Joe meinen Sitz nach vorne drücken und sich auf einen schnellen Ausstieg vorbereiten kann. Als der Sitz vorklappt, sagt Tim: »Auf eins. Bereit? Und … drei, zwei, eins …«

Er schiebt die Tür auf und steigt aus, nimmt draußen Gefechtshaltung ein, während Annie und ich den Yukon verlassen. Joe ist auf der anderen Seite der Erste, während Mia und Serenity folgen.

»Bring Annie ins Haus«, sagt Tim zu mir und lässt den Blick über die Dächer der Häuser in der Nähe schweifen.

Ich ziehe Annie auf den Gehsteig, als plötzlich zwischen den Häusern ein Donnern zu hören ist. *Gewehr*, sagt eine Stimme in meinem Kopf, während ich schon Annie in meinen Armen berge.

Ein Blick über die Schulter zeigt mir, dass Tim Weathers mit dem Gesicht nach unten auf dem Gehsteig liegt. Unerträgliche Angst und Wut fluten über mich hinweg, aber ich zwinge meine Füße, sich in Richtung Haus zu bewegen. Während meine Augen nach Mia und Serenity Ausschau halten, prallt etwas wie ein Vorschlaghammer auf mein rechtes Schulterblatt, treibt mir die Luft aus den Lungen und lässt meine ganze rechte Seite taub werden. Ich versuche, Annie weiter zu umklammern, aber ich schaffe es nur, mich im Fallen so zu verdrehen, dass ich sie nicht mit meinem ganzen Gewicht erdrücke, als wir auf den Gehsteig aufprallen.

»Daddy, pass auf«, schreit Annie, aber da dröhnt schon ein weiterer Schlag zwischen den Häusern, vielleicht sind es sogar zwei. Annie kreischt, aber Mias Schreien übertönt sie noch. Dann höre ich, dass Serenity etwas ruft, das wie ein Befehl klingt, ehe ein weiterer Donnerschlag sie zum Schweigen bringt.

Das wilde Jaulen eines überdrehten Motors dringt durch die Schreie. Quietschende Bremsen beenden das Jaulen. Ich versuche mich zu bewegen, aber was immer mich getroffen hat, hat mein Nervensystem völlig in Unordnung gebracht. Ich versuche Annie zu sagen, sie solle ins Haus gehen, aber ich bringe keinen Laut heraus. Sie kniet neben mir und schaut mir mit völlig angstverzerrtem Gesicht in die Augen. Ich will sie trösten, doch der Schmerz, der meinen Rücken durchschneidet, hat meine Stimmbänder gelähmt.

»Da ist sie!«, schreit eine Männerstimme. *»Schnappt sie euch! Schnappt das Mädchen!«*

Ich sehe die Raubtieraugen von Snake Knox vor mir und bete, dass das nicht seine Stimme war.

»Annie, zurück in den Yukon!«, brüllt ein Mann, der unser Fahrer sein könnte. »Jetzt *gleich rein*!«

Er hat recht, begreife ich. Der Yukon ist gepanzert. Es ist der nächste sichere Ort.

Aber es könnte genauso gut der Mond sein. Annie hat sich kaum zu dem Wagen umgedreht, als ein Mann in schwarzer Ledermontur sie unter den Armen packt und in die Luft zerrt. Voller Wut und Schrecken versuche ich, mich auf die Seite zu drehen, schaffe es aber nicht.

Der Mann, der Annie trägt, rennt auf die offene Tür eines goldenen Minivans zu, der mitten auf der Washington Street parkt. Annie kreischt aus voller Kehle *»Daddy!«*, aber ich kann nicht einmal auf die Knie, noch viel weniger auf die Füße kommen.

Plötzlich taucht am hinteren Ende des Yukon ein Mann in einem schwarzen Anzug auf – unser Fahrer. Er richtet eine Pistole auf den Mann, der Annie trägt.

»Runter mit dem Mädchen!«, brüllt er.

Der Kidnapper ist sich sicher, dass Annie für ihn ein menschlicher Schutzschild sein wird, und ignoriert den Befehl.

Schieß auf ihn!, schreie ich stumm. *Schieße jetzt, oder sie ist für immer verloren.*

Dann hallt ein vertrauteres Popp-Popp zwischen den Häusern wider, und unser Fahrer fällt vornüber auf die Straße.

Wie am Ende eines Zeitlupen-Alptraums stößt der Mann in der Lederkombi Annie durch die breite Seitentür des Minivans. Ich habe wieder ein wenig Gefühl in den Beinen, kann mich aber immer noch nicht aufrichten. Ehe ich auf die Füße komme, ist meine Tochter bestimmt schon eine Meile von hier weg und verschwindet in der Vergessenheit. Wir starren einander unverwandt an, doch der Abstand ist mit Schmerz aufgeladen, sprüht schon beinahe Funken, weil wir wissen, dass wir uns nie wiedersehen werden …

Dann sprintet Mia Burke vom Yukon zu dem Minivan und klammert sich an Annie. Der Typ schlägt ihr seitlich an den Kopf, aber Mia lässt nicht nach und zerrt weiter.

»Lass mich los!«, brüllt der Typ. »Schafft mir die vom Hals! Die verrückte Schlampe!«

Wie aus dem Nichts erscheint ein zweiter Mann in schwarzer Lederkombi, doch als er Annie greifen will, dröhnen von der entfernten Seite des Yukon zwei schnelle Schüsse, und er fällt hin wie ein Reh, das man ins Rückgrat getroffen hat. Dann taucht Serenity Butler in dem Zwischenraum auf, den Mia vor Sekunden überquert hat – nur hat Tee eine Pistole in der Hand. Mein Herz macht einen Sprung, aber eine weitere Explosion lässt die Fenster der Häuser erbeben. Serenity dreht sich langsam um ihre eigene Achse und fällt neben dem Van zu Boden. Ihre offenen Augen starren ausdruckslos in den Himmel.

»Schafft sie hier rein, verdammt!«, schreit eine Stimme aus dem Inneren des Mini-Vans. *»Wir haben nicht den ganzen Tag Zeit, Scheiße!«*

»Schaff du mir erst mal diese Teufelskatze vom Hals, Axel! Schieß doch endlich einer auf die.«

Die haben Leute auf den Dächern, begreife ich. Von dort haben die auf Tim und mich geschossen. Und auf Joe. Und den Fahrer … Und Tee…

Der Motorradfahrer in der Lederkombi rammt schließlich Mia den Ellbogen in die Rippen, was ihm genug Raum verschafft, um Annie durch die Tür des Vans zu manövrieren. Doch als er hinter ihr einsteigt, springt auch Mia in den Wagen. Er tritt mit den Stiefeln nach ihr, aber der Van fährt ruckartig nach vorn und bringt ihn aus dem Gleichgewicht, bleibt dann wieder kreischend stehen. Wieder treten die Stiefel auf Mia ein, immer fester, während sie sich am Türrahmen festklammert. Die Reifen kreischen, und der Motor jault auf, als der Van die Washington Street hinauf beschleunigt und langsam Fahrt aufnimmt.

Panik schleudert mich auf alle viere. Als ich mühsam versuche, auf die Füße zu kommen, höre ich Serenity vor Schmerzen stöhnen. Ich schaue auf, sehe, dass sie auf den Beinen ist, den rechten Arm schüttelt, als wolle sie ihn wieder funktionsfähig machen. Dann brüllt sie einen Fluch und rennt hinter dem Van her. Erst da bemerke ich, dass sie keine Pistole in der Hand hat.

Nichts kann diesen Van jetzt mehr aufhalten.

Vor meinen Augen spult sich ein Horrorfilm ab, ein Folterporno, geschrieben und inszeniert von Snake Knox: Annie und Mia, die voreinander und vor einer Kamera gequält werden, damit mein Vater und ich jeden Augenblick anschauen müssen, den …

Der Yukon, erinnere ich mich.

Als ich endlich auf die Füße komme, ist der Van nur noch zwanzig Yards vom Ende des Häuserblocks entfernt, und Serenity ist weit dahinter. Wenn sie diese Abzweigung schaffen, verschwindet Annie vom Angesicht der Erde. Als ich meine Augen von dem Van losreiße, fallen sie auf ein Bild, das ich mit dem Verstand nicht fassen kann. Am Ende des Häuserblocks ist hinter der Episkopalischen Kirche ein Mann aufgetaucht, der einen weißen Cowboyhut trägt. Er ist auf ein Knie gesunken. Dann hebt dieser geheimnisvolle Cowboy mit einer Hand eine Pistole und zielt sorgfältig auf die Windschutzscheibe des Van.

Nicht!, denke ich. *Riskier das nicht!*

Aber irgendetwas an der Haltung des Mannes mit dem weißen Hut ruft in mir eine Erinnerung wach. Es ist Walt Garrity. Der alte Texas Ranger ist die ganze Zeit über bei uns gewesen, und plötzlich ist unsere gesamte Zukunft zu diesem einen Augenblick zusammengeschnurrt.

Ein Schuss …

Ich sehe den Mündungsblitz von Walts Pistole, ehe ich den Schuss höre, und ich weiß sofort, dass Walt nicht getroffen hat, denn der Van wird nicht einmal langsamer.

Walt schießt noch einmal.

Der Van bäumt sich auf wie ein Pferd. Dann jault der Motor wild auf, und der Van brettert über die Bordsteinkante auf den Gehweg und über Walt hinweg, ehe der sich zur Seite rollen kann. Der Kühlergrill kracht durch den Stamm einer Kräuselmyrte, rammt die breite Betontreppe der Episkopalischen Kirche und bleibt stehen. Dampf strömt aus der Motorhaube.

Weit vor mir verkürzt Serenity rasch den Abstand zu dem Van und reißt ohne Zögern die Tür auf. Als sie hineinspringt, habe ich endlich wieder genug Kontrolle über meine Muskeln, dass ich meine Pistole zücken und auf die Kirche zurennen kann.

Im Wagen tobt ein Kampf, aber ich kann nicht erkennen, wer gewinnt. Als ich näher komme, höre ich Schreie, die von Annie stammen könnten. Das ist gut, denn um schreien zu können, muss man am Leben sein. Dann geht auf der von mir abgewandten Seite eine Tür auf, und ein Mann springt aus dem Auto und sprintet die South Commerce in Richtung Homochitto Street. Obwohl es mich fast umbringt, renne ich in meinem verzweifelten Bemühen, zu Annie zu gelangen, an Walts blutigem Körper vorbei zur offenen Tür des Vans.

Als Erstes sehe ich den Fahrer, dem ein Geschoss den Schädel gesprengt hat. Blut klebt an allen Oberflächen, auch an den Menschen. Aber mich verwirrt, was diese Menschen machen. Serenity ist oberhalb der Taille nackt und reibt sich wie wild ihre linke Brust und den Arm, während Annie und Mia ihr mit weit aufgerissenen Augen zuschauen.

»Was ist passiert?«, frage ich.

»Er hat Säure auf Tee geschleudert!«, schreit Annie. »Sie hat mit ihm gekämpft. Da hat er beschlossen, abzuhauen, aber als er rausgesprungen ist, hat er noch so ein Plastikding genommen und damit nach Tee geschlagen. Das war Säure!«

»Ich hatte die Tube, die mir Drew gegeben hat, noch in der Tasche«, sagt Mia. »Dieses Glukonat-Zeug. Sie reibt das gerade rein.«

Die meisten Menschen wären in Tees Situation starr vor Panik, aber die ehemalige Soldatin reibt sich methodisch jeden freien Teil ihrer Haut mit Calciumglukonat ein. *Mein Gott, hat die Frau Mumm.*

»Was ist mit euch?«, frage ich. »Hat eine von euch was abgekriegt?«

»Alles in Ordnung«, versichert mir Mia. »Ich habe auf meinem Handy schon 911 angerufen.«

Tatsächlich höre ich bereits Sirenengeheul aus der Richtung des Sheriff's Department. Ich hoffe nur, dass Billy Byrd nicht in einem der Autos sitzt.

»Ich muss nach Walt schauen«, sage ich zu den beiden. »Ihr kümmert euch um Serenity.«

»Machen wir«, verspricht mir Mia, aber ihre Augen sagen mir, dass ich mir keine Hoffnung für Walt Garrity machen sollte.

Ein Blick auf den alten Freund meines Vaters verrät mir, dass er nicht mehr lange zu leben hat. Walt hat offene Knochenbrüche, und sein Schädel scheint über dem linken Ohr tief eingedrückt zu sein. Das volle Gewicht des Vans ist frontal auf ihn geprallt, und danach sind noch beide Achsen über ihn gerollt. Erstaunlicherweise sind Walts Augen offen, und als ich neben ihm in die Knie gehe und mich in sein Gesichtsfeld beuge, sehe ich ein Flackern des Erkennens.

»Walt?«, sage ich leise. »Kannst du mich hören, Kumpel?«

Walt stöhnt, spricht aber nicht.

»Das war eine reife Leistung, Captain Garrity.«

Der alte Ranger leckt sich die Lippen und bewegt dann ein paar Sekunden den Mund. »Annie«, krächzt er endlich. »Dein Mädchen okay?«

Es schnürt mir den Hals zu, und heiße Tränen steigen mir in die Augen. Ich kann nicht reden, nicke also einfach nur, beuge mich vor, um sicher zu sein, dass Walt mich sehen kann.

»Sie ist okay«, würge ich endlich hervor. »Du hast sie gerettet, Mann. Und Mia auch.«

Ein Hauch von einem Lächeln belebt Walts wettergegerbtes Gesicht. Dann sagt er: »Kein schlechter Schuss für einen alten Kerl mit grauem Star, was?«

»Olympiareif, würde ich sagen.«

»Der erste Schuss ist von der Windschutzscheibe abgeprallt … aber mit dem zweiten habe ich ihn erwischt.«

»Versuch nicht zu reden.«

Wieder das kleine Lächeln. »Teufel, Junge … wenn ich es jetzt nicht sage, dann nie.«

»Der Krankenwagen ist unterwegs.«

Darüber krächzt er wahrhaftig ein Lachen. »Sag den Jungs, sie sollen zurück in den Stall. Ich bin ein alter Sanitäter. Ich weiß, wann mein Fahrschein entwertet ist.«

Ich beuge mich über diesen alten Mann und begreife, dass ich in Forrests Büro im Jagdrevier Walhalla gestorben wäre, wenn er nicht dort aufgetaucht wäre und Alphonse Ozan erledigt hätte, nachdem ich Forrest Knox umgebracht hatte.

»Walt … ich schulde dir so viel.«

»Das stimmt … jawohl.« Er zwinkert, und Blut sickert ihm in die Augenhöhle. So vorsichtig, wie ich kann, wische ich es mit meinem Hemdärmel weg.

»Walt, was hast du da bei der Kirche gemacht? Du warst genau zur richtigen Zeit am richtigen Ort. War das reines Glück?«

»Glück, zum Teufel nein.« Mit großer Anstrengung bewegt er seine Augen zu meinen. »Ich bin jeden Tag bei euch gewesen. Und jede Nacht. Genau wie dein Daddy mich gebeten hat. Das hatte mit Glück nichts zu tun.«

Ein seltsames Gefühl kommt mir, beinahe ein Déjà-vu. »Jede Nacht? Wovon redest du?«

»Du hast mich gesehen … erinnerst dich nur nicht mehr. Der alte Mann, der mit seinem Hund Gassi ging?«

Ich starre ihn ungläubig an. Walts Lippen verziehen sich zu etwas zwischen einem Grinsen und einer Grimasse. »Das war nicht mal mein Hund. Nur irgendeine Töle, der ich einen Strick umgebunden habe … hat weniger verdächtig ausgesehen. Der hat mich durch die ganze Stadtmitte geschleift.«

»Walt, was zum Teufel …?«

»Keine Zeit … Ich sag dir jetzt, wie du deine Schuld zurückzahlen kannst. Vergiss deinen Schmerz … und schluck deinen Stolz runter. Kümmere dich um deinen Daddy. Hörst du?«

Unglaublich. Am Ende seines Lebens gibt mir der Mann nicht etwa eine Nachricht für seine Frau oder seine Kinder. Er versucht, die Mauer zwischen mir und meinem Vater niederzureißen.

»Ich höre, Walt.«

»Quatsch!« Seine Augen blicken mich furchtsam, verzweifelt an. »Wir machen alle Fehler, mein Sohn. Tom hat ein paar kapitale Fehler gemacht. Ich übrigens auch. Und jetzt machst du einen. Und bis du es endlich merkst, ist es zu spät, und du kannst nichts mehr tun.«

Ich drücke ihm sanft die Hand.

»Predigt zu Ende«, stöhnt er. »Der verdammte Schmerz kommt durch. Und zivile Sanitäter haben kein Morphium dabei.«

»Na … ich werde dich nicht erschießen.«

Er lacht leise, und ehe er zu Ende gelacht hat, ist das Licht in seinen Augen erloschen. Die letzte Luft aus seinen Lungen streicht über mein Gesicht. Ich weiß nicht, ob sein Herz ausgesetzt hat oder ob sein Hirnstamm so stark angeschwollen ist oder ein Blutgerinnsel in seine Lungenarterie geraten ist, es ist mir auch gleichgültig. Ich bin nur froh, dass ich ihn nicht in Todesqualen sterben sehen musste.

Die Sirenen sind inzwischen zu einem ohrenbetäubenden Jaulen angeschwollen. Während Annie und Mia mich auf die Füße zerren, sehe ich, wie ein Sanitäter Serenity untersucht, die nun auf der Türschwelle des Vans sitzt und die Füße auf dem Gehsteig hat. Ihre nackten Brüste sind für alle zu sehen, aber sie schert das offenkundig einen Dreck.

Als der zweite Sanitäter sich über Walt beugt, schiebe ich meine Pistole wieder ins Halfter und sage: »Er ist hinüber.«

»Ich muss trotzdem die Vitalfunktionen checken.«

Ein Streifenwagen kommt quietschend zum Halten, und zwei Deputys rennen zu uns herüber und fragen, was geschehen ist. Ich deute nur die Washington Street hinauf.

»Von da sind all die Schüsse gekommen.«

Die beiden Deputys rennen zu ihrem Streifenwagen zurück, der um den Block herum in Richtung meines Hauses losrast.

Ich nehme Annie und Mia bei der Hand und gehe zu Serenity hinüber, die aufschaut und uns ein angestrengtes Lächeln zuwirft. Sie leidet offensichtlich unter starken Schmerzen.

»Wie viel Säure hast du abgekriegt?«, frage ich.

Sie zuckt die Achseln. »Meinen rechten Oberarm hat er ordentlich bespritzt. Bisschen auch auf eine Titte.«

Darüber muss Annie tatsächlich kichern.

»Brennt es sehr?«, frage ich.

»Oh, das brennt. Aber tausend Mal besser, als tot auf der Straße zu liegen.«

Ich schüttele den Kopf angesichts ihrer Courage.

»Ich hab das Gel da ja ziemlich rasch draufgekriegt«, sagt Tee. Sie wirft Mia ein dankbares Lächeln zu. »Hast mir den Arsch damit gerettet, Mädel.«

Mia errötet. »Bin nur froh, dass ich es dabeihatte.«

»Vielleicht erspart mir das die Komplikationen, die Keisha bekommen hat«, fügt Tee leise hinzu.

Ich nicke und bete, dass sie recht hat.

»Hast du noch was von Tim und seinen Jungs gehört?«, fragt Tee.

Ich schüttele den Kopf und erinnere mich daran, dass unsere Leibwächter reglos auf der Straße lagen.

»Ich bin mir immer noch nicht sicher, was da genau passiert ist«, sagt sie. »Es hat zuerst wie Gewehrschüsse geklungen. Aber ich habe kein Blut gesehen.«

»Ich dachte, sie hätten dich getroffen.«

»Haben sie. Die müssen irgendwelche nicht tödliche Munition benutzt haben. Beanbags oder Gummigeschosse. Die Jungs sind vielleicht also nicht allzu schwer verletzt.«

»Ich glaube, ich blute auch nicht«, fällt mir auf, als ich mich verdrehe, um mein Hemd genauer anzusehen. »Aber ich konnte mich überhaupt nicht mehr bewegen. Wie zum Teufel hat du es geschafft, wieder aufzustehen?«

»Militär-Reflexe, Baby. Ich bin beim ersten Knall gleich zu Boden gegangen, als sie auf Tim geschossen haben. Dann haben sie mich mit dem nächsten Schuss nur noch am Arm erwischt.«

»Ich glaube, unseren Fahrer haben sie aber umgebracht.«

Serenity nickt mit düsterer Miene. »Ja, der Schuss hat anders geklungen. Und ich …« Sie spricht nicht zu Ende, aber ich erinnere mich daran, dass der zweite Biker nach ihren Schüssen umgefallen ist wie ein Stück totes Wild. Derjenige, der versucht hat, beim Kidnappen von Annie zu helfen.

Hinter der waren sie her, sagen mir Serenitys Augen. *Du weißt das, ja?*

Ich nicke wieder und ziehe Annie eng an mich.

»He?«, sagt Tee.

»Ja?«

»Wer war der Typ mit dem weißen Hut? War das Walt Garrity?«

»Das kannst du wohl glauben«, erwidere ich ihr mit brennenden Augen.

»Dachte ich mir. Das war beste alte Schule, Mann.« Tee zuckt vor der behandschuhten Hand des Sanitäters zurück. »Ist er tot?«

»Ja.«

Sie schüttelt den Kopf.

»Du warst eben selbst ziemlich gute alte Schule«, sage ich zu ihr.

»Nicht mehr als Mia. Die hat sich an das Kind geklammert wie eine wilde Tigermama.«

Diesmal wird Mia puterrot. »Ich musste doch was tun.«

»Und das hast du«, sagt Tee. »Mit dir würde ich jederzeit abhängen wollen.«

Ich drücke Mias Schulter und frage dann Serenity: »Warum zum Teufel bist du hinter dem Van hergelaufen, anstatt ihn mit dem Yukon zu verfolgen?«

»Unser Fahrer hatte den Schlüssel schon rausgenommen. Ich hatte die Wahl, entweder danach zu suchen oder zu rennen. Ich habe mir gedacht, hier in der Stadt würde der Van ziemlich bald mal anhalten müssen. Also bin ich losgesprintet.«

Ich hebe die Hand und salutiere auf meine ungeschickte Zivilistenart. »Wir sehen dich dann im Krankenhaus.«

»Bring mir Wodka mit. Guten Wodka. Eine ganze Flasche.«

Der Sanitäter lacht lauthals los, aber Tee funkelt ihn nur böse an. »Ich meine das bitterernst, Mister.«

Der Sanitäter zwinkert überrascht. »Das glaube ich sofort.«

Ehe wir weggehen, höre ich das Summen und Murmeln von Stimmen auf der Straße. Die Nachbarn sind aus den Häusern gekommen, um zu sehen, was der Lärm zu bedeuten hat.

»Habt ihr ein zweites Leinentuch im Krankenwagen?«, frage ich.

Der Sanitäter nickt.

Ich stapfe zu der offenen Tür, reiße ein weißes Laken von einer zusammengeklappten Krankentrage und bringe es dahin, wo Walts Körper auf dem Gehsteig liegt. Ein paar Anwohner sind schon bis auf zehn Schritte an ihn herangetreten. Ich schlage das Laken mit einem lauten Krachen auf und lege es sanft über Walts Oberkörper. Zu meiner Überraschung fängt Mia das andere Ende auf und breitet es über seine Beine und Füße.

»Danke«, sage ich zu ihr und blicke mich nach Annie um.

Sie steht neben Serenity, und ihre Augen sind voller Ehrfurcht. Mia fängt an zu sprechen, aber dann übertönt das Quietschen von Gummireifen ihre Stimme. Zwei dunkle Limousinen haben zwanzig Yards entfernt angehalten, und als Erster springt John Kaiser aus dem vorderen Auto. Er rennt mit gezückter Waffe auf uns zu, hinter ihm kommen noch vier weitere FBI-Agenten, von denen zwei etwas in den Händen halten, das wie MP5-Maschinenpistolen aussieht.

»Wer liegt unter dem Laken?«, fragt er.

»Walt Garrity. Die VK haben gerade versucht, Annie vor meinem Haus zu kidnappen. Es war ein Hinterhalt. Sie haben unsere Leibwächter außer Gefecht gesetzt. Walt hat sie aufgehalten.«

»Die haben ihn erschossen?«

»Nein. Ihr Van hat ihn überfahren.«

Kaiser verzieht das Gesicht. »Herrgott. Das war mal ein rauer alter Bursche. Das wird ein schwerer Schlag für Ihren Vater sein.«

Die Worte des FBI-Agenten treffen mich wie ein Hammer.

»John, können Sie auf die Mädels aufpassen?«

»Klar, aber …«

»Ich kann nicht zulassen, dass mein Dad das von jemand anderem erfährt.« Ich fange an, die Washington Street hinunterzurennen. Das Gefängnis ist vielleicht vierhundert Yards entfernt, nah genug, dass Dad in seiner Zelle das Gewehrfeuer gehört haben kann. Wenn ich renne, bin ich bestimmt schneller da, als wenn ich erst zu Hause mein Auto hole.

»Penn, lassen Sie sich von mir hinfahren!«, ruft Kaiser, aber ich kann nicht anhalten. Als Letztes höre ich noch, wie der FBI-Mann brüllt: »Hinter ihm her! Gebt ihm Deckung!«

KAPITEL 60

Als ich das Gefängnis erreiche, sitzt Quentin am verdellten Drahtgeflecht der Besucherzelle bereits Dad gegenüber. Ich quetsche mich hinter seinen Rollstuhl, stütze die Hände auf die Rückenlehne. In meinem rechten Schulterblatt pocht der Schmerz.

»Was ist passiert?«, fragt Dad. Sein Gesicht ist teilweise durch den Draht verdeckt. »Wir haben im Zellenblock Schüsse gehört. Dann eine Art Alarm. Sag nicht, dass es Annie war.«

Er beugt sich in Erwartung schrecklicher Nachrichten vor. Wenn ich ihm sagen müsste, dass Annie gekidnappt wurde, würde er das wohl nicht überleben. Walts Tod wird schon schlimm genug sein …

»Beinahe wäre es Annie gewesen. Die haben versucht, sie zu entführen. Die Jungs vom VK.«

»O nein. O … Gott.«

»Sie haben sie nicht gekriegt. Walt hat sie aufgehalten.«

Dad macht große Augen. »Walt?«

»Die haben unsere Leibwächter mit Gewehrschüssen niedergestreckt, und sie hatten Annie auch schon in ihrem Van. Mia ist hinterher gesprungen und wollte helfen, aber sie waren entkommen. Da ist Walt wie aus dem Nichts aufgetaucht und hat den Fahrer erschossen.«

Dad blinzelt nicht einmal. »Und?«

»Walt hat den Van aufgehalten. Aber der hat ihn dann umgefahren.«

Dad schaut nach unten und schluckt. »Wie schlimm?«

Ich zögere, wie wir das in solchen Situationen immer machen, aber dieses Zögern verlängert die Qual nur noch. »Er ist tot, Dad. Er hat schreckliche Verletzungen erlitten.«

Zunächst reagiert mein Vater gar nicht, nur seine Augen verengen sich ein wenig. Doch dann beugt er sich vor, bis sein Scheitel das Drahtgeflecht berührt, und ein Stöhnen kommt aus seinem Mund.

»Dad … alles in Ordnung?«

Ich strecke die Hand aus und berühre seine Finger. »Es tut mir leid. Ich wollte nicht, dass du es von jemand anderem erfährst.«

Dad hebt den Kopf nicht.

»Wer ist sonst noch verletzt?«, fragt Quentin hinter mir.

»Tim Weathers wurde getroffen; ich weiß nicht, in welchem Zustand er ist. Ich bin mir ziemlich sicher, dass unser Fahrer tot ist. Serenity Butler und ich wurden mit irgendwelcher nicht tödlichen Munition getroffen, und dann hat noch jemand Säure auf sie geschleudert …«

»Nicht tödliche Munition?«, unterbricht mich Quentin.

Ich nicke, als ich merke, dass mein rechtes Schulterblatt und mein rechter Arm immer noch fast ganz taub sind. »Die meisten Angreifer haben irgendeine nicht tödliche Munition benutzt.«

»Die müssen versucht haben, Mordanklagen zu vermeiden.«

»Das glaube ich auch. Aber ich bin mir ziemlich sicher, dass unseren Fahrer eine Bleikugel getroffen hat.«

»Was ist mit den Angreifern?«, fragt Dad.

»Zwei von den VK-Typen sind tot. Einen hat Walt erschossen, den anderen Serenity.«

»Die Sache ist völlig außer Kontrolle geraten«, murmelt Quentin. »Warum machen die so was? Warum hatten sie es auf deine Tochter abgesehen?«

»Sie wollten sie als Druckmittel benutzen«, sagt Dad und blickt endlich auf. »Snake ist ein Überlebenskünstler. Er wird immer versuchen, den zu neutralisieren, der für ihn die größte Gefahr darstellt. Heute Morgen war das Will Devine. Wer ist es jetzt?«

»Du?«, schlägt Quentin vor.

»Vielleicht«, räumt Dad ein. »Aber wenn er Annie in seiner Gewalt hat, gibt ihm das auch ein Druckmittel gegen Penn.« Seine Augen bohren sich in meine. »Hast du etwas in der Hand, mit dem du Snake wirklich wehtun kannst, oder könntest du eine akute Bedrohung von ihm abwenden?«

Ich schüttele den Kopf, doch in meinen Gedanken überstürzen sich die möglichen Szenarien.

»Wer ist in der Lage, ihn ins Gefängnis zu bringen?«, drängt Dad.

»Dolores St. Denis«, antworte ich leise.

»Wer ist das?«, fragen Dad und Quentin wie aus einem Mund.

»Die Frau, von der du mir erzählt hast, deren Ehemann damals in den sechziger Jahren im Sumpf von Lusahatcha umgebracht wurde. Damals hieß sie noch Booker. Dolores Booker. Sie wurde vergewaltigt, und ihren Mann haben sie umgebracht. Sie kann wegen dieser Verbrechen gegen Snake aussagen.«

Dad blinzelt verwirrt. »Aber … ich dachte, sie hätte Selbstmord begangen?«

»Ihre Familie hat diese Geschichte in Umlauf gebracht, damit die Doppeladler sie vergessen.«

Quentin fragt: »Wo ist sie jetzt?«

»Sie hat in New Orleans gelebt. Ich habe sie aufgespürt und hierhergebracht. Aber sie steht jetzt unter dem Schutz des FBI. Ich weiß nicht, wo sie sich aufhält.«

»Snake glaubt, dass du es weißt«, sagt Dad voller Überzeugung. »Er muss diese Frau zum Schweigen bringen – sie umbringen –, und er weiß nicht, wo er sie finden kann. Er denkt, du kannst das für ihn rauskriegen. Und Annie zu bedrohen, das ist die einzige denkbare Methode, wie er dich dazu bringen kann.«

Diese Erklärung schließt in meinem Gehirn einen Stromkreis, und ich sacke gegen die Wand der Besucherzelle, eine Hand immer noch am linken Griff von Quentins Rollstuhl.

»Alles in Ordnung?«, fragt Quentin.

»Penn, hör mir zu«, sagt Dad. »Du musst Annie von Natchez wegbringen. *Weit* weg. Peggy auch, falls sie einwilligt.«

»Du weißt, dass sie nicht gehen wird. Aber ich werde Annie und Mia in ein sicheres Haus bringen. Kaiser hilft mir bestimmt dabei.«

»Gut … gut.«

»Dad … warum hat uns Walt beschattet? Hast du ihm das aufgetragen?«

Dad antwortet nicht gleich. Dann sagt er: »Erinnerst du dich noch daran, wie du mich in Pollock im Gefängnis besucht hast?«

Ich nicke.

»Ich habe dir dann gesagt, dass mein Freispruch nichts bewirken würde, solange Snake Knox noch auf dieser Erde wandelt. Das hat sich vor ein paar Minuten bewahrheitet.«

»Was willst du damit sagen? Hast du Walt gebeten, Snake zu töten? Ihn zur Strecke zu bringen?«

Dad richtet seine Augen auf einen Punkt zwischen sich und Quentin. »Am Morgen von Henry Sextons Begräbnis habe ich Walt gesagt, dass Snake sterben muss. Das ist die einzige Methode, um das Töten zu beenden. Walt war meiner Meinung, wollte aber das Risiko nicht auf sich nehmen. Er war glücklich mit seiner Frau und wollte sie nicht zur Witwe machen.«

Und jetzt ist sie eine. Quentin und ich schauen einander an. Dad spricht, als wäre er in einer Art Trance, und vielleicht ist er das ja auch. In einer Trance der Trauer.

»Was hat ihn umgestimmt?«, frage ich ihn.

Dad beißt sich auf die Unterlippe und versucht, selbst diese Frage zu verstehen. »Nicht allzu lange nach Forrests Tod kam Walt mich im Gefängnis besuchen und sagte mir, ihm wäre jetzt klargeworden, dass die Familie Knox das Kreuz wäre, das wir zu tragen haben. Das Böse unserer Generation. Und es sei unsere Aufgabe, es aus der Welt zu schaffen. Da hatte er sich entschlossen, Snake umzubringen.«

Quentin birgt die Stirn in seiner linken Hand.

»Das Problem«, fährt Dad fort, »war, Snake zu finden.«

»Deswegen hast du mich auf die Fährte von Will Devine und den anderen Doppeladlern gelockt? Du hast mich als Köder benutzt?«

»Snake wäre so oder so hinter dir her gewesen, Penn. Du hast seinen Neffen getötet. Und ich habe Frank getötet, seinen eigenen Bruder. Ich weiß nicht, wie viel er von Frank wusste, aber er weiß bestimmt, wer Forrest umgebracht hat. In Snakes Augen ist da eine Blutschuld zu begleichen. Bis er tot ist, ist dein Leben nicht viel wert. Deswegen hat Walt dich so lange beschattet. Er hat darauf gewartet, dass Snake aus der Deckung kommt.«

»Tom«, sagt Quentin leise, »sprich nie wieder über diese Sache. Und bete zu Gott, dass Billy Byrd diese Zelle nicht verwanzt hat.«

»Aber im Gefängnis damals«, murmele ich und komme nicht über den Gedanken hinweg, dass Dad mich als Köder für Snake Knox benutzt hat, »da hast du …«

»Ich habe dir gesagt, was du hören musstest.« Dads Augen funkeln vor Emotion. »Und du hast es tatsächlich geschafft, Will Devine umzudrehen, Herrgott. Heute hätten wir beinahe den Doppeladlern für immer und alle Zeiten das Kreuz gebrochen. Von innen heraus. Das war immer die einzige Methode, sie vor Gericht dranzukriegen.«

Ich verziehe das Gesicht und wende den Blick ab, bin mir nicht sicher, was ich überhaupt fühle. »In diesem Verfahren geht es gar nicht darum, dass du freigesprochen wirst, oder? Darum ist es nie gegangen.«

Dad hebt die Hände in die Höhe. »Bitte sprich nicht mit mir über den Prozess.«

»Quentin, könnte ich bitte kurz draußen mit dir reden?«

Ich trete vor die Tür, und dreißig Sekunden später fährt Quentin vorsichtig rückwärts mit seinem Rollstuhl aus der Zelle. Das Sheriff's Department scheint gespenstisch still, aber ich kenne den Grund. Beinahe alle verfügbaren Männer durchkämmen den Bezirk nach VK-Mitgliedern. Nicht einmal ein abgedrehter Extremist wie Billy Byrd kann zulassen, dass Biker-Banden in seiner Stadt um sich schießen, wenn er je wiedergewählt werden will.

»Hast du ihm von den Kassetten erzählt?«, frage ich Quentin.

Er nickt. »Kurz bevor du hochgekommen bist.«

»Und?«

»Tom behauptet, er wisse nichts von diesem zweiten Video.«

»Dem aus dem Müllcontainer?«

Quentin nickt.

Das verblüfft mich. »Glaubst du ihm?«

Der alte Mann schließt die Augen, als bete er. »Nein. Seine Lippen haben es verneint, aber in seinen Augen … da habe ich die Kante des Felsvorsprungs gesehen, Penn. Und Tom steht verdammt nah am Abgrund.«

Übelkeit überkommt mich. »Und was ist da unten?«

»Die Hölle, glaube ich.«

»Dann müssen wir da wieder rein und ihn mürbe machen. Wir

können morgen nicht wieder in den Gerichtssaal, wenn wir nicht wissen, was auf dieser Videoaufnahme zu sehen sein könnte.«

»Du kannst ihn nicht mürbe machen. Da sind schon ganz andere kläglich gescheitert, und er ist keinen Zentimeter gewichen.«

»Du hast recht. Das ist aber nicht logisch.«

»Oder extrem logisch.« Quentin legt den Kopf schief, wägt die Möglichkeiten ab. »Von einer unmenschlichen Logik. Vielleicht halten wir Ausschau nach emotionalen Reaktionen, aber er hält sich fest an einen vorgefassten Plan. Jedenfalls sehe ich keinen Nutzen darin, dass du versuchst, ihn zu drängen. Verabschiede dich und gehe zu deiner Familie zurück. Ich probiere, eine Methode zu finden, wie ich ihn dazu bringen kann, mit mir offen über dieses Video zu sprechen.«

»Und wenn er es nicht tut?«

»Dann sollte es morgen vor Gericht ziemlich interessant werden.«

»Meinst du, Richter Elder macht weiter, nach dem, was Walt zugestoßen ist?«

»Es ist ein Mordprozess. Wir haben immer noch einen Angeklagten und Geschworene.«

Mit diesen Worten dreht Quentin seinen Rollstuhl um und fährt wieder in die Zelle.

Als ich hinter ihm eintrete, sehe ich, dass mein Vater geweint hat. Seine weiße, schrundige Haut hat eine ungesunde rosige Farbe bekommen, und in den Barthaaren auf seinen Wangen ist Feuchtigkeit zu sehen.

»Ich brauche ein Telefon«, sagt er. »Ich muss bei Carmelita anrufen.«

Carmelita Cruz, das Juwel in Walt Garritys spaten Jahren. »Wir können dir kein Telefon durch den Draht schieben.«

»Ich halte meines ans Gitter«, sagt Quentin, »nachdem Penn gute Nacht gesagt hat.«

Er wirft mich wirklich hinaus.

Dad wirkt klein und verletzlich, wie er da sitzt, die Hände auf der kleinen Metallablage gefaltet. »Walt meinte, er sei mir von Korea noch was schuldig«, murmelt er. »Aber das war er nicht. Wir waren schon immer quitt.«

»Sag das seiner Frau«, schlage ich vor.

»Das mache ich.«

Quentin deutet mit dem Kopf zur Tür, um mich loszuwerden, aber ich bleibe noch da und rüttle am Drahtgeflecht. »Dad, was passiert morgen in diesem Gerichtssaal?«

Diesmal schaut er mir in die Augen, und in seinem Blick ist keine Täuschung mehr. »Die Wahrheit kommt ans Licht«, sagt er. »Auf die eine oder andere Weise. Für immer und alle Zeiten.«

Es ist halb zehn Uhr nachts, und das Haus scheint mir leerer, als es lange Zeit gewesen ist. Nach wilden Debatten und tränenreichem Abschied sind Annie und Mia vom FBI in private Schlafräume in der Mindestsicherheitseinrichtung in Pollock gebracht worden, genau an den Ort, wo Annie meinen Vater immer besucht hat, als er dort in Schutzhaft war. Nachdem Mias Mutter von der Straßenschlacht vor meinem Haus gehört hatte, war sie heilfroh, dass ihre Tochter bis zum Ende des Prozesses unter staatlichen Schutz kommen würde. Mein einziger Trost ist, dass Annie und Mia zusammen sind. Das sollte es ihnen leichter machen, die Trennung von uns anderen zu überwinden.

Serenity ist sogar schon länger von hier verschwunden als Annie. Trotz der raschen Anwendung von Mias Calciumglukonat hat Drew Elliott sie sofort ins University Medical Center in Jackson gebracht. Er wollte die Komplikationen nicht riskieren, die Keisha Harvins immer noch kritischen Zustand hervorgerufen haben. Ich konnte mich nicht einmal von Tee verabschieden. Der Krankenwagen, der sie abtransportierte, hatte Natchez bereits verlassen, als ich von Dad und Quentin im Gefängnis wegging.

Auch in der Wachmannschaft hat es einigen Wechsel gegeben. Obwohl die VK-Angreifer die meisten von uns mit nicht tödlichen Geschossen attackierten, haben sie Tim Weathers am Hinterkopf erwischt, und er erholt sich im St. Catherine's Hospital von einem schweren Bluterguss. Unser Fahrer war doch nicht gleich tot, musste aber auch zu einer Operation ins UMC von Jackson geflogen werden, wo er immer noch in kritischem Zustand ist. Nun leitet Tims Stellvertreter Joe Russell unsere Wachmannschaft. Er ist ein guter, verlässlicher Typ, flößt mir aber nicht dasselbe Vertrauen ein wie Tim.

Vor einer Stunde ist meine Mutter mit Migräne nach oben gegangen, und ich habe mich im Untergeschoss niedergelassen und warte angespannt auf das Morgengrauen. Zu meiner Überraschung kam, als ich auf der Suche nach Essen in die Küche hinaufging, Jenny herein und wollte über die Aussichten für den morgigen Tag reden.

Ich habe nicht gewagt, ihr viel zu erzählen. Ich habe dreimal mit Kaiser gesprochen, aber er konnte mir nur sagen, dass beide Kassetten in ein spezielles Geheimdienstlabor im Hauptquartier des FBI gebracht wurden, wo nun ein Team daran arbeitet.

Während Jenny an einer Schüssel Eiskrem herumkratzt, piepst mein Telefon, und eine SMS von John Kaiser erscheint auf dem Display. Ich nehme an, dass es um die Videos gehen wird, aber ich habe mich geirrt.

Snake Knox hat heute am früheren Abend in Sulphur, Louisiana, Benzin gekauft. Bar bezahlt. Wir haben das Foto einer Sicherheitskamera, das ihn und Alois Engel am Kassenfenster zeigt. Die beiden haben auch vier Liter Bier gekauft.

Ich schreibe zurück: *Sind also unterwegs nach Texas?*

Es sei denn, sie kehren um, zurück in den Atchafalaya-Sumpf oder zu einem anderen Versteck. Wir finden sie. Lassen Sie Ihr Handy heute Nacht an.

Ich tippe: *Mach ich*, klicke dann auf *Beenden* und lege mein Handy wieder auf die Granit-Arbeitsplatte.

Jenny scheint auf einen Punkt auf meinem Kinn zu starren und wirkt lethargisch.

»Denkst du nach?«, frage ich. »Oder hast du einen Anfall?«

Sie zuckt zusammen wie eine Schlafwandlerin, die an einem ungewohnten Ort aufwacht. »Tut mir leid. So bin ich manchmal, wenn ich grübele. Da hängt mir der Mund weit offen.«

»Worüber denkst du denn nach?«

»Über Dad. Letzten Oktober, als er seinen letzten Herzinfarkt hatte, habe ich zum ersten Mal wirklich verstanden, dass er irgendwann sterben wird. Vielleicht bald. Ob er nun in diesem Prozess freigesprochen wird oder nicht … er wird bald nicht mehr da sein. Trotz seiner Gesundheitsprobleme habe ich ihn immer irgendwie für unverletzlich gehalten. Für unbesiegbar.«

Jenny knufft sich mit der Faust ans Kinn, sie hat eindeutig mit schmerzlichen Gefühlen zu kämpfen. Endlich lässt sie den Arm sinken und patscht mit beiden Handflächen auf die Arbeitsfläche. »Während der Besprechung in deinem Büro heute konnte ich aus dem Aufenthaltsraum einen Teil eurer Diskussion mithören.«

Das lässt mich auffahren. »Und?«

»Ich meine, ich hätte etwas von einer Videokassette gehört. Ist das die Kassette, die Viola für Henry Sexton hinterlassen hat? Die Daddy und Walt loswerden wollten?«

Scheiße … »Es ist darum gegangen, ob es möglich sein könnte, diese Videoaufzeichnung wiederherzustellen.«

»Und, ist das möglich?«

»Anscheinend doch. Wir werden es erst morgen erfahren.«

»Und wäre das gut?«

Wie soll ich darauf antworten? Ich werde auf keinen Fall etwas sagen, das Jenny die halbe Nacht vor Angst wach liegen lässt. »Dad scheint zu glauben, es wäre eher positiv als negativ.«

»Und du? Ich habe das Gefühl, du bist anderer Meinung.«

»Ehrlich, ich weiß nicht, was ich denken soll. Wir wollen uns nicht über ungelegte Eier aufregen, ja? Ich würde sehr gern den Fall gleich morgen früh an die Geschworenen übergeben.«

»Du meinst also nicht, dass Daddy in den Zeugenstand gehen sollte?«

Ich denke an meinen Besuch im Gefängnis zurück, an das verrückte Leuchten in seinen Augen. »Nein. Seine Aussichten sind wesentlich besser, wenn er den Mund hält.«

»So sehe ich das auch. Ich mache mir auch Sorgen, was Shad Johnson im Kreuzverhör mit ihm anstellen könnte.«

»Zu Recht. Shad ist sehr gut, und ich glaube, er ist wirklich von dem überzeugt, was er den Geschworenen verkaufen will. Er ist manchmal ein bisschen übereifrig, aber er kann eine Frage wie ein Skalpell einsetzen. Ich fürchte, sogar Quentin unterschätzt ihn.«

Das Schlurfen von Hausschuhen auf dem Boden lässt uns beide herumfahren. Mom steht in der Küchentür, mit schlaftrunkenen Augen, aber hellwach auf jede Spur von Gefahr lauernd.

»Habe ich euch über den Prozess reden hören?«

Wer immer gesagt hat, dass alle Menschen im Alter ihr Gehör verlieren, hat meine Mutter nie untersucht.

»Wir haben nur über die Möglichkeit gesprochen, dass Dad morgen in den Zeugenstand geht.«

Sehr ruhig streckt meine Mutter eine Hand aus und stützt sich ab, indem sie den Türrahmen umklammert. »Wäre das ein Fehler, Penn? Ich frage dich als Anwalt.«

»Die meisten Anwälte würden das mit Ja beantworten. Die meisten Anwälte hätten die Beweisführung nach der Aussage von Junius Jelks abgeschlossen, oder nachdem Lincolns Glaubwürdigkeit dahin war. Ganz bestimmt aber nach Vitek Patel.«

Sie nickt langsam. »Dein Vater wollte nie auf irgendjemanden hören. Nicht, wenn es um die großen Dinge ging.«

»Mom, ich glaube, es gibt nur eine Person auf der ganzen Welt, die Dad davon abhalten könnte, morgen in den Zeugenstand zu treten.«

Zu meiner Überraschung lacht meine Mutter. In diesem Lachen liegen fünfzig Jahre gemeinsames Leben, ein halbes Jahrhundert, in dem man einen Menschen so kennenlernt, wie er wirklich ist, und trotzdem zu ihm hält.

»Ich habe es versucht«, sagt sie. »Es hat keinen Zweck.«

Sie tritt zwischen Jenny und mich und legt die Arme um uns. Ein schmerzlicher Schock fährt mir durch die rechte Seite, aber Mom scheint das nicht zu bemerken. Daran erkenne ich, dass sie ganz bestimmt von ihren Medikamenten genommen hat.

»Meine beiden Babys«, sagt sie. »Ihr seid immer noch bei mir. Wir müssen einfach für morgen das Beste hoffen.«

Tausend Erinnerungen fluten über mich hinweg, aber ehe ich eine einzige ansprechen kann, drückt uns Mom jedem einen Kuss auf die Wange und gleitet aus dem Zimmer.

Jenny schaut mich kopfschüttelnd an. »Bei allem, was sich hier abgespielt hat, weißt du, was Mom mir als Letztes gesagt hat, was ihr Sorgen macht?«

»Was?«

»Dass du dich in Serenity verlieben könntest.«

»Großer Gott! Davon hat sie gestern Abend auch mit mir angefangen. Und dann hat sie uns ertappt.«

Jenny zieht die Augenbrauen in die Höhe. »In flagranti?«

»Sie hat es dir erzählt?«

»Hm. Heute, als wir zu ihr nach Hause gefahren sind, um ihre … Sachen zu holten.«

»Xanax?«, frage ich.

»Und andere Leckereien. Kann man es ihr verdenken? Monatelang in einem Motel neben einem Staatsgefängnis? Das hätte sie sich auch nie träumen lassen.«

»Nein … aber irgendwie enttäuscht mich das ein bisschen. Ich will sie nicht verurteilen. Ich habe nur bisher nie eine Krise erlebt, mit der sie nicht fertiggeworden wäre. Verstehst du?«

Jenny zuckt mit den Schultern. »Irgendwann erreichen wir alle die Grenze der Belastbarkeit.«

»Das stimmt wohl.«

Jenny steht auf und spült ihre Eiskremschüssel im Waschbecken ab. »Also …?«

»Also was?«, frage ich verwirrt.

»Du und Serenity?«

»Ach, zum Teufel. Das ist nichts für immer. Es hat einfach gefunkt. Ich hatte seit Caitlin keine Frau mehr berührt und … ich weiß nicht.«

»Doch.«

»Na ja … sie schien mich auch zu brauchen. Sie macht keine Spielchen, weißt du. Sie ist sehr geradeheraus, und das habe ich gebraucht. Ich glaube nicht, dass es über das, was diese Woche war, hinausgehen wird. Sie wird bestimmt nicht hierherziehen und Annies Stiefmutter werden. Und ich werde den Teufel tun und nach Atlanta ziehen.«

»Mom wird erleichtert sein, das zu hören.«

»Oh, ich weiß. Sie hat mir praktisch als Alternative Mia beinahe in die Arme geworfen.«

Zum ersten Mal seit langer Zeit höre ich Jenny lachen.

»Ich will dir aber was sagen«, fahre ich ernst fort. »Als Mom uns überrascht hat, da hat sie ausgesehen als … als hätte sie den Tod selbst gesehen.«

Jenny starrt mich mit besorgten Augen an. »Oder vielleicht den Geist der vergangenen Weihnacht?«

Dieser Gedanke lässt mich schaudern. »Ich weiß es nicht. Zum Teufel, ich will es auch nicht wissen.«

»Du willst deine Heile-Welt-Eltern zurückhaben.«

»Da hast du verdammt recht.« Ich schaue auf die Uhr. »Genug davon. Lass uns ins Bett gehen.«

Nachdem Jenny und ich uns am Fuß der Treppe getrennt haben, tippe ich auf dem Weg ins Untergeschoss die Kurzwahl für Doris Avery.

»Hallo, Penn«, sagt sie mit schläfriger Stimme, aber dann höre ich, dass sie ausatmet, sicherlich Zigarettenrauch. »Willst du mit Quentin reden?«

»Ja.«

»Er ist gleich hier.«

»Das ist der letzte Anruf«, sagt er. »Ich brauche ein bisschen Schlaf.«

»Ja, viel Glück damit.«

»Herrgott, ich weiß. Hast du noch was von Kaiser gehört?«

»Die Supercomputer des FBI mahlen und mahlen. Mehr weiß ich nicht.«

»Wunderbar. Ich habe das Gefühl, man zwänge mich, still zu liegen, während Termiten die Wände meines Hauses auffressen.«

»Genau.«

»Ich will dir ein bisschen Sauerstoff einsparen. Frag mich nicht, ob Tom morgen aussagt. Das ist nicht meine Entscheidung und war es auch nie. Falls Joe Elder anordnet, dass wir fortfahren sollen, dann geht er in den Zeugenstand.«

»Hast du was wegen des Müllcontainer-Videos aus ihm rausgequetscht?«

Eine Weile lang höre ich über die Leitung nur Quentins mühsames Atmen. Dann sagt er endlich: »Ich habe nichts erreicht.«

»Verdammte Scheiße.«

»Genau meine Meinung. Nachdem Lincoln heute den Zeugenstand verlassen hatte, war der Fall für uns gewonnen. Jetzt treten wir auf der Stelle und warten, dass uns eine Maschinengewehrsalve erledigt.«

Wow.

»Tut mir leid, Penn. Wir sehen uns morgen im Gericht.«

»Quentin, Moment. Ich sorge mich ein bisschen, dass Dad heute Nacht im Gefängnis ist. Nach der Nachricht über Walt, weißt du? Was ist, wenn er wieder Angina bekommt?«

»Dann geben sie ihm seine Medikamente. Hör auf, dir den Kopf zu zerbrechen. Ich habe getan, was ich kann, um sicher zu sein, dass es Tom da drin gut geht. Und wir könnten ihn heute Nacht ohnehin da nicht rauskriegen.«

»Wie meinst du das? Was hast du gemacht?«

»Alles, was ich kann, wie ich schon gesagt habe. Um ihn zu schützen. Aber, Herrgott, Penn, hast du je überlegt, dass es vielleicht besser wäre, wenn Tom im Gefängnis im Schlaf stirbt, als wenn er erlebt, was morgen vor Gericht auf ihn wartet?«

»Was? Zum Teufel, nein! Du etwa?«

»Bis heute Abend nicht, muss ich gestehen. Aber wenn Tom sie getötet hat und wenn es keine Euthanasie war … wenn sie vorher irgendein Gespräch geführt haben … ein Streitgespräch und wenn die Welt das sieht … dann wird Tom sich wünschen, er wäre heute Nacht gestorben.«

KAPITEL 61

Nicht lange nach Mitternacht öffnete Deputy Larry McQuarters die Tür zum Zellenblock und schritt zwischen den Zellen entlang, um nach den Gefangenen zu sehen. Einige waren noch wach, und ein paar bettelten ihn an, ihnen Leckereien zu bringen oder ihnen sein Handy zu leihen. Larry ignorierte sie alle. Er war gekommen, um nach Dr. Tom Cage zu schauen, der ein besonderer Freund von einem von Larrys Lieblingen war. Auf den Rat von Quentin Avery hatte Larry die Zeiten zwischen seinen Überprüfungsgängen variiert, doch selbst so hatte er nichts entdeckt, was ihm Bedenken über die Behandlung von Dr. Cage gemacht hätte. Jeder wusste, dass Sheriff Byrd Dr. Cage nicht leiden konnte, aber mehr als nur ein paar Deputys konnten auch Sheriff Byrd nicht besonders leiden …

Larry stand mit offenem Mund vor Dr. Cages Zelle.

Die Tür war geschlossen, aber die Zelle war leer.

»Wo ist Dr. Cage?«, rief Larry. »He! Wo ist Dr. Cage hin?«

»Er hat gesagt, er bräuchte Medikamente«, antwortete ein Drogenhändler von seinem Stockbett in der Nebenzelle. »Schmerzen in der Brust.«

In Larrys großem Kopf schrillten die Alarmglocken. »Wer hat ihn geholt?«

»Dunwoody.«

Dunwoody? Sheriff Byrds Liebling und Handlanger!

Larry machte kehrt und rannte zur Tür, was ihn einige Mühe kostete, denn er wog beinahe dreihundert Pfund. Sein erster Halt, sobald er die Tür zum Zellenblock durchquert hatte, war die Überwachungsstation, wo einer von mehreren Computerbildschirmen zeigen würde, was auf der Krankenstation eine Etage tiefer vor sich ging.

Der Monitor, der die Krankenstation hätte zeigen sollen, war schwarz.

Tot.

In einem Gefängnis fallen immer mal wieder Monitore aus, weil kein Geld und keine ausgebildeten Wartungsleute da sind, aber ein Bauchgefühl sagte Larry, dass dies kein Zufall war.

Er raste auf die Treppe zu, quetschte sich seitlich durch die Tür, donnerte dann zum ersten Stock hinunter, wo er durch den Eingang krachte und nach links zu dem kleinen Krankenzimmer preschte. Bei jedem Schritt sah er im Geiste Dr. Cage vor sich, wie er reglos auf dem Boden lag, mit bleichen Lippen und blauen Fingernägeln. Oder schlimmer noch, wie er an einem Gürtel aufgehängt baumelte, wie Larry es bei so vielen Insassen schon gesehen hatte.

Als er die Tür zum Krankenzimmer aufdrückte, sah Larry Dr. Cage auf dem Stuhl sitzen, auf dem die Blutproben entnommen werden, und er hatte die Hand offen vor sich ausgestreckt. Deputy Gilbert Dunwoody reichte ihm gerade einen der kleinen weißen Becher, in denen im Gefängnis die Pillen ausgegeben werden.

Mit drei Schritten hatte Larry den Raum durchquert.

Dr. Cage schaute nicht einmal zu ihm hin, so lethargisch wirkte er, aber Dunwoody fuhr sofort zurück, als hätte er ein schlechtes Gewissen. Larry umschloss mit einer Pranke Dunwoodys Handgelenk, das er mit Leichtigkeit hätte brechen können.

»Was hast du da in dem Becher, Woody?«, fragte Larry.

»Nichts!«, rief Dunwoody. »Lass mich los!«

Larry schaute über die Schulter. Dr. Cage schien nur halb wach zu sein. »Haben Sie um Arznei gebeten, Doc?«

»Ich hatte Schmerzen in der Brust. Ich brauche eine Nitro-Tablette.«

»Nun … dann wollen wir mal sehen, was für eine Pille Dunwoody in seinem Becher hat. Kommen Sie her, Doc.«

Als sich Dr. Cage vorbeugte, ließ Dunwoody den Becher aus der umklammerten Hand fallen, trampelte dann mit seinem Stiefel auf dem Becher und dem Boden ringsum herum.

»Dr. Cage hat seine Pille schon genommen!«, sagte Dundwoody. »Beweise mir das Gegenteil.«

Larry erhöhte den Druck auf Dunwoodys Handgelenk und musterte den Boden genau. Er sah feinen Staub rings um den zertrampelten Becher.

»Aaaah. Lass mich los, verdammt! Das wirst du dem Sheriff erklären müssen.«

»Ich scheiß auf den Sheriff«, erwiderte Larry. »Ich geh jetzt zu einem von den Ü-Wagen vom Fernsehen runter und erzähle denen, dass du gerade versucht hast, Dr. Cage umzubringen. Wie wär's damit?«

Dunwoodys Augen weiteten sich.

Larry drückte noch fester zu, fest genug, um Dunwoody wissen zu lassen, wie weh er ihm tun konnte, wenn er nur wollte. Dann ließ Larry das knochige Handgelenk los.

Dunwoody schrie erleichtert auf, hastete dann zur Tür. Als sie krachend zugefallen war, wandte sich Larry an Dr. Cage, der ihn wie benommen anschaute.

»Was meinen Sie, was dieses Pulver sein könnte, Doc? Irgendein Gift, was glauben Sie?«

Tom Cage folgte mit den Augen Larrys Finger, der nach unten deutete, dann zuckte er mit den Achseln, als interessiere ihn das alles nicht.

»Soll ich Quentin anrufen? Oder vielleicht das FBI?«

Dr. Cage schüttelte den Kopf.

»Schon gut, Doc«, sagte er sanft. »Ich besorge Ihnen die Arznei. Diesmal die richtige.«

FREITAG

KAPITEL 62

Letzte Nacht ist mein alter Alptraum aus meinen Studienzeiten wieder aufgetaucht, mit verstörender Lebendigkeit. Mein Vater saß auf der Anklagebank, wurde eines schrecklichen, aber unbekannten Verbrechens bezichtigt, und ich hatte die Aufgabe, ihn zu verteidigen. Doch ich hatte nicht nur vergessen, einen alles entscheidenden Antrag zu stellen, sondern ich war auf einmal taub und stumm geworden. Der Ankläger marschierte im Gerichtssaal auf und ab, fuchtelte mit den Händen und deutete auf meinen Vater, aber ich konnte nicht verstehen, was er sagte. Wann immer ich den Mund aufmachte, um zu reden, schnürte sich mir der Hals zu. Ich wollte den Geschworenen sagen, dass mein Vater ein vorbildliches Leben geführt hatte, dass er ein Kriegsheld und außerordentlich beliebter Arzt war, doch ich brachte kein Wort hervor. Als man meinen Vater aufforderte, sich zu äußern, ob er schuldig oder nicht schuldig sei, stand er auf und öffnete den Mund, und ein Strom von schwarzem Schleim triefte ihm schlangengleich von den Lippen. Die Geschworenen begannen zu schreien, die Zuschauer flohen aus dem Saal, und meine Mutter brach auf ihrem Stuhl zusammen.

Nach einer gefühlten Ewigkeit gelähmten Horrors wachte ich auf, genau wie damals in meiner winzigen Studentenbude, das Herz hämmerte mir ans Brustbein, und ich schwitzte, als wäre ich sechs Meilen gerannt.

Dieser Alptraum – der auf den zermürbenden Prozess gegen meinen Vater wegen eines angeblichen Kunstfehlers in meinem ersten Studienjahr zurückging – verfolgte mich während meines gesamten Jurastudiums, und letzte Nacht hat er mir wieder den so sehr benötigten Schlaf geraubt. Eine halbe Stunde, nachdem ich im Gerichtssaal angekommen war, erfuhr ich, dass mich mein Alptraum aus gutem Grund wieder heimgesucht hatte. Ich hatte fünfzehn Minuten gebraucht, um mich durch die Menschenmenge auf der Straße zu drängeln, und es dauerte eine weitere Viertelstunde, bis ich drinnen Quentin erreichte. Doch sobald ich das Büro betreten hatte, in dem er sich auf den Gerichtssaal vorbereitete, informierte er mich, dass Richter Elder beschlossen hatte, mit dem Prozess fortzufahren, ob nun das FBI mit seinen Bemühungen zur Wiederherstellung der Videobänder Erfolg hatte oder nicht. Das war eine willkommene Nachricht, aber meine verzweifelte Hoffnung, dass Quentin die Beweisaufnahme abschließen und Richter Elder damit erlauben würde, den Fall an die Geschworenen zu übergeben, ehe die digitalen Zauberer des FBI unser aller Schicksal ändern konnten, wurde zunichte gemacht, als Quentin mir mitteilte, er werde Dad unmittelbar nach Eröffnung der Sitzung in den Zeugenstand rufen.

Diese Enthüllung zwang mich beinahe in die Knie. Als Anwalt, der vor Gericht arbeitet, habe ich nie viel für abgedroschene Metaphern oder Anspielungen übrig gehabt. Aber wenn Dad in den Zeugenstand treten und sich einem Kreuzverhör unterziehen würde, ohne zu wissen, ob die beiden wiederhergestellten Videos vor dem gesamten Saal abgespielt würden oder nicht, um dann alles, was er gesagt hat, zu widerlegen, dann wäre es, als hinge über seiner gesamten Aussage ein Damoklesschwert. Zwei Schwerter eigentlich, und jedes hing nur an einem Haar. Ein weniger zynischer Mann als ich würde vielleicht hoffen, dass sein Vater zu dieser Aussage bereit war, weil er von den Aufzeichnungen auf diesen Videokassetten nichts zu befürchten hat. Aber das weiß ich besser. Man jagt kein Videoband durch ein Riesenmagnetfeld, nur weil man vom Inhalt nichts zu befürchten hat.

Die Sprengstoffexperten verzögerten die Eröffnung der Sitzung um eine weitere Stunde, weil sie den Gerichtssaal noch ein letztes Mal durchsuchen wollten, ehe sie Leute einließen. Aber währenddessen rief John Kaiser an und teilte mir mit, es sei dem Forensik-Team des FBI gelungen, »Band S-15«, die Videoaufnahme, die Viola für Henry gemacht hatte, in »lesbarem Zustand« zu rekonstruieren. Das einzige noch verbleibende Hindernis für die Verwendung vor Gericht war die Genehmigung, die anscheinend nach Absprache zwischen dem FBI-Direktor, dem Justizminister, dem Chef der Inneren Sicherheit und dem Weißen Haus entweder gegeben oder verweigert werden würde. Falls die Genehmigung erteilt würde, könnte eine digital verschlüsselte Datei mit den rekonstruierten Informationen in das Regionalbüro des FBI in Jackson übermittelt werden – wo Kaiser wartete –, und dann würde eine Kopie auf Videokassette gezogen und mit dem Auto oder in einem Hubschrauber nach Natchez gebracht werden.

Vor wenigen Minuten hat Kaiser zu meiner Erleichterung auch berichtet, dass »Band S-16«, die Kassette, die im Müllcontainer des St. Catherine's Hospital gefunden wurde, dem digitalen Forensikteam sehr viel mehr Mühe machte. Doch die Techniker arbeiteten noch daran. In Kaisers Stimme konnte ich die Hoffnung durchhören, dass seine Kollegen bei dieser Aufgabe scheitern würden, aber ich bin schon zu lange Anwalt, um große Hoffnung auf Wunder zu setzen.

Trotz meiner Erfahrung vor Gericht war ich naiv von der Annahme ausgegangen, dass nur die Anwälte von dem Nebenschauplatz, den Videokassetten, wussten. Doch während der heutigen Durchsuchung des Gerichtssaals durch die Sprengstoffleute fing Shad Johnson ganz bewusst an, vor laufenden Fernsehkameras auf den Stufen zum Gerichtsgebäude von der »Kassette aus dem Müllcontainer des St. Catherine's Hospital« zu reden. Ich bezweifle, dass ihm das bei Richter Elder Pluspunkte eingebracht hat, aber Shad hat offensichtlich beschlossen, dass der potenzielle Nutzen dieser Sache jede Sanktion wert ist, die Joe Elder gegen ihn verhängen kann. Vor der Kamera wirkte Shad geradezu überschwänglich. Wenn er wüsste, dass Quentin gleich meinen Vater in den Zeugenstand rufen wird, würde er wahrscheinlich auf dem Rasen vor dem Gericht schon einmal eine Flasche Dom Perignon köpfen.

Als schließlich die Leute des ATF den Saal freigeben und alle die ihnen zugewiesenen Plätze erreicht haben, spüren die Zuschauer irgendwie, dass Dad beabsichtigt, in den Zeugenstand zu treten. Quentin Avery hatte das doch auch versprochen? Dad sieht jedenfalls so aus, als wäre er bereit, ins Rampenlicht zu treten. Er trägt einen anthrazitgrauen Anzug, und dank des unerbittlichen Beharrens meiner Mutter sind sein weißer Haarschopf und sein Bart sorgfältig gestutzt.

Er sieht so distinguiert aus, wie es nach drei Monaten im Gefängnis nur möglich ist, doch sind die Anzeichen für seine schwache Gesundheit nicht zu übersehen.

Seine Haut ist so bleich wie die eines Arktisforschers nach langen Monaten ewiger Polarnacht, und die Schulter seines Jacketts ist mit einem feinen Schleier von Schuppen überpudert, als käme er aus einem Schneegestöber. Die eingefallenen Wangen machen seinen Gewichtsverlust offensichtlich, während die krummen Finger und zerklüfteten und gebogenen Nägel verraten, wie weit seine Arthritis schon fortgeschritten ist. Trüge er kurze Hosen, so würde die Schwellung seiner Beine zeigen, wie ernst seine Herzprobleme sind, aber zum Glück sind wenigstens die bedeckt. Selbst seine klugen Augen scheinen heute matt, ihr Glanz ist verschwunden. Als er schließlich den Zeugenstand betritt, um vereidigt zu werden, ist sein mächtiger Bariton, der immer alle Menschen in seiner Umgebung beruhigt und getröstet hat, kaum noch ein Flüstern.

Der Gerichtsdiener hält eine alte Bibel unter Dads Hand und sagt dann ohne jede dramatische Wendung: »Schwören Sie, Thomas Jefferson Cage, bei Androhung von Strafe, die Wahrheit zu sagen, die ganze Wahrheit und nichts als die Wahrheit, so wahr Ihnen Gott helfe?«

»Ich schwöre es.«

Eine religiöse Eidesformel wird heutzutage in amerikanischen Gerichten kaum noch benutzt, aber wir sind ja in Mississippi. Hier gibt es die höchste Zahl von Kirchen pro Kopf der Bevölkerung und die niedrigste Alphabetisierungsrate, wie Caitlin mir immer wieder in Erinnerung rief. Solche Traditionen sterben nicht so leicht aus. Mein Vater hat schon vor langer Zeit seinen schlichten Kinderglauben verloren, und nach vierzig Jahren in der Arztpraxis hat er auch bei keiner anderen Weltreligion echten Trost gefunden. Und doch hat er heute die kluge Antwort gegeben, als man die Bibel unter seine Hand legte.

War das, frage ich mich mit Unbehagen, *schon seine erste Lüge?*

Als Quentin langsam zu ihm rollt, höre ich kein elektrisches Surren und stelle mit Schrecken fest, dass er in einem mechanischen Rollstuhl sitzt, nicht in seinem motorisierten. *Hatte er Probleme mit der*

Elektrik?, überlege ich. Aber dann sagt mir mein Instinkt, dass er vielleicht mit einem subtilen Schachzug die Sympathie oder den Respekt der Geschworenen gewinnen will. Wenn der beinamputierte alte Anwalt mit seinen immer noch mächtigen Schultern kräftig in die großen Räder packt und sie dreht, dann kann man sich des Gefühls nicht erwehren, dass man einem Mann von ungeheurer Stärke gegenübersteht.

Quentin hat sich entschieden, die Befragung vom Rednerpult aus zu beginnen, aber ich bezweifle nicht, dass er, ehe der Nachmittag vorüber ist, eine halbe Meile oder mehr gerollt sein wird.

Neben dem Rednerpult räuspert sich nun Quentin, und das Flüstern im Saal, in dem es nur noch Stehplätze gibt, verstummt sofort. Ehe er beginnt, schaut er kurz zu mir herüber, und ich schüttele beinahe unmerklich den Kopf, um ihm mitzuteilen, dass ich nichts weiter von Kaiser gehört habe.

»Dr. Cage«, sagt Quentin, »haben Sie Viola Turner während der letzten Wochen ihres Lebens behandelt?«

»Ja.«

»Waren Sie ihr einziger Arzt?«

»Ja.«

»Was war ihre Hauptkrankheit?«

»Lungenkarzinom mit Metastasen.«

Quentin legt eine Pause ein, damit diese Information sinken kann. Selbst für Laien trägt das Wort »Metastasen« die düstere Bürde der Sterblichkeit. »Und wie war die Prognose?«

»Endstadium.«

»Sie haben also nicht versucht, sie zu heilen?«

»Nein, ich habe palliativ behandelt. Ich habe versucht, ihr Leiden so weit wie möglich zu lindern.«

»Bis zu ihrem Tod?«

»Ja.«

»War sich Mrs. Turner darüber völlig im Klaren?«

»Ja. Sie hatte ihr Leben lang als Krankenschwester gearbeitet. Sie kannte ihre Prognose so gut wie jeder Arzt.«

»Verstehe. Ist sie zur Behandlung in Ihre Praxis gekommen?«

»Nein. Ich habe sie gewöhnlich im Haus ihrer Schwester besucht, wo man eines der Hauptzimmer in ein Krankenzimmer umgewandelt hatte.«

»Verstehe. Wie oft haben Sie bei Mrs. Turner Hausbesuche gemacht?«

»Beinahe jeden Tag.«

»Das ist heutzutage ungewöhnlich, nicht?«

»Ja. Ich habe das gemacht, weil Viola einmal bei mir angestellt war und auch weil wir einmal eine intime Beziehung hatten.«

Ein kollektives Schnaufen lädt die Atmosphäre im Gerichtssaal auf.

»Eine außereheliche Beziehung?«, fragt Quentin, als bäte er um die Klarstellung irgendeines langweiligen Postens in der Buchhaltung.

»Das ist richtig«, antwortet Dad, genauso klinisch neutral.

»Verstehe. Dr. Cage, es wurde in diesem Gerichtssaal behauptet, Sie hätten eine Art Pakt mit Mrs. Turner gehabt, dass Sie ihr Hilfe zum Selbstmord leisten würden, ehe die Schmerzen, die ihr der Krebs verursachte, zu schlimm würden. Stimmt das?«

»Ja.«

Hundert Menschen rutschen gleichzeitig auf ihren Stühlen vor.

»Könnten Sie das näher ausführen?«

»Ja. Es ging Viola dabei nicht nur um die Schmerzen. Es ging ihr auch um ihre persönliche Würde. Viola Turner war eine stolze Frau, und als Krankenschwester hatte sie im Laufe der Jahre viele Menschen sterben sehen. Es gab bestimmte Demütigungen, denen sie sich – und andere – nicht unterziehen wollte.« Dad legt eine Pause ein und scheint zu überlegen. »Viola hatte auch religiöse Vorbehalte gegen Selbstmord. Sie war eine fromme Katholikin. Sie wollte nicht, dass ich ihr einfach eine tödliche Dosis von diesem Medikament zur Verfügung stellte. Sie wollte, dass ich ihr die Spritze gab.«

Mein Puls rast. Ich kann nicht glauben, dass Quentin zulässt, dass Dad sich hier den Strick um den Hals legt.

»Und waren Sie bereit, das zu tun?«, fragt Quentin.

»Ich dachte, dass ich es wäre. Aber ich *wollte* es nicht tun. Doch wegen unserer persönlichen Geschichte und weil ich das Gefühl hatte, sie damals schlimm im Stich gelassen zu haben, als sie für mich arbeitete, dachte ich, ich sei es ihr schuldig.«

»Also … als Sie in den Morgenstunden des zwölften Dezember das Haus von Cora Revels betraten, hatten Sie die Absicht, Violas Wunsch nachzugeben und ihr eine tödliche Dosis Medikamente zu spritzen?«

»Ja.«

Diesmal ist die Reaktion der Menge ein scharfes Japsen.

»Hat Ms. Revels ein spezielles Medikament verlangt?«, fragt Quentin.

»Ja, sie hat um Morphinsulfat gebeten, ein narkotisierendes Schmerzmittel.«

»Dr. Cage, haben Sie tatsächlich die tödliche Dosis Morphin verabreicht, um die Viola Turner gebeten hatte?«

»Nein, das habe ich nicht.«

Im Saal herrscht benommenes Schweigen.

»Warum nicht?«

Dad scheint darüber nachzudenken. »Aus mehreren Gründen. Erstens haben Viola und ich, als ich ankam, ein Gespräch geführt. Während dieses Gesprächs hat sie mir einige Dinge erzählt, die mich sehr verstörten. Eines betraf eine Videokassette, die sie für einen Reporter, für Henry Sexton, aufgenommen hatte. Sie wollte, dass Sexton die Kassette nach ihrem Tod bekäme, damit sie ihm bei seinen Recherchen über die Verbrechen der Doppeladler helfen könnte, die ihren Bruder ermordet hatten. Aber die wichtigste Enthüllung war, dass ich der Vater von Violas erwachsenem Sohn Lincoln Turner war.«

»Sie wussten das bis zu dieser Nacht nicht?«

»Nein.«

»Aber Mrs. Turners Schwester hat doch ausgesagt, dass Sie es viele Jahre lang gewusst haben.«

»Da hat sie gelogen.«

Ich wende mich nach links und merke, dass Lincoln zwar im Saal ist, Cora Revels aber nicht. Es sei denn, sie sitzt weiter hinten in den eher anonymen Reihen.

»Aber, Dr. Cage«, fährt Quentin fort, »der Bezirksstaatsanwalt hat bewiesen, dass Sie Mrs. Turner jeden Monat Geld geschickt haben, von 1968 bis zu der Zeit, als sie nach Natchez zurückgekehrt ist, um hier zu sterben. Welcher Mann würde das tun, wenn er nicht mit dieser Frau ein uneheliches Kind gezeugt hätte?«

»Ich würde das tun. Und ich habe es getan.«

»Aber warum? Warum haben Sie das gemacht?«

»Weil ich sie liebte.«

Die Wahrheit, die in diesen Worten – und in seiner Stimme – liegt, ist absolut. Niemand kann sie bezweifeln. Ich will nicht zu meiner Mutter schauen, mache es aber unwillkürlich. Dads Antwort muss sie wie ein Pfeil ins Herz getroffen haben, und doch zeigt sie weniger Gefühlsregung als eine Statue.

»Wann und warum haben Sie angefangen, Viola Geld zu schicken?«, fragt Quentin.

»Ein paar Wochen, nachdem sie Natchez verlassen hatte, kam ein Brief von Viola in meiner Praxis an. Er war nicht an mich adressiert, sondern an die anderen weiblichen Angestellten. Ich habe die Absenderadresse abgeschrieben. Es war ein Postfach in Chicago. Ich wusste, dass Viola wahrscheinlich Geld für einen Neuanfang brauchen würde, also habe ich ihr einen Scheck geschickt. Sie hat ihn nicht gleich eingelöst, einen Monat später aber schon. Das hat mir verraten, dass sie Geld brauchte, also habe ich weiter Schecks geschickt. Und sie hat sie weiter eingelöst.«

»Siebenunddreißig Jahre lang?«

»Das ist richtig.«

»Dr. Cage, warum haben Sie so lange Geld geschickt, wenn Sie nicht wussten, dass Viola Ihr gemeinsames Kind geboren hatte?«

»Ich wusste, dass sie diese Schecks niemals eingelöst hätte, wenn sie das Geld nicht dringend gebraucht hätte. Viola war viel zu stolz, um Almosen anzunehmen. Ich fühlte mich auch verantwortlich dafür, dass sie die Stadt verlassen musste. Ich hatte Gewissensbisse. Ihr finanziell unter die Arme zu greifen war das Mindeste, was ich tun konnte.«

»Verstehe. Gut. Kommen wir zu der Nacht von Violas Tod zurück. Nachdem sie Ihnen gesagt hatte, dass Sie einen Sohn mit ihr gezeugt hatten, was geschah dann?«

»Die Diskussion wurde sehr emotional, wie Sie sich vorstellen können. Ich konnte nicht glauben, dass sie mir das all die Jahre vorenthalten hatte. Aber ich begriff bald, dass sie es gemacht hatte, um mich und meine Familie zu schützen. Sie fühlte sich für unsere Affäre verantwortlich, und obwohl sie wusste, dass auch ich Schuld daran trug, glaubte Viola nicht, dass meine Frau und Kinder wegen unserer Sünde leiden sollten. Das waren ihre Worte.«

Wieder hält Quentin inne, damit die Geschworenen dies verarbeiten können. »Was ist dann geschehen?«

»Viola hat mir ein Versprechen abgenommen.«

»Welches Versprechen?«

»Dass ich nach ihrem Tod sicherstellen würde, dass unser Sohn für die Zukunft versorgt ist. Zuerst dachte ich, sie meinte, ich solle ihm eine große Geldsumme geben, aber das wollte sie nicht.«

»Warum nicht?«

»Viola glaubte, dass Lincoln durch seinen Stiefvater moralisch verbogen worden war. Und auch durch ihre Nachlässigkeit, die durch ihr Trinken begründet war. Sie hatte das Gefühl, er wäre noch nicht reif genug, um mit einer großen Geldsumme gut umgehen zu könne. Sie schlug vor, ich solle eine Art Treuhandfonds für ihn einrichten.«

»Haben Sie sich dazu einverstanden erklärt?«

»Ja. Aber ich war zu dem Zeitpunkt kaum bei klarem Verstand. Ich konnte nur daran denken, dass mich diese Frau, die ich vor so langer Zeit geliebt hatte, gebeten hatte, ihr Leben zu beenden, und dass sie mir nun erzählte, wir hätten ein gemeinsames Kind. Es war einfach zu viel für mich.«

»Wie haben Sie reagiert?«

»Ich wollte Zeit zum Nachdenken über alles, was sie mir erzählt hatte. Aber ich wusste, wenn ich Viola sagen würde, ich könne den Pakt nicht erfüllen, dann würde wahrscheinlich zweierlei passieren: Erstens würde sie sehr wütend werden, wenn nicht gar außer sich sein. Sie schien sehr ruhig zu sein, aber viele Menschen, die dem Tod nahe sind, erleiden – wenn sie nicht unter Schmerzmitteln stehen oder bewusstlos sind – sehr viel Stress, besonders wenn es um nicht gelöste familiäre Probleme geht. Zweitens vermutete ich, wenn ich sie einfach allein ließe, würde Viola Wege finden, sich selbst die Spritze zu setzen und ihrem Leben ein Ende zu machen, ganz unabhängig davon, was ich mir wünschte.«

»Was haben Sie also gemacht?«

Dad holt tief Luft, und seine Augen werden bei der Erinnerung glasig. »Ich habe beschlossen, so zu tun, als führte ich den Pakt aus. Ich bin ruhig geblieben und habe allem zugestimmt, was Viola sagte. Ich habe sie einmal geküsst, worum sie mich gebeten hatte. Ich habe den Kopf gesenkt, während sie betete.«

»Welches Gebet hat sie gesprochen?«

»Ich glaube, sie sagte: ›Heilige Maria, Muttergottes, bitte für uns Sünder, jetzt und in der Stunde unseres Todes.‹«

»Gut. Was ist dann geschehen?«

»Ich habe ihr Morphin gespritzt.«

Einige heftige Atemzüge durchbrechen die Stille im Gerichtssaal, und ein paar Zuschauer beginnen zu flüstern. Ein böser Blick von Richter Elder lässt sie rasch verstummen.

»Aber, Herr Doktor, Sie haben doch gesagt, Sie hätten keine tödliche Dosis Morphin gespritzt.«

»Das habe ich gesagt, und das habe ich auch nicht gemacht. Sie müssen sich an eines erinnern. Viola war eine erfahrene Krankenschwester. Sie hätte es nicht zugelassen, dass ich einfach eine Spritze mit Salzlösung aufziehe und ihr die setze. Sie hat zugeschaut, wie ich eine tödliche Dosis Morphin aufgezogen und ihr dann das Tourniquet um ihren Oberarm gelegt habe. Und sie hat zugeschaut, wie ich die Nadel in ihre Vene in der Ellenbeuge eingestochen habe. Ich wusste, dass sie das tun würde. Ihre Venen waren in einem erbärmlichen Zustand, denn ihr Venenkatheter war verstopft, und sie hatte alle Spritzen direkt in die Venen bekommen. Es war einiges Geschick nötig, die Ellenbeugenvene überhaupt zu treffen. Es war ein bisschen so wie ein Bluff beim Kartenspielen. Ich habe das Medikament sehr langsam injiziert und die ganze Zeit versucht, meinen Plan nicht zu verraten. Nach etwa zehn Sekunden hat sich Viola schließlich auf ihr Kissen zurückgelehnt. Sie war sich sicher, dass das Morphin in ihren Körper gelangte. Zwei Sekunden später habe ich die Nadel vollständig durch die Vene gestoßen und ihr danach den Rest der Dosis in das Gewebe unterhalb der Vene gespritzt. Damit war das Medikament im Grunde harmlos gemacht.«

»Harmlos? Eine tödliche Dosis Morphin?«

»Ja. Krebspatienten wie Viola bauen eine ungeheure Toleranz für Narkotika auf. Um sie mit dem Morphin umzubringen, hätte ich die gesamte Dosis direkt in die Vene spritzen müssen, und zwar in ziemlich kurzer Zeit. Ansonsten hätte sie das Medikament nicht so schnell aufgenommen, dass es zum Atemstillstand kam. Bei dieser Gleichung kommt alles auf die Absorptionsrate an.«

»Wie konnten Sie sicher sein, dass Sie die Vene durchstochen hatten, ehe Sie die Injektion vollendeten?«

»Ich bin seit über vierzig Jahren als Arzt tätig. Da kann ich so etwas ziemlich genau beurteilen. Und der letzte Beweis dafür ist, dass Viola ja tatsächlich nicht an einer Überdosis Morphin gestorben ist. Die Autopsie hat genau das gezeigt, was ich beschrieben habe: eine anscheinend schlecht gesetzte Morphium-Injektion und anschließender Tod durch eine Überdosis Adrenalin.«

Shad macht sich am Tisch der Verteidigung wie wild Notizen.

»Haben Sie zu irgendeinem Zeitpunkt in dieser Nacht Viola Turner Adrenalin gespritzt?«

»Nein. Auf gar keinen Fall.«

»Gut. Was haben Sie gemacht, nachdem Viola das Bewusstsein verloren hatte?«

»Ich habe im Haus nach einer Tonbandkassette gesucht, von der sie mir erzählt hatte. Sie hatte sie für Henry Sexton aufgenommen.«

Also hat Dad die ganze Zeit von der Tonbandkassette gewusst, die Lincoln mir zu verkaufen versucht hat …

»Haben Sie diese Kassette gefunden?«

»Nein.«

»Was haben Sie gefunden?«

»Ich habe die Videokassette gefunden, die sie für Henry Sexton aufgenommen hatte. Sie war im Nachttisch, wie sie es mir gesagt hatte. Ich beschloss, diese Kassette mitzunehmen, als ich fortging.«

Wieder wandert ein Rauschen von Flüstern durch die Zuschauer.

»Mit welcher Absicht?«, fragt Quentin.

»Ich wollte sie mir ansehen, ehe ich sie Henry gab. Ich machte mir Sorgen, dass sie Informationen enthalten würde, die ich lieber nicht öffentlich machen sollte. Dinge, von denen ich nicht wollte, dass meine Familie sie sah.«

»Zum Beispiel die Erwähnung, dass Sie der Vater von Lincoln Turner sind?«

»Ja.«

»Gut.« Quentin legt die Fingerspitzen zusammen und wendet sein Gesicht nach oben, als dächte er über irgendein abstraktes Problem nach. »Während Sie all das machten, hatten Sie da das Gefühl, sich beeilen zu müssen?«

»Nein.«

»Aber Cora Revels hat doch ausgesagt, sie hätte Ihnen in der Todesnacht ihrer Schwester mitgeteilt, Lincoln Turner wäre unterwegs von Chicago nach Natchez.«

»Das hat sie mir nie gesagt. Und außerdem wissen wir ja jetzt, dass Mr. Turner bereits drei Tage vor dem Tod seiner Mutter in Natchez war. Ich wusste von Lincoln Turner nur, dass er seine Mutter in all den Wochen, in denen sie in Natchez war, nie besucht hatte, obwohl sie im Sterben lag.«

Ein rascher Blick auf Lincoln zeigt mir die Wut auf seinem Gesicht.

»Was war das Letzte, was Cora Revels Ihnen in jener Nacht gesagt hat?«, fragt Quentin.

»Dass sie zu einer Nachbarin hinübergehen würde, um Fernsehen zu schauen und sich, wenn sie es schaffte, ein wenig auszuruhen.«

»Sie haben also die Videokassette für Sexton gefunden. Was haben Sie dann gemacht?«

»Ich habe das Haus verlassen.«

»Wohin sind Sie gegangen?«

»In meine Praxis. Ich wollte über alles nachdenken, was Viola mir erzählt hatte. Ich wollte das nicht zu Hause tun. Außerdem hatte ich in der Praxis einen Camcorder, mit dem ich mir die Videokassette anschauen konnte. Als ich dort ankam, habe ich mir die gesamte Aufzeichnung angesehen, die nur zwei oder drei Minuten lang war.«

»Und was war der Inhalt?«

»Etwas, was ich erwartet hatte. Einige Informationen über den Mord an ihrem Bruder und auch über meine Vorgeschichte mit Viola.«

»Haben Sie zu diesem Zeitpunkt die Videokassette gelöscht?«

»Nein. Ich hätte es gern getan. Aber ich glaubte nicht, dass ich das Recht dazu hätte. Ich wollte es später mit Viola besprechen, um sicher zu sein, dass sie begriff, was geschehen könnte, wenn sie diese Informationen einem Reporter zur Verfügung stellte. Damals dachte ich, Viola hätte noch ein paar Tage, vielleicht sogar Wochen zu leben, um eine weitere Aufnahme zu machen, eine, die für mich persönlich nicht so schädlich wäre, aber trotzdem das erreichte, was sie von Henry Sexton erwartete.«

»Aber sie konnte keine andere Aufnahme mehr machen, nicht wahr?«

Dad beißt sich auf die Unterlippe und zuckt zusammen. »Nein.«

»Aber Sie haben schließlich die Videokassette doch gelöscht?«

»Ja. Nachdem eine Mordanklage gegen mich erhoben worden war, beschloss ich, es wäre töricht, so etwas herumliegen zu lassen.«

»Wie stehen Sie jetzt dazu, dass Sie die Kassette gelöscht haben?«

»Ich habe mir schon tausend Mal gewünscht, ich hätte es nicht gemacht. Dann hätte es viel Schmerz nicht geben müssen.«

Quentin nickt bedächtig. »Wie lange sind Sie in jener Nacht in Ihrer Praxis geblieben, Herr Doktor?«

»Bis etwa halb sechs am Morgen, glaube ich.«

»Cora Revels hat ausgesagt, Sie hätten sie etwa um fünf Uhr zwanzig angerufen. Das war, wie wir nun wissen, achtzehn Minuten vor dem Tod ihrer Schwester.«

»Das stimmt. Ich habe sie auf ihrem Handy angerufen und mich erkundigt, wie es Viola geht. Cora antwortete, sie wäre im Haus der Nachbarin eingeschlafen, würde aber nach Hause gehen und nach Viola sehen. Ich habe sie gebeten, mich zurückzurufen, falls es Probleme gäbe.«

»Erinnern Sie sich an noch etwas aus diesem Gespräch?«

»Ich hatte das Gefühl, Cora sorgte sich, Viola könnte ihrem Leben ein Ende gemacht haben, mit oder ohne meine Hilfe. Ich glaube, Cora wusste bis zu einem gewissen Grad, was Viola dachte. Aber sie hat das Thema mit mir nie angesprochen.«

»Hat Cora Sie zurückgerufen?«

»Nein. Ich nahm an, dass Viola immer noch ruhiggestellt war, als Cora nach Hause kam, also bin ich nach Hause gefahren und habe etwa zwei Stunden geschlafen, habe dann geduscht und bin wie üblich zur Arbeit gegangen.«

»Wie haben Sie erfahren, dass Viola gestorben war?«

»Mein Sohn hat mich gegen neun Uhr angerufen und es mir mitgeteilt. Er hat mir auch gesagt, der Bezirksstaatsanwalt habe ihn angerufen und erwäge eine Anklage wegen Beihilfe zum Selbstmord.«

»Wie ist es Ihnen damit ergangen?«

»Ich war wie vor den Kopf geschlagen, dass Viola gestorben war, und noch schockierter darüber, dass man mich deswegen nicht kontaktiert hatte.«

»Kannten Sie zu diesem Zeitpunkt die Todesursache?«

»Nein. Ich ging damals noch davon aus, Viola hätte einen Weg gefunden, Selbstmord zu begehen, vielleicht sogar mit jemandes Hilfe. Aber ich wusste es nicht.«

»Sie machten sich keine Sorgen, dass sie an der Morphinspritze gestorben sein könnte, die Sie ihr gegeben hatten?«

Dad schüttelt den Kopf. »Ich habe das nicht für eine ernst zu nehmende Möglichkeit gehalten.«

»Und wann haben Sie erfahren, dass sie an einer Überdosis Adrenalin gestorben war?«

»Ein paar Stunden später. Wieder von meinem Sohn.«

»Was dachten Sie über diese Nachricht?«

»Sie ergab überhaupt keinen Sinn.«

Hier legt Quentin eine Pause ein, rollt mit seinem Stuhl bis auf wenige Schritte an die Geschworenen heran und schaut zu meinem Vater zurück.

»Dr. Cage, wer hat Ihrer Meinung nach Viola Turner umgebracht?«

Dad holt tief Luft und antwortet dann mit kalter, scharfer Wut in der Stimme: »Snake Knox. Ich glaube, dass auch Sonny Thornfield dabei war, vielleicht noch ein paar andere.«

»Wer sind Snake Knox und Sonny Thornfield?«

»Mitglieder einer rassistischen Vereinigung namens Doppeladler, die im Visier von Henry Sexton und auch des FBI waren.«

»Welchen Grund hatten diese Männer, Viola Turner umzubringen?«

Shad sieht aus, als holte er zu einem Einspruch aus, aber bisher beherrscht er sich.

»Viola hatte eine lange und tragische Vorgeschichte mit den Doppeladlern. Wegen dieser Vorgeschichte hatten sowohl Knox als auch Thornfield sie wenige Tage vor ihrem Tod besucht und gedroht, sie umzubringen, falls sie weiter mit Henry Sexton redete. Dieses Gespräch hatte Viola auf der Tonbandkassette aufgenommen, nach der ich gesucht habe, nachdem ich ihr das Morphin gespritzt hatte.«

»Einspruch«, wirft Shad ein. »Es ist keine solche Kassette als Beweismittel vorgelegt worden.«

»Euer Ehren, der Zeuge sagt aus, was die Verstorbene ihm mitgeteilt hat …«

»Hörensagen, Euer Ehren«, wendet Shad ein.

»Erklärung auf dem Totenbett«, sagt Quentin. »Sie hat dem Zeugen all das kurz vor ihrem Tod mitgeteilt, Euer Ehren. Und mit der Gewissheit, dass sie bald an Krebs im Endstadium sterben würde.«

Joe Elder denkt darüber nach. »Ich lasse die Aussage zu.«

»Bitte fahren Sie fort, Dr. Cage«, sagt Quentin zufrieden.

»Die Doppeladler hatten Viola in Chicago aufgespürt, kaum ein Jahr, nachdem sie Natchez verlassen hatte. Sie haben ihr damals gesagt, sie würden sie umbringen, falls sie je wieder hierher zurückkehren würde. Es war Will Devine, der sie in Chicago besucht und die Drohung ausgesprochen hat.«

»Einspruch, Euer Ehren«, ruft Shad erneut. »Hörensagen. Weder Viola noch Mr. Devine können das mehr bestätigen.«

»Stattgegeben.«

Quentin könnte wieder vorbringen, dass eine Ausnahme von dieser Regel gemacht werden kann, aber das lässt er sein. Während er und Dad weitermachen, überrascht es mich, dass Shad nicht viel öfter Einspruch erhebt. Vielleicht weiß er, dass Quentin dann einwenden würde, alles, was Viola in dieser Nacht gesagt hat, könnte als Erklärung auf dem Totenbett interpretiert werden. Aber wahrscheinlicher ist, dass er sich nur zu bewusst ist, dass er seine eigenen Zeugen ständig dazu ermutigt hat, die Regeln über Hörensagen zu verletzen, und nun glaubt, er sollte sich besser zurückhalten.

»Trotz der Drohung der Doppeladler«, sagt Dad, »der in jüngerer

Zeit ausgesprochenen, hat Viola Snake Knox und Sonny Thornfield gesagt, sie würde keinesfalls aufhören, mit Henry Sexton zu reden, und sie müssten sie schon töten, um sie zum Schweigen zu bringen.«

In Quentins Stimme liegen Überraschung und einige Skepsis. »Hat Mrs. Turner diesen Vorfall der Polizei gemeldet?«

»Nein.«

»Warum nicht?«

»Weil sie *wollte*, dass diese Männer sie umbringen.«

KAPITEL 63

Richter Elder braucht eine halbe Minute, um wieder Ruhe im Saal herzustellen, nachdem Dad beteuert hat, Viola hätte gewollt, dass die Doppeladler sie töten.

»Wie bitte, Herr Doktor?«, fragt Quentin nach. »Sie behaupten, dass Viola Turner ermordet werden *wollte*?«

»Jawohl, Sir. Sie hat mit mir darüber gesprochen.«

»Warum sollte sie sich wünschen, ermordet zu werden?«

»Damit die Männer, die ihre Familie zerstört haben, endlich bestraft würden.«

»Ich glaube, das müssen Sie uns erklären, Herr Doktor.«

Dad faltet die Hände und spricht die Geschworenen direkt an. Zum ersten Mal erhebt er seine Stimme, und sie bekommt wieder ein wenig von ihrer alten Stärke und Überzeugungskraft.

»Wie schon erwähnt wurde, war Viola 1968 von fünf Mitgliedern der Doppeladler vergewaltigt worden. Das waren Frank Knox, Franks Sohn Forrest, damals noch ein Teenager, Franks Bruder Snake, Sonny Thornfield und Glenn Morehouse. Diese Männer haben Viola in ihrem Zuhause stundenlang aufs Brutalste misshandelt. Das Trauma dieser Erfahrung hat sie für ihr ganzes Leben gezeichnet. Viola war danach nicht mehr dieselbe. Sie hat wegen dieses Verbrechens unsere Beziehung beendet, obwohl sie damals schon schwanger gewesen sein muss. Es ist ein Wunder, dass das Kind überhaupt überlebt hat, wenn man bedenkt, was die ihr angetan haben.«

Quentin scheint über diese Aussage genauso schockiert zu sein wie die Zuschauer. »Und Sie sagen uns, deswegen wäre Viola bereit gewesen, sich ermorden zu lassen? Damit die Männer bestraft würden, die sie vergewaltigt hatten?«

»So einfach ist die Sache nicht. Diese Männer haben Viola noch sehr viel mehr zugefügt. Zu der Zeit, als Viola vergewaltigt wurde, befanden sich ihr Bruder Jimmy und ein weiterer Bürgerrechtsaktivist namens Luther Davis in einem sicheren Versteck. Die Doppeladler haben Viola vergewaltigt, um die beiden aus der Deckung zu locken. Und der Plan ist aufgegangen. Jimmy und Luther haben kurz nach der Vergewaltigung ihr Versteck verlassen – einen Ort namens Freewoods – und sind dann verschwunden. Natürlich hat Viola auch kurz nach der Vergewaltigung ihre Beziehung zu mir abgebrochen.«

»Wie lange hatte diese Affäre schon gedauert?«

»Rein körperlich gesehen etwa sieben Wochen. Emotional schon viel länger.«

»Wie hat sie die Beziehung beendet?«

»Schmerzhaft.« Dad schließt kurz die Augen, als müsse er all seine innere Stärke heraufbeschwören. »Zufällig wurde einer der Männer, die Viola vergewaltigt hatten, zur Behandlung in unsere Praxis gebracht. Er hatte einen schweren Arbeitsunfall gehabt.«

Mein Puls beginnt zu rasen.

»Wer war das?«, fragt Quentin.

»Frank Knox. Er wurde bei der Arbeit in der Triton-Batteriefabrik verletzt. Ich war der Werksarzt des Unternehmens. Knox hätte gleich ins Krankenhaus eingeliefert werden sollen, aber seine Arbeitskollegen haben ihn zu mir gebracht. Damals haben wir in der Praxis sehr viel aggressivere Traumabehandlungen gemacht.«

»Was ist passiert, als Knox zu Ihnen gebracht wurde?«

»Viola hat sich zunächst geweigert, ihn zu behandeln. Aber sie hatte mir immer bei Traumafällen assistiert, also habe ich darauf bestanden, dass sie ihn vorbereitet. Als ich im Behandlungszimmer ankam, lag Knox auf dem Boden. Seine Haut war blau, und er schnappte nach Luft.«

Alle im Saal sitzen inzwischen auf der Stuhlkante.

»Was hat Viola gemacht?«, fragt Quentin.

»Sie stand am Tisch und beobachtete ihn.«

»Sie hat nicht versucht, ihn zu behandeln?«

»Nein.«

»Was haben Sie gemacht?«

»Ich habe mich hingekniet und seine Atemwege untersucht, dann nach der Ursache für seine Schwierigkeiten geforscht. Knox hatte schreckliche Verletzungen erlitten. Eine Palette mit Autobatterien war auf ihn gefallen und hatte seine Brustwand zerschmettert. Aber ich hatte das Gefühl, dass das nicht die Ursache für sein akutes Problem war. Ich versuchte, Viola dazu zu bringen, mir zu helfen, aber sie weigerte sich. Ich bin sogar aufgestanden und habe ihr eine Ohrfeige gegeben, aber das hat nichts genützt. Als ich sie fragte, warum sie nicht helfen wollte, hat sie mir erzählt, Frank Knox und einige andere Männer hätten sie zwei Tage zuvor vergewaltigt.«

»Haben Sie da zum ersten Mal von der Vergewaltigung gehört?«

Dads Gesicht bleibt während dieser Erinnerung wie versteinert, außer einer kurzen Lippenbewegung: »Ja.«

»Was haben Sie dann gemacht?«

»Ich habe sie gefragt, warum Knox auf dem Boden läge und in einem so schlechten Zustand wäre. Viola antwortete, sie hätte ihm Luft in eine der großen Venen injiziert. Ich konnte die Spritze, die sie benutzt hatte, auf dem Boden liegen sehen. Eine sehr große Spritze.«

»Luft. In eine Vene. Was würde das bewirken?«

»Ein Luftbläschen in einem Blutgefäß würde einem nicht wirklich schaden – im Allgemeinen nicht. Aber nachdem ich Viola befragt hatte, erfuhr ich, dass sie Knox insgesamt dreimal Luft injiziert hatte. Vielleicht zweihundert Kubikzentimeter Luft, vielleicht mehr. Eine Luftblase dieser Größe bringt einen Patienten um, sobald sie sein Herz erreicht. Knox hätte allerdings auch in einer städtischen Traumastation nicht gerettet werden können.«

»Trotzdem haben Sie getan, was Sie konnten, um ihn zu retten?«

Dad schaut die Geschworenen direkt an und antwortet: »Nein.«

Diesmal ist es totenstill im Publikum. Die Leute sind so leise, dass ich mein Herz in den Ohren hämmern hören kann. Mein Vater hat soeben im Zeugenstand gewissenloses ärztliches Handeln zugegeben. Und ich bin sicher, er wird es gleich noch schlimmer machen.

»Nein?«, fragt Quentin, als wäre er schockiert. »Was *haben* Sie denn gemacht?«

»Nichts. Violas Antwort hat mich wie benommen gemacht, aber ich war auch wütend über das, was ich von der Gruppenvergewaltigung gehört hatte. Ich konnte es nicht über mich bringen, einen

Rettungsversuch bei dem Mann zu unternehmen, der ihr das angetan hatte. Ich hörte draußen die Sirenen des Krankenwagens, den meine Mitarbeiterinnen gerufen hatten. Nach kurzem Zögern habe ich die Spritze aufgehoben, die Viola benutzt hatte, und sie in einer Schublade versteckt.«

Dad verstummt, als könne er den Vorfall nur vor seinem geistigen Auge noch einmal ablaufen lassen, aber nichts weiter dazu sagen.

»Und dann?«, fordert ihn Quentin auf.

»Dann habe ich zugeschaut, wie Frank Knox starb.«

»Großer Gott«, flüstert jemand hinter mir.

»Brich die Verhandlung ab«, flüstere ich Quentin zu. »Du kannst nicht zulassen, dass er weitermacht.« Aber er ist zu weit weg, um mich zu hören.

»Es hat nicht lange gedauert«, fährt Dad fort. »Vielleicht fünfzehn Sekunden.«

»Warum haben Sie das gemacht, Dr. Cage?«

»Weil ich dachte, dass er es nicht verdiente, am Leben zu bleiben.«

Ich schaue nach rechts. Shads Mund steht offen, vor Ehrfurcht und Vergnügen.

»Was ist mit Ihrem hippokratischen Eid?«, erkundigt sich Quentin.

»Den habe ich gebrochen«, antwortete Dad ausdruckslos.

»Tut Ihnen das leid?«

»Das kann ich nicht sagen. Wenn ich den Augenblick noch einmal durchleben könnte, würde ich wahrscheinlich wieder genauso handeln.«

Quentin holt tief Luft und stößt dann einen langen Seufzer aus. »Also«, sagt er in abschließendem Ton, »Viola Turner hat Frank Knox in Ihrer Praxis ermordet?«

»Ja.«

»Aus Rachsucht?«

»Ich denke schon. Ich betrachte es aber eher als eine Art verzögerte Selbstverteidigung. Und den Wunsch, zu verhindern, dass das, was ihr zugefügt worden war, auch anderen zugefügt würde.«

»Frank Knox war wehrlos, als Viola ihn umgebracht hat, das stimmt doch?«

»So wehrlos wie sie, als fünf Männer sie vergewaltigt haben.«

»Beantworten Sie einfach nur meine Fragen, Herr Doktor«, sagt Quentin gereizt. »Und Sie standen untätig daneben, als er starb. Und haben dann geholfen, das Verbrechen zu verschleiern?«

»Ja.«

O Gott, sage ich stumm, während mein Herz wie wild rast.

Quentin lässt das erschrockene Schweigen lange andauern. Das einzige Geräusch im Saal ist das Kratzen von Shads Stift auf seinem Notizblock.

»Ist Frank Knox' Tod je als Mord erkannt worden?«, fragt Quentin.

»Nicht vom Rechtsmediziner. Einige von Mr. Knox' Kampfgenossen hatten einen Verdacht, aber daraus ist nie was geworden.«

»Warum glauben Sie, dass die einen Verdacht hegten?«

»Weil sie Viola am nächsten Tag entführt haben.«

Damit hat Dad die Menschen wieder in der Hand. Sie würden jetzt nicht einmal von ihren Plätzen aufstehen, wenn jemand vom Sprengstoffteam hereinkäme und etwas von einer Bombendrohung brüllen würde.

»Wie haben Sie davon erfahren?«, fragt Quentin.

»Viola ist nicht zur Arbeit erschienen. Und sie hatte vorher nie gefehlt.«

»Haben Sie der Polizei von Ihrer Vermutung Meldung gemacht, dass sie entführt worden war?«

»Nein.«

»Warum nicht?«

»Ich war der Polizeiarzt. Ich wusste, dass zu viele Polizeibeamte Mitglieder im Ku-Klux-Klan waren.«

»Verstehe. Was *haben* Sie gemacht?«

»Ich habe einen meiner Patienten, einen ehemaligen Polizisten namens Ray Presley, angeheuert, um Viola zu suchen.«

Ein aufgeregtes Murmeln läuft durch den Raum. Der Name Ray Presley ist vielen hier wohlbekannt.

»Und hat er? Sie gefunden, meine ich.«

»Ja. Ray hat Viola in einer Werkstatt gefunden. Sie wurde von Mitgliedern der Doppeladler dort gefangengehalten. Dort haben die Doppeladler auch ihren Bruder und Luther Davis festgehalten.«

»Hat Presley Ihnen je erzählt, welche Doppeladler dort anwesend waren?«

»Nein. Aber Viola hat sie auf der Videokassette genannt, die ich gelöscht habe.«

»Hat sie auf dieser Kassette auch den Mord an Frank Knox beschrieben?«

»Ja. Das ist einer der Gründe, warum ich sie gelöscht habe.«

Einige Zuschauer murmeln zufrieden, als würden nun für sie die Teile des Puzzles endlich einen Sinn ergeben.

»Wen hat sie auf der Kassette genannt?«, fragt Quentin.

»Dieselben Männer, die sie vorher vergewaltigt hatten, dazu noch ein paar andere. Snake und Forrest Knox. Sonny Thornfield und einen weiteren Angestellten von Triton namens Glenn Morehouse. Aber Dutzende von Männern haben zugeschaut oder sich an diesem Verbrechen beteiligt. Es war ein Alptraum. Frank Knox, Forrest Knox, Sonny Thornfield und Morehouse sind tot, aber Snake Knox hat hier im Publikum gesessen, als Will Devine in genau diesem Zeugenstand ermordet wurde.«

»Einspruch«, sagt Shad. »Annahme von Fakten, für die keine Beweise vorliegen.«

»Stattgegeben.«

Joe Elder kann so viel stattgeben, wie er will, aber die Erinnerung der Geschworenen daran, wie Will Devine an genau der Stelle gestorben ist, wo Dad jetzt sitzt, macht die Bösartigkeit von Snake Knox im Raum beinahe mit Händen greifbar.

»Was hat Ray Presley gemacht, nachdem er Viola gefunden hatte?«, fragt Quentin.

»Er ist in die Werkstatt eingebrochen und hat sie mit vorgehaltener Pistole befreit. Sie wurde damals gerade von dieser viel größeren Gruppe von Männern wieder sexuell missbraucht.«

Angewidertes Zischen erfüllt den Gerichtssaal, und ich sehe, wie Richter Elder seinen Arm zu seinem Hammer ausstreckt.

»Was war mit Jimmy Revels und Luther Davis?«

»Die hat er dort gelassen.«

Die Zuschauer stöhnen auf. Dads Aussage über solche Ereignisse in ihrer Heimatstadt stellt jeden Spielfilm in den Schatten.

»Er hat diese Jungs auf Gedeih und Verderb diesen Mördern ausgeliefert?«, fragt Quentin. »Warum?«

»Ray glaubte nicht, dass er lebendig dort rauskommen würde, wenn er versuchte, die beiden auch mitzunehmen. Oder, falls es ihm gelingen würde, würde er ihrer Vergeltung später nicht entkommen. Presley war auf beiden Seiten des Gesetzes zu Hause, und er hatte sehr komplexe Loyalitäten.«

»Aber er war Ihnen gegenüber doch so loyal, dass er Viola vor den Doppeladlern rettete.«

»Er schuldete mir einen Gefallen. Mehr als einen sogar.«

»Wie hat Viola darauf reagiert, dass man ihren Bruder zurückgelassen hatte?«

»Das war zu viel für sie. Sie ist völlig durchgedreht. Man hatte ihren Bruder und Davis vor ihren Augen gefoltert, und sie war sich sicher, dass die Doppeladler die beiden umbringen würden. Wie wir heute wissen, hatte sie recht.«

»Warum haben Sie zu diesem Zeitpunkt nicht das FBI kontaktiert?«

»Weil ich Angst hatte, dass das, was in meiner Praxis mit Frank Knox geschehen war, herauskommen würde.«

»Hatte Viola genau wie Sie Angst, dass man sie wegen Mordes anklagen würde?«

Dad denkt darüber nach. »Zu diesem Zeitpunkt nicht. Sie war hysterisch. Sie hätte ihr Leben gegeben, um ihren Bruder zu befreien.«

»Sie wollten das aber nicht?«

»Ich wollte das Risiko nicht auf mich nehmen. Ich hatte kleine Kinder. Viola nicht. Ihr Mann war in Vietnam gefallen. Sie war so ziemlich allein auf der Welt. Ich begreife heute, dass ihr Verlangen, ihren Bruder zu schützen, genauso stark war wie mein Verlangen, meine Kinder zu schützen. Aber …«

»Fahren Sie fort, Herr Doktor.«

»Ich war mir ziemlich sicher, dass ihr Bruder und Mr. Davis bereits tot waren, als ich ihr und Ray die Geschichte endlich herausgelockt hatte.«

»Und stimmte das?«

»Ich glaube nicht, dass das irgendjemand sicher weiß.«

»Was ist geschehen, nachdem Viola gerettet wurde, Herr Doktor?«

»Ich habe sie ein paar Tage versteckt. Die Doppeladler haben den ganzen Bezirk nach ihr durchkämmt.«

»Wo haben Sie sie versteckt?«

»Ich habe Nellie Jackson um Hilfe gebeten, eine schwarze Puffmutter, die eine meiner Patientinnen war. Nellie hat Viola zunächst in ihren Geschäftsräumen versteckt, dann in einem Mietshaus, das ihr gehörte.«

Die bloße Erwähnung von Nellie Jackson ist für die Zuschauer aus Natchez ein aufreizender Leckerbissen. Leise Gespräche ebben auf, verstummen dann unter Richter Elders böse funkelndem Blick.

»Was beabsichtigten Sie zu dieser Zeit zu tun?«

»Nur Viola am Leben zu halten. Ich musste sie ein paar Mal ruhigstellen. Sie war am Rande des Wahnsinns. Sie sagte viele Male, sie wünschte, ich hätte sie dort gelassen, dann hätte sie mit ihrem Bruder sterben können.«

Quentin schüttelt den Kopf, als könne er diese tragische Geschichte kaum glauben. »Wie hat sich diese Situation schließlich gelöst, Herr Doktor?«

»Ich hatte mich beinahe entschlossen, mit Viola zum FBI zu gehen, als sie verschwand.«

»Verschwand. Was glaubten Sie, was mit ihr geschehen war? Dachten Sie, der Klan hätte sie gefunden?«

»Ein paar Stunden lang schon. Aber dann fand ich heraus, dass sie bei Nellie eine Nachricht für mich hinterlassen hatte. Darin schrieb Viola, sie sei sicher, dass ihr Bruder tot sei, und sie könne es nicht mehr aushalten, in Natchez zu bleiben. Sie schrieb, dass sie mich liebe, es aber für uns keine Zukunft gebe, eigentlich nie gegeben habe. Sie bat mich, nicht nach ihr zu suchen. Das war alles. Nellie erzählte mir, einer ihrer Leute habe Viola zum Bahnhof von Memphis gefahren, aber darüber hinaus wollte sie mir nichts verraten.«

»Und das Nächste, was Sie von Viola hörten, war der Brief, der in Ihrer Praxis ankam, von einem Postfach in Chicago?«

»Genau.«

»Wann war der nächste persönliche Kontakt zwischen Ihnen und Viola Turner?«

»Zehn Wochen vor ihrem Tod, als sie bei mir in der Praxis anrief und mir sagte, sie würde sterben, und sie habe die Absicht, dazu nach Hause zu kommen.«

Quentin lässt der Jury Zeit, diese Aussage zu verarbeiten. »Sie sagen, dass siebenunddreißig Jahre vergangen sind, ohne dass Sie beide direkten Kontakt hatten?«

»Das stimmt. Nur die Schecks. Ein paar Mal habe ich ein Briefchen mit in den Umschlag gelegt, mich erkundigt, ob es ihr gut geht und dergleichen. Aber Viola hat nie geantwortet.«

»Verstehe.« Quentin dreht seinen Rollstuhl zu den Geschworenen hin, spricht aber weiter meinen Vater an. »Also war in den Augen von Snake Knox Viola nicht nur nach Natchez zurückgekehrt – wofür ihr die Doppeladler den Tod angedroht hatten –, sondern nun redete sie auch noch mit Henry Sexton, einem Reporter, der über die nicht aufgeklärten Morde der Doppeladler Nachforschungen anstellte.«

»Das stimmt.«

»Und Sie glauben, Snake Knox hegte auch den Verdacht, Mrs. Turner hätte damals 1968 seinen Bruder umgebracht?«

»Da kann ich nicht sicher sein. Ich glaube aber schon.«

Quentin nickt bedächtig. »Dr. Cage, nachdem Sie das Haus von Cora Revels verlassen hatten, haben Sie da irgendetwas gesehen oder gehört, das Sie zu der Überzeugung brachte, die Doppeladler könnten etwas mit Violas Tod zu tun gehabt haben?«

»Ja. Als ich in jener Nacht die Pine Ridge Road hinunterfuhr, habe ich einen Pick-up gesehen, der in der Nähe der Einfahrt zu Coras Haus neben der Straße parkte. Recht weit weg von der Straße unter den Bäumen, so wie Leute parken, wenn sie Rotwild jagen. Aber ich habe niemanden drin sitzen sehen.«

»War an diesem Pick-up etwas Auffälliges?«

»In der Heckscheibe war ein Aufkleber. Ein großes gelbes D.«

»Und wofür steht das?«

Beinahe alle im Raum wissen, dass dieser Aufkleber das Emblem der Darlington Academy ist, einer hauptsächlich von Weißen besuchten Schule, die in dem Jahr gegründet wurde, als die nationalen

Gerichte auch in unserer Gegend die Aufhebung der Rassentrennung durchzusetzen begannen.

»Darlington Academy«, sagt Dad. »Später, nachdem ich wegen Mordes an Viola angeklagt war, haben Walt Garrity und ich diesen Truck aufgespürt. Ich hoffte, dass sich Snake Knox als der Besitzer herausstellen würde, aber er gehörte Will Devine.«

»Dem Mitglied der Doppeladler, das gestern hier im Gericht ermordet wurde.«

»Ja. Devine wohnte weniger als eine Meile von Knox entfernt, und ich glaube, Knox hat an diesem Abend den Wagen ohne Devines Wissen genommen.«

Shad macht sich gar nicht mehr die Mühe, dagegen Einspruch zu erheben. Dad hat sich bereits selbst des Mordes bezichtigt – jedenfalls der Komplizenschaft nach der Tat. Was mich zu der Frage drängt, was in Gottes Namen Quentin eigentlich hier vorhat. Ich hatte ja halb erwartet, dass Dad sich im Zeugenstand um Kopf und Kragen redet, aber heute Morgen hilft ihm Quentin noch dabei.

Quentin rollt noch näher an die Geschworenenbank heran. »Sie haben uns viel zu verarbeiten gegeben, Herr Doktor. Aber lassen Sie uns nun zu der recht erstaunlichen Aussage zurückkehren, die Sie vor ein paar Minuten gemacht haben. Dass Viola Turner wollte, dass Knox und Thornfield sie ermorden.«

»Gut.«

»Haben Sie das buchstäblich so gemeint?«

Dad beißt sich auf die Lippe und starrt einige Sekunden zu Boden. »Ja und nein«, sagt er schließlich. »Niemand will ermordet werden. Aber Viola hatte sich unverhohlen einer glaubhaften Mordandrohung widersetzt, um nach Hause zu kommen und in meiner Behandlung zu sterben. Als sie hier angekommen war, wurde die Drohung gegen sie erneuert, und zwar von genau den Männern, die sie vergewaltigt und ihren Bruder ermordet hatten. Diese Männer waren vier Jahrzehnte unbestraft geblieben. Viola wusste, dass sie ohnehin sterben musste. Wenn sie mit ihrem Tod dafür hätte sorgen können, dass die Doppeladler vor Gericht kamen … ich glaube, dann wäre sie auf diesen Handel eingegangen.«

»Aber wie hätte sie das bewerkstelligen wollen?«

»Ich weiß es nicht genau. Aber vielleicht hatte es etwas mit der Kamera zu tun, die Henry Sexton aufgestellt hat, und mit den Kassetten, die er ihr dagelassen hat. Möglicherweise hoffte Viola, die Doppeladler darauf bei der Tat aufzuzeichnen. Ich glaube, die beiden Personen, die diese Frage hätten beantworten können, sind tot.«

Quentin scheint diese Theorie zu überdenken. Dabei wird mir klar, wie genial dieser Schachzug war. Dad hat gerade die Existenz einer weiteren Videokassette gerechtfertigt, und zwar so, dass sie nichts mit ihm zu tun hat. Solange die Kassette aus dem Müllcontainer nicht wiederhergestellt werden kann, ist er dem einzigen Schaden geschickt ausgewichen, den sie ihm im gelöschten Zustand zufügen kann. Die Kühnheit dieses Schachzugs ist atemberaubend. Er hat alles auf Schwarz gesetzt – auf die fünfzigprozentige Chance, dass das FBI die Kassette nicht rekonstruieren kann. *Aber warum? Wir wissen doch schon, dass es ihnen gelungen ist, Videoband 1 wiederherzustellen. Warum sollte er bei Videoband 2 zuversichtlicher sein?* Und dann kommt mir die Erleuchtung: *Vielleicht sagt er die Wahrheit?*

»Mr. Avery?«, fordert Richter Elder. »Haben Sie Ihre Befragung abgeschlossen?«

»Äh … Verzeihung, Herr Richter. Ich hatte einen kurzen Aussetzer. Das Alter …« Quentin wendet sich erneut Dad zu. »Also, Herr Doktor, als Sie das Haus der Revels' verließen, glaubten Sie, Viola wäre ruhiggestellt und würde aufwachen und nicht in schlechterem Zustand als vor der Morphinspritze sein?«

»Genau.«

»Danke.« Quentin rollt zu seinem Tisch zurück, als sei er fertig, doch dann, als wäre ihm gerade noch etwas eingefallen, fragt er: »Dr. Cage, haben Sie das Versprechen gehalten, das Viola Turner Ihnen abgenommen hat?«

»Welches Versprechen?«

»Das Versprechen, sich in Zukunft um Ihren gemeinsamen Sohn zu kümmern.«

»Ja. Ich habe einen Treuhandfonds eingerichtet, der ihm Mittel zur Verfügung stellen wird, sobald er fünfzig Jahre alt ist.«

»Einspruch!«, ruft Shad mit überraschendem Nachdruck. »Was immer Dr. Cage auch eingerichtet haben mag, er hat es offensichtlich in der Absicht getan, sich mit dem Mann besserzustellen, der die Mordanklage gegen ihn vorbrachte.«

»Das stimmt nicht, Euer Ehren«, erwidert Quentin und hebt ein mehrere Zentimeter dickes Dossier vom Tisch auf. »Neun Tage nach Viola Turners Tod hat Dr. Cage einen unwiderruflichen Treuhandfonds zugunsten von Lincoln Turner eingerichtet. Meine Frau, eine zugelassene Anwältin, ist die Treuhandverwalterin. In diesem Fonds befinden sich dreihunderttausend Dollar, und selbst wenn Dr. Cage schuldig gesprochen wird, kann der Fonds nicht wieder aufgelöst werden. Ich kann Ihnen auch versichern, dass Mr. Turner nichts davon weiß. Ich bitte darum, die Unterlagen zum Treuhandfonds als Beweismittel sechs der Verteidigung zuzulassen.«

Als ich zu Lincoln zurückschaue, sehe ich, dass ihn diese Enthüllung mehr als alle anderen überrascht hat.

Richter Elder scheint ziemlich ungehalten über die radikale Wendung, die dieser Prozess genommen hat. »Haben Sie noch weitere Fragen, Mr. Avery?«

»Im Augenblick nicht, Euer Ehren.«

Richter Elder betrachtet ihn mit strengem Schweigen und vorwurfsvollen Augen. Dann wendet er sich dem Tisch der Anklage zu. »Ihr Zeuge, Mr. Johnson.«

Zum ersten Mal seit Beginn dieses Verfahrens scheint Shadrach Johnson tatsächlich sprachlos zu sein.

KAPITEL 64

»Ich glaube, ich habe noch nie erlebt, dass jemand in den Zeugenstand tritt und einen Mord gesteht, ohne dazu gezwungen oder überlistet worden zu sein«, beginnt Shad Johnson.

Mein Vater schaut ihn ohne allzu großes Interesse an. »Ist das eine Frage?«

»Die Frage, Dr. Cage, ist doch: Warum? Warum haben Sie dieses Verbrechen gestanden? Warum haben Sie nach achtunddreißig Jahren des Schweigens hier vor Gericht zugegeben, dass Sie Komplize bei einem Mord waren, und ziehen sich damit möglicherweise weitere Anklagen durch den Staatsanwalt zu?«

Dad holt tief Luft. »Ich wollte, dass die Menschen verstehen, welch abgrundtiefer Hass zwischen den Doppeladlern und Viola Turner geherrscht hat. Mehr als das, ich wollte, dass sie die Wahrheit erfahren.«

Halleluja, sagt eine Stimme in meinem Kopf. *Und diese Wahrheit bringt dich nach Parchman.*

»Ich glaube nicht, dass das der Grund ist«, erwidert Shad, der sich halb zu den Geschworenen gewandt hat. »Ich habe dort gesessen und habe mich gefragt, warum Sie das wohl gemacht haben. Ich habe eine Weile gebraucht, aber jetzt weiß ich es. Sie gehen sehr subtil vor, Sie und Ihr Anwalt. Sie machen genau das, was Lincoln Turner gestern in seiner größten Wut gesagt hat. Nur wusste er damals nicht, als wie prophetisch seine Einschätzung sich herausstellen würde.«

Shad schaut die Geschworenen an. »Lincoln hat uns gewarnt, dass Dr. Cage und sein Anwalt genau das machen würden, was ihm sein böser Stiefvater beigebracht hat – was alle Trickbetrüger und Zauberkünstler machen. Sie bringen uns dazu, uns auf eine Hand zu konzentrieren, während sie uns mit der anderen in die Tasche langen.

Nun, meine Damen und Herren, genau das spielt sich jetzt hier vor Ihren Augen ab.«

Die Augen aller Geschworenen sind auf Shad gerichtet. Alle warten darauf, dass er ihnen sagt, wo sie hereingelegt werden. Shad schaut zu Dad zurück.

»Dr. Cage, Sie haben zugegeben, Viola bei der Ermordung von Frank Knox geholfen zu haben, weil im Nachhinein betrachtet dieser Mord gerechtfertigt – vielleicht sogar heldenhaft – erscheint. Meine Damen und Herren Geschworenen, erinnern Sie sich noch an den sogenannten Staatsanwalts-Test, von dem Ihnen Mr. Avery in seinem Eröffnungsplädoyer erzählt hat? Seine berühmten zwei Fragen? Erstens: *Musste das Opfer getötet werden?* Und zweitens: *Hat die richtige Person getötet?* Nun, im Fall von Frank Knox ist wohl die Antwort auf beide Fragen ein klares Ja, zumindest in unseren Herzen. Wenn man zugibt, Komplize bei der Ermordung eines Vergewaltigers und Mörders gewesen zu sein, zieht das ja technisch gesehen eine Strafe nach sich, aber es bringt einem auch jede Menge Sympathien bei den Geschworenen ein. Dr. Cage, indem Sie offen einen Mord gestehen, hoffen Sie, uns dazu zu bringen, Ihnen auch zu glauben, wenn Sie einen anderen Mord leugnen. Sie lenken mit der einen Hand unsere Aufmerksamkeit auf Frank Knox, während die andere Hand Viola Turner das tödliche Adrenalin injiziert. Aber wir lassen uns so leicht nicht täuschen. Der Mord an Viola Turner war ein gemeines, schändliches Verbrechen …«

»Euer Ehren«, sagt Quentin mit müder Stimme, »bin ich eingeschlafen und zum Abschlussplädoyer des Bezirksstaatsanwaltes wieder aufgewacht? Ich dachte, das hier sollte ein Kreuzverhör werden.«

Hinter mir kichern ein paar Anwälte, aber ein Blick aus Joe Elders dunklen Augen bringt sie zum Schweigen.

Shad wendet sich wieder meinem Vater zu. »Es gibt noch einen weiteren Grund, warum Sie so offen über diesen Mord gesprochen haben. Sie fürchten nämlich, dass wir schon sehr bald die Videoaufzeichnung sehen werden, die Viola für Henry Sexton gemacht hat. Und dann werden wir wenigstens etwas über dieses Verbrechen erfahren.«

Dad sagt dazu nichts, und sein Gesicht verrät auch nichts mehr.

»Ist das nicht der Grund, warum Sie gestanden haben, bei diesem Verbrechen geholfen und es dann verschleiert zu haben, Dr. Cage?«

»So verschlagen bin ich nicht, Mr. Johnson.«

»Stellen Sie Ihr Licht nicht unter den Scheffel, Herr Doktor. Sie waren verschlagen genug, eine geheime Affäre mit einer Mitarbeiterin zu haben, während Sie verheiratet waren. Verschlagen genug, um der Frau siebenunddreißig Jahre ohne das Wissen Ihrer Familie Geld zu schicken. Verschlagen genug, um Ihre Beteiligung an einem Mord genauso lange geheimzuhalten. All das haben Sie hier unter Eid ausgesagt.«

Mein Vater mag verschlagen sein, aber ich wette, dass seine waghalsige Ehrlichkeit mindestens ein, zwei Geschworene bewegt hat.

»Mr. Johnson«, erwidert Dad, »das Einzige von dem, was Sie gerade aufgezählt haben und das sich für mich wirklich falsch anfühlt, war meine Affäre. Dass ich sie vor meiner Frau verheimlicht habe. Vor ein paar Minuten habe ich geschworen, die ganze Wahrheit und nichts als die Wahrheit zu sagen. Und das habe ich auch vor, ganz gleich, was kommen mag. Die Geschehnisse von damals sind viel zu lange geheimgehalten worden. Deswegen habe ich meine Beteiligung an der Ermordung von Frank Knox zugegeben. Dieser Schweinehund hatte den Tod verdient, und wer immer Viola umgebracht hat, verdient die gleiche Behandlung.«

Shad hebt an, beim Richter zu protestieren, beschränkt sich aber schließlich auf ein verwundertes Kopfschütteln.

»Wissen Sie, was mir an Ihrer Aussage am meisten auffällt, Herr Doktor? Dass sich so wenig davon tatsächlich beweisen lässt. Oh, es ist eine bekannte Tatsache, dass Snake Knox ein Mitglied der Doppeladler war. Aber es gibt überhaupt keine Beweise dafür, dass er oder sonst jemand gedroht hat, Viola Turner umzubringen. Niemand hat eine Tonbandkassette vorgelegt, und die Polizei hat nichts dergleichen am Tatort gefunden.«

Als ich zu Lincoln zurückschaue, starrt er durch mich hindurch. Er weiß, dass es eine solche Kassette gibt – oder gab –, und sagt trotzdem nichts. Würde er mir diese Kassette jetzt für eine Million Dollar verkaufen? Oder würde er lieber zusehen, wie sein Vater am Galgen im Wind schaukelt? Oder hat er die Sache aus der Hand gegeben, indem er die Kassette, wie angedroht, vernichtet hat?

»Die Dinge, die Sie Will Devine zuschreiben, lassen sich ebenfalls nicht beweisen«, fährt Shad fort, »denn der Mann ist tot.«

»Vor unseren Augen ermordet«, sagt Dad. »Nachdem er sich freiwillig bereit erklärt hatte, gegen seine ehemaligen Kampfgefährten auszusagen. Finden Sie das nicht ein wenig verdächtig?«

Shads Wut zeigt sich in seinem gepressten Lächeln. »Dr. Cage, ich kann die privaten Blutfehden ehemaliger Ku-Klux-Klan-Leute nicht mit in Betracht ziehen. Falls Mr. Devine irgendeine Ihrer Aussagen bestätigt und dies vor seinem Tod zu Protokoll gegeben hat, würde ich selbstverständlich diese Aussagen gern sehen. Aber nach meinem Verständnis hat sich Mr. Devine geweigert, dem FBI etwas davon mitzuteilen, was er hier im Zeugenstand sagen würde.«

Dad zuckt mit den Schultern. »Ich denke, Mr. Devine wollte sich einiges von der Seele reden, ehe er starb. Ich kann dieses Gefühl verstehen.«

»Ach wirklich? Für alles, was Viola Turner angeblich in ihrer Todesnacht zu Ihnen gesagt hat, haben wir auch nur Ihre Aussage – die Aussage des Mannes, der hier beschuldigt wird, sie getötet zu haben. Und das bringt uns zu dem Beweisstück, mit dem wir Ihre Aussage vielleicht überprüfen können. Den gelöschten Videokassetten.«

Dad zeigt wieder keinerlei Reaktion.

»Dr. Cage, Sie haben zugegeben, eine Kassette nach Mrs. Turners Tod gelöscht zu haben, weil sie Informationen enthielt, von denen Sie nicht ertragen konnten, dass sie öffentlich gemacht würden.«

»Ich habe nicht gesagt, dass ich es nicht ertragen konnte. Ich habe gesagt, es wäre mir lieber, wenn meine Frau und Kinder sich damit nicht beschäftigen müssten.«

»Haarspalterei, Herr Doktor. Aber ich frage mich, was sonst noch auf dieser Kassette zu sehen war? Zeigte sie, wie Sie Viola Turner umbringen?«

»Nein.«

»Sie stehen unter Eid, Sir.«

»Sie hätte das nicht zeigen können. Denn ich habe Viola nicht umgebracht.«

Ich schüttle den Kopf, weil ich weiß, dass Shad nur das eine Ziel verfolgt: meinen Vater auf Aussagen festzulegen, die von den Videobändern widerlegt werden.

»Hat man darauf gesehen, wie Sie ihr Morphin spritzen?«

»Nein.«

»Erscheinen Sie überhaupt auf dieser Videokassette?«

»Nein. Viola hat sie aufgezeichnet, ehe ich überhaupt an diesem Abend bei ihr angekommen bin. Sie hat auf der Aufzeichnung über mich gesprochen, aber das ist alles.«

Gott, ich hoffe, er sagt die Wahrheit. Er weiß doch sicher, dass er das muss …

»Dann wollen wir über die Kassette reden, die tatsächlich in der Videokamera *war*, als sie ankamen.«

»Ich wusste nicht, dass eine Kassette in der Kamera war.«

»Gottverdammt!«, murmele ich halblaut. »Das bricht ihm das Genick.« Wenn Shad je beweisen kann, dass Dad von dieser Kassette wusste, geschweige denn, sie in einem MRT-Scanner gelöscht hat, dann wird er verurteilt.

»Ich kann mir nur schwer vorstellen, dass jemand eine Euthanasie anfangen würde, wenn eine eingeschaltete Videokamera auf das Krankenbett gerichtet ist.«

»Da muss ich Ihnen zustimmen«, sagt Dad, und einige Leute im Publikum lachen leise.

»Was ich damit sagen will, ist, dass Sie die Kamera überprüft haben müssen, um sicher zu sein, dass keine Aufnahme gemacht wurde. Zumindest nachgeschaut, dass das rote Licht nicht brannte.«

Dad zuckt mit den Schultern. »Ich erinnere mich nicht an ein rotes Licht.«

»Sie leugnen also unter Eid, dass Sie etwas von einer Videoaufnahme wussten, die vielleicht den Mord an Viola Turner oder die Ereignisse unmittelbar davor zeigt?«

»Ja.«

Als Dad auf die nächste Frage wartet, wird mir eines klar: Selbst wenn die Müllcontainer-Kassette Dad in Coras Haus zeigt, bedeutet das nicht, dass er was davon wusste. Genauso wenig beweist es, dass er die Kassette in einem MRT-Scanner gelöscht hat.

»Hören Sie mir gut zu, Herr Doktor. Haben Sie in jener Nacht eine oder zwei Videokassetten aus dem Haus der Familie Revels mitgenommen?«

»Eine.«

»Haben Sie eine Sony-Mini-Videokassette im MRT-Scanner des St. Catherine's Hospital gelöscht?«

Diesmal zögert Dad, ehe er antwortet. Aber nach ein paar Sekunden sagt er: »Nein, das habe ich nicht.«

Was macht er, wenn John Kaiser mit einer völlig wiederhergestellten Müllcontainer-Kassette hier hereinspaziert?

»Ich weiß nur von einer Kassette«, fährt er fort. »Und zwar von der, die Viola für Henry Sexton aufgenommen hat.«

Als er zu sprechen aufhört, überkommt mich die schreckliche Gewissheit, dass mein Vater lügt. Er riskiert waghalsig alles, verwettet sein Leben in dem Glauben, dass das FBI die Müllcontainer-Kassette nicht von den Toten auferwecken kann. Und genau das wollte Shad Johnson erreichen. Das gesamte Kreuzverhör war bis hierhin darauf angelegt, ihn zu dieser Aussage zu verleiten.

»Nun, Herr Doktor«, sagt Shad, »ich glaube, schon bald werden wir in der Lage sein, das selbst zu beurteilen. Nun würde ich gern …«

Die Tür hinten im Saal geht auf, Shad unterbricht sich mitten im Satz. Sheriff Byrd tritt ein. Er nimmt Blickkontakt mit Shad auf und führt einen Finger an die rechte Wange. Shad erstarrt. Dann hält er zwei Finger in die Höhe und zieht eine Augenbraue hoch. Billy Byrd dreht die Handflächen nach oben.

»Euer Ehren«, sagt Quentin, »der Bezirksstaatsanwalt und der Sheriff scheinen sich mit Baseball-Signalen miteinander zu verständigen.«

»Ich sehe das, Mr. Avery. Mr. Johnson?«

Als Shad antwortet, vibriert mein Handy in der Hosentasche. Mit unguten Vorahnungen ziehe ich es hervor, bin mir schon sicher, was die Nachricht sein wird.

»Euer Ehren«, sagt Shad gerade, »ich glaube, wir werden gleich herausfinden, wie ehrlich der Angeklagte heute zu uns war.«

»Tatsächlich? Bitte erläutern Sie.«

John Kaisers letzte SMS blinkt wie ein vernichtendes Urteil auf meinem Display auf.

Justizminister hat Genehmigung für Verwendung von Videoband S-15 (Roadtrek) vor Gericht unterschrieben. Faxe Kopie der unterschriebenen Anordnung an Büro Richter Elder. Bin 15 Minuten von Natchez entfernt im FBI-Hubschrauber. Landen in Fort Rosalie. Werde DVD persönlich in den Gerichtssaal bringen. Noch kein Glück mit S-16 (Müllcontainer-Kassette). Kann nicht vorhersagen, ob Erfolg oder Misserfolg.

Ein Schauer durchläuft mich. Mein zeitweiliges Hochgefühl über Dads waghalsige Aufrichtigkeit ist im Schatten der nahenden objektiven Beweise geschwunden. Wie Stimmen aus dem Grab könnten die wiederhergestellten Videokassetten meinen Vater als glatten Lügner und Mörder entlarven. Als ich mich wieder gefasst habe, hat Shad bereits verkündet, dass das FBI in Kürze eine wiederhergestellte Kopie der Videoaufnahme bringen wird, die Viola für Henry Sexton angefertigt hat, und dass es bald vielleicht auch eine brauchbare Kopie der Kassette liefern kann, die die Leute von Sheriff Byrd im Müllcontainer des Krankenhauses gefunden haben. Als ich mich Quentin zuwende, beraumt Richter Elder eine Verhandlungspause von einer Stunde ein. Er will auf die Videoaufzeichnung warten und sie sich ansehen, ehe er sie den Geschworenen vorführen lässt.

KAPITEL 65

Nachdem Kaiser die wiederhergestellte Videoaufzeichnung abgeliefert hatte, bat Richter Elder die Anwälte in sein Richterzimmer, um die Kassette mit ihnen anzuschauen. Ich versuchte natürlich, Quentin zu begleiten, aber er gab mir zu verstehen, Dad wolle nicht, dass ich dabei anwesend sei. Ich nahm diesen Schlag hin wie all die anderen, mit wenig Anstand und noch weniger Nächstenliebe, und verbrachte die Pause mit meiner Mutter. Ich versuchte, sie bei Laune zu halten, während zwei Männer an der Wand gegenüber der Geschworenenbank eine riesige Leinwand aufbauten.

Als die Anwälte endlich von ihrer privaten Filmpremiere zurück sind und der Saal zur Ordnung gerufen wird, verraten mir Quentins Gesicht und Verhalten überhaupt nichts. Ich versuche, Blickkontakt zu ihm aufzunehmen, aber er konzentriert sich weiterhin nur auf den Tisch der Verteidigung, auf den er nun seinen Rollstuhl zusteuert. Richter Elder macht ein paar Bemerkungen über die ununterbrochene Überwachungskette, und die wiederhergestellte Videoaufzeichnung wird als Beweisstück Nummer 18 der Anklage vorgelegt.

Dann geht das Licht aus.

Zuerst sehen wir gar nichts. Dann treffen ein paar helle Blitze die Leinwand. Ich höre Richter Elder murren. Als der FBI-Agent, der die wiederhergestellte Videodatei vorführen soll, es endlich schafft, ein Bild auf die Leinwand zu bringen, sehe ich nicht, was ich erwartet habe. Das gesamte Bild ist in Blautönen. Das wäre an sich nicht so schlecht, aber die Auflösung ist sehr grobkörnig. Außerdem wird das gesamt Blickfeld von Hunderten von flackernden Bildfehlern durchzogen, von denen einige sehr bizarr in schrillem Rosa und Grün aufblitzen. Aber je länger die Aufnahme läuft, desto besser kann sich das Gehirn daran anpassen, was es sieht. Was zunächst nur wie ein verschwommener Umriss des Krankenzimmers ausgesehen hat, das ich auf der zufällig gemachten Aufzeichnung von der Festplatte des Camcorders so deutlich gesehen hatte, wird schon bald zu einer vertrauten Szenerie, als wäre es dasselbe Krankenzimmer in einem matten blauen Nachtlicht. Und ein wenig links von der Bildmitte ist die Frau, die das Zentrum dieses Prozesses darstellt.

In Amerika sehen wir nicht oft Menschen in den letzten Tagen vor ihrem Tod, nicht einmal auf Fotos. Für diejenigen, die diesen Anblick nicht gewohnt sind, kann es ein ziemlicher Schock sein. Besonders die Auszehrung der Menschen löst in Gesunden oft eine natürliche Abscheu aus. Ich habe das erlebt, als meine erste Frau an Krebs starb, und ich habe mich nie wirklich daran gewöhnen können. Die Gesichter der Geschworenen verraten mir, dass die meisten, obwohl sie die Aufzeichnung von der Festplatte gesehen haben, die Viola im Todeskampf zeigt, nicht auf den Anblick dieser gespenstischen Gestalt vorbereitet waren, die da mitten auf der Leinwand zu sehen ist, wie sie reglos an die Kissen ihres Krankenbettes gelehnt sitzt und in die Kameralinse starrt. Nur Violas Augen, die wie nasse Kiesel aussehen, bringen überhaupt ein bisschen Leben in dieses Bild. Doch als sie zu sprechen beginnt, lässt mich ihre heisere, aber klare Stimme auffahren.

»*Hallo, Henry*«, hebt Viola an. »*Ich kann nicht besonders gut reden. Ich bekomme schlecht Luft.*

Sie haben mich gebeten, von Jimmy zu erzählen, und von dem, was ich darüber weiß, was mit ihm geschehen ist. Sie haben mich auch gebeten, über mein Leben zu sprechen. Ich habe nicht die Kraft für sehr viel davon. Aber einiges, was ich durchgemacht habe, hat mit dem zu tun, was mit Jimmy passiert ist. Ich habe heute Morgen eine Cortisonspritze bekommen und gerade eben ein bisschen Morphin. Ich habe auch ein wenig gesüßten Tee getrunken, des Zuckers wegen, also sollte ich vielleicht genug Energie haben, um drei oder vier Minuten zu reden.

Nachdem mein Mann in Vietnam getötet worden war, war ich sehr einsam. Das war 1967. Es ist etwa ein Jahr vergangen, in dem ich es gerade mal schaffte, einen Fuß vor den anderen zu setzen und meine Arbeit zu erledigen. Ich war ganz leer. Ausgehöhlt. Das Einzige, was ich noch spürte, war Sorge – um Jimmy, der mit der NAACP gearbeitet und andere Sachen gemacht hat, um der Bewegung zu helfen. Aber dann habe ich mich irgendwie in meinen Chef, Dr. Tom Cage, verliebt. Ich wusste, dass das nicht recht war, weil er doch verheiratet war, aber ich konnte das Gefühl nicht ignorieren, das er mir einflößte. Es war … das Einzige, was mir das Gefühl vermittelte, am Leben zu sein.

Aber so gut wie das auch war, es wurde sehr schnell auch schlimm. Die Zeiten waren für Schwarze schwer, wie Sie wissen. Der Klan war überall, tötete auf beiden Seiten des Flusses Menschen. Was Tom und mich schließlich zusammenbrachte war, dass Jimmy und sein Freund Luther sich mit einigen Leuten vom Klan angelegt haben. Einem Teil der Gruppe, über die Sie jetzt Ihre Ermittlungen machen. Aber damals kannte ich sie nur als Klan. Die meisten arbeiteten in der Triton-Batteriefabrik oder draußen in der Papiermühle. Einmal habe ich Dr. Cage mitten in der Nacht aus dem Bett geklingelt, weil er kommen und Jimmy zusammenflicken musste, und er ist gekommen, Gott segne ihn. Doch dann tauchten auch die Klan-Leute, mit denen Jimmy sich angelegt hatte, in der Praxis auf. Wir haben uns in einem Behandlungszimmer versteckt, bis Tom die endlich losgeworden ist. Dann hat er Luther und Jimmy zusammengeflickt. Damals habe ich zum ersten Mal gewusst, dass etwas zwischen uns passieren würde. Dass wir früher oder später das, was wir fühlten, auch ausleben würden.

Nach dieser Nacht haben die Klan-Leute überall nach Jimmy gejagt. Schließlich hat er sich in Freewoods versteckt, das Sie ja sicher von Ihrer Arbeit kennen. Jimmy ist ein paar Wochen dort geblieben, und in dieser Zeit hatten Tom und ich unsere Affäre. Es war wie ein Traum, wenn ich darauf zurückblicke. Aber man kann keine Todsünde begehen und erwarten, dass man ungeschoren davonkommt. Sobald ich in diesem Monat über die Zeit war, wusste ich, dass ich schwanger war. Ich habe Tom nichts davon gesagt, aus Angst, dass er etwas Verrücktes tun würde, zum Beispiel seine Familie verlassen, obwohl der egoistische Teil von mir genau das wollte.

Dann begann der Alptraum. Ich kam eines Tages von der Arbeit nach Hause, und da warteten fünf Männer auf mich. Ich kannte sie aus der Praxis. Es waren Frank Knox, sein Bruder Snake, Sonny Thornfield und ein großer, fetter junger Kerl namens Glenn Morehouse. Es war auch noch ein Junge bei ihnen. Heute weiß ich, dass das Forrest Knox war, der heute bei der Staatspolizei ist. Sie haben mich festgehalten und mir Gewalt angetan. Sie haben mir einen Spüllappen in den Mund gesteckt, damit ich nicht schreien konnte.

Und dann haben sie mich der Reihe nach genommen. Sie haben mich sodomisiert, wie es in der Bibel heißt. Ich spreche jetzt als Krankenschwester, aber sie haben mich da innen drin ganz schön zerfetzt. Einer von ihnen hat eine Colaflasche benutzt. Die ganze Zeit über haben sie mir gesagt, sie würden meinen Bruder umbringen, wenn er käme, um sich dafür zu rächen, was sie gerade machten. Ich wusste, dass ich niemals ein Wort darüber sagen würde, was sie getan hatten, aber das war egal. Sie haben es selbst rumerzählt, und Jimmy hat genau das gemacht, was sie erwartet hatten.

Ich habe damals gehört, Jimmy und Luther hätten Freewoods verlassen, und seither hatte niemand ihn oder Luther gesehen. Ich war am Rande des Wahnsinns. Dann lächelte mir Gott zu. Oder vielleicht war es der Satan, der mich in Versuchung führte, ich weiß es nicht. Aber ich bin zur Arbeit gegangen, und genau diese Männer brachten Frank Knox an, der halb tot war, weil ein Haufen Batterien auf ihn gefallen war. Sobald ich mit ihm allein im Zimmer war, wusste ich, dass ich dafür sorgen würde, dass er auch noch den Rest der Reise zurücklegte. Seine Seite war offen, und man sah eine ziemlich große Vene. Ich nahm die größte Spritze, die wir hatten, füllte sie mit Luft und gab ihm die in die Vene. Das habe ich zweimal gemacht, dann noch einmal in die Ellenbogenbeuge. Es hat länger gedauert, als ich erwartet hatte, aber dann hat die Luft das Herz dieses Mannes getroffen wie Dads schwerer Vorschlaghammer. Und das war das Ende von Frank Knox.

Als Tom kam, um ihn zu behandeln, war Frank schon so gut wie hinüber. Tom fragte, warum ich nichts unternahm, um ihn zu retten. Da habe ich Tom erzählt, was die mir angetan hatten. Er hat mit dem, was er gerade machte, aufgehört und versucht, mich zu trösten. Als wir die Sirene des Krankenwagens hörten, hat er die Spritze versteckt und alles so hingelegt, wie es aussehen sollte. Als die Sanitäter kamen, hat Tom ihnen gesagt, Knox wäre seinen Verletzungen erlegen.

Gott, ich krieg keine Luft mehr.« Viola trinkt einen Schluck Wasser. *»Ich habe Tom an diesem Tag gesagt, unsere Affäre wäre zu Ende. Aber das ersparte uns den Schmerz nicht. In der folgenden Nacht hat mich die Knox-Bande gegen zwei Uhr morgens aus meinem Haus entführt. Sie haben mich in eine Werkstatt auf dem Land gebracht. Das war ein Ort, wo sie Leute verhört haben. Sie hatten da draußen besondere Werkzeuge, um den Menschen wehzutun. Man konnte das alte Blut an ihnen sehen. Sie hatten Messer und Ketten, Eisenstangen und Fackeln. Ich … will nicht darüber reden.*

Jedenfalls haben sie da Jimmy und Luther gefangengehalten. Beide waren schon in sehr schlechter Verfassung, als ich dort ankam, aber die Klan-Leute haben ihnen keine Ruhe gelassen. Thornfield hat sie immer wieder beschuldigt, sie hätten Waffen geschmuggelt, und irgendwas über Schwarze Muslims gefaselt, aber ich glaube nicht, dass Jimmy oder Luther was darüber wussten. Wenn, dann hätten sie bestimmt geredet, so schlimm, wie diese Männer ihnen wehgetan haben. Snake Knox hat Jimmys Marine-Tätowierung mit einem Messer runtergeschält. Die anderen haben mich weiter vergewaltigt, vor Jimmys Augen. Es war genauso, wie die alten Nonnen in der Schule uns die Hölle beschrieben haben. Genau wie auf diesen verbotenen Gemälden aus dem Mittelalter. Ich weiß nicht einmal mehr, wie lange ich an diesem Ort war. Vielleicht sagt man deswegen, dass die Hölle ewig ist.

Aber dann hat sich ein Mann mit einer großen Pistole da reingeschlichen und mich rausgeholt. Das war Ray Presley, ein Mann, der so gemein war, dass sogar die Klan-Leute Angst vor ihm hatten. Er war unten in New Orleans ein korrupter Polizist gewesen, und er kannte alle, auf beiden Seiten des Gesetzes. Presley hatte irgendwas gegen Dr. Cage in der Hand, aber er mochte ihn auch. Presley hat mich gerettet, um Tom einen Gefallen zu tun.«

Mit zitternder Hand nimmt Viola einen weiteren Schluck Wasser. *»Aber Presley hat Jimmy nicht gerettet. Luther auch nicht. In dieser Nacht ist was in mir zerbrochen, als Presley mich schreiend da rausgezerrt hat. Ich wusste, dass diese Männer meinen Bruder töten würden. Presley wusste das auch. Er hat mir gesagt, dagegen könnte niemand was machen, nicht mal Präsident Johnson. Es war einfach so. Und ich denke, er hatte recht.*

Danach gibt es nicht mehr viel zu erzählen. Ich habe keine Informationen aus erster Hand darüber, wie Jimmy gestorben ist oder wo sie seine Leiche versteckt haben. Ich habe nicht gesehen, wie diese Männer Jimmy oder Luther umgebracht haben. Allerdings haben sie Luther, während ich da war, mit einer Pistole in den Arm geschossen. Die Kugel hat ihm den Knochen gebrochen. Die beiden haben noch gelebt, als Presley mich da rausgeholt hat, aber meine Meinung als Krankenschwester ist, dass sie ohne ärztliche Hilfe an ihren Verletzungen oder am Schock gestorben wären.

Danach … verschwimmt alles. Tom hat versucht, mich zu verstecken, und Miss Nellie Jackson hat ihm dabei geholfen. Sie war eine gute Frau, obwohl sie eine Prostituierte gewesen war und in der Rankin Street Mädchen anschaffen ließ. Sie haben mir damit das Leben gerettet, aber die Tatsache ist, dass es mir egal war, ob ich lebendig oder tot war. Ich wusste, dass ich ein Kind erwartete, aber selbst das war mir gleichgültig. Ich glaube nicht, dass ich damit rechnete, die neun Monate zu überleben, bis es geboren wurde. Etwa eine Woche später bin ich nach Norden nach Chicago gegangen. Und da bin ich geblieben, bis ich Lungenkrebs bekam.«

An dieser Stelle hört Viola etwa vierzig Sekunden lang auf zu sprechen. Sie atmet leise, hat die Augen halb geschlossen. Erst als ich denke, sie sei eingeschlafen, fährt sie auf, konzentriert sich auf die Kamera und beginnt wieder zu reden.

»Die Dinge haben sich im Norden für mich nicht gut angelassen. Aber wie konnte das auch sein, wenn man bedenkt, was mich dort hingebracht hatte? Ich tat, was ich konnte, um Tom zu schützen. Er hat jeden Monat Geld geschickt, und ich habe nie mehr von ihm verlangt. Es hat Zeiten gegeben, da habe ich überlegt, ob ich ihm sagen sollte, das wir ein gemeinsames Kind hatten, aber ich wusste, wenn er das erfahren hätte, wäre sein Leben eine Folter gewesen, genau wie meines. Das konnte ich ihm nicht antun. Ich hatte mich ja bereitwillig auf die Sünde eingelassen, und jetzt musste ich damit klarkommen. Ich schmeichele mir vielleicht – und Sie glauben das vielleicht nicht, wenn Sie mich so sehen, wie ich heute bin –, aber ich glaube, Tom hat in all den Jahren genug gelitten, weil er mich aufgegeben hat. Er hat mich geliebt, und er wollte mit mir zusammen sein. Ich habe die Sache beendet. Also hat er mit seinem Schmerz gelebt und ich mit meinem.

Henry … mir geht allmählich die Luft aus. Ich habe nicht mehr viel Kraft, und ich habe nicht vor, so lange auf der Welt zu bleiben, bis mir meine Schwester das Hinterteil abwischen muss. Ich kann die Schmerzen ertragen, aber meinen Stolz kann ich nicht aufgeben. Ich habe zu viele Leute bis zum bitteren Ende gepflegt. Nach heute Abend oder vielleicht morgen bin ich weg. Also möchte ich ein paar letzte Dinge sagen.

Ich habe mit meinem Testament das gemacht, was ich Ihnen gesagt hatte. Ich habe es selbst geschrieben, und Cora war die Zeugin. Es sind zwischen Cora und mir im Laufe der Jahre ein paar schlimme Dinge passiert, aber am Ende haben wir uns wieder vertragen, wie Schwestern es sollten. Trotzdem … wenn es Probleme wegen des Geldes geben sollte, haben Sie diese Kassette als Unterstützung. Ich habe Tom auch davon erzählt, um sicher zu sein, dass Sie keine Probleme bekommen werden, das Geld zu kriegen, nur falls Cora schwach wird oder ihr Lincoln den Kopf verdreht. Was Sie betrifft, so haben Sie versprochen, alles in Ihrer Kraft zu tun, um Jimmys Mörder vor Gericht zu bringen und der Welt zu verkünden, was mit ihm geschehen ist. Was mit mir geschehen ist, würde ich lieber verschweigen, aber ich will das Ihnen überlassen. Ich möchte, dass Sie Toms Beteiligung am Tod von Frank Knox geheimhalten, bis er auch gestorben ist. Ich denke, das wird auch nicht mehr allzu lange dauern. Toms Herz ist in schlechter Verfassung, und er hat noch andere Gesundheitsprobleme. Er wird mir ziemlich bald nachfolgen. Vielleicht werden wir dann schließlich doch irgendwo zusammen sein. Gott weiß, verdient hätten wir es, selbst wenn wir zusammen in der Hölle landen. Ich hätte lügen können, um ihn zu schützen, aber ich mag nicht mehr lügen, nicht mal für ihn.«

Viola ist ein paar Sekunden still. *»Großer Gott, das hätte ich beinahe vergessen. Ein paar andere Männer sind während der Befragung in der Werkstatt gekommen und wieder gegangen. Manche sind nur gekommen, um mich nackt zu sehen, glaube ich. Und andere sind gekommen, um die Jungs nackt zu sehen. Die haben ein Riesentheater über Luthers Geschlechtsteile gemacht. Aber ich kannte diese Männer nicht. Sie waren mir irgendwie vertraut, als hätte ich sie mal auf der Straße oder im Supermarkt gesehen, aber Namen wusste ich keine. Es waren aber böse Männer. Einer von denen hatte die Idee, dass Luther und Jimmy mal bei mir an die Reihe kommen sollten.«* Viola schüttelt bei der Erinnerung den Kopf. *»Da haben sie dann auf Luther geschossen. Aber der wollte das trotzdem nicht machen. Ich hoffe, dass Sie mit Gottes Hilfe diese Männer eines Tages ihrer gerechten Strafe zuführen können. Ich fürchte, die haben in den Jahren, die sie auf Erden gewandelt sind, genug Leiden verursacht. Meistens haben sie das Frauen und Kindern angetan, stelle ich mir vor.*

Für mehr habe ich keine Kraft, Henry. Es kommt mir seltsam vor, dass nach all den Jahren ein Weißer die Wahrheit ans Licht bringt. Ich wünschte mir, es wäre ein Schwarzer, da will ich nicht lügen. Aber vielleicht sagt das ja was über die Zukunft. Ich verstehe die Welt nicht mehr, doch vielleicht gibt es ja eine schwache Hoffnung, dass die guten Menschen von beiden Seiten zusammenkommen. Ich weiß sehr zu schätzen, was Sie getan haben. Wenn die Dinge für Sie schwierig werden, versuchen Sie, stark zu bleiben, wie ich es gemacht habe, und zögern Sie nicht, sich auf den Herrgott zu stützen. Ich glaube, Er hat uns aus einem bestimmten Grund auf die Erde gesandt, Henry. Sie haben bisher gute Arbeit geleistet, aber die wird nichts bedeuten, wenn Sie nicht den Rest des Weges zurücklegen. Ich wünschte, ich könnte mit Ihnen gehen. Gott segne und behüte Sie.«

Viola hält die Fernbedienung in die Höhe, und dann wird der Bildschirm schwarz.

Als die grellen Lichter im Saal wieder angehen, herrscht ein Schweigen wie in einer Kathedrale bei der Beerdigung eines Märtyrers. Als Rusty mir den Ellbogen in die Seite rammt, möchte ich ihm eine runterhauen. Ein klugscheißerischer Kommentar von diesem ewigen Zyniker ist jetzt so ungefähr das Letzte, was ich brauchen kann. Doch als sein feuchter Atem mein Ohr berührt, sagt er: »Wenn Shad jetzt aufsteht und ein einziges Wort gegen diese Frau sagt, stehen die Geschworenen auf wie ein Mann und prügeln ihn zu Boden.«

»Mr. Johnson«, sagt Richter Elder, »haben Sie noch Fragen oder Anmerkungen?«

»Euer Ehren, gibt es Nachrichten vom FBI darüber, ob die Müllcontainer-Kassette auch wiederhergestellt werden konnte?«

»Agent Kaiser?«, fragt Richter Elder.

»Noch nicht, Euer Ehren. Wie bereits die Sony-Techniker berichtet haben, scheint Fundstück S-16 sehr viel gründlicher gelöscht worden zu sein als das erste. Aber wenn dort ein Durchbruch zu verzeichnen ist, haben wir bereits die Freigabe dafür, dass eine verschlüsselte Version der Kassette an mich geschickt wird, und ich kann sie dann vor Gericht abspielen.«

»Danke. Mr. Johnson?«

»Euer Ehren, ich möchte Dr. Cage wieder in den Zeugenstand rufen, um mein Kreuzverhör fortzusetzen.«

»Nun gut.«

KAPITEL 66

»Lassen Sie uns auf die Nacht zurückkommen, in der Viola Turner gestorben ist«, sagt Shad Johnson. Er erhebt sich von seinem Tisch und schaut meinen Vater durchdringend an. »Nicht auf Ihre Fantasien, nur auf beweisbare Fakten. Wir wissen, dass Sie in jener Nacht im Haus von Cora Revels waren. Wir wissen, dass Sie mit dem Opfer allein waren. Sie haben zugegeben, dass Sie Viola Turner Morphin gespritzt haben. Wir wissen, dass Sie in Ihrer Arzttasche immer Adrenalin dabeihaben. Wir wissen auch, dass Cora Revels, als sie nach Hause zurückkam, ihre Schwester tot vorfand. Wir haben keinerlei Anzeichen dafür, dass zwischen dem Zeitpunkt, als Sie weggegangen sind, und der Ankunft von Cora Revels irgendjemand sonst im Haus war. Keine Zeugen für Einbrecher, keine Indizien, die den Verdacht auf die Anwesenheit einer weiteren Person erregen würden. Nur die Leiche einer Frau, die Sie, wie Sie selbst zugegeben haben, an dem Tag mit der Absicht besucht haben, sie zu töten.«

»Ein weiterer Monolog, Euer Ehren?«, fragt Quentin mit scheinbar gelangweilter Stimme.

»Kommen Sie zu Ihrer Frage, Herr Anwalt«, ermahnt ihn Richter Elder.

Shads Kiefer spannen sich an, aber er konzentriert seine Wut auf Dad. »Auf der Festplatte, auf der der Tod des Opfers aufgezeichnet wurde, hat sie Ihren Namen gerufen. Können Sie das erklären?«

»Ich war ihr Arzt. Ich war wochenlang beinahe jeden Abend bei ihr. Ich war einmal ihr Liebhaber gewesen. Da finde ich es nur natürlich, dass sie in einem Augenblick der Todesangst und des Schmerzes nach mir ruft. Ihre Mutter war tot. Ihr Sohn war weit weg, dachte sie zumindest …«

»Versuchen Sie nicht, das Thema zu wechseln, Herr Doktor. Haben Sie immer Ihre Arzttasche mitgenommen, wenn Sie ins Haus von Cora Revels zu Besuch gingen?«

»Nicht immer. Ich habe auch Vorräte dort aufbewahrt.«

»Aber an jenem Abend haben Sie sie dabeigehabt.«

»Ja. Offensichtlich war dieser Abend anders als alle anderen.«

»Weil Sie vorhatten, Ihre Patientin zu töten.«

»Ihr beim Selbstmord zu helfen«, korrigiert Dad.

»Befand sich Adrenalin in Cora Revels' Haus?«

»Nicht, dass ich wüsste. Viola hatte eine Patientenverfügung unterzeichnet, dass sie nicht wiederbelebt werden wollte, also habe ich dort kein Adrenalin vorrätig gehalten.«

»Haben Sie je einem anderen Patienten eine tödliche Dosis Medikamente verabreicht, Dr. Cage? Ich spreche jetzt von Ihrer normalen ärztlichen Tätigkeit, nicht vom Krieg.«

Es gibt nur zwei annehmbare Antworten auf diese Frage: »Nein« oder »Ich verweigere die Antwort, weil sie mich belasten könnte«. Aber mein Vater sagt: »Bei sehr seltenen Gelegenheiten habe ich das gemacht.«

Dieses unerwartete Geschenk macht Shad einen Augenblick lang sprachlos vor Staunen. »Was für Gelegenheiten waren das?«

Dad nimmt sich Zeit mit der Antwort und richtet dann seine Worte an die Geschworenen, nicht an Shad. »Wenn die Grenze zwischen dem Todeskampf und der Bewusstlosigkeit verschwimmt. Wenn Schmerz und Todesangst nicht mehr zu kontrollieren sind. Das passiert nicht oft, aber wenn … dann ist es furchtbar anzusehen. Ich habe in solch entsetzlichen Umständen den Tod einiger weniger Patienten beschleunigt, gewöhnlich um lediglich wenige Stunden. Höchstens um ein, zwei Tage.«

»Sind Sie sich darüber im Klaren, dass das ein Verbrechen ist, Herr Doktor?«

Dad erwidert Shads empörten Blick mit der Verachtung des Arztes für haarspalterische Anwälte. »Was meinen Sie, Herr Anwalt?«

»Euer Ehren«, plädiert Shad.

»Beantworten Sie die Frage, Herr Doktor.«

»Ja, ich weiß, dass das gegen das Gesetz verstößt.«

Ich zucke bei den Worten meines Vaters zusammen, aber nach vier Tagen Prozess sind seine ehrlichen Antworten für die Geschworenen, als hätte man ihre Gesichter mit kaltem Wasser erfrischt. Es ist allen klar, dass Dad leicht hätte leugnen können, dass er Patienten Sterbehilfe geleistet hat, genauso wie er hätte leugnen können, dass er in Violas Todesnacht Adrenalin in seiner Arzttasche hatte. Er macht Aussagen gegen seine eigenen Interessen, und das unterstützt letztlich die Annahme, dass er immer die Wahrheit sagt, ungeachtet der Folgen, die das für ihn haben könnte. *Und das ist natürlich ein Verhalten, das man nur bei zwei Sorten Menschen findet: bei Wahnsinnigen und Unschuldigen.*

»Aber obwohl Sie schon vorher Patienten Sterbehilfe geleistet hatten«, drängt Shad weiter, »haben Sie in der fraglichen Nacht nicht versucht, das bei Mrs. Turner zu tun?«

»Das stimmt. Ich habe ihr die Nadel ganz durch die Vene gedrückt, um sicher zu sein, dass ich keine tödliche Dosis verabreiche. Ich wollte mir einfach Zeit kaufen, für mich selbst und für Viola.«

Es geht alles nur um diese Müllcontainer-Kassette, überlege ich. Shad wartet darauf, dass diese Videoaufzeichnung auftaucht wie der *Deus ex machina*, buchstäblich, und seine Arbeit für ihn erledigt.

Er legt mit schief gelegtem Kopf eine Pause ein, die Augen auf meinen Vater gerichtet, während er entscheidet, welche Richtung er mit seinen Fragen einschlagen soll. Er könnte ein Chirurg sein, der sich ein Skalpell aussucht. Als er da steht und alle Augen auf ihn gerichtet sind, vibriert mein Handy in der Tasche. So verstohlen wie möglich ziehe ich es hervor und lese die SMS, die von John Kaiser stammt.

Technikabt. des Forensiklabors sagen, sie können Kassette S-16 nicht in brauchbarer Form wiederherstellen. Teilchen zu sehr durcheinander für kohärente Rekonstruktion. Werde Johnson gleich die Nachricht überbringen.

Zuzuschauen, wie John Kaiser zum stellvertretenden Bezirksstaatsanwalt geht, der an Shads Tisch sitzt, und wie dann dieser als Bote zu seinem Chef geht und ihm etwas ins Ohr flüstert, ist eine meiner köstlichsten Erfahrungen seit langer Zeit. Shads Mund steht offen, dann fährt er mit dem Kopf herum, schaut zu Kaiser, der beim Tisch der Anklage in die Hocke gegangen ist. Shad lässt seinen Stellvertreter stehen, eilt zu seinem Tisch und verwickelt Kaiser in einen erregt geflüsterten Wortwechsel.

»Mr. Johnson?«, fragt der Richter. »Würden Sie uns einweihen, was da gerade vor sich geht? Werden wir gleich noch eine Videokassette sehen?«

»Ich bin mir nicht sicher, Euer Ehren. Es herrscht einige Verwirrung darüber. Würde mir das Gericht sechzig Sekunden geben, um etwas telefonisch mit dem FBI zu überprüfen?«

»Kann Ihnen Agent Kaiser die Information, die Sie benötigen, nicht geben?«

Shad verzieht das Gesicht, und seine Augen brennen. »Der Staatsanwalt bittet um sechzig Sekunden, Euer Ehren.«

Joe Elder seufzt unwillig. »Wenn es sein muss.«

Während alle im Saal auf ihn starren, schickt Shad eine SMS an irgendjemanden, macht dann einen Anruf. Einen Augenblick später flüstert er schon wieder wütend. Dazwischen herrscht immer wieder kurzes Schweigen, aber nach jedem Schweigen erhöht sich Shads Lautstärke ein wenig. Als noch fünf Sekunden von der ihm zugestandenen Minute übrig sind, legt er auf und tritt dem Richter gegenüber.

»Mr. Johnson?«

»Euer Ehren, das FBI berichtet, dass das Forensiklabor nicht in der Lage sein wird, die im Müllcontainer des St. Catherine's Hospital gefundene Videokassette wiederherzustellen. Die Magnetinformation war zu sehr verzerrt und lässt sich nicht reparieren.«

Richter Elder hört interessiert zu, legt dann den Kopf auf die Seite. »Würde die Wahrscheinlichkeit für ein erfolgreiches Ergebnis steigen, wenn Sie mehr Zeit bekommen?«

Shad sieht aus wie ein Schuljunge, der entweder gleich in Tränen ausbrechen oder jemandem einen Faustschlag versetzen wird. »Man sagt mir, das wäre nicht der Fall, Herr Richter. Diese Informationen sind verloren. Die magnetischen Felder dieses MRT-Scanners haben sie ausgelöscht.«

Während alle anderen im Gerichtssaal Shad beobachten, lenke ich den Blick auf meinen Vater, der wieder einmal eine Maske nüchterner Überlegung aufgesetzt hat. In seiner Haltung spüre ich jedoch eine Veränderung, die ich nur als Entspannung bezeichnen kann. Er scheint seine Position nicht verändert zu haben, aber ich kenne ihn so lange, dass ich an ihm Dinge bemerke, die anderen entgehen. Vor dreißig Sekunden war er noch äußerst angespannt, als hielte ein elektrischer Strom seine Muskeln starr, sein Gesicht reglos. Er war wie ein Spieler, der seine gesamte Habe gesetzt hat und auf eine einzige Karte wartet. Jetzt sieht er aus wie dieser Spieler, nachdem die richtige Karte gekommen ist.

Mein Gott, denke ich und beobachte Shad, der versucht, mit dieser neuen Wirklichkeit klarzukommen. Er war der Spieler auf der anderen Seite des Tisches, und im Augenblick muss er das Gefühl haben, alles verloren zu haben. Er steht da, alle Augen sind auf ihn gerichtet, und er verschafft sich stumm den Überblick über das, was ihm an Werten noch geblieben ist. Ich sehe da nicht viel.

»Mr. Johnson, bitte fahren Sie fort«, sagt Richter Elder.

»Ja, Euer Ehren.«

Shad hat die Worte ausgesprochen, aber er braucht ein paar Sekunden, um seine Füße in Bewegung zu setzen. Doch dann geht er bis auf drei Schritte an den Zeugenstand heran und richtet sich erneut an meinen Vater.

»Dr. Cage, zu welchem Zweck führen Sie in Ihrer Arzttasche Adrenalin mit?«

»Ich habe immer eine Lösung 1:10000 bei mir, und die kann in Notfällen viele Dinge bewirken. Man kann damit zum Beispiel anaphylaktischen Schock behandeln. Wenn jemand gegen Bienenstiche oder Erdnussöl allergisch reagiert. Und natürlich Notfälle mit Herzproblemen. Ich habe immer eine Ampulle Adrenalin bei mir, wegen meiner eigenen Herz-Kreislauf-Probleme. So was wie meinen persönlichen Notfallwagen. Das machen viele ältere Ärzte.«

»Und hatten Sie in der Nacht, in der Viola Turner starb, Adrenalin dabei?«

»Ja. Wie das Melba Price auch als wahrscheinlich bezeichnet hat, glaube ich.«

»Haben Sie Viola Turner in ihrer Todesnacht dieses Adrenalin gespritzt?«

»Nein.«

Shad unterbricht seinen Rhythmus, und ich begreife, dass er sich nicht sicher ist, wie er weitermachen soll. Er schaut in den Zuschauerraum, dann hinauf zur Galerie. Schließlich scheint sein Blick am Gesicht von Lincoln Turner hängen zu bleiben, der ihn mit verzweifelter Hoffnung auf dem Gesicht beobachtet. Beinahe unmerklich nickt Shad, wendet sich dann wieder meinem Vater zu.

»Dr. Cage, ich glaube, dass vieles von dem, was Sie uns heute gesagt haben, wahr ist. Die wirkungsvollsten Betrügereien haben schließlich immer einen gewissen wahren Kern. Aber ich möchte Ihnen einen alternativen Ablauf vorschlagen. Nachdem Viola Turner ein Leben lang Geheimnisse gewahrt hatte, wollte sie sich die Last von der Seele reden. Sie hatte für den Reporter Henry Sexton einen kurzen Abriss bestimmter Ereignisse hinterlassen, in dem sie auch über ihre Romanze mit Ihnen berichtete, über Ihre Vaterschaft und den Mord an Frank Knox. Und sie hat Ihnen erzählt, dass sie das gemacht hatte. Warum? Weil sie wie viele Leute in diesem Saal glaubte, dass Sie ein besserer Mensch sind, als Sie es in Wirklichkeit sind. Und Sie haben mitgespielt, nicht wahr? Denn Sie mussten ja nur Ihre Seite des Paktes ausführen. Dann wäre Viola in wenigen Minuten tot, und Sie würden die Kassette haben, und sobald Sie die gelöscht hätten, würde niemand je beweisen können, was sich darauf befunden hatte. Was könnte besser sein? Viola hatte Sie schließlich selbst gebeten, sie zu töten. Die Ironie ist beinahe unerträglich.«

Dad scheint sich auf einen Punkt am Fußboden, nicht auf den Frager zu konzentrieren.

»Aber es ist etwas geschehen, das Sie nicht erwartet hatten. Irgendetwas hat Sie in Panik versetzt. Und ich glaube, das war der Augenblick, in dem Sie gemerkt haben, dass in Henrys Videokamera eine Kassette war, auf der alles aufgezeichnet wurde.«

Dad schaut langsam auf wie ein müder weißer Bär, der irgendeine Gestalt in der Ferne bemerkt, die entweder Räuber oder Beute sein könnte.

»Wer diese Kassette eingelegt hat, weiß ich nicht«, gibt Shad zu. »Vielleicht Viola selbst, wie Cora Revels ausgesagt hat. Vielleicht sogar Lincoln Turner. Aber sobald Sie bemerkt hatten, dass die Kassette da war, wussten Sie, dass Sie nicht so allein waren, wie Sie geglaubt hatten. Jemand beobachtete Sie, hatte Ihnen eine Falle gestellt. Wie haben Sie reagiert? Vielleicht haben Sie die Kamera ausgeschaltet, oder vielleicht haben Sie versucht, die Sache mit Viola dreist durchzuziehen, weil Sie dachten, Sie könnten die Kassette mitnehmen, sobald Sie gingen. Wie es auch geschehen ist, auf einmal war die Zeit gegen Sie. Sie wollten wegrennen, aber Sie konnten es nicht riskieren, Viola am Leben zu lassen. Vielleicht wehrte sie sich da schon gegen Sie … wahrscheinlich aber nicht. Ich denke, Viola hat bis beinahe zur letzten Sekunde an Sie geglaubt.«

Quentin sieht aus, als wolle er diese hypothetische Erzählung unterbrechen, aber irgendetwas hält ihn davon ab. Ich hoffe nur, dass seine Instinkte noch so gut wie früher sind.

»Sie fingen an, das Morphin zu spritzen«, sagt Shad und rückt noch näher an den Zeugenstand heran. »Das Morphin, das Viola wollte. Aber als Sie den Stempel der Spritze herunterdrückten, sah Viola etwas Fremdes in Ihren Augen. Etwas, das nur eine alte Geliebte wahrnehmen konnte. Sie wollten sie töten, das ja, aber nicht aus Mitleid. Sie wollten sie für immer zum Schweigen bringen, damit die Sünden, die sie sich von der Seele reden wollte, niemals ans Licht des Tages kommen würden. Und *da* haben Sie dann die Injektion vermasselt. Vielleicht, weil sie sich gewehrt hat, vielleicht einfach, weil Sie die Nerven verloren haben. Jedenfalls ist der größte Teil der tödlichen Dosis danebengegangen, in ihr Muskelgewebe.«

Shad drängt atemlos weiter, ist nicht in der Lage, irgendetwas anderes zu tun, als dieses Szenario durchzuspielen, das ihm so lebhaft vor Augen steht. Das Furchterregende ist, dass ich irgendwie glaube, dass er der Wahrheit sehr nahegekommen sein könnte.

»Jetzt hatten Sie Probleme«, behauptet er. »Viola ist ruhiggestellt, aber das wird nicht lange vorhalten. Ihre Schwester ist nur fünfzig Yards entfernt bei den Nachbarn. Ihr unehelicher Sohn ist in einem Motel in der Stadt …«

»Das wusste ich nicht«, protestiert Dad, aber Shad galoppiert unerbittlich weiter wie ein Pferd im Fieberwahn.

»Sie machen Ihre Arzttasche auf, in der Hoffnung, eine Lösung für Ihr Problem zu finden … und da sehen Sie das Adrenalin.«

Shad tritt noch näher an meinen Vater heran, der nun sehr reglos geworden ist. Das Bild wirft mich in mein achtzehntes Lebensjahr zurück, als Dad wegen eines Kunstfehlers angeklagt war. Der Anwalt, der ihn nach monatelanger Beweisaufnahme ins Kreuzverhör nahm, bewegte sich genau wie Shad jetzt, und am Abend dieses Kreuzverhörs hatte mein Vater seinen ersten Herzinfarkt.

»Sie wissen, dass eine große Dosis Adrenalin Violas schwaches Herz überfordern wird«, fährt Shad fort, »und wenn irgendjemand eine Frage stellt« – Shad schnipst mit den Fingern wie ein Zauberkünstler, der etwas hat verschwinden lassen –, »dann können Sie immer sagen, dass Sie erfolglos versucht haben, sie wiederzubeleben. Unter normalen Umständen würde natürlich niemand eine Frage stellen. Denn schließlich … sind Sie Tom Cage. Sie haben Patienten schon vorher ins Jenseits geholfen, und niemand hat Sie je infrage gestellt.«

Dad weigert sich jetzt, Shad ins Gesicht zu schauen. Abscheu ist von seinen Gesichtszügen, sogar von der Haltung seines Kopfes abzulesen.

»Sie gehen zum Camcorder und nehmen die Kassette heraus«, drängt Shad weiter, »um absolut sicher zu sein, dass es keine Aufzeichnung der tödlichen Spritze gibt. Nur haben Sie etwas übersehen. Diese Videokamera hat eine angeschlossene Festplatte, die so eingestellt ist, dass sie sich einschaltet, wenn die Kassette voll ist. Das wissen Sie nicht, gehen zum Krankenbett zurück, spritzen Viola eine Überdosis Adrenalin. Und dann treten Sie in den Schatten zurück.

Sekunden später wird die Frau, von der Sie behauptet haben, sie zu lieben, voller Todesangst aus ihrem ruhigen Schlaf gerissen. Todesangst, die durch ein Medikament hervorgerufen wurde, das in ihrem ganzen von Krankheit durchzogenen Körper die Blutgefäße platzen lässt. In ihrem Todeskampf rollt Viola über die Fernbedienung, die in ihrem Bett liegt, schaltet die Festplatte ein und schafft damit die Videoaufzeichnung, die uns schließlich hier in diesem Gerichtssaal zusammengeführt hat. In ihrem Todeskampf ruft sie Ihren Namen, aber Sie bleiben im Schatten, warten darauf, dass Sie für immer schweigt. Sobald das der Fall ist, verlassen Sie das Haus, zwei Videokassetten sicher in Ihrer Arzttasche verwahrt.«

Shad atmet schwer, als er endlich zu reden aufhört. Er sieht aus, als hätte er vergessen, dass außer ihm und dem Mann, den er zum Zusammenbruch bringen will, noch jemand im Saal ist.

»Ist es nicht so gewesen, Dr. Cage?«, fragt er mit überraschender Überzeugung.

Als Dad antwortet, erkenne ich die Stimme aus meiner Jugend – die Stimme, mit der er mich zurechtwies, wenn die Fantasie ein wenig mit mir durchgegangen war.

»Sie hätten Filmdrehbücher schreiben sollen, Mr. Johnson. Das ist eine dramatische Geschichte, die Sie da gerade erzählt haben. Aber wie viele Filme ist sie aus medizinischer Sicht absurd.«

Shad scheint über Dads sachlichen Ton verdutzt. »Absurd? Wieso soll sie absurd sein?«

»Hätte ich die Morphin-Injektion, wie Sie es vorgeschlagen haben, vermasselt und hätte ich Viola immer noch töten wollen, dann hätte ich das Fentanyl benutzen können, das ich zur Hand hatte.«

»Fentanyl?«, wiederholt Shad und zermartert sich das Hirn auf der Suche nach möglichen Assoziationen mit diesem Wort.

»Das ist ein sehr starkes narkotisches Analgetikum«, informiert ihn Dad. »Ein Schmerzmittel, nur hundert Mal stärker als Morphin. Wenn ich Viola, wie Sie angedeutet haben, in aller Eile hätte erledigen wollen, dann hätte ich ihr ein wenig Fentanyl geben können, und das wäre das Ende gewesen. Kein Schmerz, kein Durcheinander, kein Getue. Das hätte ein wirklich *verschlagener* Arzt gemacht.«

Nachdem er das ein paar Sekunden lang verarbeitet hat, dreht sich Shad um und geht zum Tisch der Anklage zurück, wo er ein Blatt Papier aufhebt und damit zum Zeugenstand zurückgeht.

»Herr Doktor, der Bericht, den das Sheriff's Department vorgelegt hat, enthält kein Fentanyl als eines der Medikamente, die man im Haus beschlagnahmt hat.«

»Weil es in meiner Arzttasche war.«

Shad hält mitten im Schritt inne, nimmt dann eine Kurskorrektur vor, geht erneut zu seinem Tisch, wo er ein paar weitere Papiere durchschaut. Sein Assistent springt vom Stuhl auf und versucht, Shad bei der Suche zu helfen, aber der will eindeutig keine Hilfe. Er erinnert sich gerade daran, dass er zwar Melba Price dazu gebracht hat, eine Aussage dazu zu machen, dass Dad routinemäßig Adrenalin in seiner Arzttasche dabeihatte, sie aber nie um eine vollständige Liste aller Medikament in dieser Tasche gebeten hat. Der Herr stehe mir bei, Shad tut mir beinahe leid. Als Ankläger habe ich selbst solche Augenblicke durchlebt – selten, Gott sei Dank, aber einer reicht, um einen fürs Leben zu zeichnen.

»Wie hätten Sie eine Überdosis Fentanyl erklärt«, fragt Shad, »die man in der Autopsie entdeckt hätte?«

Dad spitzt die Lippen wie ein Physiklehrer, den man gebeten hat, ein völlig unwahrscheinliches hypothetisches Problem zu erörtern. »Ich hätte gesagt, Viola hätte akute Schmerzspitzen gehabt. Im Allgemeinen hätte Morphin weniger Fragen aufgeworfen, wenn aus irgendeinem Grund eine Autopsie gemacht worden wäre. Das wusste Viola. Deswegen hat sie Morphin gewählt. Aber sie hat mir gesagt, wenn das Morphin sich als unwirksam herausstellen sollte, dann sollte ich, um sicherzugehen, das Fentanyl benutzen.«

Shad ist stocksteif geworden. »Sie können nichts davon beweisen.«

»Ich kann beweisen, dass ich das Fentanyl in meiner Tasche hatte.«

Shad blinzelt überrascht. »Wie?«

Meine Ohren sausen. Wieder einmal hat Shadrach Johnson das Terrain der Fragen mit bekannten Antworten verlassen. Für jeden Ankläger heißt es dort: *Hinter dieser Grenze lauern Drachen.*

»Als Viola und ich zum ersten Mal über ihren Wunsch nach einem friedlichen Tod geredet haben, habe ich ihr Fentanyl verschrieben, damit wir es zur Hand hätten, wenn sie beschließen sollte, diesen Plan tatsächlich umzusetzen.«

Als Shad seine Papiere durchwühlt, zieht sein Assistent ein einzelnes Blatt aus einem anderen Stapel und reicht es ihm. »Herr Doktor, ich habe die Aufzeichnungen von Leo Watts, Mrs. Turners Apotheker, durchgesehen. Da steht nichts davon, dass Viola Turner Fentanyl verschrieben wurde.«

»Ich habe es nicht über Mr. Watts Apotheke besorgt«, sagt Dad gleichmütig. »Leo ist ein Freund, ein Kirchgänger, und da ich wusste, wie das Medikament vielleicht eingesetzt werden würde, wollte ich ihm keine Probleme damit machen.«

»Oder mit der Polizei bekommen?«, sagt Shad scharf.

Dad neigt den Kopf. »Ja, das auch, nehme ich an.«

»Woher haben Sie dieses Fentanyl bezogen, Dr. Cage?«

»Von einer Apotheke, die selbst Arzneimittel herstellt. Aber darum geht es doch gar nicht, oder? Es geht darum, dass ich das Medikament hatte und dass ich es in dieser Nacht bei mir hatte.«

»Woher können wir das wissen?«

Dad zuckt mit den Schultern. »Rufen Sie meine Krankenschwester Melba Price erneut in den Zeugenstand. Sie war mit dem Inhalt meiner Arzttasche sehr gut vertraut, da sie ihn regelmäßig überprüfte und meine Medikamente nachfüllte.«

Shad sieht aus, als wäre er aus dem Tiefschlaf aufgewacht und hätte keine Ahnung, wo er sich befindet.

»Ich möchte das Gericht daran erinnern«, sagt Dad und nutzt Shads Bedrängnis aus, »dass Henry Sextons Aufzeichnung auf der Festplatte mich nicht zeigt. Sie zeigt nur, wie Viola stirbt, und so stirbt, wie ich es meinem schlimmsten Feind nicht wünschen würde. Ich kann Ihnen eines versprechen: Wenn ich *wirklich* vorgehabt hätte, Viola zu töten, ob aus Wut oder Mitleid, dann hätte ich das verdammt viel besser bewerkstelligt.«

Shad sollte sich einfach hinsetzen. Wenn einem ein Zeuge so aus der Spur läuft, dann muss man den Schaden begrenzen und versuchen, es anderswo wiedergutzumachen. In diesem Fall hat Shad nur noch sein Schlussplädoyer, aber das ist besser, als weiter in unbekanntes Territorium vorzudringen. Und doch … ich sehe beinahe grenzenlose Wut in Shads Gesicht, als er das Ausmaß seines Fehlers begreift, und Wut macht so manchen Anwalt waghalsig. Er geht mit kämpferischen Schritten um den Tisch herum und bleibt knapp vor dem Zeugenstand stehen.

»Dr. Cage, ehe ein Verfahren gegen Sie eingeleitet wurde, habe ich bei Ihrem Sohn, dem Bürgermeister, angerufen und ihn gebeten, herauszufinden, was in jener Nacht im Haus von Cora Revels geschehen war. Und doch haben Sie sich geweigert, Ihrem eigenen Sohn irgendetwas zu sagen. Stimmt das nicht?«

»Doch. Ich hatte gerade erfahren, dass Lincoln Turner mein Sohn war. Penn hatte keine Ahnung davon, dass ich eine Affäre mit Viola Turner gehabt hatte, noch viel weniger davon, dass er einen Halbbruder hat. Wie sollte ich ihm das erklären, besonders da der Bezirksstaatsanwalt andeutete, man wolle mich wegen eines Verbrechens anklagen?«

»Ein unschuldiger Mann hätte sich jemandem anvertraut.«

»Nun … ich habe das nicht gemacht.«

»Nachdem man Sie verhaftet hat, warum sind Sie dann nach Zahlung der Kaution geflohen? Handelt so ein unschuldiger Mann?«

Dad holt tief Luft und schaut an Shad vorüber zu den Geschworenen. »Ich habe nicht geglaubt, dass der Sheriff ein Interesse daran hatte, herauszufinden, wer Viola wirklich getötet hatte. Der hatte bereits am ersten Tag beschlossen, dass ich der Schuldige war, und er hat überhaupt nicht mehr nach einer anderen Lösung gesucht.«

»Alle Indizien deuteten auf Sie, Herr Doktor. Und da Sie sich weigerten, Fragen zu beantworten – was sollte der Sheriff da denken?«

»Es gab andere Indizien«, sagt Dad beharrlich. »Aber die waren Sheriff Byrd egal. Er war schon zwanzig Jahre darauf aus, mit mir abzurechnen, und mit Violas Tod hat sich ihm endlich die Gelegenheit dazu geboten.«

»Wieso sollte der Sheriff mit Ihnen abrechnen wollen, wie Sie es ausdrücken?«

»Weil ich Dinge über ihn wusste.«

»Was für Dinge?«

»Dinge, von denen er nicht wollte, dass sie an die Öffentlichkeit kämen. Ich kann nichts Genaueres sagen, weil mich die ärztliche Schweigepflicht bindet.«

»Bisher haben Sie sich doch um die Regeln auch nicht sonderlich viel geschert. Warum jetzt nicht ein bisschen aus der Schule plaudern?«

»Laden Sie die Exfrau des Sheriffs vor. Die kann Ihnen sagen, was sein Problem war.«

»Hatten Sie mit der auch eine Affäre?«

»Einspruch«, sagt Quentin in lässigem Ton. »Wir schweifen ziemlich weit vom Thema dieses Verfahrens ab, Euer Ehren.«

»Stattgegeben. Mr. Johnson, Sie scheinen im Augenblick blind draufloszuschießen.«

In diesem Augenblick begreift Shad endlich die Wirklichkeit.

Ich bezweifle, dass er sich je ungeschützter und ohnmächtiger vorgekommen ist als in diesem Moment. Seltsamerweise verschafft mir seine Qual kein Vergnügen. Wenn Billy Byrd hier so stünde, wäre das sicher der Fall. Aber Shad glaubt, dass er auf der Seite des Rechts steht. Das Problem mit dem Juristenberuf ist, dass einem Glauben, persönliche Überzeugung und sogar Wissen vor Gericht nichts kaufen können. Wenn man nicht beweisen kann, dass etwas geschehen ist … dann ist es nie geschehen.

»Keine weiteren Fragen, Euer Ehren«, sagt Shad.

»Danke, Herr Anwalt.«

Richter Elder wendet den Kopf zum Tisch der Verteidigung. »Mr. Avery, haben Sie noch weitere Zeugen?«

»Nein, Euer Ehren. Die Verteidigung schließt die Beweisaufnahme ab.«

Eine tiefe Stille folgt auf Quentins Aussage. Sie ist wie die Stille nach einem Sturm, der alle Vögel und Insekten aus einem Gebiet verdrängt zu haben scheint. Es ist, als könne niemand so recht glauben, dass der alte Zauberer seine Trickkiste wirklich schon geleert hat. Shad sieht aus, als sei er sich kaum bewusst, was da gerade um ihn herum geschieht.

»Nun gut«, sagt Richter Elder und beugt sich zu seinem Mikrofon herunter. »Jetzt gebe ich den Geschworenen ihre Anweisungen. Dann macht das Gericht Mittagspause, und am Nachmittag kommen wir für die Schlussplädoyers wieder zusammen.«

»Danke, Euer Ehren.«

Während Joe Elder mit der langwierigen Aufgabe beginnt, den Geschworenen seine Anweisungen zu geben, wandert mein Blick zur Geschworenenbank. Wenn ich diesen Fall zu verhandeln hätte, hätte ich bei jeder sich bietenden Gelegenheit zu diesen zwölf auserkorenen Bürgern herübergeschaut und hätte meine Mitarbeiter angewiesen, nach Anzeichen dafür zu suchen, wie diese Leute sich wohl entscheiden würden. Aber während dieses Prozesses habe ich hauptsächlich die Anwälte beobachtet, und wenn nicht die, dann die Zeugen oder den Richter. Erst am Dienstag – vor einer Ewigkeit – habe ich meiner Mutter den Rat gegeben, genau das zu tun, und mich gefragt, ob ich meinem eigenen Rat folgen könnte. Wie es sich herausgestellt hat, konnte ich es. Ich habe diesen Geschworenen keine Spitznamen gegeben, und selbst jetzt finde ich kaum etwas, das mich an ihren angestrengt gelangweilten Gesichtern interessieren könnte.

Als Richter Elder anfängt, ihnen zu erklären, was begründete Zweifel sind, sehe ich einige Augen aufflackern, und plötzlich wird mir klar, dass Quentin Avery, wenn er sonst nichts gemacht hat, doch den Zweifel in diesem Gerichtssaal heraufbeschworen hat als einen lebenden, atmenden Geist. Diese Geschworenen werden Tom Cage nicht wegen Mordes verurteilen. Sie würden sich vielleicht für ärztliche Beihilfe zum Selbstmord entscheiden, aber das steht nicht auf dem Plan. Wenn also nichts Unvorhergesehenes geschieht, wenn Shadrach Johnson nicht während seines Schlussplädoyers tatsächlich Zauberkunststücke vollbringt, dann wird mein Vater diesen Gerichtssaal als freier Mann verlassen.

KAPITEL 67

Wir essen in meinem Haus in der Washington Street zu Mittag, Mom, Jenny und ich. Rusty hat durchblicken lassen, dass er gern mitkommen wollte, aber ich hatte Sorge, dass seine Anwesenheit während der Pause unsere Erleichterung zu milder Euphorie steigern könnte. Das wollte ich nicht riskieren. Dad wurde in seine Zelle zurückgebracht, und für mich hat das Bilder von Billy Byrd oder gar Snake Knox heraufbeschworen, wie sie jetzt noch jemanden dorthin schicken, um Dad kurz vor dem Freispruch zu erledigen. Quentin und Doris haben sich ins Haus Edelweiß zurückgezogen. Beim Verlassen des Saales hat Quentin zu mir zurückgeschaut und mir ein kleines Lächeln zugeworfen. Ich erwiderte es mit einem respektvollen Salut.

Es herrscht vorsichtiger Optimismus, während wir unseren Salat und die Fertiglasagne aus dem Natchez Market essen. Wir schaffen es fast während der gesamten Mahlzeit, gezielt ein Gespräch über die Ereignisse des Morgens vor Gericht zu vermeiden. Als die Uhr in das letzte Viertel der Stunde tickt, senkt sich ein merkwürdiges Schweigen über den Tisch. Dann sagt Mom: »Ich vermisse Walt. Hat jemand gehört, wie es seiner Frau geht?«

»Ein bisschen besser«, antworte ich ihr.

Gerade als ich hoffe, dass wir das Mittagessen wohl ohne dramatische Szenen überstehen werden, sagt Jenny mit brüchiger Stimme: »Ich will ja nichts beschreien, aber – denkst du, es ist heute Morgen so gut gegangen, wie ich glaube? Aus der juristischen Perspektive gesehen, meine ich. Bitte beschönige nichts.«

Mom seufzt ärgerlich, aber Jenny ist fest entschlossen, weiter vorzupreschen. Ich spüre, dass sie trotz ihrer Worte immer noch Todesängste aussteht, dass man Dad verurteilen könnte.

Nach kurzem Nachdenken sage ich: »Heute war ein guter Tag. Ein sehr guter sogar. Aber Shad wird keine Sekunde zögern und die Jury in seinem Schlussplädoyer gleich wieder zum ersten Tag zurückholen – zu den Indizien.«

Moms Gesicht wird ganz verkniffen vor Sorge. »Hat Tom das nicht alles außer Kraft gesetzt, als er das mit dem Fentanyl erklärt hat?«

»Wir wollen hoffen, dass ein paar Geschworene das auch so sehen.«

»Ich habe bemerkt, dass ein paar von ihnen aufgehorcht haben, als er das erklärt hat.«

»Shad hat einen Fehler gemacht, als er das Fentanyl in Dads Arzttasche übersehen hat. Einen Riesenfehler. Vielleicht einen entscheidenden Fehler. Aber er hat sehr überzeugend ausgemalt, wie Dad vielleicht zunächst Viola aus den falschen Gründen Sterbehilfe leisten wollte und dann die Sache mit dem Adrenalin abgeschlossen hat. Ich kann mir nicht vorstellen, dass alle zwölf ihm das abnehmen, aber jeder Laie kann dieses Szenario gut verstehen.«

»Daddy hat aber nie gesagt, dass er versucht hat, Viola mit Adrenalin wiederzubeleben«, wendet Jenny ein.

Moms Kiefer ist angespannt, und die Farbe ist ihr aus dem Gesicht gewichen. »Ist Quentin nicht gerade bei den Schlussplädoyers in Höchstform? Hat er dafür nicht seinen Beinamen Prediger bekommen?«

»Ja. Ich erwarte auch, dass er sich hervorragend schlagen wird. Aber es wäre töricht, Shad zu unterschätzen. Ich glaube, das hat Quentin während des gesamten Prozesses gemacht.«

Jenny sieht besorgter aus als zuvor. »Aber hat Quentin zum Schluss nicht fantastische Arbeit geleistet? Er hat zwei von Shads Hauptzeugen in der Luft zerrissen.«

»Absolut. Er hat bewiesen, dass beide Meineide geschworen haben.«

»Na dann«, meint Mom. »Da hätten wir dann unsere berechtigten Zweifel.«

»Ich glaube, du hast recht.«

»Also, was wird jetzt passieren?«, fragt Jenny. »Ich habe versucht, während der Anweisungen an die Geschworenen zuzuhören, aber meine Gedanken sind immer wieder abgeschweift. Erklär mir den letzten Akt noch einmal.«

»Schlussplädoyers«, sage ich. »Shad Johnson und Mr. Avery haben je eine Stunde Zeit, um den Fall aus ihrer Sicht für die Geschworenen zusammenzufassen. Normalerweise redet der Ankläger eine halbe Stunde und setzt sich dann. Der Verteidiger muss seine Anmerkungen an einem Stück machen, die ganze Stunde, wenn er so lange reden will. Dann hat der Ankläger zum Abschluss nochmals dreißig Minuten.«

»Also kann sich Shad Quentins gesamte Argumentation anhören, ehe er seinen Abschluss macht.«

»Genau. Und das ist ein echter Vorteil. Das hat mir geholfen, in Houston eine Menge Prozesse zu gewinnen.«

Mom tritt mich unter dem Tisch, und ich merke, dass ich rot werde.

»Ich glaube, wir werden gleich Quentin Averys beste Stunde erleben«, verkündet sie.

Sie steht auf und streicht ihren Rock glatt. »Ich gehe eben noch rasch nach oben ins Bad. Ich sehe euch gleich. Jenny, wir sollten so rasch wie möglich wieder zum Gericht zurück.«

Nachdem Mom das Zimmer verlassen hat, schluckt Jenny ihren letzten Bissen Lasagne herunter, schaut mich durchdringend an und fragt: »Was stimmt hier nicht? Hast du irgendwas vor Mom verheimlicht? Haben wir was Wichtiges nicht mitgekriegt?«

»Nein, eigentlich nicht.«

»Was ist es dann?«

»Alle scheinen zu vergessen, dass Viola, als sie diese Videokassette für Henry aufgenommen hat, erwartet hat, dass Dad ihr Sterbehilfe leisten würde. Was sie auf dieser Aufzeichnung gesagt hat, hat viel dazu beigetragen, Shads Theorie darüber zu entkräften, dass Dad sie zum Schweigen bringen wollte. Aber selbst wenn er ihr die Spritze gegeben hat, um ihr einen würdigen Tod zu ermöglichen, ist das Mord. Nicht Beihilfe zum Selbstmord. Ich gehe davon aus, dass Shad darauf in seinem Schlussplädoyer deutlich hinweisen wird. Shads Versuch, in diesem Fall das Motiv in den Mittelpunkt zu stellen, ist nach hinten losgegangen, doch das ändert nichts an den Tatsachen. Das Motiv hat eigentlich nichts damit zu tun, ob Dad einen Mord begangen hat oder nicht. Es kommt alles darauf an, was nach Ansicht der Geschworenen in dieser Nacht passiert ist. Was tatsächlich abgelaufen ist. Wenn sie glauben, dass Dad ihr nicht nur Morphin, sondern auch das Adrenalin gespritzt hat, dann könnten sie ihn schuldig sprechen.«

»Aber wenn sie glauben, dass Dad ihr die Spritze aus Mitleid gesetzt hat, meinst du nicht, dass sie ihn dann am Ende doch freisprechen?«

Ich spüre ein heftiges Pochen im Nacken. »Vor einer Minute hast du uns noch daran erinnert, dass Dad nie gesagt hat, er hätte versucht, sie wiederzubeleben.«

»Ich weiß. Ich habe an das Adrenalin gedacht.«

Ich beuge mich vor und umklammere meinen Nacken, so fest ich kann, mit der Rechten. »Ich weiß. Aber wenn du schon verwirrt bist, stell dir diese zwölf Leute vor, von denen die meisten nicht ein Viertel deines naturwissenschaftlichen Wissens haben. Es kann viel davon abhängen, wer von den Geschworenen sich als Wortführer etablieren wird, sobald sie mit ihren Beratungen beginnen.«

Ich erkenne die Sorge in den Augen meiner Schwester, strecke die Hand aus und drücke ihr die Schulter. »Ich spiele nur gerade den *Advocatus Diaboli*. Das ist ein uralter Schutz gegen Übermut. Die meisten Leute werden glauben, dass Dad genau das gemacht hat, was er ausgesagt hat: dass er die Nadel durch die Vene gestochen hat und dann gegangen ist, während sie noch am Leben war.«

Jenny steht auf und geht um den Tisch herum, schaut mir dann in die Augen. »Du erzählst mir immer noch nicht alles. Irgendwas macht dir noch Angst.«

Sie kennt mich besser, als ich dachte. »Nur eins. Wenn Dad das Adrenalin nicht gespritzt hat, wer dann? Verstehst du? Diese Geschworenen hätten es sehr viel leichter, wenn es einen dicken, fetten Verdächtigen gäbe, auf den sie sich konzentrieren können.«

»Was ist mit Snake Knox?«

»Da hast du recht.«

Als Mom oben in der Toilette die Spülung betätigt, rauscht das Wasser durch die Rohre in der Küchenwand.

»Sag mir eins, Penn, ehe Mom wiederkommt.«

»Was?«

»Hast du Dads Geschichte geglaubt?«

Ich zögere, aber dann sage ich zu meiner Überraschung meine ehrliche Meinung: »Nicht hundertprozentig, nein.«

Jennys Augen blitzen. »Warum nicht?«

»Es ist einfach … ich glaube nicht, dass er in seinem Leben viel gelogen hat. Aber als er über die Injektion geredet hat, da hat mich sein Tonfall an was erinnert.«

»Woran?«

»An etwas aus der Kindheit.«

»Als er dich mal angelogen hat?«

»Ich glaube schon.«

Jenny schließt die Augen, streckt dann die Hand aus und verschränkt ihre Finger mit meinen. »Ich bete, dass alles gut ausgeht.«

Ich weiß darauf keine Antwort.

»Ich renne auch noch schnell auf die Toilette«, sagt sie. »Bis gleich.«

Nachdem ich den Rest meiner Lasagne gegessen habe, gehe ich zum Pinkeln zu dem kleinen Badezimmer hinten im Haus, doch da geht die Tür auf, und Jenny kommt heraus. Sie hat die Hände in den Haaren und versucht, sie hochzustecken. Sie hat eine Haarklammer im Mund, und einen Augenblick lang werde ich in meine Kindheit zurückversetzt, als sie der coole Teenager in unserem Haus war und ich der doofe kleine Bruder. Lächelnd will ich ihr im Vorübergehen den Arm tätscheln, aber sie packt meine Hand und bringt mich zum Stehen. Ihre Augen sind voller tiefer Besorgnis.

»Was ist?«, frage ich.

»Penn, ich hab was gesehen.«

»Wann? Wovon redest du?«

»Vor langer Zeit. Als ich fünfzehn war. Ich bin damals mit einer von meinen Freundinnen, mit Tracy Moon durch die Innenstadt geradelt. Erinnerst du dich noch an Tracy?«

»Was hast du gesehen, Jenny?«

»Ich habe Tracy erzählt, dass wir, als wir noch klein waren, immer in der Maschine in Dads Labor, mit der sie den Bariumbrei angemischt haben, Milkshakes gemacht haben. Ich dachte, es wäre lustig, das mal wieder zu machen, wenn es ging. Also sind wir zur Praxis in der High Street geradelt. Wir sind zur Labortür gegangen, wie immer, aber es hat niemand aufgemacht. Ich habe Tracy gesagt, sie sollte warten, während ich vorn nachschaute. Ich bin aber nicht zur Vordertür gegangen, sondern zur Garage gefahren, um nachzusehen, ob Daddys Auto dort stand. Aber die Garagentür war zu. Also habe ich mein Fahrrad an den Eisenzaun gelehnt und bin zur Seitentür gegangen. Ich habe Stimmen gehört. Eine war Daddys Stimme. Ich hätte ihn beinahe gerufen, aber irgendwas hat mich davon abgehalten. Stattdessen habe ich mich auf die Zehenspitzen gestellt und durchs Fenster geschaut.«

»Jenny, mach schon. Wir haben nicht viel Zeit.«

Sie nickt schnell, ihr Gesicht ist rot vor Scham und Zweifel. »Daddy und Viola standen in der Garage in einer Ecke. Erst dachte ich, sie hätten Streit, denn er hielt sie an den Armen und schüttelte sie. Aber dann hat er sie geküsst, und sie hat ihn zurückgeküsst. Ich weiß nicht, wie lange ich dagestanden habe, aber … sie haben die ganze Zeit geknutscht. Kein Zweifel. Als sie angefangen hat, ihre Bluse auszuziehen, bin ich weggelaufen.«

»Großer Gott, Jenny. Das tut mir so leid. Hast du je Dad oder Mom gesagt, was du gesehen hast?«

»Nein, Gott, nein. Aber ich kann dir gar nicht sagen, wie ich deswegen ausgeflippt bin. Von dem Augenblick an war ich mir sicher, dass Daddy Viola mehr liebte als Mom. Und ich denke, irgendwie hatte ich damit recht. Aber das Schlimmste war, dass ich wusste, dass er uns anlügt. Ich glaube nicht, dass ich ihm danach noch vertraut habe.«

Obwohl Jenny nicht viel von Umarmungen hält, lege ich die Arme um sie und drücke sie fest. »Ich wünschte, du hättest mir davon erzählt.«

»Das konnte ich nicht«, sagt sie und schluchzt an meiner Brust. »Du warst doch noch so klein, und du hast ihn angebetet. Ich konnte deinen Respekt für ihn nicht zerstören.«

»Du hättest das aber nicht allein mit dir herumtragen sollen.«

In ihren großen Augen glänzen Tränen. »Ich wäre lieber gestorben, als Mom herausfinden zu lassen, was ich gesehen hatte.«

»Ich weiß.«

»Aber jetzt schau, was passiert ist. Jetzt weiß Mom ohnehin alles. Sie musste es durchleiden, trotz meines eisernen Schweigens.«

Ich nicke langsam. »Diese Dinge kommen schließlich alle irgendwann raus.«

Jenny weicht ein bisschen zurück. Ihre Wimperntusche ist verlaufen und hat ihr Waschbäraugen beschert. »Du glaubst also nicht, dass Mom es damals schon wusste? Sie hat nicht die ganze Zeit schweigend gelitten wie wir?«, fragt sie.

»Hm. Das Haus hätte bis in die Grundfesten gewackelt, wenn Mom herausgefunden hätte, dass Dad mit Viola schlief.«

Jenny lacht durch ihre Tränen hindurch, aber dann wird ihr Gesichtsausdruck noch ernster. »Penn, hast du Sarah je betrogen?«

»*Was*? Wie kommst du jetzt darauf?«

»Du hast schon richtig gehört.«

Das ist das Letzte, worüber ich im Augenblick reden will, aber ich weiß, dass Jenny keine Ruhe geben wird, ehe ich antworte. »Einmal, bevor wir geheiratet haben.«

Sie zuckt zusammen, als hätte ich ihr körperlichen Schmerz zugefügt. »Aber danach nicht?«

»Nein.«

»Nie?«

»Nie.«

»Penn?«, ruft meine Mutter aus der Küche. »Jenny? Wo bleibt ihr so lange?«

»Wir kommen«, rufe ich in Richtung Tür.

Als ich mich wieder zu Jenny wende, starrt sie mit glasigen Augen vor sich hin. »Was ist?«, frage ich. »Jen?«

Sie scheint mich nicht zu hören. Ich vermute, dass sie, obwohl seit der Begebenheit Jahrzehnte vergangen sind, immer noch meinen Vater vor sich sieht, wie er in der Garage seiner Praxis seine Krankenschwester küsst.

»Jenny, ist noch etwas? Hast du Angst, dass Jack dich betrügt?«

Jack ist ihr Ehemann, von dem ich mir nicht vorstellen kann, dass er eine Affäre haben würde, selbst wenn sein Leben davon abhinge.

»Nein«, antwortet sie, noch immer leicht abwesend. »Nein.«

»Was dann?«

»Nichts.«

»Bis du sicher?«

Sie schüttelt den Kopf, als versuchte sie, aus einem Alptraum zu erwachen, und dann werden ihre Augen wieder klar. »Lass mich noch mal kurz das Gesicht waschen. Sag Mom irgendwas, damit ich noch eine Minute habe.«

»Mache ich.«

Sie stellt sich auf die Zehenspitzen und küsst mich auf die Wange, rennt dann ins Badezimmer zurück.

»Penn, wo ist Jenny?«, fragt Mom von der Küchentür her. »Ist ihr schlecht?«

»Ein bisschen. Der Magen. Das sind bestimmt die Nerven.«

»Nun, wir können nicht den ganzen Tag warten. Ich will auf keinen Fall die Schlussplädoyers verpassen.«

»Das wirst du nicht, Mom. Versprochen.«

Sie runzelt die Stirn und sagt halblaut: »Das Mädchen hat schon immer mit den Nerven zu tun, seit sie ganz klein war. Man sollte meinen, mit dreiundfünfzig ist sie da langsam rausgewachsen.«

»Überspannt«, antworte ich und gehe mit einem gezwungenen Lächeln in die Küche. »Hast du das nicht immer so bezeichnet?«

Mom tätschelt mir den Arm, aber ich bin mir nicht sicher, ob sie das macht, um mich oder sich selbst zu trösten. »Ich bin nur froh, dass Jenny nicht auf einer Baumwollfarm aufwachsen musste«, sagt sie. »Die wäre nie durchgekommen.«

»Sie hätte dich vielleicht überrascht.«

KAPITEL 68

»Meine Damen und Herren«, beginnt Shad Johnson, nickt den zwölf Geschworenen zu und wendet sich dann zum Publikum, das irgendwie sogar noch zahlreicher geworden ist als in den vergangenen Sitzungen. »Einen schönen guten Nachmittag.«

Wir verstoßen inzwischen wahrscheinlich gegen alle Feuerschutzbestimmungen, aber Richter Elder hat es zugelassen, also wird wohl nichts unternommen, um die Menge ein wenig zu lichten. Shad nickt den Zuschauern respektvoll zu und dreht sich dann wieder zur Geschworenenbank hin.

»Ich habe während dieses Prozesses viel gelernt, und was ich gelernt habe, hat meinen Geist auf eine schwere Probe gestellt. Ich habe herausgefunden, dass ich die intimen Beziehungen zwischen der schwarzen und der weißen Rasse wohl niemals begreifen werde, wie sehr ich meinen Verstand und meinen Willen auch anstrenge. Ich kann den Schmerz und die Schuldgefühle und die Angst nicht ausloten, die eine schöne Seele wie Viola Turner dazu geführt haben, den Tod von der Hand eines Mannes willkommen zu heißen, der einmal vorgegeben hat, sie zu lieben. Ich kann die tiefe Verzweiflung eines Sohnes nicht ergründen, der seinen wahren Vater niemals gekannt hat, der so tief gesunken ist, dass er das Gefühl hatte, keine Wahl zu haben, als das Erbe zurückzustehlen, das er für sein Geburtsrecht hielt. Obwohl es mir in der Seele wehtut, muss ich wohl akzeptieren, dass ich diese Dinge niemals verstehen werde. Ich glaube nicht, dass das Gesetz dieser Aufgabe gewachsen ist. Aber dafür wurden die Gesetze auch nicht geschrieben. Sie wurden geschrieben, um die Handlungen der Menschen zu beurteilen, nicht ihre Motive. Nicht ihre Herzen. Und nach dem Gesetz ist Tom Cage des Mordes schuldig.«

Damit beginnt Shad das meisterlichste und knappste Schlussplädoyer, das ich je gehört habe. Er wiederholt nicht einfach, was er im Eröffnungsplädoyer oder bei seiner Beweisaufnahme gesagt hat. Er merzt alles aus, was für ihn nicht funktioniert hat, und baut Elemente aus Quentins Argumentation ein, die bisher gegen ihn gesprochen haben. Wie ich befürchtet hatte, schneidet er seine Theorie, warum Dad Adrenalin benutzt hat, um Viola zu töten, obwohl er Fentanyl zur Hand hatte, zurecht, indem er vorbringt – wie das Rusty am ersten Tag des Prozesses ebenfalls vermutet hatte –, Dad hätte vortäuschen wollen, Viola hätte einen Herzanfall gehabt, und er hätte vergeblich versucht, sie wiederzubeleben. Er macht sich nicht die Mühe, zu erwähnen, dass Dad dergleichen nie behauptet hat, sondern verlässt sich stattdessen auf Einzelheiten und die Logik seiner Darstellung, um den Geschworenen alle Zweifel zu vertreiben. Shad spricht mit Autorität und Präzision, aber er schafft es, nie von oben herab mit den Geschworenen zu reden – was er in der Vergangenheit durchaus gemacht hat. Er schläfert sie auch nicht ein, indem er zu tief auf die naturwissenschaftlichen Aspekte eingeht. Er entscheidet sich, den ersten Akt seines Schlussplädoyers mit dem schwächsten Punkt seiner Argumentation abzuschließen: Violas Videoaufzeichnung.

»Meine Damen und Herren, es ist mir schwergefallen, diese Videoaufzeichnung anzuschauen. Ein Grund dafür ist, dass ich mich, wenn ich nach dem gehe, was Mrs. Turner auf dieser Kassette gesagt hat, in einigem geirrt hatte, was ich über die Motive von Dr. Cage angenommen hatte. Über seine Motive mag ich mich geirrt haben, über seine Handlungen jedoch *nicht*. Sie müssen sich daran erinnern, dass Viola während der ganzen Zeit, in der sie mit der Kamera geredet hat, von der festen Überzeugung ausgegangen ist, dass ihr in wenigen Stunden Tom Cage eine tödliche Dosis Morphin spritzen würde. Nichts, was sie in diesem Video sagt, stellt das in Frage. Tatsächlich bezieht sich Mrs. Turner ganz ausdrücklich auf ihren nahen Tod. Und also möchte ich Sie an etwas erinnern, das ich schon in meinem Eröffnungsplädoyer gesagt habe: Letztendlich ist nicht das Motiv das wichtigste Element des Verbrechens Mord. Nach dem Gesetz lautet die Frage: Hatte Tom Cage am zwölften Dezember die Absicht, dieses Haus zu betreten und dem Leben von Viola Turner ein Ende zu setzen? Wenn ja, dann ist er des Mordes schuldig. Und alle Indizien, die wir haben, deuten darauf hin.«

Einen Augenblick lang denke ich, dass Shad sich jetzt hinsetzen wird, aber er scheint es sich noch einmal zu überlegen. »Meine Damen und Herren, ich glaube, ich sollte noch ein paar Dinge ansprechen, ehe Mr. Avery mit seinem Plädoyer beginnt.

Erstens: Wir leben in Zeiten, in denen die öffentliche Wahrnehmung unseres Rechtssystems sehr stark durch Fernsehserien wie *CSI* beeinflusst, um nicht zu sagen verzerrt ist. Die Geschworenen denken oft, dass sie niemanden wegen eines Verbrechens für schuldig befinden können, wenn die Staatsanwaltschaft ihnen nicht eine Parade von Hightech-Tests und Aufzeichnungen vorgelegt hat. In diesem Fall wurden rein zufällig Videoaufnahmen von der Zeit um das Verbrechen und vom Tod des Opfers gemacht. Wir haben einen Teil dieser Aufnahmen gesehen. Und ich hätte nichts lieber gehabt, als dass wir auch den Inhalt der Kassette hätten betrachten können, die im Müllcontainer des St. Catherine's Hospital gefunden wurde. Ich bin mir beinahe sicher, dass darauf der eigentliche Mord zu sehen gewesen wäre. Doch wie Sie wissen, haben sich die Bemühungen des Mörders, die Aufzeichnung seines Verbrechens zu löschen, letztlich als erfolgreich herausgestellt. Unsere Hoffnung, den Mord an Mrs. Turner als objektive Realität aufgezeigt zu bekommen, wurde leider enttäuscht.

Aber das bedeutet nicht, dass der Mord an ihr nicht Realität war. Sie haben die Todesangst und den Schmerz in Violas Augen gesehen, als sie starb. Sie haben gehört, wie sie den Vornamen des Angeklagten gerufen hat. Und es obliegt nun Ihnen, den zwölf Geschworenen, zu entscheiden, welche Realität dieser Aufzeichnung vorausgegangen ist. Sie müssen die Fakten finden. Sie sind nicht hierhergerufen worden, um passiv dazusitzen und einen Film über ein Verbrechen anzuschauen. Sie sind hergerufen worden, um alle Ihnen vorgelegten Beweismittel sorgfältig durchzugehen, um die Zeugen anzuhören und dann nach bestem Wissen und Gewissen über die Unschuld oder Schuld des Angeklagten zu entscheiden.«

Shads Augen haben bei diesem letzten Satz auf meinem Vater geruht, aber nun wendet er den Blick zu Quentin.

»Nun, meine Damen und Herren, als mein gelehrter Gegenspieler sein Eröffnungsplädoyer hielt, hat er Ihnen etwas vom sogenannten ungeschriebenen Gesetz erzählt. Er hat es als das beschrieben, was geschieht, wenn Geschworene aus irgendeinem zwingenden Grund beschließen, alle Regeln zur Seite zu legen – das heißt, das Gesetz – und so abzustimmen, wie ihr kollektives Bauchgefühl es ihnen eingibt. Wie Sie alle wissen, kann Mr. Avery mit Engelszungen reden, und er hat es geschafft, dieses Phänomen – das Recht der Geschworenen, das Strafgesetz außer Acht zu lassen – als wahrhaft edle Sache hinzustellen. Als eine Entscheidung für das Gewissen, wenn Sie so wollen. Als würden Geschworene damit mutig handeln, weil sie nicht irgendwelche Regeln befolgen, die irgendwelche trägen, zigarrenkauenden Gesetzgeber in Jackson geschrieben haben. Aber das ist leider völlig anders.

Als Mr. Avery diese Handlungsweise als edel darstellte, hat er schlau versucht, Ihnen eine Rechtfertigung dafür an die Hand zu geben, das Gesetz und die Anweisungen des Richters außer Acht zu lassen und gegen alle Beweise abzustimmen. Was Mr. Avery Ihnen wirklich gesagt hat, war das: ›Wenn Sie glauben, dass Dr. Cage ein anständiger, alter Herr ist, ganz gleich, wie belastend die Beweise gegen ihn auch sein mögen, dann stimmen Sie einfach mit Ihrem Herzen ab. Sie können danach ruhig schlafen, denn es gibt viele Präzedenzfälle dafür. Ja, Sie zeigen sogar moralischen Mut, wenn Sie so handeln.‹«

Shad reckt die Handflächen nach außen, als wolle er zeigen, dass er keine Angriffsabsicht hat, aber auch keine Wahl. »Aber dafür gibt es einen einfachen Korrekturmechanismus. Ich möchte Ihnen ein bisschen was über die Rechtsgeschichte erzählen.«

Er geht langsam vom Geschworenentisch zur Schranke und spricht mit zunehmender Kraft. »Kennen Sie die häufigste Situation, in der Geschworene auf dieses sogenannte ungeschriebene Gesetz zurückgegriffen haben? Wenn ein Mann nach Hause kam, seine Frau mit einem anderen Mann im Bett gefunden und einen von ihnen oder beide umgebracht hat. In diesen Fällen haben Geschworene, ganz gleich, was das Gesetz sagt, manchmal den Ehemann freigesprochen. Aber lassen Sie mich Ihnen erzählen, in welchen Fällen in unserem

Staat in der Geschichte Geschworene auch auf das ungeschriebene Gesetz zurückgegriffen haben. Das wird Sie überraschen, vor allem, nachdem Mr. Avery es als so edel dargestellt hat. Es sind keine Fälle, in denen es um Beihilfe zum Selbstmord ging. Nein, es sind Fälle wie das Verfahren in Neshoba County gegen die Klan-Mitglieder, die 1964 Michael Schwerner, James Chaney und Andrew Goodman ermordet hatten. Es sind Fälle wie der, in dem in Money, Mississippi, die Mörder von Emmett Till wieder auf freien Fuß gesetzt wurden, nach einem der grausigsten Morde in der Geschichte unseres Staates. Als die weißen Geschworenen damals das Gesetz außer Acht ließen und die überwältigenden Beweise nicht beachteten, damit sie Weiße freisprechen konnten, die Afroamerikaner gelyncht hatten, da haben sie auf das ungeschriebene Gesetz zurückgegriffen, von dem Mr. Avery so ehrfürchtig gesprochen hat.«

Als Shad verstummt, hängt rechtschaffene Empörung wie ein feiner Dunst im Raum. Jeder der erwähnten Namen ist ein Talisman, dem je nach der Rasse des Zuhörers positive oder negative Kräfte anhaften.

»Nun, meine Damen und Herren, dieses Verfahren ist kein Beliebtheitswettbewerb. Es ist ein Strafprozess. Ein Mordprozess. Und Sie sind durch Ihren Eid dazu verpflichtet, das Gesetz und die Anweisungen des Richters nach besten Kräften zu befolgen. Es ist Ihre Pflicht, die Zeugenaussagen anzuhören, die Beweisstücke zu bewerten und allein auf dieser Grundlage festzustellen, ob der Angeklagte schuldig oder nicht schuldig ist. Lassen Sie sich nicht durch eine warme Stimme und geschickt gewählte Worte von den grausamen Fakten dieses Falls ablenken.«

Als Shad sich wieder an den Tisch der Anklage setzt, sind genau neunundzwanzig Minuten vergangen, und doch habe ich kein einziges Mal gesehen, dass er auf seine Armbanduhr oder die hoch an der Wand hängende Uhr geschaut hätte. Die Geschworenen sind eindeutig von seiner Vorstellung beeindruckt. Nachdem er Platz genommen hat, wenden sie sich wie ein Mann zu dem im Rollstuhl sitzenden Gegner des Bezirksstaatsanwaltes, der plötzlich nicht mehr ganz so eindrucksvoll zu sein scheint wie noch heute Morgen.

Als Quentin seinen Stuhl nach vorn rollt, wird mir plötzlich klar, wie gern er jetzt von diesem Stuhl aufstehen und zum Rednerpult schreiten würde. Wie Richter Elder würde auch er Shadrach Johnson haushoch überragen. Aber Quentin Avery wird nie wieder gehen, und er muss mit dem, was ihm geblieben ist, tun, was er kann.

Ich bin dankbar dafür, dass seine größten Gaben immer schon sein scharfer Verstand und seine Stimme waren.

KAPITEL 69

»Viele Anwälte und Medienleute bezeichnen mich als Prediger Avery«, hebt Quentin an. »Sie machen das, weil ich angeblich ein Talent für emotionale Argumente habe und weil ich in meinen Reden oft aus der Bibel zitiere. Aber heute werde ich Ihnen nicht predigen. Ich rufe die Heilige Schrift auch nicht leichtfertig auf. Heute ist das auch nicht nötig.

Genauso wenig wie das ungeschriebene Gesetz, von dem Mr. Johnson, wie Sie sicher bemerkt haben, gerade so viel Aufhebens gemacht hat. Heute sage ich Ihnen: Vergessen Sie das ungeschriebene Gesetz. Denn die Gesetze in den Büchern sind mehr als ausreichend, um die Ihnen vorgelegte Angelegenheit abzuurteilen, eine ernste, schwierige Angelegenheit, die übereilt zur Anklage gebracht wurde, noch dazu aus lauter falschen Gründen. Warum reicht heute das geschriebene Gesetz aus? Weil das Gesetz in einem Mordprozess sich auf eines reduzieren lässt – auf die Unschuldsvermutung. In diesem Fall war dem Staat – vertreten durch Shadrach Johnson – die unüberwindbare Last auferlegt, jenseits aller berechtigten Zweifel zu beweisen, dass Tom Cage eine Frau umgebracht hat, Viola Turner, die er so lange geliebt und respektiert hat.

Die Frage, die sich Ihnen heute stellt, ist nicht, ob eine vernünftige Person eine solide Ausgangsbasis für begründete Zweifel an den Argumenten des Staatsanwaltes hat. Vielmehr ist die Frage, ob eine vernünftige Person ihre Fantasie überhaupt so weit dehnen kann, um zu glauben, dass der Staatsanwalt mehr gemacht hat, als Dr. Cage des Mordes zu *beschuldigen*.«

Quentin rollt mit seinem Stuhl ein wenig zurück und mustert die Gesichter der Geschworenen. »Denn was hat der Staat wirklich bewiesen? Erstens, dass Dr. Cage Viola Turners Arzt war. Zweitens, dass er ihr Medikamente verschrieben hat, die normalerweise Patienten im Endstadium verschrieben werden. Drittens, dass er ihr zumindest eines dieser Medikamente, Morphin, zu verschiedenen Zeiten aus therapeutischen Gründen verabreicht hat. Viertens, dass Dr. Cage in der Nacht, in der Viola Turner starb, in ihrem Haus war, wie beinahe jeden anderen Abend in den vergangenen sechs Wochen. Nun … diese Dinge hat Dr. Cage selbst im Zeugenstand zugegeben. Und warum sollte er das nicht tun? All das sind die Handlungen eines unschuldigen Mannes.

Vor wenigen Augenblicken hat Sie der Bezirksstaatsanwalt beschworen, sich auf die Fakten zu konzentrieren. Hat irgendjemand von Ihnen bemerkt, dass dies das genaue Gegenteil von dem ist, was er Ihnen in seinem Eröffnungsplädoyer gesagt hat? Erinnern Sie sich noch? Was hat Ihnen Mr. Johnson gesagt, worum es in diesem Fall geht? Um das Motiv. Und was war seiner Meinung nach das Motiv? Rasse. *Wenn es nicht um die Rasse ginge … dann wäre Viola Turner nicht ermordet worden.* Erinnern Sie sich noch an diese Worte? Ich schon. Nun, nach dreieinhalb Tagen flammender Anschuldigungen durch den Bezirksstaatsanwalt und die Zeugen der Anklage haben wir endlich das Opfer selbst gehört. Und ich glaube, Viola Turner hat den Bezirksstaatsanwalt ziemlich überrascht.«

Quentin packt die großen Räder seines Stuhls und rollt auf die gebannt lauschenden Geschworenen zu. »Mr. Johnson und Sheriff Byrd haben Ihnen erzählt, Dr. Cage hätte alles in seiner Macht Stehende getan, um die Videokassette zu zerstören, die Viola Turner kurz vor ihrem Tod aufgenommen hat. Aber heute haben Sie, dank der Bemühungen von Dr. Cage, der freundlichen Mithilfe des FBI und der Wunder der modernen Technik Viola Turner von jenseits des Grabes sprechen hören. Und was hat sie Ihnen über Tom Cage mitgeteilt?

Erstens, dass Dr. Cage bis zu ihrer Todesnacht nicht wusste, dass er einen Sohn mit ihr hatte – genau wie er es Ihnen gesagt hatte. Zweitens, dass Tom Cage ihr geholfen hat, zu verschleiern, dass sie einen Rassisten umgebracht hatte, der sich an ihrer Massenvergewaltigung, einer terroristischen Tat, beteiligt hatte – genau wie Dr. Cage es Ihnen selbst gesagt hat. Drittens, dass sie vorhatte, Henry Sexton fünfzigtausend Dollar zu vermachen, in der Hoffnung, damit zur Aufklärung des Märtyrertodes ihres Bruders beizutragen. Diese Aussage widerlegt unmittelbar, was zwei von Mr. Johnsons Starzeugen ausgesagt haben.

Jetzt wollen wir uns eine andere Frage stellen: Was hat der Staat *vergeblich* zu beweisen versucht?

Er hat versucht, zu beweisen, dass es zwischen Viola Turner und Dr. Cage einen Pakt zur Sterbehilfe gab. Die Informationsquelle war in diesem Punkt Cora Revels, eine nachweisliche Lügnerin. Cora Revels wusste nicht, dass ein solcher Pakt bestand. Nur weil Dr. Cage in den Zeugenstand getreten ist und freimütig zugegeben hat, dass er diesen Pakt abgeschlossen hatte, wissen wir nun, dass er tatsächlich existiert hat.

Mr. Johnson hat viele Stunden mit Zeugenaussagen verbracht, um zu beweisen, dass Tom Cage ein Motiv hatte, Viola zu ermorden, nämlich sie zum Schweigen zu bringen. Und doch, was hat er letztlich bewiesen, nachdem all die Lügen der Zeugen wie Gift herausgesogen waren? Dass die Zeugen der Anklage selbst vom Tod des Opfers profitiert haben und dass sie versucht haben, ihr Vergehen dadurch zu vertuschen, dass sie Tom Cage wegen Mordes angeklagt haben.«

Quentin fährt mit seinem Rollstuhl langsam auf der Stelle im Kreis, was ihm erlaubt, nicht nur mit den Geschworenen, sondern mit jedem Zuschauer im Gerichtssaal Blickkontakt aufzunehmen.

»Und wenn wir schon beim Thema Motiv sind«, fährt er fort, »dann lassen Sie mich eine ganz einfache Frage stellen, so einfach, dass unser genialer Staatsanwalt wohl nie darauf gekommen wäre. *Wie konnte die Tötung von Viola Turner den Ruf von Dr. Cage gegen die schlimmste Bedrohung schützen?* Indem er Viola Turner tötete, konnte er Lincoln Turner nicht von der Erde tilgen. Lincoln Turner ist eine lebendige Tatsache. Ein einfacher DNA-Test würde beweisen, dass Tom Cage Lincolns Vater ist, wie das vor drei Monaten auch geschehen ist. Also … was hatte Dr. Cage zu gewinnen, wenn er die Mutter seines Kindes umbrachte? Wenn er hoffte, dadurch seine Sünde mit Viola und die Existenz seines unehelichen Sohnes zu verheimlichen, dann hätte er auch Lincoln Turner töten müssen. Aber wenn das sein

Plan war, warum hat er dann nicht gewartet, bis Lincoln aus Chicago ankam? Dr. Cage hatte Medikamente zur Hand, mit denen er Lincoln mausetot bekommen hätte. Ein paar Tropfen Fentanyl in einer Tasse Kaffee … Aber Moment mal« – Quentin schlägt sich wie eine Cartoon-Figur die flache Hand an die Stirn – »Lincoln Turner war ja gar nicht unterwegs von Chicago, oder? Der war unterwegs von Mr. Patels Motel, dreißig Meilen vom Krankenbett seiner Mutter entfernt! Er hatte schon ein paar Tage gleich bei der Bezirksgrenze gelauert, unter einem falschen Namen, und wartete darauf, seine Pläne für Diebstahl und Rache in Gang zu setzen.«

Ich schaue zum Tisch der Anklage. Shad sieht aus, als müsste er sich jeden Augenblick übergeben. Wie sich das wohl anfühlt, unter einem solchen Angriff stumm dasitzen zu müssen? Von einem der Meister des eigenen Berufs als Narr hingestellt zu werden? Als Ankläger in Houston habe ich auch schlimme Tage vor Gericht erlebt, aber ich hatte es in einem Fall wie diesem nie mit Anwälten vom Kaliber eines Quentin Avery zu tun. Falls Shad heute eine Verurteilung erreichen will, dann muss er in seinem letzten Plädoyer Eisen in Gold verwandeln.

Quentin prescht erbarmungslos weiter vor. »Jeder, der Lincoln Turner im Zeugenstand miterlebt hat, konnte sehen, dass er von einem tiefen Verlangen nach Rache an Dr. Cage erfüllt war. Und die Umstände der Krankheit und des Todes seiner Mutter haben ihm die perfekte Gelegenheit dazu geboten.«

Quentin holt tief Luft, stößt dann einen langen, traurigen Seufzer aus. »Lincoln Turner«, sagt er im Tonfall eines betrübten Pastors. »Es ist eine Weile her, dass ich etwas annähernd so Tragisches wie die Geschichte von der Kindheit dieses Jungen gehört habe. Das Ergebnis einer ungewollten Schwangerschaft, eine Mutter, die tat, was sie konnte, um sich über Wasser zu halten, die sich aber für eine Unaufrichtigkeit entschieden hat, die letztendlich mehr Schmerzen verursachte, als sie abwendete. Der arme Junge wuchs heran und wusste nicht einmal, wer er war, und dann hat ihn ein amoralischer Gauner unter seine Fittiche genommen, ehe er den Verstand hatte, um Gut und Böse zu unterscheiden.

Zweifellos wäre Lincolns Leben ganz anders verlaufen, wenn er im liebevollen Heim von Dr. Cage und mit all den Vorteilen unseres Bürgermeisters aufgewachsen wäre. Das ist eine Tragödie. Aber wir wissen alle, dass das nicht die Schuld von Tom Cage war. Denn niemand kann anbieten, einen Sohn großzuziehen, von dem er nichts weiß.

Meine Damen und Herren, Dr. Cage ist heute Morgen in den Zeugenstand getreten und hat Ihnen die ungeschminkte Wahrheit gesagt, wie ich es Ihnen am Anfang versprochen habe. Er ist der Wahrheit nicht ausgewichen, um selbst besser dazustehen, als er ist. Er hat Ihnen harte Wahrheiten gesagt. Er hat Dinge gesagt, die seine Freiheit gefährden könnten, ganz abgesehen vom gegenwärtigen Prozess. Aber er hat das gemacht, weil er ein wahrheitsliebender Mann ist. Die paar Lügen, die Tom Cage in seinem Leben erzählt hat, hat er erzählt, um Schmerz zu vermeiden, und die suchen ihn seither heim. Heute hat er versucht, die richtigzustellen.

Dieses Verfahren hat zwei Dinge über Tom Cage bewiesen: Erstens, wie er Ihnen selbst gesagt hat – und in Anwesenheit seiner Frau, Gott stehe ihr bei –, dass er Viola Turner geliebt hat. Und zweitens, dass Dr. Cage, wenn er gewusst hätte, dass er einen Sohn mit Viola hat, alles in seiner Macht Stehende getan hätte, um dabei zu helfen, dass der Junge gut erzogen wird. Er hat Viola siebenunddreißig Jahre lang Geld geschickt. Wie viel mehr hätte er getan, wenn er die Wahrheit gekannt hätte? Das können wir nur vermuten.

Aber all das ist Spekulation. Lincoln Turner ist aufgewachsen, wo er war, und er ist zu dem Mann geworden, der hier vor Ihnen seine Aussage gemacht hat. Zu einem Mann, der ausgesagt hat, dass er im Zeugenstand gelogen hat, um die Lebensersparnisse seiner eigenen Mutter zu stehlen. Was noch mehr verstört, ist die Tatsache, dass er selbst, als er die Gelegenheit hatte, vor Ihnen die Wahrheit zu sagen, seine schlimmste Lüge erzählt hat. Obwohl er Ihnen die herzzerreißende Geschichte von dem verlorenen Sohn erzählt hat, der von Chicago nach Natchez eilt, um seiner sterbenden Mutter noch zu vergeben – und der das wegen des angeblichen Verbrechens des Angeklagten nicht mehr konnte –, war Mr. Turner tatsächlich *drei Tage vor dem Tod seiner Mutter* in Natchez. Und doch hat er sich bewusst entschieden, überhaupt nicht mit ihr zu sprechen. Welcher Grund

Lincoln Turner bewegt haben mag, über seine Anwesenheit in der Gegend zu lügen, das überlasse ich Ihnen, meine Damen und Herren, und den Gesetzeshütern dieses Bezirks.«

Quentins Hände mit den langen, eleganten Fingern schießen in die Höhe, und er zählt seine Argumente daran ab. Wenn er so redet, hat jede Aussage, die er macht, den Ton absoluter Unanfechtbarkeit.

»Hat jemand Viola Turner umgebracht? Ja. Grausam und gnadenlos, wie wir alle in der schaurigen Aufzeichnung gesehen haben, die zufällig mit der Kamera des verstorbenen Henry Sexton gemacht wurde. Wissen wir, wer Viola Turner diese schrecklichen Leiden und Sterben angetan hat? *Nein, das wissen wir nicht.* Können wir vermuten, wer es vielleicht gewesen ist? Ich behaupte, wir haben alle eine ziemlich gute Ahnung.

Die Ironie ist, dass unsere Ahnungen sich vielleicht unterscheiden. Manche von Ihnen denken möglicherweise, dass Lincoln selbst es gewesen ist. Aus seiner Aussage bei diesem Prozess geht eindeutig hervor, dass er ein Motiv, die Mittel und die Gelegenheit hatte, seine Mutter zu töten. Wir wissen, dass er am Morgen ihres Todes im Haus von Cora Revels war. Er hat behauptet, er wäre erst nach ihrem Tod dort eingetroffen, aber Ähnliches hat er ja auch über seine Ankunft in Natchez gesagt, nicht wahr? Wer kann schon sagen, wann er wirklich dort angekommen ist? Cora Revels?«

Quentin schüttelt voller Traurigkeit und Verachtung den Kopf. »Was habe ich Ihnen erzählt, das mein Daddy mir immer gesagt hat: ›Die halbe Wahrheit ist eine ganze Lüge.‹ Nun, vergessen Sie die halbe Wahrheit. Cora Revels und Lincoln Turner haben sich selbst der Lüge überführt. Welches Gewicht sollte eine vernünftige Person den Worten von nachweislichen Lügnern schenken? Ich weiß, was meine Mutter dazu zu sagen hatte: ›Wenn du mich einmal reinlegst, sollst du dich schämen. Wenn du mich zweimal reinlegst, soll ich mich schämen.‹

Wir wissen auch, dass Lincoln, genau wie seine Tante Cora, das Geld seiner Mutter wollte – Geld, von dem Viola Turner beschlossen hatte, es für den leidenschaftlichen Versuch auszugeben, ihrem gemarterten Bruder Jimmy Revels Gerechtigkeit zu verschaffen.

Wir wissen *nicht*, wo das Adrenalin herkam, das Viola Turner umgebracht hat. Schwester Melba Price hat ausgesagt, dass Dr. Cage Adrenalin in seiner Praxis und in seiner Arzttasche hatte. Aber das könnte man von vielen Ärzten hier in Natchez sagen. Der Staat hat am Tatort keine Adrenalinampulle gefunden, auch nirgendwo sonst.

Hätte das Adrenalin aus Chicago stammen können? Vielleicht. Oder könnte Lincoln Turner irgendwann während der Tage, die er insgeheim hier verbrachte, in Tom Cages Praxis eingebrochen und diese Dosis dazu verwendet haben, seine Mutter umzubringen? Ich neige dazu, das zu bezweifeln, denn Lincoln hätte dann bestimmt die belastende Ampulle hinterlassen, damit wir sie am Tatort finden. Also … wir haben keine Gewissheit. *Wir* nicht. Vielleicht wird in Monaten oder Jahren eine schuldige Seele danach schreien, erlöst zu werden, und dann kommt endlich die Wahrheit ans Licht. Wessen Seele das sein könnte? Wir wissen es nicht.«

Quentin unterbricht sich lange genug, um die Leute nervös zu machen, ändert dann noch einmal die Stoßrichtung. »Hatte außer Lincoln und Cora noch jemand ein Motiv, Viola Turner umzubringen? Wir alle kennen die Antwort darauf. Viola Turner wurde von einer der rassistischsten und gewalttätigsten Organisationen gehasst, die je in den Vereinigten Staaten gegründet wurde. Sie wurde von diesen Leuten vor vierzig Jahren bedroht, ehe sie Natchez verließ, und sie wurde eine Woche vor ihrer Ermordung erneut von ihnen bedroht. Mitglieder dieser Gruppe haben Viola 1968 vergewaltigt und höchstwahrscheinlich auch ihren Bruder ermordet. Viola hatte mit angesehen, wie diese Männer Jimmy Revels und Luther Davis in der Nacht folterten, als der von Tom Cage geschickte Ray Presley sie aus der Gefangenschaft befreite.

Aus all diesen Gründen haben diese bösartigen Männer Viola gewarnt, wenn sie je wieder nach Natchez zurückkehren würde, dann würde man sie für immer zum Schweigen bringen. Nun, Viola blieb fort, solange sie konnte. Aber wie viele Schwarze, die Mississippi vor Jahrzehnten verlassen haben, wollte sie nach Hause zurückkehren, um hier zu sterben. Aber selbstbestimmt, meine Damen und Herren. Diese arme Frau hatte ein Leben voller geradezu biblischer Leiden durchlitten, und sie wollte, dass der Mann, von dem sie wusste, dass er sie ein Leben lang geliebt hatte, ihr die letzten Todesschmerzen ersparen würde. Und was fand sie vor? Dr. Cage bot ihr genau das an, was sie sich gewünscht hatte: Trost im Angesicht des Schmerzes und des Todes. Aber die Dämonen aus Violas Vergangenheit waren während ihrer Abwesenheit nicht untätig gewesen. Keineswegs. Und sie hatten Angst, dass sie bloßgestellt würden.

Als Viola anfing, mit dem streitbaren Reporter zu reden, erschienen sie an ihrem Krankenbett und sagten ihr noch einmal, sie würde sterben, wenn sie die Wahrheit zu sagen versuchte. Aber hat sie geschwiegen? Nein. Sie hat die Videoaufzeichnung gemacht, die Sie heute Morgen gesehen haben, und sie hat ihr Testament geändert, um Henry Sextons Ermittlungen zur Ermordung ihres Bruders zu unterstützen. Selbst vom Krankenbett aus war Viola Turner noch eine furchterregende Gegnerin.

Wer von Ihnen glaubt, dass die Monster, die Henry Sexton, Caitlin Masters, Sleepy Johnston und andere umgebracht haben – die sogar einen der Ihren, Will Devine, gestern hier vor Ihren Augen ermordet haben –, dass diese Monster auch nur eine Sekunde zögern würden, das Leben von Viola Turner auszulöschen?«

Quentin wird plötzlich ganz ruhig, wie der Wind sich trügerisch zu legen scheint, ehe er als Sturm losbricht.

»Und schließlich«, sagt er leise, »möchte ich Sie bitten, über den Bezirksstaatsanwalt nachzudenken, den Mann, der uns alle in diesen Saal gebracht hat und uns gebeten hat, dazusitzen und den *Betrügern* zuzuhören, die er uns vorgeführt hat. Es war Shad Johnson, der fünfzig Jahre in die Vergangenheit zurückgegriffen hat, um Dr. Cage wegen des Militärdienstes zu verleumden, den er für sein Land geleistet hat. Ich danke Gott, dass Dr. Cages befehlshabender Offizier lange genug gelebt hat, um Ihnen von seinem Mut unter feindlichem Beschuss zu berichten, in jener Nacht, als die Chinesen damals 1950 durch die amerikanischen Linien gebrochen sind. Und dass Captain Garrity Ihnen die Wahrheit darüber berichten konnte, wie er und Tom Cage gezwungen waren, die schwierigste Entscheidung zu treffen, die ein Mediziner je treffen kann, angesichts von gewisser Folter und Tod für die hoffnungslos verletzten Jungs in ihrer Obhut.

Und das, meine Damen und Herren Geschworene, möchte ich Ihnen mitgeben. Dieser Mann, dieser einfache Kleinstadtarzt, hat sein

Leben in Grauzonen verbracht, von denen die meisten von uns so tun, als gäbe es sie nicht. Als junger Mann wurde er in den Schmelztiegel des Krieges geworfen und dort aufgefordert, das Unmögliche zu tun. Er hat sich ehrenhaft verhalten. In den vergangen vierzig Jahren hat er jeden Tag gearbeitet, um den Kranken und Verletzten in unserer Gemeinde zu helfen. Er hat nie Reichtümer oder Berühmtheit angestrebt; im Gegenteil, er hat unzählige Male Menschen freundlich und gnädig geholfen, ohne dass je jemand davon erfahren hat.

Es gibt ein altes Sprichwort: Narren betreten Wege, wo Engel kaum zu gehen wagen. Mit diesem Maßstab gemessen ist Tom Cage ein Narr. Ein vorsichtiger Arzt wäre schnell fortgerannt, als ihn Viola Turner bat, ihr ein Sterben in Würde zu ermöglichen. Denn das Gesetz tut in diesem Land nicht viel, um unheilbar kranken Menschen zu helfen. Es tut auch nicht viel, um den Ärzten zu helfen, die diese Patienten betreuen. Das Gesetz ist sehr schnell bei der Hand, um einen Arzt zu verurteilen, der versucht, jemandem zu helfen, der Schmerzen erleidet, und sehr langsam, wenn es darum geht, diesen armen Patienten dabei zu helfen, ihren Frieden zu finden. Der erste Gedanke eines schlauen Arztes, der gehört hat, was Viola wollte, wäre der an den Prozess, der ihm möglicherweise droht, und daran, seine ärztliche Zulassung zu verlieren. Aber so hat Tom Cage nicht gedacht. Tom Cage hat genau das gemacht, was er auch in Korea getan hat. Er hat seine Angst verdrängt, ist in die Bresche gesprungen und hat in der Zeit und mit den Mitteln, die ihm zur Verfügung standen, so gut geholfen, wie er konnte.«

Quentin hebt beide Hände mit nach oben gedrehten Handflächen. »Aber ich rede hier, als hätte Dr. Cage Viola wirklich Sterbehilfe geleistet. Tatsache ist aber: Das hat er nicht gemacht! Dieser Mann, der den Mumm hatte, jungen Soldaten beim Sterben zu helfen, anstatt sie der Folter auszusetzen, hat es nicht über sich gebracht, eine Frau zu töten, die er geliebt hatte und die ihm ein Kind geboren hatte. Nicht einmal aus Mitleid. Aber er *hat* es über sich gebracht, heute hierher zu kommen, in den Zeugenstand zu treten und Ihnen die Wahrheit zu sagen, ganz gleich, was es ihn kosten würde. Und was die Aussage des Bezirksstaatsanwaltes betrifft, der behauptet, Tom Cage versuchte, uns alle mit einem Trick hereinzulegen …

da möchte ich Mr. Johnson noch einmal die gleiche Frage stellen wie am Ende meines Eröffnungsplädoyers.«

Mit der langsamen, aber unaufhaltsamen Bewegung einer Kanone, die sich auf ihrer Lafette dreht, wendet sich Quentin zu Shadrach Johnson und sagt: »Schämen Sie sich nicht, Bruder?«

Das dröhnende Schweigen, das auf diese Frage folgt, ist wie der Unterdruck nach einem Artillerietreffer. Mehrere Geschworene starren Shad mit offenem Mund an und warten auf seine Reaktion, und selbst Richter Elder scheint die Wucht von Quentins Frage sprachlos gemacht zu haben. Ein leises Brummen schwillt im Publikum hinter mir allmählich an. Innerhalb von Sekunden wird daraus das wilde Summen eines Saals voller Grundschüler, ehe der Lehrer in der Klasse das Kommando übernimmt.

Richter Elders Bass dröhnt bis zur hintersten Wand und schallt durch den Raum. »Ruhe, oder ich lasse den Saal räumen!«

Als ich mich zu den Zuschauern umdrehe, sehe ich die ersten paar Reihen angesichts der Lautstärke ungläubig blinzeln, die der Richter ohne sein Mikrofon spielend erreicht hat. Als ich wieder nach vorn blicke, sehe ich, dass Quentin an seinen Platz am Tisch der Verteidigung zurückrollt. Sein Gesicht ist friedlich entspannt.

Kann er wirklich so cool sein?, frage ich mich.

»Mr. Johnson«, sagt Richter Elder leise in die entstandene Stille. »Sie können jetzt Ihr Schlussplädoyer abschließen.«

Als Shad hinter dem Tisch der Verteidigung aufsteht, stößt mir Rusty wieder den Ellbogen in die Rippen.

»Shad hat echt mehr Eier als ich«, flüstert er. »Nicht für Geld und gute Worte würde ich aufstehen und da hingehen, nach dem, was Quentin ihm gerade um die Ohren gehauen hat..»

Ich nicke, doch als Shad zum Rednerpult geht, nehme ich etwas in seinen dunklen Augen wahr, das mir eine Welle der Übelkeit verursacht. *Er glaubt immer noch, dass Dad schuldig ist.*

»Was ist, Penn?«, flüstert mir Mom ins rechte Ohr. »Du bist gerade ganz blass geworden.«

Einen Augenblick lang versuche ich, meine Angst zu unterdrücken, aber jetzt hat es keinen Sinn mehr, meine Mutter abschirmen zu wollen. So oder so werden wir bald das Urteil haben.

»Shad glaubt wirklich, dass Dad sie umgebracht hat«, murmele ich. »Er ist bis ins Mark davon überzeugt.«

Innerhalb von drei Sekunden wird die Hand meiner Mutter eiskalt.

KAPITEL 70

Shadrach Johnson geht zum Rednerpult und steht den Geschworenen mit der nervösen Selbstbeherrschung eines jungen Chorsängers gegenüber, den man gerade gebeten hat, vor einer fremden Kirchengemeinde ein Solo zu singen. Mit feierlichem Ernst sagt er: »Mr. Avery hat mich gerade gefragt, ob ich mich nicht schäme. Das ist eine verdammt harte Aussage, meine Damen und Herren. Ich glaube zwar, dass er keine Antwort darauf verdient, Sie aber sehr wohl. Ich will Ihnen sagen, warum ich diesen Fall vor Gericht gebracht habe.

Um die Dinge klarzumachen, werde ich mich der Methoden meines gelehrten Gegenspielers bedienen. Von Anfang dieser Tortur an, als ich zum ersten Mal erfahren habe, was zwischen Tom Cage und Viola Turner passiert war, fühlte ich mich an die Gleichnisse aus der Bibel erinnert, die ich in meiner Jugend oft gehört hatte. Ich will ehrlich zu Ihnen sein. Als der Pastor damals diese Geschichten erzählt hat, habe ich nicht immer ganz begriffen, was sie bedeuten sollten.«

Einige Geschworene nicken verständnisvoll.

»Aber«, fährt Shad fort, »obwohl ich verwirrt war, habe ich doch gespürt, dass irgendwo darin eine wichtige Wahrheit verborgen war. Also werde ich Ihnen heute ein Gleichnis erzählen.« Shad tritt vom Rednerpult weg und geht langsam, anscheinend ohne Ziel, eine Hand auf der Höhe seines ersten Jackettknopfs in die andere gelegt. »Ich möchte, dass Sie sich in uralte Zeiten zurückversetzen, in biblische Zeiten, in ein Land, das als das kaukasische Reich bekannt war. Dieses Reich war ein Königreich der Weißen, in dem aber viele Schwarze wohnten. Diese Menschen hatten ihr Leben als Sklaven begonnen, aber ihre Ketten abgeworfen und wohnten nun mitten unter den Kaukasiern und versuchten, ein mageres Auskommen zu verdienen.

In diesem heißen und uralten Land spazierten eines Tages ein junger Schwarzer und eine junge Schwarze die Straße entlang. Sie waren Bruder und Schwester. Und auf der Straße trafen sie fünf unwissende und grausame Soldaten des Reichs. Warum sage ich Soldaten? Was waren denn die Mitglieder der Doppeladler anderes als die Soldaten eines unsichtbaren Reichs? Diese Soldaten haben die Geschwister angeklagt: ›Ihr habt unsere Gesetze gebrochen und euch geweigert, an dem euch zugewiesenen Ort zu bleiben.‹ Als der Bruder widersprach, haben die Soldaten ihn geprügelt und umgebracht. Dann haben sie seine Schwester vergewaltigt, um sie zu bestrafen und weil sie sie schon immer begehrt hatten. Darauf haben sie zu dem Mädchen gesagt: ›Verlasse dieses Land, und wenn du je zurückkehrst, sollst du das gleiche Schicksal erleiden wie dein Bruder.‹

Das Mädchen ist verwundet und blutend über die Straße gehumpelt. Dann kam sie zum Haus eines gelehrten Arztes. Sie klopfte dort an die Tür und bat ihn um Hilfe. Der Arzt nahm sie auf, versorgte ihre Wunden und fragte sie, was ihr geschehen war. Als sie es ihm erzählt hatte, sagte der Arzt: ›Ich kann deine Wunden behandeln und dich wieder gesund pflegen, aber wir können dem Sheriff nicht sagen, was dir auf der Straße widerfahren ist, weil der Kaiser seine eigenen Soldaten nicht dafür bestrafen wird, dass sie dir wehgetan haben.‹

Das Mädchen blieb im Haus des Arztes und wurde langsam gesund. Doch eines Abends, als er ihre Wunden versorgte, verführte sie der gelehrte Arzt und lag heimlich bei ihr. Sie verliebte sich in ihn und glaubte ihm alles, was er ihr erzählte. Dann klopfte es eines Tages an die Tür. Als das Mädchen aufmachte, sah sie dort einen der Soldaten, die sie auf der Straße vergewaltigt hatten, der blutende Wunden hatte. ›Ruf den Arzt‹, flehte der. ›Ich bin schwer verwundert und sterbe.‹ Das Mädchen ließ den Soldaten ins Haus, aber dort erinnerte sie sich an ihren Schmerz, nahm einen Hammer und zertrümmerte dem Soldaten den Kopf. Als der gelehrte Arzt die Treppe herunterkam, rief er: ›Was hast du gemacht?‹ Das Mädchen sagte: ›Ich habe den Mann getötet, der mich vergewaltigt hat und der meinen Bruder umgebracht hat. Mehr nicht.‹ Der Arzt sagte: ›Geh wieder in dein Zimmer und sage nichts darüber. Ich mache es so, dass niemand Fragen stellt.‹

Wie er vorhergesagt hatte, ging alles ein paar Tage gut. Dann entdeckte das Mädchen, dass es ein Kind erwartete. Mit diesem Beweis für ihre Sünde konfrontiert, sagte der Arzt: ›Du kannst nicht in diesem Haus bleiben. Ich habe eine Frau und Kinder. Sie dürfen nicht herausfinden, was zwischen uns geschehen ist.‹ Er gab ihr ein paar Münzen, schob sie auf die Straße hinaus und verriegelte seine Tür. Ihrer Arbeit und ihrer Unschuld beraubt und mit seinem Kind unter dem Herzen floh sie aus dem Land ihrer Geburt. Schließlich ließ sie sich in einem fernen Land nieder, und ihr Leben wurde von Jahr zu Jahr schlechter.

Und also stelle ich Ihnen eine einfache Frage: Wer hat die schlimmere Tat begangen? Die unwissenden Soldaten auf der Straße, die sich einfach nahmen, was sie haben wollten, und dann weiterzogen? Oder der gelehrte Arzt, der es besser hätte wissen müssen? Der Mann, der sich nahm, was er wollte, nicht mit einer Keule oder einem Speer, sondern mit honigsüßen Lügen und leeren Versprechungen?«

Ohne eine Antwort abzuwarten, beugt Shad den Kopf, geht auf die Richterbank zu, wendet sich dann zu den Zuschauern, schreitet immer weiter, während er redet.

»Ein halbes Jahrhundert verging, und aus dem wunderschönen Mädchen war eine alte, gebrechliche und kranke Frau geworden. Sie war dem Tod nahe. Sie fürchtete die Schmerzen ihrer Krankheit mehr als die alten Drohungen der Soldaten. Also kehrte sie in das Reich zurück, wo sie geboren war, zum Haus des gelehrten Arztes. ›Ich weiß, du hofftest, mich niemals wiederzusehen‹, sagte sie. ›Aber ich möchte dich noch um eine Wohltat bitten. Hilf mir ohne weitere Schmerzen in die andere Welt hinüber. Das bist du mir doch sicher schuldig.‹ Der Arzt antwortete: ›Ja, das will ich machen. Denn ich habe dich in deiner Jugend schlecht behandelt.‹ Der Arzt traf Vorkehrungen, um ihr diesen Wunsch zu erfüllen. Doch da sagte die Frau: ›Warte, ich muss dich noch um einen Gefallen bitten, ehe ich sterbe. All die Jahre verfolgt mich die Sünde des Mordes, den wir an dem Soldaten begangen haben. Ich muss sie der Gemeinde beichten. Doch noch wichtiger: Du musst das Kind anerkennen, das du mit mir gezeugt hast, denn sein Leben war bisher hart und sorgenvoll.‹

Was genau danach geschehen ist, können wir nicht wissen. Aber am Morgen fand man die alte Frau tot vor, an einer Dosis Gift gestorben, und der gelehrte Arzt weigerte sich, zu erzählen, was sich zwischen ihnen zugetragen hatte. Es blieb den Menschen in der Stadt überlassen, zu entscheiden, was in jener Nacht geschehen war.

Meine Damen und Herren, welcher Mensch, der diese Geschichte gehört hat, würde den gelehrten Arzt nicht vor die Schranken des Gerichts bringen, damit er sich für das verantwortet, was in jener Nacht geschehen ist? *Deswegen* habe ich diesen Fall vor Gericht gebracht. In den letzten paar Tagen hat der Anwalt des Arztes Ihnen erzählt, was für ein menschenfreundlicher und wunderbarer Mann er ist. Er hat die objektiven Beweise für das, was in dieser schicksalhaften Nacht geschehen ist, nicht angefochten. Er hat seine Verteidigung auf dem Charakter des Arztes aufgebaut. Dieser Arzt, sagt er, hat in all den langen Jahren zwischen dem Tag, an dem er seine Geliebte im Stich gelassen hat, und dem Tag, an dem er sie sterben sah, mit guten Werken verbracht, und diese guten Werke sollten alles andere aufwiegen. Aber nehmen Sie all diese Dinge weg – von denen ich glaube, dass er sie als Buße getan hat – und erinnern sich an das Gleichnis, das ich Ihnen erzählt habe. Es mag sein, dass Sie sich wegen Dr. Cages freundlichem Gesicht und tröstlichem Verhalten am Krankenbett gar nicht vorstellen können, dass der Mann hinter dieser Maske überhaupt sündhafte, selbstsüchtige Dinge tun kann. Aber wir sind alle Sünder, meine Damen und Herren. Wir handeln alle so, dass wir uns und unsere Familien schützen.

Als ich über das Gleichnis nachgedacht habe, das ich heute erzählt habe, ist mir klargeworden, dass vielleicht der gelehrte Arzt selbst nicht begriffen hat, wie viel näher er im Geiste den unwissenden Soldaten war als der Frau, die er verführt und dann auf die Straße gesetzt hat. Es ist aber nicht an mir, ihn zu richten. Diese Last – und Pflicht – obliegt Ihnen. Wenn Sie jetzt in das Geschworenenzimmer gehen, denken Sie nicht an Tom Cage und seine Jahre mit all den kleinen freundlichen Taten, sondern an die junge schwarze Frau, die auf der Straße den brutalen Soldaten in die Hände gefallen ist – und die zum gelehrten Arzt kam und ihn um Hilfe gebeten hat. Denken Sie daran, was sie von ihm bekommen hat, damals und in jener

Schicksalsnacht vierzig Jahre später, als sie starb. Was tatsächlich in diesem Haus passiert ist, diese Fakten wurden nicht angefochten. Die Gesetzeslage ist eindeutig. Und die Beurteilung des Charakters dieses gelehrten Arztes … die überlasse ich Ihnen.

Danke.«

Als Shadrach Johnson zu seinem Platz zurückgeht, hat mich die schiere Genialität seines Plädoyers sprachlos gemacht. Was war dieser Prozess denn schon anderes gewesen als ein Wettstreit der Geschichten? Ein Drama wie in dem Film *Rashomon*, in dem die verschiedenen Personen ihre unterschiedlichen Versionen ein und derselben Begebenheit und des dazugehörigen historischen Hintergrunds erzählen? Faulkner hat genau das in *Absalom, Absalom!* gemacht: gezeigt, dass keine zwei Menschen je die gleiche Begebenheit erleben, dass die Geschichte dazu verdammt ist, immer nur eine Fassung des Geschehens zu sein. In seinem radikal ungewöhnlichen Schlussplädoyer hat Shad die Kontrolle über die Erzählung der Ereignisse wieder an sich gerissen. Indem er all die verwirrenden Einzelheiten über die Beziehung zwischen Viola und meinem Vater wegließ, hat er die Geschichte in den Bereich des Mythischen erhoben und sie allgemeingültig gemacht. Und in diesem symbolischen Reich wurde die tragische Wahrheit offenbar, die dieser Beziehung zugrunde lag.

Mein Vater, wie rein seine Beweggründe ihm auch erschienen sein mögen, während er diese Episode seines Lebens durchmachte, gehörte zur dominanten und unterdrückenden Klasse. Viola war nur wenige Generationen nach Abschaffung der Sklaverei geboren. Das Machtgefälle zwischen den beiden war beinahe nicht zu berechnen, es war eine Kluft, die in der Zeit, in der sie lebten, nicht zu überbrücken war. Wie Viola wusste – wahrscheinlich lange vor meinem Vater –, war für sie beide ein positiver Ausgang nie möglich gewesen.

Genau wie ich befürchtet hatte, hat Quentin Shadrach Johnson unterschätzt. Shad hat diesen Fehler nicht gemacht. Nachdem ihn sein legendärer Gegenspieler taktisch überrumpelt hatte, passte sich Shad an. Er schuf ein Gleichnis mit biblischen Untertönen und schnitt es auf den Fall zu, der hier verhandelt wurde, und damit hat er den Prediger mit seinen eigenen Waffen geschlagen. Stünde nicht die Freiheit meines Vaters auf dem Spiel, ich wäre voller Bewunderung für Shads Leistung. Aber im Augenblick brennt mein Hals wie vom ätzenden Geschmack von Asche. Die Beweisführung ist auf beiden Seiten abgeschlossen, die letzten Argumente wurden vorgebracht, und die Wirklichkeit der Gegenwart lässt sich nicht mehr leugnen: Quentin Avery hat sich verrechnet, und zwar sehr, und die Folge könnte sehr wohl sein, dass mein Vater im Gefängnis stirbt.

Wenige Schritte von mir entfernt führen mein Vater und Quentin ein halblautes Streitgespräch. Dad spricht mit leiser Intensität, während Quentin ihn anscheinend zu beruhigen versucht. Quentins weißer Haarschopf tanzt auf und ab, während Dads Stimme immer lauter wird. Der erste zusammenhängende Satz, den ich aufschnappe, ist: »Ich lasse dich das nicht machen.« Ich bin mir nicht sicher, wer von beiden das gesagt hat, und ehe ich es herausfinden kann, wendet sich Richter Elder von den Geschworenen ab und konzentriert sich auf das Gespräch der beiden.

»Mr. Avery?«, sagt er. »Gibt es ein Problem?«

»Nein, Euer Ehren.«

»Doch, Euer Ehren«, sagt mein Vater und schiebt Quentin von sich weg. »Ich möchte meine Erwiderung auf die Anklage ändern.«

Diese Aussage schockiert zutiefst, und ein paar Sekunden stockt allen der Atem. In diesem kurzen Vakuum wendet sich mein Vater auf seinem Stuhl um und schaut meine Mutter entschuldigend an. Der Schmerz und die Schuldgefühle, die ich in diesem Blick wahrnehme, erschüttern mich bis ins Mark.

Dann sagt Richter Elder: »Sie wollen Ihre Erwiderung auf die Anklage ändern?«

Dad schaut wieder nach vorn. »Ja, Euer Ehren. Ich möchte mich schuldig bekennen.«

»Euer Ehren«, fährt Quentin dazwischen, »mein Mandant weiß nicht, was er sagt. Er ist noch überwältigt vom Schmerz über den Tod von Mr. Garrity gestern Abend und …«

»Nein«, sagt Dad mit unleugbarer Wucht. »Ich weiß, was ich tue, Herr Richter.«

Joe Elders Gesicht verdüstert sich, als die volle Bedeutung dieser Entwicklung zu ihm durchdringt. »Gut, also dann. Wir werden die

Geschworenen hinausschicken, und ich möchte, dass die Anwälte zur Richterbank kommen, um dies zu besprechen. Gerichtsdiener?«

Als der Gerichtsdiener sich aufmacht, um die verdatterten Geschworenen aus dem Saal zu führen, bricht auf den Rängen ein Sturm von Gesprächen los. Erst dann werde ich wieder so weit Herr meiner Sinne und merke, dass neben mir meine Mutter ernsthafte Probleme hat. Sie sieht so aus wie in der Nacht, als ich sie oben im Flur gefunden habe und dachte, sie hätte einen Hirnschlag erlitten. Der einzige Unterschied ist, dass sie noch aufrecht sitzt.

»Mom?«, sage ich und packe sie beim Arm. »Alles in Ordnung mit dir? Kannst du mich hören?«

Da wendet sie den Kopf zu mir, und ich sehe in ihren Augen eine Mischung aus Verzweiflung und Hoffnungslosigkeit. »Geh mit ihnen«, flüstert sie. »Lass das nicht zu! Schnell!«

Ich springe auf die Füße, halte unter den Zuschauern nach einem Arzt Ausschau. Alle hinter mir starren mich so an, wie Autofahrer auf das Blutbad eines Unfalls auf der Autobahn stieren. Aber ich bin noch keine drei Sekunden auf den Beinen, als Drew Elliott sich von der hinteren Wand löst und mir zuwinkt.

»Drew! Mom braucht dich!«

Er eilt nach vorn und kommt den Mittelgang entlang zu Moms Platz.

Als ich mich wieder der Gerichtsschranke zuwende, sehe ich, wie Quentin, Dad und Shad Richter Elder durch die Tür in sein Richterzimmer folgen, während Doris Avery sich beeilt, um sie einzuholen. Nun da Richter Elder nicht mehr für Ordnung sorgt, bricht im Gerichtssaal das Chaos los. Die Deputys an der linken Wand sehen aus, als seien sie Zuschauer bei einem einmaligen Sportereignis, während der Gerichtsdiener und ein Gerichtsberichterstatter mit hochroten Gesichtern kopfschüttelnd dastehen.

»Penn, geh hinter ihnen her!«, sagt meine Schwester an meiner Schulter. »Drew und ich kümmern uns um Mom!«

Ich renne beinahe durch den Gerichtssaal und erreiche die Tür zum Richterzimmer, als gerade ein Deputy davor seinen Posten bezieht.

»Ich bin Anwalt im Verteidigungsteam!«, erkläre ich ihm. »Lassen Sie mich durch.«

Der Deputy zögert, öffnet dann aber die Tür und winkt mich durch.

Mit zehn Schritten bin ich im Büro von Richter Elder, und als ich dort ankomme, bittet Quentin den Richter inständig, eine Verfahrenspause zu machen und Dad von einem Psychiater untersuchen zu lassen. Aber sobald er zu Ende geredet hat, spricht Dad. Seine Stimme ist die eines Mannes, der im Vollbesitz seiner geistigen Kräfte ist.

»Richter Elder, ich verstehe die Bestürzung meines Anwalts. Aber ich bin bei vollem, gesundem Verstand, und ich möchte meine Erwiderung auf die Anklage ändern und mich schuldig bekennen. Ich verstehe völlig, was die Folgen dieser Handlung sind.«

Shad Johnson starrt meinen Vater an, als hätte er etwas getan, was jeder menschlichen Natur widerspricht – was ja auf Dad zutrifft.

»Dad, das kannst du nicht machen«, sage ich. »Herr Richter, Sie dürfen das nicht zulassen. Er ist völlig außer sich über den Tod von Walt Garrity und den meiner Verlobten. Seit Caitlins Tod ist er sehr depressiv, und Walt Garritys Tod hat ihm dann den Rest gegeben.«

Joe Elder hört mir aufmerksam zu. Dann sagt er: »Ihr Vater schien aber vollständig beherrscht zu sein, als er heute Morgen seine Zeugenaussage gemacht hat. Und er wirkte auch nicht sonderlich deprimiert.«

»Kommen Sie schon, Herr Richter. So was macht niemand. Niemand.«

»Mr. Cage, ich habe es schon erlebt, dass Angeklagte in Strafprozessen sich noch schuldig bekannt haben, während die Geschworenen sich bereits berieten.«

»Sicher, wenn sie wussten, dass die Geschworenen drauf und dran waren, sie zu lebenslänglich zu verdonnern! Diese Geschworenen heute werden ihn höchstwahrscheinlich freisprechen. Das wissen wir alle. Dad hatte nur einen akuten Anfall katholischer Schuldgefühle.«

»Ich bin nicht katholisch«, erwidert Dad nüchtern.

»Das ist eine Selbstmordgeste. Ein Schrei nach Bestrafung, weil er sich die Schuld am Tod seiner Freunde gibt.«

»Das mache ich«, bestätigt Dad ruhig. »Aber ich bin auch für Violas Tod verantwortlich. Da bin ich mir sicher.«

In der Ecke des Zimmers schüttelt Doris Avery langsam den Kopf, als trauere sie um einen Todesfall, der sich vor ihren Augen ereignet.

»Bist du sicher?«, frage ich. »Denn um dich schuldig zu bekennen, müsstest du etwas unterschreiben, dass du Viola das Adrenalin in der Absicht gespritzt hast, sie umzubringen. Machst du das? Kannst du das machen?«

Dad schaut einen Moment verwirrt, doch ehe er antworten kann, wendet Shad ein: »Das muss er eigentlich nicht tun. Er könnte auch einen Alford-Plea machen.«

»Was ist ein Alford-Plea?«, fragt Dad.

»Halten Sie die Klappe, Shad!«, herrsche ich ihn an.« Versuchen Sie, ein einziges Mal über Ihren miesen Charakter hinauszuwachsen!«

»Herr Bürgermeister, Sie vergessen sich!«, rügt mich Richter Elder mit gepresster Stimme.

»Mit einem Alford-Plea«, erklärt Shad, »können Sie einfach sagen, dass es genügend Beweise gibt, so dass eine vernünftige Person zu dem Schluss kommen kann, dass Sie des Vergehens schuldig sind, und dass Sie sich deswegen entschlossen haben, sich schuldig zu bekennen.«

Dad nickt bedächtig. »Dann will ich das machen.«

»Normalerweise macht man das im Austausch gegen ein reduziertes Strafmaß«, wendet Quentin ein.

»Ist egal«, murmelt Dad.

»Hören Sie sich das an«, schreie ich Richter Elder beinahe an. »Ist das die Aussage eines Mannes, der bei klarem Verstand ist?«

»Penn«, sagt Dad und schaut mich mit einem Gesichtsausdruck an, den ich noch nie bei ihm gesehen habe. »Ich weiß, dass du es nicht verstehst, aber ich weiß, was ich tue. Du musst mich machen lassen.«

Er sieht aus wie ein Märtyrer, der drauf und dran ist, in die Flammen zu schreiten. »Ich kann das nicht«, erkläre ich ihm. »Kein Sohn würde zulassen, dass sein Vater so was macht.«

Dad nickt langsam, und seine Augen sind voller Bedauern. »Ich hoffe, dass du niemals die Dinge tust, die du tun müsstest, um zu verstehen, was ich jetzt mache.«

Während ich noch versuche, diesen Satz zu begreifen, sagt er:

»Penn, du bist gefeuert.« Er wendet sich an Richter Elder. »Herr Richter, ich möchte in diesem Zimmer nur noch von Quentin Avery vertreten werden.«

Richter Elder starrt Dad noch ein paar Sekunden an, nickt dann und wendet sich an mich. »Penn, ich möchte, dass Sie jetzt den Raum verlassen. Ich weiß, dass Sie nicht gehen wollen, aber … bitte zwingen Sie mich nicht, einen Deputy zu rufen.«

Einen Augenblick lang frage ich mich, ob alles, was während dieses Prozesses geschehen ist, die ganze Zeit nur zu diesem Punkt hingeführt hat. Aber der Schmerz auf Quentins Zügen verrät mir, dass ich mich da irre.

»Herr Bürgermeister?«, sagt Richter Elder erneut. »Bitte lassen Sie uns allein.«

Ich möchte widersprechen, komme mir aber vor, als hätte mir jemand ein starkes Betäubungsmittel gespritzt. Als ich von Quentin zu meinem Vater und dann zu Doris schaue, die Tränen auf den Wangen hat, nimmt jemand von hinten meine Hand und dreht mich sanft herum. Es ist der Deputy von draußen. Er muss an der Tür gelauscht haben. Bis er mich durch die äußere Tür geleitet hat, ist mein Gesicht nass und taub.

KAPITEL 71

Im Gerichtssaal tobt immer noch ein Orkan, als mich der Gerichtsdiener wieder dort hinführt. Aber beinahe sofort beginnen die Deputys, den Saal zu räumen. Sie schieben die verdatterten Zuschauer ohne den geringsten Anschein von Höflichkeit durch die Tür nach draußen. Während ich noch dastehe und mir über das Gesicht wische, kommt Rusty Duncan angerannt, hochrot im Gesicht – vor Anstrengung oder Emotionen.

»Was ist da gerade passiert, Penn? Wird Elder das zulassen?«

»Die sind da drinnen noch nicht fertig. Rusty … Dad hat mich gefeuert.«

»Was? Großer Gott!«

»Geht es Mom gut?«

»Ich glaube schon, aber Drew bringt sie ins Krankenhaus. Er sorgt sich, dass sie vielleicht einen Schlaganfall hat. Diesmal einen richtigen. Ich glaube, sie war einfach nur überwältigt. Auch das noch, nach all den Tagen, die sie hier gesessen hat … das war einfach mehr, als sie aushalten konnte. Mehr als jede Ehefrau aushalten könnte.«

»Rusty … was mache ich jetzt bloß?«

Er schüttelt den Kopf, ist genauso ratlos wie ich. »Ich glaube, das hängt vom Richter ab. Vom Richter und von Quentin und Shad. Aber um Gottes willen, wenn dein Dad sich schon schuldig bekennt, dann sollte es doch wenigstens für ein geringeres Vergehen sein. Darauf muss sich Shad einlassen. Die Geschworenen hätten Tom doch freigesprochen.«

»Ich glaube nicht, dass Dad was am Strafmaß liegt. Er versucht, sich selbst zu bestrafen. Und sein Gesundheitszustand ist so schlecht, dass alles über einem Jahr ohnehin ein Todesurteil wäre.«

Rusty packt meine Schulter und drückt sie fest, wie früher nach den Footballspielen in der High School. Ich zucke zusammen, weil meine rechte Seite immer noch schmerzt.

»Entschuldigung«, sagt er. »Komm, wir setzen uns da vor die Geschworenenbank. Wir warten und reden drüber. Quentin wird nicht zulassen, dass dein Dad was Dummes macht.«

»Aber meine Mutter …«

»Drew kümmert sich um Peggy. Setz dich hin. Du siehst aus, als könntest du selbst jeden Moment zusammenklappen.«

Fünf Minuten später geht die Tür zu Richter Elders Zimmer auf, und Quentins Rollstuhl kommt langsam heraus, gefolgt von Doris Avery. Als Quentin mich mit Rusty da sitzen sieht, versucht er nicht, mir auszuweichen, sondern steuert geradewegs auf mich zu. Ich beuge mich mit pochendem Herzen vor.

»Was ist passiert?«, frage ich, als er an mich heranrollt.

Quentin holt tief Luft und sagt: »Es ist schwierig, Penn. Bitte unterbrich mich nicht, bis ich alles erklärt habe.«

»Komm schon, Quentin!«

»Dein Vater hätte sich schuldig bekannt, ganz gleich, was ich gemacht hätte. Es gab nichts, womit ich ihn hätte aufhalten können. Und Richter Elder schien geneigt, das zuzulassen.«

»Das kann doch nicht dein Ernst sein …«

»Lass mich ausreden, verdammt. Tom hat versucht, sich des Mordes schuldig zu bekennen, aber ich habe zu Richter Elder gesagt, ich würde mein Mandat auf der Stelle niederlegen, wenn er das zuließe. Dann habe ich Shad erklärt, Tom würde sich nur für ein geringeres Verbrechen schuldig bekennen. Shad fragte, an welche Anklage ich denn dächte. Ich habe geantwortet, ärztliche Beihilfe zum Selbstmord. Da wäre die Strafe der Verlust der ärztlichen Zulassung plus die bereits in Haft verbrachte Zeit.«

»O Quentin … Gott sei Dank. Du bist der Beste.«

Er verzieht das Gesicht und hebt die rechte Hand. »Darauf wollte sich Shad leider nicht einlassen. Er meinte, Totschlag wäre das mindeste.«

»Aber mit der gleichen Strafe? Oder auf Bewährung?«

Quentin schüttelt den Kopf. »Er sagte, Tom müsse ins Gefängnis.«

»Oh … o nein. Wie lange …?«

»Drei Jahre, Penn. Mehr konnte ich nicht erreichen.«

»Das kann einfach nicht wahr sein.«

»Leider doch. Jetzt erzähle mir, was mit Peggy ist. Ein Deputy ist hereingekommen und hat gesagt, sie wäre hier draußen zusammengebrochen.«

»Wir wissen noch nichts Genaues«, erwidert Rusty. »Drew Elliot bringt sie ins Krankenhaus.«

»Hat Dad mitbekommen, dass sie zusammengebrochen ist?«, frage ich.

»Nein. Da hatten sie ihn schon rausgeführt.«

»Zurück ins Gefängnis?«

Quentin nickt ernst.

»Quentin … das ist nicht richtig. Und du weißt es.«

Er schaut mich mit ratloser Miene an. »Ich weiß inzwischen gar nichts mehr. Außer, dass ich müde bin. Zu müde für so was.«

»Aber Quentin …«

»Geh und sieh nach deiner Mutter, Penn. Du bist jetzt das Familienoberhaupt. Höchste Zeit, sich auch so zu benehmen.«

Während ich ihn noch ungläubig anstarre, legt er den Kopf nach hinten und schaut zu seiner Frau auf. »Lass uns nach Hause gehen, Doris.«

Doris Avery schaut mit unendlicher Traurigkeit zu mir herunter. Dann legt sie ihrem Mann die Hände auf die Schultern und nickt zweimal.

»Los, wir gehen, Bubba«, sagt Rusty und zieht mich sanft auf die Beine. »Wir schauen nach, wie es deiner Mom geht.«

Der Warteraum in der Notaufnahme von Natchez ist mittags beinahe leer, sogar freitags. Die einzigen Leute, die sich dort aufhielten, als wir ankamen, sahen aus, als wären sie wegen irgendwelcher Routinebeschwerden dort. Als Rusty und ich der Krankenschwester am Empfang unsere Namen nannten, bat sie uns, bei der Tür zu warten, kam dann heraus und führte uns in ein leeres Behandlungszimmer. Ein paar Minuten lang war ich mir sicher, dass Drew gleich hereinkommen und uns mitteilen würde, Mom wäre verstorben. Doch Rusty beharrte darauf, das sei unmöglich, meine Mutter würde wahrscheinlich uns beide überleben.

Als Drew kam, war Jenny bei ihm. Er teilte uns mit, er sei sich ziemlich sicher, dass Mom eine Art Schlaganfall erlitten habe. Er hatte gehofft, es wäre eine Wiederholung ihrer Migräneattacke, aber sein Instinkt sagte ihm, dass hier etwas Ernsteres vorlag. »Ich habe ziemlich viele Tests angeordnet, und wir haben auch schon damit angefangen. Peggy will dich sehen, ehe wir sie zum MRT und anderen Scans nach unten bringen.«

»Okay«, sage ich matt und versuche, alles zu verarbeiten.

Jenny meint: »Sie steht Todesängste aus, Penn. Hauptsächlich um Dad, aber ich glaube, sie hat auch Angst, dass sie vielleicht stirbt. Heute noch. Deswegen will sie mit dir reden.«

»Okay, ich gehe zu ihr.«

»Gib uns noch etwa zehn Minuten«, sagt Drew. »Es ist gerade eine MTA bei ihr.«

»Sag mir einfach, wenn ich reingehen kann. Und danke, Drew. Danke, dass du da bist und so schnell handelst.«

»Ich bin nur froh, dass ich zur Stelle war.« Drew geht los, sagt dann von der Tür aus noch: »Ich bin den ganzen Tag hier, okay? Wir kommen dieser Sache auf den Grund.«

Ich nicke ihm dankbar zu, wende mich dann zu Jenny, die angefangen hat, zu bibbern. Als Rusty den Arm um sie legt, um sie zu wärmen, bricht sie in Tränen aus.

»Ach, komm«, versuche ich sie zu trösten. »Mom wird wieder gesund.«

»Ich denke nicht an Mom. Ich meine … nicht an den Schlaganfall, wenn es einer ist.«

Als ich meiner Schwester in die Augen schaue, sehe ich darin anscheinend bodenlose Angst. »Rusty, kannst du uns mal kurz allein lassen?«, frage ich, wende aber die Augen nicht von ihr.

»Klar. Ich warte draußen. Ruft, wenn ihr was braucht.«

Rusty wartet meine Antwort gar nicht ab. Sekunden später sind Jenny und ich allein.

»Sprich mit mir«, fordere ich sie auf, ergreife ihre Hände, die schlaff und feucht sind.

»Warum hat er das gemacht, Penn? Du glaubst doch nicht … dass er sie wirklich umgebracht hat?«

»Nein. Ich glaube, dass er wegen Caitlin und Walt völlig außer sich ist. Natürlich auch wegen Viola. Er hat sich aufgrund seiner ungeheuren Schuldgefühle für schuldig bekannt. Es sind die Schuldgefühle der Überlebenden, verstehst du? Wie nach dem Holocaust oder nach dem Krieg. Er will eine Strafe.«

Jenny nickt, aber ich sehe, dass sie diese Erklärung nicht ganz akzeptiert.

»Was ist?«, dränge ich in sie. »Woran denkst du?«

»Penn, ich muss dir was sagen.«

»Ich höre.«

»In der Nacht, als Viola gestorben ist, da war ich natürlich in England. Aber ich habe zu Hause angerufen, und Mom ist nicht an den Apparat gegangen.«

»Und?«

»Ich habe mir Sorgen gemacht, denn in Natchez war es ja früh am Morgen.«

»Wie früh?«

»Vor Sonnenaufgang.«

Ich will gerade noch einmal »Und?« sagen, doch plötzlich begreife ich, warum Jenny so bestürzt ist. Meine Mutter hat nicht nur einen leichten Schlaf; während ihres gesamten nächtlichen Ehelebens hat sie ständig auf den Anruf mitten in der Nacht gewartet, der ihr die Familientragödie verkündet. Sie hatte immer Angst, dass Dad am Steuer einschläft und gegen einen Baum fährt, während er zu einem nächtlichen Hausbesuch in irgendeinem abgelegenen Haus unterwegs ist. Und sobald Jenny und ich Auto fahren konnten, war die sofortige Reaktion auf einen Anruf zu nachtschlafender Stunde sozusagen fest in ihrem Hirn verdrahtet.

»Kannst du es ein bisschen genauer sagen, wann du angerufen hast?«

»Das ist es ja gerade«, erwidert Jenny mit ängstlich gefurchter Stirn. »Wegen der unterschiedlichen Zeitzonen habe ich mir zunächst nicht viel dabei gedacht. Aber ich habe während meiner Mittagspause in der Schule angerufen. Bei einer Verschiebung von sieben Stunden bedeutet das, dass es …«

»Fünf Uhr morgens oder so war«, vollende ich den Satz. »Viola ist um fünf Uhr achtunddreißig gestorben.«

Jenny schüttelt den Kopf wie ein Kind, das eine gefürchtete Wahrheit zu leugnen versucht.

»Hast du sie nur einmal angerufen?«

»Nein. Ich dachte, sie wäre vielleicht im Bad gewesen, habe es also immer wieder versucht.« Jenny legt sich die flache Hand auf die Brust, als wolle sie ihren Herzschlag verlangsamen. »Als ich sie schließlich viel später erreicht habe, hat sie mir gesagt, sie habe geschlafen und das Telefon nicht gehört. Herrgott, ich hab solche Schmerzen in der Brust.«

»Dann hör mal kurz auf zu reden. Und zu denken.«

»Kann ich nicht, Penn. Ich glaube, Mom hat gelogen. Sie geht *immer* ans Telefon, wenn in den frühen Morgenstunden jemand anruft. Ich glaube, sie war nicht zu Hause. Und Dad auch nicht.«

Ich stoße zischend die Luft aus, versuche mich zu rationalem Denken zu zwingen. »Großer Gott«, hauche ich. »Ich weiß nicht, was das zu bedeuten hat. Wann ist dir das wieder eingefallen?«

»Auf dem Flug hierher hat es mich auf einmal wirklich beschäftigt. Ich wusste nicht, was Daddy vorhatte, und ich hatte Angst, ihn danach zu fragen. Deswegen habe ich ihn auch nur einmal im Gefängnis besucht. Ich wusste, er würde spüren, dass ich einen Verdacht hege. Seit der Prozess angefangen hat, lässt es mir überhaupt keine Ruhe mehr, aber ich konnte es nicht über mich bringen, es dir zu erzählen. Ich habe versucht, Daddy zu vertrauen. Während der ersten beiden Tage war ich starr vor Angst, aber seit gestern schien dann alles doch gut zu werden. Und jetzt *das* …«

»Was ist mit Mom, Jenny? Hast du sie noch mal danach gefragt, seit du hier bist?«

Meine Schwester nickt. »Sie hat mich wieder total abblitzen lassen. Behauptet, das Telefon nicht gehört zu haben.«

»Vielleicht hat Dad den Fernseher angelassen, als er aus dem Haus ging«, vermute ich, »und der hat das Telefon übertönt.«

Jenny tut das ab, indem sie einfach die Augen schließt. »Du weißt doch, dass das nicht stimmt. Er hat den Fernseher am Bett immer auf voller Lautstärke, und sie wacht trotzdem auf, wenn das Telefon klingelt. Sie ist wie eine Bärenmutter, die während eines schlimmen Sturms fest schläft, aber beim kleinsten Piepser ihrer Jungen aufwacht.« Jenny verrenkt in offensichtlichem Schmerz den Kopf, schüttelt ihn dann, als wollte sie so ihre Gedanken loswerden.

»Die werden mich gleich reinholen, damit ich mit Mom reden kann.«

»Ich weiß.« Sie schaut mich mit blutunterlaufenen Augen an. »War das richtig, dass ich es dir gesagt habe?«

»Du musstest es mir sagen«, versichere ich ihr. »Ich weiß nicht, wie das hier weitergeht, aber es ist allerhöchste Zeit, dass wir die Wahrheit erfahren.«

Die Tür geht auf, und die Krankenschwester vom Empfang schaut herein. »Bürgermeister Cage? Ihre Mutter wartet jetzt auf Sie.«

Ich drücke Jenny fest und eile durch die Tür.

Ehe die Tür zugeht, höre ich die Schwester noch sagen: »Ihr Bruder ist der Bürgermeister, und Ihr Daddy ist Dr. Cage. Das ist echt toll. Kann ich Ihnen eine Cola oder einen Kaffee bringen?«

»Nein, danke.«

KAPITEL 72

»Sie schläft«, sagt eine weißgekleidete Krankenschwester, die mich in Moms Behandlungszimmer führt. »Sie wird aber jeden Augenblick aufwachen.«

Meine Mutter liegt auf dem Rücken unter einem dünnen Laken. Sie hat eine Infusion im Arm, und Kabel hängen an verschiedenen Körperteilen. Die Hintergrundmusik aus Piepen, Brummen und Klicken ist das Geräusch, das ich auf der Welt am wenigsten mag. Meine Mutter sieht auf dem Behandlungstisch so klein und verletzlich aus, als wäre sie hier, um den Maschinen zu dienen, die an der Wand stehen, und nicht umgekehrt.

»Ich warte gern«, antworte ich und setze mich auf den erstaunlich unbequemen Stuhl, den mir jemand hingestellt hat. »Danke.«

»Wenn Sie irgendwas brauchen, lassen Sie es mich einfach wissen. Ich bin Verbena Jackson. Dr. Cage ist mein Lieblingsarzt. Schon seit ewigen Zeiten.«

»Danke, Verbena. Das werde ich ihm sagen.«

»Ja, wirklich.« Sie senkt die Stimme. »Und der ganze Mist in den Zeitungen in letzter Zeit, das ist einfach nur jammerschade. Wie die sich in anderer Leute Dinge einmischen. Herrgott, wie ich seine Zigarre vermissen werde. Die hat er immer im Schwesternzimmer gelassen, ehe er die Runde durch die Krankenzimmer gemacht hat. Und dann hat er sie auf dem Weg nach draußen wieder geholt. Nein, solche wie den Doc gibt's heutzutage nicht mehr.« Verbena Jackson überprüft Moms Monitore, nickt dann und geht zur Tür. »Na jedenfalls, wie gesagt, lassen Sie es mich wissen, wenn Sie was brauchen.«

»Mach ich.«

Nachdem sie die Tür hinter sich geschlossen hat, sitze ich da und beobachte, wie sich die Brust meiner Mutter in flachen Atemzügen hebt und senkt, als wäre sie ein rastloses Kind. Nach ein paar Minuten strecke ich die Hand aus und lege sie auf ihr Bein, das sich unter dem Laken kalt und reglos anfühlt. Während die Piepser und Klicks die schwachen Funktionen ihres Körpers dokumentieren, fällt mir etwas ein, das Lincoln gesagt hat, als ihn Shad zum ersten Mal in den Zeugenstand gerufen hatte. Lincoln hat darüber geredet, dass seine Mutter ihn darüber angelogen hat, wer sein wirklicher Vater war, und woran er erkannt hat, dass sie ihn belogen hat. Er meinte, wegen seiner Erfahrung als Trickbetrüger könne er immer sagen, wenn Leute versuchten, ihn reinzulegen. Als Shad ihn darauf hinwies, dass seine Mutter ihn seit seiner Kindheit erfolgreich über seinen Vater belogen hatte, erwiderte er: *Wenn eine Frau, die niemals lügt, ihre erste Lüge erzählt … dann stellt niemand diese Aussage in Frage. Niemand kommt ihr auf die Schliche, denn die Leute können sich nicht mal vorstellen, dass diese Person versucht, sie zu betrügen. Es ist die große Lüge. Aber innerhalb der Familie. Meine Ma hat beinahe nie gelogen. Deswegen habe ich … nie bemerkt …*

Moms Bein zuckt unter meiner Hand, und dann flattern ihre Augenlider, bleiben aber geschlossen. Ich stehe auf, beuge mich zu ihrem Ohr und murmele: »Mom, du bist im Krankenhaus, aber es geht dir gut.«

Beim Klang meiner Stimme schlägt sie endlich die Augen auf und fokussiert sie mit einiger Mühe auf mich. Ich sehe kein Erkennen in ihren Augen, nur Verwirrung.

»Du erkennst mich doch, nicht?«

»Wo ist Annie? Wo ist Mia?«

»Sie sind in Sicherheit, Mom. Sie sind noch in Louisiana, und das FBI wacht über sie.«

»O … o ja. Das stimmt.«

Ich sehe, dass der Schmerz wie eine dunkle Flut über sie hereinbricht, als ihr Kurzzeitgedächtnis zurückkehrt. »O Penn«, sagt sie mit schmerzerfüllter Stimme. »Warum hat er das getan? Nach all dem … warum hat Tom sich schuldig bekannt?«

Ich hole tief Luft, ehe ich antworte, und stelle fest, dass mir die Worte fehlen.

»Ist es zu spät, das noch einmal zu ändern?«

»Ja. Quentin hat eine Anklage wegen eines geringeren Vergehens ausgehandelt, aber …«

»Aber er muss ins Gefängnis.«

Ich nicke. »Drei Jahre.«

»O Penn«, sagt sie und zieht sich mit einer klauenhaften Hand das Laken bis zum Hals hoch. »Er wird da sterben.«

»Vielleicht nicht. Ich werde alles Menschenmögliche tun, um ihn rauszubekommen. Aber im Augenblick müssen wir uns auf dich konzentrieren.«

»Oh, das ist nicht wichtig.«

»Doch, es ist wichtig. Es bedeutet etwas für Annie. Es bedeutet etwas für Jenny. Es bedeutet etwas für mich. Und am meisten bedeutet es für Dad.«

Diesmal reagiert sie nicht. Sie liegt nur da, und die Tränen sickern ihr aus den Augen, und sie macht sich nicht die Mühe, sie wegzuwischen. *Wie hart wir doch daran arbeiten, uns blind zu stellen, wenn wir Dinge nicht sehen wollen,* überlege ich. *Selbst wenn sie direkt vor unserer Nase sind.* Mom hat mich an dem Tag angelogen, nachdem Dad auf Kaution frei und geflohen war – darüber, dass sie keinen Kontakt mit ihm hatte –, aber als sie das mir gegenüber zugab, habe ich es nur ihrer Loyalität dem Ehemann gegenüber zugeschrieben. *Wie viele Lügen haben die beiden noch erzählt, um sich gegenseitig zu schützen? Oder um uns, ihre Kinder, zu schützen?*

»Mom«, sage ich und drücke ihr sanft die Schulter. »Ich muss dich was fragen. Bist du in der Nacht, in der Viola gestorben ist, zum Haus von Cora Revels gegangen?«

Sie antwortet nicht, aber ihre Augen schauen mich an, und die Muskeln ihres Gesichts zittern beinahe, weil sie so sehr versucht, Ungläubigkeit, Leugnen, Empörung, Wut und schließlich … Erleichterung auszudrücken.

»Wie hast du das rausbekommen?«, flüstert sie.

»Jenny hat mir erzählt, dass sie an diesem Morgen mehrere Male zu Hause angerufen hat und dass du nie an den Apparat gegangen bist.«

»Nun, das ist aber nicht …«

»Mom, lass es.«

Sie holt tief Luft, wischt sich dann die Augen und atmet sehr langsam aus.

»Dad hat im Zeugenstand gelogen, nicht wahr? Um dich zu schützen.«

»Was willst du wissen, Penn?«

»Was in jener Nacht in diesem Haus passiert ist.«

Ihre Augen huschen unruhig im Raum umher. »Was soll das bringen? Viola ist tot, und dein Vater geht nach Parchman. Daran wird nichts etwas ändern, oder?«

»Ich muss die Wahrheit wissen. Es ist Zeit, Mom. Ihr habt sie mir bisher verschwiegen, und schaut nur, was dabei rausgekommen ist. Wenn ich Dad helfen soll, dann muss ich wissen, was in jener Nacht geschehen ist.«

Sie langt nach oben und umfasst meinen Arm, wie sich jemand bei stürmischem Wetter an die Reling eines Schiffes klammert. »In diesen letzten Wochen vor Violas Tod«, sagt sie, »da wusste ich, dass etwas Merkwürdiges vor sich ging. Es war lange her, dass Tom so viele Hausbesuche gemacht und so lange fortgeblieben war. Also bin ich ihm eines Nachts gefolgt. Sobald wir diese Straße erreicht hatten, die Straße, die zu Coras Haus führt, da wusste ich, wohin er ging. Es war dasselbe Haus, in dem ihre Eltern gelebt hatten … damals.«

»Du wusstest damals von der Affäre, nicht? 1968?«

Meine Mutter zögert und nickt dann.

»Großer Gott, dir ist nie was entgangen, oder?«

»Nicht viel. In diesem Fall hätte ich es mir anders gewünscht. Heute vor Gericht habe ich begriffen, dass ich erst von dieser Affäre gewusst habe, als sie vorbei war. Nach den Vergewaltigungen hat Viola aufgehört, mit Tom zu schlafen. Doch er hat sich danach verändert. Über Nacht. Er konnte nicht mehr schlafen, er war kurz angebunden mit mir, mit allen.«

»Hattest du irgendeine Ahnung, was Viola Frank Knox angetan hatte?«

»Nein. Ich wusste auch nichts von den Vergewaltigungen. Damals nicht.«

»Was wusstest du?«

»Dass etwas mit meinem Mann nicht stimmte. Also bin ich Tom

eines Tages gefolgt, genau wie ich das vierzig Jahre später wieder machen würde. Und er fuhr zu einem kleinen Haus auf der farbigen Seite der Stadt. Es gehörte Nellie Jackson, wie Tom heute ausgesagt hat. Viola hat sich da versteckt.«

Prickelnde Furcht stellt mir die Nackenhaare auf. »Was hast du gemacht, Mom?«

Sie schüttelt langsam den Kopf, die Augen auf eine Szene in der fernen Vergangenheit gerichtet. »Ich habe gewartet, bis Tom wegging. Und als er ging, habe ich durch den Türspalt Viola gesehen. Es war nur ein flüchtiger Blick, aber in dem Augenblick habe ich alles verstanden. Frauen sind für diese Art von Bedrohung sensibilisiert. Ich war mir sicher, dass er in sie verliebt war – und das stimmte ja auch. Ich bin damals nicht reingegangen. Ich bin eine Weile in der Gegend herumgefahren und habe Todesängste ausgestanden. Ich hatte Angst, dass Tom uns verlassen würde, um mit ihr zusammen zu sein.«

»Das hättest du besser wissen müssen.«

»Sei dir da nicht so sicher. Er ist näher dran gewesen, uns zu verlassen, als er zugeben will. Und wenn Viola gewollt hätte, dass er uns verlässt, dann hätte er das wohl getan. Sie war ein guter Mensch. Bemerkenswert sogar. In den meisten Dingen … konnte ich ihr nicht das Wasser reichen.«

»Mom, das ist …«

»Es hat keinen Zweck mehr, jetzt zu lügen, mein Junge. Jedenfalls bin ich am nächsten Morgen wieder zu diesem Haus gegangen, während Tom bei der Arbeit war. Und ich habe an die Tür geklopft. Viola hat mich hereingelassen. Sie war am Boden zerstört, Penn. Dem Selbstmord nah. Nellie hatte einen Mann dazu abgestellt, bei ihr zu bleiben. Ich glaube, wenn der nicht da gewesen wäre, hätte sie sich umgebracht. Viola war völlig aufgelöst. Sie war sich sicher, dass ihr Bruder tot war. Sie wusste nicht, was sie tun sollte.«

»Was hat sie getan?«

»Sie hat mich zuerst angefleht, ihr zu vergeben, dass sie unserer Familie Schaden zugefügt hat. Sie sagte, die Affäre wäre ein schrecklicher Fehler gewesen. Aber eigentlich konnte sie immer nur an ihren Bruder denken. Sie wusste, dass der Ku-Klux-Klan versuchte, sie zu finden und zu töten, aber man musste sie trotzdem noch daran hindern, das Haus zu verlassen und nach ihrem Bruder zu suchen. Ich glaube, ihr war zu dem Zeitpunkt egal, was Tom dachte oder fühlte. Nellie Jackson versuchte, sie davon zu überzeugen, die Stadt zu verlassen. Nellie hatte Kontakte in Chicago, und sie wollte, dass Viola da hingeht.«

»Hat Nellie sie aus der Stadt geschafft?«

»Nicht gleich. Das Problem war Geld. Viola hatte keines. Während ich da war, kam Nellie höchstpersönlich in ihrem großen Cadillac angefahren. Der Mann hatte sie angerufen. Nellie und ich unterhielten uns in einem anderen Zimmer, während der Mann Viola beobachtete. Nellie sagte mir, Viola würde Geld brauchen, um sich über Wasser zu halten, bis sie in Chicago Arbeit fand. Nellies Kontakte waren … in ihrem Gewerbe. Oder in Spielhöllen. Ihr war klar, dass Viola einen legalen Job brauchte. Tom hätte Viola jede Summe gegeben, aber nicht, damit sie die Stadt verließ.« Mom schließt die Augen, Tränen quellen aus den Augenwinkeln. »Er wollte nicht, dass sie ging.«

»Mom … du musst nicht …«

»Doch. Ich habe das all die Zeit für mich behalten, und jetzt … wer weiß … Nellie Jackson hat mir noch etwas anderes gesagt, Penn. Sie hat mir gesagt, dass Viola schwanger war.«

»Hatte Viola ihr das erzählt?«

»Nein. Aber ich denke, in Nellies Gewerbe entwickelt man einen sechsten Sinn für Schwangerschaften. Wie die alten Hebammen, nehme ich an.« Meine Mutter schaudert. »Ich war mir sicher, dass das Baby von Tom war. Ich hatte furchtbare Angst. Ich sagte Nellie, wenn sie es organisieren könnte, dass Viola nach Chicago kam, dann würde ich das Geld dazu beisteuern.

Am selben Nachmittag bin ich zur Building and Loan gegangen und habe von meinem persönlichen Sparkonto viertausend Dollar abgehoben – alles Geld, was ich vom Unterrichten gespart hatte. Das war an sich schon angsterregend genug, denn ich fürchtete ja, dass dein Vater uns verlassen könnte. Aber dieses Risiko musste ich eingehen. Ich fuhr mit dem Geld zu dem Haus zurück und gab es Nellies Beauftragtem. Ich sprach auch noch mal mit Viola, ehe ich ging.«

»Was hast du gesagt?«

»Ich habe ihr das Versprechen abgenommen, nie wieder nach Natchez zurückzukommen. Jedenfalls nicht zu Tom. Und dass sie nie wieder versuchen würde, ihn dazu zu überreden, an den Ort zu kommen, wo sie sich niederlassen würde. Das hat sie mir versprochen.« Mom schüttelt den Kopf, und die Tränen fließen wieder. »Sie hat es gemacht. Sie hat ihn geliebt, das konnte ich sehen. Aber irgendetwas hatte sie zerbrochen. Ich nahm damals an, dass es die Tatsache war, dass niemand ihren Bruder finden konnte, aber heute weiß ich, dass es die Vergewaltigungen waren und … und alles andere.«

»Beim Prozess hast du zum ersten Mal von den Vergewaltigungen gehört?«

»Nein. Tom hat mir schließlich von der ersten erzählt, von der in Violas Haus, nicht von der in der Werkstatt. Weißt du, er wusste ja nicht, dass ich Kontakt mit Viola gehabt hatte. Also musste ich das alberne Spielchen spielen und ihn fragen, warum sie nicht mehr in seiner Praxis arbeitet. Zuerst hat er versucht, so zu tun, als wäre das eine reine Routinesache, aber dann ist seine Stimme gebrochen, und er ist zusammengeklappt. Ich wollte ihn nicht drängen, aber wenn ich das nicht gemacht hätte, dann hätte er gespürt, dass ich mehr wusste, als ich wissen sollte.«

»Hat er dir von der Affäre erzählt?«

»Nein, nein. Nur von der Vergewaltigung. Er hat mir erzählt, der Klan hätte wahrscheinlich auch ihren Bruder ermordet. Und seiner Meinung nach hat das die Tränen erklärt, verstehst du? Er konnte so tun, als wäre er bestürzt über das, was der Klan ihr angetan hatte, und nicht über die Affäre. Und so schlimm das auch klingt, ich war voller Hoffnung. Hoffnung, dass Viola von einem der Klan-Leute und nicht von Tom schwanger war. Ich fühle mich schrecklich, dass ich das sage … aber das habe ich damals so empfunden.« Mom schließt die Augen. »Mein Gott, dieses Mädchen hat Qualen durchlebt.«

Ich fahre auf, als links von mir die Tür aufgeht, aber es ist nur wieder Verbena Jackson. »Sehen Sie, habe ich doch gesagt, dass sie aufwacht. Alles in Ordnung?«

»Ja, danke.«

»In etwa fünf Minuten ist sie für einen weiteren Scan eingeteilt.

Wenn Sie mehr Zeit brauchen, kann ich auch zehn Minuten draus machen.«

»Wir versuchen, rechtzeitig fertigzuwerden.«

Die Krankenschwester nickt und schließt leise die Tür.

»Was ist mit der Nacht, in der Viola gestorben ist, Mom? Vor drei Monaten?«

Mom starrt an die Decke, während sie mir die Geschichte erzählt, als würde sie da oben in den gedämpften Farben eines alten Super-8-Films projiziert und sie beschriebe nur, was sie sieht.

»In der ersten Nacht, in der ich Tom zu Coras Haus gefolgt bin, ging ich zum Haus und schaute durch das Fenster. Als ich die Frau in dem Krankenbett sah, habe ich Viola zunächst nicht erkannt. Aber am nächsten Tag habe ich herausgefunden, wem das Haus gehörte. Dann wusste ich es. Ein paar Nächte später ging Tom wieder fort und blieb sehr lange weg. Und er war früher am Abend wegen irgendwas sehr bestürzt gewesen, das hatte ich gemerkt. Also wartete ich eine Weile und fuhr dann hinter ihm her. Und richtig, sein Auto war vor Coras Haus geparkt. Ich habe meinen Wagen abseits der Straße abgestellt und abgewartet, bis er wieder ging. Das machte er schließlich auch, gegen halb fünf am Morgen.«

Eine halbe Stunde, ehe Jenny bei dir angerufen hat. »Du bist ins Haus gegangen?«

»Nicht gleich. Ich war sehr bestürzt. Ich bin nicht sicher, wie lange ich gewartet habe, ehe ich hinging, aber es war noch dunkel. Als ich geklopft habe, hat niemand geantwortet. Der Türknauf ließ sich drehen, also bin ich reingegangen. Ich habe gerufen, um herauszufinden, ob jemand zu Hause war, aber Viola schien in dem Krankenzimmer allein zu sein. Ich konnte nicht verstehen, wieso sie allein war. Jetzt weiß ich natürlich, dass ihre Schwester bei den Nachbarn eingeschlafen war.«

»Was hast du gemacht, Mom?«

Ein Schatten huscht über die Augen meiner Mutter. Sie bewegt den Mund, leckt sich die Lippen. »Ich habe ein Tuch nass gemacht und Violas Gesicht damit abgewischt, und da ist sie aufgewacht. Sie war angeschlagen, aber klar im Kopf. Ich nehme an, sie hatte eine ziemlich hohe Toleranz für Morphin aufgebaut.«

»Hat sie dich erkannt?«

»O ja. Sie meinte, ich hätte mich kaum verändert, was natürlich gelogen war. Aber sie hat mich erkannt. Sie jedoch hatte sich bis zur Unkenntlichkeit verändert. Als sie Natchez verließ, war sie eine der schönsten Frauen, die ich je gesehen hatte, genau wie ihr Sohn das im Zeugenstand gesagt hat. Doch als ich in jener Nacht mit ihr geredet habe, sah sie aus wie eine Neunzigjährige. Sie war fünfundsechzig, Penn. Nur in ihren Augen waren noch Spuren von der Frau zu sehen, an die ich mich erinnerte.«

Ich verdränge alle Gedanken an das schreckliche Leben, das in Chicago auf Viola gewartet hatte. »Was ist sonst noch zwischen euch geschehen?«

»Sie hat mich gefragt, wo Tom wäre. Ich sagte ihr, ich hätte ihn weggehen sehen. Da hat sie mir erzählt, er hätte sie überlistet. Dass sie erwartet hatte, zu sterben, dass Tom es wohl dann aber nicht über sich gebracht hat, die Sache durchzuziehen.«

»Und? Was ist dann passiert?«

»Sie hat ein bisschen geweint. Sie hat sich nach unserer Familie erkundigt. Ob ich glücklich gewesen wäre. Sie hat mir ein bisschen was über ihr Leben in Chicago erzählt. Sie war schrecklich traurig, als sie von ihrem Sohn gesprochen hat.«

»Wusstest du zu dem Zeitpunkt, dass Dad Lincolns Vater war?«

»Nein. Das hatte mir nie jemand gesagt. Aber ich hatte es natürlich in tiefster Seele immer befürchtet. Deswegen …«

»Was?«

»Tom war nicht der Einzige, der Viola all die Jahre Geld geschickt hat.«

»Sag's mir, Mom.«

»Hast du dich nicht gefragt, wo das ganze Geld, von dem sie immer geredet haben, hergekommen ist? Das Geld in Violas Testament? Wenn du vorher zugehört hattest, dann weißt du ja, dass Junius Jelks alles ausgegeben hat, was sie verdient hat. Aber dann sind da plötzlich zweiundsiebzigtausend Dollar, die sie Henry Sexton und ihrer Familie vermachen kann?«

»Du hast das geschickt?«

Mom nickt auf dem Kissen. »Natürlich. Im Lauf der letzten siebenunddreißig Jahre. Und Viola hat keinen einzigen Cent davon ausgegeben. Sie hat die Schecks eingelöst, das ja, aber sie hat das Geld auf ein geheimes Konto gelegt und für ihren Sohn angespart. Tom hatte recht, als er von Violas Würde gesprochen hat. Sie war zu stolz, um dieses Geld je für sich zu verwenden. Sie hat es für Lincoln gespart und gebetet, dass der Tag kommen würde, an dem sie es ihm anvertrauen oder an dem sie sich darauf verlassen könnte, dass Jelks es ihm nicht auf irgendeine Art abluchst.«

»Dad hat nie gewusst, dass du das Geld schickst?«

»Großer Gott, nein. Ich habe es vom Haushaltsgeld abgezweigt. Du, Jenny und ich, wir mussten auf ein paar Dinge verzichten, aber das war ein kleiner Preis, wenn ich damit Viola und ihr Kind in Chicago unterstützen konnte.«

Der Gedanke, dass meine Mutter über drei Jahrzehnte in dieser dualen Realität funktioniert hat, ist kaum zu begreifen. »Großer Gott, Mom.«

»Jedenfalls ... war sich Viola darüber im Klaren, dass mein Geld das nicht abbezahlt hatte, was ich ihr schuldete. Denn in jener Nacht hat sie mir den Schuldschein präsentiert.«

»Wie meinst du das?«

»Sie hat mir gesagt, sie wäre all die Jahre fortgeblieben, obwohl sie die meiste Zeit kreuzunglücklich gewesen wäre, und jetzt bräuchte sie meine Hilfe.«

Mein Herz flattert vor Angst. »Was wollte sie?«

Moms Augen werden hart. »Sie wollte, dass ich das mache, was dein Vater nicht konnte.«

»Du hast ihr nicht das Adrenalin gespritzt ...«

»Nein. Morphin. Es war noch eine beinahe volle Ampulle da, die sie gerade eben nicht erreichen konnte. Tom hatte ihr genug gegeben, um sie ruhigzustellen, aber er hatte es mit Salzlösung verdünnt.«

»Im Zeugenstand hat er behauptet, Viola hätte es bemerkt, wenn er das versucht hätte.«

Mom schüttelt den Kopf. »Er hat nur versucht, mich zu schützen, als er das gesagt hat. Er hat ihr die Spritze in die tiefe Oberschenkelvene gegeben. Sie konnte das da unten gar nicht sehen. Ihre Muskelkontrolle war zu dem Zeitpunkt schon ziemlich schlecht. Deswegen konnte sie sich die Spritze nicht selbst geben.«

»Ich dachte, das wäre, weil sie eine fromme Katholikin war.«

»Na ja, das vielleicht auch, nehme ich an. Schämst du dich für mich? Weil ich das getan habe?«

»Ich bin nur überrascht. Allerdings weiß ich nicht, warum.«

»Penn, wenn du da gewesen wärst …« Mit großer Mühe hebt meine Mutter die linke Hand und berührt meine Wange. »Erinnerst du dich noch daran, als Sarah so gelitten hat?«

Wenn ich mich dieser Zeit meines Lebens stelle, dann brechen Schrecken und Schmerzen wie eine schwarze Flut über mich herein. »Ja.«

»Violas körperliche Schmerzen waren nicht so schlimm wie die von Sarah, aber ihr Gemütszustand war schlechter. Sehr viel schlechter. Sarah wurde aus einem glücklichen Leben, aus einer wunderbaren Familie gerissen. Aber als Viola starb, glaubte sie, dass sie ihr einziges Kind im Stich gelassen hatte. Das ist für eine Mutter beinahe unerträglich.«

Im Taumel ihrer Beichte treibt Mom sich mit eiserner Willenskraft vorwärts. »Deswegen habe ich zugestimmt. Dein Vater hat sie zu sehr geliebt, aber ich konnte mir gut vorstellen, wie sie sich fühlte. Ich begriff, was für ein Glück ich gehabt hatte, mein Leben mit dir und Jenny zu haben, und all das hatte ich Violas Opfer zu verdanken. Wir alle hatten es ihr zu verdanken, Penn.« Die Augen meiner Mutter leuchten vor unerschütterlicher Überzeugung. »Denn sie hätte uns deinen Vater wegnehmen können, wenn sie gewollt hätte.«

»Mom, da irrst du dich.«

Meine Mutter zwingt sich zu einem Lächeln und nickt, als glaubte sie mir, aber die Wahrheit liegt in ihren Augen.

»Also warst das du, die die Morphiumspritze in die Ellenbeugenvene vermasselt hat.«

»Natürlich. Violas Venen waren in einem schrecklichen Zustand, besonders die große Vene in der Ellenbeuge, die einzige, die ich überhaupt hätte treffen können. Ich habe die Nadel voll durch das Blutgefäß gestochen. Aber das wusste ich damals nicht. Ich habe keine medizinische Erfahrung. Ich habe dieses Haus in dem Glauben verlassen, ich hätte Viola Sterbehilfe geleistet.«

»War das die einzige Spritze, die du ihr gegeben hast?«

»Ja.«

»Und du hast das Morphin selbst aus der Ampulle aufgezogen?«

»Ja.«

»Wie lange danach hast du das Haus verlassen?«

»Sobald Viola das Bewusstsein verloren hatte. Ich hatte das Gefühl, ich hätte bei ihr bleiben sollen. Aber sie sagte mir, ich solle gehen. Und sobald sie eingeschlafen war, habe ich mich so allein gefühlt. Allein und ängstlich. Und ich habe nicht geglaubt, dass es irgendeine Möglichkeit gäbe, dass sie wieder aufwacht.«

»Und du hast nicht bemerkt, dass eine Kassette in der Kamera war?«

»Großer Gott, nein. Daran habe ich nicht einmal gedacht.«

Ich blinzele ungläubig, als mir die Abfolge der Ereignisse klar wird. »Du kannst sie also nicht umgebracht haben.«

Meine Mutter schluckt. »Nein. Manchmal wache ich auf und frage mich, ob die Apotheke nicht irgendwie die Ampulle falsch beschriftet hatte, aber Tom hat mir versichert, dass das bestimmt nicht so war. Das hätten sie bei der Morduntersuchung herausgefunden.«

»Da hat er recht. Aber wenn du das Adrenalin gespritzt hättest, hättest du es sofort gemerkt. Es hätte sich in ihrem Körper ausgewirkt, ehe du den Raum verlassen hast. Sie wäre niemals bewusstlos geworden. Nein, jemand anders hat ihr das Adrenalin gespritzt, nachdem du gegangen warst.«

Erleichterung scheint in ihren Augen auf, entspannt ihr Gesicht ein wenig.

»Die Frage ist: Wer war das?«

»Du glaubst doch nicht, dass es Cora war, oder?«, fragt sie. »Oder Lincoln? Nach all dem Theater mit dem Testament? Mein Gott, schon allein der Gedanke wäre zu schrecklich.«

»Ich glaube nicht, dass Cora das tun könnte. Lincoln … ich weiß nicht. Ich denke, nicht.«

»Ich glaube nicht, dass er es war«, sagt sie. »Es muss Snake Knox gewesen sein. Und der ist immer noch irgendwo da draußen. Das ist das Höllische an dieser Sache. Das Absurde. Tom ist im Gefängnis, und dieses Monster läuft frei herum, bringt immer noch Menschen um ...«

»Jetzt beruhige dich.« Plötzlich habe ich das Gefühl, dass sie mich von etwas ablenken will. »Mom, sieh mich an. Und beantworte mir eine Frage. Ist Dad noch einmal in Coras Haus zurückgegangen, nachdem du fort warst?«

Ihre Augen weiten sich, aber ihr Mund schweigt.

Mein Puls rast, mein Gesicht wird ganz heiß. »Hat Dad es getan, Mom? Hat er ihr das Adrenalin gespritzt?«

»Nein, Penn. Er hat mir gesagt, dass er es nicht getan hat.«

»Was hat er dann gesagt, was geschehen ist?«

Meine Mutter sieht aus wie ein Tier, das in der Falle sitzt. Ich habe schon Tausende von Zeugen und Angeklagten mit diesem Blick erlebt.

»Du und Dad, habt ihr an dem Morgen, als Viola starb, miteinander gesprochen?«

»Mein Junge, ich will dir nichts verheimlichen. Aber wenn du mehr wissen willst, musst du mit deinem Vater reden. Ich will nichts Falsches sagen oder tun. Und ich will dich nie in die Lage bringen, dass du lügen musst. Während dieses ganzen Prozesses habe ich Todesängste ausgestanden, dass Shad mich in den Zeugenstand rufen könnte. Die Aussageverweigerung der Ehepartner ist kein absolutes Recht. Ich wusste das nicht, bis ich ein bisschen darüber nachgelesen habe, aber es stimmt. Ich habe jeden Tag in diesem verfluchten Verfahren am Rande des Zusammenbruchs gestanden.«

»Mom, Dad wird mir nichts davon erzählen. Ich bezweifle sogar, dass er zugeben wird, was du mir gerade gesagt hast. Wenn ich auch nur den Hauch einer Chance haben will, diese Sache rückgängig zu machen, muss ich die ganze Wahrheit kennen.«

Sie weicht meinem Blick aus. »Ich weiß nicht, was ich machen soll. Du musst mit deinem Vater sprechen. Ich kann dir nur eines sagen: Ich wollte von Anfang an die Wahrheit sagen. Ich habe Tom gestattet, das Risiko auf sich zu nehmen, aber nicht, um mich zu schützen. Ich habe es für Annie und für Jennys Kinder getan.«

»Was meinst du damit?«

»Vor fünf Monaten wäre dein Vater beinahe gestorben. Wir haben Glück, wenn er noch ein Jahr am Leben bleibt. Und in Anbetracht dessen … muss ich zugeben, dass Tom recht hat. Ich habe die Pflicht, in Freiheit zu bleiben, falls dir etwas zustößt. Schließlich führst du ja auch nicht das sicherste Leben. Annie ist erst elf. Jemand muss für sie da sein, für Jennys Kinder genauso. Die sind älter als Annie, aber sie sind nicht unabhängiger, als deine Schwester in ihrem Alter war …«

»Mom, jetzt hör auf …«

»Was habe ich dir immer gesagt?«, fragt sie, packt meinen Arm mit überraschender Kraft und schüttelt ihn. »Die Familie. Die Familie ist alles, was zählt auf dieser Welt.«

Jeden Augenblick wird Verbena die Tür wieder öffnen. Während ich mir das Hirn zermartere, wie ich Mom überzeugen kann, mir mehr zu erzählen, kommt mir ein anderer Gedanke, einer, den ich kaum glauben kann. »Moment, wusste Quentin das alles? Von deiner Rolle in der Sache?«

»Nein. Soweit ich weiß nicht. Als dein Vater sagte, niemand dürfe etwas davon erfahren, da meinte er wirklich niemand.«

Genau wie bei seinen Kriegserlebnissen, denke ich bitter. Wenn mein Dad die Tür zumachte, dann blieb sie zu.

»Wirst du Jenny davon erzählen?«, fragt Mom. Die Besorgnis in ihrer Stimme klingt mir wieder vertrauter als alles, was sie bisher gesagt hat. »Es ist wirklich nichts gewonnen, wenn sie auch noch über all die Dinge nachdenkt.«

In Gedanken sehe ich meine Schwester zitternd im Warteraum sitzen. Ich weiß nicht, ob Mom sich da irrt oder nicht, aber ich will nicht, dass sie sich jetzt deswegen Sorgen macht. »Ich werde Jenny sagen, dass du während ihrer Anrufe tief und fest geschlafen hast. Dass du ein Lorcet Plus eingenommen hattest.«

Mom nickt langsam, das Gesicht voller Dankbarkeit. Zumindest in Jennys Augen, denkt sie wohl, wird ihr Bild als perfekte Mutter erhalten bleiben. »Es tut mir leid, dass du im Dunkeln tappen musstest während dieser ganzen Sache«, sagt sie. »Aber du warst immer der Starke.«

»Da komme ich nach meiner Mutter, stimmt's?«

Ein leises stolzes Lächeln spielt auf ihren Lippen. Ironie war ihr immer ziemlich fremd. »Wohin gehst du jetzt?«, fragt sie. »Wirst du deinen Vater besuchen?«

»Ich denke, ich habe keine andere Wahl.«

»Gut.« Eine Glocke erklingt auf dem Flur. »Denk immer daran, was ich gesagt habe. Die Familie. Die ist alles, was zählt.«

Ich küsse sie auf die Stirn und entferne mich von ihrem Bett. Aber an der Tür drehe ich mich noch einmal um. »Mom, du hast mich gefragt, warum Dad seine Meinung geändert und sich schuldig bekannt hat. Jetzt frage ich dich. Versucht er immer noch, dich zu schützen? Denn ich glaube, du bist jetzt in Sicherheit.«

Sie schaut mich über den kleinen Hügel ihrer vom Laken bedeckten Füße hinweg an. »Keiner von uns ist in Sicherheit, solange Snake Knox noch in Freiheit ist. Aber deswegen hat Tom sich nicht schuldig bekannt.«

»Warum dann? Aus Schuldgefühlen wegen Caitlin? Walt? Henry?«

»Tom hat das gemacht, weil er sich für uns und gegen Viola entschieden hat. Er hat seine Gelübde ernst genommen und seine Pflicht getan. Er hat getan, was gute Menschen tun. Gute Väter. Aber Viola hat den Preis für seine Ehre bezahlt. Einen schrecklichen Preis. Und er … er konnte damit nicht mehr leben. Deswegen hat er sich ins Gefängnis geredet.«

Ich kann den Schmerz, der sich nun in den Augen meiner Mutter offenbart, nicht mehr mit ansehen.

»Ich komme später noch einmal«, sage ich zu ihr. »Versuch, ein bisschen zu schlafen. Es wird ständig jemand über dich wachen.«

»Geh nicht zu streng mit deinem Vater ins Gericht, Penn.«

»Bis später. Versuche zu schlafen.«

Und dann gehe ich.

KAPITEL 73

Nachdem ich das Zimmer meiner Mutter verlassen hatte, habe ich Jenny meine Notlügen aufgetischt, dann eine SMS an Rusty geschrieben und ihn gebeten, mich in einer Viertelstunde am alten Westeingang des Krankenhauses abzuholen. Ich wollte ein bisschen Zeit haben, um meine Gedanken zu ordnen, ehe ich mich zum Gefängnis aufmachte, um Dad zu besuchen. Und ich wollte nicht, dass mir auf Schritt und Tritt ein Leibwächter folgte. Nach einem angespannten Gespräch mit Joe Russell ist es mir gelungen, mich von meinem Schatten zu befreien.

Ich stehe bei dem alten Personaleingang des St. Catherine's Hospital, das nach Jahrzehnten der Vernachlässigung endlich gründlich saniert wird. Der Eingang ist der Ort meiner deutlichsten Kindheitserinnerung, des ersten Augenblicks, in dem ich begriffen habe, dass mein Vater wichtig war. Hier, gleich hinter der großen grünen Doppeltür war eine Tafel mit hundert rechteckigen Knöpfen angebracht. Auf jedem dieser Knöpfe war ein weißes Schildchen angebracht, auf den meisten standen getippte Namen. Hinter jedem Namen waren die Buchstaben M.D. verzeichnet. Medical Doctor – Dr. med. Sobald ein Arzt das Krankenhaus betrat, drückte er auf seinen persönlichen Knopf, und dann ging ein gelbes Lämpchen hinter dem Namen an, wie in einem Kampfflugzeug oder einem Gemini-Raumschiff. Und irgendwo oben würde in einer Zentrale ein Mitarbeiter wissen, dass dieser Arzt nun im Krankenhaus und bei Notfällen einsatzbereit war.

Ich war vielleicht fünf Jahre alt, als Dad mich zum ersten Mal ins Krankenhaus mitnahm und ich zum ersten Mal sah, wie das Lämpchen neben seinem ausgestreckten, langen Zeigefinger anging. Meine kleine Brust schwoll vor Stolz, wie ich ihn seither kaum je erlebt habe. Ich wusste, dass Menschen meinen Dad brauchten – sich auf ihn verließen –, und deswegen wusste ich, dass er wichtig war. Und wenn er wichtig war, dann war *ich* das auch.

Wenn ich groß war, wollte ich genauso wichtig sein wie er.

Die alte Tafel hängt immer noch an der Wand, aber die meisten Schildchen haben sich von den Knöpfen abgelöst, und unter dem Aluminiumrahmen hängt ein Wirrwarr loser Drähte. Trotz all der Millionen, die im Laufe der Jahre hier für Renovierungsarbeiten ausgegeben wurden, hat nie jemand diese Tafel entfernt. Da die Öffentlichkeit diesen Eingang nie zu sehen bekommt, haben die Erbsenzähler wahrscheinlich überlegt, dass die Kosten für das Entfernen nicht zu rechtfertigen waren. Jetzt starrt dieses kuriose Überbleibsel leblos von der Wand, so unzeitgemäß wie ein verwaister Münzfernsprecher. Als auf dieser Tafel noch die Lämpchen aufblinkten, hieß das Gebäude auch noch nicht St. Catherine's, sondern Jefferson Davis Memorial Hospital, war nach dem Präsidenten der Konföderierten Staaten benannt. Damals gab es in Natchez achtzig Ärzte, und die Stadt pulsierte vor Leben. Aber als die Zeiten sich änderten, änderte sich auch der Name des Krankenhauses. Irgendwann in den achtziger Jahren, als ich in Houston als Anwalt arbeitete, wurde es zu St. Catherine's umbenannt, nach dem kleinen Fluss in der Nähe, an dem die Natchez-Indianer lebten, ehe sie von den Franzosen niedergemetzelt wurden, die sich hier ansiedelten. Heute gibt es in Natchez weniger als vierzig Ärzte, dank des schlechten Schadenersatzrechts, dank ärztlicher Revierkämpfe und dank einer todgeweihten Ölindustrie. Und ich bin der Bürgermeister dessen, was von Natchez noch übrig ist.

Ich beuge mich aus der Taille vor, spähe auf die verblichenen Buchstaben auf den wenigen Schildchen, die noch bleiben. Zu meinem Erstaunen sehe ich in der Nähe der unteren linken Ecke: *Thomas Cage, M.D.*

Auf meinem Weg von der Notaufnahme zu diesem Ausgang bin ich alle paar Schritte an dem Porträt eines Klinikleiters aus vergangenen Zeiten vorbeigekommen. Die aus den letzten zwanzig Jahren hängen in der Eingangshalle, aber mein Vater war 1972 hier Leiter, also findet sich sein Porträt auf diesem vergessenen Flur. Ich frage mich, ob wohl die anderen Gesichter, an denen ich vorbeischreite, auch hinter ihren würdevollen Masken ähnliche Geheimnisse verborgen haben wie mein Vater. Manche vielleicht. Aber die meisten dieser Gesichter hatten wohl nur die üblichen kleinstädtischen Sünden zu verheimlichen, die sie mit Männern in ganz Amerika gemeinsam hatten, ganz unabhängig von ihrer Rasse oder ihrem Wohnort.

Mein Vater war anders. Er konnte nicht blind inmitten der Trümmer eines goldenen Reiches leben, in dem die verlorenen Kinder Afrikas mit falschem Lächeln unter ihren früheren Herren arbeiteten. Also stürzte er sich in das unruhegeplagte Grenzland zwischen Schwarz und Weiß. In seinem leidenschaftlichen Wunsch, Gutes zu tun, machte er das, was auch schon andere leidenschaftliche Männer getan hatten, die auf diesem tiefen Boden gewandelt waren, den Blut und Schweiß so schwer gemacht hatten: Er entfernte sich von seinen eigenen Leuten und vermischte sein Blut mit dem uralten Blut Afrikas. An dieser dunklen Biegung des Flusses war das nichts Ungewöhnliches, genauso wie überall im Süden, ehe Thomas Jefferson überhaupt einer der Gründerväter wurde. Das eigentliche Vergehen meines Vaters war, dass er Gefühle für die Frau hatte, der er beiwohnte, und Gefühle für ihre Leute. Und in dieser primitiven Ecke der Neuen Welt musste er herausfinden, dass die ängstlichen, eingeschworenen Sippen der Angelsachsen, die sich hier angesiedelt hatten, für derlei Verrat immer einen Preis forderten.

Blut und Tod waren die Folge.

Ich starre immer noch auf die alte Ärztetafel, als mein Telefon piept und eine SMS anzeigt. Rusty wartet draußen in seinem Auto auf mich. Als ich die Arme hebe und den breiten Stahlgriff an der Tür betätige, gleite ich in der Zeit zurück und sehe meinen Vater, der vor mir durch die Tür schreitet, sich an die Stahlstange lehnt, um seinen gebrechlichen Körper aufrecht zu halten, während er die Tür aufdrückt. Als ich fünf Jahre alt war, konnte er diese Tür lässig mit einer Hand aufdrücken, als wäre sie aus Pappe. Jetzt aber …

Natürlich wird er wahrscheinlich diese Tür nie wieder öffnen. Im Augenblick sitzt mein Vater in einer Gefängniszelle und wartet darauf, dass man ihn in ein staatliches Gefängnis im Mississippi-Delta bringt, von dem ich gehört habe, dass es der Hölle auf Erden recht nahe kommt.

Und er hat sich freiwillig dafür entschieden, dort hinzugehen.

Die Besuchszelle im Gefängnis von Adams County ist keine Luxusunterkunft. Ich kenne sie von beiden Seiten, der des Besuchers und der des Gefangenen. Aber niemals hätte ich mir vorstellen können, dass ich sie einmal besuchen würde, um mit einem Mann zu sprechen, der sich hier freiwillig hinbegeben hat. Angeblich wird man gleich Dad in diesen deprimierenden Kasten bringen, aber ich warte nun schon zehn Minuten.

Ich hatte gehofft, es bis hierher zu schaffen, ohne Sheriff Billy Byrd über den Weg zu laufen. Doch meine Ankunft im Sheriff's Office von Adams County hat sich rasch herumgesprochen, und Billy Byrd hat dafür gesorgt, dass er am Schreibtisch des Diensthabenden steht, als ich mich einschreiben muss. Er hat sein Möglichstes versucht, um mich zu provozieren, aber ich habe mich geweigert, darauf einzugehen, und habe seine hämische Visage und das Gelächter seiner Deputys hinter mir gelassen.

»Beachten Sie die gar nicht, Herr Bürgermeister«, sagt der massige schwarze Deputy, der mich zum Besucherraum führt. »Die haben von nichts 'ne Ahnung.«

»Danke, Deputy …?«

»McQuarters. Larry McQuarters. Ich habe für Mr. Avery immer ein Auge auf Ihren Daddy gehalten.«

»Das weiß ich zu schätzen, Larry. Meine ganze Familie auch.«

»Ich bring den Doc her, so schnell ich kann.«

Die Tür hinter dem Metallgitter öffnet sich, und mein Vater schlängelt sich in den Raum, Larry hinter ihm. Dads Hände sind in Handschellen, seine Handgelenke sind flammend rot, aber nachdem er sich mit ächzenden Knien hingesetzt hat, beugt sich Larry McQuarters vor und schließt die Handschellen auf.

»Schön brav sein, Doc. Sheriff Byrd rückt mir auf den Arsch, wenn er rausfindet, dass ich Ihnen die hier abgenommen habe.«

»Keine Sorge, Larry«, sagt Dad dankbar. »Danke.«

Das miese Neonlicht im Raum schmeichelt dem Teint nicht gerade, und die Gefängnisbleiche, die vor Gericht von seiner guten Kleidung und dem Licht im Saal ein wenig gemildert wurde, ist hier schmerzlich offensichtlich. Dad schaut ohne merkliche Emotionen durch das Metallgitter, außer vielleicht mit der Furcht, dass ich ihn nach Dingen fragen werde, über die er lieber nicht reden möchte. Wenn ich ihn dazu bringen will, über die Nacht von Violas Tod zu reden, muss ich erst irgendwie eine gute Beziehung zu ihm aufbauen.

»He, Dad. Ich komme gerade vom Krankenhaus.«

»Wie geht es deiner Mutter?«

»Drew macht noch Tests. Er glaubt, dass sie einen Hirnschlag hatte.«

Er hat das wohl schon gehört, denn er neigt den Kopf und murmelt irgendwas, das ich nicht verstehen kann. Dann sagt er: »Bitte Drew, mich zu informieren, sobald er es sicher weiß.«

»Du weißt, dass er das bestimmt macht. Aber ich erinnere ihn noch mal dran.«

»Danke.«

Ehe das Schweigen uns ersticken kann, sage ich: »Auf dem Weg aus dem Krankenhaus bin ich durch den Flügel gekommen, den sie gerade renovieren. Da hängt immer noch die Tafel mit den Namen an der Wand. Natürlich abgeklemmt.«

Meine Themenwahl scheint Dad zu überraschen. »Steht mein Name noch drauf? Ich kann mich nicht mehr so weit runterbücken, dass ich ihn lesen könnte.«

»Er ist noch da. Erinnerst du dich noch an deine Rufnummer?«

»Es war lange 62. Jetzt natürlich nicht mehr.«

Er wedelt mit der Hand, als wäre das gleichgültig, und ich bemerke, dass der einst gerade Finger nun von der Arthritis gekrümmt ist, der Nagel milchig und getüpfelt.

»In meinen Gedanken ist das Krankenhaus immer noch das ›Jeff‹«, sagt er mit traurigem Blick. »Weißt du? Es ist natürlich gut, dass sie den Namen geändert haben. Viele von meinen Patienten wissen nicht mal, wer Jefferson Davis war.«

Das lässt mich an unser Hausmädchen denken, das vor sieben Jahren im St. Catherine's Hospital gestorben ist. »Ruby wusste auch nicht, wer Colin Powell war, als er daran gedacht hat, für die Präsidentschaft zu kandidieren.«

»Großer Gott! Den Gedanken kann ich nicht ertragen.«

Diesmal dehnt sich das Schweigen aus, und es scheint, als hätte er Angst, dass ich anfangen werde, ihn wegen seiner Entscheidung zu schelten.

»Dad, ich bin nicht hier, um mit dir über dein Schuldbekenntnis zu reden.«

Wieder zeigt sich Überraschung in seinen Augen. »Danke.«

»Ich bin hier, weil ich weiß, dass Mom in der Nacht, als Viola gestorben ist, in Coras Haus war. Ich weiß, dass sie ihr Morphin gespritzt hat.«

Das letzte bisschen Farbe weicht ihm aus dem Gesicht. »Großer Gott, Penn.« Er schaut sich um, als dächte er, dass jemand lauscht. »Kann dieser Raum verwanzt sein?«

»Theoretisch? Ja. Praktisch nein. Die könnten das, was sie hier aufzeichnen, ohnehin nicht verwenden. Und wenn ich dein Anwalt bin, dann ist das ein unüberwachter Kontakt. Stellst du mich offiziell wieder ein?«

»Ja.«

Ich nicke und warte darauf, dass er weiterspricht. Als er anfängt, ist seine Stimme kaum mehr als ein Flüstern.

»Hat Peggy dir gesagt, dass sie da war?«

»Wer sonst hätte es mir verraten können?«

»Ich bin mir nicht sicher.«

»Jenny hatte den Verdacht zuerst, aber sie weiß es nicht mit Bestimmtheit. Sie hat nur darüber geredet, dass sie in jener Nacht zu Hause angerufen hat und Mom nicht ans Telefon ging. Und als ich Mom deswegen ausgefragt habe, hat sie schließlich klein beigegeben.«

»War jemand mit dir und Jenny im Zimmer? Eine Krankenschwester? Oder Drew?«

»Nein. Komm schon. Der Prozess ist vorbei. Ich muss wissen, was geschehen ist.«

Dad lehnt sich auf seinem Plastikstuhl zurück, führt dann die Hände vor dem Körper zusammen und spricht: »Die Dinge sind genau so abgelaufen, wie ich es im Zeugenstand gesagt habe, nur habe ich das mit deiner Mutter weggelassen.«

»Offensichtlich. Also?«

»Nur die Tatsachen?«

»Klar.«

Er nickt wieder, Schuppen rieseln auf die Metallablage unter dem Drahtgitter. »Ich war dort hingegangen, um den Pakt zu erfüllen, den Viola und ich geschlossen hatten. Aber als ich da war und sie mir von Lincoln erzählt hatte, wusste ich, dass ich es nicht schaffen würde, das durchzuziehen. Jedenfalls nicht, ohne vorher gründlich darüber nachzudenken. Also habe ich etwas von dem Morphin verdünnt, damit es nach einer richtig großen Dosis aussah, und habe ihr das in die Leistenvene gespritzt. Sie ist eingeschlafen, und ich bin gegangen.«

»Was ist mit der Videokassette, die sie für Henry aufgenommen hatte?«

»Die habe ich mitgenommen. Sie hatte mir erzählt, was darauf zu sehen war. Ich bin in die Praxis gegangen und habe sie mir trotzdem angeschaut. Und die ganze Zeit habe ich an dieses ungeheure Geheimnis denken müssen, das sie all die Jahre vor mir verheimlicht hat. Lincoln.«

»Okay. Weiter.«

»Ich habe die Kassette in der Praxis gelassen und bin wieder zu Coras Haus zurückgefahren. Viola war die Einzige, die dort war, und sie hat tief und fest geschlafen. Ich war überrascht, weil ich ihr ja nur eine relativ milde Dosis verabreicht hatte. Ich stand da und habe sie atmen sehen und habe versucht, in ihr die junge Frau zu sehen, in die ich mich vor all den Jahren verliebt hatte. Aber das konnte ich nicht. Jedenfalls habe ich, als ich darauf wartete, dass sie sich rühren würde, ein Geräusch gehört. Ein Summen. Es schien aus der Kamera zu kommen, die Henry ihr dagelassen hatte, aber es war kein rotes Licht an. Trotzdem bin ich zu dem Stativ gegangen, um es zu überprüfen, und da habe ich bemerkt, dass die Kamera angeschaltet war. Angeschaltet und auf Aufnahme.«

Die Kassette aus dem Müllcontainer, denke ich, und es läuft mir kalt über den Rücken. *Da hast du eine glatte Lüge erzählt.*

»Und weil kein rotes Licht an war, hast du geschlossen, dass jemand das so eingerichtet hatte? Um heimlich aufzuzeichnen, was passierte, während du in dieser Nacht dort warst?«

Er nickt. »Ich habe Panik bekommen. So schnell ich konnte, habe ich diese Kassette rausgenommen und bin zu meinem Auto gerannt.«

»Viola lebte noch.«

»Absolut.«

»Und dann?«

»Dann bin ich zurück in die Praxis und habe die zweite Kassette angeschaut. Sie hatte etwa zehn Minuten, bevor ich zum ersten Mal dort ankam, mit der Aufzeichnung angefangen.«

»Meinst du, Cora hatte die Aufzeichnung eingeschaltet?«

»Das habe ich vermutet. Inzwischen frage ich mich, ob es Lincoln war.«

»Das hätte gut sein können.«

Dad schließt die Augen und denkt an jene Nacht zurück. »Die Bandgeschwindigkeit war niedrig eingestellt, so dass sechs Stunden aufgezeichnet werden konnten. Mein gesamter erster Besuch bei Viola war darauf zu sehen. Aber das hat mich nicht schockiert. Fünf Minuten, nachdem ich zum ersten Mal fortgegangen war, spazierte deine Mutter in das Krankenzimmer wie Donna Reed in einem gottverdammten Kinofilm. Ich habe alles gesehen, was sie gemacht hat, alles gehört, was sie und Viola geredet haben. Da habe ich zum ersten Mal erfahren, dass Peggy damals 1968 von Viola wusste. Dass sie ihr geholfen hat, die Stadt zu verlassen und ihr all die Jahre Geld geschickt hat.«

»Was hast du dann gemacht?«

»Ich bin nach Hause gefahren und habe so getan, als wüsste ich von nichts.«

»Was? Und was war mit der Kassette?«

»Ich habe sie bei mir behalten, beide. Peggy war zu Hause und stellte sich schlafend. Ich konnte es nicht über mich bringen, mit ihr all diesen Schmerz durchzusprechen. Soweit ich wusste, würde Viola noch eine Woche oder zehn Tage leben. Es war noch Zeit, um sich irgendwie mit diesen Dingen zu befassen. Wenn jemand versucht hatte, mir mit dieser Videoaufnahme eine Falle zu stellen, dann hatten die keinen Beweis für irgendwas.«

»Aber du hast die Kassette gelöscht, nicht? Im MRT-Scanner.«

»Natürlich habe ich das gemacht. Ich habe sie mit mir auf die Morgenvisite genommen und unter den Schlitten im MRT-Scanner geklebt. Eine Stunde lange hat die MTA sie mit allem, was ging, bombardiert, ohne es auch nur zu ahnen. Dann habe ich die Kassette wieder geholt und auf dem Weg zurück in die Praxis in den Müllcontainer geworfen. Ich dachte, alles wäre gut. Aber als du mich wegen Shad Johnson und der möglichen Mordanklage angerufen hast … da wusste ich, dass ich mit Peggy reden musste.«

»Was hat sie gesagt?«

»Peggy wollte von Anfang an die Wahrheit sagen. Du kennst doch deine Mutter. Aber ich wollte davon nichts wissen.«

»Warum nicht?«

»Penn, sobald einmal meine Affäre mit Viola rausgekommen war – und die würde rauskommen –, da hätte niemand mehr geglaubt, dass Peggy das, was sie getan hat, aus Empathie oder Mitleid getan hat. Die hätten gesagt, es wäre Eifersucht oder eine Vertuschung oder ein Mord aus Rache, schlicht und einfach. Du weißt, dass ich recht habe.«

Das weiß ich. In meiner Zeit als Stellvertretender Bezirksstaatsanwalt habe ich jede Menge Fälle erlebt, in denen Leute von über siebzig, ja sogar über achtzig Jahren einander erschossen oder erstochen hatten – wegen Dreiecksbeziehungen oder sogar wegen eines Seitensprungs aus der Vergangenheit, der erst Jahre später ans Licht gekommen war.

»Warum zum Teufel hast du dich mir nicht anvertraut? Gleich am ersten Tag?«

»Weil ich wusste, dass es dein Instinkt sein würde, ich sollte die Wahrheit sagen und es riskieren, auf unser Rechtssystem zu vertrauen. Du hättest geglaubt, du könntest die Leute dazu bringen, die Wahrheit zu sehen. Und in einer perfekten Welt wäre es dir vielleicht gelungen. Aber Shad Johnson war so auf Rache gegen dich aus, und Billy Byrd war wild darauf, seine Rechnung mit mir zu begleichen, die hätten deine Mutter einfach überfahren, um ihre Rache zu kriegen.«

Dad führt die Hand ans Gesicht und zieht die Wangen nach unten wie ein Mann, der mit seiner Weisheit am Ende ist. »In den letzten drei Monaten habe ich mit der schrecklichen Angst gelebt, dass Peggy vielleicht doch zusammenbricht und zur Polizei geht. Besonders als ich im Gefängnis war. Aber es hat sich herausgestellt, dass sie sogar noch stärker ist, als ich wusste.«

»So stark doch wieder nicht. Heute ist sie zusammengebrochen.«

Bei diesen Worten schließt er die Augen und neigt wieder den Kopf.

»Also, Dad … ich muss dich das fragen. Und ich brauche eine Antwort. Wer hat Viola wirklich umgebracht?«

Er schlägt die Augen auf und schaut mich an, als wäre die Antwort selbstverständlich. »Snake Knox natürlich. Er und Sonny und vielleicht noch einer.«

»Sind die während deines zweiten Besuchs gekommen?«

»Teufel, nein. Die waren da, als Peggy im Haus war. Die haben sie weggehen sehen.«

»Was? Woher weißt du das?«

»Erinnerst du dich noch an die Nachricht, die Snake mir über diesen VK-Typen übermittelt hat, den du erschossen hast? Die du mir ins Gefängnis von Pollock gebracht hast?«

»Klar. ›Ehefrauen und Kinder haben keine Immunität mehr.‹«

»Damit hat mir Snake in Erinnerung bringen wollen, dass Peggys Freiheit in Gefahr war. Er hat diese Botschaft nur gerade so verschleiert, dass sie wie eine einfache Drohung klang. Aber das war ein Code, und ich wusste, was er damit meinte. Entweder übernehme ich die Schuld an Violas Tod, oder er würde Peggy an meiner Stelle vor Gericht bringen.«

»Wie hätte er das denn machen können? Wie viel wusste er?«

»Zuerst? Wahrscheinlich nichts. Snake und Sonny hatten wohl unter den Bäumen geparkt, als Peggy wegging, lauerten darauf, Viola umzubringen. Dass Peggy dort war, hat ihnen natürlich gar nichts verraten. Sie haben wahrscheinlich nur angenommen, dass sie einfach an ihrem Bett gesessen oder irgendwelche Aufgaben erledigt hat, die Frauen so machen. Bettpfannen saubermachen und so. Vielleicht haben sie gedacht, dass Viola eine Freundin der Familie ist. Aber sobald man mich angeklagt hatte – dank Lincoln –, da haben sie gesehen, dass ich mich wie jemand benahm, der ein schlechtes Gewissen hat. Das muss sie eine Weile verwirrt haben. Aber Snake hat es schnell genug rausgekriegt. Denn entweder glaubte ich, ich hätte Viola wirklich umgebracht – was kein Arzt denken würde, nachdem er die Aufnahmen von ihrem Tod gesehen hatte –, oder ich hatte wegen etwas anderem Angst. Und sobald er von den Einzelheiten der Affäre gehört hatte … wusste er, dass er mich dazu bringen konnte, die Schuld auf mich zu nehmen.«

»Und er kannte dich gut genug, um zu wissen, dass du dich opfern würdest, um deine Frau zu retten.«

»Da war er sich sicher. Denn er wusste, wie weit ich gegangen war, um damals 1968 Viola vor den Doppeladlern zu retten.«

»Und dann später bei Carlos Marcello.«

Er schüttelt den Kopf. »Daran denke ich nicht gern.«

»Kann ich mir vorstellen.«

Diesmal weicht er meinem Blick nicht aus. Ich sehe auf seinem Gesicht die Entschlossenheit eines Mannes, der getan hat, was er tun musste, um jemanden zu schützen, den er liebte.

»Sag mir noch eins. Wie viel wusste Quentin von all dem?«

Dad schiebt die Unterlippe vor und seufzt. »Sehr wenig. Ich habe Quentin genauso zur Verzweiflung gebracht wie dich.«

Ich denke eine Weile darüber nach. »Und Walt?«

»Walt wusste sogar noch weniger.«

»Verdammt, Dad. Du verlangst deinen Freunden ja wirklich einiges ab.«

Diesmal schaut er auf das Ablagebrett unter dem Fenster und sagt nichts.

Angesichts des klaffenden Abgrunds seiner tiefsten Beweggründe klammere ich mich an ein lächerliches Detail, das mir schon seit zwei Tagen zu schaffen macht. »Was ist mit der Manipulation mit den Haaren und Fasern? Als Jewel mir erzählt hat, dass Billy Byrds Deputys Indizien verschwinden lassen, hast du Quentin dazu gebracht, mich ganz schnell mundtot zu machen.«

»Natürlich. Denn ich wusste genau, was da lief. Das ist ja die Ironie an diesem völlig verqueren Fall. Byrds Deputys haben wahrscheinlich Haar von Weißen vernichtet oder durch anderes ersetzt, weil das unter Umständen von Snake oder Sonny gewesen sein könnte, aber dabei haben sie unbeabsichtigt Peggy geschützt. Ich wollte nicht, dass du in diesem Wespennest herumstocherst. Das FBI wäre dann vielleicht auch dazugekommen und hätte noch ein Dutzend weitere graue Haare vom Kopf deiner Mutter gefunden.«

Zum ersten Mal muss ich beinahe lachen, wenn ich daran denke, dass mein Vater Billy Byrds korrupte Machenschaften dazu ausgenutzt hat, meine Mutter zu schützen. Aber Dad lächelt nicht.

»Natürlich konnte ich nicht sicher sein, dass Snake Byrd nicht schon längst alles erzählt hatte«, fährt er fort. »Das war eine weitere Sache, die mir den Schweiß auf die Stirn getrieben hat. Hatte Billy Byrd Peggys Haar in einem Umschlag, jederzeit bereit, es auf Snakes Befehl zu den Beweismitteln zu geben, sobald es so aussah, als würde ich freigesprochen?«

»Großer Gott, Mann. Aber sie haben es nicht gemacht. Sie haben gedacht, sie hätten dich. Und als sich die Sache zu deinen Gunsten entwickelte, war es zu spät, Mom noch mit reinzuziehen?«

Dads Augen schauen mich mit beängstigender Intensität an. »War es das?«

»Was willst du damit sagen?«

»Wenn ich freigesprochen worden wäre, hätte man da nicht jemand anders wegen dieses Verbrechens anklagen können?«

Mir ist, als hätte mein Vater irgendwie die Schwerkraft aus dem gesamten Gebäude gesogen, als könnte ich von meinem Stuhl in die Höhe schweben. »Du willst damit sagen, du hast dich schuldig bekannt, weil die gedroht haben, Mom wegen Violas Tod vor Gericht zu stellen?«

Er schaut zurück, antwortet ein paar Sekunden lang nicht. Dann sagt er: »Nein. Ich hatte Angst, dass sie das tun könnten. Aber das war nicht mein Grund.«

Wieder kommen wir auf die alte Frage nach seiner Meinungsänderung zurück. Diesmal weiche ich ihr nicht aus. »Shad hat dich mit seinem Gleichnis berührt, nicht? Das hat deine Meinungsänderung bewirkt, stimmt's?«

Dad reagiert mit einem Nicken. Dann fragt er: »Was hältst du von Shads Theorie, dass ich alles, was ich im Laufe der Jahre für Schwarze getan habe, nur aus schlechtem Gewissen gemacht habe?«

»Ich glaube, das ist egal. Sie brauchten Hilfe, du hast ihnen geholfen. Wenige andere haben das gemacht.«

Dad ist nicht überzeugt.

»Hast du nicht damit angefangen, lange, bevor du Viola kanntest?«

»Ein paar Jahre vorher, nehme ich an. Ich kann mich jetzt nicht mehr so gut erinnern.«

»Also vergiss es.«

Es sieht nicht so aus, als könnte er so bald aufhören, all seine Handlungen immer wieder zu durchdenken, und im Gefängnis gibt es sonst nicht sonderlich viel zu tun.

»Dad, zwei Fragen muss ich dir noch stellen. Und du musst sie mir beantworten. Ganz gleich, wie sehr es mich deiner Meinung nach schmerzen wird.«

»Gut. Du hast das Recht dazu, nach der Hölle, durch die ich dich in den vergangenen Monaten gejagt habe.«

»Wusstest du die ganze Zeit, dass Lincoln dein Sohn ist? Hast du Viola deswegen das Geld geschickt?«

Seine Augen verengen sich, und dann hakt er die Finger seiner rechten Hand in das Drahtgitter und schüttelt den Kopf ohne jegliche Spur von Unaufrichtigkeit. »Nein. Darüber habe ich die Wahrheit gesagt. Ich habe nie auch nur vermutet, dass Lincoln mein Sohn war. Und das hat Viola auch auf dem Video bestätigt. Erinnerst du dich?«

»Ja.«

»Warum wolltest du …?«

»Im Oktober, als du deinen letzten Herzinfarkt hattest, waren Caitlin und ich mit dem Boot auf dem Fluss. Als Mom uns angerufen hat, hat sie mir gesagt, du hättest ständig wiederholt, du hättest mir dringend etwas zu erzählen. Etwas, das du nur mir erzählen könntest. Nachdem du dich erholt hattest, hast du geleugnet, das je gesagt zu haben. Ich habe die ganze Zeit überlegt, ob das vielleicht was mit Lincoln zu tun hatte. Dass du mir sagen wolltest, ich hätte einen Bruder.«

In Dads Augen liegt Schmerz und noch etwas anderes, vielleicht Scham. »Nein, Penn. Es hatte aber mit Viola zu tun. Ich wollte dich bitten, dafür zu sorgen, dass es ihr in ihren letzten Jahren an nichts fehlt. Damals wusste ich nicht, dass Peggy von ihr wusste, also konnte ich nichts in mein Testament schreiben. Diese Dinge sollten Vater und Sohn miteinander ausmachen. Aber als es mir wieder besser ging, dachte ich, ich könnte das alles noch ein wenig länger hinauszögern. Ich denke, eines schönen Tages muss ich mich wirklich mit der Tatsache anfreunden, dass ich nicht ewig lebe.«

Ehe ich die Nerven verliere, sage ich: »Wenn Viola gewollt hätte, dass du uns verlässt, wärst du mit ihr nach Chicago gegangen?«

Seine Augen werden groß wie die eines Boxers, der einen unerwarteten Schlag abbekommen hat. Er schluckt, lässt dann die Hände sinken und wendet den Blick von mir ab, während er die Frage überdenkt. Ich bin mir nicht sicher, ob ich die Antwort wissen will. Vielleicht ist sein Zögern schon die Antwort.

»Ich glaube, deine Mutter sorgt sich sehr darum«, sagt er leise.

»Das stimmt.«

Dad seufzt mit unendlichem Bedauern. »Die Antwort ist … sie hat es getan.«

»Moment mal. Wer hat was getan? Ich verstehe nicht.«

Er schaut mir geradewegs in die Augen. »Viola hat das Versprechen gebrochen, das sie Peggy gegeben hatte. Sie hat mich gebeten, nach Chicago zu kommen. Ich habe im Zeugenstand gelogen, Penn. Über die Briefchen, die ich mit den Schecks geschickt habe.«

»Jetzt bin ich verwirrt. Was meinst du damit?«

»Etwa vier Jahre, nachdem sie in Chicago angekommen war, hat mir Viola eines meiner Briefchen in die Praxis zurückgeschickt. Sie hat es in einem Umschlag geschickt, auf dem ›Persönlich‹ stand.«

Mein Puls beschleunigt sich. »War ein Brief von ihr drin?«

»Nein, nur zwei Wörter, die sie über meine kleine Notiz geschrieben hatte, in der ich sie gefragt hatte, ob es ihr gut ginge.«

»Welche Wörter?«

Dad schaut nach unten und holt tief Luft, als müsse er für die Antwort all seine Kräfte zusammennehmen. Dann schaut er mit feuchten, blutunterlaufenen Augen auf.

»Rette mich.«

KAPITEL 74

Ich begann Gin zu trinken, sobald ich aus dem Gefängnis nach Hause gekommen war. Ich hatte keine Limetten, aber das war egal. Ich hatte Tonic. Vor einer Stunde ist mir der Gin ausgegangen, nachdem ich stundenlang bis zum Sonnenuntergang in meinem Haus in der Washington Street auf und ab gelaufen war und überlegt hatte, wann genau die Dinge für unsere Familie zu entgleisen begannen. Bis vor drei Monaten führte die Familie Cage doch ein ziemlich gesegnetes Leben. Vom Tod von Annies Mutter abgesehen. Aber im Großen und Ganzen hatten wir mehr Glück als Unglück.

Jetzt ist alles beim Teufel. Caitlin tot. Dad im Gefängnis. Mom im Krankenhaus. Annie hundert Meilen entfernt in Schutzhaft. Freunde tot – manche, weil sie versucht haben, uns zu helfen. Henry Sexton, Walt Garrity, sogar Viola. Lincoln Turner mit Lügen und Hass vergiftet. Und doch, wie meine Mutter betont hat … läuft Snake Knox immer noch frei herum.

Während ich den Nachmittag vertrank, ging mir immer wieder ein Satz durch den Kopf, den mein Vater im Zimmer von Richter Elder gesagt hatte: *Ich hoffe, dass du niemals die Dinge tust, die du tun müsstest, um zu verstehen, was ich jetzt mache.* Wenn ich nicht über diese Worte grübelte, ging ich in Gedanken das durch, was mir meine Eltern über die Nacht von Violas Tod gesagt hatten. Sobald ich die Rolle meiner Mutter kannte, schien alles, was sich daraus ergeben hatte, recht einfach zu verstehen, vielleicht sogar unvermeidlich.

Aber ganz gleich, wie viel Gin ich trank, ich konnte das Bild meines Vaters nicht loswerden, wie er da hinter dem Drahtgitter saß und mir enthüllte, dass Viola ihn doch gebeten hatte, uns zu verlassen, mit ihrer herzzerreißenden Bitte in zwei verzweifelten Wörtern: *Rette mich.* In Anbetracht von Violas Stolz hatte Dad sicher gewusst, was es seine ehemalige Geliebte gekostet haben musste, ihn um Erlösung anzuflehen. Was hatte es ihn gekostet, ihr Flehen zu hören und dann zu ignorieren? Viola für meine Mutter, für Jenny und für mich aufzugeben? Nach alten Ehr- und Treuebegriffen hatte er das Richtige getan. Aber für sich und für Viola …

Lincoln hatte recht, dass in gewisser Weise das, was unser Vater seiner Mutter angetan hatte, schlimmer war, als sie zu töten. Dad hat Viola einen kleinen Blick auf eine andere Welt geschenkt, auf eine beinahe in jeder Hinsicht bessere Welt, und dann hatte er sie ihr wieder genommen, sie zu einem Halbleben im Exil verurteilt, mit einem Mann, der sie nicht liebte. Obwohl es Viola gewesen war, die die Affäre beendete, hat sie das nur getan, weil sie als Erste begriff, wie unmöglich eine gemeinsame Zukunft war. Dad hatte den Luxus der Selbsttäuschung. Sie nicht.

Schließlich zählt aber nur eines: Er hat sich entschieden, bei uns zu bleiben.

Ich habe versucht, das Gefängnis zu verlassen, ohne ihn wegen seines Schuldbekenntnisses zu tadeln, aber letztendlich ist es mir nicht gelungen. Ich habe nur gesagt: »Weißt du, wenn du fromm wärst, dann könnte ich all diese Selbstgeißelung ja verstehen. Aber du bist nicht fromm. Überhaupt nicht.« Da lächelte er – vor sich hin, nicht für mich – und sagte: »Ich glaube nicht an Gott, das stimmt. Aber ich denke, ich glaube an Sühne.«

Sühne.

Ich sagte ihm, meiner Meinung nach gebe es weniger gefährliche Methoden, für seine Verfehlungen zu bezahlen, als sich mit einem Haufen von Mördern und Vergewaltigern zusammensperren zu lassen.

»Vielleicht«, gestand er mir zu. »Aber ich glaube es nicht. Als Richter Elder sich an die Geschworenen wandte, um sie zur Beratung in ihr Zimmer zu schicken, wusste ich, dass sie mich gehen lassen würden. Vier Geschworene haben mir direkt in die Augen geschaut und mich das mit ihren Blicken wissen lassen. Und ich hatte eine Heidenangst. Da wusste ich, wenn ich das geschehen lasse, werde ich niemals für das bezahlen, was ich getan habe. Niemals wieder einen Ausgleich erreichen. Also habe ich ihnen diese Möglichkeit genommen.«

»Oh, dann hast du heute also alle menschliche Natur abgeschüttelt. Und bist auf den Jesus-Zug aufgesprungen, ob du es nun vorhattest oder nicht.«

»Nein, Penn. Ich bin meinem Gewissen gefolgt, sonst nichts.«

»Und dir ist schon klar, wohin dich das geführt hat? Was machst du in Parchman, wenn Snake Knox irgendeinen Skinhead mit einem Knüppel zu dir schickt, um dich umzubringen?«

Dad überlegte und zuckte dann mit den Achseln. »Vielleicht habe ich Glück. Vielleicht beschützt mich eine von den schwarzen Gangs.«

»Ach, komm schon. Mach dir nichts vor.«

Mein Vater schaute mich an, wie Missionare Ungläubige anschauen. »Wer weiß, was ich da drinnen vorfinde. Vielleicht kann ich mit meinen medizinischen Fertigkeiten ein paar Leuten helfen. Leuten, die wirklich Hilfe brauchen. Was immer auch geschieht … ich füge mich drein. Ich bin sogar bereit dafür.«

Als er das sagte, ließ ich allen Anschein von Gefasstheit hinter mir. »Du musst das nicht machen. Ich weiß, warum du das machst. Wegen Caitlin, Walt und Henry und all den anderen. Du fühlst dich verantwortlich für ihren Tod. Und du *bist* es auch, zumindest teilweise.« Dann streckte ich meine Finger durch das Drahtgitter und streichelte die papierne Haut seiner Hand. »Aber keiner von denen würde wollen, dass du das tust. Es würde ihnen das *Herz* brechen, das mit anzusehen.«

Darauf wusste er keine Antwort, jedenfalls keine, die er mir mitteilen wollte.

Als ich ihn verließ, sagte ich nichts von meinen Plänen, daran zu arbeiten, dass sein Schuldbekenntnis annulliert würde. Die Aussichten auf Erfolg sind schlecht, und es könnte lange dauern. Aber wenn Dad tatsächlich ins Gefängnis geht, dreht meine Mutter durch. Meine nüchterne Einschätzung ist, dass er nach Parchman gebracht wird und dass meine größte, vielleicht meine einzige Hoffnung, ihn dort herauszubekommen, ehe er stirbt, darin liegt, zu beweisen, wer Viola Turner wirklich umgebracht hat. Ich weiß nicht, wie ich das schaffen kann, wo doch alle Möglichkeiten des FBI nicht ausgereicht haben, Snake Knox zu finden und gefangenzunehmen.

Ich musste erst von Gin auf Scotch umsteigen, um die Erleuchtung zu haben. Eine weitere chemische Attacke auf meine normalen Gedankengänge … und dann konnte ich plötzlich der Seele meines Vaters auf den Grund sehen. War Alkohol die Laterne, die es mir ermöglichte, das zu sehen, wofür ich blind war, während ich in Billy Byrds Gefängnis meinem Vater durch das Drahtgitter zuhörte? Vielleicht war der Whisky der Katalysator, der mich aus meinen eingefahrenen Bahnen schubste. Ganz egal, jedenfalls verstehe ich jetzt etwas, das ich vorher nicht begriffen habe. Und wie jeder Mensch, dem man gerade seine letzte Illusion geraubt hat … will ich sie wiederhaben.

Dad hat sich nicht zu einer Gefängnisstrafe verurteilt, weil er sich für uns und nicht für Viola entschieden hat – weil er bei seiner Frau und seinen Kindern geblieben ist, anstatt sie wegen einer Geliebten zu verlassen, die ihn auch liebte. Wenn das sein einziges Verbrechen wäre, dann hätte er es schon vor Jahrzehnten hinter sich gelassen. In Violas verzweifelter Bitte um Rettung hatte mehr gelegen als nur der Wunsch, den Rest ihres Lebens mit Dad zu verbringen – sehr viel mehr. Im Gefängnis vorhin, als mein Vater über Gott und Sühne sprach, da lag in seinen Augen ein tieferes Verständnis – ein Wissen über sich selbst, das jegliche Selbsttäuschung hinter sich gelassen hatte. Was blieb, war die Wahrheit, und das Gewicht dieser Wahrheit war schrecklich. Dad versuchte mir zu sagen, was ihm über sich selbst klargeworden war, als Shadrach Johnson vor Gericht sein Gleichnis erzählte. Aber er hat die Worte nicht finden können, um das furchtbare Gewicht seiner Entdeckung zu vermitteln. Hier in meinem Haus jedoch, allein mit meinem Whisky inmitten der Trümmer, die die Entscheidung meines Vaters hinterlassen hat, habe ich endlich den tiefen Abgrund in ihm ausgelotet.

Dad hat sich nicht aus Ehrgefühl oder Pflichtbewusstsein für uns entschieden. Das war sicher ein Teil der Entscheidung – aber nicht alles. Wenn er aus Loyalität gehandelt hätte, dann würde er nicht das Bedürfnis verspüren, sich so zu bestrafen. Die Wahrheit ist, *er hatte nie wirklich eine Wahl.* Denn er hätte es nie über sich gebracht, seine eigene Kultur zu verlassen und durch die Hölle zu gehen, die er in einem gemeinsamen Leben mit Viola hätte durchstehen müssen. Wie wäre das denn 1968 gewesen? In Mississippi hatte es vielleicht bedeutet, dass man umgebracht wurde. Aber selbst im Norden bedeutete es, dass man aus der Gesellschaft ausgestoßen wurde. Gemieden. Ständig angestarrt werden … harsche Worte … aus Restaurants und Hotels geworfen werden. Er wäre von jeglichem Komfort seines früheren Lebens abgeschnitten worden, vielleicht sogar von seinen eigenen Eltern und Geschwistern.

Dad wollte Viola, aber er hatte nicht alles in Kauf nehmen wollen, was mit ihr zusammenhing. Tom Cage hat im Laufe der Jahre eine Menge getan, um Schwarzen zu helfen, aber er war nicht willens gewesen, sich unter sie einzureihen. So nicht. Also nahm er das Beste, was Viola zu bieten hatte, und verweigerte das Schlimmste. Schließlich ließ er die Dinge so auseinanderlaufen, wie sie das machen, wenn man eine Sache nicht aufhält. Ihm brachte das im Laufe der Jahre ein paar Gewissensbisse. Ihr jedoch … ein Leben lang Leid und Bedauern.

Ehe ich den Besuchsraum verließ, machte Dad eine allgemeine Aussage, die ich in dem Moment für das Geschwafel eines Mannes mit einem schlechten Gewissen hielt. Jetzt, betrunken wie ich bin, erinnere ich mich beinahe Wort für Wort daran. Er sagte: *Unser Land ist völlig verkorkst, mein Junge. Tödlich verletzt. Und ich kann beim besten Willen nicht sehen, wie wir es heilen sollen. Deine Generation kann es nicht schaffen. Selbst du bist zu alt. Die Neuen kommen … darin liegt unsere Hoffnung, wenn es überhaupt eine gibt. Wir müssen endlich zugeben, was wir diesen Menschen angetan haben. Aber ich glaube nicht, dass wir das je machen werden. Leute hassen es, ihre Schuld zu bekennen, aber wir können nicht alles den Knox' dieser Welt zur Last legen. Wir sind alle schuldig. Die Schwarzen sind auch verkorkst … aber wie sollten sie das nicht sein? Unsere Leute kämpfen so heftig dagegen an, weil sie die Wahrheit in den Knochen spüren. Weißt du? Man wird nur so wütend, wenn man weiß, dass man im Unrecht ist.*

»Gehst du deswegen ins Gefängnis?«, fragte ich ihn. »Du nimmst die Sünden deiner Rasse auf dich?«

»Nein«, antwortete er. »So ehrgeizig bin ich nicht. Ich leiste nur Abbitte für meine eigenen.«

Das Prasseln von Hagelkörnern auf Glas weckt mich aus tiefem Schlaf oder trunkenem Rausch auf. Ich muss aus den Latschen gekippt sein, nachdem ich mich an die Knast-Tirade meines Vaters erinnert hatte. Ich stehe auf und merke, dass ich auf einem der Feldbetten im Untergeschoss geschlafen habe, die die Wachleute benutzt hatten. Und es sind keine Hagelkörner, sondern jemand hämmert an eines der hohen Fenster meines Arbeitszimmers im Untergeschoss. Ich nehme an, dass irgendein aufdringlicher Reporter sich an meinen Wachleuten vorbeigedrückt und in den Lichtschacht heruntergelassen hat, der das ganze Haus umgibt. Doch als ich um die Ecke schaue, sehe ich das dunkle Gesicht und die durchdringenden Augen von Lincoln Turner, der mich zum Fenster winkt. Ich stelle mein Glas ab, gehe in die Hocke und schiebe das Fenster auf. Er duckt sich und klettert in das Zimmer, in dem ich vor einer Woche mein erstes richtiges Gespräch mit Serenity geführt habe.

»Was willst du?«, frage ich.

Er schaut sich im Zimmer um, deutet mit dem Kopf auf die Flasche Hendrick's auf meinem Schreibtisch. »Da ist noch was, was wir machen müssen.«

»Wir? Was soll das sein?«

Seine glühenden Augen landen wieder auf mir. »Du weißt schon.«

Ich versuche, durch den Nebel aus Gin hindurch zu denken, aber mir fällt nichts ein, das uns beiden helfen würde. »Tut mir leid. Fehlanzeige.«

»Denk mal drüber nach.«

Diesmal kommt mir die offensichtliche Antwort in einem Aufblitzen von wilden Augen in einem Gesicht, das mich an Ronald Reagan erinnert. »Snake Knox?«

»Du gewinnst den Hauptpreis, Mann.«

»Niemand weiß, wo Snake ist.«

Lincoln nickt. »Ich weiß.«

»Also ist es sinnlos, sich darüber zu unterhalten.«

»Das habe ich nicht gemeint. Ich meinte, *ich* weiß es. Ich weiß, wo Mr. Snake ist. Ich habe sein Versteck gefunden.«

Diese Enthüllung bläst einen Teil des Nebels weg. »Wie?«

»Egal. Wir können unterwegs darüber reden.«

»Unterwegs wohin?«

Lincoln schaut sich wieder in meinem Arbeitszimmer um. »Ich

habe gesagt, wir können unterwegs darüber reden. Sammle deinen Scheiß zusammen.«

»Was für ein Scheiß sollte das genau sein?«

»Auf jeden Fall eine Pistole.«

Okay. Ich glaube, jetzt kapiere ich langsam, worauf das hinausläuft. »Wo ist er, Lincoln?«

»Tut mir leid. Ich geh nicht das Risiko ein, dass du den braven Pfadfinder spielst und deinen Kumpel vom FBI anrufst. Das haben wir lange hinter uns gelassen. *Sehr* lange.«

Erst jetzt bemerke ich, dass mein Halbbruder schwarze Jeans und ein schwarzes Polohemd trägt. Er riecht, als hätte er mindestens halb so viel wie ich getrunken und auch schon eine ganze Weile geschwitzt. Oder vielleicht ist das der Gestank menschenmordender Wut.

»Hör mal, was sonst willst du denn machen?«, knurrt er. »Hier sitzen und dich ins Koma saufen?«

»Wie weit willst du fahren? Fünf Meilen? Fünfzig? Fünfhundert?«

»Ich sag's dir unterwegs, Herrgott. Wir haben nicht viel Zeit. Also *hol* deinen Scheißkram.«

Vielleicht ist es der Gin, aber sein Argument klingt überzeugend. »Wie viele Leute hat Snake bei sich?«

»Zwei, soweit ich weiß. Aber wenn wir hier weiterquasseln, könnte er weg sein. Oder wir könnten es mit einem Dutzend von diesen Bikern zu tun kriegen, die nur zum Jux ein brennendes Kreuz aufgestellt haben.«

»Wie kommst du da drauf?«

»Es sind zwei Typen auf Harleys aufgekreuzt, während ich dort war. Nicht direkt da, wo er sich aufhält, aber nicht weit weg. Ich hatte nicht das Gefühl, dass sie sich besonders gut leiden können.«

»In was für einem Gebäude versteckt er sich?«

»In einem Dreckloch. Kleine Hütte mit zwei Zimmern hinter einem Haus. Mitten zwischen Pappeln.«

Ich denke eine Weile darüber nach. »Dann überlassen wir es vielleicht den Jungs vom VK, ihn zu erledigen.«

»Darauf kann ich mich nicht verlassen. Bis jetzt haben sie ihn nicht umgebracht. Und das könnte genauso gut andersrum laufen. Wir können nicht riskieren, dass er wieder verschwindet.«

»Wieso bist du so sicher, dass Snake jeden Augenblick abhauen könnte?«

»Das FBI macht ihm die Hölle heiß.«

»Dann ist es doch sinnvoller für ihn, wenn er da bleibt, wo er ist.«

»Nein. Snake Knox bereitet sich darauf vor, aus diesem Land abzuhauen.«

Ich gehe zu meinem Schreibtisch, wo meine Pistole im Augenblick liegt, und denke darüber nach. »Ich glaube, Snake hatte mal so eine Fantasie, dass er vielleicht hierbleiben könnte. Aber jetzt nicht mehr. Kaiser hat eine Zeugin, die ihn für einen Mord in den sechziger Jahren drankriegen kann.«

»Dann hab ich recht. Wir müssen los.«

»Was für einen Plan hast du, Lincoln? Es klingt, als wolltest du den Kerl hinrichten.«

»Klar, will ich das! Hast du nicht gehört, was der meiner Mutter angetan hat? Die haben sie in einer Werkstatt an einen Tisch gefesselt und sie einer nach dem anderen vergewaltigt. Die haben meinen Onkel und seinen besten Freund gefoltert und dann getötet. Und sie hätten auch Ma umgebracht, wenn dieser Presley-Typ sie nicht da rausgesprengt hätte.«

»Das ist die Ironie, weißt du? Denn dieser Ray Presley war ein wirklich übler Bursche. Das kannst du mir glauben.«

Lincoln zuckt mit den Achseln. »Damit hab ich kein Problem. Die meisten Typen, mit denen ich aufgewachsen bin, waren nach allen Definitionen üble Burschen. Auch die tun manchmal was Gutes. Aber du kapierst nicht, was ich meine, Mann. Ich will Snake umbringen, doch du hast keine Wahl. Du *musst* ihn umbringen.«

Irgendwas an seiner Stimme jagt mir kalte Schauer ein. »Warum?«

»Weil dein Vater – und meiner, so seltsam das klingt -, wenn er einmal durch die Tore von Parchman gegangen ist, nur noch eine lebendige Leiche ist. Ich bezweifle, dass er da eine Woche überlebt. Snake wird seine Fühler zu der Nazi-Bande ausstrecken, die da gerade top ist, und dann stirbt Tom Cage. Und eines kannst du mir glauben: Er stirbt keinen schönen Tod. Willst du das?«

Genau davor habe ich Dad vor wenigen Stunden gewarnt. »Ich kapiere das. Aber was ich dir vorhin gesagt habe, stimmt. Diese Frau, die Kaiser hat, Dolores St. Denis, die kann Snake in die Todeszelle bringen.«

Lincoln ist nicht beeindruckt. »Und wie lange soll das dauern? Ein Jahr? Zwei? Du meinst, wenn Kaiser Snake heute Nacht verhaftet, der könnte nicht von egal welchem Knast aus seine Befehle geben und den Doc umbringen? Mann, in welcher Welt lebst du eigentlich? Ich dachte, du warst in Texas Staatsanwalt?«

»Hör mal, angenommen, Snake stirbt heute Nacht. Dann ist eine gewisse Bedrohung für Dad verringert, aber er muss immer noch drei Jahre im Gefängnis verbringen.«

»Und?«

»Er wird gar nicht lange genug leben, um seine Strafe abzubüßen. Er hat Herzprobleme. Alles über einem Jahr ist ein Todesurteil.«

Lincoln dreht die Handflächen nach oben. »Das Urteil können wir nicht ändern. Was schlägst du vor?«

»Ich muss ihn da rauskriegen. Freibekommen. Mit Snake kann ich das schaffen. Weil er deine Mutter umgebracht hat. Er zusammen mit Sonny Thornfield. Und ich muss ihn dazu bringen, das auf einer Tonbandaufnahme zuzugeben.«

Lincoln prustet verächtlich, lacht dann. »Den Scheiß kannst du vergessen. Das würde Snake höchstens machen, wenn er dich danach gleich umbringt. Um dich zu verhöhnen. Und die Art von Operation versuchen wir gar nicht erst.«

»Sag mir, wo er ist, Lincoln. Können wir die Hütte nicht verwanzen?«

»Keine Chance. Und er wird auch gar nicht lange genug dort bleiben, dass wir irgendwas basteln und warten können. Rein und raus, sonst geht nichts.«

»Lincoln … du erinnerst dich doch, dass ich eine Tochter habe, ja?«

»Ja. Und?«

»Also, wenn ich auf diesem kleinen gemeinsamen Ausflug umkomme, ist sie Vollwaise.«

»Hast du daran gedacht, als du vor drei Monaten in dem Jagdrevier hinter Forrest Knox her warst?«

Touché. »Damals habe ich gar nichts gedacht. Das meine ich ja. Und du denkst jetzt nicht.«

»Da irrst du dich. Ich habe das durchgeplant. Ich bin hier, weil mir was eingeflüstert hat, dass du mitgehen würdest, wenn ich dir die Gelegenheit gebe. Also sag mir einfach, ich soll mich zum Teufel scheren oder hol deinen Scheiß, und wir ziehen los.«

»Ich nehme einen Kassettenrecorder mit.«

»Du kannst von mir aus eine Kiste Havannas mitbringen, aber vergiss nicht deine Scheißknarre. Und extra Munition, wenn du welche hast.«

»Handfeuerwaffe?«

»Reicht. Aber wenn du ein Gewehr hast, nimm das auch mit. Die Situation ist ungewiss.«

Ein Entscheidungsprozess ist eine seltsame Sache. Im einen Augenblick führst du alle völlig logischen Gründe auf, warum du etwas Wahnwitziges nicht machen kannst; und im nächsten ziehst du eine Schublade auf und nimmst eine 9-mm-Pistole heraus, gehst dann ins Nebenzimmer und holst noch ein Remington-.308-Jagdgewehr aus dem alten Gewehrschrank deines Vaters.

Während Lincoln mich zufrieden beobachtet, reiche ich ihm das Gewehr, setze mich an den Schreibtisch und schnappe mir einen Block und einen Stift.

»Was machst du jetzt?«, fragt er, während er den Kammerverschluss des Remington-Gewehrs überprüft.

»Du musst gleich was für mich unterschreiben, als Zeuge.«

»Was?«

»Ein handschriftliches Testament.«

»Herrgott. Anwalt bis zum bitteren Ende, was?«

»Hoffentlich nicht. Aber wir wollen nicht so tun, als wäre das kein Hoch-Risiko-Unternehmen.«

Er zuckt die Achseln. »Will nicht lügen.«

Als ich zu schreiben beginne, fällt es mir schwer, die Buchstaben deutlich zu machen. *So* betrunken bin ich nicht. Dann wird mir klar, dass jede Menge Adrenalin durch meinen Körper flutet und feinmotorische Dinge schwierig macht.

Ich versuche, tief durchzuatmen, während ich die Notiz zu Ende schreibe.

Testament

Ich, Penn Cage, bin im Vollbesitz meiner geistigen und körperlichen Kräfte, und bestätige hiermit, dass ich einen Zusatz zu meinem bestehenden Testament anfügen will, das weiterhin rechtsgültig bleiben soll, vorbehaltlich der zusätzlichen Zuwendungen. Mia Burke, in Anerkennung ihrer großzügigen Hilfe, als sie sich während einer schweren und schmerzlichen Zeit um meine Tochter gekümmert hat (und für ihren wichtigen Beitrag im Verfahren gegen Drew Elliott vor zwei Jahren), hinterlasse ich 150 000 $. Keisha Harvin, die so mutig daran gearbeitet hat, Caitlins Arbeit zu vollenden und die Doppeladler vor Gericht zu stellen, und dafür von deren Händen schwer verletzt wurde, hinterlasse ich 100 000 $. Den Rest meiner Vermögenswerte und Urheberrechte hinterlasse und/oder überschreibe ich meiner Tochter Annie, abzüglich der kleineren Zuwendungen, die in meinem bestehenden Testament aufgeführt sind.

Penn Cage

Lincoln nimmt den Stift, den ich ihm hinhalte, und kritzelt seinen Namen unter meinen. Als er fertig ist, pfeift er leise durch die Zähne.

»Du verteilst ja ganz schön die Knete, was?«

»Beide junge Frauen brauchen Geld. Ich würde dir auch was vermachen, aber Dad hat diesen Treuhandfonds für dich eingerichtet. Außerdem sind deine Chancen, die nächsten paar Stunden zu überleben, nicht viel besser als meine.«

Er lacht leise und sagt dann: »Mein Truck parkt einen Block weg von hier. Kannst du dich um die Sicherheitsleute kümmern?«

»Ja«, sage ich und ziehe mein Telefon heraus.

»Oh, das brauche ich, wenn du fertig bist.«

»Was?«

»Dein Telefon. In ungefähr fünfundzwanzig Minuten wirst du begreifen, wohin wir fahren. Und du schickst mir keine SMS über unsere Route an irgendwen.«

KAPITEL 75

Die Hauptstraße von Natchez nach Norden ist die U.S. 61, der »Blues Highway«. Wenn man auf der 61 bleibt, kommt man nach Vicksburg, dann nach Yazoo City und zum Mississippi-Delta. Aber es gibt eine viel ältere Straße, die nördlich meiner Heimatstadt verläuft – den Natchez Trace – und auf den biegt Lincoln ein, sobald wir die Lichter von Natchez und den umgebenden Siedlungen hinter uns gelassen haben.

Die zweispurige Teerstraße folgt dem Verlauf eines uralten Indianerpfads, windet sich nach Norden durch Adams County, vorbei an Jefferson College, Emerald Mound, Loess Bluff und hundert anderen Wahrzeichen, ehe sie aus dem Staat und zur alten Route der Plattbodenschiffer entlang nach Nashville, Tennessee führt. Die nordwestliche Ecke von Adams County besteht zum größten Teil aus Plantagenland, ist dicht bewaldet, an einigen Stellen beinahe undurchdringlich. Hier verlässt Lincoln die Trace und steuert seinen großen Pick-up noch tiefer in den Wald.

Während der ersten paar Meilen unserer Fahrt sind die Lichter selten, die Autos genauso. Dann verschwinden beide völlig. Irgendwo da draußen westlich von uns fließt der Mississippi. Nördlich liegen die Alcorn State University, die Flussstadt Bienville und das Grand-Gulf-Kernkraftwerk. Aber da, wo wir sind, würden wir das niemals ahnen. Ich habe das Gefühl, als folgten wir einem schmalen Bach durch einen Urwald. Die Berge werden steiler, die Schluchten zwischen ihren Flanken tiefer, aber die Bäume werden nicht weniger.

»Schon erraten, wo wir hinfahren?«, fragt Lincoln.

Die einzige Siedlung, die ich hier kenne, ist Church Hill im Westen, aber ich bin mir ziemlich sicher, dass wir dort schon vorbei sind. Während ich überlege, was ich von dieser Gegend noch weiß, kommt mir ein Bild von dunklen korinthischen Säulen vor dem Nachthimmel in den Sinn, von den einzigen Überresten eines ehemals großartigen Plantagenhauses, das in den 1800er Jahren niedergebrannt ist – einem von Caitlins Lieblingsorten.

»Windsor Ruins?«, frage ich.

Lincoln lacht leise. »Nah dran, aber nein. Das ist einen Bezirk weiter oben.«

»Sind wir nicht beinahe aus Adams County raus?«

»Nein.«

»Was ist noch übrig? Wer lebt hier oben?«

»Niemand. Wir fahren zu einem toten Ort.«

»Zu einem toten Ort? Was soll das bedeuten? Zu einem Friedhof?«

»Könnte genauso gut einer sein.«

»Was zum Teufel redest du da?«

»Diese Doppeladler-Schweine, die paar, die noch übrig sind … was sind die eigentlich? Teufel, deren Zeit vorbei ist. Die sind nur noch böse Geister. Weißt du, was ich meine?«

»Klar. Aber ich kapier's immer noch nicht.«

»Wo fühlen sich Geister wohl und geborgen?«

»Keine Ahnung. In einer Kirche?«

»Wieder nah dran.«

»Herrgott nochmal …«

»In einer Geisterstadt.«

Ich brauche ein paar Sekunden, doch dann begreife ich. Unmittelbar südlich der Bezirksgrenze von Claibourne County liegen die Überreste von Rodney, einer ehemals florierenden Stadt, die der Mississippi in den 1800er Jahren verlassen hat. Als ich ein Junge war, hat mich mein Vater einmal mit dorthin genommen, weil an diesem Ort ein kleines, aber berühmtes Gefecht des Sezessionskriegs stattgefunden hat. Ich kann mich nur noch an eine zweistöckige Kirche erinnern, einen Ziegelbau, wo hoch in der Vorderwand eine Kanonenkugel der Yankees steckte, und an viel Sand und Staub.

»Hast du's jetzt kapiert?«, fragt Lincoln.

»Was zum Teufel macht Snake in Rodney?«

»Du hast deine Frage gerade selbst beantwortet.«

»Lebt da überhaupt noch jemand? Der Fluss hat die Stadt doch schon vor hundert Jahren auf dem Trockenen sitzen lassen.«

»In den Wäldern ringsum leben vielleicht so um die vierzig Leute. Es gibt aber ein großes Jagdrevier. Kommt dir das bekannt vor?«

Mir läuft es bei der Erinnerung an das Jagdrevier Walhalla eiskalt über den Rücken. »Und da ist Snake?«

»Nein, ich habe es dir schon in Natchez gesagt. Er ist in einer Hütte mit zwei Zimmern hinter einem größeren Haus, das irgendjemand gehört, den er kennt. Es ist ein gutes Versteck. Es gibt ein paar Zufahrten über Land. Und eine Straße durch den Sumpf, die zum Fluss führt. Er hat da unten ein Schnellboot liegen. Sein Ass im Ärmel. Ich tippe, so ist er auch nach Natchez gekommen, ohne vom FBI geschnappt zu werden.«

»Wie zum Teufel hast du Knox gefunden?«

Lincoln lässt sich Zeit mit der Antwort. »Der gute alte Mr. Snake hat Kontakt mit Sheriff Billy Byrd gehabt.«

»Großer Gott. Woher konntest du das wissen?«

»Ich habe mit einem schwarzen Deputy geredet, der für Byrd arbeitet. Hab ihn für Informationen bezahlt.«

»Wie lange?«

»Seit ich in der Stadt bin. Ich habe sogar die Telefonnummer des Wegwerf-Handys, das Knox benutzt. Und heute Morgen habe ich die GPS-Koordinaten des Verstecks in Rodney bekommen. Ich bin gleich nach dem Prozess hingefahren und habe es mir angesehen. Er ist da.«

»Wie hast du es geschafft, dass dich niemand gesehen hat?«

Ein leises Lachen »Hab natürlich einen kleinen Trick gemacht. Ich hab mir einen schäbigen Truck mit 'nem Rasenmäher hinten drauf ausgeliehen, noch ein paar Angelruten reingepackt und bin in so 'ner ausgebeulten Gärtnerkluft hingebrettert. Habe den einzigen beiden Leuten, mit denen ich geredet habe, gesagt, ich wäre auf der Suche nach Arbeit in der Gegend. Hab angedeutet, dass ich überstürzt aus Natchez wegmusste. Die haben sich gar nichts dabei gedacht.«

»Hol mich der Teufel!«

»Nach heute Abend macht er das vielleicht.«

Na, herzlichen Dank. »Ich wollte dich die ganze Zeit was fragen. Jetzt, da der Prozess vorbei ist. Hast du in der Nacht, als deine Mutter gestorben ist, die Videokassette in Henrys Kamera eingelegt? Die die Leute von Sheriff Byrd in dem Müllcontainer gefunden haben?«

Neue Bitterkeit tritt auf Lincolns Gesicht, aber dann ist ein leises Lächeln zu sehen. »Cora hat die Kassette da eingelegt, wie sie ausgesagt hat. Aber ich hatte sie dazu angestiftet. Und ich habe ihr auch gezeigt, wie man das macht, ohne dass das rote Lämpchen aufleuchtet. Tally nennt man diese Funzel übrigens, falls es dich interessiert.«

»Ich hatte mir schon gedacht, dass du dahintersteckst.«

»Hat mir aber nichts genutzt, oder? Daddy Tom hat die Kassette gefunden und sie in dem MRT-Scanner verbraten. Ziemlich schlau eigentlich.«

Dazu sage ich nichts. Man weiß nie, wie wir ehemaligen Gegner uns umorientieren könnten, wenn ich versuche, Dad aus dem Gefängnis freizubekommen.

»Du hast gesagt, es sind drei Leute dort?«

»Als ich das letzte Mal nachgesehen habe.«

»Weißt du, wer die sind?«

»Snake. Der blonde Junge. Und eine Frau, so um die fünfundsechzig. Sieht nach 'ner alten Redneck-Schlampe aus.«

»Wahrscheinlich Wilma Deen. Glenn Morehouse war ihr Bruder. Der Junge ist Snakes Sohn. Unehelich.«

»Scheint einige davon zu geben, so wie's aussieht.« Lincoln grunzt und rutscht auf seinem Sitz nach vorn.

»Tut mir leid. Das FBI glaubt, dass Wilma Deen die Frau war, die der Reporterin die Säure ins Gesicht geschleudert hat. Keisha Harvin.«

»Hat sie blind gemacht, oder?«

»Sie hat noch etwa zehn Prozent Sehkraft.«

»Na ja. Dann brauchen wir uns bei diesen Scheißtypen keine Gedanken wegen Kollateralschäden zu machen.«

In der Stille, die auf diese Aussage folgt, wird mir klar, dass ich seit einigen Meilen keine Lichter mehr erblickt habe, außer dem Mond.

Wir müssen uns unserem Ziel nähern. Obwohl ich keine Anzeichen dafür gesehen habe, spüre ich, dass der Mississippi nur wenig weiter westlich verläuft, eine große Flut von Wasser und Schlamm, die meilenweit zu beiden Seiten die Atmosphäre verändert.

»Hast du so was wie einen Plan?«, frage ich in neutralem Ton. »Oder willst du einfach mit rauchenden Colts in diese kleine Hütte reinplatzen?«

»Da fällt mir bestimmt was Besseres ein. Aber mach dir nichts vor. Wir haben hier keine Option. Stell dir vor, diese Hütte wäre ein Schlangennest, wenn dir das hilft. Aber such nicht nach einer anderen Möglichkeit. Es gibt keine.«

»Es muss eine geben. Ich will mir mal die Lage ansehen. Wie weit haben wir noch?«

Lincoln tippt kurz auf die Bremse und deutet durch die Windschutzscheibe, während er an den Straßenrand fährt. »Nicht weit. Wir sind da, Baby.«

Eine Viertelmeile vor uns flackert zwischen den Bäumen ein Licht wie ein ferner Stern. Lincoln schaltet die Scheinwerfer aus und bleibt im knirschenden Kies stehen. Das hohe Surren der nächtlichen Insekten ist so laut, dass wir es durch das Fensterglas hören können.

»Rodney«, sagt er. »Hol deine Knarren. Und mach dich bereit für die Party, Bruder.«

Der Weg vom Truck durch das beinahe lichtlose Skelett der alten Stadt ist so, als spazierte man durch die Geschichte. Ich habe das Gefühl, dass wir selbst die Geister sind, die dieser Stadt ihren Namen verliehen haben. Wir gehen an der Stelle vorüber, wo der Gehsteig in die Ost-West-Zufahrtsstraße mündet, die vom Highway kommt, dann weiter die einspurige Gasse entlang, die einzige echte Straße, die Rodney je hatte. Das Gewehr in meinen Händen strahlt eine vibrierende Energie in beide Arme aus, und mein Herz bebt, als ich merke, dass ich unsere Schritte nicht hören kann. Die Luftfeuchtigkeit ist so hoch, dass unsere Füße keinen Staub aufwirbeln, dämpft alle Geräuschc.

Lincoln bleibt auf der Straßenmitte, hält Abstand von der lückenhaften Reihe von Häusern, die die Straße säumen, als wären sie von einer Krankheit befallen. Einige scheinen verlassen, darunter auch eine ausgebrannte alte weiße Baptistenkirche. Die Ziegelkirche, an die ich mich erinnere, sieht noch genauso aus. Ich kann sogar noch hoch oben im Mondlicht die Kanonenkugel ausmachen. Vor der Kirche weht an einer kurzen Fahnenstange die Kriegsflagge der Konföderierten, und an der Stange steht auf einem Schild: DIESE FARBEN VERBLASSEN NIE.

»Zeit, die Hauptstraße zu verlassen«, flüstert Lincoln, packt mich beim Arm und zerrt mich unter ein paar Bäume, wo ein schmaler Kiespfad hinter ein dunkles, nicht angestrichenes Haus führt.

Sobald ich Gras unter den Füßen spüre, lässt er sich fallen und beginnt, vorwärtszurobben. Ich hänge mir das Gewehr über die linke Schulter, damit mein Bluterguss nicht noch schlimmer wird, und tue es ihm nach. Der weißliche Boden fühlt sich unter dem Gras sandig an, und selbst hier riecht es nach dem Fluss.

»Da ist es«, flüstert Lincoln.

Fünfzig Yards vor uns leuchten zwei Fenster in einem kleinen Häuschen gelb, wahrscheinlich im Laternenlicht.

»Keine Elektrizität?«, frage ich und halte an, um den Riemen der .308 auf meinem Rücken zurechtzuziehen.

»Hör mal«, sagt Lincoln neben mir. »Ist das nicht ein Generator?«

Er hat recht. Ein hohles, rasselndes Rumpeln, das an einen Automotor aus den 1920er Jahren erinnert, fügt in diesem tiefen Wald eine Bassnote zum wilden Surren der Insekten hinzu. Neben dem Haus sehe ich nur einen uralten Pick-up, der bei einer großen Pappel parkt.

»Der Generator muss in einem eigenen Gebäude oder so stehen«, denke ich laut. »Sonst wäre er lauter.«

»Gute Deckung für uns.«

»Wie weit ist es vom Haus zum Fluss?«, flüstere ich.

»Paar Meilen. Geradeaus durch den Sumpf auf einem Feldweg.«

Das kleine Haus vor uns scheint ein Nebengebäude des größeren Hauses zu sein, das näher an der Straße liegt. Wir haben dort keine Lichter gesehen, als wir vorbeigeschlichen sind. Aber das heißt nicht, dass sich dort niemand aufhält.

»Was hast du vor?«, frage ich leise.

»Ein bisschen warten, um zu sehen, ob die sich überhaupt regen.«

Ich grunze, sage aber nichts mehr. Ich bin kein Jäger. Nie gewesen – zumindest seit ich mit elf auf einer Tour mit einem Freund mein erstes Wild geschossen habe. Mein Dad hat die Jagd auch nie gemocht. Ich habe mit Daniel Kelly Menschen gejagt, zwangsläufig. Aber das hier ist anders. Hier im Dunkeln zu liegen, während mir die Mücken ums Gesicht schwirren und die Moskitos die Arme leer saugen, das ist, als läge ich in einem Unterstand und wartete darauf, dass ein Reh vorbeikommt, eines, das so gedankenverloren oder nichtsahnend ist, dass ich es aus zehn Yards Entfernung erschießen kann. Aber in dem gelben Licht hinter den Fenstern dieses kleinen Hauses ist kein Wild, rufe ich mir in Erinnerung. Das sind Menschen. Bewaffnete Menschen. Und wir wissen nicht einmal, wie viele.

»Bereit?«, fragt Lincoln plötzlich.

»Scheiße, nein! Hör mal, ich kann dich verstehen, aber du bist völlig verrückt, wenn du einfach in dieses Haus hereinbrechen willst. Wir haben keinen Schiss Ahnung, was da drinnen auf uns wartet. Da legst du besser ein Feuer und erschießt sie, wenn sie rausgerannt kommen.«

Er wendet sich mir zu, und seine Augen glitzern im Mondlicht. »Wie in den alten Cowboyfilmen, was? Ich wette, in einem von den Häusern, an denen wir vorbeigekommen sind, finden wir einen Kanister Benzin.«

»Und Hunde.«

Er verzieht das Gesicht.

»Wir sind auf dem Land, Mann«, sage ich. »Du kannst nicht davon ausgehen, dass uns niemand gesehen hat, als wir hier rein sind.«

»Um so mehr Grund, jetzt loszulegen.«

Ich packe ihn beim Arm. »Warte …«

Die Tür des Hauses ist aufgegangen. Als Erstes kommt eine drahtige Gestalt heraus, die ich sogar aus dieser Entfernung als Snake Knox erkenne. Der bloße Anblick lässt mein Herz rasen. Als Nächstes erscheint eine weitere Männergestalt, wahrscheinlich Alois, dann eine Frau.

»Die gehen weg«, zischt Lincoln mit Panik in der Stimme.

Ich packe seinen Arm fester. »Bleib ruhig, verdammt. Abwarten.«

Ich atme ein wenig auf, als sie am Pick-up vorbeilaufen und über das Gras gehen. Sie schlagen eine Richtung ein, die sie etwa vierzig Yards links von uns vorbeiführen wird. Ein aufscheinendes Licht verrät mir, dass Snake sein Handy benutzt. Hinter ihm zündet sich die Frau eine Zigarette an und beginnt zu rauchen. Das orangefarbene Glutauge bewegt sich auf und ab, während sie weitergehen.

»Die müssen auf dem Weg zum Haupthaus sein«, flüstert Lincoln. »Wir könnten die gleich jetzt abknallen.«

»Hältst du wohl die Klappe, verdammt? Eine Schießerei auf offenem Gelände, ohne Deckung, das willst du lieber nicht.«

»In zwei Minuten rauche ich die Zigaretten von der Schlampe da.«

»Wenn du die jetzt angreifst, bist du allein.«

»Wir müssen sie nicht angreifen. Du nimmst dein Gewehr und erledigst den blonden Jungen. Ich kriege Snake. Du bringst die Frau um, wenn sie kämpft. Wenn nicht, dann lass sie gehen, bis wir Snake unter Kontrolle haben.«

»Du willst ihn nicht umbringen?«

»Erst will ich noch mit ihm reden.«

Ich höre eher seinen Tonfall als seine Worte, und es klingt mir nicht so, als könnte er hier objektiv urteilen. »Ich bin kein Scharfschütze, Lincoln. Besonders nicht nachts. Und du auch nicht.«

Sein Kiefer spannt sich wütend an, als die drei Gestalten kleiner werden und dann im Haupthaus verschwinden.

»Was ist also dein Plan, du Genie?«, knurrt Lincoln.

Die beste Vorgehensweise scheint mir offensichtlich. »Die haben es uns gerade ganz einfach gemacht. Wir gehen einfach in die Hütte und warten auf sie. Irgendwann müssen sie wiederkommen.«

Lincoln beobachtet, wie die drei verschwinden, und sieht aus wie ein Jäger, den man gezwungen hat, ein besonderes Wild, das ihm vor die Flinte gekommen ist, ziehen zu lassen. Aber dann sagt er: »Okay. Dann los.«

»Robben oder rennen?«

»Wir rennen.«

Ich nehme das Gewehr von der Schulter, öffne die Kammer und

lege eine Runde Munition ein. Dann werfe ich einen letzten Blick zum Haupthaus und beginne zu laufen.

Ein Sprint von acht Sekunden bringt uns bis zur Hütte. Snake hat sich nicht die Mühe gemacht, die Tür zu verriegeln. Sie öffnet sich beinahe lautlos. Das Innere kann man kaum spartanisch nennen. Mottenzerfressenes Sofa, Resopaltisch, ein paar Stühle. Ein Spülbecken mit rostigen Armaturen. Der Gestank von Schimmel liegt in der Luft, und ich würde meinen letzten Dollar darauf verwetten, dass die Termiten bereits achtzig Prozent des Holzes in den Wänden gefressen haben. Im Hinterzimmer stehen zwei Feldbetten und ein verschrammter Tisch. Eine Toilette sehe ich nicht. Vielleicht gibt es draußen ein Klohäuschen.

»Wie willst du es machen?«, frage ich und packe mein Gewehr fester.

Lincoln schaut sich um. »Wir stellen uns jeder auf eine Seite der Tür, damit wir hinter ihnen sind, wenn sie reinkommen. Setzen sie dann zusammen auf das Sofa, das ist so niedrig, dass sie nicht aufspringen und uns attackieren können.«

»Du hast nicht vor, sie gleich beim Reinkommen zu erschießen?«

Lincoln zuckt mit den Achseln. »Mir auch recht. Ich dachte, du wolltest mit denen reden. Ich habe gesehen, wie du deinen Kassettenrecorder eingesteckt hast.«

»Das wäre mir lieber.«

»Ich gebe dir zwei Minuten. Aber wenn die nur daran denken zu schießen, dann sind sie tot.«

Ich nicke.

»Wenn wir das Feuer eröffnen müssen«, sagt er, »dann erschieße ich Snake und du den anderen, der so aussieht, als würde er zuerst schießen. So kommen wir nicht ums Leben, weil wir dieselbe Person erledigen wollten.«

»Vielleicht kannst du ja tatsächlich doch denken.«

Lincoln will auf ein Fenster zugehen, aber ich zische ihn an, und er erstarrt in der Bewegung.

»Hörst du was?«, fragt er.

»Nein. Aber geh nicht in die Nähe eines Fensters. Dann ist dein Sehvermögen bei Nacht hinüber, wenn du im Licht bist, und die sehen dich lange, ehe du sie siehst. Wir setzen uns mit dem Rücken an die Vorderwand. Dann entdecken sie uns nicht, wenn sie hereinkommen, und wir sind hinter ihnen. Sie kommen außerdem aus dem Dunkeln, und das sollte uns auch einen kleinen Vorteil verschaffen.«

Lincoln nickt langsam. »Wenn ich so darüber nachdenke … vielleicht ist es doch am besten, wenn wir gleich schießen. Zumindest die Frau und den blonden Jungen erledigen.«

»Alois.«

»Egal. Wenn wir sie gleich erschießen, begreift Snake, dass es Selbstmord wäre, weiter zu kämpfen.«

»Hast wohl viele Schießereien hinter dir, was?«

Er funkelt mich an. »Mehr als du.«

»Aber nicht so viele wie Snake. Was immer dieser alte Schweinehund macht, er wird ganz bestimmt nicht die Nerven verlieren. Denk nicht, dass er ein alter Mann ist. Er ist ein zäher alter Pilot, der nie in seinem Leben einer Herausforderung aus dem Weg gegangen ist. Der hat mindestens zwei Flugzeugabstürze überlebt, von denen ich weiß, und er war Scharfschütze in Korea. Der hat viele Leute umgebracht, legal und nicht legal. Verlass dich also nicht drauf, dass du vorhersagen kannst, was er machen wird.«

»Dann schießen wir ihm in den Hinterkopf und nehmen ihm alle Optionen.«

Ich atme tief und seufze. »Ich würde lieber mit ihm reden, wenn es irgend geht. Mit allen. Wenn nicht … dann tun wir, was wir tun müssen.«

Nach kurzem Überlegen kniet sich Lincoln auf den Boden, dreht sich dann herum und lehnt sein breites Kreuz an die Vorderwand. Ich kauere mich hin und gehe zur anderen Seite der Tür, setze mich hin und drücke meinen Rücken an die schimmelige Tapete. Ich stelle mein Gewehr an die Wand, nehme meine 9-mm-Springfield aus der Tasche, ziehe den Schlitten zurück und lege meinen Arm über die Knie.

Es vergeht vielleicht eine Minute. Dann sagt Lincoln: »Was meinst du, was machen die im Haupthaus?«

»Essen. Kein Herd oder Kühlschrank hier.«

»Ja. Auch kein Scheißhaus.«

»Hast du gesehen, dass Snake telefoniert hat?«

»Hm.«

»Hoffentlich hat er keine Verstärkung angefordert.«

Lincoln sagt erst nichts. Dann lacht er bitter. »Ich hätte wirklich was dagegen, hier von einer schießwütigen Biker-Gang umzingelt zu sein. Die Wände würden einen nicht mal gegen eine Luftpistole schützen.«

Ich schaue mich in der Hütte um und überlege, wie seltsam es ist, dass Snake die Gelegenheit nicht ergriffen hat, seinen Lebensabend mit seinem Sohn Billy im Luxus von Andorra zu verbringen, sondern stattdessen versucht, ohne die politischen Kontakte seines Neffen oder ein Heer von korrupten Polizisten sein ehemaliges kriminelles Unternehmen wieder aufzubauen. Als Snake diese Entscheidung getroffen hat, war ihm da klar, dass sein Leben möglicherweise in einer schimmeligen Hütte in der Nähe des Mississippi enden würde? Wahrscheinlich nicht. Aber selbst wenn er das gewusst hätte, hätte er wohl dieselbe Entscheidung getroffen. Snake Knox ist durch und durch Südstaatler, und es wäre ihm sicher als die feige Lösung erschienen, in einem Steuerparadies zwischen Frankreich und Spanien auf weichen Laken sein Leben auszuhauchen.

»Was soll der Ort hier überhaupt?«, fragt Lincoln.

»Nicht so laut.«

»Ich meine, diese Stadt. Weißt du was darüber?«, flüstert er.

»Ein bisschen. Dieses Kaff wäre beinahe die Hauptstadt des Territoriums Mississippi geworden. Während des Sezessionskriegs war unten am Fluss ein Kanonenboot der Yankees stationiert, und die Matrosen an Bord haben gegen die Regeln verstoßen und sind an Land gekommen. Anscheinend regelmäßig. Oft genug, um sich mit den Schönheiten vor Ort zu vergnügen. Irgendwelche Konföderierten haben Wind von der Sache bekommen und sind eines Sonntags in die Kirche gestürmt und haben die meisten geschnappt. Einer von den Yankees hat sich tatsächlich unter dem Reifrock seiner Freundin versteckt. Die ganze Sache hat 1863 in der nationalen Presse Schlagzeilen gemacht.«

»Bist du 'n Geschichtsfreak oder so was?«

»Eigentlich nicht. Mein Dad – ich meine, unser Dad – hat mich mal hierher mitgenommen, als ich ungefähr acht war, glaube ich. Vielleicht zehn.«

Lincoln nickt, und sein Gesichtsausdruck ist schwer zu entziffern. »Der alte Junius Jelks hat keine Zeit auf diese Art von Ausflügen verschwendet, als ich aufgewachsen bin. Wenn der mich irgendwohin mitgenommen hat, dann für irgendeine Betrügerei.«

»Tut mir leid, Mann.«

»Ja … Scheiß drauf. So ist das Leben, was?«

Ich lasse einige Zeit verstreichen. »Was hast du davon gehalten, dass Dad sich schuldig bekannt hat?«

Lincoln schüttelt den Kopf und sagt eine Weile nichts. »Ich denke, er ist ziemlich viel besser da rausgekommen, als es möglich gewesen wäre. Drei Jahre Gefängnis, wenn es lebenslänglich hätte sein können. Ziemlich schlau.«

»Die Geschworenen hätten ihn freigesprochen, Lincoln.«

»Ich glaube, da hast du wahrscheinlich recht. Und als er so geschrien hat … ich schwöre, ich habe geglaubt, er bekennt sich für die ganze Sache schuldig. Mord.«

»Das hat er gewollt. Er hat es versucht. Quentin hat die runtergehandelt.«

Lincoln nickt. »Ich hab drüber nachgedacht.«

»Und?«

»Ich glaube nicht, dass der Doc Ma umgebracht hat.«

»Das hat er nicht.«

»Aber ich glaube, er wusste, dass er irgendwie etwas Schlimmeres gemacht hat, als sie umzubringen. Weißt du? Und dafür wollte er bestraft werden.«

»Genau. Aber er muss dafür doch nicht ins Gefängnis gehen.«

Lincoln zuckt mit den Achseln. »Vielleicht doch. Für sich. Aber sag mir eins: Weißt du genau, dass er sie nicht umgebracht hat?«

»Hm.«

»Wer war's?«

»Der Mann, der gleich in diese Hütte spaziert. Mit Sonny Thornfield.«

Lincoln holt langsam und tief Luft und schaut auf die halbautomatische Pistole in seiner Hand hinunter. »Eigentlich gibt's sonst nichts mehr zu sagen, oder?«

»Ich glaube nicht. Alles in Ordnung mit dir?«

Diesmal sagt er nichts.

KAPITEL 76

Ich spüre die Schritte bereits durch die Fußbodendielen, ehe ich die Stimmen vernehme. Wenn man so angespannt lauscht, dass man den eigenen Pulsschlag in den Ohren hört, und wenn man bei jedem Atemzug sieht, wie sich die Bauchdecke hebt und senkt, dann dringen einem die Schritte von drei Menschen durch Füße und Hintern in den Körper wie die Schwingungen einer Kesselpauke.

Ich schaue über den Abstand von drei Yards zu meinem Halbbruder hinüber und weiß, dass in zehn Sekunden einer von uns oder wir beide tot sein könnten.

Was ist, wenn nur einer reinkommt, während die anderen draußen bleiben, um eine Zigarette zu Ende zu rauchen? Oder wenn zwei reinkommen und einer draußen bleibt? Sollte Wilma draußen bleiben, schießt Lincoln wahrscheinlich auf die beiden Männer …

Die Tür geht auf, und Alois Engel tritt kaum einen Schritt von mir entfernt ins Zimmer. Er trägt Levi's, ein rotes T-Shirt und ein Schulterhalfter. Meine Hand spannt sich so fest um meine Pistole, dass es schmerzt. *Wenn er sich umdreht, ehe die anderen hereinkommen …*

Der zweite, der zur Tür hereinkommt, ist jemand, den ich nicht erkenne, aber er ist massiger als Alois. Er ist jung und trägt in dem Halfter am Gürtel eine Pistole. Meine Springfield hebt sich beinahe von selbst, richtet sich auf den Rücken des Unbekannten, als Rauchgeruch durch die Tür dringt. Der zweite Mann will sich gerade umdrehen, als noch jemand durch die Tür tritt. Ich habe mit Wilma gerechnet, aber es ist, Gott sei Dank, Snake. Eine Schießerei mit Snake Knox im Freien ist wirklich das Letzte, was ich jetzt will.

Jemand lacht, aber ich weiß nicht, wer das ist, denn Wilma folgt Snake auf dem Fuß, und ehe ich denken kann, dreht sich der Unbekannte um, sieht Lincoln und will seine Pistole ziehen. Ich betätige den Abzug, aber Lincoln schießt zuerst, trifft den Mann direkt unter dem Brustbein, vielleicht ins Herz, denn er fällt um, als hätte ihn ein Stahlträger an der Brust getroffen.

Als die anderen herumfahren, starren sie direkt in unsere erhobenen Waffen. Mein Herz klopft so heftig, dass ich nur verschwommen sehe. Mein Gehirn kann meinen Blick ohnehin nie länger als eine Zehntelsekunde auf etwas konzentrieren. Es erkennt nur Augen: Panik in Wilmas Augen, Wut in Alois' Augen und Snakes Augen, die gierig auf Einzelheiten sind, alles verschlingen …

»*Hände hoch oder ihr seid tot*!«, brüllt Lincoln. »*Ihr habt zwei Sekunden*!«

Alois greift nach seiner Pistole.

Lincoln schwenkt zu ihm herum, doch ehe er schießen kann, rammt Snake den Arm seines Sohnes mit dem Ellbogen und sorgt so dafür, dass der seine Waffe nicht erreicht.

»Halt dich zurück, verdammt!«, brüllt Snake. »Die haben uns erwischt!«

Ein paar Sekunden lang sieht es so aus, als wollte Alois doch noch nach seiner Waffe greifen, aber die Dringlichkeit in den Augen seines Vaters – und der Hass in Lincolns Augen – geben schließlich den Ausschlag.

Der beißende Pulvergestank nach einem wütend abgefeuerten Schuss katapultiert mich mit Macht in die Nächte zurück, als ich derjenige war, der getötet hat. Mein Magen droht zu rebellieren. Der Mann auf dem Fußboden ist schon tot, Gott sei Dank. Ich weiß nicht, ob ich hier stehen und einem Fremden zusehen könnte, der röchelnd seinen letzten Atemzug tut.

»Diese Schüsse waren weithin zu hören«, sagt Lincoln. »Wenn du mit ihm reden willst, dann mach zu.«

Ich brauche ein paar Sekunden, um mich wieder in den Griff zu bekommen, aber dann deute ich mit der Pistole auf das Sofa. »Ich möchte mit euch allen reden. Rüber zur Couch.«

»Fick dich«, faucht Alois mit Verachtung in den blauen Augen.

»Sorg dafür, dass er die Klappe hält«, knurrt Lincoln Snake an. »Oder ich puste ihm sein verdammtes Rückgrat raus.«

»Alois«, warnt Snake.

Die Augen des Jungen senken sich verächtlich.

Ich komme nicht über Snakes Aussehen hinweg. Irgendjemand hat ihn von einem Radaubruder mit wildem Schopf in einen Kirchenältesten mit schwarz gefärbtem, pomadisiertem Haar verwandelt. Aber selbst diese neue Inkarnation ist in meinen Gedanken mit Tod verbunden, mit dem sich windenden Körper von Will Devine, der auf dem Boden des Gerichts von Adams County stirbt …

»Werft eure Pistolen in die Spüle«, befiehlt Lincoln. »Und zwar jetzt.«

Alois will etwas sagen, aber Snake fährt dazwischen: »Mach es, Junior. Dies ist nicht die richtige Zeit.«

Die Pistolen fallen mit einem dumpfen Laut in die Spüle: erst die von Snake, dann die von Alois. Wilma Deens Hände sind hoch über ihren Kopf erhoben, und ihre Augen sehen aus wie die einer in Panik geratenen Geisel, aber sie hat bestimmt eine Waffe. Als Lincoln ruckartig mit seiner Pistole auf sie deutet, zeigt sie auf ihre Hosentasche, zieht dann eine kleine schwarze automatische Pistole hervor – sie sieht aus wie eine .25er – und lässt sie mit einem Scheppern in die Spüle fallen.

Während Lincoln sie zu dem Sofa mit der gebrochenen Rückenlehne drängt, fasse ich in meine Hosentasche und ziehe den Sony-Kassettenrecorder heraus, den ich für Memos benutze. Ich lehne ihn an die Rückwand der Spüle und schaue die drei auf dem Sofa an. Snake sitzt links, Wilma Deen in der Mitte, Alois rechts.

»Los«, sagt Lincoln zu mir, offensichtlich frustriert.

Ein warnender Schauer läuft mir über den Rücken, ein Gefühl, als verurteilte ich, indem ich dies mache, Lincoln und mich zum Tod. Wenn wir sie jetzt einfach töteten, könnten wir weggehen. Aber jede Sekunde, die verstreicht, bringt vielleicht die Hilfstruppen der drei näher. Den Besitzer des Haupthauses … eines der lebendigen Gespenster von Rodney … Mitglieder der VK-Gang … Wir müssen sie natürlich nicht umbringen, um in Sicherheit zu sein. Wir könnten das FBI anrufen, und Kaiser wäre in weniger als einer Stunde mit einem Team hier. Vielleicht eher, wenn er einen Hubschrauber auf Abruf hat. Der korrekte Anruf wäre natürlich bei Sheriff Byrd, aber Byrd weiß ja schon, dass Snake hier ist …

»Zwei Minuten sind schon vorbei«, sagt Lincoln, »und der Rest tickt gerade runter.«

»Der Kassettenrecorder ist noch nicht eingeschaltet«, erkläre ich meinen gebannten Zuhörern. »Wenn ich auf Aufnahme drücke, möchte ich, dass mir jemand erzählt, wer Viola Turner umgebracht hat. Wenn ihr das macht, dann habe ich Beweise, und ihr lebt noch ein bisschen länger. Wenn nicht, dann gehe ich raus und lasse diesen Mann hier das tun, weswegen er hergekommen ist. Versteht ihr?«

Snakes Augen sehen aus wie die eines Berufsspielers, der in Las Vegas seine Gewinnchancen berechnet.

Alois sagt: »Nichts, was wir hier sagen, könnte vor Gericht als Beweis benutzt werden. Es wäre unter Zwang erpresst.«

»Schlimm für dich, Junior«, sagt Lincoln. »Echt schlimm.«

»Halt deine Scheißklappe«, blafft Wilma Alois an, aber ihre Augen sind auf Snake gerichtet. Sie erwartet von ihrem furchtlosen Führer einen magischen Weg zur Flucht.

»Bereit, Snake?«, frage ich und lange nach dem Aufnahme-Knopf.

»Der Nigger bringt uns um, ganz egal, was ist«, sagt Snake. »Das sehe ich an seinem Gesicht.«

»Ziemlich gute Augen für einen alten Mann«, erwidert Lincoln, und ich höre einen wilden Unterton in seiner Stimme.

»Nicht, wenn du die Wahrheit sagst«, antworte ich ruhig.

Snake lacht. »Scheißdreck. Ich sehe das, auch wenn du es nicht siehst.«

»Er hat schon das FBI angerufen«, sagt Wilma Deen mit zittriger Stimme. »Sag nix. Das ist ein Trick. Der will uns nur zum Reden bringen.«

»Nein, Schätzchen«, antwortet Snake, die Augen auf Lincoln gerichtet. »Unser Kunta Kinte hier erschießt uns.«

Wilma Deens Augen sind schreckensweit. Ich habe sie für ein eiskaltes Miststück gehalten, aber diese Situation überfordert sie offensichtlich. Vielleicht hat ihr der Tote auf dem Boden eine Vorahnung auf die Zukunft gegeben.

»Redest du?«, frage ich.

Snakes Augen wandern von Lincoln zu mir. »Du hast meinen

Neffen umgebracht, Cage. Schwer zu glauben eigentlich. Ich nehme an, der hat gedacht, du hättest nicht den Mumm dazu.«

»Du hast meine Ma vergewaltigt«, hebt Lincoln an. »Du hast meinen Onkel gefoltert. Und du hast ihn entweder selbst getötet oder es befohlen.«

Snake hebt die Hände. »Was passiert ist, ist passiert. Das ist doch wahr, oder?«

»Außer, dass hier noch einiges mehr passieren wird, du bleicher Keks.«

»Der verscheißert dich«, sagt Wilma. »Die haben das FBI draußen, und die hören mit.«

Während ihr Snake diesen Gedanken ein für alle Mal ausredet, drücke ich auf dem kleinen Sonygerät auf Aufnahme.

»Du hast eine junge Frau geblendet«, sage ich zu Wilma. »Nicht? Ihr Säure ins Gesicht geschleudert.«

Wilma Deen schüttelt wie wild den Kopf. »Ich hab so was nie nicht gemacht.«

»Ach, Scheiße«, murmelt Alois. »Gib's schon zu, ja? Klar, das hat sie gemacht. Die kleine Niggerschlampe hat's doch drauf angelegt.«

Lincoln sagt: »Wird mir das einen Spaß machen, euch zurechtzustutzen …« Aber ich unterbreche ihn. »Wir sind auf Aufnahme, alle miteinander. Sagen wir, was gesagt werden muss.«

Lincoln wirft mir einen raschen Blick zu, vollendet seinen Satz aber nicht.

»Und du halt die Klappe, Junior«, sagt Snake. Dann schaut er mich wieder an. »Dein Vater hat sich doch schuldig bekannt, dass er Viola getötet hat. Damit ist die Sache abgeschlossen, was das Gesetz betrifft.«

»Im Augenblick haben wir es aber nicht mit dem Gesetz zu tun, sondern mit der Wahrheit. Ich weiß, dass Viola noch gelebt hat, als mein Vater das Haus von Cora Revels verlassen hat. Jemand ist danach dort reingegangen und hat ihr so viel Adrenalin gespritzt, dass ihr Herz explodiert ist. Ich glaube, das warst du. Ich brauche nur ein Ja oder ein Nein.«

Snakes Augen wandern von mir zu Lincoln und wieder zurück. Trotz der aussichtslosen Lage, in der er steckt, ist der Funken Humor in seinen Augen nicht verloschen. Ich kann Lincolns Gier danach, diesen Funken auszulöschen, beinahe mit Händen greifen.

»Darum geht es also. Was kriege ich, wenn ich es dir sage? Lässt du mich dann hier rausgehen?«

»Nein. Aber ich rufe das FBI an.«

»Warum hast du die noch nicht angerufen?«

»Der Typ will dich nur hinhalten«, sagt Lincoln und schaut zu einem der Fenster.

»Nein, er redet für das Tonband. Er sorgt dafür, dass nichts von dem, was er hier sagt, vor Gericht verwendet werden kann.«

»Was hat es dann für einen Sinn, hier weiterzumachen?«

Ich hatte sowieso nie große Chancen, mein Tonband als Beweismittel zu nutzen Aber wenn ich in Snakes Augen schaue – Augen, die zugesehen haben, wie Jimmy Revels' Arm blutete, nachdem er dem Jungen seine Marine-Tätowierung heruntergeschnitten hatte, die zugesehen haben, wie ein Klan-Mitglied nach dem anderen auf die kreischende Viola stieg und sie vergewaltigte, die zugesehen haben, wie Glenn Morehouse und Sonny Thornfield und unzählige andere ihren letzten Atemzug hervorkrächzten –, dann wird mir klar, dass es mir hier wirklich nicht um das Gesetz geht. Ich will nichts als die Gewissheit, die mir nur Snake geben kann – dass er und nicht mein Vater Viola Turner ermordet hat.

»Du warst in jener Nacht in dem Zimmer«, sage ich leise. »Sag mir, was da passiert ist.«

»Ich war da, das stimmt«, antwortet Snake, und ich merke, wie Lincoln neben mir völlig reglos wird. »Aber ich glaube nicht, dass du wissen willst, was genau passiert ist.«

»Sprichst du mit ihm oder mit mir?«, frage ich.

»Mit euch beiden. Aber mit dir mehr als mit ihm, Cage. Du glaubst, du willst die Wahrheit, aber das willst du nicht. Du kannst mit der Wahrheit gar nicht fertigwerden. Mein Daddy war Prediger, weißt du das?«

»Du weißt, dass ich das weiß.«

»Der hat ständig aus der Bibel zitiert. Du weißt doch, was da über die Wahrheit steht?«

»Was?«

»Dem lebendigen Gott in die Hände zu fallen ist schrecklich.«

»Derjenige, der sich Sorgen machen sollte, Gott gegenüberzutreten, bist du«, wendet Lincoln ein.

»Ich bin bereit«, sage ich und deute mit meiner Waffe auf ihn. »Lass hören.«

Snake schnalzt ein paar Mal mit der Zunge, schaut dann auf den Boden. »Ich und Sonny, wir waren ein paar Wochen, bevor sie gestorben ist, einmal da. Nur um sie an die Abmachung zu erinnern, die sie damals 68 mit uns getroffen hat. Wir haben ihr gesagt, sie sollte aufhören, mit Henry Sexton zu reden, und wenn sie das nicht täte, na … dann müssten wir sie zum Schweigen bringen.

Ich hab gleich gesehen, dass die das Maul nicht halten würde. Ich wollte sie sofort erledigen, aber Forrest wollte keine Schwierigkeiten, die in die Zeitung kommen würden. Der hat sich immer mehr um die Dollars als um sonst was Gedanken gemacht. Also sind Sonny und ich jeden Tag rausgefahren, um nachzusehen, wer da so ein und aus ging. Ziemlich oft haben wir das Auto von Doc Cage gesehen. Aber dann haben wir wieder Henrys Wagen entdeckt. Da habe ich beschlossen, die Sache zu erledigen, ganz egal, was Forrest gesagt hatte.«

Vielleicht ist Snake wirklich verrückt. Ich kann nicht glauben, dass er drauf und dran ist, vor Violas Sohn ein Geständnis abzulegen.

»Also hatten wir in der fraglichen Nacht unter den Bäumen oberhalb des Hauses geparkt, genau wo der Doc ausgesagt hat, dass er unseren Pick-up gesehen hat – eigentlich Devines Wagen, aber wir saßen drin. Jedenfalls war der Doc schon da, als wir in der Nacht angekommen sind. Ich hab mir gedacht, wir warten, bis er fortgeht, schleichen uns dann rein und tun es. Na ja, nach ungefähr fünfzehn Minuten kommt er raus und fährt weg. Aber als wir gerade auf dem Weg nach da unten sind, taucht ein anderes Auto auf.« Snake schaut hoch zu mir, und seine Augen leuchten heller. »Und wer sitzt da drin? … *Deine Mom!* Mrs. Peggy Cage, die Herrin der Plantage.«

Mein Gesicht wird ganz heiß. Ich schaue verstohlen zu Lincoln, aber ich spüre ohnehin bereits seinen Blick wie einen Scheinwerfer auf mir. Er will wissen, ob Snake das alles nur erfindet.

»Sie war eine Weile da, dann ist sie ganz eilig rausgekommen. Als sie weggefahren war, sind Sonny und ich rein.«

Ich will sagen: *Das ist alles Quatsch*, aber Lincoln würde die Lüge in meiner Stimme hören.

Snake schaut zu Lincoln und zuckt die Achseln. »Als wir reinkamen, war deine Mom hinüber. Sie hat genauso ausgesehen wie auf dem Bild, das ich in dem Video gesehen habe. Es war auch keine Kassette mehr in der Kamera.«

»Du lügst«, sagt Lincoln. »Er lügt, oder?«

»Er lügt«, bestätige ich.

»Das wünschst du dir nur. Du hattest keine Ahnung, stimmt's?« Snakes Augen mustern mich mit beinahe sexuellem Vergnügen. »Dachtest, du wolltest die Wahrheit wissen, ha? Die Wahrheit ist, dass deine Mutter die Frau umgebracht hat, die dein Daddy damals gefickt hat. Vielleicht aus Wut, vielleicht um die Sache geheimzuhalten. Oder vielleicht nur aus Scham.«

»Sag mir, dass er lügt«, drängt Lincoln.

»Er lügt. Meine Mutter war wirklich in dieser Nacht dort, aber er erzählt nur einen Teil der Geschichte.«

»Sie war was?«

»Ich habe es erst heute herausgefunden. Dad wollte den Selbstmordpakt nicht erfüllen. Um deine Mutter zu täuschen, hat er ihr eine verdünnte Morphinlösung in eine tiefe Beinvene gespritzt, weil er Zeit gewinnen wollte, um alles zu verarbeiten, was sie ihm gesagt hatte. Besonders über dich. Aber Mom war ihm in dieser Nacht zu Coras Haus gefolgt. Sie war ihm auch ein paar Nächte vorher gefolgt und hatte da herausgefunden, dass Dad sich wieder mit deiner Mutter traf. Bei diesem zweiten Mal ist Mom ins Haus gegangen, nachdem er fort war, um genau herauszufinden, was da lief. Viola ist aufgewacht, während Mom dort war. Sie haben geredet, und deine Mutter hat meine angefleht, das zu tun, was Dad nicht über sich gebracht hatte.«

»Alles Quatsch!«, sagt Snake.

Heiße Wut steigt mir im Hals hoch. »Es ist die Wahrheit! Mom hat versucht, zu tun, was Viola wollte, aber sie hat es verpatzt. Sie war diejenige, die die Morphininjektion vermasselt hat. Sie hatte einfach nicht das Geschick, die Vene richtig zu treffen.«

»Also hat sie stattdessen das Adrenalin gespritzt«, sagt Snake. »Wie du es auch drehst und wendest, sie hat die Krankenschwester umgebracht.« Der alte Mann fixiert Lincoln mit seinem Blick. »Siehst du? Ich habe deine Mom nicht ermordet, Junge.«

»O doch«, beharre ich und frage mich, ob das, was er gesagt hat, wahr sein könnte. »Sie ist fortgegangen und hat gedacht, sie hätte es geschafft. Aber Dad ist noch mal zurückgekommen, genau wie er es geplant hatte. Er stellte fest, dass Viola immer noch ruhiggestellt war, und er hat die Kassette in der Kamera gefunden. Er hat auf dem Video gesehen, dass Mom dort gewesen war und was sie zu tun versucht hatte, und das hat schließlich zu all dem geführt, was später geschehen ist – er wollte sie unbedingt vor einer möglichen Mordanklage schützen.«

»Wer hat dir denn *das* Märchen erzählt?«, fragt Snake spöttisch. »Dein Daddy, möcht ich wetten.«

»Sie haben es mir beide erzählt, unabhängig voneinander.«

»Weil sie sich endlich auf eine Geschichte geeinigt hatten. Sie hatten ja vor dem Prozess monatelang Zeit dazu, nicht? Wie viele Leute sind gestorben, um deine Mom zu schützen, Herr Bürgermeister? Die Herrin der Plantage durfte ja nicht ins Gefängnis wandern, weil sie eine alte, verbrauchte Sklavin umgebracht hatte, oder? Selbst wenn diese Sklavin vor all den Jahren dem Herren das Bett gewärmt hatte ...«

»Halt die Klappe«, murmelt Lincoln.

Finsterstes Vergnügen schwingt in Snakes Lachen mit; unser Leiden ist für ihn wie Schnaps.

»Ich hab deine Mom nicht ermordet, Junge. Und jetzt weißt du's.«

Ich höre Lincoln tief Luft holen, und als er ausatmet, merke ich, dass er in einen anderen Bewusstseinszustand übergegangen ist, wie ein Truck, der einen Gang runterschaltet, um einen Hang hochzufahren.

»Du hast was Schlimmeres gemacht, als sie zu töten«, sagt er mit beinahe unhörbarem Bass. »Du hast sie zerbrochen. Du hast ihre Seele verletzt.«

Endlich drehe ich mich um und schaue meinem Bruder in die Augen. Dort sehe ich Schmerz und Verwirrung. Er wird mich zur Rechenschaft ziehen, weil ich ihm vorenthalten habe, was ich wusste, aber nicht, ehe diese Sache hier erledigt ist. Dann sehe ich eine Frage auf seinen Zügen: *Willst du hierbleiben oder rausgehen, während ich das mache?*

»Moment«, sagt Wilma Deen, als spräche sie mit sich selbst. »Moment, Mister. Mach das nicht. Ich kann so nicht sterben. Das ist nicht fair.«

»Fair?«, äfft Alois sie nach. »*Fair*? Ich hab deine Scheiße so verdammt satt …«

Wilma schlägt Alois so fest, dass die Ohrfeige in der ganzen Hütte widerhallt. Beinahe zwei Sekunden lang starrt der Junge sie an, dann boxt er sie an die Schläfe. Es sieht aus, als holte er zu einem zweiten Schlag aus, da feuert Lincoln eine Kugel etwa zwei Zentimeter neben seiner Schulter in die Couch. Ich weiß nicht, ob Lincoln danebenschießen wollte oder nicht, aber ich spüre, dass die nächste Kugel jemanden am Kopf treffen wird.

»Ich hab niemand nicht umgebracht«, sagt Wilma, erst leise, dann noch einmal viel lauter. »Ich hab niemand nicht umgebracht. Ich hab Säure auf das Mädel geworfen, mehr nicht, ich schwöre es.«

Sie schaut zu mir auf, dann zu Lincoln, und ihre Augen flehen uns an. »Ich hab Ihre Mom nicht umgebracht, Sir. Ich hab sie nicht mal gekannt. Snake und Sonny haben das gemacht – genau wie sie meinen Bruder Glenn umgebracht haben. Hört ihr? Er hat während des Prozesses damit angegeben!«

Alois' Gesicht ist so bleich, dass ich mir sicher bin, er würde sie umbringen, wenn er eine Waffe zur Hand hätte.

»Mein Leben lang hat Snake mich ausgenutzt«, fährt Wilma fort. »Mich ausgenutzt und dann weggeworfen, immer und immer wieder. Für *den* sterbe ich nicht!«

Snake sagt gar nichts. Er beobachtet ruhig, wie seine ergebene Dienerin sich gegen ihn wendet, und wägt wahrscheinlich ab, ob irgendwas, das sie gesagt hat, gegen ihn verwendet werden könnte, wenn er diese Nacht irgendwie überleben sollte.

»Die Kassette da hilft dir gar nicht«, sagt Wilma atemlos. »So viel weiß ich vom Gesetz. Aber *ich* kann helfen. Ich kann aussagen, genau wie Will D. das machen wollte. Aber ihr müsst mich schützen, okay? Irgendwo hinbringen, wo *er nicht hinkommt*.«

»Ich komme überall hin«, sagt Snake leise. »Das weißt du, Baby Girl.«

Wilma erschaudert bei diesem Wort, das wohl ein Kosename gewesen sein muss. Lincoln und ich schauen einander an. Ich weiß, was er denkt: *Im Augenblick ist sie völlig scharf drauf, eine Beichte abzulegen, aber lass die aus dieser Hütte rauskommen und einen Rechtsanwalt kriegen, dann bekommen wir nie wieder ein Wort aus ihr raus …*

Wilmas unterdrückter Schrei lässt unsere Blicke zu ihr zurückfahren, aber es ist schon zu spät.

Blitzartig wie die Schlange, nach der er benannt ist, hat Snake von irgendwo ein Messer hervorgezogen und hält Wilma die Klinge an die Kehle. Der größte Teil seines Körpers ist hinter ihrem verborgen.

»Also gut, jetzt«, sagt er, steht auf und hebt Wilma auf die Beine.

Der Überlebensinstinkt dieses Kerls ist atemberaubend. Schon als Wilma noch nicht zu Ende gesprochen hatte, war Snake klar, dass sie für uns einen Wert hatte – und in genau dem Augenblick ist sie zu seinem Passierschein aus dieser Hütte geworden.

Während sich Snake seitlich zur Tür bewegt, flackern Alois' Augen zwischen Lincoln und mir hin und her, lauern aufmerksam auf jede Chance, seinem Vater zu Hilfe zu eilen.

»Du gehst nicht durch diese Tür«, sagt Lincoln. »Ich schieße glatt durch die hindurch, um dich umzubringen.«

»Nein, das machst du nicht«, sagt Snake und schiebt sich seitlich weiter. »Der Bürgermeister lässt dich nicht. Er will diese ausgetrocknete alte Hexe im Zeugenstand sehen, damit sie das wiederholt, was sie gerade gesagt hat. Er tut alles, was er kann, um sich weiter einzureden, dass sein alter Herr unschuldig ist. Aber du kennst jetzt die Wahrheit.«

»Bring sie nicht um«, sage ich zu Lincoln. »Und hör nicht auf diesen Schweinehund. Der ist das reine Gift.«

»Ich bin hier der Einzige, der die Wahrheit sagt«, erwidert Snake, beinahe schon an der Tür. In einer geschmeidigen Bewegung wechselt er das Messer in die andere Hand, hält es nun mit dem Arm, der Wilmas Hals umklammert hält, während er mit der anderen Hand nach dem Türknauf tastet.

»Lasst nicht zu, dass er mich mitnimmt!«, kreischt Wilma. »Jetzt, wo ich das gesagt habe, bringt er mich bestimmt um!«

Als meine Augen von Snakes Hand zum Türknauf wandern, springt Alois vom Sofa auf, stürzt zu seinem toten Kumpel und will sich die Waffe schnappen, die der Tote nicht mehr erreicht hat.

»Erschieß ihn«, ruft Lincoln, aber ich kann es nicht über mich bringen, das zu tun, während der Junge vergeblich unter der Leiche seines Freundes herumtastet.

Ich richte die Pistole auf Alois' Rücken und schreie ihm zu, er solle mit der Suche aufhören, aber er macht weiter.

Lincolns Pistole zuckt mit einem ohrenbetäubenden Krachen, und aus dem Augenwinkel sehe ich, dass Snake und Wilma durch die Tür verschwunden sind.

Lincoln feuert zwei Runden hinter ihnen her, rennt dann nach draußen und überlässt mir Alois, der endlich die Hände am Kolben der Pistole hat.

»Tu's nicht!«, brülle ich, aber er hört nicht.

Als der langläufige Revolver unter der Leiche auftaucht, schieße ich Alois Engel weit oben in den Rücken. Der Aufprall presst ihn gegen die Leiche, die unter ihm liegt, doch ein paar Sekunden später bäumt er sich noch einmal auf und versucht, die Waffe zu heben. Seine Augen wandern zu mir, und der Lauf des Revolvers folgt dieser Bewegung …

Ich schließe die Augen, als ich erneut schieße, diesmal links in den Rücken. Die zweite Kugel lässt ihn auf den Boden krachen, wo er liegenbleibt. Rasch breitet sich eine Blutlache unter ihm aus.

Ich fluche vor Wut und Schuldgefühlen, drehe mich um, packe mein Gewehr und stürze durch die Tür hinter Lincoln her.

KAPITEL 77

Draußen sehe ich, dass er langsam hinter Snake hergeht, der einen Arm eng unter Wilmas Kinn geschmiegt hat und ihr unter seinem Unterarm mit der anderen Hand die lange Klinge des Messers an die Kehle hält. Snake ist beinahe bei seinem Pick-up angelangt, der etwa sechs Yards vom Haus entfernt steht.

»Helft mir!«, schreit Wilma. »Lasst nicht zu, dass er mich mitnimmt!«

»Ihr geht nirgendwo hin«, sagt Lincoln und hält mit Snake Schritt.

»Ich bin da!«, rufe ich.

»Geh auf seine andere Seite! Flankiere ihn. Lass ihn nicht in den Wagen!«

»Jetzt mal sachte«, sagt Snake mit überraschend ruhiger Stimme. Es klingt so, als wolle er ein durchgedrehtes Pferd besänftigen.

»Ist der Junge tot?«, fragt Lincoln.

»Ja.«

Snake zuckt zusammen, aber er äußert kein Wort des Zorns oder des Bedauerns. »Cage hat gerade meinen Sohn umgebracht«, sagt er im Ton eines Mannes, der im Casino Jetons auf das grüne Filztuch legt. »Meinen Neffen hat er auch schon getötet. Das sollte reichen.«

»Es ist nicht dasselbe«, erwidert Lincoln und wirft mir einen raschen Blick zu. »Mach, dass du auf seine andere Seite kommst.«

Als ich versuche, das zu tun, höre ich ein leises Grollen. In fünf Sekunden ist das Geräusch doppelt so laut geworden.

»Hast du das gehört?«, frage ich heftig.

»Motorräder«, antwortet Lincoln. »Verdammt.«

Triumph blitzt in Snakes Augen auf. »Jetzt steckt ihr in der Scheiße, Jungs. Wie schnell sich die Lage doch ändern kann, was? Ihr haut besser ab.«

Lincoln wird sie beide umbringen …

Aus dem Grollen ist ein donnerndes Dröhnen geworden, das von den verlassenen Gebäuden an der Hauptstraße von Rodney widerhallt. Hundert Yards hinter uns durchdringen Scheinwerfer die Dunkelheit, werden mit jeder Sekunde heller.

»Snake hat recht«, schreie ich und laufe zum Pick-up, der aussieht wie ein alter International Harvester. »Wir müssen weg hier!«

»Ihr könnt mich doch nicht hier zurücklassen!«, kreischt Wilma. »Der bringt mich bestimmt um!«

»Die Biker wissen nicht, welches Haus es ist«, sagt Lincoln.

Wenn ich die Tür des Pick-ups aufmache, geht drinnen das Licht an und verrät unseren Standort. Von der Beifahrerseite schaue ich ins dunkle Innere und sehe, dass der Zündschlüssel nicht steckt.

»Snake hat die Schlüssel!«, rufe ich Lincoln zu.

»Nicht mehr lange.«

»Nein!«, kreischt Wilma. »Nicht schießen!«

Lincoln hat zwei Schritte nach vorn gemacht und zielt ruhig.

»Mach das nicht!«, rufe ich. »Ein Schuss wird die Biker direkt herbringen!«

Ich bewege mich auf Lincoln zu, als Wilma Deen die Nerven verliert. Sie rammt Snake den Ellbogen in die Rippen, aber nicht fest genug, denn sein Messer fährt über ihre Kehle, und ein Schwall dunkles Blut ergießt sich über ihre Bluse. Ihre Hände fliegen zum Hals. Sie taumelt ein paar Schritte, hält sich dann die blutigen Hände vors Gesicht und kreischt wie eine Wahnsinnige.

Ohne seinen menschlichen Schutzschild will Snake in die Dunkelheit fliehen, aber Lincoln hat ihn in drei Sekunden eingeholt. Ich kann gerade noch ausmachen, dass Lincoln auf die Hand schlägt, in der Snake das Messer hält, ihn dann beim Hals packt, in die Luft hebt und gegen eine Pappel rammt. Snake tritt wie wild mit den Füßen, als hätte man ihn aufgehängt, und die Augen, die immer entweder kühl oder verrückt geschaut haben, treten ihm aus dem Kopf, als müssten sie aus den Höhlen bersten. Ohne zu wissen, wie oder warum, merke ich, dass ich auf einmal an Lincolns Arm zerre und versuche, ihn von Snakes Hals wegzuziehen.

»Hör auf!«, brüllt Lincoln. »Das muss jetzt sein!«

Ich könnte genauso gut versuchen, einen armdicken Ast mit bloßen Händen von einem Baum zu reißen. Wenn Lincoln Snake im freien Raum würgte, könnte ich seinen Griff vielleicht lockern, aber da er die Füße in den Boden gestemmt hat und Snake mit seinem ganzen Gewicht gegen den Baumstamm presst, habe ich keine Chance. Snakes Gesicht ist violett angelaufen, die Augen sind matt, und es kommt nicht einmal mehr ein Krächzen aus seiner Kehle.

»Bring ihn nicht um!«, flehe ich ohne jede Hoffnung, meine Hände auf den stählernen Muskeln von Lincolns Unterarm. »Dann erfahren wir nie, was wirklich geschehen ist.«

Das lässt Lincoln endlich innehalten. Sein Arm bleibt starr, aber er wirft mir einen raschen Blick zu. »Ich dachte, du wärst dir sicher.«

»Ich weiß es nicht, Mann. Was macht es schon, ob du ihn jetzt oder in fünf Minuten umbringst? Wenn wir hier nicht wegkommen, sind wir sowieso tot.«

»Du willst *den* mitnehmen?«

»Sie auch. Wirf ihn in den Truck.«

Lincoln schaut zu den Scheinwerfern zurück, die nun keine Reihe von Lichtkegeln mehr sind, sondern ein heller Schein, der die Gebäude auf unserer Seite der Hauptstraße erleuchtet. »Der Fluss ist unsere einzige Chance.«

Ich stecke meine Pistole in den Hosenbund und durchsuche Snakes Taschen. Schlüssel klirren in seiner linken vorderen Hosentasche. Als ich sie herausziehe, hängt am Ring nicht nur der Schlüssel für den GM-Truck, sondern auch ein kleiner Schlüssel, an dem ein orangefarbener Schwimmer befestigt ist.

»Alles klar! Auf geht's!«

Lincolns mächtiger Unterarm entspannt sich, und Snake rutscht so weit den Baumstamm hinunter, dass er den Boden mit den Füßen berührt. Der alte Mann hustet, versucht verzweifelt, Luft in die Lungen zu saugen. Als der Sauerstoff in seinem Blut ankommt, schlägt er die Augen auf, und ich sehe Leben darin, sogar aufmerksames Bewusstsein. Einen Moment, nachdem Lincoln das Gleiche bemerkt hat, reißt er Snake vom Baum weg und klatscht ihn wieder dagegen. Das Licht in Snakes Augen erlischt erneut, und sein Körper rutscht am Stamm entlang, als hätte er keine Knochen.

»Hol die Frau«, sagt Lincoln.

Während Lincoln sich den Gürtel vom Leib reißt und dem alten Mann damit die Hände fesselt, gehe ich zu Wilma Deen, die am Boden liegt, ihren Hals mit den Händen umklammert hält und mit schreckensweiten Augen zum Himmel hinaufstarrt. Sie atmet noch, aber sie hat ziemlich viel Blut verloren. Bei den Lichtverhältnissen lohnt es sich nicht, ihre Hände wegzuziehen, um nachzusehen, wie schwer ihre Verletzung ist. Wir sind mit dem Boot fünfundzwanzig Meilen von Natchez entfernt, und mit uns hat sie wenigstens eine Chance.

Die Tür des Trucks geht auf, und als ich mich umdrehe, sehe ich, wie Lincoln Snake vor dem Rücksitz auf den Boden packt.

»Das Innenlicht!«, zische ich. »Verdammt, das sehen sie!«

»Schwing deinen Arsch rein!«

Ich packe Wilma bei den Füßen und zerre sie zum Harvester, wo Lincoln mir hilft, sie auf den Beifahrersitz zu hieven.

»Warum nicht auf den Rücksitz?«, frage ich, die Augen immer auf die Scheinwerfer auf der Straße oben gerichtet.

»Jemand muss Druck auf ihren Hals ausüben, wenn sie in Ohnmacht fällt. Und jemand muss schießen, um uns die vom Hals zu halten. Willst du fahren oder schießen?«

»Ich fahre besser.«

»Weißt du, wo der Fluss ist?«

»Geradeaus nach Westen, ja? Zwei Meilen?«

»Ja. Aber es ist keine besonders gute Straße.«

»Ich finde den Weg. Los!«

Wir schließen die Türen mit einem leisen Knarren rostiger Scharniere, aber das Herz rutscht mir in die Hose, als ich den Wagen anlasse. An dem Geräusch kann ich nichts ändern.

»Das ist eine normale H-Schaltung«, denke ich laut, trete die Kupplung und ramme den ersten Gang rein.

»Die Straße ist etwa hundert Yards in diese Richtung«, sagt Lincoln und deutet mit seiner Pistolenhand nach links. »Wenn du auf die Hauptstraße fährst, sehen sie uns. Du musst durch die Bäume da fahren.«

Der Mond scheint, aber nicht so hell, dass ich mit größerer Geschwindigkeit zwischen den Bäumen durchfahren kann. Während wir vorwärtsrollen, ragen alle paar Yards mannsdicke Stämme aus der Dunkelheit auf. Sieben Meilen die Stunde, mehr kann ich nicht riskieren. Ich schaue nach rechts und sehe, dass Wilma sich gegen die Beifahrertür gestemmt hat. Sie hat ihren Hals mit beiden Händen umklammert, und ihr Gesicht hat die Farbe von Magermilch.

»Sieht aus, als würden zwei Harleys zum Haupthaus fahren«, sagt Lincoln und schaut durch die Heckscheibe. »Jetzt drei. Scheiße, vier. Kannst du nicht schneller?«

»Nicht, ohne gegen einen Baum zu fahren.«

»Herrgott. Wenn die ihre Motoren abschalten, hören sie uns von da.«

Wir kommen unerträglich langsam voran. Ich habe Angst, dass ich im Dunkeln die Straße verpasse. Aus reiner Neugier riskiere ich einen Blick über die Rückenlehne. Snake liegt auf dem Boden wie ein Sack Holz.

»Du musst Abstand zwischen denen und uns halten«, sagt Lincoln, »sonst schaffen wir es nie zum Boot, auch wenn wir den Fluss erreichen.«

»Lebt Snake noch?«, frage ich, die rechte Hand liegt auf dem vibrierenden Schaltknüppel.

»Scheißegal. Schau, wo du hinfährst!«

»Ich glaube, ich kann die Straße zum Fluss sehen!«

»Gut, denn jetzt haben sie uns gesehen – oder gehört. Mach dich bereit. Die kommen mit diesen Bikes schnell hinter uns her.«

Ich drücke das Gaspedal weiter herunter, und schwarze Baumstämme rasen mir aus der Nacht entgegen.

»Schalt das verdammte Licht an!«, ruft Lincoln. »Wenn du jetzt gegen einen Baum fährst, sind wir geliefert!«

Ein hellerer Streifen zieht sich links von mir zwischen den Bäumen nach Westen. Sobald ich sicher bin, dass es die Straße zum Fluss ist, trete ich das Gaspedal durch, schlingere auf den Feldweg und schalte die Scheinwerfer ein. Wir kommen rasch in Fahrt, zumindest an den letzten zwei Minuten gemessen, doch sobald ich ein wenig Mut schöpfe, zertrümmert Lincoln einen Teil der Heckscheibe mit dem Kolben seiner Pistole, um sich auf eine Schießerei einzustellen.

»Die kommen schnell näher«, sagt er. »Bleib bloß nicht stehen.

Auch nicht, wenn du getroffen oder geblendet wirst. Lass einfach den Fuß auf dem Gas.«

Sobald ich den Harvester im vierten Gang habe, konzentriere ich mich darauf, den großen Truck auf dem schmalen Feldweg zu halten. Aus dem Augenwinkel sehe ich, dass Wilma Deen ohnmächtig geworden ist. Sie ist an der Tür herabgeglitten, die Hände schlaff im Schoß.

»Verdammt«, murmele ich, strecke die Hand aus und drücke fest auf die Wunde an ihrem blutigen Hals. Die Haut ist dort so glitschig, dass ich kaum Halt finde.

Lincolns erster Gewehrschuss hämmert mir so laut in den Ohren, dass ich mit dem Wagen ins Schlingern gerate.

»Das hat sie gebremst«, brüllt er. »Drück auf die Tube, Mann. Los! Los! Los!«

Bei sechzig Meilen in der Stunde springt der Truck jedes Mal in die Luft, wenn wir über eine Unebenheit auf dem Feldweg fahren. Und danach rüttelt uns der Aufprall so durch, dass man meint, die Karre müsste jeden Augenblick auseinanderfallen.

»Da sind sie wieder. Diesmal kriegen sie ein paar ab …«

Lincoln feuert vier Runden aus meinem Gewehr. Der Krach ist in der Kabine ohrenbetäubend.

»Irgendwas getroffen?«, frage ich, während ich nach Kratern im zerfurchten Feldweg Ausschau halte.

»Einen hab ich mitten in die Brust getroffen«, sagt er wie benommen. »Wenn diese Freaks uns erwischen, ziehen sie uns bei lebendigem Leib die Haut ab.«

»Kommen sie immer noch näher?«, frage ich und versuche vergebens, in dem rüttelnden Rückspiegel irgendwas auszumachen. Ich sehe nichts als Lichter in der Ferne.

»O ja. Schneller. Das müssen zehn Bikes sein da hinten.«

Ein Klumpen Angst setzt sich in meinem Inneren fest, lässt mir alle Haare zu Berge stehen. Während ich mich abmühe, den alten Truck auf noch höhere Geschwindigkeit zu treten, klatscht ein Trommelwirbel von Blei auf die Heckklappe.

»Die schießen zurück«, sagt Lincoln. »Das hat sich nach einer Maschinenpistole angehört.«

»Was kann ich machen?«

»Kannst du das Licht ausschalten?«

»Klar. Auf der Straße bleiben ist das Problem.«

Die Bäume, die bisher unsere Fluchtroute gesäumt haben, sind verschwunden. Jetzt ist zu beiden Seiten des Feldwegs Wasser. Ich habe keinen Spielraum mehr. Mit schlechtem Gewissen lasse ich Wilma Deens Hals los und packe das Lenkrad mit beiden Händen. Wenn wir in den Sumpf fahren, solange uns diese Bikes verfolgen, sind wir sowieso geliefert. Entweder ertrinken wir im Schlamm oder werden erschossen, wenn wir rauszukriechen versuchen. Ein weiteres Stakkato von Schüssen klatscht in den Truck. Mit einem stummen Gebet schalte ich das Licht aus.

»Nur noch zwei Runden im Gewehr«, sagt Lincoln. »Ich lass die ein bisschen näher kommen, damit die Schüsse wirklich zählen.«

Vor meinem geistigen Auge sehe ich uns aus Gottes Perspektive: ein schwerfälliges Tier, das von Jägern auf Stahlrössern über einen schmalen Grat verfolgt wird, und die Jäger holen schnell auf.

»Komm schon, komm schon«, murmelt Lincoln.

Während ich mich auf seinen nächsten Schuss vorbereite, kracht etwas gegen meine Rückenlehne, dann auf meinen Kopf. Ich fahre ruckartig nach vorn und riskiere einen Blick hinter mich. Zwei Füße in Stiefeln schlagen in der Kabine um sich. Es ist Snake, der vom Boden des Trucks aus wild um sich tritt. Jetzt versucht er, einen Fuß um meinen Kopf zu haken.

»Stopp ihn!«, brülle ich. »Sonst kracht's.«

»Was?«, fragt Lincoln, der immer noch mit dem Gewehr durch die Heckscheibe zielt.

Er weiß nicht mal, dass Snake bei Bewusstsein ist. Während ich versuche, meinen Kopf von den Füßen des alten Mannes zu befreien, rutscht sein Stiefel von der Rückenlehne und trifft das Innenlicht, das hell aufblitzt und Lincoln beleuchtet, während der seine Pistole auf Snakes zappelnden Körper richtet. Diesmal werde ich ihn nicht aufhalten. Doch ehe Lincoln schießen kann, kracht der nächste Kugelhagel hinter uns aus dem Dunkel, und er fliegt mit einem lauten Aufschrei nach vorn.

»Lincoln? Lincoln!«

Panik ergreift mich mit einer Gewalt, die alle Furcht von vorhin in den Schatten stellt. Ich verdrehe mich auf dem Fahrersitz, versuche vergeblich, das Innenlicht mit der rechten Hand auszuschalten, schlage dann so lange mit der Faust darauf ein, bis es zerbricht. Wieder hüllt wohltuende Dunkelheit die Kabine ein.

Lincolns Atem ist nur noch ein leises Keuchen in meinem Ohr.

»Sag was, Mann! Wo bist du getroffen?«

»Schulterblatt«, krächzt er. »Zertrümmert, glaub ich.«

»Rechts oder links?«

»Links …«

Ehe ich auch nur denken kann, was ich ihm sagen soll, fliegt die linke hintere Tür des Harvester auf und ein Windstoß weht durch die Kabine. Zuerst meine ich, dass einer von den Bikern es irgendwie geschafft haben muss, auf die Ladefläche des Trucks zu springen und sich dann nach vorn zu arbeiten. Dann wird mir klar, dass Snake das gemacht haben muss …

»Der ist rausgesprungen!«, brüllt Lincoln und stößt sich mit einem Schmerzensschrei von meiner Rücklehne ab. »Snake ist draußen! Stopp!«

»Bist du verrückt?«

»Die Bikes haben gebremst … die wissen nicht, was passiert ist oder wer er ist. Lass mich ihn erschießen. Stopp!«

Mit höchster Willensanstrengung bremse ich und bringe den Wagen zum Stehen, ohne dass wir in den Sumpf rutschen.

Lincoln flucht unter Schmerzen, kriegt aber irgendwie mein Gewehr auf die rechte Schulter und stützt es auf dem Rahmen der geborstenen Heckscheibe ab.

»Kannst du ihn sehen?«, frage ich und schaue wieder zu Wilma herunter. Brust und Bauch sind mit Blut bedeckt, und ihre Augen sind geschlossen.

»Ich hab ihn. Als Schatten vor den Scheinwerfern der Biker.«

Ich drehe mich auf dem Fahrersitz um und sehe zu meiner Überraschung tatsächlich einen dreieckigen Schatten vor den hellen Lichtstrahlen. Snake muss auf den Knien liegen, etwa vierzig Yards hinter uns, eindeutig außerhalb der Reichweiter der .308.

»Sprich ein Gebet, Penn. Den schick ich jetzt in die Hölle.«

Ich glaube nicht, dass Lincoln je zuvor meinen Vornamen benutzt hat, und ich habe auch keine Zeit, jetzt darüber nachzudenken, denn alle Gedanken vergehen mir, weil hinter uns eine weitere Explosion von Schüssen erschallt, die das Metall und Glas des Harvesters zerfetzen.

Lincoln zuckt zurück, packt sich mit beiden Händen ins Gesicht. »Ich kann nichts mehr sehen. Ich habe Glas im Auge!«

Hinter uns schwankt die Silhouette im Licht, dann gesellt sich eine andere zu ihr. In wenigen Sekunden wird die Meute wieder hinter uns her sein. Mit einem gewaltigen Ruck reiße ich den Rückwärtsgang rein.

»Runter«, brüllte ich. »Die schießen gleich wieder.«

»Was machst du?«, schreit Lincoln. »Schau, dass du zum Fluss kommst!«

»Das schaffen wir nicht. Duck dich!«

Als ich das Gaspedal nach unten ramme, bedeckt Lincoln seinen Kopf mit beiden Händen und rollt sich auf den Boden. Ich befolge meinen eigenen Rat und gleite so weit nach unten wie es geht, ohne dass ich mein Ziel aus den Augen verliere. Der Harvester nimmt Tempo auf. Die Luft, die durch die Seitentür hereinströmt, baut sich in der Kabine zu einem Wirbelwind auf.

Die Biker kapieren erst, was da gerade geschieht, als es zu spät ist, mir aus dem Weg zu gehen, aber Snake hört uns. Die Silhouette schwankt unstet vor den Lichtern, wird dann doppelt so groß, als Snake sich auf die Beine rappelt. Ehe er auch nur zwei Schritte machen kann, pflügt ihn unsere rückwärtige Stoßstange mit über fünfzig Meilen pro Stunde um. Der schwere Harvester wird nicht einmal langsamer, ehe er in die erste Harley kracht. Das Trägheitsmoment des alten Trucks ist so gewaltig, dass er drei Motorräder zermalmt. Erst nach dem vierten Zusammenstoß kommt der Wagen rüttelnd zum Stehen.

Schreie der Wut und des Schmerzes erreichen meine Ohren, doch ehe jemand Zeit hat, zu reagieren, ramme ich wieder den ersten Gang ein und trete das Gaspedal bis zum Boden durch.

»Was ist passiert?«, krächzt Lincoln von der Rückbank.

»Snake ist tot.«

»Hast du es gesehen?«

»Er ist erledigt. Ausgelöscht. Wie schwer bist du getroffen? Kannst du es bis ins Boot schaffen?«

»Ich glaube, es hat meine Lunge erwischt … ich kann nicht richtig atmen. Wie nah sind wir am Fluss?«

»Nah.«

»Fahr nicht zu schnell. Die letzten dreißig Schritte führen über eine kleine Böschung, dann kommt nur noch der Fluss.«

Es kostet mich unmenschliche Überwindung, den Harvester abzubremsen, aber während ich gegen die Furcht ankämpfe, die durch meinen Körper tobt, denke ich daran, wie Colonel Eklund die Aktionen meines Vaters in Korea beschrieben hat. Wenn der angesichts des beinahe sicheren Todes das tun konnte, was er getan hat, dann kann ich ignorieren, was hinter uns ist, und abbremsen, damit wir nicht kopfüber in den Fluss stürzen.

»Siehst du irgendwelche Lichter hinter uns?«, fragt Lincoln heiser.

»Noch nicht. Wissen die, dass Snake hier unten ein Boot hat?«

»Keine Ahnung. Beten wir mal, dass das Boot Snakes Ass im Ärmel war. Vielleicht glauben die, die haben uns an den Fluss gedrängt.«

Ohne Vorwarnung rollt der Truck über eine hohe Böschung, und vor uns erscheint der Mississippi wie das dunkle Ufer eines Ozeans. Ich trete auf die Bremse, lasse wieder locker, um nicht ins Schleudern zu geraten, und schließlich hält der alte Truck rüttelnd an.

»Wo liegt das Boot?«

»Heute Nachmittag war es an einem Baum festgemacht. Schau nach links.«

Und richtig, etwa dreißig Yards flussabwärts sehe ich glänzendes Chrom in der starken Strömung tanzen.

»Schaffst du es allein, wenn ich die Frau hintrage?«, frage ich.

»Ja, das krieg ich hin. Lebt sie noch?«

»Ich weiß es nicht. Schrei, wenn du Hilfe brauchst.«

Als ich zur Beifahrertür gehe, fällt mir ein, dass Wilma Deen die Frau ist, die Keisha Harvin geblendet hat. Aber ich rette nicht sie. Ich rette die Zeugenaussage, die sie in der stinkenden Hütte angefangen hat, die Aussage, dass Snake Knox Viola ermordet hat. *Wird sie diese*

Worte je wiederholen?, frage ich mich, als ich sie unter den Armen packe und aus dem Truck zerre. Oder ist das alles hier vergebens?

Ich brauche zwei Minuten, um Wilma Deens schlaffen Körper zu dem Baum zu schleppen, an dem das Boot festgemacht ist. Bis ich da bin, hat Lincoln schon das Boot an die Uferböschung gezogen.

»Ich kann dir nicht helfen, sie reinzuheben«, sagt er.

»Halt nur das Boot ruhig.«

Wie ich es vor drei Monaten im Keller von Brody Royals Haus mit Sleepy Johnston gemacht habe, gehe ich in die Hocke, so weit nach unten, dass ich die Frau im Feuerwehrgriff mit letzter Kraft hochhieven kann. Meine Knie geben vor Anstrengung beinahe unter mir nach, als ich mich aufrichte. Und ehe ich es ganz geschafft habe, dringt das vertraute Grollen von Motoren an meine Ohren und lässt mir das Herz stocken.

»Schmeiß sie rein!«, schreit Lincoln. »In dreißig Sekunden sind wir erledigt!«

»Rein mit dir! Nimm die Leiter hinten!«

Als vier Scheinwerfer über der Böschung erscheinen, hieve ich Wilma über das Dollbord, klettere dann selbst ins Boot wie ein kleiner Junge, der sich über einen Zaun rollt.

Der Schlüssel an Snakes Schlüsselbund passt in die Zündung. Ein Blick ins Heck verrät mir, dass Lincoln gerade aufs Deck gesunken ist und mir zuwinkt, ich solle losfahren. Als das Boot von der Uferböschung wegdriftet, lasse ich den Motor ein wenig weiter herunter. Ich hoffe, einigen Abstand vom Ufer zu bekommen, ohne dass ich den Motor anlassen und damit unseren Standort verraten muss.

Die Scheinwerfer der Bikes schneiden durch den Dunst über dem Wasser wie die Suchscheinwerfer in einem alten Kriegsfilm. *Was denken sich diese Typen? Dass wir in den Fluss gefahren und ertrunken sind?*

Gerade als ich meine, wir könnten ungeschoren davonkommen, schwenkt einer der Biker seinen Scheinwerfer von links nach rechts über den Fluss. Jetzt hilft nur noch wegrennen. Mit einer Drehung des Schlüssels und ein bisschen Choke springt der Innenborder an – Gott sei Dank. Eine weitere Explosion von Schüssen lässt mein Herz rasen, diesmal sehe ich auch das Aufblitzen der Mündungsfeuer am schnell zurückweichenden Ufer. Ich schiebe den Gashebel vor, so weit ich kann, ducke mich und bete.

Die nächsten Schüsse kommen von Lincoln, der mit ausgestrecktem rechtem Arm im Heck kniet und den Ladestreifen seiner Pistole in Richtung Ufer leer feuert. Runter, dränge ich ihn stumm, weil ich Angst habe, dass ihn noch die letzte verirrte Kugel tötet, als fiele ein Soldat eine Stunde nach Unterzeichnung des Waffenstillstands. Die Biker erwidern das Feuer, aber die Kugeln peitschen nur unser Kielwasser auf, und dann dringt doch noch eine Kugel hinter uns in den Bootskörper. Wenn sie den Motor treffen, sind wir verloren.

»Runter, du verrückter Scheißkerl!«

Nach ein paar weiteren waghalsigen Sekunden fällt Lincoln endlich auf die Knie, kriecht dann langsam zum Kapitänsstuhl links von mir. Blut befleckt das Deck unter ihm. Als ich zurückschaue, sehe ich, dass uns jetzt nur noch Schüsse aus einem Gewehr etwas anhaben könnten, aber nicht mal die wildesten Biker haben auf ihren Motorrädern Gewehre dabei. Abgesägte Schrotflinten, das vielleicht, aber keine langläufigen Flinten.

Mit heldenhafter Anstrengung zieht sich Lincoln auf den Kapitänsstuhl und schaut nach vorn. Sein Atem flattert besorgniserregend.

»Was meinst du, wie lange brauchen wir?«, fragt er und hustet.

Natchez liegt zwanzig Meilen südlich: um eine Flussbiegung, dann eine lange gerade Strecke bis zur großen Klippe und der Landestelle in Under-the-Hill. »Vierzig Minuten, Maximum. Dreißig, wenn wir Glück haben.«

Lincoln nickt und verzieht das Gesicht.

»Schaffst du es bis dahin?«

»Darauf kannst du wetten. Irgendjemand muss diese Scheiße ja überleben. Dann kann es genauso gut ich sein.«

Snakes Rennboot macht inzwischen dreiundfünfzig Knoten. Der breite Fluss erstreckt sich silbern im Mondlicht, links ragt das Ufer des Staates Mississippi hoch auf, das Delta von Louisiana schwindet rechts immer weiter aus dem Blick. Wolken von Sternen stehen über dieser dunklen Wasserfläche am Himmel. Eine Meile vor uns tauchen hinter einer Biegung die Lichter eines Schleppers und seiner Barken auf. Endlich, merke ich, sind wir flussabwärts unterwegs.

Selbst wenn unser Motor ausfällt, wird der Fluss uns nach Hause bringen.

»He«, sage ich. »Wo ist eigentlich für dich Zuhause? Chicago?«

Lincoln denkt über die Frage nach. Dann zuckt er mit den Achseln. »Hab keins, eigentlich. Nicht mehr. Denk mal, ich muss mir ein neues suchen.«

»Oder ein altes.«

»Was soll das heißen? Ma ist jetzt tot. Hier gibt's nichts mehr für mich.«

»Vielleicht nicht. Aber hier hast du wenigstens einen Anfang.«

»Wie meinst du das?«

»Du hast Mississippi-Blut, Mann.«

»Scheiße, was soll das denn wieder heißen?«

Ich denke wieder daran, wie ich in meinem Keller Serenitys Buch gelesen habe. Mit dieser Erinnerung kommen der Geschmack ihrer Haut und der schwere Duft ihres Haars zurück. »Was eine Schriftstellerin in ihrem Buch geschrieben hat. Etwas, das ihr Onkel, ein alter Holzfäller immer gesagt hat.«

»Ja? Und was war das?«

»Er hat gesagt: *›Das Mississippi-Blut ist anders. Da ist was vom Fluss mit drin. Erde aus dem Delta, Terpentin, Asbest, Baumwollgift. Aber es ist auch Kraft drin. Kraft, oft geschlagen, aber nie gebrochen. Das ist das Mississippi-Blut.‹*«

Lincoln grunzt. Dann erwidert er nach einigem Nachdenken: »Ich glaube, das beschreibt Ma ziemlich gut. Wenn sie das nicht gehabt hätte, dann wäre sie schon vor langer Zeit gestorben.«

»Ich denke, da hast du recht.«

Ich kann an seinem Atem hören, dass er sich auf dem Stuhl zu mir hingedreht hat.

»Was ist?«, frage ich ein bisschen nervös.

»Was hältst du von dem, was Snake gesagt hat? Dass es deine Mutter war?«

Ich schaue zu ihm und schüttele den Kopf. »Auf keinen Fall. Sie hat versucht, zu tun, was deine Mutter wollte, und es ist ihr nicht gelungen. Die Doppeladler haben Viola ermordet. Genauso wie sie Henry, Caitlin, Walt und Sleepy Johnston und vor all den Jahren all die schwarzen Jungs umgebracht haben. Und jetzt sind sie selbst tot. Jedenfalls die Übelsten.«

Lincoln nickt bedächtig, wägt meine Worte ab. »Bist du sicher, dass du Snake erledigt hast?«

»Bruder … dieser Harvester hat noch drei Motorräder zermalmt, *nachdem* er ihn getroffen hatte. Der ist nur noch ein Klumpen Fleisch auf der Straße. Den fressen jetzt schon die Beutelratten und Waschbären. Verschwende keinen einzigen Gedanken mehr auf ihn. Es ist vorbei.«

Ich richte meinen Blick wieder auf das dunkle Wasser und den schwachen Lichtdom, der am Horizont über Natchez und Vidalia hängt. Schon sind über uns weniger Sterne zu sehen.

»Mississippi-Blut, was?«, murmelt Lincoln.

Ich nicke und lächle in den Wind. »Auf beiden Seiten.«

EPILOG

Wilma Deen überlebte ihre Halswunde. Ich hatte auf ein wenig Dankbarkeit dafür gehofft, dass ich ihr das Leben gerettet habe, aber ich hätte es besser wissen müssen. Bisher hat sie keinerlei Neigung dazu gezeigt, die Anschuldigung zu wiederholen, dass Snake Knox und Sonny Thornfield Viola Turner umgebracht haben. John Kaiser berichtet mir, dass sie einen scharfen Rechtsanwalt angeheuert hat, der versucht, für seine Mandantin den besten Deal herauszuschlagen. Der Generalbundesanwalt ist allerdings nicht geneigt, mit der Frau Deals auszuhandeln, die Keisha Harvin mit Säure geblendet hat. Ich habe also keine Ahnung, ob mir Wilma hilft, Dad so früh wie möglich aus dem Gefängnis freizubekommen.

Cleotha Booker ist am Samstagmorgen im Morgengrauen aus dem Koma aufgewacht, nur wenige Stunden nach Snake Knox' Tod. Kaiser zufolge hat sich Dolores St. Denis geweigert, das Krankenhaus in Baton Rouge zu verlassen, wo die Cat Lady behandelt wird. Kaiser hatte gehofft, dass Dolores Snake Knox in die Todeszelle von Parchman bringen würde, aber ich bin froh, dass sie nicht auf die Probe gestellt wurde. Ich bin mir nicht sicher, ob sie es geschafft hätte, Snake in einem Gerichtssaal gegenüberzutreten und die schreckliche Geschichte erneut zu erzählen, die die beiden so lange aneinandergefesselt hat.

Lincoln hat seine Schusswunde ebenfalls überlebt, aber es waren eine längere Operation und zusätzliche Eingriffe an seiner Hornhaut nötig, weil Glasscherben von der Heckscheibe sie verletzt hatten. Vor drei Abenden, nicht lange, nachdem ich ihn blutüberströmt ins Krankenhaus gebracht hatte, tauchte Sheriff Byrd auf und versuchte, uns beide zu verhaften. Schließlich liegt Rodney in seinem Zuständigkeitsbereich. Aber ich hatte bereits Kaiser angerufen und um Hilfe gebeten, als wir uns mit unserem Boot der Rampe in Natchez Under-the-Hill näherten. Der FBI-Agent war zwar wütend über unsere Expedition, aber meine Mitteilung, dass Billy Byrd die ganze Zeit über mit Snake Knox Kontakt gehabt hatte, lenkte Kaisers Wut sofort in eine ganz andere Richtung. Innerhalb von fünfzehn Minuten nach Sheriff Byrds Ankunft im Krankenhaus waren Lincoln und ich die geringste Sorge dieses korrupten Gesetzeshüters. Heute Morgen wurde der Sheriff vom Gouverneur seiner Ämter enthoben, und als er sein Büro verließ, erwartete ihn eine Klage des Generalbundesanwalts.

Lincoln liegt noch unter Bewachung im St. Catherine's Hospital, beide Augen mit Gaze bedeckt. Bei meinen beiden Besuchen dort hatte man ihm starke Schmerzmittel verabreicht, so dass wir nicht viel reden konnten.

Ich plane, so bald wie möglich wieder hinzugehen.

Vier Tage nach Walt Garritys Tod wurde er in Navasota, Texas, in einem mit einer Fahne bedeckten Sarg beigesetzt. Er wäre über die Menschenmenge – nicht nur über die Anzahl der Trauernden, sondern auch darüber, wer alles gekommen war – sehr erstaunt gewesen. Eine Ehrengarde der U. S. Army stand mit ihren M-16-Gewehren Spalier, und das polierte Metall schimmerte in der blassen Sonne. Eine eindrucksvolle Mannschaft von Texas Rangers war angetreten. Manche von ihnen waren so alt, dass ihre Gesichter unter den weißen Stetsons wie Leder wirkten, andere hätten Walts Enkel sein können.

Die Bezirksstaatsanwälte verschiedener Bezirke waren gekommen, darunter auch mein früherer Chef Joe Cantor aus Houston. Die meisten hatten ihre Topermittler mitgebracht. Man konnte die Polizisten der verschiedenen Gerichtsbezirke nicht zählen, aber ich erkannte sie meist an der Art, wie sie die ganze Situation musterten. Einmal Polizist, immer Polizist.

Walts Frau Carmelita war in der Kirche im Gespräch mit uns ein bisschen kurz angebunden, aber ich fand, dass wir von Glück sagen konnten, dass sie uns nicht mit Flüchen aus dem Gebäude verjagt hatte. Sie hatte vom Leben nur eines gewollt: Walts letzte Jahre mit ihm zu verbringen. Das haben wir ihr genommen. Ihm auch.

Wir waren auch in ziemlicher Zahl angetreten. Natürlich meine Mutter. Annie und Mia neben mir. Joe Russell und ein paar von unseren Leibwächtern haben einen sich langsam erholenden Tim Weathers von Dallas hergefahren. Serenity Butler ist von Atlanta nach Houston geflogen und hat sich dann ein Auto gemietet, um die Kirche kurz vor Beginn der Beerdigung zu erreichen. Sie sagte mir, dass sie für das *Journal-Constitution* einen Artikel über Walts letzten Tag schreibt.

Jamie Lewis, Miriam Masters und Caitlins Vater vertraten den *Natchez Examiner*. Ich war überrascht, dass John Masters in seinem vollen Terminkalender Zeit für eine solche Veranstaltung gefunden hatte, aber mit einem Privatjet kommt man ziemlich schnell überall im Land hin. Als ich ihn draußen vor der Kirche erblickte, muss der Medienbaron wohl die Überraschung auf meinem Gesicht wahrgenommen haben, denn er sagte: »Walt ist gestorben, als er meine kleine Enkelin gerettet hat. Ich finde, die sollten ihm ein gottverdammtes Denkmal errichten.«

Die Grabrede hielt Karl Eklund, der ehemalige Colonel, unter dem sowohl Walt als auch mein Vater im Koreakrieg gedient hatten. Colonel Eklund erzählte ein paar Geschichten über Walt, manche lustig, manche ergreifend. Aber er trieb auch einigen sehr hartgesottenen Männern die Tränen in die Augen, als er sagte: »Der Gefreite Garrity hat nach einem strengen Kodex gelebt. Er hat immer seine Pflicht getan – bei jedem Wetter, in jeder Situation –, und das hat er bis zum bitteren Ende so gehalten. Wie schon in der Bibel steht: Niemand hat größere Liebe als die, dass er sein Leben lässt für seine Freunde. Amen.«

Als die sieben Gewehre ihre Salven über die Ebene von Texas abfeuerten, standen Polizisten und Soldaten wie salutierende Steinstatuen da. Aber als die Echos verhallt waren, husteten einige in die Fäuste oder wischten sich mit dem Ärmel über die Augen. Meine Mutter bewegte sich unbewusst im Gleichklang, als sie sich vorsichtig die Augen mit einem Spitzentaschentuch tupfte.

Annie zog an meiner Hand. Ich beugte mich vor, damit sie mir ins Ohr flüstern konnte: »Ich möchte was für Mrs. Garrity tun.«

Ich dachte darüber nach. »Ich glaube nicht, dass du was für sie tun kannst. Aber für Walt kannst du was machen. Vergiss nie, was er für uns getan hat. In dreißig Jahren, wenn du erwachsen bist und selbst Kinder hast und auf sie herunterschaust und weißt, wie viel Glück du hattest … dann denke eine Minute lang an Walt. Das würde ihn am glücklichsten machen, das weiß ich.«

Annie schaute mich verwirrt an. »Aber das wird er doch wissen, Dad.«

Ich wünschte, ich könnte das glauben, dachte ich und schaute über die Köpfe vor mir auf das verschlissene Begräbniszelt und in seinem kostbaren Schatten auf den Sarg auf der Lafette. Der Anführer der Ehrengarde reichte Carmelita Garrity die zusammengefaltete amerikanische Flagge.

»Was passiert jetzt?«, fragte Annie leise.

»Normalerweise gehen die Leute jetzt.«

»Wer begräbt ihn zu Ende?«

»Die Leute vom Friedhof machen das. Totengräber.«

»Mit Schaufeln?«

»Früher schon, ja. Heute benutzen sie meistens einen kleinen Bagger.«

Annie schien sich darüber Sorgen zu machen. Sie stellte sich auf die Zehenspitzen, schaute zwischen den Leuten in der sich langsam zerstreuenden Menge hindurch.

»Ich glaube, heute brauchen sie keinen Bagger«, sagte sie.

Als ich zum Grab schaute, sah ich, wie Colonel Eklund und drei andere Männer Schaufeln zur Hand nahmen, die neben dem Zelt lagen. Ein Mann zog den chemisch grünen Kunstrasen weg, der die ausgegrabene Erde abdeckte, und warf ihn zur Seite. Dann gab der Colonel einen leisen Befehl, und die alten Soldaten hieben ihre Schaufeln in die texanische Erde und begannen, das offene Grab aufzufüllen. Ich zuckte zusammen, als mir klar wurde, dass ein weißhaariger Mann fehlte. Wenn Dad hier wäre, hätte er gesagt, zum Teufel mit seinem schwachen Herz, und selbst eine Schaufel in die Hand genommen, und nicht einmal meine Mutter hätte ihn gebeten, damit aufzuhören.

»Tom sollte hier sein«, flüsterte mir meine Mutter ins Ohr. »Das sind seine Leute.«

Nach ein paar schmerzlichen Sekunden drückte ich Annie die Hand, ging dann nach vorn und stellte mich hinter den ältesten Mann, der dabei war, Walts Grab aufzufüllen. Nach zwei weiteren Schaufeln drehte er sich auf unsicheren Beinen um und schaute mich fragend an.

»Tom Cages Sohn«, sagte ich ruhig.

Er drückte mir seine Schaufel in die Hand.

So sollte es immer sein, dachte ich und stach die Schaufel in die Erde.

Es bedeutete mir etwas, mit diesen Leuten zusammen zu sein – mit einer ruhigen Truppe von Männern, die für ihr Land und für ihre Brüder geblutet hatten. Während dieser Minuten hatte ich das Gefühl, dass alles, was ich als Kind geglaubt hatte, wirklich wahr ist: dass Recht mehr bedeutet als Macht; dass es besser ist, treu und gut zu sein als reich; dass die Ehre über alles geht.

Wenn das Gefühl nur bestehen könnte.

Während die Menschenmenge auseinanderlief, blieb unsere Gruppe in der Nähe des Grabes beieinander stehen. Während wir leise sprachen, sah ich Serenity, die in einiger Entfernung wartete, den Blick auf mich gerichtet. Als sich die Gelegenheit ergab, schob ich mich zwischen den schwarz gekleideten Menschen hindurch, nahm Serenity bei der Hand und führte sie zu einem etwa zwanzig Yards entfernten Baum.

»Gut, dich zu sehen«, sagte ich zu ihr. »Abseits von allen anderen.«

Sie lächelte darüber und drückte mir die Hand. »Du hast mir gefehlt. Es waren ein paar wirklich intensive Tage.«

Ich nickte, sagte aber nichts. Was hätte ich auch sagen können, das meine wahren Gefühle in diesem Augenblick zum Ausdruck gebracht hätte? Ich wollte sie so sehr küssen, aber wie würde Tee darauf reagieren? Oder Annie? Oder meine Mutter? Ich wusste, wenn ich den Blick zum Grab zurückwenden würde, dann würde ich sehen, wie meine Mutter über die Schulter von irgendjemand zu uns herüberspähte.

»Was machen deine Verbrennungen?«, fragte ich, als wir uns voneinander lösten.

Tee tat die Frage mit einer Handbewegung ab. »Ein paar Narben mehr, mit denen ich in den Bars angeben kann. Wie geht es Lincoln?«

»Ich glaube, er kommt wieder in Ordnung. Ich gehe ihn heute Abend besuchen. Wir fliegen nach der Beerdigung zurück.«

Sie quittierte diese Nachricht mit einem gezwungenen Lächeln. »Gut. Vielleicht könnt ihr Jungs jetzt ein bisschen gemeinsames Terrain finden.«

»Vielleicht.«

Eine Bö kam auf, schleuderte eine Wolke von texanischem Staub auf uns. Wir drehten unseren Rücken hin und standen Schulter an Schulter nebeneinander.

»Penn«, sagte sie leise und schaute an mir vorüber zu meiner Mutter. »Eine Sache hat mich die ganze Zeit beschäftigt. Ich habe versucht, sie zu vergessen, aber ich bekomme sie nicht aus dem Kopf.«

»Ich habe den Kopf voller solcher Dinge.«

Sie zögerte, stürzte sich dann mitten hinein. »Erinnerst du dich an die letzte Nacht, die wir zusammen verbracht haben? Als deine Mutter uns im Bett überrascht hat?«

»Natürlich.«

»Du hast in der Nacht mit Quentin telefoniert. Und er hat mehr oder weniger angeordnet, wir sollten den Bericht nicht weiterverfolgen, dass die Deputys des Sheriffs an den Haar- und Faser-Indizien manipulierten.«

Ich versuchte, Serenity mit gleichmütigem Gesicht anzuschauen. Vielleicht ist es mir gelungen, denn sie fuhr fort, ohne mein Unbehagen zu bemerken.

»Das hat für mich aber überhaupt keinen Sinn ergeben. Die Polizei hatte doch schon Haare, die zu denen deines Vaters passten, warum hat er dir dann gesagt, du solltest das nicht weiterverfolgen? Wen hätte Quentin denn schützen wollen?«

Mein Atem stockte beinahe. Serenitys dunkle Augen blickten mich forschend an, nicht aufdringlich, sondern wirklich verwundert. »Bin ich vielleicht verrückt?«, fragte sie. »Hast du das je rausgekriegt?«

»Du bist nicht verrückt. Aber mehr kann ich dazu nicht sagen, okay?«

Sie schaute zu mir zurück, immer noch verwirrt, aber dann weiteten sich ihre Augen, und sie schluckte schwer. Als ich gerade dachte, dass sie mir eine weitere Frage stellen würde, lehnte sie ihr Gesicht an meine Brust und umarmte mich fest.

»Das hier fehlt mir«, flüsterte sie.

»Mir auch. Mehr als du weißt.«

»Wenn du je mal durch Atlanta kommst …«

»Ich weiß. Mach ich.«

Aber als wir uns voneinander lösten und unserer Wege gingen, wussten wir beide, dass ich das nicht tun würde. Denn wenn ich durch Atlanta käme, dann wäre beinahe sicher Annie bei mir. Und selbst wenn nicht, dann würde sie zu Hause auf mich warten. Und dazu hatte ich noch nicht einmal Serenitys Privatleben in Betracht gezogen, das zweifellos auch nicht unkompliziert war. Als ich mich wieder zu meiner Gruppe gesellte, begleiteten meine Gedanken und mein Herz Tee, die allein zwischen den Grabsteinen hindurchging, zurück zu ihrem Mietwagen und der langen Fahrt zum Flughafen. Ich spürte, dass mich die sexuelle Anziehung wie der Gezeitensog zu ihrer sich immer weiter entfernenden Gestalt zerrte, und bedauerte schmerzlich, dass ich nicht den Kopf heruntergebeugt und sie noch einmal geküsst hatte. Ich sah Erleichterung im Gesicht meiner Mutter, als ich Annie die Hand auf die Schulter legte. Aber ich verspürte nichts dergleichen.

Wir kamen sehr viel schneller nach Natchez zurück, als wir erwartet hatten. Denn John Masters bot uns an, uns in seinem Flugzeug mitzunehmen, was für Annie eine echte Premiere war. Der nächste Verkehrsflughafen ist neunzig Meilen von Natchez entfernt. Dass uns der Jet von Masters Media nur zehn Meilen von unserer Haustür absetzte, war also etwas ganz Besonderes. Sobald sich Annie zu Hause wieder gemütlich eingerichtet hatte, stieg ich in meinen Audi und fuhr durch die Nacht zum St. Catherine's Hospital.

Als ich die diensthabende Krankenschwester fragte, ob Lincoln Turner noch im selben Zimmer lag, runzelte sie die Stirn und erklärte mir, er hätte sich heute gegen den Rat seines Arztes selbst entlassen, vor etwa vier Stunden. Ich stand da und blinzelte verwundert, versuchte zu erraten, welcher Impuls ihn wohl dazu getrieben hatte.

»Er hat einen Brief für Sie dagelassen, Herr Bürgermeister«, sagte die Krankenschwester, und dann nahm sie einen verschlossenen Umschlag aus einer Schublade.

Vorn drauf war mein Name gekritzelt. Ich riss den Umschlag auf, zog das zusammengefaltete Blatt Papier heraus und las den kurzen Brief wie benommen.

Ich gehe nach Chicago zurück. Ich muss nachdenken. Tut mir leid für all den Ärger. Ich bin froh, dass wir gemacht haben, was wir gemacht haben, und dass die richtigen Leute umgekommen sind, meistens jedenfalls. Versuche nicht, mich zu finden. Du schuldest mir nichts. L.

Ich starrte den Brief lange an, ein Schreiben von einem Mann, der keine Mutter mehr hatte, auch keinen Vater, den er zu akzeptieren bereit war – eine echte Waise. Ich betrachtete die Wörter so lange, dass ich wie benommen war, als der Aufzug hinter mir bimmelte. Die Tür öffnete sich, und ein älterer Arzt, den ich erkannte, lächelte und sagte hallo. Ich nickte und ging an ihm vorüber, nahm dann die Treppe hinunter in die stille Eingangshalle und zum Parkplatz.

Die Nachtluft ist kalt, der Parkplatz beinahe leer. Anstatt zu meinem Auto zu gehen, schreite ich auf die Umgehungsstraße des Highway 61 zu. Nicht weit von der nach Teer stinkenden Straße finde ich noch dasselbe kleine Blumenbeet und den Fahnenmast, wo ich als achtjähriger Junge auf meinen Vater gewartet habe. An dem Abend, als er mich stundenlang allein dort stehen ließ, während er und Viola sich im farbigen Bezirk der Stadt liebten. Das Blumenbeet ist nun mit Kies und Ziersteinen angefüllt, als wären wir in New Mexico, aber das unbarmherzige Unkraut von Mississippi sprießt schon wieder durch die Oberfläche. Ich stehe unter der summenden Straßenlaterne und schaue den vorbeifahrenden Autos zu, genau wie vor beinahe vierzig Jahren, als ich mit den Tränen des kleinen verlassenen Jungen kämpfte. Jetzt wird mir jedoch klar, dass ich nur ein paar Stunden der Traurigkeit und der Angst erlitten habe, die sich wie ein breiter Strom durch Lincolns gesamtes Leben gezogen haben, die ihn immer vom Licht in die Dunkelheit gezerrt haben.

Mein Vater hatte zwei Söhne, und einer von uns war dazu verdammt, ein Waise zu sein. Wenn ich auf unser Leben zurückblicke, dann bin ich wohl froh, dass das nicht ich, sondern Lincoln war. Aber jetzt verstehe ich etwas, das ich vorher nicht begriffen habe: dass das Glück meiner Kindheit mit dem Schmerz eines schwarzen Jungen erkauft wurde, der niemandem etwas zuleide getan hatte. Heute Abend fährt der erwachsene Junge wieder nach Norden zurück, folgt dem sich windenden Fluss und der dunklen alten Vene des Highway 61 bis Cairo, Illinois; von dort rast er geradeaus über die Interstate 55 nach Chicago, wohin vor ihm schon so viele seiner Vorfahren geflohen sind.

Wir sind Brüder, Lincoln und ich – jedenfalls Halbbrüder –, und lange nachdem mein Vater von dieser Erde geschwunden ist, wird sein Blut noch durch unsere Adern fließen. Die Gene Nordeuropas sind mein Erbe, aber Lincoln trägt in sich die Gene von Europa und Afrika. Ich hoffe, dass er sich eines Tages von den Lügen befreien kann, die seine Kindheit verhüllt haben, und dass er werden kann, wovon Viola immer geträumt haben muss, als sie ihn durch die Straßen dieser kalten und fremden Stadt trug: ein Mann, der in sich die besten Züge beider Eltern vereint. Mit einem Vater, der den grausamen Weg der Pflicht gewählt hat, und einer Mutter, die sich für ein Märtyrerleben entschieden hat. Wer verdient das mehr als er?

Ich sitze auf einem Schaukelstuhl auf dem Balkon von Haus Edelweiß und warte darauf, dass Annie von der Schule nach Hause kommt. Nachdem sie zu dem Schluss gelangt ist, sie wäre nun bereit, sich wieder zu ihren Schulkameraden in St. Stephen's zu gesellen, hat meine Tochter auch erklärt, wir sollten ab jetzt in dem Haus wohnen, das Caitlin mit uns hätte teilen wollen. Ich war mir da nicht so sicher, aber ich bin bereit, alles zu versuchen, was Annie das Gefühl geben kann, dass sie ihr Leben wieder mehr im Griff hat. Mein Vater ist im Gefängnis im Mississippi Delta, und meine Mutter fährt jede Woche dorthin. Da ist Caitlins Geist eine willkommene Erscheinung in unserem Leben – zumindest im Augenblick.

Annie hat ein paar von Caitlins Sachen mit in das neue Haus gebracht: einen Lieblingsmantel, der ihr noch ein bisschen zu groß ist; Caitlins Laptop; Erinnerungen an gemeinsame Ferien. Über dem Kamin in Annies Zimmer hängt eingerahmt Caitlins Pulitzer-Preis, die Auszeichnung, die sie für ihren Bericht über den Fall Delano Payton bekommen hat. John Masters hat ihn Annie in der Woche nach Caitlins Beerdigung geschickt, mit einem Brief, in dem er die Hoffnung zum Ausdruck bringt, dass sie genauso hart arbeiten würde wie Caitlin, um ihre Träume zu verwirklichen. Ich hoffe dasselbe; ich kann nur beten, dass Annie nicht einen genauso hohen Preis bezahlen muss, um sie zu erreichen.

Von diesen Gegenständen umgeben, erinnere ich mich daran, wie glücklich Caitlin war, dass ich dieses Haus gekauft hatte und dass wir nun dort unsere eigene Familie gründen und ihren Status als Annies neue Mutter offiziell machen wollten. Auf dem Kaminsims steht ein Foto von uns dreien, das mein Vater nur Wochen vor Caitlins Tod aufgenommen hat. Darauf schwingen Caitlin und ich Annie zwischen uns: Ich halte ihre Fußgelenke, Caitlin Annies Handgelenke, mit ihrer angesichts ihrer zarten Gestalt immer überraschenden Kraft. Der Fotograf hat uns verewigt, wie wir gerade Annie auf einen Haufen Herbstblätter werfen wollen. Wir lachen alle, die Haare der Mädels fliegen, ein Augenblick, der für immer im Strom der Zeit eingefroren ist. Manchmal schaue ich mir dieses Bild an und sehe verewigte Freude; manchmal sehe ich eine brutal verkürzte Geschichte, ein amputiertes Leben.

»He, Penn! Wenn du nicht bald dieses Formular für die Adressänderung ausfüllst, siehst du mich eine Weile nicht mehr.«

Mein Briefträger kommt von der State Street über den Gehsteig näher. Theo Driscoll ist ungefähr so alt wie ich; er ist auf die staatliche Schule gegangen, während ich in St. Stephen's war.

»Ich kann dir nicht ewig diese Sonderbehandlung gewähren«, sagt er lächelnd, »und wenn du noch so lange der Bürgermeister bist. Du musst mal deinen Hintern von diesem Schaukelstuhl in die Höhe kriegen, Bruder. Die Hauptpost ist nur vier Blocks den Broadway runter.«

»Ich mache das, sobald Annie zu Hause ist«, verspreche ich.

Theo ignoriert den Kupferbriefkasten, der im Erdgeschoss auf einem Ziegelpfeiler angebracht ist, steigt die rechte Treppe mit einem Packen Post in der Hand hinauf.

»Ist wieder ein Brief aus Europa dabei«, verkündet er. »Ich kann es immer noch nicht glauben, dass deine Bücher in all den Sprachen veröffentlicht werden. Wie viele sind es jetzt?«

»Sechsundzwanzig.«

»Mann, was würde Mrs. Holland dazu sagen? Schade, dass sie das nicht mehr erlebt hat.«

Mrs. Holland war eine berühmt-berüchtigte Englischlehrerin, die in ihrer langen Laufbahn an staatlichen und privaten Schulen unterrichtet hat. »Die Veröffentlichung meines ersten Buchs hat sie noch erlebt. Das reicht mir.«

Ich strecke die Hand nach der Post aus, aber er gibt sie mir noch nicht. Wie viele Leute, mit denen ich in die Schule gegangen bin, redet Theo gern.

»Ich war vor zwei Tagen in der Praxis. Hatte einen Mistfurunkel am Bein. Drew musste es aufschneiden. Ist verdammt verändert da ohne deinen Daddy. Die Krankenschwestern finden das auch. Melba meint, dass sie sie vielleicht nicht länger da beschäftigen.«

»Oh, das glaube ich nicht. Drew wird sie wahrscheinlich in sein Team übernehmen.«

Theo schaut skeptisch. »Ich weiß nicht. Sie ist von der alten Schule, wie Doc Cage.«

»Ich höre mich mal um.«

»Kommst du mit deinem Plan voran, ihn vorzeitig rauszukriegen? Ich schwöre, kein Mensch in der Stadt glaubt, dass er schuldig ist.«

Da bin ich mir nicht so sicher, aber Theo meint es gut. »Es ist kompliziert, Theo. Doch ich gebe nicht auf. Ich habe immer noch Grund zur Hoffnung.«

Das Gesicht des Briefträgers wird lang, als er den Unterton in meiner Stimme mitbekommt. »Dieses Parchman ist ein übler Ort, Junge. Der Sohn von meinem Vetter musste wegen Dope da mal 'ne Zeit absitzen. Seine Eltern haben es kaum über sich gebracht, ihn zu besuchen.«

»Alle Gefängnisse sind schlimm, Theo.«

»Na, mach du nur weiter. Ich weiß, dass alles am Ende gut wird. Alles geschieht aus einem guten Grund.«

Eine halbe Sekunde lang verspüre ich den Instinkt, Theo Driscoll am liebsten ins Gesicht zu schlagen. Seine wie nebenbei gemachte Zusicherung ist eine solche wilde Mischung aus Kinderglauben, Fatalismus und Vorbestimmung, dass ich eine Stunde brauchen würde, um ihm angemessen darauf zu antworten.

»Theoretisch stimmt das«, sage ich mit gepresster Stimme, aber in Gedanken höre ich Inigo Montoya sagen: *Ich glaube nicht, dass das bedeutet, was du denkst, dass es bedeutet.*

Theo schaut verwirrt und ein bisschen beleidigt und reicht mir die Post.

»Danke«, sage ich. »Bis bald.«

»Wenn du das Formular ausfüllst, dann ja. Sonst schicke ich alles in die Washington Street zurück.«

Während er die gegenüberliegende Treppe hinuntergeht und sich auf den Weg zum Pfarrhaus macht, schaue ich die Post durch. Ein paar Rechnungen gleiten mir durch die Finger. Dann sehe ich den Brief, den Theo erwähnt hat. Den aus Europa. April ist der Monat für die Tantiemenzahlungen, und der Umschlag ist aus dem ultradünnen Papier, das ich mit Post aus dem Ausland in Verbindung bringe. Was immer sich darin befindet, es fühlt sich recht schwer an. Der Stempel kommt mir nicht vertraut vor, was mich überrascht, da ich nun schon jahrelang Briefe von Lesern aus aller Welt bekomme. Der Stempel ist aber auch verschmiert, so dass ich nicht einmal den Namen des Landes ausmachen kann. Auf den Briefmarken ist ein Wappen in Gelb und Orange, die Wörter darunter sind Französisch. Es steht keine Absenderadresse darauf. Nur mein Name und unsere alte Adresse in der Washington Street, darüber USA in Druckbuchstaben, wie von einem Kind geschrieben.

Ich reiße die Augen weiter auf, halte den Brief weiter weg und schaue an der Nase entlang auf den verschmierten Poststempel. Endlich wird der Name des Ursprungslandes klar: Andorre.

»Andorra«, flüstere ich, und es läuft mir kalt über den Rücken. »Billy Knox?«

Nach einem Augenblick des Verfolgungswahns, in dem ich mich

sehe, wie ich den Brief öffne und von einer Wolke von giftigem Pulver umgeben bin, reiße ich den Umschlag auf und ziehe das Blatt hervor.

Das dreifach gefaltete Blatt scheint unbeschrieben zu sein. Als ich es auffalte, fällt das, was ich durch den Umschlag ertastet habe, in meine Hand. Es ist eine Münze. Matt silbern, etwa von der Größe eines amerikanischen Halbdollars, mit einer Lederschnur, die durch ein Loch in der Nähe des Randes gefädelt ist. Es *ist* ein Halbdollar, wird mir klar.

Als ich die Münze umdrehe, werden meine Hände eiskalt. Statt des Adlers sehe ich nun ein Bild von Präsident John F. Kennedy im Profil. Darunter steht das Datum *1964*. Und an der Stelle, wo das Ohr sein sollte, ist ein anderes Loch in die Münze geschlagen worden. Dieses Loch ist von zerfetztem Silber gesäumt, als wäre es von einer schnellen Kugel gebohrt worden. An der Innenkante sehe ich kleine dunkle Flecken, genau wie die, die ich jetzt in den winzigen Rillen am Rand der Münze sehe.

»Blut«, sage ich und überrasche damit sogar mich. »Herrgott.«

Ich falte das Blatt auf, in dem die Münze eingewickelt war, und finde einen ordentlich getippten Brief.

Lieber Bürgermeister Cage,
ich bin froh, dass die Dinge sich für Sie und Ihre Familie gut entwickelt haben, besonders für Ihre kleine Tochter. Ich hoffe, dass Sie jetzt, da mein Daddy fort ist, endlich Frieden finden. Ich hatte nie viel für die ganze Klan-Scheiße übrig, die meine Familie so toll fand. Ich wollte nur Wild und Truthähne jagen, meine Fernsehshow machen, mir die Allman Brothers und Jimmy Buffett anhören. Entspannt, wissen Sie? Aber wir können uns unsere Familien nicht aussuchen, was? Deswegen lebe ich nun im Stil einer »Bananenrepublik« hier drüben in Europa. Vielleicht war es mir immer bestimmt, im Exil zu leben?

Aber trotz allem glaube ich, dass Daddys Geschichte wichtig war, besonders all das Zeug über Onkel Frank und die Sache mit JFK in Dallas. So wichtig wie die Sachen im History Channel. Dem Ghostwriter, den ich angeheuert hatte, lief schon das Wasser im Maul zusammen, als er all das Zeug gehört hat, was ich habe, aber ich habe ihn rausgeschmissen. Dem ging's nur ums Geld und um die Sensation. Hatte kein Gefühl für den Süden, Mann. Kein Verständnis. Ich hab jetzt ein paar von Ihren Büchern gelesen, und Sie kennen den Süden wirklich. Sie wissen, wohin die Feldwege führen. Also, raten Sie mal? SIE SIND der Mann, der Daddys Geschichte schreiben sollte. Und ich würde das Geld mit Ihnen 50/50 teilen. Sie müssen nur das Buch schreiben.

Ich fange an zu lachen. Wenn ich zählen könnte, wie oft ich diesen Vorschlag schon gehört habe …

Also, wenn natürlich ein Film oder so was kommt, wie der von Oliver Stone mit Kevin Costner – umso besser – noch ein bisschen näher an der Wirklichkeit, nicht? –, dann müssten wir natürlich neu verhandeln. Doch ich bin für alles offen. Ich bin ein fairer Mensch.

Ich hoffe, dass es Ihnen und Ihrem kleinen Mädchen jetzt richtig gut geht.

Frieden +
Billy Knox
P.S. Ich habe Ihnen diese Münze als Zeichen meiner guten Absichten geschickt. Ich habe keine Verwendung dafür. Nie gehabt.

Ein Gefühl, das der Erleichterung näherkommt, als ich es in den letzten Monaten erlebt habe, fließt durch mich wie eine aufkommende Brise. Ich stehe auf, die Münze und den Brief noch in der Hand. Der Rest der Post fällt auf die Veranda, als ein Honda SUV vor meinem Haus an den Bordstein fährt. Die hintere Tür geht auf, und Annie hievt sich mit Mühe ihren schweren Schulranzen auf die Schulter. Ich winke und blicke dann auf die Münze in meiner Hand. Vor nicht allzu langer Zeit hing dieser JFK-Halbdollar noch um den Hals von Snake Knox.

»Was schaust du dir da an?«, ruft Annie, die unter dem Gewicht ihrer Tasche die Treppe hinaufrennt.

»Nichts«, erwidere ich ihr und schließe meine Hand darüber. »Nur eine ausländische Tantiemenabrechnung.«

»Oh«, sagt sie, sofort gelangweilt.

Ich umarme sie fest. »Willst du ein Geheimnis erfahren, Boo?«

»Ja!«, ruft sie, und ihre Augen leuchten.

»Das darfst du aber keiner Menschenseele verraten.«

»Du weißt doch, dass ich nie Geheimnisse verrate.«

Erstaunlicherweise stimmt das wirklich. »*Du* – bist meine allerliebste Lieblingstochter.«

Annie schüttelt den Kopf und lacht, als klirrte Kristall in der Vitrine.

»Wie wäre es, wenn wir einen kleinen Spaziergang an der Klippe entlang machen? Wir müssen zum Postamt und ein Formular für unsere Adressänderung ausfüllen.«

Sie nickt aufgeregt. »Lass mich nur meinen Rucksack reinbringen.«

»Beeil dich.«

Sie rennt durch die hohe Tür, wirft ihre Büchertasche mit einem dumpfen Knall auf den Boden und kommt dann wieder auf die Veranda rausgeschossen. Als wir zusammen die rechte Treppe hinuntergehen, dann über den Broadway zu der großen Klippe, die der Biegung des Flusses folgt, habe ich ein Gefühl, das ich länger, als mir lieb ist, nicht mehr hatte. Ich fühle mich sicher. Wir werden nicht von Leibwächtern beschattet, keine Feinde machen Jagd auf uns. Keine, von denen ich weiß, jedenfalls. Das ist eine so seltsame Empfindung, dass ich wohl eine Weile brauchen werde, um mich daran zu gewöhnen. Das Gewicht der Pistole an meinem Knöchel ist mir eine Weile zur zweiten Natur geworden, aber heute ist es mir wieder lästig. Vielleicht werde ich eines nicht zu fernen Tages ohne die Pistole aus dem Haus Edelweiß treten und das erst beim Nachhausekommen merken.

Doch heute noch nicht.

WENN DU ZU WEIT GEHST UND EINE UMKEHR TÖDLICH WÄRE

In Afghanistan war Carl Overbeck der beste Scharfschütze seiner Einheit, doch zurück in Deutschland kommt er mit seinem Leben nicht mehr zurecht. Da macht ihm ein alter Jugendfreund ein besonderes Angebot: Er soll in Italien einen Mafioso erschießen, der sich der Polizei als Kronzeuge angedient hat. Carl übernimmt den Job und wird damit zum Auftragskiller, der still und heimlich seine Aufträge versieht.
Bis er sich in die falsche Frau verliebt.

SPANNEND, AKTUELL UND HOCHEMOTIONAL – EIN EREIGNIS. DER ERSTE ROMAN VON KAI HAVAII, DEM SÄNGER DER BAND EXTRABREIT.

LESEPROBE

1

Rom, Italien. September 2018.

Weg. Irgendwie wegkommen.

Der Alfa schlingert und bockt auf der von Schlaglöchern übersäten, ungepflasterten Piste. Carls Puls hämmert schmerzhaft in seinen Ohren, und sein T-Shirt ist nassgeschwitzt. Im Rückspiegel sieht er, wie ein schwarzer SUV aus der Toreinfahrt schießt, aus der er selbst gerade gekommen ist. Das Teil hat die Ausmaße eines kleinen Schützenpanzers.

Drei, vier Schüsse, die ihm gelten. Aber sie sind ein ganzes Stück hinter ihm, und weil auch das Geländefahrzeug heftig mit der zerkraterten Piste kämpft, verfehlen sie ihn. Links und rechts Werkstätten und Fabrikhallen, viele verrottet. Carl beschleunigt noch mal. Der Alfa macht einen Satz nach vorn und erreicht bald die Einmündung in eine asphaltierte Hauptstraße.

Carl sieht die Straße nur kurz ein, dann zieht er mit vollem Risiko raus und reißt das Steuer nach links. Das Heck des Alfa bricht wild zur Seite aus, bevor er beschleunigen kann und der Wagen wieder in die Spur kommt. Ein von rechts kommender Motorrollerfahrer muss scharf bremsen und stürzt beinahe. Hinter ihm folgt ein LKW, der ebenfalls hart bremsen muss. Gellendes Gehupe. Carl sieht im Rückspiegel, wie sich seine Verfolger hinter dem Truck einreihen müssen. In einem Moment kurzer Erleichterung stößt er Atemluft aus.

Phew.

Im Gegenverkehr tut sich eine Lücke auf. Er tritt das Gaspedal durch und überholt einen Fiat und einen kleinen Van mit knallig bunter Mozzarella-Werbung. Der Fahrtwind zerrt heftig am linken Ärmel seiner Jacke, weil die ganze Fahrertür bei seiner Flucht aus der Lagerhalle abgerissen ist. An ihrer Stelle klafft ein großes Loch. Weil dabei auch der linke Seitenspiegel draufgegangen ist, hat er nur den Rückspiegel, um seine Verfolger im Auge zu behalten.

Der Gegenverkehr wird jetzt zu dicht zum Überholen. Rückspiegel. Der schwarze SUV bleibt dran und hängt vier Fahrzeuge hinter ihm.

Ins Zentrum. Dahin, wo viel los ist. Aus der Karre raus, in einer Menschenmenge untertauchen.

Carl fährt nach Gefühl, er glaubt, dass er aus dieser Richtung gekommen ist. Dann sieht er auch ein Schild.

Centro

Plötzlich nimmt er wahr, dass aus den entgegenkommenden Fahrzeugen entsetzte Gesichter zu ihm herüberstarren. Was aber offensichtlich nicht an der fehlenden Fahrertür liegt.

Er fasst sich ins Gesicht und spürt klebrige Nässe.

Das ist kein Schweiß.

Er starrt auf seine rotverschmierte Hand und dreht den Rückspiegel in seine Richtung: Die linke Gesichtshälfte ist komplett mit Blut besudelt.

Es ist das Blut des Mannes, den er eben erschossen hat. Auf dem Beifahrersitz liegt die Waffe, eine zwölfschüssige *Beretta 92*. Allerdings ist sie jetzt nutzlos, denn das Magazin ist leer.

Carl öffnet das Handschuhfach und tastet darin herum. Ein paar halbzerknüllte, offenbar gebrauchte Papiertaschentücher.

Wahrscheinlich haben sie sich im Auto noch einen runtergeholt, bevor sie mich abgeholt haben.

Aber weil er in seiner Lage nicht wählerisch sein kann, nimmt er ein paar der Tücher und wischt das Blut ab, was einigermaßen funktioniert.

Ein paar Kilometer hat er schon zurückgelegt, immer mit dem schwarzen SUV-Panzer drei, vier Reihen hinter ihm.

Der Alfa beschleunigt mit einem aggressiven Grollen, als Carl ein Reisemobil überholt. Er streckt kurz den Kopf durch das Loch auf der Fahrerseite und sieht zurück. Der schwarze SUV driftet ein Stück nach links, um ebenfalls eine Lücke zum Überholen zu finden und wieder näher zu ihm aufzuschließen. Der Fahrer ist einer der braunhäutigen Männer mit Latinozügen, die er vorhin in der Lagerhalle gesehen hat – so kurz die Begegnung auch war.

Plötzlich beginnt es zu regnen. Erst klatschen ein paar dicke Tropfen auf die Windschutzscheibe, dann prasselt es wie Gewehrfeuer. Dunkle, tiefhängende Wolken schlucken das letzte Nachmittagslicht, und das Rauschen und Trommeln des Wassers übertönt alle anderen Geräusche. Ein Stück voraus zuckt ein Blitz über den Himmel, gefolgt von der dumpfen Explosion fernen Donners. Carl findet nach etwas Fummelei die Schalter für Licht und Scheibenwischer und starrt angestrengt durch die Windschutzscheibe, auf der die beiden Wischer trotz maximaler Schlagzahl mit dem Sturzbach kämpfen. Hinter einem Vorhang aus Regen ziehen hohe Mietskasernen vorbei, mit abblätternden, terrakottafarbenen Fassaden und kleinen Balkonen, auf denen römische Matronen versuchen, die zum Trocknen aufgehängte Wäsche in Sicherheit zu bringen. Auf den Gehsteigen hasten Menschen im Slalom an Haufen aus zum Teil aufgeplatzten Müllsäcken vorbei.

Die Gegend wird nun immer belebter, die Häuser sind älter und ehrwürdiger, aber ebenso narbig. Auf den Fassaden wuchern halbverwitterte Graffiti. Trattorien und Bars wechseln sich ab mit Tabacchi-Läden und kleinen Supermärkten. Motorroller kurven wie nassgeregnete Hummeln durch den zähen Strom der Autos. Ein großer Krähenschwarm steuert die Platanen am Straßenrand an, um ein halbwegs trockenes Plätzchen zu finden. Vor Carls Augen wabern die Rücklichter und Scheinwerfer. Nur mit Mühe entziffert er den grünen Wegweiser über der Fahrbahn.

Termini stazione

Jetzt!

In einem brutalen Manöver zieht er den Alfa nach links auf die Abbiegerspur. Bremsen kreischen, Hupen blöken, aber er schafft es, links abzubiegen, ohne dass es zu einem Unfall kommt.

Gut, dass die Italiener so gute Autofahrer sind. Das Chaos liegt ihnen im Blut.

Wieder ein Blick nach hinten, mit dem Kopf im Regen.

Scheiße.

Er wird den verdammten Riesen-SUV, den er inzwischen als Cadillac Escalade erkannt hat, nicht los. Der Fahrer hat es tatsächlich auch geschafft, rechtzeitig auf die Abbiegerspur zu kommen.

Aber es ist nun nicht mehr weit bis zu seinem Ziel. Er fährt die Via Nomentana hinunter, eine vierspurige Straße mit einem Mittelstreifen, während er mit der linken Hand Regenwasser auffängt und damit die letzten Blutreste aus seinem Gesicht wäscht. Zwischen dem zähfließenden Verkehr überqueren Menschen mit Schirmen und übergezogenen Kapuzen eilig die nasse Fahrbahn. Carl hört nicht zu ortende Sirenen und hofft, dass ihm nicht noch Polizei begegnet und ihn wegen der fehlenden Fahrertür festnagelt. Die italienischen

Cops kann er genauso wenig brauchen wie die Typen in dem schwarzen Caddy hinter ihm.

Eine rote Ampel bringt die Kolonne zum Stehen. Carl streckt wieder den Kopf nach draußen, um nach hinten zu sehen – und zieht ihn sofort wieder ein. Durch den Regenschleier hat er gesehen, dass sich ein Mann an den stehenden Autos entlang in geduckter Haltung in seine Richtung bewegt – die Hand in der Tasche seiner Bomberjacke. Dann sieht er im rechten Seitenspiegel einen zweiten Mann, der sich auf der anderen Seite nähert. Ihre vorsichtigen Bewegungen zeigen ihm, dass sie damit rechnen, dass er noch munitioniert ist.

Logisch. Sie werden vorhin in der Lagerhalle kaum mitgezählt haben, wie oft ich geschossen habe.

Aber er will nicht warten, bis sie herausfinden, dass er leergeschossen ist, und bereitet sich darauf vor, nach links aus dem Alfa zu hechten und zu versuchen, zwischen den stehenden Autos zu entkommen. In diesem Moment jedoch springt die Ampel auf Grün, und die Kolonne setzt sich wieder in Bewegung. Im Rückspiegel erkennt Carl gerade noch, wie die beiden zu dem Geländewagen zurückhasten und wieder einsteigen.

Es geht ein Stück die Via Venti Septembre hinunter, dann biegt Carl scharf links ab und erreicht kurz darauf die Piazza della Repubblica mit ihren halbkreisförmigen, weißen Monumentalbauten und dem großen Brunnen in der Mitte. Von hier sind es nur noch ein paar hundert Meter bis zum Bahnhof Termini, Roms Hauptbahnhof und Carls Ziel.

Die Straßen rund um den Bahnhof sind ziemlich belebt. Pulks von Touristen hasten mit Rucksäcken oder Trolleys durch den Regen, der jetzt etwas nachlässt. Einen Moment geht es nur im Schritttempo voran, und Carl fürchtet, dass seine Verfolger noch mal versuchen, sich an ihn heranzuarbeiten. Er kann den schwarzen Caddy nicht mehr hinter sich sehen, doch er spürt instinktiv, dass sie immer noch da sind.

Dann, nach fast einer halben Stunde Fahrt, ist es so weit. Kurz nachdem er in die Via Marsala eingebogen ist, eine schmale Einbahnstraße, taucht das nördliche Ende der langen Sandsteinfassade des Bahnhofs auf, die mit ihren zwei übereinanderliegenden Reihen von Fensterbögen an einen antiken Monumentalbau erinnert. Über einem verglasten Seiteneingang steht in fetten, weißen Lettern

ROMA TERMINI. Wegen einer Baustelle wird die ohnehin schon schmale Straße hier besonders eng.

Carl löst den Gurt, stopft die leergeschossene Beretta in die Tasche seiner Windjacke und kuppelt in den Leerlauf. Er sieht kurz in den Rückspiegel und tritt die Bremse durch. Eine Sekunde später knallt es, und Carl, der die Arme auf dem Lenkrad abstützt, wird kurz durchgeschüttelt. Der hinter ihm fahrende Fiat ist auf ihn draufgerauscht. Carl sieht im Rückspiegel das entsetzte Gesicht der jungen Signorina hinter dem Lenkrad.

Er zieht den Schlüssel ab, springt aus dem demolierten Alfa und sprintet zum Bahnhofseingang, wobei er nur knapp einer Kollision mit einem der jungen Afrikaner entgeht, die billige Regenschirme und Kunststoffponchos anbieten.

Als er das Portal erreicht, verlangsamt er das Tempo und wirft einen Blick zurück. Da – nur vierzig Meter entfernt steht in dem von ihm erzeugten Stau der Wagen seiner Verfolger, dessen Türen jetzt auffliegen und drei Männer ausspucken. Zwei Latinos und der hellhäutige Typ mit dem grauen Basecap, der Carl vorhin in der Lagerhalle angesprochen hat und offenbar Amerikaner ist. Sie setzen ihm nach.

Carl rennt ein Stück in die hell erleuchtete Halle hinein, wobei er fast zwei junge Frauen in weißer Ordenstracht zu Fall bringt. Er wendet sich nach rechts, um zwischen eine Gruppe von osteuropäisch aussehenden Touristen zu kommen, die sich vor einer McDonald's-Filiale stauen. Während er sich einen Weg durch die Leute bahnt, streift er seine durchnässte Windjacke ab und stopft sie im Vorbeigehen mitsamt der nutzlos gewordenen Pistole in einen großen Mülleimer. Er trägt jetzt nur noch ein helles T-Shirt. Wenn das Auge seiner Verfolger – wie seine Erfahrung ihm sagt – besonders auf seine schwarze Jacke fokussiert ist, ist das schon mal von Vorteil.

Pulks von Reisenden umkurvend oder sich einfach hindurchdrängend, bewegt Carl sich schnell ins Innere der langgestreckten Halle, die in der Mitte von einer Ladenzeile mit Mode- und Schuhgeschäften geteilt wird. Links reihen sich die Gleise des Kopfbahnhofs.

Er überlegt kurz, ob er versuchen soll, in einem der Züge zu entkommen, die am Gleis stehen, aber ein Blick auf die Anzeigetafel zeigt ihm, dass die nächste Abfahrt erst in zwanzig Minuten angezeigt ist. Zu lange, um in einem stehenden Zug festzustecken.

Wenn sie die Gleise ablaufen und die Wagen checken …